Das Buch
DER RING DER NIBELUNGEN: Reich geworden durch das Gold der Nibelungen und unverwundbar durch das Blut des Drachen, fordert Siegfried den Thron von Xanten. Die schöne Kriemhild, Schwester des Burgunderkönigs Gunther, soll an seiner Seite regieren. Doch ein altes Gesetz verlangt zuerst die Vermählung des Königs von Burgund, und als Gunther Brunhilde, die gefürchtete Regentin von Island, als Braut erwählt, zieht Unheil herauf. Denn Brunhildes Herz schlägt für Siegfried, und einem anderen wird sie sich nur im Kampf ergeben.
DIE RACHE DER NIBELUNGEN: Siebzehn dunkle Winter sind vergangen, seit Drachentöter Siegfried dem Verrat des Hagen von Tronje zum Opfer fiel. Weitab vom Schatz der Nibelungen ziehen Gernot und Elsa den Sohn des heimlichen Erben von Xanten auf. Doch ehe er zum Mann wird, muss Sigurd zum legendären Schwert seines Vaters greifen, denn Wulfgar von Xanten fällt in Island ein. Nach dem Kampf beginnt eine Odyssee durch den Kontinent, der im Krieg zwischen jungem Christentum und alter Magie zerrieben wird.

»Hohlbeins große Stärken sind die Bilder, die er heraufbeschwört.« *Die Welt*
»Eine Prise Märchen, eine Prise Horror und viel Spannung - das macht die Faszination seiner Geschichten aus.«
Augsburger Allgemeine

Die Autoren
Torsten Dewi, Jahrgang 1968, ist ein erfahrener Roman- und Drehbuchautor, der sich auf die Bereiche Fantasy und Science Fiction spezialisiert hat. Er lebt in München.

Wolfgang Holhbein, 1953 in Weimar geboren, hat sich mit seinen Romanen aus den verschiedensten Genres – Thriller, Horror, Science-Fiction und historischer Roman – eine große Fangemeinde erobert und ist einer der erfolgreichsten deutschen Autoren überhaupt. Er lebt mit seiner Frau Heike und den gemeinsamen Kindern in der Nähe von Düsseldorf.

TORSTEN DEWI
WOLFGANG HOHLBEIN

DIE NIBELUNGEN-SAGA

Der Ring der Nibelungen
Die Rache der Nibelungen

Zwei Romane in einem Band

WILHELM HEYNE VERLAG
MÜNCHEN

FSC
Mix
Produktgruppe aus vorbildlich
bewirtschafteten Wäldern und
anderen kontrollierten Herkünften
Zert.-Nr.SGS-COC-1940
www.fsc.org
© 1996 Forest Stewardship Council

Verlagsgruppe Random House
FSC-DEU-0100
Das für dieses Buch verwendete
FSC-zertifizierte Papier *Holmen Book Cream*
liefert Holmen Paper, Hallstavik, Schweden.

Vollständige deutsche Taschenbuchausgabe 10/2008
Copyright © 2004 *Der Ring der Nibelungen* und
Copyright © 2007 *Die Rache der Nibelungen*
by Wolfgang Hohlbein und Torsten Dewi
Copyright © 2008 dieser Ausgabe
by Wilhelm Heyne Verlag, München,
in der Verlagsgruppe Random House GmbH
Printed in Germany 2008
Umschlagillustration und Umschlaggestaltung:
© Nele Schütz Design, München
Satz: hanseatenSatz-bremen, Bremen
Druck und Bindung: GGP Media GmbH, Pößneck
ISBN: 978-3-453-53287-8

www.heyne.de

Inhaltsverzeichnis

Der Ring der Nibelungen   7

Die Rache der Nibelungen   483

TORSTEN DEWI
WOLFGANG HOHLBEIN

DER RING DER NIBELUNGEN

ROMAN

1

Sieglinde
und das Ende des Krieges

Es war leicht in dieser Nacht, sich von den eigenen Sinnen täuschen zu lassen. Sieglinde musste sich nicht besonders anstrengen. Sie legte sich auf die Felle zurück, die in der hintersten Ecke gestapelt waren, und schloss die Augen. Der Weg, der fort von Wahn und Furcht führte, war der Weg in den Traum.

Das flackernde Licht brennender Pfeile, die wie leuchtender Regen auf die Zelte prasselten, wurde zu einem behaglichen Lagerfeuer. Der schweflige Geruch sengenden Menschenfleischs wurde zum Bratengeruch eines Ebers, der am Spieß grillte. Und das Stöhnen sterbender Männer auf dem Schlachtfeld wurde zum leisen Seufzen einer Liebesnacht.

Die Krieger, die draußen brüllten und rannten – sie waren nun die fröhliche Gesellschaft eines rauschenden Festmahls.

Sieglinde atmete langsam und ganz ruhig. Ihr Herzschlag fiel vom Galopp in den Trab zurück, und ihre Hände lösten sich. Sie wartete darauf, dass es vorbeiging. Dieser Krieg, diese Schlacht, dieses Gemetzel – es ging schon zu lange nicht mehr um Sieg oder Niederlage.

Es ging um Ruhe, die wieder einkehren musste. Ruhe, um die Felder rund um Xanten zu bestellen. Ruhe, um das Vieh zu füttern, damit es durch den Winter kam, der vor der Tür stand. Ruhe, um die Kinder zu zeugen, die im nächsten Sommer das Licht der Welt erblicken sollten.

Die Decke, die vor dem Eingang hing, wurde grob beiseite gerissen.

Sieglindes Hand fand unter dem Fell den Griff eines Dolches. Sollte der Feind gekommen sein, seinen Sieg durch die Schändung der Königin zu vollenden, würde er nur eine Leiche finden.

Eine hünenhafte Gestalt trat in das Zelt – metallene Platten baumelten an Lederriemen herab, und das Wams war zerrissen und von Blut und Schmutz so überzogen, als käme sie geradewegs aus Utgard, dem Reich der Ungeheuer.

»Mein König!« Sieglinde sprang auf.

Sie flog ihrem Gatten förmlich in die Arme, und Siegmund drückte sie an sich, als wolle er ihr das Leben aus dem Körper pressen. Seine Haare hatten sich aus den Zöpfen gelöst, und ihr Gesicht tauchte wie in ein Kissen, als er sein müdes Kinn auf ihre nackte Schulter legte.

Der König von Xanten roch nach Schweiß, Blut und dem Unrat des weiten Ackers, auf dem sie sich dem Heer von Hjalmar gestellt hatten.

Sieglinde konnte spüren, dass er zitterte. Hinter ihr fiel etwas aus seiner Hand auf den Boden, aber sie wagte nicht, sich aus seiner Umarmung zu lösen.

Kein Wort wurde mehr gesprochen.

Sie hörte ein leises Geräusch, als sich seine Finger zur Faust ballten und den Stoff ihres Kleids am Rücken zerrissen. Es war immer noch der Traum. Ihr Traum, dass mit geschlossenen Augen die Wirklichkeit zu bannen war. Dass nicht geschah, was nicht geschehen durfte.

Und Siegmund wollte den Traum ein letztes Mal mit ihr teilen.

Sieglinde hielt immer noch den Dolch in der Hand. Wie Siegmund ihr das Kleid vom Leib riss, so durchschnitt sie nun die Riemen, an denen die Reste seiner Rüstung hingen. Klappernd fielen sie zu Boden.

Unter dem Kleid war sie nackt, denn als sie trotz seines Verbots in einfacher Tracht von der Burg zum Schlachtfeld geeilt war, hatte sie sich des letzten Diensts erinnert, den sie ihm noch leisten konnte.

Er stieß sie grob und müde zugleich auf die Felle zurück. Sein edles Gesicht, von einem ungezügelten Bart umwuchert, verzog sich im Schmerz, als er das Wams über den Kopf zog.

Sie konnte nun die Wunden sehen. Schwertwunden, Pfeilwunden, Messerwunden, Bisse von wilden Hunden, die Hjalmars Truppen mitführten. Keine der Wunden war versorgt worden, und aus einigen quoll bereits Eiter aus entzündetem Fleisch.

Sie wollte aufstehen, ihm helfen!

Doch sein Gesichtsausdruck ließ sie innehalten. Der Anblick ihres nackten, weichen Körpers im flackernden Licht beruhigte ihn, gab ihm Frieden. Er brauchte den Zuspruch ihrer Seele, nicht ihrer Hände.

Siegmund sah sie mit derselben Liebe an, mit der er um sie geworben hatte, als sie kaum siebzehn gewesen war. Er hätte jede Prinzessin der umliegenden Königreiche freien können. Xanten war ein starkes, stolzes Land, und es hatte einen starken und stolzen König. Doch er hatte sie erwählt – die Tochter eines einfachen Grafen.

Zuerst hatte sie geglaubt, er wolle nur ihre Gunst als Kebse, bis sich eine geeignete Königin fand. Es wäre nicht ihre Entscheidung gewesen, sein Ansinnen abzulehnen.

Doch dann hatte sie diesen unbeschreiblichen Ausdruck völliger und reiner Liebe gesehen, mit dem er sie ansah. An diesem Tag war sie seine Verlobte geworden – und in dieser Nacht seine Frau.

Siegmund beugte sich über Sieglinde, und sie versuchte, seinen muskulösen Brustkorb zu streicheln. Es war schwer, dabei nicht ständig in offene Wunden zu fassen. Ihre Finger fanden das Muttermal in der Vertiefung zwischen dem Schlüsselbein und der linken Schulter.

»Meine Königin«, flüsterte Siegmund heiser.

Er sprach nicht von ihrem Rang, ihrem Stand. Das alles war bedeutungslos, war es immer gewesen. Er betonte das Wort *meine*. Sie war *sein*.

Dann nahm sie ihn mit in ihren Traum.

Es war erstaunlich, wie schnell ihre Körper zueinander fanden, wie geschmeidig ihre Bewegungen noch waren – als würde ihre unversehrte Gestalt seinen geschundenen Leib heilend umfangen. Sie trank nicht nur seine Liebe, sie trank auch seinen Schmerz, seine Angst und seine Verzweiflung.

Sieglinde hatte nie den Körper eines anderen Mannes gespürt, nie spüren wollen. Siegmund war ihr König, ihr Mann, ihr Leben. Sie liebten sich mit der Verzweiflung zweier Menschen, denen nur noch dieser Abschied geblieben war. Denen die Zeit davonlief.

Und die Zeit lief ihnen davon.

Siegmunds Körper hatte sich ihr kaum zitternd ergeben, seine Muskeln sich kaum entspannt, als draußen vor dem Zelt der Klang eines Schwertknaufs ertönte, der auf einen Brustpanzer geschlagen wurde.

Der König von Xanten stand auf, vorsichtig, um seiner Geliebten nicht aus Versehen wehzutun. Er küsste ihre Brüste, wie er es immer nach dem Liebesakt tat.

Siegmund zog sein Beinkleid hoch und ging leicht humpelnd zum Eingang des Zelts.

Es war Laurens, sein treuer Heerführer. Der linke Arm war ihm kurz unter dem Ellbogen von einer feindlichen Streitaxt abgeschlagen worden, aber das hatte ihn nur für kurze Zeit vom Schlachtfeld fern halten können.

Auch Laurens wusste, worum es ging. Es ging um Xanten.

Der Krieger hatte keinen Blick für den schweißbedeckten Körper seiner Königin, der im Halbdunkel zu sehen war. Er schaute seinen König seltsam unbewegt an: »Sie kommen.«

Siegmund wusste, was das bedeutete. Es ging nicht um einen weiteren Angriff der dänischen Truppen, die seit Monaten mit schierer Mannsgewalt gegen Xanten anrannten, um das Königreich zu erobern. Es ging um *den* Angriff.

Hjalmars Streitmacht hatte wohl die Verstärkung bekommen, von der die Späher berichtet hatten.

Siegmund fuhr sich müde über die Augen, dann blickte er an Laurens vorbei nach draußen.

Die Sonnenscheibe ging hinter den Hügeln auf. Ihr Rund war noch nicht zu sehen, aber ihr Licht tauchte den Horizont in Helligkeit.

Und der Horizont *lebte*.

Es war wie eine schwarze Welle, die träge auf das Schlachtfeld zuwogte. Eine Welle aus Leibern, Mensch und Pferd, aus Eisen und Leder. Entferntes Geschrei ertönte wie eine Brandung am Fels.

Siegmund nickte und füllte seine mächtigen Lungen mit Morgenluft.

Sieglinde war niemals dabei gewesen, wenn der König und seine Getreuen sich auf die Schlacht vorbereiteten. Sie hatte Karten entfaltet, doch diese niemals zu lesen gelernt. Alles, was sie über den schon drei Jahre dauernden Krieg mit Dänemark wusste, war, was sie am Körper ihres Mannes sehen konnte. Und es stand nicht gut.

Hjalmar hatte heimlich ein riesiges Heer aufgebaut, unterstützt von friesischen Horden und Söldnern aus den Südlanden. Es gab Gerüchte, dass er mit den alten Göttern im Bund stand, vielleicht sogar von den Isländern unterstützt wurde. Hakan von Isenstein war schon immer unberechenbar gewesen.

Die benachbarten Königreiche hatten sich aus den Kämpfen herausgehalten. Es war das alte Gesetz: Um sicher auf der Seite des Siegers zu stehen, musste man das Ende des Krieges abwarten. Sachsen, Burgunder, Franken, sie alle hatten lediglich ihre Grenzen geschlossen und ihre Späher geschickt.

Sieglindes Blick fiel auf den Gegenstand, den Siegmund hatte fallen lassen, als er zu ihr kam.

Es war Nothung, das Schwert der Götter. Und es war zerbrochen!

Seit Anbeginn der Dynastie, seit die Ahnen erste Steine aufeinander stellten, um Xanten zu gründen, war Nothung das Symbol des Königshauses gewesen. Der Legende nach war es in einem Feuerstrahl direkt aus Asgard gekommen und von Thors Donner begleitet in die Erde geschlagen. Zu groß und rau für einen Mann, hatten zehn Schmiede es zehn Tage lang behauen. Zehn Tage, in denen es glühte wie von Sonnenfeuer. Und danach war es König Rutger zum Geschenk gemacht worden.

Das Götterschwert stand für Xanten – stark, unbesiegbar, kühn. Seit drei Generationen zierte es das Abzeichen des Reiches und hatte den Ast ersetzt, auf dem der Xantener Adler saß. Seitdem breitete er seine stolzen Schwingen über der mächtigen Klinge aus.

Und nun war es zerbrochen.

Knapp unter dem Griff, der leicht zwei großen Männerhänden Halt gab, war die Klinge geborsten. Die Waffe hatte all ihren Glanz verloren, jetzt war sie matt und stumpf. Wenn Sieglinde eines weiteren Zeichens bedurft hätte, so wäre es dies gewesen.

Siegmund sah sie noch einmal an. Die Liebe, die ihn an ihrer Seite hätte halten können, war aus seinem Blick gewichen. »Die Zeit ist gekommen.«

Sieglinde flehte ihren Gatten nicht an zu bleiben. Mit Tränen in den Augen tastete sie nach dem Kleid, das auf dem Boden lag.

»Du wirst ihr Schwert und Schild sein«, befahl Siegmund seinem Getreuen.

In jeder anderen Situation hätte Laurens protestiert und darauf bestanden, sein Leben an der Seite seines Königs zu geben. Aber er wusste, dass Siegmund ihn um einen höheren Dienst bat – den Erhalt des Hauses von Xanten.

»Wir werden uns in die Burg zurückziehen und Boten mit der Bitte um Asyl in alle Himmelsrichtungen schicken«, versprach der tapfere Krieger.

Siegmund schüttelte den Kopf. »Die Burg wird fallen, sobald wir fallen. Und von den anderen Königen wird keiner es wagen, die rechtmäßige Königin von Xanten vor Hjalmars Häschern zu verstecken. Ihr müsst fliehen – in die Unkenntlichkeit. Niemand darf eure wahren Namen erfahren. Sucht Zuflucht bei Regin, dem Schmied meines Vaters. Er lebt flussabwärts, fünf schnelle Tagesritte entfernt.«

»Was wird werden?«, fragte nun Sieglinde, als sie sich erhob und das Kleid um ihren Körper band.

Siegmund sah sie ein letztes Mal an. »Wenn ich dir geben konnte, was die Götter uns so lange versagten, wird Hjalmar büßen. Nehmt das zerbrochene Schwert und bewahrt es für diesen großen Tag. Dafür musst du leben.«

Ohne eine Antwort abzuwarten, drehte er sich um und wankte erschöpft ins Freie, um seine letzten Männer in die verlorene Schlacht zu führen. Er bückte sich noch einmal und wand einem gefallenen Krieger das Schwert aus der Hand. Dann ging er aufrecht dem Tod entgegen.

»Es wird kein Leben sein ohne dich, mein König«, flüsterte Sieglinde.

Sie hatte gelernt, ihre Gefühle zu beherrschen. Der Thron war mehr wert als das Herz, und der Thron verlangte nun, dass sie von Siegmund Abschied nahm.

Sie kämpfte dagegen an. Und verlor.

»Siegmund ...!«, schrie sie und stürzte auf den Ausgang zu, um ihrem Mann zu folgen. Auf das Schlachtfeld, in den Tod – alles, nur um ein paar Sekunden länger an seiner Seite zu sein.

Laurens fing sie mit seinem gesunden Arm ab und drängte ihren strampelnden Körper ins Zelt zurück.

Es dauerte nicht lange, bis ihr Widerstand zerbrach wie ihr Herz. Ihr schmaler Leib sackte in sich zusammen, und aus dem Schluchzen wurde ein Wimmern.

Laurens ließ sie los und sah ihr in die Augen, aus denen die Tränen jeden Glanz gewaschen hatten. »Ich werde tun, was immer nötig ist, um den Befehl meines Königs zu befolgen. Wenn euer Leid so unerträglich ist, dann bittet mich, euch niederzuschlagen. Wenn ihr erwacht, werden wir weit fort sein.«

Es klang wie ein Scherz, aber Laurens fiel nichts Besseres ein, um der Königin in diesem Moment beizustehen. Er wusste, dass er nichts sagen konnte, um ihr diesen Augenblick zu erleichtern.

Mit dem Handrücken wischte Sieglinde die Tränen fort. »Mein König hat niemals die Hand gegen mich erhoben – ich werde dir nicht das Recht dazu geben.«

Laurens zuckte mit den Schultern. In seiner Brust schlug das Herz eines Soldaten, und er machte sich gewissenhaft daran, den Auftrag seines Herrn zu erfüllen. Er rollte das zerbrochene Schwert in ein Tuch und verknotete es mit einem Lederriemen, der auf dem Boden lag. Dann legte er seine Rüstung ab und den Umhang, der das Symbol Xantens trug. Auch er tauschte sein reich verziertes Schwert gegen die einfache Klinge eines Kriegers. Trotz seines fehlenden linken Arms war er flink und konzentriert.

»Meine Königin, hinter dem Zelt stehen einige Pferde. Wir werden zum Fluss reiten und versuchen, an den Ufern südwärts zu reisen. Seid ihr bereit?«

»Sieglinde«, sagte die Herrscherin tonlos, während sie den Rücken straffte. »Keine Königin mehr. Nenn mich Line, wie es meine Kinderfrau tat.«

Laurens sah sie überrascht an, als müsse er sich erst an den Gedanken gewöhnen, seine Herrscherin auf Augenhöhe anzusprechen.

Dann nickte er. »Line.«

Die Schreie vom Schlachtfeld kamen immer näher, und es war nur noch eine Frage von wenigen Augenblicken, bis Hjalmars Krieger das Lager erreicht haben würden. Mit seinem Schwert durchschnitt Laurens die Rückseite des Zelts und bedeutete Sieglinde hindurchzuschlüpfen.

Sie fanden sechs Pferde, mit Decken überworfen und dem ledernen Zaumzeug aneinander geknotet. Laurens wählte zwei, die graubraun wie die aufgewühlte Erde waren. Er hielt Sieglinde seine schwielige rechte Hand hin, damit sie leichter auf den Rücken ihres Tieres aufsteigen konnte, doch sie schüttelte nur knapp den Kopf und saß binnen eines Herzschlags hinter der Mähne.

Sie mussten die Ebene schnell hinter sich lassen, damit die Dänen nicht merkten, dass die Königin von Xanten floh.

Der Weg zum Fluss hinab hätte sie noch ein paar hundert Schritte an den Ausläufern des Kampfes entlang geführt. Daher ritten sie zuerst vom Schlachtplatz weg, gen Osten.

Kaum hatten sie die Zelte hinter sich gelassen, war der Weg frei, und sie konnten die Pferde zu einem wilden Galopp antreiben. Kein Krieger aus Xanten versuchte, sich aus der verlorenen Schlacht davonzustehlen, sein Leben nicht dem Land zu opfern.

Für einen Moment fragte sich Sieglinde, ob es auch ihre Pflicht gewesen wäre, an der Seite Siegmunds zu sterben. Sie hatte ihm Treue bis in den Tod geschworen – und darüber hinaus.

Nein! Ihr Tod hätte keinen Gewinn bedeutet, nur einen weiteren Kopf für die Speerspitzen der dänischen Horden. Sie musste leben, und sei es nur für die Rache.

Langsam gab das Tageslicht der Welt ihre Farben zurück. Sieglinde war bereits im Sattel gesessen, noch bevor sie laufen konnte. Trotz ihrer zarten Gestalt führte sie das Tier fest und entschlossen. Auch Laurens war nicht anzumerken, dass ihn der Verlust seines Arms behinderte. Seine rechte Hand packte das Zaumzeug fest, und der Stumpf des linken Arms hielt kreisend die Balance des drahtigen Körpers.

Obwohl Sieglinde es versuchte, gelang es ihr nicht, sich mit der bevorstehenden Reise zu befassen. Ihre Gedanken schweiften immer wieder zu Siegmund.

Sie hatte gehört, dass manche Frauen einen Stich im Herzen spürten, wenn der Gatte auf dem Schlachtfeld starb. Aber das war Weibergeschwätz, naives Gerede von Hofdamen, denen die Barden mit ihren Liedern den Kopf verdreht hatten.

Sieglinde wusste auch, dass Siegmund mittlerweile tot war. Es war keine Eingebung, kein Gesicht. Es war die schlichte Erkenntnis, dass Xantens Heer hoffnungslos unterlegen war und dass der Tod des Königs für Hjalmar der einfachste Weg war, das Ende des Waffengangs zu erreichen.

Der schneidende Wind trocknete die Tränen, die der Königin über die Wangen liefen. Sie dachte daran, die Götter um Hilfe anzurufen. Aber wo waren die Götter in den letzten Monaten gewesen? Entbehrte Xanten nicht schon lange ihrer Gunst? Die Niederlage konnte kein Zeichen von Odins Gerechtigkeit sein. Wenn die Götter von diesem Krieg wussten, dann waren sie missgünstig und niederträchtig, weil sie ihn zuließen.

Vielleicht hatte Henna aber Recht. Henna war eine von Sieglindes Hoffrauen, und vor kurzem hatte die Königin sie beim Beten ertappt – mit einem Kreuz!

Sieglinde war es einerlei, welchen Göttern Henna ihre Gebete schickte. Aber in dem Schwall der Worte, mit dem sie ihren neuen Glauben verteidigt hatte, waren Sieglinde viele wunderliche Dinge zu Gehör gekommen.

Der Gott der ... Christen, so nannten sie sich wohl – er war allumfassend. Und vergebend. Er suchte nicht Vergeltung für die Fehlbarkeit der Menschen. Seine Gnade war nicht Willkür, sondern Versprechen. Sein Reich war ein Reich des Friedens, in dem nicht die Krieger mit Met und Jungfrauen empfangen wurden, sondern die Gerechten.

Ein kurzer, scharfer Pfiff von Laurens riss Sieglinde aus ihren Gedanken. Mit dem Kopf deutete der Soldat nach Süden. Sie hatten den Rand des Waldes erreicht, durch den ein halber Tagesritt nach Xanten führte. Doch sie würden die von Karren und Hufen festgetretenen Wege nun verlassen und sich durch das Gehölz in Richtung Rhein vortasten. Sieglinde war froh, dass der Tag anbrach. Wenigstens konnten sie im Morgenlicht im sanften Trab verbleiben, wo sie sich des Nachts dem vorsichtigen Schritt der Pferde hätten beugen müssen.

Sieglindes Hände verkrampften sich im Zaumzeug, als sie daran dachte, dass die Bewohner der Burg vermutlich nicht einmal rechtzeitig erfahren würden, wie die Schlacht ausgegangen war, bevor die Krieger Hjalmars die Stadtmauern erreichten. Die Berichte von der Grenze ließen nicht erwarten, dass sie beim Gesinde des Königs Gnade walten lassen würden. Es war ein weiteres Gesetz des Krieges – töte viele, um die Furcht aller zu erreichen. Kein Kriegsherr hatte die Zeit, sich den Respekt eines besiegten Volkes zu verdienen. Er musste mit Schrecken regieren, bis lähmende Gewöhnung die Bevölkerung müde machte, bis die Sorge um Vieh und Feld mehr wog als um den rechtmäßigen König.

Die Pferde trabten nun langsam genug, dass Sieglinde mit Laurens sprechen konnte. »Wer ist dieser Regin, von dem Siegmund gesprochen hat?«, fragte sie.

»Man sagt, er sei ein Nachkomme einer der Schmiede, die Nothung aus dem Atem Odins schlugen. Er war lange Jahre Waffenmeister von Siegmunds Vater. Als Hendrik abdankte, verließ Regin Xanten. Nur wenige Menschen wissen, wohin er ging.«

Sieglinde senkte ihren Kopf ein wenig, um nicht von niedrig hängenden Zweigen getroffen zu werden. »Und wir können ihm vertrauen?«

Trotz der Gefahr, in der sie sich befanden, hielt Laurens sein Pferd an und sah seiner Königin ernst in die Augen. »Von diesem Tage an dürft Ihr *niemandem* mehr trauen, hört Ihr? Euer Leben, Eure Vergangenheit – es wird eine Lüge sein, die Ihr von Herzen kommend erzählen müsst. Jede edle Seele, die Euch begegnet, wird von dem Gold, das Hjalmar auf Euren Kopf aussetzt, in Versuchung geführt.

Und Ihr habt nicht mehr die Möglichkeit, Loyalität als Gegengewicht in die Waagschale zu legen.«

Sieglinde wollte etwas einwenden, aber Laurens war noch nicht fertig. »Sollte der Tag kommen, an dem Ihr allein überleben könnt – dann müsst Ihr Regin in der Nacht darauf die Kehle durchschneiden. Sein Nutzen ist dann geringer als die Gefahr, die sein Wissen darstellt.«

Er wartete nicht einmal ab, ob sie etwas erwidern wollte, sondern trat seinem Pferd in die Flanken.

Die Königin, die nun keine mehr war, folgte ihm. Dabei überlegte sie, ob auch Laurens ein Mitwisser war, dessen es sich zu entledigen galt. Laurens selbst hatte sich diese Frage schon beantwortet.

Der Rhein führte viel Wasser in diesen Wochen. Breit und träge wälzte er sich nordwestlich auf das Meer zu. Die vielen kleinen Nebenarme, in denen das Wasser lange stand, versorgten ihn mit einem weichen fauligen Geruch, der als leichter Dunst über der Oberfläche waberte.

Es gab keinen Fluss weit und breit, der vergleichbar viele Aufgaben erfüllte und so viel zur Entstehung der angrenzenden Königreiche beigetragen hatte. Handelsgüter aus Rom und Byzanz wurden mit Hilfe von großen Flößen auf dem Strom bis zum Meer getrieben, wo Schiffe den Transport in die Nordländer übernahmen. Es gab üppige Weinberge an seinen Tälern am Oberlauf, und ihr vergorenes Gold galt dem der Franken als ebenbürtig.

Der Rhein verband Reiche wie eine flüssige Straße, die nicht durch Krieg oder Heimtücke eingenommen werden konnte. Wer den Rhein blockierte, stoppte das Herzblut des eigenen Landes. Auch aus diesem Grund hatte es zwischen Xanten und Burgund seit Generationen keinen Krieg mehr gegeben.

Aber die Quellen des Rheins speisten nicht nur das Flussbett mit Wasser, sondern auch die langen Winterabende mit Legenden. Es gab Geschichten sonder Zahl, und Sieglinde hatte viele davon von ihrer Mutter gehört. Da war die junge Maid, die auf einem Felsen nahe einer Flussbiegung saß und deren betörende Schönheit den Schiffern Unheil verhieß. Oder die Schätze, die von den wässernen Jungfrauen im Rhein eifersüchtig bewacht wurden. Manchmal warfen die Händler, wenn sie die Nähe der Nymphen zu spüren glaubten, Opfergaben über Bord. Diese wurden dann von den Jungen aus den anliegenden Dörfern mit großer Geschicklichkeit wieder an die Oberfläche geholt, wenn die Schiffe außer Sichtweite waren.

Und natürlich die Nibelungen. Ihnen gehörten weite Teile von Odins Wald, nördlich von Worms und westlich von Mainz. Das heißt, natürlich *gehörte* ihnen der Wald nicht. Sieglinde hatte das Glück gehabt, mit einem wachen Geist gesegnet zu sein, und sie wusste, dass die Geschichten von den Nibelungen, jenen sagenhaften Zwergen aus der Zeit vor der Zeit, nur brüchige Schauermärchen waren, deren Löcher mit immer neuen Hirngespinsten gestopft wurden.

Das war nicht verwunderlich – Odins Wald war dicht und schwer zu durchqueren. Schon die Römer hatten vor Jahrhunderten die Wasserstraße bevorzugt, um die germanischen Stämme zu unterjochen und ihr Reich bis fast an die Küste auszudehnen. Es gab viele Wölfe und Luchse in dieser Gegend, und jeder, der von seinen Reisen nicht zurückkehrte, galt schnell als »in Odins Wald geblieben«. Über die Generationen wurde daraus ein wildes Netz aus Fabeln gesponnen, und seither munkelte man von kleinwüchsigen Waldläufern, deren Anblick Unheil brachte.

Sieglinde mochte den Rhein. Als die Hufe ihres Pferdes erstmals Wasser aufspritzen ließen, empfing sie trotz der

Trauer und des Todes, der sie seit Tagen umgeben hatte, so etwas wie eine noble Ruhe.

Der Rhein war ein Garant für Beständigkeit. Weder Krieg noch Tod konnte ihn zwingen, und in Zeiten der Veränderung hielt er seinen Lauf mit behütender Gemächlichkeit.

Sie hatten es tatsächlich geschafft, durch die Wälder an Xanten vorbei zum Fluss hinabzureiten, ohne von versprengten Trupps in Hjalmars Sold gesehen zu werden. Zweimal hatten sie angehalten und den Geräuschen des Waldes gelauscht. Es waren Stimmen darunter gewesen, doch sie entfernten sich nach kurzer Zeit wieder.

Nun, da sie das aufgeschwemmte Ufer des Flusses erreicht hatten, konnten sie hoffen, ohne Spuren südwärts zu reisen.

Laurens sprang von seinem Pferd und stand bis zu den Knien im Wasser. Dann beugte er sich vornüber und tauchte seinen Kopf unter. Als er ihn wieder in die Höhe riss und die Tropfen aus seinen Haaren spritzten, schien es genauso eine Taufe wie eine simple Erfrischung zu sein.

Er sah Sieglinde einen Moment lang an. »Der Krieg ist nun für uns vorbei. Kein Sieg, kein Ruhm.«

»Aber vorbei trotz alledem«, sagte die Königin.

Laurens sah ein wenig mürrisch die Böschung hinauf. »Möchtet Ihr ein wenig rasten?«

Sieglinde schüttelte den Kopf. »Und Gefahr laufen, den Dänen doch noch in die Hände zu fallen? Eher reite ich, bis ich tot aus dem Sattel in die Fluten falle.«

Laurens sah sie mit ehrlicher Bewunderung an und bestieg wieder sein Pferd. »Ihr seid eine starke Königin. Ich gebe zu, als Siegmund Euch erwählte, da dachte ich ...«

»... wie auch der Rest des Volkes«, beendete Sieglinde seinen Satz. »Und wie der Rest des Volkes hast du dich geirrt. Doch ich sage es dir erneut – ich bin nur noch eine starke

Frau. Die starke Königin starb im Morgengrauen an der Seite ihres Mannes.«

»Line«, murmelte Laurens, als müsse er sich zwingen, den Namen auszusprechen. »Line.«

Dann ritten sie weiter. Das Wasser, das am überschwemmten Ufer die Beine der Pferde umspülte, platschte immer wieder hoch und lief prickelnd an Sieglindes Beinen herab. Es kühlte ihre geschundenen Füße.

Regin legte sich immer früh zur Ruhe. Nach Einbruch der Dunkelheit gab es in Odins Wald nichts, was zu erforschen wert gewesen wäre. Und in seiner Einsamkeit gab es auch niemanden, mit dem er noch Gespräche hätte führen können.

Doch heute Abend war es anders. In der Schmiede waren die Kohlen längst ausgeglüht, und das hölzerne Geschirr seines Abendessens hatte er im Bach gewaschen.

Nun stand er auf dem kleinen Platz, den er vor seiner Behausung von allen Bäumen befreit hatte, als er vor vielen Jahren in diesen Wald gezogen war. Es war stockfinster, kein Mond strahlte durch die Baumwipfel, und selbst die Sterne schienen schwächer als sonst zu leuchten. Es waren die Geräusche einiger Nachttiere zu hören, die nun auf Beutefang gingen. Nichts darunter, vor dem der Schmied sich hätte zu verstecken brauchen.

Regin brauchte sich sowieso vor nichts und niemandem zu verstecken. Er war Teil des Waldes, und der Wald würde ohne ihn ebenso wenig leben wollen wie er ohne den Wald.

Er schnüffelte. Dann horchte er.

Doch die Beunruhigung, die er verspürte, kam nicht von äußerer Gefahr. Sie hatte ihren Ursprung in seinem Inneren. Etwas, dem er tief in seiner Seele verbunden war, war aus den Fugen geraten. Es war, als ob die Götter die Figuren in ihrem ewigen Spiel neu aufstellten und die Konstellationen sich verschoben.

Regin setzte sich auf den Waldboden. Er legte die Handflächen auf die Erde, als müsse er die Schwingungen der Welt in sich aufnehmen.

»Siegmund«, flüsterte er leise.

Und die Erde antwortete ihm.

Sie sprach von einer neuen Aufgabe, die seines Weges kommen würde.

Tage vergingen in verdächtiger Ruhe, und es bedurfte großer Willenskraft, nicht unaufmerksam zu werden. Laurens war klar, dass Hjalmars Boten, wenn sie es wirklich auf die Königin abgesehen hatten, mittlerweile in allen wichtigen Städten von einer stattlichen Belohnung gekündet hatten. Er konnte nur hoffen, dass der Dänenkönig zu beschäftigt sein würde, seinen noch brüchigen Sieg zu festigen. Und dann würde er sicher zuerst im Umland von Xanten suchen lassen.

Es war nicht leicht voranzukommen. Die großen Straßen und Wege mussten Sieglinde und Laurens ebenso meiden wie die Siedlungen und Städte. Der Rhein, an dessen unwegsamem Ufer sie sich halbwegs ungestört fortbewegen konnten, wand sich durch die Landschaft wie eine zappelnde Schlange in der Hand eines Jägers. Die Strecke wurde dadurch erheblich verlängert. Immer, wenn ein Schiff oder ein Floß in Sichtweite kam, schlugen sie sich ins Unterholz und warteten. Es war nicht zu erwarten, dass man sie bereits überall suchte, aber schon die Erinnerung an das seltsame Paar auf der mühsamen Route barg Gefahr.

Die Pferde hielten gut durch. Angesichts des unsicheren Untergrunds aus Stein, Kies und Schlick tasteten sie sich langsam voran, und Ruhepausen waren selten nötig.

Wenn der Abend kam, banden Sieglinde und Laurens die Tiere außer Sichtweite des Flusslaufs an und suchten sich einen geschützten Platz für die Nachtruhe.

Laurens war es, der Nahrung besorgte, und trotz seiner mangelnden Ausrüstung brauchte er nie lange, um ein Rebhuhn oder ein Kaninchen zu erlegen. Das Feuer hielten sie klein, um nicht unnötig Aufmerksamkeit zu erregen. Das Fleisch des Essens war kaum durch, da schaufelte Laurens wieder Erde auf die Flammen.

Sieglinde tat ihr Bestes, um die Mühsal der Reise zu lindern. Sie sammelte Holz, bereitete die Spieße vor und glättete den Boden für die Nachtruhe. Anfangs musste sie es tun, wenn Laurens auf der Jagd war, denn es war dem Krieger sichtlich unwohl, seiner Herrscherin bei körperlicher Arbeit zuzusehen. Aber Sieglinde setzte sich durch.

Was sie nicht verhindern konnte, war Laurens' Entschiedenheit, mit der er sie zu bewachen verlangte. Er war sich bewusst, dass auch sein Körper Schlaf brauchte. Trotzdem legte er niemals die geschnürten Lederstiefel ab, hatte das Schwert immer an seiner Seite, und bevor er Sieglindes ruhigen Atem hören konnte, schloss er die Augen nicht.

Am Morgen des vierten Tages erwachte er früh und fand den Platz neben sich leer. Er griff nach seiner Waffe und sprang auf. Es gab eigentlich keinen Grund, besorgt zu sein. Wahrscheinlich war Sieglinde nur einige Schritte gegangen, um die Knochen des gebratenen Hasens vom Vorabend im Erdreich zu vergraben.

Er suchte sie in mehreren Richtungen, bis er an die Böschung kam, die zum Fluss hinunterführte. Beim letzten Hochwasser hatte der Strom das Ufer unterspült, und die Wurzeln einiger Bäume hatten den Halt verloren. Sie waren nach vorne geknickt und hingen mit ihren Kronen halb in den Rhein. Im Gewirr aus Ästen und Blättern konnte Laurens Sieglindes Gestalt ausmachen. Im Schutz der Bäume stand sie nackt im Wasser und wusch ihr Kleid.

Es war ein seltsamer Anblick. Bis zu diesem Moment war es Laurens unmöglich gewesen, in Sieglinde etwas anderes zu sehen als seine Königin. Selbst als sie nackt im Zelt seines Herrn gelegen hatte, war sein Blick an ihrem Körper vorbeigeglitten wie etwas, das zu sehen er angesichts seines Ranges nicht vermochte.

Er trat auf einen Ast, und Sieglinde horchte auf. Sie sah ihn unverwandt an, ohne Scheu, ohne Reiz. »Guten Morgen.«

Laurens nickte knapp und drehte sich um. Es war nicht so, dass er Sieglinde begehrte. Aber sie war eine Frau, und sie war unbekleidet. Er dachte daran, die Lagerstätte zu räumen, als sie ihn zurückrief. »Gib mir deine Kleider, und ich werde sie auch waschen.«

Laurens presste die Antwort zwischen den Zähnen hervor. »Das wird nicht nötig sein.«

»Laurens«, rief Sieglinde streng. »Es *ist* nötig. Wenn unsere Pferde uns nicht verraten – unser Gestank wird es gewiss. Und wenn wir es bis zu Regins Schmiede schaffen, will ich von ihm nicht als alte Hexe mit einem Hammer erschlagen werden!«

Laurens seufzte – weniger, weil ihm der Gedanke missfiel, sondern weil er wusste, dass Sieglinde Recht hatte. In der letzten Nacht hatte sein eigener Geruch es ihm schwer gemacht, einzuschlafen. Es kratzte und juckte überall, Schweiß, Blut und Dreck hatten sich im Stoff zu einer dunklen Kruste verbunden, die an seinen Beinen schabte und seinen verbliebenen Arm wund rieb.

Er sprang die Böschung hinab zum Ufer. Dort warf er das Schwert hin. Dann löste er die Riemen seiner ledernen Stiefel, legte sie beiseite und watete in den Rhein. Er wartete, bis das Wasser bis zu seiner Hüfte stand, bevor er die Beinkleider auszog und sie Sieglinde gab. »Das müsst Ihr nicht tun.«

Sieglinde breitete ihr Kleid über einen tief hängenden Ast und walkte Laurens' Hose, dass sich das klare Wasser sofort wölkend trübte. »Ich werde viele Dinge wieder tun müssen. Dinge, die ich tat, als ich jung war, und die ich glücklicherweise nicht verlernt habe. Es mag dir seltsam vorkommen, Laurens – aber manchmal neidet die Königin der Magd ihre Arbeit.«

Laurens zog sich sein grob gestricktes Unterkleid aus und tunkte es in das Wasser. »Und der Krieger dem Bauern.«

Plötzlich hielt Sieglinde inne und hob abwehrend die Hand. Sie hatte etwas gehört. Auch Laurens hielt den Atem an.

Es war ein Platschen, das Schlagen von Rudern ins Wasser. Es kam von flussabwärts.

»Sollen wir uns verstecken?«, flüsterte Sieglinde.

Es war schwer zu sagen, wie weit das Schiff hinter der nächsten Flussbiegung trieb. Laurens sah sich grimmig um und schüttelte den Kopf. »Die Baumwipfel geben uns ausreichend Tarnung. Wir sollten aber so weit wie möglich ins Wasser.«

Der Krieger und die Königin knieten nieder und setzten sich dann auf die rund geschliffenen Steine, die das Flussbett füllten. Das Wasser ging ihnen bis zum Kinn. Es war kalt und trug die Ahnung des Winters in sich.

Laurens konnte sich kaum erinnern, wann er das letzte Mal so etwas wie ein Bad genommen hatte. Als Soldat reinigte er sich meistens am Trog, aus dem die Pferde tranken. Oder er ließ sich von einer Magd, die seine Gesellschaft wünschte, mit einem Krug Wasser übergießen.

Nun saß er hier, nackt neben seiner Gebieterin, und hoffte darauf, nicht gesehen zu werden, ganz gleich, von wem. Er verfluchte es, nicht mehr im Krieg zu sein. Auf dem Schlachtfeld brauchte man sich nicht zu verstecken. Und man kannte den Gegner.

Es vergingen bange Minuten ... Schließlich erschien der Schädel eines Wolfes aus der Biegung des Flusses. Eine Bestie mit aufgerissenem Maul, schwarz glänzenden Augen und tiefgrauem Körper.

Sieglinde atmete hörbar ein und hielt dann erschrocken den Atem an. Laurens blickte sich um und vergewisserte sich, dass sie nicht zu sehen waren.

Das Kleid! Sieglinde hatte es auf dem Ast hängen gelassen, und trotz seiner erdigen Farben würde es aus dem Blättergewirr herausstechen.

Laurens hob den rechten Arm langsam, um nicht zu viel Geräusch zu verursachen. Seine Finger packten den Stoff und zogen ihn mit einem Ruck unter die Wasseroberfläche.

Der Wolfsschädel, der mit starrem Blick über das Wasser glitt, zog nun ein Schiff hinter sich her. Es war ein isländisches Langboot. Wenig Tiefgang, dafür am Bauch weit gewölbt, um viel Ladung aufnehmen zu können. Zwölf Ruderer auf beiden Seiten, dazu ein vom Wind nur wenig geblähtes Segel.

Auf dem Segel prangte das Zeichen des Königshauses Istenstein. Der Wolf, auf dessen Rücken sich ein Rabe festgekrallt hatte.

Sieglinde warf Laurens einen fragenden Blick zu, doch dieser schüttelte stumm den Kopf.

Er wusste auch nicht, was die Isländer so weit den Rhein hinauf führte. Sie waren selbst so etwas wie ein Sagenvolk. Von einer fernen Insel aus unwirtlichem Stein stammend, hatten Hakans wilde Gesellen wenig mit den von den Römern zivilisierten Stämmen nördlich der Alpen zu tun. Die Isländer hatten den Ruf, Barbaren wie die Hunnen zu sein. Schriften und Musik waren ihnen ebenso zuwider wie das Studium der Natur, wenn es nicht gerade um die Erlegung von Beute ging.

Es hieß, die Isländer würden das wenige, das sie ihrem Land abtrotzen konnten, durch Raubzüge in die Nordländer ergänzen, ohne dabei jemals einen offenen Krieg vom Zaun zu brechen.

Das, was Sieglinde und Laurens zu sehen bekamen, konnte diese Geschichten nur bestätigen. Die Krieger, die mit mürrischen Gesichtern an der Reling lehnten, waren groß gewachsen, und die übergeworfenen Bärenfelle betonten ihre breiten Schultern. Im Gegensatz zu den Dänen zierten keine Helme ihre Schädel, und ihre Haare waren grob geflochten.

Die meisten von ihnen trugen keine Unterkleider, sondern hatten einfache Lederstücke mit Riemen um ihre muskulösen Körper gebunden. Einige von ihnen trugen schwere Streitäxte in Schlingen auf dem Rücken. Einer pinkelte ins Wasser, während er in ein verkohltes Stück Fleisch biss.

Sie sahen nicht aus wie eine Gruppe reisender Krieger – sie sahen aus wie ein Rudel Ratten, das die Pest im Gepäck hatte, um alles, was es berührte, krank und irr zu machen.

Das erste Schiff zog ein weiteres nach sich, und dann noch eins im Gefolge. Alles in allem vielleicht hundert Mann, schätzte Laurens. Es war möglich, dass die Isländer nach dem schnellen Fall von Xanten beschlossen hatten, ihre frei gewordenen Truppen zum Kundschaften zu nutzen. Auf Raubzug konnten sie kaum sein – der Fall Xantens hatte ihnen auch die Schatzkammern König Siegmunds eröffnet.

Laurens war froh, dass seine Stiefel und sein Schwert am

Ufer außer Sichtweite lagen – und wütend, dass das Schwert nicht in seiner Hand lag. Es war unvorsichtig gewesen – und dumm. Er versprach sich selbst, diesen Fehler nicht zu wiederholen.

Es währte eine endlose halbe Stunde, bis die isländischen Schiffe wieder außer Sichtweite waren. Dann sah Laurens Sieglinde an. Sie zitterte, und ihre Lippen waren bleich.

»Ihr müsst aus dem Wasser. Ich werde ein Feuer entzünden. Dann können wir uns wärmen und die Kleidung trocknen.«

Sieglinde nickte.

Der Fünftagesritt, von dem Siegmund gesprochen hatte, dauerte etwas mehr als eine Woche. Den letzten Tag ritten Sieglinde und Laurens durch die Ausläufer von Odins dichtem, finsterem Wald. Zeitweise mussten sie die Pferde an ihren Zügeln hinter sich her führen, um voranzukommen.

Odins Wald schien, als habe der Göttervater die riesigen Bäume mit den Händen zusammengeschoben, damit ihre Wipfel ein Dach bildeten, das kaum Sonnenlicht durchließ. Die Stämme wuchsen kreuz und quer, sich überschneidend und umschlingend. Der Boden war trocken und kühl, und überall warfen knorrige Wurzeln ihre festen Schlingen. Erneut stiegen Lauren und Sieglinde ab, um das Unterholz zu durchdringen.

»Woher weißt du, wo wir Regin finden?«, fragte Sieglinde.

Laurens antwortete nach kurzem Zögern. »Der König sprach oft davon, Euch hier vor Hjalmar zu verstecken.«

Sieglinde war augenscheinlich überrascht. »Das alles war geplant? Siegmund wusste vor dem schicksalhaften Morgen, dass der Krieg verloren war?«

Es war offensichtlich, dass Laurens nicht gerne darüber sprach. »Er musste es nicht sagen. Jeder der Heerführer wusste es. Die Schlacht war verloren, bevor sie begann.«

»Aber warum dann das Blutvergießen? Warum hat er Xanten nicht Hjalmar überlassen – und Tausenden von Kriegern den Tod erspart? Frauen sind Witwen geworden, Kinder wurden Waisen!«

Sie hielt inne, aber es war leicht für Laurens, ihren Gedanken zu Ende zu spinnen. »Und Männer wurden zu Krüppeln?«

»Das meinte ich nicht«, sagte Sieglinde leise.

»Doch, Ihr meintet es«, knurrte Laurens. »Aber Ihr habt es nicht verstanden. Was für ein König wäre Siegmund gewesen, wenn er sein Reich kampflos einem Unhold wie Hjalmar überlassen hätte? Es war seine erste Aufgabe, Xanten zu schützen. Und diese Aufgabe war nicht weniger erstrebenswert, nur weil sie scheitern musste. Was für ein Mann ist das, der nur Siege erringen will? Ein Feigling ist er! Und König Siegmund war vieles – doch er war kein Feigling! Bin ich wütend, weil ich meinen Arm für eine verlorene Sache gegeben habe? Nein. Ich bin wütend, nur *einen* Arm gegeben zu haben!«

Bei den letzten Sätzen war Laurens immer lauter geworden, und als er sich ertappte, seiner Herrin gegenüber die Stimme erhoben zu haben, verstummte er.

Sieglinde antwortete nicht. Politik war immer die Sache der Männer gewesen, und das Ende der Politik war scheinbar immer der Krieg. Die Geschichte hangelte sich von Schlacht zu Schlacht, und die kurzen Friedenszeiten waren den Chronisten zumeist keine drei Zeilen wert. Laurens war ein Krieger – und es war nicht zu erwarten, dass er jemals etwas anderes sein würde.

Der Soldat hielt inne. »Dort.«

Er deutete mit dem Arm durch das Zwielicht des Waldes. Sieglinde kniff die Augen zusammen.

Da war etwas. Wenig mehr als eine halbrunde Form, ein dunkler, grob geschwungener Hügel, der sich an den Waldboden schmiegte. Es wäre leicht gewesen, ihn für eine natürliche Erhöhung zu halten – wenn aus der höchsten Stelle nicht eine dünne Rauchfahne gestiegen wäre. Es musste Regins Schmiede sein.

Sieglinde versuchte, sich nicht über den Widersinn einer Schmiede in dieser einsamen Gegend Gedanken zu machen. Manchmal schien es, als wäre die Bestimmung vieler Dinge bewusst vor den Menschen verborgen.

Als sie näher kamen, wurden die Umrisse der Schmiede deutlicher. Die Halbkugel, die zum Boden hin flach auslief, war aus Holzscheiten gebaut, die mit Pech abgedichtet waren. Diese waren allerdings kaum noch zu sehen, denn der Wald hatte sich im Verlauf der Jahre – oder Jahrzehnte, Sieglinde konnte es nicht sagen – des Bauwerks bemächtigt und es mit dicken Moosflechten und Gräsern überwuchert. Es sah nun tatsächlich wie ein Hügel aus, der einen höhlenartigen Eingang zu haben schien, ein schwarzes Maul unter grüner Haube.

Der Durchmesser der Waldhütte mochte an die zwanzig Schritte betragen, und Sieglinde bemerkte schräg hinter dem Hauptbau noch einen weiteren, kleinen Hügel, der vielleicht als Schlafstatt oder Lager diente.

Obwohl Sieglinde noch niemals eine solche Bauweise gesehen hatte, erkannte sie die Vorteile auf Anhieb: Die Gräser schützten das Haus vor Wind und Regen und hielten im Winter die Kälte ab. Es war unauffällig und ideal für jemanden, der keinen Wert auf durchreisende Gesellschaft legte.

Sie hörte nun das kräftige, aber deutlich gedämpfte Schlagen von Metall auf Metall. Offensichtlich hielten die Wände der Hütte auch den Lärm bei sich, so gut es ging.

»Woher wissen wir überhaupt, ob er uns aufnehmen wird?«, wollte Sieglinde wissen. »Schließlich steht er nicht mehr im Dienst des Königs.«

»Nicht in seinem Dienst, aber in seiner Schuld«, murmelte Laurens.

Er wollte fortfahren, aber die Schläge in der Behausung hatten schlagartig aufgehört. Laurens sagte sich, dass Regin ihr halblautes Gespräch unmöglich gehört haben konnte, als bereits die Gestalt des Schmieds im Eingang der Hütte auftauchte.

Sieglinde wusste nicht, was sie erwartet hatte. Vielleicht einen alten, knorrigen Mann mit kräftigen Händen und lederner Haut – so, wie man sich einen Schmied am Ende seines Lebenswegs vorstellte. Aber Regin entsprach diesem Bild in keinster Weise. Er war sehr klein, fast von geduckter Gestalt. Aufgrund seiner überbreiten Schultern schwangen die muskulösen Arme frei hin und her, ohne auch nur in die Nähe seines Oberkörpers zu kommen. Sie waren so lang, dass der kurze Hammer, der in Regins rechter Faust steckte, über den Boden schleifte. Struppige schwarze Haare wurden nur mühsam von einer Kappe gebändigt, und strahlend blaue Augen blitzten unter ebenso dunklen Brauen hervor. Um den Brustkorb war eine lederne Schürze gebunden, und die Beine waren bis zum kurzen Beinkleid ebenfalls in Leder gehüllt. Er sah aus wie dreißig, vielleicht vierzig Jahre.

Am meisten fielen Sieglinde jedoch seine Hände auf. Sie waren schmutzig, das war kein Wunder, aber selbst auf die zwanzig Schritte, die sie noch von der Hütte entfernt sein mochten, konnte sie die glatten, vom Leben unangetastet wirkenden Finger sehen, die eher einem Barden als einem Schmied zur Ehre gereicht hätten. Keine Narben, keine Hornhaut, selbst die Nägel waren wie von Quarzsand poliert.

Regin sagte kein Wort und stand nur im Eingang seiner Hütte. Sieglinde und Laurens gingen langsam und schweigend auf ihn zu.

Der Schmied erkannte Laurens und folgerte, was geschehen war, denn der Wald hatte ihm vom Krieg und von Siegmunds Tod erzählt. Es war nicht schwer zu erraten, wen der treue Gefährte des Königs von Xanten hierher geleitete. Auch der Grund des Besuchs stand damit fest. Und der Schmied brauchte keine Bitte, die anzunehmen er sowieso verpflichtet war.

Auch Laurens wusste, dass Regin ihn erkannte und dass der Schmied die notwendigen Schlüsse ziehen würde. Sieglinde wurde befangen und atmete tief ein, als wolle sie das Schweigen brechen. Laurens griff ihre Hand und drückte sie leicht, um sie davon abzuhalten.

Regin ließ den kleinen Hammer fallen und fiel auf die Knie. Er senkte den Kopf, bis das Kinn seine schmutzige Brust berührte. »Mein Leben für Euer Leben, Majestät.«

»Ich wünschte, ich könnte dir versprechen, dass es dazu nicht kommen wird«, sagte Laurens. »Steh auf.«

Regin hob leicht den Kopf und sah Sieglinde an. Auch sie bedeutete ihm, sich zu erheben. Regin stand auf.

»Keine Königin«, erklärte Sieglinde. »Line ist mein Name, und für die Zeit, die ich absehen kann, werde ich deine Gehilfin sein, so gut ich es vermag. Wenn Xanten nicht frei ist – bis ans Ende meiner Tage.«

Es fiel Regin sichtlich leichter als Laurens, Sieglinde nicht länger als Königin von Xanten zu betrachten. »Line also. So sei es.«

Er drehte sich kurz um, blickte in die Hütte und erschrak ein wenig. »Oh, mein Tagewerk! Einen Augenblick.«

Der Schmied eilte in seine Werkstatt. Laurens und Sieglinde banden ihre Pferde an einen Baum und folgten ihm.

Es war heiß in diesem fast kuppelförmigen Raum, der durch keinerlei Wände unterteilt war. Überall standen Werkzeuge und all jene Dinge, die ein fleißiger Schmied benötigte – Metallbarren, Hämmer, ein riesiger Blasebalg, ein Amboss und mehrere Tauchbecken. Zwei große Holzkisten enthielten die Zeugnisse von Regins Handwerk.

Mit einer Zange nahm der kleinwüchsige Mann ein glühendes Metallstück vom Amboss, das er sogleich in ein Wasserbecken tauchte, in dem es zischend sein Licht verlor.

Sieglinde war angetan als auch erstaunt. Diese Werkstatt war anders als jede Schmiede, die es bei Hofe gegeben hatte. Grob, einfach, unaufgeräumt. Doch sie strahlte eine Ruhe und Wärme aus, die beruhigend wirkten. Es war, als wäre sie Teil des Waldes, Teil der Natur.

»Was machst du gerade?«, wollte sie wissen.

»Eine Sichel«, murmelte Regin und rieb das erkaltete Metall mit einem Stück Leder ab. »Gute Sicheln gibt es nie genug.«

Auch in den Kisten lagen nur Werkzeuge, aber keine Waffen, wie Laurens nun erkannte. »Du fertigst keine Schwerter, keine Pfeilspitzen?«

Regin sah ihn verächtlich an. »Der Krieg ist vorbei – verwesende Leichen und Hunger, davon haben wir derzeit genug. Waffen auch. Ihr Wert ist gering, wenn Frieden und Not herrschen.«

Regin schöpfte etwas Wasser aus dem Tauchbecken und wusch sich das Gesicht. Dann trocknete er sich mit einem groben Lappen ab. Als er halbwegs von Schmutz und

Schweiß befreit war, schien er noch jünger auszusehen als vorher. Auch das Fehlen jeglichen Bartwuchses fiel Sieglinde auf. »Man sagte mir, du seist schon der Schmied von Hendrik gewesen, dem Vater Siegmunds.«

Regin grinste nur schief. »Die Götter haben mir ein langes Leben geschenkt.«

Es war offensichtlich, dass damit alles gesagt war, was preiszugeben er als nötig erachtete. Und Sieglinde, die ihn in der Not um Hilfe bitten musste, würde nicht fordern, was man ihr nicht bot.

Sieglinde und Laurens aßen mit Hunger. Es lag nicht so sehr an der Leere in ihren Mägen. Es war vielmehr der Genuss, nach Tagen, in denen es nur halbrohes Fleisch gegeben hatte, endlich wieder einmal eine richtige Mahlzeit zu bekommen, die mit Soße, Gewürzen und Kräutern einherging.

Und Brot. Sieglinde war überzeugt, noch nie in ihrem Leben so köstliches Brot gegessen zu haben.

Sie saßen in dem kleinen Beihaus, das Regins Schlafraum und seine Kochstelle beherbergte. Wie es schien, hatte sich der Schmied hier in den letzten Jahren recht gut eingerichtet.

»Wie kommt es, dass du dir eine Schmiede in der Wildnis gebaut hast?«, fragte Laurens, während er einen Bissen Brot kaute, den er durch die dunkle Soße gezogen hatte.

»Ich bin gerne allein«, antwortete Regin, und ein kurzer Seitenblick zu Sieglinde machte deutlich, was er damit meinte. »Und ich arbeite in niemandes Auftrag. Einmal im Jahr nehme ich meine Ware und verkaufe sie flussauf und flussab. Ich habe mein Auskommen.«

»Der König hätte deine Hilfe brauchen können – Xanten hätte deine Hilfe brauchen können«, knurrte Laurens.

»Nicht einmal die Götter hätten Xanten retten können«, hielt Regin dagegen.

Es war eine Beleidigung, die jedem Soldaten im Dienste Siegmunds galt. Laurens' Hand griff nach seinem Schwert, und als er aufstand, fiel sein grob gezimmerter Schemel hintenüber.

»Es steht dir nicht zu, uns zu verspotten!«, rief er wütend.

Regin blieb sitzen. »Steck dein Schwert fort, oder ich werde dich töten.« Er war völlig ruhig, während er sprach. Und trotzdem – es bestand für Sieglinde kein Zweifel, dass Regin sein Hausrecht durchzusetzen in der Lage war.

Es war sichtlich schwer für Laurens, die Sache auf sich beruhen zu lassen, ohne sein Gesicht zu verlieren, darum schlichtete Sieglinde: »Bitte, Laurens, nimm wieder Platz. Auch wenn jeder von uns den Krieg anders bewertet – es ändert doch nichts daran, dass er vorbei ist. Unser Blick sollte in die Zukunft gerichtet sein.«

Der Soldat nahm wieder Platz. Er erhob seinen Becher. »Auf die Zukunft. Wenn in Xanten wieder unsere Flagge weht und die Kinder mit Hjalmars blankem Schädel spielen.«

Regin stieß mit ihm an. Der Schmied war nicht besonders nachtragend.

Regin und Laurens hatten ihr Nachtlager in der Schmiede aufgeschlagen, damit Sieglinde das Beihaus für sich hatte. Sie hatte nichts davon wissen wollen, aber die beiden Männer hatten darauf bestanden.

»Morgen«, verkündete Regin, »werde ich die ersten Bäume fällen, und bevor der Winter kommt, werdet Ihr Eure eigene Behausung haben. Irgendwo in einer Truhe ist auch noch ein Ballen Tuch – wenn Ihr mit Nadel und Faden umgehen könnt, wartet er nur darauf, zu einem neuen Kleid geschneidert zu werden.«

Sieglinde nickte dankbar, und die beiden Männer verließen das Beihaus. Sie legte ihre Kleidung ab und setzte sich auf das Holzgestell, das Regin als Bettstatt diente. Von der Feuerstelle strahlte noch die Kohle, und Sieglinde zog nur ein dünnes Leintuch über ihren Körper.

Sie dachte darüber nach, was Laurens gesagt hatte. Es bestand kein Zweifel daran, dass der alternde Soldat seinen letzten Atemzug der Befreiung Xantens von Hjalmars Joch widmen würde. Und es bestand ebenso wenig Zweifel, dass diese Befreiung mit einem erneuten Krieg einhergehen würde. Ein Krieg, den nur jemand führen konnte, der Xantens Thron beanspruchen konnte.

Sie strich sich vorsichtig über ihren flachen Bauch. Es würde noch Wochen dauern, bis Siegmunds Geschenk an sie zu sehen sein würde. Wochen, in denen sie sich Gedanken machen musste, ob die Zukunft, von der Laurens träumte, auch die ihre war. Oder die ihres Kindes. Sie war sich auch nicht sicher, was Regin anging. Er war ein seltsamer Bursche, und hinter seinem schlichten Äußeren hauste ein komplizierter Geist, das war offensichtlich.

Aber sie hatte Zeit. Neun Monate, bis sich entschied, ob sie eine Prinzessin zur Welt bringen würde, die einen Prinzen heiraten musste, um mit dem Heer seines Vaters Xanten zu erobern – oder ob ihr Kind ein Krieger sein würde, dessen Geburtsrecht und Vision den Aufstand gegen Hjalmar schüren würden.

Nichts wollte sie weniger, zu nichts war sie jedoch mehr verpflichtet. Ihr Erbe würde der Erbe Xantens sein.

Laurens blieb kaum drei Tage, um Regin zu helfen, die Bäume für das neue Beihaus zu fällen. Dann verkündete er, dass es für ihn an der Zeit war, wieder ins Land zu ziehen.

»Ich muss sehen, was von Xanten übrig ist und welche Männer in den Kerkern verrotten«, erklärte er, bevor er sein Pferd bestieg. »Dem Feind ist derzeit durch Schwertkraft nicht beizukommen – aber vielleicht lässt sich seine Macht von innen zersetzen.«

Sieglinde reichte ihm einen Beutel mit Proviant und ein neues Hemd, das sie für ihn genäht hatte. »Die Götter mögen mit dir sein. Und mit Xanten.«

Laurens nickte dankbar. Er wusste, dass Sieglinde ihn nicht bitten würde, jemals wiederzukommen. Ihre Wege trennten sich an diesem Ort, in dieser Stunde.

Der treue Soldat deutete auf die Teile von Nothung, die immer noch in Leder gewickelt waren und neben dem Eingang der Schmiede lagen. »Vergrabt das Schwert an jener Eiche, um es zu bewahren, bis sein rechtmäßiger Besitzer Verwendung dafür findet. Bis dahin werde ich für das freie Xanten kämpfen und mein Blut der Freiheit opfern.«

Er sagte es, als sei es eine Gefahr, die er als gegeben hinnahm. Als sei sein Leben nur noch das Warten, bis der Tod ihn von der Schmach erlöste, im Krieg nicht bis zum bitteren Ende gefochten zu haben.

Regin reichte Laurens sein Schwert. »Ich habe es noch einmal nachgeschliffen. Es ist sicher kein Prachtstück, aber es reicht, um jedem vorlauten Wegelagerer die Ohren abzuschneiden.«

Laurens nickte erneut. »Gebt auf die Kö... gebt auf Line Acht, als hinge mehr als nur Euer Leben daran.«

Es war so sehr eine Bitte, wie es eine Warnung war. Er wartete die Antwort des Schmieds nicht mehr ab, sondern trat seinem Pferd in die Seite.

Hinter der Schmiede, auf der entgegengesetzten Seite, aus der Sieglinde und Laurens gekommen waren, gab es einen schmalen Trampelpfad, der Regins Worten zufolge nach einem kurzen Ritt in einen breiteren Weg mündete, der am Ende des Tages zu einer Straße führte. Diese würde Laurens wieder unter Menschen bringen.

Sie sahen dem Soldaten nach, bis er im Wald verschwunden war. »Ich werde das Schwert vergraben«, sagte Regin schließlich. »Wenn du willst, kannst du dich derweil um das Essen kümmern.«

Es erstaunte Sieglinde, wie leicht Regin in einen vertrauteren Tonfall verfiel, nachdem Laurens weg war. Sie nickte. »Und danach werde ich deine Schmiede fegen. Es liegen so viel Holzspäne herum, dass der Funkenflug schnell ein Feuer auslösen kann.«

Regin lachte, während er sich nach Nothung bückte. »Gut gedacht. Aber überarbeite dich nicht – du trägst nicht nur den ersten Erben Siegmunds unter dem Herzen, sondern auch den letzten.«

Mit diesen Worten ging er zur Eiche, um Nothung zu vergraben.

2

Siegfried
und der Fluch des Blutes

Die Äste peitschten in Siegfrieds Gesicht, und der Waldboden erzitterte unter einem dumpfen Poltern, wann immer seine Füße ihn wie Hämmer einen Amboss trafen. Dornen rissen Haare von seinem Kopf, aber er beachtete es nicht. Sein Blut kochte, und in den Ohren hörte er nur seinen eigenen dröhnenden Herzschlag.

Licht und Schatten wurden zu fließenden Linien, die an seinen strahlend blauen Augen vorbeischossen, als habe Siegfried den Weg nach Asgard gefunden.

Seine muskulöse Brust hob und senkte sich mit jedem Atemzug, und wann immer er einen am Boden liegenden Baumstamm mit einem mächtigen Satz übersprang, breitete er die Arme wie ein junger Adler aus.

Siegfried rannte so schnell wie keiner, den er kannte – und doch hatte er das Gefühl, noch lange nicht an die Grenzen seiner Kraft gegangen zu sein.

Der Eber war jetzt in wilder Flucht, schlug Haken, suchte ein Versteck, das für seinen Verfolger zu klein war. Aber seine letzte Stunde hatte bereits geschlagen, als Siegfried ihn auf dem Rückweg aus dem Dorf entdeckt hatte.

Weiter vorn nahm der Jäger eine armdicke Wurzel wahr,

die in einem hüfthohen Bogen aus dem Boden ragte und auch wieder in ihm verschwand.

Das war der richtige Ort! Siegfried beschleunigte seine Schritte noch ein wenig und kam dem Wildschwein so nahe, dass er dessen Schwanz fast mit der Hand greifen konnte.

Der Eber tauchte unter dem Wurzelbogen durch. Siegfried stieß sich vom Boden ab und sprang mit beiden Füßen auf das Holz, das sich unter seinem Gewicht durchbog. Dann drückte er die Beine durch und wurde wie von einem Bogen durch die Luft geschleudert. Ein paar Herzschläge lang schien er zu fliegen, und er genoss das Gefühl der unendlichen Freiheit, die darin lag. Dann prallte sein starker Körper auf den Eber und riss ihn um. Sie rutschten noch ein paar Schritte über den Waldboden.

Das Tier versuchte nun, Siegfried mit seinen Hauern zu erwischen und sich freizustrampeln. Es schlug wild mit den Klauen aus, die leicht die Knochen eines Mannes zu brechen vermochten.

Siegfried empfand Freude bei der Jagd, und der Sieg über das kräftige Wildschwein war wie ein Rausch. Aber ihm lag nichts daran, den Eber über Gebühr zu quälen. Mit dem rechten Arm griff er unter den Hals des Tieres, und mit dem linken packte er die geifernde Schnauze. Dann brach Siegfried seiner Beute mit einem schnellen Ruck das Genick. Die Beine des Wildschweins zuckten noch ein wenig. Dann lag es still.

Siegfried stand keuchend auf, zufrieden mit der ganzen Welt. Er wuchtete sich die Beute auf den Rücken und machte sich auf den Weg zur Schmiede.

Es war nicht mehr weit. Nach einer knappen halben Stunde konnte er den künstlichen Hügel der Schmiede und die beiden Beihäuser erkennen.

Als er an dem kleinen Steinhaufen vorbeikam, der nur ein paar Schritte von seinem Beihaus entfernt stand, hielt Siegfried kurz inne, wie er es immer tat. »Sei gegrüßt, Mutter.«

Dann ging er weiter ... Es war eine Geste des Respekts, aber keine Trauer lag darin. Warum auch? Siegfried hatte seine Mutter nie kennen gelernt.

Regin hatte seine Arbeit unterbrochen, als er Siegfried kommen hörte. Die Ohren des kleinen Schmieds waren wirklich vortrefflich, und es war anzunehmen, dass er an der Schwere der Schritte erahnt hatte, was sein Schützling herbeischleppte.

Siegfried hievte das Schwein von seiner Schulter und warf es vor Regin, der aus der Schmiede kam, auf den Boden.

»Noch ein Eber?«, knurrte Regin missmutig.

»Ein prächtiges Tier.« Siegfried grinste. »Es hat einen fairen Kampf bekommen.«

Regin trat auf Siegfried, den er wie seinen eigenen Sohn aufgezogen hatte, zu – und schlug ihm mit der flachen Hand ins Gesicht. Nicht stark, aber stark genug, um sein Missfallen auszudrücken. »Der dritte Eber diesen Monat! Dazu ein Bär. Viele Füchse. Hasen ohne Zahl.«

»Ich bin ein Krieger, und Krieger müssen viel essen!«, tönte Siegfried.

Regin grinste schief. »Um ein Krieger zu sein, braucht es einen Mann. Und du bist kaum vierzehn Jahre alt. Außerdem haben wir mittlerweile Vorräte für die nächsten drei Winter. Wie soll ich einen weiteren Eber unterbringen? Du wirst ihn vergraben müssen, damit er keine Raubtiere anzieht.«

Siegfried lachte, und es war dieses Lachen, das ihn so unwiderstehlich machte. Er war stark, schön, tapfer – und kaum noch zu bändigen. Die Stärke eines Kriegers und der Wille eines Königs erfüllten ihn mit einer Kraft, die er nicht zu nutzen wusste.

Regin seufzte. »Sieh zu, dass du dich im Bach wäschst, bevor du zum Essen ins Haus kommst.«

Der Junge sah an sich hinunter. In der Tat war er von oben bis unten verdreckt – wie eigentlich jeden Tag. Darum trug er auch nur noch die kurzen ledernen Hosen und die geschnürten Stiefel. Regin war es leid, jeden zweiten Tag die Hemden seines Schützlings zu waschen.

Mit federnden Schritten machte sich Siegfried auf den Weg zum Wasser, während Regin damit begann, den toten Eber aus dem Weg zu schleifen. Das Tier war ziemlich schwer, und wieder einmal fragte sich Regin, woher Siegfried seine Kraft nahm. Der Junge war mehr als das Kind seiner Eltern, so viel stand fest. Die Götter erwiesen ihm ihre Gunst und hatten anscheinend Großes mit ihm vor.

Regin ging in sein Beihaus und rührte im Kessel den schweren, dicken Eintopf, den er seit Stunden köcheln ließ.

Der kleine Bach, der unweit der Schmiede den Wald durchschnitt, war kaum einen Fußbreit tief, und sein Bett war uneben. Er gurgelte und sprudelte, als verschlucke er sich dauernd an sich selbst.

Siegfried machte sich nicht die Mühe, seinen Körper nach und nach zu waschen. Er legte sich, so, wie er war, in den Bach hinein. Der Länge nach, mit dem Kopf gegen die Strömung, damit das Wasser nicht in seine Nasenlöcher lief.

Es war kühl und entspannend, hier zu liegen. Das Wasser trug Schmutz und Schweiß von seinem Körper davon. Siegfried schloss die Augen, kratzte sich an dem Muttermal neben seiner linken Schulter und ließ dann seine Handflächen unter Wasser über die glatten Steine streichen.

Er war froh, nicht in Eile zu sein. Die Sonnenscheibe berührte zwar schon den Horizont, aber in dieser Vollmondnacht würde er den Weg zurück mühelos finden. Und der Eintopf von Regin kochte sowieso für Stunden, da konnte er hier noch ruhig ein wenig ausruhen.

Er döste ein wenig, zufrieden mit dem Tag.

Siegfried wusste nicht, wie lange er so gelegen hatte. Seine Gedanken waren ganz weit weg, bei den Kriegern an den Höfen. In seinem Geist sah er sie auf Pferden sitzen, ihre Schwerter schwenkend. Er sah Standarten und Fahnen, Trompeter und Gaukler.

Es gab hier im Wald nicht viel zu erleben, und Regin weigerte sich, von seiner Zeit bei Hofe zu berichten. Zu den wenigen Geschichten, die Siegfried von klein auf kannte, gehörte die seiner Mutter Line. Manchmal schien es, als würde der Schmied ihm immer wieder von seiner Mutter erzählen, weil es ihm selber half, die Erinnerung an die junge Frau nicht verblassen zu lassen. Obwohl Regin Siegfried jede Einzelheit der ersten Begegnung mit Line erzählt hatte, konnte der Junge es sich nicht vorstellen. Es war kein *Gefühl* da, mit dem er das Wort »Mutter« ausfüllen konnte.

Line war eine einfache Frau gewesen, und Regin hatte sie Siegfried immer als »schlichtes Gemüt, von einfacher Schönheit« beschrieben. Ihre Eltern hatten sie wegen einer Liebelei verstoßen, und nur Regin hatte die Gnade besessen, sie als Magd zu sich zu nehmen. Da war sie schon schwanger mit Siegfried gewesen. Sie war bei seiner Geburt gestorben und hatte Regin noch auf dem Sterbebett das Versprechen abgenommen, aus ihrem Sohn einen guten Schmied zu machen.

Eine gewöhnliche, anspruchslose Frau war sie gewesen.

Und Siegfried, obwohl er sich der Frau aus den Geschichten nicht verpflichtet fühlte, wollte das Versprechen ehren, das gegeben worden war.

Es ging ihm dabei um Regin. Der kleine Mann, über den die Dörfler tuschelten, dass er nicht älter werden wollte, hatte ihm den Vater und die Mutter ersetzt. Er hatte ihm die Kunst des Schmiedens und die Geschicklichkeit bei der Jagd beigebracht. Er hatte ihn besser behandelt als die meisten leiblichen Söhne, die Siegfried aus dem Dorf kannte. Er war dankbar und entschlossen, diese Dankbarkeit durch Treue zu entgelten.

Aber es brannte in ihm, heiß und wild. Manchmal zuckten seine Beine, als wollten sie am Boden scharren wie ein Pferd, das wegzulaufen gedenkt.

Etwas piekste ihn in die Brust. Ganz sacht.

Das war seltsam. Es konnte kaum ein Tier des Waldes sein, denn die hielten sich von Siegfried fern. Und die Stechmücken mieden das Wasser des Flusses, um sich an einem Reh leichtere Blutbeute zu holen.

Der Stich auf und in seiner Brust wurde fester – und schmerzhafter. Siegfried öffnete die Augen.

Der Himmel war schon dunkelgrau erblasst, und die dichten Baumwipfel wehrten die letzten verirrten Sonnenstrahlen ab. Es war nicht leicht, in diesem Dämmerlicht die Umrisse der Gestalt auszumachen, die mit einem Speer über ihn gebeugt stand.

Die Gedanken in Siegfrieds Kopf, eben noch träge und ziellos, hetzten nun umher, auf der Suche nach einem Ausweg, der ihm aus diesem Dilemma helfen konnte.

Kampf? Er hatte wenig Kampferfahrung, und sein Gegner stand in voller Rüstung. Siegfried hatte auch keine Waffe, und der reich verzierte Speer, der seine Brust wie eine Zielscheibe anvisierte, war eindeutig von höchster Qualität. Und zu guter Letzt – er lag auf dem Rücken und würde vermutlich nicht einmal bis auf die Knie kommen, bevor sein Herz von der Spitze durchbohrt war.

Er blieb ruhig liegen und atmete so flach, dass sein Brustkorb sich kaum noch der Speerspitze entgegenhob. Der Gegner, der ihn so feige überrascht hatte, kam aus den Nordländern. Die Kleidung aus grobem Leder und viel Fell ließ darauf schließen. Und der lederne Helm, den Siegfried im Halbdunkel ausmachen konnte, trug keine Zeichen eines hohen Hauses.

Er fragte sich, was nun geschehen würde. Der Fortgang dieser seltsamen Begegnung lag nicht in seiner Hand.

Die Gestalt, die über ihm stand, zog den Speer leicht zurück. »Sieh an, er lebt. Nicht, dass er es verdient hat – unvorsichtig, wie er war.« Die Stimme, die unter dem Helm dünn und hell klang, war voller Hohn und Spott.

»Es ist mein Wald«, presste Siegfried nun hervor. »Kein Gegner kann sich hier mit mir messen.«

»Dann sollte er eine Mauer um seinen Wald ziehen«, schlug der fremde Krieger vor. »Was ist das für ein Kerl, der keinen Gegner hat und nicht gleich auszieht, einen zu finden?«

Endlich nahm die Gestalt den Speer zurück und trat einen Schritt vom Bach weg. Siegfried konnte sich aus seiner würdelosen Lage erheben. Doch er blieb im Wasser stehen, unsicher, was sein Gegenüber nun vorhatte.

Er war etwas überrascht – der nordländische Krieger war nicht so groß gewachsen, wie es seine Landsleute in den Kriegsgeschichten immer waren. Muskulöse, aber schmale Arme schauten aus den Fellen hervor, und Siegfried bemerkte kleine Füße, die auch in Fellstiefeln nicht größer waren als seine eigenen, wenn er kein Schuhwerk trug.

Er hatte noch nie einem bewaffneten Gegner gegenübergestanden, und von den Gepflogenheiten unter Kriegern wusste er nichts. Aber er war nicht tot, und angesichts der Leichtigkeit, mit der dieser Fremde das hätte ändern können, musste er sich wohl glücklich schätzen.

»Ich bin Siegfried, Sohn von Regin dem Schmied«, gab er die halbe Wahrheit preis. »Wer greift einen unbewaffneten Mann an?«

Die Gestalt trat auf ihn zu. »Mein Name ist Brun ... Brungar. Wäre es ein Angriff gewesen – der Bach würde dein Blut schon zum Rhein tragen. Aber ich suche Gegner, keine Opfer. Zeige er mir einen Mann, und ich zeige ihm einen Kampf.« Da war er wieder, dieser seltsame hohe Klang in der Stimme.

Siegfried streckte den Rücken. »Ich bin ein Mann – und ein Krieger! Wären wir in gleicher Lage ...«

Brungar spuckte auf den Waldboden. »Er denkt, meine Waffe ist alles, was mich ihm überlegen macht?«

Siegfried ärgerte sich über die seltsame Art, wie sein Gegner über ihn sprach. »Es wäre leicht zu beweisen.«

Brungar dachte nicht eine Sekunde nach, sondern rammte den Speer in den Boden, wo er fast zwei Handbreit versank. »Er soll die Gelegenheit bekommen. Kämpfe.«

Damit hatte Siegfried nicht gerechnet. Die meisten Jungen im Dorf gingen jeder Rauferei mit ihm aus dem Weg, weil er so stark wie sonst keiner war. Trotz seiner wilden Natur hatte Siegfried noch nie wirklich kämpfen müssen.

Unsicher machte er einen Schritt nach vorne. Brungar ging einen Schritt zurück. Siegfried setzte nach, der fremde Krieger hielt den Abstand.

Das ging ein paar Schritte lang so, und Siegfried wurde ungeduldig. Was für ein Kampf war das?

»Hast du vor zu fliehen?«, fragte er, halb spottend, halb hoffend.

»Er wollte diesen Kampf – nun muss er ihn sich holen«, knurrte Brungar.

Das hatte sich Siegfried schon gedacht – und war mit einem kräftigen Satz nach vorne gestürmt, bevor sein Gegner zu Ende gesprochen hatte. Beide Arme streckte er aus, um die seltsame Gestalt, die ihn in seinem Wald überfallen hatte, zu packen.

Brungar trat in einer fließenden Bewegung nach rechts zur Seite, packte Siegfrieds linkes Handgelenk und drehte es nach außen.

Noch nie hatte der junge Mann einen Schmerz wie diesen verspürt. All die Knochenbrüche, die er sich als Kind zugezogen hatte, waren kaum ein Dornenstich dagegen. Es war, als würde ein Dolch in seinen Unterarm schneiden und sich im Knochen den Weg zum Ellbogen sägen.

Er schrie, und sein Körper folgte unwillkürlich der Bewegung seines Gegners, um die Pein zu lindern. Siegfried drehte seinen Oberkörper nach links, während seine Beine noch geradeaus stolperten. Er sah den Ballen von Brungars linker Hand, doch an ein Ausweichen war nicht mehr zu denken.

Der ganze Schwung, den er in seinen Angriff gelegt hatte, zerplatzte förmlich, als er unter dem Kinn getroffen wurde. Sein Leib, trotz der jungen Jahre nicht knabenhaft schlank, überschlug sich in der Luft und krachte dann hart auf den Waldboden.

Brungar hatte derweil Siegfrieds Handgelenk nicht losgelassen, und es kündete mit einem lauten Knirschen davon, dass es drehend brach. Das Gesicht in der feuchten Erde, brachte Siegfried nicht einmal einen erneuten Schrei hervor.

Endlich ließ Brungar Siegfrieds Hand los. Dann drehte er den Körper des Besiegten auf den Rücken. Siegfried stöhnte.

»Ich rate ihm, sich weiter im Wald zu verstecken«, flüsterte Brungar und beugte sich über ihn. »Der unvorsichtige Krieger und der dumme Junge sind Gefährten schnell im Tode.«

Siegfried versuchte, etwas zu sagen, aber er spuckte nur ein wenig Erde aus.

Brungar beugte sich etwas tiefer. »Ich höre – großer Krieger?«

Darauf hatte Siegfried gewartet – sein gesunder Arm schoss nach vorne und umfasste Oberkörper und Arme von Brungar, sodass er diesen an sich heranziehen konnte. Dann schlug er seinen Schädel, so heftig es ging, an den seines Gegners. Brungar, durch den Kopfstoß verwirrt, zappelte hilflos und versuchte mit einer Hand, nach dem Speer zu tasten, der nicht weit entfernt im Boden steckte.

Siegfried zog die Beine an und umschlang damit Brungar an der Hüfte. Er presste die Schenkel mit aller Kraft, die ihm verblieben war. Dabei hatte er Blitz und Funkenregen vor den Augen, und der Schmerz seiner unbrauchbaren linken Hand zehrte an seiner Kraft. Aber er war entschlossen, nicht loszulassen. Die Füße hatte er hinter Brungar verhakt, um noch mehr Druck auf die Körpermitte seines Gegners ausüben zu können.

Ihre Körper waren aneinander gepresst, als wollten sie verschmelzen. Brungar ächzte vor Schmerzen.

Siegfried spürte den Atem des Gegners warm auf seinem Gesicht. »In ... meinem Wald ... fürchtet dieser ... Mann ... keinen Krieger!«

Nun nutzte Brungar die Gelegenheit, um Siegfried die Stirn an die Schläfe zu rammen. Dabei rutschte ihm seine Lederkappe vom Kopf.

Es war keine Überraschung, dass dabei lange schwarze Haare ihren Weg fanden und kitzelnd über Siegfrieds Gesicht strichen. Doch sie waren nicht struppig und knotig – sondern weich und sorgsam gebürstet.

Für einen Moment schloss Siegfried die Augen, um den Schmerz in seinem Kopf zurückzudrängen. Als er sie wieder öffnete, tanzten weiter flammende Schleier in seinem Blick. Es gelang ihm nur mühsam, die Augen, den Mund, die Nase und den schwarzen Schopf Brungars zu einem Gesicht zusammenzusetzen.

Es war nicht das Gesicht eines nordländischen Kriegers. Es war nicht einmal das Gesicht eines Mannes. Es war das Gesicht eines jungen Mädchens! Siegfried war überzeugt, einem Zauber zu unterliegen, der seine Sinne narrte.

Brungar versuchte, sich aus Siegfrieds Griff zu lösen, aber der rechte Arm hielt ihn wie ein Eisenstab, und auch die Beine, die immer noch die Taille umschlangen, gaben nicht nach.

»Du ... bist ...«, keuchte Siegfried unter großen Schmerzen.

Brungars blasses Gesicht mit den dunklen Brauen und kohlefarbenen Augen kam ihm so nahe, dass er die Lippen fast auf seinen spüren konnte.

»Brunhilde«, zischte der Krieger, der nun eine Kriegerin war.

Dann biss sie ihn in die Wange, bis Blut floss. Der Schmerz lenkte Siegfried gerade genug ab, dass Brunhilde sich aus seinem Arm winden konnte und ihre Arme freibekam.

Sie handelte viel zu schnell, als dass Siegfried es hätte verhindern können. Ihre linke Hand griff seinen linken Arm und hob ihn leicht an. Die Rechte packte Siegfrieds gebrochenes Handgelenk und drehte einmal kräftig daran.

Zum zweiten Mal schrie Siegfried – das war mehr, als er jemals zuvor in seinem ganzen Leben geschrien hatte. Er konnte nicht anders – seine Beine erschlafften, und Brunhilde sprang auf.

Ein paar Herzschläge lang brauchte sie, bis sich ihre Atmung wieder beruhigt hatte. Dann drehte sie sich ohne ein Wort um und griff nach ihrem Speer. Sie schien ihres Weges gehen zu wollen.

Ein Rabe krähte von einem Ast. Brunhilde legte den Kopf schräg, als höre sie dem Tier zu. Dann wandte sie sich zu Siegfried und bot ihm ihre Hand. »Hoch mit ihm.«

Siegfried hatte keine Lust, sich von einem ... einem Mädchen auf die Beine helfen zu lassen, aber es mangelte ihm an Wahlmöglichkeiten. Sein Kopf dröhnte, sein linkes Handgelenk war nicht zu gebrauchen, und jeder Muskel in seinem Körper brannte wie Feuer. Am liebsten wäre er liegen geblieben – oder hätte versucht, sich einfach wieder in den kühlen Bach zu rollen.

Er nahm ihre Hand, und sie zog ihn mit erstaunlicher Leichtigkeit auf die Füße. Siegfried stand nun Auge in Auge vor der Kriegerin, die ihn eindeutig besiegt hatte. Wieder waren ihre Gesichter einander sehr nah. Nur hatte diesmal keiner von beiden den Drang, diese Nähe zu brechen.

Siegfried hatte ein unbestimmbares, neues Gefühl. Die Niederlage traf ihn tief, aber da war noch mehr. Er wollte wissen, wie Brunhilde roch, aber er fürchtete, dass sie es bemerkte. Stattdessen starrte er sie an.

Es war schon fast dunkel, aber Brunhilde strahlte im Mondlicht. Ihre Haut war wie Elfenbein, denn da, wo sie herkam, gab es den Geschichten nach nicht viele Sommertage. In deutlichem Gegensatz dazu standen ihre schwarzen Augen und das ebenso schwarze Haar. Sie hatte hohe

Wangenknochen, und die Augen standen leicht schräg, wie bei einer Katze. Es war ein stolzes Gesicht, geprägt von gutem Blut. Keine Schönheit, die unter der Last des Alters leicht vergehen würde.

Auch Brunhilde sah den zerzausten Jungen an, den sie gerade in seine Schranken verwiesen hatte. »Hat er genug?«, fragte sie leise.

Sie hob die Hand, und er zuckte leicht zurück. Doch sie wischte ihm nur ein wenig Blut von der Wange.

Aus der Ferne war ein Horn zu hören, und zum ersten Mal zeigte Brunhildes Gesichtsausdruck so etwas wie Angst. »Das sind meine Leute. Ich muss weg.«

Sie wollte ihre Hand von Siegfrieds Gesicht zurückziehen, doch er hielt sie mit seinem gesunden Arm fest. »Geh nicht!«

Sie sah ihn an, und ein sanftes Lächeln huschte über ihr Gesicht. »Man lässt König Hakan nicht warten.«

Die Antwort überraschte Siegfried so sehr, dass er sie losließ. »König Hakan? Du kommst aus Island?«

Brunhilde pfiff kurz und scharf, und irgendwo aus dem Dunkel im Unterholz trabte ein kleines schwarzes Pferd herbei. Die junge Kriegerin nahm drei Schritte Anlauf und saß schnell auf ihrem Tier, ohne die Hände benutzt zu haben. »Will er mich wiedersehen?«

Siegfrieds Herz klopfte so stark, dass es ihm fast die Zunge lähmte. »Wenn die Götter es erlauben.«

Brunhilde lachte. »Die Götter würden ihm weniger Steine in den Weg legen als mein Vater. Wenn er weniger Narr und mehr Mann ist, soll er nach Island kommen. Ich werde auf ihn warten.«

Sie gab ihrem Pferd einen Tritt, und es galoppierte los. Der Rabe auf dem Baum stieß sich ebenfalls ab, um das Mädchen zu begleiten, das wohl seine Herrin war.

»Aber wie werde ich dich finden?«, rief Siegfried ihr hinterher.

Er konnte ihre Gestalt in der Nacht schon nicht mehr erkennen, als ihre Stimme eine letzte Antwort gab: »Jeder weiß, wo Island liegt. Und in Island weiß jeder, wer Brunhilde ist!«

Die Dunkelheit verschluckte sie endgültig. Siegfried stand noch lange da, wieder allein im Wald. Seine Gedanken waren wirr, sein Körper schmutziger, als er es nach der Eberjagd gewesen war, und die linke Hand hing wie ein nasser Lederbeutel an seinem Arm und schmerzte.

Schließlich entschloss er sich doch, so gut es seine ramponierten Knochen zuließen, ein weiteres Mal in den kleinen Bach zu steigen.

Er versuchte, weder auf den Schmerz zu achten, noch beständig an Brunhilde zu denken, doch beides misslang. Siegfried war es nicht gewohnt zu verlieren – schon gar nicht im Kampf mit einem Mädchen. Doch es machte ihm nun erstaunlich wenig aus. Brunhilde war keines der dummen Hühner aus dem Dorf. Ihre Kraft war eine Herausforderung, und ihre Einladung schien ein Versprechen.

Er wollte ... nein, er würde ... nein, er *musste* sie wiedersehen!

Es knackte leise, als sich wieder eine Gestalt im Mondlicht näherte. Siegfried wusste, dass es nicht Brunhilde sein konnte – und doch hoffte er darauf.

Regin war sichtlich überrascht, seinen Ziehsohn, der vor wenigen Stunden noch kraftstrotzend durch den Wald gesprungen war, völlig erschöpft und sichtlich verletzt vorzufinden.

»Bei den Göttern – was ist mir dir geschehen?«, fragte der Schmied besorgt, während er sich neben Siegfried hockte und vorsichtig das gebrochene Handgelenk betastete.

Siegfried verzog das Gesicht – aus Schmerz ebenso wie aus Scham. »Es war ... waren Isländer.« Das war zumindest nicht völlig gelogen.

Regin blickte sich um. »Hier im Wald?«

»Sie kamen vom Rhein«, erzählte der Junge. »Vielleicht suchten sie Wild für ihre Heimreise.«

Der Schmied packte Siegfried beim gesunden Arm und half ihm auf die Füße. »Du lügst schlecht. Es ist kein Talent, das dir angeboren war – und ich sah keinen Nutzen darin, es dir beizubringen.«

So gut es ging, stützte sich Siegfried auf den viel kleineren Mann. »Es tut mir Leid. Aber ich ... ich ...«

»Bah«, knurrte Regin nur. »Spare deinen Atem für den Heimweg. Wenn die letzten Stunden nur dir gehören sollen, dann behalte sie auch für dich.«

Sie gingen schweigend. Und an diesem Abend, zum ersten Mal, aßen sie auch schweigend.

»Zieht die Planke ein«, knurrte Hakan von Isenstein grimmig. »Wenn sie nicht rechtzeitig kommt, wird sie uns hinterherreiten müssen.«

Eolind nickte unglücklich. »Mein König, wenn der Prinzessin etwas zustoßen würde, dann wäre das für Island ...«

Der beleibte König von ungepflegtem Äußeren schlug dem Ratgeber mit seiner riesigen Pranke jovial auf den Rücken.

»Ha! Sie ist die Tochter Hakans, die künftige Königin Islands! Die Götter stehen auf ihrer Seite, und wehe dem, der sich mit ihr anlegt. Sie würde ihm die Knochen im Leibe brechen! Mit bloßen Händen!«

Eolind sorgte sich immer, wenn es um Brunhilde ging. Das Mädchen war wild und unberechenbar – ihre Wutausbrüche waren auf Burg Isenstein gefürchtet. Was aber noch schlimmer wog – sie benahm sich wie ein Kerl, und wie ein ungehobelter noch dazu.

Eolind hatte jahrelang versucht, Brunhilde in Ermangelung einer Mutter die Feinheiten der höfischen Etikette beizubringen – an einem Hofe, der nichts weniger schätzte als Etikette. Für Hakan, der in vierter Generation männlicher Thronfolger war, bedeutete gutes Benehmen nichts. Aber das Fehlen eines männlichen Erben bedingte, dass Brunhilde Island in die Ehe mit einem König vom Festland einbringen oder einen Adligen vom Festland zu sich an den Hof holen musste. Beides würde die Fähigkeit erfordern, als Gemahlin eine gute Figur zu machen.

So, wie es derzeit aussah, würde Brunhilde allerdings ihren Zukünftigen mit Waffengewalt ins Schlafgemach zwingen müssen. Oder der Gemahl würde Waffengewalt benötigen, sie zu erobern.

Eolind winkte zwei Kriegern, die nun die schwere Holzplanke, über die die Isländer ihre Schiffe verließen, einzuziehen begannen.

In diesem Augenblick brach ein Rabe aus dem Wald in das Mondlicht. Ihm folgte ein Kampfschrei wie aus den Untiefen von Utgard. Mit einer Handbewegung bedeutete Hakan seinen Männern, die Planke wieder fallen zu lassen.

Wie eine getriebene Bestie durchbrach ein schwarzes, stämmiges Pferd das Unterholz, angetrieben von einer Reiterin, die mit ihm verschmolzen war.

Das Tier sprang von der Böschung auf den Strand, und ohne zu verlangsamen, preschte es über die Planke auf das Deck. Kurz schien es, als würde das Pferd, vom eigenen Schwung getragen, an der anderen Seite des Schiffes über Bord stürzen. Doch Brunhilde riss entschlossen am Zügel, und schlitternd kam der Gaul zum Stehen. Er hatte den

Kopf noch nicht gesenkt, da knallten Brunhildes Füße bereits auf das Holz.

»Ihr wolltet doch nicht ohne mich ablegen, mein König?«, fragte sie spöttisch.

Hakan lachte kehlig. »Und dieses arme Land dem Untergang weihen? Island mag keine Freunde haben – aber es braucht auch keine Feinde.«

Eolind konnte abschätzen, wie viel Wahrheit in diesen Worten lag. Hinter Hakans wildem Auftreten verbarg sich ein scharfer politischer Verstand, dem es immer gelungen war, Island aus den Kriegen des Festlands herauszuhalten. Auch als vor fünfzehn Jahren Hjalmars Gesandter vorgesprochen hatte, um für Unterstützung gegen Siegmund zu bitten, war er von Hakan unverrichteter Dinge wieder fortgeschickt worden.

Island wurde als Inselreich kaum beachtet, denn es lag außerhalb der Handelswege und lohnte die Besatzung nicht. Aber wenn es sich in Kriege einmischte, die nicht seine waren, machte es sich zum Ziel, und sei es nur um der Vergeltung willen. Hakan hatte deshalb von jeher alle Bündnisse strikt abgelehnt. Auch auf dieser Reise, die Brunhilde bei den Höfen des ganzen Kontinents bekannt machen sollte, war er seiner Linie treu geblieben.

Brunhilde band ihr Pferd fest. »Ich habe Hunger.«

Es überraschte Hakan, dass seine Tochter nicht weiter stichelte, wie er es gewöhnt war. »Was hast du denn heute erlebt?«

»Nichts, was zu deinen Lebzeiten noch von Belang wäre«, sagte sie geheimnisvoll und machte sich auf den Weg zu den Vorräten.

Der König, der es gar nicht vertrug, wenn man ihm den Rücken zudrehte, trat der Tochter mit seinem breiten Fuß in den Hintern, dass sie drei Schritte nach vorne stolperte.

»Brunhilde! Ich will eine Antwort – oder du verbringst den Rest der Reise mit Rudern!« Es war diese Art von Erziehung, die aus Brunhilde den Raufbold gemacht hatte, der sie war.

»Ich habe jemanden getroffen«, verkündete das Mädchen mit gefährlicher Beiläufigkeit in der Stimme. Sie nahm ein Stück gepökeltes Salzfleisch und biss hungrig hinein.

»Jemanden? Wen?«, verlangte Hakan zu wissen.

»Den zukünftigen König von Island.«

Es war ein doppeltes Duell.

In der Schmiede, mit der Zange in der linken und dem Hammer in der rechten Hand, kämpfte Siegfried mit dem Eisen, dem er auf dem Amboss durch seinen Willen Form zu geben suchte. Und er kämpfte, vielleicht noch verzweifelter, gegen sein Ungestüm.

Die Kunst des Schmiedens erforderte die Fähigkeit zu harter Arbeit, Kraft in den Armen und die Zähigkeit, Funkenflug und Feueratem zu widerstehen. Das alles war Siegfried gegeben. Mehr noch – er genoss es. Aber Schmiedekunst war auch Präzision, Vorsicht und das Wissen, wann das Metall seinen Eigenschaften gemäß perfekt war und wann jeder weitere Schlag mit dem Hammer die gesamte Mühe zunichte machen konnte.

Es war diese Vorsicht, die Siegfried oft vermissen ließ. Manchmal hatte er das Gefühl, die meiste Zeit damit zu verbringen, zerbrochene Werkstücke wieder einzuschmelzen. Doch er wurde besser. Regin war ein guter Lehrmeister, so streng wie geduldig. Immer häufiger blieb er der Schmiede fern, wenn sein Ziehsohn sich abmühte. Er konnte an den Hammerschlägen bis auf hundert Schritte hören, wie die Arbeit voranging. Heute hatte der Junge ihn mit Stolz erfüllt.

Zufrieden rieb Siegfried die erkaltende Sense mit einem Lederlappen ab. Es war ein ordentliches Stück, und es würde dem Bauern, der es kaufte, gute Dienste leisten.

Regin stand im Eingang der Schmiede und sah seinen Ziehsohn im Schein der noch glühenden Kohlen stehen. Der Junge hatte sich nicht einmal die Lederschürze angezogen – die Funken, die bei seiner Arbeit aufstoben, fraßen sich in seine nackte Haut, und es schien ihm nichts auszumachen.

Siegfried schwang die Sense ein wenig hin und her und wie ein Schwert.

»Sei vorsichtig«, warnte Regin. »Wenn du die Klinge irgendwo anstößt, bevor sie vollends erhärtet ist, war die ganze Arbeit umsonst.«

Siegfried strahlte, denn die Worte des Schmieds bedeuteten Anerkennung für ihn. »Ich beginne sogleich mit der nächsten!«

Regin schüttelte den Kopf. »Zuerst wird gegessen.«

»Aber ich will noch besser werden!«, protestierte Siegfried.

Regin reichte ihm einen feuchten Lappen, damit er sich den Schweiß abwischen konnte. »Du wirst von Tag zu Tag besser. Aber du kannst es nicht erzwingen – so, wie ein Baum nicht schneller wächst, nur weil du ihn alle Stunde gießt, statt auf den Regen zu vertrauen.«

Siegfried wischte sich über das Gesicht. »Weißt du, was ich wirklich gerne schmieden würde?«

Der Schmied seufzte. »Natürlich. Und du kennst meine Antwort.«

»Es wäre doch nur für mich – nicht für den Krieg«, beharrte Siegfried. »Ich möchte damit umgehen lernen. Was ist, wenn eines Tages Soldaten kommen? Dann muss ich uns doch verteidigen können!«

»Ich wälze mich des Nachts furchtsam auf meinem Lager, ein fremder König könne Anspruch auf meine mit Schätzen überfüllte Schmiede erheben«, brummte Regin. Er schlug Siegfried freundschaftlich auf den Rücken. »Hoffentlich können wir vorher noch essen.«

Widerwillig legte Siegfried das Werkzeug beiseite und warf etwas Sand auf die Kohlen. »Ich mag es nicht, wenn du dich lustig über mich machst. Ich bin siebzehn! Ich bin ein Mann!«

Es war offensichtlich, dass Siegfried etwas erleben wollte – erleben musste. Der Wald war schon lange zu klein für sein starkes, tapferes Gemüt. Er war wie ein Bär, den man angekettet hatte. Alles gute Essen dieser Welt und alle Fürsorge von Regin konnten nicht ändern, dass er nicht das bekam, was er brauchte. Abenteuer, Heldentaten, Ruhm und Ehre.

Der Schmied hatte gehofft, den Jungen auf ein bescheidenes Leben vorbereiten zu können, wie er es Line versprochen hatte. Aber das war unmöglich.

Sie betraten das Beihaus, und Siegfried setzte sich an den Tisch. Regin gab ihm zwei Kellen Eintopf in die Holzschale, und der Junge begann sofort, ihn in sich hineinzuschaufeln.

»Eines Tages wirst du ersticken, weil du so schlingst«, mahnte der Schmied, »und dann wird nie ein großer Krieger aus dir.«

»Mette sagt, dass jedes Heer der umliegenden Königreiche mich nehmen würde«, brummelte Siegfried mit vollem Mund.

»Mette?« Regin schnaubte verächtlich. »Sie hat ihren Mann und ihre beiden Söhne an den Krieg verloren – sie sollte es besser wissen.«

Es passte ihm nicht, dass Siegfried sich mit einer Frau

traf, die offensichtlich nur seine Lenden begehrte. Aber da war sie nicht die Einzige – im Dorf war Siegfried bei den Männern nicht gern gesehen, denn es gab kaum eine Ehefrau, die nicht ein Auge auf seine prächtigen Schenkel warf. Siegfried hatte leichtes Spiel bei den Mädchen – doch glücklicherweise noch keine große Ahnung, was die Regeln des Spiels waren.

»Im Dorf heißt es, die Sachsen und die Dänen könnten einander bald den Krieg erklären«, fuhr der Junge fort.

Regin gefiel diese Nachricht nicht. Sie bedeutete neue Unruhe. Seit dem Fall Xantens hatte es keinen größeren Kampf mehr gegeben. Wenn es Hjalmar gelang, nach Xanten auch die Sachsen zu unterjochen, dann war seine Macht im Norden kaum noch zu brechen.

Andererseits – wenn Thalrich Hjalmar einen verlustreichen Waffenstillstand abtrotzen konnte, dann war der Dänenkönig so verwundbar wie lange nicht mehr.

Es war schon lange nicht mehr seine Aufgabe, sich über Politik und Kriege Gedanken zu machen – und die Frage, warum das eine immer das Ergebnis des anderen war. Aber er wusste, dass Siegfrieds Schicksal eng mit dem Schicksal Xantens verknüpft war. Regin hatte nicht vor, seinen Ziehsohn als rechtmäßigen Erben Siegmunds in den sicheren Tod zu schicken. Er hoffte inständig, die Götter würden dem Jungen ein Leben in Frieden und Bescheidenheit erlauben.

»Wir sollten Waffen schmieden.« Siegfried schnalzte mit der Zunge. »Sie steigen im Preis.«

»Keine Waffen«, knurrte Regin. »Du weißt, wie ich darüber denke.«

Siegfried seufzte. Natürlich wusste er das. Regin erzählte es ihm ja immer wieder.

»Vielleicht sollten wir an den Hof von Xanten gehen«,

schlug Siegfried nun vor. »Wenn wir schon keine Waffen schmieden – Rüstungen und Werkzeug dürften ebenfalls gesucht sein.« Er nahm sich noch mehr Eintopf aus dem Kessel.

Regin mühte sich, eine Antwort zu finden, die den Jungen nicht enttäuschte. Enttäuschungen waren wie Wasser, das auf einen Stein tropfte und ihn langsam durchbohrte.

»Wir werden an den Hof gehen«, nickte er schließlich.

Siegfried war von der Antwort so überrascht, dass er den Eintopf, den er gerade im Mund hatte, wieder in die Holzschüssel spuckte. Regin ermahnte sich, dem Jungen noch etwas mehr Tischmanieren beizubringen.

»Wirklich? Wir gehen nach Xanten?«

Siegfried hatte in seinem jungen Leben schon einige Dörfer gesehen und auch die eine oder andere Stadt. Er hatte bei Festen den Gauklern zugeschaut und kleineren Turnieren beigewohnt. Aber noch nie war er bei Hofe gewesen. Alles, was er davon wusste, hatten ihm durchreisende Söldner erzählt.

Aber da war noch mehr – Xanten lag auf dem Weg nach Norden. Und im Norden lag auch Island. Er hatte Regin nie von seiner Begegnung mit Brunhilde erzählt, doch Siegfried dachte noch immer an das Mädchen, das ihn bei dem Bach besiegt hatte. Sie hatte ihm schließlich ein Andenken gelassen – das steife linke Handgelenk, das manchmal, wenn ein Sturm aufzog, durch Schmerzen auf sich aufmerksam machte. Er fand es passend, dass er deshalb in den wildesten Gewitternächten an die junge Kriegerin denken musste.

Wenn sie in Xanten waren, dann konnten sie vielleicht auch nach Island weiterreisen! Drei Jahre lang hatte er an sie gedacht, heimlich und mit heißem Verlangen. Drei lange

Jahre, in denen er manchmal so verzweifelt gewesen war, dass er auszureißen erwogen hatte.

Regin schüttelte bedächtig den Kopf. »An den Hof – ja. Nach Xanten – nein.«

Siegfried sah ihn verständnislos an. »Aber wenn nicht nach Xanten – wohin dann?«

Regin hatte sich die Antwort auf diese Frage schon seit einigen Tagen überlegt. Es war klar, dass Siegfried eine Gelegenheit brauchte, seine Neugier und seine Kraft auf die Probe zu stellen. Doch es war zu erwarten, dass er an einem Hof in Feindeshand schnell in Schwierigkeiten geraten würde. Nein, vielleicht war Xanten Siegfrieds Schicksal, aber die Götter würden Regin nur mit Gewalt dazu bringen können, den Halbwüchsigen einem Rudel von Barbaren vorzuwerfen.

»Wir reisen nach Burgund«, knurrte er schließlich, den Blick seines Schützlings geflissentlich meidend.

Fur einen Moment schien es, als verließe alles Ungestüm den Körper des jungen Siegfried. Er wurde bleich und stellte mit übergroßer Vorsicht die Schüssel auf den Tisch.

»Burgund?«, hakte er nach.

»Tu nicht so, als seist du mit tauben Ohren auf die Welt gekommen!«, bellte Regin.

»Du selbst hast doch immer gesagt, die Burgunder seien weibische Narren, die den neuen Göttern huldigten und an der Zitze Roms hingen«, hielt Siegfried entgegen.

Kaum etwas hielt Regin für so wahr wie diese Worte. Gundomar von Burgund war ein Vasallenkönig, der seine Krone der Gnade des römischen Kaisers verdankte. An seinem Hof hatte man die feinen Sitten Roms angenommen. Überall trug man prächtige Kleider, und selbst die Männer schmückten sich mit Gold und Juwelen. Gewürze aus dem Orient bröselten sie in die Speisen, mit Düften benetzten sich ihre Frauen. Selbst einfache Untertanen durften lesen und schreiben erlernen. Doch nicht etwa die eigene Sprache – nein, es war Latein!

Was Regin aber am meisten zuwider war – in den Tavernen von Rom bis nach Dänemark munkelte man, dass Gundomar mit dem Gott der Christen liebäugelte und in Worms sogar eine Kirche hatte bauen lassen!

»Burgund ist kein Hof für Krieger«, erklärte Siegfried mürrisch, sein weniges Wissen in die Waagschale werfend. Und vor allem lag Burgund im Süden – weit weg von Brunhilde.

»Dann ist er genau der Ort für dich«, erklärte Regin fest.

Er legte seinem Ziehsohn versöhnlich die Hand auf die Schulter. »Siegfried, ich weiß, wie sehr dein Herz nach Abenteuern dürstet. Wenn du bereit bist, werden sie dich finden.«

Die Antwort war dem Jungen nicht genug. Aber er wusste, dass Regin nicht mit sich reden ließ.

»Man erzählt sich seltsame Dinge von Burgund«, sagte er stattdessen.

Regin, der eine weitere Ausrede erwartete, tat gelangweilt. »Man erzählt sich auch seltsame Dinge von uns, da bin ich sicher.«

Siegfried stellte seine Schale weg. »Nein, das meine ich nicht. Man sagt, die Burgunder hätten ihre Grenzen geschlossen und den Handel fast vollständig eingestellt. Es geschähen wunderliche Dinge in den Wäldern um Worms.«

Regin spuckte auf den Boden. »Das kommt davon, wenn man sich mit dem Christengott einlässt.«

Siegfried beugte sich über den Tisch, als habe er Angst, seine Worte könnten von fremden Ohren belauscht werden. »Benno sagt, ein Söldner hat ihm von Ungeheuern erzählt, die Worms belagern.«

»Glaubst du daran?«, fragte Regin scharf. Er hoffte, Siegfried vernünftiger erzogen zu haben.

»Nein, natürlich nicht«, prahlte der Junge und lehnte sich betont lässig zurück. »Es gibt doch keine Ungeheuer.«

Die Überheblichkeit hielt nur drei Herzschläge lang. »Es sei denn, eine Bestie aus Utgard ist entkommen? Oder mehrere? Vielleicht eine Prüfung Odins!«

Regin war klar, dass es nicht darum ging, ob irgendein Gewürm vor den Toren von Worms Jungfrauen fraß. Es ging um die *Möglichkeit*, um die *Chance*, dass endlich ein Abenteuer ins Haus stand.

Er entschied sich, Siegfried seine Träumereien zu lassen. Sie würden ihn schnelleren Schrittes nach Burgund treiben als die Aussicht auf Gewinn durch den Verkauf der geschmiedeten Werkzeuge. »Nun, wenn dem so ist, brauchst du dich nicht über den Mangel an Abenteuern zu beklagen.«

Siegfried lächelte triumphierend. »Aber dann brauche ich ein Schwert!«

»Sollte das der Fall sein, wird dir der Hofschmied von Burgund sicherlich zur Seite stehen.«

Damit war die Debatte beendet.

Isenstein war eine Felsenburg, wie es auf der Welt keine zweite gab. An der Südspitze Islands in einem Fjord gelegen, dessen Zugang zum peitschenden Meer kaum eine Schiffsbreite überschritt, thronte sie fast auf mittlerer Höhe zwischen dem steinigen Strand und dem Kraterrand eines Vulkans, der an Tagen schlechten Wetters in grauschwarze Wolken gehüllt war.

Die Vorfahren Hakans hatten ein Plateau direkt in das Vulkangestein gehauen, aus dem die Insel geschaffen war. Dann hatten sie den abgetragenen Stein in Quader gemeißelt und daraus die Außenmauern des Königssitzes hochgezogen. Schwarz, porös und kalt waren sie, mit Zinnen, die sich nach vorne zu lehnen schienen, als wollten sie jeden Besucher anspringen. Der Vulkan war die Burg, und die Burg war der Vulkan.

Hier oben, in den Spalten und Rissen des Steins, pfiff der Wind unablässig in klagenden Tönen. Er war wie eine Musik, die niemals verstummte, und die vielen Balladen, die man am Hofe sang, waren ihm in Stimme und Klang sehr ähnlich. Im Gegensatz zu den Burgen auf dem Festland bestand in Island keine Notwendigkeit für einen Burggraben oder eine Zugbrücke.

Nur eine große, geschwungene Freitreppe, ebenfalls dem Vulkanberg abgetrotzt, führte in einer Unendlichkeit von Stufen zum großen Doppeltor aus Eschenholz, das sechs Männer brauchte, um sich öffnen zu lassen.

In Island war zehn Monate Winter, und die Menschen, die hier lebten, waren ein Widerschein der schier endlosen Kälte und Dunkelheit. Zäh, schweigsam und von einem Willen, der nicht zu brechen war.

Brunhilde stand auf der Zinne, die rechts über dem Burgtor in mächtigem Schwung bis in den Berg führte. Ein eisiger Wind wehte hier oben, und vereinzelte Schneeflocken tanzten mit ihm.

Die junge Frau, zu der die Königstochter in den letzten drei Jahren geworden war, starrte auf den schmalen Fjord, der zum Ozean führte, als könne sie das Schiff, auf das sie so sehr wartete, herbeizwingen. Ihr Gesicht verriet nichts von der Verzweiflung, die ihr Herz in diesen Tagen zu brechen drohte.

Die Tür eines der Türme, die in den Wohnbereich führte, öffnete sich, und Eolind trat heraus. Er hatte sich einen Fellmantel umgeworfen, der seine hagere Gestalt fast völlig umhüllte. Für eine Weile stand er neben Brunhilde und sah ebenfalls zum Fjord hinaus. Es war, als wolle er sehen, was sie sah. Und er sah nichts.

»Wie geht es ihm?«, fragte Brunhilde schließlich, und es fiel ihr schwer, die sorgenschwere Stimme gegen den Wind zu erheben.

»Er ist ein Krieger – er weiß, dass es sein letzter Kampf ist«, antwortete Eolind. »Aber er wird ihn führen, bis der Tod selbst ihn mit Respekt empfängt.«

»Er ist ein Narr«, widersprach sie bitter. »Es ist keine Schande darin, sich dem nächsten Leben zu ergeben. Ich habe gesehen, welche Schmerzen er leidet.«

Hakan lag schon seit drei Monaten danieder, und die Quacksalber des Hofes hatten ihm von Anfang an ein schnelles Ende prophezeit, dem er sich wie ein störrisches Pferd widersetzte.

»Er sorgt sich um das Reich«, bemerkte Eolind.

Nun endlich drehte sich Brunhilde zu dem Mann, der seit mehr als vierzig Jahren ihrem Haus diente. »Und das Reich sorgt sich um ihn. Aber Island wird nicht untergehen, nur weil sein König den Tod als Freund empfängt. Hat mein Vater so wenig Vertrauen zu mir – zu meiner Fähigkeit, das Land zu führen?«

Eolind schüttelte den Kopf. »Ihr werdet eine vorzügliche Herrscherin sein, und er weiß das. Aber mit euch auf dem Thron wird jeder König begehrliche Blicke auf Island werfen, der euch zu einer Hochzeit zwingen kann.«

Brunhilde wusste, dass ihr Ratgeber die Wahrheit sprach. Sie brauchte einen starken Gatten – aber wenn dieser ein König war, würde Island in seinem Besitz aufgehen. »Ich werde dem Thron Islands Ehre machen«, knurrte sie. »Aber heiraten werde ich nur, wer meiner würdig ist.«

Eolind seufzte vernehmlich. »Nicht weniger wünsche ich

Euch, aber – wie viele Freier könnt Ihr zurückweisen, bis einer von ihnen die Schmach nicht hinzunehmen bereit ist? Bis er beschließt, zu nehmen, was ihm nicht gegeben wurde?«

Brunhilde legte beide Fäuste auf die Zinne. »Ich werde den Mut und die Entschlossenheit der Bewerber brechen müssen, ohne ihre Eitelkeit zu verletzen. Jeder braucht eine gerechte Chance, an der er jedoch scheitern wird. Es wird ... Prüfungen geben.«

Wieder einmal erschauderte Eolind angesichts der Stärke und Entschlossenheit, die Brunhilde in ihrem Alter schon aufbrachte.

3

Burgund
und die Rache der Götter

»Wir hätten im Dorf ein Pferd *leihen* können«, knurrte Siegfried – sicher zum hundertsten Mal auf dieser Reise.

Regin ging unbekümmert neben dem Karren her, der das Werkzeug und die übrigen Erzeugnisse aus der Schmiede trug und den sein Gehilfe wie ein Ochse die schmutzige Straße entlang durch den Regen zog.

»Warum?«, fragte der Schmied scheinheilig. »Dann hätte ich ein weiteres Maul zu stopfen gehabt, und deine Kraft kostet nichts.«

Er verschwieg die Tatsache, dass Siegfrieds Leistung in der Tat beträchtlich war – manchmal musste Regin zügig sein, um mit dem Jungen mitzuhalten. Jeden Abend überraschte es ihn, dass Siegfried noch die Kraft hatte, einen Bissen Brot zu sich zu nehmen.

»Mit einem Pferd hätten wir *beide* auf dem Karren mitfahren können«, konterte der junge Mann.

Sie waren schon seit mehr als zwei Wochen auf dem Weg nach Worms. In Koblenz hatten sie für zwei Tage Rast gemacht, weil es sich anbot, dort bereits ein paar Werkzeuge auf dem Markt anzubieten. Die Stadt war von einer starken

Mauer umgeben, und im Gasthof hatte es gutes Essen und eine weiche Lagerstatt gegeben.

Tatsächlich war es Regin gelungen, einige Sensen, Sicheln, Beile und Spitzhaken an den Mann zu bringen. Dabei waren ihnen auch die Geschichten zu Ohren gekommen, von denen Siegfried berichtet hatte.

Wie es schien, stand es wirklich schlecht um Worms. Niemand wusste etwas Genaues, aber viele, die dorthin gereist waren, waren nicht zurückgekehrt. Und die wenigen, die kurz vor dem Rheintal kehrtgemacht hatten, berichteten von einer Gegend, die scheinbar der Rache der Götter anheim gefallen war.

Siegfried hatte diesem Geschwätz mit Begeisterung gelauscht, versprach es doch Ruhm und Ehre dem, der sich lebend nach Worms durchzuschlagen vermochte. Regin hingegen hielt nichts auf solches Gerede.

In Mainz waren die düsteren Mutmaßungen allerdings schon handfester geworden. Und schauriger. Ehemalige Soldaten aus dem Heer des Königs zeigten grimmig ihre Stümpfe, an denen einmal Arme und Beine gewesen waren. Politische Gesandte versprachen viel Geld für sicheres Geleit nach Süden, ohne jedoch zuverlässige Führer zu finden. Die Menschen fühlten sich in der von einem hohen Wall umgebenen Stadt sicherer als auf den Straßen des Landes.

Der Schmied begann nun auch, sich Gedanken zu machen. Er hatte Burgund schließlich als Reiseziel ausgesucht, um Siegfried von allem Unbill fern zu halten. Und nun schien sich genau das zu rächen. Wenn an den Geschichten etwas dran war, dann hatte sich die Herrscherfamilie um Gundomar zweifellos mit den alten Göttern überworfen und war hart dafür bestraft worden. Es war sicher nicht ratsam, zwischen die Fronten zu geraten.

Andererseits – Regin glaubte an Wotan und seine Sippe, und damit war er immer gut gefahren. Vielleicht war es sogar das von den Göttern verlangte Schicksal Siegfrieds, Burgund in einer dunklen Stunde zu bereisen. Wer konnte das wissen?

Der Regen allerdings, der seit zwei Tagen auf sie herabprasselte, war schlicht und ergreifend eine Schande. Ihre Kleidung war schon lange völlig durchnässt, und der Karren wurde schwerer, je mehr Wasser sein Holz aufsog und je tiefer die Räder in den Schlamm sackten. Sie kamen nur noch mühsam voran.

»Wir sollten eine Stelle suchen, an der wir das Ende dieses Regens abwarten können«, schlug Regin vor.

Zu seiner Überraschung widersprach Siegfried. »In diesem verfluchten Landstrich gibt es keinen Ort, der nicht den Fischen ein besseres Heim wäre als den Menschen. Warum die Reise unnötig verlängern?«

Der Schmied nickte, und sie gingen schweigend weiter, zwei sonderbare Männer und ein Karren, die sich nur grau im Zwielicht des Regentages abzeichneten.

Je näher sie dem Herzen des Königreichs Burgund kamen, desto seltener wurden die Begegnungen auf der Landstraße. Zuerst versiegte der Strom an Jägern und Bauern, dann kamen ihnen keine Handelsleute mehr entgegen, und schließlich gab es auch keine fahrenden Söldner und Missionare mehr.

Nach einer Weile kamen sie an einem Karren vorbei, der größer und prächtiger als der ihre war. Er lag auf der Seite und das rechte Rad hielt er wie einen Schirm über seinen Wagenkasten. Das linke Rad war bereits völlig vom weichen Boden verschluckt. Weit und breit war kein Besitzer zu sehen.

Regin strich mit einer Hand über das aufgequollene

Holz. »Ein teurer Wagen. Aus dem Süden, würde ich meinen. Wer lässt so etwas am Wegesrand zurück?«

Siegfried ließ die Deichsel des Karrens los und gesellte sich zu Regin. »Ein Unfall, wie mir scheint. Aber die Achse ist in Ordnung. Kein Grund, das Gefährt nicht einfach wieder auf seine Räder zu stellen.«

Er packte das obere Rad und zog es mit aller Kraft in seine Richtung. Schmatzend gab der Boden die linke Seite des Karrens frei, und Dreck spritzend platschte dieser in die rechte Lage zurück.

Regin blickte sich um, so weit es der Regen zuließ. »Die Straße ist gerade und gut ausgebaut. Wer würde hier einen Unfall erleiden?«

Auch Siegfried war sichtlich misstrauisch, aber er teilte dieses Gefühl mit geweckter Neugier. »Meinst du, die Reisenden sind überfallen worden?«

»Lass uns weiterziehen«, war die Antwort des Schmieds.

»Hätte ich ein Schwert – kein Bösewicht würde es wagen, uns zu nahe zu kommen!«, erklärte Siegfried mit einer Entschlossenheit, die seinen jugendlichen Unverstand verriet.

»Kein Schwert vermag etwas gegen den Pfeil aus dem Hinterhalt auszurichten, und auch fünf schlechte Krieger sind des guten Kriegers Tod«, belehrte ihn Regin. »Das reine Herz ist kein starkes Schild. Und jetzt weiter.«

Siegfried seufzte und nahm die Deichsel des Karrens wieder auf. »Manchmal scheinst du nur aus weisen Sprüchen zu bestehen.«

Regin klopfte ihm auf die Schulter. »Erfahrung ist das einzige Pfund, mit dem ein alter Mann wuchern kann, wenn die Knochen spröde werden.«

Siegfried fragte sich, was Regin damit meinte, denn solange er denken konnte, schien der Schmied keinen Tag gealtert zu sein. In manch lauer Stunde hatte der Junge sich schon gefragt, ob der Tag kommen würde, da er in Alter und Würde seinen Meister einholen würde.

Endlich ließ der Regen ein wenig nach, und aus dem Prasseln wurde ein Rieseln. Die Wolkendecke riss nicht auf, aber sie wurde ein wenig dünner, und zum letzten Mal an diesem Tag war es licht genug, um weiter als einen Steinwurf zu sehen.

Regin sprang auf den Karren, um die Straße entlang zu schauen. »Wälder und weite Täler ... Wir werden bald wieder auf den Rhein treffen, und dann ist es nicht mehr weit nach Worms.«

»Wir hätten ein Floß nehmen sollen«, maulte Siegfried. »Es hätte uns geradewegs nach Worms geführt.«

Regin sprang wieder herunter. »Unsinn. Mit dem Gewicht unserer Waren hätten wir ein Floß vom Ufer aus flussaufwärts ziehen müssen. Und der Flusslauf ist so wirr wie deine jungen Gedanken. Es hätte doppelt so lange gebraucht.«

»Meinst du, wir schaffen es heute noch nach Worms?«, wollte Siegfried wissen.

Regin schüttelte den Kopf. »Wenn wir Glück haben, klopfen wir morgen Abend an das Stadttor. Jetzt sollten wir uns erst einmal einen Platz für die Nachtruhe suchen.«

Ein Haus war nicht in Sicht, also mussten sie sich anders behelfen. Oft hatten sie einfach unter den Fellen auf dem Karren geschlafen, was den Vorteil hatte, dass kein Kleingetier sich des Nachts in ihre Hemden schlich. Aber die Aussicht auf weitere Regenfälle in der Nacht ließ diese Möglichkeit ausscheiden.

Siegfried deutete auf den Wald am Wegesrand. »Dort scheinen die Bäume dicht beieinander zu stehen. Wenn die

Wipfel stark genug sind, könnte es für ein kleines Feuer und ein Lager reichen.«

Regin drehte sich einmal im Kreis, aber eine bessere Idee hatte er auch nicht. »Zieh unseren Karren bis an den ersten Baum, damit er nicht zu einladend für etwaiges Gesindel scheint.«

Siegfried nickte. Der seltsame Fund am Straßenrand hatte beide vorsichtig gemacht.

Tatsächlich bot der Wald einen bescheidenen Schutz vor dem Regen, und auf Moos und Laub ließ sich gut ausruhen. Aus einem Beutel hatte Regin noch einen halben Laib Brot gefischt, den er mit Siegfried verzehrte. Um den Durst zu stillen, gingen sie einfach wieder auf die Straße und hielten ihre Münder gegen den Himmel.

Unter den gewachsten Lederdecken, die über den Karren gespannt waren, hatte Regin ein paar trockene Kleidungsstücke herausgezogen, die sie trugen, während ihre Hemden an einem Ast hoch über dem kleinen Lagerfeuer ausdampften.

»Ich hasse den Regen«, murrte Siegfried und rieb sich die Beine, um sie etwas aufzuwärmen.

Regin schüttelte den Kopf. »Der Regen ist weder gut noch schlecht – ihn zu hassen ist nur dumm. Säßen wir jetzt daheim in der Schmiede, wärest du froh, dich von seinem Geprassel in den Schlaf wiegen zu lassen.«

»Kein Ort, an dem ich im Augenblick lieber wäre«, maulte Siegfried weiter.

»Oh, hat dich der Drang nach Abenteuern schon wieder verlassen?«, lachte der Schmied. »Ich dachte, das Feuer in dir brenne so lichterloh, dass ein kleiner Schauer es nicht löschen könnte.«

Siegfried nahm sich ein Fell und deckte sich damit zu. Dann lehnte er sich an einen Baumstamm und machte die

Augen zu. Er dachte an Brunhilde, an die Götter und an ein Schwert, mir dem er große Schlachten schlagen konnte.

So schlief er ein.

Brunhilde sackte bis zu den Oberschenkeln ein, bevor ihre Stiefel, die aus vielen Lagen Fell gebunden waren, auf losem Untergrund unsicheren Halt fanden. Schon vor Stunden hatten die ersten Schneeflocken, die an ihrer Kleidung geschmolzen waren, als Wasser den Weg zu ihrer Haut gesucht. Ihre Fingerspitzen fühlte sie ebenso wenig wie die Zehen an den Füßen. An einer Ritze zwischen Fellkappe und Umhang biss die Kälte in ihren Nacken.

Der Nachthimmel war klar und von Sternen übersät, und die Luft war so kalt und dünn, dass die isländische Prinzessin selbst durch das schwere Tuch vor ihrem Mund immer einen scharfen Stich spürte, wenn sie mühsam einatmete.

Sie blickte sich nicht um. Den Weg, den sie gekommen war, kannte sie. Sie blickte auch nicht voraus, denn was vor ihr lag, konnte nur Verzweiflung und Verzagen bringen.

Der Weg zum Rand des Vulkans, der hoch über Burg Isenstein thronte, war nicht in kürzester Strecke zu bezwingen. Zu steil und zu tückisch war der Aufstieg. Stattdessen umkreiste sie den gigantischen Kessel, dabei langsam an Höhe gewinnend. Nur an leichten Senken im ewigen Schnee konnte sie ungefähr erahnen, wo ihre Vorfahren den Pfad zur anderen Seite ihres Reiches angelegt hatten – damals, als der Legende nach der Vulkan noch spuckte und das Eis sich nicht nach Island traute.

Brunhilde wusste schon lange nicht mehr, ob sie ihre Augen zusammenkniff, um sie vor der Kälte zu schützen – oder ob ihre Lider schon so festgefroren waren, dass sie sich nicht mehr öffnen ließen. Das Gefühl für ihren Körper schwand und mit ihm die Schmerzen. Aber sie hatte oft genug im tiefsten Winter an der Seite ihres Vaters gejagt, um zu wissen, dass mit dem Schmerz auch das Leben ging.

Sie hielt kurz inne, duckte sich in den Schnee und spannte ein paar Mal die Muskeln in ihrem Körper an, um das Blut wieder in Bewegung zu setzen.

Das Gold der einfachen, schmalen Krone, die sie in der Hand hielt, stach durch die Handschuhe in ihr Fleisch. Eine Erinnerung daran, dass es noch Teil ihres Körpers war – und dass sie eine Aufgabe hatte.

Es war erst drei Tage her, dass in einer großen Prozession der brennende Leib von König Hakan mit seiner Barke im Fjord versenkt worden war, um auf dem Meeresgrund seinen Platz neben den Ahnen einzunehmen. Drei Tage, in denen Brunhilde schon längst den Thron als ihr Erbrecht hätte beanspruchen müssen, um den Fortbestand des Reiches zu sichern.

Aber sie hatte sich geweigert. Es war ihr unmöglich, das Land allein zu regieren – und unerträglich, es mit einem Mann an der Seite tun zu müssen.

Niemand wusste mehr, woher das Gesetz stammte, dem sich zu unterwerfen sie ihr Leben aufs Spiel setzte. Wenn die Chronisten und Sänger nicht irrten, dann hatten in den letzten zehn Generationen nur zwei Könige sich darauf berufen.

Island, mehr als viele andere Königreiche auf dem Festland, sah Fürstenblut nicht nur als Recht, sondern als Pflicht an. Für den Platz auf dem Thron gehörte das eigene Leben dem Wohl des Volkes. Für die behütete Jugend, die Brunhilde genossen hatte, musste sie eine Schuld begleichen. Und dies verlangte keine Entscheidung, sondern eine Handlung. Erst wenn sie die Krone auf den Quader am Rand des Kraters gelegt hatte, hatte sie das Recht, auf den Thron ihres Vaters zu verzichten und Island zu verlassen.

Ihre tauben Beine und ihre schmerzende Stirn flehten sie an, die Krone einfach in den Schnee fallen zu lassen und wieder zurück zur Burg zu stapfen. Es konnte Jahre dauern, bis ein möglicher Nachfolger kam, der es bis zum Rand des Vulkans schaffte und dort entdeckte, dass die Krone nicht auf dem dafür errichteten Felsaltar lag.

Aber Hakan hatte mit seinem letzten Atem gebetet, sie möge ihre Pflicht erfüllen, so, wie er es immer getan hatte. Und wenn sie schon nicht Königin von Island sein wollte – so würde sie doch die Krone für den nächsten König an der vorgesehenen Stelle niederlegen. Es war das Gesetz, es war die Pflicht – und wenn es der Tod sein sollte, dann musste er sich Brunhilde mit Gewalt holen.

Zwölf Stunden war sie nun schon unterwegs – ohne Essen, ohne Hilfe, ohne Hoffnung. Sie fiel vornüber in den Schnee, und trotz ihrer Erschöpfung rappelte sie sich sofort wieder auf. Wenige Augenblicke in der weißen Masse versprachen den schnellen Tod – und Brunhilde wollte nicht sterben. Aufgeben vielleicht, aber nicht sterben.

Sie schleppte sich weiter, und endlich wurde die Schneedecke unter ihren Füßen dünner. Ihre Hände rubbelten über das in Stoff gewickelte Gesicht, um die von Eis überzogenen Augen zu öffnen.

Tatsächlich: Wie eine schwarze Mauer stand vor ihr der Rand des riesigen Kraters. Rauchfahnen, die sich aus dem Lavastrom tief im Boden an die Oberfläche gekämpft hatten, kräuselten sich vergehend in den Wind, der hier oben erbarmungslos blies.

Es waren nur noch wenige Schritte bis zur Kuppe, und doch brauchte Brunhilde endlose Minuten, sie zu überwinden. Hätten die Vorfahren den Steinblock, auf dem die Krone abzulegen war, nur wenige hundert Schritte weiter hinten auf dem Kraterrand errichtet – Brunhilde wäre vermutlich torkelnd in den Krater gestürzt.

Der Block aus schwarzem Fels, der sich als vollkommener Quader von seiner Umgebung abhob, war auch in der Dunkelheit deutlich zu erkennen. Es wäre einer Königin würdig gewesen, stolz an ihn heranzutreten und die Krone mit angemessener Vorsicht genau in der Mitte abzulegen.

Doch Brunhilde fiel mehr auf den Steinklotz, als dass sie sich ihm näherte. Ihre Lungen sogen sich voll mit der dünnen Luft, ohne wirklich Kraft aus ihr ziehen zu können. Vor ihren Augen tanzten Lichter und Farben, die sie noch nie gesehen hatte. Sie hustete, und einige Blutstropfen benetzten den Vulkanstein.

Es gelang ihr noch einmal, sich hochzustemmen. Ihre zitternden Arme drückten ihren Oberkörper in die Höhe, und ihre Beine rutschten wieder dem Boden entgegen.

Ihre dick eingewickelten Finger spürten Ritzen auf dem Block. Ihr lag nichts daran, sich näher mit dem Stein zu befassen. Sie wollte nur die Krone ablegen und dann hoffen, dass sie den Abstieg ins Tal überleben würde. Oder nicht? Mittlerweile lag in der Aussicht, im ewigen Eis einzuschlafen, kein Schrecken mehr.

Es war ein Wink der Götter, weil es anders nicht erklärbar war, dass der Mond in dieser Nacht hell genug schien, um die Schrift in schwarzen Schatten sichtbar zu machen. Neumond, Wolken – wie leicht hätte Brunhilde übersehen können, dass ein paar Runen aus alter Vorzeit in den Quader gemeißelt waren?

Trotz ihrer Schmerzen, ihrer Müdigkeit und ihres sinkenden Muts fuhr die isländische Prinzessin mit der Hand über den Block. Sie legte den Kopf etwas zur Seite, um die Umrisse der Zeichen besser sehen zu können. Es war eine

Schriftform, die nur noch sehr entfernt an jene erinnerte, die heute üblich war. Die Runen waren einfacher, grober, von schlichterer Bedeutung.

Es war eine Aufforderung.

Sieh dich um.

Brunhilde brauchte einen Moment, um sich zu vergewissern, dass sie sich nicht verlesen hatte.

Sieh dich um?

An den Quader gelehnt, drehte sie sich, stützte sich mit den Händen ab, damit ihre schwachen Beine nicht nachgaben.

Und sie sah Island. Vielleicht zum ersten Mal in ihrem Leben.

Von diesem Ort aus hatte sie den Überblick über das ganze Land – seine vulkanschwarzen Ebenen und seine verschneiten Hänge. Im Westen dröhnte und flimmerte es, wo riesige Wasserfälle niederrauschten, um sich dann in breiten Strömen zum Meer zu schlängeln. Sie konnte die Fjorde sehen, in deren Wasser sich das Mondlicht spiegelte, und das Meer, welches die Insel umspülte, als wäre es eine goldene Fassung, die ein Juwel festhielt.

Brunhilde entdeckte auch ein paar Lichter von Feuern, die weit unter ihr von den Menschen in Erinnerung an Hakan entzündet worden waren und noch die ganze Woche brennen würden.

Ihr Blick reichte in jeder Richtung bis zum fernen Horizont. Es gab keine anderen Inseln, keine anderen Reiche als dieses eine. Es gab nur Island.

Ihr von der Kälte taubes Gesicht war nicht in der Lage, die Gefühle auszudrücken, die sie empfand. Sie weinte, ohne dass eine Träne ihr Gesicht herunterlief. Und in diesem Augenblick wurde aus Island mehr – es wurde *ihr* Island.

Sie stand auf dem höchsten Punkt der Insel, und vor ihren Augen breitete sich aus, was rechtmäßig ihr zustand. Was sie aufzugeben bereit gewesen war. Bis zu diesem Augenblick.

Die Müdigkeit fiel von ihr ab, und sie stellte sich aufrecht hin. Sie streifte die Kapuze ihres Fellmantels ab und setzte die Krone auf ihr Haupt.

Dann hob sie die Arme und schrie aus vollem Hals: »ISLAND!«

Sie war Brunhilde. Brunhilde, Tochter von Hakan – Königin von Island.

Der Regen hatte in der Nacht aufgehört, und auch das kleine Lagerfeuer war erloschen. Am Horizont war die Ahnung eines Schimmers zu sehen, der von der Sonnenscheibe kündete. Doch noch war es dunkel.

Das Geräusch war mit einem Donnergrollen vergleichbar. Lang, tief und walzend trieb es durch den Wald und weckte Siegfried, noch bevor Regin ihm die Hand auf die Schulter gelegt hatte.

Er schlug die Augen auf, und nach ein paar Herzschlägen wusste er wieder, wo er war. Er sah Regin an. »Was hat das zu bedeuten?«

Der Schmied legte ihm die Hand auf den Mund.

Da war es wieder. Dieses Grollen wie von einer Steinlawine, die einen Hang hinunter auf das Tal zutrieb. Es war weit entfernt.

»Ein Sturm?«, fragte Siegfried, als Regin seinen Mund endlich wieder freigegeben hatte.

Regin stand auf. »Kein Sturm, der sich jemals mit so viel Wut in der Stimme angekündigt hätte.«

Sie gingen zur Landstraße zurück, deren schnurgerader Verlauf einen weiten Blick ins Land erlaubte. Ihr Karren war unangetastet und stand dort, wo Siegfried ihn zurückgelassen hatte. Zwar regnete es nicht mehr, aber die Straße war immer noch ein einziger Morast, der sich an ihre Füße klammerte.

Regin blickte in die Richtung, in die ihr Weg führte. Die sanft fallende Landschaft hob sich nur wenig vom grauen Himmel ab, und es fiel schwer, *irgendetwas* klar zu erkennen.

Ein Licht flackerte in der Ferne auf. Es ging einher mit dem Grollen, das kurz darauf an Siegfrieds und Regins Ohren drang.

»Doch ein Gewitter«, meinte Siegfried, ohne seiner Stimme jedoch den notwendigen Ton der Zuversicht geben zu können. »Es blitzt, es donnert.«

»Es war so wenig ein Blitz, wie es ein Donner war«, zischte Regin.

»Was war es dann?«

Der Schmied machte sich auf den Weg zu ihrer Lagerstätte. »Es ist weit genug entfernt, dieses Wissen soll mir vorerst reichen. Wir machen uns auf den Weg.«

Sie klaubten ihre Sachen zusammen und zogen den Karren wieder auf die Straße.

Es war deutlich angenehmer, in den frühen Morgenstunden trocken gen Worms zu ziehen, und die Tatsache, dass es bergab ging, erleichterte Siegfrieds Aufgabe ungemein.

Aber trotzdem fehlte die Unbekümmertheit, mit der sie noch vor einigen Tagen durch die Lande gezogen waren. Eine unbestimmbare Schwermut, die auch durch das Licht des frühen Tages nicht zu verscheuchen war, schien sich wie Mehltau über das ganze Land gelegt zu haben.

Es war Regin, dem es zuerst auffiel. »Hörst du etwas?«

Siegfried lauschte. Aber bis auf die schmatzenden Geräusche unter den Rädern des Karrens war da nichts. »Nein.«

»Ich auch nicht«, murmelte der Schmied, und Siegfried fühlte sich zunächst als Opfer eines dummen Scherzes.

Dann ging ihm schlagartig die Bedeutung seiner Worte auf. »Keine Vögel.«

Regin nickte. »Keine Vögel, kein Wild, kein Wolfsgeheul.«

Siegfried erkannte, dass es diese unnatürliche Stille war, die ihn so verunsichert hatte. In der Schmiede im Wald aufgewachsen, waren die Geräusche der Tiere etwas, das so allgegenwärtig war, dass man es erst bemerkte, wenn es fehlte.

Wieder sahen sie etwas vor sich auf dem Weg liegen. Es war der massige Leib eines toten Pferdes.

Siegfried stellte den Karren ab, und vorsichtig näherten sich die beiden Männer dem Kadaver.

Das Pferd war zugeritten gewesen, und in seinem Maul hingen die Reste des Zaumzeugs. Die Flanke war aufgerissen, und an dem Kadaver hatten sich augenscheinlich ein paar Raubtiere satt gefressen. Rippen stachen hell aus den Wunden hervor. Aus den toten Augenhöhlen krochen bereits weiße, fette Maden.

Zuerst dachte Siegfried, es sei ein schwarzer Hengst gewesen, doch dann fiel ihm auf, wie rau und verschuppt das Fell erschien. Vorsichtig drückte er mit dem Finger dagegen. Es knirschte, und rußige Flocken lösten sich.

»Das Fleisch«, murmelte er. »Es ist verbrannt. Als habe man das arme Tier lebend in ein Lagerfeuer gestoßen.«

Regin war nicht wohl bei der Sache. Mehr und mehr fürchtete er, mit der Reise nach Burgund einen großen Fehler gemacht zu haben. Er hatte ja gewusst, dass Xanten Siegfrieds Schicksal war. Wieso hatte er versucht, den Göttern zu trotzen?

Ihm fiel auf, dass die Bäume an dieser besonderen Stelle kaum Laub trugen und ihre Stämme so pechschwarz waren wie das verbrannte Fleisch des Pferdes. Er ging etwas näher an den Waldrand und strich mit den Fingern über einen Stamm. Als er sie wegzog, war seine Hand mit Asche bedeckt.

»Auch diese Bäume sind verbrannt«, rief er Siegfried zu.

Im Gras wischte sich der Junge die Finger sauber. »Aber es ergibt keinen Sinn! Hier sieht es nicht so aus, als habe der Wald gebrannt.«

Regin atmete tief ein. Er traf eine Entscheidung, die ihm vielleicht die Rache der Götter ersparte, sollte er sie auf sich geladen haben. »Willst du umkehren?«

Siegfried sah ihn überrascht an. Solange er denken konnte, war es das erste Mal, dass der Schmied eine seiner Entscheidungen in Frage stellte. »Du meinst – zurück zur Schmiede?«

Es tat Regin fast körperlich weh, es auszusprechen. »Ich meine – nach Xanten.«

Siegfried blickte die Straße hinab in Richtung Worms, dann wieder hinauf in Richtung Mainz, dann wieder Worms. Er stemmte die Arme in die Hüften. In seinem Kopf schwirrten die Möglichkeiten, und sie schwirrten so schnell, dass es unmöglich war, sie festzuhalten, damit sie ihm bei der Entscheidung helfen konnten.

Da war der Wunsch, Brunhilde wiederzusehen, dessen Erfüllung nun erheblich näher rückte. Und die Chance, am legendären Hof von Xanten unter den großen Haudegen dieser Zeit das Kriegshandwerk zu erlernen. Andererseits – Regin hatte gesagt, dass Worms nur noch eine Tagesreise entfernt lag. Sie hatten den weiten Weg dann ganz umsonst auf sich genommen.

Und schließlich – das gestand sich Siegfried durchaus ein – lockte die Aussicht auf ein Abenteuer, von dem er immer geträumt hatte. Er war gegen die Reise nach Worms gewesen, weil dort angeblich nichts für einen richtigen Mann zu tun war. Das hatte sich offenbar geändert. Wenn überhaupt, dann war es ein Grund mehr, das Ziel nicht aus dem Auge zu verlieren!

Siegfried schüttelte langsam den Kopf. »Es kann nur von Vorteil sein, wenn wir nach Worms reisen. In seinen Mauern sind wir sicher. Wenn die Burgunder uns Waren abkaufen, erleichtert das den Karren. Und frischer Proviant wird uns helfen, sollten wir uns dann entscheiden, doch gen Norden zu reisen.«

Regin war froh, damit die Last der Entscheidung nicht mehr alleine zu tragen. »Also ist es auch dein Wille, dass wir nach Worms gehen?«

Siegfried nickte entschlossen. »Es ist mein Wille.«

»Dann sollten wir uns beeilen. Ich möchte keine weitere Nacht die Augen schließen müssen, ohne mich von Mauern umgeben zu wissen.«

Ihre Einigkeit bannte ein wenig die Unsicherheit, die mit dieser seltsamen Reise verbunden war. Schweigend zogen sie weiter.

4

Regin
und der Ruf des Schicksals

Die Sonnenscheibe mühte sich redlich, während ihrer Wanderung über den Himmelsbogen die trüben Wolken zu durchdringen, die über Burgund lagen wie eine alte graue Decke. Aber es gelang ihr nicht. Nur ein heller, ausgefranster Fleck verriet Siegfried und Regin den Fortgang der Stunden.

Je näher sie der Stadt kamen, desto mehr häuften sich die Zeichen, die Weiber und Pfaffen als böse Omen gedeutet hätten. Vögel lagen mit halb verbranntem Gefieder am Wegesrand, ein einsames Schwert steckte im Boden, als wäre es ein Grabstein. Wie bleiche Finger kroch ein Nebel aus dem Wald, dessen wirbelnde Schwaden Gestalten aus Utgard zu formen schienen. Das Skelett eines Mannes, schon lange vom Fleisch befreit, hing irgendwo in einer Baumkrone, lächerlich und mahnend zugleich.

Je tiefer sie ins Rheintal vordrangen, desto lichter wurde der Wald, um schließlich ganz den weiten Wiesen und Weinbergen Platz zu machen. Am Wegesrand tauchten die ersten Häuser auf, die von der nahe liegenden Stadt kündeten. Um die Häuser war es allerdings nicht gut bestellt – offene Türen und achtlos weggeworfenes Werkzeug kündeten von der Eile, mit der sie verlassen worden waren, und verkohlte Dächer trotzten mürbe dem Wetter.

»Glaubst du, die Hunnen haben Burgund überfallen?«, fragte Siegfried, als er die Zeichen der Zerstörung sah.

Regin schüttelte den Kopf. »Mundzuk hat seine Horden schon sehr weit nach Süden und Westen geschickt – ich glaube kaum, dass er es wagen würde, sich mit einem König anzulegen, der Rom hinter sich weiß.«

Siegfried war zu neugierig, um nicht wütend über dieses Mysterium zu sein. »Aber welches Reich würde es sonst wagen, Burgund anzugreifen?«

»Ein Reich ist nicht das Einzige, das einem Reich gefährlich werden kann«, verkündete Regin düster.

Sie überquerten die Kuppe eines Hügels, und dahinter tauchte das prächtige Worms auf. Siegfried und Regin hielten kurz inne, um sich einen Überblick über das Tal zu verschaffen.

Auf die Entfernung schien die Stadt unversehrt und geschäftig, und so weit es sich erkennen ließ, war sie von einem meisterlich erbauten Netz von Straßen durchzogen. Eine Mauer, so hoch wie vier Mann, umgab das weit gefasste Häusermeer, in dessen Herz die Kirche stand, als habe sie die Häuser der Bürger wie Kinder um sich geschart. Der Eindruck täuschte jedoch: Das Gotteshaus war vor nicht langer Zeit erbaut, und es war offensichtlich, dass ihm viele Häuser weichen mussten, damit es mit respektvollem Abstand frei stehen konnte. Ein schlankes Gebäude mit einem schmalen Schiff und ohne großen Zierrat an den glatten Mauern. Es war Siegfrieds erste Begegnung mit einem Haus des christlichen Gottes, und er war von der Klarheit der Formen beeindruckt. Die Bürgerhäuser waren von eher einfacher Bauart, alte Hütten hielten sich noch trotzig zwischen mehrgeschossigen Steinbauten.

Die Burg selbst, auf einem Hügel hinter der Stadt gelegen, war eine erstaunliche Leistung der Baumeister und Steinmetze. Augenscheinlich war sie nicht in Hast erbaut worden, zum reinen Zwecke der Verteidigung gegen heranstürmende Heerscharen. Ein Gewirr von offenen Arkaden und Emporen führte in unzähligen Verästelungen an jede Stelle des Hofes, und viele Balkone erlaubten die Sicht nach außen wie nach innen. Trotz der großen Fläche, die die Burg einnahm, schien sie tastend auf der Erde zu stehen, als wolle sie das Gras unter ihren Mauern nicht über Gebühr belasten. Der Stein war von hellem Grau, und Efeu rankte sich die Mauern hinauf, ohne dass jemand daran Anstoß nahm. Hinter der Stadt im Süden schimmerten die Fluten des Rheins.

Von der Hügelkuppe aus bot sich den beiden Männern ein so friedliches Bild, dass sie die Mühsal und die düstere Befangenheit der letzten Tage kurzzeitig vergaßen.

Entschlossen packte Siegfried die Deichsel des Karrens. »Lass uns noch bei Tageslicht in die Stadt einziehen, Regin. Ich möchte viel sehen – und Hunger habe ich auch.«

Regin lächelte und folgte seinem Ziehsohn, der begeistert auf Worms zulief.

Ihre Freude über die Ankunft nach der langen Reise währte jedoch nicht lange. Schon die ersten Hütten, die außerhalb der Stadtmauer errichtet waren, kündeten wieder von dem seltsamen Bann, unter dem der Hof von Burgund stand. Die wenigen Bürger, die hier umherhuschten, taten es in sichtlicher Eile, die Augen angstvoll auf den Boden gerichtet. Nur dann und wann blickten sie verstohlen zum düsteren Himmel hinauf, als erwarteten sie einen Blitz, der ihrem Leben ein Ende bereiten sollte.

Zwei Soldaten standen links und rechts vom Stadttor – sehr wenig, wie Regin angesichts der ungeklärten Notlage fand. Sie hielten Lanzen in den Händen, und an ihren Hüften baumelten Schwerter. Doch ihre müden Gesichter kündeten eher von mürrischer Überraschung als von feindlicher Gesinnung.

»Wer seid ihr? Was wünscht ihr?«, fragte der eine in unerschütterlicher Pflichterfüllung.

»Wir sind Schmiede aus dem Norden«, erklärte Regin. »Wir bringen unsere Waren, um in der Residenz des gelobten Königs Gundomar Handel zu treiben.«

Es war jenes Geplänkel, auf das man sich einlassen musste, wenn man seinen Unterhalt so verdiente, wie Siegfried und Regin es taten. Der alte Schmied klang bei den Worten fast schon freundlich, aber das war nur eingeübt.

Der Soldat warf einen kurzen Blick auf den Karren, machte sich aber nicht einmal die Mühe, die gewachsten Lederplanen zu heben. »Als Waffenschmied seid ihr dem König sicher sehr willkommen. Ihr tätet gut daran, euch ohne Verzug zum Hofe zu begeben. Der schnellste Weg führt durch die Stadt hindurch.«

Siegfried und Regin sahen sich unauffällig an. Angesichts der Einladung an den Hof wäre es töricht gewesen, die Einschätzung als Waffenschmiede zu berichtigen. Sie nickten daher nur kurz und zogen durch das aufschwingende Doppeltor.

Innerhalb der Stadtmauern bot sich ein nur wenig verändertes Bild. Die Menschen gingen ihren Geschäften nach, aber sie taten es mit furchtsamen Blicken und im geflüsterten Gespräch. Es war, als habe der König ein Verbot erlassen, Geräusche zu verursachen, die laut genug waren, einen Schwalbenschwarm aufzuscheuchen.

Hier und da versuchte Siegfried, den Bürgern der Stadt offen ins Gesicht zu sehen, um dadurch einen Zugang zu diesem seltsam verstockten Völkchen zu bekommen. Doch immer, wenn er sich umdrehte, weil er im Rücken bohrende Augenpaare gespürt hatte, waren die Köpfe auch schon wieder in die andere Richtung gedreht.

»Ist das die Ruhe im Schoße des christlichen Gottes?«, fragte Siegfried leise, sodass nur Regin es hören konnte.

»Nein«, knurrte der alte Schmied. »Diese Stadt stöhnt unter einer unsichtbaren Last. Sie drückt die Menschen nieder und frisst ihren Lebensatem.«

Aus der Nähe sah die Burg mit ihren Wehrtürmen und Zinnen erheblich größer und imposanter aus als vom Hügel. Es fiel auf, dass trotz der baulichen Eleganz eine Festung von militärischer Kraft vor ihnen stand. Sie war von keinem Wehrgraben umgeben, aber das doppelflüglige Tor wirkte massiv und unnachgiebig.

Es war nur ein kurzer Weg von vielleicht einer Viertelstunde. Wieder wachten zwei Soldaten an beiden Seiten des Eingangs.

»Die Schmiede Regin und Siegfried begehren Einlass«, rief Siegfried, als sie noch einige Schritte vom Tor entfernt waren. »Gekommen sind wir, um dem König unsere Hilfe anzudienen.«

Die Soldaten fragten nicht, musterten nicht einmal den Karren. Gleichzeitig schlugen sie mit ihren Lanzen gegen das Holz des Tores, welches kurz darauf lautlos aufschwang.

Es war das erste Mal, dass Siegfried in eine Burg Einlass fand. Sein Herz klopfte heftig, und was er sah, übertraf seine Tagträumereien bei weitem.

Das Burggelände war weit größer, als es von außen den Anschein gehabt hatte. Kleine Grasflächen dienten Soldaten zum Training mit Schwert und Schild, in einem Gehege liefen Hühner und Schweine umher, und hölzerne Stallungen beherbergten Dutzende Pferde. Unter einem Vordach hockte ein Handwerker, der Lederstücke zusammennähte, und gleich daneben schnitzte ein Zimmermann Stöcke, die für Standarten oder Speere gebraucht werden mochten.

Schilde und Fahnen schmückten die grauen Mauern, und Hofdamen in bunten Kleidern eilten umher. Ein paar Burschen kümmerten sich um Pferde, die von den Soldaten abgegeben wurden, und auf dem östlichen Wehrgang sah Siegfried einen Falkner, von dessen ausgestrecktem Arm sich ein prachtvolles Tier erhob. In einer Ecke übte ein Barde mit einer Leier ein neues Lied ein, und die Töne seiner Saiten verliehen der Szenerie etwas Unwirkliches.

Es war wie eine neue, fremde Welt. Doch auch hier war zu spüren, dass ein Schatten über dem Land lag, und die Geräusche entsprachen nicht im Entferntesten dem, was zu erwarten gewesen wäre.

Siegfried zog den Karren weiter, aber die hölzernen Räder klapperten laut auf dem gepflasterten Untergrund. Die Menschen am Hofe schienen in der Bewegung zu erstarren und schauten ängstlich in seine Richtung. Regin bedeutete dem Jungen, den Karren vorerst stehen zu lassen.

Die Aufmerksamkeit der meisten Höflinge wandte sich wieder dem Training der Soldaten zu, die mit Holzschwertern aufeinander einschlugen. Ein Mann stach dabei besonders heraus – statt dem Abzeichen von Burgund auf dem Wams trug er nur ein weißes ärmelloses Hemd. Lange braune Haare fielen auf seine Schultern, und dunkle Augen fixierten seine Gegner. Er war sehr groß gewachsen, und seine Erscheinung verriet königliches Blut auch ohne die Insignien der Macht. An seinen Armen spielten straffe Muskeln, als er behände seine Waffe von links nach rechts wechselte und gleich drei Soldaten zum Kampf forderte.

»Wenn den Geschichten in den Herbergen und Tavernen

zu trauen ist«, murmelte Regin, »dann ist das Giselher, ältester Sohn und Kronprinz des Königs.«

Siegfried nickte, obwohl er nicht richtig zuhörte. Das Schauspiel hatte ihn in seinen Bann genommen.

Es war eine kurze, geradezu spielerische Übung. Giselher parierte die Attacken der Soldaten mit geschmeidigen, fließenden Bewegungen. Dabei drehte er sich in die Reihen seiner Gegner, um schließlich hinter ihnen aufzutauchen, bevor sie darauf reagieren konnten. Das Holz des Übungsschwertes berührte Rücken und Nacken von zwei Soldaten, die gemäß den Regeln erstarrten. Dann ließ Giselher seine Waffe fallen und schlug mit einem kurzen Faustschlag dem dritten Soldaten gegen die Schläfe, als dieser sich gerade umdrehte. Er war bewusstlos, noch bevor er den Boden berührte.

Zufrieden riss der Prinz die Arme in die Höhe, und die zwei ausgeschiedenen Soldaten schleppten ihren regungslosen Kameraden davon. Einige andere Kämpfer klatschten anerkennend, und die Hofdamen tuschelten unter der Hand in sehnsüchtiger Bewunderung.

Giselher steckte den Kopf kurz in einen Wassertrog und fuhr sich mit der Hand durch die Haare. »Wer nun?«, rief er, als gelte die furchtsam eingehaltene Stille für ihn nicht.

Es war offensichtlich, dass niemand am Hofe daran gelegen war, sich zum hundertsten Mal vom Thronfolger in den Staub werfen zu lassen. Unzufrieden drehte sich Giselher im Kreis – bis er Siegfried entdeckte.

Vielleicht war es die Tatsache, dass Siegfried seinem Blick mehr neugierig als bewundernd standhielt, oder die Freude über einen neuen, noch nicht einzuschätzenden Gegner – Giselher deutete auf den jungen Schmied. »Du! Komm her!«

Seine Stimme hatte etwas, das mehr als auffordernd war

– sie war befehlend auf eine bezwingende Weise, die das Ergebnis der Erziehung als Kronprinz war.

Siegfried war nicht auf einen Kampf aus, auch wenn der Gedanke daran seine Muskeln kribbeln ließ. Doch es war Regin, der das Wort ergriff. »Herr, wir sind nur einfache Schmiede aus dem Norden. Mein Ziehsohn ist gut am Amboss, nicht im Kampf.«

Giselher grinste schief und spuckte auf den Boden. »Ist er also kein Mann?«

Es mangelte Siegfried die Erfahrung, um die Provokation gelassen hinzunehmen. Entschlossen trat er auf Giselher zu.

Regin dachte kurz daran, ihn zurückzuhalten, aber es war sicher unklug, sich mit dem Thronfolger zu überwerfen, wenn man am Hofe gern gesehen sein wollte. So oder so – beide Männer wollten diesen Kampf.

Giselher lachte zufrieden, als er ein Holzschwert nahm und es Siegfried zuwarf, der es ungelenk in der Hand wog.

»Wie lautet dein Name – Schmied?«, fragte der Thronfolger, dessen Schwert mit seinem Arm eine trainierte Einheit bildete.

»Siegfried«, antwortete dieser.

Gernot, der jüngste von Gundomars Söhnen, saß auf dem Boden des kleinen Balkons, der ihm einen guten Blick über den Hof erlaubte, ohne selbst gesehen zu werden. An sonnigen Tagen las er hier, ungestört vom Trubel des höfischen Alltags und fern von der Neckerei seiner Brüder. Diese Woche hatte es jedoch viel geregnet, und der Stein war noch so feucht, dass Gernot ein Fell als Unterlage ausgelegt hatte.

Als Dritter in der Thronfolge war sein müßiges Leben von wenigen Verpflichtungen unterbrochen – und er empfand keinen Groll deswegen. Heute hatte er vorgehabt, dem Falken bei seinem Flug zuzusehen. Einmal hatte er seinen Vater gebeten, das Handwerk des Falkners erlernen zu dürfen, aber Gundomar hatte nur lachend versichert, dass ein Falke mit seinen starken Klauen seinen dürren Arm wie einen Zweig zu zerbrechen verstünde. Gernot hatte den Scherz als genau die Herabwürdigung verstanden, als die er gemeint war – und sich seither darauf beschränkt, die edlen Vögel aus der Ferne zu betrachten.

Doch etwas anderes hatte nun seine Aufmerksamkeit erregt. Es gab Neuankömmlinge bei Hofe – und es waren keine Wormser Bürger, die wieder einmal um Beistand gegen die Unbill baten, die über das Land gekommen war. Dem Anschein nach waren es ein Schmied und sein Helfer, die ihren Karren durch das Tor gezogen hatten. Sie waren ein sonderliches Paar – klein, stämmig der eine, mit dunklen Haaren und ebensolchen Augen; groß, schlank und stark der andere, von deutlich hellerer Abstammung. Sie mochten Lehrer und Schüler sein, vielleicht Geschäftspartner – aber Vater und Sohn waren sie nicht.

Giselher hatte den jungen, in einfache Kleidung gewandeten Mann zum Kampf aufgefordert. Gernot war klar, dass sein Bruder es für nötig hielt, jedem Neuankömmling seine Überlegenheit zu beweisen. Es würde ein kurzes Duell werden, wenn man die Chancen des jungen Schmieds danach beurteilte, wie ungeschickt er das Holzschwert führte.

Das Tor der Haupthalle öffnete sich, und König Gundomar trat heraus, umgeben von Beratern und Botschaftern. Gunther war nur einen Schritt hinter ihm, ein Pergament mit Berichten studierend.

Und Hagen. Natürlich Hagen.

Alles Treiben auf dem Hof wurde eingestellt, und die

Menschen verbeugten sich vor ihrem König. Auch Giselher und Siegfried zollten ihren Tribut.

Angesichts der Lage, in der Burgund sich derzeit befand, besaß die Zerstreuung durch Sport und Spiel sicher keine hohe Dringlichkeit in Gundomars Tagesablauf, aber als er den kräftigen jungen Mann sah, der mit einem Holzschwert vor seinem Sohn stand, entschied er mit einer Handbewegung, dass Zeit genug war, sich den Kampf anzusehen. Hagen flüsterte etwas in sein Ohr, doch Gundomar winkte verärgert ab.

Gernot wollte nicht einmal wissen, worum es ging. Giselher war der Kämpfer und zukünftige König, Gunther war der Stratege und Ratgeber, und Kriemhild würde durch eine sorgsam arrangierte Hochzeit die Macht des Königreiches nach außen sichern. Als einzigem der vier Kinder des Hofes Burgund war Gernot keine Aufgabe zugewiesen, und er wollte es nicht anders.

Manchmal schien es ihm, als geschähen alle Dinge bei Hofe nur dazu, die vorbestimmten Rollen und Pflichten zu untermauern. Giselher würde seinen Gegner besiegen, vielleicht auch noch ein wenig demütigen, und sein Vater würde ihm vor den Augen aller mit einem kräftigen Schlag auf die Schulter sein Wohlwollen bezeugen.

Giselher griff den Schmied, der sich als Siegfried zu erkennen gegeben hatte, ohne jegliche Tändelei an. Seine hölzerne Waffe stieß Siegfrieds Oberkörper dreimal, bevor dieser überhaupt reagieren konnte. Er stolperte einen Schritt zurück, von der Geschwindigkeit seines Gegners überrascht. Giselher lachte.

Siegfried wollte nun selber angreifen, aber der Kronprinz parierte mit einer lässigen Halbdrehung und ließ den Schmied ins Leere laufen.

Gernot hatte daran gedacht, seine Schwester zu holen,

aber mittlerweile sah es nicht so aus, als würde noch etwas zu sehen sein, wenn er mit Kriemhild zurückkam.

Siegfried holte erneut mit seinem Schwert aus, aber er verfehlte den wendigen Giselher, der ihm einen Tritt in den Hintern verpasste. Siegfried ging zu Boden.

Der Hofstaat lachte, und Gundomar grinste. Nur der ältere Schmied und Siegfried lachten nicht. Es war ein boshaftes, schadenfrohes Gelächter – aber es war auch das erste Lachen, das seit Monaten hier zu hören gewesen war.

Siegfried rappelte sich auf, sichtlich wütend auf sich selbst. Er blickte die Waffe in seiner Hand an – und warf sie weg.

»So leicht gibst du auf?«, hörte Gernot seinen Bruder höhnen. »Es scheint, du tätest besser daran, Schwerter zu schmieden, als sie zu führen!« So viel stand fest – Großmut war keine der Stärken des ältesten Sohnes von Gundomar von Burgund.

Wie ein Bär stürzte sich Siegfried auf Giselher, die Arme hochgerissen und die Hände zu Fäusten geballt. Sein Körper rammte den Kronprinzen, noch bevor dieser sein Holzschwert auch nur angehoben hatte. Sie krachten hart auf die Erde, und das Gewicht Siegfrieds auf seinem Oberkörper trieb Giselher die Luft aus den Lungen. Aber er war ein ausgebildeter Kämpfer und stellte sich schnell auf die neue Lage ein. Er drehte ein Bein unter Siegfrieds Körper hervor und hebelte seinen Gegner damit zur Seite. Der junge Schmied landete auf dem Bauch, und Giselher nutzte die Gelegenheit, die Oberhand zu gewinnen. Er sprang auf und warf sich mit den Knien auf die Schulterblätter Siegfrieds. Seine Hände packten den Hals des Gegners und drückten zu.

Die spielerische Freude, mit der Giselher in den Kampf gegangen war, war nun vergessen. Wilder Siegeswille stand in seinen Augen, und aus dem Training war schlagartig ein Kampf um sein Ansehen als Führer seiner Männer geworden.

Gernot sah gebannt zu, wie der junge Schmied sich seinem Schicksal zu ergeben schien und flach auf dem Boden liegen blieb. Doch er hatte das Gefühl, damit noch nicht das Ende des Kampfes gesehen zu haben.

Und richtig – nach kaum zwei Herzschlägen drückte Siegfried ruckartig seinen Rücken durch und machte einen Buckel wie eine Katze. Giselher wurde in die Luft geschleudert, und seine Hände ließen Siegfrieds Hals los.

Es war, als würden sich die Geschehnisse verlangsamen, damit jeder am Hofe im Detail verfolgen konnte, wie der junge Schmied sich dem Thronfolger widersetzte. Noch während Giselher in der Luft schwebte, warf sich Siegfried auf den Rücken und riss beide Fäuste hoch. Sie trafen den Kronprinzen in den Magen.

Gernot glaubte nicht daran, dass gemeinsames Blut ein unzertrennliches Band war, aber in diesem Augenblick hatte er das Gefühl, den tosenden Schmerz in Giselher selbst spüren zu können.

Aus dem Augenwinkel nahm er wahr, dass Hagen seinem Vater wieder etwas ins Ohr flüsterte, während seine Hand schon auf dem Knauf seines mächtigen Breitschwerts lag. Doch Gundomar zischte eine Antwort, die jeden Eingriff in den Kampf unterband.

Rückwärts stolpernd versuchte Giselher, wieder in eine gute Ausgangsposition zu kommen. Er übergab sich, und unter die breiige Masse mischte sich Blut. Siegfried war ebenfalls sichtlich angeschlagen, aber sein Kampfgeist war ungebrochen. Er wälzte sich herum und hockte schwer atmend im Staub. Sein Blick streifte den älteren Schmied.

Gernot fragte sich, ob er der Einzige war, der bemerkte,

dass Regin seinem Ziehsohn mit der Hand ein unauffälliges Zeichen gab, den Kampf an dieser Stelle enden zu lassen.

Reihum blickte Siegfried den König, seine Gefolgsleute und schließlich Giselher an. Sie *wollten* diesen Kampf, *wollten* die Entscheidung. Doch er ließ einfach die Schultern hängen und drückte seine Handflächen auf den Boden.

Ein missmutiges Raunen ging durch den Hofstaat, während Giselher müde grinsend eine Faust gen Himmel reckte. Ein Diener brachte ihm Wasser und einen Lappen. Gundomar nickte seinem Sohn zufrieden zu.

Regin half Siegfried auf die Beine.

Gernot war nahe daran aufzuschreien. Es war nicht fair! Dieser Siegfried hatte einen guten Kampf geliefert, und er hatte das Zeug gehabt, Giselher ein ebenbürtiger Gegner zu sein. Der erste seit langer Zeit.

Aber Gernot begriff auch, was geschehen war. Siegfried hatte Giselher den Sieg überlassen, damit der Thronfolger sein Gesicht wahrte. Er mochte im Duell unterlegen sein – bei Hofe hatte er damit seine Position verbessert.

Hastig sprang Gernot auf. Er musste Kriemhild davon erzählen!

Der junge Mann, der für seine achtzehn Jahre sehr zart und weich aussah, prallte fast gegen das blasse, dünne Mädchen, das am Eingang zum Balkon stand. Ihre glatten schwarzen Haare glänzten und lagen so dicht an ihrem schmalen Kopf, als seien sie immerzu nass.

»Elsa!«, keuchte Gernot erschreckt. »Was ... ich meine, was hast du ... hast du das eben gesehen?«

Er konnte nicht erkennen, ob sie von ihrer Warte aus einen freien Blick auf den Hof gehabt hatte. Aber warum sollte sie sonst dort gestanden haben?

Ihre leise, zerbrechlich wirkende Stimme klang fast einschläfernd. »Es ist feucht hier draußen. Du wirst krank werden.«

Gernot war gewohnt, dass Elsa keine direkten Antworten gab. »Ich muss meiner Schwester berichten«, rief er atemlos und drängte sich an Elsa vorbei, die bei der Berührung die Augen schloss und tief einatmete.

Als Gernot außer Sicht war, schaute sie gelangweilt in den Hof.

Kämpfen – war das alles, was Männer konnten? Manchmal ähnelten sie Tieren mehr als Menschen. Blinden Tieren.

»Ich hätte ihn schlagen können«, krächzte Siegfried, als er Regins Arm unter seiner Achsel spürte. »Ich bin stärker als er.«

»Du hättest ihn schlagen können«, zischte der Schmied in sein Ohr. »Dann wären wir aus Worms verjagt worden. Ich danke den Göttern, dass du zum ersten Mal auf mich gehört hast.«

Trotz des mürrischen Tonfalls strich Regin seinem Ziehsohn fast liebevoll durch die Haare.

Gundomar trat mit seinem Gefolge auf sie zu, während sich Giselher im Hintergrund hielt. Regin und Siegfried verbeugten sich, wie es die Etikette verlangte. Doch es blieb ihnen nicht verborgen, dass einige der Blicke, die ihnen zugeworfen wurden, wenig freundlich waren. Viele der erfahrenen Krieger wussten, dass Siegfried nicht aus Schwäche den Kampf beendet hatte.

Gundomar war etwas kleiner als seine Söhne, aber seine vernarbte Haut über den drahtigen Muskeln kündete von manch gewonnener Schlacht. Wie sein Sohn Gunther trug er den Bart sorgsam gestutzt.

»Eine gute Leistung«, verkündete der König. »Es ist keine Schande, dem Sohn Gundomars zu unterliegen – dem besten Kämpfer von Burgund!«

Ein paar, aber längst nicht alle Höflinge jubelten verhalten.

»Wir sind hier, um zu dienen«, sagte Regin zweideutig.

»Was ist euer Handwerk?«, fragte Gunther, dessen offenes, freundliches Gesicht ehrlich lächelte.

»Wir sind Schmiede«, antwortete Siegfried. »Und wir sind mit unseren Waren von weit her gekommen, um dem Königreich zu helfen.«

»Als gäbe es in Worms keine Schmiede«, knurrte Hagen, dessen linkes Auge unter einer Lederkappe verborgen war.

Gundomar hob die Hand, um seinen Ratgeber zu zügeln. »Ehrliches Handwerk ist uns immer willkommen – besonders in diesen schweren Zeiten. Und einen Platz beim Abendmahl haben sie sich allemal verdient.«

Es brannte Siegfried auf der Zunge, den vagen Andeutungen durch eine klare Frage nachzustellen, aber er vermutete, dass das Essen dazu eine bessere Gelegenheit böte.

Ohne ein weiteres Wort drehte sich der König um und schritt davon.

Gunther blieb noch kurz stehen und blickte stirnrunzelnd zum Himmel, der vom Abend kündete. Dann sah er Siegfried und Regin an. »Man wird euch einen Platz zuweisen. Wascht euch und findet euch dann in der großen Halle ein.«

Er klatschte zweimal in die Hände, und es begann ein Ritual, wie die beiden Schmiede aus Odins Wald es noch nie zuvor gesehen hatten: Die Pferde wurden hastig in die Ställe geführt, und von den Balkonen und Fenstern aus wurden die bunten Fahnen eingeholt. Die Banner des Reiches verschwanden in Windeseile, und die Hofdamen hasteten zum Pallas. Einige Fenster wurden mit schweren Tüchern oder Fellen verhängt, wie es Siegfried und Regin auch schon in Worms aufgefallen war. Es war, als wolle man den Hof von allem Leben befreien, ihn öde und leer machen.

Dann drehte sich auch Gunther um und folgte seinem Vater.

Kriemhild lag in ihrem weißen Kleid, das ihre schlanken Schultern freiließ, auf dem Bett in ihrem Zimmer. Ihr blondes Haar fiel in lockigen Wellen über die Kissen. Ihr Blick spielte mit den Schwalben, die vor dem Fenster im Wind tanzten. Wenn Langeweile ein Schmerz war – dann drohte die Prinzessin an ihm zu sterben.

Der burgundische Hof war die Heimstatt von Männern, Kriegern allesamt. Wenn sie sprachen, dann laut. Wenn sie handelten, dann zum Zwecke des Blutvergießens. Seit Fafnir über das Land gekommen war, hatte es sich noch verschlimmert. Frauen waren nur noch willkommen, um Wein und Bier zu bringen, während die großen Strategen neue Wege suchten, der Bedrohung Herr zu werden.

Und Kriemhilds Aussichten, vielleicht doch einen Mann zu finden, der ihr in Bildung und Gesinnung ebenbürtig war, schienen sich verflüchtigt zu haben. Gundomar bestand darauf, dass sie sich einen Freier erwählte, dessen Gold und Soldaten die schwindenden Vorräte Burgunds auffüllten.

Manchmal wünschte Kriemhild, mit der gleichen tumben Lebensfreude wie Giselher auf die Welt gekommen zu sein. Er sah mit seinen beiden Augen weniger als Hagen mit einem, aber es machte ihm nichts aus. Im Gegenteil: Sein schlichtes Kriegergemüt war wie geschaffen, seinem Vater auf den Thron nachzufolgen.

Die Tür zu ihrem Gemach flog auf, und Gernot stürmte herein. Er war der Einzige, der nicht anzuklopfen brauchte, weil er der Einzige war, vor dem Kriemhild keine Geheimnisse hatte. Sie waren mehr als Geschwister – sie waren Verbündete.

»Du hättest es sehen müssen!«, keuchte Gernot begeistert. »Giselher ... er ... er ...«

»Hat wieder einmal bewiesen, was für ein wackerer Kämpfer er ist?«, vollendete sie den Satz des atemlosen Jungen.

Gernot schüttelte den Kopf. »Er hat ... fast hätte er verloren! Es ist dieser neue Schmied. Siegfried. Du hättest ihn sehen sollen!«

Kriemhild setzte sich auf. Ihre Neugier war geweckt, aber sie hatte die Fähigkeit, Gleichgültigkeit und Langeweile vorzutäuschen, über die Jahre perfektioniert. »Sieh an – der Hahn fürchtet um die Vormacht im Stall? Ich denke nicht, dass Giselher glücklich sein dürfte.«

Gernot grinste. »Er sah aus, als habe ihm jemand in den Kelch gespuckt.«

»Zugegeben, das hätte ich gerne gesehen«, murmelte Kriemhild.

»Siegfried wird heute Abend beim Festmahl dabei sein«, erzählte Gernot. »Vater hat ihn eingeladen.«

Kriemhild stand auf und ging zum Fenster. Im abnehmenden Licht des Tages sah sie die beiden Neuankömmlinge, die beim Wassertrog standen und ihre nackten Oberkörper wuschen. Es war offensichtlich, wen Gernot gemeint hatte. Siegfrieds Muskeln glänzten feucht, und sein breiter Rücken spannte sich, als er den Schmutz von seinen Schultern rieb. Er bespritzte den älteren Schmied mit Wasser und hatte in seiner spielerischen Art so gar nichts von den zornigen Kriegern, die sonst am Hof herumlungerten.

»Ist er das?«, fragte sie so beiläufig wie möglich.

Gernot trat neben sie und nickte. »Das ist er.«

»Vielleicht sollte ich mich mit ihm unterhalten – das würde Giselher noch deutlich mehr ärgern«, sagte Kriemhild.

Gernot sah seine Schwester überrascht an. Es kam nicht oft vor, dass sie bereitwillig mit Männern sprach, denen sie nicht durch Blut verwandt war. »Ich denke, auch Vater könnte das missverstehen. Du hast die meisten deiner Freier nicht einmal angesehen. Und morgen erwarten wir Etzel, den Sohn Mundzuks, als Gast in Burgund.«

Kriemhild stöhnte und ging wieder zu ihrem Bett zurück. »Ein Hunne! Ich soll einen Hunnen heiraten? Ein Volk, das weder weiche Betten noch steinerne Häuser kennt! Heiden, die Bücher ebenso verachten wie Musik!«

»Mundzuk herrscht über ein mächtiges Reich im Osten, und Schutz an dieser Flanke könnte von großer Bedeutung sein, wenn Hjalmar entscheidet, sein Reich um Burgund zu erweitern«, erklärte Gernot vorsichtig. Er wollte auch nicht, dass Kriemhild als Braut eines wilden Stammesführers Worms verließ, aber Ehen waren keine Frage von Liebe und Gefallen.

»Du klingst wie Gunther«, entgegnete Kriemhild missmutig. »Alles ist Politik, alles ist Strategie.«

Gernot setzte sich zu ihr auf das Bett. »Nicht alles. Aber denk an Fafnir und Hjalmar – das Reich braucht Verbündete in der Not. Die sind mit einer schönen Prinzessin leichter zu bezwingen als mit dem Schwert. Und keine ist schöner als Kriemhild von Burgund.«

Kriemhild strich ihm lächelnd übers Gesicht. »Was werde ich ohne dich machen, Gernot? Du bist der Einzige, der den lieben langen Tag nicht nur an Feuer und Vernichtung denkt.«

Gernot strahlte angesichts des Lobes seiner geliebten Schwester. »Und du bist die einzige Frau am Hofe von Burgund, deren Geist so wach wie ihr Herz groß ist.«

Hagen fand seine Tochter immer noch auf dem Balkon. Er nahm seinen Mantel und legte ihn um ihre schmalen Schultern. »Dein Tod ist von wenig Wert, also gib etwas mehr auf dich Acht.«

Sie schaute ihn nicht einmal an. »Warum sehen die Menschen niemals das, was man für sie sein will – sondern nur das, was ihren Erwartungen entspricht?«

Hagen seufzte. Elsa war ein seltsames, verschlossenes Mädchen. Er hatte ihr die Mutter ersetzt, die bei der Geburt gestorben war – so gut es sein Amt als Ratgeber des Königs zuließ. Aber sie hatte sich schon in frühen Jahren von den anderen Kindern bei Hofe zurückgezogen und ihre eigenen Wege gesucht. Manchmal ging sie des Abends fort und kam erst im Morgengrauen wieder. Niemand wusste, wo sie die meiste Zeit des Tages verbrachte. Sie erschien oft wie ein düsteres Omen – unerwartet und still.

Hagen von Tronje war kein empfindsamer Mann. Das Leben hatte ihn hart und der Krieg berechnend gemacht. Er wusste genau, was Elsa meinte, und er sprach es aus. »Gernot sieht in dir, was du bist – Hagens Tochter. Das bringt dir Respekt. Erwarte nicht Liebe. Es wäre ein schlechter Tausch.«

Elsas dunkle Augen, die schon von Natur aus groß und unergründlich waren, weiteten sich. »Ich ... du ...«

Hagen lächelte so väterlich, wie es ihm möglich war. »Du bist sehr gut darin, deine Gefühle zu verbergen. Aber ich bin ebenso gut darin, in Seelen zu schauen.«

Sie fühlte sich ertappt, wollte sich an ihm vorbeidrücken, um wieder irgendwohin zu verschwinden, aber ihr Vater hielt sie am Arm fest. »Elsa, hör mir zu – wir sind kein königliches Blut, und kein Spiel zwischen den Laken wird dich jemals zu einer Prinzessin machen. Was uns an Rang fehlt, können wir nur durch die Macht aus den Schatten ausgleichen. Aber dafür müssen unsere Herzen verschlossen und unsere Gedanken klar sein.«

»Soll ich mein Herz an die Politik verraten – so, wie du es immer getan hast?«

Hagen war nicht so leicht aus der Ruhe zu bringen. »Du sollst dein Herz nur nicht für den kleinsten Preis verkaufen, Elsa. Wenn es ein Burgunder ist, den du zu betören suchst, dann lass es Giselher sein. Als Kronprinz, als König, als Mann – spiele deine Karten gut, und dein Wort wird das sein, auf das er hört. Du wirst ihn führen, wie ich Gundomar führe.«

Elsa spuckte verächtlich auf den Boden. »Bist du schon auf beiden Augen blind, Vater? Gundomar hört mehr auf Gunther als auf dich. Und wenn du deine Tochter als Bettpfand brauchst, um den Thronfolger in deinem Sinne zu lenken – wie groß ist dein Einfluss dann wirklich?«

Hagen schlug sie kurz und hart, so, wie er es sonst nicht nötig hatte. »Vergiss Gernot!«

Sie riss sich von ihm los und lief durch den Gang davon. »Es gibt nichts zu vergessen!«

Hagen atmete tief durch. Dann hieb er mit seiner Faust in schwarzem Leder gegen die Mauer.

Das Abendmahl am Hofe von Burgund war sicher nicht mit den Dorffesten zu vergleichen, die Siegfried aus den Ortschaften rund um den heimatlichen Wald kannte. Als er mit Regin den großen Saal betrat, waren die Bediensteten bereits damit beschäftigt, gebratene Schweine und Ochsen zu zerlegen und das Fleisch von den Knochen zu trennen. An mehreren Langtischen saßen bestimmt an die hundert Vasallen, Berater und ranghohe Soldaten. Wein und Bier flossen reichlich, gereicht von Hofdamen, die immer wieder mit Schläuchen und Krügen aus den Schatten traten.

Die hohen, nackten Wände des Saals waren mit Teppichen und prächtigen Stickereien behängt, beleuchtet von Fackeln, die in eisernen Haltern steckten. Eine mannshohe Feuerstelle an der Ostwand prasselte fauchend Wärme in den Raum.

Der König selbst, umgeben von seinen Söhnen und Hagen von Tronje, saß auf einem eher bescheiden verzierten Thron, vor den ein weiterer Tisch geschoben worden war. Nur die leicht erhöhte Estrade hob die königliche Familie aus der Menge heraus. Es war ein üppiges, aber doch vergleichsweise gesittetes Fest. Weder wurde gebrüllt, noch wurden die Essensreste auf den Boden geworfen.

Gundomar sah die beiden Schmiede eintreten, und er winkte sie heran. Dann bedeutete er ihnen, sich vor der Estrade an einen der Tische zu setzen. Respektvoll machten ein paar der Untertanen ihnen Platz. Binnen eines Herzschlags standen Holzplatten mit Braten und Brot vor ihnen und mit Wein gefüllte Kelche.

Siegfried und Regin aßen mit dem Appetit von Männern, die seit einiger Zeit keine warme Mahlzeit mehr bekommen hatten. Besonders Siegfried langte zu, als müsse er für den Winter vorsorgen.

Erst als der erste Hunger gestillt war, wandte sich der König an seine neuen Gäste. »Aus dem Norden kommt ihr, so hört man. Habt ihr euch mit dem Karren den Rhein herauf ziehen lassen?«

Regin schüttelte den Kopf. »Wir haben von Mainz aus die Straße genommen.«

Einige der Männer am Tisch warfen sich Blicke zu, die nicht so unauffällig waren, wie sie es vermutlich erhofften. Aber niemand außer dem König ergriff das Wort. »Und habt ihr auf der Reise viel erlebt?«

Es war der Unterton, der Regin verriet, dass Gundomar

nicht nach beliebigen Anekdoten fragte. Er räusperte sich. »Majestät, wir kommen nicht viel herum, Siegfried und ich. Da erscheint uns vieles wunderlich, das für den Ansässigen keinen zweiten Blick wert sein mag.«

Gunther mischte sich mit einem milden Blick ein. »Du kannst reden, Schmied Regin. Wir alle sind uns bewusst, dass in den Wäldern rund um Worms schreckliche Dinge geschehen. Es erfreut uns, dass ihr augenscheinlich davon verschont geblieben seid.«

Nun fühlte sich Siegfried bemüßigt zu berichten. »Einen vorschnell zurückgelassenen Wagen am Wegesrand haben wir gesehen – und ein Pferd, dessen Leib verbrannt war. Donnergroll in einem ansonsten unnatürlich stillen Wald.«

Der König und seine drei Söhne sahen sich missmutig an. Es herrschte so etwas wie beunruhigte Stille.

»Man hat mir berichtet, dass er drei weitere Bauern *auf dem Felde* getötet hat«, zischte Giselher schließlich wütend. »Ein großer Zug mit Waren aus Sachsen ist kurz vor dem Rheintal umgekehrt, die Männer waren zu Tode verängstigt. Die Winzer fürchten sich, zur Lese aus den Häusern zu gehen.«

Auch Gunther nickte besorgt. »Nur noch wenige Güter gelangen an unseren Hafen. Die Felder liegen brach, und dadurch ist die Versorgung der Bevölkerung für das nächste Jahr gefährdet. Hunger droht.«

Es war offensichtlich, dass Siegfried und Regin mit ihren Worten genau das Thema angeschnitten hatten, welches unausgesprochen in der Luft lag, seit sie über die Grenze nach Burgund gekommen waren.

Nun sprach auch Hagen, und seine Stimme, obwohl leise und ruhig, war von jedem im Raum zu hören. »Die Bevölkerung ist Vieh, das den Hunger vergisst, sobald die nächste Mahlzeit auf dem Tisch steht, mein König. Viel dringlicher steht jedoch eine andere Frage im Raum – wie lange wird das Vieh dem Leittier folgen, das es nicht zu schützen weiß?«

Wütend schlug Gundomar seinen Kelch auf den Tisch, und Wein spritzte umher. »Genug! Wir haben mehrere Einheiten unserer tüchtigsten Soldaten verloren. Sobald Etzel wieder abgereist ist, werde ich selbst die besten Krieger führen, und dann hat dieser Spuk namens Fafnir ein Ende!«

Jetzt wurde doch gejohlt im Saal, und Kelche wurden aneinander geschlagen.

Giselher sprang auf. »Und ich, mein Vater, werde an deiner Seite kämpfen! Wer kann den Schwertern des Königshauses Burgund widerstehen?«

Noch mehr Gejohle, noch mehr Getrampel, noch mehr Wein.

Siegfried beugte sich zu Gunther, der ihm leicht erhöht am nächsten saß. »Verzeiht mir meine Unwissenheit, Herr – aber wer ist dieser Fafnir, unter dessen Joch das Land so stöhnt?«

Gunther senkte seine Stimme, um den Vater nicht weiter zu verärgern. »Mein guter Siegfried, seid ihr christlich getauft, im Namen des dreifaltigen Gottes?«

Der junge Schmied schüttelte den Kopf. »Regin ... ich ... wir glauben an die Götter aus Walhall, und an Odin, ihren Herrscher.«

Die Antwort schien Gunther wenig auszumachen. »Dann erkläre ich es so – Fafnir ist das schlimmste Biest, welches jemals Utgard verlassen hat. Ein Ungeheuer, dem deine Götter nur mit Furcht entgegentreten würden. Der Lindwurm, dessen Schädel nur unter Thors Hammer brechen wird! Sein Atem ist Feuer, und seine Klaue ist Tod!«

Siegfried drehte sich mit heißen Wangen zu Regin. »Hast du das gehört, Regin? Es ist der Lindwurm, der dieses Land knechtet! Sein Licht haben wir in der vorigen Nacht gesehen, und sein Feuer hat den Wald versengt. Es ist eine Bestie ... ein ... ein ...«

»Drache«, knurrte Regin unwirsch. »Lang wie eine Eiche hoch und mit Schuppen, die Eisen und Flammen trotzen. Er lebt in einer Höhle und fliegt des Nachts über den Wolken.«

»Ihr habt ihn gesehen?«, fragte Gunther verblüfft.

Regin zuckte mit den Schultern. »Nein, Herr. Aber man hört so einiges, wenn man in den Tavernen auf dem Weg hierher die Ohren aufsperrt.«

Siegfried war aufrichtig überrascht – er war ziemlich sicher, dass sie auf dem Weg von Odins Wald nach Worms nirgends klare Worte zum burgundischen Ungeheuer gehört hatten. Was wusste Regin wirklich? Und was verschwieg er?

»Wie lange wütet der Drache schon in Eurem Reich?«, wollte Siegfried von Gunther wissen, der offen und auskunftsfreudig wirkte.

»Seit etwas mehr als einem Jahr«, erklärte der Prinz. »Von einem Tag auf den anderen tauchte er auf, aus einem Wald nordwestlich von hier. Seither fliegt er mit seinen weiten Schwingen über das Land, verbrennt Häuser und Menschen, reißt unser Vieh. Wie viele Soldaten wir in den Wald auch geschickt haben – nicht mal ein Pferd kam lebend zurück.«

»Aber warum warten?«, hakte Siegfried nach. »Warum nicht morgen mit den mutigsten Männern auf die Jagd nach Fafnir gehen?«

Gunther seufzte gespielt. »Die Verpflichtungen des Hofes sind vielfältig, und derzeit plagt uns noch eine andere, wenn auch ungleich süßere Sorge – meine Schwester Kriemhild sucht einen angemessenen Gatten.«

»Wenn ich mich recht erinnere, sind viele Könige des Kontinents noch ledig, so, wie die meisten der Thronfolger«, sagte Regin erstaunt. »Mit dem Glanz einer Prinzessin von Burgund dürften sich einige von ihnen sicher gerne schmücken.«

»Das möchte man meinen – die Wirklichkeit sieht jedoch anders aus«, grinste Gunther. »Keiner ihrer Galane hat auch nur die drei Tage, die ihm zur Werbung zustanden, in den Mauern von Burgund verbracht.«

Siegfried versuchte sich vorzustellen, wie hässlich Kriemhild sein musste, um die Freier so zu verschrecken.

»Hört nicht auf Gunther«, mischte sich nun der scheue Gernot ein. »Kriemhild ist nur wählerisch.«

»So wählerisch, dass sie den meisten Besuchern nicht einmal eine Audienz gewährt hat«, protestierte Gunther. »Bestimmt munkelt man an fremden Höfen bereits, wir hätten unsere Schwester nur erfunden!« Er lachte und stieß mit Siegfried an.

Auch Gernot war nun besserer Laune. »Diesem Gerücht kann Siegfried aufrecht entgegentreten, wenn er in seine Heimat zurückkehrt.«

Siegfried hatte keine Ahnung, wovon Gernot sprach, bis dieser unauffällig in Richtung einer Empore deutete, die am anderen Ende der Halle über die gesamte Breite führte, um an beiden Seiten in dunkle Gänge zu münden.

Dort stand eine junge Frau im Schatten des Gebälks. Es war Kriemhild.

Siegfried wurde schwindlig von der Wucht der Gefühle, die ihn trafen, als er die Prinzessin sah.

Er wurde geboren – neugeboren, wiedergeboren. Die Welt öffnete sich ihm wie einem Säugling, der die Augen aufschlug. Er hatte das Gefühl, zum ersten Mal zu sehen, zu hören, zu schmecken. Das Fleisch in seinem Mund schien auf einmal würziger, das Licht der Fackeln wärmer und der Stoff seiner Kleidung weicher. Er spürte, wie sich das Universum um ihn herum verformte, wie das Leben eine neue Richtung nahm, wie sein Schicksal Zweck und Ziel bekam.

Auf diese Entfernung war sie kaum größer als sein Daumen für ihn, und die tanzenden Schatten der Halle verdeckten einen Großteil ihrer Gestalt, aber Siegfried fand in diesem Moment seine Bestimmung. Seine Bestimmung war diese Frau.

Über die vielen Schritte hinweg konnte er ihre hellen wasserblauen Augen sehen, die sich weiteten, als sie erkannte, dass er sie ansah. Sie drehte sich um und verschwand linkerhand in den Gang am Ende der Empore.

Siegfried war es einerlei. Er hatte sie gesehen, und sie hatte ihn gesehen. Es war ein Erkennen gewesen, so, wie sich Götter erkannten, wenn sie sich trafen. Es war das erste Mal, dass er eine Unausweichlichkeit spürte, die beruhigend und verstörend zugleich war. Kriemhild – sie musste sein werden, um alles in der Welt!

Aber wie konnte das sein? Und wie konnte er so sicher sein, dass sie genauso empfinden würde – empfinden musste?

Regin stieß seinen Ziehsohn grob an. »He! Hat dein Geist deinen Kopf endgültig verlassen, oder schwimmt dein Verstand schon auf dem köstlichen Burgunderwein umher?«

Siegfried riss sich zusammen und nahm betont lässig ein weiteres Stück Braten.

Gunther sah Gernot verschwörerisch an. »Die Wirkung unserer Schwester auf die Männer ist beachtlich. Wollen wir hoffen, dass Etzel ebenso reagiert und ein wenig mehr Ausdauer als die bisherigen Freier mitbringt, wenn er um sie wirbt.«

Gernot nahm einen Schluck Wein. »Ich bin überzeugt, dass Kriemhild auch einem Hunnen widerstehen kann – wenn nicht sogar der ganzen Hunnenhorde!«

In den unterirdischen Gewölben der Burg war Siegfried und Regin eine Kammer zugewiesen worden, in der sonst Burgwachen schliefen. Die einfachen Pritschen, Fell in ein Holzgestell gespannt, waren wie ein Berg aus gewaschener Schafswolle im Vergleich zu den sandigen Waldböden, auf denen sie die letzten Tage genächtigt hatten.

Regin tauchte die Fackel, die ihnen den Weg erleuchtet hatte, in einen Wassereimer, der neben dem Eingang stand. Dann legte er sich hin und schloss die Augen.

Siegfried tat es ihm nach, verschränkte die Arme hinter dem Kopf und starrte die Decke an. »Es ist gut, dass wir nach Burgund gekommen sind.«

Regin musste kein Hellseher sein, um seinem Ziehsohn in die Seele zu blicken. Er seufzte lautstark. »Siegfried, du wirst weder den Drachen bekämpfen noch Kriemhild freien. Zu beidem fehlt dir das Blut.« Nur er selber wusste, dass er log – lügen musste, wenn er Siegfrieds Leben schützen wollte.

Siegfried setzte sich unruhig wieder auf und knetete seine Hände. »Du verstehst das nicht. Kriemhild, der Drache ... es erscheint mir wie ...«

Ächzend stemmte sich der alte Schmied auf. An baldigen Schlaf war sowieso nicht zu denken. »Wie Vorsehung? Bestimmung? Schicksal? Siegfried, *du bist* es, der nicht versteht. Du verstehst weder, was auf dem Spiel steht, noch, womit du es zu tun hast.«

Er ließ die Worte kurz in der Luft hängen, bevor er weitersprach. »Wir reisen morgen ab. Nach Hause, nach Xanten – egal wohin.« Es war ein Tonfall, den Siegfried in seinen siebzehn Jahren bei Regin nur selten gehört hatte. Ein Tonfall, der keinen Widerspruch duldete.

Und doch blieb Siegfrieds Herz trotzig, war auch seine Zunge stumm. Abenteuer, Ruhm und Ehre – alles, was er sich immer erträumt hatte, war hier in Burgund zu finden.

Kriemhild.

Siegfried legte sich wieder hin. Der Gedanke an sie füllte ihn mit Ruhe und stiller Freude. Seine Lippen formten lautlos ihren Namen, bis er endlich einschlief.

Kriemhild hasste es, wenn ihr Vater kam, um »allein« mit ihr zu sprechen. Allein – das bedeutete immer in Begleitung von Hagen, seinem wichtigsten Ratgeber. Was sie »Gespräch« nannten, war ein Gericht. Und schuldig war sie sowieso.

»Du wirst Etzel treffen, und du wirst mit ihm sprechen«, rief der König erbost. »Es ist mir gleichgültig, ob dir seine Nase nicht gefällt oder seine Tischmanieren – es geht um Burgund!«

Kriemhild bändigte ihr Meer aus blondem Haar mit einem Streifen Wildleder unmittelbar unter ihrem Nacken. »Wenn es dir gefällt, werde ich Etzel empfangen. Aber du wirst mich nicht dazu zwingen können, ihn zu ermutigen.«

Gundomar strich sich über die Augen. »Kriemhild, du kannst das Unvermeidliche hinausschieben – verhindern kannst du es nicht. Du kennst die Gesetze von Burgund: Deine Brüder können erst heiraten, wenn du in festen Händen bist.«

Kriemhild wusste es – und es tat ihr weh. Wäre es nur um den Unmut ihres Vaters gegangen, sie hätte jeden Freier unverrichteter Dinge ziehen lassen. Aber damit verdammte sie auch Gernot, Giselher und Gunther zur Ehelosigkeit.

Und ein Leben ohne Ehe war ein Leben ohne Erben für den Hof von Burgund ...

Der König packte seine Tochter nun bei den Schultern. »Kriemhild – du weißt, dass es mir fern liegt, dir einen Bräutigam auszusuchen. Aber es wird die Zeit kommen, da du mir keine Möglichkeit lässt. Wähle, solange dir die Wahl noch bleibt.« Er drehte sich um und ging nach draußen.

Hagen stand einfach nur da und sah Kriemhild an. Sie wollte, dass er verschwand, am besten nicht nur hier, sondern überall. Hagen schien ihr wie ein Geschwür, das Burgund krank machte.

»Was hält Euch noch in meinem Gemach?«, fragte sie schnippisch.

Hagen nickte devot. »Ein Vorschlag, Prinzessin. Ich weiß, wie wenig Ihr vom Gedanken an eine baldige Eheschließung haltet. Und Ihr wisst, wie dringlich Burgund darauf hofft. Wenn es der Sache dient, könnte man ... ein Einvernehmen finden.«

Kriemhild war gespannt, welche Niedertracht sich hinter den scheinbar harmlosen Worten verbarg. »Ich höre.«

Hagen trat näher, seine dunkle Gestalt wie ein Rabe, der Unheil zu verkünden trachtete. »Der Kronprinz der Sachsen befindet sich in einer ähnlichen Lage wie Ihr. Sein Vater drängt auf Brautschau – doch Edelrich verweigert sich beharrlich. Es geht das Gerücht, sein Gemüt neigt mehr zu den schönen Künsten als den schönen Frauen.«

Kriemhild wusste natürlich, was die mäßig höfliche Umschreibung bedeutete. »Und wenn dem so ist?«

»Dann seid ihr einander die Lösung, ohne Bestimmung zu sein«, fuhr Hagen fort. »Ihr heiratet Edelrich, bringt – auf welche Weise auch immer – einen Erben zur Welt, und schlaft fortan in getrennten Zimmern – getrennten Flügeln der Burg, wenn es euch genehmer ist. Wen Ihr in Euer Bett einladet, bleibt dann Euch überlassen. Aber die Thronfolge wäre gesichert und Frieden für zwei Generationen.«

Es fiel Kriemhild schwer, ihren Ekel im Zaum zu halten. Was Hagen vorschlug, war eine Farce, ein Schauspiel – und eine Sünde vor dem Herrn!

»Weiß mein Vater von dieser Idee?«, hielt sie ihm entgegen.

»Nein«, gab Hagen unumwunden zu. »Der König weiß, dass es Dinge gibt, die zu tun ihm nutzen – aber die zu wissen ihm schaden. Es ist meine Aufgabe, beides zu trennen. Bisher gereicht es Euch zum Vorteil, dass er seine Liebe zu Euch über die Pflicht an das Land stellt. Seid nicht sicher, dass dem immer so sein wird.«

Die Verachtung, die sie gegenüber dem Ratgeber ihres Vaters empfand, stand ihr ins Gesicht geschrieben. »Wie könnt Ihr eigentlich des Nachts schlafen, Hagen von Tronje?«

Der Anflug eines Lächelns huschte über sein Gesicht. »Mit dem Schwert an meiner Seite und der Sorge über Burgund im Herzen. Im Gegensatz zu Euch muss ich nicht bei einem schwachen Gott um Vergebung betteln, bevor meine Kerze erlischt.«

Hagen war nicht zum neuen Glauben übergetreten, wie die meisten Bewohner der Burg. Sein Glaube war der Glaube an die alten, grausamen Götter, an Asgard und Walhall. Kriemhild schwante es, dass der Gedanke an ein friedliches Jenseits für den Krieger Hagen unerträglich, alles andere als der Kampf an Odins Seite undenkbar war. Er würde mit Freuden auf die Wallküren warten, damit sie seine Seele vom Totenbett holen.

Kriemhild ging zum Fenster. »Euren Vorschlag habe ich gehört, Hagen. Und Euer gotteslästerliches Gerede auch. Um des Friedens am Hofe will ich meinem Vater nicht davon erzählen. Aber solltet Ihr Euch je wieder erdreisten, mich oder meinen Glauben zu verspotten – die Verbannung aus Burgund wäre schneller als jede fahle Entschuldigung von Euren Lippen.«

Hagen verbeugte sich leicht. Er hatte gesagt, was es zu sagen gab. Dass Kriemhild ihn dafür hasste, hatte er vorausgesehen – aber die Saat für den notwendigen Gedanken hatte er legen können. »Ich muss noch Vorbereitungen für Etzels Besuch treffen. Wessen Gott auch die Geschicke lenkt – er möge Euer Herz dem richtigen Mann öffnen.« Damit verschwand er.

Kriemhild sah durchs Fenster in den Hof. Siegfried stand mit Regin am Karren. Sie schienen zu streiten.

Hagen hatte keine Ahnung, dass Gott Kriemhilds Herz schon geöffnet hatte letzte Nacht.

»Wir können doch nicht so einfach abreisen – Burgund braucht unsere Hilfe!«, versuchte es Siegfried erneut.

Wütend zurrte Regin die Abdeckung des Karrens fest. »Burgund braucht Krieger – und einen Ehemann für die Prinzessin. Beides wirst du nicht sein!«

Die Worte seines Ziehvaters verletzten Siegfried, wenngleich er sie verstand. »Ist nicht die Tatsache, dass Burgund unsere Hilfe braucht, Grund genug für unser Bleiben?«

Während im Hintergrund Gunther auf den Hof trat, baute sich Regin, mochte er auch einen Kopf kleiner sein als Siegfried, vor seinem Ziehsohn mit geschwellter Brust auf. »Siegfried! Ich habe deiner Mutter einst versprochen, ihren Sohn vor allen Gefahren zu schützen, so gut es mir eben möglich ist. Doch von jeher warst du dir selbst immer die größte Gefahr. Wie soll ich dich vor deiner eigenen Dummheit, deinem eigenen Starrsinn schützen?«

Gunther trat nun dazu und legte Regin beruhigend die

Hand auf die Schulter. »Mein lieber Schmied, wenn ich auch an Jahren nur wenig mehr zähle als der blonde Hitzkopf hier, so biete ich doch meinen Rat – Siegfried muss erst Krieger sein, um nach dem Kampf freudig das Schwert beiseite zu legen. Alle guten Worte werden ihn nicht so schnell bekehren wie der Geschmack des eigenen Blutes.«

Regin senkte ehrfürchtig den Kopf. »Euer Hoheit, ich danke für die Aufnahme bei Hofe, und die klugen Worte auch, aber ...«

»Als Gegenleistung erlaubt uns, unser Handwerk als Schmiede in den Dienst der guten Sache zu stellen. Wir können euch Schwerter und Lanzen schmieden, denen auch der Leib des Drachen nicht widerstehen wird!«, fügte Siegfried entschieden hinzu.

Damit hatte er Regins Pläne, ohne viel Aufsehen aus Burgund abzureisen, zunichte gemacht. Nun lag die Entscheidung bei Gunther, und es war nicht ihr Recht, seinem Willen zu widersprechen.

Gunther kratzte sich am Kinnbart. »Nun, in der Tat mangelt es uns an tüchtigen Hofschmieden – in Friedenszeiten konnten wir uns gut der Handwerker von Worms bedienen, aber deren Waffen waren stets nur von bestenfalls brauchbarer Qualität. Und die notwendigen Werkzeuge und Erze könnte ich eilig herbeischaffen lassen ...«

Begeistert streckte Siegfried die Hand vor. »Dann ist es entschieden – lasst uns einschlagen, den Pakt zu besiegeln!«

Das Knirschen von Regins Zähnen war deutlich zu hören, als Siegfried und Gunther einander die Unterarme umfassten. Sie schlossen den Pakt – und begannen etwas wie eine Freundschaft, so viel war deutlich zu sehen.

Der Prinz lächelte zufrieden. »Es wird euer Schaden

nicht sein. Den Ruhm von Burgund zu mehren heißt, euren Ruhm zu mehren.« Er nickte Regin zu und ging davon.

Siegfried wurde nun langsam bewusst, dass er seinen Ziehvater überrumpelt und vor den Kopf gestoßen hatte. »Regin, ich ...«

»Du hast bewiesen, dass du genauso dumm und ungestüm bist, wie ich es dir soeben vorwarf«, zischte der Schmied. »Nun sind die Nöte Burgunds auch unsere Sorgen.«

Siegfried sah betreten zu Boden. »Ich könnte verstehen, wenn du ohne mich nach Hause zurückreisen würdest ...«

Regin schlug ihm mit der flachen Hand auf den Hinterkopf. »Und verpassen, wie du dich mit deinem Versprechen, die besten Schwerter und Lanzen zu schmieden, auf die Nase legst? Keinem Drachen dieser Welt, ob Lindwurm oder Frauenzimmer, wird das gelingen.«

Siegfried grinste nun unsicher. »Dann wirst du mir helfen?«

Regin hielt Siegfried den Zeigefinger unter die Nase. »Unter zwei Bedingungen.«

Der junge Schmied nickte ungeduldig. »Ja, ja – ich lasse Kriemhild in Ruhe, und den Drachen wird der König töten. Ich verspreche es dir im Namen der Götter – und dieses seltsamen Gottes, den die Burgunder verehren.« Er ging davon, um den Karren wieder abzuladen.

»Und bevor die Mondscheibe rund ist, wirst du beide Versprechen gebrochen haben«, murmelte Regin so leise, dass nur er es hören konnte. Um das zu wissen, brauchte er nicht die Weisheit der Götter. Es genügte, den Hunger in Siegfrieds Augen zu sehen.

Geplärre ertönte von jenseits des Burgtors, und nach kurzer Zeit wurde geöffnet. Herein kam eine Familie einfacher Herkunft, Bauern vielleicht. Grobe Kleidung, grobe Gesichter und grobe Hände, auf denen der Vater des Haufens etwas trug, das Regin zuerst nicht ausmachen konnte.

Sie waren zu sechst, ein Ehepaar und vier Kinder. Ein kleiner Köter lief ihnen hinterher. Sie rannten in panischer Hast auf den Hauptsaal zu, aber die Wachen verweigerten den Eintritt. Wieder gab es lautstarkes Gekeife, und die Frau warf sich schreiend auf die steinernen Stufen.

Siegfried hatte nie zuvor einen solchen Ausdruck von Leid in einem Gesicht gesehen. Doch im Gegensatz zu den Soldaten am Tor ließen sich die Wachen vor dem Portal nicht drängen und senkten bedrohlich ihre Lanzen nach vorn. Schließlich trat Giselher aus dem Portal, angelockt und verärgert von der unerwarteten Störung.

Siegfried und Regin waren nun neugierig genug, etwas näher heranzugehen, um zu sehen, was sich hier abspielte.

»Ein Kind!«, schrie der Bauer, und auch ihm rannen Tränen die Wangen herab. »Ein Kind nur, Herr!«

Giselher, der mit dem Schwert ungleich besser umgehen konnte als mit Worten, hob abwehrend die Hände und versuchte vergebens, etwas Ruhe zu erhalten. »Es reicht! Für dieses Theater sollte ich euch in das Verlies werfen lassen! Was ist denn überhaupt los?«

Der Mann legte ein schwarzes, brüchiges Bündel dem Kronprinzen zu Füßen.

Siegfried reckte den Hals, und was er erkannte, wollte er gleich wieder aus seinem Kopf verbannen.

Es war mitnichten eine sechsköpfige Familie. Der Bauer und seine Frau hatten fünf Kinder in die Welt gesetzt. Und eines lag nun auf dem kalten Stein, wenig mehr noch als ein verkohlter Batzen.

Eine Hofdame, die abseits stand, fiel in Ohnmacht, und nur durch Glück war ein Wächter zur Stelle, sie aufzufangen. Selbst Giselher, im Kampf die Grausamkeit gewohnt, hielt sich den Handrücken vor die Nase, um den Gestank des Todes nicht atmen zu müssen. Er wurde sichtlich bleich.

Der Bauer fiel auf die Knie, kraftlos und ohne Lebenswillen. »Herr, sie war doch erst sieben! Ein braves Mädchen, und nie weit vom Haus entfernt. Fafnir hat sie geholt, da die Sonne gerade erst den Horizont berührte!«

Langsam fing Giselher sich wieder und besann sich seiner Pflichten als Kronprinz. »Ein Kind von fünfen – du kannst dich immer noch als reich beschenkt betrachten. Wäre es nicht der Drache gewesen, vielleicht hätten Krankheit oder Unglück sich das Kind geholt.«

Es herrschte betroffenes Schweigen. Die Familie, die klagend und hoffend zugleich den Weg zum Hofe angetreten hatte, schien unfähig, dem Prinzen etwas zu entgegnen.

Direkt hinter Giselher öffnete sich die Tür erneut, und diesmal trat Gundomar selbst heraus. Seine Miene verdüsterte sich, als er die Überreste des Kindes sah. Alle Anwesenden knieten sofort nieder, auch Siegfried und Regin.

Der König legte Giselher die Hand auf die Schulter, sah dabei aber den Bauern an. »Es tut uns Leid um deine Tochter, guter Mann. Und wir werden tun, was uns gegeben ist, um weitere Not zu verhindern. Während wir hier sprechen, bereiten meine Heerführer einen Schlachtplan vor, dessen Durchführung das Ende des Drachen bringen wird. Bis dahin wird man euch in Worms unterbringen, damit ihr den Rest eurer Familie sicher wisst.«

Er winkte einem Soldaten, der sofort herbeigeeilt kam. »Du wirst dafür Sorge tragen, dass diese Menschen gut untergebracht werden«, befahl er. »Und das tote Kind bekommt ein Grab in geweihter Erde.« Damit drehte er sich auch schon wieder um und verschwand in der Burg.

Giselher stand noch einen Moment unschlüssig herum, folgte dann aber seinem Vater. Der Soldat geleitete die Familie, deren Schluchzen durch die Worte des Königs gedämpft war, davon.

»Ein weiser König«, murmelte Siegfried. »Die Sorge um seine Untertanen zeichnet ihn aus.«

»Weise ist er«, knurrte Regin. »Er weiß, was ihn vor Zeugen blamieren würde. Ein guter König gibt sich die Blöße der Hartherzigkeit nur hinter verschlossener Tür.«

»Du meinst, das Leid der Familie schert ihn nicht?«, fragte Siegfried verblüfft.

»Warum sollte es?« Regin machte sich wieder auf den Weg zum Karren. »Fafnir überzieht das Land mit Schrecken – aber die königliche Familie hockt sicher in ihrer Burg und plant die Hochzeit der Prinzessin.«

»Aber Gunther sagte doch ...«, begann Siegfried, während er Regin nachlief.

»... dass sie sich nach Kriemhilds Treffen mit Etzel um Fafnir kümmern werden«, vollendete der Schmied den Satz. »Das Wohl des Hofes kommt vor dem Wohl des Volkes.«

So hatte Siegfried das noch nie gesehen.

Bei Tag war es wenig gefährlich, durch die Wälder rund um Worms zu reiten. Der Drache Fafnir kam zumeist erst aus dem Versteck, wenn die Nacht hereinbrach.

Im gleißenden Licht der Mittagssonne wiegten sich sattgrüne Bäume sanft im Wind, Dutzende von Bächen strebten dem Rhein entgegen, sich auf dem Wege immer wieder in kleinen Teichen sammelnd. Helle Findlinge luden zur Rast ein, und Moos federte die Schritte der Pferde.

»Dieser Schmied Regin meint, Fafnir lebe in einer Höhle«, sagte Gernot und sah seine Schwester an. »Woher kann er das wissen?«

»Ich weiß es nicht«, antwortete Kriemhild, die auf einem Schimmel saß, der so weiß wie ihr Kleid war. »Ist es von Bedeutung?«

»Er scheint mir nur etwas seltsam, das ist alles«, fuhr Gernot fort. »Ein Paar wie ihn und Siegfried bekommt man nicht alle Tage zu sehen.«

Kriemhild mühte sich, unbeteiligt zu wirken. »Sie werden uns bald verlassen, da scheint für weitere Gedanken an die Schmiede kaum Anlass.«

Gernot wunderte es nicht, dass Kriemhild noch nicht davon gehört hatte. Sie hielt sich gerne vom Hofstaat – und damit auch vom Klatsch – fern. »So bald wohl kaum – Gunther hat sie eingeladen, als Hofschmiede in der Burg Lager und Werkstatt aufzuschlagen.«

So sehr die Prinzessin sich um Fassung mühte – ihr Pferd spürte die sie beinahe ohnmächtig machende Flamme, die ihr Herz in diesem Augenblick durchzuckte. Es scheute kurz, und Kriemhild zog die Zügel straff an. »Siegfried – Siegfried und Regin bleiben in Burgund?«

Gernot nickte. »Es scheint, als wolle Vater dafür sorgen, dass wir genug gute Waffen haben, wenn es gegen Fafnir geht.«

»Nun, das ist sicher vernünftig«, murmelte Kriemhild. »Nicht, dass es von Bedeutung wäre – in der Nähe der Schmiede wird man mich selten finden.« Es fiel ihr schwer, nicht verräterisch benommen zu wirken.

»Auch mich treibt es nicht in die vom Schweiß geschwängerte Luft des Kampfes«, sagte Gernot. »Überall ist nur noch die Rede von Ungeheuern, Krieg und Tod. Ich wünschte, es brächen wieder bessere Zeiten für Burgund an. Ist dir aufgefallen, dass Vater nicht einmal mehr am heiligen Sonntag die Glocke der Kirche läuten lässt, um Fafnir nicht zu reizen?«

Kriemhild nickte abwesend. »Es scheint, als wäre die Verkündung freudiger Ereignisse wie Geburt und Hochzeit ein Wagnis, das einzugehen wir zu feige geworden sind.«

»Eine Schande vor dem Herrn – zumal demnächst der Tross des Prinzen Etzel erwartet wird«, erinnerte sie ihr Bruder. »Nach dem, was man so hört, wäre er der ideale Gemahl für dich – und für Burgund.«

Kriemhild stöhnte, rau in die Wirklichkeit zurückgezerrt. »Bitte, Gernot, versprich mir, dass du nicht auch noch diese unsägliche Drängelei beginnst, mit der mich Vater seit zwei Jahren verfolgt.«

Er lachte. »Nichts liegt mir ferner – was sollte ich den lieben langen Tag in Burgund tun, wenn du am Hofe deines Mannes weilst? Nein, wenn es nach mir geht, kannst du dich vor jedem Freier in deinem Gemach verstecken.«

Auch die Prinzessin lachte. »Dann steht aber auch dir der Gang zum Altar nicht frei – wie die Schlange Hagen nicht müde wird, zu warnen.«

Gernot winkte ab. »Da scheint uns das Schicksal zu einen – auch ich wüsste nicht, wen ich heiraten sollte. Breite Hüften und rosige Wangen mag es bei Hofe geben, aber was nützt es, wenn ich mir Wachs in die Ohren stopfen muss, sobald eines der dummen Weibsbilder den Mund aufmacht?«

Gernots Pferd scheute und bäumte sich auf. Er zwang es wieder unter seinen Willen und sah sich überrascht um. Im Schatten einer alten Eiche entdeckte er Elsa. Sie stand in einem dunklen, einfachen Kleid da, mit Pilzen und Kräutern in einem Tuch, das sie an den Enden wie einen Beutel hielt. Wie ein Reh vor dem Jäger schien sie unfähig, sich zu bewegen.

»Wie lange hast du uns schon zugehört?«, verlangte

Kriemhild zu wissen. Als Tochter Hagens war das Mädchen für sie ein Paar Ohren zu viel.

»Ich habe nicht gelauscht, Prinzessin«, stammelte Elsa nun. »Ich war hier, um Gaben des Waldes zu sammeln.«

Wie zur Bestätigung hielt sie das Tuch mit den Pilzen und Kräutern hoch.

»Braust du magische Tränke – wie es die Leute deines Vaters tun?«, fragte Kriemhild scharf. Es war bekannt, dass Hagen und andere Heiden immer noch versuchten, durch alten Zauber den Vormarsch des Christentums aufzuhalten.

Elsa schüttelte trotzig den Kopf. »Nur eine Suppe.«

Immer wieder flackerte ihr Blick Hilfe suchend zu Gernot, der schließlich eingriff. »Schon gut, Elsa. Ich hoffe, wir haben dich nicht erschreckt.«

Hagens Tochter verbeugte sich knapp und verschwand hastig im Wald.

»Mit den breiten Hüften und rosigen Wangen hast du hoffentlich nicht sie gemeint, oder?«, fragte Kriemhild spöttisch.

Gernot fand die Bemerkung nicht komisch. »Lass sie in Ruhe. Elsa trägt schwer an ihrer Abstammung, und sie ist eine gute Seele. In ihrem Kopf geht vieles vor – und manchmal frage ich mich, was das ist.«

»Ganz der Vater«, meinte Kriemhild verächtlich.

Gernot zupfte am Zügel seines Pferdes. »Wir sollten wieder zur Burg zurückreiten.«

Es überraschte Kriemhild, dass ihr Bruder so empfindlich reagierte.

Sie sprachen nicht mehr viel auf dem Rückweg. Kriemhild und Gernot schienen beide ihren Gedanken nachzuhängen, in denen Siegfried und Elsa sie begleiteten.

Es war eine gute Schmiede – klein, aber nach Gunthers Anweisung mit Bedacht und Sorgfalt ausgebaut. In einem steinernen Bau in der östlichen Ecke des Hofes gelegen, konnten Siegfried und Regin ihre Arbeit im Dienste des Königs beginnen.

Man gewöhnte sich bei Hofe so schnell an die beiden neuen Schmiede, wie Regin und Siegfried sich an das bunte, aber immer noch gedämpfte Treiben Burgunds gewöhnten. Die Nächte verbrachten sie in dem Kellerraum, der ihnen am ersten Tage zugeteilt worden war, und Speisen fielen reichlich für sie ab.

Gundomar hatte seine Soldaten angewiesen, ihre Waffen begutachten zu lassen, und wie Regin es befürchtet hatte, waren die Schwerter, Dolche und Lanzen nicht in guter Verfassung. Ihr Schliff war uneben, die Griffe zu schwer, und so manches Mal war die Klinge so dick, als hätten die Schmiede von Worms es vermeiden wollen, ihre Hämmer abzunutzen.

Sie begannen damit, die Waffen so weit es ging durch Schliff und Schlag zu veredeln. Manche schmolzen sie komplett ein, um dem Metall eine neue Chance zu geben, seinem Träger das Leben zu retten.

Durch diese Reparaturen fiel es Siegfried auch leichter, die Grundlagen der Waffenschmiede zu erlernen, die Regin ihm bisher vorenthalten hatte. Wie schon bei den anderen Aufgaben lernte der Junge schnell, vielleicht sogar etwas schneller, denn er war mit sichtlicher Begeisterung dabei. Die Faszination der Schwerter trieb ihn zu harter Arbeit an, und wenn sie es nicht tat, fand Regin ihn oft bei den Plätzen, wo die Soldaten sich im Nahkampf übten.

Giselher hatte Siegfried nie wieder zu einem Kampf herausgefordert. Und Siegfried hatte Kriemhild seit dem Festessen nicht mehr gesehen. Es war nicht so, dass er es nicht versucht hätte. Des Abends drückte er sich meist in der Nähe des Festsaals herum, und schon oft hatten ihn die Wachen verscheucht, wenn er wieder einmal zu lange unter ihrem Balkon stand. Wenn Kriemhild ausritt, verpasste er sie immer nur um wenige Augenblicke. Wich sie ihm aus? Wenn ja, dann musste sie in ihm eine Gefahr für ihr Herz sehen, eine andere Erklärung gab es nicht!

Vom Königshaus kam nur Gunther mitunter vorbei, erkundigte sich freundlich nach der Arbeit und unterhielt sich mit Siegfried über Dinge des Glaubens und der Geschichte.

Die beiden verstanden sich besser, als es Regin recht war. Die Entscheidung, am Hofe von Burgund zu bleiben, war ihm aufgedrängt worden, und es war nicht zu erwarten, dass er jemals seinen Frieden mit ihr machte. Schließlich hatte er lange vor Siegfrieds Geburt Xanten verlassen, um nie wieder im Dienste von Krieg und Blut stehen zu müssen.

Es war ein ruhiger Vormittag, an dem der Trompeter vom Wachturm die verspätete Ankunft von Etzels Gefolge in hohem Ton verkündete. Nicht, dass der Hofstaat es nötig hatte, in Eile zu verfallen – alles war vorbereitet, die Speisekammern gut gefüllt, die Steinböden gewischt und der Hof gekehrt. In dieser schweren Zeit hatte sich Burgund herausgeputzt, so weit es ihm möglich war.

Siegfried hörte die Trompete nicht, denn er hieb mit kräftigen Schlägen auf ein mächtiges Zweihandschwert, dem er die rechte Balance zu geben suchte. Erst als sich Regins Hand auf seine Schulter legte, hielt er inne.

»Du solltest mit rauskommen – ich denke, der Einzug der Hunnen dürfte ein prächtiger Anblick sein.«

Siegfried nickte und wischte sich mit einem Lappen den Schweiß von der Stirn.

Der Trompetenstoß, der von der Ankunft Etzels gekündet hatte, war von Kriemhild noch ignoriert worden. Es waren die folgenden seltsamen Geräusche, die sie an das Fenster lockten. Ein Hämmern, Schlagen und Schreien, als sei man bestrebt, eine ganze Stadt in einer Viertelstunde zu erbauen.

Hätte sie es nicht besser gewusst – Kriemhild hätte gemeint, die Hunnen bereiteten sich auf eine Belagerung vor. Von ihrem Fenster an einem der höchsten Punkte der Burg konnte sie über die Außenmauern sehen, und vor dem Tor wimmelte es von wilden, dunkel gekleideten Hunnenkriegern, die eine Zeltstadt aus Fellen und grobem Stoff errichteten. Stämmige kleine Pferde trugen Männer, zogen Schlitten mit Proviant und schleppten Wasserschläuche von einem Hunnen zum nächsten. Chaos schien vorzuherrschen, aber die Geschwindigkeit und Präzision, mit der sich die Zelte wie Pilze vermehrten, kündete von Erfahrung und Plan. Es erinnerte Kriemhild ein wenig an ein Bienenvolk, das dabei war, sich einen Stock zu bauen.

Kaum eine Stunde verging, und das Lager der Hunnen war bereitet. Die ersten Feuer wurden entzündet, damit die einfachen Krieger, die nicht in die Burg geladen waren, ihren Hunger am Ende der langen Reise aus dem Osten stillen konnten.

Kurz darauf erschien aus dem Hauptzelt eine Abordnung von fünf Mann, die mit gemessenen Schritten auf das Burgtor zuschritt. Aus dem Augenwinkel sah Kriemhild Siegfried, der mit Regin aus der Schmiede trat. Sofort zog sie sich wieder in den Raum zurück, wo sie nicht gesehen werden konnte. Sie schalt sich selbst für diese dumme Beklommenheit, die ihr Herz ergriff, wenn sie den jungen Schmied erblickte. Aber die Schwäche, die sie seit seiner

Ankunft empfand, war von unkeuscher Natur, und töricht dazu. Es nahm ihr den Willen, frei zu denken und selbst zu entscheiden.

Ein Krieg war ausgebrochen zwischen ihren Gefühlen und ihrem Verstand. Die Schlacht war blutig und ein baldiger Sieg nicht zu erwarten. Im Gegenteil – sie spürte, dass beide Seiten zu verlieren drohten. Sie war kein junges Mädchen, das Blütenträumen nachhing und dem wilde Geschichten von siegreichen Schlachten die Knie weich machten. Sie *verstand* die Bedürfnisse des Hofes, ihres Vaters und ihrer Brüder. Sie *verstand*, dass die Wahl eines Bräutigams nicht mehr lange hinauszuschieben war und dass der Erwählte von großer Macht wie großem Blut sein musste. Aber sie *fühlte* dieses Sehnen in sich. Dieses unerschütterliche Gefühl, in Siegfried den Tag zu ihrer Nacht gefunden zu haben. Sie *fühlte* die Unausweichlichkeit dieser ... Liebe?

Sie hatte dieses Gefühl noch nie gehabt, geschweige denn sich eingestanden. Und doch wusste sie genau, was es war. Ihre Hand krallte sich in den schweren Vorhang, und sie hatte Angst, sich zu übergeben.

Die Tür zu ihrem Zimmer öffnete sich, und Gernot trat herein. »Kriemhild, Vater wird Etzel gleich empfangen. Willst du nicht herunterkommen?«

Die Prinzessin atmete tief ein und zwang sich zurück in die Maske der gefassten Adeligen. Sie lächelte so ungezwungen, wie es ihr möglich war. »Später. Ich denke, es wird ein paar Stunden dauern, bis Vater und sein Gast überhaupt geklärt haben, wie die Eckpunkte dieser Verbindung beschaffen sein müssten, damit beide Reiche davon profitieren.«

Gernot war sichtlich misstrauisch. »Aber du wirst kommen?«

Sie legte ihm die Hand auf die Schulter. »Versprochen.«
Etzel war von besonderem Blut, das konnte Siegfried sehen, als die Gruppe der Hunnen den Burghof betrat. Er war nicht sehr groß, aber von kräftiger Statur, und seine stark gebräunte Haut verriet ein Leben in der Natur, wie es Siegfried ebenfalls bekannt war. Sein Gesicht zierte ein dichter Bart, der unter dem Kinn zu einem Zopf geflochten war und der ihn älter aussehen ließ als die zwanzig Jahre, die er den Chronisten nach zählte. Seine leicht angeschnittenen Augen waren aufmerksam und für einen Krieger weich und klug. Er schien wie auf Moos zu gehen, federnd und elegant. Die Arme hielt er ruhig an seiner Seite, und das Hemd unter seiner Fellweste war schneeweiß. Auf dem Kopf trug er eine spitze Lederkappe mit Fellbesatz, unter der die schwarzen Haare ebenfalls im Zopf gebändigt waren.

Kein Zweifel – Etzel war eine prachtvolle Erscheinung, als Mann wie als Krieger, und er stach unter seinen eher grobschlächtig wirkenden Gefolgsleuten deutlich heraus.

Die Hunnen gingen, ohne den Hofstaat eines Blickes zu würdigen, direkt auf das Portal zum Festsaal zu. Dort wurden sie von Giselher und Gunther erwartet, die sich vor dem Gast leicht verbeugten. Die Tatsache, dass sie auf den Treppenstufen etwas erhöht standen, glich die Demutsgeste aus.

Etzel verbeugte sich nicht, aber sein knappes Nicken bezeugte den nötigen Respekt. Als er sprach, ertönte eine dunkle Stimme, die sorgsam den Worten ihre Bedeutung beimaß. »Etzel, Sohn von Mundzuk. Ich spreche zu Gunther und Giselher, Söhne von Gundomar. Es begegnen sich zwei Reiche – nicht mit erhobenem Schild und gezogenem Schwert, sondern in Freundschaft, in Hoffnung auf eine dauerhafte Verbindung.«

Trotz seines niederen Ranges gegenüber Giselher ergriff Gunther das Wort. »Ich bin Gunther von Burgund. Nicht nur Sohn von Gundomar, sondern auch Bruder von Kriemhild. Du bist uns willkommen als Gast wie als Freund. Trink mit uns, iss mit uns, sprich mit uns. Wenn wir auseinander gehen, soll der Weg nach Hause das Band zwischen uns spannen.«

Das Portal wurde geöffnet, und die Hunnen betraten den Festsaal, der von allen Tischen freigeräumt worden war und in dem der König vor seinem Thron stand, um den Gast zu begrüßen.

Mehr konnte Siegfried nicht erkennen, bevor die Tür wieder geschlossen wurde. Die Menschen auf dem Hof strömten auseinander und gingen wieder ihrer Arbeit nach.

»Ein Mann von königlichem Blut, das merkt man gleich«, murmelte Regin. »Und stolz. Es wäre bestimmt keine gute Idee, ihn vor den Kopf zu stoßen.«

Siegfried sah ihn von der Seite an. »Du meinst, Kriemhild wird um des Friedens willen seinem Werben nachgeben?«

Regin hob die Schultern. »Ich meine, dass Etzel eine gute Wahl ist – und jede weitere Verzögerung der Hochzeit kann nur zu einer Verschlechterung führen.«

»Aber ist eine Hochzeit nicht auch eine Frage des Herzens?«, protestierte Siegfried schwach, obwohl ihm klar war, wie die Antwort ausfallen würde.

»Bei Bauern vielleicht, und in den Liedern der Barden – aber nicht hier«, erklärte Regin. »An den vornehmen Höfen dieser Welt zählen nur Macht und Ansehen, die mit einer solchen Verbindung einhergehen.«

Es war das erste Mal, dass Siegfried sich die Frage stellte, wie er wohl Macht und Ansehen erringen konnte.

Die hintere Burgmauer war etwas höher als die anderen, um im Falle eines Angriffs von vorne auch von hier aus eine gute Sicht zu gewährleisten. Wie Zähne im Maul eines steinernen Riesen standen die Quader auf der Außenseite des Wehrgangs im eintönigen Rhythmus.

Gernot spazierte hier in der Absicht, wenigstens unterwegs zu sein, wenn er schon keinen Platz hatte, an dem er erwünscht war.

Kriemhild bereitete sich auf das Gespräch mit Etzel vor. Im Festsaal war er als »dritter Prinz« überflüssig, und durch das Hunnenlager in den Wald zu reiten hätte leicht missverstanden werden können. Es blieb ihm also nur sein Zimmer – oder die beständige Wanderung durch die Gänge und Hallen der Burg.

Zwischen zwei Quadern sah er eine Gestalt sitzen, Beine und Rücken gegen den Stein gepresst, um nicht aus Versehen von der Burgmauer in die Tiefe zu stürzen. Es war Elsa.

Einen Moment lang ertappte sich Gernot bei dem Gedanken, umzudrehen, bevor sie ihn sah. Es war weniger die Tatsache, dass er nicht mit ihr sprechen wollte, sondern mehr, dass sie ihn verwirrte. Er war überrascht, sie hier oben zu finden, aber andererseits tauchte Elsa immer dort auf, wo man sie nicht erwartete – war es also nicht vollkommen gewöhnlich, ihren schlanken Leib im kalten Wind auf der Burgmauer zu sehen? Und warum liefen sie sich immer wieder über den Weg, obwohl er auch in diesem Fall kaum Absicht ihrerseits unterstellen konnte?

Es fiel ihm auf, dass er stehen geblieben war, um diesen Gedanken nachzuhängen. Elsa konnte ihn nicht sehen, denn sie saß mit dem Rücken zu ihm – nur ihre rechte Schulter und ein Teil ihres Kopfes ragten über den Quader hinaus. Sie ließ einen bleichen Fuß herunterbaumeln, darüber einen schwarzen, dünnen Rock.

Er kannte Elsa schon seit der gemeinsamen Kindheit, auch wenn sie niemals zusammen gespielt hatten, noch gemeinsam unterrichtet worden waren. Eine Vertrautheit hatte sich nicht entwickelt, und Gernot fragte sich, ob Elsa überhaupt jemandem vertraute. Sicher nicht ihrem Vater. Es war ihm nie in den Sinn gekommen – aber Elsa musste sehr einsam sein.

Gernot atmete durch und räusperte sich vernehmlich, um die junge Frau nicht zu verschrecken. Dann trat er neben sie.

»Hast du keine Angst, dass Fafnir aus den Wolken herniederschießt und deinen zarten Leib davonträgt?«

Elsa sah ihn an, nickte ergeben und wollte sofort aufstehen, um sich zu verbeugen. Gernot bedeutete ihr, sitzen zu bleiben. »Kein Grund für Förmlichkeiten, die ich nicht weniger verachte als du. Macht es dir etwas aus, wenn ich mich zu dir setze?«

Sie schlug die Augen nieder. »Es steht Euch frei, an jeder Stelle der Burg Platz zu nehmen.«

Gernot lachte unsicher. »Ich bat dich nicht um ein paar Handflächen Stein – ich bat dich um deine Gesellschaft.«

Für einen Moment schienen ihre Wangen etwas Farbe zu bekommen, als würde ein hellroter Schatten über sie streichen. »Es ist eine Ehre.«

Gernot setzte sich mit dem Rücken gegen den Quader, auf den sich Elsas linkes Bein stützte. Er blickte sich übertrieben auffällig um. »Kein Drache in Sicht.«

Mit einer leichten Kopfbewegung deutete Elsa nach Westen. »Ich habe sein Feuer gesehen – weit entfernt hat es die Nacht erleuchtet.«

Erst jetzt fiel ihm auf, dass sie eine Holzschüssel in der Hand hielt. »Einer der bösen Tränke, die mein Schwesterherz für so verwerflich hält?«

Elsa schüttelte unsicher den Kopf. »Die Suppe ... möchtet Ihr kosten?«

Gernot winkte ab. »Ich würde gerne wissen, warum du hier oben isst. Als Hagens Tochter steht dir ein eigenes Zimmer zu. Und auch die Bediensteten würden sich glücklich schätzen, wenn du an ihrem Tisch säßest.«

Elsa sah sich um, und er folgte ihrem Blick. »Ich mag die Aussicht, die Klarheit. Von hier oben scheinen alle Menschen wie Figuren, die in sich ändernden Konstellationen zu sich ändernden Zeiten zwischen den Orten ihres Lebens umherlaufen. Manchmal ... stelle ich mir vor, ich könnte sie nur durch die Kraft meiner Gedanken beeinflussen.«

Gernot wusste, was sie meinte – das Lager der Hunnen, der Festsaal, die Soldaten, Worms im Hintergrund. Man konnte alles mit einem Blick erfassen, die ganze Welt, so, wie sie die meisten Menschen hier nicht anders kannten.

»Ein Gedanke, der deines Vaters würdig wäre«, stichelte Gernot gutmütig.

Elsa sah ihm fest in die Augen, vielleicht zum ersten Mal in ihrem Leben. »*Ich bin nicht wie mein Vater.*«

Die Heftigkeit ihrer Entgegnung überraschte ihn, ebenso die unergründliche Tiefe ihrer dunklen Augen. Er brauchte drei Herzschläge, um sich zu fangen. »Das habe ich auch nicht damit sagen wollen. Niemand denkt ...«

»Kriemhild denkt es«, schnappte Elsa.

Gernot mühte sich, keinen Streit aufkommen zu lassen. »Kriemhild meint es nicht so. Sie ist nur ... auf deinen Vater nicht gut zu sprechen. Und wer weiß – vielleicht wird sie uns auch schon bald verlassen.«

»Ich würde es hoffen«, murmelte Elsa.

»Warum sagst du das?«, fragte der Prinz enttäuscht.

»Für Burgund«, fügte sie hastig hinzu. »Ich hoffe für Burgund, dass sie den rechten Gatten findet.«

Gernots Blick wanderte zur Festhalle, in der um die Zukunft seiner Schwester geschachert wurde.

»Ihr verehrt Kriemhild«, stellte Elsa fest.

»Sie und keine andere«, nickte Gernot.

Es kostete Elsa Mühe, in dem Satz nur die gedankenlose Beiläufigkeit zu sehen, mit der er ausgesprochen war. Dennoch tat es weh. Sie hatte vor langer Zeit lernen müssen, keine sichtbare Tränen über ihre Wangen fließen zu lassen.

Gernot bemerkte, dass etwas auf Elsa lastete, und er versuchte sie aufzumuntern. »Gilt das Angebot mit der Suppe noch?«

Tatsächlich schien das Mädchen nun aus den dunklen Gefilden zurückzukehren. Sie hob die Schüssel an, und Gernot wollte danach greifen, aber Elsa ließ nicht los. Ihre Hände berührten sich. Fast vorsichtig nahm Elsa den Löffel, der in dem Eintopf lag, und hielt ihn dem Prinzen hin.

»Wenn es sich doch um einen magischen Trank handeln sollte, werde ich mir den Rest meines Lebens den Spott meiner Brüder anhören müssen, dass du mich so leicht hast verzaubern können«, scherzte er.

Elsa antwortete nicht.

Gernot probierte. Es schmeckte sehr gut, leicht, nach vielen aromatischen Gewürzen. »Eine feine Speise«, lobte er ehrlich. »Und scheinbar ohne ...«

»Fleisch«, vollendete das Mädchen den Satz. »Ich esse kein Fleisch. Niemals.«

Gernot nickte zufrieden. Erst jetzt bemerkte er, dass seine Hand an der Schüssel immer noch die ihre hielt. Er zog sie ohne Hast zurück. »Bin ich nun verzaubert?«, fragte er.

Sie hielt seinem Blick stand, obwohl das Herz ihr bis zum Hals schlug und die Luft vor ihren Augen flimmerte. »Fühlt Ihr Euch verzaubert?«

Unten auf dem Hof wurde die Tür des Festsaals aufgestoßen, und die Abordnung der Hunnen trat ins Freie. Ohne Hast machten sich die Krieger aus dem Osten wieder auf den Weg in ihre Zeltstadt vor den Toren der Burg.

Gernot sprang auf. »Die Verhandlungen scheinen beendet! Wenn sich mein Vater mit Etzel einigen konnte, dann ist es nun an Kriemhild, die Reiche zu einen.«

Er machte sich auf den Weg, um die Neuigkeiten zu erfahren. Elsa legte den Kopf zurück gegen den kühlen Stein und schloss die Augen. Doch nach einigen Schritten auf dem Wehrgang drehte sich Gernot noch einmal um. »Danke für die Suppe. Es würde mich freuen, in Bälde wieder eine Schüssel mit dir zu teilen.«

Sie brachte gerade noch die Kraft auf, zu nicken. »Sie wird für Euch bereitstehen.« Es war ihr unerklärlich, wie leicht es Gernot fiel, ihr Herz zu brechen und es gleichzeitig erblühen zu lassen.

Siegfried stand am Amboss in der Schmiede, als Gunther zu ihm kam. Der Prinz legte ihm die rechte Hand auf die Schulter und hielt ihm mit der linken einen Dolch hin. »Guter Schmied, würde es dir etwas ausmachen, diese Waffe für mich zu schärfen?« Er lächelte dabei, die vorsichtige Bitte mit der nötigen Ironie versehend.

Siegfried legte die Speerspitze beiseite, an der er gerade arbeitete. »Alles für den Prinzen von Burgund.« Er nahm den Dolch und strich mit dem Daumen über die Klinge, die tatsächlich stumpf war. Dann setzte er sich an den Schleifstein.

Gunther lehnte sich mit dem Rücken an einen der Trägerbalken der Hütte. Er beobachtete Siegfried eine Weile schweigend, bis es aus ihm herausbrach. »Du kannst ruhig fragen.«

Siegfried hielt inne, den Blick fest auf den Schleifstein gerichtet. »Ist es so offensichtlich?«

Gunther lächelte. »Nicht für jeden. Ich denke sogar, das ist dein Glück. Wenn mein Vater wüsste, wie es um dein Herz steht, würde er dich aus der Burg werfen lassen.«

»Also, dann – wie steht es im Gespräch mit Etzel?«

»Er ist ein kluger Mann, der einmal ein kluger König sein wird«, erzählte Gunther. »Sein Reich ist beträchtlich und noch nicht endgültig in seinen Grenzen. Er sieht die Vorteile der Verbindung und hat bereits angeboten, an unserer Seite gegen Fafnir zu ziehen. Ihn abzulehnen wäre töricht, und wenn man mich fragt, werde ich Kriemhild raten, den Bund zu schließen.«

Siegfried setzte mehrmals an, bevor er einen Satz herausbrachte. »Es ist nur ... ich weiß damit nicht umzugehen. Ich möchte jeden ihrer Freier stellen, mich im Duell beweisen. Welcher Art die Prüfung auch sein mag – für Kriemhild würde ich sie bestehen!«

Gunther seufzte. »Glaub mir, wäre ich König und du von hohem Blute – niemandem gäbe ich meine Schwester lieber zur Frau. Aber die Dinge sind, wie sie sind – und keine Prüfung der Welt wird fehlendes Geburtsrecht ersetzen.«

Siegfried stand auf und reichte Gunther seinen geschärften Dolch. Der Prinz fuhr prüfend mit dem Finger über die Klinge, und sogleich zog sich ein Streifen Blut über das Metall.

»Dein Blut ist wie meines«, erklärte Siegfried.

»Nur in der Farbe«, entgegnete Gunther mitfühlend. »Heute Abend wird Kriemhild mit Etzel sprechen – allein. Sie werden einen Weinkelch teilen und ihre Seelen vergleichen. Schon morgen wird meine Schwester verkünden, ob sie als künftige Königin gen Gran zieht.«

»Ich danke Euch für die offenen Worte«, sagte Siegfried ehrlich.

»Dann erlaube mir dafür eine Bitte. Es wäre mir recht, wenn Regin und du unabhängig von der Entscheidung noch am Hofe verweilen würdet. Ich habe mit Giselher gestern die Waffen inspiziert – und euer Handwerk ist erstaunlich.«

Der junge Schmied lächelte. »Darum braucht Ihr nicht zu bitten. Solange Ihr es wünscht, stehen meine Arme in Euren Diensten.«

Gunther stach den Dolch spielerisch in den Trägerbalken der Hütte. »Mir ist zu Ohren gekommen, dass du mit deinen Armen noch ganz andere Dinge anstellen willst.«

Siegfried horchte auf. »Und das wäre?«

Gunther hielt den Dolch nun wie ein zu klein geratenes Schwert vor sich und wedelte damit herum. »Man sagt, es treibt den Schmied zum Schwertkampf!«

»So Regin es denn erlauben würde«, winkte Siegfried ab. »Aber das Kriegshandwerk ist ihm zuwider.«

Gunther wurde wieder ernst. »Das ist es jedem rechten Mann. Trotzdem geht kaum ein Leben vorbei, ohne das Schlachtfeld gesehen zu haben. Ein Tor, der nicht Sorge trägt, diese Begegnung zu überleben.«

»Worauf wollt Ihr hinaus?«

Gunther steckte den Dolch in seinen Gürtel. »Wenn der Kampf gegen Fafnir geschlagen ist und Burgund noch steht, dann werde ich die Zeit haben, dich zu unterweisen. Ich mag zwar nicht die Technik meines ungestümen Bruders beherrschen, aber ein gutes Schwert weiß ich doch zu führen.«

Siegfried sprang auf die Füße. »Das würdet Ihr tun?«

Gunther bot ihm die Hand. »Bei meiner Ehre.«

Eolind mühte sich, seinen Unwillen nicht allzu deutlich zu zeigen. Unablässig ging er in der Thronhalle von Isenstein hin und her. »Prinzessin ... Königin Brunhilde, so sehr ich Eure Entscheidung begrüße, einen Gatten zu nehmen, so sehr hatte ich darauf gehofft, Ihr würdet bei der Wahl weniger auf die Götter und das Schicksal vertrauen!«

Brunhilde lehnte sich in ihrem Thron zurück, das linke Bein so weit angezogen, dass sie den Fuß unter der Armlehne abstützen konnte. Der schwarze Umhang aus Bärenfell war weit ausgebreitet, und es schien, als säße sie vor dem Eingang zu einer Höhle. Sie trug eine dunkle Hose und dazu eine Lederweste. Ihre starken Arme glänzten eingefettet, damit die Haut in der trockenen Luft nicht rissig wurde.

Sie lachte kurz. »Eolind, ich vertraue auf das Geschick und die Kraft der Kandidaten, *nicht* auf die Götter.«

»Aber Prüfungen? Kämpfe? Es ist unerhört, und ich fürchte, viele Prinzen und Könige werden solche Forderungen als Beleidigung empfinden.«

»Eine Beleidigung, dass meine Gunst erobert werden will? Eolind, mein Reich braucht weder Land noch Gold. Und wenn die Liebe mir versagt ist, dann will ich zumindest einen Mann, der aufrecht vor mir stehen kann.«

Es fiel Eolind schwer, mit Brunhilde zu streiten. Sie hatte als Mädchen den Rand des Vulkans erklommen und war als Frau zurückgekehrt. Es hatte keiner Krönung bedurft, um zu erkennen, dass es die Königin war, deren Fäuste an das Burgtor gehämmert hatten.

»Island wird bald ohne Verbündete dastehen«, begann Eolind wieder. »Und schlimmer noch – kaum ein König vom Festland wird es hinnehmen, wenn seinen Thronfolger im Kampf um Eure Gunst der Tod ereilt. Es ist eine schlechte Art, den Gatten zu finden – aber eine gute, um das Feuer des Krieges zu entfachen.«

Brunhilde stand auf, und in ihren Augen brannte eine kalte Flamme. »Das Festland kann beweisen, ob seine Söhne die Gunst der isländischen Königin verdienen.«

»Was aber, wenn kein Prinz die Prüfungen besteht? Wird Island dann auf ewig ohne Erben sein? Werden nach Eurem Tod blutige Schlachten um den Thron toben?«

»Ihr seht die Zukunft schwarz wie das Gefieder eines Raben«, sagte Brunhilde.

»Ich ziehe nur die Möglichkeiten in Betracht«, hielt Eolind dagegen. »Ihr seid eine außergewöhnliche Königin – und zugleich Euer bester Krieger. Es wäre ratsamer, sich einen schwachen Mann in starker Position zu erwählen, um in der Ehe die Fäden in der Hand zu behalten.«

Brunhilde legte ihrem Ratgeber die Hand auf die Schulter. »So viel Hinterlist vom edlen Eolind – Ihr seht mich überrascht«, lächelte sie. »Aber eher zerfällt Burg Isenstein zu Staub, als dass ich einen Gecken mit Wanst und schwachem Kinn an meiner Seite dulde. Wer Brunhilde erobern will – bei den Göttern, den soll seine Leistung vor allen anderen Männern als König ausweisen.«

Eolind seufzte. »Es steht zu befürchten, dass ein solcher Mann vielleicht nicht existiert.«

»Eure Sorge soll nicht sein, ob es ihn gibt – kümmert Euch wie verabredet darum, dass er von der Herausforderung erfährt.«

»So wird es geschehen«, nickte Eolind. »Zwei Schiffe bringen Boten zum Festland, die in alle Richtungen reiten werden, um an den Höfen und in den Städten davon zu künden.«

Ohne ein weiteres Wort machte sich Brunhilde wieder auf den Weg in ihr Gemach. Sie wusste, dass der Mann existierte, der ihrer würdig war. Mochte er auch kein König sein – die Prüfungen würden keinen Zweifel an seinem Anrecht lassen. Siegfried würde kommen, sich zu nehmen, was schon längst das seine war.

Die Regeln bei Hofe waren, die Mitglieder des Königshauses ausgenommen, sehr streng. Zu vielen Verboten und Bestimmungen kam in Burgund noch die strikte Einhaltung der zehn Gebote, die allem Anschein nach einiges Gewicht für die Christen hatten. Das Bett mit einer verheirateten Frau zu teilen, die nicht die eigene war, oder auch nur einen Apfel zu stehlen, war dem Vernehmen nach mit dies- und jenseitigen Strafen belegt.

Siegfried scherte sich kaum darum – seine Götter waren weniger kleinlich, und Gebote zu befolgen, die er größtenteils nicht kannte, kam ihm nicht in den Sinn. Aber er fühlte sich wohl bei Hofe, und Gunther, mochte er angesichts seines Ranges auch nie ein Freund sein können, war ein Vertrauter, den es nicht zu enttäuschen galt.

Diese Gedanken hatten Siegfried den ganzen Tag lang geplagt, bevor er schließlich doch das Seil festknotete, um sich im Dunkel der Nacht zu Kriemhilds Fenster hinabzuhangeln. Er hoffte nur, dass die Wachen, sollte Kriemhild nach ihnen rufen, nicht den Befehl hatten, Eindringlinge an Ort und Stelle zu erschlagen.

Es war nicht einmal besonders schwer – über Kriemhilds Schlafgemach lag ein Gang, dessen breite Balkone der ideale Ausgangspunkt für Siegfrieds Vorhaben waren. Das Mondlicht wurde von einer dichten Wolkenschicht verschluckt, und da abends die Burg verdunkelt wurde, gab es auch keine verräterischen Fackeln, die er meiden musste.

Mit vorsichtigen Griffen ließ er sich tiefer baumeln, die

Füße immer wieder gegen die Mauer stoßend. Der Boden war in der völligen Schwärze nicht einmal zu erahnen, aber Siegfried hatte eine grobe Vorstellung, was geschehen würde, wenn er abstürzte.

Sein linkes Handgelenk schmerzte angesichts der ungewohnten Bewegung. Es erinnerte ihn für einen Herzschlag an Brunhilde und die Tatsache, dass er lange nicht mehr an sie gedacht hatte. Es war keine Wehmut in dem Gedanken – mehr schien es wie die Erinnerung an eine Speise, die man als Kind gemocht, aber seit Jahren nicht mehr gegessen hatte.

Schließlich tasteten seine Füße ins Leere und tippten dann gegen den schweren Vorhang. Er gab noch drei Ellen nach, dann hatte er einen Sims unter den Füßen, der ihm Halt gab.

Der junge Schmied kauerte sich auf die schmale Brüstung, und Kriemhilds Zimmer war nur noch eine Lage Stoff von ihm entfernt. Siegfried überlegte, wie er nun vorgehen sollte. Mit Pathos und großen Worten? Sich erklären in der Hoffnung, erhört zu werden? Der Prinzessin ein Schwert widmen, das er nicht einmal besaß? Ihr eine stürmische Flucht aus Burgund vorschlagen, nur um dann mit ihr in der Waldschmiede zu leben? Wie sollte sie überhaupt seinen Antrag aufnehmen? Mit Tränen, Geschrei oder gar Gelächter?

Einen irren Moment lang dachte er daran, unverrichteter Dinge wieder nach oben zu klettern – hoffend, dass bisher niemand ihn bemerkt hatte. Es wäre sicher die vernünftigste Strategie gewesen. Aber er hatte seit dem Abend im Festsaal, an dem er Kriemhild das erste Mal gesehen hatte, keinen vernünftigen Gedanken mehr fassen können. Und doch ...

All seine Zweifel wurden hinfällig, als zwei schlanke Arme durch den Vorhang griffen und ihn mit einem kräftigen Ruck in das Zimmer zogen. Siegfried stolperte auf das Bärenfell, das auf dem harten Steinboden lag, aber der Instinkt trieb ihn sofort wieder auf die Beine. Er konnte nichts sehen, denn nicht einmal eine Kerze spendete Licht. Sein Atem war das Einzige, was seine Sinne nährte. Und der Duft.

Noch bevor er sich Gedanken machen konnte, was die weiche Note war, die in der Luft lag, spürte er zwei Hände, die fest seine Oberarme ergriffen, und dann Lippen, die sich auf seine pressten.

Ein Kuss.

Der Kuss dauerte eine Ewigkeit, und als die Ewigkeit verklang, ging er noch eine Weile weiter.

Siegfried hatte so manche Frau im Dorf nahe der Schmiede geküsst und das Lager von einigen Mädchen geteilt. Aber dieser Kuss entfachte in ihm das Feuer der Götter. Er wollte die Gestalt in der Dunkelheit greifen, sie an sich pressen, ihren Leib in Kissen legen. Doch als er seine Arme hob, löste sich der warme Körper von dem seinen, und ein kalter Hauch fuhr zwischen sie.

»Du hast den Preis für deinen Wagemut erhalten – nun geh«, sprach zum ersten Mal die liebliche Prinzessin Kriemhild den Schmied Siegfried direkt an.

»Ich ... ich ...«, stammelte Siegfried. Er versuchte, die wilden Gefühle, die in ihm tobten, in geordneten Sätzen über die Lippen zu bringen. »Ich hatte den Eindruck, als wolltest du mir in den letzten Wochen ausweichen.«

»So war es auch«, kam die Antwort.

»Aber warum? Fühlst du es denn nicht auch?«

Er machte einen Schritt nach vorne, und als könnte die Gestalt im Dunkel seinen Herzschlag spüren, glitt sie im gleichen Maße zurück. Die Stimme zitterte leicht. »Vielleicht stärker, als du zu verstehen vermagst. Und je mehr ich mich wehre, desto sinnloser wird der Kampf. Ich leide wie eine Verdurstende, die vor dem großem Meer steht. Wenn ich trinke, werde ich sterben. Ist es das, was du hören wolltest?«

»Es ist mehr, als ich jemals zu erhoffen wagte – und doch nicht das, weswegen ich kam. Kriem ...«

»Ich bin nicht sie«, zischte die Stimme. »Und solange du es glaubst, werde ich es bestreiten. Die Prinzessin wird morgen ihre Verlobung mit Etzel bekannt geben. Und der Schmied wird sie vergessen.«

Es war beklemmend und verstörend zugleich – Siegfried musste in die Dunkelheit sprechen, zu einer Frau, deren Namen nicht fallen durfte. »Aber wenn du mich liebst ...«

»Ich liebe Burgund«, unterbrach ihn die Prinzessin, »und diese Liebe hat im Gegensatz zu dir das Recht, Forderungen zu stellen.«

Der Taumel, der sich durch den Kuss eingestellt hatte, verging, und Siegfried spürte eine schmerzhafte Leere in sich. »Was kann ich tun?«

»Mich vergessen.«

»Für die Liebe täte ich alles – nur das nicht«, sagte er fest, und seine Hände ballten sich verzweifelt zu Fäusten. »Denn ich würde ihr damit keinen Dienst erweisen.«

»Aber dem Hofe und allen Menschen, die dir wichtig sind«, kam die Entgegnung.

Siegfried kniete nieder. Er wusste nicht einmal, ob Kriemhild es im Dunkel des Zimmers sehen konnte. »Nichts zählt außer deiner Liebe. Schick mich weg, und ich werde gehen.«

»Geh.«

»Weil du mich nicht liebst.«

Ein paar Sekunden war Stille.

Siegfried wiederholte seine Forderung: »Sag mir, dass du mich nicht liebst – und ich bin fort, bevor die Sonnenscheibe den Horizont erklimmt.«

»Würde ich dich nicht lieben – würde ich dann so leiden?«

Siegfried hätte in diesem Moment den Drachen Fafnir erwürgen können, oder ein Schwert mit bloßer Hand zerbrechen, doch all seine Kraft war wertlos angesichts der Unmöglichkeit ihrer Liebe. »Gibt es denn für uns keinen Ausweg? Keine Chance?«

»Ohne Krieg oder Verrat? Ohne Tod oder Leid?«, flüsterte Kriemhilds leise Stimme, untermalt von einem fast unhörbaren Schluchzen. »Nein. Niemals.«

»Ich würde alles tun«, erklärte Siegfried, und kein Zittern in seiner Stimme verriet den Zweifel.

»Und nichts davon wäre genug, solange du nicht der starke König bist, zu dem mein Herz dich schon erkoren hat.«

Siegfried stand wieder auf. »Dann werde ich ein König sein.« Er sagte es so selbstverständlich, als hätte man ihm den Auftrag erteilt, einen Baum zu fällen.

Kriemhild atmete tief ein und wischte sich die Tränen von den Wangen. »Siegfried, ich werde morgen zusammen mit meinem Vater den Bund zwischen den Burgundern und den Hunnen verkünden.«

»Dann werde ich Etzels Heerscharen niederkämpfen, um dich zu holen, wenn ich dereinst König bin«, sagte Siegfried ohne den Anflug von Humor. »Es ist einfacher, wenn du auf mich wartest.«

Kriemhild hatte gegen alle Vernunft gehofft, Siegfried würde die Auswegslosigkeit ihrer Liebe einsehen. »Du hast mein Herz schon gebrochen. Nun zerbrich nicht auch noch mein Leben, nur weil das Schicksal uns füreinander bestimmt, aber einander nicht gegönnt hat.«

Siegfried hatte seine Entscheidung getroffen, so närrisch sie auch sein mochte. »Du wirst auf mich warten – und ich werde König sein.« Er drehte sich um, schlug den Vorhang beiseite und packte das Seil, das vor dem Fenster baumelte.

Kriemhild kam nicht mehr dazu, ihm zu versichern, dass sie Etzel nicht mehr zurückweisen konnte. Dass sie sich mit dem Hunnenkrieger sehr respektvoll unterhalten hatte. Dass sein Interesse an ihr von Freundlichkeit und Würde geprägt war.

Dass Burgund auf dem Spiel stand.

5

Etzel
und das Wort des Herzens

Seit nun schon einem Jahr lag über Burgund der Schatten des Drachen Fafnir. Siegfried und Regin hatten sich bald daran gewöhnt, dass in Worms die Lebensfreude nur gedämpft zu spüren war. An diesem Morgen jedoch war es noch deutlich schlimmer. Es herrschte eine gespannte Ruhe, als warte man auf die Nachricht vom Lager eines schwerkranken Mannes – oder vom Schlachtfeld.

Wie es Tradition war, würde Kriemhild an die Tore der Burg treten, um ihre Entscheidung zu verkünden. Schon nach den gestrigen Verhandlungen hatte sich in ganz Worms herumgesprochen, dass sie Etzels Angebot annehmen würde. Es bestand die Hoffnung, damit alle Probleme des Reiches auf einen Schlag zu lösen: Die militärische Schlagkraft würde gestärkt, der Kampf gegen Fafnir mit neuem Schwung geführt und auch der Weg für die Brautschau der drei Prinzen freigemacht. Nach zwei Jahren des Widerstands war die Prinzessin endlich so weit, ihren Prinzen zu wählen.

Siegfried stand missgelaunt in der Schmiede und kaute auf einem Stück Brot herum. Regin gab einem Schwert den letzten Schliff. Dann drehte sich der alte Schmied, dessen

Jahre sich immer noch nicht in sein Gesicht gezeichnet hatten, zu seinem Ziehsohn um. »Willst du nicht nach draußen gehen? Das Volk versammelt sich sicher schon, um der Verkündigung zu lauschen.«

Siegfried hörte auf zu kauen. »Es kümmert mich nicht, was die Prinzessin zu sagen hat. Soll sie doch heiraten, wen sie will.«

Regin hob überrascht eine Braue, enthielt sich aber einer entsprechenden Bemerkung. »Jedenfalls wird endlich etwas gegen den Drachen unternommen. Ich glaube kaum, dass Gundomar seine Tochter im Schatten von Fafnirs Schwingen an Etzel übergeben will.«

Ein Trompetenstoß ertönte.

»Das ist das Zeichen«, erklärte Regin. »In wenigen Augenblicken wird die Prinzessin vor das Tor treten.«

»Du weißt sehr viel über das Leben bei Hofe«, sagte Siegfried, um das Thema zu wechseln.

»Die Jahre in Xanten ...«, meinte der Schmied achselzuckend und wandte sich wieder dem Schliff des Schwerts zu.

Siegfried warf den Rest seines Brots aus dem Fenster, und sogleich kamen ein paar Hühner herbei, die daran herumpickten. »Aber warum willst du mir nicht sagen, was dich damals dort fortgetrieben hat?«

Regin seufzte. »Die Geschichte ist um so vieles kleiner als deine Neugier, Siegfried. Irgendwann wurde mir das Geklapper der Schwerter zu laut und die Stimme der Vernunft zu leise. Kriege endeten niemals im Frieden, sondern nur in der Vorbereitung des nächsten Feldzugs. Aber ich war für den Krieg nicht geschaffen – und ihn zu beobachten bereitete mir keine Freude.«

Siegfried hatte noch nie darüber nachgedacht, was Krieg bedeutete – geschweige denn, wofür es sich zu kämpfen lohnte. »Glaubst du, ich bin für die Schlacht geschaffen?«

Regin ließ das Schleifrad auslaufen. »Ich hatte gehofft, es wäre nicht so. Aber hier in Burgund ...«

Er hielt inne, weil er durch das Fenster Kriemhild sah, die aus dem Portal trat. Hinter ihr schritt Gundomar, gefolgt von Giselher, Gunther und Gernot. Es war sicher die einzige Gelegenheit, bei der die Prinzessin den Rest der Familie führte.

Regin stand auf und ging zur Tür. Mochte Siegfried die Zeremonie auch gleichgültig sein – der Schmied wollte sich das Ereignis nicht entgehen lassen. Also trat er auf den Hof hinaus.

An beiden Seiten des Weges zum Haupttor knieten die Männer und Frauen des Hofstaats, den Blick ehrfürchtig gesenkt. Kriemhild sah aus, als habe sie in Licht gebadet. Ihre helle Haut strahlte, und das blonde Haar schien die Eifersucht der Sonne selbst erwecken zu wollen. Ein Goldreif als einziges Zeichen ihres Standes mühte sich, die Lockenpracht zu bändigen. Das Kleid der Prinzessin war von einfachem Schnitt, aber sein feiner Stoff umfloss sie wie Wasser.

Kriemhild war eine Frau von außergewöhnlicher Schönheit und Ausstrahlung, das musste Regin zugeben. Es war keine Überheblichkeit gewesen, dass Gundomar die Freier hatte anreisen lassen, statt seine Tochter wie eine Ladung Gewürze an den benachbarten Höfen anzubieten.

Die Flügel des Burgtors wurden geöffnet, und eine große Menschenmenge, Wormser Bürger wie Hunnenkrieger, wartete schon dahinter. An die tausend Männer und Frauen waren gekommen. Auch sie gingen sofort auf die Knie.

Kriemhilds Füße berührten den Torrahmen nicht. Wie es Pflicht war, blieb sie an der Schwelle stehen und wartete auf den Freier, der um ihre Hand zu werben gekommen war.

Nun trat Etzel aus der Menge. Was Kriemhild an Anmut und Adel mitbrachte, hielt er an Mut und Tatkraft dagegen. Seine Augen blitzten, und sein Schritt war fest. Man hatte ihm erklärt, welchen Ablauf das Gesetz von Burgund verlangte, und zwei Schritte vor der Prinzessin blieb er stehen. Es war nur ihm erlaubt, Kriemhild in die Augen zu sehen.

Regin war im Schatten des Vordachs der Schmiede stehen geblieben, um nicht wie die anderen Zuschauer den Blick abwenden zu müssen. Er sah den König und seine Söhne von hinten, ebenso die Prinzessin.

Das ganze Land verfiel in Stille, um den Moment zu ehren. Selten waren wohl so viele Menschen an einem Ort, ohne dass auch nur das leiseste Geräusch zu hören war.

Schließlich ergriff Kriemhild mit fester Stimme das Wort. »Etzel, Sohn von Mundzuk. Ihr seid gekommen, mich zu freien.«

»Für mein Land – und für mein Leben«, antwortete der Hunnenprinz.

»Ein prächtiges Land – und ein stolzes Leben«, fuhr Kriemhild fort. »Mit Euch den Kelch zu teilen war eine Ehre, die noch die kommenden Generationen des Hofes Burgund mit Respekt und Dankbarkeit erfüllen wird.«

Regin runzelte die Stirn. Das klang verdächtig ... unverbindlich. Er konnte sehen, wie Gundomar mit der Spitze des rechten Stiefels im Boden scharrte – das einzige Zeichen von Ungeduld, das er sich erlaubte. Es war unklar, wer nun etwas sagen musste. Etzel schien durch die Worte Kriemhilds verunsichert, und die Prinzessin stand nur da.

Jemand hustete. Es war Gunther.

»Gestern Abend spracht Ihr viel von meiner Ehre, Prinz Etzel«, ergriff Kriemhild nun endlich wieder das Wort. »So viel, dass ich mich zu fragen begann, ob ich im Namen dieser Ehre eine Bitte an Euch richten kann?«

Etzel zog sein Schwert, und die Menge keuchte erschreckt auf. Aber er drückte es nur sanft mit der Spitze in den Boden und kniete dahinter nieder. »Man sagt, dass ein Hunnenwort noch nie gebrochen wurde. Was ist Euer Begehr?«

Es war der Moment, in dem Kriemhild etwas tat, von dem keine Chronik aller Königreiche bisher zu berichten wusste: Sie kniete ebenfalls nieder, die Hände auf den Knien ruhend und den Kopf gesenkt. Das unbestimmbare Murmeln in der Menge wurde etwas lauter und drängte sich aus den hintersten Reihen nach vorn.

»Wenn es mein Herz ist, das Ihr wollt, und wenn die Frau an Eurer Seite aus Liebe und nicht nur aus Pflicht Eure Kinder zur Welt bringen soll, dann nehmt meinen Segen und meine guten Wünsche für Euer Volk und kehrt heim nach Gran. Nicht weniger habt Ihr verdient.«

Es waren Kriege geführt worden wegen kleinerer Leichtfertigkeiten, und in einem Herzschlag hatte Kriemhild aus den befreundeten Hunnen mögliche Feinde gemacht.

Etzel blieb ganz ruhig sitzen, aber Regin konnte sehen, wie sich seine Muskeln anspannten. »Ihr lehnt mein Werben ab?«

Gundomar und seine Söhne bedeuteten den umstehenden Soldaten mit wenigen Blicken, auf einen möglichst schnellen Rückzug in die Burg vorbereitet zu sein, falls die Hunnen zum Angriff übergehen sollten.

»Keinesfalls!«, sagte Kriemhild nun lauter als alles, was vorher ausgesprochen wurde. »Wenn es Euer Wunsch ist, werde ich Eure Frau. Eine gute Frau und eine gute Königin, soweit es mir gegeben ist. Es ist kein Leid darin, an der Seite Etzels zu leben. Mehr kann ich für mein Leben nicht wollen. Doch ist es nicht weniger, als Ihr für das Eure erwartet?«

Etzel und Kriemhild sahen sich nun wieder in die Augen, und Regin bemerkte ein erstaunliches Band des Verständnisses zwischen ihnen.

Zunächst geschah nichts, als hielte die Zeit selber den Atem an. Regin hatte niemals einen solchen Moment erlebt, in dem Krieg und Frieden so gleichberechtigt nebeneinander standen.

Etzel stand auf und steckte sein Schwert ein. Augenblicklich erhoben sich auch seine Krieger, doch er hielt sie mit einer Handbewegung zurück. »Prinzessin Kriemhild von Burgund ist alles, was ein Mann zu besitzen wünscht. Doch nur Narren wollen besitzen, was sie nicht einmal erobern können. Es sei verkündet, dass Prinz Etzel aus eigenem Willen auf die Hand der Prinzessin Kriemhild verzichtet.« Er schaffte es sogar noch, Gundomar und seinen Söhnen zuzunicken – dann drehte sich Etzel um und machte sich auf den Weg in sein Zelt.

Kriemhild wartete respektvoll, dann streckte sie den linken Arm von sich. Gundomar trat herbei und half ihr auf die Füße. Er geleitete seine Tochter über den Hof zurück in den Pallas der Burg. Kriemhilds Blick war wie versteinert, sie schaute weder nach links noch rechts.

Regin drehte sich wieder zur Schmiede, wollte Siegfried von dem ungeheuerlichen Geschehen berichten – und sah den jungen Schmied bereits im Türrahmen stehen.

Da war etwas in Siegfrieds Augen, das Regin neu und fremd erschien. Triumph? Selbstzufriedenheit? Es war schwer zu sagen. Aber was es auch war, es kündete davon, dass Kriemhilds Ablehnung von Etzel nicht das Ende eines Problems war – es war der Anfang einer Katastrophe.

Gundomar hatte seine Tochter noch nie geschlagen. Doch kaum hatten sie die Tür zum Saal hinter sich geschlossen, stieß er sie von sich, und sein Handrücken klatschte in ihr Gesicht. Kriemhild taumelte rückwärts, bis sie auf einer Holzbank zu sitzen kam, und hielt eine Hand abwehrend hoch. Gernot eilte an ihre Seite. Giselher stand neben seinem Vater, während Gunther sich drei Schritte im Hintergrund hielt.

»Was erlaubst du dir?«, schrie Gundomar so laut, dass selbst der Drache im Wald es hören musste. »Wie kannst du es wagen?«

»Ich erlaube mir«, keuchte die Prinzessin, »meinen Gatten selber zu erwählen, so, wie es Brauch ist.«

»Und die Wahl war Etzel!«, brüllte Gundomar, während er einen der langen Tische in Raserei umwarf. »Die Wahl war Etzel!«

»Habe ich sie ihm nicht gelassen?«, hielt Kriemhild dagegen. »Er hätte mich haben können! Aber er war Mann genug, nicht zu nehmen, was nicht genommen werden wollte!«

Aus den Schatten im hinteren Teil des Saals tauchte Hagen auf. Er sah aus, als habe ihm der Drache alle Lebensfreude genommen. »Ihr habt einen Krieger wie einen Jungen behandelt, Prinzessin – und es steht zu fürchten, dass er als Mann zurückkehren wird, um sich dafür zu rächen.«

Gundomar zog sein Schwert und trieb es wild in einen Balken. »Du spuckst auf die Not des Reiches!«

»Wir sollten die Patrouillen an den Grenzen verstärken«, schlug Giselher vor. »Mundzuk kann seine Horden binnen von Tagen auf burgundischem Boden haben. Er wird kaum das Verständnis seines Sohnes teilen.«

»Und was sollen uns die Patrouillen vermelden?«, gab Gunther zu bedenken. »Dass wir überrannt werden wie der

Strand von der Flut? Wir haben den Hunnen nur wenig entgegenzusetzen – besonders, seit Fafnir das Land bedroht. Der Mut des Volkes und der Männer in Waffen ist gering.«

Eine einzelne Träne lief aus Kriemhilds Augen, als die eiserne Faust, die ihr Herz die letzten Stunden umklammert hielt, den Griff endlich löste. »Vater, es tut mir ... es war nicht ...«

»Schweig!«, tobte Gundomar, immer noch völlig außer sich. »Geh in dein Gemach! Dein Gesicht will ich erst wiedersehen, wenn wir einen Weg gefunden haben, den Schaden an Burgund zu richten. Und sollte das niemals der Fall sein – nun, dann wirst du zwischen den Laken deines Betts verfaulen!«

Kriemhild sprang auf und rannte zu der Wendeltreppe, die nach oben führte. Gernot wollte sie begleiten, aber sein Vater hielt ihn zurück. »Du bleibst! Ich möchte gar nicht wissen, welche Torheiten meiner Tochter ich deinem Geschwätz zu verdanken habe. Ich will dich nicht in der Nähe ihres Zimmers sehen.« Dies zu entscheiden war das Recht Gundomars, und Gernot fügte sich widerwillig. Er verließ, ebenso wütend wie verletzt, den Saal auf der anderen Seite.

Gundomar ging zu seinem Thron und ließ sich mürrisch darauf nieder. »Was tun? Was – tun?«

Giselher, Gunther und Hagen scharten sich um ihn und suchten sein Gehör.

»Unser Heer mag geschwächt sein«, ergriff Giselher das Wort, »aber die Überraschung stünde auf unserer Seite. Niemand sieht einen Vorteil, Mundzuk beizustehen. Der Kampf wäre schnell und blutig, aber der Sieg unser!«

»Das ist Wahnsinn!«, hielt Gunther dagegen. »Wir würden unsere Truppen aufreiben, bis Burgund ein reifer Apfel wäre, den jedes Reich, das ein paar alte Männer unter Waffen stellt, pflücken kann! Das verängstigte Volk zu einen, ihm Kraft und Glauben zu geben – das muss Ziel und Zweck unserer Politik sein!«

Gundomar hasste es, von vielen Möglichkeiten verwirrt zu werden. Er mochte den Weg, der vom Schicksal vorbestimmt war und der keine Entscheidungen erforderte. »Wie sollen die Hasen und Hühner vor unseren Toren ihren Mut zurückgewinnen? Ich kann ihn nicht auszahlen, als wäre es ein Goldstück.«

Hagen lehnte sich von der Seite zu seinem König und sprach nur halblaut: »Gundomar – Drachentöter!«

Erschrocken traten die Söhne des Königs einen Schritt zurück. »Der König selbst soll sich dem Drachen stellen? Unmöglich!«, keuchte Gunther.

»Hagen – du weißt gut, dass das Gerede beim Festmahl nur dazu diente, dem Hofstaat unseren Tatendrang zu versichern«, stimmte Giselher zu. Auch er hatte sichtlich keine Eile, sich dem Lindwurm zu stellen.

Hagen schwieg. Er ließ seine vorher gesprochenen Worte ihren Dienst tun. Kein Grund, sich mit den Söhnen auseinander zu setzen, wenn er das Gehör des Vaters besaß.

»Gundomar – Drachentöter«, murmelte der König leise, als wolle er den Klang der Worte prüfen. »Der Ruf des Reiches wäre wiederhergestellt, das Volk auf meiner Seite – und Mundzuk würde kaum einen Angriff wagen.«

Wieder begannen Giselher und Gunther, lautstark zu protestieren. Hagen hingegen zog sich in die Schatten zurück. Sein Werk war vollbracht. Der Rest würde sich ergeben.

Obwohl er als der Schwächlichste der Königssöhne galt, hatte Gernot seinen eigenen Kopf, den er durchzusetzen wusste. Dazu brauchte es weder Kraft noch Intrigen, nur die Erkenntnis, dass Gundomar keine Zeit darauf verschwenden würde, ihm nachstellen zu lassen. So bitter es auch war – Gernot konnte sich darauf verlassen, dass er seinem Vater gleichgültig genug war, um unbehelligt seines Weges gehen zu können.

Natürlich hatte Gernot in den letzten Tagen seiner Schwester beigestanden. So oft es ihm möglich gewesen war, hatte er sich in ihr Gemach geschlichen, ihre Hand gehalten und ihren Glauben an die Aufrichtigkeit ihrer Tat gestärkt.

Die Hunnen waren so schnell wieder verschwunden, wie sie gekommen waren – ihre Zeltstadt hatten sie in gefasster Zügigkeit abgebaut, um dann mitten durch Worms zum Rhein zu ziehen. Nichts deutete darauf hin, dass sie eine Demütigung durch Gewalt zu begleichen suchten.

Trotzdem war der Prinz besorgt – Kriemhild wirkte weniger gebrochen als erleichtert. Mit dem Schicksal, welches sie zu einem Leben ohne Ehemann verdammte, haderte sie nicht. Manchmal war ihr Blick leer, als hätte ihre Seele den Körper verlassen, um irgendwo Schutz zu suchen. In diesen Momenten schien es Gernot, als könne er seine Schwester nicht erreichen. Zum ersten Mal spürte er, dass Kriemhild ihm nicht mehr bedingungslos vertraute.

Mit diesen Gedanken schlug sich der Prinz herum, als er durch die Gänge der Burg auf dem Weg zu seiner Schwester war. Er hoffte, sie endlich dazu zu bringen, offen mit ihm zu sprechen.

Gernot sah den Zipfel eines schwarzen Rocks, der hinter einer Ecke verschwand. Nicht wenige Frauen der niederen Stände trugen dunkle Kleidung bei Hofe, und trotzdem kam ihm die Frage nicht in den Sinn, wer da fortzulaufen suchte. »Elsa?«

Er ging etwas schneller, und als er um die Ecke bog, konnte er die schmale Silhouette von Hagens Tochter sehen, die soeben die steinerne Treppe nach unten betrat.

»Elsa!«, rief er noch einmal, diesmal etwas bestimmter.

Das Mädchen blieb stehen, mehr gebannt als erfreut. »Prinz Gernot.«

Der Prinz erreichte sie nun. Sie machte keine Anstalten, den Fuß wieder von der zweiten Stufe zu nehmen, wodurch sie noch kleiner wirkte als sonst. Sie ging ihm kaum bis zur Schulter.

Seltsamerweise schien Elsa jene Pein durchlebt zu haben, die er bei Kriemhild erwartet hätte – ihr schlanker Körper wirkte noch ausgezehrter, ihre fast durchsichtige Haut noch fahler, und um die Augen trug sie starke Schatten, die von durchweinten Nächten erzählten.

»Ich habe dich seit Tagen nicht mehr gesehen«, sagte Gernot, und er mühte sich, angesichts ihres Zustands kein deutliches Erschrecken zu zeigen.

»Der einzige Ort, an dem Ihr gesucht habt, war wohl das Zimmer Eurer Schwester«, flüsterte Elsa, und ihre Stimme klang brüchig.

»Sie braucht mich in dieser Zeit«, erklärte Gernot und wunderte sich, dass es wie eine Entschuldigung klang.

»Natürlich«, murmelte das Mädchen, »Ihr solltet immer dort sein, wo Ihr gebraucht werdet.«

»Und seit Vater sich entschlossen hat, mit Giselher und Gunther gegen den Drachen zu ziehen, bin ich für sie nur lästig, wenn sie ihre Pläne schmieden.«

Elsa drehte sich weg, wollte offensichtlich dem weiteren Gespräch ausweichen. Gernot hielt ihren Arm, der kaum dicker als der Griff eines Schwerts war. Sie sah ihn an, als würde in seiner Berührung ein Versprechen liegen, und was auch immer der Prinz hatte sagen wollen, es löste sich auf wie ein Tropfen Blut, der in einen See fällt. Er stotterte: »Ich ... ich ... muss wieder zu ...«

»Ihr«, flüsterte Elsa ergeben. »Weil Ihr dort gebraucht werdet.« Langsam ging sie davon.

»Elsa!«, rief der Prinz noch einmal, hoffend, dass er nun *irgendwelche* Worte finden würde.

Sie blieb noch einmal stehen. »Mein Prinz?«

Sie hatte ihn oft so angesprochen, aber heute war es, als wären die Worte ein Geschenk.

»Ich erinnere mich ... an das Versprechen einer Suppe«, sagte Gernot nun.

Tatsächlich – so etwas wie ein feines Lächeln umspielte Elsas schmale Lippen. »Seit dem Tag, an dem Ihr davon spracht, steht jeden Abend ein Topf auf dem Feuer. Wenn Euch danach sein sollte ...«

Sie ließ die Worte verklingen, um die Grenze, die ihre Welten trennte, nicht noch weiter zu überschreiten. Stattdessen lief sie davon, ohne dass ihre Schritte ein Geräusch auf dem Steinboden verursachten.

Sie war fort.

Gernot fühlte sich zu gleichen Teilen erleichtert und aufgewühlt. Der Gedanke, dass Elsa seinetwegen litt, schmerzte ihn nicht minder. Aber warum?

»Dreizehn Schwerter für dreizehn Männer«, bellte Regin böse. »Und keines mehr – hörst du?«

Siegfried schlug mit dem Hammer mehr wütend als sorgfältig auf die glühende Klinge ein, die er mit einer Zange an den Amboss drückte. »Der König ... braucht mich!«

Jetzt lachte Regin lauthals. »Ausgerechnet dich? Siegfried, zwölf Männer hat er erwählt, an seiner Seite gegen Fafnir zu ziehen. Zwei davon sind seine Söhne, und zehn haben sich in vielen Schlachten als mutige Krieger bewährt.

Keinen Gedanken hat er an den jungen Schmied aus Odins Wald verschwendet, der nicht einmal weiß, wie ein Schwert zu halten ist!«

Vor Zorn hieb Siegfried so hart auf die Klinge, dass sie in zwei Teile zerbrach. »Ist es meine Schuld, dass du meiner Bitte nicht nachgekommen bist?«

Regin blieb hart. »Ich unterrichtete dich in dem, was du für dein Leben brauchst, nicht für deinen Tod! Du bist ein Schmied!«

Mit aller Kraft schlug Siegfried den Hammer auf den Amboss, und das Metall schrie in Funken bei jedem Wort. *»Ich ... bin ... kein ... Schmied!«*

Er keuchte, als habe er gerade den Sieg gegen seine inneren Dämonen errungen. Er erwartete Widerworte, Wut, vielleicht sogar Hiebe von Regin, dessen Jahre der Erziehung und Lehre er gerade für nutzlos erklärt hatte.

Regin jedoch stand nur still da, als müsste er die Worte seines Ziehsohnes in sich nachklingen lassen. Als er wieder sprach, klang seine Stimme gefasst, vielleicht sogar ein wenig erleichtert. »Du bist kein Schmied, Siegfried. Wenn heute der Tag ist, an dem ich aufhören muss, dich und mich zu narren, dann soll es sein.«

»Du stimmst mir zu?«, fragte Siegfried erstaunt. Sein Zorn strauchelte schnell ins Leere.

Regin nickte. »Schon als ich dich deiner sterbenden Mutter aus den Armen nahm, war es deutlich, dass hier kein Schmied geboren worden war. Ein Wolf bleibt ein Wolf, auch wenn man ihm einredet, er sei ein Schaf. Das Trugbild schwindet, sobald er Blut riecht.«

Siegfrieds Herz schlug so stark, dass das Blut wie Wasser in einem reißenden Strom durch seine Adern rauschte. Es dröhnte in seinen Ohren, und vor seinen Augen flackerte es. »Aber was ... bin ich dann?«

Regin hob mit einem wehmütigen Blick die Schultern. »Ich hatte gehofft, die Antwort darauf zu wissen, bevor du erkennst, was du *nicht bist*. Es ist mir nicht gelungen. Nun müssen wir auf die Zeit und die Götter hoffen.«

»Regin ... es tut mir Leid, wenn ich ...«, stotterte Siegfried. »Ich wäre gerne ein rechtschaffener Schmied geworden. Und sei es nur, deine Mühen mit mir zu entlohnen.«

Regin gelang es, seinen Lippen ein Lächeln aufzuzwingen. »Du bist ein rechtschaffener Schmied, Siegfried – und ich ein stolzer Lehrmeister. Doch das Schicksal lässt sich nicht zwingen.«

Mit neu gewonnener Leichtigkeit nahm Siegfried die beiden Teile der zerbrochenen Klinge auf, um sie wieder einzuschmelzen. »Dann will ich, bis die Götter mir den Weg weisen, das Eisen zu deinen Ehren schmieden. Schwerter für den König!«

Er war sichtlich froh, dass das Band zwischen ihm und seinem Ziehvater nicht zerrissen war.

»Dreizehn Schwerter für dreizehn Krieger«, mahnte Regin noch einmal, »und keines für dich!«

Er verließ die Hütte, und das Lächeln auf seinem Gesicht erlosch wie eine Kerze, die man aus dem Zimmer in den Sturm getragen hatte. Er schämte sich für das, was er Siegfried immer noch vorenthielt. Er wusste, dass der Pfad in die Zukunft enger wurde und die Zahl der Scheidewege geringer. Bald würde die Erkenntnis die Entscheidung fordern, und die Entscheidung – die Tat.

Der Horizont verdüsterte sich ...

Sorgfältig hatten die Herolde des Königs das Volk auf die bevorstehende Großtat vorbereitet. Seit Tagen gab es an keinem Tisch in Burgund ein anderes Gespräch als Gundomars Zug gegen Fafnir – mit zwölf Kämpfern an seiner Seite, wie einst Jesus mit den zwölf Aposteln. Mit Gottes Segen werde er den Lindwurm bezwingen, dafür wurde in der Kirche wie auch bei Hofe gebetet.

Hatte sich die Zahl von Fafnirs Opfern in den letzten Wochen auch dergestalt erhöht, dass alles Reisen im Lande zum Stillstand gekommen schien, so bestand doch kein Zweifel, dass Gundomar und sein mutiger Kronprinz Giselher siegreich sein würden.

Zum ersten Mal seit Monaten schmückten die Bürger wieder ihre Häuser mit bunten Fahnen, und die Sonnenscheibe strahlte warm auf den glorreichen Tag, der das Ende des Drachen einleiten sollte. Trompeten von den Zinnen der Burg kündeten vom Aufmarsch der Reiter in heiliger Mission.

Dreizehn Krieger, dreizehn Pferde, dreizehn Schwerter. Von Kopf bis Fuß durch Leder und metallene Platten vor dem Flammenodem des Drachen geschützt, mächtige Schilde mit dem Abzeichen der Dynastie an die linken Arme geknotet, damit sie auch im Kampf nicht zu Boden fallen konnten.

Alle wichtigen Mitglieder des Hofstaats hatten sich versammelt, um die hehre Gruppe zu verabschieden. Gekommen waren auch jene, denen die Schlacht aus ganz verschiedenen Gründen versagt wurde. Da war Hagen, dessen Alter den Kampf an der Seite seines Königs nicht erlaubte. Gernot, der so wenig gebraucht wurde, wie er teilzunehmen trachtete. Und schließlich Siegfried, dessen wildes Blut ihn fast schon trieb, dem Zug aus Pferden einfach nachzulaufen.

Es war der Moment, in dem weise Worte aus dem Munde des Königs erwartet wurden, und wie in der Nacht zuvor mit Hagen besprochen, hob Gundomar die Hand, um die

Aufmerksamkeit seines Hofstaats zu erlangen. »Bürger von Burgund, Bürger von Worms! Ich weiß, dass ihr unter der Bestie gelitten habt. Und ich habe gelitten, weil ihr gelitten habt! Doch heute ist der Tag, an dem euer König für euch in die Schlacht zieht, um sein Volk vom Leid zu befreien. Wenn das Haupt des Drachen nur noch Trophäe ist, wird Frieden herrschen am Rhein!«

Giselher zog sein Schwert und hielt die Spitze gen Himmel. »Für Burgund! Für Gundomar!«

Es waren sorgsam gewählte Worte, und sie verfehlten ihre Wirkung nicht. Großer Jubel brach aus, und vom Wehrgang über dem Burgtor regnete es getrocknete Rosenblätter, als der König mit seinen Kriegern auszog. Jenseits des Hofes säumten Hunderte von Wormser Bürgern den Wegesrand, um ihrem König von Zuversicht und guter Hoffnung zu zeugen. Die Glocken der Kirche läuteten laut und fest – zum ersten Mal seit langer Zeit.

Es war eine Prozession wie der Einzug des Herrn Jesu in Jerusalem – und genau so hatte Hagen es auch planen lassen. Ihm war klar, dass der Sieg über Fafnir keine ausgemachte Sache war. Dazu wusste man zu wenig über den Lindwurm, seine Schwächen, seine Herkunft. Aber das Volk brauchte die Vision von Stärke, den Eindruck von Führung. Wo die prächtige Hochzeit der Prinzessin nicht zu Stande gekommen war, musste nun Gundomar dem Pöbel eine Darbietung liefern.

Elsa stand unauffällig neben ihrem Vater, und ihr Blick streifte immer wieder Gernot, der mit seiner Schwester ebenfalls auf den Hof gekommen war. »Neidest du dem König und seinen Söhnen die Möglichkeit, den Drachen zu stellen?«

Angesichts der vielen Augen um ihn herum konnte Hagen nicht so verächtlich ausspucken, wie ihm genehm gewesen wäre. »Der Narr stellt sich der Gefahr – der Weise verhindert ihre Geburt.«

Es überraschte Elsa nicht, dass ihr Vater so abfällig vom Königshaus sprach. Hagen von Tronje träumte von Macht durch das Schwert und von Regentschaft durch eiserne Knute. Vergebung und Mitgefühl, wie sie die Heilige Schrift vorschrieben, schienen ihm schwach und verabscheuenswert. Es war nur die Loyalität zu Burgund und nicht zu Gundomar, die ihn davon abhielt, den Krieg mit den Dänen oder den Hunnen herbeizusehnen.

»Hätte ich versuchen sollen, ihn aufzuhalten?«, fragte ein paar Schritte weiter Prinzessin Kriemhild ihren Bruder.

Gernot legte den Kopf schief, als müsse er über eine Antwort erst nachdenken. »Zu wessen Nutzen? In seinen Augen ist es deiner Wankelmütigkeit zu verdanken, dass er ein leichtfertig gegebenes Wort einhalten muss.«

»Nur in *seinen* Augen?«, fragte Kriemhild. »Der halbe Hof hält mich für eine Blenderin, deren Spiele die Familie beschämen und deren Unvernunft nicht weniger Gefahr birgt als die Kiefer Fafnirs.«

Beruhigend legte der junge Prinz seiner Schwester die Hand auf die Schulter. Sein Blick fand Elsa, und er verspürte den Drang, mit ihr zu sprechen. Aber sie stand neben Hagen, und in seinem Kreise hielt sich niemand gerne auf. Vielleicht würde sich später die Gelegenheit ergeben, ein paar Worte mit ihr zu wechseln.

Siegfried und Regin standen wieder am Eingang ihrer Schmiede, aus der alle dreizehn Schwerter für die Schlacht des Königs gekommen waren. Regin zog es in Betracht, seinen Schützling des Nachts mit dem Bein an seiner Bettstatt festzubinden, um zu verhindern, dass er doch noch auszog, um sich Gundomar anzuschließen. Aber dann bemerkte er die Sehnsucht, mit der Siegfried zu Kriemhild sah. Wenn es etwas gab, das den jungen Schmied im Mondlicht aus den Laken trieb, dann war es der Ruf des Fleisches, nicht des Blutes.

Siegfried fühlte sich wie ein Feuer, an dem sich niemand wärmen wollte und das sich nutzlos verzehrte. Er war überzeugt, für Kriemhild und in Gundomars Diensten von Nutzen sein zu können, aber beides war ihm versagt. Keinen Blick hatte die Prinzessin ihm seit jener Nacht in ihrem Schlafgemach geschenkt, und der König hatte ihn ausgelacht, als er darum bat, gegen Fafnir ziehen zu dürfen.

Respekt und Abstammung waren die Schlüssel, die zu finden es bedurfte. Aber am Hofe von Burgund war man anscheinend entschlossen, ihm schon die Suche zu verwehren.

6

Gundomar
und der Odem des Feuers

Zwei Tage und Nächte waren vergangen, in denen die Freude über Gundomars Waffengang schnell verklungen war. Wolkenberge hatten sich wie gierige Brandung über das Land ergossen, und sie erstickten das Licht der Sonnenscheibe bei Tag und der Mondscheibe bei Nacht. Wächter auf den Zinnen hielten Ausschau, doch keine Nachricht aus dem Wald kündete vom glorreichen Sieg des Königs.

In beiden Nächten sah man die Wolken im Nordosten mehrfach aufleuchten – doch es waren keine vom nahenden Gewitter kündenden Blitze. Es war der Widerschein von Fafnirs Flammenatem.

Auch Kriemhild und Gernot verbrachten die Tage mit dem Blick zum Wald, in dem die Schlacht um die Zukunft Burgunds geschlagen wurde. Oft standen sie zusammen, manchmal einander in Sorge umarmend.

Zum Sonnenuntergang beider Tage mahnten die Kirchenglocken zum Gebet. Gebetet wurde überall – und zu allen Göttern.

Siegfried lief in der Schmiede hin und her wie ein wilder Hund, den man mit einer Leine an einen Baum gebunden hatte. Regin versuchte gar nicht erst, ihn zu beruhigen – auch der Schmied spürte, dass Unheil in der Luft lag.

Als der dritte Tag sich der hereinbrechenden Dunkelheit zu beugen begann, stieg Gernot ermattet und enttäuscht von der Zinne und machte sich auf den Weg zum Trakt der Höflinge. Er hatte den eigenartigen Wunsch, jemanden zu finden, der ihm zuhörte – ohne aber wirklich sprechen zu wollen. Kriemhild hing ihren eigenen Gedanken nach und rang mit der Schuld, die sie sich selber an den Ereignissen gab. Gernot wollte sie nicht weiter belasten.

Der Prinz hatte Elsas Versprechen für eine spielerische Übertreibung gehalten und sich selber gescholten, dass er sie der Prüfung für würdig hielt – aber tatsächlich fand er das blasse Mädchen mit den traurigen Augen neben einem kleinen Kessel, aus dem der Geruch frischer Kräutersuppe stieg.

Sie stand mit dem Rücken zu ihm und schnitt ein paar Pilze in die Brühe. Vielleicht war es die Tatsache, dass Elsa ein so leichtfertig gegebenes Versprechen in Stille und Sorgfalt zu halten suchte – aber zum ersten Mal hatte Gernot das Gefühl, dass Elsa kein Rätsel für ihn war. Antworten sprangen ihn an auf Fragen, die er sich bis heute nie gestellt hatte. Warum sie scheu war in seiner Gegenwart, obwohl sie des Öfteren seine Nähe suchte. Warum seine Worte sie verletzten, wenn er meinte, nur einen harmlosen Scherz gemacht zu haben. Warum sie Kriemhild zu meiden schien, als wäre sie nicht seine Schwester, sondern eine Nebenbuhlerin. Warum ihre Augen immer traurig glänzten, als sähen sie nicht das, was war – sondern das, was nicht sein konnte.

»Elsa ...«, begann Gernot vorsichtig.

Sie sah auf, und für den Moment flackerte ihr Blick, als drängten sich Tränen in ihre Augen. Doch dann atmete sie so tief ein, wie es ihr zarter Körper erlaubte. »Prinz Gernot.«

Er deutete unsicher auf die Suppe. »Ich war nicht sicher... es ist eine Schande, dich jeden Abend vergebens für mich kochen zu lassen.«

Sie lächelte sanft. »Es ist keine Schande, denn um Mitternacht finden sich immer ein paar Wächter, die dankbar für die warme Mahlzeit sind.«

Er nahm eine Holzschüssel aus dem Regal und hielt sie ihr hin. »Ich wäre auch dankbar.«

Diesmal schien Elsa darauf zu achten, seine Hände nicht zu berühren, als hätte sie bei der Begegnung auf der Zinne eine unsichtbare Grenze überschritten, die sie nun einzuhalten gedachte. »Ich hätte Euch die Schüssel auch gebracht.«

Gernot nickte und setzte sich an einen Tisch, der in der einfachen Küche der Bediensteten stand. »So, wie ich es sehe, gibt es ein Missverhältnis der Gelegenheiten, bei denen du meine Gesellschaft suchst und ich die deine.«

Er hätte nicht gedacht, dass es bei ihrem fahlen Teint möglich war – aber Elsa errötete. Und die Hitze, die über seine Haut lief, verriet ihm auch ohne Spiegel, dass es ihm nicht anders ging. Um die Beklommenheit zu vertreiben, deutete er mit dem Löffel auf die Holzbank. »Es würde mich freuen, wenn du dich setzen würdest. War das Versprechen der Suppe nicht daran gebunden, sie zu teilen?«

Sie aßen eine Weile lang schweigend, den Blick des jeweils anderen meidend. Es war eine unsichere Stille, in der das Ungesagte um sein Recht kämpfte und doch verlor.

»Noch keine Nachricht?«, fragte Elsa schließlich.

Gernot schüttelte den Kopf. »Es wird daran gedacht, einen Suchtrupp zusammenzustellen – aber Hagen ist der Meinung, das würde Zweifel am Sieg Gundomars säen.«

Elsa schlug die Augen nieder. »Schwäche ... ist etwas, für das mein Vater kein Verständnis besitzt.«

»Niemand gesteht sich gerne seine Schwächen ein – es fiel mir leichter, auf die Teilnahme an der Drachenjagd zu verzichten, als von meinem Vater zurückgewiesen zu werden.«

»Seid Ihr betrübt, dass Ihr nicht mit dem Schwert gegen Fafnir zieht?«, wollte Elsa überrascht wissen.

»Nein«, antwortete Gernot. »Den Mannesmut bei der Verteidigung Burgunds zu beweisen, das ist fürwahr nicht mein Begehr. Aber in Zeiten der Not an der Seite des Vaters und der Brüder zu stehen – wie könnte ich das nicht wollen?«

»Ihr seid, wo Ihr gebraucht werdet«, flüsterte Elsa, und sie unterdrückte mühsam das Bedürfnis, ihre Hand auf die seine zu legen.

Gernot sah sie an, und er empfand die Wärme, die von ihr ausging und die er bis heute nicht bemerkt hatte. Sie war von selbstlosem Liebreiz, von trauriger Friedfertigkeit. Der Prinz fühlte etwas, das nicht gedacht werden konnte, und wollte etwas, das nicht zu erlauben war.

Ein einsamer Trompetenstoß brach die Stille – und mit ihr den Moment der Verbundenheit zwischen Elsa und Gernot.

»Mein Vater!« Gernot sprang auf. Er stürmte so hastig aus dem Raum, dass er nicht einmal daran dachte, Elsa mit auf den Hof zu nehmen.

Das junge Mädchen schüttete die Reste der Suppe wieder in den Kessel und legte ein Holzbrett darauf. Wieder eine Mahlzeit für hungrige Soldaten.

Dann machte sie sich ebenfalls auf den Weg. Welche Nachricht die Nacht wohl bringen würde? Keine gute, schwante ihr.

Vier Männer, zwei Pferde und kein Schwert.

Was sich in den Burghof schleppte, war ebenso verloren wie das, was im Wald geblieben war. Haut, die nur aus Brandmalen, schwärenden Wunden und Asche zu bestehen schien. Kleidung, die im Feuer mit dem Fleisch der Männer verschmolzen war. Humpelnde Beine, nutzlos herabbaumelnde Arme. Krieger, deren stumpfe Blicke den Gnadentod ebenso verdienten wie die Gäule, deren zitternde Flanken wie von Pflugscharen durchrissen waren.

Es waren Gundomar, Gunther und zwei ihrer treuen Vasallen. Sie hatten sich im Schatten der Mauern zum Tor vorgetastet, und mit müder Hand hatte Gunther den Wachen bedeutet, keine Triumphfanfaren von der Rückkehr des Königs künden zu lassen.

Trotz der späten Stunde strömte der Hofstaat ins Freie, den schrecklichen Anblick der Ungewissheit vorziehend.

Die Vasallen stützten sich auf das eine Pferd, welches kaum noch in der Lage war, einen Reiter zu tragen. Gunther zog das andere Pferd, den leblosen Körper seines Vaters darauf. Gundomars Schild, immer noch an seinen Arm gebunden, war vollends verkohlt, und bei jedem Schritt brachen Stücke heraus, die langsam zu Boden fielen.

Das rechte Hosenbein des Prinzen war von Blut getränkt und dann dunkel getrocknet. Die linke Gesichtshälfte war geschwollen, als drängten die Knochen darauf, aus seiner Haut zu brechen. Wo die zwei äußeren Finger seiner linken Hand gewesen waren, band ein Stück Stoff die blutenden Reste.

Eine düstere, von unsagbarem Schrecken kündende Rückkehr. Krieger waren Krüppel, Stolz war Staub. Es war nicht zu sagen, was die kläglichen Reste dieses Aufgebots noch auf den Beinen hielt. Angesichts ihrer Verletzungen und Verluste war es kaum vorstellbar, wie lang der Rückweg zur Burg gedauert hatte.

Die beiden Soldaten, die sich am Zaumzeug des Pferdes mühsam festkrallten, wurden von mitfühlenden Gefährten empfangen, die sie sanft unter den Armen packten, um sie zur Versorgung ihrer Wunden zu geleiten. Das arme Tier, zu keinem weiteren Schritt mehr fähig, wurde am Rand der Mauer von seinen Qualen erlöst.

Gunther hingegen schien nicht innehalten zu wollen. Er führte sein Pferd geradewegs auf das Portal der großen Halle zu. Niemand sprach ihn an, niemand wagte es, dem Prinzen die Hand zu reichen.

Gernot hielt die schluchzende Kriemhild an sich, unfähig, dem erschütternden Anblick mit Taten entgegenzutreten.

Als Gunther das Tor erreicht hatte, wurde es ihm geöffnet. Er trat ein, und hinter ihm klapperten Hufe die Treppenstufen hinauf.

So sehr Gernot versuchte, das Gesehene durch schiere Willenskraft ungeschehen zu machen, so sehr besann er sich nun doch auf seine Pflichten in dieser Stunde der Not. Er umfasste Kriemhilds Schulter und führte sie ebenfalls in den großen Saal.

Hagen war der Letzte, der über die Schwelle trat, und mit einer Handbewegung bedeutete er den Soldaten, die Tore zu schließen und das Elend vor den Augen des Hofstaats zu verbannen.

Siegfried und Regin, die vor der Schmiede bei Wein und Brot gesessen hatten, sahen sich in geteiltem Entsetzen an.

»Wie konnte das geschehen?«, flüsterte Siegfried. »Dreizehn Männer, dreizehn Schwerter – gegen ein Biest?«

»Eisen gegen Zauber«, knurrte Regin. »Der Hochmut des Königs wurde mit teurer Münze bezahlt.«

»Ich hätte dabei sein müssen«, sagte Siegfried zerknirscht. »Vielleicht hätte ich ...«

»... vielleicht wärst du mit den anderen neun Männern in Stücke gerissen worden, die nicht zurückgekommen sind?«, zischte sein Ziehvater. »Neide ihnen nicht den Tod.«

»Was mag wohl mit Giselher passiert sein?«, fragte sich Siegfried.

Regin spuckte aus. »Es ist eine Geschichte, die man nicht erlebt haben muss, um sie zu kennen. Ich bin sicher, dass er mit lautem Gebrüll und erhobenem Schwert gegen Fafnir geritten ist. Des Toren Hochmut ist sein Untergang. Doch ich bin sicher, die Barden werden bald von seinen Heldentaten singen.«

»Ich wünschte fast, wir wären nach Xanten gegangen«, murmelte Siegfried.

Ein paar Fackeln waren rasch entzündet, die den Saal in warmes Licht tauchten. Mit beiden Armen wischte Hagen Kelche und Teller beiseite, die noch vom Abendmahl auf einem der langen Tische standen. »Was ist im Wald geschehen?«

Gunther zog den Leib seines Vaters vom Pferd herab an sich, und trotz seiner Verletzungen gelang es ihm, Gundomar behutsam auf den Tisch zu legen. »Niemals werden wir darüber sprechen – und niemals mehr wirst du uns fragen.«

Der König war nicht tot. Seine Seele krallte sich in seinem Körper fest, nicht willens, das geschundene Fleisch zu verlassen. Obwohl sein Herz kaum noch Blut zu schlagen besaß und der Atem sich mit Speichel röchelnd mischte, hob er den rechten Arm, seine engsten Vertrauten zu sich rufend. Hagen, Kriemhild und Gernot gesellten sich zu Gunther an die Seite des Königs.

Knapp und krächzend waren die Worte, die Gundomar noch zu sprechen vermochte. »Ins ... Antlitz des Teufels haben wir geblickt. Das Feuer ... Feuer der Hölle ...«

Gunther, der sich auf die Tischkante stützte, legte seinem Vater die Hand auf den Arm. »Es ist gut, Vater. Wir sind daheim in Burgund. Wenn es Tag wird und deine Wunden versorgt sind, wird ein Gebet uns Linderung bringen.«

Statt einer Antwort drehte sich Gundomar zu Hagen. »Du wirst ... Sorge tragen ... Gunthers Schwert und Schild sein ... König Gunther ...«

Hagen schien in seiner ewigen Ernsthaftigkeit nicht mehr betroffen als sonst auch, doch er senkte das Haupt. »Mit meinem Leben.«

Kriemhild drängte sich vor, hob ihrem Vater die blutverschmierte Hand und küsste sie weinend. Gundomars Stimme versagte, und das Lächeln, das seinem Gesicht beim Anblick seiner Tochter gelang, wurde zum Teil seiner Totenmaske.

Schweigend sanken die verbliebenen drei Kinder des Königs von Burgund auf die Knie und begannen zu beten.

Hagen hingegen drehte sich leise um und zog sein Schwert. Jemand musste sich um das leidende Pferd kümmern.

Das Schiff der Sachsen, gebaut für Fahrten auf den Flüssen des Reiches, mühte sich gegen die peitschenden Wogen, die es in die Tiefe zerrten, nur um es dann wieder gegen den nachtschwarzen Himmel zu spucken. Der Wind stand günstig, und das Segel war bis zum Zerreißen gespannt. Die Ruder waren schon lange eingeholt – das Wasser hätte sie zerbrochen wie ein schwerer Stiefel einen Ast.

Edelrich, Sohn von Thalrich, Kronprinz von Sachsen, stand am Bug des Schiffes, die schlanken Hände an der

Reling. Regen prasselte in sein Gesicht, angetrieben von Böen, die entweder aus Utgard oder der Hölle kamen, je nachdem, welchen Göttern man huldigte. Edelrich hasste das Meer. Er hasste diese Reise. Er hasste jeden einzelnen Tropfen, der sein Haar durchnässte. Was ihn nach Island trieb, war weder Abenteuerlust noch der Drang, Brunhilde zu seiner Königin zu machen. Sein Vater hatte, kaum dass der Bote vom Hofe Islands eingetroffen war, ein schnelles Schiff beladen lassen. Sachsen und Dänemark beargwöhnten einander seit Jahren, sich gegenseitig des Anspruchs auf des anderen Reich beschuldigend. Thalrich war kaum im Stande, einer Invasion der Streitmächte von Dänemark und Xanten standzuhalten, aber die Verbindung Sachsens mit der Krone Isenstein konnte einen Ausgleich schaffen, der den wankenden Frieden stützte. Sachsen und Island gegen Dänemark und Xanten – es klang so verlockend, dass Thalrich gerne den widerwilligen Sohn zu opfern bereit war.

Es war nicht so, dass Edelrich die Strategie des Vaters nicht verstand. Sein Geist war wach und sein politisches Geschick beträchtlich. Trotz seiner mangelnden Hingabe an die weiblichen Reize war er bereit, um der Krone willen zu heiraten. Jede Übereinkunft, die einem großen Ziel diente, fand auch Lösungen für die kleinen Unannehmlichkeiten, die sie nach sich zog.

Aber Brunhilde? Island? Edelrich hatte mehr von diesem barbarischen Volk und seinem kalten Reich erfahren, als ihm lieb war. Musik und Literatur waren dort verpönt, und alles, was die Handwerker schufen, unterwarf sich einem Zweck, ohne dem Ornament zu huldigen. Das Essen war fett, das Land karg. Zwar wurde Brunhildes Schönheit gepriesen – aber es war die herbe Schönheit einer Kriegerin, die sich um Duft und Liebreiz nicht scherte.

Beabsichtigt war, dass Edelrich mit Brunhilde Island regieren sollte, solange sein Vater den Thron von Sachsen innehatte. Nach Thalrichs Tod würden die Reiche vereint, und Edelrich konnte wieder in die Heimat zurückkehren, während Island zur Provinz erklärt würde.

Der Gedanke daran ließ in Edelrich den Wunsch aufkommen, seinen Vater schon bei der Hochzeit mit Brunhilde meucheln zu lassen, um keinen Tag länger als nötig im unwirtlichen Norden verbringen zu müssen, wo die Sommer kürzer waren als manche Gelage am Hofe von Sachsen.

Am Horizont erschien nun ein Leuchtfeuer, breit und hell, sichtbar trotz des nicht enden wollenden Regens. Edelrich drehte sich zu seinem Steuermann. Er musste laut schreien, um den Sturm zu übertönen. »Das Licht! Ist das Island oder das Ende der Welt? Beides wäre mir recht!«

»Island müsste es schon sein!«, rief der Mann am Steuerruder. »Doch eine solch mächtige Flamme habe ich noch nie gesehen!«

Edelrich drehte sich wieder nach vorn, und langsam schälten sich auch die Konturen des bergigen Reiches aus der trübgrauen Nacht. Es sah aus, als säße ein schwarzer Klotz im Wasser, frierend und böse, der versuchte, sich an einem Lagerfeuer zu wärmen, das er vor sich entzündet hatte. Der Anblick war so faszinierend wie erschreckend.

Als das Schiff sich Island näherte, ließ der Sturm ein wenig nach, als wäre ein wütender Wetterring um die Insel durchbrochen. Das Grau des Meeres und das Grau des Himmels wurden wieder unterscheidbar. Das Vulkangestein der Insel jedoch blieb unnahbar und drohend.

Edelrich erkannte, dass die Mündung des Fjords, die zu Burg Isenstein führte, von einer Flammenwand versperrt war, die heiß und grell in alle Richtungen peitschte. Das

Feuer schien im Wasser geboren, und seine Zungen leckten an den Wolken. Das Schiff wirkte dagegen wie ein Halm, der im Ozean trieb. Heiße Winde ließen die Sachsen schwitzen und die Feuchtigkeit auf ihrer Haut verdampfen, bis nur noch salzige Kruste blieb. Ein paar Krieger, die dem Gott der Christen dienten, schlugen das Zeichen des Kreuzes.

Der Prinz von Sachsen war jedoch weniger beeindruckt. Dass die Isländer mit den alten Göttern im Bunde standen und Magie und dunklen Mächten zugeneigt waren, konnte man hören, wenn man in den Tavernen des Festlands die Ohren aufsperrte. In gewissem Maße bewunderte Edelrich sogar das prachtvolle Schauspiel, mit dem die Königin von Island jeden Bewerber zu erschrecken versuchte.

»Wir müssen umkehren!«, schrie der Steuermann und wollte das Ruder herumreißen.

»Wenn du das Ruder drehst, schlage ich dir mit dem Schwert die Hand ab!«, bellte Edelrich.

Trotz seiner gebildeten Art und seiner Ablehnung jedweder Barbarei war Edelrich für Wutausbrüche und Raserei bekannt, die ihn unberechenbar machten. Der Steuermann hatte keinen Grund, an der Ernsthaftigkeit der Drohung zu zweifeln. Er hielt Kurs.

»Es ist eine Illusion – ein Spiel aus Licht und Farbe, um unsere Augen zu täuschen!«, setzte Edelrich noch hinzu, als müsse er sich selbst überzeugen. Er nahm seinen Umhang von der Schulter, hielt ihn über die Reling ins Wasser und warf ihn, voll gesogen, wie er war, über seinen Kopf. »Wer an Deck nicht gebraucht wird, soll Schutz suchen. Bei unserer Geschwindigkeit werden wir nicht lange brauchen, bis wir vor Burg Isenstein den Strand unter dem Rumpf spüren.«

Die Soldaten, von der Harmlosigkeit der Flammenwand

weit weniger überzeugt als der Prinz, beeilten sich, sich unter die Holzplanken des Decks zu kauern.

Die Luft war nun so heiß, dass sie in den Lungen mit wütenden Krallen kratzte, obwohl die Flammenwand noch etliche Schiffslängen entfernt war.

Edelrich verwarf die Möglichkeit, dass er sich geirrt haben könnte. Er war Odysseus selbst, von den Göttern herausgefordert, in heiliger Mission stolz den Gefahren entgegensegelnd! Der Thronfolger empfand es fast schon als Beleidigung, mit welchen Narreteien Brunhilde ihn zu schrecken dachte.

Die Königin von Island stand auf der Wehrmauer und sah mit kalten Augen, wie das kleine Schiff weit unten auf die Flammenwand zuhielt. Seine Umrisse waren durch das Feuer verzerrt, als ob eine Götterfaust es in jeder Sekunde neu formte.

»Die Langobarden vielleicht«, murmelte Eolind, »oder die Franken.«

»Es sind die Sachsen«, knurrte Brunhilde. »Nur Thalrich konnte so schnell auf unsere Boten reagieren, und sein Reich könnte die Unterstützung Islands gegen Hjalmar gebrauchen. Zweimal hat er bei meinem Vater um einen Pakt förmlich gebettelt – nun will er ihn durch seinen Sohn erzwingen.«

Eolind sah seine Königin durchdringend an. »Ihr könntet den Zauber beenden und das Schiff in den Fjord lassen. Niemand nähme es euch übel, wenn ihr Edelrich in Großmut lebend ziehen lassen würdet.«

»Es sind meine Regeln«, mahnte ihn Brunhilde. »Die Boten haben sie im Wortlaut überbracht, und jeder Freier hat sie zu würdigen. Seinen Stolz durch Großmut zu brechen, das würde mir Edelrich nicht weniger zum Feind machen als sein Tod den Vater. Doch nach dem, was man hört, wird Thalrich kaum das Schwert erheben, um die Ehre eines Sohnes zu retten, der dumm genug ist, sehenden Auges in den Tod zu segeln.«

Es war durch die wabernden Flammen schwer abzuschätzen, wie weit Edelrichs Schiff noch von dem tosenden Inferno in der Mündung des Fjords entfernt war.

»Bevor ihr einen Gatten erwählt, wird die Hälfte aller Königreiche Island weniger als wohlgesonnen sein«, gab Eolind zu bedenken. »Diplomatie soll der Politik helfen, Kriege zu verhindern, nicht, sie zu entfachen.«

»Auch mein Vater hielt nichts von Diplomatie«, beschied ihn Brunhilde knapp.

Ihr Ratgeber schüttelte den Kopf. »Hakan war auf die Vermeidung von Diplomatie bedacht, nicht auf ihre Missachtung. Er suchte keine Freunde – aber er war klug genug, sich keine Feinde zu machen.«

Es war offensichtlich, dass die junge Königin kein Interesse hatte, weiter über das Thema zu sprechen. Sie lehnte sich nach vorne, um einen besseren Blick zu haben. »Später, Eolind – es scheint, das Schauspiel beginnt.«

Das Schiff der Sachsen hatte nun den äußeren Rand der Flammenwand erreicht, und seine Spitze tauchte in das Feuer ein. Wenige Herzschläge lang war es, als könnte das breitbauchige Schiff in voller Fahrt in den Fjord treiben. Die Flammen, die es umtosten, leckten gierig an den Planken, ohne sie zu fressen. Zu viel Meerwasser hatte das Holz aufgesogen.

Dann brannte das Segel. Mit einem wütenden Fauchen riss es sich los, Fetzen in den heiß wirbelnden Wind schlagend. Das stolze Abzeichen von Sachsen ergab sich den Flammen wie ein böses Vorzeichen.

Das Schiff kam fast augenblicklich zum Stillstand, leicht zitternd in den glühenden Klauen der Feuerwand. Eolind meinte, bis zur Burg die Schreie der Sachsen zu hören, deren Körper von den Flammen geröstet wurden. Brunhilde liefen Schauer den Rücken herunter. Es war ein Anblick, der ihr grimmige Zufriedenheit schenken sollte – aber nur Trübsal bot. »Sie könnten ins Meer springen.«

»Wenn sie *Fische* wären«, murmelte Eolind erschüttert. »Wo auch immer sie den Kopf aus dem Wasser stecken, das Feuer würde sie bereits erwarten. Ihr habt diese Prüfung wahrlich gut durchdacht.« Er hatte sich seiner Königin noch nie so fern gefühlt, und fast fürchtete er, dass ihr Verstand verblasste.

Die Schreie verstummten – von innen ausgebrannte Lungen waren nicht mehr fähig, irgendwelche Laute auszustoßen. Das Schiff der Sachsen fing nun ebenfalls Feuer. Nicht an einer Stelle zuerst, sondern auf voller Breite und Länge, als habe das Holz nur darauf gewartet, endlich trocken genug für die Vernichtung zu sein. Eolind blinzelte, als er in den Flammen die taumelnden Gestalten von ein paar Soldaten erblickte.

Langsam, fast wie behutsam geschoben, gelang dem Schiff nun doch noch die Durchquerung der Feuerwand. Als brennendes Fanal lief es in den Fjord vor der Burg ein, an den Seiten bereits schwarz verkohlte Stücke herausbrechend. Rußige Flocken stiegen in den heißen Wind. Den Strand würde der Bug des Schiffes nicht mehr berühren, bevor es zerbrach und sank, den Sachsen ein nasses Grab zuweisend.

Brunhilde war nicht zufrieden, aber doch auf eine beunruhigende Weise erleichtert.

Drei Wochen lang hatten die Burgunder ihre Grenzen geschlossen und in ehrfürchtigen Zeremonien ihres gefallenen Königs gedacht. Gundomar war der erste König des

Landes, dessen Leib seine Ruhestätte in der Krypta der neu errichteten Kirche fand – in einem steinernen Sarkophag. Gleich daneben wurde der Sarg von Giselher aufgestellt. Wenngleich sein Körper nicht aus Fafnirs Klauen hatte gezerrt werden können, so verdiente sein Andenken doch, an der rechten Seite des Vaters zu ruhen.

Das Reich, das sich seit Monaten vor dem Drachen duckte, versank noch tiefer in Apathie, und das Leben seiner Bürger schien nicht mehr zu sein als die Erwartung des Todes. Das Einzige, was blühte, waren die üblen Hetzereien in den Tavernen, befeuert von zu viel Met und wilden Hirngespinsten.

Wie der Drache die königliche Schar mit einem Prankenhieb vernichtet hatte, wurde erzählt. Wie Giselher starb, sich vor den Vater werfend, während Gunther hinter einem Felsen nur das eigene Leben zu retten suchte.

Siegfried bekam weder von dem unbesonnenen Geschwätz noch von der Wahrheit etwas mit. Es scherte ihn auch wenig, denn seine Gedanken galten nach wie vor nur Kriemhild. Es drohte ihn zu zerreißen, dass sie litt und er ihr nicht beizustehen vermochte. Wie oft hatte er schon versucht, ihr durch einen Blick Zuversicht zu schenken, wenn sie über den Hof an der Schmiede vorbeigekommen war? Aber sie hatte nicht einmal den Kopf in seine Richtung gedreht.

Bis zu dem Abend, da ein Soldat in die Schmiede kam, in der Siegfried und Regin gerade ihr Werkzeug nach getaner Arbeit reinigten. »Der Schmied Siegfried – er möge der Prinzessin Gesellschaft leisten. In einer Stunde auf dem Balkon über ihren Gemächern.« Das war alles. Wenige Worte, die Siegfrieds Herz weckten und sein Gemüt mit Licht durchfluteten.

Auf Regin hatten sie die gegenteilige Wirkung. »Der

Schmied und die Prinzessin – das soll nicht sein, das geht nicht gut.«

Siegfried schlug ihm lachend auf den Rücken. »Was redest du da? Es ist, was sein muss! Doch wie soll ich eine Stunde verbringen, in der ich noch nicht zu ihr eilen darf? Wie soll ich das ertragen?«

Regin grinste schief. »Die Zeitspanne war vielleicht nicht unabsichtlich so gewählt – gibt sie dir doch Gelegenheit, Kriemhild nicht schmutzig und verschwitzt gegenüberzutreten.«

Siegfried sah an sich herunter. Richtig, sein altes Hemd war vom Funkenflug förmlich durchsiebt und seine Arme eher schwarz denn weiß. Er riss sich den Stoff vom Leib und tunkte ihn in den Wasserbottich, um sich damit zu säubern. »Regin, was täte ich ohne deinen Rat?«

»Nichts anders«, murmelte der alte Schmied.

Gunther saß auf dem Thron, den er noch nicht beansprucht hatte. Die Krone des Vaters aufzusetzen, so weit wollte der Prinz, den der Tod des Bruders zum Kronprinzen befördert hatte, nicht gehen.

Hagen ging vor ihm auf und ab und überflog Berichte aus dem Reich. »Es ist eingetreten, was wir durch den Kampf gegen den Drachen zu verhindern suchten – Burgund ist bis ins Mark geschwächt und von mehreren Seiten angreifbar. Kundschafter vieler Reiche sind gesichtet worden, und ihre Könige werden schon die Karten studieren.«

Unwillkürlich fuhr Gunthers rechte Hand zu seiner linken Schulter, deren Bandagen er immer noch Nacht für Nacht durchblutete. »Und Fafnir?«

Hagen schnaubte verächtlich. »Mit seinen Untaten zufrieden, scheint er im Walde zu ruhen.«

Gunther rieb sich das Gesicht. Seine Wunden ließen ihn kaum noch schlafen, und sein Gewissen raubte ihm den Rest der Ruhe, die er suchte. »Was sollen wir tun?«

Hagens Stimme ließ erkennen, dass er schon die Frage für ungebührlich erachtete. »Blickt Euch um, und Ihr könnt es sehen – Burgund schreit nach einem König. Je länger Ihr die Krönung hinauszögert, desto mehr zerfällt das Reich.«

»Aber habt Ihr auch das Geflüster an den Waschtrögen und in den Werkstätten gehört? Das Volk mag *einen* König wollen – *diesen* König will es nicht.«

»Was für ein Reich wäre Burgund, wenn das Volk über die Herrschenden gebote und nicht umgekehrt?«, lachte Hagen grimmig. »Euer Blut gibt Euch das Recht und auch die Pflicht.«

»Ich brauche Zeit«, murmelte der Thronfolger unsicher.

»Was Ihr Zeit nennt, heißt vor den Burgtoren Zaghaftigkeit«, brummte der Ratgeber wütend. »Ich weiß, dass Giselher von Kindesbeinen an erzogen wurde, die Bürde der Krone zu tragen. Aber das entbindet Euch nicht der Verantwortung, die sich nun ergeben hat.«

Gunther sah in den Weinkelch, der fast leer auf der Lehne seines Thrones stand. Seit seiner Rückkehr war der Rebensaft seine beste Arznei gewesen, um den Schmerz des Leibes ebenso zu lindern wie den Schmerz des Geistes. Nun fegte er den Kelch zur Seite, der über den Steinboden klapperte. »Ich wollte niemals König sein.«

»Und ich wollte nie mein Auge in der Schlacht lassen«, zischte Hagen und deutete auf das Lederstück über der ausgebrannten Höhle in seinem Gesicht. »Aber manchmal weisen uns die Götter Aufgaben zu, die wir schultern müssen. Ich habe Eurem Vater versprochen, an Eurer Seite zu stehen. An der Seite *König Gunthers*!«

Die letzten beiden Worte schienen in dem fast leeren Thronsaal in der Luft hängen zu bleiben. Drohung und Versprechen.

Gunther richtete sich auf, spannte den Rücken und fuhr sich mit den Fingern durch die Haare. »Du hast Recht, Hagen. Die Zeit des Selbstmitleids ist vorbei. Schicke Boten aus, bereite das Fest vor – am nächsten heiligen Sonntag bekommt Burgund seinen neuen König!«

Hagen nickte ergeben und schlug die rechte Faust auf die Brust. »So wird es geschehen. Für Burgund.« Es kostete ihn Mühe, die hinterlistige Freude in seinem Herzen nicht als Lächeln in seine Mundwinkel zu lassen.

Gunther war nicht Giselher, nicht der tumbe Schreihals, den sich Hagen in fünfzehn Jahren willfährig gemacht hatte. Sein Geist war fähig, Ränkespiele zu durchschauen und nach eigenem Gutdünken Entscheidungen zu fällen. Es würde schwerer sein, ihn zu leiten, seine Hand wie seine Zunge zu führen. Doch der wichtigste Schritt war getan – Gunther war bereit, die Amtsgeschäfte zu übernehmen. Der Stillstand war gebrochen. Und der Stillstand war Hagens größter Feind gewesen. Stillstand war ein stehendes Pferd. Es lief in keine Richtung.

Siegfried war deutlich zu früh zum Balkon geeilt. Es war ihm unmöglich, auf Kriemhild warten zu müssen. Er brannte innerlich, als hätte sein Blut dem heißen Eisen aus seiner Schmiede weichen müssen. Es wunderte ihn ein wenig, dass sie ihn hierher bestellt hatte, denn der Ort war nicht gerade abgeschieden.

Kriemhild erschien, wie es für eine Prinzessin angemessen war, mit etwas Verspätung. In Gedenken an Gundomar war ihr Kleid von tiefem Blau, und die Haare waren zu einem strengen Zopf geflochten. Sie trat auf den Balkon mit beherrschter Würde und verriet weder Hast noch Furchtsamkeit.

Siegfried wollte ihr nahe sein, sie berühren, und trat auf sie zu. Doch Kriemhild hob die Hand und gebot dem Schmied Einhalt. »Es wäre mir recht, wenn du drei Schritte Abstand halten würdest.«

Siegfried verstand nicht, gehorchte aber. Auf dem Herzen der Prinzessin lagen viele Lasten, darum wartete er geduldig, bis sie die Worte fand.

»Betest du, Siegfried?«

Er schüttelte den Kopf. »Die alten Götter scheren sich wenig um Gebete, solange man ihnen im Leben Ehre macht.«

»Ich habe gebetet«, flüsterte Kriemhild. »In jener Nacht, als du in meinem Gemach warst. Ich habe um ein Zeichen gebetet, ob Etzel der Mann ist, den ich heiraten soll. Ob mein Weg Liebe oder Pflicht ist. Ich habe um die Kraft gebetet, das Richtige zu tun.«

»Es war das Richtige«, verkündete Siegfried bestimmt.

Eine einzelne Träne lief über Kriemhilds Wange, als sie ihn ansah. »Weil ich den Sohn Mundzuks vom Hofe wies, musste mein Vater in Fafnirs Klauen sterben – und mein Bruder! Das Land stöhnt immer noch unter dem Schrecken des Lindwurms, und unsere Nachbarn ringsum betrachten Burgund als leichte Beute. Und du meinst, ich hätte richtig gehandelt? Es war töricht und unbedacht und einer Prinzessin nicht würdig!«

Siegfried war überrascht von ihrem Gefühlsausbruch, der nichts mit dem zu tun hatte, was er erwartet hatte. All die Schwüre und Versprechen, die er sich bereitgelegt hatte – sie waren nun zu schal und dumm, um sie noch auszusprechen. »Kriemhild, du kannst dir nicht die Schuld geben an dem, was geschehen ist ...«

»Ich kann nicht, und der Herr weiß, dass ich es nicht will – aber ich muss. Siegfried, kannst du es denn nicht sehen? *Es soll nicht sein.*«

Ihre Worte taten ihm im Herzen weh. »Ist deine Liebe zu mir ... vergangen?«

Sie drehte sich von ihm weg und legte ihre Hände auf die Balkonbrüstung. »Siegfried, meine Liebe zu dir ist das, was mich am Leben hält. Aber sie ist nicht das, was mein Leben bestimmen kann.«

»Wenn die Liebe dich nicht treibt«, wollte Siegfried nun wissen, »was ist es dann?«

»Meine Pflicht!«, rief die Prinzessin in verzweifelter Wut. »So wenig, wie Gundomar und Giselher den Drachen stellen wollten, so wenig, wie Gunther den Thron wollte – so wenig will ich den Herrscher finden, dessen Hand es mir erlaubt, Burgund seine alte Kraft zurückzugeben. Und doch werde ich es tun – weil die Pflicht über dem Glück steht.«

Siegfried straffte sich, von den Worten getroffen, obwohl sie nicht gegen ihn gerichtet waren. »Und um mir das zu sagen, hast du mich hergebeten?«

Sie drehte sich nun wieder zu ihm. »Nein. Wir gaben uns ein Versprechen in einer leichtsinnigen Nacht. Auch wenn ich meinen Teil nicht aussprach, so war er doch nicht weniger aufrecht. Nun hat das Schicksal aber in Tod und Flamme verkündet, dass unser Versprechen nicht sein darf. Mach dein Herz frei von mir, und ich will das Gleiche versuchen.«

Siegfried brauchte nicht nachzudenken oder die Worte abzuwägen. Er ging auf die Knie. »Ein Versprechen in einer leichtsinnigen Nacht wurde gegeben, das ist wahr. Und heute will ich es erneuern. Ich bin nur Siegfried der Schmied, der seine Eltern nie kannte und dem es verwehrt wurde, gegen Fafnir zu ziehen. Ich habe nichts, dem ich in Ehre gedenken kann, und nichts, für das zu kämpfen sich lohnt. Außer das Herz einer Prinzessin.«

»Mein Herz zählt nicht!«, schrie sie, und die schrillen Töne aus ihrem Mund wirkten seltsam unangebracht. »Und jetzt geh!«

»Ich werde ...«

»*Geh!*«

Zum ersten Mal empfand Siegfried Wut im Beisein Kriemhilds. Er sprang auf die Füße und rannte davon. Er wollte schreien, Bäume mit der Hand ausreißen, die Götter selbst zum Duell fordern!

Die Gänge der Burg wurden zu grauen Schatten, als er sie durcheilte. Nur selten sah er das tanzende Licht von Fackeln wie gelbe Augen in der Dunkelheit. Drei Stufen auf den Treppen nahm er im Sprung, immer wieder die Fäuste gegen die Mauern schlagend, um sich der Wirklichkeit zu versichern. Bald schon tropfte Blut von den Fingern.

Als er den Hof auf dem Weg zur Schmiede überquerte, schaute er nicht zum Balkon zurück. Er wollte Kriemhild nicht schmachtend dort stehen sehen, wollte ihr nicht sanft verzeihen, was sein Herz zu zerschmettern drohte.

Er musste mit Regin sprechen! Er brauchte eine Stimme, die nicht von Pflicht und Respekt sprach, sondern den einfachen Dingen, die einem Mann das Leben ausmachten. Zum ersten Mal seit Wochen dachte Siegfried wieder daran, in Odins Wald zurückzukehren.

Mit seiner Wut schien er heute Nacht nicht allein – schon von weitem hörte er einen heftigen Streit aus der Schmiede. Es waren die Stimmen zweier Männer – eine davon erkannte er als Regins Stimme.

Siegfried fragte sich, ob es angebracht war, zuerst einmal zu lauschen, worum es ging. Doch es war nicht seine Art.

Außerdem wurde der Unbekannte nun noch lauter, noch feindseliger. Es stand zu befürchten, dass der Streit bald in Handgreiflichkeiten ausartete, und da wollte Siegfried seinem Ziehvater beistehen.

Er öffnete die einfache Holztür, als der hagere alte Mann Regin gerade mit der rechten Hand am Kragen packte. »Ein Leben in Lüge, das nennst du Frieden?«

Regin, selber zu aufgebracht, um Siegfrieds Eintreten zu bemerken, bog mit seiner kräftigen Hand die Finger seines Widersachers auf. »Ich habe das Recht seines Blutes gegen sein Leben getauscht. Ja, ich nenne das Frieden! Und es war Lines Wille!«

Nun erst bemerkten die Männer Siegfried, der erstaunt im Licht eines kleinen Feuers stand. Er hatte nicht eingegriffen, weil der alte Krieger kaum einen Gegner für den drahtigen Regin darstellte, zumal ihm der linke Arm fehlte.

»Verzeiht«, stammelte Siegfried, »ich wollte euch nicht stören. Aber es klang, als würde Regin gleich zur Waffe greifen, und da wollte ich ...«

»Ist er das?«, fragte der mit Narben übersäte Fremde und kniff die Augen zusammen, um Siegfried von oben bis unten zu betrachten.

»Siegfried, das ist Laurens«, sagte Regin statt einer Antwort. »Er ist ... er war ein Freund deiner Mutter.«

Damit hatte Siegfried nicht gerechnet, nicht rechnen können. Es war auch nichts, mit dem er sich im Moment zu beschäftigen gedachte, da Kriemhild ihn so brüsk zurückgewiesen hatte. Er wusste nicht, wie viel Respekt und Freude er Laurens entgegenzubringen hatte, daher nickte er nur.

»Ein Freund meiner Mutter – das ist eine gute Nachricht. Ich weiß nur wenig über sie. Regin hat mir an langen Winterabenden von ihrem einfachen Leben erzählt.«

Laurens sah Regin von der Seite an, als wolle er den Schmied erwürgen. »Von ihrem *einfachen* Leben?«

Regin wirkte betroffen, fast ertappt. Siegfried kannte diese Unsicherheit bei seinem Ziehvater nicht. »Stimmt etwas nicht?«

»Du wirst es ihm sagen«, knurrte Laurens. »Die Wahrheit muss ans Tageslicht.«

»Es ist leicht für dich, von Wahrheit zu sprechen«, sagte Regin. »Deine Wahrheit war immer einfach – die Wahrheit des Kriegers auf der Suche nach dem Krieg.«

»Dann werde ich tun, was du versäumt hast.« In der Stimme des alten Soldaten lag eine unverhohlene Drohung.

Regin drehte sich zu seinem Ziehsohn. »Siegfried, lass uns eine Weile allein. Ich will dir nicht verschweigen, dass es dich betrifft, aber bitte überlasse mir die Handhabe.«

Siegfried nickte verunsichert und verließ die Schmiede. Regin wartete noch einen Moment, bis er sicher war, dass der junge Mann nicht mehr in Hörweite war.

»Wie kannst du es wagen, mich zu schelten?«, bellte er Laurens an. »Achtzehn friedliche und ruhige Jahre hat der Junge unter meinem Dach erlebt! Mit deiner Wahrheit wäre er schon, bevor die Manneshaare sprossen, in das Schwert eines dänischen Schergen gelaufen!«

»Auf den Frieden im feigen Versteck kann der Erbe von Xanten verzichten!«, entgegnete Laurens. »Nur wenn er die eigene Größe erkennt, wird sich sein Schicksal erfüllen – der Königssohn wird sein Reich von den Dänen zurückerobern!«

»Dein Gerede wird niemandem nützen, wenn du an Siegfrieds Leichnam trauerst«, sagte Regin. »Du hast deinen König und deine Königin verloren – ist es Hjalmars Blutdurst oder deiner, der Siegfrieds Opfer verlangt?«

Statt einer Antwort griff Laurens in einen Beutel, der neben ihm auf dem Boden lag. Er zog etwas heraus, das in schmutziges Leder gewickelt war, und warf das Gebinde Regin vor die Füße. »Wenigstens war es noch dort, wo wir vereinbart hatten. Als ich es fand, war mir klar, dass du Siegfried um sein Erbe betrogen hast.«

»Und du hast meine Spur bis nach Burgund verfolgt?«, fragte Regin spöttisch.

Laurens schüttelte den Kopf. »Ein glücklicher Zufall, von den Göttern eingefädelt. Einige von Siegmunds einstigen Heerführern hatten mich nach Worms geschickt, um Gundomar um Hilfe für einen Aufstand gegen Hjalmar zu bitten.«

»Gundomar ist dem Drachen zum Opfer gefallen, ebenso sein Sohn Giselher«, berichtete Regin.

Laurens nickte. »Davon hörte ich bereits. Dann wird mir König Gunther sein Ohr schenken müssen.«

»Der Zeitpunkt ist schlecht gewählt«, warnte Regin. »Noch ist Gunther nicht König, und weder Volk noch Heer weiß er bedingungslos hinter sich. Hinzu kommt der Drache, dessen Vernichtung alle notwendige Politik überschattet. Du wärst besser beraten, dich um einen Pakt mit Mundzuk zu bemühen.«

Beide Männer schienen sich nun wieder etwas zu beruhigen, und die gemeinsame Vergangenheit kühlte ihre Köpfe. Laurens wählte seine nächsten Worte mit Bedacht. »Das täte ich – wenn es Mundzuks Reich wäre, dem der Überfall bevorstünde.«

Trotz ihres Zwists hatte Regin keinen Grund, an Laurens' Aufrichtigkeit zu zweifeln. »Hjalmar beabsichtigt, Burgund zu unterwerfen? Ist das sicher?«

»So sicher wie alles, was Kundschafter für Gold verraten«, schränkte Laurens ein. »Auch Hjalmar ist nicht verborgen geblieben, dass Burgund schwach und verwundbar ist. Ihn treibt die Hoffnung, durch den Sieg in der Fremde die Unruhe im Innern zu bannen. Auch fast zwanzig Jahre nach seinem Sieg über Xanten ist es ihm nicht gelungen, das Reich unter seiner Flagge zu einen.«

»Die Niederländer beugen sich nur einem der Ihren«, sagte Regin nicht ohne Respekt vor den Menschen, denen er einst gedient hatte.

»Einem der Ihren«, bestätigte Laurens. »Und wir wissen beide, wer es sein muss.«

Regin sah ein, dass sein Versteckspiel mit Siegfrieds Herkunft dem Ende entgegensah. Er hatte es gespielt, solange es ging. »Er ist nicht bereit.«

»Wenn er der Sohn seines Vaters ist, dann ist er bereit«, widersprach Laurens. »Es muss ihm nur klar werden.«

Siegfried stand auf dem Wehrgang der Burg, den Blick auf den Wald gerichtet, in dem Fafnir hauste. Es war still dort, als ruhe sich das Untier zufrieden von seinen Mordtaten aus.

Der junge Schmied war verdrossen, wütend und zugleich maßlos enttäuscht. Er hatte Kriemhilds Liebe ebenso verloren wie Regins Vertrauen. Dinge geschahen, die ihn betrafen – ohne dass er auch nur den geringsten Einfluss auf sie nehmen konnte. Der einfache Bauer konnte mehr über sein eigenes Los bestimmen als er.

Er hörte Schritte, und im Dunkel der Nacht erkannte er Regins gedrungene Gestalt, der sich zu ihm gesellte. »Ich dachte mir, dass ich dich hier finden würde.«

»Warum?«, fragte Siegfried mürrisch. »Weil hier der Platz für Hunde ist, die man aus dem Haus gejagt hat?«

Statt darauf einzugehen, deutete Regin zum Wald. »Den Blick in Richtung Abenteuer.«

»Zu dumm nur, dass das Abenteuer niemals in meine Richtung schaut«, murmelte Siegfried.

Regin ließ den Kopf hängen, als habe er auf eine andere Antwort gehofft. Dann hielt er Siegfried ein verdrecktes Bündel hin. »Dein Abenteuer ist dein Leben, Siegfried. Vielleicht hat Laurens Recht – vielleicht habe ich dein Leben vor dir verborgen.«

Siegfried nahm das schwere Bündel, dessen Leder hart und rissig war. »Was ist das?«

Regin legte ihm die Hand auf die Schulter. »Es ist die Entscheidung, die ich bis heute für dich getroffen habe. Überlege es dir gut – wenn du den Knoten löst, wird der Morgen einen anderen Siegfried finden.«

An jedem anderen Tag, in jeder anderen Nacht hätte Siegfried lachend verzichtet. Er liebte sein Leben, und auch wenn er manchmal Sehnsucht spürte, war er sich doch bewusst, wie gut es ihm immer ergangen war.

Doch er dachte an Kriemhild, den Drachen, das Schicksal von Burgund – so viele Fragen, auf die er keine Antworten wusste. Er wog das schwere Bündel in der Hand, als würde es seine Entscheidung erleichtern. »Würde ich damit leben können, verzichtet zu haben?«

Es tat Regin gut, nicht mehr lügen zu müssen. »Nein. Wenn Laurens' Ankunft mir eines gezeigt hat, dann dies – das Schicksal ruft deinen Namen.«

Siegfried legte das Bündel auf die Wehrmauer und zog an den Riemen, die das alte Leder zusammenhielten. Der Knoten öffnete sich, und das steife Material blieb in seiner Form, als wollte es sich gegen die Preisgabe seines Geheimnisses wehren. Mit beiden Händen zerrte der junge Schmied das Leder auseinander, wobei es knirschte und brach.

Im Licht des Mondes war schwer zu erkennen, was zum

Vorschein kam. Es war Metall. Eisen vielleicht. Zwei Stücke. Fein geschmiedet, glatt wie das Wasser in einem Kelch.

Er sah Regin verwirrt an, während seine Hände über die seltsam warmen Teile strichen. »Ein zerbrochenes Schwert?«

Regins Lächeln war gequält, als er antwortete. »Wenn es nur ein Schwert wäre – ich hätte keinen Grund gehabt, es dir zu verweigern. Aber es ist so viel mehr als eine Waffe. Es ist Nothung. Dein Erbrecht. Ein Schwert wie kein anderes. Das Schwert eines Königs.«

»Aber was hat das mit mir zu tun? Was soll ich damit anfangen?«

Regin legte Siegfried den Arm um die Schulter, wie er es lange nicht mehr getan hatte. »Du wirst es bald verstehen.«

Zuerst hatte Gernot geglaubt, es sei ein Pferd, dessen Hufe über das Pflaster im Hof klapperten. Aber der Ton war zu gleichmäßig, zu hart, und zu – laut?

Nach einigen vergeblichen Versuchen, trotz des Lärms weiterzuschlafen, setzte er sich verwirrt auf. Es war ein Hämmern, stetig und entschlossen. Metall auf Metall.

Gernot stand auf und ging zum Fenster. Von hier, ungedämpft durch schwere Burgmauern, konnte er es noch deutlicher hören. Und er sah das Licht aus der kleinen Schmiede kommen. Wie spät war es? Oder – wie früh? Sicher keine Stunde, in der das Schmiedefeuer geschürt und der Hammer geschwungen werden musste.

Unschlüssig stand er da, da er nicht wusste, was er tun sollte. In anderen Fenstern sah er ebenfalls Schatten. Gernot entschied sich, selber nachzusehen, was vor sich ging. Er warf sich einen Umhang über und trat in den Gang hinaus.

Er wäre fast mit Kriemhild zusammengestoßen, die im nur dürftig beleuchteten Korridor ihren Weg suchte.

»Kannst du mir erzählen, was dieser verrückte Schmied da unten treibt?«

Gernot zuckte mit den Schultern. »Er schmiedet, wenn ich das Geräusch zu deuten vermag. Für einen Schmied mag es verrücktere Dinge geben, die er tun kann.«

»Aber es ist die Stunde des Wolfes, in der außer der Nachtwache niemand in der Burg arbeiten muss – oder sollte!«

»Vor allem, da in zwei Tagen die Krönung Gunthers bevorsteht. Es wird dem Volk nicht gefallen, wenn der Hofstaat bei den Feierlichkeiten mehr mit dem Schlaf als mit der Begeisterung kämpft«, grinste Gernot. »Ich werde nachsehen.«

»Dann werde ich wieder in mein Gemach gehen und mir die Kissen gegen die Ohren pressen«, flüsterte Kriemhild, die bei jedem der Hammerschläge zusammenzuckte.

Sie machte sich auf den Weg, drehte sich jedoch noch einmal um. »Gernot?«

Ihr Bruder wollte sie ansehen, aber die Dunkelheit des Gangs hatte sie fast vollständig verschluckt. »Ja?«

»Ich wäre dir dankbar, wenn du mir berichten würdest, was in der Schmiede vor sich geht.«

Gernot nickte. Das Interesse seiner Schwester an dem jungen Schmied war ihm nicht entgangen, und hätte er an ihrem Pflichtbewusstsein gezweifelt – er hätte vermutet, dass sie Etzel seinetwegen abgewiesen hatte.

Als der junge Prinz auf den Hof trat, hatten sich schon mehrere Bedienstete und Soldaten dort eingefunden. Es wurde geflüstert, und so manche übermüdete Stimme verwünschte den lärmenden Schmied. Unter den Menschen entdeckte Gernot auch Regin, der in einer Ecke stand. Sein Gesicht verriet weniger Verwunderung als Sorge. Es war also eindeutig Siegfried, der wie um sein Leben den Hammer schwang.

Es hatte sich niemand in die Schmiede getraut, und so war Gernot der Erste, der die Tür öffnete. Das Knallen von Metall auf Metall war hier fast unerträglich und die Kohlen in der Esse so heiß, dass eine kleine Sonne im steinernen Trog zu brennen schien.

Im Schein der flirrenden Hitze schien Siegfrieds Gestalt fast wie ein Dämon, der mit der Peitsche auf hilflose Seelen eindrosch. Sein Oberkörper war nackt, nur von Schweiß und Asche bedeckt. Die Muskeln seiner Arme spannten sich im Trommelschlag des Hammers, und seine Augen spiegelten die seltsam blauen Funken wider, die von der Klinge auf dem Amboss sprühten. Das Metall wollte sich dem Schmied schreiend widersetzen, doch Siegfried schmiedete das Eisen nicht – er unterwarf es.

Es war wie eine heilige Aufgabe, und Gernot fühlte sich wie ein Ketzer, sie zu stören. »Siegfried?«

Obwohl er unmittelbar hinter dem muskulösen Schmied stand, musste er den Namen noch zweimal wiederholen, bevor dieser innehielt.

Siegfried atmete schwer, als er sich umdrehte. Er kniff die Augen zusammen, als Schweiß brennend in seine Augen lief. Einige Funken verglühten auf seiner Haut, ohne dass es ihm etwas ausmachte. »Prinz Gernot. Was treibt Euch her?«

Es war dem Prinzen unverständlich, wie Siegfried auch nur auf die Frage kam. »Es ist der Lärm, Siegfried – gepaart mit einer Zeit, die weder früh noch spät zu nennen ist, weil sie gewöhnlich nur für Eulen und anderes Nachtgetier von Bedeutung sein dürfte. Du hast die halbe Burg um den Schlaf gebracht!«

Siegfried schien wie aus einem Traum zu erwachen, noch steif und ohne einen klaren Gedanken. »Oh.«

Gernot lächelte milde. »Was immer du schmiedest – es

wird bis morgen warten müssen. Du weißt, dass die Krönung meines Bruders vorbereitet werden muss.«

Siegfried nickte entschieden und legte den Hammer beiseite. »Verzeiht mir – die Freude über eine frohe Botschaft hat mich die Welt vergessen lassen.«

»Welche frohe Botschaft?«, wollte Gernot wissen, der bereit war, die Begeisterung des Schmieds zu teilen.

Statt einer Antwort wickelte Siegfried sein Werkzeug in Leder ein und füllte etwas Glut in ein Kohlebecken.

»Was hast du vor?«, fragte Gernot verwirrt.

Siegfried packte sein Zeug unter die Arme und sah den Prinzen geradeheraus an. »Ich gehe in den Wald – weit genug fort, um niemanden zu stören.«

Die Antwort war so unglaublich, dass Gernot erst zu einer Erwiderung kam, als Siegfried schon fast aus der Tür war. »Du willst in den Wald – um zu schmieden? Es ist mitten in der Nacht! Und was ... was ist, wenn deine Arbeit den Drachen weckt?«

Der junge Schmied lächelte milde, aber ohne den Anflug der Überheblichkeit. »Mein Prinz, das Geräusch meines Hammers wird Fafnir vor Angst in seine Höhle treiben. Er und ich – wir wissen, was bevorsteht.«

Es war der Moment, in dem sich Siegfried entschied, Gernot zu vertrauen. »Wärt Ihr bereit, Eurer Schwester etwas von mir auszurichten?«

Gernot verkniff sich die Bemerkung, dass Kriemhild am Schicksal des Schmieds ebenso interessiert schien, wie es umgekehrt der Fall war. »Ich habe wenig Erfahrung als Kurier, doch ich will mein Bestes tun.«

»Einen Helden und König braucht sie, so hat sie mir anvertraut«, erklärte Siegfried entschlossen. »Wenn die Götter es wollen, wird sie auf beides nicht mehr lange warten müssen.«

Es fiel Regin nicht schwer, seinen Ziehsohn im Morgengrauen zu finden, obwohl der frühe Nebel wie ein heller durchsichtiger Ozean über das Land waberte. Er ging einfach dem Geräusch nach.

Es hatte ihn weniger verwundert als die anderen Burgbewohner, dass Siegfried mit solchem Eifer den Hammer schwang. Die Ketten, die den Jungen banden, waren zerbrochen. Das Schicksal, das so lange auf ihn gewartet hatte, rief nun ungeduldig seinen Namen.

Er fand Siegfried an einem kleinen Bach, wo er auf einem Findling das Schwert seiner Vorväter zu schmieden versuchte. Ein heiliges Bild, wie der hehre junge Schmied im diffusen Licht des Morgens stand, den Hammer hoch erhoben.

Er machte seine Arbeit gut – Nothungs Klinge war ohne sichtbare Naht, als wäre sie niemals zerbrochen gewesen.

»Nothung kann nicht gegen seinen Willen geschmiedet werden«, sagte Regin zur Begrüßung. »Gehe behutsam damit um, und wenn es dich als seinen Herrn erkennt, dann folge seinem Gesang, um es zu formen.«

Siegfried nickte dankbar und schlug auf die Stelle ein, an der er die beiden Teile wieder verbunden hatte. Neben dem lauten Knallen von Metall auf Metall war ein hoher Ton zu hören, wie die Saite eines Instruments.

»Halte den Ton«, befahl Regin.

Siegfried schlug erneut zu, bevor der Klang verebbte. Danach wieder. So gleichmäßig, dass der Ton beständig wurde und seine Farbe hielt. Zufrieden beobachtete Regin, wie geschickt sein Ziehsohn Nothung bearbeitete. Immer wieder drehte er das Schwert, um beide Seiten gleichmäßig zu schmieden.

Mit einem Mal hielt Siegfried inne. Sein Hammer fiel zu

Boden, und er packte den Griff des Schwerts. Er wollte es in den Bach tauchen, aber die Klinge vibrierte so stark, dass es ihn Mühe kostete, sie überhaupt festzuhalten. Sie flirrte, wurde unscharf, und der Ton peitschte sich in Höhen, in denen er für das menschliche Ohr unhörbar wurde.

Siegfried umklammerte nun mit beiden Händen Nothung, als müsse dem Schwert sein neu gewonnenes Leben geknechtet werden. Die Muskeln an den Oberarmen des Schmieds wölbten sich zitternd, und seine Beine suchten festen Halt auf dem Boden. »Es kämpft, Regin! Es kämpft!«

Es war keine Angst in Siegfrieds Stimme – nur ehrliche Verwunderung.

»Es sucht den Herrn!«, rief Regin. »Zeig ihm den Herrn!«

Siegfried presste die Zähne aufeinander. Die Vibrationen der Klinge übertrugen sich auf seine Arme, seinen Oberkörper, seinen Schädel. Vor seinen Augen begann alles zu verschwimmen, und es dröhnte in seinen Ohren. Seine Schläfen pochten, und sein Herz raste.

»Ich ... bin ...«, begann er mühsam zu sprechen.

Das Schwert riss ihn fort, und er stolperte fast, als es ihn in einem Bogen über den Waldboden zog. Es brauchte all seine Kraft, um wieder Tritt zu fassen. Den linken Fuß drückte er tief in den weichen Waldboden, den rechten gegen einen Findling.

Nun riss Nothung seine Arme nach hinten, um diese an den Schultern aus ihrem Gelenk zu drehen. Doch Siegfried reagierte schnell, ließ links los, wirbelte nach rechts herum und packte wieder zu.

»Ich ... bin ... Siegfried!«, schrie er. »Siegfried von Xanten!« Das Schwert zog, zerrte, warf sich hin und her.

»Geh mit ihm!«, rief Regin. »Nutze seinen Drang!«

Siegfried stand nun auf den Zehenspitzen, als Nothung ihn in Richtung Himmel zog. Plötzlich ruckte das Schwert zu Boden, und er ging in die Knie.

Schweiß lief ihm in Strömen über den Körper, und sein Gesicht war verkniffen. Er knurrte wie ein Tier. Das Schwert drängte nun nach links zum Bach. Siegfried änderte die Taktik und ließ seine Muskeln locker. Mit zwei schnellen Schritten folgte er der Bewegung, nicht kämpfend, sondern führend. Ohne den Widerstand seines Meisters lief Nothungs Kraft ins Leere, und als es seinen Schwung verlor, zog Siegfried es in einem weiten Kreis an sich. Wieder bockte das Schwert, einem ungezähmten Gaul gleich, und Siegfried ließ den Trieb auslaufen.

Er leitete Nothungs Schwünge in weichen Linien, der Kraft nur die Bestimmung gebend. Aus dem Zweikampf wurde ein Tanz, ein Spiel der Bewegungen in fließender Form. Die Kräfte von Mann und Schwert gingen ineinander auf.

Elegant drehte sich Siegfried im Kreis, führte Nothung hoch über seinen Kopf – und stieß es dann mit einem mächtigen Schrei in den Findling, auf dem er das Schwert geschmiedet hatte. Zitternd ragte die Klinge halb aus dem Stein und kam schließlich zur Ruhe.

Erschöpft fiel Siegfried vor dem Findling auf die Knie, als wollte er ihn anbeten. Seine Stimme war wenig mehr als ein Japsen. »Du ... bist ... mein. Ich ... bin ... Siegfried!«

Regin hatte sich das ganze Schauspiel schweigend angesehen. Erst jetzt wurde ihm klar, wie sehr er Siegfried all die Jahre betrogen hatte. Siegfried war kein Schmied, war nie einer gewesen. Er hatte das Herz eines Kriegers und das Blut eines Königs. Es war gleich, ob ein Drache, ein Heer oder die Götter gegen ihn standen. Seinem Schicksal hatte er sich zu stellen.

Erschöpft, aber über die Maßen glücklich sah Siegfried seinen Ziehvater an. »Es ist wild. Und es will kämpfen.«

»Die Gelegenheit wird sich bieten«, versprach Regin. »Nothung ruht nicht, bevor sein Gebieter siegreich ist – oder die Gunst der Götter verloren hat.«

»Ist es das, was mit meinem Vater geschehen ist?«, fragte Siegfried.

Regin hob die Schultern. »Ich weiß es nicht – die Götter sind launisch, und was ihnen heute zusagt, mag sie morgen verstimmen. Der Preis für die Macht ist die Willkür.«

Es war noch früh am Vormittag, und Gunther hasste den Trubel, den die Ankündigung seiner Krönung ausgelöst hatte. Am Hofe wurden Säle geschmückt, Köche schafften von überall Fleisch, Geflügel und Gemüse herbei, und den ganzen Tag roch es nach frischem Brot, das für diesen Anlass gebacken wurde.

»Ihr solltet den Feierlichkeiten etwas gelassener entgegensehen«, mahnte Hagen, wie immer neben dem Thron stehend. »Immerhin werdet Ihr König von Burgund sein.«

Gunther studierte missmutig ein paar Pläne. »Mir ist nicht nach Tanz und Festschmaus zu Mute.«

»Der Pöbel will saufen und die Beine schwingen«, hielt Hagen dagegen. »Es kann in diesen Zeiten nicht genügend Gründe geben, das gemeine Volk bei Laune zu halten.«

Die Wache an der Tür zum Saal schlug ihre Lanze gegen das Holz, um einen Besucher anzukündigen.

Es war ein alter Mann, der eintrat, sichtlich in vielen Schlachten gezeichnet, der linke Arm war nur noch ein Stumpf. Doch sein Blick war stolz und ungebrochen.

»Es ist Laurens, der ehemalige Heerführer von Xanten«, murmelte Hagen. »Behandelt ihn mit Respekt, doch hütet Euch vor überstürzten Bündnissen. Sein Anliegen mag ehrenwert sein, doch die Rache Hjalmars, die in seinem Schatten reist, darf nicht auf Burgund fallen.«

Gunther nickte grimmig. Seine Kundschafter hatten ihm bereits von hektischer Betriebsamkeit im Heer des Dänenkönigs berichtet. Zwar hatte Hjalmar Xanten niemals endgültig seinem Reich einverleiben können, und die störrische Provinz band viele seiner Kräfte, aber ohne eine Allianz Burgunds mit den Franken oder den Hunnen war an eine offene Konfrontation nicht zu denken.

Aus Rom war keine Hilfe zu erwarten. Zwar hatte das einstmals mächtige Imperium das Herrscherhaus von Burgund eingesetzt, doch die Macht der Besatzer schwand zusehends. Es brauchte keinen Hellseher, um die endgültige Vertreibung der Legionen bis an die Alpen vorauszusagen.

»Laurens«, sagte Gunther freundlich, aber unverbindlich. »Ich höre, Ihr wart ein getreuer Diener von Siegmund. Mein Vater erzählte mir oft von den mutigen Taten des Königs von Xanten.«

Laurens nickte ergeben. »Prinz Gunther, es ist eine Ehre, von Euch empfangen zu werden. Xanten ist auch der Grund, der meine Reise in das schöne Rheintal führte.«

»Wie man hört, sind viele Aufrührer Hjalmar wie Zecken am Leib, an denen er sich blutig kratzt.«

»Ihr seid gut im Bilde, Hoheit«, sagte Laurens. »Die Niederländer widerstehen der Willkürherrschaft der Dänen, soweit sie es ohne Gefahr für Leib und Leben können. Weder Steuern noch Ernten fallen so aus, wie der Schurkenkönig es sich wünscht. Aber unter der Knute der Besatzer stirbt der Wille nach bald zwanzig Jahren. Zu viel Blut hat den Boden Xantens getränkt, zu viele Kinder sind Hungers gestorben. Wenn Hjalmar das Land nicht knechten kann, wird er jegliche Menschenseele daraus vertreiben.«

»Was können wir tun?« Gunthers Frage war aufrichtig gemeint, auch weil er wusste, dass Laurens ihm keine Antwort würde geben können.

Der alte, vom Leben gezeichnete Mann war sichtlich erstaunt. »Ich komme nicht, um Hilfe zu erbitten. Ich weiß um die Sorgen, die Burgund belasten. Ich bin gekommen, um Burgund vor dem Schicksal Xantens zu bewahren!«

Gunther und Hagen sahen sich an.

»Wovon sprichst du?«, bellte Hagen schließlich. »Burgunder und Dänen mögen keine Freunde sein, aber Hjalmar wird sich hüten, einen Fuß über unsere Grenzen zu setzen.«

Laurens sank auf die Knie, darauf hoffend, durch Demut mehr Gehör zu finden. »Hjalmar weiß um die Not Eures Reiches. Eine schlechte Ernte, ein schwaches Heer, ein neuer König. Und es ist zu befürchten, dass Mundzuk Euch nicht zur Seite steht.«

»Ich werde Hjalmar wissen lassen, dass es ein Fehler wäre, die Wehrhaftigkeit der Burgunder zu unterschätzen«, knurrte Gunther. »Die Verluste wären auf beiden Seiten groß. Seid Ihr sicher, dass er bereit ist, so weit zu gehen?«

»Er wird es sein, wenn er erfährt, wem Ihr am Hofe Unterschlupf gewährt«, prophezeite Laurens, und mit einem Mal klang seine Stimme weder bittend noch brüchig. Sie war herausfordernd und mit einem gefährlichen Unterton.

Nicht ohne Stolz bat Siegfried die Wachen am Burgtor um Einlass. Er hatte Nothung in Leder gewickelt und unter den Arm geklemmt, um kein Aufsehen zu erregen. Dafür würde später noch Zeit sein – wenn der Schmied Siegfried als der Held Siegfried gefeiert würde.

Er hoffte, dass Gunther Zeit haben würde, trotz der Krönungsvorbereitungen mit ihm zu sprechen. Der Segen des künftigen Regenten von Burgund war ihm wichtig. Regin hatte Siegfried geraten, vor dem Kampf mit Fafnir den Preis für den Sieg zu verhandeln. Es war davon auszugehen, dass Gunther – angesichts der Gefahr und der mangelnden Zuversicht in den jungen Schmied – leichtfertig viel mehr Lohn versprechen würde als nach der ruhmreichen Rückkehr, wenn das Versprechen schon Verpflichtung war.

Siegfried hatte sich das wohl überlegt, als ihn, kaum dass er den Fuß über die Schwelle zum Hofe gesetzt hatte, zwei Wachen bei den Armen packten und zwei weitere ihre Speerspitzen auf sein Herz richteten. Das Werkzeug und Nothung fielen zu Boden. Regin nahm sie auf, von den Soldaten unbelästigt.

»Was soll das?«, rief er empört.

»Gunther wünscht den Schmied zu sprechen«, knurrte einer der Soldaten.

»Nicht weniger ist mein Begehr!«, protestierte Siegfried. »Für zwei, die das Gleiche wollen, sollte kein blankes Eisen notwendig sein.«

Regin hielt sich zurück. Es war besser, erst einmal abzuwarten, was den künftigen König zu diesem brüsken Vorgehen veranlasst hatte.

Siegfried wurde zur großen Halle geführt. Männer wie Frauen des Hofstaats schauten verstohlen, als der junge Schmied wie ein gemeiner Dieb vorgeführt wurde. Er konnte nur hoffen, dass Kriemhild dieser Schmach nicht zusah.

Die Soldaten schoben ihn in die Halle, blieben aber davor stehen, als das Portal sich schloss.

Kaum hatten sich Siegfrieds Augen an das durch wenige Fenster erhellte Zwielicht gewöhnt, erkannte er, dass nur Hagen und Gunther anwesend waren. Die Augen des königlichen Ratgebers verrieten Hass in ungewohnter Offenheit, während der Mann, der ab morgen König sein sollte, eher aus Enttäuschung grimmig schien.

»Ich hatte gehofft, du würdest Zerstreuung bringen angesichts der Leiden, die Burgund widerfahren«, begann Gunther. »Kriemhilds ungezogenes Gebaren, Fafnirs grausames Gericht – und nun sollst ausgerechnet du es sein, der dieses Reich in einen vernichtenden Krieg zieht?«

Die Frage stach in Siegfrieds Kopf wie die geschliffene Klinge eines Dolches. Sich keiner Schuld bewusst, fehlten Siegfried die Worte. »Gunther, niemals würde ich ...«

»Nenne deinen Namen, Blender!«, schrie Hagen wütend, und seine zitternde Hand sehnte das Heft eines Schwerts herbei.

Siegfried spürte eine dunkle Ahnung in sich aufsteigen. »So, wie ich ihn immer trug, so ist er auch heute noch – Siegfried!«

Es war Gunther, der sich nun vorbeugte. »Siegfried – der Schmied aus Odins Wald?«

Siegfried hatte gehofft, die freudige Neuigkeit zu einem wohl gewählten Zeitpunkt zu verkünden, doch jetzt kam eine Lüge nicht in Frage. »Siegfried, aufgewachsen als Schmied in Odins Wald, mit dem Blut der Xantener Könige in den Adern!« Es kam trotzig über seine Lippen, als würde die Wahrheit jede Anklage zerschmettern.

Hagen drehte sich um und stapfte ein paar Schritte in das

Dunkel des Saals, um die Grimasse aus Wut und Sorge nicht zu zeigen, die sein Gesicht verzerrte.

Gunther rieb sich müde über die Augen. »Dann ist es also wahr – du bist Siegfried, Sohn von Siegmund und Sieglinde, rechtmäßiger Erbe von Xanten?«

»Ich schwöre es bei Eurem Gott wie bei meinen Göttern«, sagte Siegfried.

Hagen trat nun wieder an den Thron. »Lasst mich sein Leben nehmen, Gunther, und seinen Kopf in einem Weidenkorb zu Hjalmar tragen. Dann, nur dann mag sich das Schicksal noch wenden lassen!«

Gunther winkte ab, aber die Sorge verdüsterte seinen Blick. »Siegfried, ist dir bewusst, dass du Burgund – das geschwächte, von Freunden nicht umgebene Burgund! – durch deine Anwesenheit zum begehrten Preis für Hjalmar von Dänemark gemacht hast? Es muss dir klar sein – wie kann es dir *nicht* klar sein?«

Siegfried, dessen Gedanken niemals bis zu fremden Höfen gereicht hatten, seit Regin ihm den Ursprung seines Blutes verraten hatte, ging hastig auf die Knie, um seine Unterwerfung zu bezeugen. »Gunther, wenn Ihr es in Eurem Herzen findet, meinem Wort Glauben zu schenken, dann in diesem Augenblick – das Wissen um meine Herkunft hat noch keine zwei Sonnenaufgänge erlebt. Als ich an Euren Hof kam, war ich Siegfried der Schmied, nicht mehr.«

»Selbst wenn wir es ihm glauben könnten«, murmelte Hagen seinem Herrscher ins Ohr, »so würde es die Lage nicht ändern. Auch wenn wir ihn des Reiches verweisen, wird Hjalmar uns der Komplizenschaft bezichtigen.«

Gunther missfiel es, dass ihm die Hände gebunden waren. »Es scheint mir ... unpassend, einen Schmied von gutem Herzen der Klinge zu opfern, um einen blutrünstigen Unhold zu besänftigen.«

Siegfried erhob sich nun wieder. »Was wäre, wenn ich Euch einen Handel böte – einen Handel, dessen Ergebnis nur Euer Gewinn sein kann?«

»Seine Taschen sind leer, Gunther«, zischte Hagen, »und sein Wort ist nichts wert.«

Gunther sah seinen Ratgeber streng an. »Ich mag nicht König sein – aber doch Herr meiner Gedanken. Er soll sprechen.«

Siegfried trat einen Schritt auf den Thron zu. »Was Burgund schwächt, ist das Untier Fafnir, denn es lähmt den Mut des Volkes, vom Bauern bis zum Soldaten. Ich biete Euch das Ende seiner schrecklichen Herrschaft – als Geschenk zu Eurer Krönung!«

Hagen lachte böse, und Gunther quälten sichtlich die Erinnerungen an das eigene Versagen. »Große Wort für einen jungen Mann, der mir gestanden hat, kein Schwert führen zu können. Was lässt dich glauben, du könntest siegen, wo mein Vater und mein Bruder gescheitert sind?«

Siegfried holte tief Luft. »Ist es nicht gleich? Sollte der Lindwurm mein Leben nehmen, könnt Ihr Hjalmar meinen Kopf zum Geschenk machen. Seine Begehrlichkeit an Burgund würde schwinden. Sollte ich aber siegen, würden Stärke und Ruhm Eures Reiches gemehrt, sodass Hjalmar kaum den Angriff wagen würde.«

Gunther sah Hagen überrascht an. »Es klingt vernünftig.«

»Es klingt wie der Versuch, sich aus der Burg zu stehlen, bevor mein Schwert ihn niederstreckt«, entgegnete Hagen, der verächtlich auf den Boden spuckte.

Siegfried warf alles in die Waagschale, was er besaß. »Mein Ziehvater Regin wird am Hofe bleiben. Ihr wisst, wie sehr mir an seinem Wohl gelegen ist. Ich würde es nicht durch Flucht leichtfertig aufs Spiel setzen. Und außerdem erwarte ich vom König die Erfüllung einer Bitte, wenn ich das Land vom Joch des Drachen befreit habe!«

Hagen setzte zu einer scharfen Erwiderung an, aber Gunther gebot ihm Einhalt. »Solltest du Fafnir besiegen, werde ich dir einen Wunsch gewähren – so es in meiner Macht steht.«

Siegfried lächelte. »Ihr werdet König sein, wenn ich mit der guten Nachricht zurückkehre – die Macht ist Euch gegeben.«

Gunther hatte sich zu einer Entscheidung durchgerungen. »Du hast dich hier am Hofe vorbildlich verhalten, und deinen Mut kann ich nicht in Frage stellen. Niemand soll sagen, Gunther wisse gute Dienste nicht zu schätzen.«

Hagen gelang es nur schwer, seinen Missmut zu verbergen, und zwischen gepressten Lippen fügte er den Worten Gunthers hinzu: »Sollten die Krönungsfeierlichkeiten zu Ende gehen, ohne dass du wieder den Fuß in diese Burg setzt, wird Regins Tod nur der erste sein, den du zu verantworten hast.«

Siegfried nickte ernst und verbeugte sich. »Ich verspreche Euch – mein Ziehvater wird heute Nacht beruhigt schlafen können in der Gewissheit, dass ich weder ihn noch Euch enttäusche. Bis dahin sollte das Geheimnis meiner Herkunft jedoch genau das bleiben – ein Geheimnis.«

Gunther nickte. Siegfried drehte sich um und verließ mit schnellen Schritten den Saal.

»Er ist aufrecht und hat das Herz eines Kriegers«, murmelte Gunther nach einer Weile. »Es wäre eine Schande, schon jetzt sein Grab bereiten zu müssen.«

»Es ist nicht seine Gesinnung, die ich fürchte«, sagte Hagen. »Es ist sein Blut. Es macht ihn, wenn nicht zum Feind, dann doch zur Gefahr.«

»Aber dennoch gereicht uns sein Angebot zum Vorteil«, hielt Gunther dagegen.

Sein Ratgeber schnaufte verärgert. »Eine törichte Idee, in Hochmut geboren. Aber wenn er Fafnir, durch die Launen des Schicksals begünstigt, tatsächlich besiegt – nun, von unseren sechs Ohren müssen nur vier taub gewesen sein, um Eurer Versprechen nichtig werden zu lassen.«

Gunther überraschte die Kaltschnäuzigkeit, mit der Hagen ein gegebenes Wort brechen wollte. »Hagen von Tronje, ich habe nicht vor, einem siegreichen Krieger den Lohn seiner Tat zu verwehren. Zumal ich sehr gut weiß, was Siegfried will. Wenn wir ihm seinen Wunsch erfüllen, hätten wir eine Sorge weniger.«

Es verdross Hagen, dass sein künftiger König diesmal besser informiert schien als er selbst. »Solange es nicht Hjalmars Kopf ist.«

»Einen Kopf will er«, murmelte Gunther, »und alles, was an diesem Kopfe hängt. Ich müsste mich schwer täuschen, wenn Kriemhild sich dem widersetzen würde.«

Hagen sah seinen Herrn überrascht an. »Die Hand der Prinzessin? Ihr wisst schon, dass Ihr diesem Wunsch nicht entsprechen könnt?«

Gunther lächelte milde. »Warum nicht? Siegfried mag nicht König von Xanten sein – noch nicht. Aber wenn er als Bezwinger des Drachen an den Hof zurückkehrt, wird auch sein Prinzenblut den Anforderungen Genüge tun.«

Hagen genoss es, wieder die Oberhand zu haben. »Sein Blut ist dabei nicht von Belang. Die Gesetze erlauben keinen Spielraum in dieser Sache – der König muss vor dem Thronfolger heiraten. Und da Kriemhild ein Jahr älter ist als Gernot, könnt Ihr sie Siegfried nicht eher versprechen.«

Gunther erbleichte ein wenig, denn diese Klausel war

ihm bislang unbekannt gewesen. »Dann müsste ich mein Wort brechen, obwohl ich König bin?«

»Nur *weil* Ihr König seid«, brummte Hagen. »Es ist die Ironie der Lage – in diesem Moment wäre Euch die Macht noch gegeben. Sie schwindet, wenn die Krone Euer Haupt berührt.«

Das Geschwätz hatte sich bei Hofe verbreitet gleich dem Durst in einem Land ohne Wasser. Wie der freundliche Schmied Siegfried von Soldaten vor den künftigen König geschleift worden war. Wie er, das Haupt noch auf den Schultern, wieder aus dem Portal trat. Wie es wütende Schreie und unbotmäßige Flüche aus der Schmiede gehallt hatte, die der Schmied mit seinem Ziehvater betrieb.

Es gab die ersten Gerüchte. Gerüchte, dass Siegfried zur Krönung Gunthers eine Heldentat von vortrefflichem Mut zu vollbringen gedachte. Es dauerte nicht lange, bis der Name Fafnir fiel und den Hofstaat in zwei Parteien teilte: jene, denen Siegfried gleichgültig war und die daher nur Hohn und Spott für diesen Wahnwitz übrig hatten, und jene, denen er genug ans Herz gewachsen war, um Mitleid und Sorge zu empfinden.

Gunthers verbliebene Geschwister Kriemhild und Gernot gehörten zu der Gruppe, der Siegfried lieb geworden war, seit er mit Regin ans Tor geschlagen hatte.

Die Prinzessin und ihr Bruder standen weit genug vom Fenster entfernt, um von den Hofdamen nicht gesehen zu werden, als sie Siegfried bei seinem wenig heldenhaften Auszug aus der Burg beobachteten. Es war ein Anblick, der kaum mit dem prächtigen Aufmarsch der dreizehn Reiter zu vergleichen war, die vor erst so kurzer Zeit aufgebrochen waren, Fafnir zu erschlagen, und die so kläglich gescheitert waren.

Siegfried ging zu Fuß, mit kaum mehr als einem Beutel voll Schinken und Brot und einem Schwert, das er sorgfältig in Leder gewickelt hielt. Selbst von hier oben war unverkennbar, wie sehr ihn die geflüsterte Spöttelei der Hofdamen und Soldaten traf. Er sah sich selbst als Held – und war damit doch einsamer, als es der Schmied Siegfried je gewesen war. Kurz bevor er das Tor erreichte, drehte er sich noch einmal um – erst zu Regin, der in der nun bewachten Tür der Schmiede stand, dann zum großen Portal, das verschlossen und abweisend war, und schließlich zu Kriemhilds Gemächern, deren Fenster leer waren. Er konnte nicht wissen, dass Kriemhild bei ihrem Bruder war und das Geschehen aus einem anderen Raum verfolgte.

»Er wird sterben«, sagte die Prinzessin seltsam tonlos. »Warum sind die Männer in Burgund so begierig, den Tod herauszufordern?«

»Als Feigling der Familie steht es mir kaum zu, dieses hohe Ross zu besteigen«, murmelte Gernot, »aber bei Siegfried scheint mir der Grund offensichtlich.«

Kriemhild sah ihn an, das Unausgesprochene verwerfend.

Gernot hob die Schultern. »Was soll es sonst sein? Er tut es nicht für Geld und Stand, denn beides stünde ihm auch dann nicht zu, wenn der Drache stirbt.«

Die Prinzessin mühte sich, beim vielleicht letzten Anblick des Mannes, den sie liebte, nicht in Tränen auszubrechen. »Es ist dumm und der Liebe nicht würdig, wenn er glaubt, für sie das Schwert schwingen zu müssen.«

Gernot sah sie fast ärgerlich an. »Kriemhild, wenn du Siegfried liebst, dann laufe in den Hof und sage ihm genau das. Denn alles, was er bisher in Burgund erlebt hat, muss ihn das Gegenteil glauben lassen.«

Kriemhild sah, wie das Burgtor geschlossen wurde, dann

wandte sie sich ab. »Ich würde mich ihm zu Füßen werfen, wenn ich glaubte, seinem närrischen Treiben damit Einhalt zu gebieten. Doch was nun geschieht, ist vom Schicksal befohlen. Wir hingegen tun das, was unsere Pflicht und unsere Freude ist – wir bereiten uns auf die Krönung unseres Bruders vor.«

7

Fafnir
und der Zorn der Götter

Es war nicht der Auszug aus der Burg gewesen, den Siegfried sich gewünscht hatte. Statt in Ehrfurcht und Jubel war er in Hohn und Spott gegangen.

Es kümmerte ihn jedoch wenig, weil er wusste, dass alle, die in ihm den tumben Schmied sahen, sich irrten. Siegfried hatte nicht nur Nothung – er besaß auch das Recht des Blutes. Und wenn nicht ein Königssohn, wer sonst sollte den Drachen niederstrecken?

Es tat ihm nur Leid, dass Regin ihn nicht verstand. Sein Ziehvater war über die Maßen wütend geworden, als er gehört hatte, was Siegfried vorhatte. Er hatte Worte gebraucht, die Siegfried noch nie gehört hatte und von denen er annehmen musste, dass sie in einer fremden Sprache gesprochen waren.

Er ging ohne Hast, aber mit festem Schritt. Es würde einige Stunden dauern, den Wald zu erreichen, der Fafnirs Hort und Heimat war. Wenn er den Rückweg dazurechnete, blieb ihm tatsächlich wenig Zeit zur Rast, um zur Krönung des Königs wieder in Burgund zu sein.

Ein wenig fühlte Siegfried sich an Odins Wald erinnert, und es machte ihm das Herz leichter, endlich wieder einmal allein zwischen Bäumen zu marschieren, den Duft von Harz und Blüten in der Nase. Außerhalb der Burgmauern schien das Leben einfacher, unmittelbarer und weniger angefüllt mit Möglichkeiten und Unwägbarkeiten, die es immer zu bedenken galt.

Aber in der Burg war Kriemhild.

Kriemhild. Siegfried mühte sich, nicht an sie zu denken. Es gelang ihm erst, als er seine Gedanken Xanten zuwandte, dem Reich, das mit einem Mal sein Erbrecht sein sollte. Es erschien ihm absurd, denn schließlich kannte er weder das Land noch seine Bewohner. Er hatte keine Ahnung von seiner Größe, ob es bergig war oder flach und welche Götter seine Menschen anbeteten. Tavernengeschwätz war alles, was der rechtmäßige König mit seinem Reich verband.

Erneut zwang sich Siegfried, seine Gedanken in eine andere Richtung zu lenken. Er hatte schließlich nicht einmal einen Plan, wie er Fafnir bezwingen wollte. Alles, was er hatte, war der blanke Wille – und Nothung. Es wäre sicher klug gewesen, Gunther um Rat zu bitten, denn immerhin hatte der künftige König von Burgund dem Ungeheuer Auge in Auge gegenübergestanden. Nun war es zu spät, diese Erfahrung zu nutzen.

Siegfried sprang über einen kleinen Bach, aß etwas von dem mitgebrachten Proviant und versuchte, sich Fafnir vorzustellen. Ein feuerspeiendes Maul, Haut wie Stein und Augen wie glühende Kohlen. Es klang wie ein Ammenmärchen, mit dem man Kinder erschrecken wollte, damit sie im Haus blieben. Aber die vielen toten Krieger zeugten davon, dass Fafnir mehr als eine Legende war.

Mit einem Mal wurde auch Siegfried unsicher. Hatte ihn die Begeisterung über seine Herkunft unvernünftig werden lassen? Hatte die Liebe zu Kriemhild gereicht, ihn sehenden Auges in den sicheren Tod zu führen?

Er konnte Nothung spüren, wie es in seiner Hand erschauderte. Durch das Leder hindurch fühlte Siegfried die lebendige Wärme des Schwerts, das in Erwartung des kommenden Kampfes freudig zitterte. Es gab ihm Zuversicht.

Und diese Zuversicht brauchte er, je näher ihn die Stunden Fafnirs Reich brachten. Es erinnerte ihn an die Reise nach Worms, die ihm fast schon legendär vorkam, obwohl sie kaum Wochen zurücklag. Die Stimmen der Tiere verklangen immer mehr, bis die Zweige, die unter Siegfrieds Füßen knackten, das einzige Geräusch waren. Die Bäume hatten in eiliger Erwartung des Winters viel von ihrem Blätterkleid abgelegt, und trotzdem filterten ihre dürren Äste das Sonnenlicht so weit, dass der Boden fleckig und unstet wirkte. Findlinge, manche so groß wie Ochsen, erschwerten das Fortkommen, wenn sie sich wie Perlen einer Kette aneinander reihten, als wollte die Natur den Wagemutigen eine Mauer entgegensetzen.

Ein Dolch lag einsam auf dem Boden, das Leder an seinem Griff schon pelzig überwachsen. Ein paar Schritte weiter lagen Brustschild und Helm eines Soldaten, in offensichtlicher Hast beiseite geschleudert. Die Schmiedearbeit war nicht von Burgund, das konnte Siegfried unschwer erkennen. An dieser Stelle hatten Römer ihren Meister gefunden.

Trotz der fortgeschrittenen Tageszeit wälzten sich vereinzelte Nebelschwaden träge um tote Baumstümpfe, und in Knöchelhöhe schwitzte die Erde blassen Dunst aus, der um Siegfrieds Stiefel tanzte. Nicht nur die Umgebung, auch die Jahreszeit wandelte sich. Der Boden wurde trocken und spröde, totes Moos knirschte unter den Schritten. Ein kalter Hauch trieb eine Gänsehaut auf Siegfrieds Arme. Hätte er nicht um die Beschaffenheit der Welt gewusst –

Siegfried hätte geschworen, die Grenze zu Utgard erreicht zu haben.

Die lähmende Trübnis stahl sich ihren Weg auch in Siegfrieds Kopf, dämpfte seinen Eifer, versuchte seine Furcht. Ohne es zu merken, verlangsamte er seine Schritte und sah sich immer wieder schreckhaft um.

Sieee...frieee ...

Der Wald begann zu flüstern. Nicht mit Worten aus Kehlen, sondern mit Wind an den Ästen und knarzenden Wurzeln. Siegfried versuchte, die geächzten und geheulten Laute zu ignorieren, ihren Ruf als Einbildung abzutun.

Sieee...frieee ...

Seine Muskeln erschlafften, seine Knie gaben nach. Erst jetzt fiel ihm auf, dass er den Beutel mit dem Essen schon vor einer Weile weggeworfen haben musste. Die Götter drehten die Welt um ihn herum, als wollten sie seine Sinne narren, die Bäume beugten sich zu ihm, mehr drohend als fürsorglich. Sein Name, bisher flüsternd und dünn, zischte nun deutlich und wie Trommelschlag durch den Wald.

Siegfried! Siegfried! Siegfried!

Er hielt sich die Ohren zu, doch das Wort drang durch seine Augen, seinen Mund, seine Nase.

Siegfried! Siegfried! Siegfried!

Er packte mit zitternden Händen Nothung und wickelte es aus dem Leder. Mit der Rechten packte er das Heft, seine linke Hand umfasste die Klinge nahe der Stelle, an der sie sich zur Spitze verjüngte. Auf den Boden sinkend, hielt er das Schwert in die Höhe. Er spürte, wie das Metall in sein Fleisch schnitt, wie sein eigenes Blut auf ihn herabtropfte, um dann von der Erde getrunken zu werden.

Siegfried! Siegfried! Siegfried!

Die Stimme, die eine war oder viele, verebbte, flüchtete

immer weiter in den Wald, löste sich wieder in Geräusche auf, die nur noch Wind und Holz verrieten. Es brauchte einen Schrei aus Wut und Entschlossenheit, damit Siegfried wieder auf die Beine kam. Sein Geist klärte sich endlich, und sein Herz pumpte die Kraft in seine Muskeln zurück.

Er prüfte seine linke Hand, von der immer noch das Blut aus einer schmalen Wunde floss. Siegfried konnte sich nicht mehr erinnern, wann er das letzte Mal seinen eigenen Lebenssaft gesehen hatte. Mit Nothungs Hilfe schnitt er einen Lederstreifen ab und verband die Hand gerade so, dass ihre Beweglichkeit erhalten blieb. Dann machte er sich wieder auf den Weg.

Siegfried fragte sich, ob alle Krieger, die vor ihm gekommen waren, um Fafnir zu stellen, von solch unsichtbaren Mächten bedrängt worden waren. Und warum der Wald seinen Namen kannte.

Der Nebel wurde dichter, als wollte er die Schande überdecken, die den Landstrich heimgesucht hatte – verbrannte Bäume, durchfurchte Erde, ausgetrocknete Bachbetten, in schwarzem Ruß zersplitterte Steinbrocken.

Wenn Fafnir wirklich Feuer spie, dann hatte er jede Feuchtigkeit, die dem Wald jemals Leben gegeben hatte, im Flammenodem verkocht. Und überall der Geruch von Brand und Asche, von kaltem Rauch und heißem Tod.

Sein Weg führte Siegfried nun leicht bergauf, und zwischen Steinen und Geröllhalden sah er die Eingänge vieler Höhlen, die wie von spielenden Götterfingern in die Berge gebohrt worden waren.

Er fragte sich, wie er den Drachen finden sollte, wenn dieser schlafen sollte. Seine Zeit war begrenzt, und er konnte nur darauf hoffen, dass Fafnir Eindringlinge in sein Reich mit wenig Gleichmut empfing.

Es knirschte und knackte hart unter seinen Füßen, und Siegfried bemerkte, dass er auf die Rippen eines Skeletts getreten war, von dem nur noch fahle Reste aus dem Boden ragten – der Schädel, eine Knochenhand und ein paar Rippen. Der Anblick schreckte ihn nur mäßig, hatte er solche Vorboten des Schreckens doch schon auf der Reise nach Worms gesehen.

Doch erschrocken hielt er den Atem an, als vor ihm ein Reiter auf seinem Pferd aus dem Nebel auftauchte. Wie zum Schlafe schienen beide an einen vormals mächtigen Baum gelehnt, dessen verkohlter Stumpf noch in der Lage war, ihre Körper zu stützen.

Vorsichtig ging Siegfried näher heran. Es war ein Anblick, der selbst Heiden zu Christen machen konnte – einer der burgundischen Krieger, in voller Montur und das Schwert noch in der Hand, im Aufschrei verbrannt. Das Fleisch trocken und rissig an die Knochen gesogen, nur die Zähne weiß bleckend wie in einem letzten Gelächter. Ebenso das Pferd, geröstet, bevor es seinen Reiter hatte in Panik abwerfen können. Es war nun in der Tat nicht schwer, den Weg zu Fafnir zu finden, denn verkohlte Leiber säumten ihn wie stumme Wegweiser zum Tod.

Siegfried versuchte, die Tageszeit zu bestimmen, aber das war unmöglich. Der Nebel trübte das Sonnenlicht zu stark, und eine Himmelsrichtung war auch nicht auszumachen. Sein Gefühl für die Stunden hatte er verloren, als der Wald ihn unter seine Knute zu zwingen versucht hatte. Er hatte Nothung nun nicht mehr eingewickelt, sondern hielt es schlagbereit in der rechten Hand. Seine Muskeln waren angespannt und sein Blick konzentriert.

Ein schwarzer, massiger Leib schälte sich aus dem Zwielicht vor ihm, eine drohende Gestalt von furchteinflößenden Ausmaßen. Siegfried achtete darauf, keine Geräusche zu verursachen. Er ging leicht geduckt, die linke Hand am Boden, um jede Erschütterung zu spüren, die das Erwachen des Drachen verraten konnte.

Siegfried hielt den Atem an. Es war ein Höhleneingang.

Groß und dunkel war die Gestalt, sicherlich, aber kaum bereit, im nächsten Moment mit geiferndem Maul nach vorne zu hechten.

Der Schmied, der auch ein Königssohn war, entspannte sich ein wenig. Wald und Nebel hatten Schindluder mit ihm getrieben, seine Augen vorsätzlich getäuscht.

Auf einem kaum mannshohen Stumpf sah er einen Schädel stecken, gleich neben dem Eingang zur Höhle. Die Augen noch in Entsetzen aufgerissen, die fleischige Zunge im Mundwinkel klebend, die struppigen Haare vom verwesenden Fleische fallend.

Giselher.

Siegfried übergab sich, und eine seltsame Erleichterung überkam ihn, als er daran dachte, dass er dem Thronfolger im Zweikampf überlegen gewesen war. Es brauchte einen Moment, bis ihm die Widersinnigkeit dieses Anblicks bewusst wurde. Es mochte sein, dass Fafnir dem Kronprinzen den Kopf vom Leibe gerissen hatte – aber welcher Drache steckte die Schädel dann als Trophäe auf Baumstümpfe wie ein prahlender Barbar in der Schlacht?

Siegfried spürte eine warme Brise in seinem Rücken, die seine Schultern streichelte. Ein sanftes Rauschen hob an und fuhr durch seine Haare. Ihm war, als läge ein leises Pfeifen in der Luft. Er drehte sich, seine Hand packte das Schwert wieder fester.

Der Rest der Welt hatte sich angstvoll versteckt. Alles, was Siegfried noch sah, war schuppige Lederhaut und messergroße Zähne. Zwei Flügel, die das Himmelsgewölbe zu umspannen schienen, und fauliger Atem von einer grauen gespaltenen Zunge. Krallen, nach vorn gestreckt und pfeilschnell näher kommend.

Ein Brüllen ließ den Boden zittern.

Siegfried blieb keine Zeit, Regin zu verfluchen, dass er ihm seit jeher den Umgang mit Waffen verboten hatte. Es blieb auch keine Zeit, das Schwert gegen die Bestie zu erheben, die aus dem Himmel gestürzt kam. Der junge Mann, aus dem in dieser Sekunde ein Krieger werden musste, ließ einfach seine Beine wegknicken und rollte sich zur Seite weg.

Fafnir, sein Ziel und damit den schnellen Sieg verfehlend, riss im letzten Moment den Kopf hoch, um nicht das riesige Maul in den Waldboden zu bohren. Seine Krallen pflügten die Erde, als er die Flügel dazu nutzte, den erstaunlich schlanken Leib zu bremsen. Die lederne Haut der linken Schwinge bedeckte Siegfried wie ein Zelt, doch nur für einen Lidschlag, dann klappte Fafnir die Flügel geschmeidig an seinen Körper.

Siegfried, vom überraschenden Angriff des Drachen übertölpelt, kam mühsam auf die Knie und konnte seinen Gegner nun erstmals in voller Größe sehen.

Riesig ja, aber nicht plump oder massig. Fafnir war ein Monstrum von behänder Eleganz, mit einem beweglichen Hals und einem peitschenden, zweigeteilten Schwanz. Es presste die Kiefer zusammen, und Siegfried war, als könne er in seinen schwarzen Augen sehen, wie sich das Feuer seinen Weg bahnte. Es war Glück, dass er aus dem Augenwinkel einen Findling gesehen hatte, der groß genug war, um einem Mann Schutz zu geben.

Mit einem gewaltigen Satz sprang Siegfried in Sicherheit. Er musste aufpassen, sich dabei nicht selber mit Nothung zu verletzen. Die Feuerwalze, die über seinem Kopf in den Wald fauchte, fand nur verkohlte Reste.

Der Stein kühlte angenehm Siegfrieds Rücken, während die Hitze der Flammen sein Gesicht und seine Hände röstete.

Hektisch durchdachte Siegfried seine Möglichkeiten. Fafnir war durch Kraft nicht beizukommen, und sein Feueratem machte jeden direkten Angriff aussichtslos. Die Geschmeidigkeit seiner Bewegungen würde es schwer machen, immer hinter ihm zu bleiben.

Siegfried kam nicht weiter. Neben ihm lugte der riesige Kopf des Drachen wie eine Schlange gelenkig um den Stein und suchte sein Opfer. Der junge Krieger konnte gerade noch aufspringen, bevor ein weiterer Flammenstoß ihn in den verkohlten Wald trieb. Fafnirs Atem riss brüllend Schneisen in den Nebel.

Siegfried wusste, dass er dem Drachen kaum entkommen konnte. Er musste seine mangelnde Größe zu seinem Vorteil nutzen, darum rannte er in einen Teil des Waldes, der diesen Namen noch verdiente. Alte, dicke Stämme, äußerlich verbrannt, trotzten hier dem Ende. Er suchte die schmalen Zwischenräume, die engen Pfade, niemals zurückschauend, beständig hoffend, dass sich der Schuppenleib des Lindwurms im Gewirr der Bäume einem Engpass beugen musste.

Siegfrieds Lungen schienen schon zu bersten, als das Gebrüll des Drachen endlich nicht mehr klang, als käme es von seinen Fersen. Eine riesige Eiche, deren Wurzelwerk am Hang vielfältig aus der Erde ragte, versprach kurzzeitigen Schutz. Siegfried zwängte sich zwischen die störrischen Wurzeln, bis er von außen nicht mehr zu sehen war. Nun hatte er zwar einen Ort gefunden, an den Fafnir nicht folgen konnte – aber seine Flammen würden ihn dennoch finden.

Er hörte den Drachen wüten, seinen Leib immer wieder

gegen alte Bäume schlagen, diese aus dem Boden reißend. Siegfried blieb also nur wenig Zeit, sich eine Strategie zu überlegen. Er atmete schwer, und Nothung in seiner Hand war merkwürdig still. Sein Hemd war zerrissen, und aus kleinen Wunden floss Blut. Seine Haut brannte am ganzen Körper und war tiefrot von der Hitze.

Er verstand nun, mit welcher Leichtigkeit der Drache auch die besten Soldaten überwältigt hatte. Kaum ein Pferd war Fafnir an Schnelligkeit und Beweglichkeit gewachsen, und jede Rüstung war Ballast, der den Tod bedeutete.

Es fiel Siegfried nicht ein, das Duell so einseitig zu belassen, wie es bisher gewesen war. Wenn er eine Chance gegen den Lindwurm wollte, musste er sie fordern. Er erinnerte sich daran, was Regin gesagt hatte: Drachen lebten in Höhlen. Es war davon auszugehen, dass Fafnir angesichts seiner Maße nur in dem Bau Zuflucht suchen konnte, der ihn zuerst genarrt hatte.

Schliefen Drachen? Wie gut war ihr Geruchssinn? Siegfried ärgerte sich, so wenig zu wissen, was ihm weiterhelfen konnte. Es hatte ihn ja schon überrascht, dass Fafnir nicht aus dem Rachen die Flammen spuckte, sondern durch die Nüstern, wie ein Pferd seinen dampfenden Atem im Winter. Wie dem auch sei, er musste den Kampf suchen, wenn er ihn gewinnen wollte.

Er drückte sich aus seinem Versteck, das zerrissene Hemd abstreifend. Den Stoff behielt er aber in der Hand, während er sich zu orientieren versuchte. Schließlich wandte er sich nach rechts, um über die Höhe des Hügels von oben an den Höhleneingang zu schleichen.

Die Bestie musste eine Schwachstelle haben. Es erschien Siegfried unwahrscheinlich, dass die Götter etwas geschaffen haben sollten, das so makellos wie sie selbst war.

Es dauerte eine Weile, bis er wieder an dem Ort war, von

dem er so überstürzt hatte fliehen müssen. Er tastete sich den Hang hinunter, den Höhleneingang stets im Blick. Fafnir war nirgends zu sehen. Angesichts seiner enormen Gestalt war er wieder in die Lüfte gestiegen oder er ...

Wie zur Bestätigung hörte Siegfried ein Rumoren aus der Höhle, und der Hügel schien unter seinen Füßen zu erzittern. Es stimmte also: Fafnir war im Innern des Berges zu Hause!

Leider war das Geröll an dieser Stelle weder zahlreich noch groß genug, um den Höhleneingang durch einen geschickt ausgelösten Steinschlag zu verschütten. Siegfried sah nun auch wieder den Kopf des unglücklichen Giselher, der mahnend Wache zu halten schien.

Ihm kam eine Idee. So langsam, dass selbst die trockenen Blätter unter seinen Füßen keinen Laut machten, schlich sich Siegfried auf der rechten Seite am Höhleneingang vorbei. Er warf einen kurzen Blick in das schwarze Loch, aber Fafnir war nicht zu entdecken.

Mit äußerster Vorsicht zog er den verwesenden Kopf des Thronfolgers von Burgund von dem Pfahl, auf den er festgesteckt worden war. Dann machte er sich ebenso behutsam daran, seine Schritte zurückzuverfolgen, bis er wieder über dem Eingang der Höhle hockte.

Es wunderte ihn ein wenig, dass Fafnir die Verfolgung so schnell aufgegeben hatte, aber andererseits hatte der Drache alle Vorteile auf seiner Seite. Wer ihn besiegen wollte, musste zu ihm kommen.

Siegfried mühte sich, nicht hinzusehen, während er den zerrissenen Ärmel seines Hemdes Giselher so weit in den Mund drückte, bis er am faserig abgetrennten Hals wieder hervorkam. Dann machte er einen Knoten und hatte nun den Kopf wie ein Gewicht an einem langen Stück Stoff. Ein grausiger Anblick, aber Siegfried beruhigte sich damit, dass er Gunther zumindest berichten konnte, dass sein Bruder ihm im Kampf gegen den Drachen ein letztes Mal beigestanden hatte.

Es war Zeit, Fafnirs Blutdurst zu reizen! Siegfried beugte sich so weit über den oberen Rand des Höhleneingangs, wie es ihm möglich war, ohne kopfüber auf den Waldboden zu stürzen. Er ließ den Kopf Giselhers an seiner Stoffleine herunterbaumeln und brüllte aus vollem Hals: »Die Krieger Burgunds suchen den Kampf, Fafnir – komm heraus!«

Die Antwort kam schnell und wütend. Der ganze Hügel erbebte, und ein Brüllen, verstärkt durch den Hall in der Höhle, ließ die Blätter vor dem Eingang aufwirbeln.

Siegfried spürte, wie Fafnir seinen Leib durch den Gang drückte, wie seine Krallen den Fels kratzten und seine Augen den Herausforderer suchten. Er zog den Schädel zu sich hoch, schwang ihn zweimal herum und warf ihn dann vor die Höhle. Der Schädel Giselhers rollte aus, die toten Augen wie in Furcht auf die Höhle gerichtet, die Kiefer auf Stoff kauend. Siegfried wusste, dass er nicht lange würde warten müssen. Fafnir war so reizbar, wie er schnell war.

Der schlanke Kopf, von spitzen Panzern gekrönt, schob sich aus der Höhle, argwöhnisch pendelnd. Die zwei starken Vorderbeine mit tödlichen Klauen folgten, dann die breiten Schultern, die in der Körpermitte die mächtigen Schwingen trugen.

Es war der Moment, in dem Siegfried seinen Mut gegen seine Vernunft setzte und mit dem Schwert in der Rechten dem Drachen direkt ins Kreuz sprang. Seine Beine schrammten links und rechts am Hals des Tieres entlang, und sein Rumpf traf zwischen die Schulterblätter, als wäre Fafnir ein Pferd, das es zuzureiten galt.

Haut und Fleisch des Lindwurms waren kalt, seine Schuppen scharf an den Kanten und glatt an der Oberfläche. Es gab keine Möglichkeit, sich festzuhalten. Allein die Kraft seiner Schenkel musste Siegfried stützen.

Fafnir spürte den Druck des Kriegers in seinem Genick und riss den Kopf nach oben. Er brüllte, als wäre er verärgert über die Täuschung, der er erlegen war. Siegfried hingegen spürte den Schmerz, als die Schuppen des Drachen bei der Bewegung in seine Beine schnitten wie viele kleine Messer. Er schrie, aber er ließ nicht los. Stattdessen hob er Nothung, und hieb auf den Hals an der Stelle, an der er am schmalsten war.

Funken sprühend rutschte die Klinge ab, ohne Kratzer im Leib des Ungeheuers zu hinterlassen. Fafnir bog den Kopf zurück und presste die Kiefer aufeinander, um Siegfried mit Feuerstößen von seinem Rücken zu brennen. Der Krieger warf sich nach vorn, den Winkel verkleinernd, die Fläche schmälernd. Die Flammen züngelten an ihm vorbei.

Noch einmal drückte Siegfried Nothungs Klinge gegen den Hals des Drachen, und wieder blieb es ohne Wirkung. Wie ein Hund, der seinen eigenen Schwanz jagte, drehte sich Fafnir im Kreis, versuchte sich von der Zecke, die Siegfried für ihn war, zu befreien. Er breitete die Schwingen aus und schlug sie hektisch auf und nieder.

Es dämmerte Siegfried, dass er Fafnir nicht in den Himmel steigen lassen durfte. Dort oben brauchte ihn das Untier nur abzuwerfen, und seinen Tod würde der Sturz erledigen. Mit dem linken Arm drückte er seinen Körper zurück, hob das Schwert und stach in den ledernen Flügel, gegen den sein rechter Fuß gepresst war.

Der Drache schrie wie aus tausend Mäulern, bäumte sich auf und rutschte rückwärts auf den Höhleneingang zu. Siegfried wusste, was Fafnir vorhatte – er wollte den Krieger an der Höhlendecke abstreifen. Da er den Lindwurm von seiner Position aus nicht tödlich treffen konnte, beschloss er, ihm zuvorzukommen. Er schwang das linke Bein über Fafnirs Hals, sodass sich beide Füße auf dem Schultergelenk des rechten Flügels fanden. Mit dem linken Arm presste er sich in die Höhe, nun wankend auf dem kriechenden Biest stehend. Dann drückte er die Beine durch und katapultierte sich nach vorn.

Der Aufprall vor der Höhle war hart und schmerzhaft, Dreck wurde in die Wunden seiner Beine gerieben. Im Rücken spürte Siegfried den harten Schädel Giselhers drücken, und sein linker Arm war so verdreht, dass er ihn kaum noch spürte. Er lag genau vor der Höhle, unmittelbar vor Fafnir – direkt im Angesicht des Todes. Mühsam rappelte er sich auf die Beine, das scheinbar nutzlose Schwert immer noch fest in der rechten Hand.

Stille fiel wieder über den Wald.

Falls das Untier zu menschlichen Gedanken fähig war, glitzerte Triumph in seinen Augen. Es hielt inne, den kleinen und verletzten Krieger fast herablassend beschnüffelnd. Keine Eile war mehr in seinen Bewegungen, so, wie der Jäger nicht mehr darauf achten musste, ob der erlegte Hirsch noch flüchten wollte.

Siegfried atmete schwer, die schmerzenden Stellen verrieten ihm die Zahl der Knochen in seinem Körper. Er dachte einen Moment lang daran, Nothung wegzuwerfen und um sein Leben zu laufen. Aber selbst in bester Form waren seine Beine dem Feuerodem seines Gegners unterlegen.

Fafnir brüllte, der faulige Atem so stürmisch, dass Siegfried fast zu Boden fiel. Es war ein Siegesschrei, die Verkündung des Todesurteils. Die Kiefer des Drachen schlossen sich langsam, während sich im Innern des Schädels die Flammen sammelten.

Einer Eingebung folgend und seine gewisslich letzte

Chance nutzend, sprang Siegfried nach vorn, direkt auf den Rachen des Untiers zu. Ein schneller Hieb des Schwerts durchteilte an beiden Seiten des Mauls Haut und Muskeln, wo die Kiefer sich trafen. Es gelang Siegfried, seinen ganzen Körper wie zur Speise in die Schnauze des Drachen zu schieben, die rechte Schulter gegen den Gaumen drückend, beide Beine weich in die Zunge gestemmt.

Schmerz und Überraschung ließen Fafnir das Maul wieder aufreißen, und der junge Krieger konnte sich fast zu voller Größe darin aufrichten. Wie ein quer liegender Knochen sperrte er die Kiefer des Lindwurms.

Speichel, Reste faulenden Fleisches und von Würmern übersäte Reißzähne waren alles, was Siegfried sehen und riechen konnte. Tief in Fafnirs Rachen meinte er, das Schlagen des Drachenherzens zu hören.

»Das Maul musst du pressen, um Flammen zu gebären, richtig?«, schrie er.

Doch die blutenden Kiefer des Ungeheuers waren stark, immer noch stärker als jeder Mann, der sie forderte. Siegfried spürte, wie seine Waden zitterten und die Beine nachgaben. Ihm blieben nur noch wenige Herzschläge, wenn überhaupt.

»Du magst die Gecken von Burgund gefressen haben«, knurrte er ächzend, »aber den Sohn Xantens werden deine Säfte nicht verdauen!« Er nahm Nothung und klemmte den Griff mühsam zwischen seine Füße, die Klinge nach oben zeigend. Er wartete genau so lange, bis Fafnir das Maul weit genug geschlossen hatte, dass die Spitze des Schwerts den Gaumen ritzte. Dann gab Siegfried den Widerstand auf und drückte sich rückwärts aus dem Drachenschlund.

Fafnir merkte, dass seine Mahlzeit ihm entkam, und mühte sich, die Kiefer zu schließen – sei es, um Siegfrieds Körper zu zermalmen oder um den Kampf endlich durch einen weiteren Feuerstoß zu beenden. Doch Nothung tat den Dienst, den Siegfried ihm zugedacht hatte, und stach schmerzhaft in das Fleisch des Drachen.

Der Krieger nutzte nun die Gunst des Augenblicks und sprang nicht etwa vom Kopf des Untiers zurück zum Boden. Stattdessen stellte er die Füße gegen die Hauer des Unterkiefers, während seine nun freien Hände das weiche Fleisch der Nüstern packten.

Hätte das einsame Duell einen Beobachter gehabt, dieser wäre sicherlich von dem erstaunlichen Bild, das sich ihm bot, am Platze versteinert – Siegfried hockte auf der Schnauze des Drachen, der weder zuschnappen noch Feuer speien konnte, und verhöhnte die Geißel Burgunds nach Kräften. »Fafnir, war das dein ganzes Aufgebot?«, schrie er. »Eine Klinge und ein Schmied sind alles, was es braucht, um deine Herrschaft zu beenden?«

Der Lindwurm wollte brüllen, beißen, Flammen spucken – doch das Schwert zwischen seinen Kiefern ließ nur ein wütendes Krächzen zu. Er warf den Kopf hin und her in dem vergeblichen Versuch, Siegfried abzuschütteln.

»Hätte ich gewusst, dass du es mir so einfach machst, wäre ich schon vor Wochen gekommen, dich zu bezwingen«, rief Siegfried nun. Die blutenden Wunden, die schmerzenden Glieder – alles war vergessen im Rausch der Macht, die er über Fafnir besaß. Er sah dem Untier direkt in die Augen, die schwarz und rot zu flackern schienen. »Sieh mich an! Ich bin Siegfried – Drachentöter!«

Eine dunkle Welle vibrierte durch den Drachen, der in ungezähmter Wut seinen Gegner zu vernichten trachtete. Sein Hals ruckte nach vorn, alle Stärke in die Bewegung legend, und sein Schädel prallte krachend auf den Boden.

Ein Trick, um sich von Siegfried zu befreien – ein Fehler,

den der junge Krieger genau so erhofft hatte. Als der Unterkiefer Fafnirs wie ein schwerer Hammer auf das Erdreich schlug, krallte Siegfried seine Hände mit aller Kraft in die Nüstern des Drachen.

Fafnirs Kiefer schlossen sich endlich – und Nothungs Klinge tauchte zwischen seinen Augen auf, als würde sie aus Drachenfleisch geboren. Vom Gaumen bis zur Stirn hatte das Schwert den Kopf des Drachen von innen durchstoßen!

Siegfried spürte endlich die Möglichkeit des Sieges, und er machte nicht den Fehler, zu früh von seinem Gegner abzulassen. »Stirb endlich!«

Fafnir schien den Schmerz zu spüren, aber seine Bedeutung nicht zu verstehen. Wieder hob er schlenkernd den Kopf, um Siegfried abzuschütteln. Das Zittern seiner Kiefer verriet, dass er nun den Flammenodem zu gebrauchen dachte. Für einen Moment fürchtete Siegfried, doch noch im Feuer sein Leben zu lassen. Aber es war nur ein Schwall tiefschwarzen Blutes, der aus Fafnirs Nüstern sprühte und den Krieger wie warmer dunkler Regen nässte.

Ein befreites Lachen brach aus Siegfrieds Brust, er schmeckte das Sterben des Drachen wie eine reife Frucht. Die letzten Zuckungen, mit denen der Lindwurm noch im Todeskampf seinen Bezwinger zu zerschmettern suchte, waren wie ein Siegesritt.

Schließlich sank Fafnir zu Boden, sein Lebensfunken war erloschen, bevor der Schädel die Erde berührte. Siegfried, nun wieder seines geschundenen Körpers bewusst, ließ sich nach hinten fallen, vom Blut des Drachen überreichlich bedeckt. Er saß nur grinsend da, trunken von seinem ersten Sieg, der ihn auf einen Schlag zu einem größeren Helden machte als die Krieger von Burgund. Es fiel ihm schwer, einen klaren Gedanken zu fassen und zu begreifen, welche

Folgen seine Tat hatte. Nur das Versprechen, rechtzeitig bei Hofe zu erscheinen, brachte ihn schließlich wieder auf die Beine. Er trat auf Fafnirs Kadaver zu, stemmte den rechten Fuß auf den Unterkiefer und zog das Maul mit beiden Händen an den Hauern auf. Dann packte er Nothungs Griff und zog es unter großen Mühen hervor.

Stolz betrachtete Siegfried die Klinge, an der das Blut des Drachen klebte. Ein Schwert für einen König, daran bestand kein Zweifel.

Erst jetzt fiel ihm auf, dass auch sein Körper von der schmierigen Masse überzogen war, die rissig und juckend zu trocknen begann. Seine Haare wurden hart wie ein Helm, und jeder Wimpernschlag zwickte unangenehm. Siegfried wollte sich gar nicht ausmalen, was das Drachenblut in seinen Wunden anzurichten vermochte. Es würde eine Wohltat sein, im ersten Bach, den er auf dem Rückweg fand, zu baden.

Es gab hier nichts mehr für ihn zu tun, also drehte er sich um in der Absicht, gen Worms zu laufen.

Nothung jedoch zog an ihm – in die andere Richtung. Nicht stark, nicht fordernd, aber doch deutlich, als wollte es ihn auf ein Versäumnis hinweisen.

Schmutzig und müde, wie Siegfried war, verweigerte er sich jeder weiteren Heldentat. Was auch immer noch im Wald zu lauern schien, es würde auf ihn warten können. Er machte drei Schritte, und Nothung hielt fast störrisch dagegen.

Sieee...frieee ...

Da war es wieder – das Flüstern aus dem Wald!

Siegfried drehte sich im Kreis, mühsam gegen den Schmerz und die Verwirrung kämpfend.

Sieee...frieee ...

»Wer ruft meinen Namen? Zeig dich!« Er hob das

Schwert, als wolle er die Schemen um sich damit niederstrecken. Doch wo kein Gegner war, da war auch kein Sieg.

Die Umgebung verschwamm, und Siegfried musste sich auf Nothung stützen, um nicht in die Knie zu gehen. Tag und Nacht wechselten in Raserei, und die Bäume tanzten um ihn herum einen irren Reigen.

Sieeeg dem Sieeegfried ...

Die zischelnden Stimmen wurden klarer, je verschwommener die Wirklichkeit schien. Er fühlte sich von seinen Sinnen betrogen, wie im Rausch von Trunk und Müdigkeit.

Kehr heim ... der Preis ist dein ...

Auch Nothung reagierte. Doch statt seinem Herrn den Weg in die Sicherheit zu weisen, zerrte es in mattem Glanz zum Höhleneingang, Siegfried seinen Halt raubend. »Ich ... will ...«, stammelte er, schwacher Spielball der Magie, die sein Schwert und den Wald zum Streit getrieben hatte.

Kehr heim ... zu Kriemhild ...

Das Bild der Prinzessin vor Augen und im Herzen, zog Siegfried ächzend die Klinge davon. Sein Versprechen war gehalten, für alles Weitere hielt sein Leben noch genügend Tage bereit.

Sooo ... recht ... geh ... heim ...

Es war nur ein kleiner Gedanke, der ihn zögern ließ, der stechend seinen Geist marterte. Winzig der Gedanke, zu klein, um die Verlockung, diesen düsteren Ort zu verlassen, wirksam zu bekämpfen. Doch der Gedanke gab nicht auf, wurde zum Gefühl, zur Ahnung, zum Zweifel.

Schau ... nicht ... zurück ...

Es war die Frage der Loyalität, die sich durch Schmerz und dumpfen Schwindel biss. Die fremden Stimmen, gezischelt aus dem Wald von unsichtbaren Mündern – sie wollten ihn loswerden. Nothung aber, sein Erbrecht und sein treuer Diener, drängte ihn zu bleiben.

Eile ... dich ...

Siegfried erinnerte sich an Regins Worte: Geh mit ihm – nutze seinen Drang. Und er drehte sich um, dem Begehren des Schwerts folgend.

Jeder Schritt, den er auf die Höhle zumachte, schmerzte mehr als der vorherige. Seine Fingernägel schienen zu brennen, seine Lunge wurde wie von Götterhand gepresst, und flirrende Lichter vor seinen Augen waren wie Dolche, die schneidend in seinen Kopf fuhren. Die Stimmen, deutlich wütender nun, taten ihren Unmut kund.

Kehr um ... kehr ... um!

Es war, als müsse Siegfried gegen einen unsichtbaren Sturm antreten, und sein verwirrter Geist hieb ein paar Mal mit dem Schwert durch die Luft. Er stolperte mehr, als er lief, aber sein Ziel blieb die einladende Schwärze von Fafnirs Höhle.

Geh als Held! Oder stirb als Narr!

»Nun zeigt ihr euer Gesicht, auch wenn ich es nicht sehen kann«, stieß Siegfried mühsam hervor. »Doch den Bezwinger des Drachen könnt ihr nicht schrecken! Mein Weg ist mein Recht!«

In dem Moment, da er die Schwelle zur Höhle übertrat, klärten sich schlagartig seine Gedanken, und die Welt um ihn herum nahm wieder verlässliche Formen an. Die Stimmen verwehten.

Siegfried legte den Kopf an den kalten, feuchten Stein, seine Kräfte ebenso wie seine Gedanken sammelnd. Er spuckte aus, und es kam Blut. Ihm war klar, dass Fafnir ein Untier aus Zaubermacht gewesen war, erschaffen von dunklen Herrschern, die zwischen den Welten wandelten. Aber erst jetzt begann er, die Gefährlichkeit dieser Kräfte zu erahnen. Der Drache war greifbar gewesen, Fleisch und Knochen. Ein Ungetüm zwar, aber eines, dem man nachstellen konnte. Doch diese seltsamen Stimmen, die mit seinem Geist spielten – sie waren mit Klingen nicht zu schneiden und mit Hämmern nicht zu brechen. Siegfried konnte sich ihnen widersetzen, aber besiegen konnte er sie nicht.

Doch nun schwiegen sie.

Er fragte sich, ob es der Stein der Höhle war, der die unseligen Stimmen bannte. Vorsichtig machte er ein paar Schritte und bahnte sich den Weg in die Dunkelheit.

Hatte Siegfried auch für den Tag schon genug Wunder gesehen, so hielt der Felsengang noch weitere bereit. Obwohl keine Fackel brannte und kein Schacht Sonnenstrahlen hereinließ, erkannte er die nackten Wände und sogar die in heftigem Winden abgerissenen Drachenschuppen, die wie schwarze Lindenblätter auf der Erde verstreut lagen.

Kein Licht – und doch keine Dunkelheit.

Siegfried wechselte das Schwert von der rechten in die linke Hand, und noch bevor seine Finger zupackten, erinnerte er sich an die Wunden, die sein Sturz von Fafnir in die linke Schulter gerissen hatte. Er erwartete, dass die schlaffen Muskeln Nothung fallen lassen würden. Doch zu seiner Überraschung war der linke Arm nicht weniger schnell und stark wie der andere.

Er richtete sich etwas auf, streckte den Rücken, belastete die Gelenke. Keine Schmerzen. Weder die Schulter noch die geschundenen Beine stachen in Protest.

Zufrieden mit diesem scheinbaren Geschenk der Götter wagte sich Siegfried weiter vor. Der Gang führte in gleichmäßigem Durchmesser abschüssig tief in den Berg, dabei ein- oder zweimal leichte Kurven beschreibend. Es war schwer, die Länge des Weges zu bestimmen.

Schließlich wurde es heller, und wahres Licht verstärkte den unwirklichen Glimmer dieser fremden Welt. Es war ein Glitzern, ein Funkeln, das an Feuer erinnerte, das sich in rotem Wein spiegelte.

Der Gang endete in einem Felsendom. So hoch wie die Mauern Burgunds war er an seiner höchsten Stelle. So groß war sein Durchmesser, dass Fafnir sich vom Maul bis zur Schwanzspitze hätte strecken können, ohne die glatt gescheuerten Wände zu berühren. Siegfried wagte nicht einmal zu zweifeln, dass der Drache hier zum Fluge vom Boden hätte abheben können. Ehrfürchtig ließ er Nothung sinken, und als seine Spitze die Erde berührte, hallte der Klang hundertfach.

Es war jedoch nicht der Felsendom selbst, der Siegfried die Sprache verschlug. Es war das Gold.

Münzen, Ketten. Raue Stücke, kleine Klingen. In Diademen mit Juwelen, als Schilde zu Spiegeln poliert. In schneeweiße Stoffe eingewirkt und als Schüsseln und Kelche auch ohne Inhalt kostbar. Nicht aufgehäuft wie ein Schatz, den es zu horten galt, lag es überall herum, seine eigenen Berge und Täler bildend. An manchen Stellen wuchs die Pracht mannshoch in die Höhe, aber niemals fiel sie weit genug herab, um auch nur einen Handbreit Boden freizugeben. Die Wände spiegelten seinen Glanz wie goldenes Wasser.

Es klirrte und knirschte unter Siegfrieds Füßen, als er vorsichtig die Reichtümer betrat, die vor ihm lagen. Seine Augen fanden keine Ruhe, und seine Hände wussten nicht, welche Stücke sie zuerst ergreifen sollten.

Es war nicht Gier, die Siegfried das Herz übergehen ließ. Es war die Erkenntnis.

Er war in den Wald gezogen, um für Kriemhild ein Held zu werden. Er hatte den Drachen bekämpft und besiegt, um am burgundischen Hof würdig zu sein. Doch Heldenmut machte nicht reich, kaufte nicht Heere, eroberte keine Königreiche zurück. Gold tat das.

Er bemerkte, dass genau in der Mitte des Felsendoms eine Art Brunnen aus dem Boden ragte, ebenfalls von Gold umspült. Ein klares Rund in Kniehöhe, mit Wasser verlockend gefüllt. In der Mitte des Brunnens war wiederum ein steinernes Podest, auf dem zwei Gegenstände lagen.

Siegfried ging näher, darauf bedacht, auf den goldenen Schmuckstücken nicht auszurutschen. In seinem Kopf überschlugen sich die Gedanken. War es ein geheimes Lager der Römer, das er entdeckt hatte, angelegt zu Zeiten, da die Südländer ohne viel Ballast fliehen mussten? War der Schatz von Stämmen hergetragen, die noch vor den Römern diese Wälder besiedelt hatten? War Fafnir gar nur der Wächter des Goldes gewesen?

Angesichts der Reichtümer fühlte sich Siegfried schmutzig und unwert, also legte er Nothung auf den Brunnenrand und stieg in das kühlende Wasser. Es war die Erfrischung, auf die er gehofft hatte, und zu seiner Kraft gesellte sich nun auch wieder seine Lebensfreude. Er rieb das Drachenblut von den Armen und wusch es sich aus den Haaren. Als seine Hände vorsichtig über seine Waden strichen, überraschte ihn makellose Haut, die unter den Krusten schimmerte. Die unzähligen Schnitte, die Fafnirs Schuppen ihm beigebracht hatten, waren verheilt, ohne Narben oder Schorf. Das Blut des Untiers hatte offenbar heilende Kräfte. Siegfried erwog kurz, etwas davon in einen der goldenen Kelche zu füllen, um es Gunther zum Geschenk zu machen. Aber er verwarf den Gedanken wieder – nicht nur standen die Christen der alten Magie voller Argwohn gegenüber, es würde auch wahrlich genug zu schleppen geben nach Burgund.

Er fühlte sich nun von allen Überresten des Drachenkampfes befreit, und eine raue Schuppe, die unter seinem linken Schulterblatt haftete, war das Letzte, was er in das nun trübe Wasser des Brunnens warf.

Als er aufstand, fiel sein Blick auf die beiden goldenen Teile, die das Podest des Brunnens wie zufällig zu präsentieren schien. Auch inmitten all der Pracht wirkten sie einzigartig, von schlichter Schönheit und doch Ehrfurcht gebietend.

Das eine war ein Helm, so fein geschmiedet, dass kreuzförmige Streben das papierdünne Gold tragen mussten. Das edle Metall war fast durchsichtig, und die Ränder zierten seltsame Zeichen, die nur aufgehaucht schienen. Zum Kampfe sicherlich zu filigran, war der Helm doch eine Zierde, die zu tragen Anmut und Respekt versprach.

Das andere Stück war ein Ring, auch er einfach und ohne den Pomp adeliger Arroganz. Perfekt geformt, zwei sich umwindende Bänder, eines dunkel, das andere hell. Ihr Spiel mit dem Licht war so vollendet, dass sie sich im Glanz zu bewegen schienen.

Siegfried, geblendet wie nicht mehr, seit er zum ersten Mal Kriemhild sah, streckte die feuchte Hand nach beidem aus.

Nein ... nein ... nein!!!

Die Stimmen kamen plötzlich wieder, klar und schneidend wie nie zuvor. Sie hallten von den Wänden, ließen das Gold zittern und kräuselten das Wasser des Brunnens.

Nimm nicht, was nicht dein!

Siegfried, bis zu den Schenkeln im Wasser, drehte sich um: »Wer seid ihr? Wie könnt ihr mir versagen, was ich mir erstritten habe?«

Erstritten nur den Kopf des Drachen ...

»Und alles, was ich in seinem Besitz finde!«

Nimm nicht, was nicht dein!

Es ärgerte und verunsicherte Siegfried, so deutlich unter wachsamen Augen zu weilen, ohne selber seinen Gegner zu sehen. Er dachte daran, Nothung in die Hand zu nehmen, aber was hätte es ihm helfen sollen? »Ich bin Siegfried«, sagte er mit größtmöglichem Selbstverständnis in der Stimme.

... von Xanten ...

Es war nun nicht mehr daran zu zweifeln, dass die Kräfte, die hier am Werk waren, aus seinem Geiste lasen oder von großer Weisheit waren. »Das Gold ist verdient und wird mir helfen, mein Reich zurückzuerobern!«

... das Gold nimmt, was es gibt ...

»Was soll das bedeuten?«

Nimm nicht, was nicht dein!

Siegfried sah ein, dass ihm die körperlosen Stimmen ihre wahren Beweggründe nicht verraten wollten. Wütend griff er den Helm und den Ring und trat aus dem Brunnen.

Er nimmt, was nicht sein!

Um Nothung aufzunehmen, musste Siegfried eine Hand freihaben, also setzte er den leichten Helm kurz entschlossen auf sein nasses Haar. Es prickelte.

Er griff nach seinem Schwert und hob es hoch. Es dauerte einen Herzschlag, bis er erkannte, was geschah: Nothung hing in der Luft, wie von unsichtbaren Fäden gehalten! Und das, obwohl Siegfried seine Finger an dem weichen Leder des Griffs spüren konnte.

Eine Täuschung? Ein Versuch der Stimmen, ihn durch Trugbilder zu ängstigen? Er sah an sich herunter – und dabei durch sich hindurch. Er kniff die Augen zusammen, aber sein Körper blieb ein vages Flimmern, fließendes Glas, klares Wasser ohne ein Gefäß.

Er war – unsichtbar?!

Erschrocken hob er das Schwert, als wäre es ein Angriff,

gegen den es sich zu verteidigen galt. Wie Nebel im Sonnenlicht löste sich nun auch Nothung auf, ohne das Gewicht in seiner Hand zu verlieren.

Er nutzt, was nicht sein!

Die Stimmen schienen nun schriller, verstört und beunruhigt. Nutzen, was nicht sein? Siegfried versuchte die Worte mit dem Geschehen in Einklang zu bringen. Er hatte doch nur den Helm aufgesetzt ...

Der junge Krieger nahm das goldene Geflecht wieder von seinem Kopf, und flackernd wie ein sich am Feuer entzündender Ast erschien seine Gestalt wieder, auf dem Gold hundertfach gespiegelt.

Siegfried blickte den Helm in seiner Hand an. »Ein Helm, der mich vor den Blicken meiner Feinde zu verbergen weiß? Mehr als Gold ist mir das wert.«

Der Nibelungen Schatz ist niemandes Glück ...

»Die Nibelungen? Seid ihr das?«, rief Siegfried hallend in den Dom. »Dann hört meine Worte – der Bezwinger des Drachen hat das Recht auf seinen Lohn. Doch ich will nicht, dass man mich einen Dieb schimpft. Was ich brauche, werde ich nehmen – und es zurückbringen, wenn es mich auf den Thron von Xanten gebracht hat. Darauf mein Wort!«

Nimm nicht, was nicht dein!

Siegfried war der vagen Reden müde und steckte den Ring an den kleinen Finger seiner linken Hand. Im Gegensatz zum Helm schien kein Zauber durch den Ring zu wirken. Trotzdem fiel es Siegfried keine Sekunde lang ein, ihn den plärrenden Nibelungen zu überlassen. Er hob seine Faust stolz zur Decke. »Mein Ring – meine Macht! Bis ich die Krone von Xanten trage!«

Und wie einer Krone wird die Gier ihm folgen ...

Siegfried hörte nicht mehr auf die Unheil verkündenden Stimmen. Er legte den Tarnhelm und Nothung beiseite, um sich vor der Höhle Holz für einen Karren oder Schlitten zu suchen, auf dem er seinen neuen Reichtum nach Worms bringen konnte.

Was er nimmt, wird er nicht mehr zurückbringen ... können ...

8

Gunther
und die Ruhe vor dem Sturm

Es war ein rechtes Fest in Worms, die Straßen farbig geschmückt wie lange nicht mehr und mit Speis und Trank für alle, die Gunthers Krönung feiern wollten. Die Burg hatte ihre Keller geöffnet, und Wein floss reichlich zu Brot, Fisch und Fleisch. Es wurden die alten Melodien gezupft, gepfiffen und gesungen, und selbst auf den Straßen wurde getanzt. Gaukler und Feuerschlucker begeisterten mit ihren Darbietungen die Bürger, und Kinder lauschten wilden Geschichten aus fernen Ländern.

Selbst das Wetter war dem Ereignis angemessen, und warme Sonnenstrahlen leuchteten auf glückliche Gesichter.

Als die große Glocke dreimal läutete, kehrte Ruhe ein, und jeder Mann und jede Frau begab sich auf den Weg zur Kirche, in der der Bischof den Prinzen zum König salbte.

Das Volk blieb auf der Straße, duldsam auf den Herrscher wartend, während ihm im Gotteshaus die Krone auf das Haupt gesetzt wurde. Es war verfügt worden, dass keine Trompeten und Verkünder die Krönung begleiten durften. Gunther hatte sich eine ehrfürchtige Zeremonie erbeten, gleichzeitig des Vaters und des Bruders gedenkend.

Siegfried hatte die Glocken gehört, kurz bevor er die Stadtmauern erreichte. Zufrieden stellte er fest, dass er die Frist, die Hagen ihm gesetzt hatte, eingehalten hatte.

Das Bad im Brunnen der Höhle hatte seinen Nutzen in den Mühen der vorherigen Nacht, die Last durch den Wald nach Worms zu ziehen, bereits verloren. Siegfried war von Dreck, Asche und Schweiß bedeckt, der mangelnde Schlaf der letzten zwei Tage umränderte seine Augen rot. Doch sein Herz war frisch und seine Brust voll Stolz.

Die Straßen, durch die er den Schlitten aus versengtem Holz zerrte, waren wie ausgestorben, denn das ganze Volk hatte sich um die Kirche versammelt.

Vor ihm, noch gut zwei Straßen von der Kirche entfernt, drängelten sich bereits die Wormser, jeder hoffend, einen Blick auf den gekrönten König des Landes werfen zu können, wenn er zum Schloss zurückritt.

Das Schaben und Klappern des schweren Schlittens, den Siegfried mit Erde abgedeckt hatte, ließ manchen Bürger den Kopf wenden und erstaunt beiseite treten. In einem Meer aus Geflüster, den Stimmen der Nibelungen nicht unähnlich, bahnte er sich, seine Last mit Freuden zerrend, den Weg zur Kirche.

Er hatte den Vorplatz noch nicht erreicht, da erklangen die Glocken erneut, diesmal im freudigen Sturm.

König Gunther war gekrönt worden!

Das Portal der Kirche öffnete sich langsam, und mit der schmalen Krone seines Hauses trat Gunther auf die Stufen vor sein Volk, das sogleich in Jubel ausbrach, Tücher schwenkte und dem Wind Blütenblätter schenkte, die freudig tanzten.

Hinter Gunther gingen Kriemhild und Gernot, ebenfalls prächtig gekleidet, Hand in Hand. In ihr Glücksgefühl mischte sich Erleichterung, dass in dunkle Zeiten ein Grund für helle Gedanken gekommen war.

Hagen hatte neben der Kirche gewartet, die nicht seinen Göttern huldigte. Auch er war zufrieden angesichts der begeisterten Aufnahme. Jeder Störenfried, der Gunthers Anspruch in Tavernen und an Lagerfeuern in Frage gestellt hatte, war zeitig der Stadt verwiesen worden. Obwohl es die Burg gebeutelt hatte, waren viele Gaben verteilt worden, um durch volle Mägen für offene Herzen zu sorgen.

Siegfried hielt inne, den rechten Moment abwartend. Er beabsichtigte, den besten Tag des Jahres zum besten Tag in der Geschichte Burgunds zu machen.

Gunther hob nun die Arme und gebot um Ruhe. Das Geschrei der Bürger verebbte langsam, und der König konnte seine ersten Worte an das Volk richten. »Männer und Frauen von Worms! Mein Dank, dass ihr mich so freudig empfangt. In schweren Zeiten werde ich ein guter König sein.«

Wieder johlte die Menge ob der gut gewählten Worte.

Gunther wartete ein wenig, bevor er weitersprechen wollte. Aber dazu kam es nicht, denn eine ihm vertraute Stimme erklang laut und fest aus dem Mund einer verdreckten Gestalt, die den Erdhaufen auf einem verbrannten Schlitten erklommen hatte. »Schwere Zeiten? Das will ich wohl bestreiten!«

Die Unterbrechung als Frevel sehend, wollten einige Soldaten den Störenfried stellen, während die Bürger überrascht und aufgeregt tuschelten. Sie blickten zu Hagen, der mit einer knappen Handbewegung zur Ruhe mahnte.

Gunther brauchte einen Moment, bis er den sonst so gefällig anzusehenden Schmied erkannte. »Siegfried!«

Gernot spürte schmerzlich, wie Kriemhild seine Hand drückte, als wolle sie damit eine Ohnmacht verhindern.

Es herrschte nun gespannte Stille, die Siegfried zu brechen genoss. »Mein König, Ihr sprecht von schweren Zeiten! Warum wollt Ihr das Reich Burgund nicht in seiner vollen Blüte führen?«

Angesichts der Sorgen und Nöte, die Gunther erwarteten, war die Frage ein Affront, und jede ehrliche Antwort drohte eine Bloßstellung zu sein. »Siegfried, es freut mich, dass du bei guter Gesundheit bist. Und gerne will ich deine Geschichten bei Hofe hören, aber ...«

Siegfried dachte nicht daran, seinen Triumph nur unter die Männer der Burg zu verteilen. Es war der rechte Moment und auch der rechte Ort. Die Menschen feierten – und der Königssohn von Xanten hatte vor, dieser Freude noch Feuer zu geben!

Hagen nickte knapp, und die Soldaten bewegten sich langsam auf Siegfried zu, der sie einfach ignorierte. Er bückte sich, und seine beiden Hände tauchten tief in die Erde, bis sie das Gesuchte fanden.

Mit einem Ruck riss er die Arme hoch, und in einem Regen aus Dreck hielt er den verkrusteten Schädel Fafnirs in den Himmel!

Die Reaktion hätte nicht heftiger sein können, wenn der Drache leibhaftig in die Stadt eingefallen wäre: Kinder kreischten, Frauen fielen reihenweise in Ohnmacht, und selbst die stärksten Männer wichen erschrocken zurück. Diejenigen, die dem christlichen Glauben anhingen, bekreuzigten sich. Auch die Soldaten hielten inne.

Langsam drehte sich Siegfried im Kreis, den Kopf des Lindwurms stolz präsentierend. Dann warf er ihn von sich, und die Menge spritzte auseinander. Knochen und Fleisch krachten auf die Steine. Tot, kalt, wehrlos.

»Das Reich Gunthers braucht Fafnirs Flammenodem nicht mehr zu fürchten!«, schrie Siegfried.

Die ersten Menschen begannen den Namen des Königssohns, der für sie noch ein Schmied war, zu rufen. Mehr und mehr gesellten sich dazu, und schnell war der Schrecken verdaut und die Begeisterung geweckt. Ein paar mutige Männer packten den Schädel und trugen ihn durch die Menge, als Zeichen der Erlösung von der Schreckensherrschaft.

Siegfried konnte von seiner erhöhten Position aus Kriemhild sehen, und ihr Lächeln war der Lohn, den er sich erhofft hatte. Aber es war ein Lächeln, das auch Hagen und Gunther sahen.

Der Empfang in der Burg war nicht weniger begeistert gewesen, als Siegfried im Kreise der Königsfamilie bei Hofe eingezogen war. Der Kopf des Drachen war auf seinen Wunsch hin wieder auf den Schlitten gelegt und dann von drei Soldaten gezogen worden.

Der Umtrunk im großen Saal, eigentlich als Fest für den neuen König geplant, geriet zu einem Gelage, bei dem der junge Held wieder und wieder von dem wundersamen Sieg über Fafnir berichten musste. Es tat ihm Leid, dass Kriemhild nicht dabei war, aber ihre Gegenwart wäre für eine Prinzessin unziemlich gewesen, und in ihrem Überschwang gebrauchten die Männer raue Worte und ebensolche Gesten. Es dauerte nicht lang, da taten Bier und Met ihre Wirkung.

Der Einzige, dessen graues Herz sich der Freude nicht recht öffnen wollte, war Hagen. Er sah die Bewunderung, mit der man Siegfried auf die Schulter klopfte, und die Hochachtung, die in den Augen der Vasallen lag. Obwohl sie ihren König nicht vergaßen, hatten sie den Helden zum Vorbild. Und Gunther schien froh, den angeblichen Sohn von Xanten nun offiziell Freund zu nennen. Vor den Augen des alten Ratgebers verschoben sich die Gewichte der Macht, taten sich neue Allianzen auf, lauerten neue Gefahren auf die Lücken, die gerade von den vorherigen gelassen worden waren.

Hagen entschied sich, für den Moment die Miene nicht zu verziehen und den Dingen ihren Lauf zu lassen. Es bedurfte sorgfältiger Planung, in nächster Zeit das Heft nicht aus der Hand zu geben.

Normalerweise hätte er sich bei seinem König verabschieden müssen, aber angesichts der hohlen Heiterkeit war es kein Risiko, unauffällig zur Holztreppe in der Ecke zu gehen und zur Empore aufzusteigen. Er beabsichtigte, sich von dort aus in seine Gemächer zurückzuziehen. Es überraschte ihn nicht wenig, seine Tochter hier zu sehen, die dem Treiben auf dem Boden hockend sichtlich gelangweilt zusah.

»Seit wann lockt dich der Geruch von gebratenem Schwein und schwerem Met?«, fragte er.

Hagen wusste die Antwort, aber er hatte nicht vor, Elsa erneut durch die entsprechende Frage zu provozieren. Sie war nicht weniger starrsinnig als ihre früh verstorbene Mutter, und genau wie Alena neigte sie dazu, sich jedem Streit zu entziehen. Es war eine Eigenschaft, die Hagen verachtete und die seine Liebe zu ihr trübte.

»Mich lockt die Geschichte vom Schmied, der auszog, den Drachen zu töten – und dem es tatsächlich gelang«, murmelte Elsa.

»Ein dummes Biest, so scheint's, wenn es dem Arm des tumben Hammerschwingers sich beugte«, knurrte Hagen.

Elsa sah ihn überrascht an. »Du fürchtest Siegfried – und seinen Einfluss in Burgund.«

»Eine große Tat macht keinen großen Mann – und sich einer Gefahr bewusst zu sein, bedeutet nicht, sie zu fürchten.«

»Wie kann ein einfacher Schmied dir oder dem König gefährlich werden?«, wollte sie wissen.

Hagen kniete sich hin, damit die gesellige Runde ihn nicht mehr sehen konnte. »Gestern war er ein Schmied, heute ist er ein Held. Wenn ich ihm morgen gewachsen sein will, muss ich damit rechnen, dass er noch weit mehr sein könnte.«

Elsa versuchte in den Augen ihres Vaters zu lesen, aber er wusste seine Seele zu verbergen.

Der Abend war so spät geworden, dass der frühe Morgen ihn ablöste. Gunther und Siegfried, so trunken wie fröhlich, saßen einander gegenüber, die letzten Zecher ihres Festes.

Der König hielt müde seinen Kelch empor. »Ich denke, die versprochenen Lehrstunden im Schwertkampf kann ich dir ersparen.«

Siegfried lachte. »Es war das Glück des Narren. Mit einem Kämpfer wie Euch an meiner Seite wäre Fafnir sicher mit weniger Mühe zu besiegen gewesen.«

Gunther wurde ernst. »Ich mag König sein – zum Krieger bin ich aber nicht geboren. Die Gräber meines Vaters und meines Bruders zeugen eindrucksvoll davon.«

Siegfried biss in ein Stück kaltes Fleisch. »Regin würde jetzt sagen: Der Krieger lebt im Unglück, denn nur Kriege füllen ihn mit Leben. Seid froh, dass Euer Geschick im Frieden liegt.«

»Und dein Geschick, mein guter Siegfried? Als Schmied

werde ich dich kaum arbeiten lassen, und aus dem Kellergemach musst du umziehen in einen Raum mit Bett und Dienern. Darauf bestehe ich – Burgund behandelt seine Helden gut.«

Der Xantener winkte ab. »Verschont mich mit weichen Kissen und eitler Faulheit. Mein Durst nach Blut mag gestillt sein – mein Durst nach Gerechtigkeit ist es nicht.«

Gunther ahnte, wohin das Gespräch führte, und auch wenn er es lieber im nüchternen Tageslicht geführt hätte, fand er doch keinen Grund, es Siegfried zu verweigern. »So spricht der Sohn von Xanten. Als Prinz gab ich dir ein Versprechen. Nun, als König, will ich es halten, soweit es mir möglich ist. Also sprich, denn heute Abend sind meine Ohren nicht vom Geplapper der Berater und Bittsteller gefüllt.«

Siegfried lehnte sich in seinem Stuhl zurück, die Beine gegen die Tischkante vor sich gedrückt. Er gab sich einen letzten Atemzug, sein Anliegen noch einmal zu überdenken, wie er es wieder und wieder getan hatte, während er den Schlitten nach Worms geschleift hatte.

Gunther und Hagen wussten, dass er der Erbe von Xanten war. Als Befreier von Burgund war es kaum möglich, dass sie ihm die Hand Kriemhilds verweigerten. Aber er wollte mehr – er wollte das Versprechen halten, als Held *und* König die Prinzessin zu ehelichen. Und der Sieg über Fafnir hatte ihm eine unerwartete Tür dorthin geöffnet.

Es war an der Zeit, sich zu erklären.

»Ich habe mein Leben als Schmied und einfacher Mann gelebt«, begann er. »Doch seit ich weiß, dass Xanten mein Erbrecht ist, brennt mein Blut.«

»Und was immer ich dafür tun kann, dass du den Thron besteigst, es wird geschehen«, versicherte Gunther.

»Dann lasst uns gegen Hjalmar ziehen!«, rief Siegfried nun. »Den Schlächter fordern, das Schicksal erfüllen!«

Gunther verschluckte sich fast an dem Rotwein, den er gerade trank. Er sah Siegfried an, als habe dieser im Kampf mit dem Drachen seinen Verstand verloren. »Burgund soll gegen Dänemark und Xanten ziehen?«

Siegfried beugte sich nun vor, den Ton verschwörerisch. »Xanten würde kaum dem Thronräuber ergeben zur Seite stehen. Und es ist auch nicht die offene Schlacht, die ich suche.«

Gunther war schlagartig wieder nüchtern, der zufriedene Rausch verflogen. Fast schon ärgerte es ihn, dass Hagen mit seiner Vermutung Recht gehabt hatte. »Dieses Reich, dessen Wohl ich verpflichtet bin – es könnte weder Dänemark noch Franken auf dem Felde trotzen. Die Hunnen würden es ebenso überrennen wie die Sachsen. Weder an Waffen noch an Soldaten sind wir reich genug.«

Siegfried sah Gunther an, als wäre jedes Wort des Königs barer Unsinn. Seine Augen blitzten vor Tatendrang. »Ich bitte nicht um die Schlacht – nur um den Feldzug. Und der nötige Reichtum soll Eure Sorge nicht mehr sein.«

Gunther schlug seinen Kelch auf den Tisch. »Es ist genügend angedeutet worden, Siegfried! Wenn du mein Wort einklagst, so tue es mit klarer Sprache!«

Siegfried stand auf und ging zu dem Schlitten, der vergessen neben dem Portal stand, wo die Soldaten ihn abgestellt hatten. Siegfried warf den faulenden Drachenkopf achtlos beiseite. Dieses Geschenk hatte seine Schuldigkeit getan, es war Vergangenheit. Aber die Erde, die nun stinkend auf dem Schlitten klumpte, sie barg die Zukunft. Er zerrte den Schlitten in die Mitte des Saals, unter Gunthers ungeduldige Augen. »Es liegt mir fern, Euch und Burgund in einen Krieg zu ziehen, der das Leben vieler Männer kosten würde. Doch kann ich schlecht zum Hofe Hjalmars marschieren und dort mein Recht einfordern. Ein Königshaus muss meinen Anspruch tragen.«

Siegfried packte mit beiden Händen unter das Holz und sprach weiter, während er den Schlitten anhob. »Wenn Burgund mir in Freundschaft beisteht, werden seine Legionen goldene Speere tragen!«

Mit einem Ruck warf er den Schlitten um, die Erde auf den Boden speiend. Zwischen den dunklen Brocken blitzte es hell auf, und metallenes Klingen ertönte, als Münzen und Geschmeide in großer Zahl den Stein berührten.

Nur wenig hatte Siegfried auf dem Schlitten unterbringen können, und doch war es schon mehr, als ein ganzes Heer kosten würde. Es war mehr, als die meisten Reiche in ihren Schatzkammern hatten.

Gunther stand auf, kam näher und bekreuzigte sich, sichtlich um Fassung ringend. »Wie kommst du an den Reichtum?«

Siegfried hatte sich entschieden, die genauen Umstände für sich zu behalten, bis der Rest des Goldes geborgen war. »Es ist ein Schatz aus alter Zeit. Ich entdeckte ihn auf meiner Reise, wo er schlecht vergraben war. Nicht nur den Drachen habe ich besiegt – auch seinen Schaden am Volke werde ich damit wieder gutmachen können. Wird es dann in stolzer Rüstung zu mir stehen, wenn sein König es befiehlt?«

Gunther sah seinen Freund mit neuen Augen an. »Söldner aus allen Reichen werden unter unserer Flagge marschieren, und Hjalmar wird den Erben Xantens auf dem Felde treffen – und tausende gezückte Schwerter.«

Sie packten sich an den Unterarmen, den Bund besiegelnd, als wäre er in Blut geschrieben.

Die Krönung hatte Regin ebenso wie das Festmahl gemieden. Die Zukunft, die er sehen konnte, gab ihm keinen Anlass für ausgelassene Gelage. Müde hatte er die Tage damit verbracht, Klingen zu schleifen und Brustpanzer mit dem Hammer zu glätten. Natürlich hatte er von Siegfrieds Rückkehr gehört, als der Hofstaat davon brummte wie ein Bienenvolk, wirr und ungewiss.

Er lag jetzt wach auf seiner Pritsche, und als sein Ziehsohn durch die Tür trat, fiel das Licht des Morgens schon so hell durch den kleinen Fensterspalt, dass Regin in Siegfried mehr als bloß einen Schatten sah. Er richtete sich auf, doch dem neuen Helden von Burgund gönnte er keine herzliche Begrüßung. »Da bist du also wieder.«

Siegfried, nach einem Tag von Jubel und Bewunderung von den dürren Worten überrascht, setzte sich auf sein Lager. »Ich habe es getan, Regin – der Drache kam durch meine Hand zu Tode.«

»So hörte ich«, brummte Regin. »Und nun hat der Schwerthieb einen neuen Mann gemacht, der Respekt und Einfluss verlangt – und ein Königreich.«

Siegfried war nicht sicher, ob er und sein Ziehvater noch dieselbe Sprache sprachen. »Warst du es nicht, der mir mein Leben lang die Wahrheit vorenthalten hat? Wie kannst du mir neiden, was mein Anrecht ist?«

Regin setzte seine Füße auf den Boden und sah sie an, als würden sie Antworten wissen. »Neiden? Siegfried, du denkst an Fafnirs Tod als Triumph. Ich denke an ihn als den Funken, der den Brand entfacht. Die Gespräche hinter den verschlossenen Türen brauche ich nicht zu hören, um zu wissen, dass Burgund bald unter Waffen stehen wird.«

»Um der gerechten Sache willen!«, rief Siegfried entschlossen.

Regin schüttelte bedächtig den Kopf. »Die gerechte Sache? Warum scheint jeder Mann seine Gier nach Macht und Reichtum mit dem Mantel der Gerechtigkeit bedecken zu wollen? Dein Leben als Schmied – war es weniger gerecht und frei als die Bürde des Throns von Xanten?«

»Aber mein Volk ...«, protestierte Siegfried.

»... weiß nicht einmal deinen Namen«, unterbrach Regin ihn barsch. »Wenn es sich widersetzen will, wird es das tun, und Hjalmar wird für das Leid mit eigenem Blut zahlen. Das Reich braucht keinen Siegfried. Es ist Siegfried, der das Reich will. Die Krone. Und Kriemhild.«

Zu viel Alkohol lähmte Siegfrieds Zunge, als dass er in der Lage gewesen wäre, mit Regin zu streiten. »Es ist die Liebe, die mich treibt, nicht die Gier.«

Mit einer schnellen Bewegung packte der alte Schmied das linke Handgelenk seines Ziehsohns und drückte es ruckartig nach oben. Die Knochen, vom Kampf mit Brunhilde immer noch verwachsen, schmerzten ernüchternd, als der Ring im frühen Morgenlicht blitzte. »Das Gold der Nibelungen mag dir den Weg bereiten. Doch der Fluch, der auf ihm liegt, legt das Ziel fest.«

»Du weißt ... von den Nibelungen?«, stotterte Siegfried verwirrt.

Regin ließ die Hand los und sank kraftlos auf seine Pritsche. »Schon das Wort hatte ich gehofft nie wieder aussprechen zu müssen. Dass nun ihre Macht wieder die Geschicke der Menschen lenkt, wird kein gutes Ende haben.«

Siegfried starrte fasziniert den Ring an, während er sprach. »Vielleicht war es aber auch Bestimmung.«

»Du hast dich zum Büttel gemacht. Und niemand eignet sich zum Büttel mehr als der, der sich als Herrscher seines Schicksals wähnt.«

Verärgert legte Siegfried den Kopf zurück, um den Schlaf zu suchen. Regin irrte sich, da war er ganz sicher. Und morgen würde er dem Gesuch des Königs entsprechen und ein neues Zimmer für sich ganz allein beziehen.

Seine Hand kratzte ungelenk über eine Stelle an seinem Rücken, die noch immer von der Begegnung mit Fafnir juckte. Als er seine Fingerspitzen betrachtete, rahmten Schorf und Blut die Nägel.

Schließlich schlief Siegfried ein, von Stürmen und Göttern träumend.

»Eher töte ich mich selbst, als dass ich Burgund für mich in den Krieg ziehen lasse!«, schrie Kriemhild bestimmt zum zehnten Male.

Gunther rieb sich die pochenden Schläfen und sammelte mühsam seine Gedanken. »Geliebte Schwester, für weniger als die Ehre einer Frau wurden Reiche vernichtet. Und so sehr ich selbst den Waffengang verabscheue – Siegfried verdient die Unterstützung, die wir zu geben bereit sind.«

Die Prinzessin lief weiter vor dem Thron auf und ab. »Du willst den Frieden brechen, damit er als König um meine Hand werben kann? Es wird nicht geschehen! Du kannst Siegfried sagen, dass ich den rechtmäßigen Erben Xantens zu heiraten bereit bin – nicht aber den Feldherrn, der mir Leichen als Morgengabe bringt.«

Gunther erhob sich von seinem Thron. »Siegfried bietet uns viel Gold, mit dem wir Burgund den angemessenen Wohlstand geben können – nicht nur für Soldaten, sondern auch für Kinder und Frauen, Alte und Schwache. Außerdem ist sein Anspruch gerecht, und ich sehe keine Schande darin, ihm bei der Durchsetzung beizustehen.«

Es stand Kriemhild nicht zu, noch war es ihre Art, unfein zu pöbeln, darum verließ sie wutentbrannt den Thronsaal.

Hagen wandte sich an seinen König. »Den Krieg gegen Hjalmar unterstütze ich natürlich, und sei es nur, um einem

Angriff auf die Grenzen Burgunds zuvorzukommen. Doch scheint es wenig ratsam, wenn der König von Burgund als Vasall eines ungekrönten Hauptes in die Schlacht zieht. Es wirft Fragen auf, wer bei Hofe das Sagen hat.«

Gunther, dessen Schädel noch vom Rausch der letzten Nacht schmerzte, hob abwehrend die Hand. »Siegfried hat mir versichert, dass es zu keiner Schlacht kommen wird. Und mein Volk, das Siegfried großen Dank schuldet, kann seine Liebe sicher besser teilen als meine Schwester.«

Hagen, der es kaum verwinden konnte, dass er die Absprache von Gunther und Siegfried in der letzten Nacht versäumt hatte, begehrte auf. »Und wenn Hjalmar auf dem Feld das Schwert an Eure Kehle setzt – was ist die Versicherung Siegfrieds dann noch wert?«

»Mit dem Gold werden wir unser Heer durch Söldner verstärken, sodass wir den Dänen ebenbürtig sind«, knurrte Gunther. »Zu lange war Burgund gebunden durch Drachenatem und die geringe Zahl seiner Schwerter. Nun, da wir endlich die Herren unseres Schicksals sind, ist es Zeit, neue Allianzen zu suchen, Bündnisse zu schließen und auch nach außen Stärke zu zeigen.«

Hagen unterdrückte den unguten Gedanken, dass sein König darauf erpicht war, den Mangel an Führungskraft durch unüberlegte Großtaten wettzumachen. »Der Zug gegen Hjalmar ist unausweichlich. Doch lasst uns nicht als Fürsprecher Siegfrieds marschieren. Sollte er nämlich durch Hjalmars Klinge fallen, müssten wir den folgenden Krieg in seinem Namen führen und den Sieg in seinem Namen feiern. Fordert den Dänenkönig stattdessen selbst. Zeigt Mut und Stärke.«

Gunther rieb sich den gestutzten Kinnbart. »Das wäre sicherlich ratsam, und Siegfried kann kaum dagegen protestieren, solange wir ihm zur Seite stehen.«

Hagen lächelte dünn. »Wir werden den Triumph auf unserer Seite haben – entweder besteigt mit Siegfried ein Freund Burgunds den Thron, oder unser Heer erobert Dänemark und Xanten.« Das war gut gedacht.

»Damit ist es entschieden«, nickte Gunther entschlossen. »In den nächsten Wochen wird viel zu tun sein. Das Heer muss stark und wohl gerüstet sein, und das Volk soll den neuen Wohlstand spüren, damit sein Herz auf unserer Seite ist.«

»Wo Ihr von Herzen sprecht ...«, begann Hagen, und es war offensichtlich, dass dieses Thema ihm nicht leicht über die Lippen ging. »Wenn Hjalmar seinen letzten Atem getan hat und Siegfried noch lebt, dann wird er um Kriemhild werben. Es scheint mir ratsam, schon jetzt die Vorkehrungen dafür zu treffen, um den König von Xanten nicht zum Feind zu haben, noch bevor er die Krone seines Landes trägt.«

»Was schlägst du vor?«

»Wir sollten in alle Reiche Boten schicken mit der vertraulichen Kunde, dass Gunther von Burgund eine angemessene Königin sucht.«

Der König kratzte sich am Kopf, während er nickte. »Es ist schon seltsam, den Krieg und die Liebe zugleich zu planen. Wollen wir nur hoffen, dass das eine dem anderen nicht in den Rücken fällt.«

Siegfried sah sich zufrieden in dem neuen Zimmer um, das Gunther ihm zugewiesen hatte. Es war sicher nicht so groß wie die Gemächer der Königsfamilie, aber ebenso war es kein Vergleich mit dem Kellerraum, den er seit Wochen mit Regin geteilt hatte. Seinen Beutel mit den wenigen Dingen, die er besaß, hatte er auf das Bett geworfen, und dabei war der Tarnhelm herausgefallen. Er sah das wundersame Ding lange an, und es schien ihn zu Schabernack und feiger Schleicherei zu locken. Dann packte er es beiseite.

Er nahm die Kleidung in Augenschein, die man für den Helden geschneidert hatte, der nun seine Tage nicht mehr am Amboss verbrachte. Die Hose war aus weichem Leder, und die weißen langen Hemden band er in der Körpermitte mit einem prächtigen breiten Gürtel, der mit Metallstücken besetzt war.

Er trat an sein Fenster und genoss die Aussicht auf den Hof. Burgund fühlte sich wie sein Zuhause an, und nur noch selten dachte er an die Schmiede im Wald, in der er aufgewachsen war. Je höher er im Ansehen bei Hofe stieg, desto selbstverständlicher kam es ihm vor. Eine ruhige Zuversicht kehrte in seine Seele ein, dass er gewiss bekommen würde, was ihm zustand.

Er konnte sehen, wie die Vorbereitungen für den kommenden Feldzug begannen. Boten ritten ein und aus, die Pferdehüter kamen kaum nach, frische Tiere bereitzustellen. Immer wieder eilten Handwerker aus Worms herbei, auch Schneider und Ledermacher, um Aufträge für Uniformen und Stiefel anzunehmen. Eine gespannte Erwartung breitete sich aus. Es war ein stolzer Anblick, voller Zielstrebigkeit und Tatendrang.

Wie Ameisen krauchten die Männer und Frauen des Hofstaats herum, Waren umherschleppend, immer dieselben Wege austretend. Ihre Gespräche waren kurz, knapp, dem gemeinsamen Ziel verpflichtet.

Elsa stand auf der Wehrmauer und blickte ebenso angewidert wie entsetzt darauf hinab. Bald würden die Schwerter klappern, die Hufe im Einklang schlagen und die Trompeten den Marsch blasen. Krieg. Sie hasste schon das kalte, harte Wort. Es schmerzte auf der Zunge, kratzte im Hals.

Jemand trat von hinten an sie heran, und ein Kinn legte sich sachte auf ihre linke Schulter. Eine Hand berührte sanft ihre Hüfte. Sie wagte es nicht, sich umzudrehen, aber aus dem Augenwinkel sah sie das Gesicht Gernots, das direkt neben ihrem ruhte, seine Wange fast die ihre berührend. Er schaute ebenfalls auf den Hof hinunter. »Schreckt dich der Anblick so wie mich?«

Sie nickte, redlich bemüht, ihren rasenden Herzschlag zu verbergen. »Ich sehe die Gesichter und habe schon die Ahnung von Blut, das bald in ihre toten Augen laufen wird.«

Er legte auch die andere Hand an ihre Hüfte und drehte sie zu sich um. »Auch bei mir?«

Elsa hätte alles darum gegeben, nicht in seine klaren Augen schauen zu müssen, während sie nach Worten rang. »Ihr ... Ihr werdet auch gegen Dänemark ziehen?«

Gernot nickte. »Der König und der Thronfolger, so will es das Gesetz. Zwar ist Kriemhild älter als ich, aber als Frau wird sie das Schwert nicht heben müssen.«

Hagens Tochter wurde bleich, und ihre zarte Gestalt wankte, sodass Gernot sie vorsichtig am Arm ergriff. »Was ist mit dir?«

Sie schüttelte den Kopf und stützte sich mit der Rechten an der Mauer ab. »Ihr werdet ... in den Krieg ziehen?«

Der Prinz lächelte im Versuch, sie ein wenig aufzuheitern. »Mein Bruder verspricht mir, dass die Schwerter ungezogen bleiben. Und das ist gut so – ich würde mich vermutlich selbst verstümmeln, wenn man mir eine Klinge gäbe.«

Elsa fühlte sich dumm und kindisch, so in Angst verfallen zu sein. »Ihr müsst entschuldigen, mein Prinz ... der Gedanke an den Krieg ängstigt mich.«

Sie blickte so entschieden zu Boden, dass Gernot ihr Kinn vorsichtig anhob. »Darf ich hoffen, dass deine Sorgen mir gelten – und dass meine gesunde Rückkehr sie lindern wird?«

»Ihr wünscht meinen Segen und meine Gebete für die Reise?«, fragte sie. »Aber wird nicht Kriemhild ...«

»Kriemhilds Gebete werden sicher dem jungen Schmied gelten, der ihr Herz seinen Besitz nennen kann«, flüsterte Gernot.

»Ich bete nicht«, gestand Elsa, und in diesem Moment schien es sie selbst zu schmerzen. »Dieses Versprechen kann ich euch also nicht mit auf den Weg geben.«

Er atmete tief ein. »Dann vielleicht – deine besten Wünsche?«

Sie sah ihn an, langsam ihre Sicherheit wiederfindend. »Ich werde weiter für Euch die Suppe kochen. Jeden Abend. Bis zu Eurer Rückkehr. Wenn es sein muss, den Rest meines Lebens.«

Sie sahen einander an, und es war der vielleicht längste Moment, den der Hof von Burgund jemals erlebt hatte.

Laurens war alt, aber sein Blut war noch nicht schal, und es kochte würzig angesichts der Vorbereitungen in ganz Burgund. Der Geruch von Krieg lag in der Luft – ein Krieg, der vor fast zwanzig Jahren begonnen hatte und nun endlich mit dem Sieg Xantens enden würde. Hjalmars Herrschaft war für ihn nur ein vorübergehendes Ärgernis gewesen, ein kranker Tag in der glorreichen Geschichte des Landes am Niederrhein. Laurens scherte sich nicht um Hunnen und Burgunder, um Sachsen und Franken. Sie waren nur Mittel zum Zweck, Siegfried seinen Thron zu beschaffen.

Es hatte lange genug gedauert. Dieser Narr Regin wäre fast damit durchgekommen, Siegfried sein Erbrecht vorzuenthalten. Es war nur der Verkettung glücklicher Umstände zu verdanken, dass Siegfried nun mit Burgunds Hilfe Hjalmar stellen konnte.

Laurens biss in den Apfel, den er von der Wormser Marktfrau gekauft hatte, und schritt gedankenverloren über die Holzbohlen, die am Rheinufer zusammengeschnürt nebeneinander lagen, um anlegenden Schiffen einen festen Platz für das Verladen der Waren zu bieten. Nach einer Weile hatte er Sand und Kies unter den Füßen, schließlich Gras. Als die Stimmen und Geräusche der Stadt leiser wurden, stapfte er zum vereinbarten Treffpunkt in den Wald.

Regin hockte auf dem Stamm eines umgestürzten Baumes.

»Ich hoffe, du hast nicht zu lange auf mich gewartet.«

Der Schmied schüttelte den Kopf. »Die Pflicht kennt keine Zeit.«

Laurens mühte sich nicht einmal, die vagen Worte des kleinwüchsigen Mannes zu verstehen. »Du solltest dich freuen – wenn es den Göttern gefällt, wird Siegfried bald den Thron seines Vaters besteigen. Dann ist der Plan aufgegangen, den wir vor seiner Geburt schmiedeten.«

Kopfschüttelnd erhob sich Regin und lächelte spöttisch. »Du hast es damals nicht verstanden, und du verstehst es immer noch nicht. Es war nicht unser Plan. Es war *dein* Plan. Vielleicht auch noch der Plan Siegmunds. Aber glaube mir – weder Sieglinde noch ich selbst haben ihm jemals zugearbeitet.«

Laurens kratzte sich am Stumpf seines linken Arms, sein zerfurchtes Gesicht spiegelte Verachtung wider. »Das macht euch zu nichts weniger als Verrätern – an der Sache wie an Xanten. Wäre Siegfried von mir erzogen worden, er würde euch selber mit dem Schwert dafür richten.«

Regin kam unbeeindruckt näher. »Wäre er von dir erzogen worden, hätte er das Mannesalter nicht erreicht.«

»In diesen Gedanken magst du abends deine Lügen packen, damit dein Gewissen dir den Schlaf gestattet«, knurrte Laurens. »Aber König Siegmund selbst hatte dich für die Aufgabe erwählt, seinen Sohn auf den Tag vorzubereiten, an dem Rache Nothungs Klinge färbt. Was wirst du sagen, wenn du den Triumph in den Augen des rechtmäßigen Königs siehst?«

Regin hob die Schultern. »Ich werde nicht dabei sein. So, wie ich das Ende von Xanten nicht mit ansehen wollte, so wird mein Auge nicht das Ende von Burgund streifen. Und deines auch nicht, alter Weggefährte.«

Laurens hatte weder die schmale Klinge gesehen, noch die schnelle Bewegung, mit der Regin sie ihm zwischen die Rippen gestoßen hatte. Er stand einen Herzschlag lang da, überrascht und dann doch irgendwie erleichtert.

»Das würdige Ende ... eines Kriegers«, keuchte er zwischen Blutstropfen aus seinem Mund.

Regin legte ihm die Hand auf die Brust. »Du hättest weder Siegfried noch Gunther sagen dürfen, wessen Blut in den Adern des Jungen fließt. Was kommt, hätte verhindert werden können.«

Er drückte den toten Laurens von sich weg, wobei er seinen Dolch aus der Wunde zerrte. Die Leiche fiel an einer Stelle zu Boden, die Regin vorab so ausgesucht hatte, dass kaum jemand sie finden würde.

Er reinigte die Klinge im Gras.

Siegfried mühte sich zu schlafen, aber je näher der Tag des Auszugs kam, desto ruheloser wurde sein Geist und desto mehr zitterte ihm die Hand. Er verbrachte heimliche Nachmittage damit, im Wald Nothung in Baumstämme zu schlagen, die er oft genug dabei durchteilte. Sein Körper sammelte die Kraft zu ungeduldig, und es war kaum möglich, sie zu lenken.

Angezogen lag er auf dem Bett, im Kopf wieder und wieder die Worte, die er Hjalmar entgegenschleudern würde, und den Hieb, der ihm Xantens Thron sicherte. Seine Ungeduld war so groß, dass er meinte, sich nach Dänemark schleichen zu müssen, um den König alleine zu stellen.

Dabei liefen die Vorbereitungen bei Hofe prächtig. Söldner kamen in Hundertschaften, darunter Hunnen, Perser und ehemalige Kohorten der römischen Legionen. Sie waren gut ausgebildet und trugen bereits das Abzeichen von Burgund für den Sold, den sie bekamen. Viele von ihnen brachten ihre eigenen Waffen mit und sogar Pferde.

Es klopfte nicht, bevor die Tür zu Siegfrieds Zimmer aufgeschoben wurde und eine schlanke Gestalt hereinschlüpfte.

Es war Kriemhild. Jene Kriemhild, die seit der Verkündung des Feldzuges nicht mehr mit ihm gesprochen, ihn nicht einmal mehr angesehen hatte. Die ihn mit ihrer kalten Schulter mehr quälte, als der Atem des Drachen es getan hatte.

Siegfried sprang sofort auf die Füße. »Prinzessin.«

Sie trug ein einfaches weißes Kleid und war gänzlich vom Schmuck befreit, den sie tagsüber um Hals und Hüfte gelegt hatte. Ihr Haar war offen und rahmte ihr Gesicht.

»Ich hoffe, ich komme nicht ungelegen«, sagte sie knapp und ohne den Anflug von Rührseligkeit.

»Nein«, antwortete Siegfried, »wie könnte Eure Nähe mir nicht willkommen sein?«

»Es scheint, als wäre es unser Schicksal, uns immer nur im Verborgenen zu treffen«, begann die Prinzessin.

»Schicksal vielleicht, mein Wille ist es aber nicht«, hielt Siegfried dagegen. »Ich würde im Angesicht des niedersten Bauern vor Euch knien, wenn Ihr mich lasst. Vor Eurem Gott, oder vor meinen Göttern – welchen Schwur Ihr auch verlangt. Wenn ich als König zurückkehre, kann ich das gegebene Versprechen halten.«

Kriemhild sah ihn fast mitleidig an, als sei er ein Kind, das sich in eine hoffnungslose Aufgabe verstrickt habe. »Erinnerst du dich an die Nacht, in der du mir das Versprechen gegeben hast?«

Er nickte. »Sie kommt oft im Traum zu mir zurück.«

»Habe ich dich in jener Nacht gebeten, Schlachten für mich zu schlagen und Königreiche zu erobern?«

Siegfried musste tatsächlich einen Moment lang nachdenken. »Du hast gesagt, wenn ich nicht der König deines Herzens wäre ...«

Sie hob die Hand, seine gestammelten Worte unterbrechend. »Mein Herz, Siegfried. Es gehört dir – es war schon dein, bevor ich dich jemals sah. Ich habe Etzel deinetwegen abgewiesen und zu jedem Glockenschlag für dich gebetet, als du gegen Fafnir gezogen bist. Du bist ein Held, du bringst Burgund Reichtum und Ansehen – mein Bruder würde mich dir gerne geben, auch ohne Krone auf dem Haupt oder dem Abzeichen auf der Brust. Kann das nicht genug sein?«

Ihre Worte hallten in Siegfrieds Kopf, und er versuchte, sie mit seinen Gefühlen in Einklang zu bringen. Nichts hatte er sich jemals mehr gewünscht als das Recht, Kriemhild zu besitzen. Nun war das Ziel seiner Sehnsucht greifbar – und doch fühlte er sich unzufrieden, hungrig und zerrissen.

Er setzte dreimal an, um die richtigen Worte zu finden, um seiner Prinzessin zu erklären, dass ... was? Dass er den

Krieg mit Hjalmar wollte? Dass es ihn nach der Krone einer Heimat dürstete, die er nicht kannte? Dass er sie als König besitzen wollte und nicht als geduldeter Vertriebener?

Kriemhild fuhr mit der rechten Hand zu ihrem Rücken und löste ein Band. Das Kleid fiel zu Boden. Sie war darunter unbekleidet, und ihr vollkommener Körper warf weiche Schatten im Licht der Fackeln.

»Wenn du mich haben willst – nimm mich«, flüsterte sie ohne Freude oder Verführung in der Stimme. »Doch kämpfe nicht mit Hjalmar um ein Recht, welches ich dir schon lange zugesprochen habe.«

Siegfried streckte die linke Hand nach ihr aus, wie verzaubert von dem Anblick. Er fühlte Mächte, stärker noch als Nothung, die ihn schoben, drückten, vorwärts pressten, sich den Leib der Prinzessin zu holen.

Dann fiel sein Blick auf den Ring an seinem Finger. Die umschlungenen Goldbänder flossen ineinander, schmiegten sich eng an sein Fleisch, taten ihren Anspruch auf seine Seele kund.

Er zog die Hand zurück und schlug die Augen nieder. »Bedeckt euch wieder, Prinzessin. Euer Körper ist zu kostbar, um ihn als Pfand in einem heimlichen Geschäft zu entehren.«

Sie rührte sich nicht. »Wenn es der Preis ist, den ich zahle, damit du meinen Bruder und das Reich nicht mit Blut und Leid überziehst, dann ist mein Körper jeder Schändung dankbar.«

Siegfrieds Augen suchten ihren Blick. »Ist es das, wovor Ihr Euch fürchtet? Dass ich Burgund und Gunther in den Abgrund reiße, um Blutrache und Machtgier willen?«

Kriemhild hielt ihm stand, stolz und in der Nacktheit nicht beschämt. »Ist es nicht das, was Krieg bedeutet?«

»Wenn es Krieg gäbe, wäre ich der Erste, der auf unserer

Seite fallen würde, um Euren Bruder mit meinem Körper zu decken«, versicherte Siegfried. »Aber es wird nicht so kommen. Ein Sieg ohne Schlacht ist mein Ziel.«

»Ich mag kein Stratege sein«, sagte Kriemhild, »aber wo es einen Sieger gibt, da muss es einen Verlierer geben.«

Siegfried machte einen Schritt auf sie zu und stand nun dicht vor der Prinzessin, deren weicher Duft sich aus Wind und Blüten zu speisen schien. Er konnte sehen, dass sie zitterte, dass Wellen von Gänsehaut ihre schmalen Schultern überzogen. Er bückte sich, wobei sein Blick die Brüste und den flachen Bauch streichelte. Blind fanden seine Hände das Kleid, und er zog es langsam an ihrer schlanken Gestalt hoch. »Ihr solltet Euch vor der Kühle des Abends schützen – dieser Körper wird bald die Kinder des Königs von Xanten gebären.«

Sie standen nun wieder von Angesicht zu Angesicht, und er konnte sehen, dass Kriemhild mit den Tränen so mutig kämpfte wie er mit dem Drachen. »Gibt es nichts, was ich dir bieten kann, um dich an meiner Seite zu halten?«

Er nahm ihr Gesicht vorsichtig in seine Hände, wie man Wasser aus einem klaren Bach schöpfte. »Es gibt nichts, was mich von Eurer Seite reißen kann – und sei es in Gedanken. Aber was getan werden muss, wird getan. Dann erst wird dauerhafter Frieden herrschen und Gerechtigkeit.«

»Glaubst du wirklich daran?«

Er strich ihr mit den Daumen sanft über die Wangen. »Ich könnte Euch heute Nacht nicht gehen lassen, wäre ich nicht überzeugt, Euch schon bald als König in mein Bett zu tragen. Bestünden Zweifel daran – ich würde diesen Körper liebkosend unter mir begraben.«

Sie liebten sich in einem Blick. Es waren Küsse ohne Berührung, Leidenschaft ohne Schweiß, ein Festmahl ohne Speisen.

Siegfried erwachte aus dem heißen Traum, als Kriemhild die Tür seines Zimmers hinter sich geschlossen hatte.

Zweimal hatten sie einander in dunkler Nacht gesucht – zweimal der Begierde widerstanden, der eine den anderen fortschickend, in Erwartung größerer, wahrer Bestimmung.

Konnte es noch Ungewissheit geben, dass sie füreinander geschaffen waren?

»Du kannst nicht gehen!«, rief Siegfried, während Regin einen Beutel packte, der nicht einmal seine Werkzeuge fassen konnte.

Der alte Schmied lächelte freudlos. »Will mich der große Krieger mit Gewalt hindern?«

Siegfried lief in der kleinen Schmiede, deren Kohlen schon erkaltet waren, auf und ab. »Was redest du da? Burgund braucht dich und deine Kunst – *ich* brauche dich!«

Regin schüttelte den Kopf. »Deine Füße hinterlassen ihre Spuren nun auf einem eigenen Weg. Ich könnte nur noch deine Fahne schwenken, wenn du siegreich aus der Schlacht heimkehrst. Verzeih, wenn mir danach nicht zu Mute ist.«

Siegfried fühlte eine unerklärliche Angst, eine bange Verwirrung, als wäre Regins Abreise ein schlechtes Omen. »Es wäre mir sehr recht, wenn du an meiner Seite stündest, bis ich den Thron von Xanten besteige.«

Regin zog eine Jacke über und hängte sich den Beutel um. »Der Krieg war nie mein Geschäft. Waffen können nicht zu einem guten Zweck geschmiedet werden, denn nur im Blut finden sie ihre Erfüllung. Darum war ich einst aus Xanten fortgezogen – und darum gehe ich auch heute.«

»Kehrst du in Odins Wald zurück?«, wollte Siegfried wissen. »Kann ich dich finden, wenn ich deinen Rat brauche?«

Der Schmied legte seinem Ziehsohn eine Hand auf die

Schulter. »Ich kehre niemals zurück – der Weg führt mich nach vorn. Meinen Rat nehme ich mit für jene, die ihn zu hören bereit sind.«

Er ging zur Tür hinaus, und Siegfried folgte ihm wie ein geprügelter Hund. »Habe ich dich denn enttäuscht? Liegt Schande in meinem Sieg über Fafnir oder dem Anspruch auf mein Erbe?«

Regin sah ihn nicht mehr an, den Blick bereits auf die Welt jenseits des Burgtors gerichtet. »Sieg und Anspruch, Siegfried – du sagst es selbst. Beides schafft nur Verlierer und Feinde. Gier und Tod sind ihr Gefolge. Auch wenn dein Leben davon verschont sein sollte oder das deines Sohnes – die Zeche wird zu zahlen sein.«

Er ging steten Schrittes, von dem geschäftigen Treiben um sich herum scheinbar ungerührt.

Wut und Enttäuschung hielten sich bei Siegfried sanft die Waage, und der Abschied von seinem Ziehvater tat ihm im Herzen weh. »Ist das alles, was du mir zu sagen hast – dass Unglück meinem Handeln folgen wird?«

»Nein«, rief Regin nun, seine Stimme schon deutlich leiser werdend. »Wenn ihr Hjalmars Truppen stellt, dann zeige den Heeren das Mal auf deiner Brust, neben der linken Schulter. Es ist das Mal der Könige von Xanten. Wenn du die Worte richtig wählst, wird es dir gute Dienste erweisen.«

Siegfried hatte über die Jahre zu viel Respekt vor seinem Ziehvater und Lehrmeister gehabt, um nun weitere Antworten zu verlangen, die zu geben Regin sichtlich nicht bereit war.

Er stand noch lange am Burgtor, und es wunderte ihn wenig, als die kleine Gestalt mit den immer noch pechschwarzen Haaren in den Wald abbog, dort, wo Siegfried zu Fafnirs Versteck gezogen war.

Trotz Gunther, Kriemhild und der Liebe der Burgunder – Siegfried fühlte sich verlassen.

Seine Hand tastete unter dem Hemd nach dem Muttermal.

Der Marsch war kurz, und Regin hatte nicht die Hälfte seines Proviants verbraucht, als die Bäume am Wegesrand immer schwärzer wurden. Er ignorierte Knochen, faulendes Getier und düstere Zeichen vergangener Gefahr. Er hätte den Ort auch mit verschlossenen Augen gefunden, nur dem Ruf seiner Seele folgend.

Die Stimmen und Lichter begannen, seinen gedrungenen Körper zu umspielen. Er begrüßte sie wie alte Freunde, lud sie in Herz und Hirn, als könnten sie ihn reinwaschen von einem Schmutz, dem Wasser nicht gewachsen war.

Reeegiiin ...

Der Wald schien in freudiger Erregung zu erzittern, und die wenigen Blätter, die noch auf den Bäumen waren, fielen tanzend zu Boden. Holz knackte, und in der Erde schien ein Feuer zu brodeln.

Schmiiied ... Reeegiiin ...

Regin fand die Höhle, deren Eingang der stinkende, kopflose Kadaver von Fafnir machtlos bewachte.

Die Stimmen wurden lauter, satter, in den Tonarten sich trennend. Böses Zischeln mischte sich unter zufriedenes Jauchzen. Gestalten und Gesichter malten sich in Nebel, spielten als Schatten über die Steine und flirrten zwischen den Bäumen umher.

Keine Freude ... in der Menschen Schoß ...

Scheinbar unbeeindruckt blieb Regin stehen, ließ seinen Beutel zu Boden fallen und legte den Kopf in den Nacken. Er sprach, ohne die Lippen zu bewegen und ohne einen Laut zu erzeugen.

Reeegiiin ...

Sein Fleisch begann zu fließen, die Knochen wurden weich. Horn, Haar und Haut knisterten, als ob sie im Feuer brannten. Die Kleider rutschten von seinem zerfallenden Körper. Alle Teile, die den Menschen Regin ausmachten, schmolzen in den Boden, der die Gabe gierig trank.

Der Wald nahm auf, was er dereinst gegeben hatte.

Reeegiiin ...

Seine Stimme gesellte sich zu ihren, zu den seinen. Sein Geist wurde eins mit ihren Gedanken und schlüpfte in die Bäume, die Erde, den Stein. Es lag Freude ebenso in der Luft wie milder Spott.

Menschen ... dummes Fleisch ... dem Tod geweiht ...

Obwohl er eins mit allem war, hielt Regins Stimme ihren eigenen Klang.

Sie lernen ... langsam ... blutend ...

Die Bäume schienen sich zu schütteln, und auch die Erde erschauerte ein wenig.

Sind nicht wert ... waren nie wert ...

Regin hatte fast vergessen, wie es war, den Wald nicht zu spüren, sondern der Wald zu sein. Das Leben unter den Menschen hatte ihn verführt.

Vielleicht nicht waren ... vielleicht nicht sein ... vielleicht doch werden ...

Die Nibelungen, die Wald waren und Wind, einer und viele, Wahrheit und Trug, sie lachten mit allen Stimmen.

Niiiemaaals ...

Es war die Zeit der Boten und Spione, der Kundschafter und Späher. Ihre Berichte bestimmten Strategien, änderten Pläne und legten die Saat für den Kampf.

Natürlich hatte Hjalmar erfahren, dass Gunthers Burgund vom Drachen befreit war und Schätze unbekannter Herkunft für die Rekrutierung einer großen Streitmacht sorgten. Die Gründe dafür konnten vielerlei sein. Wollte Gunther die Römer endgültig über die Alpen treiben und sich selbst zum Retter der Reiche machen? Wollte er gewappnet sein, falls Etzels Vater die Ablehnung durch Kriemhild mit dem Schwert zu beantworten trachtete? Er wusste es nicht, und Gunther hatte wenig Interesse, es ihn wissen zu lassen.

Trotzdem war Hjalmar klug genug, sein Heer zusammenzuziehen und die versprengten Truppen zu vereinen. Er verlegte Teile des Heers an die Grenzen seines riesigen Reiches, um die besonders verwundbaren Stellen zu schützen. Was auch immer bevorstand, seine Heimat Dänemark wollte er gesichert wissen.

Damit hatte Gunther gerechnet, als er mit Hagen und Siegfried die Pläne für den Marsch aufgestellt hatte. Er deutete mit dem Finger auf die Karte, die die neuesten der sich stets ändernden Reichskonturen in dunkler Tinte auf hellem Pergament trug. »In der Tat – Hjalmar strafft die Truppen.«

Hagen nickte. »Er weiß, dass sein Reich leicht zu verteidigen ist – das Meer verhindert den Angriff über die Flanken und den Einfall von Norden her. Er muss nur einen Bogen aus schwer bewaffneten Soldaten an den südlichen Grenzen setzen, und schon ist Dänemark eine Festung.«

»Und das rebellische Xanten wird nur noch von wenigen Schwertern verteidigt«, murmelte Siegfried. »Wie wir es planten.«

»Wir sollten schnell handeln«, merkte Hagen an. »Solange viele der Truppen noch unterwegs sind, können sie nur durch ein Netz von berittenen Boten in Einklang gebracht werden.«

Gunther deutete auf die blaue Linie, die sich nordwärts zur See schlängelte. »Nicht zu schnell jedoch. Wenn wir dem Lauf des Rheins auf unserer Seite folgen, braucht es keinen Strategen am dänischen Hof, um unsere Absichten zu durchschauen. Aber wenn wir rechtsrheinisch marschieren, als planten wir den späteren Einfall in die östlichen Reiche, wird es Hjalmar in trügerischer Sicherheit wiegen. Sind die Regenten, deren Grund wir auf der Reise betreten, benachrichtigt und uns wohlgesinnt?«

Hagen nickte und sah dann Siegfried an. Zweifel standen in seinem Gesicht. »Ihr haltet daran fest, die Schlacht vor den Toren von Xanten zu suchen, wo einst Euer Vater fiel?«

»Die Schlacht würde ich dort suchen, wenn ich sein Schicksal teilen wollte«, antwortete Siegfried. »Doch was ich wirklich brauche, sind zwei Heere Auge in Auge, an legendärer Stätte. Dann wird sich das Blutvergießen vielleicht vermeiden lassen – abgesehen von Hjalmars Kopf, den ich mir zu holen gedenke.«

»Dann ist es entschieden«, sagte Gunther. »Wenn die Sonnenscheibe morgen den Himmel erhellt, findet sie die Soldaten Burgunds unter Waffen – und auf dem Weg.« Er sah Siegfried an. »Ich hoffe, du weißt, welcher Gefahr ich das Reich aussetze, um mein Wort zu halten.«

Siegfried lächelte und legte ihm die Hand auf den Arm. »Mein König, wenn unsere Pferde wieder in ihren Ställen sind, wird Burgund reich an Gold und Ruhm sein – und einen starken Freund im Norden haben.«

Gunther lächelte nicht weniger freundlich, aber weniger überzeugt. »Auf dass unsere Reiche einen Bund bilden, der die Generationen überdauert.«

Siegfried gähnte überdeutlich. »Ich denke, für den heutigen Tag ist mein Kopf genug mit Schlachtplänen gefüllt worden. Was für ein Vorbild wäre ich, wenn ich morgen auf meinem Pferd schliefe?«

Er nickte Gunther und Hagen zu und verließ den Thronsaal.

Hagen wartete, bis die Türen wieder geschlossen waren. »Ist Euch aufgefallen, dass er von sich als Vorbild spricht? Vorbild für die Soldaten Burgunds, deren König *Ihr* seid?«

Gunther schüttelte den Kopf und konzentrierte sich auf die Pläne. »Er meint es nicht so. Siegfrieds Zunge ist ein schlechter Diplomat.«

»Schlechte Diplomaten geben selten gute Könige«, mahnte Hagen.

Sichtlich entnervt blickte Gunther seinen Ratgeber nun direkt an. »Was soll ich tun, Hagen? Mein Wort brechen?«

Hagen wählte seine Worte mit äußerster Vorsicht. »Wenn das geschieht, was er prophezeit, dann regiert im Norden bald ein reicher und mächtiger König, der Eure Schwester freien will. Wenn Ihr sie ihm dann nicht geben könnt – was hindert ihn, sie sich zu holen?«

Gunther runzelte die Stirn. »Er würde es nicht tun. Respekt und Freundschaft sind Werte, die er hochhält.«

»Das bezweifle ich nicht«, stimmte Hagen zu. »Aber wenn er aus verweigertem Herzensglück doch noch zum Feind werden könnte – ist es dann nicht unklug, ihm auf genau jenen Thron zu helfen, der eine Schlacht gegen Burgund ermöglicht? Den Schmied und Erben Siegfried können wir abweisen, den König von Xanten nur schwerlich.«

Gunther leerte seinen Kelch Rotwein und ließ sich für die Antwort lange Zeit. »Wir müssen Gott vertrauen, dass es so weit nicht kommen wird.«

»Euer Gott mag dafür empfänglich sein«, murmelte Hagen, »doch meine Götter belohnen Voraussicht und Planung.«

Müde winkte Gunther ab. »Es ist spät, und meine Glieder sind schwer. Das königliche Wort ist gegeben, und alles Weitere wird man sehen.«

Er machte sich auf den Weg in seine Gemächer.

Hagen stand noch lange über die Karte gebeugt.

Gunthers Loyalität war löblich, aber die Zukunft des Reiches durfte davon nicht abhängen. Es war klar, dass der König sein Wort nicht brechen würde. Hagen hingegen fühlte sich ungebunden und nur Burgund verpflichtet.

Ob Siegfried oder Hjalmar am Abend vor Xanten noch aufrecht stand, es war ihm gleich. Es war nur darauf zu achten, dass der Sieger Gunther hieß.

Und dafür würde er zu sorgen wissen.

9

Hjalmar
und der Sohn des Drachen

Es war kein Zug mit Feuer und Schwert wie bei den Hunnen, die nur eine Schneise aus Asche zurückließen. Obgleich mehrere tausend Mann aus mehr als einem Dutzend Reichen unter Gunthers Oberbefehl marschierten, war der Tross in christlichem Sinne bescheiden. Proviant wurde mit Siegfrieds Gold erworben, und Boten der Königreiche, die auf dem Weg lagen, bekamen gute Wünsche für den Hof mit.

Es fiel jedoch auf, dass keiner der Könige selbst erschien, um den durchreisenden Herrscher von Burgund zu grüßen. Hagen legte das als Erfolg aus – niemand wusste genau, was Gunther vorhatte, und niemand wollte einem Heer, das so sichtlich überlegen war, entgegentreten.

Gernot ritt neben Gunther auf der rechten Seite, Hagen auf der linken. Siegfried selbst hielt sich im Hintergrund und ritt mit den Offizieren. Es war geplant, den Erben von Xanten so lange wie möglich als einfachen Held von Burgund mitzuführen.

Immer wieder scherte Hagen aus und traf sich am Rand der Kolonne mit Kundschaftern und Spionen, die ihn über den Stand in Xanten und Dänemark auf dem Laufenden hielten und über die Suche nach einer Frau für Gunther. Beide Belange gewannen an Wichtigkeit, als er am zehnten Tage das vertrauliche Ohr seines Herrschers suchte. »Mein König, es gibt Neuigkeiten.«

Gunther, nach langem Ritt froh über jede Abwechslung, versuchte sich in Leichtigkeit. »Guter oder schlechter Natur?«

Hagen blickte sich unauffällig um, als wolle er keine Unruhe säen. Gernot verstand den Wink und lenkte sein Pferd etwas zur Seite, die Flanken des Heers inspizierend.

»Ob die Kunde gut oder schlecht ist, hängt von Eurem Umgang damit ab. Zuerst einmal scheint es so, als ahne Hjalmar die Gefahr. Meine Späher berichten, dass die kümmerliche Besatzung von Xanten in Bereitschaft gepeitscht wird und dass verschiedene Truppen unterwegs zum Niederrhein sind.«

»Dann sollten wir den Rhein bei der nächsten Furt überqueren«, erwiderte Gunther. »Kein Grund mehr, mit unseren Absichten Versteck zu spielen.«

Hagen nickte. »Wenn wir uns westwärts halten, stößt der Keil der Dänen südlich ins Leere. Wie es Siegfrieds Wunsch war, würde erst Xanten selbst den direkten Zusammenstoß erleben.«

Der König nickte. »Gebt Kunde. Ich möchte noch vor der Nacht wieder auf der Heimatseite des Flusses sein.«

Hagen senkte ergeben den Kopf. »Das ist noch nicht alles. Einer unserer Kundschafter hat einen Boten aus Island aufgetan, der von Brunhilde sprach – die einen König sucht.«

Gunther sah Hagen überrascht an. »Brunhilde von Isenstein, die Königin von Island? Vor Jahren stellte Hakan sie bei Hofe vor. Ein wildes Gör, ganz ohne Manieren und weiblichen Liebreiz. Bei Tisch hat sie Gernot verhauen – und Giselher!«

Der alte Ratgeber hob die Hand. »Man versichert mir, dass Brunhilde dem Thron nur Ehre macht. Ihre Kampfkraft ist nun gepaart mit dunkler Schönheit. Auch darum haben viele Freier sich den Prüfungen gestellt.«

»Was für Prüfungen?«, wollte Gunther wissen.

Hagen zuckte die Schultern. »Wie man hört, will Brunhilde einen Mann heiraten, der im Wettstreit seine Größe beweist. Von schwarzen Mächten ist die Rede. Weinseliger Unsinn, da bin ich sicher.«

Gunther lachte. »Warum sollte ich mich dieser Plage aussetzen? Eine junge Prinzessin, die ihr Herz ohne Prügel zu geben bereit ist, scheint mir eine bessere Wahl.«

Hagen wartete einen Moment, bevor er widersprach. »Auf welchen Sieger auch die Nacht in Xanten fallen wird – ein Bündnis mit Island, geschmiedet zum Bund der Ehe, würde Burgund den Frieden sichern. Es kann kein Fehler sein, sowohl Xanten als auch Dänemark von Süden *und* Norden in wachsamer Freundschaft zu umklammern.«

Der König dachte darüber nach. Was Hagen sagte, ergab Sinn. Jedem Gegner, der sich gegen Burgund wandte, konnte Island den Speer in den Rücken treiben.

»Soll ich einen Botschafter zur Burg Isenstein schicken, um Euer Interesse zu verkünden?«, hakte Hagen nach.

Gunther schüttelte den Kopf. »Dazu sind die nächsten Wochen noch zu ungewiss. Vielleicht hat das Schicksal andere Pläne. Wer weiß – Siegfried könnte so mit der Übernahme von Xanten beschäftigt sein, dass er meine Schwester vollends vergisst. Oder der Pfeil eines Soldaten beendet mein Leben, was mir einiges Kopfzerbrechen ersparen würde.«

Hagen legte die Faust auf den Brustpanzer. »Mein König – mein Körper ist Euer Schild.«

»Das ist beruhigend, doch unnötig«, lachte Gunther und hielt den linken Arm mit dem Schild hoch, auf dem das stolze Abzeichen von Burgund prangte. »Ich weiß mich zu verteidigen.«

Der Ratgeber des Königs nickte und machte sich auf, um den Heerführern den Richtungswechsel zu befehlen. Er missbilligte Gunthers Leichtsinn und seinen Unwillen, für den schlechtesten Fall vorbereitet zu sein.

Und es war immer der schlechteste Fall, mit dem Hagen rechnete.

Siegfried langweilte sich. Die Offiziere, mit denen er ritt, hatten außer glorreich gewonnenen Schlachten kein Thema, und mit einfachen Soldaten war nicht zu reden, denn ihre Ehrfurcht vor ihm ließ sie verstummen. Er hoffte auf einen Zusammenstoß mit den Dänen, und sei es nur, damit endlich *irgendetwas* geschah.

Er zog am Zügel seines Pferdes, ließ sich etwas zurückfallen und scherte nach rechts aus, als er Gernot sah, der in seine Richtung ritt. Der junge Prinz war sicher nicht zum Helden geboren, aber Siegfried mochte seinen wachen Geist. »Prinz Gernot. Wie geht es Euch?«

Gunthers Bruder lächelte schmal. »Das Reiten ist mir nicht in die Wiege gelegt worden. Hoffentlich hat mein Hintern bald Hornhaut wie meine Füße, sonst sitze ich demnächst auf rohem Fleisch.«

Siegfried lachte. »Ihr solltet mehr Fleisch essen, um mehr davon auf den Knochen zu haben. Nicht nur Gäule wollen gut gefüttert sein.«

»Ich versuche eher, das Fleisch zu meiden«, erklärte Gernot. »Es ist ...«

»Hagens Tochter, richtig?« Siegfried grinste freundlich. »Das dunkle Mädchen macht Euer Herz hell.«

Gernots Augen wurden groß. »Woher weißt du ...?«

Siegfried blinzelte verschwörerisch. »Wer selber liebt, der sieht die Funken besser. Und wenn ich bei den vielen Mahlzeiten, die ich mit dem Hofstaat eingenommen habe, nicht vollends falsche Blicke warf, dann ist es Hagens Tochter, die dem Fleisch nichts abgewinnt. Wie war doch ihr Name?«

»Elsa«, sagte Gernot. »Sie ist das wunderbarste ...«

»Spart Euch die Worte für ihre Ohren«, winkte Siegfried ab. »Dort soll der Zauber wirken. Mein Herz sieht nur das Bild der einen.«

»Es ist kein Geheimnis bei Hofe, wen der heldenhafte Schmied verehrt«, sagte Gernot freundlich.

Siegfried sah ihn an. »Und weiß der Hof auch, wie die Prinzessin dazu steht?«

Nun war es der Prinz, der lachte. »Muss ich es sagen? In jeder Blume, in jeder Farbe, in jedem Lichtstrahl sieht meine Schwester dein Gesicht, Siegfried. Sie würde sterben, um mit dir zu leben – und leben, um mit dir zu sterben.«

Es salbte Siegfrieds Seele, das zu wissen. »Warum hat sie dann so wenig Verständnis für mein Erbe? Weiß sie nicht, dass ich nur für sie den Thron besteigen will?«

Gernot wurde wieder ernst. »Die Frauen sehen nicht den Sinn im Kriege. Und manchmal, wenn er mit Blut und Tod geritten kommt, geht es mir ebenso. Kriemhild weiß, was dich bewegt – aber ein lebendiger Schmied wäre ihr teurer als ein toter König.«

Siegfried nickte. »Und doch muss ich es tun.«

»Ich hoffe nur, dass die Schwerter ungezogen bleiben«, sagte Gernot. »Von den Söhnen Gundomars war ich immer der ungelenkste. Wenn es eine Schlacht gibt – meine ungeübte Klinge würde unfreiwillig den Dänen dienen.«

»Dann haltet euch hinter mir«, riet Siegfried. »Ich werde den Liebhaber von Elsa von Tronje schützen.«

Gernot errötete tatsächlich. »Wir sind nicht ... ich meine, wir haben nicht ...«

Siegfried verbeugte sich schnell, so weit der Pferderücken es zuließ. »Es tut mir Leid, Hoheit. Es war nicht angemessen, dergleichen zu behaupten.«

»Schon gut«, beruhigte ihn Gernot. »Es ist nur noch nicht an der Zeit gewesen. Und wenn ich dich um etwas bitten darf – beschütze nicht mein Leben auf dem Felde. Wenn du eine Klinge fängst, die meinem Leib zugedacht war, würde Kriemhild selber Sorge tragen, dass ich dem Schicksal Folge leiste.«

»Wie Elsa sicher auch, sollte es anders herum kommen«, bestätigte Siegfried.

Gernot zog bereits am Zügel, als ihm einfiel, weshalb er eigentlich gekommen war. »Ach, Siegfried – spürst du es schon?«

Der junge Krieger sah sich um, holte tief Luft und lauschte aufmerksam. »Nein, was sollte ich spüren?«

Der Prinz lächelte. »Unsere Kartenleser sagen, dass wir die Grenze vor kaum einer Stunde überschritten haben. Wir sind im Königreich Xanten!«

Siegfried hielt inne, und sein Pferd blieb stehen. Viele Reiter zogen vorüber, während er in eine eigene Welt versank.

Xanten.

Jetzt spürte er es auch.

Kriemhild stand auf dem Wehrgang, der die Mauer krönte und die Burg nach Osten schützte. Es war ein früher

Abend, und die Sonnenscheibe berührte fast den Horizont.

Sie wusste natürlich, dass sie das Heer ihres Bruders nicht sehen konnte. Auch bei klarstem Himmel reichte der Blick kaum bis zu den Grenzen des Rheintals. Sie sah den Fluss, die weiten Felder, die Wälder und die Stadt, die ihr Königreich ausmachten. Ein einsames, leeres Reich, nun, da Gunther die Waffen gegen Hjalmar führte.

Und Siegfried.

Schon der Gedanke an ihn verursachte ein Stechen in ihrer Brust, und sie musste den Zwang unterdrücken, aus dem Burgtor hinter den Truppen herzulaufen, um ihn bettelnd von dieser Torheit abzuhalten.

Kriemhild weinte ein paar Tränen, betete ein paar Gebete und hoffte darauf, dass Heldenmut und Güte in den Augen Gottes das Geschenk des Sieges rechtfertigten.

Sie erschrak, als eine leise Stimme hinter ihr erklang. »Prinzessin?«

Es war Elsa, Hagens blasse, schmale Tochter, deren seltsam verlorener Blick vielen bei Hofe unheimlich war. Kriemhild ertappte sich dabei, dem Mädchen böse zu sein, weil sie störte, wenngleich der Wehrgang keine Einsamkeit versprochen hatte. »Was willst du?«

Elsa zuckte zusammen, als habe sie den Riemen einer Peitsche gespürt. Ihre Empfindsamkeit stand in unübersehbarem Widerspruch zur Hartherzigkeit ihres Vaters. »Nichts, ich ... ich wollte nur ein wenig in den Osten sehen.«

Es kostete Kriemhild Mühe, dem Mädchen den wenigen Respekt zu gewähren, den sie verdiente. »Das ganze Reich schaut derzeit besorgt nach Osten.«

Elsa stellte eine Holzschüssel auf die steinerne Mauer, rührte die darin dampfende Suppe aber nicht an.

Sie standen für eine kleine Weile schweigend beisammen.

»Du darfst in meiner Gegenwart ruhig essen«, bemerkte Kriemhild schließlich, mehr, um sich selbst zu beweisen, dass sie auch Hagens Tochter keine Missachtung zukommen ließ.

»Sie ist nicht für mich«, murmelte Elsa, als sei damit alles gesagt.

Der Blick der beiden Frauen ging starr zum Horizont. Wieder standen sie, als würde es Stille brauchen, damit ihre Seelen nach den Liebsten rufen konnten. Schwarz wie ein Rabe die eine, blond wie eine Taube die andere, vereint in Sehnsucht.

»Ist es der Brauch deiner Götter, mit Speisen um Milde für die Familie zu bitten?«, wollte Kriemhild wissen. Der Glaube an Walhall und das wilde Pack um Odin war ihr fremd, auch wenn noch unter ihrem Großvater die Christen im Rheintal zerstückelt in den Fluss geworfen worden waren.

»Es ist kein Brauch«, antwortete Elsa. »Nur die Erfüllung eines Versprechens. Und es gilt nicht meinem Vater, den Ihr so hasst, dass Ihr seine schwarze Seele seht, wenn Euer Blick auf mich fällt.«

Es stimmte – die Prinzessin hasste Hagen so inniglich, dass jede Person, die ihm nahe stand, ihr körperliches Unbehagen bereitete. Es war, als könnte die Berührung des verschlagenen Einäugigen unauswaschbare Flecken hinterlassen oder eine schleichende Krankheit verbreiten. Und Elsa war nicht nur aus seinem Umfeld – sie war sein Blut, das Ergebnis einer Vereinigung, die Kriemhild bereits in der Vorstellung ekelte.

Es war ein offeneres Wort, als einem Mädchen zustand, welches nur als Tochter eines geachteten Ratgebers bei Hofe Zuflucht fand. Kriemhild dachte einen Moment daran, sie empört zurechtzuweisen, aber dann war sie von der Klarheit der Worte beeindruckt. »Du sprichst von einer schwarzen Seele beim eigenen Vater?«

Elsa senkte die Augen. »Die Wahrheit schmerzt, aber nicht mehr als beständige Enttäuschung, weil man sich ihr verweigert.«

»Kluge Worte für ein Mädchen von ...«, sagte Kriemhild, »wie alt bist du ... sechzehn, siebzehn?«

Etwas Trotz schlich sich in Elsas Augen, als sie antwortete: »Alt genug für die Wahrheit – und alt genug für die Liebe!«

Kriemhild konnte nicht anders – sie musste lachen. Und weil es das erste Lachen war, seit Burgund gegen Hjalmar zog, öffnete es ihre Seele ein wenig. »Du redest, als stündest du vor Gericht. Wenn du jemanden suchst, der dir das Recht auf Liebe abspricht, musst du jemanden finden, der nicht selbst von ihr gefangen ist.«

Elsa war von diesem Stimmungswechsel sichtlich erstaunt. »Dann ... dann tadelt Ihr mich nicht für mein dummes Herz?«

Kriemhild blickte wieder zum Horizont. »Das Herz mag dumm sein, aber dickköpfig ist es auch, und ehrlich. Solange der Soldat, dem es gehört, sein Schwert für deine Liebe führt ...«

Sie hielt inne und bemerkte mit einem Seitenblick, wie Elsa verschämt die Augen niederschlug.

Vielleicht war es die Liebe zu Siegfried gewesen, die die Prinzessin so blind gemacht hatte, dass die offensichtliche Erklärung ihr erst jetzt zu dämmern schien. In ihrem Kopf ging sie die Ereignisse der letzten Wochen durch, zählte Blicke, Worte, versäumte Essen und verträumte Seufzer.

»Du liebst ... Gernot?«

Die schnellen Tränen waren eine ebenso klare Antwort wie die schnellen Schritte, mit denen Elsa davonlief.

Zum ersten Mal seit dem Auszug des Heers lösten sich Kriemhilds Gedanken von ihren eigenen Sorgen. Dieses zarte Mädchen liebte ihren Bruder? Die Verwunderung darüber wich schon bald dem Erstaunen, die Selbstverständlichkeit nicht erkannt zu haben, mit der Gernot und Elsa zusammengehörten. Gernot hatte eine weiche Seele, und wie Elsa hatte er unter einem harten Vater gelitten. Sie waren Träumer, alle beide, und wie es schien, hatten sie ineinander ihre Erfüllung gefunden. Doch so, wie die Prinzessin unter ihrem Stand liebte, so liebte Elsa weit darüber hinaus.

Die Suppe – Kriemhild hatte wohl niemals ein Zeichen von so einfacher und reiner Liebe gesehen.

Sie stand noch so lange auf dem Wehrgang, bis Land und Himmel ein schwarzes Tuch bildeten, das Burgund umschlang.

»Siegfried«, flüsterte sie.

Mit der Unvermeidlichkeit von Ebbe und Flut, von Tag und Nacht, von Sommer und Winter hatten die Heere von Dänemark und Xanten auf der einen Seite und Burgund auf der anderen einander gefunden. Auf beiden Seiten in schwer zu schätzender Zahl standen sie nur einen kurzen Ritt voneinander entfernt und schlugen ihre Zeltlager auf. Zwischen ihnen lag nur das große Feld, welches einst Siegmunds Blut getrunken hatte, von sattem Gras längst überwachsen.

Es war ein Warten, ein Zögern und die Unsicherheit, wer wann zuerst das Heft ergreifen würde. Da kein ehrlicher Grund für einen Krieg war, suchte keine Seite ihn durch einen Angriff zu geben. Boten kreuzten die Wege, als sie den Königen Nachrichten brachten. Gunther versicherte, Dänemark nicht angreifen zu wollen. Hjalmar ließ fragen, warum eine friedliche Reise zehntausend Schwerter brauche. Die Antwort: Zehntausend Schwerter gegen zehntausend Schwerter.

Siegfried war nervös, und angesichts der vielen Soldaten, die Gunther auf seine Bitte hin in Sold gestellt hatte, fühlte er sich dem Schicksal der Götter unterworfen. Was immer er bisher in seinem Leben getan hatte – er hatte es *allein* getan. Auf die Macht eines Heers angewiesen zu sein erschien ihm schwächlich und feige. Zweifel nagten an ihm, klopften von innen an seinen Schädel. Was geschehen war, er hatte es herausgefordert. Was geschehen würde, es lag in seiner Verantwortung. Er riskierte Krieg für ein Ziel, das nur eine Vision war, die auf tönernen Füßen stand. Was, wenn Xanten sich Siegmunds Blutlinie verweigerte? War er besser als Hjalmar, wenn er sich sein Recht im Kampf nahm? Xanten gab ihm ein Königreich – aber was gab er Xanten?

Außerdem hatte er noch Regins Worte im Ohr – er war ein König, der sein eigenes Land nicht kannte, dem sein Volk wie ein ungreifbarer Schatten war.

Er schlich eine Weile zwischen Zelten und Lagerfeuern umher, aß etwas Fleisch vom Knochen und trank den Honigwein, der aus den Schläuchen floss. Doch er setzte sich zu keiner Gruppe, suchte kein Gespräch. Schließlich entfernte er sich aus dem Schein der Flammen und band im Dunkel ein Pferd los.

Was er vorhatte, war Provokation, Grund für den Krieg, den er zu vermeiden suchte. Doch seit er das Kribbeln gespürt hatte, als sie den Boden Xantens betreten hatten, trieb es ihn um. Er ritt nach Osten, einen leichten Bogen südwärts beschreibend, um etwaige dänische Patrouillen zu umgehen. Als er den Waldrand errcichte, den er bisher nur auf den Karten gesehen hatte, stieg er ab und knotete die Zügel an einen Baum.

Die Mondscheibe stand hell am Himmel, und es tat Siegfried gut, seine Kraft im schnellen Lauf zu fordern. Er fühlte sich an Odins Wald erinnert, und geschmeidig übersprang er Wurzelwerk und große Steine. Mit gleichmäßigen Zügen sog er die kühle Abendluft ein. Manchmal hielt er inne, legte die Hand an einen Baum oder drückte den Fuß in die mit Moos bewachsene Erde. Es fühlte sich gut an, vertraut – richtig.

Er sah fahle Lichtpunkte durch das Laub und hielt darauf zu.

Von Süden her brach er aus dem Unterholz auf die weite Ebene, in deren Mittelpunkt die Burg Xanten stand.

Weder von einer Stadt umgeben noch von der baulichen Eleganz der Burg in Worms, wirkte die Stammburg der Xantener Könige seltsam fremdartig und abweisend, als habe eine gigantische Hand einen riesigen steinernen Würfel auf das Gras gesetzt, damit die Menschen sich ihre Zimmer, Türen und Gänge herausschlugen. Die Silhouette im Mondlicht wirkte endgültig, kalt und mürrisch.

Ein paar Hütten verteilten sich um den brackig stinkenden Burggraben, der nur auf einer gewaltigen Zugbrücke überwunden werden konnte, wenn man sich nicht die Stiefel nass machen wollte.

Siegfried sah Brocken aus dem Stein geschlagen, Teile der Zinnen eingestürzt. Keine Wachen patrouillierten, und die wenigen schwachen Lichter in den Fenstern schienen verklingende Reste von müdem Leben zu sein.

Es wäre bei Tageslicht nicht klarer gewesen – Xanten war

gelähmt, eine Burg in tiefstem Schlaf. Von den alten Herrschern verlassen, von den neuen nie gefordert.

Als Siegfried im Gras auf die Knie fiel, Tränen auf den Wangen, fand er sein Recht jenseits des Blutes.

Xanten brauchte ihn so sehr, wie er Xanten brauchte.

»Nicht im Morgengrauen«, entschied Gunther nun endgültig. »Selbst wenn wir Hjalmar auf das Feld bestellten, sähe es nach einem Überfall aus. Diebe und Meuchelmörder schleichen im Zwielicht zur Tat. Wir werden uns nicht auf ihre Stufe stellen.«

Hagen strich sich über den Bart. Er richtete die lederne Binde vor seinem juckenden toten Auge. »Diebe und Meuchelmörder sind wir nicht – aber ihre Dienste könnten wir nutzen.«

»Was soll das heißen?«, fragte Gunther, der im Schein der kurzen Fackeln, die das Königszelt mit Licht erfüllten, seltsam unwirklich schien.

»Wenn Hjalmar sich zum Treffen bereit zeigt, wenn Siegfried ihn besiegt, wenn das dänische Heer dann die Waffen streckt – mein König, das Wort *wenn* fällt in unguter Häufigkeit. Ein paar gedungene Mörder in Hjalmars Zelt würden dem ein Ende machen. Das Ergebnis wäre das gleiche.«

Gunther sah seinen Ratgeber entgeistert an. »Siegfried soll den Thron durch Meuchelei erringen?«

»Wie die Hälfte der Herrscher unserer Zeit«, gab Hagen zu bedenken. »Es würde die Chancen auf einen schnellen Frieden mehren, solange Siegfried bereit ist, mit Macht den Thron zu halten. Nicht zu vergessen – sollte es eines Tages nötig sein, ihn von dort wieder zu vertreiben, wäre die Saat schon gesät.«

Gunther trank den Wein direkt aus dem ledernen Schlauch. »Davon will ich nichts hören. Mein Wort ...«

»Euer Wort war, gegen Hjalmar zu ziehen«, unterbrach Hagen. »Und fürwahr, Ihr habt es gehalten. Wer kann Euch richten, weil Ihr die Aufgabe zu Ende bringt – für Siegfried?«

»Ich höre meinen Namen!«, kam es plötzlich von draußen, und der Königssohn Xantens betrat eilig das Zelt. »Ich hoffe doch, es wird nur gut gesprochen.«

Gunther sah Hagen an und beendete die Debatte mit einem strengen Blick. »Natürlich, mein Freund. Unsere Gedanken kreisen nur darum, wie wir dir zum Recht verhelfen können.«

Der junge Krieger wirkte seltsam erhitzt. »Die Zeit der Gedanken ist vorüber – die Zeit der Taten klopft an unsere Herzen! Wenn Ihr mir den Vorschlag gestattet: Schickt gleich einen Boten ins Lager der Dänen. Zur Mittagszeit soll Hjalmar aufmarschieren, so, wie wir es tun werden.«

Gunther nickte. »Den Krieg wird er nicht suchen. Das stimmt mich zuversichtlich für ein Gespräch unter Männern.«

Siegfried packte seinen Freund am Arm. »Nein! Keine Debatten im kleinen Kreis! Mitten auf dem Felde – sein Heer im Rücken, unseres ebenfalls bereit! Krieger und Könige – Auge in Auge!«

Der Herrscher von Burgund befreite sich aus Siegfrieds Griff. »Im Angesicht der Schwerter willst du mit ihm schachern, ihm womöglich drohen? Leichter scheint mir, einem Pferd die Nadel zu geben in der Hoffnung, es bleibe ruhig stehen!«

Doch Siegfried ließ sich nicht abbringen. »Es ist unerlässlich, dass Hjalmar seine Truppen bringt – die meisten sind Xantener!«

Gunthers sorgenvoller Blick fand Hagen, dessen Augen

deutlich abrieten. Doch er nickte langsam. »Der Bote wird noch in der Stunde ausreiten.«

Der anbrechende Tag tat für Siegfried seinen Dienst und verscheuchte den frühen Nebel. Wolken drängten sich grau und schwarz über dem Land, aber kein Tropfen fiel. Es war wichtig für den Plan, dass gute Sicht herrschte und auch die fernen Soldaten freien Blick hatten.

Eine einzelne Trompete hatte, der Abmachung entsprechend, auf jeder Seite den Abmarsch verkündet.

Zweihundert Reiter führten zweitausend Mann Fußvolk, jeder von ihnen Schild und Schwert tragend, verteilt über die gesamte südliche Breite der Ebene. Gesichter, so unterschiedlich in Schnitt und Ton, gekleidet in die Farben des Hauses Burgund.

Auch Hjalmars Soldaten kamen in vergleichbarer Stärke. Viele Lanzen, doch keine Bogenschützen, wie die Hunnen sie gerne einsetzten, waren zu sehen.

Diszipliniert gingen die zwei Blöcke aufeinander zu, geführt von ihren Regenten, die Heerführer an den Seiten. Starre Fronten, ernste Gesichter, hungriges Eisen.

Einen Steinwurf voneinander entfernt kamen die Truppen ruckartig zum Stillstand, als die Könige ihnen Einhalt geboten.

Drei Pferde auf jeder Seite trabten weiter. Gunther, Hagen, Siegfried. Hjalmar und zwei Heerführer.

Der dänische König wurde seinem Ruf gerecht. Falten und Narben teilten sich die Haut, alte Muskeln spannten sich stramm und ledern. Irgendwann hatte ein Schwert seine linke Wange vom Ohr bis zum Mundwinkel aufgeschlitzt, und der rote Streifen schien im Herzrhythmus zu zucken. Das ausbleichende Haar war voll und wild, die dunklen Augen unter dichten Brauen stechend. Der Blick sprach von Entbehrung, aber auch von Grausamkeit. Er flackerte nicht, suchte nicht die Augen der anderen. Gunther galt seine einzige Aufmerksamkeit.

Ihre Pferde hielten so nahe voreinander, dass ihre Nüstern sich fast berührten.

Siegfried betrachtete die Soldaten hinter Hjalmar. Nur wenige trugen Uniformen mit dem dänischen Abzeichen – die meisten waren einfach gekleidet, und manches Wams zeigte eine bleiche Silhouette, wo einst das Zeichen der Xantener Könige prangte.

»König Hjalmar«, sagte Gunther mit fester Stimme. »Ich bin Gunther von Burgund. Ich grüße im Namen des christlichen Gottes.«

Das Protokoll verlangte ein freundliches Nicken, eine respektvolle Anerkennung des Sprechers.

Hjalmar spuckte auf den Boden.

Wäre Burgund auf einen Krieg aus gewesen – schon das hätte genügt. Doch Hagens Hand war die einzige, die zum Schwert griff. Als er merkte, dass weder Gunther noch Siegfried folgten, fing er sich.

»Du stehst mit fremden Soldaten, gekauft mit fremdem Gold, auf fremdem Boden«, knurrte Hjalmar, seine Stimme rau und kalt. »Dein Geckenreich ist die Eroberung nicht wert – und den Ärger mit den Römern, von deren Gnade du es führst. Also kehr um, bevor ich dich und die Deinen niedermetzeln lasse, wie jedes fremde Heer, das mir unter die Augen kommt.«

Es war kein Versuch, Gunthers Standfestigkeit zu prüfen. Hjalmar hatte zu viele Schlachten gewonnen, seine Herrschaft zu fest verankert, um törichte Spiele zu spielen.

Gunther atmete tief ein und zeigte so wenig Empörung,

wie ihm möglich war. »Seid Ihr bereit, mein Anliegen anzuhören?«

»Ihr habt nichts, was ich will, und deshalb habe ich nichts zu geben«, antwortete Hjalmar und wandte sein Pferd. »Kehrt um – oder sterbt.«

Ein kurzer Seitenblick Gunthers zu Hagen verriet seine Nervosität. »Wir sind gekommen, um Xanten zu befreien!«

»Ha!«, bellte Hjalmar kurz und trocken, seinen Männern zugewandt und das Schwert langsam aus der Scheide ziehend. »Wenn die burgundischen Hurensöhne nicht laufen wollen wie die Hasen – so werden wir ihnen dennoch das Fell über die Ohren ziehen!«

Die Soldaten von Xanten und Dänemark schlugen mit Lanzen und Schwertern gegen ihre Schilde und taten so ihre Kampfbereitschaft kund.

Hagen drehte sich zum burgundischen Heer, aber Gunther hielt ihn flüsternd zurück. »Noch nicht.«

Siegfried sah seinen König an, nickte, presste beide Hände auf den Nacken seines Pferdes und zog die Beine an. Kurz darauf stand er sicher auf dem Rücken des Tieres, alle anderen Männer überragend, sichtbar bis in die letzten Reihen.

»Hat Hjalmar von Dänemark auch seine Krieger vorgeschickt, als er sich Siegmunds Heer stellte? Wer hat für ihn den rechten König Xantens erschlagen?«, rief er, so laut es seine Lungen zuließen.

Ein leichtes Murmeln ging durch Hjalmars Truppen, wie ein Zittern in unerwarteter Erinnerung.

Der Dänenkönig hielt sein Pferd an und drehte es wieder um. Er sah den jungen blonden Krieger, der ihn mit ausgebreiteten Armen verhöhnte. Ein Moment verging, und dann brüllte er mit kräftiger Stimme.

»Tötet sie alle!«

Hektisch sahen Gunther und Hagen sich an. Siegfrieds Plan war gescheitert.

Es war Krieg.

Der König von Burgund zog sein Schwert, seinen Mannen damit das Zeichen zum Angriff gebend.

Aber es war Siegfried, der wieder das Wort ergriff und über das Raunen tausender Männer die Stimme erhob. »Wie viele unter der Knute des Schlächters Hjalmar dienten einst dem gerechten König Siegmund? Wie viele sind Söhne von Männern, die es taten?«

Unsicherheit stand in den Gesichtern der Krieger von Xanten, aber fast zwanzig Jahre unter der Gewalt Hjalmars taten ihren Dienst – sie schritten mit gestreckten Waffen voran. Auch die burgundischen Reihen hatten sich in Bewegung gesetzt.

Siegfried fand, dass es nun an der Zeit war, seinen Anspruch zu erheben. Er zog sein Schwert, das bis dahin unscheinbar in der Scheide gesteckt hatte, und hielt es gen Himmel. Die Götter waren ihm wohlgesinnt, und ein Lichtstrahl brach durch die Wolken und ließ die Klinge wie einen Blitz erstrahlen.

Es dauerte nur Momente, bis die ersten Soldaten auf Hjalmars Seite Nothung erkannten – oder sich an die Legenden erinnerten, die sie darüber gehört hatten. Der Name fiel, erst einmal, dann immer wieder.

Nothung ... Nothung ... das Schwert des Königs ... Nothung ... Die eben noch entschlossen marschierende Menge wurde ungeordnet, Schilde stießen aneinander, Schritte wurden langsamer.

Hjalmar sah erneut zu Siegfried auf, erstmals ahnend, was ihm bis dahin unmöglich erschienen war. Er wandte sich zornig an Gunther. »Der junge Tor, der das falsche Eisen schwenkt, hat dir soeben einen ungleich qualvolleren Tod beschert.«

Er deutete mit seiner Klinge auf den König von Burgund und forderte ihn direkt heraus.

Hagen gab seinem Pferd einen Tritt und stellte sich zwischen Hjalmar und Gunther.

Siegfried hielt Nothung nun von seiner erhöhten Position aus auf den Feind. »Deine Rechnung ist mit mir – und sie ist viel älter, als du ahnst.«

Ein Blick zurück von Hjalmar reichte, um seine zögernden Männer wieder zu einer Einheit zu schmieden. Dann blickte er Siegfried an. »Du bist ein schöner Jüngling – vielleicht lasse ich dich leben, entstellt in einem Maße, dass du den Rest deiner armseligen Existenz die Hand verfluchst, die das gefälschte Schwert aus der Scheide zog.«

Siegfried antwortete nicht. Seine freie Hand griff den Stoff des Hemdes in Höhe seiner linken Schulter und zerriss ihn. Die glatte, muskulöse Haut darunter kam zum Vorschein, und ein ungewöhnlich großes Muttermal.

Die Truppen des Dänenkönigs verhielten auf der Stelle, der Forderung bewusst, die mit dem Zeichen der Xantener Könige einherging.

Hjalmar sah Siegfried an, Nothung, das Mal. Er steckte langsam sein Schwert weg und spendete Applaus, der von seinen Lederhandschuhen schmatzte. »Eine einfallsreiche Gaukelei, das will ich anerkennen. Komm herunter, und dir wird die Ehre zuteil, durch das Schwert eines Königs zu sterben.«

Er saß ab, mit einer grimmigen Bewegung sein schon regungsloses Heer zur Zurückhaltung auffordernd. Der Gedanke, dass die Soldaten in seinem Rücken kaum auf seiner Seite standen, kam Hjalmar nicht in den Sinn. Sein Blick fiel noch einmal auf Gunther, und seine Stimme klang wie reibender Stein. »Für diese Posse wirst du in Stücken nach Burgund zurückkehren, Gunther.«

Siegfried sprang vom Rücken seines Pferdes auf den Boden, und seine starken Beine federten dabei nicht.

Hjalmar zog wieder seine Klinge und zerschnitt die Luft mit geschmeidiger Erfahrung. Das Eisen tanzte in seiner Hand, stach, schnitt, parierte, tauchte weg. In Dutzenden von Schlachten geschult, war er als Gegner nicht zu unterschätzen.

Gunther rügte sich, Siegfried nicht doch Lektionen erteilt zu haben, was den Umgang mit dem Schwert anging. Andererseits – was konnte Fafnirs Bezwinger noch lernen müssen?

Die Antwort erhielt er einen Herzschlag später, als Hjalmar, scheinbar noch in Vorbereitung, den unaufmerksamen Siegfried anging. Das Schwert von der linken Höhe zur rechten Tiefe ziehend, trieb der König der Dänen seinen Gegner zurück.

Siegfried riss Nothung hoch, um den nächsten Hieb zu parieren, aber die Spitze von Hjalmars Klinge hebelte seine Bewegung am Heft in eine andere Richtung. Er konnte nur noch durch eine schnelle Drehung aus der Reichweite springen.

Hjalmar setzte sofort nach, seine Waffe nun wie einen Speer stechend, Siegfrieds Körper suchend. Er wollte den schnellen, den demütigend schnellen Sieg. Dabei wirkte er keineswegs planlos oder wütend – seine sorgfältig abgestimmten Bewegungen schienen einem Muster zu folgen, dem Siegfried sich nur unterwerfen konnte, wenn er am Leben bleiben wollte.

Der Held Burgunds mühte sich, die forsche Klinge des Gegners abzuwehren und Nothung vor die Körpermitte zu bringen. Doch kaum dachte er auch nur an einen Gegenangriff, musste er den Leib verdrehen und verbiegen, um nicht wie ein Schwein am Spieß zu stecken.

Den Kampf einseitig zu nennen wäre eine freundliche Untertreibung gewesen. Hjalmar trieb Siegfried vor sich her, wie man einen tollwütigen Hund auspeitschte. Er war schnell, verschlagen und erfahren.

Siegfried stolperte über einen Stein, der halb vergraben im Gras lag, und fiel hintenüber. Es gelang ihm gerade noch, Nothung quer vor seine Brust zu wuchten, um sich Hjalmars Eisen vom Leib zu halten. Der König der Dänen schlug das magische Schwert des Xantener Königshauses einfach beiseite und setzte dann nach. Seine Klinge zielte auf Siegfrieds Hals.

Sie fehlte nicht. Das von den besten Schmieden Dänemarks geschärfte Eisen hieb wuchtig gegen Siegfrieds Kehle.

Zwei Heere standen auf dem Feld, und kein Atemzug wurde in diesem Moment getan. Wer sehen konnte, was geschah, erwartete eine Blutfontäne, die von Hjalmars Sieg kündete.

Doch das Schwert des Dänen drang nicht ein und rutschte über die große Ader in das Gras, wo es eine Handbreit versank.

Den Sieg schon sicher, fand ihn diese Wendung unvorbereitet, und Siegfried gelang es, den König mit beiden Beinen von sich zu stoßen. Er rappelte sich auf die Beine, Nothung in der rechten Hand, die linke an seinem Hals, überrascht nach einer Wunde tastend, die nicht da war.

Gunther war froh, seinen Freund unverletzt zu sehen, aber es war klar, dass dieser kaum gegen Hjalmar zu bestehen vermochte. Er lehnte sich zu Hagen. »Vielleicht sollten wir auf deinen Vorschlag mit dem Dolch aus dem Hintergrund zurückkommen.«

Hagen tat empört. »Majestät, nichts wäre in diesem Moment ein größerer Fehler. Wenn Siegfried fällt, wird unser Heer Hjalmar überzeugen, die Burgunder in Frieden ziehen zu lassen. Wenn wir uns einmischen, ist der Krieg, den Siegfried ausdrücklich abgelehnt hat, unvermeidlich. Wartet den Ausgang des Kampfes ab, wenn Ihr Euer Wort halten wollt.«

Gunther nickte unzufrieden.

Hagen war wieder einmal überrascht, wie leicht sich der König führen ließ, sofern man es im Mantel von Ehre und Gerechtigkeit verpackte.

Siegfried war vom Boden verdreckt, und sein Hemd war so weit eingerissen, dass er es mit einer schnellen Bewegung auszog und von sich warf. Er atmete schwer, sichtlich unfähig, das Geschehene zu verstehen. Hjalmar hingegen war so ausgeruht, wie er am Morgen von seinem Lager aufgestanden war. Die mehr als doppelten Jahre, die er im Vergleich zu Siegfried zählte, hatten seine Muskeln nur zäher, aber nicht schwächer gemacht. Zum ersten Mal lächelte er. »Ich hoffe doch, dass du wirklich der Sohn Siegmunds bist. Ein so leichter Sieg wird mir deine Untertanen noch gefügiger machen.«

Mit einem Schrei stürzte sich Siegfried auf den verhassten Dänen, der sich leichtfüßig an ihm vorbeidrehte und dem strauchelnden Xantener das Schwert in den nackten Rücken schlug.

Siegfried landete auf dem Bauch, und Schlamm drang in Ohren, Nase, Mund und Augen. Er spürte ihn knirschend zwischen den Zähnen und beißend im Blick.

Was er nicht spürte, war Schmerz. Hjalmars Klinge hatte ihn mit Kraft getroffen, und wenn sie nicht aus leichtem Holz war, hätte sie das Rückgrat glatt durchtrennen müssen.

Auch die Soldaten um ihn herum erkannten, dass seine Haut unverletzt war. Es wurde geraunt, und misstrauische Blicke wurden getauscht. Ein paar christliche Krieger bekreuzigten sich, denn was sie sahen, war entweder das Werk des Teufels – oder die Gnade Gottes.

Hjalmar sah sein Schwert an, als sei es eine sich windende Schlange.

Siegfried spürte die erste Schwäche des Gegners und kam behände auf die Füße. Bevor er das Kampfesglück wenden konnte, musste er den Gegner brechen. »Wie kannst du glauben, Siegmunds Sohn, Fafnirs Bezwinger, den Träger Nothungs mit einem gewöhnlichen Schwert zu besiegen? Die Götter haben diesen Tag zu einem Totentag erkoren!«

Hjalmar packte das Heft seines Schwerts nun mit beiden Händen, wieder und wieder auf Siegfried einhackend, als habe er eine mächtige Eiche zu fällen. Erneut drohte der junge Xantener unter der Macht der Schläge zu fallen. Immer wieder streifte die Klinge seinen Arm, seine Schenkel, seine Brust, ohne dabei Blut zu finden.

Siegfried wurde klar, dass er seine Taktik ändern musste. Er hatte keine Ahnung, warum seine Haut so undurchdringlich war wie die des Drachen Fafnir, aber es gab ihm den Vorteil, nicht mehr so stark auf die Abwehr der Hiebe achten zu müssen. Sollte Hjalmar doch wie rasend auf ihn einschlagen und dabei seine Deckung verlieren.

Siegfried hielt die Klinge des Dänen nun mit beiden Armen von sich und fing sie sogar mit dem Ballen seiner linken Hand ab, ohne die Finger blutend im Gras zu finden.

In Hjalmars Augen kämpften Besessenheit und Panik um das Recht, Ausdruck zu bekommen. Wo eben noch Taktik und gelernte Schwertkunst geherrscht hatten, brach nun die blanke Gewalt durch, die Herrschaft von Wut und Verzweiflung. Siegfried rechnete es dem König an, dass er nicht um Hilfe rief.

Wie zum endgültigen Schlag holte Hjalmar nun aus, das blitzende Metall von rechts nach links reißend, in der Hoffnung, sich Siegfrieds Kopf zu holen und den Kampf so zu beenden. Die Reste der schwindenden Kraft im Schwert, wurde er von der eigenen Klinge mitgerissen, als Siegfried ihr duckend auswich.

Nothung fand seinen Weg von selbst und stieß sich Hjalmar durch den Rippenbogen, als wolle es ihn an einen Baum nageln. Bis zum Heft drang die Klinge ein, und als der Griff das Hemd des dänischen Königs berührte, tropfte an seinem Rücken schon Blut von Nothungs Spitze.

Hjalmar und Siegfried standen nun Auge in Auge, der Däne nur vom Schwert des Gegners aufrecht gehalten.

Blut sprühte aus seinem Mund, als Hjalmar seine letzten Worte sprach. »Xantener... Bastard! Tod sei... dein Begleiter!«

Siegfried ließ ihn von der Klinge rutschen, sein Atem ging schwer. Er wischte sich über das Gesicht und drehte sich müde im Kreis. Die Gesichter, die er sah, und das schloss Gunther, Hagen und Gernot mit ein, spiegelten Ehrfurcht in gleichem Maße wie Entsetzen. Sie alle hatten einen Kampf gesehen, der keiner war. Hjalmar hätte genauso gut versuchen können, einem Findling den Todesstoß zu versetzen.

Siegfried war... unbesiegbar?

Hagen sprach es als Erster aus, aber leise und nur für das Ohr seines Königs. »Er ist der Sohn des Drachen.«

Siegfried riss die Arme in die Höhe, das Schwert in der Hand. »Ich bin Siegfried, Sohn von Siegmund und Sieglinde von Xanten!«

Immer noch herrschte Schweigen.

Gunther sprang von seinem Pferd und hob ebenfalls die Arme; seine Hand griff die Faust seines Freundes, die das Schwert hielt. Gemeinsam wandten sie sich an die Truppen des toten Königs. Der Herrscher von Burgund verkündete nicht das Ergebnis des Kampfes, sondern seine Folgen: »Siegfried – König von Xanten und Dänemark. Siegfried – *euer* König!«

Und nun brach der Jubel aus, den Siegfried sich erhofft hatte.

Die begeisterten Schreie der Männer, die nun zu seinem Volk gehörten, waren schnell verklungen und hatten einer Flut an Fragen Platz gemacht, die Siegfried den Kopf dröhnen ließen. Er hatte bisher nur daran gedacht, mit Hjalmars Tod den Thron Xantens zu erringen. Doch es waren nun zwei Königreiche ohne Herrscher, und es wurde von ihm erwartet, auch Dänemark zu regieren.

Siegfried hatte sich mit Gunther, Hagen und Gernot ins Königszelt zurückgezogen, um das weitere Vorgehen zu besprechen.

»Xanten und Dänemark brauchen eine starke Hand«, sagte Gunther. »Sie wurden bisher von Hjalmar straff regiert. Eine unzureichende Führung könnte schnell Aufstände auslösen, wenn nicht gar Bürgerkriege.«

Siegfried wandte sich an Hagen. »Du hast mit den Heerführern auf dänischer Seite gesprochen. Wo stehen sie?«

»In niemandes Schuld außer der eigenen«, knurrte der alte Ratgeber. »Hjalmar war nicht sehr beliebt bei seinen Männern. Lasst zwei, drei Köpfe rollen, und werft ein paar Münzen in die Runde, schon stehen Heer und Kanzlei hinter Euch.«

»Du solltest dich den Menschen am Hofe von Xanten

zeigen«, schlug Gernot vor. »Sie haben lange auf ihren König warten müssen.«

Siegfried rieb sich die Augen. »Nichts würde ich lieber. Doch weder will ich allein den Thron besteigen noch die Krone erst auf ihm empfangen.«

»Dann kehre mit uns heim«, schlug Gunther vor. »Im Dom zu Worms soll dich unser Bischof zum König von Xanten und Dänemark krönen, und dann kannst du in einer großen Parade stolz durch dein Volk reiten! Und im Sack wirst du den Rest deines Goldes haben, um das Land zu neuer Blüte zu geleiten.«

»Aber zwei Reiche ohne Führung?«, hielt Gernot dagegen. »Sachsen wie Hunnen würden sich freuen, den leeren Thron im Handstreich zu nehmen.«

Hagen winkte ab. »Unsere besten Feldherren und Strategen werden das Tagesgeschäft übernehmen und dem Volk die frohe Botschaft verkünden. Die nächsten Wochen werden mit der Vorbereitung auf die Rückkehr König Siegfrieds verbracht. Bis dahin werden die Soldaten, die in Hjalmars Sold standen, ihre erhitzten Gemüter an den Grenzen kühlen. Auch ohne den König kann das Heer jedem Feind lange genug standhalten.«

Er war froh, den Xantener noch eine Weile im Blickfeld zu behalten. Nach dem, was heute Morgen auf dem Feld geschehen war, musste jeder weitere Schritt gut durchdacht sein. Bisher hatte niemand es gewagt, die wundersame Unverletzlichkeit Siegfrieds anzusprechen. Er war reich, ein Held, ein König – und nun ein Gott?

»Ich werde mit den Heerführern reden – ihnen sagen, wie im Namen Siegfrieds zu regieren ist«, sagte der neue König nun. »Es wird ein frischer Wind durch das Land wehen. Entschuldigt mich, Majestät.«

Gunther nickte, und erst als Siegfried schon den ersten Fuß außerhalb des Zelts hatte, sprach er ihn noch einmal an. »Du solltest mich Gunther nennen. Freunde waren wir schon immer – nun sind wir auch vom gleichen Stand.«

Siegfried drehte sich noch einmal um und senkte dankbar den Kopf. »Gunther.«

Auch Gernot verließ das Zelt. Hagen und sein König blieben allein zurück, um die bedenklicheren Seiten der Ereignisse zu besprechen.

Der König setzte sich auf einen Stuhl und legte die Stirn in Falten. »Es lief gut heute – so scheint mir.«

Hagen wagte keinen direkten Widerspruch. »Was wir erreichen wollten, wurde erreicht.«

»Aber wie wurde es erreicht? Du hast es ebenso gesehen wie ich – Hjalmars Klinge hätte ihn in Stücke hauen müssen!«

Der Ratgeber strich sich über den Bart. »Können wir wissen, welcher Handel einst im Wald vor Worms geschlossen wurde? Die Frage, wie Siegfried den Drachen erschlug – wir hätten sie vorher stellen müssen. Mir scheint, als hielten nicht nur die Götter ihre schützende Hand über den neuen König von Xanten.«

Gunther griff nach einem Krug mit Wein und goss etwas in seinen Kelch. »So sehr mich seine Kräfte beunruhigen, so sehr freut es mich, dass er auf unserer Seite steht. Wenn er denn Kriemhild heiratet, ist der Bund zwischen unseren Reichen stark.«

»Und wenn der Bund eine Schlinge wird?«, fragte Hagen frei heraus.

»Was meinst du?«

»Mit Kriemhild als Königin hätten Xanten und Dänemark einen Anspruch auf Burgund – wenn Ihr und Gernot durch Klinge oder Gift sterbt, ohne Erben zu hinterlassen«, erklärte Hagen. »Nicht einmal ein Feldzug wäre nötig, denn es wäre rechtens.«

Gunther schaute in seinen Kelch, der Durst war ihm schlagartig vergangen. »Willst du andeuten, dass meine eigene Schwester meinen Untergang plant?«

Hagen hob abwehrend die Hände. »Niemals! Verrat liegt nicht im burgundischen Blut. Doch wenn Siegfried heimlich arrangiert, was möglich ist – wie könnte Kriemhild ihm verweigern, unser herrenloses Reich zu retten?«

»Doch wenn ich ihm die Hochzeit mit meiner Schwester verweigere – hast du einen Zweifel, dass er sie mit Gewalt holen wird?«, fragte Gunther.

Hagen schüttelte den Kopf. »Nicht den geringsten. Wir haben ein Biest an unserem Busen genährt, bis ihm die Zähne wuchsen, uns zu fressen. Es nun auszusetzen wäre weitaus gefährlicher, als es an die Kette zu legen.«

»Wie soll das geschehen?«

»Zuerst einmal ist die Zeit noch auf unserer Seite. Siegfried kann Kriemhild erst heiraten, wenn Ihr selbst im Stand der Ehe steht. Der Rückkehr nach Burgund folgt also eine Reise nach Island. Es steht Euch zu, den noch ungekrönten Freund als Vasallen mitzunehmen. Er hat kein Interesse, diese Bitte abzulehnen. Und sieht er die Königin Brunhilde als Eure starke Verbündete im Norden, mag sein Hunger nach Burgund deutlich gedämpft werden.«

»Siegfried wird nicht glücklich sein, wenn er von diesen Verzögerungen erfährt«, murmelte Gunther.

Hagen lächelte. »Höfisches Protokoll, alte Gesetze aus dunkler Zeit – kaum etwas, das dem König von Burgund anzulasten ist.«

Gunther nahm nun doch einen tiefen Schluck aus seinem Kelch und straffte sich. »Dann ist es entschieden. Aber schicke Boten voraus nach Burgund, damit ein würdiger Empfang bereitet wird – und die Schiffe für die Fahrt nach Island tauglich sind.«

Hagen von Tronje nickte ergeben, und in seinem Innern köchelte die Selbstzufriedenheit. Gunther machte sich nun Sorgen, und der eben noch Freund genannte Siegfried war eine erkannte Gefahr. Was würde noch nötig sein, um aus der Gefahr den Gegner und aus dem Gegner den Feind zu machen?

10

Kriemhild
und der Sieg der Liebe

Es war ein Heer, siegreich ohne Kampf, das nach Burgund zurückkehrte. Schon vor den Toren von Worms hatten sich viele der Krieger aus der Truppe gelöst, das Abzeichen abgegeben und sich wieder auf den Weg in ihre verschiedenen Reiche gemacht. Es war leicht verdientes Geld gewesen, an Gunthers Seite zu ziehen, und niemand schied im Groll. Die meisten Männer versprachen, ihr Schwert jederzeit wieder in den Dienst Burgunds zu stellen, sollte das Land in Gefahr sein.

Der Tag der Heimkehr war der Tag, der Gunther aus dem Schatten seines Vaters hob und jedes böse Wort über ihn verstummen ließ. Im Regen von Blütenblättern ritt er an der Spitze seiner Männer durch Worms, als stolzer Feldherr, als stolzer König. Vergessen war der armselige Anblick, als er mit dem toten Gundomar in die Burg geschlichen war. Heute läuteten die Glocken und schmetterten die Fanfaren, und die Barden sangen Loblieder auf den tapferen Regenten. Die Sonne schien zur Feier freudig, und kein Leid war auf den Straßen.

Natürlich wusste man, dass der Sieg auch Siegfrieds Sieg war. Doch der Xantener, eben noch ein Held von Burgund, war nun der König seines eigenen Reiches und damit weniger Teil der Gemeinschaft hier im Rheintal. Trotzdem galten auch ihm die begeisterten Rufe der Männer und die verzückten Schreie der Frauen. Er konnte sehen, wie Kinder mit Holzschwertern und bemalten Laken seinen Kampf gegen Fafnir nachspielten.

Inmitten der begeisterten Parade lehnte sich Siegfried zu Gunther. »Du hast die Kunde unseres Sieges schnell verbreiten lassen.«

Gunther grinste. »Gute Nachrichten verbreiten sich von selbst.«

Die Burg kam nun in Sicht, und Siegfrieds Herz schlug merklich schneller. Er fragte sich, wer wohl schon warten würde – und auf wen? Zwar war er nun als noch zu krönender König eines bedeutenden Doppelreiches ein durchaus ebenbürtiger Kandidat für die Hand der Prinzessin, aber sein letztes Gespräch mit ihr war unerfreulich verlaufen. Trotz Gernots Versicherung, dass ihr Herz nur ihm gehörte, schloss Siegfried nicht aus, dass Kriemhild ihn abweisen würde, wie sie es mit Etzel getan hatte.

Auch das Rätsel der Klinge, die seine Haut nicht hatte ritzen können, war so manchen Abend der Grund gewesen, dass er die Augen erst spät geschlossen hatte. Mehrmals hatte er heimlich einen Dolch an Arm oder Bein geführt, um das eigene Blut fließen zu sehen. Vergebens. Seine Haut war ein Panzer wie die Schuppen des Drachen. Und je mehr er darüber nachdachte, desto überzeugter war Siegfried, dass es das Bad im Blut des Drachen gewesen war, das seinen Körper verwandelt hatte. Es war sicher nicht unnütz, als unverwundbar zu gelten, aber dieser Eingriff der Götter in sein Leben beunruhigte Siegfried. Zu viele Dinge schienen sich in letzter Zeit seinem Einfluss zu entziehen.

Wie es Gunther erlaubt hatte, löste sich der Heereszug langsam in der Bevölkerung auf. Die Helden von Burgund umarmten Familien, bestellten guten Wein in der Taverne oder sprangen in den Rhein, um Blasen und Scheuerstellen zu kühlen. Am Ende waren es Gunther und Gernot, Siegfried und Hagen und einige Heerführer, die durch das Burgtor einritten.

Auch bei Hofe wurde gejubelt, und von den Zinnen tönten stolze Trompetenstöße. Bunte Bänder flatterten überall im sanften Wind, und der Hofstaat schien vollständig versammelt. Nur Elsa von Tronje fand sich nicht unter den glücklichen Gesichtern, was sowohl Hagen als auch Gernot unangenehm auffiel.

Kriemhild stand auf der Treppe, die zum Thronsaal führte. Ein Netz aus goldenen Gliedern bedeckte ihr Haar, und ihr Kleid schimmerte wie schwerer roter Wein. Um die Hüften trug sie einen Gürtel, der reich mit Juwelen geschmückt war. Obwohl sie standesgemäße Zurückhaltung bewahrte, konnten das Flackern ihrer Augen und das Zittern ihrer Hände kaum verbergen, wie Liebe und Freude durch ihre Adern rauschten. Während kalte Finger an ihrem Rücken spielten, färbten heiße Schauer ihre Wangen.

Gunther stieg zuerst von seinem Pferd, und Kriemhilds Arme empfingen ihn warm und herzlich. »Mein Bruder! Gibt es einen schöneren Beweis für den gerechten Gott, als dass er meine Gebete, dich zu schützen, erhört hat?«

Gunther sah sie freudig an. »Es ist wahr – die Hand des Herrn lag über uns auf dieser Reise. Kein Blut außer Hjalmars wurde vergossen. Wir konnten Gerechtigkeit nach Xanten und Dänemark bringen – und einen neuen König!«

Es erhob sich allgemeiner Jubel, der auch Gernot federnd aus dem Sattel trug. Er umarmte Kriemhild fest und innig, die Herzen der Geschwister schlugen kaum eine Handbreit voneinander. »Jeder Schritt von Burgund weg schmerzte sehr. Wenn du mich auch nur annähernd so sehr vermisst hast, muss ich mich für das Leid entschuldigen.«

Sie sah ihn liebevoll an. »Die süße Leere, die deine Abwesenheit verursacht hat, machte nicht nur mir die Seele schwer. Mehr als ein Herz schlägt für dich an diesem Hof.«

Gernot brauchte einen Augenblick, um die Worte zu verstehen. Dann drückte er die Schwester noch glücklicher an sich.

Und nun stieg auch Siegfried von seinem Pferd. Ihn wie Gunther und Gernot in seliger Umarmung zu begrüßen kam nicht in Frage. Kriemhild konnte nur hoffen, dass der Mann ihres Lebens hinter den Worten zu lesen vermochte. »Siegfried, auch Euch gilt meine Freude. Erst Fafnir – nun Hjalmars Reich. Was Ihr begehrt, scheint sich Euch willig hinzugeben.«

»Nicht willig«, sagte Siegfried, den Kopf ehrfürchtig gesenkt. »Doch zu meinem Glück war der Preis den Kampf immer wert.«

Jeder, der Augen hatte, konnte erkennen, dass Siegfried kaum einen Schritt von seinem nächsten Preis entfernt stand.

»Wie man hört, ist der Schmied nun bald ein rechter König«, fuhr die Prinzessin fort.

»Kein rechter König ohne rechte Königin«, ergänzte Siegfried.

Kriemhild lächelte, und ihr Lächeln beantwortete die Frage, die nicht gestellt worden war.

Gunther und Hagen tauschten Blicke. Die offenkundige Liebe zwischen Siegfried und Kriemhild drängte ihnen weitere Taten auf. Aufschub war nicht in Sicht.

Die Prinzessin wandte sich nun an den gesamten Hofstaat und klatschte zweimal in die Hände. »Wie es alter

Brauch ist und dem Ruf unserer Herzen entspricht, soll heute Abend Fest bei Hofe sein! In die Schlacht mussten unsere Männer alleine ziehen – aber die Heimkehr können wir gemeinsam feiern!«

Hagen hasste das höfische Protokoll, doch er wusste es für seine eigenen Ziele zu nutzen. Daher kam es ihm auch äußerst ungelegen, dass ausgerechnet sein eigen Fleisch und Blut dem König die Aufwartung bei seiner Rückkehr verweigert hatte.

Jetzt, nachdem der alte Ratgeber sich von der Reise erfrischt hatte und bevor das große Fest begann, suchte er nach seiner Tochter. Er fand sie weder in ihrem Zimmer noch in der Küche. In der Schreibstube, wo sie oft die Nase in alte Pergamente steckte, war sie auch nicht. Keine der Wachen hatte Elsa gesehen – was nicht weiter verwunderte, denn sie schien manchmal zwischen den Mauern zu wandeln.

Es ärgerte Hagen, dass er Könige nach seiner Pfeife tanzen lassen konnte, aber das eigene Blut ihm immer wieder trotzte. Er wollte ihren Namen schreien, aber das hätte nur den halben Hofstaat amüsiert.

Schließlich fand er sie bei einer Schießscharte auf der Wehrmauer, die nach Westen blickte. Er wäre fast an ihr vorbeigelaufen, so sehr verschmolz sie mit den Schatten und der Dunkelheit des anbrechenden Abends.

»Der König kommt von einem ruhmreichen Feldzug heim – und die Tochter seines Ratgebers hält es nicht für nötig, ihm die Ehre zu erweisen?«, keifte er.

Elsa sah ihn nicht an. Ihr Blick war zum Wald gerichtet, den die Nacht in ein dunkles Meer zu verwandeln schien. »Hat Gunther sich beklagt?«

Hagen beugte sich zu ihr, sein Atem fröstelte auf ihrer

Haut. »Niemand nähme es mir übel, wenn ich dich als Magd nach Worms geben würde oder dich mit einem Metzger aus der Stadt verheiratete. Das Privileg, in der Burg zu leben und keiner Arbeit nachgehen zu müssen, sollte dich nicht übermütig machen. Was die Etikette dir gebietet, wirst du tun.«

Sie antwortete nicht, und Hagen dachte kurz daran, sie zu schlagen. Aber zu welchem Zweck? Er hatte selber keine Verwendung für das Mädchen, und je weniger von seiner Zeit sie beanspruchte, desto besser war es. Er nahm nur ihr Kinn und drehte es zu sich, sodass sie ihm in die Augen schauen musste. »Du ... wirst ... gehorchen.«

Seine dunkle, raue Stimme war ebenso Forderung wie Warnung, und niemand in Burgund zweifelte je daran, dass Hagen von Tronje nicht leichtfertig drohte.

Dann richtete er sich wieder auf und ging in Richtung Norden davon. Elsa erwog, sich einfach von der Mauer fallen zu lassen. Ihr Leid würde auf den Steinen vor der Burg ein blutiges Ende haben, denn Tote kannten keine Väter mehr.

Von Süden hörte sie eine leise freundliche Stimme. »Ich dachte schon, er würde dich den Rest des Abends in Beschlag nehmen.«

Sie sprang aus ihrer Mauernische, als hätte der Stein zu glühen begonnen. »Gernot!«

Der junge Prinz von Burgund stand in der Dämmerung, in frisches Leinen gekleidet, den Körper im Wasserschwall geschrubbt. »Selbst als Bruder des Königs würde ich Hagen ungern ...«

Weiter kam er nicht, denn Elsa versiegelte seine Lippen mit einem Kuss, und ihre Arme pressten ihn an sich, als wollte ihn jemand von ihr zerren.

Gernot genoss die Zärtlichkeit, die dem blassen, kalten,

dunklen Äußeren des Mädchens spottete – Elsa war weich und stark, hell und heiß. Er empfing sie in seinen Armen, strich mit den Händen über ihre glatten Haare und ihren Rücken.

Der Kuss war mehr als nur Begierde – er war Erlösung vom Versteckspiel, vom Tanz der Worte, die sorgsam darauf achteten, die Wahrheit nicht zu berühren. Was nicht ausgesprochen werden durfte, war in der Tat nun bloßgelegt.

Nach einer Ewigkeit, die nur Sekunden währte, lösten sie ihre Lippen, um endlich einander in die Augen zu sehen.

»Als du bei der Heimkehr nicht zum Gruße standest, drohte mein Herz zu brechen«, flüsterte Gernot.

Elsa lächelte mit strahlendem Blick. »Euer Anblick hätte mich vor dem Hofstaat in Ohnmacht fallen lassen. Hätte ich bei der Abreise gewusst, wie sehr ich Euch vermissen würde – mit einer Kette hätte ich mich an Euch gebunden. Jeden Tag meinte ich, sterben zu müssen.«

Mit der rechten Hand strich er zärtlich ihre Augenbrauen nach, berührte die Stirn, die Nase, die Lippen. »Ich kam nicht zurück, um dich zu begraben.«

Sie küsste seine Fingerspitzen. »Ihr wisst, dass ich Euch gehöre.«

Sein Blick ging ihr noch tiefer, als wollte er in ihre Seele schauen. »Nicht vor Gott, und nicht vor Burgund.«

Ihr Herz setzte einen Schlag lang aus, und die hässliche Erinnerung daran, dass sein Stand ihr allenfalls den Rang einer heimlichen Geliebten gestattete, riss sie aus dem Glück des Augenblicks. »Ich verstehe, und ich gehorche. Was immer Ihr mir zu geben vermögt, es wird genügen.«

Gernot runzelte die Stirn. »Wovon sprichst du?«

»Vom Königshaus und dem, was nicht sein darf«, flüsterte Elsa. »Aber ich verlange nicht, was mir nicht zusteht.

Seien es nur gestohlene Küsse wie dieser – mein Glück könnte nicht größer sein. Vor Eurem Bruder, meinem Vater, dem ganzen Hofstaat werde ich das Geheimnis wahren.«

Der zweifelnde Gesichtsausdruck des Prinzen hellte sich in Spott auf. »Das ist es, was du denkst? Dass ich deine Liebe als Dienst will, wie den eines Kochs oder Jägers?«

Elsa war verwirrt und ließ von ihm ab. »Mein Vater sprach soeben von der Etikette und der Pflicht bei Hofe ...«

Gernot blickte sich um, als müsse er die angemessene Antwort in der Dunkelheit erst suchen. Dann ging er auf die Knie vor ihr und senkte den Kopf. »Elsa von Tronje, ich spreche von Liebe.«

Burgund war ein christliches Reich, doch die Freuden der Völlerei und der fleischlichen Lust waren noch gut bekannt. Mochten auch die heiligen Tage der Kirche gehören – zum Fest war alles erlaubt, was Mann und Frau gefiel.

Musikanten spielten, Akrobaten sprangen, Feuerschlucker spien Flammen wie Fafnir, während die Diener bei Hofe schwere Platten mit fettem Fleisch zu den Tafeln trugen. Soldaten tanzten mit Hofdamen, und in so mancher Ecke gab es unschickliche Heimlichkeiten, befeuert von süßem Wein und herbem Bier.

Auch in Worms tanzten die Menschen um Freudenfeuer, die an den Kreuzungen der Straßen entfacht worden waren. Von den Burgmauern aus konnte man meinen, dass die Stadt sich im Taumel verbrannte.

Inmitten des Gelages, das den Thronsaal in ein Schlachtfeld der Genüsse verwandelt hatte, saßen Gunther und Hagen und tuschelten miteinander.

»Es liegt an uns, nun die Initiative zu ergreifen, bevor Siegfried es tut«, murmelte Hagen, sein Anliegen erneut vorbringend. »Wenn Ihr wartet, bis er um die Hand der

Prinzessin bittet, wird ihn Eure Antwort beleidigen – und nichts darf uns ferner liegen, als den König von Xanten und Dänemark zu verstimmen. Wenn wir ihm aber Kriemhild als Geschenk bieten, ist sein Dank der Schlüssel zu unserem Plan.«

Gunther leerte einen weiteren Kelch und warf ihn lustlos beiseite. »Es gefällt mir nicht, einen Mann, den ich voller Stolz Freund nenne, zu überlisten, als sei er ein Tier, das es zu erlegen gilt.«

Hagen weitete die Augen. »Warum sollte es so sein? Wir sind doch nur bestrebt, Siegfrieds Gunst dem Hofe zu erhalten. Eure Freundschaft wird gestärkt, nicht gemindert!«

Der König atmete tief ein, und als Siegfried, nur wenige Schritte von ihm entfernt, in einem Pulk von Männern den Kelch in seine Richtung hob, nutzte er die Gelegenheit und erhob sich von seinem Thron. Hagen gab den Wachen ein Zeichen, und Speere wurden gegen eine Eisenstange geschlagen, um Aufmerksamkeit zu fordern.

Zwischen Rausch und Überschwang gefangen, brauchte die feuchtfröhliche Gesellschaft geraume Zeit, sich auf den König zu besinnen. Schließlich richteten sich die Augen auf Gunther, und die Münder verschlossen sich dem Gespräch und der Sauferei.

Der König von Burgund blickte zufrieden in die Runde, etwas unstet vom Wein in seinem Blut. »Es ist fürwahr ein Fest heute Abend! Wir sind zusammengekommen, um einen Helden zu feiern – und feiern können wir!«

Er gab den Männern Zeit, ausgiebig zu johlen und Siegfried auf die Schulter zu klopfen.

»Aber kann es genügen, Siegfried nur zu feiern?«, fuhr er schließlich fort. »Ohne ihn wäre Burgund noch arm, vom Drachen bedroht und von Hjalmar gierig betrachtet!«

Der Hofstaat brummte anerkennend.

Gunther winkte Siegfried zu sich und legte ihm den Arm um die Schulter, auf dass es jeder sehen konnte. »Was können wir ihm geben, dem künftigen König von Xanten, dem heutigen Freund von Burgund?«

Schweigen breitete sich aus. Siegfried fühlte sich sichtlich unwohl, denn was immer Gunther auch vorhatte – unter vier Ohren wäre es leichter zu besprechen gewesen.

Der König lächelte gönnerhaft. »Meine Schwester, die holde Prinzessin Kriemhild, das Herz von Burgund – sie ist es, nach der er sich sehnt. Und weil ich weiß, dass sie nicht minder stark empfindet, verkünde ich an diesem Abend und in dieser Runde – er soll sie haben!«

Es brach ein Höllenlärm aus, als die Männer jubelnd anstießen, sich in die Arme fielen und Gunther und Siegfried hochleben ließen. Einige sprangen auf die Tische, um mit erhobenen Fäusten die Freundschaft der Reiche zu preisen.

Siegfried war nicht sicher, ob er Freude oder Verärgerung angesichts dieses Schauspiels empfinden sollte. Was immer er gewollt hatte, es war ihm gerade auf einem silbernen Tablett präsentiert worden. Und doch hätte er sich die Gegenwart Kriemhilds gewünscht und die Zusage aus ihrem Munde. Als er Gunther herzlich an sich drückte, furchten Sorgenfalten seine Stirn.

Der König bat sich wieder Ruhe aus, und er bekam sie. Ein letzter Seitenblick auf Hagen eröffnete den zweiten Akt dieses Theaters. »Und da die Gesetze Burgunds es so vorschreiben, wird es eine Doppelhochzeit geben – kaum dass der Bischof mir den Segen zur Ehe erteilt hat, wird Siegfried seine Kriemhild heiraten können. An einem Tag, in einer Kirche – vor einem Gott!«

Unter die begeisterten Schreie der Männer mischte sich verwundertes Gemurmel. Und dieser Minderheit gab Siegfried eine Stimme, als er sich an seinen Freund wandte.

»Ein größeres Geschenk könnt Ihr mir nicht machen, und in Demut will ich es annehmen. Wenn Euer Gott nicht zürnt, will ich auch in Eurer Kirche heiraten. Doch wer ist die Braut, mit der Euch der Bischof vermählen soll?«

»Eine Königin, die ich mir zu erobern gedenke!«, rief Gunther, mehr für seine Leute als für Siegfrieds Ohren. »Prächtig und schön, mächtig und stark. In zwei Tagen werden unsere Schiffe bereitstehen, und mit dir an der Seite werden wir gen Norden ziehen, sie zu gewinnen.«

In Siegfrieds Kopf schwirrten die Gedanken. Sein Plan, Kriemhild in Xanten zu ehelichen, um die Staatsgeschäfte rasch zu übernehmen, war durch Gunthers plumpen Trick nun verdorben, konnte er doch den Wunsch des Königs schlecht verweigern, nachdem dieser ihm die eigene Schwester versprochen hatte.

Gunther rüttelte an Siegfrieds Schulter und riss ihn aus den Gedanken. »Kann ich auf deine Hilfe zählen?«

Der ungekrönte König nickte und rang sich ein Lächeln ab. »Niemand wird mich von Eurer Seite fern halten können – und mit Eurer Braut werden wir nach Burgund zurückkehren. Bei meiner Ehre!«

»Dann lasst es uns im ganzen Reich verkünden!«, schrie Gunther ausgelassen und hob den Kelch mit der rechten Hand. »Der König von Burgund reist nach Island!«

»Nach Island!«, tönte es aus vielen Kehlen, die schon lange nicht mehr trocken waren.

Die Erwähnung Islands traf Siegfried wie ein Schlag von Fafnirs Pranke. Erinnerungen tanzten vor seinen Augen. Bilder, lang vergessen und doch nie verloren. Das Gefühl von kaltem Wasser auf der Haut. Der Schmerz des brechenden Handgelenks. Dunkle Augen unter langen schwarzen Haaren. Ein Geruch von Schweiß und Gier. Feuer im Leib.

Er strich sich über die Stirn, als könne er damit die Bilder vertreiben. Doch es war der Ring an seiner linken Hand, der sich schmerzend um seinen Finger zog, die dunklen Gedanken durch frische Qualen brechend. Siegfried versuchte, das Schmuckstück abzustreifen, doch es schien sich entschlossen festzuklammern.

Ihm wurde übel, und er stolperte von der Estrade, um einen ruhigeren Ort zu finden.

»Auf Island!«, rief Gunther nun. »Auf Brunhilde!«

Siegfried hörte den Namen, als er schon auf dem Weg aus dem Saal war. Der Ring an seinem Finger brannte nun wie Feuer, entschlossen, keinen anderen Gedanken als den Schmerz in seinem Geist zu dulden.

Wie viele Brunhildes mochte es in Island geben? Dutzende, Hunderte sicherlich. Es gab keinen Grund, an einen so perfiden Zufall zu glauben. Und selbst wenn? Was war schon geschehen? Was war schon versprochen worden aus Kindermund?

Hagen und Gunther sahen, wie Siegfried aus dem Saal taumelte, und tauschten überraschte Blicke. Sie hatten zwar erwartet, dass er von der Neuigkeit kaum überwältigt sein würde, aber sein Verhalten erschien etwas ... unangemessen.

Die Nachtluft war angenehm kühl, und Siegfried fand schnell einen Wassertrog, in den er die Hand mit dem Ring tauchte, dann seinen Kopf. Nun schien das Schmuckstück seine Taktik zu ändern. Der glühende Schmerz klang ab und machte einer verführerischen Wärme Platz, die sich vom Gold in seine Adern schlich. Der Druck im Kopf wich und auch der Stich im Herzen, den Brunhildes Name ausgelöst hatte. Der Ring gab Siegfried Frieden und den Gedanken an Kriemhild.

Nur Kriemhild.

Gunther erwachte mit dröhnendem Schädel und einer Zunge, die von Flechte bewachsen schien. Seine Augen wehrten sich dagegen, geöffnet zu werden, und sein Magen widersprach dem Wunsch des Körpers, aufzustehen.

Der König stöhnte leicht und stemmte sich dennoch aus dem Bett. Ein Kelch mit Resten roten Weins wie Blut lag auf dem Boden, ebenso die Kleider des letzten Tages. Gunther streckte sich, zwang seinen Geist zu klaren Gedanken und stand auf. Leicht schwankend ging er zum Fenster und blickte auf sein Reich.

Die Sonnenstrahlen des gestrigen Tages waren verblasst, dunkle Wolken türmten sich über Burgund. Der Himmel schien wütend auf Rache zu sinnen. Hofdiener schleppten die Reste des Gelages zu den Schweinen, und so mancher Soldat lag noch besinnungslos an eine Mauer gelehnt.

Gunther dachte an das Fest, und wie zur Strafe zuckte ein Schmerz durch seinen Schädel. Er rieb sich die Schläfen, den Drang zur Übelkeit unterdrückend.

Was er getan hatte, war richtig gewesen. Für ihn, für Siegfried und Kriemhild, für beide Reiche. Er würde Brunhilde für sich gewinnen, die Doppelhochzeit würde Burgund und Xanten auf ewig aneinander binden, und dann würde Frieden herrschen.

Endlich Frieden.

Und dennoch – Gunther fühlte eine Schuld. Sie nagte in ihm. Hatte er die Hand seiner Schwester nicht in Freundschaft und aus Freude gegeben, sondern aus Furcht und Berechnung? Konnte die rechte Tat beschmutzt sein, nur weil die Beweggründe nicht rein waren?

Er nahm einen Krug mit Wasser und schüttete es über seinen Kopf. Es kühlte die Schmerzen ebenso wie die Sorgen. Es war töricht, sich solche Gedanken zu machen. Burgund war nun reich und frei und bald mit einem Großreich durch Blut verbunden. Das Land stand besser da als jemals zuvor, seit die Römer mit ihren Kurzschwertern und Schilden vor Generationen gekommen waren, um es ihrem Reich einzuverleiben.

Gunther sah sein Gesicht in einem kleinen Spiegel an der Wand. Es war nass, stoppelig und blass. Aber es war das Gesicht eines guten Königs, eines gerechten Königs. Das Gesicht eines Königs, der sich mit Recht die isländische Königin zur Frau machen würde.

Er hoffte nur, dass Brunhilde nicht den schaurigen Legenden entsprach, die man sich von ihr erzählte.

Siegfried war mit einem schlechten Gewissen erwacht, das dem von Gunther in nichts nachstand. Man hatte ihm Kriemhilds Hand geboten – und er hatte sie genommen, ohne ihr dabei in die Augen zu sehen. Es mochte bei Hofe angesehen sein, aber es fühlte sich dennoch falsch an. Er wollte das Herz der Prinzessin nicht als Lohn, sondern als Geschenk. Es tröstete ihn nur wenig, dass sie ihm nie Zweifel an der Wahrhaftigkeit ihrer Liebe gelassen hatte.

Er fragte sich, wie sie ihn empfangen würde, wenn er ihr gegenübertrat. Hatte man sie überhaupt schon benachrichtigt?

Siegfried entschloss sich, dem Unbehagen ein Ende zu bereiten, indem er sofort mit Kriemhild sprach. Zwar hätte er lieber einen Bären mit bloßen Händen zu Boden gerungen, aber er wollte zu seiner künftigen Frau aufrichtig sein.

Eigentlich hatte er gedacht, sie in ihren Gemächern vorzufinden, aber schon als er den Burghof betrat, sah er ihre schlanke Gestalt. Sie sprang gerade mit erstaunlicher Anmut auf den Rücken eines Pferdes, und der Stallmeister reichte ihr die Zügel eines zweiten. Sie sah Siegfried und ritt langsam auf ihn zu. Dann bot sie ihm die Zügel des anderen Pferdes. »Ich hörte, wir sind einander versprochen. Hat mein zukünftiger Gemahl Zeit, mit mir auszureiten?«

Ihre Stimme verriet weder Empörung noch Freude, nur eine gefasste Gelassenheit, und ihr Blick war ein Geheimnis.

Siegfried sah stirnrunzelnd zum Himmel auf, der mit Blitz und Donner drohte, wagte aber nicht, die Gelegenheit verstreichen zu lassen: »Mit Freuden.«

Er saß noch nicht ganz auf der reich verzierten Decke, als Kriemhild bereits vorpreschte und ihr Pferd durch das Burgtor trieb, als gelte es, mit dem Wind mitzuhalten. Gleich hinter dem Tor bog sie nach Westen ab und auf die Wälder zu. Erde spritzte unter den Hufen, und Zweige streichelten mit ihren Blättern Kriemhilds Gesicht.

Siegfried mühte sich nach Kräften, der Prinzessin zu folgen. Seine Haltung war bei weitem nicht so elegant, und immer wieder riss er hastig an den Lederriemen in seiner Hand, um das Tier unter sich vor dem Sturz zu bewahren.

Er spürte kühl und stechend, wie die ersten Tropfen sein Gesicht trafen, als sie die Burg hinter sich ließen. In der Ferne grollte Donner. Es wäre klüger gewesen, das Gewitter bei Hofe abzuwarten, doch er hatte nicht die Absicht, Kriemhild davonkommen zu lassen, wo er Fafnir und Hjalmar gestellt hatte.

Die Blitze erhellten nun den trüben Vormittag, und als sie das Wolkenmeer durchzuckten, ergoss sich aus den Wunden eine wütende Flut, die prasselnd die Erde suchte. Kaum drei Herzschlage später war Siegfried durchnässt, die Erde nur noch Schlamm, und jedes Wort, das er zu schreien suchte, ein Schluck Wasser aus dem Horn.

Kriemhild schien es nicht zu stören, und sie trieb ihr

Pferd noch weiter an, tiefer in den Wald. Sie übersprang Hindernisse auf dem Weg, die Siegfried vorsichtig umreiten musste, und schnell wurde ihre Gestalt ein Schemen im Regen, ein sich entfernender Schatten. Er verlor sie aus den Augen, fand sie wieder, nur um gleich darauf wütend anzuhalten und sich verwirrt im Kreis zu drehen.

Es war nicht nur die Unvernunft, die ihn ärgerte. Es war das Spiel, das sie trieb. Er hatte wenig übrig für solche Narreteien, wenn ernste Dinge zu besprechen waren. Dinge wie Liebe und Heirat.

Fast schon war er so weit, umzudrehen, aber dann sah er sie wieder. Das Pferd hatte Kriemhild ein paar Schritte abseits des Weges angebunden, und unter dem Blätterdach einer riesigen Eiche saß sie geschützt auf weichem Moos, den Rücken an den Stamm gelehnt. Ihr helles Kleid klammerte sich zitternd an ihren Körper, und ein Reif um die Stirn hielt das nasse, strähnige Haar. Immer wieder peitschten Blitze zu Boden, die ihre helle Haut aufleuchten ließen.

Es war ein Anblick, der in Liedern nicht zu besingen war und der Siegfried jeden Groll nahm, den er auf dem Ritt gesammelt hatte.

Der Platz unter der Eiche war wie ein heiliger Hain, den er nicht zu betreten wagte, und so stand der Schmied und König im Regen, Wasser wie Bäche über die Muskeln rinnend.

Für eine Weile sah Kriemhild ihn an, schwer atmend von dem Ritt. Blitz und Donner ließen Siegfried riesig erscheinen, wie einen Krieger Gottes, der den Zorn des Herrn brachte. Ein Krieger, der sich alles nehmen konnte und dennoch nichts zu fordern wagte.

Sie streckte ihre Hand aus. »Komm zu mir.«

Siegfried machte zwei, drei unsichere Schritte, begleitet

vom Krachen eines nahen Baums, der unter einem Blitz zerbarst.

»Du wirst mit Gunther nach Island reisen, um an seiner Seite zu sein, wenn er um die Königin wirbt«, sprach sie laut gegen die vielen Stimmen des Sturms an. »Du wirst mich wieder verlassen, so, wie du mich für Fafnir und Hjalmar verlassen hast.« Der Regen, der an ihrem Gesicht herablief, war wie Tränen ohne Salz, ohne Trauer.

Er sank neben ihr auf die Knie. »Und jedes Mal brach mein Herz mehr dabei. Aber Gunther bat mich ...«

Sie legte die rechte Hand auf seine Lippen, um jede Erklärung abzuweisen. »Ich bin nicht hier, um dich zu schelten, noch um dich von der Erfüllung deines Versprechens abzuhalten.«

Er merkte, wie ihre linke Hand sich in sein Hemd krallte und ihn langsam zu sich zog. »Ich will nur wissen, ob du zum dritten Mal von mir gehst, ohne mich zu deiner Königin zu machen.«

Es folgte ein Kuss, der endlich kein Abschied war. Ihre Lippen entzündeten ein Feuer, den kein Regen mehr löschen konnte. Kriemhilds Finger krallten sich in seine Arme, und er zerrte grob an den Riemen ihres Kleides. Sie bäumte sich ihm entgegen, und als er den nassen Stoff von ihren Schultern zog, trank sein Mund bereits das Wasser von ihrem Nacken. Ihre Hände zerrten an seinem nassen Haar, als wollten sie ihn an Orte führen, die er mit seinen Lippen selber fand.

Ein Hunger, der sie beide umgetrieben hatte, musste nun befriedigt werden. Es war nicht Zeit für lange Spiele mit der Lust, die bereits unerträglich war. Der Kleider entledigt, sah Siegfried nur kurz auf den nassen und zitternden Körper seiner Geliebten, der sich auf dem Moos im Regen wand. Auch Kriemhild war zu sehr in Leidenschaft gefangen, um den muskulösen Körper, der sich kraftvoll über sie beugte, mehr als einen Augenblick lang zu bewundern, bis sie ihn an sich zerrte.

Siegfried umschlang sie mit den Armen und hob sie hoch auf die Füße. Die feucht schabende Rinde im Rücken war für die Prinzessin wie Zähne in hundert Mündern, die sich in ihr Fleisch verbissen. Sie lehnte sich gegen den Baum, und Siegfrieds warmer Körper presste sich an sie. Sie spürte seinen Willen, seine Kraft und sein Verlangen, im Geben so wild, wie sie selbst im Nehmen war.

Die Blitze schienen nun direkt durch ihre Körper zu fahren, sie voranpeitschend, aufladend, verbrennend. Kriemhilds Schreie gingen im Donnergrollen unter, und der Regen trug das Blut ihrer Liebe in den Wald davon.

Sie waren Wasser und Fleisch. Bereits am Ziel, suchten sie verzweifelt und gierig noch mehr, tief in ihren Körpern und in ihren Augen. Finger fanden zarte Stellen, und Zähne bissen weiche Haut. Und als sich der lustvolle Kampf dem letzten Donner ergab, sanken sie aneinander zu Boden. Salzige Tränen lösten sich im Regen auf.

Sie waren nass auf nassem Grund und doch von der gegenseitigen Liebe gewärmt, die aus der Glut des Verlangens nachschwelte. Kriemhild lag an Siegfrieds Brust, den Kopf auf seine rechte Schulter gelegt und mit den Fingern seinen Körper streichelnd, als müsse sie jede bisher ungekannte Stelle vorsichtig erkunden.

»Bist du nun meine Königin?«, fragte er nach einer Weile, den Blick zum Himmel gerichtet.

»Deine Königin, deine Frau, deine Sklavin«, flüsterte die Prinzessin. »Vom ersten Tag bis zu meinem letzten.«

Er küsste sacht ihre Stirn. »Vom ersten Tag bis zum letzten – wo auch immer ich bin.«

Sie schluckte schwer. »Ich hatte gehofft, die Erfüllung

unserer Liebe würde es einfacher machen, dich ziehen zu lassen. Doch nun spüre ich schon Schmerz nur beim Gedanken.«

»Mir geht es nicht anders«, gestand Siegfried.

Sie lächelte mit feuchten Augen. »Der unbesiegbare Held, den keine Klinge schneiden kann, leidet am Herzen? Wie kann das sein?«

Er lächelte ebenfalls. »Nur mein Körper lässt sich nicht verwunden. Fafnirs Blut habe ich es zu verdanken.«

Neugier stahl sich in ihren Blick. »Dann ist mein König unbesiegbar, was auch geschieht?«

Siegfried stemmte sich ein wenig in die Höhe und drehte den Kopf, um einen Blick auf die Stelle unter der Schulter zu erhaschen, an der feine Narben heilten. »Nur hier scheint's nicht gewirkt zu haben. Eine Schuppe des Biests deckte das Fleisch ab.«

Kriemhild küsste den Fleck, ihre Zunge spielte daran, und schließlich biss sie zärtlich zu, dass Blut ihre weißen Zähne befleckte. Siegfried drückte sie lachend von sich, doch nur ein wenig. »Wenn du mich bluten sehen willst, dann sprich nur ein böses Wort, und es wird aus meiner Seele sprudeln.«

Sie drückte ihn sanft zu Boden. »Niemals will ich mit dir streiten. Und niemals mehr dich gehen lassen.«

»Für jeden anderen außer Gunther würde ich mein Wort brechen, um bei dir bleiben zu können«, sagte Siegfried. »Doch sein Glück ist der Schlüssel zu unserem.«

Sie sah ihn an, liebend wie fordernd. »Dann sorge dafür, dass mein Bruder Brunhilde gewinnt – um unserer Liebe willen! Sperr sie gemeinsam in ein Schlafgemach, wenn es sein muss. Und komm schnell zu mir zurück!«

Siegfried lächelte ob ihrer Forschheit und verzog gleich danach das Gesicht. »Ob Brunhilde sich in die Ehe zwingen lässt, scheint mir fraglich. Es mag sein, dass sie Gunther stärker zusetzt als einst der Drache.«

Kriemhilds Augen drückten Verwunderung aus. »Du sprichst, als würdest du sie kennen.«

»Das nicht«, sagte Siegfried, und dass er Kriemhilds Blick auswich, verriet die Unsicherheit. »Zumindest nicht ... nein, nicht in diesem Leben.«

Kriemhild stützte sich ein wenig auf, um ihn von Angesicht zu Angesicht zu fragen: »Welches Leben lebst du noch? Und wie kreuzt es sich mit dem von Brunhilde von Isenstein?«

Damit seine Augen nicht die Wahrheit, von der er selbst nicht überzeugt war, unfreiwillig preisgaben, blickte Siegfried angestrengt auf den Ring an seiner Hand, den er auch beim Liebesspiel nicht abgelegt hatte. »Ich kenne ... Königin Brunhilde nicht.«

Es war so wenig Wahrheit, wie es Lüge war.

Kriemhild beschloss, den Tag der Liebe nicht durch Misstrauen zu verdunkeln, und wandte ihren Blick ebenfalls dem Ring zu. »Es ist ein schöner Reif – ein Geschenk von deinem alten Schmied?«

Siegfried schüttelte den Kopf. »Eitler Schmuck war Regins Sache nicht. Der Ring ist Teil des Schatzes, den ich nach Fafnirs Tod erbeutete. Seither kommt mein Leben nicht zur Ruhe, und es treibt mich dauernd um. Vielleicht ist es wahr, und das Gold der Nibelungen ist verflucht.«

Kriemhild lachte. »So sagt man in den Tavernen und in den Geschichten, mit denen man kleine Kinder schreckt! Die einzige Sünde im Gold ist der Reichtum, sagt die Kirche. Und der Fluch nur, es nicht zu teilen.«

»So ist mein Leben sicher«, stellte Siegfried fest. »Denn geteilt habe ich meinen Reichtum gern, und seinen Glanz habe ich gegen deine Liebe getauscht.«

Ihre Augen funkelten wie Juwelen, auf die ein Sonnenstrahl gefallen war. »Dann lass uns diese Liebe feiern, nicht nur in Worten, sondern auch in Taten.«

Schon der zitternde Ton in ihrer Stimme weckte Siegfrieds Begehren, und sie liebten sich erneut mit Kraft und Ungestüm.

Gernot blickte glücklich aus dem Fenster und betrachtete die Sonnenstrahlen, die nach dem Gewitter ihren Weg durch die Wolkendecke fanden. Er hatte schon lange keinen Sturm von solcher Kraft und Wildheit gesehen. Als Kind hatte er sich bei solchem Wetter stundenlang versteckt, bis Gundomar ihn unter irgendeinem Tisch hervorgezerrt hatte. Doch die Zeit der Angst war längst vorbei, und die Zeit des Trübsinns ebenso. Er hatte die Liebe gefunden, von der er nun wusste, dass sie schon lange nach ihm gesucht hatte. Und obgleich es keine Liebe war, die einen leichten Weg gehen würde, konnte es Gernot nicht schrecken. Er liebte Elsa, und weder Gunther noch Hagen, weder Rang noch Blut würden sie je wieder trennen können.

Eine zarte Hand klopfte an seine Tür, und der Prinz öffnete freudig. Doch es war nicht die Geliebte, nur die geliebte Schwester.

»Gernot, ich muss mit dir sprechen«, flüsterte Kriemhild verschwörerisch, obwohl die Wände dick und steinern waren.

Es fiel ihm auf, wie gerötet ihre Wangen waren und wie glücklich ihre Augen glänzten. »Wie ich mit dir. Du wirst kaum glauben, was mit mir geschehen ist.«

Kriemhild zog Gernot zum Bett und setzte sich neben ihn. »Und ich will jede Einzelheit hören. Doch zuerst muss ich dich bitten, in Eile eine Entscheidung zu treffen, die mir auf der Seele brennt.«

Der Prinz nickte, etwas enttäuscht, die süße Neuigkeit nicht gleich berichten zu können. »Was ist es denn?«

Kriemhild, die immer noch leicht außer Atem schien, holte tief Luft. »Siegfried wird Gunther nach Island begleiten – und du darfst in meinem Dienste nicht von seiner Seite weichen!«

Wie so oft war das, was seine Schwester als Bitte angekündigt hatte, mehr Pflicht als freier Wille. Ihre Bitte konnte er wohl kaum abschlagen, und trotzdem mühte Gernot sich. »Mit meinem Leben würde ich ihn schützen, aber es gibt hier bei Hofe ...«

»... nichts, was nicht dringender wäre als das Glück Gunthers, Siegfrieds und beider Reiche«, unterbrach Kriemhild ihn aufgeregt. »Der König zählt auf Siegfrieds Beistand vor der Königin Brunhilde. Doch mir scheint, als gäbe es zwischen jenen beiden unbekannte Bande.«

Gernot runzelte die Stirn. »Siegfried und die Königin von Island? Wie sollte das sein? Vor kaum ein paar Wochen war er noch nicht mehr als ein Schmied.«

Kriemhild nahm die Hände ihres Bruders. »Ich habe keine Antworten darauf. Und genau deshalb bitte ich dich, auf Burg Isenstein für mich Auge und Ohr zu sein.«

»Das Wenige, das ich zum Glück von Burgund beitragen kann, will ich tun«, versprach Gernot.

Die Prinzessin fiel ihm um den Hals, küsste ihn eifrig und erhob sich dann. »Zum wie vielten Mal nun stehe ich schon in deiner Schuld? Ich werde Gunther verkünden, dass du an seiner Seite reist.«

Sie lief zur Tür, nur um sich noch einmal umzudrehen. »Was war es, was du mir zu berichten hattest?«

Gernot winkte ab. »Nichts, was nicht bis zu meiner Rückkehr aus dem eisigen Norden Zeit hat.«

Kriemhild eilte davon, und Gernot blieb mit einem Kloß

im Magen zurück. Es hatte sich einmal mehr gezeigt, dass Kriemhilds Aufmerksamkeit nur noch dem baldigen König von Xanten und Dänemark galt. Und dass er, der Prinz, zu schwach war, ihr entschlossen zu verkünden, dass sein Herz und sein Versprechen Hagens Tochter gehörten.

Wie es Elsa ergangen war, dass er sie, kaum da das Wort »Liebe« gefallen war, gleich wieder verlassen musste, mochte er sich nicht vorstellen. Viele Dinge liefen wirr in letzter Zeit, und manchmal überkam Gernot das Gefühl, dass der Aufstieg des Reiches kein Gewinn der Helden war, die ihn für sich beanspruchten. Als sei ein Dienst in Anspruch genommen worden, dessen Entlohnung noch ausstand.

Er seufzte. Island.

Dabei fror er doch so leicht.

11

Brunhilde
und das Recht der Macht

Mit nur zwei Schiffen ging es unter der Flagge Burgunds den Rhein stromabwärts, Richtung Meer. Je ein Dutzend Ruderer und ein Dutzend Soldaten waren an Bord, dazu eine Hand voll Diener und verschiedene Berater. Gunther, Gernot, Siegfried, Hagen – sie alle teilten sich den Platz auf dem Deck des führenden Schiffs. Der Fluss hielt still, als wollte er bedächtig die Könige auf seinem Rücken tragen.

Während Gunther und seine Berater meist über Plänen saßen, wie der Bund zwischen Island und Burgund zu gestalten war, hockte Gernot am Heck und starrte verdrossen in die Strudel, die das Schiff hinterließ. Siegfried hingegen fühlte seine Kraft ungenutzt und hatte die Hand meist auf dem Adlerkopf, der den Bug zierte. Er blickte nach vorn, ständig neue Eindrücke suchend. Die Unruhe in seinem Innern kam nicht nur von der Sehnsucht nach Kriemhild oder der Tatsache, dass er kaum Wege fand, sich zu beschäftigen. Es war die Erkenntnis, dass ihm durch den Flusslauf sein Leben vor Augen geführt wurde. Denn kaum eine Woche nach der Abfahrt hatten sie Odins Wald passiert, und Siegfried hatte Gunther überredet, an einer Stelle, die er gut kannte, das Lager für die Nacht zu errichten.

Er war die alten Wege gegangen, hatte vertraute Geräusche vernommen und schließlich die verlassene Schmiede entdeckt. Was auch immer in ihm gehofft hatte, hier wieder auf Regin zu treffen, wurde enttäuscht. Der alte Meister war wirklich in ein neues Land, ein neues Leben gezogen. Die Schmiede war ein toter Ort und jedes Leben nur Erinnerung. Nach kurzer Überlegung hatte Siegfried Nothung gezogen und Schmiede sowie Beihaus klein gehackt, bis ihre Reste kaum höher als das Gras standen. Er hatte ein letztes Mal vor dem Grab seiner Mutter gebetet und war dann wieder zum Rhein marschiert. Dabei hatte er mit Bedacht nicht jenen Weg gewählt, der ihn zu dem Bach geführt hätte, an dem er einst mit dem Mädchen Brunhilde gekämpft hatte.

Angenehm erschöpft, aber missgelaunt kehrte er zu den Burgundern zurück, und die düstere Stimmung des Abends machte es ihm leicht, sich auf ein Gespräch neben Prinz Gernot zu setzen, der am Ufer des Rheins auf das ruhige Wasser seufzte. »Mein Prinz, es ist nicht an mir, Euch Vorhaltungen zu machen, aber sollte es für das junge Herz nicht aufregend sein, den Bruder in ein wildes Land zu begleiten?«

Gernot versuchte zu lachen, aber nur ein Schnauben kam über seine Lippen. »Siegfried, nicht jeder sucht das Abenteuer jenseits des Horizonts. Alles, was ich je entdecken wollte, ist daheim geblieben.«

Siegfried wusste, wovon der junge Mann sprach. Kriemhild hatte ihm von der Liebelei zwischen Gernot und Elsa erzählt. »Dann wird Euer Herz mit der Entfernung wachsen. Und wenn Eure Brust zu bersten scheint, kommt Worms wieder in Sicht. Ihr werdet sehen.«

»Sehnst du dich denn nicht nach meiner Schwester?«, fragte Gernot.

Siegfried schien schon die Frage zu überraschen. »Sehnen? Ich brenne jede Stunde, die ich nicht bei ihr bin. Und das Wissen, dass es ihr nicht anders geht, erleichtert meine Seele nicht, im Gegenteil. Aber es hängt viel ab vom Gelingen dieser Reise, und Eurem Bruder könnte ich den Wunsch nicht verwehren.«

Missmutig warf Gernot einen Stein, der plumpsend Kreise ins Wasser malte. »Als ich Elsa erzählt habe, dass ich mit nach Island reise ...«

Siegfried sah sich um und drückte den Arm des Prinzen, um ihn zum Schweigen zu bringen. Erst als er sich sicher wähnte, lockerte er den Griff und senkte die Stimme. »Ich denke, es wäre vorerst klug, den Namen Eurer Auserwählten nicht zu laut auszusprechen. Nach der Hochzeit, wenn zwei bedeutende Häuser Kindersegen versprechen, wird mehr Großmut herrschen, eine Liebe wie die Eure zu respektieren.«

Gernot nickte dankbar. »Du hast wohl Recht, und es tut gut, jemanden auf meiner Seite zu wissen.«

Innerlich war dem Prinzen übel bei dem Gedanken, dass er Siegfrieds Nähe nicht uneigennützig suchte. »Als ich *ihr* sagte, dass ich Gunther nach Island begleite, sperrte sie sich in ihr Zimmer, und zwölf Stunden lang hörte ich sie schluchzen.«

Siegfrieds starke Hand legte sich auf seine Schulter. »Als Kind des Mannes, den sie Vater nennt, ist sie Tränen sicherlich gewohnt. Aber sie wird dir verzeihen, wenn du wieder durch das Burgtor reitest.«

So, wie Odins Wald Siegfrieds Vergangenheit beschworen hatte, so erzwang die Reise an Xanten vorbei den Blick in die Zukunft. Die Burgunder hatten sich entschieden, nicht einmal den Verwaltern des Landes Kunde von der Durchfahrt der königlichen Gesandtschaft zu geben. Xanten und Dänemark ruhten noch in kopfloser Verwirrung, aus der ohne Herrscher leicht Aufruhr und Blutvergießen erwachen konnten. In Siegfried den zukünftigen König zu sehen, wie er als Vasall eines anderen Hauses vorbeizog, war den Xantenern kaum zuzumuten.

Siegfried war überrascht, wie viel es ihm ausmachte, Stadt und Burg nur aus der Ferne zu sehen und vom Volke nur die Bauern, die den Reisenden von ihren Feldern freundlich winkten. Er hatte bisher kaum die Zeit gehabt, sich über das Reich, über das er bald herrschen würde, Gedanken zu machen. Seine Seele, sein Herz und auch seine Aufmerksamkeit hatten immer den Bedürfnissen Burgunds gegolten. Aber nun, da Xanten wie ein schlafendes Paradies an ihm vorbeizog, rief es nach ihm, forderte den König an die Macht. Die zwei Tage, die der Rhein zwischen den Grenzen des Reiches floss, verbrachte Siegfried daher nicht weniger in Schwermut versunken als Gernot. Er begriff langsam, dass mit dem wundersamen Lohn für seinen Heldenmut die Unrast kam und die Verantwortung. Mit einem starken Arm war die Bevölkerung nicht zu ernähren, und kein Schwert konnte Krankheiten bannen. Nur der Gedanke, dass Kriemhild für diese Aufgaben erzogen war, gab ihm ein wenig Ruhe.

Sie würde eine gute Königin sein.

Alle Burgunder waren froh, dass die Reise friedlich zu verlaufen schien, und Gunther nahm es gar als gutes Omen. Jeden Morgen betete er mit Gernot für den Schutz der Schiffe, während Hagen und Siegfried, zumindest im Glauben Brüder, sich respektvoll im Hintergrund hielten.

Xanten ließen sie bald hinter sich, und als das Süßwasser des Rheins in das Salzwasser der Nordsee spülte, zogen sie die Segel auf und setzten Kurs nach Norden, Richtung Island. Den Schiffen war noch in Worms schweres Eisen in den Bauch genagelt worden, um auch in stürmischer See aufrecht im Wind zu stehen. Waren an der Küste dann und wann die Handelsschiffe anderer Reiche in Sicht gekommen, so schien die Welt nach kaum einer Tagesreise nur aus Wasser zu bestehen. Zweimal waren Inseln zu sehen, weit am Horizont, aber Gunther ließ sie ziehen.

Die Männer aßen gedörrtes Fleisch, ein wenig Obst und Brot, bis es verdorben war und über Bord geworfen wurde. Man sang ein paar alte Weisen, spielte die Kerbensteine um das Glück und zog Karten zu Rate, die den Weg zu zeigen versprachen. Eine gewisse Trägheit machte sich breit, als wollte das Schicksal den Männern Zeit zur Erholung geben, um sich auf das Abenteuer vorzubereiten.

Die geruhsame Reise nahm ein Ende, als nach einer Woche auf See am Horizont ein schwarzer Streifen sichtbar wurde. Es war ein Wolkenband, doch es wirkte wie ein Biest. In seiner länglichen Bedrohlichkeit war es Fafnir ähnlich, und es räkelte sich vom Wasser so weit in den Himmel, dass Siegfried meinte, dass die Götter in Walhall ihre Füße hineinstecken konnten. Manchmal öffnete das Biest die Augen, und Blitze zuckten daraus hervor. Dann wieder brüllte es, und der Donner schien die Wellen unter dem Bug der Schiffe zu brechen, obwohl sie noch weit davon entfernt waren.

»Ein Sturm«, knurrte Hagen, das gesunde Auge verstimmt nach Norden gerichtet.

Auch Gunther schien gereizt. »Keiner, wie ich ihn je gesehen habe.«

»Es ist die Magie der alten Götter«, erklärte der Ratgeber.

»Es geht die Legende, dass sie sich immer weiter nach Norden zurückgezogen haben, als mit den Römern das Christentum kam.«

Der König von Burgund streckte sich stolz. »Es mag Teufelswerk sein – aber alte Götter sind es nicht. Es gibt nur einen Gott und keine Götter neben ihm. Werden unsere Schiffe dem Unwetter trotzen können?«

Hagen nickte. »Wir werden unsere Ladung festzurren und uns selbst mit Seilen an die Holzplanken binden. Die Segel und die Ruder werden eingeholt. Die Strömung bringt uns direkt nach Island. Was uns dort jedoch erwartet ...«

»Bitte erspare mir weitere Schauergeschichten von der Königin, die ihre Werber frisst«, winkte Gunther ab. »Es sind nichts weiter als klägliche Ausreden der Männer, die Brunhilde nicht gewinnen konnten.«

Er mühte sich, voll Zuversicht zu sein, doch in seinem Herzen waren Gunthers Sorgen übermächtig. Es gefiel ihm nicht, dass er die Hand einer Königin zu erringen trachtete, die einem heidnischen Glauben anhing, auch wenn der Bischof von Worms ihm versichert hatte, dass die Hochzeit zugleich Taufe sein würde. Und er fragte sich, was für eine Frau das sein mochte, die sich so teuer zu verkaufen gedachte, dass an den Höfen des Kontinents gemurmelt wurde, dass nur ein Gott ihren Prüfungen standhalten konnte?

Aber wie er es auch drehte, Brunhilde war die richtige Königin, um an seiner Seite den Thron von Burgund zu besteigen. Wenn sie in der Lage war, gesunde Kinder zu gebären, konnte zwischen den Nordlanden und dem großen Gebirge im Süden ein Reich entstehen, das über Generationen blühte. Ein Reich, das auch den Niedergang Roms überstand und die Hunnen alsbald wieder in den Osten jagte.

Es gefiel Gunther in seiner Eitelkeit, sich bei der Wahl der Braut nicht auf törichtes Herzklopfen verlassen zu haben, sondern auf die politische Vernunft.

Die Wolkenschlange fraß die Schiffe der Burgunder schnell und gierig, und zwischen ihren Zähnen drohte das Holz zu bersten und das Metall zu schmelzen. Blitze zuckten so häufig, dass die Umgebung nur noch helldunkles Flackern war, und trommelnde Ungeheuer trieben den Donner über das Meer. Wie Blätter im Wind tanzten die Schiffe, eben noch stolz, nun klein und feige, auf den Kronen mächtiger Wellen, um dann in wässrige Täler zu stürzen, die wie Stein auf sie warteten.

Die meisten Männer bangten unter Deck um ihr Leben und beteten zu vielen Göttern um Gnade oder wenigstens einen schnellen Tod. Ihre Leiber waren mit Lederriemen an die Ruderbänke gebunden. An Deck des führenden Schiffes hielten sich nur noch Hagen und Siegfried auf, beide an den stolzen Adlerkopf geschnürt, die Gesichter rissig vom salzigen Wasser, das immer wieder über sie schwappte. Sie hielten Ausschau nach Island oder wenigstens einem hellen Horizont, der ein Ende des Sturms versprach. Kein Wort fiel, denn sie hatten einander nichts zu sagen.

Ein, zwei Stunden lang ging es nur auf und ab, während der Wind wütend auf die Schiffe eindrosch, als habe er eine alte Rechnung zu begleichen. Siegfried fragte sich gerade, wie lange die Schiffsrümpfe dem noch widerstehen mochten, als hinter ihm mit hässlichem Knirschen der Mast zu brechen begann. Wie ein Halm, auf den ein Fuß trat, knickte er zur Seite und spuckte Splitter. Er schlug auf das Deck und rollte sich in Takelage und schwerem Segeltuch. Dabei stieß er an das fest gespannte Seil, mit dem das Ruder fixiert war. Das Tau gab nach und riss. Als hätte ein Gott es getreten, ruckte das Schiff augenblicklich zur Seite, während das Steuerruder in den Halterungen klapperte.

Zu den Dingen, ohne die ein Boot verloren war, gehörten ein unversehrter Rumpf und ein unversehrtes Steuerruder. Das eine, damit es nicht sank, und das andere, damit es eine Richtung fand. Sowohl Siegfried als auch Hagen waren sich dessen bewusst. Kaum hatte der Mast das Deck berührt, zog die Hand des alten Ratgebers auch schon einen Dolch und durchschnitt das Leder, das ihn band.

»Nein!« Siegfried schrie gegen den Sturm, doch Hagen warf sich in den Wind und auf das Ruder zu. Es war ein Kriechen und Springen, ein Tasten und Stolpern. Um das Steuerruder wieder unter Kontrolle zu bekommen, musste er über die Reste des Segels und des Masts klettern, was seinen Schritt noch zusätzlich verunsicherte. Jede Böe konnte ihn davonreißen.

Siegfried hatte schnell die eigene Klinge in der Hand, um ebenfalls der Gefahr zu trotzen. Er hielt den Körper geduckt, als er im peitschenden Regen versuchte, sich zum Heck des Schiffes zu kämpfen. Hagen war ihm voraus und vom Steuerruder nur noch ein paar Schritte entfernt. Der eiserne Wille trieb Kraft in seine alten Muskeln, und er richtete den hageren Leib auf, um das schlingernde Holz zu packen.

Er sah weder die Welle, die von der Breitseite her gegen das Schiff schlug, noch den losgerissenen Mast, der wie aus einem Katapult geschossen über das Deck auf ihn zuflog.

Es war keine Zeit mehr, den alten Mann zu warnen oder ihn aus der Bahn zu stoßen. Siegfrieds Gegner war das Holz selbst, und er stellte sich ihm mutig in den Weg. Die rechte Schulter senkte er und drehte den Kopf nach links weg, damit der Mast ihn am starken Nacken traf, wie einen Sack Mehl, den man zum Transport auflegte.

Im Licht eines neugierigen Doppelblitzes sah Hagen von Tronje, wie Siegfried von Xanten das zersplitterte Holz, groß wie ein Baumstamm, gegen sich prallen ließ, und es ging ihm auf, weshalb er das tat. Der Körper des muskulösen Kriegers wurde um einige Schritte nach hinten geschoben, und er schrie wie ein sterbender Ochse, aber seine Füße blieben auf dem Boden und seine Arme packten den Mast, als müsse er ihn vor dem Sturm bewahren. Viele Splitter, spitz wie Dolche, brachen an seiner Haut, als er das Holz schließlich zur Reling schob und samt Segel in den Sturm hievte, der es gierig mitnahm.

Siegfried klammerte sich keuchend an die Reling und warf einen Blick zu Hagen, dessen Augen aus so vielerlei Gründen Entsetzen widerspiegelten.

Gunther kam mit zwei Ruderern an Deck, vom Geräusch berstenden Holzes aufgeschreckt. Gegen Wind und Regen kämpften sie sich zum Heck zurück, wo sie Hagens Arme entlasteten. Mit vier Mann konnten sie das Steuerruder mühsam halten, während ein neues Seil herbeigeschafft wurde.

Gunther warf Siegfried einen dankbaren Blick zu, was Hagen nicht entging. Der Ratgeber machte sich auf den Weg unter Deck, um seine müden Knochen nicht noch weiter zu riskieren. Er fiel abseits der anderen Männer hin, kaum glücklich über sein soeben gerettetes Leben. Seine Glieder schmerzten, und seine Seele stand in Flammen.

Wenn die Tat des Xanteners etwas deutlich gemacht hatte, dann dies: Durch welchen Pakt und welche List Siegfried auch zum Freund Burgunds gemacht werden konnte – seine Kraft ließ ihn auf immer der Erzfeind sein. Solange Siegfried lebte, dessen war sich Hagen sicher, konnte Burgund nicht in Frieden gedeihen.

Als sei eine ungenannte Prüfung überstanden, ebbte der

Sturm langsam ab. Die Wolken wurden nicht länger von Blitzen durchzuckt und schrien nicht mehr ihren Donner in die kalte Nacht. Der Regen fiel nun direkt in das Meer, ohne von Wirbelwinden über die Wellen getrieben zu werden. Dafür wurde es fast schlagartig kälter, und aus Tropfen wurden bald beißende Perlen. Der Atem stand den Männern vor dem Mund, und die Nässe in ihrer Kleidung wurde schnell zu Eis.

Gunther gesellte sich zu seinem Freund, der erschöpft an der Reling stand. »Man kann mein Gespür als König kaum in Frage stellen – wieder einmal hast du dich an meiner Seite bewährt.«

Siegfried sah ihn an und lächelte müde. »Alles für Burgund.«

Er sprach vom Reich und meinte doch Kriemhild.

»Ich will nur hoffen, dass diese Brunhilde die Mühen wert ist«, meinte Gunther. »Ich bin ja gerne bereit, um ihre Gunst zu kämpfen – aber wenigstens zur Arena sollte man mich lassen.«

Der künftige König von Xanten legte ihm den Arm auf die Schulter. »Und müsste ich das Schiff hinter mir herziehen – ich bringe euch nach Island und zurück.«

Gunther sah sich um, und Sorgenfalten gruben sich in seine Stirn.

»Was ist?«, fragte Siegfried.

Der König presste die Kiefer aufeinander. »Unser zweites Schiff ist fort.«

Ein Horn wurde geblasen, dann noch eins und noch eins. Sie reichten einen Ton weiter, von den Wachtposten an der Küste nach Schloss Isenstein. Eolind seufzte, als er ihn hörte.

Es war das sechste Schiff. Zwei hatten abgedreht, als sie

die Flammen vor dem Fjord gesehen hatten. Ein weiterer Freier hatte die Vernunft besessen, beizudrehen, als das Fell seines Umhangs zu brennen begann. Drei Schiffe waren in ihr Verderben gefahren, und bis heute schwemmte die Flut verkohlte Holzplanken an. Die Flammenwand brannte weiter, Tag und Nacht, ein Fanal für Brunhildes unbedingten Willen, Island nur einer Kraft zu schenken, die seiner würdig war.

Diesmal war es Eolind, der schon auf der Wehrmauer stand, als Brunhilde hinzukam.

»Wisst ihr auch jetzt, wer es ist?«, fragte er, bemüht, keinen Vorwurf in der Stimme anklingen zu lassen.

Brunhilde, deren scharfe Augen das kleine Schiff ohne Mast schon früh erspäht hatten, gab sich gleichgültig. »Kein Segel, kein Abzeichen. Wenn man bedenkt, wie vielen anderen dieser Kandidat schon den Vortritt gelassen hat, dann ist er entweder nicht besonders eifrig oder nicht besonders mutig. Vielleicht die Franken. Keinesfalls die Hunnen. Sie interessiert nur, was sich zu Pferde erobern lässt.«

»Vielleicht jemand, der nur sehr sicher ist, dass er allen Prüfungen trotzen kann«, gab Eolind zu bedenken.

Für einen Moment schien Brunhilde in Gedanken ganz weit weg zu sein, und ihre Augen bekamen wieder den ehrlichen Glanz, den Eolind schon lange nicht mehr gesehen hatte. Er wusste, dass sie etwas verbarg. Die Prüfungen waren nicht ohne Grund gewählt. Brunhilde wartete auf etwas – oder jemanden. Und sie war bereit, dafür das Reich zu opfern.

»Wir könnten nach Westen abdrehen und einen anderen Weg auf die Insel suchen«, schlug der Steuermann vor.

Hagen schüttelte den Kopf und starrte weiter auf die

mächtige Flammenwand, die grell vor ihnen tanzte. »Die Botschaft war unmissverständlich – wer Brunhilde freien will, muss an Bord seines Schiffes durch den Fjord zum Portal von Isenstein kommen.«

»Wie soll das gehen?«, keuchte Gunther, der seinen Umhang beiseite legte. »Schon jetzt könnte man ein Schwein rösten, obwohl wir noch weit von den Flammen entfernt sind! Erst Regen, dann Schnee, nun Feuer – die Elemente hat man gegen uns aufgebracht.«

»Wenn wir das Schiff mit Wasser füllen«, schlug Gernot vor, »und uns dann hineinlegen …«

Siegfried war es, der nun widersprach. »Es würde uns langsam machen und dann unser Fleisch wie in einem Topf auf offenem Feuer kochen.«

Er starrte auf die brennende Mauer, die sie von Island fern hielt. Irgendwo in seinem Kopf hallte die Warnung, dass dies genau zu der Brunhilde passte, die ihm vor Jahren begegnet war. Schließlich schlug er mit der flachen Hand auf den Adlerkopf, der schon heiß dampfte. »Wenn sie verlangt, dass wir durch das Feuer gehen, dann werden wir es tun! Doch niemand erwartet, dass wir dafür unsere Knochen braten.«

Er ging zur Luke, die unter Deck führte, und brüllte zu den Ruderern und Soldaten: »Ihr da! Reißt das Eisen vom Boden, und bringt es herauf!«

Die Männer verstanden nicht den Zweck der Aufgabe, machten sich aber mit allerlei Werkzeug daran, sie zu erfüllen.

»Was soll das helfen?«, fragte Hagen spöttisch, während Siegfried jedes Stück Metall auf der rechten Seite des Schiffes stapeln ließ.

»Der Bauch des Schiffes ist mit Pech bestrichen, um das Holz abzudichten, richtig?«, setzte Siegfried dagegen. »Und so, wie es von guten Zimmermännern angerührt wird, brennt es nicht wie sein Bruder an der Fackel.«

Die Soldaten schleppten ächzend immer mehr Barren herbei, und die Last begann, das Schiff nach rechts zu kippen. Gunther hielt sich fest, um auf der Schräge nicht zu stolpern. »Ich gestehe ebenfalls, deinen Plan nicht zu verstehen. Wenn du das Eisen nicht sorgfältig verteilst, wird das Schiff kentern!«

Es war Gernot, dem zuerst das Licht der Erkenntnis ins Gesicht geschrieben wurde. »So ist es gedacht! Dann können die Feuerzungen nur nach dem versiegelten Schiffsrumpf greifen, während wir in seinem Bauch so lange atmen, bis die Strömung uns an den Strand treibt!«

Gunther sah Siegfried überrascht an. »Ist es das, was du vorhast? Das Schiff zum Kentern zu bringen, nachdem wir es gerade mit Mühe im Sturm halten konnten?«

Sein Freund lächelte. »Die Königin kann verlangen, dass wir durch den Fjord zu ihr kommen, aber dass wir uns dem Tod in die Arme werfen, wohl kaum.«

»Es steht zu bezweifeln, dass Brunhilde solche List und Tücke mit gutem Willen aufnimmt«, knurrte Hagen.

Der König von Burgund beendete die Diskussion. »Wenn sie eine ehrliche Aufwartung wollte, hätte sie uns nicht mit dunkler Magie zusetzen sollen. Jeder Trick ist erlaubt, sage ich.«

»Dann wollen wir uns zum alten Eisen gesellen, um dem Schiff ein schnelles Kentern zu erlauben«, verkündete Siegfried. »Aber vorher lasst uns Seile an der gegenüberliegenden Reling festbinden.«

Er knotete mit den Ruderern links ein paar Taue fest, und die Männer ließen sich damit zur rechten Seite herab, die schon fast das Wasser traf.

Es war ein eigentümlicher Anblick – das Schiff der Burgunder lag auf der Seite, als wäre es auf eine Sandbank aufgelaufen, und die Besatzung zog eifrig mit Seilen, um der Misslichkeit Vorschub zu leisten. Trotz des Gewichts der Männer und des Eisens schien das Boot entschlossen, von seiner Pflicht nicht abzulassen, und wehrte sich standhaft zu kentern.

»Zieht stärker!«, schrie Gunther. »Und wenn es kippt, taucht sofort in den Bauch – ich möchte auf keinen meiner Männer mehr verzichten müssen!«

Er hatte den Satz kaum beendet, da ergab sich der Rumpf des Schiffes und drehte sich stöhnend vollends aus dem Wasser. Das Deck fiel auf die Burgunder zu, die eilig ihre Taue losließen und die Köpfe unter Wasser tauchten.

»Ein seltsames Schauspiel«, murmelte Brunhilde. »Hat man je davon gehört, dass Männer im Angesicht der Gefahr freiwillig den Tod suchen?«

In einen schwarzen Fellumhang gehüllt, stand sie wie ein böser Rachegeist auf der Wehrmauer und blickte ohne Mitgefühl auf das Meer hinaus.

Auch Eolind war überrascht. Selbst auf die Entfernung war zu sehen, dass die Besatzung das ramponierte Schiff mit Eifer zum Kentern gebracht hatte. »Zumindest nehmen sie in Kauf, dass eine Rückkehr unmöglich geworden ist.«

Sie beobachteten eine Weile lang schweigend, wie das gekenterte Boot in die Flammen trieb – und nicht brannte. Die Feuerzungen leckten an ihm, kochten das Pech, bis es Blasen warf, aber zerstören konnten sie es nicht.

Nach etwa einer Viertelstunde näherte sich die schwarzbraune Schildkröte dem Ende der Flammenwand und damit dem Fjord, der den Hof von Island beherbergte.

Eolind merkte, wie Brunhilde sich verkrampfte. Sichtlich hatte sie nicht damit gerechnet, dass hinter dem irrsinnigen Verhalten der Fremden ein Plan steckte. Er war nicht sicher, ob sie überhaupt darauf vorbereitet war, dass jemand die Flammen überstand. »Es scheint mir ratsam, für heute Abend ein Festmahl vorbereiten zu lassen.«

Mit kalten Augen starrte Brunhilde auf das Schiff, das nun dem schwarzen Strand aus Vulkangestein immer näher kam. »Vier Dutzend Soldaten sollen sich bereithalten. Ich werde die Fremden selbst empfangen.«

Sie drehte sich um und ging davon, ihr Umhang wie die Schwingen eines Raben, der zum Flug ansetzte.

»Ich spüre Boden«, ächzte Gunther in die Schwärze des Rumpfes, der die Männer von Burgund sicher in den Hafen geleitet hatte.

»Dann lasst uns ein wenig schieben, um das Schiff auf den Strand zu ziehen«, riet Siegfried, der von der Anstrengung ebenfalls erschöpft war.

Der König von Burgund lachte verhalten. »Ich weiß bald nicht mehr, wie ich dir meine Dankbarkeit bezeigen soll, guter Freund. Reich und mächtig bist du schon, und die Hand meiner Schwester versprach ich dir vor Wochen.«

»Es scheint mir angebracht, erst einmal an die bevorstehenden Aufgaben zu denken«, knurrte Hagen.

Mit einem Ruck traf das Boot den Strand, und gemeinsam schoben es die Männer an, bis der Bug knirschend zubiss.

»Ich werde zuerst hinaustauchen und mich vergewissern, dass uns seitens der Isländer keine Gefahr droht«, verkündete Siegfried, und ein leises Platschen verriet, dass er nicht auf eine Antwort warten wollte.

Das eisige Wasser zog schwer an seiner Kleidung, aber

Siegfried genoss die Kühle auf seinem Gesicht. Die Flammenwand hatte die Luft im Bootsinneren erhitzt, und jeder Atemzug war eine Qual gewesen. Er spürte die Steine unter seinen Füßen, und als sein Kopf die Wasseroberfläche durchbrach, stellte er sich hin, die Hand bereits an Nothung.

Es war sicher kein Fehler gewesen, Vorsicht walten zu lassen. An die fünfzig isländische Soldaten empfingen ihn mit grimmigen Gesichtern und blanken Waffen.

Brunhilde sah den Rumpf des Bootes nun genauer, und ihr fiel die ausladende Breite römischen Ursprungs auf, die mit dem geringen Tiefgang für die Flussfahrt gedacht war. Als Mädchen hatte sie einst solche Schiffe gesehen, am Hofe dieser lächerlichen Burgunder. Sie erinnerte sich daran, dass Gundomar zwei Söhne gehabt hatte. Oder waren es drei gewesen? Und war der König nicht vor einiger Zeit im Kampf gefallen?

»Zieht die Schwerter«, sagte sie, und ihre Krieger folgten dem Befehl.

»Wer immer es ist – er kommt auf Eure Einladung«, bemerkte Eolind. »Es erscheint mir wenig schicklich, ihn mit gezückter Klinge zu begrüßen.«

Brunhilde verzog keine Miene. »Wer immer es ist – er besitzt Schläue und Mut. Ein kluger Feind ist gefährlicher als ein dummer Freund, pflegte mein Vater zu sagen.«

Eine Gestalt erhob sich nun aus dem dunklen Wasser. Nasses Haar hing über helle Augen, und breite Schultern mit starken Armen schaufelten voran.

Brunhilde erkannte ihn sofort, trotz der Jahre, die seit ihrer ersten Begegnung vergangen waren. Ihr Herz setzte einen Schlag aus, und vor ihren Augen verschwamm die Welt.

Siegfried war nur wenig größer geworden, aber dafür muskulöser, kantiger, männlicher. Ein Krieger, der Furcht wie Lust nur durch seinen Anblick zu erregen vermochte.

Sie hatte darauf gehofft, dass er kommen würde, dafür gebetet, daran geglaubt. Und doch war jetzt, da er wie vom Meer geboren vor ihr stand, die Unglaublichkeit des Ereignisses ganz deutlich.

»Siegfried«, flüsterte sie.

Er hatte die Hand auf seinem Schwert, als er ihr Gesicht in der Menge der Krieger ausmachte. Seine Blicke schweiften hin und her, entschlossen, sich sofort zu verteidigen, falls eines der gezogenen Schwerter zum Schlag erhoben wurde.

Die Königin von Island schritt auf ihn zu und kämpfte darum, nicht zu rennen, zu schreien oder Siegfried mit sich in einer Umarmung ins Wasser zu reißen. Jede Bewegung war kontrolliert, um nicht die Freude ihres Herzens zu verraten.

Er sah sie an, und er erkannte sie. Es war kein ungläubiges Erkennen, denn er hatte schließlich gewusst, an wessen Hof er gereist war. Aber sie wunderte sich ein wenig, dass kaum Herzlichkeit in seinem Blick war.

Eolind bemerkte, dass seine Königin dem Fremden unbesorgt entgegentrat, und mit einer leichten Handbewegung bedeutete er den Soldaten, ihre Waffen wieder wegzustecken. Er hatte keine Ahnung, was in diesem Moment vor sich ging, aber eine Gefahr stellte dieser einsame Krieger wohl kaum dar.

Siegfrieds Füße waren nun nicht mehr vom Wasser umspült, und Brunhilde trat vor ihn. »Erkennt er mich?«

Er nickte, immer noch unsicher, was er von diesem Empfang halten sollte. Er hob den linken Arm und zeigte das leicht verwachsene Handgelenk. »Vor jedem Sturm erinnern mich die Götter an den Knaben, der ein Mädchen war.«

Sie lachte. »Weder Knabe noch Mädchen wird er auf Burg Isenstein finden. Aber eine Königin, die schon auf ihn gewartet hat.«

Siegfried wurde mulmig, und ihn überkam das Gefühl, dass die freudigen Augen der Königin eine böse Überraschung für ihn bereithielten. Ihr Blick suchte Vertrautheit, vielleicht sogar Bestimmung. Beides sah sich Siegfried außerstande, ihr zu geben.

Nun erhoben sich weitere Gestalten aus dem Wasser, an der Spitze Gunther, Hagen und Gernot. Ihnen folgten Soldaten und Ruderer, manche einander stützend.

»Deine Vasallen, deine Freunde, deine Mitstreiter?«, fragte Brunhilde freundlich. »Sie seien in den Mauern meiner Burg ebenso willkommen wie du.«

Siegfried sah zu Gunther, der selbstbewusst neben ihn trat, und dann wieder zu Brunhilde. Er war unfähig, etwas zu sagen, den Irrtum aufzuklären. Das jedoch übernahm der König für ihn, als er vor der isländischen Regentin niederkniete. »Königin Brunhilde, ich bin Gunther von Burgund, rechtmäßiger König meines Landes. Ich bin gekommen, um Eure Hand und Euer Herz zu erringen. Dieser hehren Aufgabe habe ich mein Schwert und mein Leben gewidmet.«

Gunthers Augen glänzten nicht nur vom Meerwasser. Der erste Anblick der isländischen Königin hatte sein Herz verwandelt, und wo er eben noch die lange Reise verflucht hatte, fand er sich nun zu jeder Mühe bereit.

Brunhildes Haut war schon immer bleich gewesen, doch jetzt schien sie auch ihren letzten Schimmer zu verlieren. Sie blickte zu Siegfried in der Hoffnung, er möge den kruden Scherz beenden. Dann blickte sie wieder zu Gunther, dessen Ernsthaftigkeit kaum Zweifel an seinen Absichten zuließ.

»Ihr... Ihr seid Gunther, und es ist Euer Schiff?«, stammelte sie in einer verwirrten Weise, die Eolind neu war.

Der König von Burgund nickte. »Das Segel mit dem Abzeichen blieb im Sturm, aber so ist es. An meiner Seite seht Ihr den Prinzen Gernot, meinen Ratgeber Hagen – und meinen guten Freund Siegfried, dessen Eingebung wir es zu verdanken haben, dass wir den Flammen trotzen konnten.«

Jedes Wort traf Brunhilde wie ein Hieb. Sie hatte das Gefühl, die Götter grausam lachen zu hören. Natürlich war es ihr Plan gewesen, mit der Flammenwand ein Hindernis zu schaffen, dem nur Siegfried gewachsen war. Aber wie hätte sie ahnen können, dass er nicht für sich selbst die Reise unternahm?

»Dann seid Ihr... ein Vasall des Königs von Burgund?«, flüsterte sie schließlich heiser.

Gunther hob den Blick, um seinem Freund beizuspringen. »Rechtmäßiger Erbe von Xanten, Eroberer von Dänemark, Bezwinger von Fafnir und Hjalmar. Und wäre er all das nicht, als mein bester Freund könnte man ihn kaum Vasall nennen.«

Siegfried atmete tief durch und ging ebenfalls auf die Knie. »Königin, auf dieser Reise dient mein Schwert nur Gunther. Für sein Wohl bitte ich.«

Es herrschte ein paar Augenblicke Stille, während müde Wellen an den Strand rollten und das umgedrehte Schiff leise im Kies knirschte. In der Luft lag eine Spannung, eine unangenehme Ahnung, dass sich gerade die Darsteller eines Schauspiels getroffen hatten, die auf eine Komödie hofften, doch denen eine Tragödie geschrieben worden war.

Brunhilde, die ihr Herz zu verbergen gelernt hatte, suchte nach einer angemessenen Entgegnung, ohne zu einer solchen fähig zu sein. Hastig drehte sie sich um und schritt eilig in Richtung Burg davon.

Eolind blickte seiner Herrin nach und wandte sich dann an die Besucher. »Der König möge ... uns verzeihen. Die Flammenwand hat bisher niemand überwunden, und Euer Erfolg, so sehr er uns freut, kam doch ein wenig überraschend. Ich werde Euch die Gemächer für die Nacht zeigen. Wenn Euch danach ist, lädt die Königin zu einem Festmahl zu Euren Ehren.«

Gunther stand auf und mühte sich, seine Verärgerung zu verbergen. »Ich weiß die Gastfreundschaft zu schätzen.«

Der König von Burgund hatte nicht vor, Brunhilde auch nur einen Augenblick von der Seite zu weichen. Sie war schön, da hatten Hagens Berichte nicht gelogen. Aber sie war auch stark und auf eine Weise stolz, die Gunther noch niemals gesehen hatte. Ihr Hochmut war nicht durch Tändelei und feines Geschmeide zu brechen, das war offensichtlich. Hier war eine Frau, die erobert werden musste, niedergerungen wie ein feindliches Heer. Er versuchte sich vorzustellen, wie süß der Preis für den Sieg sein würde.

Gemeinsam machten sich Isländer und Burgunder auf den Weg zur riesigen Freitreppe, die sich zum Portal der Burg aufschwang, das in den Stein gehauen war. Der Wind schien im Fjord an den Felsen zu singen, und Töne verschiedener Höhe lagen beständig in der Luft. Die Vögel, die am Himmel kreisten, waren schwarz wie die Erde, die Burg und die Kleidung der Soldaten.

»Sie mögen die Künste wenig schätzen«, flüsterte Gernot Siegfried beeindruckt zu, »aber die Isländer verstehen es, im Auftritt Stolz und Größe zu zeigen.«

Siegfried nickte. Das Land entsprach dem, was er sich

einst vorgestellt hatte, nachdem Brunhilde ihm begegnet war. Wild, arrogant, aber von Leidenschaft beseelt. Es blieb abzuwarten, ob der Stolz Islands in Vernunft verankert war.

Gunther sprach derweil mit Eolind an der Spitze der Gruppe. »Und so bin ich also der Erste, der als Bewerber den Fuß auf isländischen Boden setzt?«

Der alte Ratgeber nickte. »So ist es.«

»Und die weiteren Prüfungen?«, fragte der König.

Eolind atmete geräuschvoll ein, als bereite ihm der Gedanke daran körperliches Unbehagen. »Ihr seid durchnässt und erschöpft, König Gunther. Erst wenn wir mit vollem Magen am warmen Feuer sitzen, sollte diese Frage gestellt werden.«

Sie hatten nun die Treppe erreicht und stiegen die Stufen hinauf, die groß wie Tischplatten waren.

»Entschuldigt, Eolind«, beharrte Gunther, »aber sofern ich mein Leben in weiteren Prüfungen aufs Spiel setzen soll, möchte ich so früh wie möglich die Regeln kennen.«

Der alte Ratgeber seufzte. »Es gibt nur noch eine Prüfung. Ihr müsst im Kampf gegen die stärkste Klinge Islands bestehen.«

Gunther nickte respektvoll. »Ich werde mich jedem Krieger, den die Königin in die Arena schickt, mit erhobenem Haupt stellen.«

»Es ist kein Krieger, dem Ihr auf dem Feld aus Feuer und Eis gegenüberstehen werdet. Es ist die Königin selbst. Besiegt sie, und sie wird an Eurer Seite nach Burgund heimkehren. Wenn Ihr jedoch Brunhilde unterliegt – dann wird Euer junger Bruder hier die Krone seines Landes eher tragen, als Euch lieb ist.«

Der Diener, der Siegfried das dampfende, schwefelig riechende Wasser gebracht hatte, erzählte von den vielen heißen Quellen, die es unnötig machten, das Badewasser über dem Feuer anzuwärmen. Nachdem der Krieger von Burgund und baldige König von Xanten sich die Kälte aus den Knochen geschrubbt hatte, zog er die lederne Hose und das Hemd an, die man ihm bereitgelegt hatte. Was immer er selbst an Kleidung mit auf die Reise genommen hatte, steckte noch im Bauch des Schiffes. Über das Hemd zog er eine Jacke, die aus dem Fell eines Tieres war, das er nicht kannte. Die Stiefel, mit dem gleichen Material gefüttert, band er mit einfachen Riemen zu.

Er hatte sich entschieden, mit Brunhilde zu reden. Vor dem Kampf, sogar vor dem Festmahl. Was immer zwischen ihnen gewesen war – es durfte Gunthers Mission nicht gefährden. Er machte sich auf den Weg, in einem Labyrinth von Gängen und Treppen, die enger und niedriger waren als am Hofe von Burgund, die Gemächer der Königin zu suchen. Er fand sie, als er zwei Wachen vor einer schweren Eichentür entdeckte.

»Ich will zur Königin«, sagte er fest.

»Niemand betritt Brunhildes Gemächer«, beschied ihn einer der Soldaten. »Nicht einmal ihre eigenen Diener.«

»Lasst den Vasall Burgunds eintreten«, ertönte, stark vom Holz gedämpft, eine Stimme.

Mit Erstaunen im Blick traten die Wachen zur Seite, und Siegfried betrat ein Zimmer, das, obwohl es so hoch lag, dass die dünne Luft das Atmen erschwerte, eher wie ein unterirdisches Verlies schien. Die schwarzen Wände hielten eine leicht gewölbte Decke, und Säulen an den runden Wänden hatten Nischen, in denen kleine Fackeln hingen. Wo in Burgund reich bestickte Teppiche hingen, herrschte in Island nackter Stein.

Brunhilde stand genau in der Mitte des karg eingerichteten Raumes, wie eine Statue in ihrem eigenen Tempel. Da sie ihren Umhang abgelegt hatte, konnte Siegfried sehen, wie stark ihr drahtiger Körper in dem dunkelgrauen Kleid war, das sie trug. Trotzdem konnte ihre Weiblichkeit kaum in Frage gestellt werden.

Er nickte höflich. »Königin Brunhilde.«

Sie sah ihn an, so verzweifelt wie abschätzig. »Ich habe lange auf ihn gewartet, den Schmied Siegfried – und dann betritt er meine Burg im Dienste eines anderen, der mich freien will?«

Siegfried streckte sich. »Ich bedaure die Umstände unseres Wiedersehens, aber es ist wahr – meine Sorge gilt Gunther, der Euch zur Frau wünscht.«

Sie trat ein paar Schritte auf ihn zu, und wieder spürte Siegfried diese Aura von Gefahr, die ihn einst in Odins Wald so angezogen hatte. Er sah die Muskeln unter ihrer blassen Haut und die stechenden Augen, die wohl noch niemals einem Blick ausgewichen waren. »Und was wünscht sich der Schmied aus dem Wald, der nun ein König sein soll?«

Siegfried dachte nach, suchte Worte, die nicht Lüge waren und doch Brunhilde nicht verärgerten. Dabei trat sie immer näher an ihn heran, bis er wieder ihren eigentümlichen Geruch wahrnahm, warm und erdig. Sie stellte sich direkt vor ihn, den respektvollen Abstand ignorierend, nur eine Handbreit zwischen ihren Lippen. Sie war größer als Kriemhild, und er hätte sich nicht beugen müssen, um sie zu küssen.

»Ich wünsche mir Friede zwischen den Reichen«, presste Siegfried schließlich hervor. »Ein Friede, dessen Preis Euer Bund mit Gunther ist.«

Brunhilde schob ihren Kopf ein wenig vor, und einige

Härchen auf Siegfrieds Kinn streiften ihre Wange. Ihr Mund näherte sich seinem Ohr, doch sie achtete sorgfältig darauf, ihn nicht zu berühren, als sie flüsterte: »Es ist das Wünschenswerte, was er anführt. Aber wonach fragt sein Herz? Was begehrt er in den Nächten, wenn die Träume ihn von höfischen Pflichten befreien?«

Es war wie ein Zauber, dem Siegfried sich kaum zu entziehen vermochte. Der Ring an seiner Hand zerrte an ihm, stieß seine Arme nach vorn, damit sie Brunhilde umschlingen konnten. Es packte ihn die Gier, die Königin von Island zu besitzen, bevor Gunther ihren Leib genoss.

Nein! Er stolperte einen Schritt zurück, die hungrigen Gedanken niederkämpfend. »Es tut mir Leid.«

Brunhilde, ebenfalls aus der Magie des Augenblicks gestoßen, blickte ihn enttäuscht an. »Ich hatte gedacht, wir seien von den Göttern erwählt.«

Siegfried strich sich über die Augen, als erwache er aus einem langen Schlaf. »Es mag so gewesen sein. Lange Jahre waren meine Gedanken nur bei Euch, und Ihr in meinen Träumen.«

»Und was ist dann geschehen?«

Er wollte sein Gewissen erleichtern, ihr die ganze Wahrheit sagen. Aber er fürchtete sich fast so sehr davor wie vor dem Atem des Drachen. »Dann wurde ich ein Mann mit Pflichten. Und einem Schicksal, das mich an Burgund band.«

Brunhilde ging zu einem Fenster, schlug das Fell davor beiseite und atmete die kalte Abendluft ein. »Warum ist er dann hergekommen? Um mich zu demütigen?«

»Nein!«, rief er. »Wenn ich gewusst hätte, dass wirklich *Ihr* die Königin von Island seid – ich hätte mir den Fuß abgehackt, um eine Ausrede zu haben, Gunther nicht begleiten zu müssen. Aber er ist mein Freund und mein König – wie hätte ich seiner Bitte nicht Folge leisten können?«

Sie sagte nichts, und er ging wieder langsam auf sie zu. »Brunhilde, ist es für Euch so undenkbar, was geschehen soll? Gunther ist ein guter König, ein guter Mann. Er verdient Euch wie Ihr ihn. Das Glück von Generationen hängt daran. Ist es denn leichter, sich weiter hier zu verstecken, als den Herrscher von Burgund zu heiraten?«

Er konnte ihr Gesicht nicht sehen, als sie antwortete. »Ich kann ihn nicht heiraten.«

»Aber warum denn nicht?«, fragte Siegfried verzweifelt.

Sie drehte sich zu ihm um, und ihre Tränen waren bereits auf der Haut gefroren, als sie schrie. »*Ich kann ihn nicht heiraten, weil ich dich liebe!*«

Die Macht ihrer Verzweiflung traf ihn wie ein Schlag, und er machte keine Anstalten, ihr zur Seite zu eilen, als sie schluchzend zu Boden sank. »Ich liebe dich, Siegfried. Ich habe versucht, mich davon zu befreien, doch all meine Stärke hat nicht gereicht, dich aus meinem Herzen zu verbannen.«

Er ging in die Knie, hielt aber sorgsam Abstand. »Brunhilde, wenn Ihr wirklich so empfindet, dann kann ich Euch nur bitten, in Liebe hinzunehmen, was nicht zu ändern ist.«

Sie machte nicht einmal Anstalten, sich zusammenzureißen. Der Schmerz vieler Jahre hatte sich endlich Bahn gebrochen. »Bitte mich nicht, ohne Liebe an Gunthers Seite zu leben – und nicht zu sterben, wann immer ich dir bei einem Bankett gegenübersitze.«

»Wenn wir einander begegnen, wird es in Respekt und Freundschaft sein. Euren Namen werde ich ehren, auch wenn ich Euer Herz nicht preisen kann.«

»Und das ist alles, was mir bleibt? Respekt und meinen Namen in Ehre gesprochen?«, schluchzte sie.

Siegfried seufzte. »Gäbe es einen anderen Weg – ich würde alles tun, ihn zu finden. Aber es geht nicht nur um uns. Es geht um Burgund, Xanten, Dänemark und letzten Endes auch um Island. Was soll aus den Reichen werden, wenn ihre Herrscher in Liebeleien ihr Glück vertändeln?«

Brunhilde winkte kraftlos ab, und ihre Stimme war ein Krächzen. »Island war lange vor mir, und es wird lange nach mir sein. Aber Gunther wird die Chance bekommen, um die er bittet. Morgen werde ich ihn auf dem Feld aus Feuer und Eis empfangen.«

Siegfried nickte. »Dafür danke ich Euch.«

Sie sah ihn mit Tränen in den Augen an. »Danke mir nicht – denn morgen wird sein Freund und König sterben!«

Gernot hatte vergeblich in Siegfrieds Zimmer nach dem künftigen König von Xanten gesucht. Nun streifte er durch die Gänge dieser seltsam düsteren Burg, die kaum von Menschenhand geschaffen schien. Seine Bewohner waren wie Tiere, die sich in einem verlassenen Bau eingenistet hatten, bis der rechtmäßige Besitzer zurückkehrte. Der Prinz hatte viele seltsame und schaurige Geschichten über Island und die heidnischen Rituale der Menschen gehört. Zwischen schwarzem Stein auf kaltem Boden zu wandeln gab den Legenden eher Nahrung, als dass es sie Lügen strafte. Er ertappte sich bei dem Gedanken, dass Elsa sich hier wohl fühlen würde. Ihre Traurigkeit fand ein ideales Echo in der schweren Düsternis dieser Mauern.

Gernot lenkte seine Schritte um eine Ecke, als er Siegfried aus einem bewachten Raum treten sah, sichtlich wütend und verzweifelt. Der Krieger hastete davon, und der Prinz eilte ihm hinterher. »Siegfried!«

Er brauchte eine Weile, um aufzuholen, und in dieser Zeit waren sie dem Portal schon zwei Stockwerke und vier Treppen näher. Gernot hatte Siegfried noch nie so aufgewühlt gesehen. »Was ist geschehen?«

»Meine Vergangenheit scheint meiner Zukunft nicht wohl gesonnen zu sein«, knurrte Siegfried.

Gernot geriet schnell außer Atem, und er stolperte mehr, als dass er folgte. »Was soll das heißen? Ist es Brunhilde? Verweigert sie Gunther das Duell?«

Siegfried lachte, ohne seinen Schritt zu verlangsamen. »Verweigern? Wenn es nur so wäre! Im Alter wird man weise, hat mir Regin immer versprochen. Bei den Weibern bin ich mir da nicht so sicher!«

Sie kamen zum Portal, dessen Flügel von Soldaten eilfertig geöffnet wurden. Nun hielt Siegfried doch inne und drehte sich um zu Gernot, während eine Windböe mit seinen Haaren spielte. »Mein Prinz, ich muss zum Schiff, um wichtiges Gerät zu holen. Doch ich will es allein tun. Und darum seid mir nicht böse, wenn ich Euch bitte, bis dahin Eurem Bruder Gesellschaft zu leisten.«

Er wartete nicht auf die Antwort, sondern sprang mit ausladenden Schritten die Treppe zum Strand hinunter. Seine Gestalt wurde schnell kleiner, und schließlich wandte sich Gernot fröstelnd wieder um. Er dachte darüber nach, was Siegfrieds Worte wohl bedeuten mochten. Und dass er seiner Schwester davon berichten musste, wie er es versprochen hatte. Sein Blick glitt an den mächtigen schwarzen Mauern der Burg empor, die nahtlos in den Berg zu tauchen schienen. Und weiter oben wich das Schwarz des Berges dem Weiß des Schnees. Der Prinz fragte sich, warum die Dinge des Lebens nicht so einfach waren wie Schwarz und Weiß.

Schon bei Sonnenaufgang polterten Brunhildes Soldaten an die Türen der Männer von Burgund, um sie zum Abmarsch aufzufordern. Gunther war froh, am Abend zuvor nicht zu viel Wein getrunken zu haben, denn er war nicht so töricht, Brunhilde zu unterschätzen. Aber ihre Unwilligkeit, ihn als ebenbürtigen Gegner zu sehen, gab ihm keine Ruhe und er hatte nur wenig geschlafen. Kaltes klares Wasser trieb die Müdigkeit aus seinen Augen.

Das Fest zu seinen Ehren war ein Desaster gewesen. Kaum zehn Worte waren gesprochen worden, und nur der Hunger nach der langen Reise hatte die Burgunder befähigt, Fleisch und Brot herunterzuschlingen. Es schien das Anliegen der Königin zu sein, keine Herzlichkeit in die Burg zu lassen.

Und dann diese Blicke. Es war Gunther nicht entgangen, dass Siegfried Mittelpunkt der Spannungen gewesen war. Gernot hatte ihn über den Becherrand im Auge behalten, und Hagen schien immer etwas zu planen, wenn sein Auge auf den Helden von Burgund fiel. Was die dunklen Blicke von Brunhilde selbst bedeuteten, vermochte er nicht zu sagen. Manchmal meinte er, eine wütende Trauer zu erkennen, dann wieder kalte Ablehnung.

Und alles wegen Siegfried. Keinen Augenblick vergaß Gunther, wie sehr er in der Schuld des jungen Mannes stand, der als Schmied an seinen Hof gekommen war. Und zu seinem Verdruss konnte er es auch nicht vergessen. Alles, was geschah, geschah »dank Siegfried«. Es war nicht gut, im Schatten eines Mannes zu stehen, der ohne Fehl und Tadel schien. War Gunther nur König »dank Siegfried«? Dachte so sein Volk? Er zwang sich, derlei düstere Gedanken aus seinem Kopf zu verbannen. Wenn er Brunhilde besiegen wollte, musste er einen kühlen Kopf bewahren. Zwar hegte er keinen Zweifel, dass der

Kampf zu seinen Gunsten entschieden werden würde, aber der Sieg musste auch stolz und würdevoll sein. Eines Königs wert.

Hagen, Gernot und Siegfried erwarteten Gunther bereits in der großen Eingangshalle, und ebenso der Ratgeber Eolind.

»Wo ist Brunhilde?«, fragte der König von Burgund und blickte sich um.

Eolind nickte respektvoll. »Die Königin erwartet Euch auf dem Feld von Feuer und Eis.«

Diener brachten schwere Umhänge, die aus mehreren Fellen genäht waren, und Brunhildes Vertrauter warf sich einen davon über. »Ihr solltet Euch warm anziehen. Das Feld ist nicht einer der angenehmeren Orte Islands.«

Die Burgunder sahen sich fragend an. Welches Spiel wurde hier getrieben? Gunther bemerkte, dass Siegfried einen kleinen Beutel umgehängt hatte.

Die kleine Gruppe, flankiert von vielleicht zwanzig Soldaten, wurde aus der Burg auf einen kleinen Pfad geführt, der westlich steil am Felsen verlief. Im Gegensatz zur großen Treppe war er grob gehauen und kaum so breit, dass zwei Männer nebeneinander gehen konnten. So wurde aus dem Pulk eine Schlange, die sich für zwei Stunden den Berg hinaufwand, ohne dass ein Wort gesprochen wurde. Die Burgunder begannen schnell, hechelnd zu atmen, ihre Lungen pumpten die dünne Luft mühsamer als die der Isländer. Trotz der warmen Kleider biss die gnadenlose Kälte schnell in die Glieder und lähmte sie.

Irgendwann lief der Pfad auf einer Ebene aus, die von Geröll und struppigen Sträuchern bedeckt war. Findlinge lagen herum, als hätten die Götter mit ihnen gespielt, um sie dann achtlos fortzuwerfen. Manche waren breit wie die Häuser in Worms, andere spitz wie Tannen im Wald. Sie bildeten eine eigene Welt, durch die sich die Männer vorsichtig ihren Weg suchten.

Gunther fror in seinem dicken Umhang, und es wunderte ihn, dass ein Volk sich frei entschieden hatte, in diesem unwirtlichen Land zu leben. Es war immer leicht gewesen zu verstehen, warum die Menschen einst im Rheintal siedelten – aber hier?

Erster Schnee knirschte unter den Füßen, so alt, dass er Eis war. Der Wind heulte hier oben lauter und nicht mehr in sanften Klängen. Stattdessen zischte er unfreundlich, zog kalt an Ohren und Nasen, zwang die Augen der Männer zu Schlitzen. Aus der Ferne war ein Grollen zu hören, und der Boden zitterte wie unter den Füßen eines Riesen.

Gunther tastete unbewusst nach seinem Schwert. Was ging hier vor? Warum konnte der Kampf nicht bei Hofe stattfinden? Welches heidnische Spiel trieben die Isländer mit ihm? Wenn sie auf seine Furcht hofften, irrten sie.

Männer, Frauen, Kinder kamen nun in Sicht, eingepackt in viele Lagen Stoff und Fell, dunkle Gesichter mit wachen Augen und starken Kiefern. Sie rotteten sich aus allen Richtungen zusammen, wie von einem unsichtbaren Band auf ein Ziel ausgerichtet.

»Wer sind diese Leute?«, fragte Gernot vorsichtig und mehr sich selbst.

»Es sind Isländer«, antwortete Eolind überrascht. »Dachtet Ihr, dass sich das Volk den Kampf der Königin entgehen lassen würde?«

»Es sieht nicht so aus, als wäre das Volk in Jubelstimmung«, knurrte Hagen.

Eolinds Stimme verriet einen geringschätzigen Ton, den er Gunthers Ratgeber zugedachte. »Es wird nichts zu jubeln geben. Siegt Euer König, verliert Island seine Herrscherin.

Unterliegt er, wird sein Nachfolger auf dem Thron gewiss auf Rache sinnen.«

Wie auf ein geheimes Kommando hielten die Männer von Burgund inne. In beiläufigen Worten hatte Eolind gerade etwas ausgesprochen, das bislang nicht denkbar schien.

»Mein Nachfolger?«, fragte Gunther scharf. »Wenn ich unterliegen sollte – so würde Brunhilde mich töten?«

Eolind nickte, als wäre alles andere blanker Unsinn. »Jeder Kandidat verspricht der Königin sein Leben. Und sie hat durchaus vor, dies zu prüfen.«

Siegfried, Hagen, Gunther und Gernot tauschten unsichere Blicke ob dieser unerhörten Wendung. Die Zweifel, die Gunther gut in seiner Seele versteckt hatte, fraßen sich den Weg in sein Gesicht.

»Es ist keine Schande darin, umzukehren«, bot Eolind an. »Unsere Zimmerleute machen Euer Schiff in kaum zwei Tagen wieder flott. Bis dahin seid Ihr unsere Gäste.«

Hagen baute sich vor Eolind auf, und seine Stimme triefte vor Verachtung. »Der König von Burgund wird seinem Wort niemals den Rücken kehren. Ihr habt es nicht mit Sachsen oder Franken zu tun.«

Siegfried schlug seinem Freund auf die Schulter und murmelte verschwörerische Worte der Aufmunterung. »Ihr werdet nicht verlieren, mein König – das Feld des Kampfes werdet Ihr mit Eurer Braut verlassen.« Es klang nicht nach Vertrauen, sondern nach Versprechen.

Gunther atmete tief ein, und die dünne Luft ließ ihn leicht schwindeln. Doch er sah Eolind fest in die Augen. »Ich bin gekommen, um um Brunhilde zu kämpfen, und zu diesem Zweck auch gegen sie. Wenn mein Tod der Preis für die Niederlage ist – so sei es.«

Eolind nickte zufrieden. Sie gingen weiter, doch nur noch wenige hundert Schritte. Die mächtigen Steine gaben den

Blick frei auf ein Feld, dessen Fläche dem Grundriss der Burg von Worms entsprach. Flecken von schmutzigem Eis klebten an harter, dunkler Erde, Lachen aus dampfender Brühe husteten Schwefel in die Luft. In Ritzen schwelte es hell. Wie stille Beobachter standen die Steine im Kreis darum, und zwischen ihnen drängten sich die Isländer zu Hunderten. Doch niemand betrat das Feld, das aussah wie ein Ort des Todes und der Qualen, für den jeder Glaube seinen eigenen Namen hatte.

»Das Feld von Feuer und Eis«, verkündete Eolind. »Die Arena, in der seit Generationen jeder Streit entschieden wird, der nach Blut schreit. Wo nicht nur Waffenmacht und Körperkraft den Kampf entscheiden, sondern der wankelmütige Wille der Götter.«

Es war ein unheiliger Ort, das war den Christen von Burgund sogleich klar. Er stank nach Tod, nach elendem Verderben. Gunther hatte von den Amphitheatern gehört, in denen die Römer einst ihre Gefangenen den Löwen vorgeworfen hatten. An eine solche Arena fühlte er sich erinnert – und seine Rolle war nicht die des Löwen.

Der Löwe wartete schon auf ihn. Oder besser gesagt, die Löwin.

Erst jetzt erkannten die Reisenden aus Burgund, dass Brunhilde bereits auf dem Feld war. Sie saß in der Mitte auf dem Boden, den Kopf gesenkt, die Arme auf den Knien ruhend. Vor ihr lag ein Schwert auf dem Boden. Ihr muskulöser Körper war gegen Kälte und Schmerz mit kostbaren Ölen eingerieben, die ihre Haut sanft schimmern ließen. Fellstiefel wärmten ihre Füße, und eine lederne Hose spannte an den Schenkeln. Die Weste aus geflochtenen Riemen lag eng an ihrer Brust, ihre nackten Arme waren mit schwarzen Runen prächtig bemalt. Das lange schwarze Haar trug sie in einem Zopf, der an der Schulter festgebunden war.

Gunther legte seinen Umhang ab und betrat das Feld. Das Schwert hielt er locker in der rechten Hand, den Schild in der linken. Selten hatte eine so große Menschenmenge so wenig Lärm verursacht. Selbst der Wind schien den Atem anzuhalten.

Brunhilde hörte Gunthers Schritte und öffnete die Augen. Er nickte ihr zu, und sie sprang auf die Füße, leicht und elegant, als könnte die Kälte ihre Muskeln nicht betäuben.

Der König von Burgund ergriff zögernd das Wort. »Königin, wie Ihr es verfügt habt, stelle ich mich nun ...«

»Kämpfe«, sagte Brunhilde nur, das eigene Schwert noch immer auf dem Boden.

Gunther war vielleicht zehn Schritte von ihr entfernt. Der Boden zitterte leicht, als wollte die Natur selbst den Waffengang erzwingen. Dann schoss die Fontäne aus dem Boden, genau neben Gunthers linkem Arm. Heiß gespucktes Schwefelwasser jagte in den Himmel, wo es zu feinem Nebel zerstob. Der harte Schlag des Elements traf den König von Burgund am Schild und warf seinen Körper mit spöttischer Leichtigkeit in die Luft, damit er schmerzhaft wieder auf den Boden schlug, das Schwert mehr im Reflex noch umklammernd.

Brunhilde nutzte die Überraschung zu ihren Gunsten. Mit der Fußspitze trat sie die eigene Klinge in die Höhe, um sie elegant zu fangen. Dann stürzte sie mit einem Schrei auf Gunther zu, der kaum zu einer Gegenwehr fähig schien. Es gelang dem König gerade noch, den Schild vor seinen Leib zu halten und die heranstürmende Brunhilde über sich hinwegzustoßen, die hinter ihm ausrollte. Ächzend und immer noch verwirrt kam er wieder auf die Beine.

Sowohl Hagen als auch Siegfried wollten Gunther zu Hilfe eilen, doch Eolind hielt sie mit verblüffend starkem

Arm zurück. »Wer seinen Fuß ohne Erlaubnis der Königin auf das Feld setzt, den erwartet der Tod. Dies ist allein Gunthers Kampf.«

Brunhilde richtete sich auf, mit dem Schwert fremde Zeichen in die Luft malend. Die Klinge gehorchte ihr wie ein Sklave, willig und schnell. Gunther hingegen konnte nur seine eigene Waffe wütend packen und sich auf den nächsten Angriff vorbereiten. Er stolperte ein paar Schritte zurück. Sein linker Fuß brach durch eine leichte Kruste, und er konnte das Gewicht nicht schnell genug verlagern, bevor der Stiefel das flüssig-heiße Gestein berührte. Er schrie, als sich die Lava dampfend in sein Fleisch fraß.

»Feuer und Eis«, flüsterte Gernot entsetzt.

Brunhilde ging langsam auf Gunther zu, und Siegfried sah, wie ihre Füße beiläufig jede heikle Stelle mieden. Sie kannte dieses Feld, sie kannte seine Tücken. Für Gunther hingegen war es ein weiterer Gegner, dem er augenscheinlich nicht gewachsen war.

Der künftige König von Xanten hatte genug gesehen, und er beschloss, diesem unwürdigen Schauspiel, das nur Gunthers Tod als Ziel haben konnte, ein Ende zu bereiten. Ein, zwei langsame Schritte ging er rückwärts, bis Hagen und Gernot ihn nicht mehr im Blickwinkel hatten. Dann drehte er sich um und suchte das Ende des Rings aus Zuschauern. Er drückte sich an Dutzenden von Isländern vorbei und fand weit genug vom Kampf im Schutz eines Findlings seine Ruhe. Unbeobachtet griff er in seinen Beutel und zog den einstigen Lohn für seinen Kampf gegen Fafnir daraus hervor – den Tarnhelm. Ihn für diesen Zweck zu nutzen mochte verwerflich sein und nicht nach Gunthers Willen, aber es war in seinem Interesse. Vorsichtig setzte Siegfried das leichte Geflecht aus

Gold auf seinen Kopf, und mit einem sanften Seufzen spürte er seine Gestalt verblassen. Zur Gewissheit hielt er seinen Arm in die Höhe, den er nun selbst nicht mehr sehen konnte.

Unsichtbar, aber darauf bedacht, niemanden zu berühren, bahnte sich der Held von Burgund den Weg zurück zum Feld aus Eis und Feuer. Nur wenige Augenblicke waren vergangen, aber Gunthers Lage hatte sich bereits sichtlich verschlechtert. Eine Wunde klaffte in seiner linken Schulter, und Blut floss aus dem gespaltenen Narbenfleisch an der Stelle, wo ihn Fafnirs Pranke einst getroffen hatte. Der Schild war sauber entzweigeschnitten, und müde Reste der Lederbespannung hingen am zersplitterten Holzrahmen. Seine Klinge war in Blut getaucht, doch es war das eigene, das von seiner Hand tropfte. Die Beine waren nass vom schweflig-heißen Wasser der Geysire, die ihn immer wieder durch dröhnendes Spektakel abzulenken suchten. Er torkelte im Kreis, die Gedanken nur noch an das eigene Überleben klammernd. Brunhilde hingegen sprang wie im Fieber zwischen den Fontänen und Lavapfützen, ihr Schwert beständig den Körper des Gegners suchend. Eine einzelne Strähne hatte sich aus dem Zopf gelöst und hing ihr trotzig ins Gesicht. Sie brauchte keinen Schild, denn sich zu verteidigen kam ihr nicht in den Sinn. Die schnelle Entscheidung war ihr Ziel, und ihr Gegner schien nun reif, sie herbeizuführen.

Siegfried rannte über das Feld, die Nähe der Niederlage ahnend. Sein unsichtbarer Körper warf sich zwischen beide Kämpfer, und Brunhildes Schwert rutschte wie an Stein gewordener Luft ab, bevor es Gunthers Leben beenden konnte. Sofort kam Siegfried wieder auf die Füße, gerade rechtzeitig, um dem König die Hand an den Hals zu legen. Nur diese schnelle Bewegung hielt den Kopf auf dem Körper, als die Klinge ihn forderte. Der Schlag warf Gunther jedoch zu Boden.

Brunhilde trat zwei Schritte zurück, um zu zeigen, dass sie einen wehrlos am Boden liegenden Mann nicht zu töten gedachte. Siegfried beugte sich ungesehen zu seinem König, die Stimme nur ein dünnes Flüstern im Wind. »Ich habe Euch den Sieg versprochen, mein König. Er kann Euer sein – nur holen müsst Ihr ihn Euch selbst. Keine Sorge, denn ich bin dabei Euer Schild!«

Gunther, vom Kampf ermattet und verwirrt, schüttelte den Kopf, als höre er den Wahnsinn rufen. Sein Blick glitt umher und fand doch nur Brunhilde, die schweigend darauf wartete, dass er sich ihr stellte. Er rappelte sich auf, das Schwert als Stütze nutzend, und warf die Reste seines Schildes fort. Die Königin wartete nicht auf seinen Angriff, sondern sprang mit hoch erhobener Klinge herbei, auf den Lippen der Schrei, der ihren Sieg verkünden sollte. Gunther fand sich außerstande, ihr auszuweichen. Es war Siegfried, der ihn gerade weit genug zur Seite schob, um die Bewegung nicht wie falsches Spiel aussehen zu lassen. Brunhilde, deren Körper ihrem Schwert folgte, stolperte vorbei, und Siegfrieds rechtes Knie trieb den Siegesschrei aus ihren Lungen. Sie sackte keuchend in die Knie, und der unsichtbare Gegner ließ die Gelegenheit nicht ungenutzt. Er packte den noch immer unentschlossenen Gunther und warf ihn gegen Brunhilde, dass es wie eine wilde Attacke aussah. Beide Herrscher fielen zu Boden, Mann auf Frau. Es wäre ein Leichtes für Brunhilde gewesen, sich mit schneller Drehung zu befreien, aber Siegfried trat neben sie, und sein Fuß presste ihre Hand mit dem Schwert auf den rauen Boden. Endlich kam Gunther wieder zur Besinnung und nutzte sein Gewicht, um die Königin von Island niederzudrücken. Er legte die breite Seite seiner

Schwertklinge an ihren Hals, und Blut tropfte von seinen Lippen, als er mühsam seine Frage stellte. »Unterwerft Ihr Euch?«

Brunhildes Gesicht verzog sich im Schmerz, als Siegfried den Druck seines Fußes verstärkte.

»*Unterwerft Ihr Euch?*«, schrie Gunther heiser. »Unterwerft Ihr Euch Gunther von Burgund?«

Es war Forderung ebenso wie verzweifelte Bitte.

Siegfried spürte sein Herz aufbegehren, als er sah, wie der schon besiegte König die stolze Kriegerin Brunhilde unverdient bändigte. Doch es waren die alten Götter, die über Island wachten, denen das Urteil vorenthalten war.

Eine Fontäne heißen Wassers schoss aus der Erde, direkt unter der Hand der Königin, die ihr Schwert hielt. Die Wucht des Elements warf Siegfried zurück, und Brunhildes Klinge wurde in den Himmel getragen, als wollte der Geysir sie preisen. Doch dann stürzte sie wieder taumelnd zur Erde und bohrte sich ein paar Schritte entfernt ins Erdreich.

Die Fontäne prasselte heiß und beißend auf die Kämpfer, und ihre dampfenden Körper blieben unbewegt.

Eolind, die Isländer, Gernot und Hagen – niemand hatte einen solchen Kampf erwartet, und dann ein solches Ergebnis. Hunderte von Augen starrten gebannt auf die beiden Gestalten im sprühenden Wasser, die wie in Stein gemeißelt waren. Nur Hagen fiel auf, dass die Unendlichkeit von Tropfen an einem dritten Leib zu kleben schien – einem, der nicht zu sehen war. Kaum mehr als ein Schemen, der schnell aus der Reichweite des Geysirs floh.

Gunther nutzte indes die Gunst des Schicksals, um seinen Anspruch erneut zu erheben. »Ich frage Euch zum letzten Mal – unterwirft sich Brunhilde von Island Gunther von Burgund, oder will sie sterben, damit er sich ihr Land nehmen kann?«

Brunhildes Blick gab die Antwort, die ihre Lippen nicht geben konnten. Sie war eher bereit, sich der Klinge zu opfern, als in Burgund die Hand des Königs zu halten. Aber ihr eigener Schwur und die Gesetze Islands ließen es nicht zu. »Sie unterwirft sich.«

Gunther atmete aus, erneut Blut spuckend. Mühsam rollte er den geschundenen Körper zur Seite. Er ließ das Schwert fallen, um mit der rechten Hand die Wunde in der linken Schulter zu packen.

Keiner der Isländer, die der Niederlage ihrer Königin beigewohnt hatten, sprach ein Wort. Es gab weder Jubel noch wütenden Protest. Was geschehen war, war geschehen, und es gehörte zum isländischen Wesen, den Willen der Götter anzunehmen.

Eolind senkte kurz den Kopf, sich innerlich auf die neue Lage einstellend. Dann streckte er sich und bedeutete Hagen und Gernot, dass sie nun das Feld betreten durften.

Der Prinz war als Erster an der Seite seines Bruders und umarmte ihn, soweit es die Verletzungen Gunthers zuließen. »Ein großer Kampf. Noch in tausend Jahren wird man an den Feuern davon erzählen!«

»Ein großer Kampf«, murmelte auch Hagen, sah aber den König nicht an. Seine Augen suchten den Boden ab, um irgendeinen Beweis dafür zu bekommen, dass seine Sinne ihn nicht getäuscht hatten. Aber es gab keinen – außer der Tatsache, dass drei verschiedene Abdrücke von Stiefeln augenscheinlich waren. Aber die konnten alt sein oder eben erst von Gernot in den nassen Schmutz getreten.

Eolind half seiner Königin auf die Beine. Brunhilde war von Schlamm so bedeckt wie Gunther von Blut. Aber ihre Gestalt war nicht weniger königlich und ihr Blick nicht weniger stolz, als sie sich an den mühsam von Gernot aufgerichteten König von Burgund wandte. »Ein unzweifelhafter

Kampf, ein klarer Gewinner. Ihr habt Euch die Hand von Brunhilde verdient – und damit auch Island.«

Gunther lächelte, aber es geriet ihm zur schmerzverzerrten Grimasse. »Wenn Ihr an meiner Seite kämpft wie gegen mich, wird niemand jemals wieder das Schwert gegen Burgund erheben.«

In den Worten beider Herrscher lag Anerkennung.

Siegfried kam nun auch dazu, ein wenig außer Atem und feucht die Kleidung. »Fürwahr, die Schwerter wurden heute ebenbürtig gekreuzt!«

»Hast du das gesehen?«, fragte Gernot begeistert.

Siegfried schlug ihm freundschaftlich auf die Schulter, sah dabei aber Gunther an. »Jeden triumphalen Hieb des Königs habe ich gesehen, und seinen stolzen Sieg.«

Der König von Burgund erwiderte den Blick. Er nickte, die geheime Tat des Freundes nachträglich billigend. Doch innerlich brannte in Gunther die Eifersucht, die Wut des Versagers, die unstillbare Flamme Neid. Brunhildes Hand war nun sein, und Island konnte er dem stolzen Reich Burgund hinzufügen.

Dank Siegfried.

Dank Siegfried.

Am Eingang des Fjords fiel die Flammenwand in sich zusammen, jeder Kraft beraubt.

»Das burgundische Schiff wird uns zum Abschied ein Feuer sein«, entschied Brunhilde, ihren kräftigen Körper über den Tisch mit Pergamenten gebeugt. »Drei isländische Schiffe werden uns nach Worms bringen.«

Gunther, Hagen und Eolind sahen sich die Karten an, die kurzfristig für die Abreise gefertigt worden waren. Der König hatte darauf bestanden, so schnell wie möglich in die Heimat zurückzukehren, die nun auch Brunhildes Heimat war. Es war ungewohnt, eine Frau bei diesen Besprechungen dabeizuhaben – noch dazu eine, die ihren Willen so unbedingt durchzusetzen wusste.

»Es wird kaum wie eine triumphale Heimkehr aussehen, wenn unsere Männer auf isländischen Schiffen den Rhein heraufrudern«, murmelte Hagen.

»Der klägliche Zustand Eures verbliebenen Schiffes spricht auch nicht von glorreichen Taten«, setzte Eolind spitz dagegen.

»So soll es geschehen«, sagte Gunther müde. Sein Körper kämpfte noch immer gegen die Wunden seines Duells mit Brunhilde. »Ich werde am Bug des ersten Schiffes stehen, sodass jeder die Flotte als die unsere erkennt.«

Er schwankte leicht, wurde bleich und stützte sich auf der Tischplatte ab.

»Ihr solltet ausruhen«, empfahl Brunhilde ohne Mitgefühl. »Die Vorbereitung der Reise bedarf keines Königs.«

Gunther nickte und verließ den Raum.

»Es wäre sicher ratsam, dem König zwei Wochen zu lassen, bis seine Wunden so weit verheilt sind, dass er auch der rauen See standhält«, schlug Eolind vor, als Gunther außer Hörweite war.

»Die Reiche können nicht warten«, beschied ihn Hagen. »Das Bündnis zwischen Burgund und Island mit dem Reich Xanten und Dänemark muss besiegelt werden, und dazu braucht es einen König auf seinem Thron.«

»Island wird dem kein Hindernis sein«, beeilte sich Eolind zu versichern. »Bis die Statthalter aus Burgund eintreffen, werde ich den Hof im Sinne Gunthers leiten.«

Hagen nickte. »Sobald die Hochzeitsglocken verklungen und die Paare vermählt sind, wird die Insel in den Bund aufgenommen.«

Es war wie ein entfernter, aber doch störender Ton, den

Brunhilde da gehört hatte. Beiläufig, aber dadurch seine Wichtigkeit nicht verhehlend. Ein Spott über eine Unwissenheit, eine lachende Antwort auf eine ungestellte Frage. Sie kniff kurz die Augen zusammen, versuchte, nicht darauf einzugehen, musste es aber doch. »Ihr sprecht von Paaren, Hagen – wer außer Gunther und mir wird in Worms den Bund der Ehe schließen?«

Hagen hatte geahnt, dass Brunhilde nur wusste, was für sie zu wissen nützlich war. Es passte zur Feigheit Siegfrieds, der Königin gegenüber nicht aufrichtig gewesen zu sein. Es war die Gelegenheit, Schmerz und Missgunst zwischen beiden zu säen, und damit auch zwischen Siegfried und Gunther. Er sah Brunhilde so überrascht an, wie es ihm möglich war. »Siegfried natürlich und Kriemhild, Gunthers liebliche Schwester. Sie ist Siegfrieds Preis dafür, dass Gunther Eure Hand gewann. Nur ihretwegen reitet der Xantener König noch an Burgunds Seite.«

Weil sie bereits wusste, dass Siegfried ihre Liebe verschmähte, gelang es Brunhilde, ihre Fassung zu bewahren. Ihre Lippen zitterten leicht, und jeder Muskel ihres Körpers spannte sich, aber ihre Augen blieben ruhig und trocken. »Dann wird Siegfried Gunthers Schwager werden – und meine Schwägerin seine Braut?«

Hagen nickte. »Durch diese Doppelhochzeit wird der Bund zwischen den Reichen besiegelt und mit Kindern in die Zukunft getragen.«

Eolind kannte Brunhilde lange genug, um ihr Entsetzen zu spüren. Mit zu lauter Stimme unterbrach er das Gespräch: »Guter Hagen, lasst uns morgen weiterplanen. Auch die Königin muss ihre Kräfte für die Reise sammeln.«

Der Ratgeber von Burgund senkte ehrfürchtig den Kopf und verließ den Saal.

Eolind bemerkte, wie Brunhildes Fingernägel brachen,

als sie die Hände gegen das Holz des Tisches presste. »Meine Königin, was erzürnt euch so?«

»Der Geruch von Verrat macht mir Übelkeit«, flüsterte Brunhilde. »Doch es ist nichts, was noch von Bedeutung wäre.«

12

Hagen
und die Hand des Schicksals

Gernot war froh, endlich von Bord gehen zu können, als die Schiffe in Worms anlegten. Das ständige Geschaukel hatte seinen Magen empfindlich gereizt und damit seiner Stimmung angepasst.

Sicher, nur wohlfeile Worte waren gesprochen worden, und kein rauer Ton war über die Lippen Brunhildes, Siegfrieds oder Gunthers gekommen. Höfischer Respekt hatte die Spannungen verdrängt, die ein Reich hätten ernähren können, wenn sie aus Brotteig gewesen wären. Aber Gernot hatte Blicke gesehen, die nicht zu deuten waren, und ein Verhalten, das kaum für künftigen Frieden sprach. Bei jeder Rast hatte Brunhilde sich aufgemacht, um auf der Jagd die angestaute Kraft zu nutzen. Weder Siegfried noch Gunther durften sie begleiten, und was sie an Beute herbeischleppte, war mit einer Wildheit erlegt, die auf Mordlust schließen ließ.

Gunther hatte jede Möglichkeit genutzt, mit Siegfried freundlich zu plaudern, doch eine Wand war zwischen ihnen, unsichtbar und dennoch greifbar.

Wann immer Gernot versucht hatte, mit seinem Bruder oder dem Freund zu reden, war er mit Ausflüchten abgespeist worden. Er hatte das Gefühl, seine Begleiter auf unsicherem Boden zu sehen, mühsam das Gleichgewicht haltend, unfähig, die Hand eines anderen als Stütze zu ergreifen.

Was Gernot nun brauchte, was das liebe Gesicht und die zarte Hand seiner Elsa. Er löste sich schnell aus dem Tross, der durch ein jubelndes Worms marschierte, und eilte über Seitenstraßen zur Burg. Man schenkte dem jungen Prinzen, der kaum zum Erfolg der Reise beigetragen hatte, nur die nötigste Beachtung.

Er hoffte, seine Liebe gleich am Tor in die Arme zu schließen, aber vergebens. Ihr Zimmer war leer, die Küche ebenso. Auf den Wehrgängen der Burg waren heute nur Soldaten. Keine der Wachen hatte Elsa gesehen, was allerdings nicht ungewöhnlich war.

Enttäuscht und auch besorgt gab er die Suche schließlich auf.

Gernot beschloss, sich von den Strapazen der Reise ein wenig zu erholen, bis das Willkommensmahl am Abend seine Anwesenheit fordern würde. Sein Zimmer war bereitet, und im Schlaf konnte er die Gedanken sammeln. Er schloss die Tür zu seinem Gemach und löste die Riemen seiner Jacke, um sich hinzulegen. Doch er fand sein Bett bereits belegt.

Elsa lag auf den Leinendecken, ihr einfaches graues Kleid zerknittert. Ihr Gesicht war entspannt, ihre Augen geschlossen, und im Rhythmus ihres Atems drückte sie ihre Finger in seinen Umhang, den sie im Schlaf an ihre Wange presste.

Langsam und bedächtig trat er an das Bett heran. Ihr sanfter Hauch ließ die Härchen auf dem Pelzkragen seines Umhangs zittern, und ein leises Seufzen lag in jedem Heben ihrer Brust. Gernot wünschte sich, ein Maler zu sein, um sie in Farbe festzuhalten. Oder wenigstens ein Barde, um sie in Liedern zu preisen. Wäre er ein Gott gewesen – die Welt hätte er an diesem Tag beendet, um in alle Ewigkeit dieses Bild festzuhalten. Er setzte sich behutsam neben Elsa, den Blick nicht von ihrem Antlitz wendend.

Es war ein Bild des Friedens und der Schönheit, wie es Gernot sich nie hätte vorstellen können. Alles, was Elsa war, stand in so völligem Gegensatz zu Machtspielen und Hofintrigen, dass der Prinz sich ihrem Liebreiz hingab. Sie war seine Stärke, sein Gewissen und sein Leben. Im Rückblick schmerzte nun jede Stunde, die er von ihr getrennt gewesen war, noch mehr. Und jeder Gedanke, sie wieder zu verlassen, verbot sich von selbst.

Zeit verlor die Bedeutung, und es mochten vielleicht Stunden vergangen sein. Irgendwann ruhte sein Kopf auf dem Kissen neben ihrem, und seine Hand fand in den Schlaf sinkend die ihre. Ohne zu erwachen schmiegte sich ihr Körper an ihn, und in Liebe schliefen sie gemeinsam durch ihr Wiedersehen.

Sie hatten sich in ihren Gemächern so oft geliebt, dass Kriemhild in Erschöpfung und Glück unfähig war, der Lust noch eine Zahl zu geben.

»So sehr hast du mich vermisst?«, neckte sie ihn, als Siegfried erneut sich ihr ergab.

Er keuchte, und das Grinsen eines Jungen huschte über sein Gesicht. »Noch mehr, und jede Nacht ohne dich verspreche ich nachzuholen.«

Sie schlang ihre Arme um ihn und küsste salzigen Schweiß von seiner Stirn. »Mein Körper hat so laut nach dir geschrien wie mein Herz. Ich meinte, man müsse es bis nach Island hören.«

Siegfried lehnte sich zurück, zufrieden und ermattet. »Island – kein schöner Flecken dieser Welt. Kalt und unfreundlich.«

Kriemhild lächelte. »So, wie seine Königin, so hört man.«

Als ob schon das Gespräch darüber den Geist Islands reizte, kroch ein eisiger Hauch durchs Zimmer. Siegfried fühlte wenig Verlangen, von seinem Streit mit ihr zu berichten. »Sie wird Gunther eine gute Königin sein, und stark an seiner Seite.«

In gespielter Empörung blickte Kriemhild ihn an, bis er hastig hinzufügte: »So, wie du mir eine gute Königin sein wirst, und stark an meiner Seite.«

»Die Männer dieses Hofes haben Glück mit ihren Frauen«, lachte die Prinzessin, nur um gleich darauf wieder ernst zu werden. »Trotzdem freue ich mich darauf, nach der Hochzeit nach Xanten abzureisen. Seit Brunhilde hier in der Burg ist, fühle ich mich nicht mehr so geborgen, wie es früher war.«

Siegfried runzelte die Stirn. »Mangelt es ihr an Respekt? Behandelt sie dich unangemessen?«

Kriemhild strich ihm über die Wange. »Nein, das ist es nicht. Sie ist nur ... so abweisend und scheint immer erpicht, nicht im selben Raum mit mir zu sein.«

»Gib ihr Zeit«, antwortete Siegfried. »Sie hat ihre Heimat aufgegeben, und ebenso ihre Krone. Sie wird dich lieben lernen – wie jeder Mensch, der dir begegnet.«

Sie küssten sich, und aus dem Kuss wurde erneuter Hunger.

Die Karte Burgunds war auf fein gegerbtes Leder gezeichnet und stellte das Rheintal in prächtigen Farben dar. Flüsse und Wälder, Städte und Grenzen waren deutlich zu erkennen. Gunthers Augen folgten Brunhildes Fingerspitzen, und immer, wenn sie innehielt, erklärte er ihr die Zeichen. »Die Weinberge sind im Südosten. An den Hängen wachsen Trauben, die so saftig sind, dass man sie lieber essen möchte, als ihren Wandel zum Wein abzuwarten. Doch wer den Burgunder Tropfen gekostet hat, weiß die Zeit zu schätzen, die den Wein einzigartig macht.«

Brunhildes Finger zeigte auf einen tiefgrünen Fleck, und Gunther wurde wieder ernst. »Das ist der Nibelungenwald. Kaum jemand wagt einen Schritt in diese Gegend, selbst nachdem Siegfried Fafnir erschlagen hat.«

»Die Legende vom Drachen drang bis zu uns nach Island«, murmelte die Königin.

Gunther sah sie an, auf ein wenig Respekt von seiner Braut hoffend. »Fafnir war vieles, doch keine Legende. Das Biest nahm mir Vater und Bruder.«

Sie erwiderte den Blick. »Hätte ich geahnt, dass Fafnir mehr ist als Weibergeschwätz – ich wäre selbst gekommen, um ihn zu erlegen. Was für einen Schmuck hätte der Schädel in meinem Thronsaal abgegeben.«

Es klang freundlich und hilfsbereit, aber Gunther spürte auch den Unterton von Überheblichkeit. Er entschied sich, seiner Zukünftigen die Grenze zu zeigen. »Ergibt sich nicht aus der Tatsache, dass ich Euch besiegt habe und der Drache mir überlegen war, dass Ihr Fafnir wenig hättet anhaben können?«

Brunhilde wog ihre Worte sorgfältig. »Ja, so scheint es. Und doch kann ich nicht glauben, dass der Drache mich besiegt hätte. Vielleicht sollte man nicht voreilig urteilen, wer wem überlegen ist.«

Gunther nahm einen Schluck Wein. »Es wäre ein Urteil ohne Folgen – der Drache ist nicht weniger besiegt als Ihr. Der Nibelungenwald ist befriedet – wie das Reich.«

Sie respektierte seine Absicht, das Thema zu wechseln.

»Ich denke, ich werde öfters in den Wald ausreiten, wenn die Hochzeitsfeierlichkeiten vorbei sind. Es scheint angebracht, dem Volk zu zeigen, dass von dort keine Gefahr droht.«

»Es ist lange her, dass wir das letzte Mal ausgeritten sind«, sagte Kriemhild. Sie ließ die Zügel locker, und ihr Pferd fand gemächlich den Weg durch den Wald, in dem der Herbst schon die Blätter rot und gelb färbte.

Gernot saß auf einem Schimmel und ritt direkt an der Seite seiner Schwester. Er nickte. »Die Gelegenheiten scheinen zu schwinden, seit du dem ehemaligen Schmied versprochen wurdest. Es geht das Gerücht, dass du das Versprechen schon vor der Hochzeit eingelöst hast.«

Kriemhild sah ihn überrascht an. »Was für ein bösartiges Gerede ist das? Bin ich denn eine Schankmagd, die ihre Gunst für ein paar Münzen hergibt?«

Der Prinz zuckte die Schultern. »Willst du die Schandmäuler Lügen strafen? Es klingt nicht wie ein eindeutiges Nein.«

Kriemhild schlug ihn spielerisch an den Arm. »Der kleine Prinz fragt zu neugierig für jemanden, der selber heiße Blicke mit einem Weibsbild tauscht!«

Gernot errötete, und seine Schwester lachte auf. »Nun sei doch nicht so verlegen, zumal es wichtigere Dinge zu besprechen gibt.«

Der Prinz wurde still, und die geschwisterliche Vertrautheit war dahin. Er war nun nicht mehr der Bruder, sondern der Spion Kriemhilds. »Island.«

Sie nickte. »Island.«

Sie ritten schweigend durch den Wald, und Kriemhild gab Gernot die Zeit, seine Gedanken zu sammeln. Als er schließlich sprach, kamen seine Worte stockend. »Brunhilde ... ich glaube nicht, dass sie ... wenn Siegfried sie schon kannte ...«

»Du hast erfahren, dass sie in der Tat schon lange Freunde waren?«

Er schüttelte den Kopf. »Nicht Freunde. Ihr Umgang miteinander ist sehr gezwungen, als gäbe es gemeinsames Leid zu verbergen.«

»Wie wichtig sind sie einander?«, fragte Kriemhild misstrauisch.

Gernot kratzte sich am Kopf. »Wenn überhaupt, so treibt die gemeinsame Vergangenheit sie auseinander. Wie Raubtiere, die kein Revier teilen mögen.«

Es war eine Antwort, die Kriemhild hätte beruhigen sollen, aber dem war nicht so. Die Unruhe zwischen Siegfried und Brunhilde, die sie selbst gespürt hatte, konnte nur in starken Gefühlen wurzeln. Woher diese kamen und wie sie einzuordnen waren, vermochte sie nicht zu sagen.

Andererseits – in wenigen Tagen würde sie mit ihrem königlichen Gemahl nach Xanten abreisen, und dann würden die unerfreulichen Momente auf ein, zwei formelle Treffen im Jahr beschränkt sein. Und dieser Gedanke brachte Kriemhild auf ein weiteres Thema, das es anzusprechen galt. »Gernot, was liegt eigentlich in deiner Zukunft?«

Er schien von der Frage überrascht, denn in der Thronfolge war ihm weder eine Aufgabe zugedacht noch von ihm gewünscht. »In welcher Zukunft?«

Sie führte ihr Pferd durch einen klaren Bach, dessen kaltes Wasser schon vom Winter sprach. »Burgund ist größer als zu Vaters Zeiten, und auch Xanten und Dänemark können kaum von einem Ort geführt werden. Wenn Gunther nicht die Klugheit besitzt, dich auf den Thron Islands zu setzen, dann würden Siegfried und ich dir gerne Dänemark anvertrauen.«

Die Liebe zu Elsa hatte aus Gernot mehr einen Mann gemacht, als er selber geahnt hatte. Der Junge, der er noch vor Monaten gewesen war, wäre bei dem Angebot sicherlich davongelaufen. Stattdessen hielt er nur sein Pferd an und stieg ab. »Ich bin weder zum König geboren noch wurde ich zum König erzogen.«

Kriemhild lächelte und band ihr Pferd ebenfalls fest. Sie setzten sich auf einen moosbewachsenen Stein. »Weder das eine noch das andere macht einen guten König aus. Siegfried wurde geboren, um zu herrschen – aber als Schmied wuchs er auf. Und Gunther hat das Blut des Hauses Burgund – aber er hätte Giselhers Heerführer werden sollen. Und doch tragen beide bald die Kronen großer Reiche.«

Gernot war es immer leicht gefallen, in den Tag zu leben. Aber seit er sich der Liebe Elsas gewiss war, hatte er schon öfter über ihre Zukunft gegrübelt. Eine Provinz zu verwalten war von großem Reiz. Doch er scheute davor zurück, da er dann das Mädchen niemals heiraten durfte. Das Blut von Tronje war nicht edel wie das von Burgund. »Ich weiß nicht, ob ich ...«

Kriemhild legte ihm den Arm um die Schultern. »Du musst hier und jetzt nicht antworten. Dir bleiben Tage, Wochen, um dich zu entscheiden.«

Er grinste schief. »Zumindest eines kann ich dir schon versprechen – sollte ich wählen können, wird der Blick von meiner Burg das Land der Dänen zeigen. Island ist kein Ort für mich.«

Sie küsste ihn sacht auf die Wange. »Guter Gernot, was täte ich ohne dein edles Herz?«

Es war ein gutes Jahr für Burgund, auch wenn es mit Drachenfeuer und einem toten König begonnen hatte. Zum dritten Mal in wenigen Monaten waren die Straßen von Worms geschmückt, die Tische reich gedeckt und die Musikanten viel beschäftigt. Die Doppelhochzeit in der Kirche sollte alles in den Schatten stellen, was bisher gewesen war, auch die Feiern zu Fafnirs Niederlage und die umjubelte Rückkehr vom Feldzug gegen Hjalmar. Die Kinder hatten Herbstblumen gepflückt, die so dicht um die Kirche lagen, dass sie das Gotteshaus wie eine Flut umspülten. Durch die bunten Fenster strahlte die Sonne in das Kirchenschiff. Alles war Farbe, Licht und Freude.

Wie es Tradition war, gingen die Paare zu Fuß von der Burg zum Ort der Vermählung, Hand in Hand, Seite an Seite. Gunther und Siegfried trugen Hemden mit den Abzeichen ihrer Häuser und stolze Kronen auf dem Haupt. Wie es dem Christengott gefiel, hatte niemand Schwert oder Dolch am Gürtel. Feine Pelze lagen trotz des milden Wetters als Umhänge auf breiten Schultern.

Kriemhild trug Weiß, mit langer Schleppe, und ein Diadem. Um die Hüften war ein zartes Band aus geflochtenen Silberfäden zu sehen. Brunhilde hingegen trug ein Kleid in einem Blau, das für jeden ein Schwarz war. Eng und schmucklos, fächerte es erst an den Schenkeln ein wenig auf, um ihren Beinen das Gehen zu erlauben. Ihre Haare waren geflochten wie an dem Tag, an dem sie Gunther auf dem Feld aus Eis und Feuer gegenübergetreten war.

Viermal stolzes Königsblut schritt in einer Reihe durch die Straßen von Worms, bejubelt und verehrt von Massen, die vor Freude kaum an sich halten konnten. Dahinter, in einem Tross, den die edelsten Männer und Frauen des Hofes bildeten, gingen Gernot, Hagen, Elsa und die Heerführer. Die Luft war so angefüllt mit Begeisterung über gezeigte Liebe, dass es dem jungen Prinzen schwer fiel, nicht ständig seiner Angebeteten in die Augen zu sehen und ihre Hand zu suchen. Aber sie hatten sich geschworen, den alten Hagen erst einzuweihen, wenn vom Hofe Wohlwollen zu erwarten war. Und Siegfried hatte bereits angedeutet, dass die Hochzeitsmusik dafür ohne Misstöne verklungen sein musste.

Die Gruppe bog auf den Platz vor der Kirche ein, den Soldaten nach allen Seiten sicherten. Trompeter kündeten von der Ankunft des Königs, und die Kirchenglocken schlugen einladend.

Siegfried spürte, wie die Hand seiner Prinzessin zitterte. »Fürchtest du dich vor dem Schritt? Möchtest du ihn überdenken?«, flüsterte er leise.

»Nein«, gab sie lächelnd zurück. »Es ist die freudige Erwartung, die mich rührt.«

Gunther hörte die Worte seiner Schwester, und vom gleichen Geist beflügelt, wandte er sich an Brunhilde. »Und du, meine Liebe? Freust du dich, in wenigen Momenten Königin von Burgund zu sein?«

Sie sah ihn nicht an, den Blick starr auf den Kirchturm gerichtet, als wäre er ein Kreuz, an das sie nun geschlagen würde. »Ich gebe es auf, Königin von Island zu sein, um Königin von Burgund zu werden. Gestattet mir, den Wert des Tauschs zu prüfen, wenn er vollzogen ist.«

Es war nicht die Antwort, die Gunther erwartet hatte, aber auch keine feindselige Ablehnung. Brunhilde schien sich langsam an die Tatsachen zu gewöhnen.

Das Portal der Kirche wurde aufgezogen, und der kühle Luftzug ließ die Blütenblätter auf dem Platz begeistert tanzen. Die Stimmung war so feierlich, wie es der Anlass verlangte.

Elsa bemerkte aus dem Augenwinkel, dass ihr Vater zurückfiel und die Treppe zum Portal nicht mit dem Fuß betrat. Sie drehte sich kurz um, aber er bedeutete ihr mit einer schnellen Handbewegung, weiterzugehen. »Ich werde hier draußen die Vorbereitungen für den Rückweg überwachen.«

Sie wusste natürlich, dass er log. Während längst nicht alle Burgunder dem neuen Glauben anhingen, hatten die meisten doch ihren Frieden mit dem Christengott gemacht und beteten zu den alten Göttern nur heimlich, um den König nicht zu verärgern. Hagen jedoch war sehr offen in seiner Ablehnung des Christentums, und nur vor Gunther sprach er nicht davon. Die Lehre von Vergebung und Unterwürfigkeit erschien ihm schwach und widerlich, ein Glaube für Waschweiber und Feiglinge. Die Kirche heute nicht zu betreten war sein Protest, den er kaum zu verbergen gedachte.

Ein Schatten fiel über den Platz, und erst jetzt merkten die Anwesenden, dass fette graue Wolken sich über Worms zusammenballten.

Sie hatten die Glocken schon gehört, bevor sie geschlagen worden waren. Die Ahnung von Verrat und Tod, der Geruch von Missgunst und eitler Lust zog sie an, weil sie wussten, dass er auch zum Gold führte. Zwischen den Bäumen und durch sie hindurch waren sie vom Nibelungenwald gekommen, sich in Steinen und Bächen findend, die körperlosen Gestalten in der Natur bindend. Sie flüsterten einander zu in Wind und gurgelnden Flüssen, und in Schatten fanden ihre Hände zueinander. Sie waren viele und doch eins, Volk wie Geist, Alberich wie Regin, und Hunderte, deren Namen keine Lippen kannten. In ihrem Gefolge ritten Wolken, düstere Boten kommenden Unheils.

Auf den Hügeln nördlich von Worms kamen sie zur Ruhe, die Stadt weit unter sich, wo der Kirchturm wie eine Schwertspitze zum Himmel gereckt war.

Sieeehhh an ...

Es war eine kichernde Erkenntnis, und nur wenige Nibelungen sahen keine Heiterkeit im großen Hochzeitsfest.

Liebe blüht auf Diebstahl und Verraaat ...

Durch ihre aus dem Boden um die Sträucher tanzende Masse kämpften sich Schemen, die um eigene Worte rangen.

Kein Hass ist heute in Burgund ...

Es war ein versöhnlicher Gedanke, der sofort in einem wilden Geschnatter böser Worte unterging.

Hass überall ... und schwarze Herzen ... Hagen ... Brunhilde ... kein Verzeihen ...

So verharrten sie, für gut zwei Stunden lamentierend, bis die Glocken die Vermählung zweier Paare verkündeten und die Krönung eines neuen Königs.

Siiiegfried ... vor seinem neuen Gott mit unserem Gold ...

Obwohl kein Menschenauge aus dieser Entfernung etwas hätte sehen können, erkannten die Nibelungen jede Einzelheit, als die Könige mit ihren Königinnen aus der Kirche traten. Ihre Blicke gingen tiefer als Haut und Fleisch, in Herzen und Seelen. Das schmerzende Blut Brunhildes blieb ihnen ebenso wenig verborgen wie Gunthers eitle Freude, der sich am Ziel seiner Wünsche wähnte.

Es regnete nun auf Burgund, kurz und wütend, begleitet von Blitz und Donner, wie der Protest alter Götter gegen neue Regeln.

Sooo viele Länder ... sooo viele Leiden ... wie wird es enden?

Die Nibelungen hatten den Beginn des nächsten Akts nun gesehen und zogen sich zischelnd und flirrend in ihren Wald zurück.

In Blut ... nuuur in Blut ...

Hagen hatte sich während des kurzen Gewitters nicht untergestellt, seinen Umhang nicht über den Kopf gezogen. Der Regen prasselte auf seine hagere Gestalt, während die hektisch nach Schutz suchenden Bürger um ihn herumeilten wie Ameisen. Er fragte sich kurz, ob der Sturm ein Zeichen der Götter war, von denen sich Burgund abgewandt hatte. Andererseits entsprach es seiner Erfahrung, dass die Götter sich nur selten um irdische Geschicke scherten und lieber zusahen, wie die Menschen ihr Schicksal selbst in die Hand nahmen.

Und es war Hagens Absicht, genau das zu tun.

Als der Regen aufhörte, sah er eine Bewegung auf den Hügeln im Norden. Weniger eine konkrete Gestalt, vielmehr ein Flirren in der Luft, als stiege heiße Luft vom Boden auf. Es waren die Nibelungen, das war Hagen klar. Er gehörte zu den wenigen Männern in Burgund, die noch die alten Geschichten kannten und von den dunklen Mächten wussten. Und nur deshalb konnte er sie sehen – ihre Existenz bedurfte des Glaubens. Die Anwesenheit der Waldgeister verhieß nichts Gutes. Sie liebten nichts mehr, als dem Leid der Menschen zuzusehen, alte Schuld zu fordern und im Niedergang der Reiche ihren Spaß zu finden.

»Ihr werdet euer Blut bekommen«, flüsterte er kehlig. »Doch wessen Blut es sein wird, darüber ist das letzte Wort noch nicht gesprochen.«

Die Feier war noch in vollem Gang, als Gunther unter dem Gejohle seiner Männer verkündete, sich mit der Königin Brunhilde zurückzuziehen. Viele raue Trinksprüche begleiteten ihn freudiger als Brunhilde, die während des Abends genau jene Menge Begeisterung aufgebracht hatte, die man von ihr erwarten durfte. Darüber hinaus hatte sie weder gesprochen noch gegessen noch getrunken. Gunther hingegen hatte dem Braten und dem Wein kräftig zugesprochen, sich der Erleichterung hingebend, dass nun die Weichen für eine verheißungsvolle Zukunft gestellt waren.

Das gemeinsame Schlafzimmer des Königspaars war prächtig geschmückt worden, und der Schein vieler Fackeln tanzte auf Seide in allen Farben. So viel bestickte Kissen lagen auf dem breiten Bett, dass sie eher zum Spiel als zur Nachtruhe einluden. Der Boden war mit Fellen ausgelegt, und auf einem kleinen Tisch lagen Früchte. In Schüsseln mit parfümiertem Wasser lagen Tücher zur Erfrischung. Es war ein sinnlicher und zugleich beruhigender Anblick, dem einzigen Ziel der Nacht gewidmet.

Gunther legte seine Jacke ab und auch sein Hemd. Er hatte seine Frau den ganzen Abend hungrig angesehen, und der Wein hatte die Lust noch verstärkt. Seine Königin war Brunhilde bereits – nun wollte er sie sich auch noch untertan machen.

Die Herrscherin von Island, die jetzt nur noch die Frau des Königs von Burgund war, sah der Hochzeitsnacht mit wenig Vorfreude entgegen. Sie stand vor dem Bett und strich gedankenverloren über die Kissen. Gunther trat an sie heran und öffnete die Knoten, mit denen die Riemen ihres Kleids am Rücken verbunden waren. Es fiel ihm nicht leicht, denn der Alkohol ließ seinen Blick verschwimmen und seine Hände zittern. Brunhilde rührte sich nicht. Nach endlosen Augenblicken drehte sie sich zu ihrem Mann um, und milder Spott lag in ihren Augen. »Wie will mein Gemahl sein Geschenk genießen, wenn er es nicht einmal auspacken kann?«

Gunther stieß sie auf das Bett und folgte ihr dann auf die Decke. Sein Körper lag auf ihrem, und sein nach Essen riechender Atem verbreitete sich überall, als er sprach. »Ich kann den Stoff von deinem Körper reißen oder schneiden. Ich kann dich zwingen, mich nur noch nackt zu erwarten, wenn mich dein Leib reizt.«

Er griff gierig nach ihrer Brust, zerrte an dem Kleid, das sie bedeckte. Brunhilde packte seine Hand, um die groben Finger wenigstens dorthin zu lenken, wo ihnen Erfolg vergönnt sein konnte. Doch als sie das schwache Gelenk spürte, drehte sie wie in Neugier daran. Gunther schrie auf, seine Lust verlöschte wie eine Fackel im Regen. Er spannte seine Muskeln, aber seine Königin schob ihn mühelos von sich. Er nahm den anderen Arm zu Hilfe, presste die Faust gegen ihre Schulter, doch Brunhilde war ihm an Körperkraft überlegen. Ihre Beine schlangen sich um seine Hüften und drückten mit starken Schenkeln zu.

Gunther stöhnte, und der Schmerz vertrieb nun auch den wohligen Rausch aus seinem Kopf. Er wand sich und suchte nach einem Ausweg aus dem Griff der eigenen Frau.

Sie lag mit dem Rücken auf dem Bett, ihr Gesicht ganz entspannt, während der König über ihr zappelte wie ein Fisch, den der Bär gerade aus dem Fluss geschlagen hatte.

»Lass ... mich ... los«, keuchte er, rot vor Wut und Anstrengung.

»Was ist, mein König?«, fragte sie, den Spott nun nicht mehr verhehlend. »Bekomme ich im Bett nicht den Krieger, der mich auf dem Feld besiegt hat?«

Vor Gunthers Augen tanzten helle Flecken, und verzweifelt kämpfte er gegen die Übelkeit in seinem Magen an. Er hatte Brunhildes Kraft nichts entgegenzusetzen, das war klar. Er konnte es auf die Mühen der Reise schieben und den vielen Wein, aber es änderte nichts an den Tatsachen. Er sah keine andere Möglichkeit, als sie mit der flachen Hand ins Gesicht zu schlagen.

Es dauerte kaum einen Lidschlag, bis ein kleiner roter Blutfaden aus ihrem linken Nasenloch über die helle Haut lief.

Brunhilde lag einen Moment lang still. Dann schrie sie wie eine Walküre und schlug Gunther mit der Faust ins Gesicht. Immer wieder. Die Schläge prasselten zu schnell auf den König ein, als dass er sie hätte abwehren können. Die Umklammerung ihrer Beine machte es unmöglich, sich wenigstens von ihr wegzurollen. Er hing wie in Ketten.

Schließlich verebbte Brunhildes Raserei, und mit den Füßen stieß sie den halb ohnmächtigen Gunther von sich. Er schlug auf dem Boden auf, wo die Felle seinen Sturz nur mäßig bremsten.

Brunhilde, immer noch voll bekleidet, richtete sich im Bett auf. Sie wischte sich langsam das Blut von der Lippe. »Niemand, der mich je geschlagen hat, hat lange genug gelebt, um davon zu erzählen. Dein Rang und unsere Ehe haben dich soeben gerettet. Aber wenn du meinen Körper willst, dann nutze Stärke, nicht Gewalt. Bis dahin wirst du hier keinen Schlafplatz finden.«

Gunther schüttelte den Kopf, um wieder einen klaren Gedanken fassen zu können. Er kam auf die Beine, vorsichtig das schwellende Gesicht befühlend. »Du bist mein, Brunhilde. Auf dem Feld aus Eis und Feuer hast du dich mir unterworfen!«

Sie lachte ihn aus, und der Schmerz ging tiefer als jede Wunde. »Ich habe mich einem Krieger unterworfen. Und ich habe einen König geheiratet. Aber ich werde mich keinem Jämmerling hingeben.«

Sie genoss es sichtlich, seit Wochen erstmals wieder die Macht in Händen zu halten, und sei es nur die Macht über ihren eigenen Körper.

Gunther stolperte zur Tür hinaus. Er war froh, dort keine Wachen postiert zu haben. Schließlich war er drauf und dran, sich zum Gespött des Hofes zu machen. Zum Gespött des Volkes.

Die kalte Abendluft, die durch die Gänge wehte, kühlte die Schmerzen des Königs, nicht aber seine Seele. Wie konnte Brunhilde es nur wagen? Sie waren verheiratet, sie war *seine* Frau, und das Recht dieser Nacht war ohne Zweifel das seine. Sich ihm zu verweigern, ihn zu demütigen, das war keine Art, die er hinzunehmen gedachte. Doch die einzige Chance, Brunhildes Widerstand zu brechen, lag genau in jener Hilfe, die in Anspruch zu nehmen er sich selber verboten hatte.

Nach dem Kampf in Island hatte er niemals mit Siegfried darüber gesprochen. Er ahnte, dass der junge König von Xanten Zauberdinge aus dem Schatz der Nibelungen besaß, aber das Gespräch darüber hätte Gunther schmerzlich bewusst gemacht, dass seine Geschicke weitgehend von einem ehemaligen Schmied gelenkt wurden. Er hatte gehofft, mit der Hochzeit der Abhängigkeit von Siegfrieds Licht zu entgehen, und in diesem Moment wurde ihm klar, dass das nicht zu erwarten stand.

Es gelang dem König, ohne viel Aufsehen zu den Gemächern seiner Schwester zu schleichen, in denen nun auch Siegfried wohnte. Er hörte vergnügtes und verliebtes Gelächter durch die Tür, und es schmerzte ihn, weil es die Geräusche waren, die auch er sich in der Hochzeitsnacht erhofft hatte. Gunther klopfte mehrmals leise, bis sich Schritte näherten. Er hielt sich in den Schatten, um sein mitgenommenes Äußeres nicht allzu sehr zu präsentieren.

Siegfried steckte den Kopf aus der Tür, und sein Gesicht war freudig errötet. »Gunther, was treibt Euch so spät in dieser Jubelnacht noch um?«

Der König hörte ein weiteres Paar Füße, und hastig flüsterte er: »Kriemhild soll mich nicht sehen.«

Siegfried verstand nicht, was sein Freund meinte, bedeutete seiner jungen Frau aber, im Zimmer zu bleiben, während er auf den Gang hinaustrat. Er trug nur noch eine kurze Hose, und auf seiner Brust waren die roten Striemen von Kriemhilds Fingernägeln sichtbar. Er sah die Blessuren auf dem Gesicht des Königs von Burgund, und Sorge umwölkte seine Stirn. »Was ist geschehen?«

Gunther brauchte einen Moment, um sich zu fassen. »Es ist Brunhilde, sie ... sie verweigert sich mir!«

Siegfried runzelte die Stirn. »Vielleicht braucht sie nur etwas Zeit. Burgund mag für sie immer noch überwältigend sein.«

Wütend deutete Gunther auf seine Wunden. »Sieht das nach einer verängstigten Frau aus? Siegfried, sie *verhöhnt* mich. Sie muss im Schlafzimmer gebrochen werden wie auf dem Felde!«

Nun ahnte Siegfried, was sein Freund von ihm verlangte, und schüttelte entschlossen den Kopf. »Bitte mich nicht, dir im Bett beizustehen. Es wäre Verrat an der Königin von Burgund – *und* an der Königin von Xanten!«

Gunther packte Siegfried an beiden Schultern und schüttelte ihn verzweifelt. »Aber es *gibt* keinen anderen Weg! Ich verlange ja nicht, dass du die Mannespflicht erfüllst. Wenn ich ein einziges Mal mit deiner Hilfe Brunhildes Fleisch bändigen kann, wird ihr Wille gebrochen sein, und alles kann den Weg gehen, den das Schicksal uns bestimmt hat!«

Siegfried schloss die Augen und atmete tief ein. »Ich kann das nicht tun, Gunther. Bitte mich nicht um etwas, das meine Seele kosten würde.«

Gunthers Augen schienen einen dunkleren Ton als sonst

anzunehmen, und auch seine Stimme klang auf einmal rau. »Es wird den Frieden kosten, wenn Brunhilde mich zum Narren macht. Bedenke, dass unser großer Plan, die Reiche aneinander zu binden, vom Glück *beider* Ehen abhängt.«

Siegfried kämpfte mit sich nicht weniger als seinerzeit mit Fafnir. In Gedanken spielte er mit dem Ring an seinem Finger, der warm Vertrauen schenkte und ihm leise riet, den Freund nicht zu verprellen.

Nun kam Kriemhild doch dazu, und entsetzt betastete sie Gunthers geschwollenes Gesicht. »Mein Bruder, was ist geschehen? Wer hat dir das angetan?«

Der König zog mürrisch seinen Kopf zurück, und es war Siegfried, der die Antwort gab. »Gunther... es hat einen Streit gegeben. Betrunkene Soldaten, die in ihrer Weinseligkeit die falschen Worte wählten. Der König hat sie zurechtweisen wollen, aber der Rausch raubte den Respekt vor der Krone.«

»Brunhilde wird sich sicher darum kümmern«, sagte Kriemhild freundlich. »Sie wird dich pflegen und dir deinen Schmerz nehmen.«

Siegfried nickte, sichtlich unwohl in seiner Haut. »Sicher wird sie das. Aber zuerst werde ich mit Gunther losziehen und die Raufbolde stellen.«

»Du willst mich in der Hochzeitsnacht allein in den Laken frieren lassen?«, fragte Kriemhild kokett und im Augenaufschlag süße Wonnen versprechend.

Ihr Mann lächelte freudlos. »Nur kurz. Bevor du einschläfst, bin ich wieder an deiner Seite.«

»Tut, was das Mannsvolk tun muss.«

Es gelang Kriemhild weder, die Erleichterung in Gunthers Blick zu deuten, noch das Entsetzen in Siegfrieds Augen.

Brunhilde fand keine Ruhe. Ihre Kriegerseele lag auf der Lauer, horchte in der Nacht nach Schritten, argwöhnte hinter jedem Geräusch einen Überfall. Sie wusste, dass Gunther kaum die Schmach hinnehmen würde, die sie ihm zugefügt hatte. Aber es war nicht ihre Wahl gewesen – sich dem Sieger vom Feld aus Feuer und Eis unterwerfen zu müssen wäre ihr ein Leichtes gewesen. Der König von Burgund jedoch war nur das äußere Bild des Kriegers. Weder seine Seele noch sein Herz war ihrem überlegen. Sein Wille war laut, aber schwach.

Sie hatte die Fackeln gelöscht und die Kissen beiseite geschleudert. Mit dem nassen Lappen hatte sie versucht, sich seinen Atem aus der Haut zu reiben. Es war ihr nicht gelungen. Als er im Schein des Mondlichts wieder das Gemach betrat, richtete sie sich nicht einmal auf. »Kommst du, weil die Schande dir auf der Seele lastet – oder weil du um mehr davon betteln willst?«

Gunther wartete einen Moment, bevor er die Tür schloss, dann trat er langsam ans Bett. »Du willst den Krieger auch im Schlafgemach? Dann lass unsere Liebe deine Niederlage sein!«

Sie schlug nach ihm, doch er wich aus und packte ihr Handgelenk. Mit einem schmerzhaften Ruck riss er ihren Arm hoch, um ihn dann gleich von sich zu stoßen. Brunhilde rollte auf den Bauch, und sie hatte die Beine noch nicht angewinkelt, um aufzuspringen, da spürte sie den Körper des Königs über sich, wie er sie auf das Bett presste. Mit dem rechten Ellbogen wollte sie ihn treffen, aber ihr Arm war wie in Stein gegossen. Sie versuchte, den Kopf zu drehen, doch eine starke Macht drückte sie in die Kissen. Nur mühsam konnte sie zwischen den Stofflagen atmen.

Gunther stemmte sich in die Höhe und zog grob an den

Riemen ihres Kleides. Sie rissen nicht sofort, sondern schnürten schmerzhaft in ihr Fleisch.

»Gunther, nicht ...«, keuchte sie schwer.

Seine Hände waren überall, schoben den Rock nach oben, drückten ihre Schenkel, ihre Schultern, griffen gierig jedes bisschen nacktes Fleisch, das er aus dem Kleid zerrte.

»Du wolltest Gunther nicht«, knurrte er heiser. »Nun bekommst du deinen König!«

Ihr ganzer Körper spannte sich, die Muskeln wurden hart wie Holz, doch ein schwerer Schlag in ihren Nacken löste im Schmerz die Kraft, mit der sie sich noch wehrte. Brunhilde hörte wie aus der Ferne Stoff reißen und Gunthers schwere lederne Hose zu Boden fallen. Aus grober Lust wurde grobe Tat, und Gunther nahm sich sein Recht mit Gewalt.

Brunhildes Herz und Seele brachen, aber ihr Wille, schwer geschunden von starken Händen, trat nur den Rückzug an und schwor wütend Rache. Er versteckte sich so tief in ihr, dass Gunther ihn auch nicht fand, als er brutal ihren Körper nahm wie eine Burg, die es zu erstürmen galt. Sie schrie nicht, flehte nicht um Gnade oder wenigstens um Rücksicht. Es gab kein Jammern, das die Kissen dämpfen mussten.

In Hitze und Trieb dauerte die schmutzige Mannestat nicht lang, und Brunhilde spürte, wie Gunther keuchend sich in ihr ergab.

Zwei Körper schlaff auf dem Bett, tropfte dreierlei Schweiß auf die Kissen, und Augenblicke später schwang die Tür wie im Windhauch auf und zu.

Freudig hatte Kriemhild ihren König erwartet, nur ein dünnes Laken über ihren makellosen Körper gezogen. Sie hoffte, dass der Streit mit ein paar Rüpeln seine Manneskraft befeuerte, auch wenn es eigentlich nicht nötig war. Wann immer sie sich nach Siegfrieds Kraft sehnte, schenkte er ihr mehr, als sie sich in ihren Träumen gewünscht hatte.

Schon seine muskulöse Gestalt, die sich in das halbdunkle Zimmer schob, ließ ihren Leib erzittern und mehr als nur den Schweiß fließen. Doch als sich sein Gesicht im schwachen Licht einer einzigen Fackel flackernd zeigte, wurde aus der heißen Woge ein kalter Schauer und aus Wollust nackte Angst. Sie sprang auf, das Laken achtlos fallen lassend, und war mit schnellen Schritten bei ihm.

Siegfried zitterte, und sein Antlitz war bleich. Schweiß lief ihm von den Schläfen, als hätte er soeben einen Baum mit einer stumpfen Axt gefällt. Seine Augen suchten nach ihr und schienen sie doch nicht halten zu können.

Kriemhild nahm ihn in den Arm, Stärke und Geborgenheit schenkend, und führte ihn vorsichtig zum Bett. Er fiel auf den Rücken, und sie legte sich zu ihm. Doch als sie ihre Hand auf seine Brust legen wollte, drückte er sie weg. Sein Blick ging starr zur Decke, als wäre dort ein Bild zu sehen, das sich nicht vertreiben ließ.

»Was ist mit dir?«, fragte Kriemhild sanft und ohne jeden Vorwurf.

»Die Lüge ist eine Pest – sie steckt an und breitet sich aus, und wenn man sie nicht herausschneidet, dann wird sie Opfer fordern«, krächzte er schließlich, und zum ersten Mal sah sie eine Träne über seine Wange laufen. »So hat Regin es mir beigebracht.«

»Von welcher Lüge sprichst du?«, wollte sie wissen.

Nun endlich drehte er das Gesicht zu ihr. »Von jener, mit der ich dich und unsere Ehe nicht ins Siechtum führen will. Ich will die Wahrheit sagen – immer.«

Sie küsste seine Träne. »Bitte sprich.«

Er stützte sich auf seine Ellbogen, den Blick nun in das Halbdunkel des Zimmers richtend. »Gunther, er ... er hat Brunhilde nicht in Ehren gewonnen.«

»Was meinst du?«, fragte Kriemhild unruhig. »Gernot erzählte mir, dass ...«

»Gernot kann nur erzählen, was er sah und hörte«, fiel ihr Siegfried ins Wort. »Doch auf dem Feld aus Feuer und Eis stand ungesehen noch ein dritter Kämpfer. Mit dem Tarnhelm der Nibelungen wandte ich das Glück zu Gunthers Gunsten.«

Die Hinterlist, die zweifellos in dieser Tat lag, konnte Kriemhild nur mit dem Willen Siegfrieds entschuldigen, sie zur Frau zu bekommen, wenn er Gunther half. Es war kaum zu ertragen, doch die Liebe ehrte manche schlechte Tat. Sie nahm einen nassen Lappen und legte ihn in seinen Nacken. »Wer weiß davon?«

Siegfried sah sie entgeistert an. »Niemand! Keine Seele. Nur dir kann ich vertrauen, weil ich dir vertrauen will.«

»Und was ist heute Nacht geschehen?«

Kriemhild ahnte, dass der unerhörte Verrat an der Königin von Island kaum mehr als der Beginn einer Beichte war, die Böses ans Tageslicht bringen würde.

Der König von Xanten, ein Bündel aus Schuld und Verzweiflung, setzte sich auf und stützte den Kopf in die Hände. »Im Bett bemerkte Brunhilde, dass Gunther ihr nicht gewachsen war wie auf dem Feld in Island.«

Es war eine einfache Feststellung, aber sie zog Schlüsse nach sich, die Kriemhild erbleichen ließen und ihren Atem beschleunigten. »So hat sie ihn in der Hochzeitsnacht mit Schlägen davongetrieben?«

Siegfried nickte im Schmerz der Erinnerung. »Und der einzige Ausweg, der Gunther einfiel, war die Fortführung der üblen Posse.«

Langsam formten sich Bilder in Kriemhilds Kopf, die einander umschlangen, miteinander tanzten und schließlich im Reigen eine Geschichte erzählten. »Du warst nicht in ihrem Zimmer«, flüsterte sie mit seltsam spröder Stimme.

Sein Nicken schnitt sie wie vom Hals bis zu den Schenkeln, Forderung schlich sich in ihren Tonfall. »Sag mir, dass du heute Nacht nicht in ihrem Zimmer warst.«

Siegfrieds Stimme brach. »Willst du die Lüge und mit ihr die Pest, die unser Leben krank machen wird?«

Kriemhild war zu angewidert, um auch nur den Funken des Verständnisses in ihrem Herz zu finden. »Hast du Brunhilde genommen?«

Siegfried sah sie mit rot geränderten Augen an. »Nein! Niemals! Ich hielt nur ihren Körper, während ... Gunther ...«

Seine Komplizenschaft war nicht weniger erbärmlich als die Tat des Königs, und so schwieg er, von sich selbst entsetzt.

»Geh aus meinem Zimmer«, flüsterte Kriemhild erstickt.

Ihr Mann und König verstand nur zu gut, warum sie ihn nicht bei sich wollte. Doch sein Wunsch nach Verzeihung war größer. »Meine Liebe, ich dachte, alles wäre ... für uns.«

»Geh, bis ich es ertragen kann, dass mein Geliebter mit meinem eigenen Bruder den Leib einer Frau geschändet hat in unserer Hochzeitsnacht. Und wenn es nie sein wird, so nimm es hin.«

»Was soll ich jetzt tun?«

Es lag keine Liebe mehr in ihren Augen. »Leg dich zu den Schweinen, denen du mir heute Nacht viel näher scheinst als allen Männern.«

Gebrochen stand Siegfried auf und ging langsam zur Tür. »Wenn der Morgen graut«, sagte Kriemhild zum Abschied,

»solltest du die Abreise nach Xanten vorbereiten – in diesen Mauern weile ich nur noch, bis unser Besitz auf Karren Platz gefunden hat.«

Siegfried hatte sich geirrt – das Gesagte vergiftete die Luft am Hofe Burgunds ebenso wie das Ungesagte. Obgleich die Hochzeitsfeiern eine frohe Stimmung hätten hinterlassen sollen, fand die Sonnenscheibe die Burg in der gedrückten Stille von Hass und Missgunst.

»Und du bist sicher, dass ihr schon in wenigen Tagen abreisen müsst?«, fragte Gunther, obwohl er Siegfrieds Antwort ahnte. Der Herrscher von Burgund saß auf seinem Thron, ungeduldig mit den Fingerspitzen an den Armlehnen kratzend.

Der König von Xanten nickte. »Es ist Kriemhilds Wunsch, und außerdem – du selbst hast immer betont, dass die Reiche ihren König brauchen. Es werden Jahre vergehen, bis Xantens und Dänemarks Wunden, von Hjalmar beigebracht, verheilt sind.«

»Du hast meiner Schwester nicht von letzter Nacht erzählt?«, fragte Gunther misstrauisch.

Siegfried schüttelte den Kopf. »Doch Kriemhild ist so klug, wie ich es mir immer von meiner Frau gewünscht habe. Auch wenn sie nicht weiß, was geschah, so ahnt sie doch, dass es etwas Furchtbares gewesen sein muss.«

»Furchtbar«, zischte die König. »Furchtbar, dass ich die Liebe meiner Frau in der Hochzeitsnacht verlangt habe? Furchtbar, dass ich nehmen musste, was mein ist?«

Siegfried antwortete nicht darauf, denn die Fragen dienten nur dazu, Gunthers schlechtes Gewissen zu beruhigen. Er wusste, wie grausam seine Tat gewesen war, und seine befleckte Seele wand sich in Qualen darüber.

Harte Schritte auf dem Steinboden waren zu hören. Es

war die Königin von Burgund, die aufrecht herantrat und sich auf den Thron zu Gunthers Rechten setzte. »Mein König.«

Er nickte ihr unsicher zu und versuchte in den Augen zu lesen, die fest ins Leere zu blicken schienen. »Meine Königin.«

Brunhilde reichte ihm einige Unterlagen. »Zwar gesteht das Volk uns Zeit zur Feier zu, aber es wäre vielleicht angebracht, die wichtigsten Tagesgeschäfte ab heute wieder zu übernehmen. Von der Kanzlei habe ich mir diese Listen zusammenstellen lassen. Es geht um Landstreitigkeiten, veraltete Gesetze und die Freistellung verschiedener Berater, die für die Zusammenlegung der Verwaltung von Island und Burgund von Nutzen sein können.«

Zwar überraschte ihn Brunhildes formelle Art und die Zielstrebigkeit ihrer Regentschaft, aber Gunther war auch erleichtert, denn zu regieren, das verstand er. Es machte ihm nichts aus, dass seine Königin ihre Gefühle verbarg, denn er war sicher, dass diese wenig angenehm waren. So ergab sich die Gelegenheit, dass Brunhildes Wut auf ihn mit der Zeit stumpf würde wie ein Schwert im Regen. Gunther hatte nicht vor, ihr das zu erschweren, indem er in Vergangenem stocherte.

Die Königin sah nun Siegfried an. »Es betrübt uns ein wenig, dass Ihr schon bald abreist, wie man hört. Die Zustimmung meines Gatten vorausgesetzt, spreche ich die Einladung aus, dass das Königspaar von Xanten und Dänemark bei Hof immer willkommen ist.«

Ein kurzes Nicken Gunthers machte das Angebot offiziell, und mit gesenktem Haupt nahm Siegfried es an. »Unsere Reiche werden immer in Freundschaft verbunden sein, und wenn die Staatsgeschäfte es erlauben oder ein Freudentag den Anstoß unserer Kelche verlangt, erwartet unsere Schiffe in Eurem Hafen. Und ohne Kriemhild fragen zu müssen, weiß ich, dass die Offerte auch von unserer Seite gilt.«

»Ihr solltet Eure Frau dennoch fragen«, schlug Brunhilde vor. »Jede Gattin zieht es vor, gefragt zu werden, bevor eine Entscheidung gefällt wird.«

Ihr Blick ging nicht zu Gunther, dem das Wort offensichtlich gewidmet war. Auch Siegfried verstand den Doppelsinn und zog es vor, nicht durch seine Anwesenheit weitere Unbill zu verursachen. Er nickte respektvoll. »Ich werde nachschauen, ob Kriemhild Hilfe bei den Reisevorbereitungen benötigt.«

Er verließ den Saal und nahm doch die schwammige Unruhe nicht mit, die in der Luft lag. Gunther tat, als lese er die Papiere, die Brunhilde ihm gegeben hatte, und fast beiläufig murmelte er: »Ich sehe, es geht dir gut.«

Brunhilde, in Dokumente vertieft, antwortete mit demselben Gleichmut. »Du hast mich unterworfen, und nach der Kriegerin gehört nun auch die Frau Brunhilde dir. Du wirst mich ohne Freude in deinem Bett finden, aber finden wirst du mich.«

Nicht gerade eine Absolution, fühlte Gunther dennoch eine Beruhigung. »Ich möchte, dass du weißt, dass ich gewöhnlich nicht so bin.«

Sie blickte ihn an, harmlos, fast freundlich. »Darauf setze ich. Denn solltest du mich je wieder schänden wollen, wird Blut fließen. Kann ich dein Leben dann nicht nehmen, wird es mein eigenes sein.«

Damit wandte sie sich wieder der Arbeit zu, ohne die Stimme nur ein einziges Mal erhoben zu haben.

»Es ist, als könnte ich in meiner eigenen Burg kaum ein offenes Wort mehr sprechen«, fluchte Gunther, und seine Faust hieb gegen einen Baum, dass die Rinde brach.

Hagen blieb ruhig, die linke Hand wie immer auf dem Schwertknauf. »Mussten wir uns deshalb wie Verschwörer an diesem heimlichen Ort treffen? Ist der König unerwünscht in den eigenen Mauern?«

Sie standen auf einem kleinen Hügel nördlich der Burg, ihre Pferde hatten sie angebunden.

»Es ist Siegfried, alles Siegfried«, knurrte der König. »Seine unchristliche Zaubermacht erhebt ihn über alle, und ein loses Wort aus seinem Mund könnte mich jederzeit vernichten.«

»Nur weil seine Hand die Eure auf dem Feld aus Feuer und Eis führte?«, fragte Hagen, und auf Gunthers überraschten Blick ergänzte er: »Es ist meine Aufgabe, Euer Wohlbefinden im Auge zu haben ...«

»Für einen Mann mit einem Auge siehst du mehr, als schicklich scheint«, sagte Gunther nicht ohne Respekt.

»Vielleicht habe ich den Kampf nur besser als alle anderen beobachtet«, fuhr Hagen fort. »Es ist nicht wichtig, was Siegfried tat. Der Sieg in Island ist Euer Sieg, und Siegfrieds Wort zählt nicht mehr als das des Königs von Burgund. Jederzeit werde ich beschwören, dass der Xantener während des Duells nicht von meiner Seite gewichen ist.«

Gunther legte ihm die Hand auf die Schulter. »Guter, alter Hagen. Deine Ergebenheit scheint die einzige, die weder von Ebbe und Flut, noch von den Jahreszeiten abhängig ist. Doch ginge es nur um jenen Tag im Norden, meine Sorgen wären gering. Ich stehe aber noch weit tiefer in Siegfrieds Schuld.«

»Sprecht frei heraus, und gemeinsam können wir versuchen, diese Schuld zu tilgen«, sagte Hagen. »Der König von Burgund muss in niemandes Kreide stehen.«

Gunther sah zu seiner Burg, die auf die Entfernung friedvoll schien und ein sorgenfreies Leben versprach. Er hatte keine Wahl, als dem Mann, der schon seinen Vater beraten hatte, vollends zu vertrauen. »Ich musste Siegfrieds Hilfe suchen, um meine eigene Königin im Schlafgemach zu unterwerfen.«

Hagen durchdachte die Tat und ihre möglichen Konsequenzen, bevor er nachfragte: »Weiß Brunhilde von Siegfrieds Komplizenschaft?«

Gunther schüttelte den Kopf, froh, nicht wieder mit einem Vorwurf bedacht zu werden. »Nein, sie ist ahnungslos.«

»Dann hat Siegfried Euch in der Hand – ein falsches Wort von ihm zu Kriemhild oder Brunhilde, und die Reiche könnten fallen. Alles, wofür Ihr so mutig gekämpft und so viel geopfert habt.«

»Ich verstehe es selber nicht«, sagte Gunther. »Je mehr er mein Freund wurde und je mehr ich seine Hilfe gerne nahm, desto mehr wurde er zur Gefahr für mich, den Thron und für Burgund.«

»So, wie ich es Euch prophezeite«, flüsterte Hagen.

Gunther konnte nicht einmal widersprechen. »So, wie du es prophezeit hast.«

»Ihr wisst, dass Siegfried auch das Gold der Nibelungen auf die Karren laden lässt?«, lenkte der alte Recke das Gespräch in eine andere Richtung.

»Es ist sein Besitz«, bemerkte Gunther.

»Sein Besitz, doch nicht sein Anrecht«, hielt Hagen dagegen. »Kommt der Schatz nicht aus Burgunder Erde? Ist nicht jeder Brocken hier Besitz des Königs? Und könntet Ihr mit dem Gold nicht jedes Leid lindern, das den Burgundern droht?«

Der König breitete ergeben die Arme aus. »Was soll ich denn tun? Dem Helden des Volkes seinen Lohn verweigern? Den Speer auf seine undurchdringliche Brust richten und mein Wort brechen?«

Hagen stellte sich so nah vor Gunther, wie er es aus Respekt niemals zuvor getan hatte. Seine Stimme war leise und eindringlich. »Ihr sollt mit dem Gedanken spielen, wie viel besser unser aller Zukunft wäre, wenn sie Siegfried nicht enthielte.«

Gunther brauchte Zeit, bis er begriff. Und selbst dann erbleichte er angesichts des Undenkbaren. »Du sprichst von Meuchelmord an meinem besten Freund, am Retter vor dem Drachen, am König von Xanten?«

Die Erwähnung der üblen Tat vermied Hagen sorgfältig. »Bedenkt doch nur – mit Kriemhild als Witwe und Königin würde Xanten uns ebenso freundschaftlich verbunden bleiben, wenn nicht mehr. Wo Siegfried seine Entscheidungen trifft, bräuchte Eure Schwester unseren Rat, um in Weisheit zu regieren. Euer Einfluss wäre ungleich größer. Und gemeinsam ließe sich auch das Gold viel sicherer verwalten. Nicht zuletzt: Keine lose Zunge könnte Brunhilde eine Lüge aus der Hochzeitsnacht erzählen. Die Bande zwischen allen Beteiligten wären gestärkt, wie es sich gehört.«

Gunther stolperte zurück, bis ein Baum seinen Rücken Halt gab. »Du sprichst von feigem Mord, Hagen! An einem Mann, dem Burgund viel verdankt!«

»Und dessen Untergang er jederzeit betreiben kann. Sagt das Wort, und es wird geschehen. Nur Euer Wille ist mein Befehl.«

Der König schüttelte entschieden den Kopf. »Niemals! Ich wäre weder Mann noch Christ, weder König noch Krieger, wenn ich mein Einverständnis gäbe.«

Die Debatte war für ihn damit beendet. Ohne ein weiteres Wort nahm er sein Pferd, und im Galopp ritt er zur Burg zurück.

Hagen blieb auf dem Hügel stehen, nachdenklich den Blick über Burgund schweifen lassend. Er hatte gehofft, dass der Neid Gunther genügend zugesetzt hatte, um dem Plan zuzustimmen, aber wie es aussah, war die Feigheit des Königs noch ein ausreichendes Gegengewicht. Das zu ändern war die Aufgabe der näheren Zukunft.

»Sie sind fort«, flüsterte Elsa und drehte sich zu Gernot, der bleich an einen Baum gelehnt stand.

Der Bruder des Königs sah seine Geliebte an, als habe er soeben den Glauben verloren. »Was geht hier vor am Hofe, den ich Heimat nenne?«

Elsa nahm ihn vorsichtig in die Arme und drückte ihn an sich. Sie waren aus der Burg geschlichen, um gemeinsam ein paar unentdeckte Stunden zu genießen, doch das geheime Treffen zwischen Hagen und Gunther hatte sie zu Mitwissern eines Komplotts gemacht. »Fürchte dich nicht, Gernot. Du hast gehört, wie dein edler Bruder das feige Ansinnen meines Vaters brüsk ablehnte.«

Er nahm ihr Gesicht in seine Hände. »Ist irgendetwas von ihm in dir, Elsa? Bist du von Tronje, wie Hagen?«

Sie trat erschrocken einen Schritt zurück. »Du klagst mein Blut an?«

Gernot strich sich über die Augen. »Nein, ich ... verzeih mir. Es erscheint mir nur so unvorstellbar, dass jemand Siegfrieds Tod fordern kann.«

»Du solltest Kriemhild warnen«, sagte Elsa. »Auch wenn Gunther ihm noch widersteht, so kann ich dir versprechen, dass mein Vater weiter in den Wunden bohren wird, die den König schwächen. Sie kann Mittler sein, damit das Band zwischen Gunther und Siegfried niemals zerreißt.«

»Aber wie können wir dabei nicht verlieren? Tut meine Schwester die Warnung als Kinderei ab, eilfertige Übertreibung eines dahingesagten Fluchs, dann ist der Sache nicht gedient. Glaubt sie mir, wird Kriemhild den Ratgeber, der so Übles plant, vom Hofe jagen lassen. Was geschieht dann mit dir – mit uns?«

Sie drückte ihn wieder an sich und küsste seine Wangen. »Würdest du Burgund für mich verlassen?«

Gernot nickte ohne Zögern. »Bei Nacht und Nebel, zu Fuß und ohne einen Fetzen am Leib.«

Nun küsste Elsa seine Nasenspitze. »Dann werde ich es nie von dir verlangen. Aber ewig werde ich warten, wenn es sein muss. Solange du da bist, werde ich wie ein Tier um die Burg schleichen, immer hoffend, einen Blick auf dich zu erhaschen, bis die Liebe uns vereint. Aber für dieses Recht müssen wir unserem Blut abschwören – das Gute darf nicht dem Familienband unterliegen.«

Er blickte sie in Liebe an, die größer kaum sein konnte. »Aber was sind wir ohne unseren Stand, ohne Ahnen, Eltern, Häuser?«

Ihre Worte waren Leidenschaft, in wenige Silben gehaucht. »Du bist Gernot, geliebt von Elsa. Und ich bin Elsa, geliebt von Gernot. Was mehr können wir sein?«

Brunhilde war in den Jahren, die sie mit ihrem Vater durch die Welt gereist war, klug geworden, wenn es darum ging, den Charakter der Menschen ohne große Prüfung einzuschätzen. Die meisten waren nicht schlecht, nur schwach, was ihre Freundschaften nicht weniger gefährlich machte. Abgesehen von Hakan war Eolind der einzige Mann, auf dessen Wort Brunhilde ihr Leben gegeben hätte. In ihren Augen war der höfische Ratgeber ein Schlüssel zum Geschick des Reiches. Auch aus diesem Grund hatte sie Hagen von Tronje vom Tag an, da die Burgunder aus dem Bauch des Schiffes in Island gekrochen waren, genau beobachtet.

Es war nicht daran zu zweifeln, dass er weder Eolinds Güte noch Vertrauenswürdigkeit besaß. Doch an Verstand und Hinterlist war der einäugige Geier kaum zu unterschätzen. Es war nur Gunthers Abhängigkeit von Hagen zu verdanken, dass sie ihn nicht mit dem Schwert aus Burgund verjagt hatte. Noch nicht.

Während Brunhilde Siegfrieds Gemach durchwühlte, jede Kiste und jeden Korb umwarf, dachte sie über Hagens Beweggründe nach. Sie glaubte keinen einzigen Augenblick, dass seine Erwähnung von Siegfrieds »Zauberdingen« ohne Grund geschehen war, als er eben das Gespräch mit ihr gesucht hatte. Wörter wie »unbesiegbar« und »unsichtbar« waren nicht umsonst gefallen. Sie sollten Saat sein, die in Hass und Neid aufging. Trotzdem war es ihr unmöglich, dem Verdacht nicht nachzugehen, den unausgesprochenen Vorwurf nicht zu prüfen. Zu unglaublich war der Gedanke, zu unvorstellbar. Was immer man Gunther unterstellen mochte, Siegfried war sicher nicht Teil davon gewesen. Hatte er ihr nicht versprochen, sie, wenn nicht zu lieben, so doch immer zu ehren?

Alles, was sie in Siegfrieds Zimmer fand, war Plunder, Kleidung, nutzloser Tand. Ihr fiel ein, dass Gunther ihr die Geschichte erzählt hatte, wie der Schmied Siegfried an den Hof gekommen war und ihm eine Schmiede bereitgestellt wurde. Vielleicht war das der Ort, an dem der neue König von Xanten seine Geheimnisse verbarg. Sie machte sich auf den Weg dorthin, ehrfürchtige Soldaten und Hofdamen ignorierend, und fand die Tür zum kleinen Holzhaus unverschlossen. Kohle und Asche grüßten sie, halb fertige Klingen, einiges Werkzeug, eine kalte Feuerstelle und grob gehauene Tische und Stühle. In der Ecke ballte sich eine gewachste Plane, und als Brunhilde sie hervorzog, gab sie eine kleine Truhe frei, die ebenfalls nur einfach gezimmert war. Das Licht durch die Ritzen der geschlossenen Läden der Schmiede reichte aus, um zu sehen, was der zurückgeworfene Deckel ihrem Blick enthüllte.

Ein Umhang, ein Dolch, ein riesiger Zahn, der vermutlich vom Drachen stammte. Ein paar Geldstücke in einem ledernen Beutel, vom reichen König wohl nicht mehr benötigt. Dazu ein Helm, doch von so feiner Machart, dass er für den Kampf kaum taugen mochte. Mehr im Spiel setzte Brunhilde ihn auf. So leicht war die Kopfbedeckung, dass sie kaum ihre Haare zu bändigen vermochte.

Schnelle Schritte näherten sich der Schmiede, und Brunhilde sprang auf. Als Königin vom Hof Burgund gab es nichts, wofür sie sich entschuldigen musste, aber die Fragen, die ihr Aufenthalt in der Schmiede aufwerfen würde, waren keine, die sie zu beantworten gedachte. Aber kein hastiger Blick eröffnete ihr einen Fluchtweg, als die Tür mit einem Ruck aufgestoßen wurde.

Es war Siegfried. Scheinbar hatte er bemerkt, dass jemand sein Gemach durchsucht hatte, und nun war er zum selben Schluss gekommen wie Brunhilde.

Er sah die Truhe und trat mit drei so eiligen Schritten heran, dass Brunhilde erschreckt zur Seite wich. Ein, zwei Griffe, und er wusste, dass der Helm fehlte. Wütend hieb er mit der Faust gegen das Holz.

Brunhilde war erstaunt, wie strikt er ihre Anwesenheit ignorierte, wie sehr sein Blick auf die Truhe gerichtet blieb. Es tat ihr Leid, so hinter seinem Rücken gehandelt zu haben, nur auf das Wort des Geiers Hagen hin. Hätte Siegfrieds Versprechen, sie zu ehren, nicht umgekehrt verlangt, dass sie offen mit ihm über den Vorwurf des Verrates sprach, um ihm die Chance zur Rechtfertigung zu geben?

Brunhilde streckte den Arm aus, um ihn beruhigend auf seine Schulter zu legen. Doch der Arm, den sie fest an ihrer

Schulter spürte, war nicht in Fleisch und Kleid zu sehen! Sie blickte an sich herab und fand ihren Körper als durchsichtigen Schemen. Erschreckt, doch nicht erschreckt genug, um aufzuschreien, tastete ihre Hand nach dem Helm auf ihrem Haupt. Das Gold kribbelte, als würde es zittern.

Siegfried stand nun sichtlich erregt auf. Mit der Hand fuhr er sich durch die Haare, und wütend stampfte sein Fuß auf den Boden. Dann ging er schnell davon, die Tür zur Schmiede kräftig zuschlagend.

Ehrfürchtig nahm Brunhilde den Helm ab und sah fasziniert zu, wie ihre Hände mit dem goldenen Geflecht herbeischimmerten. Aufgewachsen mit der Lehre der alten Götter, fand sie den Tarnhelm weniger verwunderlich als sein Besitz in Menschenhand.

In ruhigen Gedanken setzte sie zusammen, was geschehen sein musste. Keine Lücken blieben mehr, keine offenen Fragen. Was ihr vorher seltsam und unerklärlich erschienen war, war nun offensichtlich. Der Verrat zweier Männer bei zweierlei Gelegenheit war nicht zu leugnen, und die Worte von Liebe und Respekt schmeckten bitter nach Posse und Betrug.

Brunhildes Beine knickten ein, und ihr schlanker Leib fiel auf den Boden der Schmiede, um die Schmach in Ohnmacht zu ertragen. Das Werkzeug der Hinterlist noch in der Hand, lag sie nur wenige Augenblicke da, im Staub, wie es sich für eine hintergangene Sklavin gehörte.

Sie sah sich reiten auf einem kleinen schwarzen Pferd auf weißen Wolken, und unter ihr brannte Island. Kalter Wind trieb aufwirbelnde Asche in ihr Haar. Blitze hetzten sie voran, Walhall erschien am Horizont, und Walküren winkten mit ihren Speeren. Aus den Wolken wurde Blut, und es spritzte unter den Hufen. Arme griffen nach ihr von überall her, rissen an ihrem Kleid, schnappten nach ihrem Fleisch.

Unter Donner packte sie ihr Schwert, als Nebelschwaden sich wie Stricke um ihre Glieder legten. Das Pferd verschwand, und mit ihm die Bewegung. In Trümmern fand sich Brunhilde wieder, schwarze Vulkanbrocken und heller Stein in der Vernichtung vereint.

Als sie die Augen wieder aufschlug, waren diese von Tränen feucht, aber auch vor Entschlossenheit lodernd. Im Traum war die Isländerin in ihr wieder erwacht, der Gedanke an Rache hatte sich aus seinem Versteck getraut, und beide waren einen Pakt eingegangen. Sie machte sich auf den Weg zum Thronsaal, alle Hofdamen und Soldaten ignorierend, die sie anzusprechen wagten. Das Portal zog sie mit solcher Kraft auf, dass die Scharniere stöhnten, und niemand außer Gunther und Hagen wagte es, sich ihrem heiser gebrüllten Befehl zu widersetzen. »Fort! Alle!«

Die Günstlinge und Bediensteten des Hofes verschwanden so schnell, als wären sie selbst im Besitz vieler Tarnhelme. Gunther und Hagen sahen sie an, schweigend und unbeholfen angesichts dieses unerhörten Ausbruchs. Der König fühlte sich ertappt, während der Ratgeber hinter einer gefühllosen Maske zu verbergen suchte, dass sein Plan die Ereignisse der nächsten Tage bestimmen würde.

Kaum war der Saal bis auf die drei Akteure leer gefegt, da stellte sich Brunhilde vor die Estrade, auf der ihr Mann im Thronsessel saß. Sie deutete anklagend mit dem Finger auf ihn. »Du hast es gewusst – doch ich bezweifle, dass du den Mut gehabt hast, es zu planen.«

Gunther sah die Tricksereien der letzten Tage unter ihrem eigenen Gewicht zusammenbrechen, aber er mühte sich, den Anschein der Ehrbarkeit aufrechtzuerhalten. »Bitte, Brunhilde, nimm erst einmal Platz. Was auch immer du zu wissen meinst ...«

Statt einer Antwort packte Brunhilde einen der Langtische und warf ihn mit einem wütenden Schrei so heftig in die Höhe, dass er sich überschlug, bevor das Holz auf dem Boden barst.

Der König versuchte es mit einer Autorität, die ihm schon lange abhanden gekommen war, und sprang auf. »Brunhilde! Fasse dich! Was immer dich erzürnt, wir werden es im freundschaftlichen Gespräch klären. Ich dulde keine ...«

Mit zwei Schritten war Brunhilde bei ihm, nicht Königin, nicht Frau, sondern Kriegerin. Ihre Hände legten sich um seinen Hals, und kräftig würgte sie ihn, während sie ihm drohend ins Ohr zischte: »Du bist nicht mein Mann, noch mein König. Siegfried war es, der mich unterwarf. Mit einem Ruck sollte ich dir dein Genick für deine Hinterlist brechen. Doch meinen Hass hast du dir nicht verdient – nur meine Verachtung. Und um den Hass zu nähren, brauche ich dein Leben.«

Hagen unterdrückte das Bedürfnis, gegen seine eigene Königin das Schwert zu ziehen.

Während Gunther bleich nach Atem schnappte, bewegte Brunhilde ihre Lippen so nah vor den seinen, als wollte sie ihn küssen. »Burgund bedeutet mir nichts – *du* bedeutest mir nichts. Aber beides kann mein Werkzeug sein, und darum biete ich dir einen Handel.«

»Was immer ich ... tun ... kann, um deine Schande zu tilgen«, presste der König mühsam hervor.

Mit einem lauten »Ha!« ließ Brunhilde ihn los und trat wieder drei Schritte zurück. »*Meine* Schande? Gunther, von den drei Spielern in diesem schmutzigen Spiel leben nur zwei in Schande, und ich bin es nicht.«

Gunther rieb sich den schmerzenden Hals. »Was verlangst du?«

»Einen Tod«, sagte Brunhilde knapp.

»Wessen Tod?«

»Es ist egal«, beschied sie ihn. »Wärst du Manns genug, würde ich erwarten, dass du dich in Scham selbst entleibst. Bist du so feige, dass du auch weiter auf bessere Tage hoffst, wirst du meinen toten Leib im Morgengrauen finden. Doch wenn ein Funken Ehre in dir ist und du die Zukunft Burgunds mit einer Königin an deiner Seite sehen willst, dann ist es Siegfrieds Leben, das ich fordere.«

Zum zweiten Mal in kurzer Zeit war Gunther damit der Mord an seinem Freund geraten worden. Verwirrt sah er zu Hagen, ohne jedoch zu ahnen, wie der Ratgeber diese Lage herbeibeschworen hatte. »Ihr wollt ... du willst, dass Siegfried stirbt?«

Brunhilde nickte. »Der Xantener soll deine Buße sein, und Preis für den Frieden, den ich biete. Verweigerst du ihn mir, wird mein Selbstmord nicht nur das Ende unserer Ehe bringen – in wenigen Tagen wird Eolind Island unter Waffen haben.«

Gunthers Augen verdunkelten sich, und er änderte die Strategie. »Du nennst dich ehrenhaft und verlangst doch den Kopf meines besten Freundes von mir?«

Brunhilde spuckte vor ihm aus. »Keinen Preis, den du nennen könntest, wäre ich nicht zu zahlen bereit.«

Der König schloss die Augen und stützte den Kopf auf beide Fäuste, als könne er sich damit vor der Welt verschließen. »Bitte geh, Brunhilde. Ich mag verachtenswerte Dinge getan haben, aber sie geschahen in reinem Gewissen. Was du nun von mir verlangst, ist Mord aus Niedertracht. Es wird viel Wein brauchen, mein Entsetzen so zu bannen, dass ich den Befehl geben kann.«

Sie reckte stolz das Kinn. »Dann wird es geschehen?«

Nun sprang Hagen ein. »Es wird geschehen, meine Königin. Doch überlasst uns den Ort und die Zeit, mir selbst die Tat.«

Als fürchte sie noch Gunthers Zögerlichkeit, wartete Brunhilde noch einen Moment ab, dann ging sie mit eiligen Schritten davon.

Der Thronsaal lag in düsterem Schweigen. Hagen labte sich an seinem Triumph, während Gunther dem Zerfall der eigenen Seele lauschte. Irgendwann fand der König die Worte wieder. »Wie wird es geschehen?«

Hagen legte ihm die Hand auf die Schulter. »Kein Wort mehr darüber. Lenkt Euch ab, sucht freundliche Gedanken. Ihr werdet nicht weniger überrascht sein als der Rest des Hofes, wenn es geschieht. Und dann wird Frieden sein zwischen den Reichen – unter der Führung Burgunds.«

Frieden zwischen den Reichen – das war Gunthers Ziel gewesen, und wie die Karotte vor einem Esel hatte es gehangen. Erstmals spürte der König das dunkle Schicksal höhnisch lachen, und sein verzweifelter Geist fand keine Ruhe mehr in der Heuchelei, aus Blut könne steter Frieden wachsen. Er gab den Gedanken an Gerechtigkeit ebenso auf wie die Hoffnung, jemals wieder sein Gewissen rein zu finden.

Es war nicht mehr in seinen Händen.

Kriemhilds Herz hatte einen Sprung getan, als es an der Türe klopfte. Zwar hatte sie Siegfried des Raums verwiesen, doch war ihre Sehnsucht nach ihm so stark, dass er sie mit Leichtigkeit hätte gewinnen können.

Es war Hagen, der mit geheuchelt unterwürfiger Miene eintrat. »Meine Prinzessin.«

Sie nickte ihm höflich, aber distanziert zu. In ihrem Leben hatte sie vielleicht zehn Sätze mit ihm gewechselt. Er war der Ratgeber des Königs, und sie war nie dafür vorgesehen gewesen, diese Position einzunehmen. »Was führt Euch her?«

Hagen legte die Hände in Leder zusammen, als wolle er beten, hielt die Finger jedoch gespreizt. »Es ist niemandem entgangen, dass es zwischen Euch und Siegfried zu ... nun, einem Missverständnis gekommen ist, das Euren Umgang miteinander trübt.«

Kriemhild atmete scharf ein. »Es steht Euch nicht zu, so etwas anzusprechen. Seit wann ist der Ratgeber des Königs in Herzensangelegenheiten unterwegs?«

Hagen hob erschrocken die Hände. »Mitnichten! Verzeiht, wenn meine Worte zu forsch gewählt waren. Die Politik ist mein Gebiet, nichts sonst. Doch scheint mir der König ebenso unter der Verstimmung zu leiden, und da von Abreise die Rede ist, hoffte ich, durch ein ehrliches Wort die Versöhnung zu erleichtern. Zum Segen von Burgund.«

»Wenn es Euch beruhigt«, knurrte Kriemhild, »dann wisset, dass ich meinem Mann beistehen werde. Doch es geschieht nach meinem Willen und zu meiner Zeit.«

Hagen nickte ergeben. »Selbstverständlich. Ich mache mir sicher nur unnütz Sorgen – aber wenn es morgen gegen die Hunnen geht ...«

Die Prinzessin horchte auf. »Gegen die Hunnen? Wovon redet Ihr?«

»Ihr habt es nicht gehört?«, fragte Hagen. »Auf der anderen Rheinseite wurden Mundzuks Späher und Voraustrupps gesichtet. Gunther hat sich entschieden, ihnen gleich mit ganzer Stärke zu begegnen, wie es sich für das neue Burgund gehört. Und Siegfried bat darum, an seiner Seite zu reisen.«

»Sollen die Männer sich im Kampf die Zeit vertreiben«, sagte Kriemhild. »Vielleicht stärkt das wieder ihren Bund.«

»Das hoffe ich ebenso«, bemerkte Hagen. »Aber Siegfried scheint mir ... übereifrig. Schließlich wart Ihr es, die Etzel brüskierte, und Euer Gatte scheint für Eure Ehre reiten zu wollen. Nun ja, es wird wieder einmal ein Glück sein, dass sein Körper jeder Klinge trotzt. So können wir ihm zusehen, wie er allein ganze Heerscharen bezwingt.«

Er verbeugte sich knapp und drehte sich um, scheinbar in seinem Plan gescheitert, Kriemhild für sein Vorhaben zu gewinnen. Seine Hand lag schon auf der Tür, als ihre Stimme ihn zurückhielt. »Hagen!«

Er drehte sich um. »Prinzessin?«

Sie knetete sichtlich beunruhigt ihre Hände. »Lasst ihn kämpfen, wie es sein Herz verlangt. Aber versprecht mir, immer hinter ihm zu bleiben und das Geschenk seiner Unverwundbarkeit nicht zu überfordern.«

»Sollte das nötig sein?«

In Kriemhild brannte es lichterloh – die Abneigung, Hagen vertrauen zu müssen, verlor gegen die Angst um den Mann, den sie trotz aller Verfehlungen liebte. »Es ist die Stelle unter der linken Schulter, um die ich in Sorge bin. Er zeigte mir dort einst die Wunden, die kaum heilen wollten.«

Hagen nickte ernst und ehrerbietig. »Bei meinem Leben verspreche ich Euch, dass keine Hunnenklinge in die Nähe dieser Stelle kommt.«

Kriemhild senkte den Kopf, immer noch zerrissen. »Dafür gebührt Euch mein Dank, Hagen.«

Die Trompete tönte, kaum dass die Sonnenscheibe aufgegangen war. Sterne funkelten am blassen Himmel, und auf den Gräsern lag Tau. Die Vögel begrüßten zwitschernd den neuen Tag.

Für sechs Männer waren die Pferde bereitet, als Gunther,

Hagen und Siegfried den Hof betraten. Lederne Taschen und Bänder trugen Schwerter, Lanzen und Messer, die auf der Jagd das Blut von Wildschweinen und Böcken kosten sollten.

Drei Soldaten standen bereit, die Beute zu sichten, zu sammeln und auszunehmen, damit sie am Abend bei einem großen Festmahl für Siegfried und Kriemhild aufgetischt werden konnte.

»Es freut mich, dass du uns begleitest«, sagte Gunther, als er aufsaß. »In den vergangenen Wochen gab es wenig Gelegenheit, sich an der Jagd zu erfreuen.«

Siegfried nickte ihm grinsend zu. »Mir geht es wenig anders. In meinen Tagen in Odins Wald habe ich viel und mit großem Vergnügen gejagt. Das Schwert zu heben, ohne gleich ein politisches Ziel zu verfolgen, wird eine wahre Erholung sein. Was meinst du – wer wird wohl das prächtigste Beutetier erlegen?«

Gunther lachte. »Ich bin König dieses Landes – wenn nicht mein Talent, so sollte doch dein Respekt dafür Sorge tragen, dass ich es bin.«

»Wir werden sehen.« Siegfried trat seinem Pferd in die Flanken und preschte davon.

Gunther sah Hagen an, der düster lächelte. »Mein König, die größte Beute werdet Ihr machen, das versichere ich Euch.«

Brunhilde hatte die Trompete ebenso gehört wie die Hufe der Pferde, als die kleine Jagdgesellschaft die Burg verlassen hatte. Ohne dass man es ihr erzählt hatte, wusste sie, dass der Tag der Rache gekommen war. Der Tag, an dem Siegfried sowohl für ihre Liebe als auch für ihren Hass bezahlen würde.

Sie ließ einen der Diener kommen, den sie aus Island

mitgebracht hatte. Der schreibkundige Bote brachte eine ausführliche Nachricht an Eolind zu Papier, die noch an diesem Tag mit schnellstem Pferd auf den Weg in Richtung Norden geschickt werden sollte. Dann sortierte sie ihre Kleider, polierte ihre Waffen und kämmte noch einmal ausgiebig das schwarze Haar. Die Krone Burgunds ließ sie achtlos liegen.

Schließlich nahm sie einen Stuhl, trug ihn auf den Balkon und setzte sich nieder. Sie hatte freien Blick auf den Wald, und ein kühler Wind wehte.

Brunhilde von Island schloss die Augen und wartete.

Gernot fand seine Schwester bei den Soldaten, die ihren umfangreichen Besitz auf Karren luden, um ihn später am Tage auf das Schiff zu bringen, das für die Abreise nach Xanten bereitstand. Sie war mit wachem Geist bei der Sache, aber ihre Augen verrieten die Schwäche ihres Herzens. Umso mehr erhellte es ihr Gemüt, als sie ihren Bruder sah. »Gernot! Ich habe dich so selten in diesen Tagen gesehen.«

Er umarmte sie, wollte ihr die Sorgen nehmen und konnte doch die eigenen kaum verbergen. »Kriemhild. Kann ich mit dir unter vier Augen sprechen?«

»Natürlich«, sagte sie. »Lass uns bei einem Spaziergang den Tag genießen.«

Sie gingen aus dem Burgportal und dann über die grünen Wiesen, die vor den Mauern von Worms lagen. Eine Weile lang genossen sie nur die Gegenwart des anderen, die unbelastet von höfischem Gezänk war. Schließlich ergriff Kriemhild das Wort. »Ich hoffe, du kommst nicht, um mich zu überreden, Siegfried zu verzeihen. Was geschehen ist, geht nur ihn und mich etwas an.«

Gernot schüttelte den Kopf. »Und so soll es sein. Doch du

weißt ebenso gut wie ich, dass böses Gerede schlimme Taten nach sich ziehen kann. Nicht alles, was Siegfried getan hat, macht ihn bei Hof beliebt. Er braucht deine Unterstützung, deinen Halt.«

Kriemhild nahm Gernots Hand, als sie weiterschlenderten. »Siegfried geht seinen eigenen Weg. Und wer sollte sich ihm jetzt noch entgegenstellen?«

»Du weißt von Hagens Neid ...«, begann Gernot vorsichtig.

Kriemhild unterbrach ihn lächelnd. »Selbst Hagen von Tronje müht sich redlich, zwischen uns zu vermitteln. Erst gestern kam er ...«

Nun war es Gernot, der das Ende des Satzes nicht erwarten konnte. Er drückte fest die Hand seiner Schwester und drehte sie zu sich. »Hagen will vermitteln? Meine geliebte Schwester, Hagen spricht bereits von *Mord*!«

Sie ließ ihn empört los. »Gernot, was redest du da? Wer könnte so töricht sein, dem Helden des Volkes von Burgund Übles zu wollen?«

»Dem Helden, dessen Ruf und Wertschätzung der König neidet«, bekräftigte Gernot. »Kriemhild, ich spreche nicht von törichtem Geplapper am Waschzuber – ich war *dabei*, als Hagen von Tronje unseren Bruder bat, den Befehl für Siegfrieds Ermordung auszusprechen!«

Die Prinzessin wurde bleich, als alle Worte, die Hagen ihr am vorigen Tag gesagt hatte, noch einmal in ihren Ohren tönten. Sie hörte erst jetzt die Falschheit, die Niedertracht darin. »Und was ... was sagte Gunther?«

»Er hat das Ansinnen empört zurückgewiesen«, beruhigte Gernot sie. »Doch es beweist, wie brüchig die Bande noch sind. Ich bitte dich, Kriemhild, vertrage dich mit Siegfried, und sucht gemeinsam den dauerhaften Frieden mit Burgund.«

Wie schon so oft strichen ihre Finger zärtlich über seine Wangen. »Ich bin so froh, dein reines Herz in schwerer Zeit auf meiner Seite zu haben. Wenn er von der Schlacht gegen die Hunnen zurückkehrt, wird Siegfried sicherlich auch deine Freundschaft suchen.«

»Welche Schlacht?«, fragte Gernot misstrauisch.

»Gegen Mundzuks Mannen, am anderen Rheinufer«, erklärte Kriemhild. »Heute Morgen ritten die Männer los. Wie Hagen mir berichtet ...«

»Ein Jagdausflug«, warf Gernot hastig ein. »Die Männer sind doch nur zur Jagd geritten. Ich selbst habe die Speere und Messer für die Beutetiere gesehen. Ihr Weg führte in den Wald, nicht zum Fluss.«

In den Geschwistern stieg gleichzeitig die böse Ahnung auf, und rasch fügte Kriemhild ihr Wissen und das soeben Erfahrene zusammen, und im Verbund mit dem Verratenen bildete sich ein tödliches Gespann. Sie sprach den Namen ihres Mannes leise, verzweifelt: »Siegfried.«

Dann schrie sie ihn: »*Siegfried!*«

Immer wieder »*Siegfried!*«, auf dem Weg zurück in die Burg. »*Siegfried!*«, beim Sprung aufs Pferd und ebenso beim Ritt zum Wald: »*Siegfried!*«

Ihre Stimme trieb die Vögel von den Nestern, riss Blätter von den Bäumen, jagte Füchse in den Bau.

»*Siegfried!*«

Zweige peitschten ihr die Tränen aus dem Gesicht, und nichts hörte sie mehr als sich selbst, seinen Namen immer wieder rufend: »*Siegfried!*«

Sie hatte nun Verrat erkannt, und drohende Gefahr. Es ging nicht mehr um Reich und um Politik, sondern um Liebe und das nackte Leben.

»*Siegfried!*«

Zwischen dem lauten Getrappel der Hufe und dem heiseren Schrei hörte nur der Wald das vielstimmige Kichern der Nibelungen.

»Siegfried!«

Hagen fand Siegfried dort, wo er ihn erwartet hatte – an der kleinen Quelle, die gleich mehrere Bäche speiste. Der Held von Burgund und König von Xanten und Dänemark wusch sich die Hände und den Hals. Dann steckte er den Kopf in das klare Wasser.

Natürlich hatte er binnen kürzester Zeit einen prächtigen Eber erlegt, und natürlich hatte er Gunther vermessen aufgefordert, diese Leistung zu überbieten. Er war blind gewesen für die leise Wut hinter Gunthers Lächeln. Nun lehnte er am Wasser und rieb sich Schmutz und Blut aus seinem Haar.

Leise hob Hagen den Speer, den er schon vor Wochen hatte schleifen lassen. Kaum jemand bei Hofe war ihm ebenbürtig, wenn es um den Gebrauch dieser besonderen Waffe ging.

Er hatte nur eine Chance, daran gab es nicht den geringsten Zweifel. Und wenn es ihm nicht gelang, den Xantener zu töten, würde sein eigenes Leben hier im Wald enden. Aber es gab keine Verzagtheit, keine Furcht in Hagens Herz. In dieser Aufgabe fand er sein Schicksal.

Der Wind erstarb ebenso wie der Gesang der Vögel, als Hagen mit seinem Auge Siegfrieds linkes Schulterblatt suchte, wie es sich unter seinem Hemd bewegte. Dann war die Zeit des Zauderns vorüber, und alte Muskeln warfen junges Eisen mit unbändiger Kraft: »Für Burgund.«

»Hagen!«, ertönte Gunthers Stimme weit entfernt, als der Speer schon surrend sein Ziel suchte.

Siegfried von Xanten straffte seinen Rücken, richtete sich auf – und sah die Spitze der Waffe durch seinen Brustkorb schlagen, noch bevor er den Schmerz an seiner Schulter spürte, wo sie eingedrungen war. Von kaltem Eisen tropfte warmes Blut ins Wasser, und wie Siegfrieds Leben löste es sich auf, verschwamm wie Nebel, den man zu greifen suchte. Er sah sein eigenes überraschtes Antlitz in der Quelle und das Holz zitternd aus seinem Rücken ragen. Stumm stand er auf, die linke Hand auf einen Stein gelegt. Er tastete nach Nothung, doch als seine Finger das Heft fanden, war die Klinge bereits gebrochen. Das Schwert hatte sich dem Schicksal schon gebeugt.

Endlich drehte sich Siegfried um, den Blick anklagend auf seinen Mörder gerichtet. Er machte einen Schritt, dann zwei, den versagenden Körper zum Versuch der letzten Rache schleppend.

Hagen stand nur da, fast neugierig, und sah zu, wie der König von Xanten röchelnd nach ihm griff.

Gunther brach verzweifelt durch das Unterholz, hielt inne und sah Siegfried tot ins Laub des Waldes fallen, den Speer aus dem Rücken ragend. Kaum eine Handbreit von Hagens Stiefel zuckte sein Arm ein letztes Mal.

Mit Siegfried von Xanten starb ein Held, der auf dem Schlachtfeld unbesiegbar war und dessen Klinge Göttern trotzte. Er starb, wie ein solcher Held nur zu besiegen war – durch Verrat und Feigheit. Und doch war es unwichtig, wie das Ende nun geschlichen kam, denn der Tod nahm ihn gleichgültig auf.

Gunther, den der letzte Rest Gewissen durch den Wald getrieben hatte, um die ehrlose Tat noch abzuwenden, sah den Mörder entsetzt an. »Hagen, was ... was ist geschehen?«

»Was geschehen musste«, antwortete der Ratgeber. »Nun wird auch Xanten und Dänemark von Burgund regiert, und das Volk weiß nur einen Helden zu preisen – seinen König. Wie es sein soll.«

Keinen Frieden fand Gunther in den Worten, und der Anblick seines toten Gefährten schnürte ihm die Kehle zu. Er drehte den Kopf zur Seite, nach Atem ringend.

Die Vögel hatten ihr Lied nicht wieder aufgenommen, aber eine zarte Stimme schallte durch die Bäume: »*Siegfried!*«

Als leise das Geräusch von Pferdehufen näher kam, wurde aus Gunthers Entsetzen Panik. »Es ist Kriemhild!«

Hagen handelte mit der Ruhe eines Mannes, dessen schwierigste Aufgabe bereits erledigt war. »Geht zurück zu unseren Pferden und den anderen Männern! Haltet Eure Schwester auf, bis ich die Leiche in den Wald gezerrt habe, wo wir versichern werden, dass ein unglücklich verirrter Speer Siegfried traf.«

Die Stimme der Prinzessin, im Ton hörbar verzweifelt, kam schnell näher, und Gunther rührte sich nicht vom Fleck.

»Mein König!«, zischte Hagen abermals. »Wenn Kriemhild uns hier findet, ist unser ganzer Plan zunichte! Fort vom Ort der Tat, von der Ihr nicht wissen dürft!«

Gunther drehte sich endlich um, und Hagen griff mit kräftiger Hand nach dem Speer, um ihn aus Siegfrieds Rücken zu zerren. Doch in der Ankunft seiner Schwester fand der König einen Weg, die eigene Schuld weit eleganter zu verwischen als mit Hagens Lüge vom Jagdunfall. Leise zog Gunther seinen Dolch, und bevor sein Ratgeber reagieren konnte, machte er drei Schritte zur Quelle und drückte Hagen die Klinge in die Brust.

Der alte Krieger schien nicht überrascht, und sein Blick verharrte auf seinem König, während das Lebenslicht in seinen Augen verlosch. »Für ... Burgund ...«

Es war keine Anklage, im Gegenteil – Hagen sprach Gunther frei, erteilte ihm Vergebung für eine Tat, die trotz aller Schande die richtige und gerechte Lösung war.

Gunther hielt den Leib seines Ratgebers aufrecht, bis Kriemhild auf ihrem Pferd die Quelle erreichte. Der Name, den sie seit fast einer Stunde ohne Unterlass schrie, er kam nicht mehr über ihre Lippen, als sie Siegfrieds Leichnam sah. Sie sprang vom Pferd, stürzte auf ihn zu und zerrte seinen Körper auf den Rücken, so weit der Speer es zuließ.

Erst jetzt ließ Gunther Hagen los, und der schlaffe Leib sackte zu Boden, das Hemd des Königs mit Blut verschmierend. »Kriemhild ... es war ... Hagen ... er hat ...«

Doch Bruder und Schwester sahen einander nicht an. Ihre Augen geschlossen, wiegte sie leise schluchzend ihren toten Mann im Arm. Und der König sah das Blut an sich, als wäre es ein anklagendes Zeichen seiner Schuld.

Irgendwann sackte Gunther auf die Knie, und die ersten Vögel setzten ihren Gesang fort. Ein leichter Wind wehte Blätter über die kleine Lichtung. Das Leben ging weiter und ließ seine Toten zurück.

Soldaten und spielende Kinder hatten die kleine traurige Gruppe aus dem Wald kommen sehen, und als Gunther und Kriemhild durch das Burgtor ritten, hatte sich die Kunde schon verbreitet, dass sie Pferde zogen, die Leichen trugen. Bruder wie Schwester ritten aufrecht, die Blicke gefasst, dem Hofstaat nicht die Raserei im Schmerz gönnend. Doch in ihrer Haltung wirkten sie nicht weniger leblos als die Körper, denen immer noch der Lebenssaft aus den Wunden tropfte, eine traurige Spur ziehend. Den Speer hatte Gunther noch im Wald aus Siegfrieds Leib entfernt.

Gernot hatte Elsa geholt, als klar war, dass Hagen in die Geschehnisse verwickelt war. Er wollte sie halten, ihr Trost spenden, als der Anblick ihres toten Vaters sie zur Waise machte, aber das Mädchen zeigte wenig Trauer. Sie ging zu dem Pferd, über dem Hagen hing, und berührte das faltige

Gesicht, als müsse sie prüfen, ob er wirklich tot war. Dann wandte sie sich zu Gernot. »Die Götter haben wohl genug von seinen Spielen gehabt.«

Dann ging sie davon, scheinbar unberührt, und der Prinz folgte ihr.

Gunther stieg von seinem Pferd und bedeutete den Soldaten, Hagens Leichnam wegzuschaffen. Er wandte sich an seine Schwester, die immer noch auf der prächtig bestickten Decke auf dem Rücken ihres Pferdes saß. »Kriemhild, es ist Zeit. Nimm meine Hand.«

Sie fiel zur Seite, als wäre das Leben auch aus ihrem Leib gewichen, schlaff und bleich. Die Ohnmacht hatte sie aus ihrem Schmerz befreit. Gunther fing sie mühsam und reichte sie an zwei Soldaten weiter. »Bringt meine Schwester auf ihr Zimmer, und sorgt dafür, dass Diener bei ihr bleiben.«

Dann nahm er den Leichnam Siegfrieds wie einst den Leichnam seines Vaters und trug ihn starren Blickes zum Thronsaal, in dem Brunhilde auf ihn wartete. Sie waren allein – der König, seine Königin und der Tod.

»Ich hörte Kriemhild schreien und die Vögel des Waldes verstummen. Da wusste ich – es ist geschehen.«

Es knisterten nur wenige Fackeln, und dumpf tönte es, als Gunther Siegfrieds Körper zu Boden fallen ließ. »Die Tat ist vollbracht, und doppeltes Blut klebt an meinen Händen. Ist deine Gier nach Rache nun gestillt, Brunhilde?«

Die Königin trat heran, in stiller Neugier, und ihr Blick verriet Zärtlichkeit, als Siegfrieds tote Augen sie anklagten. »Kann es einen Zweifel geben, dass nun ein großer Krieger an der Seite der Walküren nach Walhall reitet? Der größte vielleicht?«

»Es war nicht seine Zeit«, knurrte Gunther und streifte sich das blutverschmierte Hemd ab. »Er hätte hier viele große Taten vollbringen können, bevor dem Ruf seiner Götter zu folgen war. Und darum frage ich dich noch mal: Ist deine Gier nun gestillt? Oder fühlst du auch die Leere, die mir die Brust zusammenkrampft, das Herz zum steinernen Knoten presst?«

Brunhilde hob den Blick, als erwache sie aus einem langen Schlaf. »Rache? Gunther, nur ein kleiner Geist wie deiner konnte glauben, dass es hier um Rache ging. Ich neidete Siegfried das Leben nicht – ich neidete es deiner Schwester. In dieser Welt war nicht vergönnt, was hätte sein sollen. Es lag an mir, die nächste schnell herbeizuführen.«

»Welche nächste Welt?«, fragte Gunther überrascht.

»Die Welt, in der Siegfried und ich vereint sind, Seite an Seite reitend«, antwortete Brunhilde mit einer Sanftheit in der Stimme, die Gunther nie zuvor gehört hatte. »Und so, wie du ihn dorthin gebracht hast, wirst du auch mir den letzten Dienst erweisen. Kämpfe.«

Das Schwert sprang förmlich in ihre Hand, und mit einem kehligen Schrei stürzte sie auf Gunther zu, der kaum der Klinge auszuweichen mochte. Das Eisen schlug Funken auf dem Stein des Bodens. In blanker Todesangst sprang Gunther zur Seite, und in ebensolcher Panik griff er nach dem Dolch. Brunhilde kam über ihn wie ein Sturm, die Waffe hoch erhoben – doch als sie zögerte, stieß der König seine Klinge vor, und die Königin warf sich freudig darauf. Ihr Gewicht riss beide zu Boden, und der Körper der Isländerin lag schwer auf dem Herrscher Burgunds.

Ihre Gesichter keinen Fingerbreit getrennt, nur den scharfen Dolch zwischen den Leibern, stöhnte Brunhilde erleichtert auf und schenkte Gunther das erste ehrliche Lächeln. »Siegfried und ich ... wir danken dir ...«

Entsetzt wand sich der König, als die sterbende Gattin ihm die Lippen zum ersten und letzten Kuss bot. Er schob sie von sich, und als ihr schlanker Körper auf den Rücken rollte, ritt ihre Seele bereits in Richtung Asgard, freudetrunken Siegfrieds Namen rufend.

Gunther stand nicht auf, seine Beine ließen es nicht zu. Er kauerte auf dem Steinboden, den blutigen Dolch noch in der Hand. Wieder befleckte Blut seine Kleider, und wieder fühlte er die Leere. Hatte er die Menschen um sich in den Tod getrieben oder nur an den Tod verloren? War er eine Figur im Spiel grausamer Götter, die mit jedem Sieg zu leiden hatte? Gab es überhaupt noch einen Sieg?

Er weinte, während ein irres Kichern sich seiner Kehle entrang. Es war das einzige Geräusch im Thronsaal, als die Soldaten ihn fanden.

13

Elsa
und der Schatten der Väter

Es war keine christliche Beerdigung. Brunhilde hatte klare Anweisungen hinterlassen, dass sie im alten Glauben ihren Körper an die Erde zurückgeben wollte. Und Kriemhild, als der Schmerz ihr endlich wieder erlaubt hatte, zwischen den Schluchzern zu sprechen, respektierte die Erziehung Siegfrieds, die ebenfalls von Flammen mehr hielt als von feuchtem Boden. Und so errichteten Soldaten zwei Feuerstätten, groß wie Häuser, erstmals, seit die Herrscher von Burgund sich zu Christus bekannt hatten. Schicht um Schicht wurden die Holzbalken verkantet, bis ihr Geflecht in doppelter Manneshöhe abgeschlossen war. Darauf lagen unter prächtig bestickten Decken Brunhilde und Siegfried vereint im Tod, auch wenn ihre Flammengräber mit zehn Schritten Abstand auf den Rhein blickten.

Die Glocken der Kirche von Worms blieben still, und wie es Gunther verfügt hatte, blieben die Bürger innerhalb der Stadtmauern. Es war kein stolzer, froher Abschied, und der König empfand ihn als kaum mehr als eine bittere Notwendigkeit, die ihn nach zwei Tagen des Rausches aus den Armen des Rotweins getrieben hatte. Er stand, mühsam von

Dienern rausgeputzt, neben Kriemhild, als die Sonne unterging. Sie hielten einander an den Händen, und Gunther stützte sich in der Berührung. Ein einziger Kreis aus Soldaten war um die Feuerstätten aufgestellt.

Als sich der letzte Strahl der Sonnenscheibe hinter den Hügeln verkroch, verkündeten die christlichen Burgunder in alter Tradition den Göttern, dass stolze Krieger nun in Walhall Einzug halten würden. Sie entzündeten zwei Fackeln und ließen ihr Feuer an den hölzernen Gräbern fressen, die rasch, von Wind und Trockenheit getrieben, lodernd ihre Leichen priesen. Die Hitze dampfte Kriemhild die Tränen von den Wangen und Gunther den Alkohol aus dem Blut. Sie standen einsam, verzweifelt und in Schuld vereint.

Der König kniff die Augen zusammen, als er in den Flammen Gesichter tanzen zu sehen meinte. Es mussten Irrlichter sein, willkürliche Bilder, von Feuerzungen lästerlich erweckt. Aber – schrie Siegfrieds Gesicht ihn nicht im Verrat an, und lachte seine Brunhilde nicht über den Sieg, der in ihrem Tod lag? Und wer waren die kleinen Gestalten, die in Gelb und Grün zu hüpfen schienen, als gelte es ein Fest zu feiern?

»Gunther?«

Er spürte, wie die Hand seiner Schwester ihn drückte, und es fiel ihm auf, dass sein geschundener Leib wankte. Er mühte sich, Haltung zu bewahren, wie es erwartet wurde. »Ist es Brauch der alten Götter, zum Tode ein Gebet zu sprechen?«

Kriemhild schüttelte den Kopf. »Wozu noch? Was uns lieb und teuer war, ist uns genommen worden. Und auch deine Rache am Meuchelmörder Hagen lindert nicht meinen Schmerz. Alles schien an Siegfrieds Seite möglich – nun fällt mir selbst das Aufstehen schwer.«

Der König sah seine Schwester an. »Du kannst in Burgund bleiben, bis deine Seele Ruhe findet. Ich bin sicher, dass die besten Verwalter des Hofes Xanten in deinem Sinne führen werden.«

Sie nickte, erschöpft und dankbar.

Gunther blickte wieder auf die Flammen, die sein Gesicht erhitzten. Nur aus dem Augenwinkel sah er seinen Ratgeber, der sich neben ihn stellte und zufrieden lächelte. »Mein König.«

Der Herrscher von Burgund drehte den Kopf nur so weit, dass es nicht auffiel. Hagen von Tronje sah gesund aus und kräftig wie schon lange nicht mehr. Sein Spitzbart war sauber geschnitten, und im rosigen Gesicht funkelten zwei wachsame Augen. Gunther zischte seine Worte nur, um sie vor Kriemhild unter dem knisternden Knacken der Holzscheite zu verstecken. »Was wollt Ihr hier? Ist es ein böser Scherz? Ein Trugbild, zu verdanken schlechtem Wein?«

Hagen schüttelte erstaunt den Kopf. »Es ist die Pflicht derer von Tronje, dem Königshause Burgunds in schwerer Stunde beizustehen. Hattet Ihr ehrlich geglaubt, mein Tod würde mich von der edlen Aufgabe entbinden?«

So prächtig die Flammen von Siegfrieds und Brunhildes Scheiterhaufen waren, so armselig entledigte man sich Hagens Leiche in ihrem Schein, kaum hundert Schritte entfernt am Rhein. Der in Leinen gewickelte Körper wurde von Soldaten in ein kleines Boot geworfen und mit groben Steinen beschwert. Ein Soldat hackte mit der Axt ein Loch in das Holz, und sofort kämpfte sich Wasser hinein.

Elsa stand dabei, seltsam teilnahmslos. Auch ihre Hand war weder leer noch kalt, denn Gernot hielt sie, lieber bei ihr als beim Abschied seiner Schwägerin trauernd.

Der Soldat warf die Axt beiseite und drehte sich zu ihm um. »Hoheit, wollt Ihr den schändlichen Mörder den ewig dunklen Fluten übergeben?«

Sein Blick fiel dabei hasserfüllt auf Elsa, deren Stand als Waise kein Schutz vor solcher Bosheit war.

Gernot trat an das Ufer des Flusses und stieß mit dem Stiefel gegen das Boot, das knirschend ablegte. Dabei hatte es sich schon zum Drittel mit Wasser gefüllt und würde in Bälde sinken, wie es gedacht war.

Der Prinz nickte den Soldaten zu, die nach Erfüllung ihrer Pflicht nun zur Burg zurückkehren wollten. Bald stand er allein mit Elsa da, die Füße von dünnen Wellen angeleckt. Das Mädchen weinte nun doch eine Träne, und Gernots zarte Hand strich sie ihr fort. »Dein edles Herz trauert selbst um einen Mann wie ihn.«

Sie schüttelte den Kopf. »Nicht seinen Tod betraure ich, nur die Verachtung des Hofes. Auch wenn bewiesen ist, dass Hagen von Tronjes Seele niemals das Licht sah, so tat er doch alles nur für Burgund. Das ganze Leben lang galt sein Eifer nur diesem Land, das ihn nun wegwirft wie den Kadaver eines tollwütigen Hundes. Warum ist es nur seine letzte Tat, die zählt?«

Gernot konnte die Frage nicht beantworten, und er versuchte es auch gar nicht. Stattdessen legte er Elsa den Arm um die Schulter, um sie vor dem kühler werdenden Nachtwind zu schützen.

Als sich das Wasser über dem gesunkenen Boot beruhigt hatte und die Flammen auf dem Hügel in gierige Glut übergingen, stellte Elsa ihrem Prinzen jene Frage, die seit Hagens Tod drängend im Raum stand. »Was wird nun werden? Wohin kann ich gehen, da ich am Hof kein Bleiberecht mehr besitze?«

Gernot sah sie an, mehr überrascht als verärgert. »Du

wirst nirgendwo hingehen, Elsa, wenn nirgendwo nicht an meiner Seite liegt. Dein Platz ist jetzt mehr als zuvor bei Hofe.«

Sie lächelte dankbar, schüttelte aber den Kopf. »Als Tochter des Mörders? Man wird mir ins Essen spucken und des Nachts Ameisen in mein Zimmer schütten. Jede Schuld, die meinem Vater nicht mehr gegeben werden kann, werde ich begleichen müssen.«

Gernot nahm sie in den Arm und drückte sie an sich. »Nichts von alledem wird geschehen. Denn wenn die Sonnenscheibe morgen über den Horizont klettert, findet sie nicht mehr Elsa, Hagens Tochter, sondern Elsa, Gernots Gefährtin. Und niemand wird die Braut des Prinzen schändlich zu behandeln wagen.«

Sie hob den Kopf, und mit einem langen Kuss dankte sie ihm die Liebe auch in schwerster Zeit.

Die Nacht, die Siegfried und Brunhilde hatte brennen sehen, löste sich im ersten Licht des Tages auf, als Kriemhild noch einmal zur Feuerstätte zurückkehrte. Die Balken, die die Körper getragen hatten, waren schwarz verkohlt und meistenteils zu Asche zerfallen. Auch der Körper der Königin war verbrannt, nur wenige Knochenstücke ruhten in schwarzen Resten. Doch die Prinzessin fand den Leichnam ihres Gemahls erschreckend unversehrt, als habe ihn die Unverwundbarkeit noch über den Tod hinaus schützen wollen. Als grotesk verzerrte, spröde Figur lag er da, auf die Hälfte seiner einst stolzen Gestalt geschrumpft, kein Haar mehr auf dem rissigen Körper, und die Zähne zwischen zurückgezogenen Lippen bleckend. Doch der Anblick ängstigte Kriemhild nicht, und sachte küsste sie den brüchigen Schädel ein letztes Mal. »Ich begann zu fühlen, als du an unseren Hof kamst. Und nun endet es mit diesem

Tag. Doch wie zuvor wird mein Leib weiter sich bewegen, und meine Lippen werden weitersprechen. Bis das gerechte Schicksal mich erlöst. Es wird Leben in mir sein, doch keine Liebe mehr.«

In der Asche sah sie etwas funkeln. Es war der Ring, immer noch an der Hand des toten Gatten, unberührt von Feuer und Glut. Er strahlte, als wolle er um ein gnädigeres Los bitten als Siegfried. Vorsichtig nahm Kriemhild das Schmuckstück vom brechenden Finger und steckte ihn sich selber an. »Ein letztes Geschenk, so lange zu tragen, bis wir uns wiedersehen.«

Sie stand wieder auf und kehrte mit Asche auf dem Kleid zur Burg zurück.

Und das Lachen der Nibelungen folgte ihr leise.

Die Wochen gingen schnell ins Land, als wollte die Zeit rasch vergehen, um Herzen und Seelen zu heilen, die im Schmerz fast zerbrochen waren. Doch die Wunden, aus denen Burgund blutete, konnten nicht mit Narbenfleisch geschlossen werden. Während das Reich gedieh und vom Golde Siegfrieds reichlich profitierte, lag ein melancholischer Schleier über der Burg, der fast wie zu Zeiten Fafnirs nur düstere Gedanken zuließ.

Es fiel Gunther schwer, seine Tagesgeschäfte zu erledigen. Der Hagen, der nie weiter als Armeslänge an seiner Seite stand, flüsterte zwar unablässig auf ihn ein, doch seine Pflicht bei Hofe erledigte er nicht mehr. Manchmal brachte er den König so sehr auf, dass Gunther Rotwein trank, bis die Besinnungslosigkeit den Spuk verbannte. Hinter vorgehaltener Hand sprach man von geistiger Wirrnis, wenn Gunther mit den Schatten sprach und abwesend nickte, als würden diese ihm antworten.

Kriemhilds Geist war unversehrt, doch ihr Herz war taub

und stumpf geworden. Nichts trieb sie mehr an, und nichts erregte mehr ihr Interesse. Weniger aus Furcht vor Pflicht und Einsamkeit war sie nicht nach Xanten gezogen, sondern aus einer völligen Gleichgültigkeit. Sie war in diesem Zustand, als Gernot sie auf ihrem Balkon aufsuchte. Seine feine Seele litt nicht weniger unter dem Zerfall der eigenen Familie, auch wenn die Liebe zu Elsa den Schmerz linderte. »Meine Schwester, auch wenn deine Pflichten dir kaum dringlich erscheinen mögen – Xanten und Dänemark brauchen Herrschaft!«

Sie sah ihn an, als wäre es ihr sogar unmöglich, sich aus dem Stuhl zu erheben. »Ich habe nichts mehr zu herrschen, Gernot. Wenn die Reiche fallen sollen, lass sie fallen.«

Es erboste den jungen Prinzen, dass seine Schwester so kampflos sich der Trübsal ergab. »Wenn Siegfried ein letztes Wort an dich hätte richten können – wäre es nicht die Bitte gewesen, das Reich seiner Väter in seinem Namen zu führen?«

Kriemhild blickte weiter teilnahmslos in den Hof. »Und wenn schon? Siegfried ist tot.«

»Und sein Wille ist dir nicht Pflicht?«

Endlich drehte sie den Kopf zu ihrem Bruder. »War nicht alles Pflicht, was dieses Unheil uns beschert hat? Der Glaube, Dinge tun zu müssen, weil sie uns von oben herab bestimmt sind? Den König Siegfried habe ich verloren, weil mir die Pflicht den Schmied Siegfried verweigerte!«

Gernot kniete neben der Prinzessin nieder und nahm ihre Hand. »Das Wenige, was übrig ist, soll nicht auch noch untergehen. Lass uns gemeinsam nach Xanten reisen. Wir werden das Reich stärken – und wenn du es willst, dann reise ich mit Elsa weiter nach Dänemark, wie ich es dir versprach. Wenn wir kein Ende unserer Trauer finden – wie dann einen neuen Anfang?«

Zum ersten Mal seit Tagen glimmte ein Gefühl in Kriemhilds Augen – es war böser Spott. »Ist es das, was dir das schwarze Mädchen zuflüstert? Dass du meinen Verlust nutzen sollst, um dir Dänemark zu sichern? Fürwahr, sie ist Hagens Kind!«

Etwas zerbrach in Gernot, ein kindliches Vertrauen, das er seiner Schwester immer fraglos geschenkt hatte. Selbst im größten Schmerz hätte er diese Worte von ihr nicht erwartet, und jeden, der sie zitierte, hätte er einen Lügner gescholten.

Entsetzt rutschte er zurück, bis er an die Balustrade des kleinen Balkons stieß. »Nein! Wie kannst du nur so etwas denken? Elsa ist nicht weniger in Blutschuld als du und ich!«

Kriemhild dachte nicht daran, ihre Worte zurückzunehmen. Ganz im Gegenteil. »Bist du so naiv, oder hat sie dir dein Blut schon so vergiftet? Du auf dem Thron von Dänemark – mit einer Tronjerin an deiner Seite? Wie kann das sein, wenn nicht als Ergebnis schwarzer Pläne, schwarzer Mächte?«

Gernot schluckte. »Ich will deine Worte dem Schmerz zuschreiben, der dich immer noch in seinem Griff hat. Doch wisse, dass ich über meine Liebe ebenso wenig übel reden lasse, wie du es für Siegfried beanspruchst. Ich bitte dich daher, die lästerlichen Reden zu unterlassen, denn sie fordern mich zu einer Wahl, die du nicht gewinnen kannst.«

Kriemhild lächelte freudlos. »Wir alle müssen wählen, Gernot. Gunther mag Elsa dulden, auch wenn nur sein schneller Dolch verhinderte, dass Hagen weiteres Unrecht stiften konnte. Es ehrt ihn – aber wo ich herrsche, wird Blut dieser Linie niemals mehr willkommen sein.«

Tränen rannen aus Gernots Augen, denn obwohl Kriemhild noch vor ihm saß, sah er sie aus seinem Blick verschwinden wie ein Schiff auf dem Weg zum Horizont. Die Schwester, die er kannte, glitt lautlos davon, und sie machte einer dunklen Flamme Platz, die anzusehen ihn quälte. Und die Wut aus ihrer ungerechten Anschuldigung presste Worte auf seine Lippen, die zu sprechen er sich selbst verboten hatte. »Gunther? Du sprichst diesen Namen im Zusammenhang mit Ehre? Und der unbefleckten Seele meiner Liebe sprichst du diese ab? Dann hör mir nun gut zu: Mit eigenen Ohren hörte ich Hagens Schwur, nicht ohne Gunthers Wort die Klinge gegen Siegfried zu ziehen!«

Kriemhild sah ihn an, stumm und bleich. In ihre Welt, aus Hass und Trauer aufgebaut, schlugen Gernots Worte ein wie vom Katapult geschossen. Trümmer fielen, und Fundamente brachen. Sie wollte ihren Bruder einen Lügner schimpfen, doch zu leicht baute sein Vorwurf ein neues Bild – eines, das viel stimmiger in seinen Farben war. Und dieses Bild brach ihre Lethargie. »Aber wenn Gunther schon wusste, warum ...«

Gernot senkte den Blick, wohl wissend, dass er gerade den Rest seiner Familie dem Untergang geweiht hatte. »Ist es nicht offensichtlich? Du bist hier – und mit dir das Gold. Gunther hat keinen Konkurrenten mehr, weder auf dem Schlachtfeld noch in der Gunst des Volkes. Und jeder Zeuge schweigt auf ewig. Unser Bruder hat wahrlich einen hohen Preis bezahlt, um seine Macht zu halten. Sieh in seine Augen – es ist für jeden zu erkennen.«

Kriemhild stand auf, und einen Moment lang fürchtete der Prinz, seine Schwester wolle sich in die Tiefe stürzen. Doch sie stützte sich auf der Mauer ab und atmete tief durch. »So ist es nicht nur das Tronjer Blut, dem jede Schandtat zuzutrauen ist – auch die Burgunder spotten in der Tat dem Gebot ihres Gottes.«

Gernot ergriff vorsichtig ihren Arm. »Verstehst du nicht, Kriemhild? Es ist nicht das Blut, das böse Taten reizt, nicht die Geburt, die Unheil verspricht. Jeden Tag aufs Neue ist uns die Wahl gegeben, dem Übel abzuschwören. Und darum bitte ich dich: Finde dich mit dem Geschehenen ab, und lass uns im Morgen ein neues Schicksal suchen.«

Sie streichelte seine Wange, fast wie früher, doch es war nur noch Erinnerung, und ihre Hand war kalt. »Ich danke dir für deine offenen Worte. Deinen Rat will ich annehmen und meine Reise nach Xanten vorbereiten lassen. Burgund ist weder Heim noch Heimat mehr für mich. Doch verstehe auch, dass ich im Schmerz Elsa nicht vergeben kann.«

Der junge Prinz ließ die Schultern hängen. »Es tut mir Leid, Kriemhild. Es vergeht keine Nacht, in der ich mich nicht nach früheren, besseren Zeiten zurücksehne.«

Sie küsste ihn vorsichtig auf die Nasenspitze. »Es ist Zeit, der Zukunft stolz entgegenzutreten. Du wirst dein Glück finden, darauf vertraue ich.«

Er sah sie flehend an. »Und du?«

»Ich finde meine Bestimmung.«

Es gab nichts mehr zu sagen, und Gernot drehte sich um. Kaum außer Hörweite, machte Kriemhild aus der Antwort einen Schwur. »Und meine Rache.«

Dann erbrach sie sich, wie schon mehrfach in den vergangenen Tagen.

Die Sonne stach in Gunthers Augen, und der Schmerz vibrierte durch seinen Kopf, als er auf den Hof trat. In den letzten Tagen hatte er nur selten den Himmel über sich gehabt, denn seine Tage waren damit angefüllt, zwischen Trunk und Hagens Vision mühsam seinen Pflichten als König nachzukommen. Doch ein Ratgeber hatte ihn darauf hingewiesen, dass Kriemhild fleißig dabei war, ihre restliche Habe zum Hafen bringen zu lassen.

Er sah, wie sie mit ruhiger Hand und strengem Ton die Diener hin und her scheuchte, während ein Karren nach dem anderen durch das Burgtor rollte.

Als Gunther sich räusperte, um die Aufmerksamkeit seiner Schwester zu erregen, wurde ihm leicht übel. Kriemhild drehte sich zu ihm, den Blick gleichgültig. »Gunther.«

»Es scheint ... als ob du Burgund verlassen willst«, eröffnete der König das Gespräch mit dem Offensichtlichen.

Kriemhild nickte. »Hier bin ich nur Prinzessin – in Xanten bin ich Königin. Und Xanten braucht seine Königin.«

Hagen gefiel die Antwort nicht – zu stark, zu selbstbewusst war Siegfrieds Witwe. »Seht Euch vor, Majestät, ihr Stimmungswandel ist arg verwunderlich.«

»Es ... es freut mich, dass du deine Trauer überwunden hast«, sagte Gunther vorsichtig. »Doch es wundert mich, dass du nicht das Gespräch mit mir gesucht hast.«

Wie ein Kampfgefährte legte Kriemhild ihrem Bruder die Hand auf die Schulter. »Guter Gunther, dein Reich bereitet dir genügend Mühen. Ich würde niemals wagen, dir weiter eine Bürde zu sein.«

»Das Gold!«, zischte Hagen. »Was ist mit dem Gold?«

Nur ein nervöses Zucken seines Kopfes verriet, dass Gunther die unhörbare Einmischung als lästig empfand. »Du brauchst nicht übereilt deine Habe zu packen. Gerne schicke ich dir ein Schiff hinterher, mit meinen besten Soldaten zum Schutz. Sie können alles, was dir wert und teuer ist, nach Xanten schaffen.«

Kriemhild sah ihn weiter unergründlich an. »Ich nehme *alles* mit, was mein ist, Gunther. Danke.«

Sie wandte sich an einen Diener. »Verpackt meine Kleider

sorgfältig. Ich will sie nicht vom Rheinwasser ruiniert sehen!«

Abrupt stehen gelassen, spürte Gunther die Augen des halben Hofstaats auf sich, und Hagen zischte wütend: »Wir sollten uns zurück in den Thronsaal begeben. Bei einem guten Wein ist das weitere Vorgehen besser zu beraten.«

»Gut«, murmelte Gunther.

»Was?«, fragte Kriemhild.

»Nichts«, sagte der König und ging aus der Sonne.

Elsa und Gernot sahen von einem Balkon, wie Kriemhild ihren Bruder abkanzelte. Hagens Tochter hakte sich bei ihrem Geliebten unter. »Es wird nicht gut ausgehen.«

Der Prinz nickte. »Aber wenn Kriemhilds Abreise die einzige Konsequenz sein sollte, danke ich dafür dem Himmel.«

»Du hättest ihr nie sagen dürfen, dass Gunther von dem Mord an Siegfried wusste, ihn vielleicht sogar geplant hat.«

Gernot wandte den Blick nicht von seiner Schwester. »Ich weiß es, bei klarem Gedanken. Aber als sie auf deinen Namen spuckte, war die Wahrheit mir wichtiger als die Reste dieses verlogenen Familienfriedens.«

Elsa zog ihn so fest an sich, wie es ihre schmalen Arme zuließen. »Du bist für mich ein Held, nicht weniger stolz und strahlend als Siegfried, von dem noch immer alle sprechen.«

Er drückte sie sachte. »Aber dein Held hat keine Ahnung, was nun zu tun ist.«

»Wir könnten fortgehen, weit fort«, flüsterte Elsa. »Wozu brauchen wir Dänemark oder Island?«

Traurig zeigte Gernot auf den König, der mit müden

Schritten zurück in den Thronsaal ging. »Ich mache mir Sorgen um Gunther – und um Burgund. Manchmal scheint er nicht ganz Herr seiner Sinne. Um des Reiches willen möchte ich vorerst bleiben.«

Elsa nickte. »Vorerst« war ihr gut genug. Sie hatte eigene Augen, eigene Ohren. Was auch immer kommen würde – es würde kommen, bevor noch viele Jahre ins Land gingen. Gunther war ein König, dessen Fall mit seiner Krönung schon begonnen hatte.

Die Wachen waren unauffällig in Kenntnis gesetzt worden, und die Hufe der Pferde hatten Gunther und seine Männer mit schweren Tüchern umwickelt, damit sie auf dem Pflaster im Hof keinen Lärm verursachten, der die schlafenden Bewohner wecken konnte. Ohne mit Fackeln Aufmerksamkeit zu erregen, trugen zwölf Soldaten schwer am Gold der Nibelungen, welches sie in ledernen Taschen abtransportierten.

In der eigenen Burg ein Dieb zu sein war Gunther selbst im Nebel des heimischen Weins zuwider, aber Hagen versicherte ihm erneut: »Wir schaffen das Gold in den Wald – so weit, dass niemand freiwillig danach suchen wird. Wenn Kriemhild abgereist ist, können wir zu jeder Zeit wieder holen, was unser ist.«

Einen irren Moment lang fragte Gunther sich, ob Hagens Pferd ebenfalls nur eine Erscheinung war, und unterdrückte mühsam den Drang, mit der Hand danach zu greifen, als ein Soldat flüsternd meldete: »Majestät, das Gold ist aufgeladen. Wir stehen zum Abmarsch bereit.«

Gunther nickte, und er schickte sich an, mit seinen Männern das Geschmeide und die Münzen wieder dorthin zu bringen, wo Siegfried sie angeblich einst gefunden hatte.

Im Dunkel der Nacht machte sich die kleine Reisegruppe auf den Weg, um allem Leid der letzten Monate noch ein weiteres Unrecht hinzuzufügen. Der König jedoch fühlte sich gut dabei – Hagen hatte ihm versichert, dass er dem dauerhaften Frieden damit näher kommen würde.

Auch in Kriemhilds Gemach brannte keine Fackel. Sie schlief schlecht in letzter Zeit, und oft war sie ein Geist im eigenen Zimmer, der unstet herumwandelte, nur selten einen Schatten werfend. Vom Fenster aus sah sie, was vor sich ging, und es bedurfte keines außergewöhnlich klugen Verstands, um das Treiben der dunkel gekleideten Männer richtig einzuschätzen.

Es scherte sie wenig. Der Wandel ihres Bruders vom Mordkomplizen zum gemeinen Dieb war kaum noch der Erwähnung wert. Und das Gold? Hjalmar hatte über die Jahrzehnte seiner Herrschaft die Truhen Dänemarks reichlich gefüllt, das wusste sie. Hätte Gernot sie nicht vom feigen Verrat des Königs unterrichtet – sie hätte Gunther das Gold der Nibelungen vor der Abreise zum Geschenk gemacht. Wie schon so oft wehrte Gunther eine Gefahr ab, die nicht bestand.

Der Ring an ihrer linken Hand fing einen einzigen Strahl Mondlicht ein, und fast liebevoll sah Kriemhild das Memento ihres tapferen Gatten an. Sie hatte, was sie brauchte. Ihre rechte Hand strich über ihren Bauch, in langsam kreisenden Bewegungen.

In der Nacht fühlten sich die Nibelungen wohl. Die Nacht war ihr Freund, denn nur noch Schatten war der Wald, und ungesehen konnten sie ihr Reich durcheilen. Statt von Baum zu Baum zu springen oder durch das Erdreich zu treiben, tollten sie körperlos in kühler Luft, tanzten mit sich und miteinander, gewöhnlich ungestört.

Doch heute kam Besuch. Königlicher Besuch, wenn auch nicht mehr mit königlichem Verstand, wie eine der vielen Stimmen kichernd anmerkte. In neugieriger Hektik schwirrten die Nibelungen umher, umkreisten unbemerkt die burgundischen Reiter und sprangen sogar über ihre Köpfe. Nur dann und wann strich sich ein Soldat unwohl über die Gänsehaut an seinen Armen.

Und der Geruch! Es war der Geruch des Goldes – ihres Goldes! Süß und verlockend schrie das edle Metall danach, mit seinesgleichen in der Drachenhöhle vereint zu werden. Und die Nibelungen, Hüter und Besitzer des Schatzes, konnten kaum erwarten, das Diebesgut an seinen Platz zurückzuschaffen. In Arbeit, die Jahre, vielleicht Jahrhunderte dauern konnte, würden sie jede Münze, jeden Klumpen, jedes Geschmeide wieder dort ablegen, wo der dumme Schmied es einst genommen hatte.

Näääher ...

Die Reiter, ohne Fackeln und Mondschein, wurden sichtlich nervös und hielten sich die Köpfe im Schmerz.

Näääher ...

Auch Gunther spürte den Druck, der mit der Gegenwart der Nibelungen kam. Er rieb sich die Schläfen und mühte sich um Haltung.

Aus vergossenem Bluuut gelernt ...

Hagen schien von derlei Zauberkraft unbeeindruckt, und er sah seinen König an. »Wir müssen weiter – Siegfried sprach davon, das Gold in der Nähe des toten Drachen entdeckt zu haben.«

Das Gold zu geben, den Fluch zu nehmen ...

Gunther mühte sich voran, und keiner seiner Soldaten wagte es, dem König nicht zu folgen.

Was uns war, ist wieder unser ...

Irgendwann, als er warmes Blut aus seiner Nase laufen spürte, hob Gunther schließlich die Hand. »Halt! Da wir nicht wissen, wo genau Siegfried einst das Gold der Erde entriss, ist dieser Ort so gut wie jeder andere.«

So guuut wie jeder andere ...

Die Soldaten stiegen ab und hoben im weichen Erdreich eine Grube aus. Gunther beobachtete sie dabei, die beruhigende Stimme von Hagen im Ohr: »Kein Sorge, Majestät – bei Tageslicht werden die Männer so wenig wie Kriemhild noch eine Chance haben, diesen düsteren Ort wiederzufinden. Ich jedoch kenne diesen Platz – und sollte es vonnöten sein, führe ich Euch wieder her.«

Die Beutel mit dem Gold wurden den dankbaren Gäulen vom Rücken gehievt und in das Loch geworfen. Die Erde war dann schnell wieder darauf geschaufelt.

Das Gold ist unser ... unser ... Gold ... unser ...!

»Lasst uns zur Burg heimkehren«, befahl Gunther. »Zum Abschied der Prinzessin sollten wir ausgeruht sein – es steht zu befürchten, dass sie kaum mit Freuden unser Reich verlässt.«

Kaum einer der Soldaten wagte es, zu lachen.

Vorsichtig tastete die Gruppe zu Pferde sich wieder in die Dunkelheit des Waldes, dem Hof Burgunds entgegen. Der Hufschlag der Pferde war kaum verklungen, da sausten die gierigen Geister der Nibelungen durch Boden, Stein und Wurzelwerk, mit nebligen Fingern die vergrabenen Beutel betatschend. Ihre Gestalten, viele nur ein Hauch, drängten sich zwischen die Münzen, das Metall. Sie badeten im Gold, das endlich wieder ihres war.

Es ist zurück ... zurück ... zurück!

Die Freude dauerte nur wenige Augenblicke. Jedem einzelnen Nibelungen, und auch allen, war das Wissen um das

Gold gegeben. Jede Unze, jede Prägung, jede feine Form war Teil ihres Wesens, und nur in seiner Vollständigkeit war der Schatz das Herz ihrer Gemeinschaft.

Und vollständig war der Schatz nicht! Es fehlten viele Goldmünzen, die umgeprägt die Schwerter für den Krieg gegen Hjalmar entlohnt hatten. Barren, mit denen aus den umliegenden Reichen Getreide für die Burgunder gekauft worden war. Und schließlich, und am schrecklichsten ...

Der Ring ... der Ring ... der Ring!

Die Wut über diese halbherzige Wiedergutmachung wog schwerer als das Entzücken über das, was Gunther und seine Mannen herbeigeschleppt hatten.

Alberichs Stimme war die lauteste, und selbst Regins kehliges Flüstern war diesmal in den Wipfeln des Waldes zu hören.

Kein Ring ... kein Ende ... mehr Blut ...

»Ich gebe mir die Schuld«, sagte Gunther, während er in ein Stück Brot biss, »das Gefühl, in den eigenen Mauern sicher zu sein, hat mich nachlässig gemacht. Ich hätte mehr Soldaten postieren sollen, um das Gold zu bewachen. Aber sei versichert – meine Soldaten sind bereits unterwegs, um die Diebe zu stellen.«

Kriemhild aß mit gutem Appetit und trank viel Milch zwischen den Bissen. »Ich sagte dir, es ist die Worte nicht wert. Ob Gold oder nicht – Xanten wird mich als Siegfrieds Frau und als legitime Königin des Reiches empfangen.«

»Gut so«, zischte Hagen, den Gunther seit seinem Tod nicht mehr hatte essen sehen. »Soll sie von dannen ziehen. Kaum sind ihre Boote außer Sicht, wird sich die Schatzkammer von Burgund wie von Magie wieder füllen.«

»Sprich nicht von Magie«, knurrte Gunther.

»Wer sprach davon?«, wollte Gernot wissen, der mit seinen Geschwistern am Tisch saß, ohne dass er familiäre Freundlichkeit verspürte.

»Niemand«, murmelte Gunther und wischte sich über die Stirn. »Es ... ist nichts.«

Gernot und Kriemhild tauschten einen fragenden Blick.

»Und du bist sicher, dass keine Ratgeber des Hofes dir zur Seite stehen sollen, um Xanten und auch Dänemark zu neuer Blüte zu führen?«

»Ich vertraue auf die Männer, die seit Jahren die Verwaltung leiten«, sagte Kriemhild, und jede respektvolle Antwort schnitt ihr wie Klingen in die Zunge. Sie sah nicht mehr ihren Bruder, wenn sie den König anschaute. Da war nur noch ein Biest, wild und gefährlich, mit Blut auf Zähnen und Klauen. Ein Biest, dem der Tod eine Erlösung war, die ganz in ihrem Interesse stand.

»Wir brauchen ihr Vertrauen, ihr Eis muss schmelzen beim Gedanken an unsere Großmut«, flüsterte Hagen seinem König zu.

»Ich habe nachgedacht«, verkündete Gunther nun. »Nachdem mein Bruder Island nicht im Namen der Familie führen will und über viele Reiche hinweg die Insel kaum zu regieren ist, werde ich den alten Eolind als Statthalter dort fest vereiden. Es wird kein Teil von Burgund sein, aber Xantens Freund im hohen Norden.«

Kriemhild ging nicht darauf ein, und der König spürte eine Spannung, die nur mühsam verheimlicht wurde. So sehr er es darauf angelegt hatte, Kriemhild am Hof zu binden, so sehr freute er sich nun, sie endlich los zu sein.

»Können wir denn auf eine Einladung hoffen, sobald du fest auf Xantens Thron sitzt?«, fragte Gernot, um die Stimmung etwas zu lockern.

Kriemhild sah ihn ausdruckslos an. »Die Einladung wird kommen, wenn die Zeit reif ist, um die Vergangenheit hinter verschlossener Tür einzusperren.«

Es waren keine freundlichen Worte, und ihr Klang versprach nur Ende, nicht Neuanfang.

Der Wunsch nach Führung im geknechteten Xanten war nicht weniger groß als im straff geführten Dänemark. Wie es dem Sieger eines Krieges zustand, war alles für die Übernahme der Macht vorbereitet, als Kriemhilds Boote in Sicht kamen. Der Adel hatte durch bezahlte Spitzel früh gewusst, dass kein König kommen würde, um den Thron für sich zu fordern. Siegfried, den das Land mit Jubel hätte grüßen können, war unter seltsamen Umständen ums Leben gekommen. Von den hohen Ständen war die Nachricht durch Diener und Vasallen ins Volk getropft und dort mit Bedauern, nicht aber großem Wehklagen aufgenommen worden. Regins Warnung bewahrheitete sich, dass das Volk nicht wirklich auf Siegmunds Erben gewartet hatte.

Xanten empfing Kriemhild mit allen Ehren, wenn auch einiger Unsicherheit. Doch die schöne Königin wusste, wie man den Hofstaat schnell auf die eigene Seite brachte. Viel dänisches Gold wanderte von den Schatullen auf die Straßen, in die Häuser, auf die Tische der Bürger. Wege wurden neu gestampft und Streitigkeiten mit weiser Hand geschlichtet. Mit wenig Schlaf und einfacher Kleidung schaffte sich Kriemhild den Respekt, den sie brauchte, um ein Doppelreich zu regieren. Dabei achtete sie sorgsam darauf, keine mächtige Minderheit der Länder vor den Kopf zu stoßen – weder für Gebet noch für die Sprache gab es ein Gesetz.

Dänemark war dabei einfacher zu führen als Xanten, hatte es doch lange davon profitiert, die Heimat Hjalmars zu sein. Es war ein Land in guter Verfassung, und darum traute es sich die burgundische Prinzessin zu, es aus der Ferne zu regieren, aus Xanten. Die besten Reiter beider Heere wurden rekrutiert, um auf schnellstem Wege Botschaften über die Grenzen bringen zu können.

Kriemhilds Bauch wölbte sich in den Wochen erst kaum sichtbar, dann jedoch stark am Stoff ihrer Kleider zerrend. Was ihren Ratgebern und Heerführern wie ein dunkles Geheimnis vorgekommen war, verwandelte die Königin in Jubel und Ertrag, als sie dem begeisterten Volk verkündete: »Die Worte, die man bisher flüsternd sprach, sind wahr – wo ich euch den König nicht mehr habe bringen können, wird dereinst Siegfrieds Sohn seinen Platz einnehmen!«

Doch wer erwartet hatte, dass Kriemhild als schwaches, schwangeres Weib dem Heer ein zu schwaches Auge bieten würde, der sah sich getäuscht. Die besten Verbände beider Länder wurden zusammengelegt und viele davon an den Grenzen stationiert. In Dutzenden von neu geschaffenen Siegfried-Schmieden glühte die Kohle jede Nacht, um darin Klingen für die Leiber der Gegner zu schmieden, die es wagen sollten, die Grenzen zu verletzen.

In nur sechs Monaten war geschafft, was Hjalmar in fast zwanzig Jahren nicht vergönnt gewesen war – Xanten und Dänemark bildeten *ein* Reich, im Innern stark und stolz unter der Krone Kriemhilds. Das Getuschel in den Tavernen war lauten Lobliedern auf die Königin gewichen, und kaum ein Mädchen wurde geboren, das nicht ihren Namen trug.

Für sich selbst hatte Kriemhild jedoch anderes im Sinn.

Drei Tage und drei Nächte lang schrie sie, um Siegfrieds Sohn zu gebären. Hatte es je einen Zweifel gegeben, dass es ein Sohn sein würde? Nicht für die Königin, denn die Götter hatten dem Kind ein besonderes Schicksal zugedacht. Und der Knabe, stark schon im Mutterleib, kam zur Welt, wie es nur Helden zustand – kämpfend und in Schmerz. Immer wieder wechselten sich die ermüdeten Hebammen ab, und Laken nach Laken wurde herbeigeschafft, um dann durchschwitzt und voller Blut ins Feuer zu wandern. In Schweiß und Fieber verlor Kriemhild fast ihr Leben, doch wenn die Heiler bei Hofe vorschlugen, das Kind noch im Leibe zu töten, um die Königin zu retten, hatte sie den Dolch griffbereit, jedem Versuch mit blankem Eisen zu begegnen.

Mit jeder Stunde, die der Erbe Xantens nicht geboren wurde, vergrößerte sich die Menge der Menschen, die um die Burg sich im Gebet versammelten, und am Morgen des dritten Tages war auf den Straßen und Feldern des Landes kaum noch jemand anzutreffen.

Kriemhild ertrug das Leid, das ihren Körper fast zerriss, war es doch nur ein schaler Abklatsch des Schmerzes, den Siegfrieds Tod ihrer Seele zugefügt hatte. In Pein hatte sie ihn verloren, in Pein würde sie ihn wiederfinden. Und richtig – als die Hebamme ihr den Knaben, da die Nabelschnur noch nicht einmal durchtrennt war, blutig in die Arme legte, sah Kriemhild Siegfried wieder. In den Augen schon den trotzigen Blick und in den Fingern eine Kraft, dass ihre gedrückte Hand blau anlief.

Obwohl jeder ihr zu Schlaf und Erholung riet, befahl Kriemhild, dass man ihre Krone herbeischaffen solle. Einen sauberen Mantel hing sie sich um die Schultern, das schweißnasse Haare nur schnell gekämmt, und nahm das Kind mit auf den Balkon, um es dem Volk zu zeigen.

Der Jubel war unbeschreiblich, und in Wellen durchlief er die Xantener Bürger wie wohlige Schauer. Ihr Name wurde tausendfach geschrien, bis sie mit gehobener Hand Schweigen verlangte. Ihre Stimme, nach drei Tagen brüchig und erschöpft, klang dennoch stark und entschlossen. »Wenn ihr einen Namen preisen wollt, dann nicht den meinen. Mit dem heutigen Tag, der heutigen Geburt, hat Xanten und Dänemark wieder einen König, und meine Regentschaft wird ein Übergang zu glorreicher Zeit.«

Sie hielt den Jungen stolz über sich. »Preist Siegfried von Xanten!«

Und als Kriemhild das Kind wieder an sich drückte, sprach sie leise: »Hörst du es? Für dieses Volk wirst du dereinst über die Gräber der Mörder deines Vaters trampeln.«

»Ein Kind?«, knurrte Gunther missmutig, nachdem der Bote den Thronsaal wieder verlassen hatte. »Von wem? Wieso? Und weshalb wurde die Taufe nicht im Familienkreis gehalten?«

Hagen lehnte gelassen an einem der Langtische. »Von wem? Diese Frage dürfte am leichtesten zu beantworten sein. Wenn wir zurückrechnen, kommt nur der Schmied in Betracht. Wie es scheint, war unsere Tat zwar mutig, doch ein wenig zu spät.«

»Kriemhild hat ein großes Reich zu regieren und ein Kind an der Brust zu stillen«, gab Gernot zu bedenken. »In ihrem Kopf mögen andere Dinge vor der Familie Vorrang haben.«

Gunther trank seinen Wein, als gäbe er ihm Halt. »Vorrang? Wäre eine Taufe nicht Gelegenheit, jeden alten Zwist zu beenden? Würden die Burgunder Herzen nicht alles tun, Kriemhild bei der Bewältigung ihrer Lasten zu helfen?«

Es kostete Gernot Mühe, seinem Bruder nicht zu gestehen, dass er Kriemhild die Wahrheit über die Ermordung

Siegfrieds gebeichtet hatte. Aber im Gespräch mit Elsa hatte er entschieden, diese Dinge endlich ruhen zu lassen.

»Wie man hört, macht sie sich prächtig auf dem Thron«, sagte er versöhnlich.

»Prächtig in einem Reich, das *Ihr* mit *Eurem* Heer einst erobert habt«, zischte Hagen, und Gunther verzog das Gesicht.

»Lasst Prinz ... *Königin* Kriemhild tun, was ihr gefällt«, brummte Gunther. »Wenn sie dem gemeinsamen Blut keine Bedeutung mehr beimisst, so will ich es auch nicht tun.« Er schenkte sich noch etwas Wein ein.

Kriemhild hatte ihren Gast gebeten, diesmal ohne große Entourage zu reisen. Nicht ohne Überraschung war ihrer Bitte gleich entsprochen worden, und nur wenige Vertraute, allesamt kampferprobte Krieger, begleiteten Etzel, als er in die Burg geleitet wurde.

Seit ihrer ersten Begegnung hatte er sich nicht verändert, und wieder kam Kriemhild zu dem Schluss, dass Mundzuks Sohn eine stattliche Erscheinung war. Und von edlem Charakter war er auch, denn ohne Arroganz und Bitterkeit kniete er vor ihrem Thron nieder, wie er es schon einmal getan hatte. »Königin Kriemhild – es freut mich, Euch gesund zu sehen und als Herrscherin eines großen Reiches.«

Sie nickte und bedeutete ihm, sich zu setzen. Der einzige Platz, der sich dafür eignete, war ein leerer Thron zu ihrer Linken, nicht ohne Grund für diesen Zweck gewählt. Der Hunne hob fragend eine Braue, zögerte aber keinen Moment.

»Ich bin kaum die Herrscherin von Xanten und Dänemark zu nennen«, erklärte Kriemhild. »Weder habe ich das Blut seiner Könige, noch konnte ich es mit einem Heer erobern. Beides trifft auf meinen Mann zu.«

Auch wenn es Etzel betrübt haben mochte, dass Kriemhild kurz nach ihrer Begegnung einen anderen geheiratet hatte, so ließ er es sich nicht anmerken. »Die Geschichten vom mutigen Schmied Siegfried, der erst Drachentöter, dann König von Xanten wurde, drangen bis nach Gran. Es schmerzt, einen Mann dieser Größe nicht mehr kennen lernen zu dürfen.«

Die Königin hatte kein Interesse, lange über die Vergangenheit zu plaudern, wenn es doch die Zukunft war, die der Planung bedurfte. »So, wie die Nachrichten den langen Weg nach Osten schaffen, so dringt manches von den Hunnenstämmen bis an diesen Hof vor. Sagt, wann beabsichtigt Euer Vater, mit seinen Horden gegen die Reiche westlich des Rheins zu reiten?«

Es war keine Frage, sondern Provokation. Eine Provokation solchen Ausmaßes allerdings, dass der freundliche Schabernack darin offensichtlich wurde. Und entsprechend antwortete Etzel: »Wohl gar nicht mehr, wenn schon die mächtigsten Gegner den bevorstehenden Angriff gerochen haben.«

»Der mächtigste Gegner der Hunnen waren die Legionen Roms, wenn die Geschichtsschreiber nicht irren«, hielt Kriemhild dagegen. »Doch man sagt, Mundzuks Horden waren niemals in der Lage, gegen Rom zu ziehen. Der römische Adler mag viele Federn gelassen haben, aber seine Klauen sind noch kräftig, und sein Schnabel hackt unerbittlich.«

»Mein Vater wünscht Respekt für unser Volk, das Jahrhunderte nur auf dem Pferd gelebt hat. Doch die römischen Hunde betrachten uns als Barbaren, kaum den Peitschenhieb wert.«

Seine Augen, dunkel und unergründlich, blieben ruhig, verrieten keine Nervosität, und Kriemhild konnte sich nur vorstellen, wie der wache Geist des Hunnen versuchte, ihre Absichten zu erahnen. »Plant Ihr auch, Xanten und Dänemark zu überrollen?«

Kein Zögern war in Etzels Stimme. »Niemals. Und wenn Ihr selber es glauben würdet – meine Spione hätten mir von einer Verstärkung der Truppen an den südlichen Grenzen berichtet.«

Die Königin dachte einen Moment lang nach. »So sucht Mundzuks Griff – vorerst! – nur Burgund. Da es keinen Unterschied für Euren Schlachtplan macht: Ist meine Ablehnung Eures Werbens mit ein Grund für diesen Krieg?«

Etzel lachte, offen und frei. »Ihr nennt uns Wilde, aber Kriege führt der Hunne nicht für schöne Augen! Und wenn es Eure Absicht ist, einen durch diese Augen zu verhindern, so wird auch das Euch nicht gelingen.«

Genau das war Kriemhild zu prüfen bereit. Sie sah den Sohn des Hunnenkönigs geradeheraus an. »Meine Hand ist nicht mehr jung, und wer sie freit, freit eine Witwe. Doch die Witwe bringt mehr als die Prinzessin in die Ehe – ein Reich, das nicht erobert werden muss.«

Etzel war verblüfft, dass sich die Königin ihm so selbstlos bot, und ohne jede Scham. »Ihr würdet mit mir nach Gran ziehen, an meiner Seite regieren – für das Versprechen, Burgund nicht anzugreifen?«

Kriemhild nickte. »Ich will nicht Königin eines Krieges sein und Frau eines Soldaten.«

»Woher wollt Ihr wissen, dass Euer Liebreiz mich auch heute noch betört und dass Euer Versprechen so viel wiegt wie die Frucht des Krieges?«

»Die Frucht des Krieges, lieber Etzel, ist immer faul. Und wäret Ihr an dieser Ehe nicht noch interessiert – was hätte Euch dann den weiten Weg hierher getrieben, nur auf meine Bitte hin?«

Etzel lächelte. »Jeder andere Mann wäre empört, wie ein Pferd am Riemen geführt zu werden. Doch ich bewundere Euren Mut und Eure Verschlagenheit.«

Kriemhild schenkte zwei Kelche Wein ein und bot den gemeinsamen Trunk als Pakt. »Dann werden wir in Gran bald Hochzeit feiern.«

Als ob der Klang der Kelche unerträglich wäre, setzte nun leises Wimmern an, das zu einem lauten Weinen wurde. Kriemhild sprang vom Thron auf und eilte zu einer Krippe, die schräg dahinter stand. Etzel folgte ihr. »Ich hörte schon, dass Siegfried Euch nicht ganz allein gelassen hat.«

Die Königin nahm den Säugling hoch und wog ihn sanft in ihrem Arm. »Er ist die einzige Bedingung, die ich stellen muss. Sein Schicksal wiegt mehr als das meine.«

Etzel hob ruhig die Hand, den Blick auf dem kleinen Jungen. »Sei ohne Sorge, meine Königin – Euer Sohn wird nicht von Eurer Seite gerissen. Mit unserer Ehe nehme ich ihn als den meinen an. Er soll nicht weniger Respekt erfahren als alle seine Brüder, die noch kommen werden.«

Ein Gefühl durchfuhr Kriemhild, außer der Liebe für ihr Kind vielleicht das erste Gefühl seit vielen Monaten. Es war Reue. Reue, Etzel nicht die Wahrheit zu sagen. Reue, einen guten Mann mit ehrlichen Absichten so zu täuschen, wie er es nicht verdiente.

Aber der Gedanke an ihr Ziel erlaubte es Kriemhild mühelos, die Reue schnell wieder zu vergessen.

Zehn Bogenschützen standen auf den Wehrgängen der Burg in Worms, die Pfeile auf den Hof gerichtet, als der Hunnenreiter durch das Portal geritten kam. Seit er die Grenze nach Burgund überschritten hatte, war er nicht aus den Augen gelassen worden. Niemand wusste, was er wollte, doch sein kleines starkes Pferd hatte ihn direkt zu Gunther geführt. Der Bote war nicht von hohem Blut, und so empfing ihn Gunther nicht im Thronsaal. Bald zwei Stunden musste er auf dem Hof warten, ohne dass ihm jemand einen Schluck Wasser bot. Erst als Hagen überzeugt war, dass in Demütigung die stolze Position Burgunds deutlich gemacht worden war, schickte er Gunther nach draußen, wo Gernot und Elsa schon seit einiger Zeit warteten.

Der König mühte sich, den dick gekleideten Gast mit den langen zotteligen Haaren gebührend anzusprechen. »Von Mundzuks Hof kommst du, so sagen meine Männer.«

Der Krieger schüttelte den Kopf. »Die Hunnen kennen keinen Hof, und ihr Führer heißt nicht mehr Mundzuk. Im Namen Etzels, der jetzt die Stämme führt, und Kriemhild, die bald seine Frau ist, geht die Einladung an Gunther von Burgund, der Hochzeit beizuwohnen, die das Hunnenreich mit Xanten und Dänemark verbindet. In Gran wird es sein, einen Monat vom heutigen Tag an.«

Atemlose Stille herrschte für einige Momente. Gunthers Kopf schmerzte, als er versuchte, die neuen Erkenntnisse zu verarbeiten und in seine Welt einzuordnen.

Mundzuk tot? Und Etzel, der von Burgund abgewiesen wurde, führte nun die größte berittene Streitmacht des Kontinents? Mit einer Burgunderin an seiner Seite?

»Eine erstaunliche Entwicklung«, flüsterte Hagen, auch wenn er hätte schreien können, denn niemand außer Gunther hörte ihn jemals.

»Niemals glaube ich, dass meine getaufte Schwester dem Heiden in sein Zelt gefolgt ist«, bellte Gunther unsicher.

»Glaubt, was Euch beliebt«, entgegnete der Bote. »Soll ich dann Eure Ablehnung als Antwort mit mir nehmen?«

»Was soll ich tun?«, knurrte Gunther, ohne die Lippen dabei zu bewegen.

»Annehmen«, riet ihm Hagen. »Doch in Vorsicht.«

»Uns freut natürlich, dass Königin Kriemhild einen neuen Mann erwählt hat, und einen König noch dazu«, rief Gunther nun, sodass es alle hören konnten. »Und gern will ich der Einladung nachkommen. Doch welche Sicherheit habe ich, dass kein übles Spiel dahinter steckt? Die Pfeile der Hunnen flogen in den letzten Wochen schon häufiger über die Grenzen Burgunds.«

Der Bote ging auf die Knie. »Im Tod wie in der Ehe sind wir Hunnen streng, und unser Wort ist unsere Pflicht. Als Gäste der Stämme werdet Ihr in Ehre empfangen und in Ehre verabschiedet. Sowohl Etzel als auch Kriemhild stehen dafür ein. Und Ihr wählt Eure Eskorte in Größe und Bewaffnung.«

Hagen lächelte verschlagen. »Es wird die Hunnen wundern, wie viele burgundische Soldaten bald aus ihren Töpfen fressen.«

Gernot, in der Hoffnung, alte Missgunst endlich beizulegen, sprach den Boten an. »Wir nehmen an und bereiten alsbald unsere Reise vor.«

Der Bote würdigte den Prinzen keines Blickes. »Die Einladung galt Gunther, und nur ihm allein.«

Gunther trat einen Schritt zurück. »Wie kann das sein? Den einen Bruder lädt die Königin ein, den anderen verschmäht sie?«

»Nicht verschmäht«, erklärte der Hunnenkrieger. »Sie sprach nur den Namen Gunthers, das ist alles.«

Der König legte seinem Bruder die Hand auf die Schulter. »Es ist anzunehmen, dass das Wort für unser ganzes Haus gilt. Natürlich wirst du an meiner Seite reisen.«

Ohne die weiteren Gespräche abzuwarten, bestieg der

Bote sein Pferd und trieb es galoppierend aus dem Burgtor.

Hagen beugte sich vor und flüsterte seinem König ins Ohr: »Ein Kind, ein neuer König – vielleicht weicht Kriemhilds neues Glück ihr Herz so weit, dass familiäre Bande neu geknüpft werden können.«

Gunther nickte. »Es wäre zu hoffen. Nur wenig ist von den Königshäusern noch übrig, und Zusammenhalt scheint das Gebot der Stunde.«

»Und doch werden wir Etzels Angebot nutzen und mit Soldaten in großer Zahl ziehen. Was den Hunnen als Burgunder Pracht erscheint, wird uns gut beschützen.«

Jahrhunderte waren die Hunnen geritten, vom Aufgang der Erschaffung der Welt her. Es hieß, sie kamen von der anderen Seite der Welt, wo Ungeheuer sie vertrieben hatten. Zu Pferd waren sie in Dutzende Reiche eingefallen, kaum mehr als Flammen und Blut hinterlassend. Mit schärferen Klingen und schnelleren Bogen hatte sie Heere bezwungen, die ihre Zahl dreifach überstieg. Doch seit zwei Generationen hatte ihr Reich nicht mehr an Größe gewonnen. Die Rhein-Dynastien waren ihnen von Westen her entgegengetreten, und die Legionen von Rom und Byzanz waren von Süden her gekommen, um das Steppenvolk aufzuhalten. Erst mit Schwert und Schild, danach mit Gold. Zum ersten Mal waren die Hunnen darauf angewiesen, dem Boden und dem Vieh die Nahrung abzuringen und Behausungen zu bauen, die mehr als nur dem Sturm widerstanden. Keine zwei Steine hatten die wilden Krieger jemals aufeinander gesetzt, und nun mussten auf einmal Städte her, in denen Kinder spielen und Frauen Mahlzeiten bereiten konnten.

Gran war die erste Siedlung gewesen, noch vor Buda,

weit im Osten. In acht Jahren hatten sich die Hunnen hier eingerichtet. Kriemhild war nicht wenig beeindruckt von dieser jungen Stadt, die den Namen so gar nicht zu verdienen schien. Von der Fläche her war Gran weit größer als Worms, und es wuchs, während man ihm zusah. Aber es gab keine Straßen, keine Verwaltung, kein Zentrum. Wild standen Zelte herum und Hütten aus grob gehacktem Holz. Manche Konstruktionen nutzten komplizierte Gitter aus Stämmen, die mit Leder bespannt waren. Nur schmale Fundamente hatten die Soldaten, die von Mundzuk dazu angetrieben worden waren, in Stein gesetzt. Jedes Gebäude war willkürlich, und manche wuchsen ineinander. Wer sich durch die Stadt bewegte, tat es auf schlammigen Wegen, die nicht angelegt, sondern durch schiere Benutzung aus dem Gras getrampelt worden waren. Es gab weder Kloaken noch die Möglichkeit, Unrat zu entsorgen, es sei denn, durch Vergraben. Das Vieh war nicht eingesperrt, sondern lief frei herum, bis es einem hungrigen Soldaten ins Messer lief, um dann, roh getrocknet unter der Satteldecke, in zähen Streifen als Nahrung zu dienen; Feuerstellen waren den Hunnen nur als Wärmequelle dienlich. Nicht minder dreckig als die Tiere waren die Kinder, um die sich niemand recht zu kümmern schien. Wenn ihre kleinen Arme stark genug waren, erlaubte man ihnen, bei den Soldaten die Kunst des Bogenschießens zu erlernen, und ihre Beine lernten früh, Pferde geschickt zu lenken.

Unter die abertausend fremdländischen Krieger hatten sich im Laufe der letzten Tage beinahe ebenso viele Soldaten unter der Flagge Xantens und Dänemarks gemischt. Es war Kriemhilds ausdrücklicher Wunsch gewesen, beide Heere zu einen, auch und gerade weil Misstrauen zwischen den Völkerschaften herrschte. Im täglichen Umgang, am

Topf wie am Zaumzeug, sollten die Völker voneinander lernen. Es hatte dafür viele Raufereien gegeben und manche heimliche Stecherei, aber Soldatenherzen waren jenseits aller Grenzen ähnlich, und so hatten sich viele Krieger beim Becherklang am Lagerfeuer gefunden wie alte Freunde.

»Wir sind ein wildes Volk und stolz«, erklärte Etzel, als er Kriemhild ohne jegliche Eskorte durch Gran führte. »Doch unsere Seele kannte bisher nur die Reise, nie das Ziel. Es war im Sinne meines Vaters, den Hunnen Heimaterde zu geben. Gran mag nicht Rom sein, nicht Konstantinopel, aber es ist die Saat für etwas, das trotz aller gewonnenen Kriege nie auf den Karten zu verzeichnen war – das Reich der Hunnen!«

Kriemhild nickte, weder von Lärm noch Dreck verschreckt. »Die Barbarei ist auch in meinem Volk erst seit wenigen Generationen gebannt. Es wäre kaum aufrichtig, den Hunnen etwas vorzuwerfen, von dem auch in Burgund noch viele Lieder singen.«

Etzel lächelte – er hatte für einen Krieger ein kluges, freundliches Lächeln. »Mit jedem Wort aus deinem Mund festigt sich mein Glaube, richtig gewählt zu haben. Du wirst uns helfen, neben den Galliern, den Goten, den Franken und den Sachsen aufrecht zu stehen. Respekt, nicht durch das Schwert erzwungen, sondern verdient in Edelmut und großer Leistung. Es ist eine Schande, dass Mundzuk dich nicht mehr kennen lernen konnte. So sehr der alte Hunne Söhne liebte, so wusste er doch kluge und starke Frauen zu schätzen.«

»Auch ich bedauere den Tod des großen Anführers. Mich wundert nur, wie wenig das Volk scheinbar daran Anteil nimmt. Ich sehe keine Trauer in den Gesichtern deiner Landsleute.«

Etzel lachte, als er im Vorbeigehen einem Pferd auf die

Hinterbacken schlug, während übler Geruch wie unsichtbarer Nebel ihre Nasen reizte. »Männer leben, Männer sterben. Das eine ist zum Jubel so wenig tauglich wie das andere zur Trauer. Doch Morgen früh werden wir den Leichnam meines Vaters auf den letzten Ritt schicken. Wenn du dich dem gewachsen fühlst, kannst du dabei an meiner Seite stehen.«

Kriemhild nickte. »Ich werde immer an der Seite meines Königs zu finden sein.«

Zum ersten Mal, seit er in Xanten erneut um ihre Hand angehalten hatte, kamen Etzel Zweifel. »Es will mir kaum in den Sinn, wie eine Königin von deinem Stand ohne Zögern einem Leben in Gran zustimmen kann. Verglichen mit deiner Herkunft muss es dir hier wie in einem Schweinestall vorkommen.«

Kriemhild sah ihn an. »Was ich sehe, ist in Wahrhaftigkeit gewachsen. Glaube mir, Schweine leben auch auf poliertem Marmor.«

»Bist du sicher, dass dieses Leben dir genug bieten kann – und deinem Sohn?«

Kriemhild ergriff die Hand des Hunnen, um seine Sorgen zu zerstreuen. »Etzel, mein Sohn wird hier zum Krieger heranwachsen – und genau das ist mein Wunsch. Was mich selbst angeht – viele Ansprüche habe ich nicht, auch wenn ich davon ausgehen muss, dass ich in Gran viel mehr Kleider brauche.«

Sie deutete auf den Saum ihres Kleides, der voll gesogen war mit Kot und Dreck.

Etzel lachte, und Kriemhild lachte mit ihm.

An die eintausend burgundische Soldaten ritten in der Furt bei Pförring über die Donau nach Großmehring. Gut ein Drittel der Reise nach Gran hatte Gunther damit hinter sich gebracht, die stolzen Städte Passau und Wien noch vor sich. Der König selbst stieg hier um auf ein Schiff, das unter stolzem Burgunder Segel fuhr, während die Truppen an Land nebenher trabten. Dahinter trugen drei weitere Boote Proviant. Die Donau schlängelte sich nicht so sehr wie der Rhein, und es war wesentlich einfacher, schweres Gerät mit Schiffen zu transportieren, statt von Pferderücken tragen zu lassen.

Gunther stand am Bug, für seine Ratgeber in Gedanken versunken. Doch in Wahrheit hörte er Hagens Ausführungen zu, der seine Aufregung kaum zu verbergen vermochte. »Mein König, die glorreichen Zeiten sind nun zum Greifen nah! Alle düsteren Taten werden bald vom edlen Ziel gerechtfertigt!«

»Was meinst du damit?«, knurrte Gunther.

»Wo wir einst hofften, den Bund von Burgund und Xanten zu schmieden, schenkte uns das Schicksal Dänemark und Island obendrein. Und wo wir dachten, im Tode Siegfrieds den Einfluss zu verlieren, sehen wir nun die Möglichkeit, durch Kriemhilds neue Ehe auch den Rest des Kontinents zu beherrschen. Stellt Euch nur vor – ein solch riesiges Reich wird einen neuen Namen brauchen. Und Gunther wird nicht mehr König sein, sondern Kaiser, Imperator gar!«

Der König spuckte ins Wasser. »Dann war der Mord an Siegfried keine Schandtat, sondern gottgewollte Pflicht.«

Hagen lächelte dünn. »So ist es. Vor keinem Richter, im Leben wie im Tod, müsst Ihr euch dafür rechtfertigen.«

»Es bleibt die Frage, wie wir das Hunnenreich unter unsere Kontrolle bekommen.«

Der Ratgeber strich sich über den Kinnbart. »Es kommt ganz darauf an, wie Etzel zu regieren beabsichtigt. Ist er schwach, wird Kriemhild die Geschäfte leiten. Ist er stark – nun, auch Siegfried war stark.«

»Du willst erneut die Klinge ziehen?«, flüsterte Gunther. Hagen schüttelte den Kopf. »Dann gäbe es Krieg, den kaum jemand sich wünschen kann. Aber es gibt Tränke, Pulver, Salben, die auch den jungen Krieger eines scheinbar natürlichen Todes sterben lassen.«

Der König wollte etwas erwidern, aber Gernot trat an seine Seite, und Hagen zog sich mit schnellem, lautlosem Schritt zurück. »Mein Bruder, kann ich mit dir sprechen?«

Gunther legte dem Prinzen den Arm um die Schulter. »Konntest du es jemals nicht?«

Gernot senkte den Blick. »Ich fürchte für Burgund.«

»Warum das?«

»Kriemhild war dem Land nicht mehr wohlgesonnen, als sie fortzog, und Etzel hat ebenfalls kaum gute Erinnerungen daran«, sagte er. »Und nun ziehen wir mit vielen Klingen mitten ins Herz des Hunnenreichs. Wäre eine Aussöhnung aus der Ferne nicht ratsam gewesen?«

Gunther nickte. »Da magst du Recht haben. Aber die Einladung auszuschlagen wäre nicht weniger ein Affront gewesen. Was ich suche, ist die Aussöhnung mit meiner Schwester, denn sie ist der Schlüssel zum Frieden mit den Hunnen. Selbst Hagen ...«, er besann sich rechtzeitig, um nicht durch unachtsame Worte Verdacht zu erregen, »... selbst Hagen sagte immer, dass eine kluge Königin auch den dümmsten König weise führen kann.«

»An klugen Frauen war Burgund nie arm«, murmelte Gernot. »Aber warum ist dann alles so gekommen? Warum hat der Boden in den letzten Monaten so viel Blut verlangt?«

Gunther seufzte. »Vielleicht braucht Macht Blut, oder vielleicht war es Siegfrieds Fehler, seine Stärke auf die Macht des Nibelungengolds zu gründen.«

»Du glaubst an die alten Legenden?«

Der König sah seinen Bruder eindringlich an, und so klar im Blick wie seit langer Zeit nicht mehr. »Ich bin christlich getauft, Gernot, und alles Gerede von den Nibelungen missfällt unserem Herrn. Doch mit Siegfrieds Triumph über Fafnir und der Ankunft des Golds in Worms brachten gute Taten schlimmes Leid. Lass mich dir ein Geheimnis verraten, um dir meinen Opferwillen zu beweisen – *ich* war es, der das Gold aus dem eigenen Verlies stehlen ließ.«

Gernots Augen wurden groß. »Du hast unsere Schwester um ihr Erbe gebracht? Der König von Burgund – ein Dieb?«

Gunther packte ihn an beiden Schultern. »Verstehst du nicht? Das Gold war das Elend! Von unser aller Schultern wollte ich es nehmen, als ich es den Nibelungen wiedergab!«

»Das Ansinnen ehrt dich, und ich sehe die Tat nun mit anderen Augen«, sagte Gernot beeindruckt. »Vielleicht hast du Recht, und es beginnt nun endlich eine neue Zeit. Ohne Gold, aber in Frieden.«

Gunther lächelte. »So wünsche ich es mir auch.«

Der Prinz ging erleichtert davon, und Hagen war sogleich wieder an der Seite seines Königs. »Ein kluger Schachzug. Wäre ich selbst nicht dabei gewesen – ich hätte Euch die weisen Worte geglaubt.«

Gunther nickte. »Wenn es so gewesen sein könnte, so hätte gewesen sein sollen – wer vermag dann noch zu sagen, ob es nicht genau so war?«

Er beschloss in diesem Moment, seine eigene Seele nicht mehr als beschmutzt zu betrachten und im Rückblick seine Taten in edlem Licht zu sehen. Er war Gunther von Burgund, der immer das Beste für sein Land getan hatte. Und mit erhobenem Haupt konnte er nach Gran reisen.

Nur wenige Hunnen waren gekommen, der Verabschiedung von Mundzuks Leib beizuwohnen, und Kriemhild war überrascht, wie völlig anders dieses fremde Volk mit dem Tod eines geliebten Herrschers umging. Im Glauben an verschiedene Götter fanden die Völker am Rhein zumeist verschiedene Rituale, aber doch war die Beerdigung bei allen gleichermaßen wichtig und die Teilnahme daran der mindeste Respekt, der zu erweisen war.

Nicht so bei den Hunnen. Zwanzig, vielleicht dreißig Männer, Frauen und Kinder standen auf einem Hügel östlich von Gran, kaum dass die Sonnenscheibe aufgegangen war. Kriemhild und ihr Mann Etzel waren darunter, erneut ohne die Insignien der Macht, die jeder König, den sie kannte, sonst zu tragen pflegte.

»Du sagst, dass Trauer kein Bestandteil des Abschieds in deinem Volk ist«, flüsterte die Königin. »Doch wer sind diese Menschen, die dem Toten die letzte Ehre erweisen wollen?«

»Seine treuesten Reiter, seine liebsten Frauen, seine stärksten Kinder«, antwortete Etzel, und auf Kriemhilds verwunderten Blick fügte er hinzu: »Mein Vater zeugte Nachwuchs, wo Schönheit seinen Gefallen fand. An die zwanzig Söhne hat er anerkannt, und viele weitere sind ohne sein Wissen auf die Welt gekommen.«

»Kann ich hoffen, dass mein Gatte etwas weniger nach fremden Schößen blicken wird?«, fragte Kriemhild halb im Scherz.

Ihr König wusste recht zu antworten. »Ich hätte nicht um dich geworben, wenn ich deinen Anspruch nicht hätte erfüllen wollen.«

Ein Soldat führte nun ein Pferd herbei. Darauf saß, mit Seilen festgeschnürt, Mundzuks Leichnam. Lehm überdeckte die faulenden Stellen in seinem Gesicht, und ein Holz hielt seinen Rücken gerade.

»Du wolltest meinen Vater kennen lernen«, sagte Etzel trocken. »Hier ist deine Gelegenheit. Es steht allerdings zu bezweifeln, dass er noch viel Eindruck macht.«

Kriemhild unterdrückte leichte Übelkeit. Nirgendwo in Burgund wäre man auf die Idee gekommen, eine Leiche so zu handhaben, noch dazu die eines Königs. Aber Etzels Umgang mit dem Tod des Vaters hatte auch etwas erfrischend Unbelastetes, eine ungetrübte Freude loszulassen.

Der Soldat, der das Pferd am Zaumzeug hielt, zog nun ein kleines hölzernes Brett hervor, aus dem spitze Nägel ragten. Er band es an den rechten Fuß des toten Königs. Dann sah er Etzel an. »Es ist Euer Recht, den Vater die Reise antreten zu lassen.«

Etzel nickte und löste sich von Kriemhilds Seite. Er ging zum Pferd, hob das Bein des Toten mit dem Nagelbrett und ließ es wieder los.

Der tote Fuß trieb die Nägel in die Seite des Pferdes, und mit einem lauten Brüllen rannte das Tier dem eigenen Schmerz davon. Seine abrupten Bewegungen pendelten Mundzuks Bein immer wieder in die frischen Wunden, und schnell jagte das Pferd auf den Horizont zu.

Die Hunnen, Frauen wie Männer, grölten zufrieden, bis der Leichnam außer Sicht war. Dann gesellte sich Etzel wieder zu seiner Königin. »Ich hoffe, der Anblick war dir nicht zuwider.«

Trotz ihrer Verwunderung schüttelte Kriemhild den Kopf. »Es ist nicht weniger barbarisch als vieles, das die Burgunder tun. Doch ich verstehe es nicht ganz.«

»Es ist der letzte Ritt des Kriegers«, erklärte Etzel. »Auf die Sonnenscheibe zu, in Richtung Heimat. Er wird reiten, bis das Pferd unter ihm tot zusammenbricht. An diesem Ort ist ihm der ewige Frieden bestimmt.«

»Willst du ebenso gewürdigt werden, wenn deine Zeit kommt?«

Er lachte. »Bereitest du dich schon darauf vor?«

»Nein«, versicherte Kriemhild schnell. »Nie wieder will ich einen Gatten sterben sehen. Diese Art der Verabschiedung scheint mir nur ... unpassend für das Leben in den Städten.«

»Ich denke, mein Vater war der letzte Hunnenkönig, der ein Grab in der Steppe gesucht hat«, bestätigte Etzel. »Ich bin begierig zu lernen, wie andere Völker ihre Toten ehren. Vielleicht findet sich ein Ritual, das die Hunnen auch in ihren neuen Städten feiern können. Doch nun ist es Zeit – meine Späher berichteten mir von einem Heer kurz vor Gran. Entweder heißt das Krieg – oder Familie.«

Als das Schiff des Königs von Burgund vor Gran ans Ufer setzte, stand sein Heer schon bereit, um ihn mit Schwert und Schild gegen jeden Angriff zu verteidigen. Tropfenförmig sich vom Fluss zur Stadt ausbreitend, hielten die Soldaten die Reihen eng, und nur widerwillig öffneten sie einen Durchgang zwischen ihren Leibern, um Etzel, Kriemhild und einigen Wachen die Begrüßung der Gäste zu erlauben.

Gunther und Gernot sprangen vom Schiff in das flache Wasser und stapften dann an Land. Hagen war direkt hinter ihnen, doch kein Wasser spritzte unter seinen Stiefeln, kein Kiesel knirschte.

Der König von Burgund war beeindruckt, dass Etzel sich mit kaum zehn Mann als Leibwache in den Pulk aus tausend burgundischen Soldaten traute und dass er ihn persönlich abholte, statt darauf zu warten, dass Gunther im Palast erschien. Es hatte sich schon herumgesprochen, dass der neue Anführer der Hunnen weit mehr von höfischer Etikette verstand als sein rauer Vater.

Kriemhilds Anblick überraschte die Brüder nicht weniger. Ihr Kleid war aus rauem Stoff, dem kargen Land mehr angepasst als das feine Tuch, in das sie bei Hofe gehüllt worden war. Ihre Haare waren streng zurückgekämmt und mit einem Lederriemen verknotet. Doch die größte Veränderung war ihr Gesicht – das Mädchen war nun endgültig verloren, und die starke Frau trug stolz ihren Rang im Blick, der nur leicht flackerte, als sie Gernot sah.

Es war Gunther, der sie zuerst umarmte. »Endlich ein Wiedersehen ohne betrüblichen Anlass.«

Sie drückte ihn, sah aber unverwandt ihren jüngeren Bruder an. »So, wie es sein soll.«

Als sie sich Gernot zuwandte, stand etwas Unsichtbares zwischen ihnen, das kaum die herzliche Berührung zuließ. »Ich hatte nicht erwartet, dass du kommen würdest.«

Der junge Prinz war enttäuscht. Lehnte Kriemhild Elsa so sehr ab, dass nun auch ihr eigen Fleisch und Blut dafür zahlen sollte?

»Ich wollte deine neue Hochzeit in Freude feiern, wie einst die erste. Und deinen Sohn – ist er nicht auch mein Neffe?«

Nun erst schien die Königin seine Gedanken zu erahnen und warf sich ihm umso heftiger in die Arme. »Ich freue mich, dir so viel Mühe wert zu sein. Bitte verzeih meine Zögerlichkeit.«

Als ihre Lippen nah bei seinem Ohr waren, flüsterte sie weiter: »Du wirst verstehen – schon bald.«

Nun trat auch Etzel vor und reichte Gunther den Arm der Krieger. »Zum zweiten Mal stehen wir uns gegenüber, zum zweiten Mal bleiben die Klingen ungezogen. Ein gutes Zeichen.«

Gunther grinste. »Und zum zweiten Mal willst du meine

Schwester zur Braut. Ich bin froh, sie diesmal geben zu können.«

Nur wenig runzelte der Hunnenkönig die Stirn. »Du hast sie damals nicht verweigern können, und heute ist es nicht in deiner Macht, sie zu vergeben. Mein Stolz ist ungleich größer, weil sie selbst den Schritt getan hat.«

Dabei legte er den Arm um Kriemhild, und Gunther fühlte sich leicht schwindelig, als Hagen ihm zuraunte: »Er ist ein hochmütiger Herrscher, und hier ist sein Reich. Wir sollten vorsichtig sprechen und ebenso handeln.«

Statt zu den Ehrengästen drehte sich Etzel nun zuerst zu den Soldaten von Burgund. »Viele Schweine sind für euch geschlachtet worden! Viel Bier wurde gebraut! Und willige Weiber hat das Volk der Hunnen wahrlich auch genug! Für drei Tage seid ihr unsere Brüder – und Gran ist eure Heimat!«

Ein zufriedenes und vorfreudiges Raunen ging durch die Ränge, und als Gunther zur Stadt zeigte, rannten tausend Soldaten begeistert los, um in Rausch und Tändelei die Strapazen der Reise zu vergessen. Nur zwanzig Mann, die persönliche Garde, blieb an seiner Seite. Der König war überzeugt, dass kaum Gefahr von dieser Seite drohte. Im Gegenteil – es war Gran, das Burgund zu fürchten hatte.

Im Chaos, das Gran war, stach das Zelt des Königs heraus wie eine Insel aus dem Meer. Aus einer Unzahl von Stangen und Stäben hatten die geschicktesten von Etzels Anhängern eine Kuppel fast geflochten, das Holz mit nur wenigen Seilen verknüpft. Wie ein Gewirr aus Leitern hakten sich die Streben unter, um in sanfter Wölbung einen Platz zu überdachen, der leicht alle Burgunder Krieger hätte aufnehmen können. Die wunderliche Konstruktion war mit so vielen Fellen bespannt, dass Gunther daran zweifelte, jemals in diesem Landstrich einem Ochsen zu begegnen, der seine Haut noch selber trug. Ohne Stein und Ziegel wirkte das Königszelt doch stark und majestätisch, Ehrfurcht gebietend wie eine Kirche. Eine Rauchfahne drängte von der höchsten Stelle in den Himmel, und der König fühlte sich an die seltsamen Helme mit den Schweifen an der Spitze erinnert, die die Hunnen in der Schlacht zu tragen pflegten.

Gernot und Gunther blieben unwillkürlich stehen, als sie den einzigartigen Bau sahen. Etzel lächelte nicht ohne Stolz. »Sicher kein Palast, aber doch der Ort für einen König.«

Sechs Wachen standen vor dem Eingang, dessen Türflügel aus Holzstämmen grob zusammengeschnürt waren. Dahinter tat sich ein Reich auf, das Hölle oder Paradies war, je nachdem, was man sich von beidem erwartete. In dem riesigen Zelt roch es nach gebratenem Fleisch, nach Schweiß und nach den Ausdünstungen hunderter Felle, die hier alles waren – Schlafstätten, Sichtschutz, Bodenbelag. In Messingschalen brannten kleine Feuer, und ihr warmes Licht drang nicht einmal bis zur Spitze der Kuppel, in der das Loch die Hitze und den Rauch abziehen ließ. Hölzerne Estraden und Podeste grenzten Räume ab, die keine Wände brauchten, und überall herrschte Betriebsamkeit. Es wurde gekocht, gebraten, gelacht und geküsst. Hunnen wie Xantener schienen sich prächtig zu amüsieren, und ihr König wurde mit beiläufigem Jubel begrüßt, nicht mit unterwürfigem Respekt.

»Ich habe so etwas noch nie gesehen«, flüsterte Gernot.

Kriemhild lächelte. »Die Hunnen mögen Krieger der Steppe sein und gänzlich unserer Kultur fremd, aber das heißt nicht, dass ihnen das Talent zu Schönheit und Gestaltung fehlt.«

»Wenn Ihr einen weiteren Beweis gebraucht habt, wie gefährlich diese Barbaren sind«, zischte Hagen, »dann ist er wohl erbracht. Diese Macht muss in unsere Hände kommen, bevor sie gegen uns gerichtet wird.«

»Nehmt Platz, wo es euch beliebt«, verkündete Etzel nun. »Was ihr euch wünscht, ihr sollt es bekommen. Wenn euch unsere Gastfreundschaft gefällt, wünsche ich, dass nach den drei Tagen Fest ihr noch drei Tage braucht, um auszuruhen.«

Höfliches Gelächter begleitete die freundlichen Worte, und Gunther wandte sich wieder an seine Schwester. »Ein Festmahl *vor* der Trauung? Das scheint mir seltsam.«

Kriemhild antwortete, ohne ihn wirklich anzusehen. »Die Ehe, so, wie wir sie kennen, ist den Hunnen fremd. Heute um Mitternacht wird Etzel verkünden, dass ich nun seine Königin bin. Mehr ist nicht nötig.«

»Ich hatte gehofft, dass du den Segen des Herrn suchen würdest«, sagte Gunther vorsichtig.

Die Königin von Xanten und Dänemark blieb ruhig. »Meiner ersten Ehe hat der Segen wenig Glück gebracht. So, wie sich Siegfried meinem Glauben beugte, so beuge ich mich dem des Etzel.«

Während des Gesprächs hatte sich Gernot neugierig umgesehen und an der Seite einer jungen Frau, in Fellen eingepackt, einen Säugling entdeckt, dessen große helle Augen sichtlich nicht hunnischen Ursprungs waren. »Ist er das?«

Kriemhild trat an seine Seite, und mit Liebe im Blick nahm sie den kleinen Jungen hoch. »Das ist er. Euer Neffe, mein Sohn – Siegfrieds Sohn.«

Gunther besah sich den Knaben, heitere Freude heuchelnd, auch wenn er einen Knüppel sich herbeisehnte. »Wie ist sein Name?«

»Er trägt den einzigen Namen, den er tragen kann – Siegfried«, erklärte Kriemhild.

Der Herrscher von Burgund erbleichte und legte seine Hand auf den kleinen Körper, damit auch auf die Hand seiner Schwester. Es war ein Moment des familiären Friedens, wie er ihn sich erhofft hatte. Eher beiläufig fiel ihm der Ring auf, den Kriemhild trug. »Du trägst das Gold der Nibelungen noch am Leib? Nach allem Unglück, das es uns gebracht hat?«

Sie sah ihn an, fast schon überrascht. »Das Gold? Gunther, die Gier brachte das Gold, nicht umgekehrt. Und heute ist der Ring nicht mehr als eine Erinnerung an vergangenes Glück.«

Ein drittes Gesicht beugte sich über den Knaben – Hagen. »Kind wie Ring sind verflucht durch Siegfrieds Blut und Namen. Beidem werden wir uns widmen müssen.«

»Vielleicht wäre es ratsam, wenn ich den Ring mit nach Burgund zurücknehme«, schlug Gunther mit gepresster Stimme vor.

Seine Schwester zog ihre Hand zurück. »Ich nahm ihn mit Absicht von dort fort, und meine Meinung hat sich nicht geändert.«

Der König wollte etwas sagen, doch bevor ihm die Worte über die Lippen kamen, verzog er das Gesicht im Schmerz. Der kleine Siegfried hatte seinen Daumen gepackt, und seine winzigen Hände pressten Gunthers Finger so stark, dass dieser meinte, der Knochen würde ihm brechen. Mühsam wand sich Gunther aus dem Griff des Kindes, das aus schierer Neugier zu handeln schien und dabei lächelte.

Etzel klatschte in die Hände. »Es ist Zeit, die Vergangenheit ruhen zu lassen. Um Mitternacht, wenn Kriemhild Königin meines Reiches und meines Herzens wird, soll alles vergessen sein, was war. Und dann werden wir den Beginn eines neuen Zeitalters feiern.«

Es war ein Fest, das so ausgelassen wie ruhig war. Die Hunnen hatten keinen Sinn für Musik, und so war die Melodie des Abends ein gleichmäßiges Murmeln der ungefähr zweihundert Männer und Frauen, die sich in dem riesigen Zelt verteilten. Während Wein und Bier in gleichmäßigem Strom flossen, kamen Fleisch und Brot schubweise, wann immer man danach rief. Die Wärme der Fackeln fing sich an den Fellen, und bald trugen die Männer nur noch Hosen und leichte Hemden. Stiefel und Jacken landeten auf großen Stapeln, und mit zunehmender Freundschaft auch die Waffen. Irgendwann wurde das hölzerne Tor geöffnet und einige Felle von der Außenwand genommen, um eine erträgliche Brise durch das Zelt wehen zu lassen.

Trotz ihrer anfänglichen Verstimmung verstanden sich Etzel und Gunther so gut, dass Kriemhild ebenso wie Hagen immer wieder einen finsteren Blick in Richtung der Könige warfen. Der Herrscher von Burgund fand im Steppenkrieger endlich wieder einen gleichen Geist, und mehrfach winkte er unauffällig seinen Ratgeber weg, wenn dieser sich mit warnenden Worten nähern wollte.

Als Kriemhild ihrem Sohn wieder die Brust gab, gesellte sich Gernot zu ihr auf das Fell. »Ich bin froh, dich unter Freunden zu sehen, geliebte Schwester. Xanten muss sehr einsam für dich gewesen sein.«

Sie schüttelte den Kopf. »Es gab so viel zu tun, da blieb für trübe Gedanken kaum Zeit. Aber Xanten ist das Erbe Siegfrieds, nicht das meine. Und es konnte kein Werkzeug für mich sein.«

»Werkzeug?«

Kriemhild lächelte ihren Sohn an, als sie weitersprach. »Es ist nicht wichtig. Was kommt, das kommt.«

Die vagen Worte beunruhigten Gernot. »Frieden wird kommen, und die wiedergefundene Liebe der Familie. Wir alle wollen nichts anderes mehr – auch Gunther.«

Als das Kind gestillt war, strich Kriemhild Gernot über die Wange. »Mach dir keine Sorgen, geliebter Bruder.«

Er hielt ihre Hand fest, die den Ring der Nibelungen trug. »Auch Elsa sprach vom Fluch des Golds, das zu Unrecht aus dem Wald genommen wurde.«

Kriemhilds Blick wurde eisig. »Sprich nicht von ihr, noch von dem Gold.«

Gernot schlug die Augen nieder. »Verzeih.«

Sie lächelte schnell wieder, um seine Sorgen zu zerstreuen. »Lieber Bruder, es gibt nichts zu verzeihen. Doch einen Gefallen könntest du mir tun.«

»Jeden.«

Sie schaukelte das Kind in ihrem Arm. »Ich möchte, dass Siegfried heute Nacht unter dem Zeichen Burgunds schläft. Kannst du mir die Flagge unserer Heimat bringen?«

Es war ein nicht ungewöhnlicher Wunsch, nur zu ungewöhnlicher Stunde geäußert, und entsprechend reagierte Gernot. »Das einzige Tuch mit dem Zeichen Burgunds liegt gefaltet in unserem Schiff ...«

Kriemhild sah ihn an, die Augen eine einzige Bitte. Der Prinz wand sich um die Erfüllung. »Noch heute? Es ist schon tiefe Nacht, und die Verkündigung deiner Hochzeit mit Etzel wird bald sein. Was, wenn ich den Moment verpasse?«

Sie küsste ihn leicht – auf die Lippen, wie sie es nicht mehr getan hatte, seit sie Kinder gewesen waren. »Du wirst nichts verpassen, was von Belang ist, das verspreche ich dir. Niemand wird fort sein, wenn du wiederkehrst.«

Unsicher stand Gernot auf. »Wenn es dein Wunsch ist, soll es mein Geschenk zur Hochzeit sein.«

Als er das Zelt verließ und sich dabei mehrfach umsah, hob Kriemhild ihr Baby zu sich hoch. »Seine edle Seele soll verschont sein.«

Nach einem ganzen Tag und einem ganzen Abend der Sinnesfreuden waren die Burgunder am Hunnentisch reichlich berauscht und träge gesättigt. Irgendwann hatte Gunther auch den Leibwachen erlaubt, sich zu bedienen, was diese nicht nur bei Fleisch und Wein taten, sondern auch bei kichernden Hunnenfrauen. Als die Mitternacht herandrängte, herrschte ausgelassene Stimmung und Bruderschaft. Nur Hagen, weder von Wein noch fetten Speisen abgestumpft, ging wütend zwischen den unsteten Leibern her. »Mein König, wir suchen nicht den Bund im Rausch mit den Hunnen! Unsere Sinne müssen scharf und unsere Pläne klug sein.«

Gunthers Stimme lallte ein wenig bei der Antwort. »Schweig still, du Narr! Für einmal nur, schweig still!«

Etzel stützte sich auf eines der großen Kissen, die den Boden zur weichen Lagerstatt machten. »Narr? Du nennst mich Narr?« Sein amüsierter Gesichtsausdruck machte deutlich, dass er nicht wirklich empört zu sein beabsichtigte.

Der König von Burgund machte eine wegwerfende Handbewegung. »Ach was, mein lieber Etzel, nichts läge mir ferner! Es ist nur ... manchmal ...«

»... spricht das Gewissen so laut, dass kaum der Wein reicht, um es zum Schweigen zu bringen«, vollendete der Hunne und lachte wieder dröhnend. »Das ist der Fluch der Christen. Wir Steppenkrieger wälzen uns nicht in Schuld.«

Sie stießen mit goldenen Kelchen an, die Etzel aus dem

Tribut, den das byzantinische Reich ihm jährlich zahlte, hatte anfertigen lassen.

Kriemhild kam dazu und setzte sich neben ihren Gatten. »Ist mein Erwählter schon zu trunken, um noch mein König zu werden?«

Etzels Blick wurde gleich wieder klar, und sein Kriegerblut verdrängte leicht den Rausch. »Nein, natürlich nicht. Und wenn du immer noch überzeugt bist, eine Hunnenseele an deiner Seite zu wollen, wird die Verkündigung hier und jetzt vonstatten gehen.«

Sie nickte nur, und Etzel rappelte sich auf.

Gunther drehte sich zu seiner Schwester. »Ich sehe Gernot nicht. Sollte er den feierlichen Moment nicht auch erleben?«

Kriemhild lächelte. »Er wird irgendwo im Zelt streunen, von wo er sieht, was es zu sehen gibt.« Sie erhob sich und stellte sich neben ihren Mann, der mit starker Stimme rief: »Hört zu, ihr Hunde – und Gäste aus den Reichen Burgund und Xanten!«

Es gab amüsiertes Gelächter, und der König hatte das Ohr jedes Mannes und jeder Frau. Er hob seinen Kelch. »Ihr wisst, wer wir sind, und ihr wisst, warum wir hier sind. Damit ist eigentlich alles gesagt. Doch in den letzten Jahren haben die Hunnen ein neues Leben gekostet, das aus mehr besteht als hartem Ritt und kaltem Fleisch. Einiges davon hat sich bewährt, denn es macht die Seele stark, ohne die Arme schwach zu machen. Mein Vater nahm sich jede Frau, die ihm gefiel, und es war sein stolzes Recht. Doch ich merkte schnell, dass Liebe süßer schmeckt, wenn sie aus freien Stücken gegeben wird.«

Er sah Kriemhild mit dem Ausdruck ehrlicher Verbundenheit an, und sie legte den Arm um seine Hüfte.

»Als Kriemhild mein Werben verschmähte«, fuhr Etzel

fort, »blutete mein Herz. Weder Weib noch Heiler konnte die Wunde verschließen. Heute weiß ich, dass der Dolch, dem ich den Schmerz verdanke, auch die Salbe ist, die ihn lindert. Und weil ich ohne diese Linderung sterben werde, rufe ich heute allen Hunnen zu: Hört, Kriemhild ist nun meine Frau – und eure Königin!«

Der Jubel pflanzte sich in Wellen fort – von den Umstehenden ergriff er alle Menschen im Zelt, und durch die lüftenden Öffnungen der Außenwand gelangte er nach draußen, wo die feiernden Soldaten ihn mit lauter Stimme und klappernden Bechern weitertrugen.

Gernot hörte den Jubel leise im Wind wehen, als er sich auf dem Schiff des Königs das Tuch mit dem Zeichen Burgunds unter den Arm steckte.

Seltsam. Es gab kaum eine andere Erklärung für die Fröhlichkeit als Etzels und Kriemhilds Vermählung. Aber hatte seine Schwester nicht versprochen, dass er bei den heiligen Worten anwesend sein würde?

Der Prinz sprang vom Schiff und eilte auf Gran zu, das eine halbe Stunde Fußmarsch vom Ufer der Donau entfernt war. Er war verirrt und verängstigt. Und es verwirrte ihn noch mehr, dass er nicht sagen konnte, was ihn ängstigte. Es war ein Schatten, der sich über seine Seele gelegt hatte und dessen Klauen sein Herz umklammerten. Er dachte an Elsa und daran, dass sie oft von diesem Gefühl sprach, wenn sie die Ränke am Hof von Burgund beobachtete. Erstmals konnte Gernot nachvollziehen, was sie damit meinte.

Wie konnte die Begeisterung ihn so schrecken? War jetzt nicht alles besser und sicherer? War nicht endlich ein neues Kapitel aufgeschlagen, mit jungfräulich weißen Seiten, noch nicht vom Blut befleckt?

Er lief noch schneller.

Es dauerte einige Zeit, bis die Menge in und um das Häuptlingszelt sich wieder beruhigte und die Namen von Etzel und Kriemhild nicht mehr aus hunderten von Kehlen tönten. Zufrieden sah der Herrscher der Hunnen, wie seine Männer mit den Gästen sich verbrüderten und wie die Hochzeit neue Bande schloss. Auch Kriemhild sah sich lächelnd um, doch seltsam gespannt war ihr Blick. Immer wieder huschte ihr Blick zu mehreren Xantener Soldaten, die mit steinernen Mienen überall im Zelt verteilt waren.

Als endlich wieder Ruhe einkehrte, stand Gunther auf und hob die Arme. »Fürwahr, ein großer Tag. Die dritte Hochzeit mit Burgunder Blut vor Jahresfrist. Die Hunnen können sich keine bessere Königin wünschen – und Burgund keinen besseren Schwager. Auf die Reiche! Auf den Frieden!«

Wieder wurde geklatscht und gejubelt, selbst Hagen zollte den Worten seines Königs ungesehen Tribut.

Kriemhild nickte ihren sorgsam verteilten Männern zu, die sich wie beiläufig daranmachten, die lüftenden Löcher in der Zeltwand zu verschließen und das Haupttor zuzuziehen. Alles geschah zur Überraschung, aber nicht gegen den Widerstand der Hunnen. Die burgundischen Krieger, vielfach schon im trunkenen Delirium, merkten nichts davon.

Nur Hagen von Tronje sah aus den Augenwinkeln die seltsamen Aktivitäten und stellte sich neben Gunther. »Mein König, es liegt Unbill in der Luft. Die Wege ins Freie sind soeben verschlossen worden.«

Gunther hörte kaum hin, er genoss den Zuspruch der Männer im Zelt. »Wer sollte auch den gastlichen Ort verlassen wollen?«

In seine letzten Worte mischte sich der erste Todesschrei

eines burgundischen Soldaten, erstickt von scharfem Eisen. Kaum war röchelnd ein Leben ausgehaucht, folgte ein zweites, drittes, fünf, dann zehn.

Xantener Soldaten zogen gut versteckte Klingen und stachen die Burgunder, eben noch in Freundschaft vereint, ab wie Schweine, die es zu einem Festmahl auszunehmen galt. Manche zogen sie von Frauen, deren nackte Haut in Blut aus sprudelnden Kehlen gebadet wurde.

»Mein König, wir wurden in eine Falle gelockt!«, rief Hagen, sofort den Platz vor seinem Herrn einnehmend.

Kaum hatte sich das blutige Schauspiel durch die vom Wein getrübten Gedanken der anwesenden Könige gedrängt, schrie Gunther: »Burgunder! Zu den Waffen!«

Doch es war kein Kampf, den es zu gewinnen gab. Es war ein Massaker, bei dem nüchterne und sorgfältig ausgewählte Garden vom Xantener Hof die schreiend torkelnden Soldaten Gunthers von links nach rechts und von oben nach unten zerteilten.

Die Hunnenkrieger sprangen auf und hatten schnell eigene Klingen ergriffen. Sie blickten zu ihrem Herrscher, den Befehl zum Eingreifen erwartend. Doch als Etzel mit feurigem Blick der Schlachterei ein Ende bereiten wollte, spürte er die Hand seiner Frau am Arm. »Es geschieht nun, was geschehen musste. Altes Unrecht wird in neuem Blut gewaschen. Noch sind die Hunnen unbeteiligt, und wenn dein Befehl unterbleibt, wird heute nur Burgunder Tod gefeiert. Wenn du versuchst, mich aufzuhalten, nehme ich mir selbst das Leben, bevor die Sonnenscheibe Gran findet.«

Kriemhilds Stimme war vollkommen ruhig und ohne jeden Zweifel. Etzel sah seine Frau an, als sei sie keine Frau, sondern ein Dämon der Steppe, giftig und im Leid sich suhlend. »Du kannst doch nicht zulassen ...«

»Zulassen, was ich selbst geplant habe?«, hielt sie ihm entgegen. »Ich muss es, wenn endlich enden soll, was schon zu lange schwelte.«

Gunther hatte die Worte gehört, und mühsam schwankend drehte er sich zu seiner Schwester. »Kriemhild – du ... du hast mich hergelockt, um Rache an Burgund zu nehmen?«

»Vergesst die Gründe«, zischte Hagen. »Wir müssen fliehen, um in der Heimat die Kräfte neu zu sammeln!«

Die Königin der Hunnen sah Gunther fast mitleidig an. »Nicht Burgund ist das Leid zugedacht – nur dir und den Soldaten, von denen ich wusste, dass du sie bringen würdest. Nach dem heutigen Tag wird das Reich nie mehr gegen fremde Grenzen reiten. Hörst du es fallen?«

Tatsächlich wurden die Todesschreie im Zelt, die langsam mangels Opfer verebbten, ersetzt durch ebensolch grausame Sterbensklänge von den Plätzen überall in Gran. Zum Widerstand unfähig, fielen die Burgunder schnell und zahlreich, bis von zwanzig vielleicht einer es flüchtend in die Steppe schaffte.

»Raus hier, nichts als raus!«, schrie Hagen nun.

Gunther stolperte rückwärts von Etzel und Kriemhild weg, hektisch in alle Richtungen blickend, da er fürchtete, eine Klinge zwischen die Schulterblätter zu bekommen. Doch keiner der Xantener Soldaten tastete ihn an.

Etzel, bleich in Empörung und Entsetzen, packte seine Frau am Arm. »Wie kannst du es wagen, hinter meinem Rücken dieses Morden zu planen? Du stürzt die Reiche ins Unglück!«

Sie sah ihn an, doch ihr Blick ging durch ihn hindurch. »Ich erwarte nicht, dass du verstehst, mein Gatte. Und glaube mir, dass ich deinen Edelmut bewundere, obwohl ich ihn missbrauchen musste.«

Der junge Hunnenkönig mühte sich, noch Worte zu finden. »Du hast nicht nur Burgund verraten, deine eigene Familie, sondern auch mich. Was bin ich nunmehr als der willige Helfer dieser üblen Tat?«

»Ein guter Mensch«, sagte sie leise, als wäre es genug. »Der letzte in diesem Zelt. Und nun entschuldige mich – denn das Buch der Rache muss noch zugeschlagen werden.«

Schrecken erfasste Gernot, als er die Schreie hörte und sein Fuß in eine Pfütze aus warmem Blut trat. Den ersten burgundischen Soldaten, der an einer Xantener Klinge hing, hatte er noch zu retten versucht, doch dann war ihm klar geworden, dass hier keine trunkene Tat zu verhindern war. Das Gemetzel geschah auf Befehl, und keine Seele aus dem Rheintal sollte Gran lebend mehr verlassen.

Der Prinz rannte auf das große Zelt zu, die eigene Sicherheit missachtend, als plötzlich ein Krieger in Xantener Kluft vor ihm auf den Weg stolperte, das blutige Schwert gezückt. Gernot hielt inne, Auge in Auge mit dem Meuchler. Sie sahen einander schweigend an. Dann nickte der Soldat in Kriemhilds Dienst knapp und trat zur Seite.

So glücklich Gernot für sein Leben war, so entsetzt war er doch, als er die Rettung auf Kriemhild zurückführen musste. Wer außer ihr konnte befohlen haben, die Burgunder abzuschlachten, ihn selbst aber zu verschonen? Wer hätte Interesse daran gehabt, wenn nicht die Prinzessin, die nun Königin war?

Je schneller er rannte, desto langsamer schlug sein Herz, desto schwerer wurde seine Seele. Seine Füße trugen ihn zu einem Ort, zu dem er sich mit jedem Schritt weniger gezogen fühlte.

Mit gemessenen Schritten, wie zur Hochzeit oder Krönung, ging Kriemhild durch die Reihen der treuen Xantener Soldaten, der entgeisterten Hunnen und der toten Burgunder. Sie hatte keinen Blick für das Leid, das auf ihren Befehl hin geschehen war, und das letzte Stöhnen einiger Landsmänner drang nicht in ihr Ohr. Ihre Augen fixierten Gunther, kalt und überlegen, der rückwärts zum Ausgang taumelte, dabei immer wieder über die Leichen seiner Männer stolpernd. Er jaulte jedes Mal wie ein getretener Hund, und obwohl er nicht schluchzte, rannen Tränen seine Wangen hinunter. In seiner letzten Stunde war der König Burgunds nur ein Bündel aus Feigheit und Erbärmlichkeit. »Kriemhild – meine Schwester! Was immer du zu wissen glaubst ...«

Sie hob langsam die linke Hand wie zum Schwur, damit Gunther den Ring sehen konnte. »Siegfried trug den Ring, als die Klinge ihn durchbohrte, von Hagen geführt. Doch wer führte den Hagen, der niemals eigenmächtig zu handeln wusste? Der Ring hat es gesehen.«

Hagen selbst, der keine Anstrengung machte, seinen König zu stützen, höhnte nur für Gunthers Ohren. »Dann weiß sie eben von unserem Plan. Ist er nicht dennoch aufgegangen? Wird das Schicksal nicht dennoch auf unserer Seite sein, wenn wir erst sicher wieder am Rhein sind?«

»Du kanntest Siegfried nicht wie ich«, stotterte Gunther nun. »Du kanntest nicht seinen Ehrgeiz. Er wäre der Untergang des Reiches gewesen, und als guter König musste ich ...«

»*Schweig!*«, schrie Kriemhild, nicht in Raserei, sondern in herrischer Arroganz. »Siegfried war mehr König, als der Burgunder Hof in fünf Generationen zusammengebracht hat. Und das, bevor er noch die Krone trug.«

Hektisch sah sich Gunther um und suchte das Portal.

Doch er sah ein gutes Dutzend Xantener Getreue, die in geschlossener Linie dort wachten.

»Zieh deinen Dolch«, sagte Kriemhild nun. »Du trägst ihn zum Zeichen deiner Ehre. Ich weiß es.«

»Zieht Ihr den Dolch«, knurrte Hagen. »Und meine Klinge wird Euch beistehen.«

Er hob in Zuversicht sein großes Breitschwert, und Gunther blinzelte, als die Klinge das Licht der Fackeln reflektierte.

Nun holte der König der Burgunder seinen Königsdolch aus dem Gürtel, und Kriemhild hatte gleichzeitig ein silbernes Messer in der Hand. »Mein Bruder, nun wirst du selbst Blut fordern müssen, um dein Leben zu retten. Kein Hagen und kein Siegfried mehr stehen dir zur Seite, um deine Hände sauber zu halten. Wie aufrecht bist du, wenn du niemandem sonst die üble Tat unterschieben kannst?«

»Keine Sorge«, versicherte Hagen. »Mein Leib wird Euch schützen, und mein Schwert wird Kriemhild niederstrecken.«

Gunther, der Hagen sicher an seiner Seite wähnte, lächelte. »Dann sei es.«

Kriemhild sprang vor, und Gunther wich nicht aus. Er streckte nur den Arm mit dem Dolch aus, falls es Hagen wider Erwarten nicht gelingen sollte, die wahnsinnige Königin der Hunnen zu erschlagen.

Er spürte die feine Klinge nicht, die sich in seinen Leib bohrte, und die eigene Waffe, die unter Kriemhilds Brust ins Fleisch drang, tat es sanft und ohne Druck. Alles, was Gunther spürte, war der Körper seiner Schwester, der ihn wie zur Umarmung traf. Ihre Haare berührten sein Gesicht, als sie den Kopf auf seine linke Schulter legte, und aus feinen Lippen hörte er sie sprechen: »Dann sei es.«

Ihre Hände ließen die Dolche los und umklammerten

sich im stillen Tanz aneinander. Bruder und Schwester gaben sich Halt, während dunkles Blut die Kleider zwischen ihnen nässte.

Zum ersten Mal seit Monaten fragte Gunther nicht, wo Hagen war. Schon der Gedanke schien ihm absurd. Der Wahnsinn zog sich leise zurück, er hatte seinen Dienst getan. Hagen war tot – gestorben durch seine eigene Hand. Wo anders sollte der alte Ratgeber sein als auf dem Grund des Rheins?

Kriemhild lächelte, und es war ein Lächeln ohne Berechnung. Der Hass, den sie gespürt hatte, machte wieder jener Liebe Platz, die sie von klein auf für ihren Bruder empfunden hatte. Für den guten, gerechten Gunther, der in ihrem Arm starb.

Als Etzel zu der traurigen Umarmung trat, sackten die beiden Körper auf einem Bärenfell zusammen, die Hände auch auf dem Weg ins Totenreich verschränkt. Der König der Hunnen kniete neben seiner Königin nieder, ihren Sohn auf dem Arm. Kriemhild sah das Kind und flüsterte mit Blut auf den Lippen: »Siegfried ...«

Es sah aus, als wolle sie sich zu dem Kind erheben, aber ihr Körper war dem Geist im Sterben schon voraus. Etzel sah sie an, in Trauer unfähig, seine Wut zu zeigen. »War es das, was du wolltest? Bist du deshalb meinem Werben gefolgt? Ohne Liebe, beseelt nur vom Gedanken an Rache und Tod?«

Sie lächelte dünn und zitternd. »Mein Etzel ... guter Mann ... schöner König. Viel mehr hätte ich ... für dich ... gewollt ...«

Ihre Augen brachen, und ihre letzten Gedanken blieben unausgesprochen. Nur noch zwei burgundische Herzen schlugen jetzt in Gran.

Die Stille, die Gernot empfing, als er zu Etzels großem Zelt kam, war schlimmer als der Jubel oder die Todesschreie, die ihn hierher begleitet hatten. Sie kündeten vom Ende, von der Vollstreckung übler Taten.

Vier Xantener Soldaten wachten am Eingang, im Schatten neben ihnen die Hunnen, die sie niedergeschlagen hatten. Ihre Gesichter waren ruhig und leer, aber bestimmt.

Doch bevor der Prinz von Burgund Einlass begehren konnte, öffnete sich das Tor von innen, und im flackernd warmen Licht der Fackeln trat eine Gestalt aus dem Zelt.

Es war der Hunnenkönig. Etzel, grau im Gesicht und mit schwankenden Schritten, die Augen rot und starr. Im Arm trug er den kleinen Siegfried.

Gernot wagte nicht zu fragen, was geschehen war, denn was in Etzels Gesicht zu lesen stand, war an Antwort wahrlich genug. So standen sie einander gegenüber, schweigend, nur vom fröhlichen Glucksen des Kindes abgelenkt. Zwei Männer, so unterschiedlich in den Seelen, aber um dieselben Lieben weinend.

Schließlich reichte Etzel seinen Stiefsohn Siegfried an dessen Onkel. »Nimm das Kind, und bring es fort. Burgunder haben mein Reich heute geschändet, und würde ich im Geist meiner Väter handeln – ich müsste dich und den Knaben töten, nur um dieses faule Blut auf alle Zeiten aus der Welt zu bannen.«

Vorsichtig fasste der Prinz den Säugling, und in der kleinen Hand sah er etwas funkeln. Es war der Ring, den Siegfried wie ein Spielzeug hielt.

»Ich habe die Legenden über das Gold gehört«, erklärte Etzel. »Und wenngleich ich nicht an sie glaube, bin ich doch nicht bereit, das Schicksal herauszufordern.«

»Der Ring ist die Wurzel allen Übels«, flüsterte Gernot

und entwand dem Kind das Gold, worauf es gleich zu schreien begann.

Etzel schüttelte den Kopf. »Glaubt das, wenn Ihr hofft, dadurch den Blick auf all die Toten ertragen zu können.«

Es waren alle Worte gesprochen, und keine Verabschiedung wäre weniger als Heuchelei gewesen, also drehte sich Gernot um und machte sich mit der Flagge, dem Ring und dem Kind zurück auf den Weg zum Schiff.

14

Gernot
und das Herz der Gerechtigkeit

In den frühen Morgenstunden, als Worms noch schlief, ritt Gernot in die Stadt ein. Die Kapuze seines Mantels hatte er tief ins Gesicht gezogen, und nur die Bäcker, die schon unterwegs waren, sahen ihn mit einem Bündel durch die Straßen auf die Burg zureiten, ohne ihn jedoch zu erkennen. Die Wachen am Tor hielten ihm Speere entgegen, die er mit leisem Wort zur Seite wandte.

Die Burg lag wie im Schlaf, als warte sie auf die Rückkehr ihres Königs, um ihn ausgeruht begrüßen zu können. Gernot war schnell geritten, um der schrecklichen Nachricht voraus zu sein, und er vermied es, sich mit irgendjemandem auf ein Gespräch einzulassen, während er mit dem Kind im Arm den Weg zu Elsas Zimmer einschlug.

Er fand auch sie noch schlafend vor, und fast hatte er Skrupel, sie zu wecken. Er gönnte sich ein paar Augenblicke, ihr liebliches Gesicht zu bewundern, das von Sorgen unbehelligt selig entspannt war. Dann küsste er sie auf die Wange, und ohne die Augen zu öffnen, lächelte Elsa.

»Ich habe gerade von dir geträumt – wie jede Nacht.«

Als er sie nicht glücklich in die Arme schloss, setzte sie sich auf. Es genügte der Blick in seine müden Augen und auf das Kind in seinem Arm, um genügend Antworten zu bekommen, die sie tief erschreckten.

»Der Traum ist vorbei«, flüsterte Gernot heiser, den der lange Ritt ausgezehrt hatte.

Sie sprang aus ihrem Bett und umarmte ihn vorsichtig, um das Baby nicht zu fest zu drücken. »Mein Liebster, sprich, bevor die Angst mich frisst.«

Er legte den rechten Arm um sie, und schwere Tränen befeuchteten ihr Nachthemd. »Alles ist vorbei. Vier Reiche erleben die Sonnenscheibe heute ohne König, und auch Burgund ist darunter.«

Sie sah ihn an, leise verzweifelnd. »Gunther?«

Er nickte schwer. »Und meine geliebte Schwester. Und jeder Soldat, der mit uns marschierte.«

Elsa runzelte die Stirn. »Aber wie konnte Etzel ...«

»Nicht Etzel«, unterbrach Gernot. »Burgund suchte Burgunder Blut in der Hochzeitsnacht in Gran. Kriemhild und Gunther fanden den Tod aneinander.«

Der kleine Junge in seinem Arm regte sich, müde die Augen öffnend. Elsa nahm ihn und drückte ihn behutsam an die Brust. »Dann ist die Frage, wessen Kind dies ist, leicht zu beantworten.«

Von der Verantwortung für den winzigen Körper befreit, konnte Gernot sich endlich in einen Stuhl fallen lassen. »Kein anderes Kind hätte den Ritt hierher überlebt. Siegfried ist sein Name. Und sein wird die Rache werden, kaum dass er laufen kann.«

Entsetzt schüttelte Elsa den Kopf. »Nein, das darf nicht sein. Die Gier, der Wahn, das Gold – es endet heute, hier!«

Der Prinz, den die letzten Tage um Jahre hatten altern lassen, zog ein Schmuckstück aus seiner Tasche. Es war der Ring. »Sein Erbe.«

Er wollte ihn ihr geben, doch sie hob abwehrend die

Hand. »Lass das verfluchte Geschmeide nicht in seine Nähe.«

Unsicher steckte Gernot den Ring wieder ein. »Ich weiß nicht, was nun zu tun ist. Ich hatte gehofft, Burgund würde mir die Antwort geben, aber stattdessen steht nun alles still.«

Elsa hielt dem Baby ihren kleinen Finger hin, an dem es sofort begierig zu saugen begann. »Er ist durstig. Ich werde in der Küche etwas Milch für ihn aufwärmen.«

Gernot ging ihr hinterher. »Aber was sollen wir tun?«

Ihre Aufmerksamkeit schien mehr dem Jungen zu gelten als den Fragen nach dem, was das Schicksal für sie vorgesehen hatte. »Erinnerst du dich, als wir einander versprachen, weder Rang noch Blut zwischen uns kommen zu lassen?«

»Wie gestern«, bekräftigte der Prinz.

Sie hielt auf dem Gang kurz inne, um in ihren Blick all jene Liebe zu legen, die ihren Worten vielleicht fehlte. »Dann sollst du eines wissen, Gernot von Burgund – ich werde fortgehen, und wenn du nicht deine Waffe ziehst, um mich zu hindern, nehme ich den Jungen mit.«

Der Prinz war unfähig, dem Gedanken seiner Geliebten zu folgen. »Fort von Burgund – aber wohin? Und was soll aus mir werden?«

Sie lächelte, als sie in die Küche kamen. »Gernot wird König von Burgund – oder Mann und Vater.«

Es nieselte leicht, und düstere Wolken versprachen noch mehr schlechtes Wetter, als zwei Pferde den Hof von Burgund verließen und nordöstlich in den Wald der Nibelungen ritten.

Elsa hatte sich ein Tuch um den schlanken Körper gewickelt, in dem der kleine Siegfried sicher schlief. Gernot hatte zwei Taschen hinter sich über den Pferderücken gehängt, die ein paar Kleidungsstücke und Proviant enthielten. Nichts davon wies auf seine Herkunft hin, nichts hatte Wert, mit dem er sich Respekt hätte erkaufen können. So hatten sie entschieden.

»Solltest du es bereuen, werde ich dir die Umkehr nicht vorwerfen«, sagte Elsa.

Gernot sah sie an. »Hättest du es nicht so vorgeschlagen – ich wäre bald selber darauf gekommen. König Gernot von Burgund? Ich bitte dich.«

Sie lachte. »Du wärst ein wunderbarer König geworden.«

»Wie Giselher, Gunther, Kriemhild gar? Mir scheint viel eher, dass der Thron auch aus guten Menschen Böses kitzelt.«

»Der Thron – oder das Gold«, murmelte Elsa.

»Beides hat für mich keinen Wert mehr«, erklärte Gernot. »Und wenn im Verzicht die Aussicht besteht, mit dir glücklich zu werden, ist es kein Preis, der zu zahlen war, sondern einer, der gewonnen wurde.«

Sie ritten schweigend und in Einigkeit für eine Stunde, während das Licht des Tages trüb durch die Wolken drang. Dann und wann gab Elsa dem Kind Milch aus einem Lederschlauch, den sie immer unter der Achsel trug.

Irgendwann erstarb das Lied der Vögel, und ein modriger Geruch kroch aus den Bäumen, zusammen mit einem Ton, der so fein war, dass man meinen konnte, er wäre gar nicht vorhanden. Die Luft schien stillzustehen, und jeder Ast und jeder Stein schien zu vibrieren.

Gernot rieb sich die Schläfen. »Spürst du das?«

Gernooot ... Elsaa ...

Sie hielt ihr Pferd an. Obwohl ihr Kopf pochte, als wolle der Geist darin sich aus dem Staub machen, galt ihre Sorge dem Kind, das an ihrer Brust schlief. Doch Siegfried schien vom Druck des Unsichtbaren unbekümmert.

Die Frucht ... des Dieeebes ...

Sie ritten weiter, doch das Flirren in der Luft verstärkte sich, und der Schmerz wurde wie eine Wand, die nicht einzureißen war.

Burgunder Blut ... und Nibelungen Gold ...

Immer wieder drehte sich Gernot hastig um, wenn er meinte, einen Schatten in unnatürlicher Bewegung gesehen zu haben oder ein Gesicht in den Moosflechten auf den Findlingen.

Das Spiel beginnt ... erneut ...

Als das junge Paar nicht mehr reiten konnte, weil die unsichtbaren Klingen ihre Leiber förmlich zu zerteilen drohten, hob Gernot die Hand. »Hier muss es sein, denn weiter können wir nicht.«

Er zog den Ring aus seiner Jacke, den die Nibelungen schon gerochen hatten, als Gernot am Morgen über den Rhein gesetzt hatte.

Der Ring! Ringringring! Unser! Mein! Unser!

Nur kurz dachte der Prinz daran, was er aufgab, wenn der Ring zu dem fähig war, was man ihm zuschrieb. Dann sah er Elsas Blick, ihr leichtes Nicken, und mit kräftigem Ruck warf er das goldene Schmuckstück von sich.

Ringringringringringringring ...

Das Flüstern der Nibelungen wurde zu einem Kreischen, und Hunderte von ungesehenen Händen griffen nach dem Ring, der in der Luft verharrte, als müsse er sich noch entscheiden, wohin er fallen wolle.

Ein einziger Sonnenstrahl fand den Weg durch die Wolken, und im Ring fing er sich so gleißend, dass Elsa und Gernot ihre Augen schützen mussten. Als sie wieder klar sehen konnten, war der Ring der Nibelungen verschwunden und der von ihnen verursachte Schmerz ebenso.

Hätte es die Sprache des Waldes verstanden, das junge

Paar hätte noch die letzten Worte der Nibelungen hören können, die vielstimmig verebbten: *Mit viel Blut bezahlt die Schuld ... doch bezahlt trotz alledem ...*

Gernot sah Elsa an und dann den Knaben, der immer noch selig schlief. »Es ist getan. Was nun kommt, liegt hoffentlich wieder in unserer Hand.«

Sie sah ihn glücklich an. »Kein grausames Schicksal mehr, kein Spielball für die Götter. Suchen wir den Weg gemeinsam. Wohin sollen wir die Pferde lenken?«

Gernot dachte nach. »Ich sagte einst, dass Island mir zuwider ist. Aber es schien mir auch ein Ort, an dem du glücklich wärst – und der weitab von allem liegt. Der Statthalter, der nun wohl König wird, heißt Eolind. Eine gute Seele.«

Elsa nickte. »Island also. Nach Norden.«

»Wochenlang nach Norden«, bestätigte Gernot. »Aber wir haben alle Zeit der Welt.«

»Was wird aus den Reichen – aus Burgund und Xanten, aus Dänemark?«

Der Prinz, der alle diese Länder hätte regieren können, zuckte mit den Schultern. »Die Reiche werden fallen. Das Land ist das, was bleibt. Neue Könige werden sich dafür finden. So ist es immer gewesen.«

»Und dann wird wieder Krieg sein.«

»Und dann Frieden. Den ewigen Kreis werden wir nicht brechen.«

Es donnerte in der Ferne.

Sie ritten in den Regen.

TORSTEN DEWI
WOLFGANG HOHLBEIN

DIE RACHE DER NIBELUNGEN

ROMAN

Für die Altemanns

Einleitung:
Es wird aus alten Zeiten viel erzählt …

Mein Name ist Elsa von Tronje. Auch wenn mich schon seit Ewigkeiten niemand mehr so genannt hat. Der Name ist mir so fern wie die Schande, die auf ihm liegt. Es war nie meine Schuld, von Tronje zu sein, und doch trug ich die Last alle Jahre. Bis jener kam, der mir seinen Namen gab – und seine Liebe. Gernot, Prinz von Burgund, König von Island, Mann meines Lebens.

Ich will unsere Geschichte niederschreiben, bevor sie zur Legende wird, die man in Tavernen verlacht. Bevor sich das Gedächtnis angesichts des Alters geschlagen geben muss, und bevor die letzten Zeugen auf ewig die Augen schließen. Ich will Zeugnis ablegen, nicht nur für die Welt, sondern für Sigurd, dessen Erbe die Wahrheit sein soll. Sie muss auf Pergament, schmerzhaft wie unumstößlich. Er wird sie nicht wollen, doch er wird sie brauchen. Denn für das Glück der letzten Jahre haben wir mit einer Lüge bezahlt, das ist mir schmerzlich bewusst. Und sollte ich aus der Geschichte nichts gelernt haben, so dann doch dies: Lügen werden mit Leid bezahlt, und nicht selten mit Blut.

So viele Dinge, die ich schildern muss, stammen aus zweiter Hand. Ich war nur ein Mädchen am Hofe in Worms, und die Türen, hinter denen die Entscheidungen getroffen wurden, blieben mir stets verschlossen. Die Könige und Helden, ich habe sie meist nur vom Söller gesehen, wie sie ein und aus ritten. Doch nun, mit der Würde der Herrscherin von Island, habe ich mir berichten lassen. Von Eolind, der seit fünfzig Jahren dem Hofe dient. Von den Kriegern, die einst an Gunthers und Siegfrieds Seite ritten. Von Mönchen, die in den Städten und Dörfern beflissen Geschichten sammeln. Und von Gernot, der an so manchem kalten Winterabend versucht, seinem Gedächtnis die schwindenden Erinnerungen zu entreißen.

Und nun kenne ich die Geschichte des Rings der Nibelungen, so gut sie jemand nur kennen kann.

Ich erzähle sie für Sigurd, geboren als Siegfried, Sohn von Siegfried.

Die Anfänge liegen in einem Nebel, der nicht mehr zu lichten sein wird. Wie das Schwert Nothung dem Geschlecht derer von Xanten zufiel, welche Könige damit welche Schlachten schlugen – mögen die Götter diese Fragen beantworten. Durch die Generationen war es das Sinnbild der Macht am Rhein. Nie ward ein Herrscher besiegt, dessen Hand das Schwert hielt. Vom Götterschmied Wieland einst auf dem Amboss mit Thors Hammer gezwungen, gab es Stolz und Würde dem Reich Xanten.

Bis König Siegmund dem Hjalmar von Dänemark in der Schlacht begegnete. Da brach das Schwert vor den Augen der Krieger, als die Götter ihm ihren Segen nahmen. Es standen tausend gegen tausend, und als kein gütiger Gott mehr die Hand über Siegmund hielt, da richtete Hjalmar den stolzen Xantener mit kalter Klinge. Und es weinte vom Himmel, bis der Schlamm des Feldes die Leiche schluckte.

Xanten fiel an Hjalmar von Dänemark, der grausam war und blind für Gerechtigkeit. Doch seine Geschichte ist nicht unsere, zumindest nicht für viele Jahre ...

Die Geschichte, die ich erzählen will, ist die Geschichte einer Frau. Wenn ich es recht bedenke, ist die Geschichte der Nibelungen eine Geschichte vieler Frauen. Und sie beginnt mit Sieglinde, der Königin von Xanten, die ihren Thron mit dem Tode ihres Gemahls verlor. In der Nacht, da Siegmund auf dem Feld verstarb, hatte er sie noch im Zelt besucht, ihr ein letztes Mal seine Leidenschaft gegeben, als Abschied wie als Geschenk. Im Schein einer einzigen Fackel wurde auf einem Lager aus Fellen die Saat gelegt für die Zukunft von Xanten. Und die Rache.

Noch bevor sich die Nachricht vom Tode des Königs verbreiten konnte, waren Sieglinde und der Getreue Laurens den Rhein hinauf geflohen. Es ist mir unmöglich zu sagen, welche Route sie nahmen, wo sie rasteten, oder ob ihre Flucht ein vorbestimmtes Ziel hatte. Sieglinde ist schon lange tot, länger noch als Laurens, und keiner von beiden hat sich je einem anderen Menschen anvertraut. Ich weiß nur, dass sie eines Tages bei Regin Schutz suchten, einem Waldschmied. Hier waren sie sicher vor den Schergen des Hjalmar, der unerbittlich nach der Königin suchte, um ihren Kopf dem gedemütigten Volk von Xanten zu präsentieren.

Noch bevor die Königin ihr Kind gebar, den kräftigen Jungen Siegfried, machte sich Laurens auf den Weg, um in den folgenden Jahren Hjalmars Widersacher um sich zu scharen und gegen den Tyrannen aufzubegehren. Doch wir werden ihn wiedertreffen – später.

Kriemhild – auch von ihr wird noch zu sprechen sein – erzählte einst ihrem Bruder Gernot, der nun mein Mann ist, dass Siegfrieds Mutter Sieglinde bei der Geburt verstarb. So hatte es ihr Siegfried geschildert, und ich habe keinen Grund, daran zu zweifeln. Der Junge wuchs in der Schmiede beim alten Regin auf, lernte das Handwerk und jagte unermüdlich die Tiere des Waldes, mit bloßer Hand und großem Geschick. Das Schicksal machte ihn so schnell zum Mann, dass Regin kaum übersehen konnte, dass hier kein Schmied vor ihm stand, sondern ein Prinz. Ich weiß nicht, ob es Regin widerstrebte, Siegfried von seiner Herkunft zu erzählen. Wie dem auch sei, er zog mit ihm nicht nach Xanten, sondern in die entgegengesetzte Richtung, nach Burgund.

Von hier an kann ich in größerem Detail erzählen, denn fortan kenne ich die Geschichte aus erster Hand. Und wenn ich auch über die Jahre vieles verloren habe: mein Gedächtnis ist klar wie Bergwasser und hell wie Morgenlicht.

Er war sehr schön, der junge Siegfried, als er mit seinem Schmiedemeister an den Hof von Burgund kam. Hochgewachsen und von der Arbeit am Amboss muskulös, die blonden Haare in sanften Wellen auf die Schultern fallend, und in den Augen jenes begeisterte Verlangen, das bei den Männern Respekt, bei den Frauen Hingabe erzeugt. Hätte ich mein einsames Herz nicht damals schon an den schüchternen Prinzen Gernot verloren, so wäre es vermutlich stillgestanden beim Anblick des jungen Schmieds. Man nahm ihn und Regin freundlich auf, denn gute Waffen aus lohender Glut waren so nötig wie nie zuvor …

Es war keine gute Zeit für Burgund. Seit Jahren kreiste das Biest Fafnir mit ledernen Schwingen über dem Land, verbrannte mit seinem Odem die Häuser, fraß die Kinder und zerbiss das Vieh. Keine Zahl Krieger, die auszog, den Drachen zu töten, war groß genug, und manche Helden großer Schlachten fielen geröstet in die feuchte Erde, ohne eine würdige Bestattung zu erhalten. Was das Monstrum von außen säte, blühte auch im Innern weiter: Das Volk lebte in Furcht, und der Respekt vor König Gundomar, der es nicht zu schützen wusste, sank von Tag zu Tag.

Diese Stelle mag so gut wie jede sein, um von meinem Vater zu erzählen. Hagen von Tronje, Ratgeber des Königs Gundomar. Ich würde ins Stocken geraten, bäte man mich, von seinen guten Seiten zu berichten. Seine Seele war finster, und die Hand, mit der er mich als Kind hielt, war nie anders als kalt. Er war ein Mann, dem Furcht so recht war wie Respekt und dessen scharfer Geist nur Verachtung für das weiche Leben bei Hofe besaß. Doch Hagen von Tronje war, was er war, und stolz darauf noch obendrein. Sein Leben hatte er dem Reich Burgund gewidmet, und niemals hörte ich den Vorwurf, dass er seine Pflicht vergessen hätte. Und so war sein Hass auf den Schmied Siegfried, dem die liebliche Prinzessin Kriemhild schnell ihr Herz geschenkt hatte, nicht der neidische Hass eines alten Mannes auf den jungen Widersacher. Es war der politische Hass eines Ratgebers, der das strahlende Licht seines Königs neben einer neuen Sonne erlöschen sah. Wie unschuldig Siegfried auch sein mochte – in den Augen meines Vaters war er ein Usurpator, der über die Liebe Kriemhilds nach dem Thron griff. Auch wenn er keinen Beweis dafür gebraucht hätte: Als Prinzessin Kriemhild dem Hunnenführer Etzel die Hand verweigerte und Burgund an den Rand des Abgrunds führte, bekam er ihn. Siegfried war in Hagens Augen das Verderben des Reiches.

Doch den Drachen zu bezwingen war wichtiger in diesen Tagen als die Ränkespiele bei Hofe. Um die Wertschätzung seiner Untertanen zurückzugewinnen, ritten König Gundomar, die Söhne Gunther und Giselher und zehn weitere Getreue in den Wald, um Fafnir zu stellen. Im Schloss blieb nur der empfindsame Gernot, dessen Hand nicht für das Schwert taugte und dessen Herz langsam für mich erwachte.

Bang wartete man bei Hofe auf die Rückkehr der Krieger, die nicht weniger als glorreich sein durfte. Doch der Morgen brachte nicht Ruhm, nur sprachloses Entsetzen: Der König war unter den Klauen der Bestie gefallen, ebenso Kronprinz Giselher. Mit seinem letzten Atem übergab Gundomar dem stillen Gunther die Krone. Burgund hatte einen neuen Herrscher – ein Herrscher, in dessen Reich niemand mehr vor die Tür zu treten wagte.

Gunther und Siegfried, so verschieden vom Stand, so gleich im reinen Herzen, wurden Freunde. Meinem Vater gefiel es nicht, dass der junge König einem Fremden Gehör schenkte. Und es gefiel ihm nicht, dass Gunther Verständnis für Siegfrieds Werben um die Prinzessin Kriemhild hatte. Doch es war leicht, durch wenige gewählte Sätze dieses Übel im Sinne Hagen von Tronjes aus der Welt zu schaffen: Warum dem jungen Schmied die Prinzessin nicht versprechen, falls es ihm gelänge, den Drachen zu töten? Sollte der Tor in sein Verderben rennen, und das Problem löste sich von selbst. Leider hatte mein Vater, den ich ungern Vater nenne, nicht mit dem Auftauchen von Laurens gerechnet, der einst Siegfrieds Mutter vom Schlachtfeld geführt hatte. Obwohl die Klinge Regins ihm schnell das alte Leben austrieb, konnte Laurens noch dafür Sorge tragen, dass Siegfried endlich von seinem Erbe erfuhr, von seinem Vater – und von dem Reich Xanten, das rechtmäßig ihm zustand! Es gab ihm die Kraft, die Teile des Schwerts Nothung zu schmieden, die Laurens im Gepäck gehabt hatte. Und als der Morgen graute, war aus dem Schmied Siegfried der Thronfolger Xantens geworden, der Träger Nothungs, und der Herausforderer Fafnirs!

Es liegt im Schicksal, dass die Glorie Siegfrieds von Blutdurst kündete ...

So zog Siegfried also in den Wald zu Fafnir, die Tränen Kriemhilds und die feierliche Krönung Gunthers hinter sich lassend. Nur die schrecklichen Wunden der Opfer des Drachen lassen erahnen, welchem Kampf sich der junge Schmied gestellt haben muss; wie das Fleisch dem Feuerodem widerstand; wie seine Klinge schließlich den Schädel der Bestie zwischen den Augen durchbohrte. Was Siegfried zum Helden machte, waren weder das Schwert noch der Mut: es war der unbedingte Wille, Kriemhild zu besitzen.

Jahre später erst habe ich erfahren, dass während all dieser Zeit ein weiteres Herz an anderer Stelle vor Sehnsucht verging: Die stolze Brunhilde von Island in ihrem eisigen Schloss wartete auf den Freier, der nicht kam, auf den einzigen Mann, der sie bezwingen konnte. Sie hatte als junges Mädchen am Rhein einen Schmied getroffen, und sie hatten sich einander versprochen. Doch während Siegfrieds Feuer für Brunhilde in den Flammen der Liebe zu Kriemhild erstickt war, wuchsen von Jahr zu Jahr die Verzweiflung und der Hass im Herzen der Königin von Island. Viele Prinzen, die um sie freiten, schickte sie in den Tod, um den Platz an ihrer Seite für einen Mann freizuhalten, der sie vergessen hatte.

Was das mit Burgund und dem Drachen zu tun hat? Noch nichts. Aber der geneigte Leser dieser Zeilen möchte den Sturm am Horizont im Auge behalten, der aus dem Norden kommt ...

Derweil trat der in der Kirche von Worms gekrönte Gunther vor sein Volk, bejubelt trotz der schweren Zeit. Und im Jubel schleppte Siegfried einen hölzernen Schlitten in die Stadt, beladen mit dem Gold der Nibelungen – und dem Haupt des Drachen Fafnir! So feierte Burgund an diesem Tag zwei Helden, den König und den Retter, die eigentlich eins hätten sein sollen. Mein Vater wusste das. Und er wusste auch, dass man den Nibelungen nicht ihr Gold nahm, ohne auch ihren Fluch mitzunehmen ...

Doch für düstere Gedanken schien die Zeit vorbei. Der Drache war tot, die Liebe zwischen Kriemhild und Siegfried nun gesegnet, und König Gunther konnte ein freies Land regieren.

Ist Frieden die Zeit zwischen zwei Kriegen? Oder Krieg die Zeit zwischen friedlichen Jahren? Wie dem auch sei, die Kenntnis um Siegfrieds Herkunft zwang bald auch die Männer von Burgund zu den Waffen, denn der Xantener Thronfolger wollte sich sein Erbe holen, um dann als König seine Prinzessin heiraten zu können. Es war ihm nicht genug, reich und beliebt zu sein – es dürstete ihn nach einer Krone. Es dürstete ihn nach zu viel.

Trotz aller Freundschaft zwischen Siegfried und Gunther fiel es meinem Vater nicht schwer, Misstrauen zu säen: König Siegfried von Xanten mit der Prinzessin von Burgund als Gattin – wie leicht konnten die Reiche dann verbunden werden, wie schnell war Gunther dann nur noch Staffage, wenn Kriemhilds Schoß die Blutlinie bestimmte? Um seine Macht, Gunthers Macht, zu festigen, musste er selbst eine Königin an seiner Seite haben, die seinen Thronfolger zur Welt brachte. Nur im Gleichgewicht der Macht lag die Chance auf dauerhaften Frieden. So flüsterte es mein Vater zumindest dem König ein.

Während Gunther und Siegfried mit dem Heer der Burgunder gegen Xanten zogen, plante Hagen bereits für seinen König die nächste Reise: Nach Island, zur einsamen Königin Brunhilde, die eine würdige Gattin auf dem Burgunder Thron abgeben würde ...

In Liedern wird noch oft von der Begegnung von Siegfried und Hjalmar gesungen. Wie zwei Heere auf dem Schlachtfeld standen, ohne die Waffen zu heben. Wie Siegfried den prächtigen Krieger Hjalmar zum Duell forderte. Wie sie ihre Klingen kreuzten. Und wie das Schwert Hjalmars an der Haut Siegfrieds abglitt, als sei sie aus poliertem Eisen. Man munkelte, und munkelt noch bis heute, dass Siegfried von den Göttern beschützt wurde, die ihm den Thron Xantens versprochen hatten. Und mit einem wuchtigen Stoß seiner Klinge in Hjalmars Leib wurde das Versprechen eingelöst.

Siegfried, König von Xanten.

Von diesem Sieg hörten wir in Burgund lange Zeit nicht, denn die Boten brauchten Wochen, um die frohe Kunde zu überbringen. Ich stand in diesen Tagen jede Nacht auf der Burgmauer, mit einer Schale Suppe für die Rückkehr meines Gernot betend, dem ich mich versprochen hatte. Manchmal stand Kriemhild neben mir, das Herz vor Sehnsucht nach Siegfried förmlich berstend.

Doch es sollte dauern, bis wir die Männer unserer Herzen wieder in die Arme schließen konnten. Kaum dass er einen Statthalter in Xanten berufen hatte, zog Siegfried, die Freundesschuld anerkennend, mit Gunther nach Island weiter. Auch hier erzählen Geschichten von unglaublichen Geschehnissen: Stürme, stärker als die Faust der Götter, wirbelten die Schiffe umher bei der Überfahrt. Eine Wand aus Flammen, die den Hafen Islands unüberwindbar umtoste. Und Siegfried, der mit einer List dennoch Zugang zur Burg bekam und für seinen Freund Gunther bei Brunhilde vorsprach.

Ich habe Brunhilde später nie wirklich kennengelernt, zu verschlossen war ihr Herz. Und doch wage ich mir vorzustellen, was sie empfunden haben muss, als der geliebte und herbeigesehnte Siegfried vor ihr stand, nur um ihre Hand für einen anderen zu erbitten. Was mag in Siegfried vorgegangen sein, als er in der Königin das Mädchen aus dem Wald wiedererkannte? Ich kann es nur vermuten. Aber ich weiß, wie rein die Liebe Siegfrieds zu Kriemhild zu diesem Zeitpunkt bereits war, und keine Sekunde wird er an dieser Liebe gezweifelt haben. Er war ein guter Mann, und ich kann nur glauben, dass er Brunhilde mit aller Kraft überredete, die Dinge so zu nehmen, wie die Götter sie vorgesehen hatten: Kriemhild für Siegfried, Brunhilde für Gunther. Zwei Paare für zwei Reiche.

Siegfried hatte keine Ahnung, zu welchem Hass eine verstoßene Frau fähig ist.

Um Brunhilde zu bekommen, musste Gunther sie in einem Zweikampf besiegen. Es gelang ihm auf dem Feld aus Feuer und Eis, auch wenn es heißt, dass Siegfried ihm mit der Magie der Nibelungen zur Seite stand. Das vermag ich nicht zu bestätigen, aber die folgenden Ereignisse lassen es zumindest vermuten.

Brunhilde unterwarf sich Gunther, setzte den guten Eolind als Statthalter Islands ein und ging mit nach Worms, wo sie Königin von Burgund wurde – und Kriemhild in der gleichen Zeremonie Königin von Xanten an Siegfrieds Seite.

Es hätte gut sein können. Es war der Moment dieser Geschichte, an dem ein friedliches Ende greifbar schien. Zwei Reiche mit starken und weisen Königen, mit schönen und klugen Königinnen, in Freundschaft verbunden. Aber Siegfried hatte das Gold der Nibelungen geraubt, und er hatte Brunhilde um ihre Liebe betrogen. Es waren zu viele Lügen gesprochen worden, und ich sagte es bereits: Lügen werden mit Leid bezahlt, und oft fordern sie Blut.

Brunhilde hatte sich Gunther unterworfen, weil sie

dachte, er hätte sie auf dem Feld ehrenhaft besiegt. Doch schon in der Hochzeitsnacht offenbarte sich die Wahrheit, als Gunther den Sieg über seine Frau auf den Laken nicht wiederholen konnte. Sie bezwang ihn mit verdächtiger Leichtigkeit, und Gunther sah keine Wahl, als erneut Siegfried um Hilfe zu bitten. Ich mag mir nicht vorstellen, was in dieser Nacht dann noch geschah, denn kein Weib sollte erleiden, was man sich von Brunhilde erzählt. Doch die schändliche Tat brach die Königin nicht – sie unterwarf sich zum zweiten Mal, doch diesmal bereits mit dem Gedanken an Rache im Herzen.

Siegfried hatte gehofft, das Geheimnis, das ihn mit Gunther verband, vor seiner Frau bewahren zu können, doch Kriemhild war klüger, als man ihr zugestand. Zwar gab es keine Freundschaft zwischen ihr und Brunhilde, aber das Verbrechen, das zwei Könige an ihr begangen hatten, entfachte Kriemhilds heiligen Zorn. Sie schämte sich für Mann wie für Bruder gleichermaßen und verkündete die baldige Abreise nach Xanten. Und wären die Getreuen schneller dabei gewesen, das Gepäck zusammenzuraffen, immer noch hätte sich das Schicksal wenden lassen.

Ich bin zu alt, um mich dafür zu schämen, dass ich mir in jenen Tagen Stunden stahl, um mit Gernot küssend im Wald die Zeit zu vergessen. Unsere Liebe mochte bei Hofe keinen Respekt finden, zu unterschiedlich war unser Stand, aber sie war makellos und rein. Keine Intrige konnte uns schrecken, und die Kabalen im Schloss erschienen uns nichtig im Vergleich zu jeder Berührung unserer Körper. Aneinandergepresst an einer alten Eiche wurden wir auch Zeugen eines erbitterten Streits zwischen König Gunther und meinem Vater Hagen. Es war klar, dass Siegfried Dinge wusste – Dinge, die Ehre und Ehe des Königs von Burgund mit einem Satz zu Staub zerfallen lassen konnten. Gunther vertraute seinem Freund, doch mein Vater verstand es, Misstrauen zu säen: Nur ein toter Siegfried würde seinen Mund versiegeln. Ich weiß noch, wie entsetzt Gunther ob des innewohnenden Vorschlags war – und wie klar mir war, dass er ihn doch annehmen musste, sollte der Tag kommen ...

Zu viele Menschen, die an den folgenden Ereignissen beteiligt waren, sind lange tot, und es fällt mir schwer, die Details zu einem Bild zu ordnen. Allem Anschein nach spann mein Vater eine Intrige, die Siegfried dazu brachte, an einem Jagdausflug teilzunehmen. Er trank aus einer Quelle, Nothung an seiner Seite, als die Lanze meines Vaters seinen Rücken durchbohrte. Das Schwert des Xantener Geschlechts zerbrach. Der herbeigeeilte Gunther konnte nichts mehr tun, als Hagen eigenhändig zu richten. Hätte ich nicht zuvor beider Gespräch belauscht, ich hätte es vielleicht für eine Ehrentat gehalten. So war es jedoch nur der feige Versuch, den letzten Zeugen zu meucheln.

Nicht nur Xanten verlor an dem dunklen Tag den König – Burgund verlor die Königin. Brunhilde konnte es kaum erwarten, an Siegfrieds Seite in Walhall einzuziehen, und so provozierte sie die Hand ihres Mannes, auf dass er sie erstach. Gunther, nun verantwortlich für den Tod seines besten Freundes und seiner Frau, zerbrach an der Schuld. Er war fortan ein Schatten, die Schuld im Wein ertränkend, von unstetem Geist und zerrüttetem Verstand. Man munkelte, dass er in einsamen Stunden noch mit meinem Vater sprach, dessen Leichnam er in den Rhein hatte werfen lassen.

Brunhilde und Siegfried hingegen wurden Seite an Seite verbrannt, wie es Brauch war.

Wir hofften alle innig, dass der Fluch der Nibelungen damit gebrochen war, dass genug Blut geflossen war, um endlich die Düsternis von den Reichen zu nehmen. Doch wir irrten, denn weiter standen zu viele Lügen in der Welt. Gunther hatte Kriemhild glauben gemacht, dass er Hagen für den feigen Mord an Siegfried gerichtet hatte, nicht ahnend, dass Gernot und ich es besser wussten. Ich gebe zu, es war der Moment, in dem Gernot selber Schuld auf sich nahm, aber was sollte er tun? Er tat es aus Liebe zu mir, aus Verzweiflung, und aus der Unfähigkeit, weitere Lügen auszusprechen.

Es begab sich nämlich, dass Kriemhild endlich nach Xanten ziehen wollte, um den verwaisten Thron zu übernehmen. Gernot sollte als ihr Bruder über Dänemark herrschen, das nach Hjalmars Tod Siegfried und damit auch Kriemhild zugefallen war. Doch die Tat meines Vaters Hagen gegen Siegfried hatte in Kriemhild den Hass auf die Tronjer entfacht. Als sie erfuhr, dass Gernot mich an seiner Seite wollte, da verbot sie es ihm in klaren Worten. Kein Tronjer Blut am Xantener Hof! Und mein Geliebter, in seiner Not, erzählte von Gunthers Wissen um Hagens Plan. Es war der Moment, in dem alles, was noch an Güte in Kriemhild war, erstarb. Sie wurde Brunhilde ähnlich, die kalt nur noch auf Rache gesonnen hatte, das eigene Leben missachtend.

Obwohl Gernot sie anflehte, die Dinge auf sich beruhen zu lassen, fasste Kriemhild einen Plan, mit dem sie Brunhilde in keiner Weise nachstand: In Xanten regierte sie weise und sorgsam, das Reich wieder zu einer starken Macht bauend. Sie brachte das letzte Geschenk ihres toten Gatten zur Welt: Jung Siegfried, den wir Sigurd nennen, weil seine Name keine Verpflichtung sein darf.

Dann vermählte sich Kriemhild mit Etzel, den sie einst zu Siegfrieds Gunsten abgewiesen hatte. Ein großes Fest in Gran, wo die Hunnen sich niedergelassen hatten, wurde ausgerichtet. Kriemhild lud ihren Bruder Gunther ein, der zunehmend dem Wahn und dem Wein verfiel. Gernot hingegen wollte sie nicht sehen – wir dachten, ihr Groll gegen mich sei noch zu groß, um seine Anwesenheit zu ertragen. Er reiste dennoch mit, entschlossen, sich mit seiner Schwester auszusöhnen.

Wieder folgten Wochen, in denen ich bangend auf der Wehrmauer stand, den Blick diesmal gen Osten gerichtet.

Gernot erzählte mir, dass das Fest nach anfänglichem Frost ausgelassen und heiter gewesen sei. Die Hunnen verstanden zu feiern, und an warmen Feuern flossen exotische Tränke. Etzel war begierig, als Fürst anerkannt zu werden und das Leben als ewiger Steppenreiter für die Hand Kriemhilds aufzugeben. Er sah nicht einmal Schmach darin, den Sohn Siegfrieds als seinen eigenen aufzuziehen. Wenn doch nur einer geahnt hätte, dass Kriemhild in jener Nacht nicht auf Versöhnung aus war, sondern auf Blut!

Irgendwann, als den meisten Burgunder Kriegern Beine und Verstand schwer von Met und Wein waren, zogen die Getreuen der Königin von Xanten ihre Schwerter, und es begann ein Gemetzel, dessen Grausamkeit selbst die Götter ihren Blick abwenden ließ. Kehlen wurden durchtrennt, Gliedmaßen abgehackt, und mit starren Augen landeten die Leiber des stolzen Burgund im Staub der Fremde. Die Krieger Etzels wagten nicht einzugreifen, und als ihr Herrscher merkte, dass er Opfer eines Ränkespiels geworden war, da wandte er sich ab von Kriemhild. Doch die Königin hatte erreicht, was zu erreichen war, und fand ihren Frieden in der Klinge Gunthers, so wie der König von Burgund seinen Frieden im Dolch seiner Schwester fand. Sie starben einander in den Armen liegend, als wäre das Band der Familie niemals durchtrennt worden.

Es ist Etzel hoch anzurechnen, dass er aus Wut und Enttäuschung über den Verrat nicht alle überlebenden Xantener hinrichten ließ – und meinen Gernot gleich dazu. Doch er, der so oft als Barbar verspottet worden war, zeigte jenes Maß an herrschaftlicher Würde, das uns verloren gegangen war – er übergab das Kind von Kriemhild und Siegfried an Gernot und schickte den Burgunder Prinzen fort, auf dass er nie wieder einen Fuß auf Hunnenland setzen solle. Der Fluch der Nibelungen, Etzel wollte ihn nicht in seinen Grenzen haben.

So kehrte Gernot zurück nach Burgund, zurück zu mir, das Kind Siegfried im Arm. Dänemark, Xanten, Burgund und Island – alles Reiche, die nun ohne Herrscher waren. Lange saßen wir am Feuer beim Gedanken, was zu tun sei. Gernot zeigte mir den Ring, den Siegfried getragen hatte und der von Kriemhilds toter Hand kam. Ich hatte die Legenden gehört, ihnen aber wenig Glauben geschenkt. Dennoch – es gab keinen Grund mehr, den Göttern zu vertrauen. Wir brachten den Ring zurück in den Wald, zu den Nibelungen, und gaben ihnen, was ihnen gehörte, in einem letzten Versuch, den Bann zu brechen. Dann nahmen wir das Kind Siegfried, zwei Pferde und ein wenig Proviant und machten uns auf den Weg nach Norden, nach Island. Dort, fast am Ende der Welt, erhofften wir uns Frieden – und Abstand von Hass und Neid. Eolind hatte das bescheidene Reich umsichtig und weise geführt, und mit wenig Mühe hielten wir den kleinen Hof beisammen.

Das ist nun siebzehn Jahre her, siebzehn wunderbare, friedliche, berauschende Jahre. Siegfried, den wir Sigurd nennen, ist mehr, als ich mir je zu wünschen wagte. Er wächst scheinbar von Tag zu Tag, und er ist ein guter, feiner junger Mann, aus dem dereinst ein weiser König wird.

Und doch bleibt da die Lüge. Die Lüge seiner Herkunft.

Oft habe ich Gernot gefragt, ob Sigurd nicht das Recht auf die Wahrheit habe. Die Wahrheit über seinen Vater, seine Mutter – und die Reiche, die untergingen in ihrem Kampf. Doch wir brachten es nicht über uns. Die Liebe, die Sigurd zu uns als Eltern empfindet, ist so unendlich und stark, dass wir ohne sie nicht leben mögen. Sie ist fast so groß wie die Angst, dass der Junge sich auf das Erbe seines Vaters beruft – und damit auf den Fluch.

Aber tief in meinem Herzen fürchte ich, dass der Tag kommen wird, an dem die Götter den Schleier von der Erinnerung ziehen, an dem das hässliche Licht der Wahrheit auf uns fällt. Ich bete, dass uns Sigurd an diesem Tag verzeihen wird. Und dass einmal, dieses eine Mal nur, die Lüge nicht mit Leid bezahlt werden muss ...

1

Sturm am Horizont

Elsa war allein, wie immer allein. Sie stand an einer Klippe, an der riesige Wellen brachen. Die Schaumkronen leckten am Stein empor und griffen mit wütender Gischt nach ihrem Kleid, das sich langsam vollsog. Ihre Füße berührten nicht den Boden, taten es nie. Sie schwebte gerade hoch genug, dass das feuchte Gras ihre Fußspitzen kitzelte.

Am Horizont sah sie den Kontinent, der eigentlich zu weit weg war für jeden suchenden Blick. Doch sie sah ihn, sah die Wand aus Rauch und Flammen. Fern dort auf dem Festland schien die Erde zu beben und zu brechen, und Feuer fraß noch, wo es längst keine Nahrung mehr gab. Ein Summen wehte herüber, wie Millionen Schreie, die auf der Reise über das Meer müde geworden waren.

Eine Hitzewelle rollte heran, die Luft flirrte, und Elsa spürte, wie der Hauch des Todes die kleinen Härchen auf ihren Armen verbrannte. Sie hatte keine Angst. Das Übel und die Vernichtung, sie waren weit weg, in Jahren und Entfernung. Mochte der Kontinent in Feuer und Asche sterben, auf Island war sie sicher.

Sie kniff die Augen zusammen, als ein kleiner Lichtpunkt am Horizont aufstieg wie ein brennender Pfeil, ein Sendbote, den das Flammenmeer ausgespuckt hatte. Er vollzog einen feurigen Bogen an der Himmelsscheibe und neigte sich schließlich wieder der Erde zu. Nun schien es eine Sternschnuppe zu sein, die rasch näher kam – und brüllte. Ja, sie brüllte – hell und wütend.

Es war keine Sternschnuppe, das wusste Elsa. Sternschnuppen kamen nicht von der Erde – und sie brüllten auch nicht. Und je näher der Gruß der Flammen kam, desto mehr schnürte ein schwarzes Band das Herz der Königin von Island. Auf einer lodernden Zunge wurde nun eine Gestalt sichtbar, die auf einem Ross saß, dessen Hufe die Luft in Brand zu setzen vermochten. Es schuf sich seinen Weg aus Feuer, und auf dem Pfad der Vernichtung trug es eine Walküre.

Brunhilde.

Wie sehr hatte sich Elsa gewünscht, das Gesicht der Isländerin nie mehr sehen zu müssen! Sie hatte dabeigestanden, als Brunhildes Leib in Burgund verbrannt worden war. Und doch – hier war sie, im Dienste Odins und in voller Rüstung, einen Kampfruf auf den Lippen, als sie aus den Wolken auf Island niederstürzte. Ihre Hand hielt ein Schwert mit breiter Klinge, um jeden Gegner zu zerstückeln.

Der Sturm, den Brunhilde mit sich brachte, wirbelte durch Elsas Haar und trocknete den Saum ihres Kleides. Die Königin von Island schloss die Augen, wartete auf den Tod durch die Hand der Walküre.

Doch der Tod, der eine Erlösung gewesen wäre, kam nicht, und das Brüllen der Walküre zischte an Elsas Ohr vorbei, weit nach Island hinein.

Elsa öffnete die Augen und drehte sich um.

Island stand in Flammen! Die Felder, die Burg – sogar die Felsen, die den Hafenfjord schützten!

Elsa schrie, und ihre Tränen flossen schneller, als die Hitze sie trocknen konnte. Ihr Island!

Sie rannte los, ihre Füße immer noch nicht auf der Erde. Sie glitt über den Boden wie ein Schiff über die See.

Gernot! Lilja! Und – Sigurd!

Sie hatte seinen Namen kaum gedacht, da hörte sie von rechts ein hartes, metallisches Hämmern, unheilschwanger und voller Wut. Widerwillig drehte Elsa den Kopf und sah Sigurds muskulöse Gestalt, wie er den Hammer über einem Amboss aus Leibern schwang.

Auf den Leichen der Isländer schmiedete Sigurd das Schwert, dessen Macht das Schicksal seines Blutes war – Nothung! Und die Leiber knackten und knirschten unter jedem Schlag, während Nothung totes Fleisch verbrannte.

»Sigurd!«, schrie Elsa, doch kein Ton war zu hören. Sie konnte ihn nicht erreichen, ihm nicht in den Arm fallen. In seinem Blick lag Wahnsinn und in seiner Hand die Rache. Neben ihm stand Brunhilde, stolz und herrisch, das Pferd an ihrer Seite.

Einen Herzschlag später hatte Sigurd Nothung fertig geschmiedet, doch ohne Wasser glühte die Klinge weiter heiß und gierig. Brunhilde legte ihm die Hand auf die Schulter: »Siegfried.«

Wieder schrie Elsa den Namen des Mannes, den sie als ihren Sohn aufgezogen hatte – den *richtigen* Namen: »Sigurd!«

Niemand bemerkte sie.

Mit einem mächtigen Satz sprang Brunhilde auf den Rücken ihres Pferdes, und als die Hufe den Boden berührten, brannte wieder die Erde. Sie ritt auf dem Feuer davon, abermals in Richtung Festland. Und Sigurd folgte ihr, das Schwert zum Mord bereit in der Hand.

Er kam nahe an Elsa vorbei, ohne sie wahrzunehmen. Die

Königin wollte ihn packen, ihn aufhalten, doch ihre zarten Hände rutschten an seinem verschwitzten Körper ab. Endlich gelang es ihr, die Faust mit dem Schwert zu greifen.

Sigurd hielt inne.

»Zieh nicht in Rache hinaus, ohne den Tod zu erwarten.« Sie sagte die Worte leise, obwohl ihr nach Schreien zumute war.

Sigurd sah sie an, ohne sie zu erkennen. Er knurrte unwillig und zerrte an ihr, um seinen Arm zu befreien.

Elsas Hände rutschten weiter ab, bis sie das Schwert an der Klinge hielt. Das glühende Eisen brannte sich in ihre Haut, doch sie ließ nicht los.

»Mein Sohn«, flüsterte sie. Dann glitten ihre Hände ab, und in einer sanften Drehung wandte sich Sigurd der Nacht zu.

»Nicht dein Sohn – nicht dein Schicksal!«, hörte Elsa die Stimme von Brunhilde. Sie sah auf ihre Hände. Aus zischenden Brandwunden floss kein Blut – sondern flüssiges Gold. Eifrige, dicke Tropfen quollen aus ihrer Haut, breiteten sich aus wie glänzendes Moos, über Finger, Gelenke, die Unterarme.

Elsa musste hilflos zusehen, wie ihr Körper vom Gold verschluckt wurde, wie ihre Arme bereits steif waren wie die einer Statue, als die schimmernde Schicht die Schultern eroberte.

Etwas zischelte im Wind wie ein böser Gedanke. Drei, vier böse Gedanken. Es sauste in Elsas Ohren, und Schatten ohne Körper tanzten um sie herum in höhnischer Freude. Ihre Stimmen kamen aus der Erinnerung, und ihr Ton war kalt ...

Sooo lange heeer ... sooo lange ... und doch unseeer ...

Es waren die Nibelungen, die sie quälten. Und es war ihr Gold, das nun den Weg in Elsas Rachen fand.

Dann kam die Dunkelheit, und Elsa schrie so lange, bis ihr eigener Schrei sie weckte, bis Gernot ihr schweißnasses Gesicht in seine Hände nahm und sie festhielt, bis der Morgen den Albtraum von ihr nahm.

»Er ist hier!«, schrie Gelen und ruderte wild mit den Armen. »Der Dryk ist hier!«

Sigurd und Jon, die näher bei den Findlingen an der Steilküste gesucht hatten, drehten sich um zu ihrem Freund, der ein paar hundert Schritte weit im lichten Wald aus Krüppelbäumen umherstakste.

Wie zur Bestätigung hörten sie das Brüllen des Tiers, im Klang irgendwo zwischen dem empörten Röhren eines Hirschs und dem verächtlichen Grunzen eines Wildschweins. Nur lauter. Und wilder.

Der Dryk versuchte gar nicht, sich zu verstecken. Er war der König der kargen isländischen Tundra, und jeder Versuch, sich mit ihm zu messen, war leichtfertig – wenn nicht tödlich.

Sigurd und Jon wollten ihrem Freund beistehen. Sigurd drehte sich noch einmal zu Eolind, der mit seinem Stock an einem großen Stein lehnte. »Kommst du?«

Der alte Mann lächelte milde. »In meinen Jahren bin ich froh, dass die Knochen nicht von selber brechen – da werde ich sie nicht ungebührlich fordern.«

Sigurd lachte und rannte ungestüm los. Weil der Boden steinig und uneben war, machte er lange Schritte, fast Sprünge. Der drahtige Jon folgte ihm, so gut es ging. Es galt keine Zeit zu verlieren, immerhin hatten sie schon zwei Tage lang nach dem Dryk gesucht. Die harte isländische Erde wies nur wenige Spuren auf, und Sigurd hatte geschworen, ohne einen Erfolg nicht ins Felsenschloss zurückzukehren.

Als die drei Freunde wieder beieinanderstanden, ging nur Sigurds Atem ruhig. Gelen keuchte vor Aufregung, dass sein fleischiger Nacken zitterte, und Jon hatte der schnelle Lauf zugesetzt.

Sigurd kniff die Augen zusammen und sah sich vorsichtig um. Die Bäume waren verwachsen und hielten sich angesichts des harschen Wetters nah am Boden. Es gab nur wenig Laub, und jede Bewegung war leicht auszumachen. Man musste nur sorgsam achtgeben …

»Dort!«, rief Jon nun und deutete nach rechts.

Ein Schatten drängte sich durch das Gehölz, gerade weit genug entfernt, um nicht genau erkannt zu werden. Doch der zitternde Boden und die Geräusche von schweren Ästen, die brachen wie Reisig, verrieten den Dryk, der es nicht gewohnt war, statt Jäger die Beute zu sein.

»Nehmen wir ihn in die Zange?«, fragte Jon.

Sigurd nickte. Er bedeutete Jon, die linke Flanke zu übernehmen, entlang der Küste. Das war wichtig – sie wollten den Dryk nicht aus Versehen über die Klippe treiben. Es war keine Ehre darin, das zerschmetterte Tier von den Felsen zu klauben. Gelen war für die rechte Flanke zuständig – dort grenzte der Wald an ein freies Feld, auf dem der Dryk viel schneller war als jeder Mensch. Auf glattem Boden und über weite Strecken war die behaarte Bestie jedem Pferd an Geschwindigkeit und Ausdauer überlegen.

Sigurd nahm sich vor, geradewegs auf den Dryk zuzugehen, um den Zweikampf zu suchen.

»Sigurd«, mahnte Jon, »wo ist deine Klinge?«

Er selber hatte schon ein langes Messer mit gezackter Schneide in der Hand.

Sigurd lächelte. »Was wäre ich für ein Prinz, wenn ich einem unbewaffneten Dryk mit einem Messer in der Hand gegenüberträte?«

»Unbewaffnet?«, zischte Gelen. »Mein Prinz, der Dryk hat zweiundvierzig Arten zu sterben in seinem Maul. Jede einzelne wartet nur auf euch!«

Sigurd winkte ab, und in seinen wasserblauen Augen blitzte die Vorfreude. Er sah es als faires Duell.

Jon und Gelen tauschten einen Blick. Der Übermut Sigurds war nicht neu, und auch wenn sie von König Gernot den Befehl hatten, den Prinzen zu schützen – wie sollten sie das tun? Größer als sein Mut war Sigurds Tollkühnheit, die sich jedem guten Rat widersetzte.

Also teilten sie sich auf, um den Dryk zu stellen. Sigurd marschierte langsam in die Richtung des Schattens. Er machte sich nicht die Mühe, dabei übermäßig leise zu sein. Der Dryk hatte ihn vermutlich schon gewittert, als er mit seinen Freunden auf die Hochebene gekommen war. Die Sinne dieses Tiers waren hoch entwickelt, und Furcht kannte es so wenig wie sein Jäger.

Es gab nicht mehr viele Dryks in Island. In den vergangenen Generationen war es guter Brauch für junge Krieger gewesen, die Tiere zu erlegen, um das Leder zu robusten Stiefeln zu verarbeiten und das Horn als Trinkspitze auf Metschläuche zu setzen. Der scharfe Backenzahn eines Dryk, an einer Lederschnur um den Hals getragen, galt als Zeichen von Mannesmut. Und das nicht zu Unrecht – viele Gefolgsleute des Hofes humpelten oder trugen einen steifen Arm als Zeichen der Begegnung mit einem Dryk. In metseligen Nächten lästerte man gerne, dass isländische Männer mehr Narben vom mächtigen Kiefer des Bullenschweins trugen als von glorreichen Schlachten.

Sigurd war nun nahe genug, um die Größe des Dryk abzuschätzen. Es war ein Prachtexemplar, an der Schulter fast so hoch wie Sigurd, das stachelige schwarzgraue Fell feist an den mächtigen Flanken, und zwei leicht gebogene Hörner auf dem flachen Schädel, die einen Mann vom Brustkorb bis zum Rücken durchstoßen konnten. Der Kiefer unter der feuchten Schnauze mahlte Steppengras, während die dunklen Augen hin und her pendelten. Ein Dryk mochte vielleicht ruhig aussehen, war aber immer auf dem Sprung.

Acht, vielleicht neun Jahre alt. Sicher so schwer wie ein kleines Schiff und so groß wie zwei Ochsen.

Ihn zu überraschen war nahezu unmöglich. Sigurd ging langsam auf das Tier zu, mit einer selbstverständlichen Ruhe, die den Dryk einlullen sollte. Seine Arme hielt er locker an der Seite, als wolle er beweisen, dass er unbewaffnet war.

Der Dryk schnaubte leicht – ein Warnzeichen. Heißer Atem fauchte aus seinen Nüstern.

Sigurd hielt inne. Er begann zu summen. Irgendein Lied von vergangenen Zeiten und verlorener Liebe, das in endlosen Nächten an den Feuern gesungen wurde. Er blieb dabei leise genug, dass der Dryk sich auf ihn konzentrieren musste und seiner unmittelbaren Umgebung weniger Aufmerksamkeit schenkte. Zusätzlich begann Sigurd, die Arme zu schwenken, nicht herausfordernd, sondern in weichen, fließenden Bewegungen, wie sein Vater Gernot es ihm beigebracht hatte.

Der Dryk schnaubte nun nicht mehr – er knurrte. Das Knurren kam tief aus seinem kehligen Schlund, und auf dem Weg in die kalte Herbstluft nahm es schäumenden Speichel mit.

Sigurd stand genau an der Stelle, die der Dryk noch hinzunehmen bereit war. Es waren dreißig, vielleicht vierzig Schritte. Der Prinz summte nun lauter, schlug stärker mit den Armen in der Luft. Es war ein eingespieltes Ritual, tausendfach erprobt.

Aus dem Augenwinkel konnte Sigurd sehen, dass Jon sich in Position gebracht hatte. Er stand rechts hinter dem Dryk, vielleicht zwanzig Schritte entfernt. Wenn es gelang, das Tier abzulenken, konnte Sigurds Freund mit einer schnellen Attacke den ersten Angriff ausführen, vielleicht schon den entscheidenden Stich.

Gelen war nirgendwo zu sehen. Aber das war im Moment nicht wichtig. Es ging auch so. Sigurd ballte die Hände zu Fäusten, um Jon zu bedeuten, dass er bereit war. Sein Freund hob die lange Klinge, ging etwas in die Knie und bereitete sich auf die Attacke vor.

In diesem Moment machte Sigurd einen Fehler: Er blickte kurz zu Jon, um sich zu vergewissern, dass alles seine Ordnung hatte. Und der Dryk konnte in den Augen des Prinzen lesen, dass da noch jemand sein musste. Hinter ihm.

Sigurd ahnte, dass die Jagd nun eine unglückliche Wendung nahm.

»Hai-ho!«, schrie er, so laut er konnte, um die Aufmerksamkeit des Dryk wieder auf sich zu lenken, doch er konnte Jon nicht mehr helfen. Dieser befand sich schon in vollem Lauf, als das Bullenschwein den mächtigen Kopf herumriss und den heranstürmenden Isländer sah. Es ergab keinen Sinn mehr, den Angriff abzubrechen, und Jon sprang nun statt auf die ungeschützte Flanke direkt auf den hornbewehrten Kopf des Tiers zu. Den Arm mit der Klinge streckte er so weit wie möglich nach vorne, um die Muskeln im Nacken des Dryk zu verletzen. Am Schädel selbst war kein Sieg zu holen.

Sigurd rannte los, um seinem Freund beizustehen, doch der Dryk rammte seine Schnauze brüllend in den Leib des auf ihn zustürzenden Isländers. Dabei senkte er glücklicherweise den Schädel nicht genug, um Jon auf die Hörner zu nehmen. Es sah aus, als wickelte sich der Körper des Kriegers durch die Wucht des Aufpralls um den Kopf des Dryk, nur um dann in einer ärgerlichen Schüttelbewegung davongeschleudert zu werden.

Jons Klinge fiel auf den Boden, während er selber in einen der Krüppelbäume krachte.

Nun war die Wut des Dryk geweckt, und das Bullenschwein nahm Maß, um seinen Gegner endgültig zu durchbohren. Es scharrte mit den Hufen. Ein, zwei Atemzüge blieben Jon vielleicht noch, der besinnungslos im Dreck lag.

Sigurd war zur Stelle und warf sich mit aller Macht gegen die Flanke des Dryk. Es war bekannt, dass diese Tiere aufgrund ihrer Körperhöhe und ihrer Masse nicht sehr standfest waren. Und tatsächlich – die Hinterbeine rutschten weg, und der Dryk wurde wie von einem Rammbock zur Seite geschoben. Damit hatte Sigurd ihn zumindest erst einmal von Jon abgelenkt.

Das Tier wandte sich nun dem isländischen Prinzen zu, lediglich zwei Schritte von ihm entfernt. In diesem Moment wurde Sigurd klar, warum die Männer des Reiches die Jagd auf den Dryk als Mutprobe betrachteten. Das Bullenschwein sah wie ein Tier aus, das sich selbst einem Heer nicht beugen würde.

Der Dryk senkte den Schädel, und Sigurd konnte die Spitzen der Hörner sehen, die auf seine Brust zeigten. Er bereute nun doch, kein Messer mitgenommen zu haben.

Beten? So sehr glaubte er dann doch nicht an den allmächtigen Gott seines Vaters. Die streitbaren Götter seiner Mutter hätte er in diesem Moment allerdings gerne an seiner Seite gewusst.

Das Bullenschwein zog die Lefzen hoch, und seine Zähne schienen in Erwartung des Menschenfleischs zu zittern. Sigurd spannte alle seine Muskeln an, auch wenn er keine Ahnung hatte, was er nun tun sollte.

Ein leichtes Surren war in der Luft zu hören, und ein Stein in der Größe einer Kinderfaust schlug über dem rechten Auge des Dryk auf. Das Bullenschwein brüllte vor Schmerz auf und machte hektisch ein, zwei Schritte zurück.

Gelen mit seiner Schleuder!

»Bringt euch in Sicherheit!«, schrie der Freund des Prinzen, während er einen weiteren Stein in die Lederschlinge legte.

Mit ein, zwei Schritten war Sigurd bei Jon, der leise stöhnte. »Wie steht es um dich?«

Jon versuchte etwas zu sagen, aber nur ein wenig Blut gurgelte über seine Lippen.

Der Dryk hatte sich derweil wieder gefangen und stürmte auf Sigurd zu, der bei Jon am Baum in der Hocke saß. Gelens zweiter Stein traf die muskulöse Flanke des Tiers, blieb aber ohne Wirkung. Sigurd merkte, wie Kieselsteine auf dem Boden tanzten, als der Boden unter den stampfenden Hufen des Dryk erzitterte. Es war Zeit, aus dem Weg zu springen – und es war unmöglich, ohne Jon seinem Schicksal zu überlassen.

Sigurd packte seinen Freund um den Brustkorb und zog ihn wie zur freundschaftlichen Umarmung an sich. Dann rollte er ruckartig zur Seite weg, um den Stamm des alten Baums herum. Nun hatten sie zumindest den Baum zwischen sich und den Dryk gebracht.

Es blieb kaum ein Herzschlag, bevor das volle Gewicht des Ungetüms in den Baum krachte und das Holz schreiend splitterte. Der Stamm brach zur Seite weg, armdicke Wurzeln wurden aus dem Boden gezogen. Es war, als krallte sich der Baum verzweifelt in der Erde fest und neigte sich dabei schützend über Sigurd und Jon.

Es war klar, dass der Dryk nicht aufgeben würde – er hatte die Lust am Kampf entdeckt, den Geschmack von Blut in der Nase. Knurrend zerrte er die Hörner aus dem Holz, schüttelte ein paar Splitter ab.

Sigurd sah sich gehetzt um. Weit und breit war kein wirksamer Schutz vor den Angriffen des Bullenschweins zu sehen. Und mit dem verletzten Jon auf der Schulter war auch an feigen Rückzug nicht zu denken. Was immer nun geschah – es musste schnell geschehen, wenn nicht weiteres Isländer Blut vergossen werden sollte.

Der Prinz ließ seinen Freund los und sah sich verdreckt und blutend nach Gelen um. Dieser schlich gerade auf das Messer zu, das Jon fallen gelassen hatte. Obwohl Gelen mit seinem weichen Gesicht und der fülligen Gestalt nicht wie ein Krieger aussah – an Mut hatte es ihm nie gefehlt. Doch die Augen des Dryk waren nun auf Sigurd gerichtet.

»Gelen!«, rief der Prinz. »Schütze Jon!«

Dann sprang er auf und begann zu laufen.

Zuerst war das Gefühl, mit schnellen Schritten durch den Wald zu hetzen, sehr befreiend – aber bereits nach kurzer Zeit hörte Sigurd hinter sich den massigen Leib des Dryk durch das Unterholz brechen. Das Tier folgte ihm, schneller und stärker als Slepnir, das achtbeinige Pferd Odins. Sigurds Lunge begann zu brennen, und knorrige Äste bissen in sein Fleisch.

Dreihundert, vierhundert Schritte vielleicht noch bis zur nächsten Lichtung. Sigurd hatte nur eine vage Vorstellung, was er dort tun würde. Aber es war wichtig gewesen, den Dryk von seinen Freunden wegzulocken.

Weiter, immer weiter. Haken schlagen, zwischen breiten Stämmen hindurch in der Hoffnung, der Dryk müsse ausweichen. Die Füße auf einmal in einem kalten Bach – mit dem Strom aufwärtsrennen, um die Spur zu verwischen?

Hoffnungslos, der Dryk roch den Isländer Schweiß bis zum Horizont.

Sigurd stolperte mehr auf die Lichtung, als dass er rannte. Große Findlinge lagen herum, kaum ein Baum war zu sehen. In der Vorzeit hatten die Ahnen hier Zeremonien abgehalten, von denen selbst die mutigsten Krieger nur zu flüstern wagten. Heute war kaum noch zu erkennen, ob die Steine von den Göttern gesetzt oder von Menschen herbeigeschleift worden waren.

Mühsam kletterte Sigurd auf einen der mannshohen Findlinge, wobei er immer wieder am weichen Moss abrutschte. Endlich oben angekommen ging er in die Hocke, so wie große Krieger vor einem König knieten.

Der Dryk durchbrach nun die Baumgrenze zur Lichtung. Seine Augen fanden Sigurd, und seine Flanken zitterten erregt. Er ging langsam auf den Stein zu, auf dem sich seine Beute befand.

Sigurd fühlte sich vergleichsweise sicher. Am Boden war der Dryk kaum zu besiegen, aber in keiner der Lagerfeuer-Geschichten hatte er je klettern können. Und selbst mit der Kraft von tausend Dryk war dem Findling nicht beizukommen.

Das Biest umkreiste langsam den Findling, schnüffelte am Moos, schabte mit den Hörnern am Stein.

»Respekt«, keuchte Sigurd. »Die Krieger bei Hofe haben nicht gelogen. Du bist fürwahr ein würdiger Gegner.«

Das Bullenschwein grunzte.

Elsa mochte den Geruch von Salz, den der Wind vom Meer herübertrug. Sie liebte es, den rauen Stein der Mauern unter ihren bleichen Händen zu spüren, während sie in die Ferne starrte. Heute jedoch tat es in vielen kleinen Wunden weh – in der Nacht hatte sie träumend die Fingernägel so sehr ins eigene Fleisch gedrückt, dass Blut geflossen war.

Die Kälte des isländischen Herbsts kroch durch ihr dunkles Kleid, und Schauer rieselten ihre Haut hinunter. Doch sie wollte sich nicht in Felle hüllen oder in ihrer Kammer verkriechen. Ihr Blick war fest auf den Horizont gerichtet, nach Südosten. Manchmal kniff sie die Augen zusammen, so fest, dass sie meinte, das Festland jenseits des Meeres sehen zu können. Es war still.

Die Burg, die vor langer Zeit in den Fels der Bucht an der Südspitze Islands gehauen worden war, mochte nicht jedermanns Vorstellung eines schönen Zuhauses entsprechen. Der schwarze Vulkanfels war so spröde wie das Land, in dem das Eis oft auch den Sommer überstand. Jede Ernte war ein Kampf, und oft genug blieb der karge Boden siegreich. Die Menschen hatten sich dem angepasst, arbeiteten hart, ohne dafür viel zu verlangen. Es war ein Königreich ohne Glanz.

Und genau deshalb liebte Elsa Island so sehr. Sie hatte sich in Burgund immer wie eine Ausgestoßene gefühlt, wie ein schwarzes Teil eines weißen Mosaiks. Dieses Gefühl starb, als ihre Füße erstmals den Kies am Strand des verlassenen Insel-Königreichs gespürt hatten. Ihre Familie mochte vor drei Generationen aus Tronje gekommen sein – ihr Herz war Island.

Eine plötzliche Böe wehte ihr glattes schwarzes Haar durcheinander, doch bevor sie es aus ihrem Gesicht streichen konnte, kam eine Hand über ihre linke Schulter und schob die Strähnen sachte beiseite. Sie nahm die Hand und küsste sie.

»Heimweh?«, fragte Gernot leise, während er seine Arme von hinten um sie schlang und sein Umhang über ihre Schultern fiel.

Elsa lächelte sanft. »Wo du bist, ist meine Heimat.«
Sie hatte ihm kaum von dem Traum erzählt.

Der König von Island, der eigentlich Thronfolger von Burgund hätte sein sollen, folgte ihrem Blick über das Meer. »Was dann? Wartest du schon wieder auf einen jungen Krieger, dem du das Herz brechen kannst, wenn er von der Schlacht heimkehrt?«

Sie drehte sich zu ihm um. »Dann hätte ich eine Schüssel Suppe bei mir, oder nicht?«

Er lächelte nun auch. »Wer weiß – vielleicht haben die Jahre deine Methoden geändert.«

Sie küsste ihn ganz sacht auf die Lippen, wie damals, als sie – noch Kinder fast – auf den Mauern der Burg in Worms gestanden hatten. »Nichts wird sich jemals ändern. Meine Liebe für dich ist so ewig wie das Meer.«

Gernot zog sie an sich heran, und sein pelzbesetzter Umhang nahm sie auf. Er küsste erst ihre Nasenspitze, dann ihre Stirn. »Geht es dir besser?«

Sie rang sich ein Lächeln auf ihre Lippen. »Besser. Was hatten die Boten zu berichten?«, fragte Elsa, obwohl sie die Antwort fürchtete.

Gernot versuchte sich nichts anmerken zu lassen, aber sie spürte, wie sich seine Augenbrauen zusammenzogen. »Was sollten sie berichten? Das Übliche – eine Missernte hier, eine Hochzeit da. Der König der Franken ist im Bett seiner Geliebten verstorben. Alles das, was man sich so erzählt.«

»Wenn es nur das Übliche war – dann haben die Boten lange gebraucht, es zu erzählen«, stellte sie fest, mit dem Vorsatz, Gernot daraus keinen Vorwurf zu machen.

Es stimmte – zum Abendmahl hatten der König und seine Ratgeber die Boten empfangen, die im Auftrag Islands Neuigkeiten zusammentrugen. Elsa hatte schon geschlafen, als Gunther zu ihr auf das Lager kam. Und nun neigte sich der neue Tag dem Ende entgegen, und sie waren noch nicht fertig. Was konnte so wichtig sein, dass es so ausführlich besprochen werden musste?

Gernot atmete tief ein. »Es gibt nur ... Gerüchte. Dummes Gerede trunkener Herumtreiber.«

»Aus Burgund?«

Er schüttelte den Kopf. »Nicht mehr, seit die Römer dort am Rhein wieder selber verwalten. Es geht um ... Xanten.«

Obwohl sie im Umhang ihres Mannes warm eingepackt war, begann Elsa zu zittern. Xanten, das war Siegfried. Und Siegfried – das betraf Sigurd. Auch wenn er es nicht wusste.

»Wulfgar«, flüsterte Elsa. Sie hatten den Namen seit Jahren nicht mehr ausgesprochen. Obwohl sie den Herrscher von Xanten nicht kannte, flößte sein Name ihr düstere Angst ein.

Gernot mühte sich, seine Stimme unbesorgt klingen zu lassen. »Wulfgar ist ein Provinzkönig, ein größenwahnsinniger Stammesfürst, der das Glück hatte, auf ein verwaistes Reich zu stoßen, das nach Führung dürstete. Er musste nicht einmal darum kämpfen – es fiel ihm in den Schoß wie eine reife Frucht. In mehr als zehn Jahren hat er Xanten kein Glück gebracht.«

»Was ist es dann?«, wollte Elsa wissen.

Gernot räusperte sich. Die kalte Luft hatte seinen Lungen nie gut getan, auch wenn er es tunlichst vermied, sich das anmerken zu lassen. »Es heißt, Wulfgar stelle ein Heer auf.«

Es lag keine Gefahr in dem, was Gernot sagte. Seit dem Zusammenbruch der Reiche von Burgund bis Dänemark wurde überall auf dem Kontinent Krieg geführt, mal kleiner, mal größer. Es gab Grenzkriege und Eroberungskriege, Erbfolgekriege und Vergeltungskriege. Kein Tag, an dem nicht ein Königreich dem anderen mit Eisen zu Leibe rückte.

Aber dennoch – Xanten ...

Gernot konnte in Elsas Augen lesen, und er streichelte beruhigend ihren Kopf. »Sorge dich nicht. Es ist ein kleines Reich unter kleinen Reichen. Wulfgar kann vielleicht ein paar umliegende Burgen belagern, aber für einen großen Feldzug ist er nicht gerüstet.«

»Was, wenn Island sein Ziel ist?«, flüsterte Elsa. Sie traute sich nicht, die Frage laut zu stellen.

Gernot lachte, so laut wie falsch. »Warum nur sollte er das tun? Soll er seinem ärmlichen Besitz einen noch weit ärmlicheren Besitz hinzufügen? Wo läge da der Sinn? Nein, wenn Wulfgars Blut vor Machtgier rauscht, dann wird er sich mit den Sachsen anlegen – oder Dänemark. Und König Dagfinn ist gut vorbereitet.«

»Wir sind es nicht«, stellte Elsa fest.

Gernot straffte den Rücken. »Island ist in seiner Geschichte niemals angegriffen worden. Es gibt hier nichts, mit dem ein Eroberer sich schmücken könnte. Und du weißt, was wir besprochen haben.«

»Keinen Krieg mehr«, murmelte Elsa.

»Keinen Krieg mehr«, wiederholte Gernot.

Aus dem Innern der Burg ertönte eine hohe, helle Stimme, die Elsas Namen rief.

Gernot lächelte. »Lass uns reingehen, deine Tochter verlangt nach deiner Aufmerksamkeit. Außerdem – so wenig, wie ich dich an den Krieg verlieren möchte, so wenig möchte ich dich an die Kälte verlieren.«

Sie ließ sich von ihm führen, wie sie es immer getan hatte. Doch sie drehte sich noch einmal um und blickte in

Richtung des Landesinneren. »Ich frage mich, wo Sigurd bleibt.«

Gernot lachte, und diesmal hatte sein Lachen einen warmen und väterlichen Ton. »Ich bin sicher, er hat seinen Spaß. Außerdem sind Eolind und seine beiden Freunde bei ihm. Was soll schon geschehen? Wahrscheinlich nehmen sie das Untier bereits aus.«

Es sah nicht gut aus.

Sigurd hatte sich etwas erholt, sein Atem beruhigte sich, und auch sein Herz schlug nicht mehr so wild, dass er sein Blut in den Ohren rauschen hören konnte.

Was nun? Er hatte keine Waffe dabei, das war äußerst misslich. Flucht war unmöglich. Der Dryk konnte tagelang laufen, ohne zu ermüden. Warten? Hoffen, dass das Tier irgendwann das Interesse verlieren würde? Darauf wollte sich Sigurd nicht verlassen. Außerdem wäre er als Versager in die Burg zurückgekehrt. Er mochte den Krieger-Stolz nicht so hoch schätzen wie andere Männer, aber feige schimpfte ihn niemand.

Sigurd sah einen Findling, der drei, vier Schritte zu weit entfernt war, um ihn mit einem Sprung zu erreichen. Mit *einem* Sprung ...

Der Dryk stapfte immer noch umher, seinen Gegner nicht aus den Augen lassend. Sigurd drehte ihm den Rücken zu, seine Augen auf den Findling gerichtet, den er erreichen wollte. Es dauerte ein paar Sekunden, bis sich der massige Leib des Dryk zwischen die Steine schob, um Sigurd zu stellen.

Jetzt!

Der Königssohn drückte sich ab, und bevor der Dryk reagieren konnte, spürte Sigurd unter seinem Stiefel das Fleisch und das Rückgrat seines Gegners. Doch nur für eine Sekunde, dann machte er einen weiteren Satz und landete auf dem benachbarten Findling.

»Ha!«, schrie er so erleichtert wie triumphierend.

Der Dryk fühlte sich genarrt, sogar verhöhnt, und warf wieder brüllend den Kopf herum. Gegen jede Vernunft schlug er den Schädel gegen den Findling, auf dem Sigurd nun saß. Horn traf auf Stein – und Horn verlor. Es brach knirschend – und sicher nicht ohne Schmerz.

Der Dryk warf den Kopf hin und her, wütend und gedemütigt. Sein Brüllen war so laut, dass man es vermutlich bis zur Burg hören konnte.

Jetzt nutzte Sigurd die Gunst der Gelegenheit. Er warf sich von oben auf den Rücken des Dryk, packte die Hörner von hinten und zog mit Schwung nach links. Die starken Nackenmuskeln des Bullenschweins widersetzten sich mit aller Kraft, und als genügend Gegendruck da war, lockerte Sigurd den Griff und ließ sich vom Dryk nach rechts herunterschütteln, ohne dabei die Hörner loszulassen. Es war ein gewagtes Manöver, denn nun stand der Prinz unmittelbar zwischen Stein und Bestie und hätte durch schiere Masse zerquetscht werden können. Die Chance bestand, den Kampf nun zu seinen Gunsten zu wenden. Er zog den Kopf des Dryk an den Hörnern in seine Richtung, und als das Tier einen wütenden Schritt auf ihn zu machte, trat Sigurd ihm das vordere Standbein zur Seite.

Wie ein gefällter Baum krachte der schwere Körper des Dryk zur Seite auf den Boden. In der Enge zwischen den Findlingen würde es schwer sein, sich wieder aufzurichten, und Sigurd wusste das. Er warf sich auf den strampelnden Körper, das Knie gegen die Halsmuskeln, und zog den Kopf an den Hörnern nach oben, damit der Dryk sich nicht mit der Schnauze aufstemmen konnte. Unter dem Kiefer des Tiers lag ein scharfkantiger Stein, geformt wie eine Stufe. Mit genügend Wucht darauf geschlagen, sollte sich das Genick brechen lassen.

Ende des Kampfes. Held Sigurd. Jubel bei Hofe.

»Ihr solltet es tun«, ertönte plötzlich Eolinds Stimme. »Eure Kraft, ihn zu halten, lässt nach. Und sobald er sich erholt hat, wird er Euch abschütteln.«

Sigurd hatte aufgehört sich zu wundern, wie Eolind so schnell von einem Ort zum anderen kam. Oder woher er gewusst hatte, dass Sigurd den Kampf auf der Lichtung suchen würde.

Der Schweiß perlte von seinen Armen und machte seine Hände feucht, während er antwortete: »Was ist mit Jon?«

Eolind winkte ab. »Jon wird leben. Unter Schmerzen eine Weile, aber er wird leben. Ihr solltet danach trachten, es ihm gleichzutun.«

Der massige Körper unter Sigurd fing an zu zittern. Der Dryk sammelte seine Kräfte.

»Ich habe ihn besiegt«, knurrte Sigurd.

»Das habt Ihr«, bestätigte Eolind. »Und in einem fairen Kampf noch dazu. Wenn Ihr mit dem Haupt des Dryk heimkehrt, wird man noch lange davon berichten.«

Sigurd peilte die Steinkante an, die das Leben des Dryk ruckartig und schmerzlos beenden konnte. »Es gibt nicht mehr viele. Dryk, meine ich.«

»Jede Jagd fordert Opfer«, sagte Eolind lächelnd. »Und wir jagen den Dryk seit Anbeginn der Zeit.«

»Aber wenn ... wenn wir sie alle töten – was werden dann unsere Nachfahren jagen?«, keuchte Sigurd und stemmte den Fuß gegen einen der Findlinge, um das Tier auf dem Boden zu halten. Es war ein ungleicher Ringkampf, den er bald verlieren würde.

Eolind strich sich über den stoppeligen Bart, als hätte ihn die Frage überrascht, was natürlich nicht stimmte. »Es liegt in unserer Natur, dem was war mehr zu gedenken als dem, was kommen wird.«

Der Dryk bäumte sich auf, und Sigurd wurde fast vom Rücken des Tiers geschleudert. Er spürte seine Muskeln beben, fühlte seine Kraft schwinden. »Meine Söhne sollen dereinst auch den Dryk jagen können.«

Eolind blickte auf seinen reich verzierten Stock, als ginge ihn der Kampf seines Schülers nichts an. »Dann solltet Ihr jetzt Sorge tragen, dass sie auch einen Vater haben, der sie zeugen kann. Denkt mit Eurem Verstand, nicht dem des Gegners, wenn Ihr den Sieg erringen wollt.«

Sigurd kämpfte ein paar Augenblicke lang nicht nur mit dem Biest, sondern mit sich selbst. Dann legte er alle verbliebene Kraft in seine Arme und drehte den Kopf des Dryk so hoch, dass er dem Tier in die Augen sehen konnte.

»Hörst du, was Eolind sagt?«, zischte er. »Dieses Spiel ist für einen Sieger gemacht. Wenn du noch siegen willst, muss ich dich nun töten.«

Es war ein seltsames Schauspiel, und sicher einzig in der Geschichte der Insel. Der Dryk war eine dumme und brutale Bestie, weder zur Zähmung noch zur Zucht tauglich. Doch nun hielten die strampelnden Beine des Bullenschweins still, und sein Schädel presste nicht mehr ganz so stark gegen Sigurds Arme. Dieser brachte seine Lippen ganz nah an das verquaste Ohr des Dryk: »Respektiere den Kampf und nicht den Tod.«

Dann ließ er los.

Der Dryk lag still.

Sigurd rappelte sich auf und ging ein paar Schritte zurück. Er achtete darauf, Eolind hinter sich zu haben, um ihn bei einem erneuten Angriff mit seinem Körper schützen zu können.

Mit einer kräftigen Pendelbewegung kam der Dryk wieder auf die Beine. Er sah Sigurd kurz an. Es lag kein Verstehen in seinem Blick, das tumbe Tier begriff nicht wirklich die Worte des Prinzen. Aber er spürte die Nähe seines Todes – und die Gnade seines Henkers.

Der Dryk drehte sich um und trottete ohne Eile in den Wald davon.

Nun erst gestattete sich Sigurd die Schwäche seines Körpers und lehnte sich zitternd an den Findling, der mit den Kratzern des Dryk-Horns übersät war. Seine Hände brannten, und aus vielen kleinen Wunden tränkte Blut sein Hemd.

Eolind kam hinzu, um Sigurd zu stützen. Aus einer Tasche, die er um die Schulter trug, zog er ein grobes, aber sauberes Hemd. »Hier.«

Sigurd zog den zerrissenen Stoff von seinem Oberkörper, wischte Blut und Schweiß hinein und zog das frische Hemd über den Kopf.

»Ich weiß nicht, ob je ein isländischer Krieger einen besiegten Dryk am Leben gelassen hat«, murmelte Eolind, und seine Stimmlage verriet nicht die Wertung, die in seinen Worten lag.

»Du hast es selbst gesagt – darum gibt es nur noch so wenige«, entgegnete Sigurd. »Ich habe gesiegt. Welcher Triumph liegt noch im Tod?«

»Welcher Gewinn liegt im Leben?«, hielt Eolind dagegen.

Sigurd grinste. »Das Tier soll fleißig Nachkommen zeugen, und ich will es auch tun. Dann haben die künftigen Generationen noch Freude an der Jagd.«

Er hielt einen Moment lang inne. »War das – dumm?«

Eolind lachte. »Was fragt Ihr mich? Nur weil ich alt bin, muss ich das Geschenk der Weisheit haben?«

»Nein«, gab Sigurd zu, »nicht dank des Alters. Deine Weisheit ist hart erarbeitet.«

»Die Jahre werden Eure Entscheidung werten«, sagte Eolind. »Und sie werden es Euch wissen lassen.«

Sie wandten sich schon zum Gehen, als Sigurd etwas ins Auge fiel. Es war das abgebrochene Horn des Dryk. Er nahm es auf und warf es Eolind zu. »Hier. Wenn ich schon den Kopf nicht als Trophäe bringe, so kann wenigstens das Horn den Kampf bezeugen.«

Sie fanden Jon und Gelen dort, wo der Dryk den jungen Isländer gegen den Baum geschleudert hatte. Gelen hatte seinem Freund ein paar Blätter auf den blau gequetschten Brustkorb gelegt und dann mit Lederriemen fest verbunden. Als Jon Sigurd und Eolind sah, schien sich sein Schmerz zu verdoppeln. »Nun sagt mir nicht, dass der Dryk euch entkommen ist! Ich will mir die Knochen nicht umsonst gebrochen haben!«

Sigurd hielt das abgebrochene Horn hoch. »Entkommen ist das falsche Wort. Das Bullenschwein und ich – wir haben uns friedlich geeinigt.«

»Was soll das denn heißen?«, fragte Gelen.

Eolind stieß Gelen mit seinem Stock an den Kopf. »Frag nicht dumm, was dich nichts angeht. Wie steht es um Jon?«

Gelen verzog das Gesicht und rieb sich die Schläfe. »Ein paar Rippen sind wohl durch, und einen ruhigen Schlaf werden die Schmerzen in den nächsten Wochen sicher nicht erlauben. Aber er hatte wieder das Glück des dümmsten Ochsen.«

Jon gab Gelen für die Beleidigung eine Ohrfeige, stöhnte dafür aber auch im Schmerz. »Ist das der Dank für meine Mühen?«

Sigurd klopfte seinem Freund lobend auf die Schulter und half ihm dann auf. »Glaub mir – wir werden in der Burg gebührend von deinem Mut erzählen.«

Sie wollten Jon von beiden Seiten stützen, doch Eolind hielt seinen Stab zwischen Sigurd und seinen verletzten Freund. »Wir gehen vor. Gelen kann Jon alleine helfen.«

»Aber dann brauchen die beiden doch eine halbe Ewigkeit bis zur Burg«, protestierte Sigurd. »Wenn wir alle mit anfassen ...«

»Wir beide werden es noch bis zum Abend schaffen, dann können wir einen Reiter schicken, der Gelen und Jon holt. Der König und die Königin machen sich schon Sorgen – und ihnen gilt unsere erste Pflicht.«

Sigurd wollte das nicht hinnehmen, aber Gelen und Jon warfen ihm einen Blick zu, der besagte: Es ist den Streit nicht wert.

So sehr Sigurd Eolind als Ratgeber, als Lehrer und auch als Freund schätzte, so sehr wunderte er sich manchmal, dass der alte Knochen auf der Einhaltung des Hofzeremoniells bestand. Gelen und Jon waren Sigurds Kumpane, doch keiner von beiden hätte es je gewagt, Eolind direkt anzusprechen. Und Sorge trug der alte Mann nur für den Prinzen – in Gefahr hätte er dessen Freunde ohne Reue zurückgelassen.

»Nun?«, fragte Eolind, und in der Frage lag die Aufforderung, nicht länger zu warten.

Sigurd nickte seinen Freunden entschuldigend zu. »Sobald wir in der Burg sind, schicken wir Hilfe.«

Gelen und Jon sahen ihn ohne Groll an.

Sigurd und Eolind schwiegen eine Weile, während sie zurück zur Burg gingen. Dabei sah der isländische Prinz seinen Lehrer verstohlen an. Dieser tat, als merke er es nicht – was Teil seines Spiels war.

Eolind war ein komischer alter Kauz. Elsa und Gernot erzählten, dass er Teil der Burg war und seit Generationen den Herrschern von Island diente, wenn es galt, ihre Kinder aufzuziehen. Sein ledernes Gesicht mit den grauen Stoppeln, die zu rasieren er sich nicht mehr die Mühe machte, erschwerte die Einschätzung, wie alt er genau war. Auf jeden Fall hatte Sigurd noch keinen anderen Menschen in Island getroffen, der so viele Jahre zählte. Zwar erstattete sein Körper den Tribut an die Zeit, aber seine Hand teilte immer noch kräftige Ohrfeigen aus, und seine klare Stimme duldete selbst bei Heerführern und Kriegern keinen Widerspruch. Auch der König hörte auf das Wort des Ratgebers, der niemals von den früheren Herrschern erzählte, so sehr die Kinder auch bettelten.

Schließlich hielt Sigurd es nicht länger aus. »Was hast du gegen Gelen und Jon?«

Eolind sah ihn nicht an, sondern konzentrierte sich auf seine Schritte. »Ich muss nichts gegen sie haben.«

»Sie sind meine Freunde. Ich erwarte, dass du sie mit Respekt behandelst.«

Ein flüchtiges Lächeln huschte über Eolinds Gesicht. »Mein Prinz, den Respekt für Eure Person könnt Ihr verlangen, den Respekt für andere jedoch nicht. Was käme als Nächstes – Respekt vor Steinen oder Bäumen?«

»Aber warum respektierst du mich – und meine Freunde nicht?«

»Ihr seid der Prinz. Euer Wohl und Euer Wille sind meine Aufgabe.«

Sigurd dachte kurz darüber nach, bevor er antwortete: »Dann respektierst du nicht mich, sondern die Rolle, in die ich geboren wurde.«

»So ist es.«

Eolind sagte es, als sei es selbstverständlich, als gäbe es keine Möglichkeit, wie dieser Satz den Prinzen verletzen könnte.

Sigurd blieb stehen. Nach ein paar Augenblicken merkte Eolind es und hielt ebenfalls inne. Er sah den Prinzen an. »Wir können gerne streiten, wenn Euch danach ist, aber wir sollten den zügigen Schritt dabei nicht vernachlässigen. Ich bin sicher, Eure Eltern wünschen Euch beim Abendmahl an ihrer Seite.«

Verärgert setzte Sigurd seinen Heimweg fort. Er ließ sich nicht gerne von Eolind herumkommandieren. Andererseits war es unmöglich, sich ihm zu widersetzen.

»Bedeute ich dir nichts?«

Eolind spuckte auf den Weg. »Als Mensch? Nichts. Als Prinz? Alles.«

Sigurd verstand den alten Mann nicht. »Dann würdest du auch jedem anderen Prinzen dienen? Das enttäuscht mich.«

Eolind schien das nicht weiter zu stören. »Weil Ihr keine Pflichten kennt. Wie kann ich mich abhängig machen von meiner persönlichen Neigung? Soll ich einem König die Gefolgschaft verweigern, weil seines Sohnes Dummheit mich in Rage bringt? Nein. Man bringt mir die Prinzen und Prinzessinnen – und ich kümmere mich um sie.«

Sigurd trat mit Wucht auf einen Ast, der unter seinem Fuß zerbrach. »Ich hatte nur gehofft, du würdest ... ich meine, über die Jahre ...«

Eolind seufzte vernehmlich. Die Gespräche mit Sigurd kannte er schon. Der Junge war stark wie ein Dryk, aber empfindsam wie ein Weib. Seine Mutter hatte ihn mit zu viel Büchern gefüttert statt mit Ochsenblut. »Ihr sucht Verständnis, wo keines nottut. Wenn Ihr Freundschaft und

Pflicht nicht unterscheiden könnt – was schert Euch dann, ob es dann das eine oder das andere ist?«

Sigurd wusste, dass er damit alle Antwort hatte, die Eolind zu geben bereit war. »Du wirst mich vermissen, wenn ich erst mal in Dänemark bin.«

»Werde ich Eure Abreise mehr bereuen als die Dänen Eure Ankunft?«

Sigurds Laune besserte sich augenblicklich, denn auf seine erste große Reise über das Meer freute er sich seit dem Beginn des Jahres. »Ich habe gehört, dass die Dänen andere Spiele spielen als wir. Sie haben Instrumente, die Töne machen, von denen du noch nie gehört hast! Und ihr Met ist mit Gewürzen verrührt und brennt auf der Zunge!«

Eolind lachte. »Danach sehnt Ihr Euch? Nach einer verbrannten Zunge? Ich glaube, Ihr werdet Euch bei König Dagfinn sehr wohl fühlen.«

Sigurd schwieg eine Sekunde zu lang, und Eolind ertappte den falschen Gedanken sofort. »Ihr *werdet* Euch bei König Dagfinn wohl fühlen, Sigurd. Das ist keine Bitte – und ich möchte nicht mit Eurem Vater darüber sprechen müssen.«

Sigurd nahm ein paar Kieselsteine auf und warf sie in den Wald rechts und links des Weges. Es wurde langsam dunkel, und der Boden presste die Kälte aus der Erde.

»Was soll ich denn bei Hofe?«, maulte Sigurd nun. »Eine Burg ist der anderen gleich. Das sagt jeder! Und du kennst Dagfinn! Er wird mich bei Empfängen herumreichen wie ein edles Pferd, das man zur Schau stellt!«

»Ihr seid Prinz von Island und Gast an seinem Hof. Es wird Euch an nichts fehlen.«

»Aber das ist es ja! Eolind, ich will des Morgens keinen Diener neben der Schlafstatt, der meine Füße wäscht! Ich will etwas erleben! Ich möchte unter Leute, die nicht meines Standes sind!«

»Ihr wollt Huren sehen, und Krieger, die sich im Suff die Krüge über die Schädel ziehen, bis sie im eigenen Blut liegen. Wo die Hand schnell am Schwert ist und die Nacht keinen Schlaf verlangt.«

Sigurd fühlte sich ertappt. »Woher ... woher weißt du das?«

Eolind lachte wieder. »Ihr wollt, was jeder Junge will, der schon den Mann in sich spürt. Man nennt es Freiheit. Und in Eurem Fall die Freiheit, Dummheiten zu begehen.«

»Glaubst du, Vater wird es erlauben?«

Eolind schüttelte den Kopf. »Niemals. Nicht nur aus Sorge um Euch – Eure Mutter würde ihn eigenhändig meucheln, wenn Euch etwas zustöße.«

»Mutter macht sich immer zu viel Sorgen.«

»So wie es ihre Aufgabe ist.«

Sie hatten nun den Rand des Plateaus erreicht, und die karge Steppenlandschaft fiel langsam zur südlichen Küste Islands hin ab. Als hätte einer der Titanen in das Land gebissen, kam der Fjord in Sicht, der auf der einen Seite Hafen und an der Felswand im Rücken Heimstatt der Könige war. Wenn man genau hinsah, konnte man ein paar wenige Lichtpunkte hinter den Burgmauern ausmachen.

Ein, vielleicht zwei Stunden strammer Fußweg standen noch bevor.

Noch einmal versuchte Sigurd, das Thema anzusprechen. »Wenn ich an den Hof von Dagfinn muss, kann ich gleich hier bleiben.«

»Dann bleibt hier.«

»Aber ich will ...«

»Etwas erleben«, stöhnte Eolind genervt auf. »Das hatten wir doch bereits geklärt.«

Er legte dem Prinzen den Arm auf die Schulter, als müsse er sich stützen lassen. Aber Sigurd spürte die Vertrautheit in der Berührung.

»Mein Prinz, mit Eurem Blut braucht Ihr dem Abenteuer nicht lange hinterherzuschmachten. Es ist kein Tier, das man jagen muss wie den Dryk. Das Abenteuer wird Euch finden.«

»Aber wann?«

»Schneller, als Euch lieb ist. Und eines Tages werdet Ihr Euch nach diesen Tagen zurücksehnen, in denen das Schicksal nicht ständig Euren Namen ruft.«

»Das kann ich mir kaum vorstellen«, knurrte Sigurd.

Den Rest des Weges gingen sie schweigend.

Das Fleisch war zart und üppig, das Brot noch warm vom Ofen. Doch Elsa aß kaum etwas von den Speisen auf dem langen hölzernen Tisch. Gernot sah sie fürsorglich an. Vor Jahren hatten sie schon die Pflicht des engeren Hofstaats, bei jedem Abendmahl anwesend sein zu müssen, abgeschafft. Oft aßen sie allein, unterbrochen nur von den Dienern, die ihre Kelche nachfüllten oder die Fleischplatten wegtrugen.

»Wenn du weiter so zulangst«, versuchte der König einen Scherz, »dann kommen wir mit nur einem Brot durch den Winter.«

Elsa warf ein paar Krumen, die sie in den Fingern zerbröselt hatte, neben sich. »Ich kann in Sorge nicht essen.«

»Dann lass mich ein paar Reiter in die Nacht schicken, die Sigurd aufspüren.«

Elsa lächelte müde. »Er würde uns diesen Vertrauensbruch nie verzeihen. Nein, Gernot, die Sorge ist meine Aufgabe – als Mutter und Königin. Lass sie mir, bitte.«

Gernot griff nach ihrer Hand und drückte sie sanft. Dem Protokoll nach hätte die Herrin am anderen Kopfende des Tisches sitzen müssen, aber auch diese Regel hatten sie abgeschafft. Der König bevorzugte die Nähe seiner Königin, und deshalb saßen sie über Eck.

»Wie soll es erst werden, wenn Sigurd in Dänemark ist?«, fragte Gernot vorsichtig.

Elsas Augen wurden groß – sie hatte den Gedanken beiseitegeschoben, so lange es ging. »Wir können ihn nicht ziehen lassen!«

Gernot nahm einen Schluck von seinem Wein, der ihm die Pause gab, die er immer brauchte, bevor er Elsa widersprach. »Das Versprechen wurde gegeben. Und es ist wichtig für einen Mann, die Welt zu sehen.«

Elsa blieb ruhig, legte ihre Hände auf die Oberschenkel und richtete ihren Blick auf die Tischplatte vor sich. Es war die Ankündigung des Streits, den Gernot hatte vermeiden wollen.

Der König von Island seufzte. »Was – nun soll Sigurd auch kein Mann mehr werden?«

Elsas Kopf ruckte zur Seite wie der eines Raben, ein Eindruck, der durch ihr glattes schwarzes Haar noch verstärkt wurde. »Du hast selbst gesagt, dass Dänemark vielleicht von den Xantenern angegriffen wird. Willst du unseren Sohn in den Tod schicken?«

Sie war gewöhnlich die Liebe selbst – aber wenn es um Sigurd ging, konnte man kaum vernünftig mit ihr reden. Gernot versuchte es dennoch. »Ich habe nicht gesagt, dass Wulfgar Dänemark angreifen will – nur, dass Dänemark allemal ein lohnenderes Ziel wäre als Island.«

»Dann ist Sigurd also hier sicherer als dort«, trumpfte Elsa auf.

Gernot schob ärgerlich sein Essen beiseite – der Hunger war ihm nun auch vergangen. »Er wäre *noch* sicherer, wenn wir ihn im Kerker einsperren würden! Und manchmal glaube ich, das wäre dir lieber.«

Elsa Augen füllten sich mit Tränen. »Wie kannst du so etwas sagen – ich liebe Sigurd.«

»Und ich liebe ihn auch! Aber wenn man sein Kind liebt, tut man das, was für das Kind am besten ist – nicht das, was die eigenen Ängste fordern! Es drängt den Jungen in die Welt.«

Gernots Stimme war lauter, als er beabsichtigt hatte, und er bereute schon, sich auf die Diskussion überhaupt eingelassen zu haben. Aber er wollte Elsa in dieser Angelegenheit nicht einfach mit dem Recht des Königs übergehen.

Elsa tupfte sich die Augenwinkel ab. Sie verabscheute es, so schwach zu wirken, wie sie war. »Und haben wir beide, *gerade wir beide*, nicht gesehen, was geschieht, wenn man dem Drang die eitle Freiheit lässt? Wenn wilde Leidenschaften aufeinandertreffen, denen die Folgen ihres Handelns gleichgültig sind?«

Gernot versuchte es mit Herzensgüte. »Ist unsere Liebe nicht auch das Ergebnis eines Drangs, einer wilden Leidenschaft? Hätte man uns einander verwehren können?«

Elsa sah ihren Mann an, als habe er nicht verstanden, wovon sie sprach. »Aber Sigurd ist nicht das Kind *unserer* Liebe! Sein Blut ist Siegfrieds – und Kriemhilds! Es stammt aus Herzen, deren Leidenschaft nur Tod brachte!«

Gernot schlug mit der Faust auf den Tisch. »Nein! Sigurd ist *nicht* Siegfrieds Sohn! Er ist *unser* Sohn! Die Arme, die ihn seit der Kindheit hielten, waren unsere! Die Regeln, die er lernte – unsere Regeln! Er hat es verdient, als Sohn Islands in die Welt zu ziehen.«

»Was ist, wenn er für die Welt noch nicht bereit ist?«

Gernot winkte ab. »Niemand ist für die Welt bereit, bevor er ihr begegnet ist. Genau darum geht es ja.«

Elsa atmete tief ein und spielte die letzte Karte, die sie hatte. »Ich wünsche nicht, dass du Sigurd nach Dänemark ziehen lässt.«

Gernot stützte die Ellenbogen auf den Tisch und rieb sich mit den Händen müde das Gesicht. »Tu das nicht, Elsa, bitte – mach aus deinen Argumenten keine Forderung.«

»Du hast mir versprochen, nie gegen meine Wünsche zu handeln.«

Das hatte er – und er hatte das Versprechen bis zu diesem Tag gehalten. »Du verlangst, mich für dich und gegen Sigurd zu entscheiden. Er wird mir das nicht verzeihen.«

»Er wird es verstehen – eines Tages.« Sie hoffte es mit der gleichen Innigkeit, mit der sie es sagte.

Elsa und Gernot sahen sich lange schweigend an. Der König wusste um die Reinheit der Motive seiner Frau, und doch stand die Forderung lähmend zwischen ihnen.

Für Elsa bedeutete das Schweigen Leiden, und die Zeiten, in denen sie und Gernot gestritten hatten, waren auch nach all den Jahren an einer Hand abzuzählen. Sie hätte ihm so gerne nachgegeben, aber ihre Seele wehrte sich dagegen wie eine Katze, die man in einen Waschzuber stecken wollte. Es trieb sie, ihm von den dunklen Träumen zu erzählen. Vielleicht würde er dann verstehen, vielleicht glaubte auch er dann daran, dass die Götter ihr letztes Opfer noch nicht verlangt hatten ...

Sie schreckten beide auf, als die kleine Seitentür zum Thronsaal mit einem Knall aufflog und ein quirliger Schatten mit braunem Haar und dunklem Kleid hereinrauschte.

Lilja war nun schon zehn Jahre alt, der kaum noch erhoffte Spross der Liebe von Gernot und Elsa. In jeder Hinsicht ein Burgunder Kind. Sie hatte den wilden Schopf ihres Vaters und seine laute Begeisterung für alles, was ihr in den Blick kam. Nur manchmal, wenn man ihr tief in die schwarzen Augen sah, konnte man in ihnen die Melancholie Elsas sehen. Trotz ihrer kindlichen Verzückung war sie zu großer Trauer fähig.

Mit einem Satz sprang Lilja auf den Schoß ihres Vaters, und das Königspaar bemühte sich, rasch den Eindruck von Harmonie und Ruhe zu erwecken.

Lilja hielt ihrem Vater ein krude aus Holz geschnitztes Pferd hin, kaum faustgroß. »Das habe ich gemacht.«

Elsa lächelte, und Gernot sah sich das Tier mit übertriebenem Sachverstand an. »Gute Arbeit. Ein Talent für das Handwerk besitzt du. Aber muss ich Björndis bestrafen, weil sie dir ein Schnitzmesser in die kleine Hand gegeben hat?«

Lilja schwang ihre kleinen Arme um ihren Vater. »Nein! Björndis hat ... Björndis hat das Messer gehalten. Ich habe nur geholfen.«

Gernot stellte das Pferdchen auf den Tisch und klopfte seiner Tochter sachte auf den Rücken. Dabei sah er Elsa mit einer Liebe an, die den vorangegangenen Streit vergessen ließ.

Eine Faust stieß von außen an die große Flügeltür, die in die Vorhalle der Burg führte. Dann trat die Torwache ein. »Mein König.«

»Was gibt es?«, fragte Gernot lächelnd.

»Eolind und der Prinz sind zurück«, verkündete die Wache.

»Sigurd!«, schrie Lilja begeistert, sprang vom Schoß ihres Vaters und rannte mit kindlichem Übermut an der Torwache vorbei. Auch Elsa stand auf, aber die Freude über die gute Nachricht ließ ihr Herz rasen – sie musste sich an der Tischkante festhalten, um nicht zu taumeln. Zwei-, dreimal atmete sie tief. Dann sah sie Gernot an, lächelte und folgte ihrer Tochter.

Gernot saß nun allein am Tisch. Er zupfte ein Stück Schweinefleisch vom Braten und schob es sich lustlos in den Mund. Dann sah er, dass die Torwache ihn beobachtete. »Ja, ja, ich komme.«

Fackeln und Feuerkrüge erleuchteten die Umrisse der Felsenburg, als Eolind und Sigurd im Mondlicht durch den kleinen Hafen darauf zugingen. Die wenigen Seeleute, die schweigend an ihren Booten arbeiteten, damit sie im Morgengrauen zum Auslaufen taugten, nickten den beiden Männern freundlich zu. In Island war es nicht nötig, sich vor dem Adel zu verbeugen, wenn man nicht direkt mit ihm zu tun hatte.

Ein einsames Horn vom Turm kündete davon, dass der König sein Volk wissen lassen wollte, dass der Prinz wieder daheim war.

Die zwei Wachen, die am Absatz der großen Bogentreppe standen, deren endlos weite Stufen zur Burg im Fels führten, klopften mit dem stumpfen Ende ihrer Lanzen auf den Boden. »Prinz Sigurd. Meister Eolind.«

Eolind ächzte ein wenig – der lange Weg hatte ihm mehr zugesetzt, als er zuzugeben bereit war. »Ich werde mich dann zurückziehen, wenn es Euch genehm ist.«

Sigurd nickte. »Ich danke dir für deine Gesellschaft, Eolind.«

Der alte Mann lächelte müde und schlurfte davon.

Sigurd hatte die halbe Treppe erklommen, als eine kleine Gestalt aus dem großen Flügeltor stolperte und ihm in die Arme flog. Der Prinz nahm den Schwung seiner kleinen

Schwester auf, um sie herumzuwirbeln, worauf sie freudig kiekste.

»Na, du Wirbelwind?« Sigurd lachte. »Hast du mich vermisst?«

»Ich habe mich gelangweilt«, verkündete Lilja, während sie versuchte, in den Armen ihres Bruders Halt zu finden. »Hast du mir was mitgebracht?«

Sigurd setzte die Prinzessin ab und tastete an seinem Hemd herum. »Ich hatte doch ... Moment mal ... ach so was! Nun habe ich vergessen, es aus Eolinds Tasche zu nehmen.«

»Ich geh ihn fragen!«, rief Lilja begeistert und rannte los, um Eolind den erhofften Schlaf zu verweigern.

Erst als er sich wieder aufrichtete, merkte Sigurd, dass auch Elsa den Weg vor die Burg gefunden hatte. Ihre schmale, dunkle Gestalt verschmolz in der Nacht fast mit dem Vulkangestein der Treppe. Sigurd breitete die Arme aus, und erleichtert drückte die Königin ihn an sich.

»Den Göttern sei gedankt«, flüsterte sie, und eine Träne lief ihre Wange hinab.

Sigurd drückte den Rücken durch, und die Füße seiner Mutter verloren den Boden. »Du brauchst deinen Göttern nicht zu danken – wie du siehst, komme ich mit leeren Händen.«

Als Elsa wieder sicher stand, bemerkte sie trotz der Dunkelheit die vielen kleinen Kratzer an Sigurds Armen. »Lass uns schnell hineingehen – ich werde deine Wunden auswaschen, bevor sie sich entzünden können.«

»Nicht der Rede wert«, winkte Sigurd ab. »Nicht schlimm genug jedenfalls, um deshalb ein Bad zu nehmen.«

»Deine Mutter hat sich Sorgen gemacht«, kam nun die Stimme Gernots mit gespielter Strenge.

Sigurd blickte zu seinem Vater auf, der einige Stufen über ihm stand. »Und Ihr, mein König?«

Gernot drehte übertrieben den Kopf hin und her, als suche er etwas. »Ich frage mich, wo der Dryk ist, den zu erlegen ihr ausgezogen wart.«

Sigurd senkte den Blick. »Der Dryk und ich ... wir haben uns geeinigt. Ich habe ihn besiegt – und mit dem Großmut des Siegers am Leben gelassen.«

Gernot kam näher, darauf bedacht, vor den Wachen und Bürgern Islands nicht zu viel Herzlichkeit zu zeigen. »Ihr habt euch ... geeinigt? War das Tier euch am Verhandlungstisch gar überlegen? Wurde der Pakt bei Met und Brot mit Hand- zu Hufschlag besiegelt?«

Es war freundlicher Spott nur in der Stimme – aber Spott war es dennoch, und Sigurd fühlte das Blut in seine Wangen steigen. »So war es nicht. Ich habe mir den Dryk untertan gemacht. Sein Leben war meins.«

»Und doch nahmst du dir nicht, was dein war?«

Elsa drehte sich zu ihrem Mann, und ihr Blick war weit fester als der Sigurds. »Er hat nicht getötet, wo er nicht töten musste. Ist er damit nicht der Mann, den wir zu erziehen hofften?«

Gernot atmete geräuschvoll ein – so sehr er Elsa liebte, ihren Widerstand konnte er vor seinem Hofstaat nicht gutheißen. »Sigurd zog aus, den Dryk zu töten. Was immer seine Absicht war: Er hat das Wort nicht gehalten.«

Sigurd wollte widersprechen, seinem Vater in jugendlicher Hitze die Stirn bieten, aber Elsa drückte ihren zierlichen Körper gegen den seinen. »Der Tag endet mit der glücklichen Heimkehr des tapferen Prinzen. Mehr zu wollen wäre töricht.«

Sigurd und Gernot sahen sich ein paar Augenblicke lang an – dann nickte der König. »Auch ich freue mich über deine Heimkehr, Sigurd. Wenn du essen willst, dann lass uns zur Tafel schreiten.«

Das Königspaar ging mit dem Sohn die Felsentreppe hinauf. Sigurd drehte sich noch einmal zu einer der Wachen. »Schickt einen Reiter mit drei Pferden, den Pfad nach Norden soll er nehmen, zum Krüppelwald. Er soll Ausschau halten nach Gelen und Jon. Jon ist verletzt und wird eure Hilfe brauchen.«

»Ich brauche deine Hilfe nicht!«, knurrte Jon und drückte Gelen wieder von sich weg. Doch schon die nächsten zwei Schritte straften seine Worte Lügen – er knickte immer wieder ein, und jeder Atemzug ließ die Rippen in seinem Brustkorb knacken wie brennendes Holz in einem Feuer. Ihm schwindelte, aber bevor er erneut hinschlug, packte ihn Gelen unter.

»Du stellst dich an wie die Bauernmädchen beim Tanz zur Sommerwende«, zischte Gelen. »Wenn du dir nicht helfen lässt, sind wir im Morgengrauen noch nicht an der Burg. Und ich habe Hunger.«

»Hätte Sigurd den Dryk erlegt, säßen wir nun am Lagerfeuer und würden uns am feinsten Teil des Biests laben«, bemerkte Jon.

»Das mag ja sein«, gab Gelen zu. »Aber du hast gehört, was geschehen ist. Sigurd wollte den Dryk nicht töten.«

Jon spuckte aus, und etwas Blut war in seinem Speichel. »Die Beute nicht zu nehmen – was sollte das überhaupt? Wer gräbt nach einem Klumpen Gold, den er dann doch nicht heimtragen will? Wer rührt eines Mädchens Herz, wenn er sie dann doch nicht auf sein Laken ziehen will? Es ist gegen die Natur der Dinge!«

Gelen schnaufte – er trug schwer nicht nur an Jon, sondern am eigenen Fett. »Für jemanden, der Schmerzen leidet, schwafelst du gar viel, mein Freund.«

»Ich mache mir nur Sorgen«, erwiderte Jon. »Für einen Prinzen mag Sigurds Verhalten nur wunderlich sein – für einen König ist es undenkbar.«

Jon war einige Jahre älter als Gelen und Sigurd. Er hatte dem Prinzen das Reiten beigebracht, den Umgang mit Schwert und Bogen. Sigurd war geschickt, aber die Liebe zur Waffe ging ihm ab. Und statt beim Schein des Feuers dem Met die Stirn zu bieten, las er oft bis spät in die Nacht.

Gelen bemerkte, dass Jons Atem pfiff wie ein Horn, das einen Riss hatte. »Wir sollten lieber rasten und auf die Reiter warten, die Sigurd nach uns schickt.«

Jon schüttelte den Kopf. »Mein Freund, deine Völlerei wird dir eher den Atem rauben als mir meine gebrochenen Knochen.«

Gelen seufzte. Über seinen Wanst machten sich die Menschen lustig, seit er ein Kind war. Dabei aß er gar nicht so viel – zumindest erschien es ihm nicht so. Er mochte nicht der schnellste Läufer Islands sein, und im Kampf machte er keine gute Figur. Aber weder an Mut noch an Loyalität mangelte es ihm, und Sigurd hatte ein ums andere Mal deutlich gemacht, dass ihm das wichtiger war als alles andere.

»Das Weibsvolk in Dänemark«, begann Gelen vorsichtig, »man sagt, es sei nicht so kritisch mit den Augen wie die Isländerinnen. Glaubst du das auch?«

Trotz seiner Schmerzen musste Jon lachen. »Wir schleppen uns hier durch die Nacht, müde und zerschunden vom Kampf – und ein Rock ist das, woran dein Kopf denkt?«

Gelen zog Jon am Gürtel wieder ein wenig hoch und

griff den Arm des Freundes um seine Schulter fester. »Ich möchte nun mal wissen, worauf ich mich einlasse.«

Gelen hatte noch bei keiner Frau gelegen, und Jon wusste das. Sein Freund war begierig, sich weichem Fleisch hinzugeben. Jon hingegen hatte in Stroh und Leinen viele Mägde und Dienerinnen beglückt. Als Knabe war er acht Jahre zur See gefahren, und in manchem Hafen hatte er seine Saat gelassen. »Glaub mir, solange du genügend Münzen im Beutel hast, werden die Mädchen von Dänemark in dir den König sehen.«

»Münzen im Beutel?«, fragte Gelen. »Meinst du damit, ob ich … ob ich mit meinem …?«

Jon hielt inne, als ihm das Missverständnis klar wurde, und er befreite sich aus Gelens Griff nur lange genug, um dem Freund eine Ohrfeige zu geben. »Ich meine *Geld*, du Narr! Münzen im Beutel! Was die Weiber in deiner Hose finden, wird ihnen herzlich egal sein, solange es nicht jucken macht.«

»Ach so«, murmelte Gelen beschämt. »Geld habe ich.«

»Ich auch«, sagte Jon. »Wofür soll man es hier in Island auch ausgeben?«

»Was meinst du – wie lange werden wir wohl in Dänemark bleiben können?«, wollte Gelen wissen.

Jon verzog das Gesicht, während er nachdachte. »Zuerst einmal möchte ich wissen, dass wir überhaupt reisen dürfen.«

Gelens Augen wurden groß. »Wieso denn nicht?«

Jon ergab sich seinen Schmerzen und setzte sich ächzend auf einen Stein am Wegesrand. Es war schon lange stockdunkel, aber wenn man in Island groß geworden war, hatten sich die Augen daran gewöhnt, auch in der Nacht zu sehen. »Ich bin mir nicht sicher, ob Sigurd seinen Eltern die Erlaubnis abringen kann.«

Gelen hob das Hemd, öffnete die Hose und urinierte an den Wegesrand. »Aber wieso denn nicht? Ich dachte, das wäre schon geklärt.«

Vorsichtig versuchte Jon, seinen Brustkorb zu betasten, unterließ es aber sofort wieder. Es schmerzte zu sehr. »Sigurd hat seiner Mutter mit Mühe das Versprechen abgerungen, an den Hof Dagfinns zu gehen. Die Reise, die wir wirklich planen, wird er ihr wohl verschwiegen haben.«

Gelen kicherte. Die Königin war sehr vorsichtig, und eine Fahrt mit dem erklärten Ziel, sich dem Suff und der Weiberei hinzugeben, konnte kaum ihren Wünschen entsprechen. »König Gernot würde es verstehen – ich glaube kaum, dass er als junger Mann anders war als wir.«

Jon nickte. »Das mag wohl sein – aber wann hat Gernot jemals etwas getan, was der Königin missfiel? Und nach dem, was die Seefahrer erzählen, hat sie Grund zur Sorge.«

»Was erzählt man sich denn so?«

Jon wusste immer gut Bescheid, weil er dem Hafenmeister half, die einlaufenden Schiffe zu überprüfen. Neben vielen tolldreisten Lügengeschichten bekam er auch die neuesten Gerüchte vom Festland zu hören – manchmal vor dem König selber. »Es heißt, auf dem Kontinent ist Unruhe. Noch kein Krieg, aber sein Geschmack liegt in der Luft. Die Schmiedefeuer verlöschen in keiner Nacht mehr, und man sagt, es sei nur eine Frage der Zeit, bis das erste Eisen gezogen wird.«

Gelen seufzte. Er sah die Möglichkeit, endlich bei einem Weibe zu liegen, dahinschwinden.

Jon unterbrach die trüben Gedanken seines Freundes, indem er die Hand hob und zischte: »Pst! Hörst du das?«

Gelen strengte sich an. Die Nacht in Island kannte viele Geräusche, und die Erde war manchmal lauter als die

Tiere, die auf ihr herumstaksten. Aber nach ein paar Sekunden vernahm er ebenfalls das rhythmische Klackern auf dem harten Boden. »Pferde.«

Jon stöhnte erleichtert. »Sigurd hat uns nicht vergessen.«

Gelen rieb sich die Hände. »Na wunderbar. Ich sterbe vor Hunger.«

Sigurd machte sich nicht die Mühe, zwischen essen und reden zu unterscheiden. Schmatzend berichtete er von seinem Abenteuer. »Wenn ich es euch sage – der Dryk erkannte seinen Meister. Und er gehorchte wie ein abgerichteter Hund.«

Gernot lachte und schlug mit der Hand auf den Tisch, sodass der Met aus seinem Kelch schwappte. »Wohlan, und wäre es keine wahre Geschichte – eine gute Geschichte wäre es dennoch. Am Hofe von Burgund wärst du damit in der Runde der Krieger gut gelitten.«

Sigurd sah nicht, dass Gernot für diese Bemerkung einen strafenden Blick von Elsa bekam. Er war stolz auf den Stolz des Vaters. »Ich möchte die Geschichte gerne aufschreiben.«

So wie Gernot mürrisch die Stirn zusammenzog, so heiterte sich nun Elsas Miene auf. »Das ist eine wunderbare Idee.«

»Was willst du aufschreiben, und wozu?«, wollte Gernot wissen.

Sigurd trank einen kräftigen Schluck. »Mein Abenteuer. Es hat Euch gefallen, vielleicht gefällt es anderen.«

Gernot winkte ab. »Dann erzähle es den anderen, wie du es mir erzählt hast. Was soll dieser Unsinn von Büchern und Schriften? Wer von alten Abenteuern schreibt, erlebt keine neuen.«

Elsa legte ihrem Sohn die Hand auf den Arm. »Hör

nicht auf ihn. Deine Worte auf Pergament wären für die Ewigkeit.«

»Es sind kaum große Taten, die man aufschreiben muss, damit die Söhne sie nicht vergessen«, hielt Gernot dagegen.

»Vielleicht ist es mehr als angebracht, die Geschichte unserer Familien zu bewahren, auf dass die Lektionen nicht vergessen werden«, entgegnete Elsa eine Spur zu scharf und bereute es sogleich.

Sigurd spürte die Spannung zwischen seinen Eltern, auch wenn er sie nicht erklären konnte. Elsa und Gernot sprachen für gewöhnlich nicht über ihre Vorfahren. Sie waren wohl von weither gereist, um den verwaisten Thron Islands zu übernehmen – und nun zählte für sie nur noch das, was Island war.

»Es ist ja nicht nur der Dryk«, sagte Sigurd vorsichtig. »Auch Dänemark wird mir gewiss ausreichend Erinnerungen für lange Abende bringen.«

Es wurde sehr still im Speisesaal, und Sigurd war nicht mehr sicher, ob er den Atem seiner Eltern noch hörte. »Was ist?«

Elsa bemühte sich, etwas zu essen, um nichts sagen zu müssen, und ihr Blick zu Gernot war eine einzige Aufforderung, das Wort zu ergreifen. Der König gab sich zuerst störrisch, doch dann besann er sich der Pflicht und des Versprechens, das er seiner Frau gegeben hatte.

»Sigurd ...«, begann er langsam. Er räusperte sich. Zweimal. Dann endlich fand er die Worte: »Deine Mutter und ich haben verglichen, was wir für dich wollen, und wo in unseren Augen deine Zukunft in Frieden und Sicherheit ruht. Und wir sind uns einig ...«

Er hielt inne, weil Elsa bei diesen Worten dankbar seine Hand drückte.

»Und wir sind uns einig«, begann er erneut, »dass für Dänemark noch Zeit ist. Später.«

Sigurd vergaß zu kauen. Er hatte vieles erwartet – dass man ihm einen Aufpasser mitgeben würde. Dass regelmäßig Bericht vom Hofe Dagfinns zu erstatten war. Dass jeder Versuch, sich etwas mehr Freiheit für die Reise zu erschachern, umsonst sein würde.

Aber – eine Absage?

»Ich reise nach Dänemark«, murmelte Sigurd ohne eine Regung, als spräche er sich selber Mut zu. »Es wurde so versprochen.«

Gernot atmete tief ein – einem Streit mit Sigurd fühlte er sich gewachsen. Schreien und toben, befehlen und fordern, das fiel ihm leichter als die schmerzhaft sanften Gespräche mit Elsa, die ihm immer fast das Herz brachen. Insgeheim hoffte er, Sigurd würde aufbegehren, um einen Wutausbruch des Königs zu rechtfertigen.

Und er hatte Glück.

Sigurd drehte sich zu seiner Mutter. »Ich reise nach Dänemark – das habt ihr mir versprochen!«

»Suche nicht die Erlaubnis deiner Mutter, wo ich sie dir bereits verweigert habe.«

Gernots Worte hatten einen leisen und endgültigen Klang.

Sigurd sprang auf. »Die Erlaubnis war seit Monaten gegeben – von Euch! Ihr könnt nun nicht ohne Grund das eigene Wort brechen!«

»Wenn ich als König sonst nichts könnte, so dann doch meine Entscheidungen überdenken«, widersprach Gernot. »Und solange ich denken kann, wiegt der Wille des Prinzen nicht die Macht des Königs auf!«

»Wenn diese Burg mein Schicksal ist – was unterscheidet dann den Prinzen vom niedersten Diener?«, rief Sigurd empört. Die Muskeln seiner Arme arbeiteten, und schließlich warf er seinen Kelch wütend zur Seite.

»Allein schon die Tatsache, dass ihm für ein solches Aufbegehren keine schwere Strafe droht!«, hielt Gernot dagegen. »Sigurd, deine Wut findet mein Verständnis, aber meine Entscheidung wird sie nicht ändern.«

Sigurd sah wieder zu seiner Mutter. »Und du? Willst du mich auch hier gefangen halten, als wäre ich nicht dein Sohn, sondern dein Sklave?«

Elsa kämpfte mit den richtigen Worten, doch im Streit lag nicht ihre Stärke. Es war wieder Gernot, der antworten musste. »Wenn der Unterschied vom Sohn zum Sklaven für dich nur in der Frage liegt, ob ich dich am dänischen Hof huren lasse, bis der Suff deinen Geist zerfrisst, dann ist es mir egal!«

Sigurd konnte nicht sofort antworten, denn er war noch zu erschrocken, dass Gernot seine geheimsten Absichten zu kennen schien. Der König lachte bitter. »Was? Hast du geglaubt, du bist der erste Jüngling, den die Lenden zur Sünde rufen? Die Hafenstädte sind voll von Herumtreibern und Taugenichtsen, die in ihrer Pisse erwachen und sich der Brüste rühmen, zwischen die sie ihre Zunge gesteckt haben!«

Elsa mochte nicht, dass ihr Mann und König so sprach, auch wenn er recht haben mochte. Es war ihr unvorstellbar, dass Gernot oder Sigurd jemals so beschämend einfache Gelüste verspüren konnten.

Sigurd wusste, dass er den Streit vor diesem Hintergrund nicht gewinnen konnte. Jede verschwenderische Beschreibung der guten Taten, die er zu tun beabsichtigte, würde im heißen Licht der fleischlichen Wahrheit verwelken. Er hatte seinen Vater unterschätzt – und die Tatsache, dass auch sein Vater mal ein junger Mann gewesen war.

»Habe ich behauptet, keine Fehler machen zu wollen, keine Dummheiten zu begehen?«, versuchte er es darum mit der Bitte um Einsicht. »Aber wie soll ich denn die Welt verstehen – wenn ich sie nicht zu sehen bekomme? Wie soll der Prinz so ein König werden?«

Gernot wusste zuerst nicht, wie er antworten sollte – denn der Junge hatte recht. So wie ein Vogel im Käfig nicht fliegen lernen konnte, so konnte ein Prinz in der Burg den Charakter nicht bilden. Die Heimat lernte man nur in der Fremde zu schätzen. Doch er hatte Elsa versprochen, Sigurd nicht – nicht jetzt! – ziehen zu lassen, und zumindest dieses Versprechen wollte er halten. »Wenn es etwas gäbe, mit dem du mich umstimmen könntest – ich würde bis zum Morgengrauen mit dir feilschen. Aber die Entscheidung ist gefallen, und für dieses und das nächste Jahr wird jeder Tag für dich ein Tag in Island sein.«

Sigurds Wut suchte ein Opfer, ein Ziel. Wäre der Dryk noch in der Nähe gewesen – der Prinz hätte ihn mit bloßen Händen erwürgt, nur um das kochende Blut zu besänftigen. Aber gegen König und Königin gab es keinen Aufstand, und so konnte er sich nur zu seiner Mutter drehen. »Mutter – ist seine Entscheidung auch deine Entscheidung?«

Elsa konnte nicht zugeben, dass es mehr ihrer als der Wille Gernots war, darum senkte sie den Blick. »Es ist *unsere* Entscheidung.«

Sigurd nahm einen tiefen Atemzug, dann wischte er sich den Bratensaft mit dem Ärmel vom Mund und stand auf. »Es gibt wohl nichts mehr zu bereden.«

Er machte ein paar Schritte auf die kleinere Tür zu, die in den Flügel der Burg führte, in dem sich sein Zimmer befand.

»Sigurd«, sagte Gernot scharf. »Du wirst deinen Kelch aufheben und wieder auf den Tisch stellen.«

Es war ein Machtspiel. Gernot forderte von Sigurd, den Streit nicht ohne Unterwerfung zu beenden. Der Prinz hielt inne. Dann nahm er langsam den Kelch, den er beiseitegeschleudert hatte, und brachte ihn zum Tisch zurück. Gernot sah ihn dabei wortlos an.

Sigurd wich dem Blick seines Vaters nicht aus. Er stellte den Kelch auf den Tisch – mit der Öffnung nach unten.

Dann ging er, ohne sich noch einmal umzusehen. Die Tür knallte laut hinter ihm in die Angeln, und es hallte im Saal nach.

Gernot setzte sich und nahm einen tiefen Schluck Met. Doch er schmeckte bitter. Er hatte gewonnen – und doch verloren.

Elsa begann wieder leise zu weinen. »Es ... es tut mir leid.«

Gernot stand auf und ging durch die große Saaltür davon.

»Es ist nicht die Zeit für Kinder«, sagte Eolind müde und hoffte damit mehr auf Ruhe für sich selbst als für die Prinzessin. »Und der König mag es nicht, wenn Ihr des Nachts noch durch die Burg geistert.«

Lilja war viel zu aufgeregt, um sich von den Reden des alten Ratgebers beeindrucken zu lassen. Die Begeisterung der Jugend ließ ihre Kräfte unerschöpflich wirken. »Aber Sigurd hat gesagt, du hättest etwas für mich. Ein Geschenk!«

Eolind winkte ab. »Was immer er gemeint haben mag – es wird wohl bis morgen warten können.«

Er hatte schon das einfache Hemd für die Nacht übergezogen, und die Laken seines Lagers schienen mit leisen Stimmen nach ihm zu rufen. Sein Stock lehnte in der Ecke an der Wand.

»Nein!«, rief Lilja entschlossen und hüpfte dabei, als wolle sie die Burg zum Einsturz bringen. »Ich kann nicht schlafen, wenn ich es nicht habe!«

»Wenn du *was* nicht hast?«, fragte Eolind listig.

Lilja beruhigte sich etwas und dachte angestrengt nach. Das war ein Dilemma – sie konnte kaum behaupten, ohne etwas leben zu können, wenn sie nicht einmal wusste, was es war. »Das ... das, was Sigurd mir versprochen hat!«

»Hat er es dir denn für *heute* versprochen?«, hakte Eolind nach.

Lilja hasste es, wenn Eolind so verschlagen war. Sie versuchte immer, schlauer zu sein als der alte Mann, aber es wollte ihr einfach nicht gelingen.

»Ich bin *sicher*, es hat bis morgen Zeit«, kam eine Stimme von der Tür, und Eolind merkte erst jetzt, dass der König leise hereingetreten war. »Und morgen kommt *erheblich* schneller, wenn eine gewisse Prinzessin sich der Nacht ergibt.«

Gegen das Wort ihres Vaters kam Lilja nicht an, und mit zusammengepressten Lippen machte sie sich auf den Weg in ihr Zimmer. Doch bevor sie an der Tür war, pfiff Eolind nach ihr, wie man nach einem Pferd pfiff. Er kramte mit seiner zitternden Hand in der Tasche, die auf einem Schemel lag. Schließlich fand er das abgebrochene Horn des Dryk und warf es der Prinzessin zu, die es begeistert auffing und dann in ihren kleinen Händen hin und her drehte.

»Es wird dich immer beschützen«, sagte Gernot lächelnd und schob seine Tochter aus der Tür. »Aber nicht vor mir, wenn ich dich heute Nacht noch einmal mit offenen Augen sehe.«

Lilja drehte sich ein letztes Mal zu Eolind und winkte ihm dankbar. Dann war sie fort.

»Sie zu bändigen ist schlimmer als ein Heer von Söldnern zu führen«, seufzte Gernot.

Eolind verneigte sich gebührlich, und dem König fiel erst jetzt auf, dass sein Ratgeber sich bereits zur Nachtruhe fertig gemacht hatte. »Es tut mir leid, wenn ich dich noch störe ...«

»Die Pflicht für den König kennt keinen Schlaf«, erwiderte Eolind. »Womit kann ich Euch dienen?«

Gernot setzte sich auf eine kleine Holzbank an der Wand und legte den Kopf in den Nacken, bis er den kalten Stein berührte. »Ich brauche nur ein freundliches Ohr – eines, das mich nicht mit Vorwürfen und eitlen Wünschen quält.«

Eolind nickte, denn er ahnte, worum es ging. »Sigurds Reise nach Dänemark.«

Gernot sah seinen Ratgeber an – es überraschte ihn nicht, dass Eolind im Bilde war. »Elsa ist strikt dagegen, und um ihr Herz nicht zu brechen, habe ich meinem Sohn die Fahrt verboten. Nun hasst er mich mit der Inbrunst eines Hundes an der Kette.«

»Er ist mehr seines wahren Vaters Blut, als Euch lieb sein kann«, murmelte Eolind. Er war vermutlich der Einzige bei Hofe, der die Wahrheit nicht nur kannte, sondern sie auch aussprechen durfte. »Seht ihr nicht auch viel Siegfried in ihm?«

Gernot rieb sich das Gesicht. »Siegfried – es ist, als ob sein Schatten mich verfolgt. Elsa hat es auch bemerkt. Aber der Knabe kannte seinen Vater kaum, und in unserer Obhut wurde er gut erzogen.«

»Die Wut eines Xantener Herzens ist nicht durch eine gütige Hand zu besänftigen«, gab Eolind zu bedenken. »Und doch habt Ihr das Beste aus dem gemacht, was die Götter ihm mitgaben.«

Gernot schmunzelte. »Das ist wahr. Sein Vater hätte keinen Dryk am Leben gelassen. Im Gegenteil – an jeder Hand einen Kadaver hätte er hinter sich hergeschleift, um uns zu imponieren. Aber es trifft mich, dass Sigurd mir nun grollt.«

»Ich muss zugeben, dass ich die Königin verstehen kann. Es rumort auf dem Kontinent, und die Omen sind schwarz wie die Nacht ohne Mond. Nicht nur für Sigurd mag es hier in der Burg sicherer sein.«

Gernot dachte eine Weile darüber nach. Er hatte sich immer selbst eingeredet, dass kaum Gefahr drohte. Aber was, wenn das nur Wunschdenken war? Die Blutlinien der Königshäuser waren verworren. Die Römer hatten zwar Burgund unter ihre unmittelbare Verwaltung gestellt, aber Gernot war noch immer der Erbe der Krone. Und nach dem Tod seiner Schwester, die Siegfried geheiratet hatte, machte ihn das auch zum König von Xanten. Wulfgar konnte sich erst zum rechtmäßigen Herrscher ausrufen, wenn die Letzten vom Geschlecht Burgund verbrannt oder begraben waren.

»Glaubst du, Wulfgars Sinn steht nach Krieg?«

Eolind legte den Kopf schräg. »Er ist ein skrupelloser, aber kein dummer König. Für den Moment sollte Xanten ihm genügen, aber fast täglich entstehen und vergehen Allianzen auf dem Kontinent. Was für ihn heute genug ist, könnte schon morgen nicht mehr reichen.«

Gernot nickte. »Dann war meine Entscheidung richtig. Sigurd muss bleiben.«

»So wie es Euer Wille ist.« Eolind brachte doch noch

den Mut auf, seinen König zu fragen: »Und der Rest des Reiches? Sollte sich Island nicht ebenso wappnen wie Xanten?«

Gernot verzog das Gesicht. »Du meinst aufrüsten? Söldner anheuern? Waffen schmieden? Schon der erste Schritt in diese Richtung würde alle anderen Reiche auf Island schauen lassen. Der Griff zum Schwert ist die Aufforderung zum Kampf. Es gäbe kein Zurück.«

»Doch wir bestimmen nicht allein den Lauf der Geschichte«, gab Eolind zu bedenken. »Lasst Island nicht zur fetten Frucht werden, die ein jeder Gegner nur zu pflücken braucht.«

»Was schlägst du vor?«

»Allianzen. Sendet Boten zu Dagfinn und den anderen Königen, deren Reiche am Meer liegen. Frieden bedeutet freien Handel, und keiner von ihnen kann darauf verzichten. Schmiedet ein Bündnis, das jeden Gegner abschreckt. Schild an Schild sind auch die schwächeren Territorien kaum zu unterwerfen.«

Er gähnte, und Gernot lachte freundlich. »Es ist schon spät für eine Lehrstunde in Diplomatie. Und doch hast du natürlich recht, treuer Eolind. Vielleicht haben wir Island zu lange nicht regiert – sondern versteckt.«

»Das mag so sein.«

Gernot legte Eolind seine Hand auf die Schulter. »Was wäre das Reich ohne dich? Brunhilde war sehr weise, als sie dir dereinst das Land in Obhut gab.«

Eolinds Blick verdunkelte sich. »Lasst uns von ihr nicht mehr sprechen. Nie mehr. So war es abgemacht.«

Elsa wandelte durch die Gänge der Burg wie ein Geist auf der Suche nach dem Weg ins Jenseits. Sie hielt eine kleine Fackel in der Hand, um nicht über die schroffen Kanten der Bodenplatten zu stolpern. In Burgund war alles viel ordentlicher gemeißelt gewesen, aber sie hatte sich an die raue Unfertigkeit Islands gewöhnt, sie sogar schätzen gelernt. Wo keine Perfektion war, da wurde auch keine Perfektion erwartet.

Eben noch hatte sie nach Lilja gesehen – die Kleine war nun endlich im Bett gelandet und sogleich eingeschlafen. Elsa hatte ihr das abgebrochene Horn aus der Hand nehmen wollen, damit sie sich in der Nacht daran nicht verletzen konnte, aber selbst im Schlaf hatte sich das Kind daran geklammert. Lilja vergötterte Sigurd, und jedes Geschenk von ihm war ihr heilig.

Sigurd. Elsa seufzte bei dem Gedanken. Sie konnte den Jungen ja verstehen, und Gernot auch. Aber die Männer hatten ihre Träume nicht gesehen, die Träume von Tod und Untergang. Wie konnte Elsa nach diesen Omen noch den einzigen Sohn ziehen lassen, zumal seine Geburt schon vom Schicksal belastet gewesen war?

Wieder einmal dachte Elsa daran, Sigurd die Wahrheit zu erzählen. Von Siegfried, seinem ungestümen Vater, dessen einziges Verbrechen seine Loyalität zu Gunther und seine Liebe zu Kriemhild gewesen war. Von Kriemhild, die über den Verlust Siegfrieds fast den Verstand verloren hatte. Vielleicht würde Sigurd verstehen, vielleicht würde er einsehen, dass nur die Ferne von Burgund und die Missachtung des Blutrufes Frieden versprachen.

Aber vielleicht würde das Erbe ihn nur anspornen. Er würde Rache wollen, wo keiner mehr war, an dem er sich rächen konnte. Sigurd würde dann Wut ohne Ziel werden. Das durfte nicht sein!

Sie kam an die schwere, fast schwarze Holztür, die zu Sigurds Zimmer führte. Vorsichtig klopfte sie an. Nichts geschah. Sie klopfte wieder, etwas fester, auch wenn unklar war, ob das mächtige Türblatt den Ton weitergab. Schließlich drückte sie vorsichtig gegen das Holz, und die Tür schwang ächzend nach innen.

»Sigurd?«

Das Fell war nicht vor dem Fenster heruntergelassen, und fahles Mondlicht erhellte den Raum.

Das breite, niedrige Lager von Sigurd war unbenutzt.

Es war wahrlich keine glorreiche Rückkehr an den Hof für Gelen und Jon. Die Nacht hatte mittlerweile auch den letzten Isländer in die Laken getrieben, der nicht Wache schieben musste, und stolze Beute hatten sie keine vorzuweisen. Der Krieger, hinter dem sie auf zwei geliehenen Pferden langsam ritten, hatte kaum ein Wort mit ihnen gesprochen. Den Prinzen zu holen hätte ihm gut zu Gesicht gestanden – doch zwei Burschen aus dem Volk? Da war keine Ehre drin.

Sie gaben ihre Pferde an den Stallungen ab, die östlich der Burg im Schatten der Felswände errichtet worden waren. Der Krieger verschwand ohne ein weiteres Wort. Gelen musste seinem Freund vom Pferd helfen, denn Jo konnte sich kaum noch bewegen.

»Ich werde den Heiler gleich wecken lassen«, keuchte Gelen, während er Jon an die Holzwand der Stallung lehnte. »Er wird sicher die richtigen Pasten und Kräuter haben.«

»Das hat Zeit bis morgen«, winkte Jon ab. »Was mein Körper zur Heilung mehr als alles andere braucht, ist Schlaf.«

»Dann bringe ich dich zu deinem Lager«, sagte Gelen und griff seinen Freund unter.

Jon mühte sich ein Lächeln ab. »Lass das aber keinen sehen – du kennst das Gewäsch der Hofdamen. Uns beide des Nachts in mein Zimmer schleichen sehen, das wäre ein gefundenes Fressen für den Tratsch an den Waschzubern.«

Sie wollten sich auf den Weg machen, aber eine Gestalt trat aus der Dunkelheit auf sie zu.

Es war Sigurd.

»Es tut gut, euch gesund und munter zu sehen«, sagte er knapp und umarmte beide Kumpane kurz. »Jon, was machen die Knochen?«

»Jeder einzelne kämpft um das Recht, am meisten schmerzen zu dürfen«, antwortete Jon. »Aber keine Sorge – gönnt mir eine Woche Ruhe, und ich werde notfalls nach Dänemark schwimmen.«

Sigurd drehte sich von seinen Freunden weg, und Jon und Gelen konnten seine geballten Fäuste im Mondlicht sehen. So kannten sie den Prinzen nicht. Für gewöhnlich war Sigurd entspannt und immer gut gelaunt.

»Was ist geschehen, Prinz Sigurd?«, fragte Gelen vorsichtig.

»Ist es wegen Dänemark?«, hakte Jon nach. »Es ... es ist nicht wirklich wichtig. Wenn der König nicht wünscht, dass wir Euch begleiten, dann verstehen wir das.«

Sigurd drehte sich wieder zu seinen Freunden, und das Mondlicht schimmerte in seinen wütenden Augen. »Macht euch fertig – noch bevor der Morgen graut, machen wir uns auf den Weg.

»Wohin?«

»Wohin wohl? Auf den Weg nach Dänemark.«

Elsa schlief noch nicht, als Gernot zu ihr ins Bett stieg. Er ächzte leise – ein Tribut an die Jahre, aber auch Ausdruck seiner Unzufriedenheit. Sie ließ ihre Finger unter der Decke nach seiner Brust suchen und streichelte ihn zärtlich.

»Ich weiß, wie schwer es dir gefallen sein muss.«

Sie hob den Kopf, damit Gernot seinen Arm unter ihren Nacken schieben konnte. Dann schmiegte sie sich an ihn. Gernot seufzte, bevor er sprach. »Es ist nur ... es fällt mir schwer, ihn zu enttäuschen. Er beruft sich auf ein gegebenes Versprechen, und damit ist er im Recht. Was für ein Vater oder König bin ich, dass ich ihm verweigere, was jeden jungen Mannes Drang ist? Unser Vater hätte weder mir, noch Gunther oder Giselher, ein paar wilde Wochen flussaufwärts missgönnt. Im Gegenteil!«

»Es geht um das Feuer in Sigurds Blut«, erinnerte ihn Elsa. »Wir beschützen ihn vor sich selbst.«

»Immer nur das Blut«, stöhnte Gernot. »Du redest wie Eolind. Haben wir Sigurd nicht aus Burgund fortgenommen, um dem Blut endlich abzuschwören? Haben wir ihn nicht ohne Worte wie Schicksal und Geburtsrecht aufgezogen? Vielleicht ist es längst keine Sache des Blutes mehr. Vielleicht ist es eine Sache des Vertrauens. Wir sollten Sigurd mehr vertrauen.«

Elsa wählte ihre Worte mit Bedacht. »Und vielleicht sollten wir ihm endlich die Wahrheit sagen.«

Im Licht der Fackeln, die an beiden Seiten neben dem Bett an den Wänden hingen, sah Gernot seine Frau an. »Bist du dir klar, was du da sagst? Die Wahrheit würde diese Familie zerreißen. Sigurd wäre nicht mehr unser Sohn, Lilja nicht mehr seine Schwester!«

»Natürlich wäre er noch unser Sohn«, hielt Elsa dagegen. »Mehr noch als vorher, denn die Familie gründete sich nicht mehr auf einer Lüge!«

Gernot schüttelte den Kopf. »Du irrst – und es schmerzt mich, das zu sagen. Mit der Wahrheit werden die Fragen kommen, und Sigurd wird nach Antworten dürsten. Bevor unsere Worte verklungen sind, sehe ich ihn schon auf dem Schiff gen Festland segeln. Er wird sein Erbe suchen, um zu ersetzen, was ihm die Wahrheit genommen hat.«

Elsa ahnte, dass Gernot recht hatte. Aber sie fand es schwerer und schwerer, in Sigurds Augen zu sehen, die Siegfrieds Augen waren. Sie hatte nie gedacht, dass das Ehrenhafte so viel Schmerz in sich trug.

Gernot drückte sie sanft an sich. »Ich glaube, du machst dir zu viele Gedanken. Ich hätte dir die Sache mit Wulfgar nicht erzählen sollen. Du wirst sehen – der Narr fällt bald vom Pferd und bricht sich das Genick. Dann vergessen wir Xanten und Burgund für weitere fünfzehn Jahre.«

Elsa dachte daran, Gernot von ihren Albträumen zu erzählen, von dem Feuer und von Brunhilde. Aber was für einen Zweck konnte das schon haben? Es würde ihre Seele nicht erleichtern und Gernots Herz nur noch schwerer machen. Sie wusste, dass ihre Aufgabe als Königin nicht darin bestand, dem König Kummer zu bereiten.

»Vergessen wir Xanten und Burgund – heute Nacht.«

Ihre Lippen suchten seinen Hals, küssten seine Schulter. Mit langen Fingernägeln kratzte sie sanft über seinen Bauch. Es dauerte nicht lange, bis seine Lippen ihre fanden und seine Hand durch Elsas Haare strich.

»Wie kann es sein, dass ich König bin – und du es bist, die mich regiert?«, fragte er leise.

Elsa schob sich langsam über ihren Mann, und das Nachtkleid rutschte von ihren bleichen Schultern. »Wenn es dich danach drängt zu regieren – dann befiehl mir, was du willst.«

Sie flüsterte die Worte mit wachsendem Hunger in sein Ohr, und es erregte sie, dass Gernots Körper sich unter ihr spannte. »Was immer du willst.«

Seine Hände glitten über ihre kleinen Brüste, die Fingerspitzen fühlten ihre Schauer. »Weil ich dein König bin?«

Elsa atmete schneller, und mit den Handflächen drückte sie ihn in das Laken. »Nein, weil du mein Leben bist.«

Und sie liebten sich, als wäre es das erste Mal – und das letzte Mal zugleich.

Eolind hatte nicht gut geschlafen, aber das war auch nicht wichtig. In seinem Alter kam der Körper mit weniger aus, sei es bei Tisch oder im Bett.

Er warf sich ein Hemd über, band es mit einem Gürtel um die Taille und schnürte Stiefel an die Füße. Er verzichtete auf die wattierte Hose gegen die Kälte – wie die meisten Isländer hatte er sich mit dem Wetter arrangiert, und es fror ihn nicht so schnell wie das Königspaar.

Er mochte diese Zeit, wenn keine Seele sich mehr rührte, wenn sowohl der Nachtvogel als auch der Morgenvogel schliefen. Man war dann mit seinen Gedanken allein – und mit Island. Weit im Osten nannte man diese Zeit »die Stunde des Wolfes«, hatte er einmal gehört.

Eolind stieg die Stufen zum Turm hinauf, und er ächzte dabei wie der alte Mann, der er war. Den Stock hatte er in seiner Kammer gelassen. Solange seine Hand sich an etwas stützen konnte, ging es noch ganz gut. Aber schon die kleine Lilja zeigte ihm täglich aufs Neue, dass sie wohl die letzte Generation des Königshauses war, die er noch aufwachsen sehen würde.

Selbst der Wind schien noch zu schlafen, und Eolind hatte einen klaren Blick auf das weite Meer.

Er dachte nach. Gernots Erwähnung von Brunhilde hatte alte Erinnerungen geweckt. Erinnerungen, die er weggeschlossen und vergessen gewähnt hatte. Doch jetzt waren sie so klar wie die Morgenluft, und sie drängten sich störrisch in seine Gedanken.

Eolind hatte Brunhilde vergöttert. Sie war eine wilde

Prinzessin gewesen, widerspenstig und gierig nach Grenzen, die sie überschreiten konnte. Kein Mädchen war je so sehr Krieger und gleichzeitig so sehr Frau gewesen. Er hatte das Licht der Liebe in ihren Augen gesehen, als sie das erste Mal dem jungen Siegfried begegnet war, und über die Jahre, in denen sie vergebens auf ihn wartete, war es langsam erloschen. Als er für seinen Freund Gunther – ausgerechnet Gunther! – um ihre Hand warb, da war das Feuer in ihr wieder erwacht. Aber es war nur noch das Feuer der Rache gewesen, nicht mehr das Feuer der Leidenschaft.

Elsa mochte es so wenig wie Gernot, wenn man von Brunhilde sprach, die das letzte isländische Blut auf dem isländischen Thron gewesen war. Und Eolind verbot der Schmerz, ihren Namen im Mund zu führen. Aber bei den Göttern, er hatte sie geliebt! Und manchmal, wenn er seinem Herzen für eine einsame Minute die Wahrheit gestattete, dann sehnte er sich nach den vergangenen Jahren zurück. Dann hasste er die Burgunder, den Frieden und den Niedergang des Hauses Island.

Irgendwo am Horizont spaltete ein Blitz den nächtlichen Himmel, als wollte er seine düsteren Gedanken begrüßen.

Eolinds Kopf wurde wieder klar, und er war sich selber gram, dass er so dachte. Die Burgunder behandelten ihn gut und mit mehr Respekt, als seinem Posten zustand. Es gab keinen Grund, ihnen Böses zu wünschen.

Sein Blick schweifte über den Fjord, und im Mondlicht sah er ein paar kleinere Handelsschiffe dümpeln. Sie brachten die Waren, die Island nicht selber erzeugen konnte, und sie nahmen das wenige, was hier im Übermaß vorhanden war, und verkauften es in die Welt. Das meiste davon waren Erze, und viele Isländer bauten Metalle in den Minen ab oder veredelten sie.

Eolind merkte, dass an einem kleinen Handelsschiff, dessen Bug fast auf den Kiesstrand gezogen war, hektische, wenn auch leise Betriebsamkeit herrschte. Ein, zwei Handfackeln erleuchteten die augenscheinlich eilige Abreise von ein paar Männern. Das war ungewöhnlich, denn es war noch zu früh, um die Segel zu setzen. Auch die Gezeiten riefen nicht zur Eile. Eolind kniff die Augen zusammen, aber es war zu dunkel und zu weit weg, um Genaueres zu erkennen.

Er würde den Hafenmeister nach dem Morgenbrot zur Rede stellen. Eine heimliche Ausfahrt, fast schon einer Flucht gleich – das sollte es nicht geben.

Dann begab er sich wieder in seine Kammer, um ein paar Stunden die Augen zu schließen.

Gelen begrüßte die Sonnenscheibe damit, dass er in das dunkle Meer kotzte. Sein Gesicht war bleich wie die Haut eines frisch geschorenen Schafes, und er konnte keinen Satz sprechen, ohne gleich wieder zu würgen. Jon und Sigurd wunderten sich, dass ihr Freund überhaupt noch etwas in sich hatte, das er speien konnte.

Jon stand neben dem Prinzen am Bug des kleinen Handelsschiffs, und sie schauten gemeinsam, wie unter ihnen das Meer in weißer Gischt geteilt wurde. Der Wind stand günstig jetzt, das breite Segel war voll gespannt, und es ging gut voran.

Sigurd hatte seit Stunden nicht mehr gesprochen, seit er dem Händler, auf dessen Boot sie sich befanden, befohlen hatte, in tiefschwarzer Nacht auszulaufen. Er war der Prinz von Island, das stand in seiner Macht. Und doch – es war offensichtlich, dass Sigurd ungebührlich handelte. Gegen den Willen seines Vaters. Aber er ließ es sich nicht anmerken. Seine linke Hand ruhte auf dem Pferdekopf, der die Spitze des Schiffes zierte. Sein Blick war entschlossen und ruhig.

Jon musste seine Stimme heben, um gegen das Meer anzusprechen. »Mein Prinz, es ist nicht ganz das, was ich mir unter der Abreise vorgestellt hatte.«

Sigurd antwortete, ohne ihn anzusehen. »Was hattest du dir denn vorgestellt?«

Jon zuckte mit den Schultern. »Einen zünftigen Abschied der drallen Bryndis. Ein paar Tränen. Man will ja wissen, dass man vermisst wird.«

Sigurd spuckte ins Meer. »Ich glaube kaum, dass mich jemand vermissen wird.«

Jon lachte, musste aber sogleich wieder innehalten, weil seine Rippen schmerzten. »Ein guter Scherz! So wie ich Eure Mutter kenne, ist bereits der ganze Hof in Aufruhr!«

Gelen kam dazu. Er tupfte sich breiige Reste vom Hemd. »Ich hoffe mal, in Dänemark gibt es tüchtige Waschfrauen. Viel konnte ich an Kleidung in der Eile ja nicht einpacken.«

»Beschwer dich nicht«, beschied ihn Sigurd. »Ist es so nicht genau das, was wir wollten – ein Abenteuer? Wo liegt der Reiz in einer erlaubten Flucht?«

Jon nickte. »Der König wird mich mit einem Fußtritt aus dem Palast befördern, aber bei den Göttern, ich trage Sorge, dass diese Reise es wert sein wird.«

Das Salzwasser leckte an Sigurds Beinen, und trocknend juckte es. Er verfing sich wieder in seinen eigenen Gedanken. Nach dem Streit mit seinem Vater war ihm klar gewesen, dass er Island nur verlassen konnte, wenn er sich das Recht dazu selber nahm. Natürlich musste er die Reise nicht als Rudersklave im Bauch des Schiffes antreten – er hatte genügend Münzen, um das ganze Schiff zu kaufen, und die Mannschaft mit dazu. Außerdem war er der Prinz – kaum ein Händler, der jemals wieder in Island würde anlegen wollen, hätte ihm die Passage verweigert.

Und doch – Sigurds Gewissen nagte an der Vorfreude auf die zu erwartenden Genüsse. Gelen hatte recht – die Königin würde sich sorgen und mit ihrer Sorge den ganzen Hofstaat anstecken. Vielleicht würden sie einen Trupp Krieger nachschicken, um in jeder Kaschemme an der Küste nach den Ausreißern zu suchen. Doch selbst das war sicherlich ein Teil des Abenteuers.

Zumindest versprach die Überfahrt ein Erlebnis zu werden. Das Handelsschiff war klein, mit einer Besatzung, die einschließlich der Ruderer kaum zwanzig Köpfe hatte. Gegen die starken Wellen, die das Meer heute aufwarf, kamen sie kaum an, und das Vertrauen lag im Segel. Der Himmel drohte düster mit Gewitter, als wäre das Wasser unter dem Bug noch nicht genug.

Es blitzte. Der Donner folgte so rasch, dass Jon sich unsicher umsah. »Wir sollten lieber unter Deck gehen, Prinz.«

Sigurd sah den Wolken entgegen, die sich wie feindliche Heerscharen vor dem Schiff drängelten, und lachte. »Unter Deck? Du willst dem Abenteuer entgegen, und beim ersten Anzeichen desselben versteckst du dich?«

Jon war nicht getroffen. »Herr, ich habe bessere Seeleute als uns im Sturm über Bord gehen sehen. Wenn das feuchte Holz und die richtige Welle zusammenkommen, hält auch der stärkste Arm Euch nicht an Deck.«

Gelen stöhnte und hielt sich den Bauch. »Das ist nicht gut. Das ist gar nicht gut.«

Jon sah seinen korpulenten Freund kurz an. »Schweinebraten.«

Kaum zwei Sekunden später hing Gelen wieder über der Reling, und Jon lachte begeistert. »Die Weiber von Dänemark werden unseren guten Gelen länger pflegen müssen als mich.«

»Geht ruhig schon unter Deck«, sagte Sigurd. »Ich komme nach.«

Die ersten dicken Tropfen fielen und wurden schnell immer mehr. Jons Blick wurde ernst. »Ich kann Euch nicht allein lassen, Prinz. Wenigstens *das muss* ich aus Respekt vor dem König tun.«

»Segel einholen!«, schrie der Kapitän des Schiffes vom Heck. »Und dann alles sichern, was sich bewegt!«

Sigurd sah Jon an. »Nun geh schon – mit deinen lädierten Knochen müsste ich sonst eher *dich* schützen. Ich komme nach, versprochen.«

Der drahtige Krieger sah zum Sturm auf, der ihnen entgegenrollte. »Wüsste ich es nicht besser – ich könnte schwören, die Götter missgönnen uns die Reise und wollen uns gleich wieder heim nach Island blasen.«

Die Seeleute schafften es rasch und erfahren, das Segel einzuholen, und das Steuer wurde festgezurrt, damit es nicht ausbrechen konnte.

Jon drehte sich um, packte seinen Freund Gelen am Arm und zog ihn in den Bauch des Schiffes, wo sie halbwegs geschützt waren.

Sigurd war nun allein im Bug. Das Holz knurrte unter seinen Füßen, und das Wasser, das in Wellen über die Reling schwappte, war von abgerissenen Algen und Kleingetier getrübt. Kein Zweifel – der Sturm kam mit Macht, mit dem kleinen Schiff als Ziel.

Sigurd hatte keine Angst. Ihm war, als ob die Naturgewalten nach ihm riefen, als ob das Unwetter sich freute, endlich wieder einen Gegner zu haben, der ihm trotzen wollte. Es war kein Feind – es war ein Herausforderer.

Blitze zuckten nun vom Himmel, immer dichter, immer

mehr. Die Donnerschläge kamen so schnell, dass sie nicht mehr zu unterscheiden waren, und ein einziges Grollen erfüllte die Luft.

»Ist das alles?«, rief Sigurd begeistert und strich sich die nassen Haare aus dem Gesicht. »Das soll richtige Männer in Angst versetzen?«

Eine Welle traf das Schiff hart an der Breitseite, und der Ruck warf Sigurd gegen die Reling und dann fast über Bord. Er rollte herum, und auf dem Bauch liegend wartete er ein paar Sekunden, bis sich die See eine Atempause gönnte. Dann sprang er auf die Füße und packte mit beiden Armen den hölzernen Pferdekopf am Bug. »Ha! Es gehört mehr dazu, den Sohn des Königs von Island zu schrecken!«

Wie zur Antwort schlug ein Blitz kaum einen Steinwurf entfernt vor dem Schiff ins Wasser, und es war, als würde das Meer erleuchtet. Der Donner zerriss Sigurd fast die Trommelfelle.

Aber er lachte.

Wie am vorherigen Tag stand Elsa auf der Burgmauer und schaute in die Ferne. Doch diesmal war es nicht aus Sehnsucht – es war aus Sorge. Sie sah es am Horizont flackern, und sie wusste, dass dort ein schwerer Sturm wütete.

Lilja krallte sich von hinten an das Kleid ihrer Mutter. Elsa zog sie vor sich und umarmte das Mädchen. Sie spürte, wie etwas ihren Bauch pikste, und sah nach unten. Lilja trug das Horn des Dryk. Einer der Handwerker bei Hofe hatte ihr ein Loch hineingebohrt, und sie hatte ein helles Lederband hindurchgefädelt, um das Horn als Glücksbringer um den Hals tragen zu können.

»Wo ist Sigurd denn hin?«, fragte das kleine Mädchen.

Elsa strich ihr durch das Haar. »Das weiß ich nicht. Aber er ist bestimmt nicht weit.«

»Er hat mir versprochen, dass wir die Hunde trainieren gehen.«

Nun kam Gernot dazu, und sein Gesichtsausdruck verriet Elsa, dass er Sigurd nicht gefunden hatte. Elsa bemühte sich um Haltung. »Vielleicht ist er nur nach Norden geritten, um mit den Minenarbeitern zu zechen.«

Gernot schüttelte den Kopf. »Keines der Pferde fehlt. Dafür sind die Lager von Gelen und Jon auch unbenutzt.«

Elsa atmete aus. »Das ist eine gute Nachricht in der schlechten. Wenigstens sind sie zu dritt.«

»Zu dritt – wo?«, knurrte Gernot.

Es war nicht so, dass Elsa und Gernot keine dunkle Ahnung hatten, in welche Richtung Sigurd verschwunden war. Doch beide wehrten sich noch dagegen, den Gedanken auszusprechen. Am Horizont grollte es wieder, und der König sah in Richtung Festland. »Ich hätte mit ihm sprechen müssen. Gestern Abend noch. Es war nicht richtig, ihn mit Wut im Bauch gehen zu lassen.«

Elsa drückte den Arm ihres Mannes. »Im Streit sagt sich leicht das Falsche. Aber Sigurd ist ein Mann – und er muss damit umgehen können.«

»Die Frage ist nur, was Sigurd als die richtige Reaktion eines Mannes auf die Beleidigung seines Vaters erachtet«, kam es von rechts, wo Eolind durch eine kleine Nebentür auf die Burgmauer getreten war. Auch sein Gesicht zeugte von Sorge.

»Weißt du mehr als wir?«, fragte Gernot.

Eolind kam hinzu und kniete vor der kleinen Lilja nieder. »Hört zu, Prinzessin – ich möchte, dass Ihr jetzt in Euer Zimmer geht und dort ganz fest für Sigurd betet. Dann wird er auch bald wiederkommen.«

Das Mädchen nickte ernst, packte mit beiden Händen das Dryk-Horn und lief davon.

Eolind richtete sich wieder auf, wobei Gernot ihm helfen musste. »Danke, mein König. Ich wollte die Prinzessin mit den Worten, die es zu wechseln gilt, nicht verschrecken.«

Elsa reagierte schneller als ihr Mann. »Dann sprich – wo ist Sigurd?«

Eolind räusperte sich. »Nicht in der Burg – und nicht draußen im Lande.«

»Was soll denn das heißen?«, verlangte Gernot verärgert zu wissen.

Eolind wand sich noch immer. »In den frühen Stunden dieses Tages sah ich etwas, dem ich keine besondere Bedeutung zumaß. Doch mittlerweile muss ich davon ausgehen, dass …«

Gernot hob herrisch die Hand. »Es ist nicht die Zeit, höfliche Floskeln zu sprechen. Fasse dich klar und knapp.«

»Ich glaube, der Prinz ist bereits mit seinen Freunden auf dem Weg nach Dänemark«, sagte Eolind. Es ging ihm einfacher von den Lippen, als er gedacht hatte.

»Aber wie kann das sein?«, fragte Elsa.

»Ich sah ein … Schiff heute Morgen«, erklärte Eolind. »Und Männer, die sehr auf Diskretion bedacht an Bord gingen. Es ging mir nicht auf, dass es sich dabei um den Prinzen handeln könnte …«

Wütend schlug Gernot mit der Faust auf die Mauer aus Vulkanstein, die jeden Ton verschluckte. »Dänemark! Ich hätte es wissen müssen! Kaum mache ich mal eine Vorschrift, schon sucht er sie zu brechen!«

Elsa atmete durch – zu ihrer Besorgnis gesellte sich eine gewisse Erleichterung. »Wenigstens wissen wir nun, dass ihm nichts geschehen ist. Noch nicht.«

»Das werde ich zu ändern wissen«, knurrte der König.

»Ich habe alles Verständnis der Welt für Sigurd gehabt, aber sich meinem ausdrücklichen Befehl zu widersetzen, meine Anordnung zu verhöhnen – dafür wird er einen hohen Preis zu zahlen haben.«

»Soll ich ein paar Krieger auswählen, die sich an die Verfolgung machen?«, fragte Eolind.

Gernot nickte. »Am besten fangt ihr ihn, noch bevor sein Schiff die dänische Küste erreicht. Nicht einmal diesen Triumph will ich ihm gönnen.«

Elsa strich ihrem Mann mit der Hand über die kalte Wange. »Und was hoffst du damit zu erreichen? Der geprügelte Hund lernt keinen Respekt vor dem Herrn. Nimm Sigurd nicht den Stolz der eigenen Entscheidung.«

»Aber ich kann das nicht durchgehen lassen«, verkündete Gernot wütend, während er das Gewitterflackern am Horizont beobachtete. »Ich bin der König, er ist der Prinz. Sich mir zu unterwerfen sollte keine Schande sein.«

Elsa nutzte nun beide Hände, um das Gesicht ihres Mannes in ihre Richtung zu drehen. »Dann lass ihn sich unterwerfen – aus freien Stücken! Vielleicht dreht er bei, bevor er das Ziel seiner Reise sieht. Vielleicht wird er erkennen, dass die viel gelobte Freiheit nur ein flüchtiger Traum ist, welcher der Heimat kaum ebenbürtig sein kann. Und dann wird er mit Freuden heimkehren und nicht in Unmut.«

»Unser Sohn müsste all deine Güte und Weisheit geerbt haben, um so zu handeln«, sagte Gernot und küsste seiner Frau die Stirn. »Ich fürchte jedoch, es treibt ihn gerade das Xantener Blut voran.«

Der König atmete tief durch und wandte sich an seinen Ratgeber. »Eolind, ich folge dem Rat meiner Frau. Doch sende einen Boten an den Hof Dagfinns. Wenn jemand dem isländischen Prinzen begegnet, so ist er zu behandeln wie ein Mann aus dem Volke. Keine Privilegien. Sigurd wollte das einfache Leben – er soll es haben.«

Eolind nickte und ließ das Königspaar allein. Elsa sah Gernot dankbar an. »Sigurd wird es dir mit Liebe danken, wenn er zurückkehrt.«

»Mir würde Gehorsam schon reichen«, murmelte Gernot und zog seine Frau an sich.

2

Aus dem Jungen den Mann, aus dem Mann den Krieger …

Die Überfahrt hatte dank der günstigen Winde kaum vier Tage gedauert, und die Nacht brach schon herein, als das Schiff in Fjällhaven, dem kleinen dänischen Provinzhafen, einlief.

Sigurd und Gelen halfen dabei, die für Dänemark gedachten Waren mit auszuladen. Jon, der schon einmal hier gewesen war und dessen Knochen harte Arbeit kaum zuzumuten war, machte sich auf den Weg, um eine Unterkunft für die Nacht aufzutun.

Sack um Sack, Kiste um Kiste luden sie auf den breiten Holzsteg, an dem das Schiff vertäut war. Crassus, der Kapitän des Schiffes, kam zu ihnen. Er war ein dunkelhäutiger römischer Bürger, dessen Männer erzählten, er habe sich als Sklave die Freiheit mit dem Schwert verdient. »Prinz Sigurd, es wäre mir lieber, wenn Ihr Euch an meiner Ladung nicht plagt. Euer Vater …«

Sigurd winkte gut gelaunt ab. »Ihr habt mir einen großen Dienst erwiesen, und den will ich jenseits barer Münze abarbeiten. Außerdem wärmt es die Muskeln, die nach Tagen auf See doch ein wenig steif und kalt waren.«

Crassus lachte. »Dann solltet Ihr mal eine Reise an den

Kontinenten vorbei mit uns machen. Mitunter sehen wir für Monate kein Land. Man meint, den eigenen Körper verwelken zu spüren, wenn man nicht gerade das Ruder in der Hand hat.«

»Es ist nicht so, dass eine weite Reise mich nicht reizen würde«, nickte Sigurd freundlich.

»Dann sprecht mit Eurem Vater – ich bin sicher, er wird ...«

Sigurd hob die Hand. »Es wäre mir sehr recht, wenn Ihr mich fortan nicht mehr als meines Vaters Sohn bezeichnet. Wir möchten die Zeit in Dänemark ohne großes Aufsehen erleben.«

Crassus runzelte die Stirn. »Wie Ihr wünscht. Aber sobald der Name Sigurd von Island fällt, wird jeder Wirt und Schmied ...«

»Dann werde ich den Namen nicht mehr führen«, entschied Sigurd spontan. »Wie hört sich ein einfaches Sig für dänische Ohren an?«

»Nach einem ebenso einfachen Mann«, versicherte Crassus.

Sigurd strahlte. »Dann also Sig.« Er drehte sich zu Gelen. »Hast du gehört, alter Freund? Ich bin ein einfacher Mann! Von nun an wirst du mich Sig nennen.«

Gelen japste, während er eine Kiste kratzend über die Bohlen des Stegs schob. »Ein einfacher Mann hat mir gar nichts zu sagen.«

Crassus hielt Sigurd den starken Arm zum Abschied hin, und der Prinz ergriff ihn mit beiden Händen. »So wünsche ich dem Sig eine gute Zeit auf dem Boden des Kontinents. Fjällhaven ist weder Burg noch Kloster – was Euer Herz sich wünschen kann, das lässt sich hier für Münze kaufen.«

Sigurd lächelte. »Ich kann mir sehr vieles wünschen.«

Crassus zog den jungen Heißsporn etwas an sich heran. »Dann einen letzten guten Rat, Hoheit – klingelt nicht zu laut mit Eurer Börse. Die schweren Münzen solltet Ihr gut versteckt halten. Mit Freunden seid Ihr hergereist – aber finden werdet Ihr in Fjällhaven keine. Also seht Euch vor, und vertraut weder süßem Fleisch noch starkem Trank.«

Mit diesen Worten ging er zu seinem Schiff zurück.

Sigurd verstand die Warnungen – doch sie feuerten ihn nur noch mehr an. Fleischeslust und Verrat, Diebe und üble Gestalten? Das klang vielversprechend! Er schlug seinem erschöpften Freund Gelen auf die Schulter. »Nun dann – lass uns in die Stadt ziehen! Schauen wir, welche Sünden darauf warten, von uns begangen zu werden.«

»Ich würde ... gerne ... erst mal was essen«, schnaufte Gelen und setzte sich auf die Kiste, die er herumgewuchtet hatte. »Jetzt, da ich das Brot nicht mehr für die Fische kaue, meldet sich mein Magen umso lauter.«

Sigurd nickte. »Das kann ich verstehen. Suchen wir eine Taverne. Jon wird schon zu uns stoßen.«

Sie verließen den Steg, der wie zehn andere auf schweren Stämmen in das flache Wasser gezimmert war. Überall waren Schiffe vertäut, und das Geschäft erlaubte keine Muße. Es war ganz anders als in Island, wo allemal eine Handvoll Boote ankerte. Hier in Fjällhaven lagen mindestens hundert Schiffe an. Die meisten davon waren einfache dickbauchige Handelsschiffe, schwer im Wasser, aber geräumig und sicher.

»Ganz schön was los hier«, sagte Gelen vorfreudig. »Ich habe noch nie so ein Gewimmel gesehen. Was ist das dahinten für ein Schiff?«

Sigurd folgte dem ausgestreckten Arm seines Freundes, bis er ein großes, aber schmales und stolzes Schiff mit prächtiger Beflaggung sah. »Das ist eine Dromone«, erklärte er. »Ein römisches Kriegsschiff aus Byzanz. Ich wusste gar nicht, dass die Römer hier noch Präsenz zu zeigen wünschen.«

Er freute sich nun doch über die Bücher und Schriftrollen, die seine Mutter ihm als Kind immer wieder vorgelegt hatte. Er mochte Dänemark nicht *kennen*, aber er *erkannte* vieles sofort. »Da drüben sind ein paar Liburnen. Diese wendigen Schiffe werden auf den großen Flüssen eingesetzt, als Patrouillen.«

Es war durchaus überraschend, hier auf Römer zu treffen, und vielleicht waren sie schon auf dem Rückzug. Seit dem Zerfall des Reiches in zwei Teile konnte das Imperium den Machtanspruch auf dem Kontinent nicht mehr halten. Immer mehr Stämme und Völker wanderten gen Süden. Teilweise eroberten sie zurück, was die römischen Kaiser ihnen in langen Kriegen genommen hatten, teilweise besetzten sie Land, das noch nie Siedler gesehen hatte. Es war eine Zeit des Umbruchs – das hatte Elsa zumindest immer gesagt.

Sigurd und Gelen, mit ihren Beuteln über der Schulter, traten vom Hafen in das Gewimmel der langen Straße, die an der gesamten Bucht entlangführte. Hier stand Haus an Haus, und manche waren zwei, sogar drei Stockwerke hoch. Die Menschen drängten sich dicht an dicht, es raunte überall, und es stank wie in einem Stall. Pferde waren an Pflöcke gebunden, und streunende Hunde pissten und kackten, wo es ihnen passte. Hin und wieder waren Karren zu sehen, von denen Händler ihre Waren lautstark anpriesen.

»Da!«, rief Gelen und deutete auf eine zahnlose Frau, die in ihrer schmutzigen Hand Brot in die vorbeirauschende Menge hielt. »Lass uns Brot kaufen.«

Sigurd hielt seinen Freund zurück. »Warum so bescheiden? Lass uns heute auf meine Kosten schmausen!«

Das Gewimmel der Menschen trieb sie weiter, und Sigurd bemühte sich mit wachsender Begeisterung, die vielen Gerüche und Geräusche aufzunehmen. Er sah Reisende, deren Sprache ihm fremd und aufregend vorkam, auch wenn er kein Wort verstand. Er sah Hautfarben und Kleider, die vom anderen Ende der Welt kommen mussten. Manche Leute hatten hier Tücher um den Kopf gewickelt, andere hatten das Gesicht gleich ganz verhüllt, nur mit Schlitzen für die Augen. Es war – überwältigend.

Ein bärtiger Seefahrer, der rülpsend aus einer Tür stolperte und hinter sich einen Schwall würziger Gerüche herzog, wies ihnen den Weg in eine Taverne.

Der große Raum war niedrig, und auf grob gezimmerten Bänken saßen Männer aus vielen Ländern, die sich aus großen Krügen Met und Bier in die Kelche kippten. An großen Bratenstücken wurde gezerrt und mit Messern gesäbelt, und schwere Suppen in hölzernen Schalen machten die Runde, damit jeder sein Brot in sie tunken konnte. Das Fleisch kam von einem großen Rost in der Mitte des Raums, und der Rost war mit einer Kette an der Decke befestigt. Darunter schwelte rotglühend die Kohle. Mollige Schankfrauen in einfachen Kleidern trugen das Essen herum.

Obwohl kaum Luft zum Atmen war und eine Schicht von Fett und Schmutz jeden Fleck bedeckte, war besonders Gelen begeistert. »Na, das nenne ich mal einen geselligen Haufen!«

Sie drängten sich durch die Menge und fanden schließlich einen Platz in der hinteren Ecke, von dem gerade zwei Sachsen aufstanden. Sie saßen kaum, da stand auch schon eine junge Schankmagd mit verschwitzten Haaren neben ihnen. »Was kann ich den Herren bringen?«

Sigurd warf einen Blick zum Rost. »Kräftig was vom Ochsen, dazu Brot und Bier.«

»Und nicht zu knapp beim Bier«, fügte Gelen hinzu. »Wir haben eine weite Reise hinter uns.«

»Ich glaube, die meisten Männer hier sind erheblich länger auf See gewesen«, murmelte Sigurd.

Er fischte eine kleine Münze aus seiner Börse, sorgsam den Rat von Crassus beachtend, nicht zu viel Aufhebens um sein Vermögen zu machen. Trotzdem bemerkte er, wie angesichts des ledernen Beutels ein paar Augen in der Umgebung unauffällig einen Blick riskierten.

Die Schankmagd dankte Sigurd seine Münze mit einem Lächeln, das im Preis sicher nicht inbegriffen war. Und der Prinz gönnte sich einen Blick auf ihre Hüfte, die hin und her pendelnd in der Menge verschwand.

Gelen rieb sich die Hände, als das Fleisch auf einem Holzbrett vor seine Nase gesetzt wurde. »Ich bin kaum hier, und schon gefällt es mir.«

»Dir gefällt es überall, wo gut gegessen wird.« Sigurd lachte und drückte der Schenkfrau das Geld in die Hand.

Dann aßen sie reichlich und fett.

Auf das Zeremoniell wurde am isländischen Hofe nicht viel gegeben. Man empfing so gut wie niemals andere gekrönte Häupter, und die Sorgen der wenigen Untertanen wurden zumeist schnell und wohlwollend entgegengenommen. Der Hofstaat war nicht groß genug, um Bankette oder ausschweifende Feste zu gestatten. Der Thron stand meist verwaist an die hintere Wand des großen Prunksaals geschoben, und die Krone war oft über Wochen sicher verwahrt in der Schatzkammer, wo sie ein vergleichsweise einsames Dasein fristete. Der König war im Verhältnis nicht viel reicher als sein Volk.

Heute aber war alles anders. Ein Bote hatte sich angekündigt aus dem großen Frankenreich. Das war ebenso ehrend wie erstaunlich. Zu diesem Anlass hatte Gernot die Burg herausputzen lassen, und farbenprächtige Banner und Wandteppiche bedeckten die sonst rauen schwarzen Wände des Saals. Der Thron war nach vorne gezogen worden, damit er den Raum beherrsche, und der Königinnenstuhl stand gleich daneben.

Elsa trug ein geschmücktes Kleid mit einem goldenen Gürtel, und ihr Haar war von einem geflochtenen Band um die Stirn gehalten. Gernot hatte sich den Königsmantel umgeworfen, und die Krone auf seinem Kopf brach in vielen edlen Steinen das Licht.

Zwei Trompeter vor dem Eingang verkündeten die Ankunft des Boten, der seinerseits drei Tage zuvor von einem Boten angekündigt worden war.

Der Franke trat ein. Er war von hagerer, hochgewachsener Gestalt, der breite Gang verriet lange Jahre auf dem Rücken vieler Pferde. Sein Reisemantel war abgebürstet worden, doch viele dunkle Flecken deuteten auf eine lange und beschwerliche Reise hin.

Der Bote kniete vor dem König, hielt den Blick auf dem Boden und streckte die Hand mit einer Schriftrolle vor. Gernot nahm die Rolle und vergewisserte sich, dass Siegel und Unterschrift den Boten als rechtens auswiesen. »Ihr müsst nicht knien, guter Mann.«

Der Franke erhob sich und nickte dankbar. Elsa griff ihren Mann am Arm, und mit einer sachten Kopfbewegung machte sie Gernot auf den erschöpften Zustand des Boten aufmerksam.

»Möchtet Ihr zuerst speisen und ein wenig ruhen?«, fragte der König.

Der Franke schüttelte den Kopf. »Mein König schickt

mich mit der Weisung, schnellstens wieder heimzukehren.«

Gernot reichte die Schriftrolle zurück. »Es erfreut uns, dass Theudebald, der große König der Franken, uns würdig befindet, Nachricht von seinem Hofe zu erhalten.«

»Mein Herr ist weise und gerecht«, sagt der Franke. »Er kennt den König von Island nicht persönlich, doch in aller Munde als Mann von Ehre. Und in seiner Güte fand er es angebracht, Euch zu warnen.«

Die Generäle der kleinen isländischen Streitmacht, die an den Seiten im Halbdunkel standen, begannen leise zu raunen. Der unerwartete Besuch begann bitter zu schmecken.

»Warnen? Wovor?«, fragte Gernot. Er mühte sich, seiner Stimme keine unnötige Schärfe zu geben.

»In diesem Sommer weilte ein Abgesandter des Königs Wulfgar von Xanten am Hofe der Franken«, fuhr der Bote fort.

Das Raunen der Generäle wurde störend, und mit einer Handbewegung gebot Gernot sie zu schweigen. »Ihr wisst, dass wir Wulfgar nicht als König anerkennen, bestenfalls als Usurpator.«

»Mein König ist sich der Blutlinien bewusst«, versicherte der Franke. »Auch das ist ein Grund, warum er mich schickt.«

Der Mann war sehr geschickt darin, sich vorsichtig auszudrücken. Das war bei seiner Aufgabe auch nötig. So mancher Bote war als Überbringer einer schlechten Nachricht mit einer Klinge entlohnt worden.

»Was wollte Wulfgar von Theudebald?«, wollte Gernot wissen.

»Er bot dem König einen Pakt an«, erklärte der Franke. »Freundschaft und freier Handel zwischen den Franken und den Xanternern.«

Gernot lehnte sich in seinem Thron zurück. »Für so eine Selbstverständlichkeit reist kein Bote durch das Land. Ich wusste nicht, dass die Beziehungen zwischen Franken und Xanten einer Versicherung bedurften.«

»Wulfgar bezog sich damit nicht auf die Gegenwart«, fuhr der Bote fort. »Er versprach dem König auch künftig gute Nachbarschaft ... unabhängig von der Größe des Reiches.«

In Elsas Augen flackerte die Angst auf, und Gernots ganzer Körper spannte sich schlagartig. »Dann plant Wulfgar, das Reich zu erweitern.«

Gernot sprach es nicht als Frage – es war eine Erkenntnis.

Der Franke nickte. »Er hat ein großes Heer aufgestellt – auch deshalb war es ihm wichtig, sich der Freundschaft meines Königs sicher zu sein. Den Franken gegenüber, das wissen selbst die Römer, zieht man nicht das Schwert.«

Gernot nickte. In der Tat waren die Franken mittlerweile die stärkste Macht des Kontinents, ihr Reich erstreckte sich von der nordischen See bis zu den warmen Wassern im Süden, und es breitete sich aus wie die Lache Bier aus einem umgestürzten Kelch.

»Und wenn Wulfgars Ziel nicht das Land der Franken ist – was dann?«

Er fürchtete die Antwort, die nun unausweichlich schien.

»Wulfgar hat meinem König angeboten, das Reich mit Erzen zu versorgen – Erzen aus Island.«

Nun flüsterten die Generäle wieder, diesmal erbost und hektisch. Gernot ließ sie. In seinem Kopf breitete sich eine schwarze Masse aus, die seine Gedanken erstickte. Mit den Handflächen rieb er sich die Schläfen.

»Wie hat Theudebald auf das Angebot reagiert?«

Der Bote zeigte keine Regung. Es war nicht seine Aufgabe, Mitgefühl oder Herzlichkeit zu zeigen. »Mein König hat das Versprechen Wulfgars, seine Hand nur nach Island auszustrecken, angenommen. Doch er möchte Euch wissen lassen, dass er weder Unterstützung noch Genugtuung für den Plan des Xanteners hat. Im Gegenteil – er schickt mich, Euch zu warnen.«

Gernot bemühte sich um Fassung, obwohl der Bote gerade den zu erwartenden Untergang Islands verkündet hatte. »Wann ist mit dem Heer aus Xanten zu rechnen?«

»Die Truppen haben sich nur langsam gen Norden formiert, um keinen Verdacht zu erregen«, erklärte der Franke. »Doch unsere Spitzel teilen mir mit, dass die Soldaten nun in vollem Marsch unterwegs sind. Der Rhein speit ihre Schiffe in das Nordmeer, während wir hier sprechen.«

Die Generäle verstummten. Jeder wusste, was das bedeutete.

Gernot erhob sich, und der Mantel um seine Schulter verdeckte die zitternden Hände. »Lasst Euren König Theudebald wissen, dass Gernot von Island ihm für den Freundschaftsdienst dankt. Sollte es in unserer Macht stehen, so hoffen wir, eines Tages gleichermaßen bereitzustehen.«

Der Bote senkte den Kopf. »Der Vater meines Königs, Theudebert, war ein guter Freund Eures Vaters Gundomar, der sein Reich Burgund mit gerechter Hand zu führen wusste. Im Gegensatz zu Wulfgar sehen wir die Macht der Reiche im Blut, nicht im Schwert.«

Gernot nickte, und der Franke drehte sich grußlos um und verließ den Saal. Als die Flügeltür hinter ihm geschlossen war, traten die Generäle vor den Thron. Aber keiner von ihnen wagte es, das Wort zu ergreifen.

Gernot nahm wieder auf seinem Thron Platz, und seine

Hand suchte die seiner Frau. Elsa sah ihren Mann ängstlich an. »Was wird nun werden? Was können wir tun?«

Gernot schüttelte langsam den Kopf, als müsse er sich zu der Antwort zwingen. »Nichts. Gar nichts. Selbst das kleinste Xantener Heer wäre uns in der Zahl noch so weit überlegen, dass jeder Widerstand einem Gemetzel gleichkäme. Island wird fallen.«

Es hatte eigentlich ganz harmlos angefangen. Eine Hand voll Langobarden hatte sich an den Tisch gedrängelt, an dem Sigurd und Gelen gerade ihr letztes Stück Fleisch verspeist hatten.

»Der Braten kam mir gerade recht«, verkündete Gelen, schlug sich mit der Faust auf die Brust und rülpste zufrieden. »Das Bier scheint mir jedoch gepanscht. Ich habe schon dreimal hinter die Hütte gepisst, und mein Schritt ist immer noch gerade und sicher.«

Sigurd lachte und schenkte seinem Freund nach. »Dann musst du dich mehr anstrengen. Vielleicht sollten wir auch noch Met bestellen. Man sagt, die Mischung steigt zu Kopf.«

»Das mag stimmen«, grunzte Gelen, »jedoch erst am nächsten Morgen. Und dann zahlt Ihr den Preis der Nacht doppelt.«

Sigurd sah sich um. »Ich hoffe, der gute Jon findet uns. Er sollte doch langsam mal ein Nachtlager für uns aufgetrieben haben.«

Er bemerkte nicht, dass Gelen und einer der Langobarden gleichzeitig nach dem Krug griffen. Der Isländer war zu naiv, um darin mehr als ein Versehen zu erkennen. »Entschuldigt, aber dieser Krug ist von unseren Münzen bezahlt.«

Der Langobarde, von gepflegter, aber herrischer Art,

machte keine Anstalten, die Hand vom Krug zu nehmen. Gelen blieb freundlich. »Wenn Ihr mit uns anstoßen wollt, so bin ich sicher, dass der Krug noch alle Kelche füllen kann.«

Der Langobarde beugte sich vor und spuckte dann langsam in den Krug. »Ich trinke nicht mit isländischem Heidenpack.«

Gelen wollte sich sofort auf den Widerling stürzen, aber Sigurd hielt ihn zurück. »Komm schon, mein Freund, wir wollen nicht am ersten Abend in Dänemark böses Blut.«

Der isländische Prinz wandte sich an den Langobarden. »Ihr sprecht von Heiden. Ich hörte, dass sich Euer Reich in Toledo vor nicht langer Zeit dem einen heiligen Gott unterworfen hat.«

»Dem heiligen und wahren Gott«, knurrte der Krieger, der augenscheinlich auf Streit aus war.

»Wir haben viele Christen in Island«, erklärte Sigurd, »sogar meine Mutter …«

Bevor er weitersprechen konnte, beugte sich Gelen dazu und zischte: »Langobarden? Ich habe gehört, Euer Herrscher Agilulf treibt es mit den Schweinen, weil sie immer noch hübscher sind als Eure Frauen!«

Er drehte sich triumphierend grinsend zu Sigurd um und sah deswegen die Faust des Langobarden nicht, die gleich darauf gegen seinen Schädel krachte.

Die beiden Langobarden auf der anderen Seite des Tisches griffen sofort nach ihren Kurzschwertern. Sigurd blieb keine Zeit, sich eine Strategie zu überlegen. Gelen war zu benommen, um wegzulaufen, und wenn die Raufbolde erst mal ihre Waffen in der Hand hatten, war es für jede Gegenwehr zu spät.

Also sprang er mit einem Schrei über den Tisch und warf seinen Körper wuchtig gegen die Angreifer, die er damit zu Boden riss. Die Menge der Tavernengäste um sie herum rutschte eilends auseinander, ließ das Spektakel aber nicht aus den Augen.

Gelen hatte mittlerweile wieder einen klaren Kopf und trat, noch auf der Bank sitzend, dem Langobarden unter das Hemd. Er packte den Krug, und mit einem Schwung hatte der Streithahn das bespuckte Bier im Gesicht. Wütend sprang er auf die Füße und zog aus einer Mantelfalte einen Dolch. Gelens Augen wurden groß – damit hatte er nicht gerechnet.

»Das wirst du bezahlen«, knurrte der Langobarde.

Doch dazu kam es nicht, weil von hinten ein Krug auf seinen Schädel krachte und in tausend Stücke zerbrach. Ein ungepflegter alter Krieger nickte Gelen freundlich zu. »Wir Awaren können die Langobarden auch nicht leiden.«

Damit hätte die Rauferei eine gute Wendung nehmen können, wenn nicht von links der Schrei ertönt wäre: »Awaren? *Packt sie!*«

Sekunden später herrschte heilloses Chaos in der Schenke. Römische Soldaten gegen Awaren, Langobarden gegen Sachsen, Franken gegen Dänen – es war, als hätten alle nur auf die Gelegenheit gewartet, sich aufeinanderzustürzen und in wildem Gedränge die Tische und Bänke zu zerlegen. Man hörte Holz splittern, Knochen knacken, und hier und da brüllten die Männer ihren Mut heraus. Die Schankmägde huschten behände aus der Menge und gönnten sich eine Pause, um dem Getümmel zuzusehen. So manche guckte sich den Krieger aus, dessen Wunden sie in der Nacht zu pflegen beabsichtigte.

Sigurd hielt sich gut, die Trainer bei Hofe hatten ihn gelehrt, im Kampf zu bestehen. Er teilte Schläge links und rechts aus, duckte sich unter einem römischen Schild weg und zog einen Goten an seinem langen Zopf so ruckartig auf die Tischplatte, dass dieser mit verdrehten Augen liegen blieb. Dann gönnte sich der Prinz von Island einen Blick in Richtung Gelen, der eine andere Technik nutzte – er duckte seinen rundlichen Körper wie ein Igel und warf sich mit voller Wucht in die Pulks seiner Gegner. Kaum waren sie wieder auf den Füßen, war er auch schon in der Menge verschwunden. Sigurd war beruhigt, dass sein Freund sich trotz des Alkohols zu wehren wusste – allerdings machten die Gegner es ihnen auch einfach. Kaum ein Krieger in der Taverne war nüchtern, und ihre Schläge waren so ungelenk wie ihre Blicke unstet waren. Manche fuchtelten kaum mit ihren schlappen Armen, und ihr Kinn wartete nur auf die Faust, die den Körper zu Boden schickte.

Aus dem Augenwinkel sah Sigurd etwas blitzen – eine Klinge! Er drehte sich zur Seite weg, bekam einen starken Arm zu fassen und zog ihn zu sich. Es war der Langobarde, der den Streit begonnen hatte. Sie standen kurz Auge in Auge, dann hieb Sigurd den Unterarm des Kriegers auf sein emporschnellendes Knie. Der Knochen brach, und seine Hälften rissen durch das Fleisch und das Hemd des Gegners, der schmerzerfüllt den Dolch fallen ließ.

In diesem Moment spürte Sigurd eine Lederschlinge, die von hinten über seinen Kopf fiel und sogleich um seinen Hals zugezogen wurde. Instinktiv schnappte er nach Luft, die nun nicht mehr zu haben war. Starke Arme packten seine Schultern und rissen ihn zu Boden.

Vor Sigurds Augen tanzten blaue Flecken, und das Gedröhne des Kampfes wurde ersetzt durch ein seltsames Rauschen in den Ohren, von dem er nur vermuten konnte, dass es sein rasendes Blut war. Mit beiden Händen griff er nach der Lederschlinge, doch sie war zu fest zugezogen, als dass er seine Finger darunter hätte schieben können. Er ruderte mit den Armen, versuchte irgendetwas zu packen, aber es war vergeblich. Zwei, mindestens drei Männer hielten ihn fest.

Die Schatten und Schemen in seinem Blick luden ihn ein, die Augen zu schließen, sich zu konzentrieren. Doch das wäre ein Fehler gewesen. Er musste sich wehren, statt hilflos im Staub des Tavernenbodens zu liegen!

Erneut sah er eine Klinge, größer diesmal. Ein Schwert. Ein drahtiger Krieger mit geflochtenem Bart und einem schwarzen Loch, wo einmal das linke Auge gewesen sein musste, drohte seine Waffe in Sigurds Brustkorb zu versenken. Der Prinz mühte sich nach Kräften, die Beine an den Brustkorb zu ziehen, um seinen Gegner davonzustoßen, aber jemand hielt seine Knie fest.

Von der Seite erwischte ein wuchtiger Schlag den Krieger, dessen Klinge schon fast die Brusthaare Sigurds gekitzelt hatte, die nun aber ungeführt zur Seite klapperte. Einem satten Krachen hinter seinem Kopf folgte eine Lockerung der Lederschlinge, und Sigurd bekam endlich wieder Luft in die Lungen. Es schmerzte schlimmer als alle vorherigen Schläge, einfach nur einzuatmen.

Zwei Arme packten ihn und zogen ihn auf die Füße. Sigurd schlug schwach um sich, noch zu benebelt, um Freund von Feind zu unterscheiden. Eine flache Hand tatschte seine Wangen. »Prin ... Sig, wir müssen hier raus!«

Sigurd schüttelte den Kopf, um endlich wieder klar zu sehen. Jon! Es war Jon! Sein alter Gefährte stand vor ihm, den Prinzen immer wieder nach links und nach rechts schubsend, um Fäusten und fliegenden Krügen auszuweichen.

»Gelen!«, rief Jon.

»Schon dabei!«, kam es zurück, und Sigurd sah, dass

der kleine dicke Gelen seinen Leib als Rammbock nutzte, um den Weg zur Tür freizuboxen. Jon griff Sigurd unter und packte mit der freien Hand die Riemen ihrer Beutel.

Ein Krug zersplitterte direkt neben ihnen an der Wand, und ein Sachse, der von einem Faustschlag getroffen gegen sie stieß, schubste die kleine Truppe aus Island direkt durch die Tür. Ohne eine Möglichkeit, sich abzustützen, fielen die drei Freunde auf die feuchte Straße. Jemand zog die Tür wieder zu, und in der Taverne ging die Rauferei fröhlich weiter.

Schwer atmend lagen Sigurd, Jon und Gelen auf der Straße. Irgendwann presste der Prinz krächzend heraus: »Ob die wohl noch lange weiterkeilen werden?«

Gelen kicherte erschöpft. »So lange, bis keiner mehr steht. Wahrlich, ich habe mich ewig nicht mehr so amüsiert.«

Jon spuckte etwas Blut aus. »Ich hatte eigentlich darauf gesetzt, dass meine Knochen ein wenig Zeit zum Heilen bekämen.«

Sigurd setzte sich aufrecht hin und klopfte seinem Freund auf den Rücken. »Ich bin dir überaus dankbar, guter Freund. Die hatten mich ganz schön an der Gurgel.«

»Ihr hättet Euch nicht von Gelen trennen lassen dürfen«, knurrte Jon. »Rücken an Rücken ist die einzige Taktik in so einem Fall, sonst hat man schnell eine Klinge zwischen den Rippen.«

»Ich werde künftig daran denken«, antwortete Sigurd hustend. Sein Hals brannte wie Feuer. »Aber für den Abend war es Aufregung genug. Hast du einen Ort gefunden, an dem wir übernachten können?«

Jon nickte. »Kaum einen Steinwurf entfernt. Ein Langhaus mit vielen Lagern, für kleine Münze. Und am Morgen Milch und Brot.«

Sigurd mühte sich auf die Beine und half Gelen, aufzustehen. »Das klingt gut. Dann werden wir uns den Schlaf gönnen.«

Sie hörten die Tür, und es war die junge Schankmagd, die Sigurd bedient hatte. Sie trat heran und strich ihm mit der Hand vorsichtig über den roten Striemen am Hals. »Wie furchtbar, mein Herr – ich hoffe, Ihr seid nicht arg verletzt.«

Sigurd lächelte verlegen, als er ihre neugierigen hellen Augen sah. »Nicht arg, nein. Ich vertrage so was leicht.«

Die Schankmagd fuhr sich durch das weizenblonde Haar, das strähnig und vom schweren Duft der Taverne getränkt war. »Ich bin Liv.«

»Mein Name ist ... Sig.«

Er konnte aus den Augenwinkeln sehen, wie Jon und Gelen sich zuzwinkerten.

»Nun, guter Sig«, schnurrte Liv und legte Sigurd die Hand auf die Brust. »Für Euer Geld hättet Ihr noch weit mehr als einen Krug Met bekommen.«

»Das erlasse ich Euch gerne«, murmelte Sig. »Es soll mir Ehrensache sein.«

Jon räusperte sich vernehmlich, und als Sigurd ihn ansah, deutete er mit dem Daumen die Straße hinunter. »Wir müssen dann auch mal los – es ist das Haus am Ende der Straße. Nur für den Fall ...«

Gelen machte keine Anstalten, Jon zu folgen – er war viel zu neugierig, wie Sigurd sich bei Liv zum Narren machte. Aber Jon packte ihn kräftig am Arm und zog ihn weg. Sie nahmen auch das Gepäck mit.

Sigurd wandte sich wieder der Schankmagd zu, die auf einmal so nahe vor ihm stand, dass ihre Nasen sich fast berührten. »Aber mein Herr, mit Schulden kann ich Euch unmöglich ziehen lassen.«

Natürlich kannte Sigurd die Geschichten von den Seefahrern und den Frauen in den Häfen. Genau darum war er ja nach Dänemark gekommen. Aber seine Gedanken verbanden noch nicht die Geschichten von den trunkenen Festen mit dem zarten Geschöpf, das vor ihm stand. »Ihr könnt mir gerne etwas vom Rost für die Nacht einpacken.«

Liv kicherte ein wenig, dann stahl sie ihm einen schnellen Kuss. »Wie wäre es, wenn ich Euch etwas gäbe, was Ihr zur Nacht auspacken könnt?«

Elsa strich ihrer Tochter zärtlich über den Schopf. Lilja murmelte noch etwas, obwohl sie bereits eingeschlafen war. Im Arm hatte sie eine einfache Puppe, die seit Kindestagen ihre Begleiterin war. Wie oft hatten Hofdamen versucht, dem Kind eine schönere, edlere Puppe anzudienen, doch Lilja war ein treues Kind.

Elsa zog der Kleinen vorsichtig das Band mit dem Dryk-Horn über den Kopf. Sie wollte nicht, dass Ilja sich im Schlaf damit würgte. Sachte legte sie den Glücksbringer auf den Boden neben das Bett.

Dann stand sie auf, um zu ihrem Mann zu gehen.

Die Burg wirkte wie ausgestorben. Der König hatte befohlen, dass die Mitglieder des Hofstaats den Tag bei ihren Familien verbringen sollten oder gemeinsam bei einem guten Essen. Es war ihnen auch freigestellt, die Flucht nach Norden anzutreten, in der Hoffnung, den Xantenern lange genug zu entgehen, bis deren Blutdurst gestillt war.

Niemand hatte das Angebot angenommen.

Elsa ging lautlos durch die scheinbar endlosen und immer gleichen schwarzen Gänge, der kalte Vulkanfels dunkel und stumm. Das Flackern und Fauchen einiger Fackeln waren die einzigen Geräusche, wenn man mal vom

Rauschen des Meeres absah, das die ewige Melodie zum Bilde Islands spielte. Nach ein paar Jahren nahm man es gar nicht mehr wahr, wie den eigenen Atem.

Siiigurd ... Siiigurd ... Siiigurd ...

Es waren Stimmen, so leise wie das Meer, und sie verwehten wie der Wind, bevor man sie wirklich hörte.

Elsa hielt inne. Ein Schauer lief ihr über den Rücken, und er hatte nichts mit den kühlen Gängen der Burg zu tun.

Sie drehte sich um. Nichts. Drehte sich wieder um. Nichts. Und doch – etwas.

Bluuut vergossen ... Bluuut bezahlt ...

Ihr Herz raste. Sie hatte die Stimme diesseits ihrer Träume so lange nicht mehr gehört. Stimmen aus der Vergangenheit, aus dem Dunkel. Geboren aus dem Bösen, das ihr Vater gewesen war.

Es bedurfte all ihrer Kräfte, den Stimmen entgegenzutreten. »Was wollt ihr? Was wollt ihr *noch*?«

Das letzte Bluuut ... das allerletzte Bluuut ...

Es waren die Stimmen der Nibelungen, die verächtlich und gierig raunten. Elsa wunderte sich, denn eigentlich waren die niederträchtigen Waldwesen von Odin an den Rhein verbannt worden. So hatte es ihr Vater, Hagen von Tronje, zumindest immer erzählt.

Doch wie es schien, konnten die Nibelungen dem Blut folgen, dem Schicksal, oder dem Fluch. Die Erwartung von Tod und Elend hatte ihre flüchtigen Schatten schaudern lassen, und in der Erde waren sie gereist, unter den Wassern und durch die Berge.

Die Ahnung einer Gestalt huschte an Elsa vorbei, doch ihr Auge war zu langsam, sie zu fassen.

»Wird es vorbei sein?«, fragte sie mit zitternder Stimme. »Wird es dann *endlich* vorbei sein?«

Dein Blut hat es begonnen. Dein Blut! Deinblutdeinblutdeinblut!

Sie war sicher, dass außer ihr niemand die Stimmen hören konnte. Sie waren so sehr in ihrem Kopf wie sie in ihrer Seele waren. Und doch – nicht weniger real als der kalte Stein unter ihren Füßen.

Elsa hatte gehofft, nie wieder die Bürde ihres Vaters tragen zu müssen. Aber Hagen hatte Königreiche mit sich gerissen im Versuch, die Macht bei Burgund zu halten. Und als seine Tochter zahlte sie nun die Schuld, die ihrem Vater durch die Klinge Gunthers erspart geblieben war.

Elsa beschloss, nicht mehr auf die Stimmen zu hören, die wie Zuschauer zu einem grausamen Schauspiel angereist waren. Mit festem Schritt machte sie sich wieder auf den Weg zur Burgmauer, wo Gernot wartete.

Er brauchte sie jetzt.

Es war einerlei, ob die Xantener mit hundert oder mit zweihundert Schiffen kamen – Island hatte ihnen nichts entgegenzusetzen. Es war ein Land ohne Krieg seit Generationen, fernab der gierigen Blicke ruchloser Könige. Es nahm mehr, als es gab, und ein Eroberer hatte wenig Beute zu erwarten. Keine Pracht war hier zu erobern, keine Juwelen für die Schatzkammern in der heimischen Burg. Und so wie die Herrscher von Island kaum die fremden Heere fürchteten, so hatten sie niemals Ansprüche jenseits ihrer Grenzen erhoben. Die Schmieden hatten niemals bis in die frühen Morgenstunden Funken gespuckt, um starken Kriegern Eisen in die Hand zu geben. Der Stolz Islands war niemals das Blut seiner Feinde an den eigenen Schwertern gewesen.

Island – das war Frieden gewesen.

Gernot stand auf der Mauer und sah die fünfhundert

Schiffe Wulfgars, die sich gegen schwere See in den Hafen kämpften. Es gab kein Bemühen, sich zu verstecken, vielleicht an der Ostseite der Insel anzulegen, um dann über die Hochebenen anzugreifen. Die Streitmacht Xantens kam als Sieger, noch bevor der Krieg begonnen hatte. Es war kein Angriff, es war eine Invasion.

Es wäre an Gernot gewesen, zusammen mit Eolind, Elsa und den Generälen am Strand zu stehen, um Wulfgar zu empfangen. Keine Kriegserklärung war ausgesprochen worden, und ein König durfte einen König erwarten, der ihn grüßte.

Doch Gernot wusste, weshalb Wulfgar gekommen war. Nicht Island reizte ihn, nicht die Minen. Sie waren allenfalls Beigabe, so wie man einer Braut das beste Pferd der Familie mitgab.

Wulfgar wollte nicht Land – er wollte Gernots Tod. Den Tod der ganzen Familie. Dann würde er sich Xanten endlich rechtmäßig zu eigen machen können, am Tisch des Frankenkönigs Theudebald hätte er Respekt verdient, und mit den Römern konnte er sogar über Burgund verhandeln. Ein großes Reich, von den römisch kontrollierten Gebieten im Süden bis an die Küste im Norden. Ein machtvoller Nachbar der Franken.

Doch es würde kein süßer Sieg für den Xantener König werden – die Generäle empfingen ihn, um ihn wissen zu lassen, dass die Felsenburg verriegelt war, dass kein Rammbock einen Eingang würde freistoßen können. Wollte Wulfgar die Burg, dann musste er seinen Bewohnern dabei zusehen, wie sie verhungerten.

Gernot musste bitter lächeln, als er daran dachte, mit wie wenig Recht sich Wulfgar so viel Besitz angeeignet hatte. Er dachte auch über die Frage nach, ob es seine Pflicht gewesen wäre, in Voraussicht eines solchen Tages ein Heer aufzustellen und zu führen. Doch dann wären die letzten siebzehn Jahre eine Qual gewesen, ein Herrschen im Schatten von Blut und Eisen. Das Land wäre an den Waffen arm geworden und vor Furcht blind und wütend.

Nein, er war ein guter König gewesen. Und er würde es bis zu seinem letzten Tage sein. Ob dieser nun heute war – oder morgen.

Das erste Schiff, das große Königsboot, lief knirschend auf Grund, und die persönliche Garde Wulfgars sprang in das kniehohe Wasser. Gernot hatte seinen Generälen unter großem Protest befohlen, den Xantener ohne Waffen zu empfangen. Das Blutvergießen zu beschränken, das Biest Grausamkeit zu besänftigen, das war vorrangig.

Gernot war bereit, sich Wulfgar auszuliefern. Für Island. Für Burgund. Und für seine Familie. Er hatte keine Furcht.

In diesem Moment trat Elsa neben ihn, und wie zum Hohn durchflackerte ihn nun doch die Angst. »Meine Königin, was tust du hier? Ich hatte doch unmissverständlich befohlen …«

»… dass ich fliehen soll mit der kleinen Lilja?« Elsa lächelte sanft und von ergebener Ruhe. »Wie kannst du glauben, dass ich dich im Stich lassen würde? Wie wenig wäre ich deine Frau – wie wenig verdiente ich das Leben, das noch folgen könnte?«

Gernot dachte darüber nach, ob er wütend war – oder verzweifelt, weil seine Frau nun dem gleichen Schicksal entgegensah wie er. Aber er spürte die Liebe in ihrem Handeln, und sein Herz konnte nicht froher sein als mit ihr an der Hand. Seit dem Tage, an dem sie aus Burgund geritten waren, hatte Elsa niemals seine Seite verlassen – bei klarem Verstand hätte er gewusst, dass sie so wenig wie er vor Wulfgar fliehen würde.

Er nahm ihr Gesicht in seine Hände und küsste sie sacht. »Aber wenn wir sterben, wenn heute der Tag ist – was bleibt dann?«

Elsa nahm seine Hände und rieb sie ein wenig zwischen ihren, um sie zu wärmen. »Sind nicht beide Antworten in tiefster Seele Frieden schenkend? Wenn nichts bleibt, dann ist endlich jener Fluch gebrochen, der unsere Familien verfolgte. Dann erlebt die Welt einen neuen, freien Morgen. Und wenn etwas bleibt, Sigurd vielleicht, dann bleibt auch die Hoffnung, dass er von uns gelernt hat und in ihm unsere Liebe in der Welt bleibt.«

Gernot hatte am Tag zuvor Eolind losgeschickt, mit einem kleinen, schnellen Boot, das hart am Wind segelte. Im Osten an der Xantener Flotte vorbei sollte der alte Freund des Königs reisen, um den Prinzen Sigurd zu finden und für seine Flucht zu sorgen. Flucht wohin? Es war gleich. So weit weg, dass ein Leben Wulfgars nicht reichen würde, ihn zu finden.

»Was ist mit Lilja?«, fragte Gernot leise.

»Ich gab ihr einen Trank, und sie wird schlafen, so sehr die Xantener auch mit den Schwertern klappern«, flüsterte Elsa. Sie legte den Kopf an Gernots Schulter, und der König legte den Arm um sie.

»Dann ist wohl nicht mehr zu tun.«

Sie sahen, wie Wulfgar von seinem Schiff stieg, mit dem harten Schritt eines Eroberers. Die Generäle von Island verbeugten sich vor ihm. Und Wulfgar zog sein Schwert und streckte den ersten gleich nieder. Seine Männer verstanden den Befehl, und es begann das Massaker an Island.

Gernot drehte Elsa zu sich, damit sie es nicht sehen musste. Und so sehr er König war, konnte er doch auch selber nicht hinschauen.

Er schloss die Augen, als die Leiber seiner Männer in den Kies fielen und ihr Blut das Hafenwasser färbte.

Sigurd kratzte sich am Kopf, wo Stroh in seinen Haaren kitzelte. In seinem Mund schmeckte er noch fahl die letzte Nacht, und sein Schädel zahlte den Wein, wie Gelen es prophezeit hatte. Er zwang seine Augen auf, ohne jedoch viel erkennen zu können – um ihn herum war es fast dunkel, und das war vielleicht auch besser so.

Leicht stöhnend richtete der Prinz von Island sich auf und mühte sich, die müden Gedanken und die nackten Gebeine in Einklang zu bringen.

Es roch nach Kot, warm und feucht. Sigurd erkannte in den Lichtstrahlen, die zwischen Holzplanken hereinfielen, dass er sich in einem Stall befand. Ein paar Schritte weg standen zwei kleine Ponys, und drei Hühner staksten gelangweilt umher. Lederzeug hing an der Wand, ein Trog stank nach Essensresten.

Sigurd lag auf einem Lager aus Stroh, welches durch ein paar Bretter vom Rest des Stalls abgetrennt war. Es war weder eine bequeme noch eine sonderlich frische Bleibe, und der junge Prinz war überzeugt, dass es sich hier nicht um das von Jon versprochene Bett handelte.

Liv.

Ihr Name sprang Sigurd in den Kopf, und mit dem Namen kamen trunkene Bilder, Fetzen von Gelächter und süßen Schreien, der Geruch von Schweiß in der Nase und die Lippen an heißen Brüsten.

Sie hatte ihn hinter sich hergezogen, in den Stall, und das mit einer Selbstverständlichkeit, die Gewohnheit verriet. Ihr schmutziges Kleid war ohne sein Zutun von ihren Schultern gerutscht, und ihre Hände hatten schnell seine Männlichkeit gefunden, die trotz des Rausches wild pochend nach ihr zehrte. Sie waren ins Stroh gefallen, kichernd wie zwei Kinder, doch mit der Gier von Erwachsenen. Sigurd hatte ihren Körper noch nicht erforscht, ihre Lust kaum der seinen angepasst, da ergoss sich sein Trieb schon heftig und benetzte die junge Frau, die gurrend den Finger darin tunkte und mit der Zunge Sigurds Saat probierte.

Es war ihm peinlich, und mühsam hatte er zu einer Entschuldigung angesetzt, die gar nicht nötig war – Livs Lippen fanden Sigurds Schoß, und obwohl sich in seinem Kopf alles drehte, schien sein Körper entschlossen, das Mädchen wieder und wieder zu beglücken.

Sigurd konnte sich an weitere drei lustvolle Ziele erinnern, an die Liv ihn geritten hatte. Erfahren nutzte sie dabei das Lederzeug, und manches Mal, wenn Sigurd in das Fleisch ihrer Schultern biss, drückte sie sich von ihm, um mit der Hand zufrieden nach seiner Männlichkeit zu tasten. Sein Hunger, sich in ihr zu ergeben, war so stark, dass er sie immer wieder grob an sich zerrte, sein Becken gegen ihres stemmte und knurrte, wenn seine weiße Glut sie füllte. Liv hatte dann immer zitternd dagelegen, den Atem schnell, die Beine schwach.

Irgendwann musste er neben ihr eingeschlafen sein.

Die Erinnerung an die Lust der Nacht, seiner ersten Nacht, weckte in Sigurd augenblicklich wieder die Begierde nach ihrem Fleisch, nach ihrer Hand, nach ihrem Schoß.

Doch Liv war fort, irgendwann musste sie sich aus dem Stall geschlichen haben. Sigurd war allein, auch wenn sein Fleisch sich dieser Erkenntnis nicht beugen wollte.

Draußen war viel Lärm, Karren waren zu hören, Gerede, Schritte auf festem Boden. Es war heller, geschäftiger Tag, so viel stand wohl fest.

Im Halbdunkel fand Sigurd seine Kleidung, auch wenn es ihm widerstrebte, den dreckigen, klebrigen Stoff über einen nicht weniger unreinen Köper zu ziehen. Er band die Stiefel mit den Lederriemen fest und schlang den Gürtel um die Hüfte.

Liv. Er musste sie wiederfinden. Er wollte ... mehr. Mehr Liv. Er wollte ihren Körper bei Licht sehen, ihre Knospen küssen und ihre Lippen spüren, überall.

Sigurd seufzte, als er an sich herabsah. Es stand fest, dass er kaum aus dem Stall gehen konnte, solange seine Gedanken bei Liv waren. Also mühte er sich, sein Blut zu zähmen, indem er an Jon und Gelen dachte. Wie mochten seine Freunde die Nacht verbracht haben? Sicher nicht so lustvoll wie er! Er würde sie finden und ihnen alles erzählen! Jedes Detail, an das er sich erinnern konnte – und für die Lücken in seinem Gedächtnis würden sich prächtige Prahlereien finden lassen.

Und am Abend würde er Liv sicher wieder in der Schenke finden. Er würde sie mitnehmen, und sie würden diesmal bei klaren Gedanken einander bis in den Morgen durch das Stroh zerren.

Sigurd fand den Ausgang des Stalls, und das Tageslicht schmerzte in seinen Augen. Er schwankte ein wenig und nutzte den Moment, um sich zu vergewissern, dass er nichts vergessen hatte. Seine Hände fanden alles dort, wo es zu erwarten war – nur den kleinen Lederbeutel mit den Münzen, den er an seinen Gürtel geknotet hatte, den fand er nicht mehr.

Lag die Börse noch im Stall? Wohl kaum. Sie war sicher befestigt gewesen und konnte sich kaum gelöst haben. Hatte er sie bei der Schlägerei verloren? Sigurd erinnerte sich schwach, dass er sie noch gehabt hatte, als er mit Gelen und Jon vor der Kneipe saß.

Es war aber auch nicht wichtig – die größte Summe war im Gepäck gut versteckt, und die wenigen Münzen im Beutel waren allenfalls das Geld für ein paar Tage.

Zufrieden und doch hungrig in jeder ihm bekannten Form ging Sigurd durch Fjällhaven, das ihm in nur einer Nacht mehr dargeboten hatte als Island in den letzten fünfzehn Jahren. Mochte die Stadt auch stinken und mit düsteren Gesellen drohen – was konnte großartiger sein?

Unter der Sonne sah alles harmlos aus, und geschäftig auf lustlose Art. Sklaven schoben Waren auf Karren und Kutschen vorbei, Händler feilschten um Preise, und Schiffe wurden repariert und geputzt, um sie für die nächste Reise seetüchtig zu bekommen. Ein Trog mit klarem Wasser lud Sigurd ein, seinen Kopf hineinzustecken und sich mit kräftigen Handstrichen Arme und Oberkörper zu erfrischen.

Das Haus, von dem Jon erzählt hatte, war nicht schwer zu finden, und die beiden guten Freunde aus Island ebenso wenig. Sie saßen auf einer kleinen Bank vor dem Langhaus, kauten Brot und tranken die versprochene Milch. Als sie den Prinzen sahen, war es ein großes Hallo.

»Nun sieh er sich den Pri ... den Sig an«, rief Gelen, warf sein Essen auf den Boden und umarmte den Prinzen begeistert. »Die Nacht bei einem Frauenzimmer hat er verbracht – und einem nicht mal hässlichen!«

Sigurd drückte seinen Freund von sich, die Nähe schien ihm ... unangebracht. Und die Lust, von Liv in jeder Einzelheit zu erzählen, war schlagartig verflogen. »Nun blast nicht so viel, als ob ihr segeln wolltet.«

Jon war sitzen geblieben und zwinkerte Sigurd freundlich zu. »Wenn Ihr nicht prahlt, dann muss es wohl gut gewesen sein.«

Sigurd kratzte sich am Kinn. »Fürwahr, ihr habt nicht

zu viel versprochen, was die Leidenschaft des Weibes angeht.«

Gelen stieß ihn in die Rippen. »Besonders die leichten Hafenbräute sind's, die ihre Hüften einzusetzen wissen.«

»Ich glaube nicht, dass Liv von solcher Art ist«, widersprach Sigurd in einem Tonfall, der mürrischer als gewollt ausfiel. Die Nacht mit Liv, sie war ... sie war sicher nicht von trunkener Beliebigkeit gewesen.

Jon lachte. »Wie es scheint, hat die fesche Magd Euch nicht nur das Gemächt entleert. Auch das Hirn schläft noch selig in der Erinnerung.«

Er hielt Sigurd Brot und Milch hin, die der Prinz dankend nahm. Er kaute kräftig, während er weitersprach. »Es war wie Feuer, ein Ausbruch ... es war so *unvermeidbar*. Liv und ich ... wir *fanden* uns einfach.«

»Wie Raubtier und Beute«, nickte Jon, der sich sichtlich für seinen Herrn freute.

»Wobei ich gerne wüsste, wer in dieser Nacht das Raubtier war«, grinste Gelen.

Sigurd warf ein Stück Brot nach ihm und erinnerte sich dann. »Übrigens scheine ich den kleinen Beutel mit den Münzen verlegt zu haben. Ist er bei euch im Gepäck gelandet?«

Gelen und Jon sahen einander an, dann den Prinzen. Ihr Blick hatte etwas Ungläubiges, als wäre Sigurd gerade auf die dümmste Frage der Welt gekommen.

»Was?«, hakte der Prinz verwirrt nach.

Gelen drehte sich weg, schüttete sich still aus vor Lachen. Jon seufzte, stand ächzend auf und legte seinem Herrn väterlich die Hand auf die Schulter. »Mein Prinz – es würde mich sehr wundern, wenn der Beutel in dieser Nacht nicht von der gleichen Frau genommen wurde wie Eure Unschuld.«

Sigurd brauchte eine Sekunde, um zu begreifen – dann schüttelte er entschlossen den Kopf. »Nein, das ist abwegig: Liv würde nicht … ich meine, sie hätte doch …«

Er versuchte eine Formulierung zu finden, die nicht dumm und naiv klang, doch es gelang ihm nicht. Die Worte suchten die Wahrheit, als sie über seine Lippen kamen, und die Wahrheit war sehr hässlich.

»Dann hat sie mich betrogen – und bestohlen obendrein«, flüsterte er wütend.

Zerknirscht blickte er zu Boden, doch Jon hob sein Kinn. »Nur ein Narr würde es so sehen. Sagt mir lieber: Was die kleine Schankmagd Euch gab – war es die paar Münzen nicht wert?«

Sigurd fand seinen Stolz wieder. »Hätte ich es vorher gewusst – das Doppelte hätte ich bezahlt!«

»War sie ein geiles Luder, und gab sie nicht Ruhe, bevor Eure Lenden versagten?«

Sigurd grinste. »Sie trieb mich mit ihrem Verlangen, bis ich vor Erschöpfung einschlief.«

Jon warf die Arme in die Luft. »Dann hat es sich gelohnt! Was sollen wir uns also grämen?«

Nun kam auch Gelen wieder herbei. »Wenn wir heute Abend in der Schenke sind, dann tut eine gute Tat – und stellt mich dem lüsternen Weibe vor.«

Sigurd sah Gelen missvergnügt an, woraufhin der beleibte Kumpan gleich einen Schritt zurücktrat: »Nur, wenn Euer eigener Hunger an ihr gestillt ist, natürlich.«

»Darauf würde ich nicht wetten«, sagte Jon, »der Prinz hat jenen glasigen Blick, mit dem verliebte Tölpel – oder geile Toren – durch die Welt laufen. Doch sorgt Euch nicht, Sigurd – Schenkmägde, die sich für wenig Münze Eurer Herrlichkeit annehmen, finden sich hier genug.«

Sigurd begann zu ahnen, dass Jon recht hatte: Liv hatte

ihm einen Dienst erwiesen, und er hatte sie gut dafür bezahlt – auch wenn ihm eine vorherige Absprache genehm gewesen wäre. Ihre Sorte mochte lieblich sein – selten war sie sicher nicht. Und war sein Sehnen nach ihr nicht der Beweis, wie gut sie ihr »Geschäft« verstand?

»Was machen wir denn mit dem neuen Tag?«, fragte Sigurd. »Was bietet uns Fjällhaven noch?«

»Die Frage, was es nicht bietet, wäre sicher einfacher zu beantworten«, sagte Gelen. »Nachdem wir Völlerei und Rauferei genossen haben – und unser Sig sich schon der körperlichen Lust ergeben hat –, sollten wir eine Runde suchen, die im Runenspiel nach unseren Münzen trachtet.«

»Gute Idee!«, rief Jon. »Das Spiel verspricht noch mehr Gelage, und im besten Falle erneute Schlägereien. Kaum ein anderer Weg, so viele Mannestriebe auf einmal zu befriedigen.«

»Dann lasst mich schnell das Hemd wechseln und den Geruch der Schankmagd aus den Haaren waschen«, sagte Sigurd.

»Gebt die schmutzige Kleidung der Frau des Hauses«, empfahl Jon. »Dann ist sie zum Anbruch des nächsten Tages wieder frisch.«

Sigurd nickte und verschwand im Langhaus. Gelen schüttelte langsam den Kopf. »Was unser Prinz mit der ewigen Wascherei hat, ist mir ein Rätsel. Als bekämen wir nur sauber unser Bier serviert.«

Jon zuckte mit den Schultern. »Er wäscht sich auch daheim in der Burg fast täglich, und die Hofdamen schnattern von einem Bad an jedem Vollmond. Es ist wohl die Mutter, die ihn so weibisch reinlich macht.«

»Was immer ihn glücklich macht«, knurrte Gelen und rieb sich die Hände. »Aber heute Abend suche ich mir auch eine Schankmagd. Die wird sich meine Münzen hart erarbeiten müssen.«

Jon atmete tief durch und war froh, dass er dabei seine Rippen kaum schmerzen spürte. »Wir hätten diese Reise früher machen sollen. Kaum etwas macht den Kopf freier als neuer Boden unter den Füßen.«

»Hier ist das Leben prall und saftig«, stimmte Gelen zu. »Kein Vergleich mit Island, wo ein Tag wie jeder Tag und ein Jahr wie jedes Jahr ist.«

Island starb brennend. Die Xantener, denen die Vulkanfestung mit unerschütterlicher Standfestigkeit den Einlass verwehrte, zeigten keine Absicht, die Belagerung in Ruhe abzuwarten. Von den Burgmauern konnte man bei Tage die Rauchsäulen und bei Nacht die Flammenkegel sehen, in denen die Häuser und Scheunen der Isländer vergingen. Wenn der Wind ungünstig stand, trieb er die Schreie sterbender Frauen und Kinder heran, und was an Schiffen nicht vor der Invasion den Hafen verlassen hatte, ruhte geplündert auf dem Grund des Hafenbeckens. Zum Hohn und zur Demütigung ließ Wulfgar Leichen zusammensuchen, vor der Burg auf einen Haufen werfen und anzünden. Es trieb einen beißenden Geruch von brennendem Menschenfleisch durch die Gänge und Säle. Manchmal warfen die Xantener Krieger auch Verletzte zwischen die brennenden Leiber.

Gernot sah den Untergang. Manchmal stand er an einem Fenster – nicht nah genug, dass die Xantener ihn sehen konnten, aber nah genug, um mit seinem Volk zu leiden. Das Leben jedes seiner Untertanen wäre es ihm wert gewesen, sich Wulfgar zu stellen und durch die Klinge des Feindes zu sterben. Aber seine Ratgeber hatten ihm versichert, dass es für den Xantener König keinen Unterschied machte – Wulfgar hatte ein Heer aus Söldnern verpflichtet, und diese Söldner waren mit dem Versprechen gelockt wurden, aus der Insel zu pressen, was immer sie hergab. Sie deckten sich mit Schmuck und Kleidern aus feinen Stoffen ein, nahmen die Frauen mit Gewalt, oft im Anblick der toten Angehörigen, und die älteren Krieger beschlossen mitunter, die besetzten Höfe gleich für sich zu behalten. Es war bestialisch und doch der seit Jahrhunderten gewählte Weg des Krieges.

Gernot wusste nicht, wie lange die Vulkanburg am Hang der Belagerung standhalten konnte. Es war aber auch gleichgültig, denn am Ende des letzten Tages konnte nur die Vernichtung stehen. Zumindest diese Genugtuung wollte er Wulfgar nicht geben – der Xantener sollte bei den Gelagen an seinem Hofe nicht prahlen können, mit eigener Hand die Burgunder Blutlinie ausgelöscht zu haben.

Die letzte Pflicht oblag Gernot selbst. Und irgendwie schien sie ihm kein Feind, keine hässliche Schuld. Sie war nur das stille Ziel eines langen Weges.

Als Gernot und Elsa mit dem Jungen Siegfried, der Sigurd hieß, Burgund verlassen hatten, da war es in der Erkenntnis geschehen, dass das Schicksal etwas war, dem man sich nicht beugen musste. Kriege, Rache, Opfer – all das hatten sie vermieden, indem sie aufgaben, was ihre Vorfahren für unerlässlich gehalten hatten. Gernot und Elsa hatten bewiesen, dass sie Herrscher über ihr eigenes Leben waren. Siebzehn Jahre Frieden war der Lohn gewesen.

Und nun? Nun blieb nur noch zu beweisen, dass sie auch im Tod ihre eigenen Herren waren.

Dagfinn, der König der Dänen, hatte sich wie erwartet verhalten: Er bedauerte den Angriff der Xantener auf Island, doch einzugreifen lag nicht in seiner Macht. Selbst wenn sein Heer, zu spät und sicherlich unter großen Opfern, das Land dem Wulfgar hätte entreißen können, es wäre allenfalls der Beginn eines neuen, schrecklicheren Krieges gewesen. Dem Eroberer von Xanten durfte das Land der Dänen nicht auch noch anheimfallen. So tat Dagfinn, was kalt und zugleich richtig war – er schloss die Grenzen, verstärkte die Truppen an den Punkten, die für die Xantener Flotte leicht zu erreichen waren, und wies seine Gesandten an, den Namen Dagfinn keiner Seite zuzuschlagen.

Und er bat Eolind, den Hof so schnell wie möglich zu verlassen.

Es hielt den Ratgeber Gernots auch nicht mehr, denn trotz angestrengter Suche hatte er den jungen Prinzen und seine Freunde nicht finden können. Einen Abend lang hatte er gezweifelt. Vielleicht waren es nicht die jungen Männer gewesen, die er des Nachts gen Dänemark hatte segeln sehen. Vielleicht war diese Annahme, so naheliegend und reizvoll sie gewesen sein mochte, ein Irrweg. Doch dann entschloss sich Eolind, daran nicht zu glauben. Es *musste* Sigurd gewesen sein! Wenn der Prinz nicht geflohen war, dann spielte Wulfgar nun schon mit seinem verwesenden Haupt. Und daran zu glauben war Eolind unmöglich.

Er lieh sich aus Dagfinns Ställen ein schnelles Pferd, und der dänische König war enttäuscht, wie dankbar er sein musste, Gernots Ratgeber loszuwerden. Seine Eskorte ließ Eolind am Hof zurück, denn von nun an musste er seine Herkunft sorgsam verbergen. Alle Wappen und Insignien hatte er abgelegt, sein Hemd verriet keinen König. Er trieb das Pferd an der dänischen Küste entlang und gönnte dem Tier so wenig Ruhe wie sich selbst. Sollte es doch am Ziel der Reise tot zusammenbrechen – solange er Sigurd fand, war der Preis nicht zu hoch.

Als Eolind erfahren hatte, dass der isländische Prinz nie bei Hofe angekommen war, hatte er sich an die langen Gespräche mit Sigurd erinnert. Der Junge wollte das Leben suchen und viele Abenteuer. Er hätte wissen müssen, dass die Segel nicht in Richtung Palast zeigen würden. Im Gegenteil – Sigurd würde dort zu finden sein, wo seine Eltern ihn keinesfalls haben wollten. Wo all das geschah, was sich für einen künftigen König nicht ziemte. Wo sich der Prinz Lust, Wut und Langeweile aus dem Körper treiben lassen konnte.

Und so lenkte Eolind sein Pferd in Richtung Fjällhaven.

Sie waren am Abend nicht mehr in die Schenke gegangen. Und auch am darauffolgenden Abend nicht. So sehr sich seine Lenden nach Liv sehnten, so wenig hatte Sigurd Lust, der Frau ins Auge zu sehen, die ihn bestohlen hatte. Es tat ihm weh, wenngleich er nicht verstand, warum. Die Hure hatte sich einer Hure gemäß verhalten. Er konnte einem Schmied genauso wenig vorhalten, sein Eisen zu schmieden.

Stattdessen hatten die drei Isländer ihren Spaß an anderen Orten gesucht – und reichlich gefunden. Solange man genügend Münzen besaß oder Waren zum Tausch, war Fjällhaven der Ort, an dem kein Wunsch unerfüllt blieb, wenn man ihn aussprach. Auch Gelen und Jon waren mittlerweile bei den Weibern erfolgreich gewesen, und ihre Nächte verbrachten sie, wenn auf den Lagern, dann nicht allein. So manches Mal mussten sie dem Besitzer des Langhauses eine Münze nachschieben, um nicht hinausgeworfen zu werden. Bei einem Runenspiel hatten sie einen Esel gewonnen, den Gelen dann bei einem Perser gegen einen Damaszener Dolch getauscht hatte. Solch eine Klinge hatten sie noch nie gesehen – biegsam und dünn, doch von einer ungekannten Schärfe, die selbst an Stein nicht stumpf wurde.

Zusammen mit einem Nubier hatten sie eine Nacht lang im Kerzenschein ein seltsames Ritual vollzogen, und die Dämpfe fremder, brennender Blätter hatten ihnen die Sinne geöffnet. Jon fand am nächsten Morgen ein gezacktes Brandmal zwischen seinen Schultern, ohne zu wissen, wie es dahin gekommen war.

Und wenn sie nicht spielten, hurten oder aßen, dann tranken die drei Freunde alles, was ihnen in Kelchen, Schläuchen oder Krügen unter die Nasen gehalten wurde.

Es war nicht die Reise, die Sigurd sich vorgestellt hatte – es war viel mehr. Es war das pralle Leben. Ihm wurde klar, dass er in Island gelebt hatte wie ein Kind, das der Welt immer nur durch verschlossene Türen lauschte, aber sich niemals selbst in ihr bewegte. Er war ein Zuschauer gewesen, ein Beobachter. Nun war er – endlich! – in der Welt angekommen.

Er saß mit Jon auf einem Steg und ließ die Beine im Wasser baumeln. Sie hatten soeben nicht wenige Münzen an einen Reisenden verloren, der vorgegeben hatte, König aus einem fernen, fremden Land zu sein, der aber wohl doch nur ein geschickter Betrüger gewesen war. Die Runensteine, die sie im Ärmel seines Umhangs versteckt gefunden hatten, waren ihnen ein paar kräftige Tritte und Schläge wert gewesen, mit denen sie den »König« aus der Stadt vertrieben hatten.

Gelen war losgezogen, um ein paar Keulen vom gebratenen Huhn zu holen, damit der Abend nicht jetzt schon im trunkenen Nebel endete.

Sigurd blickte über das Wasser des Hafens hinaus zum Horizont, der gerade noch im letzten Tageslicht die Himmelsscheibe von der Erde trennte. Irgendwo dahinter, wenn man nur lange genug segelte oder wenn ein Vogel lange genug flog, war Island.

Er seufzte. Schon der Gedanke trübte seine Stimmung.

Jon schlug ihm auf die Schulter. »Es ruft die Heimat, nicht wahr?«

Sigurd fühlte sich ertappt. »Warum sollte sie? Die Wut meines Vaters zu ertragen, das hat Zeit genug. Und was könnte Island uns nun noch bieten – nach all dem, was wir in Fjällhaven erlebt haben?«

Jon lachte. »Ihr macht mir nichts vor, mein Prinz. Die Sehnsucht des Mannes nach Heimat kann weder ein Weib noch ein Kelch stillen. Ohne sie gäbe es keine Königreiche, und wir würden alle nur übers Land ziehen, auf der Suche nach Kurzweil. Aber das Herz braucht ein Zuhause.«

Sigurd musste zustimmen, so sehr es ihm auch missfiel – er vermisste Island. »Aber was ist es, was mich zurückzieht?«

Jon sah nun ebenfalls zum Horizont. »Der König, Eure Mutter, die kleine Schwester. Und wäre es nicht das, dann wäre es die Liebe zum Land selbst. Und die Pflicht des Thronfolgers.«

»So habe ich das noch nie gesehen.«

»Dann ist es umso besser, dass wir hergekommen sind«, sagte Jon, und seine Stimme hatte nun einen ernsten Klang. »Ihr konntet Island nur vermissen lernen, wenn Ihr von ihm getrennt seid.«

Sie hörten Schritte hinter sich, und Gelen nahm neben ihnen Platz. Er bewegte sich langsam, was gar nicht seiner Art entsprach, und seine Hände waren leer. Selbst in der Dämmerung erkannte Sigurd, dass sein Freund aschfahl war und dass seine Augen einen Punkt suchten, an dem sie den Blick festmachen konnten.

»Nun, wo sind die versprochenen Teile vom Federvieh?«,

fragte Sigurd überrascht. »Oder hat der Wein dich eingeholt, und dir ist mal wieder übel?«

Gelen war kein Mann, der einen freundlichen Scherz auf sich sitzen ließ, und nie war er um eine spöttische Antwort verlegen. Außer heute. Er presste die Lippen aufeinander, als müsse er ein Würgen unterdrücken. Dann atmete er flach aus. »Die Seefahrer in der Schenke – sie sprechen nur über ein Thema heute Abend.«

In seiner Stimme klang Angst und Entsetzen, und weder Sigurd noch Jon war noch nach Neckerei zumute.

»Wenn es schlechte Nachricht gibt – dann sprich«, sagte Jon. »Keine Botschaft ist wie Wein und wird besser, wenn man sie lange verschweigt.«

Gelen nickte, als müsse er sich selber überzeugen. »Die Männer – sie reden davon, dass kein Schiff mehr Island anläuft, sobald es unser Reich am Horizont erkennt.«

Sigurd war schon aufgefallen, dass heute viel mehr Schiffe in Fjällhaven angelegt hatten als in der ganzen letzten Woche. »Was soll das heißen?«

Gelen drehte nun das Gesicht seinem Prinzen zu, und man konnte Tränen auf seinen Wangen sehen. »Sie sprechen von Krieg, mein Herr. Und davon, dass Island brennt.«

Eolind hatte Fjällhaven bei Einbruch der Dunkelheit erreicht. Ein dunkler Umhang mit Kapuze verbarg sein Gesicht wie seine Gestalt genug, um auch von denen nicht erkannt zu werden, die ihn früher schon einmal gesehen hatten. Er gab das Pferd bei einem Schmied ab, der es pflegen sollte – Eolind konnte nicht sicher sein, Sigurd hier zu finden, also bereitete er sich schon einmal auf die Weiterreise vor.

Anscheinend war die Kunde von der Invasion Islands

noch nicht allzu weit nach Dänemark vorgedrungen. Gerade Hafenstädte waren gewöhnlich die besten Orte, um Neues aus der Welt zu erfahren, doch die Xantener hatten ihre Flotte von Westen gen Island geschickt, weitab der Handelsrouten. Es würde Wochen dauern, bis die Nachricht sich in allen anliegenden Reichen verbreitet hatte.

Mit kleinen Münzen als Belohnung fragte Eolind nach drei jungen Isländern – einer schön und jung, einer stark und erfahren, einer dick und gesellig. Er ging davon aus, dass der Prinz klug genug gewesen war, seine Herkunft zu verschweigen, um nicht aufzufallen.

In Gedanken hatte Eolind auf dem langen Ritt die weiteren Schritte geplant – er würde Sigurd finden und dann mit ihm nach Osten ziehen. Sie mussten aus den zivilisierten Reichen heraus, in die Länder, in denen noch Stämme und Nomadenvölker herrschten. Kein gekröntes Haupt des Kontinents würde dem Prinzen Islands Unterschlupf gewähren, nicht einmal auf Zeit. Da Sigurd weder Geld noch Macht besaß, war kein Vorteil darin, ihn zu schützen. Im Gegenteil – viele der benachbarten Reiche würden schnell freundschaftlichen Kontakt zum erstarkten Reich Wulfgars suchen, um damit die eigene Sicherheit zu erkaufen. Sie würden ihre Söhne nach Xanten schicken in der Hoffnung, den Gemahl für Wulfgars Tochter Xandria zu stellen. Damit war kein großes Opfer verbunden – Xandria galt als Schönheit mit einem Meer aus flammendem Haar, und ihr weiches helles Antlitz spottete den Gerüchten nach dem zerfurchten düsteren Gesicht des Vaters. Die Prinzessin hatte ihr Aussehen von der Mutter, einer namenlosen Hofdame, die Wulfgar gewaltsam genommen und nach der Geburt erwürgt hatte.

Xandria war ein Lamm, von einem Wolf gezeugt. Sofern das Gerede der Söldner nicht trog.

Trotz der einbrechenden Dunkelheit entging nichts Eolinds scharfem Auge. Er betrat die Schenken und Gasthäuser, ließ den Blick schweifen und gönnte sich nicht einmal einen Krug Met zur Rast. Von den Höfen am Rande Fjällhavens arbeitete er sich zum Hafen vor, im Zweifelsfall die Schatten an den Häuserwänden suchend. Er befragte Diebe und Trunkenbolde, Huren und Kinder.

Eolind hatte keine Furcht. Er war zu alt dafür. Und das Schicksal hatte kaum noch etwas, das es ihm nehmen konnte. Island war mittlerweile gefallen, das wusste er, ohne dabeigewesen zu sein. Das Schicksal des Königspaars war damit erfüllt. Beim Gedanken an die kleine Lilja ballten sich seine Fäuste.

Und Sigurd? Wenn er Sigurd nicht fand, dann hatte sich der Thronfolger gut versteckt, und die Mission Eolinds war trotz seines Versagens erfüllt. War der Prinz tot – nun, dann war alles gleich.

Ein großes Wirtshaus warf aus vielen Fenstern Licht auf die Straße, und das gedämpfte Gegröle deutete auf heitere Zecher hin. Es war ein Ort, an dem sich Eolind den Prinzen und seine Kumpane gut vorstellen konnte. Er trat ein und warf einen Blick durch den Raum, dessen Luft von Fett und Rauch zum Schneiden dick war. Die Gerüche waren so schwer, dass sie Gewicht zu haben schienen.

Fünfzig, vielleicht hundert Männer. Aus allen Reichen der Welt. Krieger wie Seefahrer. Acht, vielleicht zehn Schankmägde.

Kein Sigurd, kein Gelen, kein Jon.

Eolind wollte wieder zurück auf die Straße, als eine schlanke Magd neben ihm auftauchte und freundlich lächelnd eine Strähne aus ihrer Stirn blies. »Herr, kann ich Euch zu einem guten Platz begleiten? Ein frischer Ochse brät über dem Feuer, und die besten Stücke sind noch nicht versprochen.«

Eolind dachte kurz nach – was konnte es schaden, hier genauer nachzufragen? Er zog eine kleine Münze aus der Tasche, hielt die Magd jedoch fest, als sie ihn zu einem freien Platz führen wollte. »Es steht mir der Sinn nicht nach Speis und Trank. Ich suche meine Gefährten.«

Die junge Frau legte die Stirn in Falten. Es war nicht klug, über andere Gäste zu schwatzen, wenn man in Fjällhaven lebte. »Gebt mir eine kurze Frage – und ich gebe vielleicht eine kurze Antwort.«

Eolind nickte, und wiederholte die einstudierte Beschreibung. »Drei Männer – von nicht weit her. Keine Brüder, aber innig wie solche. Klein und dick, erfahren und stark, und schließlich blond und kühn.«

Die Langeweile der Magd wich einem Glitzern in den Augen, als Eolind den Prinzen knapp beschrieb. »Die Isländer?«

Sie antwortete leise, denn über Tag waren bedrohliche Nachrichten gekommen, was das kleine Inselkönigreich betraf.

Eolinds Hand, die immer noch den Arm der jungen Frau hielt, drückte ungewollt hart zu. »Du hast sie gesehen?«

Die Magd nickte, während sie ihren Arm aus dem Griff befreite. »Sie waren hier, vor einigen Tagen. Nur einmal.«

»Bist du sicher?«

»Sie fingen eine Schlägerei an – mit Langobarden, so ich mich recht erinnere. Die Klappe des Dicken war wohl zu groß gewesen. Sig warf sich für ihn ins Zeug, bis der Dritte kam und sie gemeinsam aus dem Haus eilten.«

Eolind kniff die Augen zusammen. »Sig?«

Die Magd nickte. »Den Namen nannte er mir. Ich ... wir ... wir haben ein wenig Zeit miteinander verbracht.«

Eolind wusste, was sie meinte, doch nichts scherte ihn momentan weniger als die Frage, welches Weibsbild den Prinzen auf ihr Lager gezogen hatte. »Wo sind sie hin?«

Das Mädchen zuckte mit den Schultern. »Seither sind sie nicht mehr zu Gast gewesen. Und das finde ich schade.«

»Sind sie weitergereist?«

Kopfschütteln. »Nein, eine Magd hat sie gestern erst gesehen, als sie im Langhaus am Ende der Straße zur Nacht einkehrten.«

Eolind atmete tief durch. Endlich! Die Chancen, den Prinzen lebend zu finden, waren gerade deutlich gestiegen. Er gab der Magd noch eine Münze. »Für eine gute Nachricht in Zeiten von schlechten Nachrichten.«

Er wollte schnell aus dem Wirtshaus eilen, aber nun war es die junge Frau, die ihn am Arm festhielt. »Guter Herr, wäre es vermessen … könnte ich Euch vielleicht um einen Gefallen bitten, wenn ich dafür auf die Münze verzichte?«

Sie hielt ihm das Geldstück hin, doch Eolind ignorierte es. »Was gibt es noch zu sagen?«

Jemand schrie vom Rost nach der Magd, doch sie winkte ab und blieb bei Eolind. »Der junge Isländer, der Sig – würdet Ihr ihm sagen, dass ich noch immer hier des Abends knechte? Wenn er Liv wiedersehen will, so würde sie sich freuen.«

Eolind erlaubte sich ein paar Sekunden, der jungen Frau in die Augen zu sehen. Dass unter den verschmierten Schürzen und dem schmutzigen Kopftuch ein schöner Körper steckte, war leicht zu erkennen. Doch da war mehr – eine Reinheit im Blick, die ihrer gemeinen Existenz zu widersprechen schien. Die Frage nach Sigurd hatte nichts von Gier, nur von Sorge.

Der alte Ratgeber aus Island nickte knapp. »Ich werde es ihm ausrichten.«

Dann verließ er die Schenke. Er musste zu dem Langhaus, von dem Liv gesprochen hatte.

Die Freude über das wilde Leben der letzten Tage war schlagartig verflogen, und Sigurd hatte mit seinen Freunden eilends das Gepäck aus dem Langhaus geholt. Mit schnellen Schritten machten sie sich auf den Weg zum Hafen.

»Wenn das, was die Männer sich erzählen, wahr ist«, keuchte Gelen, »dann wird kaum ein Kapitän uns nach Island bringen. Sie meiden die Insel, als lauerte dort eine Seuche.«

»So ist es auch«, knurrte Sigurd, »und die Pest heißt Wulfgar. Doch das soll mich nicht abhalten.«

Gelen und Jon erkannten ihren Freund kaum wieder. Er wirkte entschlossen, angespannt und gleichzeitig von rasender Wut getrieben. Wut auf die Xantener – und auf sich selbst.

»Lasst uns erst einmal davon ausgehen, dass viel trunkenes Geschwätz dabei ist«, warf Jon ein. »Keiner hat die Xantener Flotte wirklich gesehen, Hörensagen reiht sich hier an dumme Prahlerei.«

Der Prinz hörte ihm nicht einmal zu. »Ich hätte das Reich nie verlassen dürfen. Der Platz des Prinzen ist an der Seite des Königs. Was immer meinem Vater geschieht – es sollte auch mir geschehen.«

»Aber was tun wir, wenn die Lage so schlimm ist wie befürchtet?«, fragte Gelen vorsichtig. »Wenn die Xantener mit einer Flotte Island erreicht haben, dann …«

»Dann werden wir sie mit dem Schwert in der Hand zurück ins Meer treiben«, fauchte Sigurd, dem keinen

Augenblick in den Sinn kam, wie absurd dieser Gedanke war. »Aber zuerst brauchen wir ein Schiff. Ein schnelles Schiff.«

Sie hatten den Hafen erreicht, und im Licht der Fackelreihen lagen viele Schiffe, die in Bälde zum Auslaufen bereit sein würden. Nur eine Mannschaft musste gefunden – und überzeugt – werden. Jon deutete auf ein kleines, schnittiges Boot mit kräftigem Segel, das für gewöhnlich wertvolle Ware auf kürzeren Routen beförderte. »Das ist es, was wir brauchen.«

Sigurd nickte, doch bevor er einen Fuß auf den hölzernen Steg setzen konnte, trat eine Gestalt vor ihn, die das Gesicht unter einer Kapuze verbarg. »Keines dieser Bote bringt euch an Euer Ziel, wenn es Island heißt.«

Sigurd war zu erregt, um die Stimme zu erkennen, und zu wütend, um sich aufhalten zu lassen. »Aus dem Weg, oder ich schwöre bei den Göttern – meine Rache beginnt schon in dieser Nacht.«

Jon und Gelen stellten sich neben ihren Prinzen, um im Kampf Einigkeit zu beweisen.

Der alte Mann, der ihnen den Weg versperrte, warf die Kapuze zurück. Es war Eolind.

»Mein Prinz«, sagte er.

Sigurd war überrascht und machte einen Schritt zurück, als müsse er sichergehen, von der Dunkelheit nicht genarrt zu werden. Dann schloss er seinen Lehrer freudlos in die Arme. »Eolind.«

Sie konnten einander in den Augen lesen, was nicht mehr gesagt zu werden brauchte. Sigurd nickte knapp. »Wir dürfen keinen Herzschlag mehr an Dänemark verschwenden. Island braucht uns.«

»Der König schickte mich mit dem Schwur los, Euch zu finden«, erklärte Eolind.

»Und nie werde ich es dir vergessen«, antwortete Sigurd. »Doch alles Weitere können wir auf der Überfahrt besprechen, die zu lange dauert, gleichgültig, wie früh wir aufbrechen.«

Eolind nahm Sigurd an beiden Schultern und sah ihm in die Augen wie einem Kind, dem man die Gefährlichkeit eines Dryk erklärte. »Gernot schickte mich nicht, Euch zu holen. Er schickte mich, mit Euch zu fliehen.«

»Aber Island ...«, begann Sigurd.

»... ist verloren«, zischte Eolind. »Ich würde mir die Zunge abschneiden, wenn das Wort dadurch weniger wahr wäre. Aber während wir hier sprechen, ist das Reich in Xantener Hand und kein Schwert in Sicht, es zu befreien.«

Gelen und Jon traten zwei Schritte zurück, um ihren Prinzen mit der Erkenntnis ringen zu lassen.

»Aber mein Vater«, murmelte Sigurd, »meine Mutter – meine Schwester?«

»Wir können nur hoffen, dass Wulfgar ihnen einen schnellen Tod gönnt«, antwortete Eolind. Die Worte schnitten ihm ins Herz, und doch mussten sie ausgesprochen werden. »Uns bleibt nur die Flucht, wenn nicht das letzte königliche Blut Islands vergossen werden soll.«

»*Nein!*«, schrie Sigurd. »*Niemals!*«

Er drehte sich um, zog Gelen mit einer raschen Bewegung den Dolch aus dem Bund und hielt ihn seinem Mentor an den Hals. »Du lügst, Eolind! Deine Worte verraten den Hohn des Feindes! Nie und nimmer würde König Gernot der feigen Flucht das Wort reden!«

Eolind ergriff langsam das Handgelenk des Prinzen und drückte damit die Klinge so stark an seine Haut, dass Blutstropfen sie benetzten. »Und so ist es auch – keinen Gedanken verschwendet Gernot an eine Flucht ... oder an sein eigenes Leben. Doch für Euch, für seinen Sohn, kann er sich den Tod nicht wünschen.«

Sigurd zog die Klinge zurück, und sein Blick war schon wieder auf dem Boot. »Mit diesem Schiff könnten wir in drei Tagen Island erreichen. Wir müssen den Kapitän finden.«

Eolind schlug Sigurd mit der flachen Hand ins Gesicht. Das hatte er nicht mehr getan, seit der Junge zehn Jahre alt geworden war. »Wacht auf, Prinz Sigurd! Was immer Ihr zu tun beabsichtigt – es kann nichts mehr ändern! Island ist gefallen! Es erwartet Euch nur noch der Tod.«

Jon trat von hinten heran und legte Sigurd eine Hand auf die Schulter. »Mein Prinz, wenn König Gernot Eolind schickte, dann ...«

Sigurd schüttelte die Hand ab. »Ich werde von niemandem verlangen, mich zu begleiten.«

Dann ging er auf das Schiff zu.

Eolind, Gelen und Jon sahen einander an.

»Das ist nicht gut«, flüsterte Gelen. »Das ist gar nicht gut.«

»Hattest du etwas anderes von ihm erwartet?«, fragte Jon. »Ist er nicht zum König erzogen worden – und gehört dazu nicht, zum Reich zu stehen, auch wenn es untergeht?«

Eolind hörte, wie Sigurd mit lauten Rufen die Mannschaft des Schiffes weckte. »Vielleicht ist es meine Schuld – Brunhilde lehrte ich die gleichen Werte, und sie hätte nicht eine Sekunde gezögert, wie Sigurd zu handeln.«

»Brunhilde?«, fragte Gelen vorsichtig.

Eolind winkte ab. »Nicht mehr wichtig. Schon lange nicht mehr.«

Gelen und Jon hatten den Namen wohl gehört, und sie kannten die Geschichten der Königin, die ihre Freier in den

Tod geschickt hatte. Aber an manchen Lagerfeuern galt sie schon weniger als Erinnerung und mehr als Legende.

Jon wandte sich an Eolind. »Ich weiß zu schätzen, was Ihr versucht. Doch Ihr wisst selbst, dass die Götter beim Versuch, Sigurd aufzuhalten, verzweifeln würden. Und wenn die Wahl schon nicht besteht – dann muss ich an seiner Seite sein.«

Gelen schluckte. Zeit seines Lebens hatte er einen guten Riecher für Gefahren gehabt, und alles in ihm zerrte nach Osten, weit weg von Island. Der Tod, der aus dem Königreich herüberwehte, lag förmlich in der Luft. Trotzdem nickte er. »Wir sind Gefährten. Wo der Prinz ist, sind auch wir. Selbst im Tod.«

Eolind seufzte. Er war ein wenig wütend auf sich selbst – wie hatte er etwas anderes erwarten können?

»Nun denn«, flüsterte er schicksalsergeben. »Auf nach Island.«

Es bewährte sich, dass Sigurd und Eolind schwere Börsen mit sich trugen, denn wie erwartet war es fast unmöglich, eine Besatzung zu finden, die bereit war, sich auf den Weg nach Island zu machen. Schließlich kamen sie mit einem ägyptischen Tuchhändler überein, die Reise mit zwei Booten anzutreten. Kurz vor Island würde die Mannschaft des einen Schiffes auf das andere wechseln und die Rückreise antreten. Sigurd und seine Gefährten mussten das erste Schiff dann allein den letzten Teil des Weges steuern – und für das Privileg bezahlten sie einen ungehörigen Preis. Jon kaufte bei einigen Römern auch noch ein paar Schwerter und Dolche.

Alles in allem dauerte es kaum zwei Stunden von der Begegnung Sigurds und Eolinds bis zur geplanten Abreise. Jon spürte die Ungeduld des Prinzen – hätte es eine schnellere Ankunft versprochen, der Prinz wäre nach Island geschwommen. Jon selbst war weniger getrieben. Er hatte keine Familie im Königreich, und selbst wenn: Welcher Wert bestand darin, die Leichen zu suchen?

Ein paar ägyptische Seefahrer lösten die Taue, mit denen die beiden Schiffe befestigt waren, und drückten dann lange Holzstangen gegen den Steg, um Abstand für die Ruder zu gewinnen.

Sigurd stand wieder am Bug, grimmige Entschlossenheit im Gesicht. Jon, Gelen und Eolind saßen schweigend neben dem Mast. Sie hatten Proviant besorgt, aber keinem von ihnen war nach essen zumute.

Auf dem Steg waren nun eilige leichte Schritte zu hören.

»Sig!«

Der isländische Prinz riss seine Augen vom schwarzen Horizont los und sah Liv, die auf das Schiff zugeeilt kam. Er konnte sich nicht vorstellen, was die Schankmagd trieb, aber auch an sie wollte er nun keine Zeit mehr verschwenden. Von der Reling aus hob er die Hand in einem stummen Abschiedsgruß.

Zuerst schien es, als wollte Liv ebenfalls winken, doch dann erkannte Sigurd, dass sie ihm etwas zuwarf. Er fing es, bevor es dem Wasser anheimfiel.

Es war sein kleiner Beutel mit den Münzen, den sie ihm in der gemeinsamen Nacht genommen hatte. Er hatte kein Gewicht verloren.

»Es tut mir leid«, rief Liv. »Seit Tagen wollte ich dich wiedersehen, um dir den Beutel zurückzugeben. Es war nicht recht von mir, ihn zu nehmen.«

Obwohl seine Gedanken sich an die Heimat klammerten, berührte Liv etwas in Sigurds Herz. »Ich danke dir«, rief er. »So kann ich dich als ehrliche Seele in Erinnerung behalten.«

Sie stand etwas verloren am Ende des Stegs, und in der Dunkelheit war sie kaum zu erkennen. Nur ihre zuckenden Schultern verrieten, dass sie weinte. Sigurd hatte keine Ahnung, warum.

»Werde ich dich wiedersehen?«, rief sie noch, und es war mehr eine Bitte als eine Frage.

Es wäre leicht gewesen, zu lügen. Niemand hätte es ihm verübelt. Doch Sigurd wollte Liv den Respekt der Ehrlichkeit erweisen, so wie sie es gerade getan hatte. »Nein«, rief er. »Wohl nicht.«

Er war froh, dass die Nacht ihn verschluckte und dass er Abschied nehmen konnte, ohne ihr in die Augen sehen zu müssen.

Wulfgar war ein Mann, der seinem Namen gerecht wurde – ein wildes Tier, getrieben von der Lust nach Blut, und keinen geringeren Preis nehmend als den Sieg. Es war mehr als sein Schicksal zu herrschen – es war seine Pflicht. Wenn etwas zu knechten war, dann musste es geknechtet werden. Legenden erzählten von Krieg, nicht von Frieden. Und eine Legende wollte er sein, der König von Xanten.

Wulfgar sprang wieder von seinem Boot, das er zu seinem Hauptquartier erkoren hatte, solange die Felsenburg der Isländer nicht genommen war. Das kalte Wasser drang in seine Stiefel wie tausend winzige Dolche, doch er ignorierte es. Er konnte seine Füße in das heiße Blut der sterbenden Bewohner Islands tauchen, wenn er wollte.

Die Krieger, die am Kiesstrand vor dem Schiff Wache hielten, verbeugten sich ehrerbietig. »König.«

Wulfgar schenkte ihnen keinen Blick. Sein Auge klammerte sich an die schwarze Burg, die die Isländer vor Jahrhunderten aus dem Vulkanfels geschlagen hatten.

Diese verfluchte Insel mochte nur Kälte und Schafscheiße zu bieten haben – aber die Burg war ein stattlicher Anblick. Würdig eines Königs – würdig eines Xantener Königs!

Sie hatten alles versucht, um den Sitz Gernots einzunehmen. Weder mit Rammböcken noch mit Fackeln war dem großen Flügeltor beizukommen, das den einzigen Zugang darstellte. Seit Tagen hatte kein Mensch die Burg mehr betreten oder verlassen. Wulfgar konnte nicht wissen, wie lange die Vorräte der Isländer reichen würden. Es war ihm auch egal – irgendwann würden sie erschöpft sein. Und so lange konnte er warten.

Es wunderte den Xantener, dass Gernot die Niederlage so herauszögerte. Auf Hilfe konnte er kaum hoffen, und dass der Winter die Invasoren schreckte, war nicht einmal im Fiebertraum zu erwarten. War es nicht besser, sich den siegreichen Schwertern zu ergeben, als eingesperrt in Angst auf etwas zu warten, das unausweichlich war?

Wulfgar hatte sich entschlossen, Gernot vom Vorteil einer schnellen Lösung zu überzeugen. Seine Generäle hatten ein gutes Dutzend Frauen und Kinder zusammengetrieben und direkt vor dem Absatz der großen Freitreppe zur Burg auf die Knie gezwungen. Schweigend hockten sie seit Mittag dort, damit Wulfgar sicher sein konnte, dass Gernot auf sie aufmerksam geworden war. Eine der Frauen war bereits bewusstlos auf die Steine gesunken – der Kälte und dem Hunger hatte ihr geschundener Körper nichts mehr entgegenzusetzen.

Die Krieger, die die Isländer bewachten, ließen ihren Unmut über den öden Dienst in Flüchen, Spuckereien und Tritten aus. Sie hielten sofort inne, als ihr König herbeitrat.

Missmutig sah Wulfgar die uneinnehmbare kalte Felswand hinauf, in der die Fensterlöcher ihn zu verhöhnen schienen.

»Siehst du mich, Gernot?«, schrie er aus vollem Hals, und seine Stimme hallte durch den Fjord, der den Hafen und die Festung schützend umgab. »Siehst du meinen Sieg?«

Es kam keine Antwort – es gab ja auch nichts, was der König der feigen Isländer hätte antworten können. Mochte er ruhig zitternd in seinen Gemächern die Laken nässen, während seine Untertanen starben.

Wulfgar, gehüllt in einen weichen Mantel aus Schaffell, zog das kleine Messer, das er hinter seiner Gürtelschnalle versteckt hielt, hervor. Ein Schwert wäre sicher beeindruckender gewesen, eines Königs würdig. Aber hier ging es um kalte Entschlossenheit, um Leid, um Stärke.

»Ergib dich mir, du feiger Hurensohn von einem König!«, brüllte Wulfgar nun.

Er packte den Kopf einer jungen Frau am Haar, zog ihn zurück, sodass ihr Hals entblößt war. Ein silbernes Amulett in Form der Sonnenscheibe hing an einer Lederschnur, und Wulfgar riss es grob an sich. Es war genau die Sorte Tand, die seiner Tochter Xandria gefiel.

Seine kleine Klinge schnitt tief genug, das Blut sprudeln zu lassen, ohne die Frau sofort zu töten. Die Wunde spie das Leben der Isländerin in zuckenden Fontänen aus. Die anderen Gefangenen litten leise, nur heimlich schluchzend.

Wulfgar ließ los, und die Frau hatte noch genug Leben in sich, um nicht nach vorne zu sacken. Er hielt die Hände mit dem Messer, alles in warmes Blut getaucht, nach oben.

»Siehst du es, Gernot? Das Blut an meinen Händen – an deinen Händen! Mein Messer ist dein Messer! Morgen werden es zwanzig sein. Übermorgen dreißig. Rechne dir selber aus, wann dein lächerliches Land keine Seele mehr kennt.«

Dann machte er sich daran, die anderen Isländer zu entleiben.

Die Wut Sigurds, ohne Ziel und Richtung, war nach zwei Tagen auf See einer müden Dumpfheit gewichen. Er starrte nur noch auf den Horizont, die Arme schlaff an seiner Seite. Gegessen hatte er seit der Abreise aus Dänemark nicht mehr, und in den Nächten legte er sich zwar auf ein Lager, doch seine Augen blieben offen.

Am dritten Tag saß er wieder am Bug des Schiffes, die Beine über die Reling hängend, sodass die Gischt sie durchtränkte. Eolind stellte sich neben ihn und blickte ebenfalls voraus.

»Was hofft Ihr zu finden, mein Prinz?«

Vielleicht hatte Sigurd Vernunft angenommen, vielleicht war er nun zu überzeugen, dass eine Umkehr keine Schande war, sondern die Rettung. Doch der Thronfolger schüttelte den Kopf. »Spar dir jedes Wort, das mich umstimmen soll«, sagte er. »Island bleibt das Ziel.«

Eolind nahm einen getrockneten Fisch aus einem kleinen Beutel, hielt ihn Sigurd hin, doch dieser winkte ab. »Schwach vom Hunger werdet ihr Wulfgars Heer kaum entgegentreten können.«

Sigurd schwieg.

Es war in diesem Moment, dass Eolind beschloss, den Prinzen mit dem Furchtbarsten zu konfrontieren, das ihm denkbar schien – der Wahrheit. Sie mochte hässlich sein, aber vielleicht war sie auch das, was den letzten Rest isländischer Geschichte retten konnte.

Eolind ließ den Fisch in Sigurds Schoß fallen. »Esst, und

ich will Euch eine Geschichte erzählen, für die Ihr mich hassen werdet.«

Sigurd sah Eolind müde an. »Ich hasse dich nicht, guter Freund, ich denke nur ...«

»Ihr hasst mich nicht jetzt – doch wenn Ihr mich frei reden lasst, dann wird es sich ändern, bevor die Gräten des Fisches freigenagt sind«, unterbrach Eolind.

Nun hatte er Sigurds Neugier geweckt, und langsam begann der Prinz, den Fisch zu verspeisen. »Nun?«

Eolind setzte sich auch auf das Deck des Schiffes, den Rücken jedoch zur Reling. Er hatte die Seefahrt immer gehasst. »Vor über fünfzehn Jahren kamen der König und seine Königin an unseren Hof, als rechtmäßige Erben des Throns. Sie ließen Hass und Krieg hinter sich.«

Sigurd nickte langsam. »So weit kenne ich die Geschichte.«

Eolind schluckte. »Doch ein Geheimnis brachten sie mit – ein Geheimnis, gehütet wie kein zweites im Reich.«

Sigurd spuckte eine Gräte ins Wasser. »Ein Geheimnis, von dem ich nichts weiß?«

»Ein Geheimnis – das Ihr selber seid«, sagte Eolind.

Sigurd drehte den Kopf zur Seite, um seinem Mentor in die Augen zu sehen. »Was soll das heißen?«

Eolind sah keinen Sinn darin, viele Worte zu verlieren. »Das Kind in ihren Armen, mit dem sie durch das Burgtor traten – es war nicht ihr eigenes.«

Ein, zwei Sekunden vergingen, bis Sigurd verstand. »Das ... das ... das ist nicht wahr.«

Er sprach die Worte sehr leise, als hoffte er, dadurch einer Antwort zu entgehen.

»Ein blonder Knabe eines dunklen Paares«, fuhr Eolind fort. »Es wurde geraunt bei Hofe, aber niemand hatte den Mut, die Zweifel zu äußern. Noch vor dem ersten Winter zog Gernot mich in sein Vertrauen. Ich hatte in den Augen des Kindes – in Euren Augen – den Vater sofort erkannt.«

Wütend warf Sigurd den Rest des Fischs ins Meer und rieb die fettigen Hände an seiner Hose ab. »Was willst du mir da aufbinden, Eolind? Dass mein Vater und meine Mutter mich am Wegesrand gefunden haben? Dass ich nicht edlen Blutes bin?« Ein Gedanke flackerte in seinen Augen auf. »Das ist es! Du willst mich durch diese Lüge zum gemeinen Bauern reden, auf dass ich von meiner Rache ablasse und Wulfgar keinen Grund findet, mich als Teil der Blutlinie zu richten! Ha!«

Er sprang auf und ging wütend hin und her. Das Feuer war wieder in seinen Leib gefahren.

Eolind blieb sitzen. »Wäre es so – alles wäre unendlich einfacher. Aber wenn ich schon die Wahrheit sage, dann muss es gleich die ganze sein. Und die ganze Wahrheit entbindet euch nicht von der Pflicht, den Thron Islands zu verlangen.«

»Du sprichst wirres Zeug«, rief Sigurd erregt. »Wäre ich nicht der Sohn Gernots und Elsas – ich wäre auch nicht der Thronfolger Islands!«

Langsam schüttelte Eolind den Kopf. »Es scheint mir ein übler Scherz des Schicksals, dass ich Euch widersprechen muss. Ihr seid vom Blute Gernots, doch nicht von seinen Lenden.«

Sigurd ging vor Eolind in die Knie und sah seinem alten Lehrmeister wütend in die Augen. »Sprich schnell und klar, Eolind, sonst werfe ich dich über Bord für dein Gerede.«

Eolind wich dem Blick nicht aus. Er spürte die Erleichterung in ihm wachsen, die mit der Wahrheit kam. »Eure Mutter hat Euch erzählt von Siegfried, dem Schmied, der einst nach Burgund kam, um die Prinzessin Kriemhild zu freien, die Schwester Gernots.«

Sigurd nickte. »Sie sprach von einer Liebe, so groß wie die ihre zu Gernot.«

»Eine Liebe gegen das Schicksal und gegen die Götter, denn Siegfried hatte sein Herz der Brunhilde von Island versprochen.«

Sigurd runzelte die Stirn. »Brunhilde? Die alte Königin?«

»Nicht damals. Jung war sie und wild, mit einem Herzen aus Feuer, das für Siegfried brannte.«

»Davon hat meine Mutter nicht erzählt.«

»Das denke ich mir«, murmelte Eolind. »Es ist ein düsteres Kapitel im Buch der Familie, und es durfte nicht darüber gesprochen werden. Wie hätte man erklären sollen, dass Brunhilde den Gunther ehelichte, während ihre Liebe Siegfried dessen Schwester zur Frau nahm?«

»Das ist erstaunlich, was du sagst – aber was hat es mit mir zu tun?«

»In einem Strudel aus Leid und Verrat ging alle Liebe damals unter, so hat man es mir erzählt«, fuhr Eolind fort. »Brunhilde, gut in der Seele, aber vor Verzweiflung rasend, nutzte Gunthers Schwäche, um Siegfrieds Tod zu fordern. So geschah es auch, und sein Reich Xanten ging an Kriemhild.«

»Auch das ist mir bekannt«, sagte Sigurd. »Sprich endlich das, was neu ist an der Geschichte.«

»Zu seiner Zeit«, hielt Eolind dagegen. »Ich weiß nicht, ob ich je wieder die Gelegenheit erhalte, Euch davon zu berichten. Und daher will ich es sorgsam tun. Also: Brunhilde ging zu den Göttern, nachdem Siegfried gefallen war. Gunther nahm es den Verstand. Kriemhild ging nach Xanten, um dort zu herrschen. Doch in ihrem Herzen war nur noch Hass, und unter ihrem Herzen – wart Ihr.«

Sigurd sackte auf das Deck, als hätten seine Beine ihren Dienst verweigert. »Kriemhild von Xanten?«

Eolind nickte. »Eure Mutter. Und Siegfried Euer Vater. Wenn ich mich recht erinnere, war Siegfried sogar der Euch gegebene Name. Erst hier in Island entschied sich Elsa, Euch Sigurd zu nennen. Sie hoffte, den Makel des Namens damit zu tilgen.«

Sigurd strich sich über die Augen. Gelen kam näher, weil er sehen wollte, was mit seinem Freund geschah, aber mit einer herrischen Bewegung scheuchte Eolind ihn fort. »Doch auch Kriemhild wurde das Opfer ihrer Rachsucht, und am Ende eines blutigen Tages blieben von Burgund nur noch Gernot, Elsa und der junge Siegfried übrig.«

»Meine Eltern. Sie ... sie sind ...«

»Nicht Eure Eltern«, erklärte Eolind erneut. »Und doch seid Ihr der Thronfolger Islands, denn Euer Onkel Gunther wurde einst durch die Hochzeit mit Brunhilde der König der Insel, so wie er König von Burgund war.«

»Aber wenn ... wenn Siegfried mein Vater war ...«, stammelte Sigurd.

Eolind atmete tief durch. Nun kam der Teil, den er am meisten fürchtete. »Dann seid Ihr mehr als nur der rechtmäßige Erbe von Burgund und Island – auch das Reich Xanten müsste Euch als König huldigen.«

Sigurd hörte auf zu sprechen. Er hörte auf zu atmen. Und schließlich hörte er auf zu denken. Es war, als hielten sein Körper und sein Geist inne, als müssten sie sich neu justieren, das Kleid der neuen Existenz anprobieren. Nach langen Minuten, in denen Eolind die vielleicht letzte friedliche Stille genoss, formulierte Sigurd sein Erbrecht. »Ich bin Sigurd, Sohn von Siegfried und Kriemhild, Erbe von Xanten, Burgund und Island.«

»Sechs Gründe, Euch sofort zu töten, wenn Ihr in Island Wulfgar gegenübersteht«, flüsterte Eolind eindringlich. »Versteht Ihr nun, warum die Flucht das Gebot der Stunde ist?«

Sigurd sah ihn an, den Blick unergründlich, aber von klarer Entschlossenheit. Eolind seufzte.

»Island!«, schrie Jon, der ein wenig den Mast hinaufgeklettert war, um eine bessere Fernsicht zu haben. »Island am Horizont!«

»Ihr denkt an Island, nicht wahr?«, fragte Hede, die Hofdame, und legte die Lyra weg, auf der sie leise gespielt hatte.

Prinzessin Xandria mühte sich, die düsteren Gedanken zu verscheuchen, und wandte sich vom Fenster zurück in ihr Gemach. »Woran sonst sollte ich denken?«

Hede lächelte. »Ich bin sicher, Euer Vater wird unversehrt und siegreich heimkehren. Er ist ein großer Krieger.«

Seufzend setzte sich die Prinzessin auf ihr Bett, das mit kostbaren Stoffen bezogen war. »Wenn auch nichts sonst.«

Hede erschrak und versicherte sich, dass niemand sonst in Hörweite war. »Euer Hoheit, wie könnt Ihr so sprechen über den eigenen Vater, über den König?«

Xandria sah sie kampfeslustig an, und ihre smaragdfarbenen Augen blitzten. »Wäre er ein guter König – oder Vater!-, dann wäre er hier, wo er gebraucht wird. Xanten ist kein reiches Land, und es bedarf der Führung. Doch er ist irgendwo im Norden und streckt die Hand nach Reichen aus, für die er keine Verwendung hat. Weißt du, wie viel

Gold für Waffen und Söldner er aus den Schatzkammern hat räumen lassen?«

Hede senkte ergeben den Kopf. »Meine Prinzessin, des Hofes Politik ist nicht meine Angelegenheit – nicht Eure.«

»Natürlich nicht«, murmelte Xandria. »Krieg und Politik sind das Vorrecht der Männer. Den Krieg gönne ich ihnen, aber warum gönnt man uns die Politik nicht?«

»Eine Frau hat keinen Platz, wenn es um die Belange des Staates geht«, sagte Hede eilig.

»Nur weil die Männer es so verfügt haben?«, höhnte Xandria. »Männer wie mein Vater, die das eigene Volk hungern lassen, um sich in Feldzügen beweisen zu können?«

»Wulfgar ist ein guter König«, flüsterte Hede, »und es ist nicht weise, anderer Meinung zu sein.«

Xandria ließ sich auf den Rücken fallen, und ihr rotes Haar breitete sich wie ein Feuerring um ihren Kopf auf den Kissen aus. »Weise wohl nicht – aber wenn ich als Prinzessin nur ein Privileg habe, dann möchte ich die Dinge beim Namen nennen können. Wulfgar ist grausam und ungerecht. Ihn meinen Vater zu nennen, dreht mir jedes Mal den Magen um.«

Hede schwieg nun. Schon von den lästerlichen Reden der Prinzessin zu wissen, bedeutete große Gefahr. Mochte Xandria auch ein Ebenbild ihrer schönen Mutter sein, das Temperament hatte sie vom Vater geerbt. Die Schärfe ihres Verstands widersprach der Zartheit ihres Körpers. Sie hatte gegen den ausdrücklichen Wunsch ihres Vaters lesen und schreiben gelernt und belästigte die Ratgeber bei Hofe jeden Tag mit Fragen über Politik und Strategie. Wie kaum eine Prinzessin nahm sie sich die Privilegien eines Prinzen.

Xandria rollte auf den Bauch und sah ihre Hofdame keck an. »Ich sollte einen Aufstand anzetteln! Die Zeit nutzen, da mein Vater außer Landes ist! Mich zur Königin ausrufen!«

Hede atmete tief ein und hielt die Luft an, bis sie sicher sein konnte, nicht in Ohnmacht zu fallen. »Bitte versprecht mir, dass Euch nichts dergleichen ernst ist, Prinzessin.«

Xandria lachte. »Warum nicht? Mein Vater erzieht mich, auf dass ich eines Tages an der Seite eines Prinzen den Thron besteige. Wenn ich ihm zuvorkomme, kann ich allein regieren. Findest du nicht, ich wäre eine kluge und gerechte Königin?«

Es war eine Frage ohne ehrenvolle Antwort – es stand Hede nicht zu, der Prinzessin zu widersprechen. Einem Aufstand das Wort reden kam jedoch auch nicht infrage. Sie flüchtete sich in eine Floskel: »Vielen anderen Königskindern geht es bedeutend schlechter als Euch.«

Xandria verzog das Gesicht. »Die möchte ich sehen.«

Sigurd und seine Gefährten hatten Island bei Nacht erreicht und ihr Schiff außer Sichtweite der Küste verlassen. Kaum Kleider am Leib und nur wenige Waffen auf den Rücken geschnürt, waren sie gen Festland geschwommen. Die wütende See hatte ihre Leiber auf den Wellen tanzen lassen und sie dann wieder in die Tiefe gesogen. Manches Mal hatten sie gedacht, dass alle Rachepläne dem Gelächter der Götter anheimfielen, wenn sie schon auf dem Weg zum Schlachtfeld ertranken.

Der isländische Prinz hatte versucht, Eolind von dem beschwerlichen Schwimmen abzubringen, ihn stattdessen das Schiff bewachen zu lassen, bis sie zurückkehrten. Doch er hatte sich geweigert, und seine ledernen Muskeln bewiesen eine Kraft, die seinem Alter spottete.

Japsend krochen sie außerhalb des Fjords auf die Felsen, von grollenden Wellen auf die Steine geschubst. Vier Männer, deren müde Beine sich jedem weiteren Schritt widersetzten und die doch gekommen waren, sich einer Streitmacht zu stellen.

»Ich weiß nicht«, keuchte Sigurd, »was das soll. Warum schleichen wir in unser eigenes Reich? In den Hafen einfahren sollten wir, denn Wulfgar kann uns das Leben nehmen, doch nicht unser Recht.«

Eolind spuckte Salzwasser auf den Fels. »Mein Prinz, das Recht ist nur viel wert, wenn es von seinem Bruder Macht begleitet wird. Kein Gesetz hat je das Duell mit einer Klinge gewonnen.«

Jon nickte. »Wulfgar würde die Gelegenheit ergreifen, die Schädel der mutigen Heimkehrer auf Lanzen zu stecken und durch das Land zu tragen.«

»Aber ich muss zu meinen ... Eltern«, sagte Sigurd. »Kann ich schon nicht mit ihnen siegen, so will ich wenigstens an ihrer Seite stehen.«

Gelen sah ihn von der Seite an. »Verzeiht, mein Herr, aber was dann? Sind wir gekommen, um Leichen zu schauen?«

Sigurd wurde bleich, denn den Gedanken, dass er Gernot und Elsa nicht mehr lebend finden würde, hatte er verdrängt. Dabei war der Einfall der Xantener schon eine Woche her. Wie lange hatte das kleine Inselreich den Invasoren wohl standhalten können?

Es war Eolind, der sich nun aufrappelte. »Was auch immer sei – es entbindet uns nicht von der Eile. Wir müssen zur Burg.«

Jon lachte freudlos. »Ach ja? Und wie soll das geschehen? Schreiten wir nun doch durch den Fjord zu den Xantenern und bitten um Einlass?«

Eolind hörte nicht auf ihn, sondern sah die nackte Felswand an, die schroff vor ihnen aufstieg und weit oben fast den Nachthimmel zu berühren schien. Dann zeigte er nach rechts in die Dunkelheit. »Dort entlang.«

»Aber das ist weg vom Fjord«, murrte Gelen. »Dort sind nur Steine, und selbst die enden irgendwo im Wasser.«

»Ich hätte euch kaum hergeleitet, wenn es das Ende des Weges wäre«, knurrte Eolind und ging voraus. Die drei Freunde sahen sich an, zuckten die Schultern und folgten ihm.

Nach ein paar Minuten, die sie mehr kletternd und kriechend als gehend verbrachten, gelangten sie zu einem spitzen Findling, der wie ein steinerner Finger vom Fels auf das Meer zeigte. Eolind lächelte müde. »Ich kenne es nur aus dem Munde meines Vaters – und doch ist es wie einst erzählt.«

Bevor Sigurd und die anderen fragen konnten, was er meinte, entdeckten sie im fahlen Mondlicht einen schwarzen Fleck im Fels hinter der Steinspitze, der sich als Höhleneingang entpuppte.

»Ein Versteck?«, fragte Sigurd.

Eolind kniff die Augen zusammen. »Weit mehr. Ein Weg zur Burg.«

Dann verschwand er in der Dunkelheit. Sigurd folgte ihm.

Gelen sah Jon an. »Wusstest du von einem geheimen Weg? Ich wusste nichts davon.«

Jon runzelte die Stirn. »Mir scheint, dann trägt er die Bezeichnung zu Recht.«

Aus dem Innern des Eingangs knisterte und knackte es, und der fahle Schein einer Handfackel erleuchtete das Loch im Fels.

Es war Sigurd unmöglich zu bestimmen, wie alt der Geheimgang war, durch den sie langsam die Eingeweide der Insel durchschritten. Wenn er zur Burg führte, dann war er wohl zu etwa derselben Zeit angelegt worden wie der Sitz der Könige von Island. Aber niemand wusste genau, wann das gewesen war. Manche Krieger, wenn sie betrunken genug waren, erzählten davon, dass Odin die Felsenburg den Menschen zum Geschenk gemacht hatte, nachdem er die Heimstatt nicht mehr benötigte.

Der Weg durch den Fels war verschlungen und von großen Höhenunterschieden geprägt. Oft musste die kleine Gruppe die Köpfe einziehen, mitunter sogar kriechen. Nur an Stellen, wo kein natürliches Weiterkommen möglich gewesen wäre, hatten hilfreiche Hände Absätze in den Stein gehauen.

»Wie kann es sein, dass ich von diesem Weg nichts weiß?«, fragte Sigurd leise, obwohl es keinen Grund gab, die Stimme zu senken.

»Es ist der Weg des Königs«, antwortete Eolind. »Ich bin sicher, Gernot hätte euch beizeiten eingeweiht.«

»Vielleicht sind meine Eltern durch diesen Gang geflohen«, mutmaßte der Prinz. »Vielleicht haben sie sich in Sicherheit gebracht.«

Eolind hielt kurz inne und sah Sigurd im flackernden Licht der Fackel an. »Könnt Ihr das glauben – dass der König geflohen wäre? Könnt Ihr das auch nur eine Sekunde lang glauben?«

Sigurd senkte den Blick. »Nein. Das würde er niemals tun.«

Sie marschierten eine Weile weiter durch den Fels. Der Weg war mühsam, die Luft abgestanden und faul – und Sigurd fürchtete das, was am anderen Ende auf ihn wartete. Aber er konnte nicht zurück – die Unwissenheit wäre schlimmer gewesen als alles, was Wulfgar seinen Eltern hätte antun können.

Aber da war noch etwas.

Sigurd fühlte sich nicht – allein. Abgesehen von seinen drei Gefährten war da noch das Gefühl von Augen, die ihn aus dem schwarzen Fels heraus zu beobachten schienen. Und sie folgten der kleinen Gruppe, glitten durch den Stein, als sei er morgendlicher Nebel.

Der Prinz schauderte. Er hatte dieses Gefühl fast schon vergessen. Manchmal, als er noch klein gewesen war, hatten die Augen im Schlaf zu ihm gesprochen. Auf dem Weg in den Kerker war er einmal die Treppe hinabgestürzt und hatte verletzt darauf gewartet, dass ihn jemand fand. Auch damals war da dieses Gefühl gewesen, nicht allein zu sein. Es war kein beruhigendes Gefühl, denn die unsichtbaren Augen hatten etwas Lauerndes. Als warteten sie nur darauf, ihn allein zu erwischen. Als hofften sie auf seine Schwäche, seine Einsamkeit – seinen Tod?

Absichtlich ließ sich der Prinz etwas zurückfallen und schaute sich vorsichtig um. Da war nichts. Natürlich nicht. Fauler Schlick am rauen Fels, mehr gab es nicht. Aber dennoch ...

Siiiegfried ... Siiiegfried ... Siiiegfried ...

Die Stimmen waren leise genug, um als Einbildung abgetan zu werden, und doch war Sigurd sicher, dass er sich nicht täuschte.

Da war etwas.

Jemand.

Und dieser jemand rief nach ihm.

Der Prinz drehte sich um seine Achse, mit den Händen vorsichtig über den Stein tastend.

Siiiegfried ... heeeim ... ins Leeeid ...

»Wer ist da?«, sagte er laut, aber mit einem verräterischen Zittern in der Stimme.

Seine Freunde, nur wenige Schritte von ihm entfernt,

blieben stehen. Jon hielt eine kleine Fackel hoch. »Was ist, mein Prinz?«

Sigurd bedeutete ihm, still zu sein, und horchte in die Dunkelheit. Aber alles, was er hörte, war das entfernte Geräusch der brechenden Wellen, das sich von den Felsen durch den Höhlengang nach oben mühte.

Tot ... tot ... totototototototot ...

»Da!«, zischte der Prinz. »Habt ihr es nicht gehört?«

Gelen kam zu ihm. »Was gehört?«

Sigurd musste einsehen, dass die dunklen Stimmen nur für ihn bestimmt waren und dass es nicht die Zeit war, darüber zu grübeln. »Nichts. Lasst uns weitergehen.«

Noch eine gute Stunde mühten sie sich aufwärts, und immer wieder rutschten ihre Stiefel auf dem feuchten Fels aus. So mysteriös der Gang auch sein mochte – er war sorgsam gepflegt. Immer wieder hingen in gewachsten Stoff geschlagene Fackeln an der Hand, die sie für Licht und Wärme entfachen konnten.

Schließlich erreichten sie das Ende des Höhlentunnels – an einer Mauer.

Jon strich mit der Hand über die grob verfugten Steine. »Nicht sehr einladend.«

Gelen, der müde keuchend an der Wand lehnte, verzog das Gesicht. »Bitte sagt mir nicht, dass die Mühsal vergebens war. Ich kann den Weg unmöglich wieder zurück.«

Sie sahen Eolind an, dessen Finger an der pulverigen Masse zwischen den Steinplatten kratzte. »Es wäre kein sehr geheimer Gang, wenn sich in der Burg eine Tür dorthin fände. Diese Mauer hier ist dünn und nur als Täuschung ersonnen worden.«

Sigurd drängte sich an seinen Freunden vorbei und drückte seine Schulter gegen den Stein. »Dann wollen wir doch mal sehen, was sich dahinter verbirgt.«

Auch Gelen und Jon warfen sich mit ihren Schultern gegen die Mauer. Zwei-, dreimal. Dann gaben einige große Steine im Verbund nach und stürzten nach hinten weg. Sie gaben ein Loch frei, durch das ein Mann leicht kriechen konnte.

Sigurd leuchtete vorsichtig in den Raum, der hinter der Mauer lag. »Ein Lager. Wahrscheinlich bei den Kerkern. Eine gute Wahl – hier kommt in Jahren kaum ein Mann herein.«

Sie stiegen durch das Loch, und der Gedanke, wieder in der Burg zu sein, erfreute trotz des furchtbaren Anlasses ihre Herzen. An der Wand lehnte ein alter Schild, und darauf war das verblassende Wappen des Reiches zu erkennen.

»Wir sind, wo wir sein sollen«, flüsterte Jon. »Isländer Blut im Isländer Reich.«

»Aber nicht zum Zweck, es zu vergießen«, gab Gelen zu bedenken. »Was machen wir nun?«

»König Gernot hatte nicht vor, dem Wulfgar die Burg zu überlassen«, erklärte Eolind. »Wenn die Xantener es erfolgreich stürmen konnten, dann bleibt nichts mehr für uns zu erreichen, außer vielleicht Wulfgar auf dem Thron zu erschlagen.«

»Dafür würde ich gerne sterben«, flüsterte Gelen.

»Wenn das Xantener Pack noch immer auf Einlass wartet«, fuhr Eolind fort, »dann müssen wir uns einen Überblick verschaffen.«

»Wir werden uns aufteilen«, entschied Sigurd. »Ab hier ist jeder auf sich gestellt. Durchsuchen wir die Burg in alle Richtungen. Trefft ihr Xantener – sucht nicht den Tod, sondern weicht ihnen aus. Dann treffen wir uns in einer Stunde wieder hier. Ist die Burg noch in heimischer Hand, dann im Thronsaal.«

Die anderen nickten, und vorsichtig öffneten sie die quietschende kleine Holztür, die in den Kerker führte.

Es war niemand zu sehen.

Bald erkannte Sigurd, dass niemand mehr in der Burg war. Anfangs lief er noch geduckt, doch irgendwann straffte sich seine Gestalt, und er ging leise, aber aufrecht durch die Gänge und Hallen.

Es war, als wäre mit den Menschen das Leben aus den Räumen geflohen. In den Feuerstellen hatte lange kein Holz mehr gebrannt, es war kalt. Ein paar umgestürzte Stühle, ein Teppich, der halb von der Wand gerissen war – Zeugen einer Unruhe, von der nun nichts mehr zu spüren war.

Es gelang Sigurd nicht, Freude über die offensichtliche Unfähigkeit der Xantener zu empfinden, den Königssitz Islands einzunehmen. Die Leere war nicht viel besser, weil sie der Burg unwürdig war. Hier wurde seit Generationen geherrscht, gefeiert, gelacht – gelebt. Anders kannte der Prinz es nicht, und die Stille drückte sein Herz zusammen.

Als Sigurd sicher sein konnte, dass keine Xantener Gefahr drohte, machte er sich auf die Suche nach seinen Eltern, die er im Thronsaal nicht gefunden hatte. Eine steinerne Treppe führte in ihre Gemächer, und durch einen schmalen Ausguck gelang Sigurd der erste Blick auf den Hafen und damit das besetzte Island.

Er sah Untertanen, an den Füßen aufgehängt und totgepeitscht. Leichen, achtlos beiseitegeworfen. Ein Xantener Söldner pinkelte auf verkohlte Überreste dessen, was mal eine ganze Familie gewesen sein musste.

Überall Krieger. Wie schwarz gekleidete Ratten waren sie über den ganzen Hafen verteilt, der ansonsten nichts von seiner üblichen Betriebsamkeit hatte. Und ein großes Hauptschiff, umgeben von vielen kleinen Transportbooten, trug das Xantener Wappen auf dem Segel.

Es fiel Sigurd schwer, nicht nach draußen zu stürmen, um mit dem Schwert in der Hand den Tod von Wulfgar zu verlangen. Doch die Sorge um seine Eltern wog momentan schwerer. Und er nannte sie Eltern, egal, was Eolind sagte.

Für Wulfgar war später noch Zeit ...

Er kam in den Gang mit dem weichen Teppich auf dem Boden und der prächtig beschlagenen Doppeltür, die ins Gemach des Königspaars führte. Es hatte bei Hofe einiges Geraune gegeben, als Gernot verfügt hatte, die Zimmer des Herrscherpaars zusammenzulegen. Dem König stand es jederzeit zu, seine Frau zur Ehepflicht zu rufen – aber worin bestand die Not, sie jede Nacht an seiner Seite zu haben?

Vor der Tür blieb Sigurd stehen, die Hand auf dem Holz, kaum zwei Schritte von der Wahrheit entfernt. Er zitterte, und sein starker Arm verweigerte den Dienst. Was gab es zu finden, das nicht weniger sein konnte als entsetzlich? War die Ungewissheit nicht ein gnädigerer Geselle als die grausame Wahrheit?

Siiiegfried ... am Ziiiel ... eeendlich ...

Die Stimmen!

Sigurd wirbelte herum, hoffte die ihn narrenden Geister endlich zu erblicken – und stolperte in der Bewegung. Rückwärts fiel er gegen die Tür und taumelte in das Schlafgemach. Er konnte sich gerade noch rechtzeitig fangen, um nicht auf den Boden zu stürzen.

Die Stimmen kicherten, manche lachten hysterisch. Und doch – so genau Sigurd sie auch hörte, so wenig konnte er sicher sein, dass es sie gab.

Abgelenkt durch die unerwartete Störung, drehte sich Sigurd eher beiläufig in den Raum.

Es war ein Bild von Schönheit und Tod.

Elsa und Gernot lagen auf einem pechschwarzen Fell in ihrem Bett, die Körper einander zugewandt. Der König hatte die Hand auf der Wange seiner geliebten Frau, und sein Daumen berührte ihre blauen Lippen. Elsas Haar war wunderschön geflochten, mit goldenen Bändern, die aus den schwarzen Zöpfen funkelten.

Sie waren in Liebe gestorben, einander in den Armen haltend, für die Ewigkeit vereint. Der Kelch, aus dem sie den Tod getrunken hatten, stand sorgsam mit einem Tuch abgedeckt neben dem Bett.

Sigurds Tränen begannen zu fließen, als er die zwei Schritte auf seine Eltern zu machte. Seine Knie gaben nach, und er sackte auf den Boden, wo er sich mit den Fäusten abstützte. Dann fiel sein Blick zur Seite, wo ein kurzes Bett im Schatten der Wand stand. Eine kleine reglose Gestalt, in weißes Linnen gewickelt, lag dort.

Sigurd, dem sogar die Kraft zum Aufstehen fehlte, kroch hinüber und sah in das bleiche friedliche Gesicht seiner Schwester Lilja.

Er legte seine Hände auf ihren Körper und die Stirn an die Holzkante des Betts. »Es ... tut mir leid.«

So sehr sein Kopf wusste, dass er sie nicht hätte retten können, so sehr schämte sich sein Herz, in den letzten Stunden nicht bei seiner Familie gewesen zu sein.

In Wut war er davongerannt!

Verdammtes Dänemark, verdammte Saufereien, verdammte Freiheit!

Er hatte sich wie ein Lump verhalten, nicht wie ein Prinz. Und nun hatten die Götter ihm gezeigt, wie grausam das Schicksal jene strafen konnte, die ihm davonliefen.

Unter seinen Händen spürte er einen Gegenstand, der seltsam vertraut war. Er öffnete die Augen und entdeckte zwischen Liljas kalten Fingern das Horn des Dryk.

Sie hatte es bis in den Tod getragen!

Vorsichtig nahm Sigurd ihr das Horn ab und hängte es um den Hals. Dann küsste er sacht ihre Stirn.

»Verzeih.«

Das Wort war kaum mehr als ein Krächzen.

Er stand auf, sah sich noch einmal um. Es lag keine Befriedigung darin, dass seine Familie in Frieden gestorben war und nicht durch Wulfgars Hand. Im Ergebnis war es gleich, und das Ergebnis war das Ende Islands.

Sigurd nahm den Kelch vom Boden, zog das ihn bedeckende Tuch fort. Ein Drittel war vielleicht noch darin von dem Trank, der leisen Abschied brachte. Es schmerzte vermutlich nicht einmal, sonst hätten Elsa und Gernot die letzten Sekunden nicht so friedlich Seite an Seite gelegen.

Endliiich vorbei ... endliiich ... Siegfried ...

Sigurd war des Lebens zu müde und der Trauer zu ergeben, um einen Gedanken an die zischenden Stimmen zu verschwenden. Die Gier nach seiner Seele in ihren Rufen hatte keine Bedeutung.

Was blieb denn noch?

Langsam hob er den Kelch an seine Lippen.

Es war alles so einfach auf einmal ...

Ein einsamer Lichtstrahl fing sich im Metall des Bechers, und Sigurd bemerkte, dass es eine Bewegung im Hafen war, die von außen eingefangen worden war.

Er sah aus dem Fenster.

Da war ein Krieger, nein – ein Anführer! Das musste Wulfgar sein. Er marschierte in Begleitung einiger Männer durch den Kies und gab Anweisungen, die auf diese Entfernung nicht zu hören waren.

Der Anblick des Usurpators brachte den Willen zurück in Sigurds Körper. Eine Flamme loderte auf in seiner Seele, und es war das Feuer der Rache.

Wulfgar!

Sigurd warf den Kelch beiseite. Wie töricht wäre er fast gewesen! Dem Feind die Arbeit abzunehmen!

An der Wand hingen Schwert und Schild seines Vaters. Sigurd nahm sie aus den eisernen Halterungen, und die Muskeln seiner Hände pressten das Leder von Griff und Gurt. Bei den Göttern, wenn Wulfgar sich für einen Krieger hielt, dann sollte er sich den Kopf des Thronfolgers mit eigener Klinge erkämpfen.

Von irgendwoher waren die Stimmen zu hören, leise, fast wie aus der Ferne.

Endliiich ... endliiich ... Frieden ... im Toood ...

Sigurd hatte kein Gehör für sie. Sein Geist war klar und scharf, Vergangenheit und Zukunft wie Ballast von ihm abgefallen. Die Entscheidung fiel hier – und jetzt. Nichts darüber hinaus zählte.

Er sah ein letztes Mal auf die Leichen seiner Eltern, und seine Stimme trug keine Trauer mehr. »Für euch.«

Dann verließ er das Gemach und machte sich auf den Weg in den Thronsaal, um seine Gefährten für den letzten Kampf zu treffen.

»Hätten die Xantener sie niedergebrannt – die Burg bereitete mir nicht weniger Unbehagen«, murmelte Gelen und wischte mit der Hand einige verschimmelte Brotreste vom Tisch.

»Ich hatte mir den Untergang des Landes nicht so ... leise vorgestellt«, knurrte Jon, während er mit der Messerspitze Dreck aus seinen Fingernägeln kratzte.

Eolind stand dort, wo er immer stand, wenn er im Thronsaal war – an der rechten Seite des Königsthrons. Es war eine leere Geste, mehr ein Reflex. Es war ja niemand mehr da, der seinen höfischen Rat erbat.

Keiner von ihnen hatte etwas gefunden. Die Burg war in Eile geräumt worden, die Schlafsäle menschenleer. Die Xantener belagerten eine verlassene Ruine, und Eolind fragte sich, ob sie das wussten.

Nun kam Sigurd schnellen Schrittes in den Saal, Schwert und Schild entschlossen in den Händen. Jon und Gelen sprangen auf. Eolind merkte augenblicklich, dass der Prinz keine guten Nachrichten brachte. »Was habt Ihr gefunden?«

Sigurd hielt inne, als fühlte er sich in seinem Drang aufgehalten. »Den Tod – nicht von Wulfgars Hand, doch in seiner Schuld. Bereitet euch vor, die Königsfamilie zu rächen. Wir sterben heute für Island.«

Jon und Gelen sahen einander an, dann blickten sie unsicher zu Eolind. Der alte Ratgeber schluckte schwer an der schlimmen Kunde. »Gingen das Königspaar und die Prinzessin ... in Frieden?«

Sigurd nickte. »In Frieden und Glauben. Diese Chance werde ich Wulfgar nicht geben. Sucht Waffen.«

Eolind räusperte sich, und es hallte durch den gesamten Thronsaal.

Sigurds Blick wurde kalt. »Ich hoffe auf euren Beistand aus Freundschaft – doch ich werde nicht zögern, ihn als Prinz zu fordern.«

Eolind trat vor und stellte sich so nah vor Sigurd, dass dieser den warmen Atem des alten Mannes spürte. »Mein Prinz, wenn heute auch der letzte Tropfen Isländer Blut vom Stein getrunken wird, dann wäre es uns gleich. Im Tod liegt keine Schande, schon gar nicht im Kampf. Aber *wofür* wollt Ihr uns sterben sehen?«

Die Frage überraschte Sigurd. »Für die Rache. Die Rache für Island. Die Rache an Wulfgar.«

Ein müdes Lächeln umspielte Eolinds Lippen. »Wir gehen aus dem Tor, und zwei Herzschläge später rollen unsere Köpfe, während Dutzende von Klingen unsere Leiber zerhacken. Eine vortreffliche Rache, fürwahr – Wulfgar wird sich beim Gedanken daran lachend in den Schlaf saufen.«

»Ich werde ihn stellen«, zischte Sigurd. »Mit oder ohne eure Hilfe.«

Hart und ohne Ansatz schlug Eolind seinem Schüler ins Gesicht. Sigurd stolperte einen Schritt zurück.

»Narr!«, schrie Eolind. »Könntest du auch nur gegen einen Krieger bestehen – Wulfgar wärst du kein Gegner. Und könntest du gegen Wulfgar bestehen – er würde sich dir niemals stellen. Du suchst eine ehrenvolle Rache, die der Xantener König nicht bietet. So feige er Island überfallen hat, so feige wird er dich von seinen Vasallen niederstechen lassen! Wo ist dann die Ehre, mein Prinz?«

Sigurd schüttelte den Kopf angesichts der Worte, deren Wahrheit ihm unmöglich zu akzeptieren schien.

Jon trat herbei. »Eolind hat recht, Sigurd. Selbst wenn Ihr gegen Wulfgar im Zweikampf bestehen könntet – er würde sich Euch niemals stellen.«

»Dann meucheln wir ihn hinterrücks, wie das Vieh, das er ist«, keuchte Sigurd. »Zur Nacht schleichen wir uns an das Hauptschiff der Xantener, und dann …«

»Und dann metzeln uns die Wachen nieder, die er zu Dutzenden um sich weiß«, spie Eolind aus. »Mein Prinz, ich bin Euch nach Island gefolgt, obwohl ich von der Unmöglichkeit Eurer Absichten wusste. Doch bittet mich nicht, Euch sehenden Auges in den Tod gehen zu lassen – noch weniger, Eure Freunde mitzunehmen.«

Sigurd schwankte, stützte sich an der Tischkante ab. »Aber was dann? Soll ich meinen Eltern folgen? Mein eigenes Leben nehmen?«

Eolind packte den Prinzen bei den Schultern. »Hört ein letztes Mal auf mich. Euer Tod ist nicht von den Göttern gewollt. Sie hätten Euch sonst nicht von Island weggelockt, als die Xantener kamen. Hört auf die Götter, Prinz Sigurd. Ehrt ihren Willen.«

Sigurds Augen zeigten den Trotz eines kleinen Jungen. »Ihr wollt, dass ich feige fliehe? Dass ich die Leichen meiner Eltern der Schändung Wulfgars überlasse? Was für ein Leben hätte ich dann noch?«

»Ein Leben, das zu einem späteren Zeitpunkt von Rache gekrönt werden kann«, flüsterte Eolind eindringlich, »später, wenn Ihr Euch Islands Thron zurückholt.«

»Aber wie sollte das geschehen?«, hielt Sigurd dagegen. »Wenn ich heute davonlaufe, dann bleibt mir nichts. Keine Familie, kein Gold, keine Macht. Wie sollte ich dann jemals den Thron zurückerobern?«

Eolind entwand dem zweifelnden Königssohn Schwert und Schild und legte sie beiseite. Er sprach langsam und bedächtig, denn es war wichtig, dass Sigurd dieses eine Mal jedes Wort verstand. »Sigurd, Prinz von Island, ist ab heute ohne Reich. Doch wenn Ihr als Siegfried, rechtmäßiger Erbe von Xanten, das Gold Eures Vaters findet, dann habt Ihr bald ein Heer hinter Euch. Die Nibelungen sind der Schlüssel.«

»Die Nibelungen?«, flüsterte Sigurd, als müsse er sich an den Klang des Wortes erst gewöhnen.

Eolind nickte. »Einst errang Siegfried von Xanten ihr Gold, und nach seinem Tod nahmen sie es zurück. Findet die Nibelungen, findet das Gold – und das Schicksal ist wieder offen.«

»Ich soll auf dem Pfad meines Vaters wandeln?«, fragte Sigurd. »Dem Pfad meines wahren Erbes?«

Eolind nickte. »Ich weiß, dass Eure Mutter ... dass Königin Elsa immer gehofft hatte, es käme nicht dazu. Der Pfad Eures Vaters war der Pfad des Blutes. Aber nun ...«

»... nun ist es an der Zeit«, sagte Sigurd. »Ich muss den Rhein hinaufziehen.«

Gelen und Jon traten heran. »Und wir werden an Eurer Seite stehen!«

Sigurd schüttelte den Kopf. »Mein Schicksal ist Xantener Schicksal, vielleicht auch Burgunder Schicksal. Aber es ist nicht das eure.«

Eolind war weise genug, die beiden Gefährten des Prinzen an seine Seite zu nehmen. »Lasst uns hierbleiben und die traurige Pflicht erfüllen.«

»Was meinst du damit?«, fragte Jon.

Es war Sigurd, der ihm antwortete. »Mit dem Tod des Königspaars ist Island endgültig gefallen, und ihr seid seine letzten Vasallen. Verhandelt freies Geleit mit Wulfgar, bietet ihm an, das Reich in seinem Sinne zu verwalten – auch wenn nur noch wenig übrig scheint.«

»Das wäre Verrat!«, rief Jon empört. »Nie werde ich das Reich in blutige Xantener Hand geben.«

Sigurd nickte ihm freundlich zu. »Nur für den Moment. Wiegt Wulfgar in Sicherheit, und wisst in euren Herzen, dass ihr jeden Handschlag für den neuen König Siegfried tut, der auf euch zählt.«

Gelen, dessen Gemüt so weich war wie seine Wampe, kämpfte mit den Tränen. »Aber wie können wir Euch gehen lassen, Prinz? Unser Versprechen war, Euch niemals aus den Augen zu lassen. Wir gaben es Gernot.«

»Und er würde euch danken«, sagte Sigurd. »Aber heute zählen neue Aufgaben, neue Herausforderungen.

Wir hatten unsere Zeit, unsere Freuden. Was wir wollen, zählt nun nicht mehr – nur noch Island.«

Er wandte sich an Eolind. »Leck Wulfgar die Stiefel, wenn es sein muss, und nenn ihn König – aber hüte mein Land bis zu meiner Rückkehr.«

Eolind ging auf die Knie, die knotigen Hände an seinem Gürtel. »Meinem Herrscher gilt mein Leben.«

Sigurd nickte. »Dann ist es entschieden.«

Sie griffen einander bei den Unterarmen, im Kreis, einen geheimen Pakt besiegelnd. Dann nahm Sigurd das Schwert seines Vaters und ging auf die Tür zu, durch die er den Thronsaal betreten hatte.

»Wollt Ihr nicht in den Kerker zum Gang, der Euch zum Meer zurückführt?«, rief Gelen ihm nach.

Sigurd hielt ein letztes Mal inne. »Ich hole die Leichen meiner Eltern und meiner Schwester. Sie werden im Meer begraben, in Leinen gehüllt, und mit Steinen beschwert. So, wie es Brauch ist. Wulfgar wird sich über ihre Leiber nicht hermachen können wie der tollwütige Hund, der er ist.«

Sten wurde unruhig – seit Tagen herrschte besiegte Stille in ganz Island, und der Feldzug hätte als Sieg betrachtet werden können.

Bis auf die Felsenburg.

Der Xantener General stand neben seinem König und blickte missmutig die schwarzen Steinmauern hinauf, die jedem Versuch, sie einzunehmen, getrotzt hatten.

Es war alles vergebens gewesen. Das große Doppeltor, das den einzigen Zugang bildete, hatte jeder Ramme ebenso widerstanden wie jeder Fackel. Mit Pferden und Ketten hatten sie versucht, die Querbalken der Innenseite zu brechen, Sägen hatten sie in den Spalt gedrückt, um das Holz zu stückeln. Doch die alten Bohlen waren in der salzigen kalten Luft über die Jahrhunderte wie Stein geworden, und die sauren Poren widerstanden sogar brennendem Öl.

»Wann mag dem König das Essen ausgehen?«, murmelte Sten. »Wann ist das letzte Brot verzehrt, der letzte Wein getrunken?«

Wulfgar spuckte vor sich auf den Boden. »Es ist mir gleich. Je länger sie warten, um sich zu ergeben, desto länger werden ihre Qualen sein.«

»Den König vor den letzten Untertanen zu demütigen, wird die Isländer brechen«, stimmte Sten zu. »Dann wird die Insel Xanten untertan, und keiner wird mehr Euer Thronrecht infrage stellen können.«

»Ich habe gehört, die Königin sei von dunkler Schönheit«, sagte Wulfgar, seinen Blick auf den Seitentrakt gerichtet, hinter dem er das Herrscherpaar vermutete. »Vielleicht werde ich sie vor den Augen Gernots nehmen, bis ihr Leib sich mir ergibt – oder sie Gefallen daran findet.«

Sten antwortete nicht. Die ausgesuchte Grausamkeit des Königs war bekannt, und es war tödlich, sie zu tadeln. Warum auch? Wulfgars Blutgier sicherte die Macht, und die Macht sicherte Sten den Posten.

Ein Rasseln alter Ketten und ein Kratzen mächtiger Balken riss beide Männer aus ihren Gedanken. Die Wachen, die vor der Felsenburg postiert waren, zogen ihre Schwerter und hielten die Lanzenspitzen gegen das Doppeltor, hinter dem sich etwas regte.

Und das Tor – schwang auf.

Langsam zuerst, wie ein großes schwarzes Auge nach langem Schlaf. Ein Mechanismus aus Gewichten, Winden und Kurbeln ermöglichte es zwei Männern, die tonnenschweren Flügel aufschwingen zu lassen.

»Männer, antreten!«, schrie Sten, obwohl es nicht nötig war – die Xantener Krieger, in der Belagerung fast schon träge geworden, eilten herbei, um einem etwaigen Ausbruchsversuch der letzten Isländer mit blanken Klingen zu begegnen.

Doch es waren keine Elitesoldaten, die ins Freie stürmten, kein letztes Aufgebot des Königs Gernot – es waren ein alter Mann und zwei junge Kerle.

Das Gefälle zwischen erwarteter und erlebter Gegenwehr war so groß, dass niemand auf die Idee kam, die Isländer anzugreifen. Unsicher warteten die Krieger auf den Befehl Wulfgars.

Der König von Xanten bedeutete seinen Männern, die Burg einzunehmen, solange das Flügeltor einladend offen stand. Mehrere Dutzend Bewaffnete drängten sich an Eolind, Gelen und Jon vorbei.

»Sie werden nichts mehr finden, was zu plündern oder meucheln lohnt«, verkündete Eolind sachlich, doch mit brüchiger Stimme.

Sten und Wulfgar traten auf den alten Mann zu. Wulfgar zog sein Schwert und hielt Eolind die Spitze an den Hals. »Wähle deine nächsten Worte gut, wenn sie dein Leben retten sollen.«

»Der König und die Königin sind tot, und das Reich ist Euer«, antwortete Eolind ohne Hast.

Es donnerte. Ein Sturm zog auf.

Obwohl sie tot waren, wollte Sigurd nicht von seiner Familie lassen. Er hatte die Leichen in ihre Laken gewickelt und mühsam durch den Felsengang zum Meer hinuntergeschleppt. Doch als er auf der kleinen Steinspitze stand, die zum endlosen Horizont zeigte, versagten seine Arme ihren Dienst. Sie konnten, sie *wollten* die Körper nicht dem

Wasser übergeben, obwohl es der letzte Ehrendienst war, den Sigurd seinen Eltern erweisen konnte.

Mit heißen Tränen auf den Wangen zog er den Leichnam seines Vaters schließlich an die Brust. Die Steine im Stoff zerrten zum Meer, und mit einem Schrei stieß Sigurd endlich den toten Gernot von sich.

Wie zum Gruß zuckte ein Blitz über den Horizont, eine Fackel der Götter für einen gefallenen König. Das Wasser nahm ihn gnädig auf, und der weiße Schatten tanzte in die Tiefe.

Es folgte Elsa, Königin von Island, Mutter von Sigurd, wenn nicht des Leibes, dann doch des Herzens.

»Nicht das Ende!«, schrie Sigurd und schickte ihren Körper dem geliebten Gatten hinterher.

Mit Lilja hielt sich Sigurd nicht lange auf. Den kleinen Leib in den Händen zu halten war ein zu großer Schmerz, und der Gedanke, ihr Leben nicht gerettet zu haben, wog schwer auf Sigurds Brust.

»Niemals das Ende!«, tönten seine letzten Worte über das Wasser, und dann war seine Familie begraben. Nicht in Würde, aber doch begraben.

Sigurd hätte nun tagelang auf der Felsenspitze sitzen können, kraftlos und der Trauer ergeben. Aber Eolind hatte ihn noch gewarnt – früher oder später würden die Xantener die durchbrochene Mauer zum Felsengang finden, und dann musste er weit fort sein. Also sprang Sigurd selbst in die Fluten, ließ das Wasser an seinem Körper zerren und schwamm mit kräftigen Stößen gegen das Meer, das ihn unwillig wieder an Land spucken wollte. Der Gedanke, sich den Strömungen zu ergeben und irgendwo in der Tiefe mit seiner Familie vereint zu sein, lockte verführerisch, doch er warf wütend den Kopf hin und her und kämpfte sich wieder an die Wasseroberfläche.

Er musste am Leben bleiben. Und sei es nur um der Rache willen. Seine Wut machte ihn den Göttern gleich, unverwundbar und getrieben.

An die zwei Stunden schwamm Sigurd gegen die Wellen, bis er das Boot wiederfand, mit dem er und seine Getreuen gereist waren. Er zog sich am Ankerseil hoch, und sein Körper fiel schwer auf das Deck.

Es begann zu regnen. Graue, schwere Tropfen. Kein Horizont war zu sehen, und Island nur eine dunkle Ahnung, ein zitternder Schatten.

Mit müden Schritten kroch Sigurd unter Deck, fand etwas zu essen und tauschte die nassen Kleider gegen trockenes Leder, dem er einen Umhang aus gewachstem Tuch überwarf. Es trieb ihn fort, aber die Zeit musste er sich nehmen – er hatte das Massaker an Island nicht überlebt, um von einer Lungenentzündung dahingerafft zu werden.

Der Anker hatte sich im rauen Meeresboden verhakt, und Sigurd sah keinen Anlass, ihn zu bergen. Mit einem langen Seefahrermesser durchtrennte er das Seil, und schon die nächste Welle riss das kleine Schiff in die Höhe.

Mittlerweile peitschte der Sturm, von Blitz und Donner unterlegt, und mehr Regen als Wind schlug in das Segel, das Sigurd aufzog.

Zu steuern war das Schiff alleine nicht, schon gar nicht, wenn die Naturgewalten am Segel zerrten, als wollten sie das Schiff aus den Wogen heben. Das Ruder war festgezurrt, und es war nur noch zu hoffen, dass der Kurs stimmte. Alles nach Süden und Osten war Sigurd genehm – über Dänemark konnte er genauso fliehen wie durch das Land der Franken. Leichter würde sicherlich das alte Britannien zu erreichen sein. Die Römer hatten es weitgehend aufgegeben, und sechs kleine Reiche waren entstanden. Seine Mutter hatte Sigurd oft von den Jüten erzählt, die in Kent Schrift und Verwaltung der Besatzer übernommen hatten. Die wilderen Geschichten kamen jedoch aus den Gebieten der Sachsen und Angeln.

Hauptsache, der Sturm warf Sigurd nicht gleich wieder gegen die Küste Islands oder trieb ihn gen Norden oder Westen. Einige Seefahrer hatten von neuen, unberührten Ländern dort gesprochen, doch sie waren von den Gelehrten verlacht worden. Island lag nahe am Rand der Weltscheibe, das hatte der Prinz von Eolind gelernt, und von dort stürzte man tief nach Utgard, wo die Riesen und Trolle waren. Die Götter zu fordern war nicht weise.

Sigurd glaubte das Glück der Götter auf seiner Seite – das Unwetter trieb sein Schiff schnell vor sich her, weg von Island und dem Rand der Welt.

Dann brach der Mast unter der Wut von Wind und Regen.

»Der Junge wird sterben«, flüsterte Xandria so leise, dass die Mutter es nicht hören konnte.

Hedes Augen wurden groß. »Seid Ihr da sicher, Prinzessin? Sollen wir nicht lieber einen Heiler kommen lassen?«

Xandria blickte liebevoll zu dem kleinen, kaum den Windeln entwachsenen Kind, das mit rasselndem Atem auf dem fleckigen Lager seiner Eltern unruhig schlief. »Sie würden nicht kommen – es gibt kein Geld, das sie aus den armen Leuten pressen können, und bevor sie ihre Pulver verrührt hätten, ist der Knabe tot. Die Lungen sind mit Flüssigkeit gefüllt, die Luft kommt nicht mehr in seinen Körper.«

Die Hofdame der Prinzessin von Xanten sah sich unsicher in der kleinen Lehmhütte um, die eine Stunde Fußmarsch von der Burg entfernt lag. Sie presste dabei ein Tuch vor den Mund. Es stank, weil Mensch und Tier die

Ausscheidungen ihrer Körper in die Ecken gaben und Fliegen und anderes Geschmeiß sich darum balgte.

Hede verabscheute es, wenn die Prinzessin in einem einfachen Leinenkleid dem gemeinen Volk die Aufwartung machte und sich dabei nicht zu schade war, Kranke und Hungernde mit den zarten Händen zu berühren. Xandria nutzte die Abwesenheit ihres Vaters, wenigstens im kleinen Maße die Not der Xantener zu lindern. Es war Hede allerdings schleierhaft, wieso das in persönlicher Anwesenheit geschehen musste. Leichter hätte man ein paar Soldaten mit Brotlaiben und kleiner Münze losgeschickt, den Menschen zu helfen.

Draußen hörten Hede und Xandria, wie ihre Garde grob die Dorfbewohner verscheuchte, die in der Hoffnung auf Almosen zur Hütte drängten.

Xanten war ein armes Reich, seit Jahren schon. Arm nicht nur an Äckern und Herden, auch arm an Hoffnung. In Fülle hatte es nur grausame Herrscher kennengelernt, seit vor zwei Generationen der gerechte Siegmund auf dem Schlachtfeld gefallen war. Seither waren die Ernten immer dürftiger ausgefallen, die Steuern aber immer höher. Nicht, dass es Gesetze gab, die einen gerechten Satz festlegten – seit dem Abzug der Römer war die Verwaltung weitgehend zum Erliegen gekommen, und jeder Herrscher nahm sich, was er brauchte, und manchmal mehr. Mit der Drohung des Schwertes – oder mit seinem Einsatz.

»So hat der kleine Wicht es wenigstens bald überstanden«, versuchte Hede sich in Mitgefühl, das ihr fremd war, wenn es um das gemeine Volk ging.

Xandria wusch ihre Hände in einer kleinen Holzschüssel, wenngleich das trübe Wasser kaum Säuberung versprach. Sie rieb sie an ihrer Schürze trocken. »Der Tod des Kindes ist nicht meine größte Sorge. Es ist die Krankheit.

Sie wird von Haus zu Haus ziehen, von Dorf zu Dorf. Und sie wird nichts hinterlassen als Leichen. Findet sie keine Kinder mehr, wird sie sich an den Eltern gütlich tun.«

Es war kein Wunder, dass in den ausgelaugten Dörfern neben dem Hunger und der Armut auch die Krankheiten grassierten, von der Cholera bis zur Pest. Typhus raffte die Menschen dahin, bevor es Aussatz oder die vielen Geschlechtskrankheiten taten.

So wie die Burgen mit Mauern und Palisaden Feinde abwehrten, so war ihre Aufgabe auch, die Krankheiten vom Adel fernzuhalten. Wer Ausschläge zeigte oder wem die Finger faulten, der wurde am Burgtor von den Wachen abgewiesen.

Hede hatte kein Verständnis, dass Xandria ihre sicheren Gemächer immer wieder verließ, um sich in voller Kenntnis der Gefahren den zerlumpten Menschen auszusetzen.

Seufzend erhob sich die Prinzessin, und die Mutter des Jungen, die bereits den nächsten Säugling an der Brust hielt, kam demütig näher. »Meine Herrin, was könnt Ihr mir sagen?«

Xandria sah zu Hede, doch die Antwort war nicht zu vermeiden. »Halte deinen Sohn warm, gute Frau, gib ihm Kräuter und Suppe, solange er den Mund noch öffnen kann. Zwei, drei Tage noch, dann wird der Herrgott ihn zu sich holen.«

Die Frau – nicht älter als Xandria, doch durch Schmutz und hartes Leben zum alten Weib geworden – nickte ohne sichtbaren Schmerz. »Das dachte ich mir schon. Wir werden ihn dann vergraben.«

»Es ist nicht das erste Kind, das du der Erde übergibst, oder?«, fragte Xandria vorsichtig.

Die Frau lachte bitter, kaum einen Zahn im vereiterten Mund. »Vier starben mir weg, bevor ich sie auf die Welt bringen konnte, und weitere drei, kaum dass ich sie aus dem Becken gepresst hatte. Fünf sind mir geblieben. Doch sage keiner, ich sei nicht fromm – ein jedes hat ein kleines Kreuz im Garten bekommen.«

Xandria schüttelte den Kopf. »Du wirst den Jungen nicht begraben, hörst du? Pack seine Leiche, wenn es so weit ist, auf einen Stapel Holz und zünde den Stapel dann an. Auch die Kleider und das Laken, in das er seit Tagen geschwitzt hat.«

Die Stimme der Prinzessin hatte unversehens einen scharfen Ton angenommen, von dem sie wusste, dass er keinen Widerspruch duldete.

»Verbrennen? Aber Euer Hoheit – der Junge ist getauft! Nie könnte ich ihn nach den alten Riten in die Flammen geben!«

Die Prinzessin atmete tief ein. Sie kannte das Problem. Xanten war in den letzten zwanzig Jahren fast komplett zum Christentum übergetreten. Das heilige Wort hatte sich von Rom aus gen Norden verbreitet, und die kurze Herrschaft Kriemhilds von Burgund war hier der Zündfunke gewesen. Sicher hatte der christliche Glaube viel Gutes bewirkt – aber die Tatsache, dass die Leichen nicht mehr verbrannt wurden, gehörte nicht dazu.

»Das hat nichts mit den Riten zu tun«, erklärte Xandria deshalb, »sondern mit der Krankheit.«

Die Frau nickte, doch Widerstand war in ihrem Blick, und Xandria merkte es. »Ich werde einen Soldaten schicken, wenn es soweit ist. Er wird vermelden, ob du meine Anweisungen befolgt hast.«

Die Prinzessin warf Hede einen Blick zu – es war Zeit zu gehen. Auf dem Weg aus der Hütte stolperten sie fast über ein ausgemergeltes Schwein, das mit der Schnauze im Schlamm vor dem Eingang wühlte.

»Ihr habt der Familie sicherlich einen großen Gefallen getan«, sagte Hede vorsichtig. »Nur Dank habt Ihr dafür nicht bekommen.«

Xandria sah sich um – das kleine Dorf war eine Ansammlung jämmerlicher Hütten, mit noch jämmerlicheren Bewohnern. »Dank ist nicht der Zweck meines Handelns. Was mich mehr erzürnt ist die Sinnlosigkeit. Jeder Kranke zieht zwei nach sich, und wer nicht siech ist, den holt sich der Hunger.«

»Das Schicksal ist mitunter grausam«, sagte Hede und wedelte mit dem Taschentuch ein paar Fliegen fort.

Xandria sah ihre Hofdame an, als habe sie sich verhört. »Schicksal? Hede, das Elend hier ist hausgemacht! Mit dem Prunk des Hofes bezahlt! Wenn das Volk dem König gehört, dann geht er wahrlich schlecht mit seinem Besitz um.«

Sie staksten durch den Morast zu dem Holzkarren, an dem die Soldaten darauf warteten, die Frauen wieder in die Burg zu bringen.

»Ich bin sicher, der König wird aus Island reiche Beute bringen«, begann Hede, »und mit dem Gold wird es möglich sein …«

»Island?«, unterbrach Xandria. »Der Sache ist nicht gedient, wenn wir unsere Kinder mit dem Brot füttern, das wir aus Händen anderer Kinder gerissen haben. Der Hunger jenseits der Grenzen ist nicht erträglicher als der eigene!«

Hede seufzte wieder. Für eine Prinzessin war Xandria zu klug. Und zu vorlaut. Und zu eigensinnig.

Es würde schwer sein, einen Prinzen für sie zu finden.

Die Nibelungen glitten durch Wasser wie durch Stein, und einem Schwarm Fische gleich hatten sie seit Tagen Sigurds

Boot umkreist. Die Götter hielten den Sturm aufrecht, und ohne Hauptsegel war jede Küste unerreichbar.

Die Geistwesen, deren Sinn immer noch nach dem Ende der Blutlinie Siegfrieds gierte, tanzten zwischen den Wellen, leckten am geteerten Holz des Schiffes und kicherten, wenn der Erbe von Island immer wieder stöhnend über das Deck kroch, ohne Essen, ohne Wasser, ohne Richtung. Die Kleidung klebte salzverkrustet an seinem geschwächten Körper, und das steife Tuch rieb Wunden in seine Haut, in denen sich das Meer festfraß.

Die Nibelungen konnten Sigurd nicht töten – die Götter hatten es ihnen verboten. Ihre Aufgabe war es, einzuflüstern, zu beobachten, gefährliche Gedanken zu säen, deren Ernte Blut und Schande waren. Die Ehre Elsas und Gernots hatte ihnen über die Jahre Siegfried, den sie Sigurd nannten, vorenthalten, aber nun war Rache im Herzen des Jungen, und wenn er starb, war der Fluch gebrochen.

Es brauchte nur noch wenig. Zwei Tage ohne frisches Wasser vielleicht, ein Sturz über Bord im Hungerwahn – ein weiterer Sturm? Hier, auf dem Meer zwischen den Reichen, waren die Unwetter reichlich und tückisch.

Eine Windböe traf das Schiff, aber kein Segel mehr, das sie antreiben konnte. Den Mast mit den Resten hatte es längst über die Reling gespült. Dafür hatten die Wellen nun am Bauch des Schiffes freies Spiel, und das Ruder schlug schon seit Tagen nur noch hilflos hin und her.

Die Nibelungen wurden unruhig. Zweimal schon waren Händler nah genug gekommen, um Sigurd fast zu entdecken – und zu retten. Doch die Rache hatten sie verdient in langen Jahren. Jetzt musste Sigurd sterben! Es musste geschehen, was schon weiland in Gran gefordert worden war. Das letzte Blut des Xantener Königs auf der Erde!

Eine Welle an die Breitseite des Schiffes ließ es fast kentern, und gieriges Wasser leckte erneut an Sigurds Körper, zog ihn mit vielen Händen zum Meer. Müde grunzend griff der Prinz um sich, kaum noch zu einer Regung fähig. Ein altes Seil, mit dem er sich vor zwei Tagen an die Stufen unter Deck gebunden hatte, rettete ihm das Leben, an dem er in diesem Moment nicht mehr hing.

Auch die Götter schienen auf der Seite der Nibelungen. Unablässig schlugen Blitze vom Himmel herab, brüllte der Donner übers Meer, als wolle er den schwachen Prinzen zu sich rufen. Es gab keinen Zweifel – Odin wollte Sigurds Tod, und seine Geduld war begrenzt.

Das Flüstern der Nibelungen, ihr Kichern und siegessicheres Feixen wurde lauter: Aus der Entfernung sahen sie eine Welle heranrollen wie eine riesige Mauer aus Wasser, auf der weiße Dämonen tanzten und die sich neigte wie ein Dryk im Sprung auf sein Opfer.

Drei, vier Blitze hintereinander. Ein Zeichen, wenn nichts sonst.

Sigurd zwang seine verkrusteten Augen auf. Er sah die Welle kommen, doch sein Körper war zu schwach, um etwas zu unternehmen, und sein Geist zu wirr, um es zu begreifen.

Die Nibelungen begannen begeistert zu schreien, ihre Stimmen kreischten aus Schatten und Spiegelungen so laut, dass auch normale Sterbliche sie hätten hören können, hätte der Sturm nicht alles übertönt.

Die Welle hob nun das Schiff an, wie man ein Stück Fleisch zum Munde führte, und ihr tosender Schlund nahm sich den Königssohn von Island zur Speise.

Bis Hufe aus dem Nichts auf das Deck des Schiffes trafen.

Hufe, die Feuer schlugen, trotz des Regens.

Und als die Stimme ertönte: »Die Gewalten des Himmels hören mich!«, da sank die Welle in sich zusammen, und das Unwetter verstummte fast augenblicklich.

Das Schiff lag still auf dem Meer, das Wasser glatt wie ein gestrichenes Laken, und die plötzliche Stille war nicht weniger unerträglich als das Getöse in der Sekunde zuvor.

Ein Pferd stand nun auf dem nassen Holz, kaum zwei Schritte neben Sigurd, den eine gnädige Ohnmacht umfangen hatte. Es war ein Pferd mit acht Beinen, größer als jedes, das in den Ställen der Könige zu finden war, mit silberner Mähne am schwarzen Leib und funkelnden Hufen.

Und auf dem Pferd saß eine Frau.

Schwarz ihre Augen wie ihr Haar. Schwarz auch der lederne Panzer um ihre Brust und schwarz die Klinge des Schwertes auf ihrem Rücken. Nur ihre fahle tote Haut schimmerte in der Dunkelheit.

Die Nibelungen, die sich der Seele Sigurds schon sicher geglaubt hatten, begannen nun zu zischen und zu fluchen.

Verraaat ... er ist uuunser ... uuunser!!!

Die Frau auf dem Pferd hörte die Stimmen klar und deutlich. Und sie konnte die Geistwesen sehen, wie sie unruhig zitternd um das Schiff flirrten, mit bösen Augen und kratzenden Klauen.

»Sein Schicksal endet nicht an diesem Tag«, verkündete die Walküre. Ihre gänzlich schwarzen Augen verrieten keine Regung, als sie auf den leblosen Körper des Prinzen hinabblickte.

Die Nibelungen jaulten auf, empört und beleidigt.

Das Meeer ... sein Graaab ... unser Reeecht ...

Die Kriegerin Odins zog am Zügel, und ihr Pferd bäumte sich wiehernd auf. Seine vier vorderen Beine schlugen Funken in die Luft, und die Nibelungen zuckten im Schmerz.

Hier war die Macht der Götter zugegen, und gegen ihren Schutz konnten die Nibelungen das Leben Sigurds nicht fordern.

Wir kennen diiich ... dein Ziiiel ... deinen Naaamen ...

Die Walküre rutschte in einer gleitenden Bewegung von ihrem Pferd, und ihre beschlagenen Stiefel rieben ebenfalls Funken aus dem nassen Holz. »Ihr kanntet mich, als ich noch einen Menschenkörper trug. Und mein Ziel war bisher das eure – der Tod des Bastards, den Siegfried einst mit der blonden Hure zeugte.«

Sie stieß Sigurd hart mit dem Fuß an, sodass er auf den Rücken rollte. Keine Regung war in seinem Gesicht.

Lass ihn uuuns ... lass ihn uuuns ... lass ihn uuuns ...

»Nein!«, schrie sie nun, als hätte der Anblick des Prinzen etwas in ihr aufgeweckt. »Ihr werdet ihn nicht bekommen. So wahr ich Brunhilde bin!«

Bruuunhilde ... Bruuunhilde ... Bruuunhilde ...

Jeder Dienst für Wulfgar war Eolind ein Gräuel, und die Nähe des Xantener Königs ließ den alten Mann immer wieder eine Klinge herbeiwünschen, mit der er Gernot und Elsa rächen konnte.

Doch Eolind hatte ein Versprechen gegeben – und sein Leben würde er geben, um Island zu schützen, bis Sigurd wiederkam.

Als Befreier. Als König.

Die letzten Tage waren eine Hölle gewesen, die Eolind ohne die Hoffnung auf Sigurd nicht überstanden hätte. Wulfgar hatte ihm gestattet, durch das Land zu reiten, um zu sehen, was die Krieger Xantens vom Reich übrig gelassen hatten.

Viel war es nicht. Leichenberge schwelten überall, Häuser waren eingerissen oder niedergebrannt und das Vieh vertrieben. Am ehesten hatten die Xantener alte Männer am Leben gelassen, die keine Gefahr darstellten – und junge Frauen, an deren Körpern sie sich ergötzten, bis sie ihrer überdrüssig wurden oder die Mädchen eine Gelegenheit fanden, ihrer Schande selbst ein Ende zu setzen.

Wulfgar ließ den Ertrag aus den Minen ebenso auf seine Schiffe bringen wie die Kostbarkeiten aus der Burg.

Und nun musste Eolind neben ihm am Thron stehen, wie er einst neben Gernot gestanden hatte, und davor neben Brunhilde. Es verursachte ihm Übelkeit, die kaum zu beschreiben war und doch keinen Weg in seinen versteinerten Gesichtsausdruck fand.

Eigentlich musste er froh sein, noch am Leben zu sein. Natürlich war er als erfahrener Statthalter für Wulfgar von Nutzen, aber der Xantener König hatte wie ein Berserker gewütet, als ihm klar wurde, dass die Leichen des Königspaares seiner Schändung entzogen worden waren. Er hatte sich darauf gefreut, dem gedemütigten Volk die verrottenden Körper der einstigen Herrscher zu präsentieren.

Gernot, Elsa, Lilja – und Sigurd.

Als seine Krieger den Geheimgang zum Meer fanden, war er misstrauisch geworden. Aber Eolind hatte ihm glaubwürdig versichert, dass er zusammen mit Gelen und Jon die Leichen auf diesem Weg im Meer bestattet hatte.

Und nun hatte er den König getäuscht, indem er ihm die Wahrheit erzählte.

Wulfgar sah von den Chroniken auf, die Eolind für den Xantener aus dem Gemach der Königin hatte holen lassen.

»Und das ist niemals jemandem aufgefallen? Niemand hat die naheliegenden Fragen gestellt?«

In seiner Stimme schwangen Misstrauen und Verachtung gleichermaßen.

Eolind schüttelte den Kopf. »Versetzt Euch in diese Lage, mein König: Würde jemand am Hofe von Xanten Euer Wort infrage stellen? Wenn Ihr ein Kind Euer eigen nennt – wer spräche dagegen an?«

»Sigurd, der Prinz von Island – ein ganz gewöhnlicher Bastard«, knurrte Wulfgar zufrieden. »Wer hätte das gedacht?«

»Nicht einmal er selbst«, antwortete Eolind. »Er ging im festen Glauben, vom Blute Burgunds zu sein.«

Auch das war keine Lüge – es war nur nicht die ganze Wahrheit. Aber sie würde hoffentlich dazu dienen, Wulfgar von jedem Versuch abzuhalten, den Verbleib Sigurds doch noch zu hinterfragen. Ein Bastard konnte seinem Anspruch auf den Thron Xantens schließlich nicht gefährlich werden ...

Wulfgar klappte die Chroniken zu und warf das schwere lederne Buch beiseite. »Wären die Bücher und Schriftrollen nicht – ich würde dir eine List unterstellen, um mich zu täuschen. Einen Finger nach dem anderen würde ich dir nehmen, bis du mir die Wahrheit sagst.«

Eolind blieb ruhig. »Und nähmt Ihr mir die Zehen dazu, meine Antwort bliebe dieselbe, bliebe die Wahrheit. Sigurd war nicht Gernots und Elsas Sohn. Sie nahmen ihn bei sich auf, als er Waise wurde.«

Für ein paar Sekunden musterte Wulfgar den Ratgeber, wog ab, ob er ihm vertrauen sollte. Schließlich nickte er. »Dann ruf mich aus zum König. Und die Generäle sollen meine Schiffe bereit machen. Ich will so schnell wie möglich zurück nach Xanten.«

Dann ging er in die Ecke des Thronsaals und urinierte. Eolind dachte wieder an einen Dolch und wie es sein würde, ihn dem Xantener König ins Fleisch zu drehen.

Der Tod war weder das Ende – noch war er frei von Vorteilen. Zeit ihres Lebens war Brunhilde voller Zweifel gewesen, von Sorgen über Island und Leiden über die Liebe zu Siegfried getrieben. Es war ein hartes Leben gewesen, ohne klares Ziel, und mit dem Schmerz als ständigem Begleiter. Ihr Tod durch die Hand ihres Gatten Gunther hatte sie erlöst, und als Walküre war sie frei.

Frei von Schuld, frei von Kummer, frei von Angst.

Die Walküren begleiteten die Krieger, die im Kampf gefallen waren, nach Walhall. Es war eine ehrenvolle Aufgabe, und sie hatte sie immer gut erfüllt. So manchen Kämpfer hatte sie über die Regenbogenbrücke begleitet, damit er an den Tafeln Odins speisen konnte.

Doch nie hatte sie Sigurd aus den Augen verloren. Kaum eine Reise in die Welt der Menschen, bei der sie nicht nach ihm Ausschau gehalten hatte. In vielen Nächten war sie, wie ein entfernter Funkenstreif am Himmel, durch die Wolken über der Königsburg geritten. Niemand hatte sie je gesehen, doch Brunhilde ahnte, dass Elsa sie gespürt hatte. Und dass Elsa Angst vor ihr gehabt hatte.

Nicht ohne Grund.

Brunhilde wollte Sigurds Tod nicht weniger als die Nibelungen. Er war die personifizierte Liebe von Kriemhild und Siegfried, und seine Existenz spottete ihrem Glauben, dass Siegfried immer nur sie geliebt hatte. Solange Sigurd lebte, lebte in ihr die Erinnerung an die Schmach, dass Siegfried eine andere zur Frau genommen hatte.

Hätte sie die Nibelungen überhaupt aufhalten können? Kaum. Die Geistwesen waren von Odin verstoßen, aber ihren Willen zu missachten, war dennoch nicht gestattet.

Was also tat Brunhilde hier an Deck des Schiffes, ihren kalten Körper zwischen Sigurd und die Nibelungen stellend, den Kampf förmlich herausfordernd? Bei den Göttern, sie verlangten doch nichts, was nicht in Brunhildes Interesse lag!

Und doch ...

Den Nibelungen war es gleich, wie Sigurd starb. Nur schnell sollte es sein. Sie wollten den Fluch beenden, der begonnen hatte, als Siegfried den Drachen besiegte und sich das Gold aneignete. Die Nibelungen wollten zurück in den Wald am Rhein, wollten ihre Ruhe.

Als Brunhilde aber Sigurd ins Gesicht gesehen hatte, wie er schreiend die Leichen seiner Eltern ins Meer versenkte, da war ihr klar geworden, dass der Prinz von Island vielleicht todgeweiht war – doch es musste ein Tod in Ehren sein. Ein Tod, der würdig genug war, damit Brunhilde Sigurd nach Walhall holen konnte.

Denn als Brunhilde Sigurd ins Gesicht gesehen hatte, da hatte sie Siegfried gesehen. Und das Blut in ihren kalten Adern war auf einmal warm geworden, und das Herz in ihrer Brust hatte zum ersten Mal wieder einen Schlag getan.

Und so stand sie nun hier und verteidigte, was sie doch vernichtet sehen wollte.

Lass ihn uuuns ... lass ihn uuuns ... lass ihn uuuns ...

Aus dem Durcheinander der Stimmen war ein Chor geworden, der unablässig dieselben drei Worte sang.

Lass ihn uuuns ... lass ihn uuuns ... lass ihn uuuns ...

Die Nibelungen forderten ihr Recht – den Tod des Prinzen von Island, ertrunken auf einer schicksalhaften Flucht vor den Schergen Wulfgars.

»Nein!«, rief die Walküre. »Ich sagte es bereits – seine Zeit ist noch nicht gekommen!«

Nicht dein Wooort ... nicht deine Entscheiduuung ...
Was sie sagten, stimmte. Und Brunhilde mochte sich nicht vorstellen, was Odin tun würde, wenn er von ihrer Einmischung erfuhr. Und doch ...
Das Schiff schien nun zu zittern, der Sturm verlangte sein Recht, peitschte wütend gegen die Glocke aus Ruhe, in die Brunhilde es eingebettet hatte. Lange würde die Macht über die Elemente nicht halten. »Was schert es euch, ob Sigurd heute stirbt, oder in einem Jahr – in zehn Jahren?«
Zuuu lang der Fluuuch ... zuuu spääät die Racheee ...
»Unsinn!«, rief die Walküre. »Ihr ergötzt euch am Leid – schon bei seinem Vater. Und ihr wisst, dass kein Triumph auf Sigurd wartet, wenn er das Land erreicht. Also lasst ihn heute ziehen, auf dass sein Tod euch morgen umso süßer scheint.«
Die Stimmen der Nibelungen wurden wirr und schrill; sie stritten. Manchmal meinte Brunhilde fast, einige der Wesen lauter und eindringlicher zu hören. Wortführer, Anführer gar? Niemand wusste genug über die Nibelungen, um eine solche Frage zu beantworten.
Schließlich ...
Er soll leeeben ... um zu sterbeeen ... für uuuns ...
Mit der Seele eines Menschen in der Brust hätte Brunhilde sich gefreut. Stattdessen sprang sie kraftvoll auf den Rücken des Pferdes, das sie deutlich überragte. »Dann bleibt mein Schwert für heute ungezogen. Und wenn Sigurd dereinst im Kampfe fällt, werden wir gemeinsam jubeln.«
Leebe deine Lüüüüge ... Brunhildeee ...
Brunhilde fragte sich nicht, was dieser Satz der Nibelungen bedeutete. Sie wartete einige Augenblicke, bis die Schattenwesen durch das Wasser davongeglitten waren, dann stieß sie ihrem Pferd die Stiefel in die Flanken. Acht

Funkenregen verabschiedeten die Hufe vom Holz, und die Walküre lenkte ihr gehorsames Tier geradewegs zu den Wolken. Sie hatte heute noch ein anderes Ziel.

Der Sturm fand nun den Weg zurück zum Schiff, doch statt mit geballter Wut schoben die Elemente den kleinen Kahn verärgert vor sich her, als wollten sie ihn so schnell wie möglich loswerden.

Das beschädigte Boot mit dem ohnmächtigen Prinzen nahm wieder Fahrt auf die Küste zu. Und keine neidischen Augen beobachteten es dabei.

Der Bote war auf einem schnellen Pferd gekommen, und am Hof war sogleich hektische Betriebsamkeit ausgebrochen. Doch im gleichen Maße, wie die Handwerker die Burg schmückten und die Wege mit frischem Kies aufstreuten, erlahmte jeder Elan in der Prinzessin. Xandria saß in ihren Gemächern am Fenster, alte Bücher auf dem Schoß, versunken in die Welt der griechischen und römischen Denker.

Es klopfte vorsichtig, und die Prinzessin sah nicht einmal auf. »Komm herein, Hede.«

Die Hofdame trat ins Zimmer, den Blick devot zu Boden gerichtet. »Es wäre dienlich, wenn Ihr zumindest die Abfolge der Speisen für das Bankett festlegen würdet, Hoheit.«

Es war mehr als eine Bitte. Man erwartete von Xandria, der Rückkehr ihres Vaters mit Freuden entgegenzufiebern – eine Begeisterung, die sie nicht aufzubringen vermochte. »Ob sie vom Rind oder vom Schwein zuerst sich die Mägen vollstopfen, wen schert das schon?«

Obgleich Hede der Prinzessin untertan war, hatte sie doch die Aufgabe, die junge Frau zu erziehen, wenn es nötig war. Und nötig war es in letzter Zeit oft. »Wulfgar kehrt als Sieger heim, und als solcher muss er auch gefeiert werden. Hadert damit in Eurem Herzen, aber lasst die Düsternis nicht in Euer Gesicht. Ihr kennt des Königs Jähzorn.«

Xandria nickte gedankenverloren. Sie hatte die Narben, die davon zeugten. Und die zwei Finger an der linken Hand, die steif waren, seit Wulfgar mit dem Stiefel daraufgetreten war. »Mein Vater hat schon lange nicht mehr in meine Seele geschaut.«

Hede kam näher und räumte vorsichtig die Bücher zusammen. Sie hielt nicht viel von den kunstvoll bemalten Seiten, die der Prinzessin nur krude Ideen in den schönen Kopf zu setzen schienen. »Verzeiht mir die Impertinenz, Hoheit, aber wenn das Leben bei Hofe Euch so unerträglich ist, dann gäbe es einen Ausweg.«

Xandria seufzte. »Ich weiß. Aber man hat mir gesagt, dass Gift schmerzt – und wer Hand an sich legt, kommt nicht in den Himmel.«

Hede wurde bleich und legte die Hand auf ihre Brust, um nicht vor Schreck aufzukeuchen. »Prinzessin, nein! Das war es nicht, was ich meinte!«

Xandria dreht sich zu ihr – und lachte. »Das weiß ich doch, dummes Ding! Du sprichst von einer Heirat, auch wenn ich nicht sicher bin, ob ein letzter Trunk dieser Möglichkeit nicht vorzuziehen wäre.«

Hede brauchte ein paar Sekunden, um sich zu fangen. Der Humor der Prinzessin war derb, mitunter fast höhnisch. »An der Seite eines Prinzen könntet Ihr fort in ein anderes Reich. Dorthin, wo es warm ist und die Menschen nicht hungern. Wer wäre eine bessere Königin als Ihr?«

Xandria sah aus dem Fenster die untergehende Sonne. Der Gedanke an eine Hochzeit war ihr zuwider, denn mit der Pflicht als Königin kam die Pflicht zur Unterwerfung.

Als Prinzessin konnte sie sich so manche Tollheit leisten – an der Seite eines Königs kam das nicht infrage. Und außerdem war es ja nicht so, dass man sich die Prinzen der Kontinente in einer Parade aufstellen lassen konnte, um die schmucken und belesenen Kandidaten auszuwählen. Sobald Xandria auch nur eine Andeutung machen würde, dass sie zur Ehe bereit war, würde Wulfgar den geeigneten Gatten nach politischem Vorteil und prall gefüllten Schatztruhen erwählen. Er musste schließlich Sorge tragen, dass Xanten nicht dem wachsenden Frankenreich einverleibt wurde. Den Prinzen, der in Wulfgars Augen Gnade fand, mochte sich die Prinzessin gar nicht vorstellen.

Nein, sie war eingesperrt in Xanten, und wenn eines Tages die Hochzeitsglocken läuteten, würde sie vermutlich nur ein Gefängnis mit einem anderen vertauschen.

Und doch, in manchen Nächten und in letzter Zeit immer mehr, träumte Xandria von einem Mann mit starken Armen, breiten Schultern und einem schnellen Pferd zwischen den Schenkeln. Sie träumte von heißen Küssen im Regen und nasser Haut auf dem Fell vor dem Feuer. Es mochte diesen Mann nicht geben, schon gar nicht unter den Prinzen der umliegenden Reiche – nicht in Sachsen, nicht in Franken, und schon gar nicht in Dänemark. Aber seine Gesellschaft in einsamen Stunden war Xandria genug, wenn sie mit schwerem Atem und kochendem Blut erwachte. Wenn seine Hände ihre waren …

»Prinzessin?«, fragte Hede vorsichtig, und Xandria schreckte aus ihren Gedanken auf. »Wo seid Ihr nur mit Euren Gedanken? Schon bei einem Prinzen, der euch freien wird?«

»Nein«, antwortete die Prinzessin, und sie musste sich räuspern. »Wahrlich nicht. Aber ich wäre gerne noch ein wenig allein. Wenn mein Vater zurückgekehrt ist, wird mir die Muße schnell fehlen.«

Hede nickte und verließ wieder das Zimmer.

Xandria lächelte leise und versuchte mit der Kraft ihrer Gedanken, die Sonne schneller untergehen zu lassen. Denn die Nacht brachte den Prinzen, der nur ihr gehörte ...

3

Der lange Weg
der Rache

Sigurd hatte die letzte Welle nicht gespürt, die sein Schiff auf die Klippen geworfen hatte, er hatte das berstende Holz so wenig gehört wie das Stöhnen des Rumpfes, der dem Meeresboden entgegensank. Sein bewusstloser Körper wurde von zwei, drei Wellen hin und her geworfen, bis sie des Spiels müde waren und ihn dem Strand übergaben. Fast zärtlich betteten sie den Prinzen in den Sand, wo sie ihn auch rüde auf den Felsen hätten schlagen können. Den letzten Funken Leben hätte es aus Sigurds geschundenem Fleisch gedrängt, doch so lag er da, die wunden Füße immer noch vom Wasser umspielt, die Arme in den feuchten Boden gekrallt.

Was die Küste erreicht hatte, war nicht der Prinz von Island – es war ein kümmerlicher Rest von ihm, eine Ahnung dessen, was ein Mann sein sollte, ein lächerlicher Schatten eines Kriegers. Keine Stelle war ohne Schorf, und die tagelange Irrfahrt hatte seine vielen kleinen Wunden entzündet. Die Bewusstlosigkeit war eine Gnade, die Sigurd unerträgliche Schmerzen ersparte. Mehrere Knochen waren gebrochen, an ruhigen Tagen verwachsen, nur um bei hohem Wellengang wieder zu knicken wie Zweige.

Aber er lebte. Sigurd lebte. Nicht durch die Gnade der Götter, nicht durch die Gunst der Nibelungen. Zum ersten Mal seit Generationen war das Schicksal unbeeinflusst gewesen, und es hatte dem Prinzen zur Seite gestanden. Mochten seine Hände unbeweglich sein – sein Herz schlug noch, und leiser Atem benetzte den Sand vor seinem Mund.

Er lag zwei Tage und zwei Nächte am Strand, während Ebbe und Flut ihn immer wieder hin und her schoben, als seien sie nicht einig, was die günstigste Position dieses Treibguts wäre. Und am Morgen des dritten Tages hörte Sigurd nicht die Schritte, fühlte nicht die Arme unter seinen Achseln, und schlief noch, als er auf einem starken Rücken über weite Wiesen getragen wurde.

Es wurde warm um ihn herum, und der Wind pfiff nicht mehr durch seine zerrissenen Kleider. Feuchte Tücher reinigten die Wunden, Kräuterpasten schlossen sie. Manchmal, wenn warme Brühe seine Lippen benetzte, wand sich der Prinz stöhnend, ohne jemals die Augen zu öffnen. Als er wieder ruhig lag, schabte eine Klinge seinen Bart ab, und eine Nadel schloss den Riss im Fleisch an seinem Bein.

Sigurd hatte keine Eile, in den geschundenen Körper zurückzukehren. Sein Geist wandelte zwischen den Welten, die aus Fieber und Visionen bestanden. Hier gab es keinen Schmerz, keine Zeit, keinen Boden unter den Füßen. Überall war Nebel, und das trübe Licht schien von nirgendwo her zu kommen. Manchmal schossen bunte Irrlichter umher, tanzten um Sigurds Finger, nur um wieder zu verschwinden, wenn er nach ihnen griff. Aus der Ferne hörte er Stimmen, dröhnend und laut, sodass der Nebel zitterte, als hätte dieses seltsame Reich Angst vor den Wesen hinter den Dingen.

Etwas fauchte, und obwohl es körperlos war, spürte Sigurd eine Wärme hinter sich. Er drehte sich um, doch nicht in Schritten, sondern gleitend wie ein Mensch im Wasser, fließend.

Da war Feuer. Kein Lagerfeuer, keine Fackel, sondern ein langer Flammenatem, der sich durch die feuchte Luft brannte und sie zischend verdampfte. Etwas klirrte, und ein Mann schrie gleichsam herausfordernd und ängstlich.

Sigurd wollte mehr sehen, näher ans Geschehen. Er fragte sich vage, wie er in diesem Dunst seinen schwebenden Körper vorwärtsbewegen sollte, doch es war gar nicht nötig – mit dem Wunsch kam die Wirklichkeit zu ihm. Die Szenerie vor seinen Augen schimmerte, und in den Schwaden sah der Prinz nun Bäume, Hügel, harten Boden. Doch es war nicht real, und der Wald wirkte hier wie eine ungefähre Erinnerung, errichtet aus Legenden und verschwommenen Erzählungen. Während Sigurd hinsah, wurden aus Bäumen Sträucher, und eine Anhöhe schmolz zusammen zu einer Wiese. Alles blieb ungreifbar, unwahr, unwirklich.

Nur zwei Dinge blieben konstant.

Der Mann und der Drache.

Es war ein Kampf, wie ihn Sigurd noch nie gesehen hatte. Absurd in seiner Ungerechtigkeit, unerhört in seiner Wildheit. Der riesige Lindwurm schlug mit den ledernen Flügeln, und sein Flammenodem röstete Holz wie Boden. Der Krieger, der das Untier stellen wollte, wirkte geradezu lächerlich, wie er durch die Büsche sprang, immer wieder Deckung suchend und dem Drachen letztlich doch hilflos ausgeliefert.

Das Gesicht des Kriegers ... Sigurd sah es immer nur gehetzt und für Sekunden, doch es löste eine Erinnerung aus. Eine Erinnerung an Unerlebtes.

Der Kampf war seltsam gestückelt, wie in seine wichtigsten Teile zerlegt. In einem Moment war der Krieger auf der Flucht, dann saß er über dem Höhleneingang und lockte das Vieh mit einem Kopf, den er an ein Stück Stoff gebunden hatte. Sigurd blinzelte, und plötzlich sah er den heldenhaften Streiter zwischen den Kiefern des Drachen und hielt sein Ende für gekommen. Doch dann durchbrach die Klinge den Schädel der Echse und beendete das ungleiche Duell, in dem der Schwächere siegreich blieb.

Seine Mutter Elsa hatte Sigurd manchmal aus der Heiligen Schrift vorgelesen, und der Prinz kannte die Geschichte von David und Goliath. Doch das hier, das war über die Maßen tollkühn.

Das Bild verschwamm um ihn herum, und plötzlich konnte Sigurd sehen, wie der Krieger mit dem Drachenkopf und Gold auf einem hölzernen Schlitten durch den Wald zog. Der gerechte Lohn für einen großen Kampf.

»Heda!«, rief Sigurd, obwohl er sich kaum etwas davon versprach, einen Fiebertraum anzureden.

Doch der Krieger hielt tatsächlich inne und wandte den Blick nach oben, wo Sigurd schwerelos im Nebel schwebte. Nun konnte der Isländer Prinz das Gesicht genau in Augenschein nehmen – und es war sein eigenes.

Sie lächelten einander zu.

Dann kam der Wirbel.

Aus dem Nebel formte sich ein pfeifender Trichter, der die Bilder dieser seltsamen Umgebung mit sich riss, zerstückelte und wieder in die Gegend spuckte. Die Gewalt des Wirbels zerrte an Sigurd, und da sich der Prinz nirgendwo festhalten konnte, wurde er aufgesogen wie ein Blatt vom Waldboden. Seine körperlose Gestalt begann sich zu drehen, immer schneller, und die Welt um ihn herum verschwamm vollends in Streifen und Schemen. Sigurd hob die Arme, um sich abzustützen, aber es gab keinen Halt. Der Strudel zog ihn in alle Richtungen gleichzeitig, als wollte er die Seele des Prinzen zerfetzen.

Und wieder Bilder. Laute. Flimmernd, einzeln, ungenau. Eine prächtige Stadt. Eine blonde Frau, seltsam bekannt. Plötzlich Blut aus den Haarwurzeln, die den Schopf rot färbten. Das Gesicht jünger jetzt, und schöner noch.

Heerscharen auf dem Feld. Ein Duell. Wieder der Krieger. Flammen überall, brennende Schiffe.

Wulfgar auf dem Thron. Nicht der Isländer Thron. Xanten? Er lachte.

Ein Schwert wie kein anderes.

Der Schrei eines neugeborenen Kindes.

Ein Ring.

Und diese Frau. Die Frau in Schwarz. Eine Kriegerin, ohne Zweifel. Ihre Arme ausgestreckt, nach Sigurd greifend.

»Siegfried.«

Er wollte ihre Hand nehmen, sich an ihr stützen.

Die Hand war kalt.

Sie hielt ihn fest, zog ihn zum Kuss an sich, und mit ihren Lippen spürte er die Klinge zwischen den Rippen.

Schmerz. Sigurd wurde Schmerz. Nur noch Schmerz. Und nur noch Schreie.

Er schrie so laut, dass sein Atem den Nebel teilte. Schrie, bis der Wirbel erstarb. Und er schrie noch, als ihm klar wurde, dass er wieder im Leben war.

Zurück im Leben.

Auf einer Pritsche, in einer Hütte, irgendwo in einem fremden Land.

Zurück im Leben.

Der Schmerz blieb. Sigurd schrie weiter.

Eine dunkle Hand drückte seinen Kopf zurück auf das Fell. Ein Gesicht, ledern und finster.

»Ich weiß«, hörte Sigurd eine Stimme. »Aber der Schmerz wird abklingen. Von Tag zu Tag.«

Für einen Moment hielt Sigurd alles noch für einen Traum, ein weiteres Trugbild. Doch er spürte das gebrochene linke Handgelenk, fühlte den Holzrahmen der Pritsche unter seinen Füßen und roch die Salbe in den Tiegeln neben seiner Schlafstatt.

Und Schmerz. So viel Schmerz. Er zitterte, die Augen im Kopf verdreht, Speichel von den Lippen sprühend.

Zum ersten Mal, seit er auf dem Schiff das Bewusstsein verloren hatte, drängte ein klarer Gedanke in Sigurds Kopf, verlangte der Verstand sein Recht. Er wusste, wer er war, und wo er war. Er wollte die Finger bewegen, und sie taten es – wenn auch widerstrebend.

Er war am leben.

Er war *im* Leben.

Es war der einzige Gedanke, den er brauchte. Und es war der einzige Gedanke, zu dem er fähig war, bevor sich seine Augen wieder schlossen.

Nicht mehr zur Ohnmacht.

Zum Schlaf.

Nazreh lächelte, als er sah, dass der junge Mann gleich wieder eingeschlafen war. Kein Wunder. Ein Wunder war, dass er überhaupt noch lebte. Der Heilungsprozess hatte dem Körper vermutlich mehr abverlangt als die schlimmen Tage auf dem Meer, die er sicherlich hinter sich hatte. Es war dem stolzen Orientalen kaum gelungen, zwei Löffel Suppe in den geschundenen Krieger zu bekommen, und das in drei Tagen!

Aber dieser Fremde war von außergewöhnlicher Zähigkeit, die seinem Alter spottete. Offensichtlich *wollte* er nicht sterben, und sein Leben klammerte sich an diesen Willen.

Nazreh tupfte seinem »Gast« die Stirn ab und lockerte die Lederschnüre etwas, mit denen er die Handgelenke an die Pritsche gebunden hatte. Im Fieberwahn hatte der junge Mann immer wieder um sich geschlagen und damit seine Genesung gefährdet.

Er würde jetzt noch eine Weile schlafen. Morgen war vielleicht die erste Gelegenheit, sich zu unterhalten, auch wenn Nazreh keine Ahnung hatte, was für eine Sprache der Fremde auf seiner Zunge trug.

Vor der Hütte sammelte er trockene Zweige und ein paar Wurzeln für das Feuer. Das würde bald nicht mehr reichen, und dann musste er nach Sussex, um aus den Wäldern der Sachsen eine größere Menge Holz zu holen. Man konnte den Winter in der Luft riechen, wenn man es nur wirklich versuchte.

Die Sachsen waren ein eher grobes Volk, und die gepflasterten Straßen und Siedlungen der Römer waren unter ihrer Herrschaft schnell verfallen. Aber dafür waren sie weitgehend friedfertig. Die Kriege des Kontinents waren hier, im alten Britannien, kaum von Bedeutung. Natürlich gab es mal Raufereien an den Grenzen zwischen den Angeln und den Jüten, den Jüten und Sachsen, den Sachsen und Angeln. Aber bevor sich die Leichen stapelten, zog man sich zu gemeinsamen Gelagen zurück, und alles war vergessen. Es war diese Gelassenheit, die Nazreh nach Sussex gelockt hatte. Hier war niemand jemandes Feind, und keiner kam je, um dem Araber seine kleine Hütte und die paar Schafe an der Küste streitig zu machen. Und in keiner Taverne spottete man ob seiner Hautfarbe oder ob der kunstvollen Tätowierungen, die seinen Körper von den Füßen bis zur Stirn bedeckten.

Er fragte sich, ob die Ankunft des Fremden ein Zeichen war. Ein Omen, dass Veränderungen anstanden. Oder gar der Aufruf, diese Veränderungen in die Wege zu leiten. Über die Jahre hatte Nazreh zu viel gesehen, um nicht an Bestimmung zu glauben.

Er kehrte in die Hütte zurück und warf das Holz in die Feuerstelle. In der Ecke lagen immer noch die Fetzen von Kleidung, die er dem jungen Mann vom Körper gezogen hatte. Dem Kreuzmuster der Stiche nach kam er aus dem Norden. Vielleicht ein Däne. Oder ein Isländer. Aus Island hatte man Schlimmes gehört in letzter Zeit.

Nazreh nahm ein Stück saures Brot, goss Milch in eine Holzschale und setzte sich neben die Truhe, in der sich sein einzig wahrer Besitz befand, und den er über die Jahre durch manchen schweren Weg geschleppt hatte.

Bücher. Chroniken. Reiseberichte.

Einige hatte er gekauft, andere von Banausen gestohlen, wieder andere bei Mönchen eingetauscht.

Er fand einen kleinen Band, zusammengehalten mit brüchigen Lederbändern, und mit grob geschnittenen Seiten.

Es war der Lebensbericht eines römischen Centurios, und er mochte an die zweihundert Jahre alt sein.

Sicher eine gute Lektüre, während Nazreh darauf wartete, dass der Patient in seiner Obhut wieder auf die Beine kam.

Wulfgars Ankunft, mit den siegreichen Truppen hinter sich, war eine Rückkehr, keine Heimkehr. Wie hätte Xanten für den Usurpator, der sich den Thron erschlichen hatte, auch eine Heimat sein können? Und es war zwar das Volk, das am Wegesrand stand, um seine geforderte

Aufwartung zu machen, doch es war nicht *sein* Volk. Die Kolonne aus Soldaten, Söldnern, Trägern und Gefangenen war so lang, dass die Spitze ein Dorf erreichte, bevor ihr Ende das vorherige verlassen hatte. Doch die Schlange aus schmutzigen Leibern wälzte sich nicht durch Jubel und trunkene Freude, und die bunten Tücher der Xantener hingen schlaff in müden Händen. Nicht wenige Blicke, besonders aus jungen Augen, warfen Hass und verrieten Rebellion im Herzen.

Keine Liebe war zwischen Xanten und dem Königshaus. Das Heer bestand aus Lohnkriegern der umliegenden Reiche, deren Sold aus dem Schweiß der Armen gepresst worden war, und die Söldner suchten nicht nach Anerkennung und Respekt. Kaum hatte der König den Zug gen Island für beendet erklärt, faserten sie aus den Reihen der Streitkräfte aus, suchten in Tavernen nach Wein und Weibsvolk. Die kargen Münzen ließen sie in ihren Börsen, und wie von Island gewohnt, nahmen sie sich das, was ihnen nicht zustand – in dumpfer Freude über die Gewalt, die sie dabei anwenden konnten.

Auch der Xantener Kern des Heers bediente sich, plünderte letzte Reste aus sterbenden Dörfern und verstärkte das Leid, während die Boten des Königs überall vom »stolzen Sieg des stolzen Landes« plärrten.

Mit seiner Garde und den Getreuen beeilte sich Wulfgar, in die Burg zu kommen – die grauen dumpfen Gesichter der ausgemergelten Untertanen verdarben seinen Appetit. Er hatte dem Xantener Pack den Sieg über Island heimgebracht, aber Dank konnte er dafür scheinbar nicht erwarten.

Nur in der Burg im Herzen von Xanten mühte man sich, dem jähzornigen König die Rückkehr so prachtvoll zu gestalten, wie er es für angebracht hielt. Zwölf Trompeter kündeten es von der Burgmauer über dem Tor, als Wulfgar heranritt. Der Hofstaat war herausgeputzt, die Damen in hellen Kleidern, die Männer in Hemden mit dem Wappen des Hauses. Akrobaten sprangen zur Belustigung umher, Musikanten spielten an jeder Ecke auf. Kinder sangen eilig geschriebene Lobgesänge auf den König, und viele Barden, die nicht dabei gewesen waren, priesen den Heldenmut der Xantener Truppen in der Schlacht gegen das räudige Island. Es lag der Geruch von Brot und Fleisch in der Luft, von Hopfen und frischem Käse.

Xanten spielte Sieger und fühlte sich doch im Herzen nicht weniger besiegt und geplündert als Island. Zwar hatten die Soldaten auf Karren und in Kisten vieles mitgebracht, was nun in Island fehlte, doch war es kaum zu erwarten, dass aus den Erzen Töpfe für das Volk würden oder dass auch nur eine Goldmünze für Brot auf dem Tisch der armen Familien sorgen sollte. Was nach der Entlohnung der Söldner übrig blieb, das war des Königs und des Königs allein.

Xandria stand vor dem Hofstaat, als ihr Vater vom Pferd stieg. Ihr Kleid war von dunklem Blau, die formelle Tiara konnte das rote Haar nicht bändigen, und deshalb war es mit Schleifen an den Schläfen nach hinten gebunden. Ihre helle Haut glänzte silbrig, als wollte sie den grünen Saphir-Augen Fassung sein. Über dem Samt hing ein goldener Gürtel um die Taille, geschlossen mit dem Wappen von Xanten. Nicht mit dem alten Wappen jedoch, welches seit Generationen dem Volk vom Stolz gekündet hatte: Wulfgar hatte es ersetzen lassen durch einen Wolfskopf, in dessen Zähnen eine Schlange starb.

Erneut ertönten die Trompeten, und die Herolde riefen durcheinander: »Der König! Der König!« Der Jubel der privilegierten Stände war etwas weniger pflichtschuldig als der des gemeinen Volkes, versprach man sich doch von der Rückkehr Wulfgars wilde Feste und unerhörte Geschichten. Unter der Verwaltung Xandrias war es in den letzten Monaten sehr ruhig, viele sagten schläfrig geworden. Der Hofstaat hatte die Aufregung vermisst, den Kitzel eines Monarchen, dessen Launen über Leben und Tod entschieden.

Wulfgar riss die Arme hoch, Schwert und Schild schwenkend. Die Kunde seines Sieges war schon vor Wochen gekommen, und nun holte er sich die verlangte Anerkennung, wenngleich er selbst keinen Feind im fairen Kampf getötet hatte. Dennoch – er war der Triumphator.

Knappen nahmen ihm die Ausrüstung ab, brachten den Königsmantel, den er über das dreckige Wams zog, und nahmen ihm den Helm vom Kopf, um ihn durch die Krone zu ersetzen.

Wulfgar wandte sich seiner Tochter zu, und Xandria machte einen Knicks, die Augen fest auf den Boden gerichtet. Es stand ihr nicht zu, als Erste zu sprechen.

Der König nahm seine Tochter nicht in die Arme. Schon nach ihrer Geburt hatte er sie nur angefasst, um sich zu vergewissern, dass ihr kleiner Körper keine Abnormitäten aufwies. »Was hast du zu sagen?«

Xandria sah nicht auf. »Der Hof ist wohlgeführt, Vater. Das Wenige, das die Ernte gegeben hat, wird sorgsam verwaltet, und auf dem Land …«

»Gut, gut«, knurrte Wulfgar ungeduldig. »Soweit also alles in Ordnung. *Essen!*«

Mit diesem letzten Wort, das Befehl wie Ankündigung war, ließ er seine Tochter stehen und marschierte in Richtung Thronsaal. Seine Ratgeber, Günstlinge, Generäle und Verwalter wieselten ihm hinterher, erleichtert ob der groben, aber guten Laune des Königs.

Die Frauen waren zum Festmahl nicht geladen. Diejenigen, denen Arbeit zugewiesen war, verteilten sich schnell, während die Hofdamen noch kurz schwatzten, bevor es in die Gemächer ging, um sich für die Nacht der Sieger vorzubereiten.

Hede trat von hinten auf Xandria zu. »Der König scheint gut gelaunt zu sein. Danken wir dem Himmel.«

Die Prinzessin sah sich um. Jetzt, da sie nichts mehr zu sagen hatte, suchte kein Höfling mehr ihren Blick, stand kein Ratgeber mehr im Hintergrund, um auf ihren Wink zu reagieren. Sie war wieder Xandria, die Prinzessin, nicht Xandria, die Herrin. Sie seufzte. »Ja, danken wir dem Himmel.«

Die Tür zum Thronsaal ging auf, und ein paar Diener trugen große Holzschalen heraus, auf denen sorgsam gedünstetes Gemüse lag. Achtlos wurde das Essen auf die Steine neben der Tür geschüttet, und auf den entsetzten Blick der Prinzessin hob einer der Günstlinge entschuldigend die Schultern. »Der König wünscht das Fleisch, Majestät – nur das Fleisch.«

Xandria warf Hede einen gleichermaßen überlegenen wie enttäuschten Blick zu. »So viel zur sorgsam ausgewählten Speisenfolge.«

Dann rief sie laut nach ein paar Burschen, die sich bei den Ställen langweilten. »He, ihr da! Kommt herbei und sammelt das gute Essen wieder auf! Ich möchte doch meinen, dass es genug Bettler vor den Burgtoren gibt, denen es noch einen vollen Magen zur Nacht verspricht.«

Die Männer machten sich wenig begeistert an die Arbeit – für die Armen sich zu placken, das war allenfalls die Aufgabe von Mönchen und Missionaren. Sie scheuchten die Schweine weg, die sich schon eilends über die Bohnen und Karotten hermachen wollten.

»Ihr solltet vielleicht ebenfalls am Festmahl teilnehmen«, riet Hede nun. »Es ist angeraten, den Abenteuern des Königs ein aufmerksames Ohr zu schenken.«

Xandria wusste, dass ihre Hofdame recht hatte, aber ihr fehlte jeglicher Antrieb. »Die prahlerischen Heldengeschichten meines Vaters interessieren mich so wenig, wie ihn meine Verwaltung des Hofes schert. Ich ziehe mich zurück. Falls man mich braucht, findet man mich im Lesezimmer.«

Hede war wieder einmal froh, dass niemand in der Nähe war, um die spöttischen Worte der Prinzessin zu hören.

So unglaublich es gewesen war, dass Sigurd seine Verletzungen überlebt hatte, so unglaublich war auch die Tatsache, dass seine Heilung kaum Wochen brauchte und wenige Narben auf seiner Haut zurückließ. Nach einigen Tagen schon hatte er, auf Nazreh gestützt, die ersten kurzen Ausflüge aus der Hütte unternommen, und bald darauf war sein Arm stark genug, selber Holz nachzulegen, um der Kälte in der kleinen Behausung zu begegnen.

Sie sprachen nicht viel, der Prinz und sein Retter. Nicht in den ersten Tagen. Sigurd konzentrierte sich darauf, den Schmerz zu bezwingen und wieder Herr über den eigenen Körper zu werden. Nazreh saß in der Ecke auf einem Fell, das in ein stuhlähnliches Holzgestell gespannt war, und las. Er strahlte dabei eine Ruhe aus, die Sigurd nur von seiner Mutter kannte.

Irgendwann war Sigurds Urin wieder gelb, und die Suppe, die er aß, blieb bei ihm. Der Schorf auf seinen Wunden wurde hart und dunkel, und die schwarze Salbe aus Nazrehs Tiegeln zog keinen Eiter mehr aus dem verletzten Bein. Sigurd schlief nicht mehr zur Heilung, sondern nur noch des Nachts, wie jeder andere Mann es ebenso tat.

Ihr erstes wirkliches Gespräch fand an einem nebligen Morgen statt, als Nazreh dem Prinzen Brot und Milch hinhielt. »Feste Nahrung mag deinen Körper noch reizen, aber sie ist den Kampf wert. Macht die Beine stark und den Kopf klar.«

Sigurd nickte. »Beides kann ich brauchen.«

In der kurzen Pause, die folgte, während er abbiss, fiel ihm auf, dass er mit dem seltsam dunkelhäutigen Mann, der immer nur las, reden *wollte*. Es hungerte ihn nicht nur nach Brot, sondern auch nach einem freundlichen Wort. »Hast du mich vom Schiff geholt?«

Nazreh schüttelte den Kopf. »Am Strand fand ich deinen Körper, und eine Weile lang dachte ich, das Leben hätte ihn verlassen.«

»Ich würde dir gerne mit mehr als Worten danken«, sagte Sigurd, »doch leider ist nicht einmal das Hemd an meinem Leibe mein Besitz. Ich habe nichts.«

»Das stimmt nicht ganz«, widersprach der Araber. Aus einer kleinen Schatulle zog er ein Lederband hervor. Es war das Horn des Dryk. »Du trugst es, als ich dich das erste Mal sah. Irgendwie hatte ich das Gefühl, es wäre dir lieb und wert.«

Sigurd nahm den Anhänger, küsste ihn sacht und zog ihn sich über den Kopf. »Mehr als du ahnst. Doch gib mir Zeit, und ich will dich in Gold entlohnen für deine Freundlichkeit.«

»Ich betrachtete deine Rettung als muntere Aufgabe für einen trüben Herbst«, erwiderte Nazreh lächelnd. »Selten konnte ich so viele Rezepte und Tinkturen aus meinen Heilbüchern an einem einzigen Mann ausprobieren.«

»Du liest viel«, stellte Sigurd fest und deutete mit dem Kopf auf die Kiste in der Ecke. »Sehr viel.«

Das Lächeln des Orientalen wurde noch breiter, und

zwei Lücken in einem sonst makellosen Gebiss wurden sichtbar, links und rechts der Schneidezähne. Der seltsame Anblick schien kein Ergebnis von Gewalt oder Krankheit, sondern eine gewollte Zurschaustellung uralter Tradition. »Ich bin Nazreh, und ich studiere die Welt. Wie ist dein Name?«

Sigurd wollte seinen Namen sagen, wie es ihm beigebracht worden war, wie er es tausend Mal getan hatte. Aber dann fiel ihm ein, dass er nun auf der Flucht war, und tot in den Augen seiner Feinde. So war es, und so sollte es auch sein. Er atmete tief ein. »Siegfried.«

Wie um ihn zu spotten, wiederholte der Orientale den Namen mit dem gleichen unsicheren Atemzug. »Siegfried.«

Sie sprachen eine Weile über die wundersame Rettung, über die lädierten Knochen und über die Tatsache, dass es Sigurd tatsächlich nach Britannien geschafft hatte.

»Doch du scheinst mir so wenig hier heimisch zu sein wie ich«, bemerkte der Prinz und hoffte, dass sein Gastgeber an der Erwähnung der exotischen Erscheinung keinen Anstoß nahm.

Nazreh lachte. »Nein, wahrlich nicht. Sobona hat mich geboren, in der Stadt Tibur. Weit im Osten jenseits von Byzanz und Mekka. Auch für mich ist Britannien das Ende einer langen Reise.«

Es gefiel Sigurd nicht, widersprechen zu müssen. »Meine Reise endet nicht hier.«

Sie tranken noch ein wenig, und Nazreh schien nicht verärgert. »Ah, der Drang der Jugend. Immer unterwegs, immer ein hehres Ziel im Blick. Ging mir nicht anders.«

»Und du hast dein Ziel gefunden – hier in Britannien?«

»Nein«, antwortete der Orientale. »Ich habe etwas viel Wichtigeres gefunden – die Erkenntnis, dass der Weg das

Ziel ist und die Herausforderungen immer den Preis übertreffen.«

»Das ist bei mir nicht der Fall«, hielt Sigurd dagegen. »Meine Aufgabe ist meine heilige Pflicht. So ist es von den Göttern gewollt.«

Wieder lachte Nazreh. »Die Götter. Gewiss. Beantworte mir dies, heißblütiger Siegfried – wenn deine Aufgabe so im Sinne der Götter ist, warum erledigen sie die Aufgabe dann nicht selbst? Ihre Macht sollte doch deiner um ein Vielfaches überlegen sein.«

Sigurd wurde unsicher. Er glaubte daran, dass die Götter ihn erwählt hatten, um Island wieder den Xantener Mördern zu entreißen und Wulfgar zu richten. Aber Nazreh sprach nicht dumm – warum hatten die Götter das Massaker an seiner Heimat überhaupt zugelassen?

»Vielleicht wollen sie mich prüfen«, sagte er nach einer Weile. »Alle großen Krieger brauchen Prüfungen, um sich zu beweisen.«

»Als ob die Welt ohne deine Götter nicht genügend Prüfungen bereithielte«, schnaufte Nazreh.

»Meine Götter?«, hakte Sigurd nach. »Zu welchem Gott betest du um Gnade und Kraft?«

Nazreh stand auf, ging zu seiner Büchertruhe und wühlte ein paar Werke daraus hervor. »Hier sind Schriften nahezu jeder Religion – von weit aus dem Osten bis zu den nordischen Legenden. Sonnengötter in Afrika, Tiergötter der Hindi, das Pantheon der Griechen. Vergangene Götter, neue Götter, gnädige Götter, grausame Götter. Ich habe sie alle studiert.«

»Und was ist deine Erkenntnis? Was ist der wahre Gott? Der Gott der Christen?«

Sigurd hatte durchaus mitbekommen, dass sich das Christentum schnell auf dem Kontinent ausbreitete mit seiner Botschaft von Liebe und Vergebung. Alte Soldaten hatten nur Spott für diesen weichen Gott übrig, der weder Fleischeslust noch gerechten Krieg belohnte. Aber Frauen und Gelehrte, Kinder und Alte schienen in den Schriften der Priester erstaunliche Seelenruhe zu finden.

Doch Nazreh schüttelte den Kopf. »Ein Gott wie der andere – dummes Gerede für kleine Geister.«

Es war die Antwort, die Sigurd am wenigsten erwartet hatte. Seine Mutter hatte ihn gelehrt, jedem fremden Glauben mit Respekt zu begegnen. Und die Schiffe hatten die Anhänger vieler Religionen nach Island gebracht.

Aber – kein Glaube? Wie konnte der Mensch ohne Herr sein, die Welt ohne Schöpfer? Das war absurd und vollends unsinnig.

Sigurd beschloss, mit Nazreh nicht mehr über dieses Thema zu sprechen.

»Das Volk wird sterben«, sagte Eolind, als Sten den Bericht unterschrieb, den der Bote nach Xanten bringen sollte. »Wenn Eure Vorgaben erfüllt sind, bleibt nichts mehr für den Winter – kein Holz, kein Essen, kein Fell.«

Der General, den Wulfgar als gleichberechtigten Statthalter zurückgelassen hatte, setzte die Feder nicht ab. »Dann wird das Volk eben sterben.«

Eolind atmete tief ein, schluckte wieder einmal die Wut und rollte das Pergament zusammen, um es mit dem höfischen Siegel zu schließen. »Ohne Volk gibt es keine Arbeit. Und ohne Arbeit kein Erz aus den Minen, kein Fleisch aus den Herden, kein Schwert aus den Schmieden. Kann das im Interesse Wulfgars sein?«

Sten nahm einen getrockneten Apfel aus einer Schale und biss kräftig ab, bevor er antwortete. »Der König verlangt den Lohn seines Sieges. Und ich sorge dafür, dass der Lohn gezahlt wird.«

Eolind ging langsam im Thronsaal der Felsenburg auf und ab. »Ihr sorgt Euch, dass der König wütet, wenn Eure Lieferungen zu knapp ausfallen – auf die Gefahr hin, dass sie ganz versiegen?«

Sten war nicht dumm, aber wie die meisten Krieger musste man ihm die Zusammenhänge in einfachen Worten vor Augen halten, damit er Widersprüche erkennen konnte.

Der General grunzte. »Sie werden nicht versiegen, das verspreche ich Euch.«

»Kein Schwert knechtet ein totes Volk«, hielt Eolind dagegen. »Schon jetzt ist der Ertrag aus den Minen nur ein Bruchteil dessen, was vor der Annexion gefördert wurde. Und jede Hand am Erz fehlt auf den Feldern und in den Ställen.«

Sten brauchte ein wenig, um das zu verarbeiten. Es gefiel ihm, das erniedrigte Volk der Isländer herumzuscheuchen – aber bei seinem König in Ungnade zu fallen, war auch keine Lösung. »Sag, was du sagen willst, alter Mann.«

Eolind griff an seinen Gürtel, und sofort hatte Sten die Hand am Schwert, doch der alte Isländer zog nur eine Schriftrolle hervor, die er mit einem Lederband an der Hüfte trug. »Ich habe einen Plan erarbeiten lassen.«

»Was für einen Plan?«

»Einen Plan für den Wiederaufbau Islands.«

Sten lachte. »Wulfgar hat das Land kaum dem Erdboden gleichgemacht, um es danach hochzupäppeln.«

Eolind verriet kein Gefühl. »Es wird sich selber aufrichten. Wie seit Jahrhunderten. Der König von Xanten hat sein Ziel erreicht – die letzten Thronerben Islands sind vernichtet. Warum sollte ihn stören, wenn sein Besitz nun gedeiht? Gibt es einen größeren Triumph, als den Feind nicht nur zu besiegen, sondern sein Land sogar zu neuer Blüte zu führen?«

Widerwillig nahm Sten das Dokument entgegen und rollte es auf dem Tisch aus. Es war eine Karte der Insel, mit allen Siedlungen, Höfen und Minen eingezeichnet. Viele davon waren ausgestrichen, Pfeile deuteten von einem Punkt zum anderen. Ringförmig waren einige Orte durch Striche verbunden, besonders im größeren Umkreis der Felsenburg. »Ich verstehe nicht, was das Gekrakel soll.«

Eolind beugte sich ebenfalls über die Karte. Es war nun der Zeitpunkt, Sten auf die Seite Islands zu holen, ohne dass es ihm bewusst war. »Große Teile der Bevölkerung sind bei der Invasion gefallen, es fehlt an Arbeitern wie an Bauern. Die Reste sind zu weit verstreut: In manchen Minen wird abgebaut, aber nicht mehr fortgeschafft. Mancher Bauer hütet sein Vieh, hat aber keine Frau mehr, die das Fleisch verarbeitet. Ich schlage daher vor, alle Siedlungen im Norden und Nordosten aufzugeben und die verbleibenden Isländer in den Dörfern rund um jene Minen anzusiedeln, die in Marschweite der Burg sind. Kurze Wege, viele Hände und wenig Verlust.«

Sten fuhr mit den Fingern über die Linien, als würde es ihm helfen, den Vorschlag besser zu verstehen. »Island wäre dann …«

»… sozusagen ein Stadtstaat«, vollendete Eolind. »Die Burg als Zentrum, alle notwendigen Anlagen und Stallungen in der Nähe.«

Es war ein vernünftiger Gedanke – und doch gefiel er Sten nicht. »Große Teile des Landes sollen wir aufgeben?«

»Nur vorübergehend«, hielt Eolind dagegen. »Was nützt die reichste Ader in der größten Mine, wenn wir das

Erz vor den Stollen aufschütten müssen, weil kein Transportmittel zur Verfügung steht? Auf ein kleines Gebiet konzentriert, kann Island als Gemeinwesen funktionieren und ohne Raubbau an sich selbst Waren und Profit für den König von Xanten abwerfen.«

Die Idee war so neu nicht – in schlechten Zeiten schrumpften Reiche immer wieder auf ihren Kern zusammen, drängten sich Mensch und Tier um die Burg, die Schutz und Aufsicht versprach. Aber Sten war in der Kriegskunst ausgebildet, nicht in der Staatsführung. Doch er nickte. »Wenn ich dem König weiter beladene Schiffe schicken kann, dann lasse ich dich gewähren.«

Zufrieden nahm Eolind das Pergament an sich, doch Sten war noch nicht fertig. »Sollte es sich jedoch erweisen, dass die versprochenen Erträge ausbleiben und der König mir deswegen zürnt, dann wird es dein Kopf sein, der zuerst rollt.«

Eolind nickte. »Seid versichert, General – zu viele Pflichten halten mich davon ab, Ruhe im Tod zu suchen. Wenn Ihr gestattet?«

Sten winkte mit der Hand ab, und Eolind machte sich auf den Weg aus dem Thronsaal, vorbei an den Soldaten, die Wulfgar zusammen mit ein paar Generälen auf der Insel gelassen hatte. Niemand hörte sein Flüstern. »Sterben kann ich, wenn Island wieder frei ist.«

Er ging mit zügigen Schritten aus der Burg, nahm ein paar Ecken und Seitenstraßen, ohne verfolgt zu werden, und fand schließlich die alte Taverne, die früher die seefahrenden Händler beherbergt hatte. Er vergewisserte sich, dass keine Xantener Ohren anwesend waren. Die Wirtin Lili nickte ihm freundlich zu und öffnete die Falltür im Boden, unter der im Kriechkeller früher immer der Wein kühl gelagert worden war.

Es war nun der Ort der Begegnung für den Widerstand.

Gelen war da, Jon ebenfalls, und eine Handvoll anderer tapferer Isländer, deren Herz noch für die Heimat schlug. An der Wand hing das Wappen des Reiches, schmutzig von den Fußtritten der Feinde, und im Licht von ein paar Kerzen schlugen sie Eolind freundlich, doch mit ernstem Blick auf die Schulter.

»Bring uns gute Nachricht, Freund«, sagte Jon.

Der gemeinsame Gegner hatte sie zu Brüdern gemacht, und es lag Eolind nicht mehr daran, seinen Stand zu betonen. »Es ist geschehen, wie wir es erhofft haben. Der General der Hunde lässt Island schrumpfen, bis es klein ist – und bald wieder stark.«

»Und der Rest des Reiches?«, wollte der baumstarke Sven wissen.

»Der Rest des Reiches wird aufgegeben – von den Xantenern, nicht jedoch von uns. Was an jungen Männern sich verstecken konnte, was an Schmieden noch nicht unter dem Joch des Feindes steht, wird sich an der Küste im Norden einfinden. In eigenen Minen, in eigenen Werkstätten werden wir schuften Tag und Nacht.«

Jörn war nicht überzeugt. »Das klingt sehr schön, doch kaum ein Mann ist übrig, und wenn der Geruch des Windes nicht täuscht, steht uns ein harter Winter bevor.«

Auch Sven nickte. »Im Winter in den Minen zu arbeiten, mag uns schneller töten als die Klingen der Xantener.«

»Wenn es euch lieber ist, unter der Knute des Feindes zu stöhnen, dann steht euch das frei«, knurrte Eolind.

Das wollte niemand.

»Für das Land zu sterben ist allemal besser als für den Feind«, murmelte Jörn nun.

Eolind wandte sich an Sigurds alte Freunde. »Und eure

Aufgabe ist es, den Widerstand zu leiten und in großer Verantwortung zu schützen. Seid den wenigen verbliebenen Männern Väter genauso wie Anführer. Für Island.«

Gelen und Jon nickten, die schwere Aufgabe wie selbstverständlich akzeptierend.

»Und wie lange wollen wir warten?«, fragte Sven. »Wie viele Schwerter müssen sein, auf dass wir das Pack von unserer Insel vertreiben können?«

»Es wäre nicht damit getan, den Besatzungstruppen Wulfgars die Kehlen durchzuschneiden, so gut das Blut der Xantener auch schmecken würde«, erklärte Eolind. »In wenigen Wochen hätten wir eine neue Flotte am Horizont, und am Ende wäre nicht mal mehr ein Rabe übrig, in dem Isländer Blut fließt. Die Zeit zum Aufstand kommt, wenn Wulfgar selbst geschlagen ist.«

Die Männer, die mit Ausnahme von Jon und Gelen nicht wussten, dass Sigurd noch am Leben war, begannen unruhig zu murmeln. Für sie war nicht absehbar, wann und wie der König von Xanten geschlagen werden sollte. Eolind hob die Hand, um sie zum Schweigen zu bringen. »Es wird geschehen. Weil es die Götter wollen.«

Sie alle nahmen ihre Kelche, in denen das verdünnte Bier schwappte, welches die letzten Braustätten noch hergaben. »Auf Island!«

»Auf Island!«

»Auf Xanten!«, brüllte Wulfgar so laut wie betrunken. Seine Männer grölten begeistert, soweit sie dazu noch fähig waren.

Seit Wochen war die Burg der Ort eines nicht enden wollenden Gelages, und Schwein um Schwein landete am Spieß. Weder die Öfen der Bäcker noch die Kessel der Braumeister kamen dem nach.

Wulfgar feierte mehr als nur den Sieg über Island. Ein so kleines und unbedeutendes Reich zu unterwerfen war keine Leistung, der ein Feldherr sich rühmen konnte. Zugegeben, der Einmarsch war schnell und effizient gewesen, mit kaum Verlusten auf Xantener Seite, aber die Isländer hatten keine nennenswerten Truppen gehabt, deren Widerstand man brechen musste.

Was Wulfgar hingegen feierte, war die Sicherung seiner Macht im eigenen Reich. Mit dem Tod Gernots und seiner Kinder war niemand mehr da, der legitimen Anspruch auf Xanten anmelden konnte. Nicht die Römer, nicht die Päpste, nicht mal der König der Franken konnte nun die Macht Wulfgars in Zweifel ziehen. Mit diesem Sieg hatte die Blutlinie Wulfgars die Herrschaft übernommen, und es gab keinen Grund zu glauben, dass ihr nicht Jahrhunderte der Regentschaft bevorstanden.

So war es immer gewesen. Ein Herrscherhaus starb aus, ein anderes rückte nach. Wulfgar hatte nur ein wenig ... nachgeholfen.

Diplomatische Verwicklungen waren nicht zu erwarten. Der König der Franken schätzte Xanten als einen Verbündeten gegen Sachsen, mit dem der Friede brüchig war. Die Dänen hatten kein Interesse, das Schicksal Islands zu teilen. Und die Römer waren froh, dass mit dem Tode Gernots auch der Anspruch auf Burgund an sie gefallen war. Wie lange sie sich dort allerdings noch würden halten können, das war eine andere Frage. Rom war nicht nur in zwei Reiche zerfallen, es litt auch an sich selbst. Seine guten Tage mochten schon so lange vorbei sein, dass niemand mehr lebte, der sie gesehen hatte.

Xandria trat von hinten zu ihrem Vater an den Tisch. Sie hatte den Versuch, mit Wulfgar zu sprechen, so lange wie möglich aufgeschoben, aber ihr Pflichtgefühl siegte nun über den Widerwillen. »Ein Wort, Vater?«

Wulfgar gönnte ihr nur einen Seitenblick, winkte sie aber mit einem Knochen in der Hand neben sich. »Was willst du?«

Er wusste, dass sie etwas wollte – der König gab sich schon lange nicht mehr der Illusion hin, dass Xandria mit ihm sprach, weil es ihr gefiel.

Die Prinzessin räusperte sich. »Der Feldzug ist vorbei, und das Reich Xanten braucht wieder Führung. Deine Führung.«

»Und die hat es«, versicherte der König kauend, »ich bin ja schließlich wieder hier, oder?«

»Der Herbst war kalt und die Ernte karg«, fuhr Xandria fort. »Krankheiten haben sich durch die Dörfer gefressen. Der Winter wird …«

»Der Winter wird kommen und gehen«, winkte Wulfgar ab, »das ist der Lauf der Dinge. Not tötet die Schwachen. Und was im Frühjahr übrig ist, geht umso stärker in den Sommer.«

»Kinder sind schwach, und Frauen sind es auch«, hielt die Prinzessin dagegen. »Doch ohne sie ist das Volk ohne Zukunft. Ein starker Krieger ersetzt weder Bäckerin noch Waschfrau.«

Die anderen Trunkenbolde an der Tafel wurden nach und nach still. Xandria forderte ihren Vater heraus, und das vor seinen engsten Vertrauten. Es war im besten Falle eine Anmaßung, im schlimmsten Falle Verrat.

»Das Volk soll arbeiten und schweigen«, knurrte Wulfgar gefährlich leise. »Und gewisse junge Frauen sollten es ihm gleichtun.«

»Aber es ist doch keine Wundertat, die man von uns erwartet«, sagte Xandria verzweifelt. »Ein wenig Nahrung von den Franken gegen gute Münze, um die Kammern zu füllen. Ein paar frische Ochsen für die Herden, und vielleicht weniger Eisen für Schwerter und mehr für Pflugscha ...«

Das letzte Wort kam nicht mehr vollständig aus ihrem Mund, denn ansatzlos schlug Wulfgar ihr ins Gesicht, ohne das Fleischstück mit dem Knochen loszulassen. Ranzig riechendes Fett klebte an ihrer Wange, als sie auf den Boden stürzte, und in ihrem Mund schmeckte sie warmes Blut aus kleinen Wunden.

Der König stand nun über ihr wie ein steinerner Turm, und ebenso kalt und unerbittlich. »Wie kannst du es wagen, mich richten zu wollen – mir Vorschriften zu machen?«

Xandria rutschte ein, zwei Schritte nach hinten und wischte mit der Hand über ihre schmerzende Wange. »Das sollte es nicht sein! Ich wollte nur ...«

»Du *hast* nichts zu wollen! Du hast zu gehorchen! In Samt gekleidet hurst du mit dem Volk, das lieber heute als morgen deinen zerschmetterten Körper durch die Straßen schleifen möchte! Ein König regiert mit dem Schwert, nicht mit der Suppenkelle!«

Er schwankte ein wenig, weil die Wut die Wirkung des Alkohols in seinem Blut verstärkte. Aber es befriedigte ihn, dass das Pack an seinem Tisch angemessen beeindruckt dreinschaute.

Xandria rappelte sich auf. »Es tut mir leid, mein König – ich hatte Euch nicht kritisieren wollen. Verzeiht.«

Sie stand ganz still, den zitternden Körper devot gebeugt, die tränenden Augen zum Boden gerichtet.

Wulfgar trat auf sie zu, und sie konnte seinen sauren Atem riechen. »Du bist meine Tochter – und sollte ich je nicht mehr sein, wirst du einem neuen König Gattin sein, und dein Schoß wird unsere Blutlinie fortsetzen. Dann, wenn es dein Mann erlaubt, magst du entscheiden, was das Land braucht. Doch solange die Krone auf meinem Haupt ruht, wird das Volk seinen Herrscher fürchten und jeden seiner Wünsche erfüllen. Auch wenn es dafür darben muss. Und jetzt geh, bevor du mir den Appetit verdirbst.«

Xandria nickte stumm und verließ den Prunksaal, in dem seit Tagen das Feuer unter den Spießen nicht mehr ausgegangen war. Die Tür war noch nicht wieder hinter ihr geschlossen, da hörte sie bereits die Männer lachen.

Seit Tagen hatte die Prinzessin darüber nachgedacht, wie sie den König dazu bringen konnte, dem Leiden des Volkes ein Ohr zu schenken. Sie hatte Pläne gemacht, die Ernte gerechter zu verteilen, die üppigen Vorräte der Burg anzutasten, um zumindest dem Hungertod Einhalt zu gebieten. Viele Argumente hatte sie bereitgelegt, um Wulfgar einzuflüstern, dass ein guter Herr auch ein starker Herr sei.

Es war umsonst gewesen.

Doch seltsamerweise bedrückte es Xandria nicht. Auch der Schmerz in der geschwollenen Wange war ihr gleich.

Sie hatte etwas erkannt.

Die Lösung – sie lag in dem, was Wulfgar gesagt hatte: »Solange die Krone auf meinem Haupt ruht …«

Wie einfach. Wie elegant. Wie selbstverständlich.

Wulfgar musste sterben.

Und in den Schatten der Burg hörte eine dunkle Gestalt den Gedanken der Prinzessin.

Es waren gute Wochen gewesen, die Sigurd, der nun Siegfried war, bei Nazreh verbrachte. Er lernte Dinge, die ihm als Prinz immer gleichgültig gewesen waren, doch die nun viel spannender schienen, als er je gedacht hatte.

Kochen. Die Magie der Gewürze. Saucen aus dem bratenden Fleisch, feiner Dunst ausgesuchter Kräuter. Er trank erstmals Pfefferbier, versuchte sich an einer Suppe, die direkt aus einer Brotschale getrunken wurde.

Und an den Abenden erzählte Nazreh. Von seinen Reisen nach Osten wie nach Westen. Von Völkern, deren Augen seltsam geschlitzt waren, und Göttern, deren Namen er sich nicht merken konnte. Reiche, einst prächtig und stolz, waren so lange vergangen, dass selbst die Chronisten kaum noch ihre Grenzen wussten. Im Sand der südlichen Welt fanden sich Statuen von Königen, deren Namen niemand mehr kannte. Und je weiter man reiste, desto seltsamer die Sprachen, auf die man traf. Viele Male lachte Sigurd, wenn Nazreh ein Wort mit fremder Zunge sprach, glucksend und pfeifend.

Und doch erinnerte jedes genannte Reich, jeder genannte König und jeder genannte Krieg den jungen Prinzen daran, dass eine Aufgabe vor ihm lag, dass er ein Schicksal zu erfüllen hatte. Nazreh mochte nicht an Götter glauben, aber Sigurd zweifelte keinen Augenblick, dass es ihm zugedacht war, Wulfgar zu stellen. Wie konnte die Welt in Ordnung sein, wenn feiger Mord nicht Rache gebar und Klinge nicht mit Klinge bezahlt wurde?

Sigurd wurde unruhig. Je stärker seine Beine wurden, desto mehr drängten sie gen Süden zur Küste, wo es Schiffe gab, die ihn zum Rhein bringen konnten. Zum Gold der Nibelungen. Und er beschloss, Nazreh darauf anzusprechen.

»Was weißt du von den Wesen, die man auf dem Kontinent die Nibelungen nennt?«

Sie waren auf dem Weg ins nächste Dorf, als Sigurd die Frage stellte, und Nazreh hielt inne, als müsse er das Wort nachklingen lassen. »Nibelungen?«

Sigurd nickte. »Ich ... ich habe von ihnen gehört, und was ich hörte, machte mich neugierig.«

Nazreh ging weiter, nun langsamer. »Schon lange spricht man nicht mehr von den Nibelungen, junger Siegfried. Aber mich wundert nicht dein Interesse, trägst du doch den Namen ihres letzten Bezwingers.«

»Du weißt von Siegfried?«, fragte Sigurd überrascht.

Nazreh nickte und zog die reich bestickte Jacke etwas fester gegen den Wind um seinen Leib. »Jeder Mensch, der je in Worms die Nacht verbrachte, hat die Geschichte gehört. Die Römer mögen nicht, dass man darüber spricht, doch braucht es nur wenig Wein, um den Männern der Stadt die Zungen zu lösen. Und so manch einer von ihnen präsentiert stolz einen Knochensplitter.«

»Knochensplitter?«

»Von Fafnir, dem Drachen. Dereinst hing der Schädel im Palast des Königs von Burgund. Die Römer ließen ihn zertrümmern, doch wie es scheint, hat sich wirklich jeder Bewohner der Stadt ein Stück gesichert. Das – oder es ist trunkene Prahlerei.«

»Gibt es die Nibelungen noch?«, wollte Sigurd wissen.

Nazreh zuckte mit den Schultern. »Es gibt den Glauben an sie. Man sagt, dass der Wald, in dem Siegfried einst den Drachen stellte, seit damals nicht mehr betreten wurde. Nicht mal das Versprechen des Goldes wiegt so schwer wie die Angst vor den Nebelzwergen.«

»Glaubst du an die Nibelungen?«

»Ich glaube, dass es gleich ist«, sagte Nazreh unverbindlich. »So ist die Natur des Glaubens – er bedarf keines Beweises. Ob die Nibelungen dort wirklich im Wald hausen oder nicht, macht keinen Unterschied. Die Menschen meiden ihn trotzdem. Und das seit fast zwanzig Jahren.«

Sigurds Magen verkrampfte sich bei dem Gedanken,

was er nun zu sagen hatte. »Nazreh, ich möchte es selber herausfinden.«

Der Orientale rupfte einen langen Grashalm aus und begann darauf herumzukauen. »Du willst an den Rhein reisen?«

Sigurd nickte. »Es ist meine ... ich spüre ... ich glaube, es ist vorbestimmt.«

Nazreh seufzte. »Ich wünschte, du würdest endlich mit dem Gerede von Bestimmung und Götterwillen aufhören. Aber du musst gehen, wohin der Schmerz dich zieht. Daran wächst ein Mann. Das war schon immer so. Und Burgund ist immer noch ein schönes Reich, und ich bin sicher, die Reise wird deinem Herzen ein Gewinn sein. Sei jedoch gewarnt – wir marschieren direkt in den Winter, und ich kann dir nicht versprechen, dass wir an allen Orten ein Dach für die Nacht finden werden.«

Nun war es Sigurd, der stehen blieb. »Was meinst du mit ›wir‹?«

Nazreh lächelte. »Kein Wunder schaut man gern allein, und mir scheint, als könntest du einen erfahrenen Begleiter brauchen. Außerdem – der Rhein ist immer eine Reise wert. Oder bevorzugst du die Einsamkeit?«

Sigurd schüttelte heftig den Kopf. »Nein, gewiss nicht! Dich an meiner Seite zu wissen, was könnte mich zuversichtlicher machen? Vielleicht ergibt sich so die Gelegenheit, meine Schuld bei dir zu tilgen.«

Sie ergriffen einander an den Unterarmen, um den Pakt zu beschließen.

»Es gibt keine Schuld zu tilgen«, widersprach Nazreh. »Nach langen Jahren wieder einen Freund zu haben und einen neuen Weg zu gehen, das ist wahrlich Lohn genug.«

Die Vorfreude durchströmte Sigurd wie ein betörender

Wein, und die Kraft in seinem Körper drängte nach der Tat. »Wann brechen wir auf?«

Keine andere Antwort als »sofort« schien ihm erträglich.

Nazreh ließ die Unterarme des Prinzen los und griff ihn stattdessen an den Schultern. »Wenn der Entschluss gefasst ist, braucht es kein Zögern. Lass uns dieser Tage meine Ziegen und Schafe in Obhut geben und die Hütte sichern, auf dass sie auch ohne mich den Winter übersteht. Ein paar warme Kleider noch und Proviant, dann steht der Abreise nichts im Wege.«

So sehr Sigurd die Erholung bei Nazreh genossen hatte, so sehr die Gespräche am Feuer seinen Kopf für neue Ideen geöffnet hatten, so froh war er nun doch, sich wieder auf dem Weg zu wissen.

Dem Weg nach Worms.

Dem Weg zum Gold.

Dem Weg zur Rache.

Schon Sigurds Entschluss, mit Nazreh an den Rhein zu reisen, war von den Nibelungen wahrgenommen worden. Niemand in der Welt sprach über die Nibelungen oder über ihr Gold, ohne dass sie davon wussten. Niemand konnte eine Kerze anzünden, ohne dass man das Licht sah.

Die Entscheidung, Sigurds Leben nicht schon auf dem Schiff zu fordern, war bereits heftig umstritten gewesen. Der erklärte Wille des Prinzen, sich das Gold anzueignen, um damit gegen Wulfgar zu ziehen, bestätigte die schlimmsten Befürchtungen der Geistwesen.

Sie waren so nahe an ihrem Ziel gewesen. Das Gold hatten sie bereits, bis auf wenige unbringbar verloren gegangene Stücke, seinerzeit von Gunther zurückerhalten. Den

Ring, Zeichen der Macht wie des Untergangs, hatte dessen Bruder Gernot in den Wald geworfen, um den Fluch zu beenden. Und Gernot war tot, damit auch seine Schande abgegolten.

Kein Herzschlag mehr aus Sigurds Brust – und es hätte Frieden sein können. Das Gleichgewicht der Götter wäre wiederhergestellt gewesen, und die Nibelungen hätten sich wieder dem zugewandt, was sie wirklich interessierte. Sich selbst.

Doch nun war aus dem Ende des Fluchs ein neuer Anfang geworden, und aus dem Letzten seines Blutes vielleicht der Erste einer neuen Linie.

Und er kam, um sich das Gold zu holen.

Nervös zischten die Nebelzwerge körperlos durch den einheimischen Wald, glitten durch das Holz der Bäume, sprangen in den Schatten von Strauch zu Strauch.

Konnte Sigurd ihnen gefährlich werden? Konnte er Hand an das Gold legen, das einst schon der Vater für sich beanspruchte? Kein Fafnir hütete mehr den Hort, und in den letzten Jahren hatten die Nibelungen mehr von der Angst der Menschen gelebt als von der eigenen Stärke.

Sie beschlossen, sich zu versammeln und zu beraten. In der dunklen feuchten Höhle, in der immer noch einzelne Schuppen des besiegten Drachen lagen, kreisten sie umeinander, durchdrangen sich, spürten gegenseitige Gefühle und Gedanken.

In einem waren sie schnell einig:

Was geeestern gegeben wurde ... muss heuteee genommen weeerden ...

In ihrer Arroganz sahen die Geistwesen die Schuld bei Brunhilde, bei ihrer Weigerung, Sigurd sterben zu lassen. Was hatte sich die Walküre überhaupt einzumischen? Wusste Odin davon? Wie konnte jemand, dessen Aufgabe es war, Krieger ins Totenreich zu geleiten, einen ebensolchen schützen?

Sie hätten warten können. Wäre Sigurd am Strand gestorben und verfault oder auf der Steppe im Osten irgendwelchen kriegerischen Horden zum Opfer gefallen – ohne heiße Wut hätten die Nibelungen seinen Tod zur Kenntnis genommen. Zehn, zwanzig Jahre, bedeutungslos. Aber er nahm ihre Gnade nicht an, verstand nicht die Bewährung, die sie ihm gegeben hatten. Jeder Weg vom Rhein fort hätte ausgereicht, doch der junge Sigurd schien entschlossen, seine Bestimmung bei den Nibelungen zu suchen.

Vom Vater das Heeerz ... doch nichts geleeernt von dessen Schicksaaal ...

Aneinander verstärkte sich die Raserei, die Gesamtheit ihres körperlosen Seins zitterte so stark, dass es sich auf den Schmutz am Boden übertrug, und die Staubkörner hüpften, als ob schwere Stiefel den Boden stampften. In ihrer Wut gaben die Nibelungen einander Gewissheit.

Sigurd musste sterben.

Sein Bluuut ... im Boooden ... unseres Waaaldes ...

Es würde Zeit genug sein, sich vorzubereiten. Ohne den Drachen als Hüter war es geboten, auf ihre grundsätzlichen Fähigkeiten der Täuschung und der Gaukelei zurückzugreifen. Nichts, was Sigurd im Nibelungenwald sah, durfte wahr sein.

Jeder Schritt ins Niiichts ... jeder Blick in die Lüüüge ...

Sie würden eine Falle stellen, so groß und prächtig, dass die Wahrheit selbst in ihr verschwand. Sigurd würde sterben, weit weg vom Gold, und in Schande.

Unser Friiieden ... mit Tod bezaaahlt ... eeendlich ...

Doch wie mitunter ein Tropfen Milch ein ganzes Glas Wasser trüben konnte, so schob sich eine einzelne Stimme in das Säuseln und Zischeln, begehrte auf, bot Widerstand.

Kein Friiieden ... nur Raaache ... nie Ruuuhe ...

Auch wenn die Nibelungen einzelne Wesen waren, die sich zur Gemeinschaft verbanden und in ihr als eine Gestalt fühlten, so waren sie doch gemacht aus vielen. So sehr sie sich mühten, aus allen Mündern nur mit einer Stimme zu sprechen, konnten sie doch nicht verleugnen, dass dereinst jeder für sich gewesen war. Wie eine Herde, der eine Kuh auf dem Wege stehen blieb, bot einer der Nebelzwerge dem Rest die Stirn.

Einer war dagegen.

Sie, die lange keine Namen mehr hatten, wussten und fühlten es.

Und es kam nicht als Überraschung, dass er dereinst unter den Menschen gelebt hatte, als sein Wesen noch Fleisch und Knochen war, Blut und Kraft.

Reeegin ... Reeegin ... Reginreginregin ...

Sie begannen, seine schemenhafte Gestalt zu umkreisen, so wütend wie neugierig. Er blieb ruhig, körperlos leicht auf und ab sinkend, wie ein Stück Treibholz auf dem Meer.

Reeegin ... schütze nicht das Bluuut ... wiiieder ...

Er war einst Schmied gewesen, alterslos und weise. Ein Soldat hatte ihm eine schwangere junge Frau gebracht. Die Königin des gefallenen Xanten, mit dem Thronfolger unter dem Herzen. Er hatte sie aufgenommen und den Jungen nach ihrem Tod als Siegfried erzogen. Er hatte ihn gewarnt, nicht nach Burgund zu gehen, das Schicksal nicht zu fordern. Er hatte ihm verboten, gegen den Drachen zu ziehen, um das Recht auf die Hand der Prinzessin Kriemhild zu erlangen. Es war vergebens gewesen.

Zur Sühne hatte sich Regin den Seinen ergeben, war in

den Kreis der Nibelungen aufgenommen worden, hatte in ihrer Mitte die Grausamkeit des Fluches erlebt und das Blut, das er verlangte.

Es war eine harte, aber gerechte Strafe gewesen für jene, die den Willen der Götter verhöhnten.

Doch nun ... Regin zauderte. Das Leben Sigurds zu fordern, die Schuld der Ahnen auf ihn zu legen, es schien ... falsch.

Die anderen Nibelungen widersprachen, während sie kreischend ihn umkreisten.

Kein Friiieden ohne Ende ... kein Ende ohne Toood ...

Sie argumentierten nicht nur mit Worten. Gefühle schwappten zwischen ihnen hin und her, und im Wirbel der Bewegungen suchten sie Einigkeit, die nicht gefunden werden wollte.

Doch das Mühen Regins, die Gemeinschaft der Nibelungen auf seine Seite zu ziehen, den Fluch durch Großmut zu beenden, konnte nicht fruchten in diesem unwirklichen Bund, der seit Jahrhunderten nur Rache kannte und den Hass auf die Körperlichen.

In der Fülle der hetzenden Stimmen erlaubte Regin sich einen Gedanken für sich allein, eine Idee, die nicht verzerrt nach außen hallte, wo die anderen Nibelungen sie hören konnten.

Vielleicht ist der Fluch unser. Vielleicht suchen wir in anderen die Sühne, die uns selbst verwehrt ist.

Sein Geist wurde schwer und dunkel.

Nazreh und Sigurd hatten an der Südspitze Britanniens auf einem Handelsschiff angeheuert, das sie für ehrliche Arbeit mit auf den Kontinent nahm. Es fielen sogar noch ein paar Münzen ab, mit denen die beiden ihre Börse ergänzen konnten.

Xanten mieden sie weislich, und ihr Weg führte sie stattdessen westlich am Reich des Wulfgar vorbei, durch das Grenzgebiet der Franken. Nazreh wunderte es ein wenig, dass sein Freund den kürzesten Weg verweigerte, nicht sofort den Rhein als Ziel wählte. Doch bevor ihn nicht das Gold der Nibelungen zum reichen Mann und dann zum Heerführer machte, wollte Sigurd den Orientalen nicht in seine Pläne einweihen.

Nazreh verbrachte viele Abende vor der Nachtruhe damit, in einen Stapel Blätter zu schreiben und zu zeichnen. Tiere wie Pflanzen hielt er penibel fest, und so manche Anekdote seines Begleiters fand Eingang in die Reisechronik. Sigurd konnte sich keinen Grund vorstellen, warum jemand die Erlebnisse des Tages oder eines Gesprächs auf Pergament bannte, aber Nazreh lächelte immer milde, wenn er danach fragte. »Jede Dummheit, die wir begehen, mag der nächsten Generation Warnung sein, und jedes Wunder ein Wegweiser.«

Mit Handlangertaten verdienten sie sich Mahlzeiten und Unterkunft, wenn es zu kalt wurde, um am Wegesrand den Rücken zur Nacht an einen Baum zu lehnen. In den Tavernen ließen sie sich erzählen von den Höfen, meistens Tratsch aus zweiter und dritter Hand. Vom reichen Leben unter dem Frankenkönig hörten sie ebenso wie vom feigen Dagfinn, der Island dem Wulfgar überlassen hatte. So mancher Söldner prahlte mit den Köpfen der Isländer, die er eigenhändig abgeschlagen habe, und immer wieder griff Nazreh Sigurd beim Arm, um auf ein törichtes Gerede keine Schlägerei folgen zu lassen. Der Araber war zu weit herumgekommen, um aus den Reaktionen des hitzköpfigen Blonden nicht die rechten Schlüsse zu ziehen. Das Wappen Islands mochte nicht sein Hemd zieren – seine Seele trug es mit unvorsichtigem Stolz.

Mit den Reichen und Städten wechselten die Dialekte, und immer wieder musste sich Sigurd mühen, Wirte oder Bauern zu verstehen. Es kam vor, dass die Worte für ein Ding von einem Dorf zum andern sich unterschieden und der Zungenschlag von der Kehle in den Gaumen wechselte. Das Latein der Römer war kaum noch zu hören, und man spürte, dass die Sprachen in den Reichen auseinandertrieben. Nazreh spottete, dass es kaum drei Generationen dauern würde, bis sich Franken und Dänen, Sachsen und Goten gar nicht mehr verstanden.

Auch die Küche wechselte. Die Franken labten sich weniger am Spieß und mehr aus dem Topf. Fette Würste ersetzten so manche Haxe, und gekochter Kohl machte satt, aber nicht müde. Kräuter und eingelegte Wurzeln verwandelten fade Suppen in wohlschmeckende Brühen.

Mehr zum Zeitvertreib begannen Nazreh und Sigurd, auf den langen Märschen zwischen den Dörfern mit Messern und Schwertern zu trainieren. Hätte jeder Beobachter ohne Zögern auf den jungen und starken Nordländer gesetzt, wäre er schlecht beraten gewesen – trotz seines Alters und der schmächtigen Gestalt war Nazreh kaum zu besiegen. Mit katzenhafter Eleganz tauchte er unter den Attacken ab, fand Sigurds Stoßarm, drehte die Kraft darin zum Boden ab, wirbelte den Prinzen herum, auf dass dieser sich taumelnd im Dreck wiederfand. Oft genug benutzte Nazreh nicht einmal eine Waffe, sondern demütigte den Heißsporn in seiner Obhut mit erschreckender Leichtigkeit. Ein ums andere Mal fragte sich Sigurd, ob sein Gegenüber auf geheime Kräfte zurückzugreifen wusste – was Nazreh immer wieder verneinte. »Die Kräfte des Körpers einzusetzen ist allemal lohnender als sich auf eine Klinge zu verlassen. Wer zu sehr auf das Schwert zählt, verliert das Vertrauen in die eigene Faust.«

Je genauer Sigurd seinen Freund beobachtete, um von ihm zu lernen, desto mehr fielen ihm die schwarzen Stellen auf – die Zeiten, aus denen der sonst so gesprächige Nazreh nie erzählte, die Fertigkeiten, deren Erlangung er nicht erklären wollte. Einen römischen Seidenhändler, dem sie begegneten, fertigte Nazreh mit scharfem Blick und düsteren Worten ab in einer Sprache, die Sigurd nicht einmal ansatzweise verstand.

So war es, trotz der aufregenden Erlebnisse und neuen Erfahrungen, keine fröhliche Reise, sondern ein Marsch mit klarem, gefährlichem Ziel.

In den Wäldern, die sich südwestlich von Xanten über eine lange Bergkette in den Kontinent erstreckten, schliefen Sigurd und Nazreh abwechselnd, um den Raubtieren, deren Gejaule und Gebrüll von den Hängen hallte, nicht schutzlos ausgeliefert zu sein. Zu ihrer Überraschung waren es zuerst jedoch in Leder und Leinen gehüllte Waldbewohner, die ihnen in einer mondlosen Nacht an Börse und Leben wollten.

Sechs, sieben Räuber umstellten die beiden Reisenden flink und formlos, mit Bogen und Schwert das angesammelte Geld von Nazreh und Sigurd fordernd. Das Blut des Isländer Prinzen kochte im Hunger auf den Kampf, aber sein Kopf behielt die Oberhand. »Mein Freund, ich denke, wir sollten unser weniges Kapital aushändigen.«

Nazreh reagierte unerwartet, weil ganz gegen seinen Charakter ablehnend. »Dort, wo ich herkomme, entlohnt man keinen Dieb.«

Der schmutzige und mit einem verlausten Bart verunstaltete Räuberhauptmann drückte mit einem dröhnenden Lachen sein Schwert gegen Nazrehs Kehle. »Der Hurensohn aus dem Morgenland hängt wohl nicht an seinem Leben?«

Alles in Sigurd drängte zur Gegenwehr, aber sein Freund blieb ruhig. »An meinem Leben hänge ich sehr wohl – nur zweifle ich daran, dass die Herausgabe meines Geldes etwas mit meinen Chancen zu tun hat, den nächsten Tag zu erleben.«

Die anderen Diebe lachten. Nazreh hatte natürlich den Finger in die Wunde gelegt. Die Möglichkeit, die Wegelagerer zur Rechenschaft zu ziehen, war Grund genug, keine Zeugen am Leben zu lassen. Es gab nur wenige Opfer, die das so gelassen und klar einsehen mochten.

Der Anführer knurrte: »Dann nehme ich das Geld wohl nicht zwei Reisenden ab, sondern zwei Leichen.«

»Sechs Leichen«, sagte Nazreh, und die letzte Silbe hing noch in der Nachtluft, als sein Knie das Gemächt des Räubers fand.

Es war zu dunkel, um genau zu sehen, aber Nazreh hielt plötzlich eine kleine Klinge, und die vor Schmerz verdrehten Augen des Anführers brachen endgültig, als ein breiter Schlitz das Blut aus seinem Hals holte.

Sigurd hatte in den Wochen vorher nicht bemerkt, dass sein Freund überhaupt eine Waffe bei sich trug.

Die unerwartete Gegenwehr und der Tod ihres Anführers hatten die anderen Diebe lange genug überrascht, dass ihre Pfeile hilflos durch die Nacht sirrten, als sie endlich die Sehnen der Bögen losließen. Nazreh hatte sich geräuschlos hinter einen Baum geworfen und dabei noch das Schwert aus der Hand des zu Boden stürzenden Diebes gewunden. Er warf die schwere Klinge, ohne hinzusehen, und sie versenkte sich tief in der Brust eines Wegelagerers, der nach hinten wegkippte.

Nun war es auch für Sigurd Zeit, in den Kampf einzugreifen. Mit wenig Erfahrung, aber der Kraft der Jugend warf er sich schwungvoll gegen den Feind, der ihm am nächsten stand, und riss ihn auf das weiche Moos des Waldes. Mit beiden Fäusten drosch er auf seinen Gegner ein, der den Arm mit dem Dolch nicht einmal mehr hochbekam.

Hinter Sigurd röchelte ein Dieb, und als der Prinz sich umsah, konnte er ausmachen, dass Nazreh ein dünnes Kupferband um den Hals seines Opfers geschlungen hatte und durch ein kräftiges Verschränken der Holzstäbe an beiden Enden einen schnellen Tod suchte.

Zwei weitere Wegelagerer erkannten die Unwahrscheinlichkeit lohnender Beute und den drohenden Tod angesichts der wehrhaften »Opfer« und traten den raschen Rückzug in den Wald an. Einen erwischte Nazreh noch mit einem Dolch zwischen die Schulterblätter.

Der Kampf hatte kaum zehn Herzschläge gedauert.

Nazreh strich sich den Umhang glatt, als wäre er nur gestolpert. »Es ist gut, immer einen Dieb am Leben zu lassen, damit er andere Strolche vor uns warnen kann.«

»Ich denke, den Rest dieses Waldes brauchen wir uns vor Hinterhalten nicht mehr zu fürchten«, murmelte Sigurd, und er bemerkte, dass er Blut an den Händen hatte. »Selbst unter Soldaten habe ich solches Kampfgeschick noch nicht gesehen.«

Der Araber winkte ab, während er seinen winzigen Dolch am Hemd eines Toten reinigte. »Selbst wenn man keinen Kampf zu führen trachtet, so mag es doch von Vorteil sein, wenn man ihn beherrscht. Nicht immer hat man die Wahl, dem Gegner auszuweichen.«

Sigurd *wusste*, dass es nur die halbe Wahrheit war, nur die halbe Wahrheit sein *konnte*. Was genau gab Nazreh diese Fähigkeiten? Hatte er einst als Wache im Dienste eines großen Königs gedient? War er als Gladiator in den Arenen aufgetreten, die es noch in den letzten Außenposten der Römer angeblich gab? Er konnte es nur vermuten, denn Nazreh hatte augenscheinlich kein Interesse, darüber zu sprechen.

Vom Feuer des Kampfes gewärmt und aufgeweckt, setzten sie ihren Weg zum Rhein noch in der Nacht fort.

Zwei Tage später sah Sigurd den Wolf. Von seinem Rudel offensichtlich verstoßen und an der Schulter verletzt, hinkte das Tier zitternd durch den Wald, und sein abgemagerter Körper verriet wenig Erfolg bei der Jagd. Nazreh wollte den struppigen Jäger mit der Klinge erlösen, aber Sigurd hielt ihn davon ab. »Wie könnten wir die stolze Kreatur meucheln, die doch so sichtlich um ihr Leben kämpft? Ihm geht es nicht anders als einst mir am Strande Britanniens. Damals nahmst du dich meiner an, und nun würde ich diese Gnade gerne weitergeben.«

Nazreh lächelte. »Ob dir der Wolf die Mühe danken wird wie du einst mir, sei allerdings dahingestellt.«

Im Morgengrauen gelang es ihnen, das geschwächte Tier auf einen Umhang zu betten, und Sigurd hielt ihm die Schnauze, während Nazreh Heilpaste aus seinem Beutel auf die schwärenden Wunden rieb. Das Tier lag still, vielleicht schon aus Leid, vielleicht auch in der vagen Erkenntnis, in guten Händen zu sein. Doch Sigurd hatte die Schnauze kaum losgelassen, da schnappte der Wolf nach ihm.

»Ein Lamm wird aus ihm nicht werden«, stellte Sigurd fest, »nicht mal einer der treuen Hunde, die wir in meiner Heimat abgerichtet haben.«

Sigurd nannte nie den Namen Island. Zwischen ihm und Nazreh gab es Geheimnisse, und beide respektierten das.

Er warf dem Wolf ein Stück getrocknetes Fleisch hin, das dieser erst herunterschlang, als Sigurd und Nazreh genügend Abstand genommen hatten.

Und doch – in den nächsten Wochen, durch Täler und über Hügel, an Städten vorbei und in eiskalten Nächten des hereinbrechenden Winters, immer wieder sahen sie das Raubtier mit den funkelnden Augen und dem golden schimmernden Fell. Manchmal raschelte er in einem entfernten Busch, dann wieder kaute er auf den Knochen, die die beiden Reisenden hinterlassen hatten. Wenn die Mondscheibe klar am Himmel stand, hörte Sigurd ihn oft heulen, als wollte er ihre Reise dergestalt begleiten.

Nazreh schrieb das alles auf, den Kopf amüsiert wiegend. »Nun sind wir zu dritt.«

Sigurd gefiel der Gedanke. Der Wolf war ein edles Geschöpf, und sein Respekt war viel wert. Die Kette, die sie aneinanderband, war nicht Metall, sondern Freundschaft.

Eine weitere Woche später durchbrachen sie dichtes Gestrüpp, und Sigurds Fuß tappte in schweres Wasser. Was ein Bach sein sollte, entpuppte sich als schwarzer Strom, der sich kalt und mühsam dahinwälzte.

Der Prinz ging in die Knie und hielt die Hand in das Wasser, als sei es geweiht. Er wusste die Antwort, und er fragte dennoch: »Wo sind wir hier?«

Nazreh setzte sich zufrieden ans Ufer und sah sich um. »Wir sind am Rhein, Freund Siegfried. Und damit bald am Ziel.«

In alten Büchern hatte Xandria gelesen, wie einst in Rom und Griechenland das Gift als Mittel der Politik eingesetzt worden war. In Feigen und Wein hatte man es Despoten wie Lästerern eingeflößt, wenn ein genügend entschlossener Zirkel sich zum Verrat gefunden hatte. Leider waren die Chroniken recht vage, wenn es um Zutaten und Mischverhältnisse ging. Viele Ingredienzien waren in Xanten nicht verfügbar, wuchsen sie doch nur in den griechischen Bergen oder wurden aus den Klauen seltener Tiere des Orients gemahlen.

Es kam der Prinzessin zugute, dass sie immer ein deutlich besseres Verhältnis zum Volke gehalten hatte als ihr Vater. So konnte sie in ruhigen Nächten durch die Dörfer ziehen und mit den Heilern sprechen, die oftmals Gifte in schwacher Konzentration verwandten, um Magen oder Darm zu reizen, wenn Speisen unbotmäßig dort rumorten. Ihr Interesse galt als ehrenhaft, wenn sie sich sorgsam Kräuter und Wurzeln notierte. So manches Mittel verwarf sie als Humbug oder Aberglaube, doch bestimmte getrocknete Pilze und Höhlengewächse, das war ihr bekannt, dienten sowohl guten wie bösen Zwecken.

Wulfgar sollte nicht leiden. Xandria war nicht erpicht, dem König an Grausamkeit nachzueifern. Und noch weniger trachtete sie danach, als Königsmörderin selber unter dem Schwert zu fallen – was war gewonnen, wenn Xanten dann alleine stand? Nein, ihr Vater sollte sterben, als hätte das Schicksal launig seinen Tod beschlossen. Einfach, leise, unverdächtig.

Natürlich wusste Hede, was die Prinzessin vorhatte. Ihr oblag es schließlich, auch die selteneren Zutaten für die Tränke und Pulver zu besorgen und an den Wachen vorbei in die Burg zu schmuggeln. Die Hofdame war nicht glücklich dabei, den Plan zum Königsmord zu unterstützen, zumal sie selbst kaum mit Wulfgar zu tun hatte und ihren Stand durchaus seinem Wohlwollen verdankte. Aber Xandria war ihre Herrin, und eine Weigerung hätte eine Verbannung nach sich ziehen können. Was immer kam – zurück ins Volk wollte Hede nicht. Nie wieder …

So verbrachten sie manchen verschwörerischen Abend damit, Blütenkelche zu zerstoßen, Pilze zu trocknen und Knollen zu reiben. Wulfgar nahm erfreut hin, seine Tochter kaum zu sehen, ohne zu ahnen, dass sie an seinem Untergang feilte. Mäuse und Ratten aus den Kellern der Burg dienten Xandria zum Test und getränktes Brot als Köder. In den ersten Tagen gelang es ihr kaum, auch nur einen Nager vom Leben in den Tod zu befördern. Aber mit den Winterwochen wuchs ihre Kennerschaft. Entdeckung brauchten sie nicht zu fürchten – den Wachen war es bei Strafe verboten, die Gemächer der Prinzessin zu betreten.

Xandria war glücklich in dieser Zeit. Von der Richtigkeit ihres Vorhabens überzeugt, trübte die Vorstellung des Vatermords ihr Gemüt nicht – im Gegenteil. Selten war ihr so klar gewesen, was das Schicksal verlangte, und selten hatte sie sich so stark gefühlt, ihm gerecht zu werden. Das Ende Wulfgars war kein Mord – es war eine Befreiung!

Und es kam die Nacht, in der sie beschloss, dass die Mittel zu ihrer Verfügung standen und der Plan seine Ausführung verdiente.

Xandria wickelte drei tote Ratten in ein Tuch und legte sie in einen Korb. »Du kannst sie später vor dem Tor in die Büsche werfen.«

Die Tiere hatten nicht sichtbar gelitten, und ihre kleinen Herzen hatten kaum zwei Stunden, nachdem sie an dem Brot genagt hatten, einfach aufgehört zu schlagen. Es war wichtig, dass ein zeitlicher Abstand eingehalten wurde – die Verbindung von Speise und Tod sollte verschleiert werden. Im besten Fall würden die Experten bei Hofe darauf plädieren, dass Wulfgars geschundenes Herz einfach in der Brust geborsten war.

Hede mühte sich, die kleinen Leiber in dem Korb nicht

anzusehen. Sie hasste Ratten ebenso wie die bevorstehende Tat. »Wie soll es geschehen?«

Xandria begann, das Pulver, Ergebnis der wochenlangen Experimente, in ein kleines Fläschchen zu füllen. Die restlichen Bestandteile, der Mörser, die Tiegel – all das war schleunigst zu entsorgen. »Wir warten einfach das nächste Vollmond-Fest ab. Sie werden saufen und fressen wie immer, und im Gedränge von Kelchen und Platten wird das Gift seinen Weg zum König finden.«

Hede versuchte erneut, die Prinzessin von ihrem Plan abzubringen – weniger aus moralischer Überzeugung, als mehr aus Furcht vor den Folgen der Entdeckung. »Es ist nicht nur Mord, meine Herrin – es ist auch Sünde. Über die Taten Wulfgars zu richten, das ist nicht unsere Aufgabe!«

Xandria blickte fasziniert auf das grünliche Pulver, das im Kerzenlicht im Fläschchen schimmerte. »Wohl wahr – richten kann meinen Vater nur der Herrgott selbst. Ich sorge aber dafür, dass sie einander bald begegnen.«

Die Reise am Rhein entlang war anders als der Weg, den Nazreh und Sigurd in den Wochen zuvor zurückgelegt hatten. Der erste Schnee war gefallen, und die beiden Freunde trugen schwere Pelze, um sich in den endlosen Stunden zu wärmen, die sie schweigend dem Strom folgten. Sigurd hatte jedes Interesse verloren, durch launige Plauderei die Zeit zu vertreiben. Immer mehr verkroch sich sein Gemüt tief in seiner Seele, wo es düster brütete.

Der Wolf war stets in der Nähe – knapp außerhalb des Blickfelds, so unsichtbar wie unvermeidlich. Sigurd fühlte sich ihm verbunden und gleichermaßen unter seiner Beobachtung.

Die Gegend, die der Prinz noch nie gesehen hatte, kam

ihm seltsam vertraut vor. Weniger wie eine konkrete Erinnerung, mehr wie ein Echo aus Bildern, kleinen Fetzen, die sich in seinem Kopf über das legten, was er sah und deren Übereinstimmungen ihn schwer verwirrten.

Der Boden atmete kalt das Blut seiner Vorfahren.

Als die Hügel rund um Worms in Sicht kamen, verließen sie den Fluss, der sich nun zierend schlängelte, statt den direkten Weg zu nehmen. Sie fanden eine gepflasterte Straße, erbaut noch von den Römern, und das Tor der Hauptstadt von Burgund durchschritten sie in der diesigen Düsternis eines Wintermorgens, der viel frischen Schnee versprach. Der Wolf blieb am Waldrand stehen, die Nähe vieler Menschen meidend. Er heulte Sigurd zum Abschied nach.

Die Stadt war edler und prächtiger als alles, was Sigurd bisher gesehen hatte. Die größte Siedlung Islands konnte mit Worms ebenso wenig mithalten wie Fjällhaven. Hier hatten die Häuser mehrere Stockwerke, und eine Kirche, aus festem Stein gemauert, beherrschte das Stadtzentrum. Kaufleute aus vielen Ländern machten hier Station, handelten mit Waren an den Grenzen zwischen den freien Nordreichen und den noch römisch kontrollierten Gebieten. Soldaten patrouillierten in den Straßen, und Latein war ihre Sprache.

Doch Sigurd merkte auch, dass Worms einst mehr gewesen sein musste. Viele Gebäude zeigten Zeichen des Verfalls, die niemand mehr zu beseitigen trachtete. Manches Dach war eingeknickt, und der Hauptbrunnen am Markt war abgedeckt und versiegt.

»Es ist noch so, wie ich es in Erinnerung habe«, sagte Nazreh, während er sich umsah, »oder zumindest fast. Die Römer sind wohl nicht mehr ganz so streng mit der Ordnung wie einst.«

Sie fanden ein freundliches Gasthaus, in dem sie einkehrten, obwohl der Tag noch jung war. Es begann zu schneien, und da war es klug, die feuchten Mäntel zum Trocknen in der Nähe eines Feuers aufzuhängen und die kalten Knochen mit einer Suppe zu wärmen.

Die Schankstube des Gasthofs war gut gefüllt und die Laune der Männer sichtlich ungetrübt. An ihrem Tisch auf Speisen wartend, spitzten Sigurd und Nazreh die Ohren, wie es sich an solchen Orten immer lohnte. Die Händler sprachen von den Waren, die sie zu veräußern hatten, und tauschten gegenseitigen Rat, um böse Überraschungen in allen vier Himmelsrichtungen zu vermeiden. Römer wurden genannt, ebenso Franken und Sachsen – doch Streit kam nicht auf. Man hatte wenig Interesse, sich durch politisches Gerede die Geschäfte zu gefährden, und es mochten Spitzel hier ihr Bier trinken, die sogleich den Kommandanten benachrichtigten, was getratscht wurde. Auch Island war kein Thema. Weit im Süden war das Schicksal der Insel von so wenig Belang, dass es Sigurd schmerzte. Dafür kam die Rede auf Xanten, und gleich wurde das Gemurmel lauter. Wie es schien, brachte der König einiges an frischem Gold in die Welt, und wer exotische Waren zu bieten hatte, konnte trotz der Armut des Reiches auf guten Profit hoffen.

Sigurd wusste, dass das Gold Wulfgars das Gold Islands war, und es erinnerte ihn daran, welcher Gedanke ihn so weit getragen hatte.

Ein Wirt in lederner Schürze trat heran und setzte zwei schwere Krüge mit dunklem Bier vor den Neuankömmlingen auf den Tisch. »Das erste Bier geht aufs Haus. So ist's Brauch hier in Burgund.«

Sigurd und Nazreh nickten dankbar. Der Prinz von Island klopfte mit seinem Finger neugierig gegen den Krug. »Das ist kein Kelch, wie ich ihn kenne.«

Der Wirt lachte. »Wenn ihr aus dem Norden kommt, so mögt ihr metallene Kelche gewohnt sein. Hierzulande trinkt man aus Krügen, die aus fester Erde gebrannt werden. So echt wie das Bier.«

Sie stießen an, und einen tiefen Zug später waren sie Freund mit dem Krug wie mit dem Bier. »Süffig«, lobte Sigurd. »Mir scheint, Worms ist ein guter Ort für Menschen mit Lebensfreude.«

Der Seitenblick von Nazreh verriet, dass er Sigurds Versuch, den Wirt zur Plauderei zu locken, guthieß.

Der Wirt biss an und setzte sich zu den Neuankömmlingen. »Das will ich meinen. Seit vier Generationen lebt meine Familie hier. Nicht immer einfach. Aber reich an Geschichten.«

Er hob die rechte Hand – an einer Kette um das Gelenk baumelte ein kleines weißes Stück Knochen. »Das hier zum Beispiel ist aus dem Kiefer des furchtbaren Drachen Fafnir. Kennt ihr die Geschichte?«

Sigurd mühte sich, ein Lächeln zu unterdrücken, während er Nazreh unter dem Tisch mit dem Bein anstieß. »Nein, aber wir würden gerne davon hören.«

Das Vollmond-Fest unterschied sich nicht von den vielen anderen Festen, die am Hofe von Xanten gefeiert wurden. Der Anlass mochte sich ändern, doch der Ablauf war immer der Gleiche – Fraß und Tanz, Prahlerei und Hurerei. Dazu Musik und derbe Scherze. Und wenn die Fackeln gelöscht wurden, hörte der Spaß noch lange nicht auf. Xandria hatte immer vermutet, dass alle Kinder bei Hofe in derselben Woche geboren würden, wenn man nur einmal im Jahr das Gelage hielt. Keine Steinmauer konnte das Stöhnen und Grunzen aus den Gemächern und düsteren Ecken übertönen. Mägde und Hofdamen waren in diesen Nächten so sehr Beute wie der Ochse am Drehspieß.

Nur Xandria hatte ihre Ruhe. Als Prinzessin konnte es keiner wagen, ihr zu nahezutreten, wenngleich mancher Soldat ihr heiße Blicke hinterherwarf. Ihre wilde Schönheit machte sie ebenso begehrt wie ihre offensichtliche Unberührtheit. Ihre Unschuld war ein Preis, um den jeder Mann bei Hofe gerne gekämpft hätte. Und doch war niemand da, der sich vom Stande her Hoffnungen machen durfte. Es war kaum zu bezweifeln, dass so mancher feine Kerl, der bei seinem Weibe lag, in Leidenschaft das Gesicht der Prinzessin vor Augen hatte und ihren feinen Körper unter seinen Fingern wünschte.

Es war ein ebenso ausschweifendes wie widerwärtiges Spektakel, und die Verschwendung empörte umso mehr angesichts der Armut des Volkes vor den Toren. Doch selbst die hungernden Dörfler sehnten die Feste herbei, wurden ihnen doch an den Seiteneingängen die Reste hingeworfen, die sie gierig verschlangen.

Nur den Soldaten, deren Aufgabe es war, die Burg zu bewachen, wurde der Griff nach Wein und Bier versagt. Je sicherer man sich nach außen gab, desto hemmungsloser ließ es sich im Innern feiern.

So manch ein Zecher war schon während der Völlerei tot vom Stuhl gerutscht, einen Knochen quer im Hals oder zu viel Wein im Wanst. Es galt durchaus nicht als ehrlos, sich dem Feind Vielfraß zu ergeben, wenn er in solchen Massen angriff. Im Suff und beim Weibe starb es sich wenigstens glücklich, sagte man bei Hofe.

Und genau darauf setzte Xandria. Ihr Vater hatte ein robustes Alter erreicht, und die Welt litt mehr als vierzig Winter unter seiner Präsenz. Sein Körper trug die Wunden vieler Schlachten, und immer wieder brauchte es Blutegel und Kräuterbäder, um seine Verdauung anzuregen. Wenn so ein König am Essen sich verdarb, war kein Grund, Niedertracht zu vermuten.

Seinen Krug im Gewühle des Festsaals zu finden war nicht schwer – ließ Wulfgar ihn doch kaum je aus der Hand. Eifrige Diener schenkten nach, bevor der König sein Gesicht auf dem Boden spiegeln sah. Xandria drängte sich an den Vasallen und Ratgebern vorbei, manche schon auf den Bänken schnarchend, andere den kreischenden Hofdamen die Brüste aus den Miedern grapschend. Eine Hand kniff das Gesäß der Prinzessin – was bei Tage die Todesstrafe bedeutet hätte, war im Gewimmel der Körperteile nicht zuzuordnen. Xandria ignorierte die Unverschämtheit und suchte weiter den Weg zu ihrem Vater, in der Hand das Fläschchen mit dem Pulver, das ihn ebenso erlösen sollte wie sein Volk. Auch ohne Alkohol schlug das Herz der Prinzessin heiß, brannte im Blut ihrer Adern und färbte ihre Wangen so rot, wie es die helle Farbe ihrer Haut sonst kaum zuließ.

Sie fand Wulfgar, der gerade einer Magd, die tunlichst stillhielt, mit der Hand unter dem Rock den Hintern rieb. Die vulgäre Tat wurde nicht weniger erbärmlich dadurch, dass Xandria selbst noch die Finger eines Mannes an sich spüren konnte. Wenigstens besaß der König den letzten Rest Anstand, beim Anblick seiner Tochter von der Frau zu lassen. »Schau an, wer uns da die Ehre gibt. Seit wann feierst du?«

Seine Stimme troff vor Herablassung und trunkener Angeberei, die Xandria geflissentlich ignorierte. »Für zünftige Feste wird noch so viel Zeit sein«, sagte sie freundlich, und sie meinte es auch so. »Ich bin sicher, auch für mich findet sich beizeiten ein Grund, den Becher zu heben.«

Die gute Laune seiner Tochter missfiel Wulfgar, weil sie

gänzlich ungewohnt war. Er trank, und als er seinen Kelch geleert hatte, streckte er den Arm aus, damit sein Diener nachschenken konnte. Xandria fing den großen Krug ab, als wollte sie niemanden zwischen sich und ihrem Vater haben, und schenkte Wulfgar selber ein. Die linke Hand, die dabei den Mund des Kruges stützte, hielt ebenfalls das kleine Fläschchen, und mit dem Strom des Rotweins rann das Pulver in den Kelch.

Xandria reichte den Krug weiter, und es gelang ihr, das fast leere Fläschchen in eine Falte ihrer Gürtelschlaufe zu stecken.

Es wurde still um sie herum. Zwar verstummte niemand, und auch die mittlerweile arg schräg aufspielenden Musikanten versahen weiter ihren Dienst – aber die Prinzessin hörte nichts mehr davon. Das Gelage wurde zu einer tonlosen Posse, die um sie und ihren Vater herumwogte, die Menschen eine formlose Masse aus Leibern, die in ihren Augenwinkeln verschwamm.

Es gab nur noch Xandria, Wulfgar – und den Kelch.

Sie wartete.

Der König sagte etwas zu ihr, aber sie sah sich außerstande zu antworten.

Jemand stieß Wulfgar von hinten an. Ihr Herzschlag setzte aus. Wein schwappte aus dem Kelch. Nur ein wenig. Nicht genug, die Wirkung des Giftes zu schwächen. Oder?

Der König trank.

Einen Schluck, zwei.

Dann rülpste er.

Xandria hatte das Gefühl, in Ohnmacht zu fallen.

Wieder sagte Wulfgar etwas. Als er merkte, dass seine Tochter nicht reagierte, stieß er mit der Faust gegen ihre Schulter: »He!«

Die Prinzessin wurde aus der seltsamen Trance herausgerissen und blinzelte zweimal, bevor sie sich gefangen hatte. »Entschuldige, Vater.«

Wulfgar sah sie misstrauisch an. »Du führst doch was im Schilde.«

Dann trank er noch einmal.

Sigurd stellte den Steinkrug auf den Tisch, den er zum dritten Mal geleert hatte. Der Wirt goss sogleich nach, ohne seinen Redefluss zu unterbrechen. »So dachten wir, wenn König Gunther zurückkommt von der Hochzeit seiner Schwester mit Etzel, dann wird wieder Frieden herrschen und Ruhe einkehren. Na ja, hat nicht sollen sein. Mehr als ein Jahr lief es so schlecht und recht, bis Rom einen Verwalter sandte, der den verwaisten Hof übernahm.«

Es hatte sich gelohnt, den Wirt zum Tratsch zu veranlassen. Sigurd hatte an diesem Abend viel erfahren, was sich vor vielen Jahren bei Hofe zugetragen hatte. Die Menschen hatten seinen Vater wirklich verehrt, viel mehr noch als den König Gunther selbst. Durch die Bezwingung des Drachen war er Volksheld und Legende geworden, dem Tag seines Todes wurde immer noch mit einem speziellen Starkbier gedacht, dem »Siegfried-Bräu«.

»Aber schlecht ergangen scheint es Euch unter den Römern nicht«, merkte Nazreh vorsichtig an, weil er die Wut des Wirts spürte.

»Kein Römer Blut kann ein Burgunder Herz gewinnen«, erklärte der Hausherr. »Prinz Gernot hatte das Recht auf den Thron – doch mutlos hat er sich nach Island verzogen. Wen wundert's? Ein weicher Feigling ist er alle Tage gewesen, der das Schwert verabscheute.«

Die Anschuldigung machte Sigurd wütend, und in trunkenem Kopf wollte er den Wirt dafür angehen, doch wieder einmal hielt Nazreh ihn zurück. »Wenn ich mich recht erinnere, gab es keinen Krieg mehr mit Burgunder Toten, seit Gernot gen Norden zog. Vielleicht hat er jene Weitsicht bewiesen, die seinen Vorfahren abging.«

»Bah!«, schnaufte der Wirt. »Der Tod reiste ihm nur langsam nach, und statt in Burgund hat er ihn in Island gefunden. Schade ist's nur um Elsa – des edlen Hagens Tochter hätte Besseres verdient und sollte in Burgund begraben liegen.«

»Wie könnt Ihr Hagen edel nennen?«, brauste Sigurd auf. »Verrat und Meuchelmord waren seine Gefährten auf dem Weg in den Untergang! Nicht weniger als Euren Helden Siegfried hat er auf dem Gewissen!«

Der Wirt war über die heftige Reaktion erstaunt, aber er ließ sich nicht beirren. »Der Hagen, und das sage ich Euch als jemand, der ihn noch erlebte – der Hagen war ein Mann von Ehre. Was er tat, tat er für Burgund und das Königshaus. Stolz sei der, der das von sich sagen kann!«

Es pochte in Sigurds Schläfen, als er versuchte, die Ungeheuerlichkeit zu verstehen. Hier saß ein grundehrlicher Mann und pries den feigen Mörder seines Vaters! Wie konnte das sein? Legte die Erinnerung einen solch goldenen Glanz über das Leben des einäugigen Falken des Hofes Burgund? War die finstre Tat gar nicht so räudig, wenn man nur den Blickwinkel wechselte? War das Motiv nicht Niedertracht, sondern schlichte Politik gewesen?

Es fiel Sigurd auf, dass die Männer an den umliegenden Tischen bei den letzten Sätzen zustimmend genickt und gegrummelt hatten. Die Meinung des Wirts schien in Worms nicht ungewöhnlich.

Der Hausherr erhob sich, um wieder seinen Pflichten nachzugehen. Flüsternd wandte sich Sigurd an seinen

Freund. »Sie preisen Hagen – und wissen doch, dass er ihren Volkshelden Siegfried meuchelte? Und den braven König von Island ächten sie, weil er dem Blutbad ein Ende bereiten wollte?«

Nazreh hob die Schultern. »Jedes Land hat seine eigenen Legenden. Was für die einen feiger Verrat, mag für die anderen edles Handeln sein. Ich bin sicher, dass auch in Xanten Wulfgar für die Unterwerfung Islands gepriesen wird, von guten und ehrlichen Menschen.«

Sigurd spuckte auf den Boden und schob den Krug von sich weg. »Dieses Land ist es nicht wert, gerettet zu werden.«

»Gehe nicht zu hart mit ihnen ins Gericht, Siegfried«, mahnte Nazreh. »Ihre Erinnerungen sind nicht deine, und ihre Schlussfolgerungen demnach ebenso wenig.«

Als die Gäste hörten, dass der Araber seinen Freund beim Namen des Volkshelden nannte, prosteten sie Sigurd begeistert zu, was es ihm noch schwerer machte, die Burgunder für ihre tumbe Glorifizierung Hagens zu verachten. »Ich möchte nicht lange hier bleiben. Morgen ziehe ich los, um mir das Gold zu holen.«

Nazreh konnte nur ahnen, warum das Schicksal dieses kleinen Reiches dem Mann, den er als Siegfried kannte, so am Herzen lag. Sigurd hingegen zwang sich, die Wut zu zähmen und den Menschen ihre Dummheit zu verzeihen. Mochten sie doch Hagens Namen aussprechen, ohne dabei zu würgen. Die Missachtung Gernots jedoch, den er als seinen Vater ansah, traf ihn tief.

Eolind hatte Sigurd erzählt, dass sein Vater um den Respekt Burgunds gekämpft hatte, um die Liebe seiner Prinzessin. Er hatte das Volk vom Joch des Drachen befreit und reich mit Gold beschenkt. So wie Island und Xanten das Erbrecht Sigurds war, so war es Burgund allemal, denn seine leibliche Mutter hatte ihm ihr Blut genauso gegeben wie sein Vater.

Doch an diesem Abend in der Taverne, während der Schnee von scharfem Wind durch die Gassen von Worms getrieben wurde, verzichtete Sigurd in einem stillen Schwur auf das verlorene Reich. Burgund war der Traum Siegfrieds gewesen – und sein Tod. Es hatte ihn nicht verdient, und die Freiheit ebenso wenig.

Burgund, das Reich der Mutter, war ihm gleich.

Xanten, das Reich des Vaters, war sein Ziel.

Was zählte, war die Befreiung Islands.

Und der Tod Wulfgars.

Die Ratten waren leise gestorben, ohne großes Aufheben. Hatten sich hingelegt, noch ein wenig in der Luft geschnüffelt, dann waren sie tot gewesen.

Doch Wulfgar war keine Ratte, und anscheinend hatte er keine Absicht, wie eine zu sterben.

Er schrie.

Er grölte.

Er warf sich hin und her.

Es hatte drei Stunden gedauert, bis das Gift erste Wirkung gezeigt hatte, und noch einmal zwei Stunden, bis der König merkte, dass seine Schmerzen nicht der Völlerei zuzuschreiben waren. Xandria hatte sich aus dem Festsaal gestohlen, war aber in der Nähe geblieben. Der Diener, der sie vom Unwohlsein des Königs unterrichten sollte, fand sie schnell und musste wenig Worte machen.

Als sie den Saal betrat, fand die Prinzessin eine seltsam unwirkliche Szenerie vor. Die Männer, die eben noch gefeiert hatten, standen ernüchtert in einem großen Kreis, in dessen Mitte sich der König auf dem Tisch wälzte. Drei seiner engsten Ratgeber versuchten ihn festzuhalten, aber im

Schmerz trat und schlug Wulfgar um sich. Immer wieder griffen seine Hände den beträchtlichen Bauch, rissen am Stoff seines Hemdes und kratzten mit dreckigen Nägeln rote Striemen in die Haut.

Niemand sprach ein Wort. Alle sahen zu, als ginge es um ein verendendes Pferd. In keinem Gesicht war Sorge zu lesen oder gar Mitleid. Eine Mischung aus unsicherer Ablehnung und verschämter Neugier hatte die Männer ergriffen.

Hede tauchte neben Xandria auf. »Wir sollten nicht hier sein, meine Herrin.«

Die Prinzessin schüttelte unmerklich den Kopf, während sie flüsterte: »Wo sonst sollten wir sein?«

So hatte sie sich den Tod ihres Vaters nicht vorgestellt. Was war geschehen? Hatte sie die Wirkung des Giftes überschätzt, oder steckte in Wulfgar mehr Kraft, als man dachte? Waren Ratten für die Experimente ungeeignet gewesen? Vielleicht hatten die Gewürze des Fleisches einen Teil der tödlichen Beimischung unwirksam gemacht.

Wulfgar schrie wieder, und Xandria war sicher, noch keinen Mann so schreien gehört zu haben. Wie lästige Fliegen schubste der König seine Leute fort, rappelte sich auf, kroch ein wenig über den Langtisch und hieb mit den Fäusten auf das Holz, um den Schmerz zu dämmen.

Xandria war schlecht. Vor ihren Augen flimmerte es, und sie fürchtete, ohnmächtig zu werden. Das wäre auch bei Hofe sicher mit Respekt gesehen worden – welcher Tochter konnte man verdenken, beim Anblick des leidenden Vaters dahinzusinken? Doch die Prinzessin taumelte nicht aus Furcht um Wulfgars Leben, sondern aus Furcht um das eigene. Er konnte, nein, er *durfte* nicht überleben! Hätten die Krämpfe ihn doch nur im eigenen Gemach überfallen – allein im Raum hätte sie ihm ein Tuch in den Mund stopfen können, auf dass er daran erstickt wäre ...

Nun rutschte der König vom Tisch, hielt sich mühsam aufrecht, den Oberkörper immer wieder im Schmerz hin und her werfend. Er sah die teilnahmslosen Gesichter seiner Männer, und Wut mischte sich in seine Grimasse. Ein, zwei mühsame Schritte stapfte er auf Henk, seinen Schatzmeister zu, während er sich mit der Faust selbst in die Magengrube schlug. Essensreste flogen aus seinem speichelnden Mund, als er schrie: »Tritt mich! *Tritt mich!*«

Niemand fiel es ein, dem Herrscher Folge zu leisten – schon die Absicht galt als strafbar.

Xandria hörte Hede leise neben sich beten, und sie wusste nicht, warum oder wofür.

»*Tritt mich!*«, schrie Wulfgar wieder, diesmal die Hand am Dolch an seinem Gürtel, und endlich fasste sich Henk ein Herz. Mit voller Wucht trat er dem König in den Unterbauch, die Fußspitze direkt auf den Nabel zeigend, aus dem ein Blutstropfen floss.

Der geschundene Körper Wulfgars reagierte prompt – und heftig. Aus seinem Mund ergoss sich ein breiiger Schwall mit solcher Kraft, dass er einen Bogen beschrieb, bevor er sich weit über den Boden ergoss. Fleischreste und zerkautes Brot, Wein und Bier in unheiliger Menge, Körpersäfte jeder Art und klumpige Brocken von allem, was Wulfgar sonst noch in sich hineingestopft hatte.

Drei-, viermal zog sich der Oberkörper des Königs zusammen, um alles nach außen zu speien, was er in den Eingeweiden finden konnte. Schließlich blieb nur noch bitterer Magensaft, der Wulfgar auf das Kinn tropfte.

Xandria bemerkte, dass sie den Atem angehalten hatte und dass es selbst den härtesten Kriegern im Saal nicht anders ging. Erst als Wulfgar nach hinten auf eine Bank kippte und seinen ersten richtigen Atemzug nahm, seit die Krämpfe ausgebrochen waren, kam wieder Leben in die Gefolgschaft.

Der König lebte!

Japsend, zitternd, von der Übelkeit bleich, aber er lebte.

Hede und Xandria warfen sich fragende Blicke zu. Dann nickte die Prinzessin bedächtig. »Wir sollten gehen. Der König will nun sicher seine Ruhe.«

Sie schlüpften aus dem Saal, in dem die ersten Soldaten bereits das Hohelied auf den König sangen, der dem Tod getrotzt hatte. Jetzt, da mit Wulfgars Ableben nicht mehr zu rechnen war, wollte keiner mehr an seine eigene Untätigkeit Minuten zuvor erinnert werden.

Aus dem Gewirr der Stimmen konnte Xandria noch die krächzende Erkenntnis ihres Vaters heraushören. »Man hat versucht, mich zu ermorden!«

Es war eine Nacht ohne besondere Ereignisse gewesen, die Sigurd und Nazreh in der Herberge direkt über der Taverne verbracht hatten. Sie hatten sich den Luxus eines eigenen Zimmers gegönnt, in dem zwei ordentliche Betten mit Laken bezogen gewesen waren. Sigurds Interesse an Burgunder Gesellschaft war versiegt.

Der frühe Morgen fand den Isländer Prinzen hellwach in Erwartung einer großen Herausforderung. Er schnürte seine Stiefel fest, und das Schwert, das er noch am Hafen in Britannien gekauft hatte, steckte er in einen ledernen Schaft, der über seinen Rücken gebunden war. Nazreh sah ihm dabei belustigt zu. »Du bereitest dich sehr gewissenhaft auf etwas vor, das du nicht kennst. Glaubst du, die Nibelungen – ob wahrhaftig oder ausgedacht – lassen sich von scharfem Stahl beeindrucken?«

Sigurd sah ihn an. »Hast du mich nicht gelehrt, auf einen Kampf vorbereitet zu sein, auch wenn ich ihn nicht suche? Und selbst wenn die Nibelungen kein Schwert fürchten – ein Krieger ohne Waffe wird ihnen ebenso wenig Respekt abverlangen.«

Nazreh nickte. »Das ist wohl wahr. Und du bist weiterhin entschlossen, diesen Weg ohne mich zu gehen?«

Nun nickte Sigurd. »Es ist mein Schicksal. Selbst eine Heerschar würde mir nicht helfen, wenn es den Göttern nicht gefällt.«

»Du wähnst die Götter auf deiner Seite«, warnte der Araber, »aber genau das könnte dein Untergang sein. Die Suche nach deiner Bestimmung darf dich nicht blind machen, Siegfried.«

Sigurd hielt es für gegeben, seinem Freund die Wahrheit zu sagen, soweit es ihm möglich war. »Mein Name ist nicht Siegfried, auch wenn ich so getauft wurde. In Wirklichkeit bin ich …«

»… Sigurd, der letzte Sohn des Hauses Island«, vollendete Nazreh den Satz. »Und weil das Blut deines Vaters bis nach Burgund reicht, suchst du das Gold der Nibelungen, um dich an Wulfgar zu rächen und deinen Thron zu erobern.«

Sigurd brauchte einige Sekunden, bis er verdaut hatte, dass sein Gefährte Bescheid wusste. »Woher … seit wann …?«

Nazreh lächelte milde. »Du lügst nicht schlecht, aber die Zeichen waren in den Wind geschrieben. Ein junger Krieger in isländischer Kleidung, auf der Flucht vor den Xantener Häschern? Die Neugier auf die Nibelungen? Die Wut auf die Burgunder, die den Namen Gernot verspotten? Meine alte Eitelkeit wäre getroffen, wenn ich nicht längst die Wahrheit gesehen hätte.«

»Dann verzeihst du mir die Posse, die ich in guter Absicht spielte?«

»Natürlich. Und auch im Namen der Wahrheit frage ich dich noch einmal: Willst du mich im düsteren Wald nicht an deiner Seite wissen?«

Sigurd schüttelte den Kopf. »Dieser Kampf ist mein, und mein allein. Wie einst mein Vater muss ich mich den Nibelungen stellen, damit das Schicksal seinen Lauf nehmen kann.«

»Dein Vater?«, fragte Nazreh. »Ich wusste nicht, dass auch Gernot einst gegen die Nibelungen ritt.«

Nun war es an Sigurd zu lächeln. »Dann freut es mich, dass du nicht weißt, was nicht gewusst werden darf. Weil es vielleicht ein Abschied ist, will ich dir als Freundschaftsdienst mein größtes Geheimnis anvertrauen. Mein Vater ...«

»... war Siegfried, der Drachentöter«, unterbrach Nazreh erneut, auch wenn sein Gesicht verriet, dass die Erkenntnis ihm erst in diesem Moment gekommen war. »Natürlich! Nur so macht es Sinn!«

»Du gönnst mir keine Offenbarung.« Sigurd lachte und stand von seiner Pritsche auf. Sie umarmten einander wie Brüder, die sich neu kennenlernen mussten. »Da ich nun bar aller Geheimnisse vor dir stehe, guter Nazreh – willst du nicht ebenso deine Seele lüften?«

Sie hielten einander an den Schultern, und für einen Moment war es Sigurd, als schimmerten die fast schwarzen Augen seines Freundes noch ein wenig dunkler als sonst.

»Nein«, sagte Nazreh schließlich. »Dich zu deiner Bestimmung zu bekennen ist eine Frage der Ehre, so wie es dein Erbe ist. Doch was ich zu enthüllen hätte, wäre nur Scham und Schande, und wenn es da draußen ein Schicksal für mich gibt – nichts wäre mir lieber, als wenn es meine Spur verlöre.«

Er sprach die Worte ernst, ohne Raum für Zweifel oder Widerspruch.

Dann begleitete Nazreh Sigurd von Xanten aus der Schenke, durch das verschneite Worms nach Norden auf den großen Wald zu, den die Menschen von Burgund so sorgsam zu meiden wussten. Die Sonne drang dabei nicht durch den Dunst des frühen Tages, und silbriger Nebel ließ den Boden wogen wie einen unruhigen See. Irgendwann tauchte zu ihrer Rechten ein mächtiger Schatten auf.

»Die Burg, einst derer von Burgund«, erklärte Nazreh. »Heute nur noch Sitz der römischen Verwaltung. Hier haben die Götter mit deinem Vater ebenso gespielt wie mit deiner Mutter, deinen Zieheltern und allen anderen. Reizt dich ein Blick?«

Sigurd dachte kurz nach und schüttelte dann den Kopf. »Es ist Vergangenheit, und Burgund ist nicht meine Zukunft. Die Geister von gestern sollen ruhen.«

Und so gestatteten sie der Burg nicht, sich vollends aus dem Nebel zu schälen, sondern ließen sie zurück und lenkten ihre Schritte tiefer in den Wald.

Der Wolf heulte.

»Du solltest ihm einen Namen geben«, meinte Nazreh lächelnd. »Freunde verdienen einen Namen.«

Sigurd hielt inne und sah sich um. »Spürst du es?«

Nazreh steckte die Nase in die Luft, und sein Blick prüfte alles, was aus Nebel und Schnee sich drängte. »Es ist ... still. Und eine eisige Klammer packt mein Herz, die nicht von der Winterkälte stammt.«

Genauso war es. Der Wald, dessen Bäume größer und deren Stämme dunkler wurden, nahm drohende Gestalt an. Die starken Äste in den Kronen waren verhakt, als wollten sie den Vögeln vom Himmel den Einlass verweigern, und knorrige Wurzeln ragten aus dem kalten Boden, als gelte es, nach den Beinen der Wanderer zu greifen, um sie ins Erdreich zu zerren. Schnee war hier wie ein Leichentuch und so manches Holz wie eine Totenhand, die klagend daraus sich emporstreckte. Es erinnerte Sigurd an die Fieberträume, die er nach seiner Rettung durch Nazreh gehabt hatte.

Und da war Angst. Es war ein Gefühl, das Sigurd fast vollständig fremd war. Nicht einmal der Dryk hatte ihn ernsthaft zur Furcht gezwungen, und instinktiv ging seine Hand zur Brust, wo er das abgebrochene Horn am Lederband spürte. Seine Beklemmung hatte keine Ursache und war doch echt und aufrecht. Seine Beine, eingepackt in warmes Fell, fühlten sich schwach an, und den ganzen Körper zog es zitternd in Richtung Worms, wo sicher eine warme Suppe aus köchelnden Töpfen wartete.

»Es ist ein gottloser Ort«, flüsterte Sigurd. »Ganz gleich, an welchen Gott man glauben mag – hier ist er nicht.«

»Sogar ich könnte fast daran glauben«, stimmte Nazreh zu. »Es verwundert nicht, dass selbst erfahrene und gierige Krieger umgekehrt sind und auf das Versprechen von Gold verzichtet haben.«

Auch Sigurds Herz bat um Gnade und bettelte beim Verstand um Einsicht und Umkehr. Doch das raue Horn, das auf seiner Brust lag, erinnerte ihn an sein Versprechen und an sein Land, das es zu befreien galt. Und schließlich war er der Sohn Siegfrieds. Es lag in seinem Blut.

Nazreh reichte ihm die Hand. »So gehe denn mit festem Schritt, mein Freund. Meine Klinge mag nicht an deiner Seite sein, aber meine Gedanken sind es. Ich werde in Worms auf dich warten.«

Sigurd schüttelte seine Hand. »So sei es. Und wenn ich beim nächsten Neumond nicht wieder da bin ...«

»... dann werde ich weiter warten«, versprach Nazreh. »Zeit ist bedeutungslos.«

Es war gesagt, was zu sagen war. Sigurd drehte sich dem Wald zu, dessen ganzes Wesen böse war und dessen Atem faulig zwischen den Stämmen waberte.

Der Wolf heulte erneut. Weiter vorn. Er war schon vorausgeschlichen.

Hätten Sigurd und Nazreh sich der Burg Burgund nur ein paar Schritte mehr genähert, hätten sie die Gestalt ausmachen können, die ihnen von der Burgmauer hinterhersah. Während die Römer den nasstrüben Morgen in den Gemächern und Küchen der Burg verbrachten, stand sie einsam im Schnee, kalte Hände auf ebenso kalten Stein gestützt.

Der Nebel trübte Brunhildes Blick nicht. Klar sah sie die beiden Freunde, von denen einer entschlossen war, sich den Nibelungen zu stellen. Er wollte den Tod – oder das Recht auf seinen wahren Namen.

Natürlich war der Nebel kein Zufall, und die feuchte Kälte, die jedermann in Worms in den Häusern hielt, kam nicht vom Winter allein. Heute war ein besonderer Tag, und die Götter gaben ihm den angemessenen Rahmen.

In der Welt der Sterblichen war die Walküre Brunhilde so körperlich, wie sie es sein wollte. In diesem Moment war ihr Wesen Fleisch und Blut und dem eines normalen Menschen so nahe, wie es ihr erlaubt war. Wenn sie einatmete, füllten sich ihre Lungen mit klarer kalter Luft, auch wenn kein Herzschlag diese Luft dann in die Adern trieb.

Es erinnerte sie an Island. Die Kälte, der Schnee, die groben Quadern der Burgmauern. Oft hatte sie in der heimischen Burg auf dem Wehrgang gestanden und über den Fjord auf das Meer geblickt. Tagelang. Jahre.

Sie hatte auf Siegfried gewartet.

Der Wolf heulte und riss Brunhilde aus den traurigen Gedanken.

»Du hast recht«, flüsterte sie. »Aber gönn mir doch wenigstens die Erinnerung.«

Ihr scharfer Blick fand Sigurd, der nun allein in den Wald ging. Es war der Ort, an dem Brunhilde ihm nicht beistehen konnte, der auch für sie uneinsehbar war.

Der Wald der Nibelungen. Sie hörte schon ihr Zischeln und meckerndes Lachen aus der Ferne.

Und wieder rief der Wolf.

Es war nicht die warme weiche Hand von Hede, die Xandria an diesem Wintermorgen weckte. Und das war schon ungewöhnlich genug. Niemand sonst hatte das Recht, ihr Gemach zu betreten.

Was die Prinzessin weckte, war ein Schrei.

Spitz, dünn, von versiegender Kraft.

Xandria schreckte auf, der Blick durch das Fenster verriet den fortgeschrittenen Morgen. Das kalte Wasser in der Schüssel neben dem Bett erfrischte ihr Gesicht, und mit flinken Fingern zog sie ein Kleid über.

Wieder ein ungewohntes Geräusch. Ein klagendes Wimmern, das mühelos die Mauern zu durchdringen schien.

Es kam vom Hof.

Xandria musste sich auf Zehenspitzen stellen und sich weit über die Fensterlaibung beugen, um hinuntersehen zu können. Was sie erblickte, war so furchtbar, dass sie zurücktaumelte und ihr vor Entsetzen schlaffer Arm einen mannshohen Fackelhalter aus Eisen umstieß.

Das durfte nicht sein!

Die Füße nur in groben Fellschuhen, stürzte sie durch die Korridore, die steinernen Treppen hinab, durch die Vorhalle und schließlich an den Torwachen vorbei hinaus in den Hof.

Sie fiel ihrem Vater in den Arm, als er gerade den hölzernen Knüppel zum letzten Schlag erhob.

»*Nein!*«

Wulfgar stieß seine Tochter unwillig beiseite und trat nach dem gebrochenen und blutenden Körper, der vor ihm im Schnee zitterte.

Hede.

Ihr Gesicht war geschwollen, ihr linker Arm unnatürlich verdreht, und in Höhe des Unterleibs tränkte Blut die vormals weiße Schürze.

»Halt dich raus«, beschied der König. »Sie ist es, die mich vergiften wollte. Händler haben ihr die Kräuter verkauft, und eine Magd hat sie mit dem Beutel zur Nacht in die Burg schleichen sehen.«

Erneut fand sein Stiefel den geschundenen Leib, und Hede krümmte sich im Schmerz.

Der halbe Hofstaat stand im kalten Morgenlicht und sah dem grausamen Spektakel zu. Wulfgar hatte es so verlangt – es sollte Strafe wie Warnung sein, sich gegen den König zu stellen.

Xandrias Blick fand den ihrer Hofdame und konnte doch keine Linderung versprechen. Hede tat, was ihre Aufgabe war. Sie schützte ihre Herrin. Und Xandria blieb nichts als stiller Dank.

»Lass Gnade walten, wo keine Gnade sein sollte«, flüsterte die Prinzessin dringlich, keine Träne zurückhaltend. »Wirf sie aus der Burg, schenk ihren verdorbenen Leib dem niedersten Untertan, den du finden kannst. Doch lasse sie am Leben – als mahnendes Zeichen für jene, die ähnliche Gedanken hegen.«

Wulfgar spuckte aus, und nur ein Zucken des Mundwinkels verriet, dass er immer noch große Schmerzen hatte. Reste des Gifts mühten sich, seinen Körper weiter in die Knie zu zwingen. »Ihr ausgemergelter Leib auf einem Spieß wird den gleichen Dienst erweisen.«

Er machte einen Schritt auf die Hofdame zu, und in ihrer Not fand Hede keinen Ausweg mehr: »Es war ... es war ...«

»Es war was?«, bellte Wulfgar, mit der rechten Hand das Gesicht seines Opfers quetschend. »Hast du noch was zu sagen?«

Xandrias Herz setzte aus, als Hede mit einem letzten Blick um ihre Verzeihung bat. »Es war ... die Prinzess ...«

Wulfgar war zu sehr König, um seine Tochter dem Verdacht des Hofes auszusetzen, und mit einem schnellen Ruck brach er der Hofdame das Genick, bevor sie die Anschuldigung vollends aussprechen konnte. Als er den schmalen Kopf losließ, sackte der Körper daran leblos in den schmutzigen Schnee.

Xandria biss auf ihre Faust und schloss die Augen. Hede war das Nächste gewesen, was sie je an einer Mutter gehabt hatte. Und im Verrat des letzten Augenblicks konnte ihr keine Schuld zugewiesen werden.

»Werft den Leib den Hunden vor«, befahl Wulfgar und drehte sich zu seiner Tochter. Er sprach leise, sodass nur Xandria ihn hören konnte. »Was meinst du, was sie noch sagen wollte?«

Die Prinzessin mühte sich um Fassung. »Es ... es war sicherlich der verzweifelte Versuch, das eigene Leben zu retten. Wer könnte es ihr verdenken?«

Wulfgar beugte sich so weit vor, dass seine Lippen

das Ohr seiner Tochter berührten. »Ich habe heute eine Hofdame geopfert – um eine Prinzessin zu retten. Beim nächsten Mal trete ich deinen Leib so sehr in den Boden, dass man ihn zwischen den Steinritzen herauskratzen muss.«

Er schob sie zur Seite und ging ohne ein weiteres Wort in die Burg zurück.

Xandria sah, wie zwei Wachen die tote Hede am Fuß packten und zum Tor schleiften.

»*Island!*«, schrie es vom Ausguck des prächtigen Kriegsschiffes, und Sigurd eilte mit Gelen und Jon zum Bug.

Tatsächlich – die Insel war am Horizont zu sehen, und sie schien in der Frühlingssonne förmlich zu glühen.

Hinter sich die siegreiche Flotte, vor sich die Heimat – die Rückkehr hätte kaum glorreicher sein können.

Jon legte seinem Freund die Hand auf die Schulter. »Mein König – das wird ein Fest, wenn Euer Vater sieht, was wir ihm aus Xanten mitgebracht haben.«

»König«, lachte Sigurd. »Es wird dauern, bis ich mich daran gewöhne.«

Dabei trug er die goldene Krone Xantens rechtens auf dem Haupt, und seine Schultern zierte der feine Königsmantel mit dem Wolfswappen.

Jon hatte recht – die Beute war beträchtlich, denn Xanten hatte sich als kleines, aber reiches Land entpuppt, dem die Schätze mit Leichtigkeit zu entreißen gewesen waren. Aus vielen Kammern hatten sie Gold und Juwelen geräumt, und die schönen Xantener Frauen hatten die Soldaten Islands mit offenen Armen empfangen.

Die Schlacht hingegen, Strafe für Wulfgars unbotmäßigen Versuch, sich Island untertan zu machen, war so blutig wie ruhmreich gewesen. Sigurd selbst war es vergönnt gewesen, dem Xantener König im fairen Zweikampf die Klinge in die Brust zu stoßen, und er hatte den Thron nicht nur mit dem Recht seines Blutes, sondern auch dem Recht des Siegers eingenommen.

Sigurd, König von Xanten, Bezwinger von Wulfgar.

Von allen Seiten hatten Boten Glückwünsche überbracht – die Franken respektierten den Triumph ebenso wie der treue Dagfinn, und selbst die Römer zollten Tribut, indem sie einen goldenen Schild dem rechtmäßigen Erben von Xanten schickten. Niemand vermisste Wulfgar, nicht einmal das Volk, das er so lange geknechtet hatte.

»Ich bin gespannt, ob Gunther das Gold mehr freut als die Köpfe der Verräter«, frohlockte Gelen, der sich in der Schlacht als geschickt und umsichtig herausgestellt hatte. Die Häupter der Feinde würden auf Speeren so dicht an dicht Islands Klippen schmücken, dass es einem Schädelzaun glich.

Sigurds Blick blieb auf Island gerichtet. Wie hatte er die Heimat vermisst. Vater, Mutter, Schwester. Xanten war ein prächtiges Reich und würde ihm als Besitz gut stehen, doch sein Herz zog ihn zur Insel.

Aus dem ganzen Land waren die Bürger Islands herbeigekommen, um den Thronfolger zu feiern, der mit einem brillanten Feldzug die Feinde überrascht und unterworfen hatte. Der Fall Xantens machte Island zu einer Mittelmacht, die stolz am Tisch mit den Franken und den Sachsen sitzen konnte.

Jubel umbrauste Sigurd, als er mit seinen Gefährten vom Schiff stieg, Blütenblätter regneten auf die Rückkehrer. König Gernot legte seinem Sohn die Hände auf die Schultern, Elsa drückte ihn an sich, und Lilja sprang in seine Arme. Sie flüsterte in sein Ohr: »Ich wusste, dass das Horn dich schützt.«

Lachend gab er seiner Schwester den Talisman zurück. »Nun brauche ich ihn nicht mehr.«

Dann kam Eolind. Seine Planung hatte nicht wenig geholfen, den unbedachten und groben Angriff der Xantener schon zu vereiteln, bevor ihre Schiffe im Hafen festgemacht hatten. Er hatte die Generäle Wulfgars persönlich gerichtet, als dieser die feige Flucht seinem gerechten Schicksal vorzog.

Sigurd umarmte seinen väterlichen Freund in Dank und Respekt.

Dann wurde gefeiert, wie Island es noch nicht erlebt hatte. Einen Mondzyklus lang spielten die Musiker, unterhielten die Gaukler, flossen Bier und Wein. Kein Kelch, der nicht auf Sigurds Segen geleert wurde, und keine Nacht, in der den jungen König nicht die schönsten Töchter des Landes auf dem Lager erwarteten, um seine trunkene Leidenschaft mit nackten Körpern zu empfangen.

Als Sigurd an einem dieser Tage auf der Burgmauer stand und den Blick gen Süden richtete, war er stolz und glücklich. Sein Kriegsschiff wurde schon beladen, um ihn zurück an den Rhein zu bringen, und kaum dass er wieder auf dem Thron von Xanten saß, würde er seine Heiratswilligkeit verkünden, auf dass ihm die Königshäuser aller Länder ihre Prinzessinnen boten.

Er war ein guter und gerechter König, mit starkem Schwert und weisem Charakter. Xanten war wohlhabend genug, um niemals die Hände nach anderen Reichen ausstrecken zu müssen – und wehrhaft genug, um jeden Angreifer zurückschlagen zu können. In der Bruderschaft zu Island war es ein starker Partner. Der Gedanke, die Insel seiner Kindheit gleichsam unter seine Fittiche zu nehmen, gefiel Sigurd.

In der Ferne heulte ein Wolf.

Ein Wolf?

Auf ganz Island gab es keine Wölfe.

Und doch – da war es wieder. Das lang gezogene Gejaule war nicht zu verwechseln. Für den Hauch eines Moments fragte sich Sigurd, woher er wusste, wie ein Wolf klang, wenn es auf Island doch keine gab. Er konnte sich nicht erinnern, auf dem Feldzug gegen Xanten die Raubtiere in den Wäldern gehört zu haben.

Tief zog er die frische Luft des Meeres in seine Lungen und hielt inne, als sie nicht salzig und kühl schmeckte. Leicht moderig roch es, und es kratzte in seiner Nase wie von leichter Säure.

Bevor er weitergrübeln konnte, trat seine Mutter Elsa zu ihm und legte von hinten die Arme um seinen Brustkorb, den Kopf auf seine Schulter. »Schaut der Sieger auf sein dankbares Reich?«

Sigurd lächelte. »Island ist nicht mein Reich, Mutter.«

»Aber das wird es sein, mein geliebter Sohn – wenn Gernot dereinst abtritt, liegt es an dir, auch hier ein weiser König zu sein.«

Er drehte sich zu Elsa um und sah sie milde an. »Ich habe darüber nachgedacht. Zwei Reiche, die nicht aneinandergrenzen, sind schwer zu regieren, und ein Volk wird sich immer vernachlässigt fühlen, wenn der Regent in anderen Grenzen weilt.«

»Und hat der kluge Sigurd schon einen Plan, wie er das Problem zu lösen gedenkt?«, neckte Elsa.

Sigurd nickte. »Euer Einverständnis vorausgesetzt, sollten wir die Erbfolge für Island ändern. Meine Schwester Lilja wird dereinst eine gute Königin sein. So bleibt das Blut der Familie beiden Reichen erhalten.«

Die Königin küsste Sigurds Nasenspitze. »Großmut und

Bescheidenheit zeichnen dich aus. Ich bin sicher, die Idee wird auf breite Begeisterung treffen. Allerdings mag Lilja noch ein wenig jung sein.«

»Das seid ihr ja auch«, hielt Sigurd dagegen. »Und läge es in meiner Macht als König von Xanten – ich würde Gernot befehlen, noch mindestens zwanzig Jahre zu regieren.«

Sie lachten, und Sigurds Herz war leicht und unbeschwert.

Bis wieder der Wolf heulte.

»Hörst du das?«, fragte er.

Elsa horchte hin. Obwohl der Ruf des Tieres noch nicht verhallt war, schüttelte sie schließlich den Kopf. »Es ist still. Ich höre nur den Wind.«

Wie zum Protest ertönte das Gejaule erneut, und Sigurd sah seine Mutter erregt an. »Da! Wie kannst du sagen, dass du es nicht hörst? Es ist ein Wolf.«

Elsa strich ihrem Sohn sanft über die Wangen. »Es gibt keine Wölfe hier. Und wenn – dann hat vielleicht ein Händler ihn auf einem Schiff hergebracht und wird ihn hoffentlich auch wieder mitnehmen.«

Sigurd wusste nicht, warum der Ruf des Tiers ihn so irritierte, ihm die Freude an Sieg und Familie nahm. »Aber wenn der Wolf hier ist – wieso hörst du ihn dann nicht, Mutter?«

Er sah Elsa in die Augen, die ihm auswichen, als habe sie vergessen, was sie sagen wollte – oder als suche sie nach Worten, die ihn beruhigen konnten. »Wir sollten ... ich bin sicher ... müssen wir uns jetzt davon den schönen Tag verderben lassen? Lass uns reingehen! Mit den anderen speisen und feiern! Schließlich bleiben dir nur noch wenige Tage bei uns. Die wollen wir genießen.«

Wahrscheinlich hatte die Königin recht. Sigurd nahm sie

beim Arm und führte sie ins Schloss. »Zeit ist bedeutungslos.«

Doch auch auf dem Weg in den Festsaal ließen ihn die trüben Gedanken nicht los.

Etwas war ... falsch.

Alles war ... zu richtig.

»Zeit ist bedeutungslos?«

Er hatte das gehört, der Satz war nicht von seinem eigenen Verstand geformt. Aber wer hatte es gesagt? Wenn er die Worte in seinem Kopf klingen ließ, fanden sie sogar eine Stimme. Eine dunkle, alte Stimme. Nicht Eolind. Aber es war Sigurd unmöglich, daran ein Gesicht festzumachen, oder gar ein Ereignis.

Er schüttelte die blonde Mähne, um sein Zentrum zu finden, um sich auf das zu konzentrieren, was anlag. Seine Mutter blickte besorgt und seltsam leer.

Natürlich war ein fröhliches Gelage im lichten Saal, und sein Auftritt wurde mit großem Hallo und freundlichem Kelchklang begrüßt. Sigurd setzte sich zu den Männern, die allesamt seine Freunde waren und nicht müde wurden, die Geschichte der Eroberung Xantens zu hören. Eine junge Schankmagd, deren blonde Zöpfe wie wippende Zeiger auf die üppigen Brüste unter der dünnen Leinenbluse deuteten, blinzelte ihm freundlich zu – ein Versprechen für die Nacht, die beginnen konnte, wann er es sich wünschte.

Sigurds Bein juckte, und er bückte sich kurz, um die Stelle zu kratzen.

Wieder das Gefühl, einen falschen Ton gehört zu haben, eine falsche Farbe in einem ansonsten perfekten Bild.

Die Haut an seinem Bein war glatt, überzogen von einem Flaum heller Haare. Und doch hatte seine Hand wulstiges Fleisch erwartet, kantig aufgeworfen.

Eine ... Narbe?

Woher sollte er eine Narbe haben? In der Schlacht um Xanten hatte keine Klinge seinen Körper erreicht, nicht einmal an einem Rosendorn hatte er einen Tropfen Blut gelassen.

Die Gedanken kamen mühsam, als müssten sie sich gegen Widerstände an die Oberfläche seines Bewusstseins kämpfen. Das Blut dröhnte in Sigurds Ohren, und er schlug seinen Kelch auf den Tisch, dass ihm der rote Wein über die Hand floss.

Gernot legte den Arm um seinen Sohn. »Was ist mit dir, edler König von Xanten? Haben die Gelage mehr von dir gefordert als die glorreiche Schlacht um dein Reich?«

Das Lachen der Anwesenden wurde schriller, und ihre Gesichter zerflossen in alle Richtungen. Es war nicht der Rausch des Alkohols, den kannte Sigurd zur Genüge.

Es war ... alles.

Sigurd stand auf, die helfenden Arme seiner Freunde abwehrend. »Ich ... ich brauche meine Bettstatt. Verzeiht mir die Ungeselligkeit.«

Sofort war die junge Schankmagd an seiner Seite, und ihre Stütze war weiches, williges Fleisch, welches sich ihm anbietend entgegenpresste.

Etwas knurrte.

Sigurd fuhr sich über die Augen in der Hoffnung, wieder klarer sehen zu können.

Auf dem Tisch vor ihm.

Der Wolf.

Golden schimmerndes Fell, klare blaue Augen, und die Reißzähne von den Lefzen entblößt. Kehlig knurrend.

Mitten auf dem Tisch vor ihm.

Sigurd stolperte zurück, riss den Arm schützend vor sein Gesicht und fiel zu Boden.

Doch das Tier griff ihn nicht an, sondern stand nur da, zwischen den sorgsam zubereiteten Speisen und den Krügen mit Wein und Wasser.

Niemand außer Sigurd reagierte auf den erstaunlichen Anblick. Gernot strich seiner Frau zärtlich über die Haare, und Lilja zeigte Eolind ein neues Kleid ihrer Lieblingspuppe. Jon und Gelen prosteten einander zu, dabei feixend auf die dralle blonde Schankmagd schauend.

Niemand – beachtete – den – Wolf.

Es war in diesem Moment, dass Sigurd sich entschloss, diese Welt nicht mehr zu glauben. Die Welt, in der er ein Krieger war, ein glorreicher König gar. In der fremde Worte aus seinem Mund kamen und Schlachten ohne Narben blieben. In der jeder Tag ein Fest und jede Nacht voll Leidenschaft war.

Es war eine Welt ohne Schmerz. Und es gab keine Welt ohne Schmerz.

Während seine Familie ihn besorgt ansah, rutschte Sigurd rückwärts über den Boden, bis er an die Mauer stieß. Er schob sich daran hoch, und seine Hand fand eines der Schwerter, das dort zur Zierde hing.

»Was ist los?«, fragte Gernot freundlich. »Quält dich der Wein? Hast du etwas Unrechtes gegessen?«

»Spiel mit mir!«, quäkte Lilja und hielt ihrem Bruder die Puppe hin.

»Ich bin doch so stolz auf dich«, sagte Elsa, ihre Stimme seltsam tonlos.

Und noch immer beachtete niemand den Wolf, der nun hungrig an einem Knochen kaute, den er von Eolinds Platte gezerrt hatte.

Ohne Kraft im Arm wedelte Sigurd das Schwert in seiner Hand hin und her. »Kommt mir nicht zu nahe!«

»He, alter Freund – warum die Aufregung?«, säuselte

Jon, die Hände erhoben, um seine Friedfertigkeit zu beweisen. »Nun setzt Euch erst mal hin, und dann sehen wir weiter.«

»Warum erhebt Ihr das Schwert gegen Eure Freunde?«, fragte Gelen, doch sein Lächeln zerfaserte, wurde unechter mit jedem Wort.

Sie kamen auf ihn zu, freundlich, aber tot in den Gesichtern, die bleicher wurden, je eingehender Sigurd hinsah.

»König von Xanten«, flüsterten sie wie im Chor. »Bezwinger von Wulfgar. Weiser König. Großer Krieger. Liebender Mann.«

Der Wolf sah eher beiläufig zu, wie Sigurd in Panik geriet, sich nicht mehr zu helfen wusste – und Gernot das Schwert in die Brust stieß!

Stille. Nur für einen Moment. Sigurd zog die Klinge aus dem Fleisch des Vaters, und keine Wunde zeigte sich.

Gernot lächelte. »Nie würdest du deinem Vater ein Leid zufügen wollen. Fürchte dich nicht.«

Elsa griff nach seinem Kopf, um ihm über das Haar zu streichen. »Fürchte dich nicht. Schlaf. Ergib dich dem Traum. Und fürchte dich nicht.«

»Fürchte dich nicht«, flüsterte auch Lilja, deren vor ihr baumelnde Puppe Sigurd nun wie eine Waffe erschien – oder wie eine Kreatur aus Utgard selbst.

Hände streckten sich nach ihm aus, Dutzende. Zu viele, um die Menschen dahinter sehen zu können. Sie zerrten und zupften an ihm. Nicht böse, eher helfend und besorgt. Im Singsang konnte er keine einzelnen Stimmen mehr ausmachen. Er war nicht mal mehr sicher, noch im Festsaal des Hofes von Island zu sein. Hartes Holz schien seinen Rücken zu stützen, wo Mauer sein sollte, und die Decke glitt weg, als habe sie ihre Aufgabe erfüllt.

Durch Dutzende von Fingern vor seinem Gesicht sah Sigurd den Wolf. Ein paarmal stocherte er mit dem Schwert in die Menge, doch es war umsonst. Die Klinge konnte nicht einmal Stoff schneiden an Körpern, die ihr keinen Widerstand boten.

All das hier ... war nicht real.

Nichts von dem, was er sah, umgab ihn wirklich. Es war ein Trick, den ihm die Sinne spielten. Ein übler Scherz, nicht mehr als Schall und Rauch.

Er fühlte die Umgebung nicht, und die Körper von Freunden und Familie ähnelten Mänteln, unter denen er begraben lag und die er nur von sich stoßen musste.

Nur der Wolf war echt. Der Wolf auf dem Tisch.

Und er selbst.

Sigurd schloss die Augen, zwang seine Ohren, nicht auf den gleichförmigen Singsang der Menge zu achten, die ihn bedrängte. Er schaute in sich, suchte die Wahrheit, suchte Erinnerungen, die genug Gefühle auslösten, um echt sein zu können. Die Schlacht um Xanten? Sie ließ sein Herz nicht schneller schlagen. Der Tod Wulfgars? So vage, dass er nicht einmal die Waffe benennen konnte, mit der er siegreich gewesen war.

»Zeit ist bedeutungslos.«

Da war ein Gefühl! Freundschaft und Dankbarkeit, echt und unverfälscht. Aber aus einer anderen Welt.

Ganz gleich, wie fein gesponnen auch die Lügen waren, die man ihm hier aufgetischt hatte – Sigurd wollte den Weg in seine eigene Realität finden!

Und weil nichts, was Gaukelei war, seiner Macht unterlag, besann er sich auf das Einzige, was für ihn formbar war.

Er selbst.

Sigurd von Island hob das Schwert in seiner Hand,

drehte die Klinge nach unten und stieß sie wuchtig in sein eigenes Bein.

Es gab Gerüchte am Xantener Hof, wonach die Prinzessin vom Giftmordversuch an ihrem Vater zumindest gewusst hatte, aber niemand war töricht genug, sie laut auszusprechen. Es gab wieder andere Gerüchte, die besagten, dass Wulfgar sich erneut eine Frau nehmen würde, um einen Erben zu zeugen. Einen männlichen Erben.

Xandria war es egal. Ihr Leben hatte geendet, als Wulfgar das Gift mit dem Essen ausspie und ihr jede Hoffnung nahm, sich selbst und das Land von seiner Tyrannei zu befreien. Der König hatte ihr eine neue Hofdame zur Seite gestellt, Lore, aber Xandria hatte dieser kalten und tückischen Frau nach kaum drei Tagen die Tür gewiesen. In Gegenwart der Prinzessin durfte sich die Hofdame nur noch nach ausdrücklicher Aufforderung aufhalten.

Die Bücher hatte Wulfgar ihr genommen und den Zutritt zu den Beratungen verboten. Keine Ausritte in die umliegenden Dörfer mehr, keine Hilfe für die Armen und Kranken. War ihr das Leben schon vorher wie im Käfig vorgekommen, so hatte man dem Käfig nun ein undurchlässiges Tuch übergeworfen, auf dass der Vogel darin seinen Gesang einstelle.

Bisher hatte Wulfgar seine Tochter bestenfalls als lästig empfunden – nun war sie gefährlich und unberechenbar. Der Frühling war traditionell die Zeit der Brautwerbung, und Xandria hatte das unangenehme Gefühl, dass ihr Vater nur auf die ersten Blüten wartete, um sie bei anderen Königshäusern anzupreisen wie ein Schlachthuhn auf dem Marktplatz. Jeden Abend betete die Prinzessin um einen langen Winter.

Die Tatsache, dass die Lieferungen aus Island weder in

Häufigkeit noch in Menge zufriedenstellten, besserte die Laune Wulfgars nicht.

Es war eine so naheliegende Idee gewesen, Wulfgar zu töten, um die Last von Volk und Hof zu nehmen. Aber sie hatte versagt, hatte in letzter Konsequenz die notwendige Kraft nicht besessen. Das bessere Leben, das sie für sich und die Xantener erhofft hatte, es blieb Illusion.

Doch das eigene Leid war kein Schicksal, das sie hinnehmen musste. Zumindest das blieb ihr. Zwar sprachen die Pfaffen von Sünde und Höllenqual für den, der Hand an sich selber legte – doch als Vatermörderin im Geiste hatte Xandria sowieso wenig Hoffnung, dereinst im Himmel Aufnahme zu finden. Was im Gespräch mit Hede noch makabrer Scherz gewesen war, nun reifte es zum bitteren Entschluss – die Prinzessin suchte den Abschied aus dem eigenen Leben. Es erschien ihr fast wie Ironie, dass sie ausgerechnet von dem Gift, das Wulfgar zugedacht gewesen war, noch genügend Pulver hatte, um sich selbst zu erlösen.

Sie wählte einen perfekten Abend aus. Milder Wind hatte frischen Schnee gebracht und über jedes Leid eine weiße Decke gelegt. Zur Feuerstelle erleuchteten viele Kerzen das Gemach der Prinzessin warm und freundlich, heißes Wasser im Zuber hatte ihre Haut umspült, und bevor sie in das leichte Nachtkleid schlüpfte, gönnte sie sich duftende Öle auf Armen und Brust. Sorgsam und geduldig bändigte sie das wilde rote Haar mit Kämmen, vor der Tür ließ sie einen einzelnen Flötenspieler leise musizieren.

Ein Buch, das dem Zorn ihres Vaters entgangen war, zog sie vorsichtig unter den Leinenlaken hervor, die in der Ecke in einer Kiste lagen. Es waren Geschichten von jenseits der Grenzen, gesammelt von Reisenden aus aller Herren Länder. Manche waren Gedichte, andere Lobgesänge, viele wenig mehr als trockene Berichte langer Fahrten. Es gab auch Schilderungen wilder Feste und Preisungen der Schönheit, von Landschaften wie von Frauen. Besonders von Frauen. Dabei wurden Worte benutzt, die Xandria nie gehört hatte, und Dinge beschrieben, die sie sich kaum vorstellen konnte.

Kein Mann hatte Xandria je so schön beschrieben und keiner sie erfreut, wie es hier niedergeschrieben war. Auf ihrem Bett lag sie mit dem Buch in der Hand zwischen all den Kissen und träumte sich in eine bessere Welt. Es fiel ihr nicht schwer, das Pulver in die warme Milch zu rühren. Was hielt sie noch in Xanten, was hielt sie noch im Leben? Das Einzige, was sie noch fürchtete, war der Schmerz, doch sie konnte sich kaum vorstellen, dass ihr zarter Körper sich dem Gift so widersetzen würde wie ihr von Kampf und Fett gemästeter Vater.

Sie schickte den Musiker fort, schloss das Buch, trank die Milch und legte sich zurück. In ihren Mund steckte sie ein Seidentuch, um Schreie zu vermeiden, die zur Entdeckung ihrer Absicht führen konnten.

Kaum eine Stunde später kam das Feuer. Es begann in ihren Fingerspitzen heiß und prickelnd, als hätte sie in die Flamme einer Kerze gelangt. Dann kroch es durch die Arme in die Schultern, loderte in ihrem Hals. Krächzend warf sie sich auf dem Bett hin und her. Wütend fackelte die Hitze durch ihren Oberkörper, der sich zusammenzog, als gelte es, sich in einem Versteck klein zu machen. In Stößen drängten Schmerz und Feuer in den Unterleib, zerrten an ihren Eingeweiden, leckten prasselnd jeden Muskel. Der Speichel im Mund vermischte sich mit Blut im Seidentuch, und die Nägel ihrer Finger brachen, als sie ihre Fäuste krampfend ballte.

Sie hatte von den Qualen der Hölle gehört, von den ewigen Flammen – aber es entsetzte sie, dass schon der Weg dorthin ein Inferno war.

Die Hitze trieb jedes Wasser aus ihrem Körper, der Schweiß tränkte ihr Kleid, bis es nass und dampfend auf ihrer Haut klebte. Ihre aufgerissenen Augen sahen wenig mehr als Schatten und Schemen, jede Kerze hell wie die Sonnenscheibe.

Dem Stoff im Mund zum Trotz schrie sie, aber wenig mehr als gewürgtes Wimmern ertönte. Ihre blutenden Fäuste trommelten auf die weiche Unterlage, befleckten sie rot und schaurig. Ein besonders starker Krampf warf ihren Oberkörper in die Höhe, sodass sie fast aufrecht auf dem Bett zu sitzen kam.

Und im lodernden Meer aus Flammen, das ihr Gemach gewesen war, stand vor ihr eine Frau.

Schön, groß, von herrischer Art, den muskulösen Körper in schwarzes Leder gehüllt, die bleiche Haut und das schwarze Haar unberührt vom fauchenden Feuer. Ihre dunklen Augen reflektierten weder das tanzende Licht noch den Anblick der sich windenden Prinzessin.

Ein Engel des Todes.

Die Heilige Schrift sprach von ihnen viel.

Xandrias Herz wurde leicht. Jetzt, jetzt würde es bald vorbei sein. Das elende irdische Dasein neigte sich dem Ende zu.

Zwei, drei Schritte machte der schwarze Engel auf die Prinzessin zu, und Xandria wollte die Augen schließen und den Tod respektvoll und würdig empfangen. Doch der Anblick der in Flammen gehüllten Frau war zu ergreifend, um den Blick abzuwenden.

Grob riss der Engel der Prinzessin das Seidentuch aus dem Mund und warf es beiseite. Xandria hob trotz ihrer

Schmerzen zu einem Dank an, doch eine schallende Ohrfeige riss ihr das Wort aus dem Mund und den Gedanken aus dem Kopf. Eine kalte Hand stieß sie nach hinten, zurück in die weichen Kissen.

»Das hast du dir fein ausgedacht«, knurrte der Engel, dessen Stimme kehlig und rau war. »Dich davonstehlen, bevor dein Schicksal erfüllt ist.«

Ein düsterer Verdacht keimte in Xandria – was, wenn das nicht der Engel war, der sie holen sollte? Sprach die Heilige Schrift nicht von Dämonen, furchtbaren Wesen der Hölle, die sich am Leid der Menschen labten?

»Wer ... wer bist du?«, krächzte sie, mehr heiße Luft als Worte aus den Lungen spuckend.

»Brunhilde«, sagte der schwarze Engel, als sei damit genug Auskunft gegeben. »Und du wirst tun, wofür du ausersehen bist.«

Xandria keuchte und schüttelte den Kopf. »Ich ... ich bin nicht ausersehen. Und ich will nicht mehr. Nicht in dieser Welt, nicht unter diesem Vater.«

Brunhilde lachte. »Als ob die Götter danach fragten! Was immer ihr Plan sein mag – dein Tod ist für die heutige Nacht nicht vorgesehen.«

Tränen rannen Xandrias Gesicht herunter und verdampften zischend noch auf ihren Wangen, bevor sie die Lippen erreichten. »Es ist ... mein Wille.«

»Nur den Starken ist eigener Wille gegeben – und wer sich feige aus dem Leben stiehlt, kann nicht stark sein«, bellte Brunhilde abschätzig. »Willst du die Götter fordern, dann richte dich nicht selbst – widerstehe ihnen, wenn sie es für dich tun wollen.«

Trotz Schmerz und Glut rasten die Gedanken in Xandrias Kopf. Um sie herum flimmerte das Gemach, doch ihre Gedanken waren eigentümlich hell. »Dann ... dann gibt es ein Schicksal für mich? Ich werde nicht blass dahinschwinden, bis die Jahre mich gezeichnet haben?«

Brunhilde kam zu ihr aufs Bett gekrochen, wie ein Raubtier auf allen vieren. Xandria wollte zurückweichen, doch ihr Rücken stieß bereits an das geschnitzte Kopfende. Sie konnte Brunhildes Schweiß riechen, salzig und warm.

»Dein Schicksal wartet, kleine Prinzessin«, flüsterte die Fremde, und ihr Atem streichelte Xandria wie eine Feder. »Und glaube mir, dein Schicksal willst du nicht enttäuschen.«

»Was wird es sein?«, flüsterte Xandria, und ihr fiel auf, dass der Schmerz in ihrem Körper einer fiebrigen Erwartung gewichen war. Ihr Herz raste, und ihre Brust hob sich hektisch. Mit der Zunge benetzte sie ihre Lippen, und ein Schauer überkam sie. »Was ist mein Schicksal?«

Brunhilde kam ihr noch näher, und das lange schwarze Haar kitzelte Xandria durch den Stoff ihres Nachtkleids. Sie bog sich ihm entgegen.

»Erst Waise«, schnurrte die Walküre. »Dann Königin … und Hure.«

Das Wort hatte in diesem Moment keinen ordinären Schrecken, es empörte Xandria nicht wie zu den Zeiten, da die Soldaten es aussprachen. Im Gegenteil – Hure. Hure Xandria. Ihr Schoß bebte bei dem Gedanken, ihr Schneidezahn biss Blut aus ihrer Unterlippe, und hinter ihren geschlossenen Lidern explodierten Lichter, die sie noch nie gesehen hatte.

Als sie die Augen wieder öffnete, war Brunhilde verschwunden, und die Gestalt über dem Körper der Prinzessin war ein Mann. Nackt, stark und nicht weniger von geilem Schweiß getränkt wie sie selbst. Blonde Haare rahmten strähnig sein engelsgleiches Gesicht. Er suchte ihren Blick, während seine Hand den Riemen löste, der das Kleid über Xandrias Brüsten zusammenhielt.

Sie wollte etwas sagen, doch als sich ihre Lippen öffneten, war es wie eine Einladung für das göttliche Tier über Xandria, und ihr durstiger Mund wurde sofort von seiner Zunge gestillt. Sie tranken einander, und die Hände der Prinzessin glitten zu ihren Beinen, um das Kleid über ihrem Schoß zu raffen.

Sie wollte den Schmerz seiner Liebe, und in dem Schmerz fand sie ihre Bestimmung.

Der Schmerz riss Sigurd in die Wirklichkeit. Nicht unbedingt eine Wirklichkeit, die dem vorzuziehen war, was er in den letzten Tagen erlebt zu haben glaubte, aber zumindest eine Wirklichkeit, auf die er Einfluss hatte, die keine geflüsterte Lüge in seinem Kopf war.

Die Trugbilder verschwanden mit dem Schmerz, und als das Blut aus seinem Oberschenkel rann, nahm es Island mit sich, Elsa, Gernot, Lilja.

Sigurd schrie – nicht nur des Beines wegen, sondern auch wegen der Erinnerungen, die sein Verstand ihm nun wieder erlaubte. Elsa, Gernot, Lilja – sie waren tot. Alle. Er hatte ihre Leichen gefunden. Island war gefallen, und Wulfgar war am Leben.

Er ließ sein Schwert fallen, und es landete auf dem Boden einer schmutzigen Höhle, deren Wände schwach leuchteten und die von einem kalten Wind durchfaucht wurde.

Mit beiden Händen presste der Prinz von Island die klaffende Wunde zusammen, die er sich selber beigebracht hatte. Die Klinge des Schwerts hatte die Narbe durchtrennt, die sein Schiffbruch einst auf dem Bein hinterlassen hatte und deren Fehlen ihm aufgefallen war.

Schmerz und Blutverlust waren zu groß, dass Sigurd sich in diesem Moment mit etwas anderem als sich selbst beschäftigen konnte. Er riss den groben Stoff seines Hemds am linken Arm herunter und band ihn fest um sein Bein, in dem es protestierend pochte. Fast augenblicklich färbte sich der Stoff rot.

Und nun hörte Sigurd die zischelnden Stimmen. Mühsam ließ er von der schmerzenden Wunde ab und sah sich um.

Er war im Wald der Nibelungen gewesen. Auf der Suche nach dem Gold. Das war das Letzte, woran er sich erinnern konnte. Und dann – war da Island gewesen.

Täuschung! Lug und Trug!

Die Nibelungen hatten ihn hereingelegt, in einem großen Theater ein Leben vorgeführt, in dem weiterer Kampf unnötig war, in dem alle Wünsche erfüllt schienen. In dem er das Gold nicht brauchte.

Doch der Wolf hatte sie verraten.

Sigurd merkte, dass seine Beine ihn kaum noch hielten, und mit dem Rücken lehnte er sich gegen die Höhlenwand. Mit der Hand strich er sich übers Gesicht.

Da war ein Bart. Keine Stoppeln. Ein Bart. Und das Zittern in seinem Körper – es war nicht die Verletzung, die ihn schwächte. Es waren Hunger, Durst und schiere Müdigkeit. Wie lange mochten die Nibelungen ihn genarrt haben?

Kein schlechter Plan – Sigurd hätte so lange den Traum gelebt, bis sein Körper in der Wirklichkeit verdurstet wäre und mit ihm das falsche Spiel erlosch.

Doch die Nibelungen hatten sich verrechnet, und nun war alles wieder offen.

Und das merkten die Geistwesen ebenfalls. Böse zischten sie um ihn herum, tatschten körperlos an seinem

Fleisch, schrien wütende Flüche in die Höhle, warfen sich gegenseitiges Versagen vor.

Und dann griffen sie gemeinsam an!

In Schemen und Schatten ritten sie heran, tanzten in sein Ohr, glitten unter die Fingernägel, tauchten in seine Augen. Ihre geballten Gedanken waren wie Windstöße, die Sigurd hin und her warfen ...

Siiiegfriiied ... Siiiegfriiied ... Siiiegfriiied ...

Sie spuckten seinen Namen mehr, als dass sie ihn sprachen. Der Prinz schlug wild, aber kraftlos mit den Armen um sich, ohne etwas treffen zu können.

Siiiegfriiied ... Siiiegfriiied ... Siegfriedsiegfriedsiegfried ...

Sigurd ward übel, und hätte er noch etwas im Körper gehabt, er hätte es erbrochen. Seine Hände verkrampften sich, und unter den Füßen kräuselte sich der Staub, als die vereinte Kraft der Nibelungen ihn vom Boden hob. Es war mehr, als ihnen möglich sein sollte, aber die Wut über Sigurds Flucht aus dem Traum gab ihnen ungeahnte Macht.

Stirb hiiier ... stirb heeeuteee ... stirb jeeetzt ...

Sie lachten in sein Gesicht, kreischten in seine Ohren, kratzten auf seiner Zunge – und sein Verstand begann sich von seinem Körper zu lösen. Sein Kopf sackte haltlos zur Seite, und Speichel rann aus seinem Mund. Die klaren Gedanken in seinem Kopf verblassten, und da war nur noch ein schwarzer Strudel, dumpf und leer. Sigurd sehnte sich nach dem Strudel, der Ruhe, dem Nichts ...

Nein!

Seine Hände fanden die Wunde am Bein, das blutgetränkte Tuch darum – und drückten kräftig in das Fleisch.

Wieder brach der Bann der Nibelungen, wieder brachte der Schmerz Sigurd von Island in die Wirklichkeit und zu sich selbst.

Sein Körper sackte zu Boden, als die Nibelungen ihn losließen, und es wurde augenblicklich still. Nur in Sigurds Ohren pochte das Blut und in seinem Kopf der Schmerz.

Sonst war da nichts.

Sigurd atmete flach und leise. Er spürte den Boden, roch den fauligen Wald vor der Höhle, fühlte den Wind auf dem Arm, von dem er den Stoff gerissen hatte. Ein paar Barthaare kratzten seine Lippen.

Er war er selbst. Und er war Herr seiner selbst.

»Ich bin ... Sigurd von Island«, würgte er schließlich hervor. »Und ich ... bin ... Siegfried von Xanten.«

Keeehr um ... keeehr um ... kehrumkehrumkehrum ...

Die Stimmen klangen böse, herablassend, doch Sigurd spürte auch die Angst und Verwirrung der Nibelungen. Schon die Tatsache, dass sie bereit waren, ihn gehen zu lassen, war ein Beweis ihrer schwindenden Macht. Denn eigentlich wollten sie seinen Tod.

Im fahlen Licht sah er einige Drachenschuppen herumliegen, und Knochen, die von Menschen stammten. Die Menge der hier ausgetragenen Kämpfe, das Ausmaß der Tragödien, er mochte sie sich kaum vorzustellen.

»Ihr hattet einen Drachen zum Schutz«, sagte Sigurd leise, jedes Wort gegen den Schmerz in seinem Körper kämpfend. »Und trotzdem ... blieb mein ... Vater siegreich. Was habt ihr mir entgegenzusetzen?«

Das Gooold ... kein Glüüück ... für Siiiegfried ...

Langsam kam Sigurd auf die Füße und achtete sorgsam darauf, das verletzte Bein nicht zu stark zu belasten. »Mein Vater bezwang den Drachen. Er ist eine Legende. Das Gold machte ihn erst zum Prinzen, dann zum König. Er bekam die Frau, die er liebte, und das Reich Xanten. Und am Ende mich.«

Der Preeeis ... der Fluuuch ... der Toood ...

Sigurd spuckte etwas Blut auf den Boden. »Der Preis

wurde gezahlt, nicht nur von ihm! Reiche sind für das Gold versunken!«

Der Chor der Nibelungen-Stimmen wurde leiser, und Sigurd spürte die Unsicherheit der Geistwesen. Der Gedanke hatte ihn selber überrascht – hatte sein Vater nicht tatsächlich jeden Preis für das Gold bezahlt? Er hatte den Drachen besiegt und war in den Tod gegangen. Und wenn der Preis bezahlt war – gehörte das Gold dann nicht seinem Sohn?

Das Gooold ... unser Gooold ... niemals Menschengooold ...

»Dann bringt es an einen Ort, an dem es nicht gefunden werden kann. An einen Ort, den nicht mal die Legenden kennen. Doch nennt nicht Ort und Preis, wenn ihr keinen Herausforderer sucht!«

Unser Gooold ... unser Preeeis ... niemals gezaaahlt ...

Sigurd wurde klar, dass die Nibelungen sich im Kreise drehten und der Lockruf des Goldes für sie ein grausames Spiel war. Er zwang sich, mühsam ein paar Schritte zu gehen, in die Höhle hinein, mit dem Wind. Dort schimmerte es stärker, und dort vermutete er das Gold.

Nur wenige Nibelungen zischten nun erbost.

Neuer Rauuub ... neuer Fluuuch ... neues Leeeid ...

Sigurd winkte müde und schmerzgeplagt ab. »Dummes Gerede – das Gold, das ihr einst zurückverlangt habt, war schon lange nicht mehr eures! Gerechter Lohn war es für die Taten meines Vaters. Nicht ihr könnt verlangen, es zu behalten – *ich* kann verlangen, es zu bekommen!«

Er fand die Höhle mit dem goldenen Brunnen, den Boden übersät von Reichtum und Juwelen, dass es die Augen schmerzte. Edle Steine wie Münzen, Geschmeide wie Waffen, und in allem spielten die Lichtreflexe des Wassers.

Sigurd war als Prinz aufgewachsen, und Schätze lockten ihn nicht aus persönlicher Gier. So viel Gold wie möglich zusammenzuraffen, das war keine Freude. Die edlen Metalle waren Mittel zum Zweck, das Werkzeug, um Wulfgar zu stellen und Island zu befreien. Es drängte Sigurd nicht, im Gold ein Bad zu nehmen und dabei närrisch zu jauchzen.

Er steckte kurz den Kopf in den Brunnen, damit das frische Wasser seine Gedanken kühlen konnte. Viel Zeit hatte er nicht. Sein Körper war zittrig und schwach, und es lag Arbeit vor ihm.

Der Prinz bemerkte einige Gegenstände, die sorgsam am Brunnen ausgelegt waren. Da war eine Art Kappe und ein Kelch mit dickem Saft, der Blut sein mochte. Ein Mantel, ein Dolch, eine Krone.

Ein Ring.

Nimm sieee diiir ... nimm sieee diiir ... nimm sieee diiir ...

Die Nibelungen versuchten es nun mit Säuseleien, boten ihre Waren wie die Händler auf dem Markt an. Sigurd war nicht so töricht, darauf hereinzufallen. »Was immer eure Magie auch bietet – kein Preis wird heute mehr bezahlt. Ich nehme nur, was mein ist. Das Gold. Nicht mehr ...«

Seinen schmutzigen Umhang breitete er auf dem Boden aus und schaufelte mit beiden Händen Gold darauf. Gerade so viel, dass er es hinter sich her schleifen konnte. Genug, um ein Heer zu bezahlen, das Wulfgar und Xanten herausfordern konnte.

Immer wieder flüsterten die Nibelungen in sein Ohr, lockten ihn mit Versprechen von wundersamen Fähigkeiten, wenn er nur die richtigen Gegenstände nahm. Er hörte nicht auf sie.

Aus dem Chor löste sich eine einzelne Stimme, klar und ruhig. Sie hallte nicht, und keine Boshaftigkeit schwang in ihr mit.

Wenn du willst, was dein ist, nimm das Schwert.

Sigurd hielt inne. Hatte der Wolf vor der Höhle gerufen?

Wenn du willst, was dein ist, nimm das Schwert.

»Ich habe kein eigenes Schwert«, murmelte Sigurd und ärgerte sich schon, dass er sich zum Gespräch verführen ließ. »Und von den Nibelungen will ich keines.«

Nothung, das Schwert, ward von Siegfrieds Hand geschmiedet ...

Nun horchte Sigurd auf. Das Schwert seines Vaters? Er sah sich vorsichtig um, und tatsächlich – hinter dem Brunnen, auf einem Stück alten Leders, lag ein prächtiges Schwert.

Es war zerbrochen. In zwei Teile.

Trotzdem wollte Sigurd es besitzen. Er *musste* es besitzen. Flink schlug er es in das Leder und legte es zu dem Gold, das er gesammelt hatte.

Das Schweeert ... das Schweeert ... dasschwertdasschwertdasschwert ...

»Ich habe sonst nichts von ihm«, verteidigte sich Sigurd. »Und wenn er es selbst geschmiedet hat, dann steht es euch nicht zu. *Ich* bin sein Sohn und Erbe.«

Er packte den Umhang an den Ecken, und klirrend fand sich das Gold in einem groben Beutel, den er hinter sich her ziehen konnte. Dazu nahm er eine handgroße schwarzgrüne Schuppe, die auf dem Boden lag. »Kein besserer Beweis, dass ich in der Höhle des Drachen war.«

Die Stimmen der Nibelungen wurden nun wieder undeutlich und vermischten sich mit dem Pfeifen im Wind. Anscheinend gaben sie ihr Bestreben auf, Sigurd von seinem Besitz fernzuhalten. Die Blutlinie der wahren Herrscher von Xanten hatte sie erneut bezwungen.

Der Weg aus der Höhle war beschwerlich, und Sigurds zitternde Beine versagten ein ums andere Mal die Gefolgschaft. Auch die Magie der Nibelungen hatte ihren Anteil – immer wieder führte der Gang ins Nichts, teilte sich, um dann wieder im Kreis auf sich selbst zu führen. Doch es war nur müde Gaukelei, und nach einigen Stunden sah der Prinz das helle Licht des Tages vor sich.

Vor der Höhle legte Sigurd eine Rast ein. Es war kalt, und der vormals frische Schnee war über die Tage mit einer Eiskruste überzogen worden und vielfach schmutzig. Er fragte sich, wie lange er nun im Wald der Nibelungen gewesen war.

Es raschelte hinter ihm. Sigurd drehte sich um und sah über dem Höhleneingang den Wolf sitzen, der ihn eindringlich ansah.

Der Prinz ließ den Beutel mit dem Gold los und kniete sich auf den Boden, den Kopf in Ehrfurcht gesenkt. »Mein Freund, ohne dich wäre ich im Traum der Nibelungen gefangen geblieben. Mein Dank währt ewig.«

Der Wolf knurrte, als gefalle ihm der Schwur nicht. Dann drehte er sich um und verschwand im diesigen Wald.

»Ein fetter Hase wäre dir wohl lieber gewesen«, meinte Sigurd lachend und machte sich auf den Weg.

Es war ein langer Marsch, der durch das Gewicht des Goldes nicht gewann. Immer wieder musste Sigurd den Sack mit den Kostbarkeiten hochwuchten, um Stämme und breite Wurzeln zu überwinden, und immer öfter gaben dabei seine Beine nach. Der Winter forderte ihn kaum weniger als die Macht der Nibelungen. Die letzten Meter aus dem Wald kroch er mehr, als er ging.

Sigurd fand Nazreh auf einem Baumstumpf sitzend, an fast derselben Stelle, an der er ihn verlassen hatte. Der Araber sprang ihm sofort bei, hüllte ihn in den eigenen Mantel und flößte ihm etwas Wasser ein.

»Meinen Glauben an die Götter mag ich verloren haben«, sagte Nazreh und lächelte, »aber in diesem Moment würde ich ihnen fast danken wollen.«

Sigurd nickte und deutete schwach auf die Wunde an seinem Bein. »Deine gute Flickarbeit musste ich zunichte machen, leider. Ich hoffe, du hast Nadel und Faden aus Britannien mitgebracht.«

Nazreh erlaubte sich einen Blick in den Umhang, den Sigurd als Beutel hinter sich her geschleift hatte. Er pfiff durch die beiden Zahnlücken. »Wie es aussieht, können wir in Worms kaufen, was wir brauchen. Und was wir nicht brauchen. Und die Stadt gleich dazu.«

Sigurd hustete. »Wir sollten das Gold verstecken, bis wir uns auf den Weg machen. Solange keine Soldaten unseren Schatz hüten, ist jeder Neider eine Gefahr.«

Zwei, drei Goldstücke steckte Nazreh in seinen Beutel. »Zumindest bezahlen wir dir ein heißes Bad, ein gebratenes Schwein und eine scharfe Klinge für den Bart.«

Sigurd fuhr sich mit der Hand über das Gesicht – er hatte sich noch nie einen Bart stehen lassen, und er konnte schwer einschätzen, welche Zeit ihn hatte wachsen lassen. »Wie lange … wie lange war ich fort?«

»Fast zwei Monate.«

Nazreh sagte es mit einer Gleichmut, als hätte er von zwei Tagen gesprochen. Sigurds Augen wurden groß. »Zwei Monate? Und du hast gewartet?«

Der Araber hob die Schultern. »Dann und wann bin ich für Proviant nach Worms gegangen und habe mir die Füße gewärmt.« Er deutete auf eine Feuerstelle. »Des Nachts habe ich geschrieben. Nun, da ich deinen wahren Namen kenne, mussten viele Teile der Geschichte neu interpretiert werden. Die alten Seiten nutzte ich, um das Feuer zu entfachen.«

Nichts in Nazrehs Stimme verriet, dass er Respekt oder

gar Dank erwartete, und Sigurd empfand beides umso stärker. »Zeit ist bedeutungslos«, sagte er.

Sie warteten noch eine halbe Stunde, bis Sigurd sich stark genug fühlte, um auf Nazreh gestützt den Weg nach Worms anzutreten. Den Beutel mit dem Gold versteckten sie unter den Wurzeln eines ausladenden Baums. Kein großartiges Versteck, aber nachdem niemand den Wald zu betreten wagte, schien es sicher genug.

Die ersten Katen schälten sich bereits aus dem Dämmerlicht des Abends, als Sigurd etwas auffiel. »Du hast mich nicht gefragt, was ich im Wald der Nibelungen erlebt habe.«

Nazreh sah stur weiter nach vorn, auch er mittlerweile erschöpft. »So viele Abende, an denen du mir davon berichten kannst – warum sollte ich dich jetzt drängen?«

Doch Sigurd wollte davon erzählen. »Ich habe das Gold – und mehr. Das Schwert meines Vaters.«

»Den Nibelungen kann das nicht gefallen haben«, vermutete Nazreh.

Sigurd schüttelte den Kopf. »Gewiss nicht. Aber das Gold ist mein, das mussten sie einsehen. Und auch das Schwert meines Vaters gehört zum Erbe.«

»Dann ist es wohl an der Zeit, dem Erbe sein Recht zu geben«, sagte Nazreh.

»Was meinst du damit?«, wollte Sigurd wissen.

Sie hatten Worms erreicht, und es waren nur noch wenige Schritte zur Herberge, in der sie ausruhen konnten.

»Als Sigurd von Island bist du aufgewachsen, doch Xanten wird nun dein Ziel sein. Den Namen Siegfried, hinter dem du dich versteckst, hast du bei deiner Taufe feierlich erhalten.«

Sigurd dachte darüber nach. »Als Erbe meines Vaters, meines wahren Vaters ...«

»Bist du Siegfried, Sohn von Siegfried, Erbe von Xanten und Island.«

Der Prinz nickte entschlossen. »Dann sei es von heute mein rechter Name. Siegfried, Sohn von Siegfried, Erbe von Xanten.«

Es hörte sich gut an. Richtig.

Nicht nur für ihn.

Auch für den Wolf.

4

Die Schlacht
ohne Sieg

Von dem Moment an, da Siegfried und Nazreh in Worms die erste Goldmünze ausgegeben hatten, waren sie nicht mehr allein gewesen. Reichtum schuf sich seine Freunde, auch wenn die beiden Gefährten sorgsam in der Wahl der Helfer waren. Es war die Zeit für Planung und Verwaltung, die Siegfried langweilte und in der Nazreh erstaunliches Geschick bewies. Die Herberge wurde ihr alleiniges Quartier, das sich nach und nach mit Männern in ihrem Sold füllte. Bald waren die Zimmer in Worms belegt, die Ställe ebenso, Zelte wurden aufgezogen, Unterstände errichtet.

Zuerst hatten sie einige Soldaten als Leibwachen angeheuert. Zwar fühlte sich Siegfried einer Attacke gewachsen, aber noch war ihnen jedes Pack allein durch Überzahl gefährlich. Die römischen Schatzmeister von Worms, denen auch das Banken- und Steuerwesen der Region unterstand, fanden sich gegen Beteiligung bereit, die Schätze der Nibelungen in ihre Obhut zu nehmen. Damit stand zwischen dem Gold und jedem Dieb fortan ein Heer.

Der nächste Mann, den sie als Verbündeten gewinnen mussten, war Thelonius, der Stadtkommandant von

Worms und Burgund. Es dauerte einige Wochen, bis dieser sich in Rom versichert hatte, dass es im Interesse des schwindenden Imperiums lag, wenn Wulfgar Einhalt geboten wurde. Es hatte sich schnell der Verdacht erhärtet, dass Wulfgar mit dem Ende der alten Xantener und Burgunder Blutlinie auch gegen Worms marschieren könnte, wenn seine Streitmacht es zuließ. Siegfried und Nazreh bestärkten Thelonius in diesem Glauben, und der Römer war froh, dass andere für sein Reich die schmutzige Arbeit erledigen wollten, den Usurpator vom Thron zu stoßen.

Die Kunde, dass es für jeden freien Mann, der sein eigenes Schwert mitbrachte, lohnende Anstellung im Dienste eines neuen Kriegsherrn gab, machte eilends die Runde, flog von Taverne zu Taverne, von Stadt zu Stadt, von Hafen zu Hafen. Nicht wenige der Söldner, die sich bewarben, kamen direkt vom Feldzug Xantens gegen Island. Es kostete Siegfried einiges an Überwindung, die Männer anzuheuern, deren Waffen vor Wochen sein eigenes Volk niedergemetzelt hatten. Aber wie Nazreh sagte: »Ihr Schwert ist nur ein Dienst, den jeder kaufen kann. Schuld oder Rache wäre an ihnen verschwendet.«

Die Sachsen waren im Erbstreit verkeilt, und ihr Eingreifen stand nicht zu erwarten, wenn Siegfried gegen Xanten zog. Island war zwar annektiert, aber keinesfalls Bündnispartner Xantens. Dagfinn von Dänemark würde sich hüten, dem Eroberer, den er als Sigurd kannte, die Stirn zu bieten. Die kleinen Reiche Britanniens hatten keinerlei Interesse an den Kriegen auf dem Kontinent.

Blieb Franken. Das enorme Königreich war die entscheidende Macht auf dem Festland. Sein Herrscher Theudebald war bekannt dafür, nicht unüberlegt in Streitigkeiten einzugreifen, die ihn nichts angingen, auch wenn sein Kriegsheer auf keinem Schlachtfeld zu schlagen war. Die

Frage stand im Raum, ob Theudebald Wulfgar als Risiko sah oder den Xantener Usurpator als Absicherung gen Osten schätzte. Immerhin – die Franken hatten es hingenommen, dass Wulfgar Island unterwarf.

Drei Boten schickte Siegfried von Worms aus zum Hof der Franken, und dreimal kamen sie ohne Antwort zurück. Und das war Antwort für sich – Theudebald wartete ab, wer der Siegreiche war, um sich nicht durch ein vorzeitiges Bündnis mit dem Verlierer zu blamieren.

Sorgsam vermied es Siegfried, mit seinem Anrecht auf Island zu prahlen. Man hätte die Befreiung der Insel von ihm erwartet, nicht den Sturz Wulfgars. Doch darum ging es ihm nicht. Island frei zu sehen war ein Herzenswunsch – doch einer, der als Geschenk umsonst zu bekommen war, wenn Siegfried erst einmal den Thron seines Vaters in Xanten eingenommen hatte.

Die Römer erwiesen sich als ideale Helfer beim Aufbau der eigenen Streitmacht. Sie hatten Verträge für Soldaten bereit, Register der besten Bogenschützen und Reiter, und mit ihren Listen von Ställen und Schmieden war es leicht, in kurzer Zeit so viele Pferde und Schwerter zu kaufen, dass Worms aus allen Nähten platzte, als ginge es darum, die Hochzeit zwischen zwei Reichen zu feiern. Thelonius lud Sigurd sogar ein, in der Burg seiner Vorfahren zu wohnen, in der seine Mutter aufgewachsen war. Doch er lehnte ab – die Tatsache, dass Burgund nicht seine Herzensheimat war, blieb bestehen. Und Thelonius war nicht wenig erleichtert, denn es wäre für seinen Lebensabend äußerst misslich gewesen, einen Herrscher zu fördern, der am Ende des Tages Rom die Herrschaft in Worms streitig machte. Weil sie einander aber vertrauten, saßen die Männer oft in später Runde noch beisammen, um Strategien und Schlachtpläne vergangener Kriege zu diskutieren.

Bald war Siegfried ein Herrscher mit einem Heer, doch ohne Reich. Dies zu ändern war sein Anliegen.

Wulfgar war klug genug, um das Unheil im Wind zu riechen. Der Winter neigte sich dem Ende zu, und Boten brachten Nachricht eines neuen Herrn, der Söldner um sich scharte, die bald ein Heer sein sollten. Niemand wusste, gegen wen in die Schlacht gezogen werden sollte, doch es war nicht schwer, die Kandidaten zu sortieren. Keiner war so wirr im Kopf, mit einem Söldnerheer das Reich der Franken anzugreifen. Das wäre Selbstmord, ein erbetteltes Massaker. Die Römer nährten kaum den eigenen Feind, fielen also als Gegner ebenso aus. Dänemark war die Aufstellung eines Heeres nicht wert, und ein Eroberer hätte beizeiten freie Passage durch Xanten angefragt. Sein eigenes Land hatte Wulfgar gut im Griff, und niemand machte es ihm streitig.

Es musste wohl Sachsen sein, wo sich die Söhne des verstorbenen Königs um die Macht balgten. Ein guter Moment, um zuzuschlagen – die Truppen wussten nicht einmal, auf welchen Herrscher sie zu hören hatten. Wulfgar ärgerte es fast ein wenig, dass er nicht auf die Idee gekommen war. Trotzdem – Sachsen war zumindest zuverlässig gewesen. Der neue König mochte von einem anderen Schlag sein.

Aber für Kriege war immer noch genug Zeit. Der Feldzug gegen Island lag kaum ein halbes Jahr zurück, und Wulfgars Magen vertrug kaum mehr als weich gekochten Kohl, seit diese dumme Hoffrau ihn hatte vergiften wollen. Den Gedanken an seine Tochter in diesem Zusammenhang vermied er, denn er wollte sich nicht wieder sinnlos aufregen.

Trotzdem rief er Xandria zu sich. Es gab große Politik zu

machen, nicht auf dem Schlachtfeld der Kriege, aber auf dem Schlachtfeld der Liebe.

Schlachtfeld der Liebe. Wulfgar grunzte bei dem Gedanken. Mit Liebe hatte die Heirat, die er für seine Tochter im Auge hatte, gewiss nichts zu tun. Im Gegenteil – er wünschte ihr einen harten Prinzen, der sie täglich zu Disziplin und Respekt prügelte. Sie hatte das Zeug zu einer guten Königin, wenn man ihr erst mal ihre Sturheit ausgetrieben hatte. Doch sie davon zu überzeugen, das würde ein schweres Stück Arbeit ...

Als die Prinzessin den Thronsaal betrat, schickte Wulfgar seine Ratgeber hinaus. Er hatte keine Angst vor seiner Tochter. Selbst wenn sie einen Dolch im Gürtel trug, er konnte sie allemal erwürgen, bevor ihre Hand den Schaft fand.

»Vater«, sagte Xandria. Es lag nichts in der Stimme – keine Freude, keine Furcht, keine Wut.

Wulfgar hatte gelernt, die Gefühle seiner Tochter so gut zu lesen wie die aller anderen Höflinge, doch in den letzten Wochen hatte sich etwas verändert. Xandria war verschlossener geworden, ohne daran zu leiden. Sie war – glücklich?

»Xandria«, knurrte Wulfgar. »Tritt näher heran.«

Er sagte es nur, weil er wusste, dass sie seine Nähe verabscheute. Es war eines der vielen Spiele, die er gerne spielte. Und Xandria gehorchte.

»Ihr wünscht?«

»Es ist Frühling«, begann der König, »und bald siebzehn Jahre wirst du sein. Zu alt schon für so manchen Thronfolger, der beabsichtigt, sein Reich durch viele Kinder zu festigen.«

»Ja, Vater«, antwortete sie auf die Frage, die er nicht gestellt hatte.

»Im Süden braut sich etwas zusammen – ein Heer auf dem Gebiet der Römer, bezahlt mit Gold, und an der Spitze steht ein Krieger.«

»Schon wieder Krieg?«

Wulfgar schüttelte den Kopf. »Wohl kaum. Doch erinnert es uns daran, stets Allianzen zu schmieden und uns das Wohlgefallen der Mächtigen zu sichern.«

»Dann solltet Ihr die Boten ausschicken, um königliche Freier einzuladen«, schlug Xandria vor. »Xanten kann ein Bündnis des Blutes gut gebrauchen.«

Wulfgar hatte eine Entgegnung für jeden patzigen Widerspruch seiner Tochter parat gehabt – der willigen Zustimmung wusste er nichts entgegenzusetzen.

Xandria – *wollte* heiraten?

»Deine Vernunft in dieser Sache ist ... erfreulich«, murmelte der König. »Erfreulich, wenn auch gleichermaßen verdächtig.«

Xandria lächelte, ohne sich die Mühe zu machen, dabei ehrlich auszusehen. »Ich bin sicher, der richtige Prinz wartet auf mich. Und er sollte eine Gelegenheit bekommen, vorstellig zu werden.«

Wulfgar nickte. »Wenn du mich nicht zum Gespött machst und noch was auf deine mageren Knochen bekommst, dann mag ein kluges Bündnis dabei entstehen. Der Sohn des Hauses Kastilien bringt gleich viel Macht wie Schätze ein. Wenn du einen Araber freist, könnte uns das die Handelswege an den Rand der Welt öffnen. Gewürze, Seide, edle Steine – dann machte es endlich mal Sinn, die Flotte zu vergrößern.«

Xandria senkte demütig den Blick. »Was immer Euch gefällt.«

Wulfgar zog die Augenbrauen zusammen – diesen Satz hatte er noch nicht einmal von seiner Tochter gehört, als sie noch ein Kind gewesen war und jede Ohrfeige fürchtete. »Du weißt, dass ich nicht scherze, richtig?«

Die Prinzessin nickte.

»Und dass kein ungebührliches Benehmen angesichts der Prinzen dich aus deiner Verpflichtung rettet?«

Die Prinzessin nickte wieder.

»Geh mir aus den Augen!«, bellte er.

Ohne große Eile verließ Xandria den Saal, und die Ratgeber traten wieder ein. Henk sah gleich den Missmut in den Augen des Königs. »Euer Majestät, ich bin sicher, die Prinzessin wird sich an den Gedanken der Vermählung ...«

»Hat sie schon«, winkte Wulfgar unwirsch ab. »Und das ist es, was mich stört.«

Nazreh hatte sich gesucht, was seit Wochen nur noch schwer zu finden war in Worms – einen ruhigen Ort. Er fand ihn in einem verlassenen Schweinestall, auf dessen hartem Boden er einige Kerzen verteilt hatte. Der Araber schlief nicht viel, und die Nächte gaben ihm Gelegenheit, seine Erlebnisse und Eindrücke aufzuschreiben, wie er es schon seit Jahr und Tag tat.

Er hatte nie gedacht, nie gehofft, vielleicht aber gefürchtet, eines Tages wieder in die Welt zu ziehen, an der Seite einen jungen Krieger, vor Augen die große Schlacht. An der prächtigen Universität von Bagdad hatte er die Schriften alter Denker studiert, und ihre Botschaft war über die Generationen und Kontinente dieselbe gewesen: Friede erwuchs nicht aus dem Krieg, er war nur das Produkt seiner Erschöpfung. Vergessen und Machttrunkenheit reichten aus, von heute auf morgen wieder Blut zu fordern. Es war fast lächerlich, aus welch banalen Gründen Länder und Reiche gegeneinander ins Feld zogen, und er hatte sich geschworen, niemals dem Krieg das Wort zu reden.

Und doch – war Siegfrieds Sache nicht gerecht? War weniger als Wulfgars Tod angemessen? Gehörte Island nicht die Freiheit und Siegfried nicht der Thron Xantens?

Das alles mochte sein, aber Nazreh fürchtete nicht um Xanten oder Island, nicht um die Römer in Burgund noch die Söldner im Felde.

Ihm ging es um Siegfried. Er war ein stolzer Mann und rein vom Herzen. Zu viele seiner Art hatte Nazreh in den Jahren gesehen, und keiner von ihnen war unbeschmutzt aus der Schlacht heimgekehrt. Ob siegreich oder in schmachvoller Niederlage, war dabei völlig gleich. In seiner Heimat gab es ein Sprichwort: »Im Krieg flieht dem Mann die Seele, denn sie ist klüger als sein Verstand und schneller als sein Körper.«

Wie konnte man auch unbeschadet bleiben, wenn tausende Männer unter dem eigenen Befehl in den Tod marschierten, wenn Freiheit mit Bergen von Leichen bezahlt wurde? Nazreh kannte die Freiheit – und sie hatte sich noch nie für ihre Toten bedankt.

Es war das verdammte Schicksal, an das die Menschen auf diesem Kontinent festhielten wie am Treibholz, wenn sie ertranken. Manche nannten es fromm »den Willen der Götter«, andere ergaben sich ihm als »Bestimmung«. Wieder andere bekämpften es. Doch niemand stellte es infrage. Es erschreckte Nazreh, wie wenig man hierzulande der eigenen Verantwortung traute, der Freiheit der eigenen Entscheidung.

Siegfried war nicht Herr seiner Entscheidungen, das war offensichtlich. Die Frau, von der er erzählt hatte, mochte ein bösartig gesinnter Dämon sein, ein Waldgeist, vielleicht die Walküre, an die man im Norden glaubte. Und die Nibelungen? Nazreh hatte gelernt, nicht erklären zu wollen, was er nicht erklären konnte. Aber sie alle flüsterten Siegfried ein, versprachen, prophezeiten, lockten. Sie malten ihm ein Bild des Kriegerkönigs, auf dass er sich danach richte und keinen Augenblick zweifelte.

Sie hätten in Britannien bleiben können. Ein einfaches Leben unter einfachen Menschen. Siegfried hätte sich eine Frau aus dem Dorf genommen, einen neuen Namen, und kaum zwei Generationen später wäre die Blutlinie Islands vergessen gewesen. In Frieden. Ohne Rache. Keine Gerechtigkeit, sicher – aber auch kein Blutvergießen.

Vielleicht war gerade der Wahnsinn des Krieges der Grund, warum Nazreh mit Siegfried gezogen war. Es gab nichts zu verstehen an der Schlacht, kein Ideal, das sich eröffnete, wenn man nur lange genug darauf starrte. Und trotzdem gaben sich die Menschen hin, marschierten freudig in den Tod, der sich über einfache Lieferung freute.

Nazreh wollte es verstehen. Sein Kopf versicherte ihm immer wieder, dass es nichts zu verstehen gab, aber sein Herz konnte es nicht glauben.

Wenn die Zeit kam, musste er tun, was möglich war, um diesen Irrsinn zu verhindern. Nazreh dachte daran, Siegfried zu ermorden. Sicher, Siegfried war sein Freund, aber das Leben tausender war auch der beste Freund nicht wert.

Oder war ein simpler Verrat vernünftiger? Wenn Wulfgar rechtzeitig wusste, dass das neue Heer seinen Grenzen galt, konnte er sich so abschotten, dass jeder Angriff unsinnig würde.

Er schrieb noch lange in sein Buch, geschwungene Zeichen einer Schrift, die hier von Grenze zu Grenze wohl keiner zu lesen vermochte. Vielleicht blieb am Ende nicht mehr als das …

Siegfrieds Kopf hatte geschmerzt, als er sich zur Nacht legte. Den ganzen Abend hatten sie über Plänen und Karten gehockt, er, Nazreh und die wenigen Anführer seines Heers, die in das Ziel des Feldzugs eingeweiht waren. Die vielen Zahlen lagen schwer im Schädel des Prinzen, und immer wieder verschwammen die Zeichen und Markierungen, die mögliche Truppenbewegungen darstellten. Große Schlachten planen, das lag ihm nicht, und es lief der Wut zuwider, mit der er Wulfgar und seine Mannen überrennen wollte. Doch Nazreh hatte ihn überzeugt, dass ein heißer Sturm keinen Erfolg versprach, dass die richtige Strategie den Lohn des Sieges trug.

Leise hörte er unten in der Taverne die Männer lachen und zechen. Er hatte sich großzügig gezeigt, zahlte guten Sold, obwohl noch kein Schwert erhoben worden war. Wenn er die Verbundenheit der Soldaten nicht durch Liebe zum Land gewinnen konnte, dann sollte es durch ein gutes Leben sein, das seine Seite versprach.

Die Wunde in seinem Bein pochte, obwohl sie gut heilte. Erneut hatte Nazreh mit Nadel und Faden Wunder gewirkt, und die beiden Narben bildeten ein breites Kreuz auf Siegfrieds Oberschenkel, das rot anlief, wenn er in Wut geriet. Bis zur Schlacht würde der Schmerz kaum mehr sein als Erinnerung.

Der Schlaf kam leicht. Siegfrieds Gedanken wurden unförmiger, flossen ineinander und rutschten immer wieder in dunkle Abgründe, nur um dann zuckend wieder aufzuflackern. Die Decke wärmte seinen Körper, und dankbar nahm der Geist die Gelegenheit, nicht mehr in Angriffsformationen und Flankentaktiken denken zu müssen. Dafür war Zeit, viel Zeit …

Da!

Etwas zischte und knackte. In seinem Raum.

Siegfried schreckte nicht verdächtig auf, nur sein Verstand ging in Abwehrhaltung. Seine Hand schob sich in der pechschwarzen Finsternis zur Seite der Pritsche, wo er sein Schwert wusste.

Es konnte ein Meuchelmörder sein, geschickt von Wulfgar oder einem anderen Regenten, der in dem Heer eine Bedrohung sah.

Holz knarzte.

Die Nibelungen? Möglich. Siegfried war sicher, den Geistwesen nicht das letzte Mal begegnet zu sein.

Er mühte sich, ruhig und flach zu atmen, als würde er bereits schlafen. Den Griff des Schwerts packte er fest und zog die Klinge an den Körper. Sein Verstand war wieder ganz klar, und seine müden Glieder gierten förmlich nach Taten.

Wie Nazreh ihm beigebracht hatte, rechnete er mit allem.

Nur nicht mit einer Frau, die auf einem Pferd mit brennenden Hufen durch die Wand seines Zimmers geritten kam, ohne die Bretter zu berühren. Und das im oberen Stock des Hauses.

»Steh auf, Siegfried«, sagte die Walküre. »Verschwende nicht unser beider Zeit mit eitlem Schwertgefuchtel.«

Das Tier, auf dem die Kriegerin saß, war so groß, dass es im Rest des Raums kaum Bewegungsfreiheit gab. Außerdem flammte es an den Hufen seiner acht Beine derart, dass Siegfried die Dunkelheit nicht mehr zu seinen Verbündeten zählen konnte.

Es gab allen Grund, in Panik zu verfallen, vielleicht zu beten oder furchtsam hinter der Pritsche zu kauern. Aber so imposant die Erscheinung auch war: Aus unerklärlichen Gründen jagte sie Siegfried keine Angst ein. Er setzte sich also auf und sah die erstaunliche Frauengestalt an.

»Ich kenne dich.«

Sie rutschte von ihrem Pferd, um den Kopf wegen der niedrigen Decke nicht mehr einziehen zu müssen. »Du hast mich schon gesehen – doch kennen kannst du mich nicht.«

Siegfried stand auf, denn er wollte auf Augenhöhe mit der Kriegerin sein. »In meinen Fieberträumen bist du mir erschienen.«

Sie lächelte, doch es war kein freundliches Lächeln. »Ich reise gern durch Träume und raste im Wahn vieler Männer. Je weniger wirklich mein Auftreten, desto weniger muss ich mich gewöhnlich erklären.«

Siegfried hatte nicht vor, sich wie ein Untertan behandeln zu lassen. »Nichts ist gewöhnlich an diesem Treffen – wer bist du?«

Statt einer Antwort trat die Kriegerin auf ihn zu, und ein kalter Hauch erfasste Siegfried. Sie fuhr ihm mit der Hand über die Wange, legte den Zeigefinger unter sein Kinn, strich ein paar Haare aus seinem Gesicht. »Du siehst ihm so ähnlich, dass es fast schmerzt, dich anzusehen. Etwas kleiner von Gestalt, etwas weniger muskulös, aber schließlich verbrachte er seine Jahre an der Esse in Regins Schmiede.«

Siegfried wehrte die tastende Hand ab. »Nochmals – wie ist dein Name? Und von wem sprichst du?«

Die Kriegerin trat etwas zurück, und im flackernden Schein der Pferdehufe schienen Schatten in ihren rabenschwarzen Haaren zu tanzen. »Ich bin ... ich war Brunhilde. Die Götter mögen nicht, wenn die Walküren bei ihren alten Namen bleiben.«

Siegfrieds Augen wurden groß. »Brunhilde – die alte Königin von Island? Frau von Gunther?«

War Trauer in Brunhildes Augen? Der Prinz war nicht sicher, aber ihre Gestalt versteifte sich. »Mehr als das war ich – so viel mehr.«

»Hast du Island fallen sehen?«, fragte Siegfried. »Kommst du, um meinen Kampf zu segnen?«

»Ich habe Island fallen sehen«, bestätigte Brunhilde. »Und viele Reiche noch dazu. Manchmal scheint mir, die Länder zerfallen schneller, als sie wieder aufgebaut werden.«

Siegfried wusste um die Macht der Walküren, und er ging auf die Knie. »Mit deinem Schutz werde ich siegreich sein – und Island wieder frei.«

Die Naivität des jungen Mannes überraschte Brunhilde. Als Königssohn hätte sie von ihm raue Weisheit erwartet. Siegfried war kaum mehr als ein Kind. Doch dann – sein Vater hatte einst im Wald mit ihr gespielt und wenig von der Welt verstanden. Die Jahre würden aus dem Sohn einen guten Anführer machen, wenn die Zeit ihm blieb.

»Was wird dann sein?«, fragte Brunhilde scharf.

Siegfried verstand die Frage nicht. »Dann ... dann herrschen Freiheit und Gerechtigkeit.«

»Wie das?«

»Ich werde ... ich gedenke als König ...«, stotterte Siegfried.

»Du hast nur bis zum Ende deiner Rache gedacht«, stellte Brunhilde fest. »Nichts als der Wunsch nach Wulfgars Blut treibt dich voran. Doch willst du nicht eines Feindes Schwert zum Opfer fallen, musst du auch zu regieren wissen, wenn deine Fahne weht.«

Siegfried blieb demütig. »Was soll ich tun?«

Auch hier fand Brunhilde den Unterschied zum Vater – der alte Siegfried war erheblich trotziger gewesen und hätte kaum ohne Widerspruch um Rat gebeten. Sie lächelte erneut, diesmal so warm, wie es einer Walküre gegeben war. »Woran misst sich ein guter Feldherr?«

»An seinem Sieg«, antwortete Siegfried prompt.

Brunhilde schüttelte den Kopf. »Dann wäre jeder siegreiche Feldherr ein guter Feldherr. Trifft es demnach auf Wulfgar zu?«

»Nein!«, rief Siegfried hastig. »Wulfgar ist weniger als ein Tier und Mörder, er ...«

»Dein Feldzug wird Leben kosten, viele Leben«, unterbrach Brunhilde. »Den Tod von Freunden zu vergelten, heißt, den Tod von weiteren Freunden in Kauf zu nehmen. Ein kluger Anführer erreicht das Ziel nicht mit der Menge der Waffen, sondern ihrer klugen Auswahl. Und er wählt seine Kämpfe mit Bedacht.«

»Ich weiß nicht, was das heißt«, gab Siegfried zu.

Brunhilde hockte sich vor dem immer noch knienden Prinzen hin. »Wulfgar muss sterben und Xanten in dein Erbe fallen. Doch Eroberung braucht vielleicht weniger das Land, vielmehr das Herz.«

»Welches Herz?«

Die Walküre legte ihre rechte Faust auf die Stelle, unter der früher ihr Herz geschlagen hatte. »Das des Volkes – und das einer Prinzessin.«

Ihre Worte verwirrten Siegfried. Prinzessin? Welche Prinzessin?

Brunhilde stand wieder auf. »Odin wird mir zürnen, dass ich dir Rat zum Leben gebe, wo ich doch deine Seele holen soll.«

Siegfried kam ebenso auf die Füße. »Ich will versuchen, deiner Worte zu gedenken, wenn der Tag gekommen ist. Doch darf ich wissen, weshalb du für mich dem Göttervater trotzt?«

Die Walküre sah den jungen Mann noch einmal lange an, und aus ihrer Melancholie hätten Barden tausend Lieder schreiben können. »Deine Augen hätten meine sein sollen, junger Siegfried. Meine Augen. Dann wäre nichts so gekommen, und mein Weg hätte nicht in die Dunkelheit geführt.«

Siegfried verstand nicht, aber er nickte. »Mein Dank wird ewig sein, Brunhilde. Vielleicht sehen wir uns wieder – nächstes Mal in einem Traum.«

Sie lächelte, sprang auf ihr Pferd und drehte es mit einem Ruck gegen die Wand, wo sein Kopf verschwand wie in einem Bergsee, in den es tauchen konnte. »Wer sagt, dass es kein Traum war?«

Als Siegfried im Dunkeln aus dem Schlaf schreckte, hörte er noch die klappernden Hufe. Es war dunkel, er lag auf der Pritsche, und das Schwert steckte in der Halterung an seiner Seite.

Ein Traum.

Ein Traum?

Zumindest war ihm nun nicht mehr nach Schlaf.

Er machte sich auf den Weg zur Burg, um mit Thelonius zu sprechen.

»Der Sieg ist unser, noch bevor der Feind in Sicht ist. Zwanzigtausend Mann unter Vertrag, weitere zehntausend in den umliegenden Gebieten und sicher noch zehntausend, die nur darauf warten, sich uns anzuschließen, wenn Ihr erst gen Xanten marschiert«, sagte Thelonius nicht ohne Respekt und stieß erneut mit Siegfried an.

Der drahtige Römer mit dem eisgrauen Haar lehnte sich auf seinem Lager zurück und gab sich dem edlen Wein der Hänge Burgunds hin. Er sprach mit der Zunge der Burgunder, fehlerfrei und flüssig.

Siegfried sah ihn überrascht an. »Euer Eifer freut mich genauso, wie er mich wundert. Direkten Nutzen zieht Ihr nicht aus meinem Krieg, und doch helft Ihr, wo Ihr könnt.«

Thelonius lächelte bitter. »Vielleicht erinnert es mich an alte Zeiten. An den östlichen Grenzen des Imperiums war meine Familie einst stationiert, mein Vater kommandierte sechs Legionen. Aber Rom hat lange nicht mehr auf der Seite der Sieger gestanden. Und heute verwalten wir nur noch den Rückzug. Dem Frankenreich gehört die Zukunft.«

»Sorgt Ihr Euch nicht um Theudebald? Er könnte die Einmischung der Römer persönlich nehmen. Wenn er auf Wulfgars Seite steht, wird seine Vergeltung vor Euren Stellungen nicht Halt machen.«

Thelonius winkte müde ab. »Theudebald ist ein unerbittlicher Gegner, aber ein kluger Herrscher. Er bekämpft nur, was ihn angreift. Das Zeichen wahrer Größe. Wulfgar hingegen – ich habe ihn einst getroffen. Im Pöbel der Tavernen findet man edlere Gesinnung als an seinem Hof. Dem ganzen Kontinent ist gedient, wenn sein Kopf endlich in der Erde fault.«

Siegfried nickte, und die beiden Männer waren im gemeinsamen Ziel einig. Doch dem Prinzen von Island und Erben von Xanten lag noch etwas auf dem Herzen, etwas, das anzusprechen er kaum wagte, um Thelonius nicht zum Spott zu reizen. Doch es drängte ihn zu sehr. »Was ratet Ihr mir, wie mit dem engeren Kreis um Wulfgar zu verfahren ist, wenn über der Burg meine Fahne weht?«

Thelonius dachte einen Moment lang nach. »Die wirklichen Getreuen von Wulfgar werden für ihn im Kampf sterben. Was übrig bleibt, ist feige oder nicht königstreu. Ein guter Anfang allemal. Verlangt von allen den Schwur auf euer Siegel. Jeder wird ihn geben. Und dann lasst ein gutes Drittel dieser Männer hinrichten.«

Der Römer sprach vom Mord an wehrlosen Männern mit erschreckend ungerührter Sachlichkeit. Dass eine Walküre von ihm mehr Gnade angemahnt hatte, widersprach allen Legenden.

»Aber wieso sollte ich ein Drittel derer, die mir Treue schwören, richten?«, fragte Siegfried.

»Ihr holt euch Xanten mit Gewalt«, erklärte Thelonius. »Die harte Hand bringt Ordnung, und jeder bei Hofe muss wissen, dass nur seine unverbrüchliche Loyalität sein Leben sichert. Bedenkt – wir reden von Männern, die bei erster Gelegenheit dem alten König die Gefolgschaft verweigerten.«

»Und was ist mit ... Familie? Wulfgars Blut?«, kam Siegfried zu dem Punkt, der ihn eigentlich interessierte.

Thelonius schenkte sich nach. »Da wird Euer Schwert kaum Arbeit haben. Eine Tochter, mehr nicht.«

»Was wisst Ihr über sie?«, hakte der Prinz nach, und es kostete Mühe, nicht aufgeregt zu klingen.

Der Römer runzelte die Stirn, während er nachdachte. »Xandria ist ihr Name. Ein schönes Kind, so sagt man. Wenn man sich die Vetteln ansieht, die auf dem Kontinent sonst gerne den Titel Prinzessin tragen, dann möchte man es fast bedauern, ihre Kehle durchzuschneiden.«

Der Gedanke, Xandria zu töten, verkrampfte Siegfried den Magen, und Thelonius schien es zu merken. »Quält Euch nicht, guter Siegfried – wenn Xandria ist, was man behauptet, dann wählt den Zeitpunkt ihres Todes nach Eurem Wohlgefallen. Nehmt ihren Leib, so oft Ihr wollt. Wenn Euch danach ist, dann schändet sie vor den Augen ihres Volkes, um seinen Willen zu brechen. Und erst, wenn ihr Gejammer Euch die Lust nimmt, greift Ihr zum Dolch.«

Wieder sprach Thelonius ruhig und ohne Niedertracht von Mord und Vergewaltigung. Sie waren ihm Mittel zum politischen Zweck, kein Ausdruck seiner Eitelkeit. Siegfried bekam eine Ahnung, was die Römer über die Jahrhunderte so erfolgreich gemacht hatte. Ihr Blut war kalt, und weder Wut noch Leidenschaft trübten ihren Verstand.

Von sich selbst konnte er das nicht sagen.

Yor von den Sachsen war der erste Prinz, der sich am Hofe Xantens eingefunden hatte, um die Prinzessin Xandria zu freien. Sein Weg war nicht weit gewesen, und da die Sachsen noch der Stammeskultur verbunden waren, konnte er schnell reisen, mit starken Pferden und treuen Soldaten.

Xandria hatte Yor innerlich schon abgelehnt, als er nicht das Gesicht des Mannes trug, der ihr im heißen Traum versprochen worden war. Natürlich hatte der Sachse kräftige Muskeln, und sein Haar war lang und wellig, aber sonst stimmte nichts: Er roch nach Stall, hatte Läuse im Bart, den er beständig kratzte, und sein Kiefer stand schief, da ihn als Kind ein Pferd getreten hatte. Sein Gesicht trug seither den Ausdruck ständigen Missvergnügens. Leider konnte Xandria sehen, dass gerade ihre kaum zu verbergende Ablehnung Wulfgar große Freude bereitete, und lange redete er mit dem Prinzen, als hielte er ihn für den idealen Bräutigam. Es war das Glück der Prinzessin, dass Yor mit einem entscheidenden Mangel angereist war – die Krone von Sachsen war ihm nicht sicher. Zwei weitere Brüder sowie ein Onkel, Bruder des verstorbenen Königs, zankten sich um den Thron, und der Sieger war noch nicht abzusehen, so sehr Yor sich das auch einredete.

Gemeinsam, nur mit den Ratgebern beider Seiten in Hörweite, saßen sie an einem Tisch und diskutierten über gebratenen Wachteln und gedünsteten Rüben. Der Prinz zwinkerte Xandria wieder zu, wie er es seit Stunden tat, und mittlerweile mutmaßte sie einen Fehler in der Muskulatur seiner Augen.

»Wie schaut es an den Grenzen aus zwischen Sachsen und Franken?«, wollte Wulfgar von seinem Gast wissen. Er nutzte die Gelegenheit der Brautschau geschickt, um sich auf den neuesten Stand zu bringen.

Yor hob die Schultern. »Theudebald macht keine Anstalten, den Fuß auf unseren Boden zu setzen. Gut für ihn. Wir würden ihn abhacken und essen.«

Das war nur wenig übertrieben. Die Sachsen waren ein sehr wildes Volk, kaum gezähmt von Ackerbau und Viehzucht. Erst seit wenigen Generationen bauten sie Häuser, die mehr als dem Winter trotzen sollten, und der jeweilige König hatte beträchtliche Mühe, Dutzende Stammesfürsten bei Laune zu halten. Auch das eigene Reich definierten die Sachsen bei Bedarf gerne nach Laune – das Königreich Thuringia hatten sie sich vor kaum vierzig Jahren einverleibt, was bis heute der Grund für die Vorsicht der edlen Franken war.

»Wir sind glücklich, als Freund zwischen den Reichen zu wirken«, sagte Wulfgar diplomatisch.

Yor spuckte einen kleinen Knochen aus, der Xandrias Wange knapp verfehlte. »Darum träfe sich der Bund unserer Häuser gut. Wenn Ihr nicht mehr seid, wird der Xantener Wappen-Wolf unter der Streitaxt der Sachsen flattern.«

Wulfgar warf seiner Tochter einen verstohlenen Blick zu – soeben hatte sich Yor auch in seinen Augen endgültig disqualifiziert. »Es wird abzuwarten sein, welches Reich den Schutz der anderen Streitmacht zuerst benötigt. Wie man hört, hat Sachsen sich einen Feind im Süden gemacht, der schon seine Pferde für den Feldzug zäumt.«

Yor ließ den gebratenen Vogel fallen und wischte sich die fettigen Hände an seinem Hemd ab. »Kaum. Sogar Reiter aus unseren eigenen Stämmen baten kürzlich um Erlaubnis, sich dem neuen und sehr reichen Herrn anschließen zu dürfen, diesem ... diesem ... Siegfried, heißt er wohl. Kein Sachse reitet gegen seinesgleichen.«

Wulfgar runzelte die Stirn. »Aber dass ein Heer zum Marsch sich in Burgund aufstellt, das bestreitet Ihr nicht?«

Yor schüttelte den Kopf. »Wir bestreiten nicht, was jeder sehen kann, König Wulfgar. Allein – das Ziel des Heers sind nicht wir.«

Wieder tauschten Vater und Tochter einen Blick. Was ein freimütiges Brautwerben hatte sein sollen, war mit einem Mal in düstere Vorahnung umgeschlagen.

»Sodann, der Worte sind genug gewechselt. Meine Tochter, die Prinzessin, dankt Euch für Euer Erscheinen, das den ganzen Hof adelt. Erwartet unsere Antwort bis zum Sommer.«

Yor nickte, zwinkerte noch einmal Xandria zu und verließ den Saal. Vor der Tür rülpste er kräftig.

Wulfgar saß stumm da, bis er sicher sein konnte, dass die Sachsen außer Hörweite waren, dann brüllte er seinen Ratgebern zu: »Holt meine Generäle, schafft Henk herbei, bringt mir die Kommandeure der Grenzposten!«

Er drehte sich zu seiner Tochter. »Und du gehst mir wieder aus den Augen – dein Glück, dass Yor kaum Aussicht auf den Sachsen-Thron hat, sonst hättest du heute deinen Bräutigam getroffen.«

Natürlich log er – Sachsen wäre für Xanten nur ein guter Zug gewesen, wenn sich das wesentlich größere Stammesreich durch die Ehe bereitwillig der Verwaltung des kleineren Rhein-Landes unterworfen hätte. Doch das war auszuschließen nach dem, was York gesagt hatte.

Xandria stand auf, ihre Erleichterung nur mühsam verbergend. »Danke, mein König.«

»Freu dich nicht zu früh«, knurrte Wulfgar griesgrämig, »dein Prinz wird schon noch kommen.«

Sie lächelte entwaffnend ehrlich. »Mit Sicherheit – und ich werde ihn freudig empfangen.«

Damit verließ sie den Thronsaal, um die Besprechung der neuen Lage den Männern des Hofes zu überlassen. Ihre Schritte brachten sie eilig in das Gemach, wo sie sehnsüchtig aus dem Fenster nach Süden blickte.

Ein neuer Herrscher namens Siegfried? Sie hatte nie von ihm gehört, und doch hüpfte ihr Herz beim Klang seines Namens.

Siegfried. Ein schöner Name. Passend zu blondem Haar und einem weichen Gesicht mit strahlend blauen Augen.

Es war für Xandria keine Frage, dass der Anführer des Söldnerheers der Prinz ihrer Träume war. Was hatte die seltsame Kriegerin im Fiebertraum ihr prophezeit? Erst Waise, dann Königin. Daraus schloss sie, dass Wulfgar sterben würde und der Thron damit an sie fiel. Aus genau diesem Grund hatte sie auch dem Brautwerben so leichtherzig zugestimmt – es würde niemand sie von Xanten holen, solange sie noch Prinzessin war. Das war wider ihre Bestimmung.

Erst musste ihr Vater fallen.

Dann würde sie regieren.

Und danach war Zeit für die Leidenschaft.

Was Island nicht an die Schwerter Xantens verloren hatte, das holte sich der harte Winter. Für Monate war die Insel in Eis gepackt, und wer das Haus verließ, ohne sich von Kopf bis Fuß in Felle zu wickeln, dem fror beim Atmen die Zunge fest. Wann immer die Kälte undurchdringliche Wände aus Schneeflocken vor sich her trieb, fanden sich Männer, die im Lauf erstarrt und erfroren waren – Eisfiguren, mit denen die Götter das Unglück des kleinen Reiches noch zu verhöhnen schienen.

Es zeigte sich nun, dass Eolinds Plan, das Reich um die Felsenburg herum zu konzentrieren, von geradezu seherischer Genialität gewesen war. In den größten Langhäusern, die früher Tavernen und Ställe gewesen waren, konnten sich die Menschen gegenseitig wärmen, und das wenige Brennholz reichte gerade aus. Die Burg selbst war Zufluchtsort von hunderten Heimatlosen geworden, denen die steinernen Mauern Schutz vor dem gierig pfeifenden Wind boten.

Und draußen, außerhalb der Kontrolle Stens und seiner Xantener Lakaien, erstarkte der Widerstand. Die alten, vorgeblich verlassenen Minen boten vielen jungen Männern und Frauen Unterschlupf. Die Kälte blieb ausgesperrt wie der Feind vom Kontinent. Wer eine Waffe hatte, trainierte für den Aufstand. Wer für den Kampf ungeeignet schien, half Erze aus dem Boden zu holen, die verhüttet und dann mit kleinen Booten nach Dänemark geschafft wurden. Es genügte, um bei Dagfinn gerade genug Schwerter zu kaufen, dass es den Spionen Xantens nicht auffiel.

Ein sorgsam gesponnenes Netz von Boten tauschte Nachrichten zwischen dem Stadt-Staat Island und dem gesetzlosen Norden der Insel, von dem niemand wissen durfte. Gelen und Jon waren als enge Freunde des vermeintlich toten Königssohns die Anführer der kleinen, aber entschlossenen Rebellentruppe. Was an ihnen zehrte, waren nicht Kälte und Hunger – es war die Ungewissheit. Den eigenen Männern nicht sagen zu dürfen, dass der Prinz noch lebte und dass er einen Weg finden würde, Xantens Griff um Island zu brechen, war schlimm genug. Doch auch mit dem Wissen um Siegfrieds Leben waren Jon und sein Freund im Zweifel: Was, wenn dem Prinzen etwas zugestoßen war? Sie hatten die Gewitter am Horizont gesehen, in die er mit dem kleinen Schiff gesegelt war. Was, wenn er unter wilde Tiere oder Meuchelmörder gefallen war? Und selbst wenn er gesund und stark war – wie sollte er allein die Vormacht Wulfgars brechen? Es war viel Vertrauen nötig, und in einigen Nächten war zu wenig davon da.

So saßen sie wie jede Nacht mit einem Dutzend Gefährten um ein Lagerfeuer, das sie weit genug in der Mine entzündet hatten, um von draußen nicht gesehen zu werden, aber nah genug am Eingang, um dem Rauch einen unauffälligen Abzug zu geben.

»Wenigstens neigt sich der Winter dem Ende zu«, knurrte Gelen und tunkte hartes Brot in schales Bier. Er hatte in den letzten Monaten deutlich an Gewicht verloren und an Humor.

Jon nickte, die Augen fest auf das Feuer gerichtet. »Warten ist das Schlimmste. Mit Freuden gäbe ich gleich morgen mein Leben im Sturm auf die Burg. Doch hier zu sitzen, den Gestank der Xantener in der Morgenluft zu riechen und auf ein Zeichen des Prinzen zu hoffen, das nagt an meinem Gemüt.«

Die Männer unter ihrem Befehl brauchten nicht einzustimmen – jeder wusste, dass sie ähnlich empfanden.

»Vielleicht gelingt es mir, eure Stimmung zu bessern«, kam eine alte Stimme, die im harten Winter weiter gelitten hatte.

Die hagere Gestalt in der dicken Winterkutte, die leise hinzugetreten war, schob die Kapuze vom Kopf auf die Schultern.

Eolind.

Ihn hier zu sehen war mehr als ungewöhnlich. Es war vereinbart worden, direkte Kontakte zu vermeiden und nur unauffällige Kuriere über das Land zu schicken. Seine

Botschaft musste von höchster Dringlichkeit sein, um die Gefahr der Entdeckung zu rechtfertigen.

Die Männer grüßten den höchsten Mann im Staate, der Eolind momentan war, und boten ihm gewärmtes Bier für die kalten Knochen.

»Welche Nachricht bringt Ihr?«, fragte Gelen, dessen Herz frohe Kunde brauchen konnte.

Eolind setzte sich auf einen Stein, nahm einen tiefen Schluck und hielt dann die Hände zum Feuer. »Ein Schiff aus Xanten legte heute Morgen an. Mittlerweile nehmen sie Stühle, Tische, Laken – was immer sie noch in der Burg finden können.«

»Sie würden die Burg Stein für Stein abbauen und nach Xanten verschiffen, wenn sie nicht in den Fels gehauen wäre«, knurrte Jon.

»Die Bedürftigkeit Wulfgars ist an sich schon ein gutes Zeichen«, hielt Eolind dagegen. »Reich und unbesiegbar bräuchte er Isländer Holz nicht. Doch das ist nicht der Grund, warum ich trotz aller Gefahren über das Land ritt.«

Ein paar Sekunden gönnte er der Spannung seiner Zuhörer, bevor er weitersprach. »Statthalter Sten wurde vom Kapitän des Schiffes bei Wein und Fleisch über den Stand im Reich informiert. Ich hörte, was zu hören meinen Ohren nicht bestimmt war. Ein neues Heer formiert sich auf dem Kontinent. Bei Worms heuern sie Reiter und Schützen, Schwertkämpfer und Lanzenwerfer. Die Schmiedefeuer werden selbst des Nachts nicht kalt.«

»Was hat das mit uns zu tun?«, fragte einer der Männer, die meistenteils nicht einmal wussten, wo Worms auf den Karten zu finden war.

Eolind lächelte milde, wie er lange nicht mehr gelächelt hatte. »Die Spione Wulfgars melden, dass der Drang des neuen Heers nach Norden geht und an der Spitze ein blonder Krieger steht, dessen Name Siegfried lautet.«

Ein unsicheres Gemurmel brach aus, Fragen wurden hin und her geflüstert, bis Jon die Stimme erhob. »Siegfried?«

Eolind nickte. »Das ist der Name, den sich unser Prinz gegeben hat – als Sigurd musste er von Island fliehen, als Siegfried wird er es befreien.«

Der alte Ratgeber des Hofes machte sich nicht die Mühe, die Hintergründe von Siegfrieds Namenswechsel zu erklären. Es war mehr, als die Männer verstehen mussten.

Das Licht der Hoffnung flackerte im Mineneingang auf, die Stimmen der Unterdrückten wurden klarer und stolzer. »Dann lebt der Prinz – und kommt, sein Reich zu retten?«

Jon stand auf, neuen Mut in den Augen. »Haben wir je daran gezweifelt, dass die Götter die ruchlosen Taten Wulfgars nicht mit gleicher Münze heimzahlen würden?«

»Wann ist mit dem Angriff zu rechnen?«, wollte Gelen wissen, auch sein Herz neu entfacht.

Eolind hob die Hände. »Das weiß zu dieser Stunde wohl nur Siegfried – nennen wir ihn bei diesem Namen, wenn er ihn so gewählt hat. Doch kein Anführer stellt ein Heer auf, um die Soldaten zechen und würfeln zu lassen. Der Frühling wird sicher die Entscheidung bringen.«

»Was mag Siegfrieds Plan sein?«, fragte Jon. »An Xanten vorbei zur See marschieren, um sein Reich zu befreien – das wäre weder klug noch vom Erfolg gekrönt.«

»Du hast die Antwort selbst gegeben«, sagte Eolind. »Das Ziel des Prinzen, der bald unser König sein wird, ist Xanten. Und glaubt mir – wenn die Kunde vom Untergang Wulfgars kommt, steht Island auf, um seine Peiniger zu richten. Wenn sie auf keine Verstärkung aus der Heimat mehr bauen können, werden Xantens Köpfe rollen, und unsere Söhne werden noch in Jahren mit den Schädeln spielen.«

Er hob seinen Becher, und die anderen Männer taten es ihm gleich. »Auf den Sieg.«

Brunhilde sah aus den Wolken auf die Reiche hinab. Die Luft war dünner als auf dem höchsten Berg, doch da ihre Lungen nicht mehr atmen mussten, machte es ihr nichts aus. Sie schwebte weit über Burgund, und wenn sie den Blick nach Norden wandte, sah sie bis Island und weit darüber hinaus. Ihre Augen waren so scharf, dass sie die Hühner auf den Wormser Höfen sehen konnte und die Schiffe im Hafen von Fjällhaven. Ihr entging nichts, wie eine Kriegsherrin sah sie die Welt unter sich als Karte, auf der es Spielfiguren hin- und herzuschieben galt.

Ihr Pferd schnaubte, die acht Hufe unruhig Luft tretend. Sie zog fest an seiner Mähne. »Halt still, Hjordan. Wenn der erste Schlachtruf ertönt, werden wir an den Fronten reiten, und viele Krieger werden wir nach Walhall bringen. Odin wird zufrieden sein.«

Sie hatte lange geplant und immer wieder sorgsam intrigiert, um zu diesem Tag zu kommen. Odin war seiner Walküre mit mächtigem Zorn begegnet, als sie erneut Siegfried unter den Lebenden ließ. Er beschuldigte sie, unwürdiges Mitleid mit dem jungen Mann zu haben, in dem sie ihren einstigen Geliebten sah. Und damit hatte Odin recht. Doch eine Seele war dem Göttervater so genehm wie jede andere, und durch den Krieg zwischen Siegfrieds Heer und Xanten würden viele tapfere Krieger die Regenbogenbrücke betreten. Das verschaffte Brunhilde Zeit, um Siegfrieds weiteren Weg zu ebnen.

Etwas zuckte in den Wolken um sie herum. Ein Blitz? Ein Wetterleuchten? Nein, die waren in diesen Höhen ungleich wilder und schlugen um sich mit Knall und grellem Licht. Es schien mehr wie ein Funkeln im wabernden Nebel des Himmels, die Reflexion eines Gedankens.

Seeehr guuut gedacht ... seeehr kluuug gemacht ... doch niiiemals möglich ...

Die Nibelungen.

Wütend drehte Brunhilde ihr Pferd in den Wolken, suchte die Geistwesen, deren Fratzen und Gestalten sie flüchtig umtanzten. Die Walküre hatte nicht gewusst, dass die körperlosen Wesen sogar bis zu den Wolken huschen konnten.

»Es ist nicht mehr an euch, das zu beurteilen«, rief sie. »Siegfried hat das Gold erneut verdient, wo schon sein Vater den Preis bezahlt hatte. Wenn euch das nicht reicht, dann könnt ihr gerne bei Odin vorsprechen.«

Die Nibelungen zischten verärgert – natürlich wusste Brunhilde, dass die Nibelungen Zwergwesen waren, die vom Göttervater einst auf ewig verbannt worden waren. Niemals würde Odin ihnen sein Ohr schenken.

Wenn Siiiegfried leeebt ... wo Toood versprochen ... da findet Leeeben kein Glück ...

Brunhilde blieb stumm. Die Nibelungen drohten nicht – sie weissagten. Und mit einer gewissen Gabe der Vorhersehung war die Walküre ebenfalls gesegnet. Daher wusste sie, wann die Seelen der Krieger für den Weg nach Walhall zu erwarten waren. Und so sehr sie sich dagegen wehrte: Die Zukunft sah düster aus. Vage, unbestimmt, aber nicht von Glück und Frieden gekrönt. Sie versuchte seit Wochen, es zu ignorieren. Sie hatte sowohl Xandria als auch Siegfried eingeflüstert, um ein Leben in Liebe und Gerechtigkeit zu ermöglichen, aber der Horizont blieb schwarz. Brunhilde konnte nicht sagen, *was* geschehen würde – aber was geschehen würde, brachte keinen Segen.

Duuu weißt eees ... duuu weißt eees ... duuu weißt eees ...
Die Walküre wusste, dass die Nibelungen ihre Gedanken nicht lesen konnten, aber das war in diesem Moment auch nicht nötig.

Es lag Krieg in der Luft. Man konnte ihn riechen. Sie hatte gehofft, mit dem Krieg nichts zu beginnen, sondern etwas zu beenden. Doch konnte sie nicht ausschließen, sich furchtbar geirrt zu haben.

»Die Räder sind in Bewegung, das Schicksal in vollem Lauf«, murmelte sie. »Wo wir die Gedanken säten, ernten wir nun die Zeit der Taten.«

Auf den weiten Feldern auf der anderen Rheinseite hatte Siegfried sein Heer versammelt, und wie ein wimmelndes Ameisenvolk standen die unterschiedlich gekleideten und bewaffneten Soldaten über die Hügel verteilt. Seine Stimme konnte nur die vordersten tausend erreichen, und es war die Aufgabe von Herolden, seine Worte bis in die letzten Reihen zu tragen.

Ein Dutzend Männer stand dem Heer zu Pferde vor: Siegfried, Nazreh und zehn Generäle. Neben Siegfrieds Pferd stand Thelonius, der nicht offiziell an ihrer Seite ritt, sich den Aufbruch aber nicht entgehen lassen wollte.

Es war ein prächtiger Anblick, so würdig wie furchteinflößend. In nur vier Monaten hatten sie mit gutem Gold eine Streitmacht aufgebaut, die es mit Xanten, Dänemark, Island und vielleicht sogar mit Sachsen aufnehmen konnte. Weder Rom noch den Franken wären die gut vierzigtausend Mann ein ebenbürtiger Gegner gewesen, aber was Söldnerheere anging, so konnte sich dieses sehr wohl sehen lassen. Es blieb jedoch abzuwarten, wie viele Männer sich vor der eigentlichen Schlacht mit dem Sold in die Büsche schlagen würden in der Hoffnung, dass nach dem

Feldzug niemand mehr am Leben war, der ihren Verbleib prüfte.

»Männer!«, rief Siegfried nun, und mit einem »Ho!« aus zehntausend Kehlen grüßten die Soldaten ihren Anführer. »An meiner Seite geht es heute gegen den Feind. Ihr habt euch mir verpflichtet, ohne den Feind zu kennen, seine Stärke, seine *Zahl*. Im Gegenzug versprach ich euch nicht nur Gold, sondern den Sieg. Wenn ich eure Schritte heute gen Norden lenke, dann wird manch erfahrener Söldner schon wissen, wo wir die Schwerter des Gegners in der Sonne blinken sehen werden. Es geht *gegen Xanten!*«

Er schrie die letzten Worte – und die Männer jubelten ihm zu. Weniger aus ehrlicher Begeisterung, mehr aus gekaufter Loyalität. Kaum einer hatte Grund, Wulfgar freudig entgegenzumarschieren. Viele trugen noch Münzen aus seinem Sold in den Taschen.

Nun war die Richtung gegeben – und die Zeit für den Feldzug verrann unerbittlich. Mit schnellem Pferd würde ein Spion sicher Wulfgar Meldung machen. Es war eine Frage von Tagen, nicht von Wochen, wann die Xantener Truppen fest an den Grenzen standen.

»Doch ich biete mehr als Gold und Sieg!«, rief Siegfried nun, und Nazreh sah ihn überrascht von der Seite an. Was hatte sein Freund sich überlegt?

Der Prinz brach mit dem Pferd aus dem Kreis seiner Generäle aus und ritt langsam die erste Reihe seiner Truppen ab, den Männern dabei in die teilnahmslosen Gesichter schauend. »Ihr kommt von weither. Viele von euch heimatlos oder von fremden Reichen verstoßen. Gold mag euch Huren kaufen – doch keine Frauen! Es kauft euch Häuser – doch keine Heimat! Verbündete – doch keine Freunde!«

Thelonius sah stirnrunzelnd zu Nazreh. Was tat Siegfried da? Wollte er seine eigenen Leute demoralisieren, ihnen den Lohn des Krieges bitter machen?

»Was Xanten braucht, ist mehr als ein König – es braucht Männer! Und gleichsam Island! Ausgelaugt von Kriegen und Misswirtschaft liegen die Reiche darnieder. Und darum verspreche ich jedem – jedem! –, der siegreich an meiner Seite reitet, die Vollbürgerschaft von Xanten. Oder Island, wenn ihr gerne friert.«

Einige Soldaten lachten, andere begannen zaghaft Zustimmung zu grölen.

»Und mit der Vollbürgerschaft – beurkundet und mit meinem Siegel garantiert – erhaltet ihr gutes Land, um euch niederzulassen. So kämpft ihr nicht nur um meinen Thron, so kämpft ihr auch für eure Zukunft!«

Es dauerte ein, zwei Minuten, dann hatte sich Siegfrieds Botschaft bis in die letzten Reihen durchgesprochen. Immer mehr Männer stampften zustimmend mit dem Fuß auf den Boden oder schlugen den Knauf des Schwerts an das mitgebrachte Schild. Lauter, immer lauter. Die ersten brüllten »Siegfried! Siegfried«, und hunderte Fäuste reckten sich gen Himmel.

Siegfried kehrte zu seinen Mitstreitern zurück, die ihn bewundernd ansahen.

»Ähnliches kenne ich nur aus Rom.« Thelonius lachte. »So entlohnten wir einst Sklaven.«

Nazreh legte Siegfried bewundernd die Hand auf die Schulter. »Ein kluger Zug gleich zu Beginn. Eines Königs würdig.«

Siegfried lächelte und genoss den Jubel, der ihm wie eine warme Welle entgegenbrandete. »Herzen gilt es genauso zu erobern wie Reiche, habe ich kürzlich gehört. Jetzt reiten wir nicht mehr mit *einem* Heer – wir reiten mit *meinem* Heer.«

»Dann werden auch die Götter auf deiner Seite sein«, sagte Thelonius und zog etwas aus einem Beutel, der an seinem Fuß lag. Er reichte Siegfried eine Kladde, ausgefranst und abgenutzt in festem Leder. »Hier – es möge dir auf dem Weg nach Xanten lehrreicher Begleiter sein.«

»Was ist das?«, fragte Siegfried, ohne das Werk zu öffnen.

»Es ist mein Feldbuch«, sagte Thelonius. »Die Chronik meiner Schlachten, mit der Quintessenz des militärischen Wissens, das das Römische Imperium in den Jahrhunderten gesammelt hat. Kann ich auch nicht an deiner Seite reiten – das Buch ist ein ebenso erfahrener Gelehrter.«

Siegfried nickte dankbar, und sie gaben einander fest die Hand. »Ich halte es in Ehren, und wenn Wulfgars Haupt auf dem Spieß verfault ist, werden die Kinder Xantens mit deinem Feldbuch die Kriegskunst lernen.«

Der Prinz wusste, dass es nun Zeit zum Aufbruch war. Nicht nur, um Wulfgar die Gelegenheit zu nehmen, eine solide Verteidigung aufzubauen, sondern auch, um die Welle der Begeisterung unter den Soldaten zu nutzen. Sie würde das Heer tragen und die Schritte beschleunigen.

Unter seinem Hemd spürte Siegfried das Horn des Dryk, Zeichen seines Mutes, Versprechen an seine Familie. Er hob die Faust gegen den Himmel: »Ho!«

Und vierzigtausend Mann ritten gen Xanten …

Es herrschte hektische Betriebsamkeit bei Hofe. Als Xanten den Angriff auf Island geplant hatte, war alle Zeit der Welt gewesen. Doch nun stand man selber vor einer Invasion, die kaum warten würde, bis Xanten aufgerüstet hatte. Manchmal saß Xandria stundenlang an ihrem Fenster, um dem Gewimmel zuzuschauen. Generäle kamen und gingen, Handwerker empfingen den Befehl, in größter Eile Waffen zu schmieden, und Heerscharen von Boten ritten aus, um die Kunde vom bevorstehenden Angriff in die Dörfer zu tragen, auf dass jeder Mann mit der Waffe in der Hand dem König seinen Dienst erwies.

Allein, die Gerüchte klangen böse und waren wohlweislich so geflüstert, dass Wulfgar sie nicht mit seinem Jähzorn beantworten konnte. Von fünfzig-, siebzig-, gar hunderttausend Soldaten war die Rede, tausenden von Pferden, Katapulten und fremden Bannern bis zum Horizont. Die ganze Welt schien sich für den Kampf gegen Xanten geeint zu haben.

Das war natürlich Unsinn, und Xandria gab wenig auf das Geschnatter. Doch ihr war klar, dass Xanten einem wirklich gut ausgerüsteten Heer schwerlich standzuhalten vermochte. Man konnte die Grenzen halten und hoffen, dass sich der Gegner im Anrennen aufrieb, aber damit waren die Möglichkeiten Wulfgars schon erschöpft. Jeder Fuß über die Landesgrenze war der Schritt in ein anderes Reich, und wenn die fremde Streitmacht Allianzen geschlossen hatte, holte Xanten damit womöglich die Nachbarn gegen sich in die Schlacht. Außerdem hatten sich die Soldaten, die noch gegen Island gezogen waren, im Vertrauen auf einige ruhige Jahre im ganzen Land verteilt, und sie zusammenzuziehen mochte Wochen dauern. Wochen, die kaum blieben.

Angst ergriff das Königreich auf allen Ebenen. So prahlerisch man gestern noch die eigene Stärke im Sieg über das kleine Island beschworen hatte, so wütend pochte man heute auf die Ungerechtigkeit des Schicksals, die einen Gegner scheinbar aus dem Boden gestampft hatte, um Xanten zu bestrafen.

War das Reich auch überrascht – wehrlos war es nicht. Die harte Hand Wulfgars hatte Disziplin gelehrt, und rasch waren die ersten Legionen an den südlichen Grenzen postiert. Straßen wurden aufgerissen, Wälder mit gerade genug Fallen versehen, um den Feind zu verunsichern, wie viel Tod noch in den Sträuchern lauern mochte. An beiden Seiten enger Täler hoffte man, den Gegner wie Vieh in eine Sackgasse zu treiben und dort einzukesseln. Nicht wenige Speere und Schwerter, die in diesen Tagen ausgegeben wurden, waren aus isländischer Fertigung.

Xandria scherte nicht die Frage, was Siegfried antrieb. Ob seine Sache gerecht war, vermochte sie nicht zu sagen. Es schien ihr aber glaubhaft, dass der Führer des feindlichen Heers mit Wulfgar abzurechnen hatte, und selbst als Tochter fand sie wenig Gründe, Einwände zu erheben. Hatte sie ihrem Vater den Tod denn nicht nur gewünscht, sondern selbst herbeizuführen gesucht? Dieser Siegfried mochte kommen, um das Land zu befreien und den König niederzustrecken. Um das Herz der Prinzessin brauchte er nicht kämpfen. Er hatte es in ihren vielen Träumen längst erobert.

Aus diesem Grund war Xandria auch weder furchtsam noch nervös. Stattdessen fieberte sie der Schlacht entgegen, hoffte auf ein rasches Ende und wünschte den Tod ihres Vater schnell, auf dass der Sieger sich ihr zuwenden mochte.

Er sollte sie zur Waise machen.

Dann zu seiner Königin.

Und schließlich zu seiner Hure.

Wulfgar stieß seinen Dolch in die Karte und nagelte sie am großen Tisch fest, an dem er mit seinen Generälen die Verteidigung des Reiches plante. »Kaum tausend? Wie kann das sein? Mit zwanzigtausend kam ich aus Island zurück!«

Nikos, einer seiner ältesten Ratgeber, nickte vorsichtig. »Zwanzigtausend, wenn nicht gar mehr. Doch viele Söldner verloren wir bereits an der Grenze, wo sie eigene Wege gingen.«

»Dann holen wir sie zurück!«, schrie Wulfgar, der seit Tagen nur noch schlief, wenn der Wein ihn dazu zwang.

Nikos sah vorsichtig zu Henk, dem es immer öfter zufiel, schlechte Nachrichten zu überbringen. Und der Schatzmeister ergab sich auch jetzt seinem Schicksal. »Die meisten Lohnsoldaten, die letztes Jahr an Eurer Seite ritten, sind diesmal unter feindlicher Flagge gegen Xanten.«

Rasend vor Wut schleuderte Wulfgar seinen Kelch gegen die Wand, und der Rest des Rotweins breitete sich daran aus wie ein riesiger Blutfleck. »Schande über diese Schweine! *Schande!* Ehrloses Pack!«

Natürlich wusste der König, dass er immer von der Ehrlosigkeit des Packs profitiert hatte, doch niemand wagte es, ihn darauf hinzuweisen. Henk räusperte sich. »Wir haben natürlich den Vorteil der Verteidigung. Während der Feind angreifen muss, Boden braucht, Siege sucht, reicht es für Xanten, nicht zu weichen. Unsere Grenzen zu halten ist ungleich einfacher, als ein anderes Reich in die Knie zu zwingen.«

Wulfgars Augen fixierten die Grenzen Xantens auf der Karte. »Wie stehen unsere Chancen?«

Das verlegene Schweigen war Antwort genug, und die nächsten Worte des Königs waren Drohung genauso wie Versprechen. »Wir konzentrieren all unsere Kräfte im Süden und an den Flanken. Wer das Land nicht verteidigt, den erwartet das Schwert. Und wenn dieses verdammte Geisterheer das Reich haben will, wird es in seinem Blut waten müssen.«

An einem zeitigen Morgen, der schwer nach Frühlingsblüten roch, traf das Heer aus Burgund auf die Xantener Grenzen – und Wulfgars Heer. Ein Bote im Sold Siegfrieds ritt zu den Generälen des Königs und verlas die formelle Herausforderung: »Mein Herr, Prinz Siegfried, erhebt Anspruch auf das Reich Xanten, seinen Thron und die zugehörigen eroberten Ländereien, insbesondere Island. Sofortige Kapitulation wird mit Milde in den anstehenden Prozessen vergolten. Ausnahme: König Wulfgar, dessen Schicksal der Tod sein wird. Es bleiben sechs Stunden zur Antwort.«

Der enthauptete Leib des Boten wurde nach kaum zwei Stunden auf sein Pferd gebunden und in Richtung des Söldnerheers zurückgeschickt. Es war die Antwort, die Wulfgar für angemessen hielt.

Der Krieg begann noch am gleichen Tag.

Fast fünfzigtausend Soldaten in Siegfrieds Sold rannten an gegen zwanzigtausend Getreue des Xantener Königs, die in eilig befestigten Stellungen harrten wie schwer bewaffnete Hasen.

Am ersten Tag fielen auf der Seite der Eroberer fast fünftausend Männer, und Xanten verlor die gleiche Menge. In von Pfeilen niedergemähten Reihen lagen die Leichen weit verteilt, vereinzelt stapften verwirrte und verletzte Pferde zwischen den Körpern herum und rochen an ausgebluteten Wunden. Priester segneten die Toten in schneller Folge, bevor sie auf Karren geworfen und weggeschafft wurden.

Siegfried beobachtete die Schlacht, so weit sein Auge reichte, von einem Hügel im Süden aus. Von den Ebenen und Tälern, die seinem Blick verschlossen waren, berichteten Kuriere, und ihre Neuigkeiten waren es, nach denen die Karten und Listen angepasst wurden, nach denen die Heerführer die Attacken neu ausrichteten.

Es trieb Siegfried, sich selber in den Kampf zu stürzen, als Anführer in vorderster Front die Soldaten mitzureißen, wie es sich für einen künftigen König gehörte. Doch sowohl das Feldbuch von Thelonius wie auch sein Freund Nazreh hatten dringend davon abgeraten. Nazreh hatte sogar ohne den Tonfall eines Scherzes versprochen, Siegfried niederzuschlagen, um ihn von der Dummheit abzuhalten. »So glorreich der Führer mit dem erhobenen Schwert auf Bildern und in Legenden wirken mag, im Felde ist er eine Ente, die um den Pfeil des Jägers bettelt, indem sie laut quakt und mit den Flügeln schlägt. Selbst eine verirrte Klinge der eigenen Leute könnte dich treffen, und wo tausend tote Soldaten den Krieg nicht beenden würden, tut es der Tod des Anführers.«

Das Ergebnis des ersten Tages war Stillstand, kein Fußbreit Xanten war unter die Kontrolle der Angreifer gelangt. Für nichts hatte Siegfried fast jeden zehnten Mann geopfert, und für nichts war ein Viertel der Xantener Truppen gefallen.

Am zweiten Tag verlor Siegfried siebentausend Männer, Xanten jedoch nur zweitausend. Der Lohn des mannigfachen Todes war die Einnahme der Grenzposten und der erste wirkliche Schritt auf feindlichen Boden. Herrschte Siegfried auch nicht über die Burg – sein Feldherrnzelt war in der Erde seiner Vorfahren verankert. In der Ferne sah er einmal den Wolf, den er einst auf dem Weg nach Burgund gerettet hatte. Das Tier hielt respektvollen Abstand, wich dem Gemetzel aus, als wisse es die leichte Beute nicht zu schätzen.

Die Xantener waren im Vorteil, denn sie konnten warten. Heranstürmen mussten Siegfrieds Krieger, und darin lag immer die Gefahr. Außerdem kannten Wulfgars Soldaten jene Stellen, an denen leicht ein Hinterhalt zu legen war, an denen hundert Bogenschützen ungesehen auf den Feind zielen konnten. Das Söldnerheer entdeckte diese Orte nie ohne grausame Verluste.

Die ersten Dörfer, ausgeplündert und verlassen, fielen den Invasoren in die Hände. Siegfried hatte ausdrücklichen Befehl erteilt, nicht barbarisch über das Land herzufallen und nur in feindlichen Soldaten den Gegner zu suchen. Doch die Berichte belegten, dass vielerorts seine Söldner kaum anders vorgingen als seinerzeit auf Island, und sein Herz fand Ruhe einzig in dem Gedanken, dass seine Mission Freiheit war und nicht Unterdrückung. Er konnte im Moment nur den Unterschied nicht mehr erkennen.

Immer wieder ritt Siegfried die frisch eroberten Gebiete ab, so klein sie auch sein mochten. Er legte seine Hand auf die Bäume, roch an der Erde, trank aus Bächen, die schon den Durst seines Großvaters gestillt hatten. Es sollte ihm den Glauben an das Recht geben, in dessen Namen er unterwegs war. Doch für jedes Hochgefühl fand er die Leichen junger Knaben, die Wulfgar eilends mit Spießen und Heugabeln ausgerüstet hatte, oder abgebrannte Dörfer, denen der Krieg das Leben ausgetrieben hatte. Siegfried bekam ein Gespür dafür, dass Kriege kaum befreiten, schon gar nicht in kurzer Folge. So sehr das Leben auch mit Kraft sich immer neu behauptete, konnte es gegen die dauernden Zerstörungen nicht an.

Die erste Woche brachte weitere Siege für Siegfried, und Wulfgars Heer zog sich erneut zurück, in einem Halbkreis nach Süden die großflächigen Gebiete um die Burg schützend. Doch Sieg hieß weitere Verluste, niemals unter tausend Mann an einem Tag. Nachts brannten die Leiber auf großen Haufen, weithin sichtbar als Fanal der Blutrünstigkeit beider Seiten. Die Priester gaben auf, und für ordentliche Bestattungen war keine Zeit mehr. Einzig die Waffenmeister profitierten, konnten sie nun doch jedem Soldaten zwei Schwerter zuweisen, und Dolche, so viel er zu tragen vermochte. Waffen starben nicht im Kampf, und je länger der Krieg dauerte, desto mehr Klingen kamen auf immer weniger Krieger. Mancher Pfeil traf schon seinen dritten oder vierten Brustkorb, als die Front in der zweiten Woche zum Erliegen kam.

Beide Seiten bissen sich fest. Morastige Gebiete erlaubten keinen Angriff auf breiter Front, und was an befestigten Straßen zur Xantener Burg führte, war in mehreren Reihen gesichert und nirgendwo planbar einzunehmen. Siegfried dachte daran, mit verstärkter Spitze vorzustoßen, doch dann war abzusehen, dass die Xantener Soldaten über die Flanken als Zange kamen, um die Spitze abzuwicken und aufzureiben, bevor sie die Burg erreichte. Erfolg versprach nur das gleichmäßige Vorrücken, das zugleich mit großen Verlusten drohte. Und in der Erkenntnis, nichts mehr verlieren zu können, entwickelten die Xantener erstaunliche Zähigkeit. Was Siegfried an einem Tag gewann, verlor er mitunter schon in der nächsten Nacht. Was ein Sturm hätte sein sollen, war tumbes Tauziehen um Dörfer und Täler, manchmal nur um Lichtungen und Senken.

Niemand gewann – aber alle verloren.

Bis tief in die Nacht saß Siegfried mit seinen Generälen zusammen, den treuen Nazreh immer an seiner Seite. Doch was sie auch planten, wie sie auch den Gegner zu überraschen versuchten, es blieb erfolglos. Und das eroberte Land gab nicht genug her, um das Heer zu ernähren, weshalb mühsam aus dem Frankenreich und Sachsen Lebensmittel herbeigeschafft werden mussten. Dass die Höfe überhaupt lieferten, war die einzige Bestätigung, dass sie Siegfrieds Erfolg erwarteten.

Xanten hingegen hungerte. War schon vor dem Krieg

kaum genug Ernte übrig, das geschwächte Reich zu ernähren, so fielen durch die Schlachten jene Handelsstraßen aus, über die Wulfgar das Nötigste bezog. Auch diese Möglichkeit blieb Siegfried offen – wochen- oder monatelange Belagerung, bis Xanten sich selber fraß und am Schluss totes Land zu übernehmen war.

Kaum zehn Tage, nachdem die Truppen im Sold des Prinzen von Island die erste Attacke geritten hatten, ging nichts mehr vor und nichts zurück. Wo keine Handbreit Boden zu gewinnen war, da half auch sinnloser Angriff nicht. Xanten verteidigte sich bissig, doch keine direkte Gegenwehr war zu erwarten. Hätten die Söldner sich auf Siegfrieds Befehl umgedreht und den Krieg eigenmächtig beendet – Xantens Heer hätte sie ohne Verfolgung ziehen lassen. Tage vergingen im Belauern, ohne nennenswerte Scharmützel. Man zählte die Toten, pflegte die Verletzten und verteilte die Überlebenden neu.

Mitten im Krieg erlahmte der Wille zum Krieg.

Und am fünften Tag ohne Kampfesschrei kam ein Bote von der Xantener Burg zum Zelt des Prinzen, das Pergament am Gürtel mit dem königlichen Siegel verschlossen. Siegfried brach es und hielt das Schreiben nach kurzer Lektüre lachend seinem besten Freund hin. »Die Kröte lädt zum Spielen ein.«

Es enttäuschte Nazreh, dass Siegfried in dieser Lage lachen konnte, und der mangelnde Respekt vor Wulfgar war bestenfalls leichtsinnig. Er las die Botschaft genau: »Nichts anderes als ein direktes Gespräch schlägt er vor – so wie es zwischen Herrschern *vor* einem Kriege üblich ist.«

Siegfried nickte. »Es gibt jedoch nichts zu bereden – und wie närrisch müsste ich sein, mich freiwillig in seine Hand zu begeben? Will Wulfgar reden, kann er gerne aus der Burg gekrochen kommen.«

Nazreh rollte das Pergament zusammen. »Du würdest ihn mit einem Streich deines Schwertes töten.«

»Ganz genau.«

»Warum sollte er es also tun? Siegfried, er schlägt die Aussprache von Mann zu Mann vor – sicher besser, als weiterhin zu lauern oder tausende von guten Männern in sinnlosen Kämpfen zu verlieren.«

Der Prinz sah seinen Freund an, als habe dieser den Verstand verloren. »Ich soll mit Wulfgar *verhandeln*? Nazreh, hätte ich verhandeln wollen, dann hätte ich ebenso gut als Bettler an seinen Hof reisen können. Hat Wulfgar verhandelt, als er sich Island nahm?«

Nazreh schüttelte den Kopf. »Nein, das hat er nicht – und es ist nicht ratsam, ihm darin nachzueifern. Was hält dich ab, ihn anzuhören?«

»Die Tatsache, dass er mich kaum lebend aus der Burg lassen würde?«

»Dann schaff dir eine Versicherung – bestimm den Ort, bestimm die Umstände. Diplomatie auch zwischen Feinden ist der Schlacht vorzuziehen.«

Siegfrieds Blut floss immer noch zu heiß, um das Gespräch mit seinem Widersacher auch nur in Betracht zu ziehen. »Seine Botschaft beweist, dass er seine Sache verloren wähnt. Es wäre ein Zeichen von Schwäche, nun nachzulassen.«

Nazreh nahm seinen Freund fest bei den Schultern. »Deine tumbe Stärke wird in den nächsten Tagen weitere tausend gute Männer das Leben kosten. Rechne ihr Blut wie deins, Siegfried – und dann sag mir, dass es keinen Wert hat, mit Wulfgar zu verhandeln!«

Endlich drang er zum Prinzen durch, und der zornige Kampfeswille in seinem Schädel räumte endlich wieder der Vernunft den Platz. »Mit Albträumen zahle ich jede

Nacht für den Tod meiner Männer. Vielleicht hast du recht, und meine Sorge für sie ist Pflicht genug, den Sieg nicht um jeden Preis zu suchen.«

»Keiner erwartet, dass du dir weniger als den Triumph verdienst«, sagte Nazreh leise und sehr eindringlich. »Doch Sieg ist nicht immer der Sieg des Schwertes.«

»Dann hilf mir«, bat Siegfried. »Sag mir, wie ich Wulfgar gebührend antworte, ohne Gesicht oder gar Leben zu verlieren.«

Nazreh lächelte zufrieden. »So spricht ein Mann, der König sein kann. Verlange von Wulfgar ein Treffen zwischen den Fronten, auf einem Feld mit guter Einsicht. Beide Seiten bringen ihre besten Schützen in gehörigem Abstand. Befiehlt der eine König den Tod des anderen, sterben beide. Keine Rüstung, keine Waffen, keine Vasallen.«

»So hemmt die Aussicht auf den eigenen Tod den Willen, selber zum Mörder zu werden«, murmelte Siegfried. »Ein Gleichgewicht des Schreckens. Sicher nicht die edle Lösung, aber den Zweck mag es erfüllen.«

Nazreh nickte. »Eine Taktik, so alt wie der Krieg selbst. Wenn der Bote diese Nachricht Wulfgar überbringt, mag das Treffen schon morgen stattfinden. Und bis dahin sollen die Waffen ruhen.«

Siegfried runzelte die Stirn. »Sollen wir dem Kurier die Botschaft in die Tasche nähen – und dann seinen Leichnam zur Burg reiten lassen?«

Nazreh erstarrte ob der Kälte, mit der sein Anführer die Frage stellte, doch Siegfried lachte plötzlich schallend. »Nur ein Scherz, mein Freund – den Blutdurst Wulfgars habe ich nicht, und in der Überbringung einer Botschaft kann ich keine schändliche Tat erkennen. Der arme Mann soll lebend sein Ziel erreichen.«

Es erleichterte das Herz des Orientalen, dass Siegfried doch noch seine Menschlichkeit bewahrt hatte.

Es war schon späte Nacht, und die Generäle hatten sich vor Stunden zurückgezogen, um ihre Einheiten für den nächsten Tag zu instruieren. Wulfgar grübelte in seinem Kriegsraum, den ein runder Holztisch mit unzähligen Karten dominierte, über der Antwort des Anführers der Invasoren. Es war weniger der Inhalt, der den Xantener König nachdenklich stimmte – die Forderungen Siegfrieds waren weder anmaßend noch unerfüllbar und zeugten von kluger Zurückhaltung.

Aber zwischen den Zeilen standen Fragen, auf die Wulfgar gerne Antworten gehabt hätte, bevor er sich mit dem Angreifer traf.

Der Führer seiner Feinde nannte sich »Prinz Siegfried«, doch kein Königshaus, das Wulfgar kannte, hatte in den letzten Jahren einen Sohn dieses Namens aufgezogen. Hätte sich ein dahergelaufener Kriegsherr um des Ansehens wegen einen Titel gegeben, wäre es wohl nicht weniger als »König« gewesen.

Und wenn dieser Siegfried nicht den Schutz eines großen Hofes genoss, woher kam dann der Reichtum, um über einen einzigen Winter ein Heer dieser Größe aufzustellen? Selbst die vereinten Schätze von Xanten und Island wären dazu nicht in der Lage gewesen. Wulfgar konnte nur vermuten, dass Siegfried einen heimlichen Unterstützer hatte. Vielleicht aus Rom? Oder nutzte der Frankenherrscher Theudebald einen Stellvertreter, um einen unliebsamen Regenten vom Thron zu stoßen? Möglich, aber der König von Xanten hatte sich den Franken immer als loyal erwiesen. Es gab keinen triftigen Grund, ihn nun mit einem großen Schattenheer zu überfallen. Zumal keiner auf dem Kontinent etwas dagegen hätte tun können, wenn die Franken diesen Krieg selber geführt hätten.

Und da war noch ein Detail.

Siegfried verlangte explizit Wulfgars Tod.

Nun war der Tod des unterlegenen Regenten meist natürliche Folge eines Krieges zwischen zwei Reichen, aber schon in seiner ersten Botschaft hatte Siegfried klargemacht, dass er den Kopf Wulfgars *verlangte*, sollte jemals Frieden einziehen. Das sprach von persönlicher Rache, von einer unbeglichenen Rechnung.

Es schabte Holz auf Holz, als die Tür sich öffnete und die Prinzessin in den Kriegsraum trat, der für Frauen eigentlich verschlossen war.

»Was willst du?«, knurrte Wulfgar verdrossen. »Die Nacht ist keine Zeit für dich, umherzuwandeln.«

Xandria ließ sich nicht beirren und verlor keine Zeit an Höflichkeiten. »Der Krieg kostet mehr, als das Land zahlen kann.«

»Das sieht jeder, der nicht blind geboren wurde.«

»Vielleicht ist es weise, das Unausweichliche nicht über die Leichen der Menschen hinwegzustrecken«, sagte die Prinzessin vorsichtig.

»Ich weiß, dass du mich für einen Unmenschen hältst«, brummte Wulfgar. »Ein blutrünstiges Ungeheuer, dem töten Freude bereitet.«

Xandria wollte etwas entgegnen, aber der König winkte ab. »Schenk dir jeden verlogenen Widerspruch. Es ist, wie es ist. Wenn Theudebald uns nicht zu Hilfe kommt, ist Xanten den Invasoren ausgeliefert. Und Theudebald liegt nichts daran, sich einzumischen, wie es scheint.«

»Und was soll nun geschehen?«

Wulfgar kratzte sich am Kopf. »Ich werde mich mit dem Anführer des Feindes treffen. Diesem Siegfried. Vielleicht lässt sich eine Einigung erreichen, wenn ich erst einmal weiß, was genau er will. Und wenn nicht – vielleicht ergibt sich die Gelegenheit, den Krieg mit einem schnellen Dolchstoß zu beenden.«

Er sah seine Tochter erblassen und bemerkte, wie sie sich am Tisch abstützte. Ihr Atem ging auf einmal flach und schnell. »Du wirst Siegfried treffen? Wann?«, fragte sie seltsam erregt.

»Schon morgen«, antwortete Wulfgar. »Auf einem Feld, zwei Stunden Ritt südlich von hier. Was schert es dich?«

»Ni… nichts …«, stotterte Xandria ungewohnt. »Allein, das Schicksal des Volkes berührt mich.«

»Was hat das Volk je für dich getan?«, höhnte der König. »Glaubst du wirklich, die Xantener würden dich weniger eilig als mich den Schweinen vorwerfen, wenn sie könnten?«

Xandria entschied, die Stichelei zu ignorieren. »Ist es möglich, dich zu begleiten? Schließlich geht es um das Reich, und wenn meine Gegenwart hilft, die Raserei der Männer zu besänftigen, dann …«

»Eine Frau hat keinen Platz auf dem Schlachtfeld«, sagte Wulfgar, obwohl der Gedanke in seinem Kopf Anklang fand. »Doch vielleicht ist dieser Siegfried ein Tölpel, dessen Gemüt von einem schönen Gesicht zu rühren ist.«

»Ich werde mich gleich vorbereiten«, sagte Xandria rasch. Sie eilte aus dem Zimmer, als fürchtete sie, Wulfgar würde seine Meinung noch ändern.

Der König sah seiner Tochter missgelaunt nach. »Und wenn ihn das Gesicht nicht rührt, bewegt der Schoß des Mädchens vielleicht sein Gemächt. In Geilheit hat so mancher Feldherr seine größten Fehler gemacht.«

In der Stille des Kriegsraums lachte er über den Gedanken.

Nur wenige waren eingeweiht gewesen, dass an diesem Tage zwei Gegner auf dem Felde einander gegenübertraten. Beiden hätte es nicht zur Ehre gereicht, wenn ihre tapferen Soldaten von den Verhandlungen erfahren hätten.

Wulfgar brachte seine persönliche Garde mit, jene Männer, die auch die Burg im Angriffsfall zu verteidigen hatten. Exzellente Bogenschützen, schnell mit dem Schwert und jederzeit bereit, für den König zu fallen.

Siegfried hatte Nazreh dabei und ein Dutzend Söldner mit Erfahrung in der römischen Armee. Ihr Befehl lautete, die Sehnen der Bögen keinen Moment zu entspannen und die Spitzen der Pfeile nicht für einen Augenblick anders auszurichten als auf Wulfgar. Sollte der Xantener den Dolch gegen Siegfried heben, durfte sein Herz danach keinen zweiten Schlag mehr tun.

»So froh ich über dieses Treffen bin, so misstrauisch macht mich doch der Ruf des Königs«, murmelte Nazreh, während sie sich noch im Wald am Rande der Lichtung versteckt hielten.

Siegfried dachte an die Massaker Wulfgars in Island und nickte. »Zu trauen ist ihm nicht, das steht fest.«

Es war um den Mittag herum, die Sonne stand warm und genau über ihnen, keine der Parteien blendend. So wie es vereinbart worden war.

»*Der König steht bereit!*«, schallte es von der anderen Seite der Lichtung.

»*Und sein Herausforderer ebenso!*«, rief Nazreh zurück. Er drehte sich zu Siegfried. »Nun gilt es.«

Der Prinz von Island legte den Gürtel ab, an dem Schwert und Messer hingen. Die Ärmel seines Hemdes rollte er auf, um zu zeigen, dass keine verdeckte Klinge herausrutschen konnte. Er sah eine Bewegung auf der anderen Seite, eine Gestalt, die auf die Lichtung trat. Zwei

Gestalten. Siegfried nickte seinen Soldaten zu, und diese spannten ihre Bögen.

Nazreh sah Siegfried eindringlich an. »Denk daran – du willst Xanten erobern, nicht vernichten. Wähle keinen hohen Preis, den letztlich deine Männer zahlen müssen.«

Siegfried nickte und trat ebenfalls auf die Lichtung. Es waren vielleicht hundert Schritte bis zur Mitte, und beide Männer nahmen sie mit angemessener Würde. Es fiel dem Prinzen auf, dass er Wulfgar nicht so nahe gewesen war, als er ihn vom Fenster der isländischen Burg aus beobachtet hatte. Eine Welle der Wut durchlief ihn heiß, und er dachte erneut daran, Wulfgar gleich hier zu töten. Wenn es sein Leben kostete – war das nicht der faire Preis, von dem Nazreh gesprochen hatte?

Doch bevor er sich in die Rachegelüste steigern konnte, fiel sein Blick auf die zweite Gestalt, die er zuvor gesehen hatte und die am Rande der Lichtung stehen geblieben war.

Es war ein Mädchen.

Nicht viel Klugheit war vonnöten, um in ihr die Prinzessin Xandria zu erkennen, die Tochter Wulfgars. Ein goldener Gürtel zierte ihre Taille, und eine feine Krone bändigte ihr feuerrotes Haar. Ihre bleiche Haut schien in der Sonne zu leuchten, als hätte man eine Fackel entzündet.

Siegfried spürte, wie sein Blick sich an Xandria labte, wie seine Augen sich weigerten, von ihr zu lassen und sich dem König zuzuwenden. Die Prinzessin war von außergewöhnlicher Schönheit, und ihre Anmut ließ Siegfried die Hände zittern. Selbst auf die Entfernung sah er das angedeutete Lächeln auf ihren Lippen und ihre zarten Finger, die leicht zuckten, als wollte sie ihm zuwinken.

Das Herz, das es zu erobern galt? Siegfried erinnerte

sich an das, was Brunhilde ihm gesagt hatte. Xandria war mehr als das Schlachtfeld der Schlüssel zur Macht in Xanten. Doch wie konnte das sein? Wenn er siegreich war, musste er sie töten, um die Blutlinie Wulfgars zu brechen. Er konnte sie auch blenden und bettelarm in die Verbannung schicken, damit das Schicksal ihm die schmutzige Arbeit abnahm. Aber schon der Gedanke schmerzte tief in seiner Brust, zog sein Herz zusammen und weigerte sich, zu Ende gedacht zu werden.

Erst als die Gestalt Wulfgars einen Schatten auf ihn warf, stellte Siegfried fest, dass er die Mitte der Lichtung erreicht hatte, und riss mühsam die Gedanken von der zauberhaften Erscheinung.

Der Wechsel von der Tochter zum Vater war wie der Wechsel von einer Rose zu einem Kuhfladen.

Wulfgar überragte Siegfried kaum, doch an Breite und Masse hatte der Isländer seinem Erzfeind nichts entgegenzusetzen. Ein dicker Mantel blies die Schultern des Xantener Königs noch weiter auf, und schwere beschlagene Lederbänder an den Armen waren fest um kräftige Muskeln gebunden.

»So sieht er also aus, der Prinz aus dem Niemandsland«, knurrte Wulfgar, und Siegfried war froh, dass auf höfliche Floskeln verzichtet werden konnte.

»Besser keine Heimat als eine gestohlene«, hielt der Prinz dagegen.

Wulfgar zog einen Mundwinkel hoch. »Ihr strebt wohl danach, das zu ändern.«

»Ich will nicht mehr, als mein ist«, sagte Siegfried.

Wulfgar beugte sich vor, bis seine Nasenspitze fast an die seines Gegners stieß. »Und wer spricht hier von Dingen, die er sein Eigentum wähnt?«

Siegfried ließ sich nicht einschüchtern, sondern atmete

tief ein. »Ich bin als Siegfried gekommen – doch als ihr es versäumt habt, mein Leben zu nehmen, rief man mich noch Sigurd von Island.«

Wulfgar ging einen Schritt zurück und trat erbost auf den Boden. Ein Fluch, der so alt war, dass niemand mehr ihn zu schreiben wusste, entfuhr seinen Lippen.»Der alte Narr hat mich belogen! Natürlich! Ich werde ihn in Streifen schneiden lassen.«

Der König von Xanten war geradezu kindisch wütend, dass er sich von Eolind hatte täuschen lassen. Selbst Xandria zuckte zusammen, wie Siegfried aus dem Augenwinkel bemerkte.

Der Prinz lächelte freudlos. »Die Götter stehen auf meiner Seite, und mit ihrer Hilfe werde ich mir nehmen, was man meiner Familie genommen hat.«

Wulfgar fing sich wieder, strich sich über den Bart und musterte Siegfried von oben bis unten. »Der Sigurd also.«

»Siegfried.«

»Siegfried, wie auch immer. Zugegeben, nun ist mir einiges besser erklärlich. Sogar, dass die Römer Euch in Worms ein Heer aufstellen ließen. Schließlich seid Ihr von Burgunder Blut.«

»Das bin ich.«

Wulfgar gönnte sich ein paar Sekunden, um die Lage zu überdenken. Eigentlich war es so offensichtlich gewesen, dass er sich ärgern musste, nicht von selbst auf diese Erklärung gekommen zu sein. Sogar Siegfrieds Forderung nach seinem Kopf war nun nicht weniger als selbstverständlich. »Rache ist also Euer Motiv, nicht Gier nach Macht und Schätzen?«

»An Gold mangelt es mir nicht, und Macht hält keinen Reiz für mich«, antwortete Siegfried, immer wieder zur Prinzessin blickend.

Wulfgar grinste. »Dann ginge es mit dem Teufel zu, wenn wir uns nicht einigen könnten.«

Siegfried straffte seine Haltung. »Nicht weniger als Kapitulation kann die Grundlage sein. Und als Zugeständnis biete ich nur dies – ich töte Euch in einem fairen Duell, statt Euch gefesselt zu martern, bis das Leben Euren Leib jammernd verlässt.«

Auch Wulfgar wurde wieder ernst. »Mit einem Schwert in der Hand würde ich Euch diese Worte zusammen mit Eurer Zunge fressen lassen. Aber als Herrscher Xantens bin ich dem Frieden und der Politik verpflichtet. So habe ich ein Angebot für Euch.«

»Sprecht.«

»Ich gebe Euch Island.«

Es war nicht, was Siegfried erwartet hatte, und er brauchte eine Weile, um zu verarbeiten, was Wulfgar da vorschlug.

Der König von Xanten hob die Arme. »Es braucht keinen Krieg dafür. Ich nahm Eures Vaters Land, weil er es schwach und ungeschützt regierte. So ist das Gesetz der Völker. Wollt Ihr im Norden ein besserer König sein, so geleitet Euer Heer durch Xanten, bis ihr ans Meer stoßt. Keiner meiner Soldaten wird sein Schwert gegen Euch erheben. Einen schnellen Boten schicke ich voraus, mit der Versicherung, dass Ihr bei Eurer Ankunft keine Xantener Seele mehr in der Felsenburg vorfindet. Ein Reich für Euch, ein Reich für mich, kein weiteres Blutvergießen.«

Wulfgar sprach, als hätte er eine minderwertige Ware an den Mann zu bringen, und Siegfried wusste, dass dem so war – der König Xantens stand mit dem Rücken zur Wand, und die Offerte war ein bequemer Ausweg. So wie die Barden am Hofe Xantens Wulfgar als Sieger preisen würden, könnte auch Siegfried sich in Island als Befreier bejubeln lassen.

Es war ein gutes Angebot, wenn auch aus Feigheit geboren. Und Siegfried wusste, dass er noch die Tochter des Königs verlangen konnte, wenn er wollte. Er konnte *alles* verlangen, was er wollte.

Nazreh würde stolz sein.

Aber Siegfried dachte an Brunhilde, an die Nibelungen – an seinen Vater, dessen Namen er trug. Er hatte die letzten Tage auf der Erde seiner Vorfahren geschlafen, kaum einen Tagesritt von der Burg entfernt, in der einst seine Mutter regiert hatte.

Entschlossen schüttelte der Prinz den Kopf. »Wäre ich nur Sigurd von Island – vielleicht kämt Ihr so davon. Doch ich stehe hier auch als Siegfried, Erbe von Xanten.«

Er sagte es laut genug, dass es auch die Prinzessin hören konnte und die Soldaten des Königs.

In Wulfgars Hals grollte es – er hatte sich schon überlegen gesehen. »Was redet Ihr für einen Unfug? Siegfried ist Legende und schon lange tot.«

Der Prinz nickte. »Doch Kriemhild von Burgund gebar ihm einen Sohn, gleich hier in der Burg. Und auch in ihrem Namen fordere ich das Recht auf dieses Reich – und Euren Kopf.«

Wulfgar schüttelte sich, als sei er gerade aus dem Schlaf erwacht. »Dann wird kein Frieden sein.«

»Kein Frieden«, bestätigte Siegfried.

»Ich werde meine Füße in Euren Eingeweiden wärmen«, zischte Wulfgar. Dann drehte er sich um und ging zu seinen Männern zurück.

Siegfried tat es ihm gleich, und jetzt vermied er es sorgsam, Xandria anzusehen.

Er würde ihren Vater töten. Und sie vermutlich ebenso.

Nazreh war außer sich gewesen, und Siegfried verstand ihn sogar. Um nichts mehr hatte der Araber seinen Freund gebeten, als um Einsicht in der Hoffnung auf Frieden. Wulfgar hatte mehr geboten, als zu erwarten gewesen war. Siegfried hatte die Chance gehabt, als König nach Island zurückzukehren.

Stunde um Stunde versuchte Siegfried zu erklären, warum das Angebot nicht infrage kam, warum der Thron von Xanten für ihn mittlerweile wichtiger war als der Thron Islands. Es galt, das Unrecht von Generationen wettzumachen, seit seinem Großvater auf dem Schlachtfeld die Krone genommen worden war. Doch immer, wenn er Worte wie Bestimmung und Schicksal benutzen musste, spuckte Nazreh wütend aus. »Erkläre die Bestimmung den Kindern, die ihre Väter verlieren – erkläre das Schicksal den Frauen, die nach der Schlacht keine Männer mehr haben!«

Sie trennten sich im Streit, das erste Mal, seit sie sich kannten. Siegfried fragte sich, ob die Mentalität des Orientalen so anders war, dass ihm die Bedeutung des Schicksals unverständlich blieb.

Siegfried fand keinen Schlaf in der Nacht, und nachdem die Fackel in seinem Zelt niedergebrannt war, starrte er offenen Auges in die Dunkelheit.

Er *musste* so handeln – oder?

Mit dem Versprechen, Wulfgar zu richten, war er in die Welt gezogen. Nun warf ihm der Xantener König einen begehrten Brocken hin, um das eigene Leben zu retten. War es nicht feige, sich abspeisen zu lassen?

So oft er über die weitere Strategie nachdachte, so oft sah er in der Schwärze der Nacht das leuchtende Gesicht der Prinzessin. Es versetzte sein Herz so in Raserei, dass die Narben auf seinem Bein wild zu pochen begannen und

Schweiß an seinen Schläfen hinablief. Er fragte sich, wie ein Barbar von Wulfgars Schlage eine so wunderschöne Tochter haben konnte. Gerade Xandrias Liebreiz überzeugte ihn von der Gerechtigkeit seiner Sache – nicht einmal der kaum bezähmbare Drang, sie zu besitzen, konnte ihn davon abbringen, Xanten für sich zu fordern.

Er war Siegfried, Sohn von Siegfried, Erbe von Xanten und Island. Und dieser Krieg würde nicht enden, bevor er auch König beider Reiche war – oder tot.

Eine flache Hand schlug kräftig gegen das Tuch am Eingang seines Zelts.

»Was liegt an?«, fragte Siegfried und setzte sich auf. Er war todmüde und doch zu aufgekratzt, um zu schlafen.

Eine der Leibwachen, die Thelonius ihm empfohlen hatte, trat ein und erleuchtete das Zelt mit einer Fackel. »Prinz Siegfried, verzeiht die dringliche Störung ...«

Er winkte ab. »Was gibt es?«

»Jemand schlich sich ins Lager – zweifellos, um Euch zu ermorden.«

Siegfried lächelte grimmig. »Das war zu erwarten gewesen. Für Wulfgar ist es der nächste logische Schritt nach der friedlichen Verhandlung.«

Der zweifelnde Blick der Wache verriet, wie falsch Siegfried damit lag. »Ihr solltet lieber selber sehen ...«

»Natürlich«, erwiderte Siegfried. »Bringt den gedungenen Mörder zum Verhör zu mir.«

Die Wache steckte den Kopf aus dem Zelt, und einen Herzschlag später trugen zwei Soldaten eine zierliche, aber vehement strampelnde Gestalt herein.

Es war Xandria, Prinzessin von Xanten.

Wulfgar hatte seine engsten Ratgeber versammelt. Im Kriegsraum berichtete er ihnen von seinem Treffen mit

Siegfried, wie er es verstanden hatte. »Der Irrsinnige, der sich selbst den Namen Siegfried gegeben hat, suhlt sich im Wahn, in Erbfolge des echten Siegfried von Xanten zu stehen. Diesem Fiebertraum bringt er als Opfer sein und unser Heer – unsere Reiche. Ich bot ihm Island, doch seine Gier nach Macht ist nicht durch kluges Handeln zu besänftigen.«

Wie erhofft empörten sich die Generäle genug, um keine Fragen nach der weiteren Legitimation Siegfrieds zu stellen. Sie rasselten mit den Schwertern, stießen ihre Dolche in das weiche Holz des Tisches und schrien nach Rache und Vergeltung, als habe der Prinz von Xanten mit den höllischen Horden selbst ein unschuldiges Land gemetzelt. Ihre Rufe verlangten mehr als den Kopf Siegfrieds – nicht weniger als die Vernichtung seines Heers wurde zur Ehrenpflicht ausgerufen und der Kampf ohne Rücksicht auf Verluste.

Wulfgar nickte zufrieden. »Dann ist es beschlossen, dass Xanten nicht weichen wird, dass das Reich kämpft, solange ein einziges Herz in ihm schlägt.«

Henk trat an seine Seite. »Und wenn Frauen und alte Männer mit Mistgabeln gegen die Invasoren treten müssten – Xanten steht hinter seinem König.«

»Tragt diese Botschaft in die Dörfer«, befahl Wulfgar. »Vom heutigen Tag an ist jeder Bürger auch Soldat, kommt die Verteidigung vor jeder anderen Pflicht. Sich zu ergeben heißt Verrat und wird wie Verrat geahndet. Für Xanten zu leben ist für den König zu sterben.«

Seine Generäle nickten zustimmend, schlugen die Fäuste auf die Brust und verließen den Kriegsraum. Wulfgar blieb allein zurück und schenkte sich guten Wein ein, den er für eine einsame Stunde aufbewahrt hatte. Er setzte sich auf einen Stuhl – seit Tagen hatte er gestanden, um

Kraft und Größe zu zeigen. Nun gönnte er seinen Schultern Entspannung und Ruhe.

Die Zeit der lauten Sprüche war vorbei.

Der Krieg war verloren – und fing nun doch erst richtig an.

Es ging nicht mehr um Sieg. Es ging darum, die Niederlage teuer zu verkaufen. Jeder Xantener, der am Speer der Angreifer fiel, war ein Xantener weniger, den Siegfried dereinst regieren konnte. Und jeder Xantener Vater, der unter dem Schwert des Isländer Prinzen starb, hinterließ eine Familie im Hass auf Siegfried. Das Leid des Volkes würde nicht mehr das Leid Wulfgars sein, sondern das Leid des neuen Königs.

Wulfgar trank in heftigen und tiefen Zügen.

Sollte er fliehen? Ach was! Noch zehn, fünfzehn Jahre sich verstecken, in ständiger Angst vor Häschern und gedungenen Mördern, das war nicht seine Sache. Lieber sah er zu, wie das Reich unterging. Das Reich, das ihn nicht verdient hatte. Das ihn nun, da er als Triumphator aus Island gekommen war, in der Verteidigung jämmerlich im Stich ließ.

Xanten hatte das Leid verdient, und diesen Verdienst würde Wulfgar ihm auszahlen. Mit Zins und Zinseszins.

Sie standen einander gegenüber als Fremde, und in den Augen doch vertraut wie Geschwister. Die kleine Fackel spielte Schatten auf ihre Gesichter und warf ein Feuer in die Blicke, das aus der Seele kam. Ihnen fielen erst keine Worte ein, weil jeder wusste, was der andere dachte.

Musste Siegfried den groben Herrscher geben, um die Tochter des Feindes zu verspotten? Sollte Xandria sich trotzig geben, in aufrechtem Widerstand vor dem Herausforderer ihres Vaters? Beide fanden keinen Sinn in höflichem Getue, und Floskeln schienen so wertlos wie lächerlich.

»Mir wurde von dir im Traum erzählt«, sagte Siegfried schließlich, und er schämte sich dafür nicht.

Xandria hielt seinem Blick stand. »Und ich habe dich im Traum gesehen.«

Sie glaubten an verschiedene Götter, doch waren sie eins in der Erkenntnis, dass, welche Götter auch immer das Geschick der Menschen lenkten, diese Götter ihren Weg bestimmt hatten.

»Haben meine Wachen recht? Kamst du, um mich im Schlaf zu töten, auf dass der Krieg ein Ende habe?«

»Mit deinem Tod würde auch meine Zukunft enden«, sagte die Prinzessin. »Doch bin ich Xanten in Freundschaft verbunden. Und in Schmerz, wenn ich es leiden sehe.«

Siegfried nickte. »Auch mein Wille ist nicht Leid, sondern Befreiung. Es betrübt mich, dass dein Vater Ursache dieses Leides ist.«

Während er sprach, trank er wieder von ihren Augen, war jedes Zittern ihrer Lippen ein Lockruf, jedes Heben ihrer Brust ein Sirenengesang. Er sprach nur noch, um nicht in wortlose Raserei zu verfallen und sich zu nehmen, worauf er nie mehr verzichten wollte.

Als hätte sie seine Gedanken erraten und nicht weniger ersehnt, schlug Xandria vor: »Ich würde mich dir geben, wenn es das Leid nur einer Familie lindern könnte, meinen Körper willig als Pfand für den Frieden.«

Die Worte waren so ehrbar wie gelogen – die Prinzessin loderte innerlich, hungerte nach dem ehrlichen Fleisch Siegfrieds, das sie bisher nur im Traum an sich gepresst hatte. Ihr Körper war kein Pfand, er war nur noch entfachte Leidenschaft für den fremden Prinzen. Sein heißer Mund an ihrer Brust war all der Lohn, nach dem sie sich sehnte.

Und trotzdem standen sie steif da, leicht zitternd, den Bann des Krieges zwischen sich.

»Dem Pfand würde ich mein eigenes Leben opfern«, sagte Siegfried. »Doch Wulfgar lebend der Welt hinterlassen, das kann ich nicht. In Walhall würde mein Vater nicht neben mir speisen, ließe ich den Mörder der Familie, den Verwüster unseres Reiches davonkommen.«

Sie machten einen vorsichtigen Schritt aufeinander zu, nah genug, um des jeweils anderen Atem zu spüren.

»Dann ist, was ich bin, nicht genug, um dem Wahnsinn ein Ende zu bereiten?«, fragte Xandria, und ihre Stimme war ein Hauch, der über Siegfrieds Schultern und Rücken bis direkt in seine Lenden wehte. Er strich ihr mit einer Hand über die Wange, den Daumen sanft an ihren Lippen, ihre Augen in Sehnsucht verschließend.

»Es ist mehr, als ich wünschen könnte – und doch nicht genug, den Willen der Götter zu brechen, die den Fall Xantens fordern«, antwortete Siegfried, und er bereute die Unfähigkeit zur Lüge, die Xandria jetzt auf sein Lager gezwungen hätte. »Meinem Blut gehört der Thron, und Frieden kann nicht herrschen im Unrecht.«

Die Prinzessin nahm seine Hand von ihrem Gesicht, drückte sie, als gelte es einen Pakt zu beschließen, und sah ihm klaren Geistes in die Augen. »Dann, Siegfried von Island und Xanten, lass mich dir Unrecht zeigen, wo du Frieden suchst.«

Nazreh war nicht in sein Zelt zurückgekehrt an diesem Abend. Sein Körper verlangte nicht nach Schlaf, sein Lager nicht nach Anwesenheit. Im Beutel trug er, was er brauchte, und weiches Fell an seinen Füßen dämpfte das Geräusch seiner Schritte. Kein Zweig unter ihm brach die Stille, kein raschelndes Blatt verriet seinen Weg.

Es war geschehen, was er befürchtet hatte. Was als Eroberung begonnen hatte, wuchs sich aus zur Vernichtung.

Wulfgar wollte nicht weichen, und Siegfried konnte es nicht. Für beide war die Entscheidung leicht zu treffen, war die Zahl der gefallenen Soldaten doch wenig mehr als das – eine Zahl. Ihren Eitelkeiten und dem Schicksal opferten sie in wütender Sturheit jedes Leben in ihrer Obhut. Nazreh hingegen sah im Herrscher auch den Hüter und im Wohl des Volkes das oberste Gebot.

Er hatte Siegfried vieles beigebracht, doch vieles war auch an seiner Verschlossenheit abgeprallt. Das noble Herz hatte der Erbe von Xanten und Island zweifellos, doch die Weisheit des erfahrenen Veteranen ging ihm ab. Wulfgar hingegen fehlte es an der Erfahrung nicht, doch wo ein Herz schlagen sollte, hatte er nur einen Stein.

Nazreh hatte die Schlacht lange genug verfolgt, um einzusehen, dass ein Ende ohne verbrannte Erde von den Herrschern nicht zu erwarten war.

Es lag an ihm.

Am einfachsten wäre es gewesen, Siegfried eine Klinge zwischen die Rippen zu stecken. Als Freund kam er nahe genug heran, und keine Wache wagte es, den Orientalen nach Waffen abzutasten.

Aber der Mord an Siegfried hätte Wulfgars Sieg bedeutet, ewiges Leid für Xanten und Island, sowie das Ende der Blutlinie. So sehr Nazreh dem Blutvergießen ein Ende bereiten wollte – dieser Preis war nicht zu zahlen. Nicht von ihm.

Das Ende des Krieges musste das Ende Wulfgars sein.

Die Schritte des Arabers waren schnell, und die Dunkelheit der Nacht war ihm kein Hindernis. Jene Jahre, die er Siegfried immer verschwiegen hatte, waren lehrreich gewesen, und kaum langsamer als ein Pferd im Galopp kam Nazreh voran. Mitunter kroch er an Xantener Posten vorbei, die angespannt horchend in den Büschen kauerten, und eine Absperrung überwand er lautlos wie ein Schatten. Mit jedem Schritt entspannten sich seine alten Muskeln, kehrten einst erlernte Bewegungen in seinen Körper zurück. Seine Füße glitten mehr über den Boden, als dass sie ihn berührten, und seine Augen sahen mehr als die der Eulen, deren Ruf er immer wieder hörte.

Weder nach Verrat noch übler Tat stand ihm der Sinn. Wo Nazreh herkam, war der Mord zum Zweck der Freiheit eine edle Geste. Sie stand nicht vielen zu, und jenen erst nach Jahren harter Ausbildung, doch ihre Anwendung trug keine Niedertracht in sich.

Nazreh war ausgezogen, das zu tun, was Siegfried um des Schicksals willen verwehrt war.

Die Hälfte der Nacht war noch nicht vorbei, als an den Seiten des Weges die ersten Hütten auftauchten und Felder im Mondlicht lagen, die bestellt gehörten, wenn der Krieg endlich vorbei war.

Burg Xanten konnte nicht mehr weit sein.

Es war nicht nur dumm, sich auf das Wort der Prinzessin zu verlassen – es war nachgerade töricht. Sie war die Tochter des Feindes. Und doch fragte Siegfried sich nicht einen Moment, ob er ihr trauen konnte. Nackt in den Xantener Thronsaal wäre er gegangen, umgeben von den Schwertern Wulfgars, hätte Xandria ihn darum gebeten. Ihr Wort war mehr als nur Bitte für ihn – es war sein Gesetz.

In dunkle Mäntel hatten sie sich gehüllt und alle Insignien der Macht, die sie verraten konnten, abgelegt. Zwei gute Pferde hatte der Prinz herbeischaffen lassen, und die Nachtwachen auf beiden Seiten der Front hatten sie unbeschadet passiert – die Söldner befolgten Siegfrieds Befehl, den Weg freizugeben, und die Grenzposten Xantens stellten weder die Order der Prinzessin infrage noch die Identität des Begleiters an ihrer Seite. Auf schmalen Wegen und durch dunkle Wälder ritten sie nach Xanten ein.

Es missfiel Siegfried, sich wie ein Dieb in der Nacht in das Land seiner Väter zu schleichen. Er wollte als siegreicher Kriegsherr einmarschieren, bejubelt vom endlich befreiten Volk. Er wollte baden in der Begeisterung der Menschen, die nur auf ihn gewartet hatten.

Andererseits ritt Xandria an seiner Seite, und sein Herz war voll und stark wie niemals zuvor. Kaum zwei Stunden, dass sie erste Worte gewechselt hatten, und schon wollte er sich keinen Sonnenaufgang mehr ohne sie vorstellen. Ihr schlanker Körper führte das Pferd fest und gleitend, und der Stoff ihres Kleides spielte im Wind. Sie kam dem am nächsten, was Siegfried je in einem Traum gesehen hatte, ohne zu schlafen.

Vielleicht war es die entflammte Liebe, die ihn erst spät merken ließ, durch welche Ödnis sie ritten. Die ersten Häuser lagen nicht dunkel, weil die Bewohner ruhten, sondern weil sie ausgebrannt oder verlassen waren. Immer wieder wehte süßlicher Gestank vom Wegesrand, wo Kadaver toter Kühe lagen, die noch in den letzten Zügen gehungert haben mussten. Karren, deren Rad gebrochen war, hatte man liegen gelassen, und kaum ein Feld hatte in diesem Frühling den Pflug gesehen. Und wo nichts wuchs, würde nichts zu ernten sein.

Sie sahen Dörfer, deren Brunnen stanken und in denen klapprige Gestalten, die dem Menschenbild zu höhnen schienen, stöhnend im Schmutz lagen. Was Siegfried im fahlen Mondlicht für einen toten Hasen hielt, entpuppte sich als totgeborenes Kind, nur noch den Würmern zur Mahlzeit gereichend. Er musste sein Pferd zügeln, und als es ruhig am Wegesrand stand, übergab er sich auf den ausgedörrten Boden.

Xandria sah man das schmerzende Herz an, doch sie hatte das Leid zu oft gesehen, um ihm noch Opfer zu bringen. »Siehst du dein Xanten, Siegfried? Der Krieg ist nicht einmal hier, und schon hat er das Wenige, was die Regentschaft meines Vaters übrig ließ, vernichtet. Klopf an die Türen – nicht einen Mann wirst du finden. Nur hungernde Kinder, lahme Greise, verzweifelte Frauen.«

Siegfried wischte sich den Mund ab, versuchte es mit vorgespieltem Stolz. »Ist es nicht Grund genug, dies arme Reich deinem Vater zu entreißen – das Leid zu beenden durch Gerechtigkeit und Freiheit? Xanten war nie arm unter Siegmund, meinem Großvater, oder Kriemhild, meiner Mutter.«

»Aber bis es so weit ist, wird durch deinen Krieg nichts mehr sein, was es zu regieren gibt«, hielt Xandria dagegen. »Die Dörfer werden menschenleer sein und ausgebrannt. Es ist gut und edel, dass du deinen Söldnern die Vollbürgerschaft versprochen hast, denn sie werden das neue Xanten bilden. Dann ist Xantener Volk ohne Xantener Blut – auch das ist dein Erbe, Siegfried.«

Siegfried wusste, dass Xandria recht hatte, doch war Krieg nicht immer der Bringer von Elend und Leid und doch Wegbereiter einer neuen Ordnung? War er nicht die notwendige Reinigung, wie das Ausbrennen einer Wunde? »Zeige mir einen Weg, der dem Tun von Wulfgar ein Ende bereitet, der den Thron von Xanten in die Hände seines rechtmäßigen Herrschers gibt – und ich werde ihm folgen.«

Eine einzelne Träne rann silbern Xandrias Wange hinab. »Was versucht werden konnte, habe ich bereits versucht. Schon bevor ich deinen Namen im Schlaf rief, trachtete mein Herz nach Vatermord. Doch es war nicht bestimmt. Ich habe also keine Antwort für dich.«

»Dann sind wir also gefangen in diesem grausamen Spiel und müssen es bis zum bitteren Ende verfolgen?«

Xandria sah ihn an, und ein bittereres Lächeln hatte Siegfried noch nie gesehen. »Würdest du in den Tod gehen – mit mir?«

Er nickte, ohne zu zögern. »Nie mehr lasse ich dich allein, ob im Leben, ob im Tod.«

»Dann wenigstens könnten wir vereint sein, und die Last der Frage, wie Leid und Elend beizukommen ist, wäre von unseren Schultern.«

Siegfried war ihr so nahe, dass er ihre Hand am Zügel greifen konnte. »Doch nicht aus der Welt wäre die Frage, und den Rest aller Zeiten würden wir herabsehen auf das, aus dem wir uns feige fortgestohlen haben.«

»Ich schäme mich, dass mein Herz so viel leichter ist, da ich dein Antlitz schauen durfte«, flüsterte Xandria und zog seine Hand auf ihre Brust, damit er ihren Herzschlag spüren konnte. »Darf Liebe sein, wo die Verantwortung so harsch regiert?«

Siegfried nahm seinerseits ihre Hand und legte sie auf seine Brust. »Nichts sonst treibt mich mehr an, und mir wurde versprochen, dass in der Liebe wir die Reiche einen.«

Sie küssten einander, nicht in wildem Hunger, sondern in sanfter Zärtlichkeit.

»Der Morgen wird uns wieder als Feinde sehen«, wisperte Xandria in Siegfrieds Ohr.

»Dann wird es den Göttern gefallen, dass wir einen Ausweg finden«, versprach Siegfried.

Sie trennten sich schweren Herzens. Xandrias Platz war an der Seite ihres ungeliebten Vaters, und der Prinz war immer noch der Führer seines Heers. Im frühen Licht des nächsten Tages würde man von ihm neue Weisungen erwarten.

Bevor Siegfried sein Zelt betrat, hörte er den Wolf, dessen Stimme er gut kannte, heulen. Sein Lied ging zur Mondscheibe und schien doch mehr zu beklagen als nur die Einsamkeit der Nacht.

Siegfried hingegen spürte eine neue Süße in seinem Herzen, und seit langer Zeit war Hass nicht mehr sein einziger Antrieb. Die Kenntnis, dass die Prinzessin seine Liebe erwiderte, machte seinen Kopf klarer, seine Arme stärker, seinen Stolz größer als je zuvor.

Und was Wulfgar anging – das Problem würde auf dem Schlachtfeld gelöst, und das Schlachtfeld kannte nur einen Sieger.

So uneinnehmbar Xanten für Siegfrieds Heer war, so löchrig war sein Schutz gegen einen einzelnen Mann, der dunkel gekleidet durch die Nacht auf die Burg zuschlich. Nazreh hatte mit schnellen Blicken die Runden der Soldaten geprüft, die Rituale der Wachtposten an den Toren. Aus den vielen Jahren seiner Jugend wusste er, wie unmöglich es war, jeden Fleck zu überwachen, besonders in der Nacht.

Wie es üblich war, patrouillierten gut zwei Dutzend abgerichtete Hunde um die äußere Burgmauer. Mit ihrem untrüglichen Geruchssinn galten die Tiere als ideales Warnsignal, wenn fremde Füße durch das Gras stapften. Doch Nazreh hatte eine Paste im Beutel, deren Rezept an die tausend Jahre zurückgehen mochte und die er auf Hände und Gesicht schmierte. Für Menschen kaum wahrnehmbar, schreckte der bittersüße Geruch die Vierbeiner ab und reizte sie, nicht anzuschlagen. Der Orientale kroch unbehelligt auf die Außenmauer zu, die kein Graben umgab, wie man es weiter im Süden und in Britannien gewohnt war. Einmal kam ein Wachtposten verfrüht, die

Handfackel vor sich schwenkend, und Nazreh drückte seinen Körper an den dunklen Boden, so gut es ging. In der Nacht suchte das Auge nach Bewegung, das hatte er gelernt. Der Soldat ging kaum drei Schritte entfernt an ihm vorbei.

Die Mauer selbst war kein großes Hindernis. Je selbstgefälliger und mächtiger die Steinquader aufeinandergetürmt waren, desto einfacher war es gewöhnlich, sie zu überwinden. Nazreh suchte sich die mondabgewandte Seite und zog zwei hölzerne Griffe aus dem Beutel, in die metallene Haken eingeschlagen waren. Jede seiner Hände umfasste eine künstliche Kralle, und die Ritzen zwischen den Quadern gaben genügend Halt, um sich Stück für Stück an der Mauer hochzuziehen. So wie er die Patrouillen beobachtet hatte, blieben ihm dafür zwei Minuten, mit der Dunkelheit als Schutz vor jedem Blick von außen. Auch hier musste er so leise wie möglich sein, um die Wachen auf der Mauer nicht zu alarmieren.

Kein Palast von Bagdad bis Mekka, von Kairo bis Byzanz war so schlecht geschützt wie die Burgen der Germanen, das stand für den Araber fest. Kein Wunder – leise Attacken aus dem Hinterhalt galten hier als unehrenhaft, man rottete sich lieber auf dem Schlachtfeld gegenseitig aus.

Nazreh gönnte sich eine kurze Pause an der Mauer und wartete, bis die Wache auf dem Wehrgang diese Stelle passiert hatte. Er atmete tief ein, denn nun war erstmals die Konfrontation nicht zu vermeiden.

Mit einem eleganten Schwung schob er die Beine über die Mauer, und lautlos fand er sich gebückt auf dem Wehrgang, den Rücken eines Soldaten direkt vor sich, wie geplant. Keine der Türen links und rechts von der Außenmauer war zu erreichen, ohne von der Wache gesehen zu werden, also musste die Wache beseitigt werden, schnell und leise.

Die linke Hand am Genick, die rechte unter dem Kinn, brauchte es nur einen kräftigen Ruck, und Nazreh hörte die Knochen seines Gegners hässlich brechen. Der Soldat sackte zusammen, ohne einen Laut von sich zu geben, und Nazreh fing seinen Speer, bevor dieser auf den Stein klapperte.

Damit war der Weg in die Burg frei. Der Orientale hatte keine Ahnung, wo genau das Königsquartier lag, aber seiner Erfahrung nach waren die meisten Burgen dieser Reiche ähnlich aufgebaut, und es gab immer Hinweise, nach denen man sich richten konnte – je näher man den Gemächern des Regenten kam, desto größer wurden die Gänge, üppiger die Teppiche und zahlreicher die Wachen.

Der direkte Weg kam nicht infrage, denn mit Sicherheit war Wulfgars Kammer gut bewacht, besonders in Kriegszeiten. Für gewöhnlich weniger gut bewacht waren die Räume über und unter den königlichen Gemächern. Nachdem Nazreh sich versichert hatte, dass der König genau dort schlief, wo er es erwartet hatte, orientierte er sich an den Treppen ein Stockwerk höher. Hier fand er Baderäume, Schreibzimmer und ein Lager mit allerlei Gerümpel. Einer der Baderäume hatte einen halbrunden Balkon zur Hofseite. Zwar lag das Fenster des Königsgemachs nicht genau darunter, sondern etwas zur Linken davon, aber für Nazrehs Zwecke war es gut genug. Am steinernen Waschbecken machte er das Seil fest, das er in seinem Beutel trug. Es war mit Asche dunkel gefärbt, und am Mauerwerk baumelnd konnte es nicht gesehen werden.

Nazreh nahm sich eine gute Stunde Zeit, von seiner Position aus erneut die Runden der Wachtposten zu studieren. Er hatte nicht den ganzen Weg zurückgelegt, um nun im letzten Moment dem Pfeil eines Soldaten zum Opfer zu fallen. Schließlich entschied er, dass der Augenblick günstig war, und rutschte mit drei, vier Griffen am Seil hinunter. Dann pendelte er ebenso oft hin und her, bis der Schwung ihn weit genug nach rechts trug, dass er die Laibung von Wulfgars Fenster zu fassen bekam.

Im Gemach des Königs von Xanten war es dunkel bis auf eine Nachtkerze, die für den Fall des notwendigen Stuhlgangs immer brannte. Sie war schwach genug, dass Nazreh mehr Schatten als Gegenstände sah, und es war ihm recht so.

Es war Nazreh durchaus schon passiert, dass eines seiner Opfer davongekommen war, weil es sich kurzerhand entschieden hatte, bei einer Konkubine zu nächtigen. Aber das Glück – im Gegensatz zu Siegfried mochte er es nicht Schicksal nennen – war auf seiner Seite. Wulfgar schlief grunzend in seinem Bett.

Die Klinge aus Nazrehs Gürtel, die den Kerzenschein matt reflektierte, war klein und scharf. Manche Römer, die Feldzüge im Orient hinter sich hatten, gebrauchten sie zur Rasur, auch wenn das großes Geschick erforderte – schließlich war der Zweck des Dolches, den Hals zu durchtrennen und nicht zu schonen.

Xandria war so aufgekratzt, dass sie weder an Schlaf noch Essen denken konnte, als sie in die Burg zurückkehrte. Sie wartete nicht darauf, dass ein Stalljunge kam, um sich ihres Pferdes anzunehmen, sondern ließ es einfach vor dem Thronsaal stehen.

Sie musste mit ihrem Vater sprechen!

Ihr war klar geworden, dass Siegfried nicht das Herz eines Tyrannen hatte, dass sein Wille nicht der Untergang war. Wenn Wulfgar das verstand, wenn er auf sein Leben noch etwas gab, dann *musste* es einen Ausweg geben. Es konnte nicht sein, dass beide Seiten den Krieg ablehnten und ihn doch auf dem Rücken des Volkes weiter austrugen!

Es war nicht nur die Hoffnung auf Frieden, die sie trieb.

Siegfried.

Er war alles, was sie erträumt hatte – und so viel mehr. Jeder Kuss von ihm war starker Schauer, stärker noch als die heißen Träume, mit denen sie die letzten Monate überstanden hatte. Seine Hand war weich und fest zugleich, und sie konnte sich kaum entscheiden, auf welchem Teil ihres Körpers sie die Hand am dringlichsten spüren wollte.

Ihren Mantel ließ sie fallen, als sie durch die Gänge der Xantener Burg lief. Irgendjemand würde ihn aufheben – und wenn nicht, was machte es schon?

Erstmals seit Jahren trug sie Glück im Herzen, und das Glück würde auf ihren Vater abfärben wie auf das Volk. Fürwahr – große Zeiten standen ihnen bevor!

Natürlich wusste sie, dass Siegfried auf Xanten bestand, so wie ihr Vater sich die Krone eher aufs Haupt nageln ließ, bevor man sie ihm wegnehmen konnte. Aber wenn beide Männer den Frieden wollten, dann würde es Einigung geben, davon war sie überzeugt! Vielleicht konnte Siegfried über Xanten herrschen, wie es sein Erbrecht war – und Wulfgar sich nach Island zurückziehen! Die kalte Insel kam seinem griesgrämigen Charakter weit mehr entgegen.

Die Wachen konnten kaum die Speere schnell genug zur Seite nehmen, als Xandria an ihnen vorbeieilte. Sie grüßten pflichtschuldig, doch die Prinzessin hatte kein Ohr dafür.

Die schwere Tür ins Schlafgemach des Königs hatte ihr immer Mühe bereitet, denn die groben Angeln brauchten

Männerarme, um vollends aufgestoßen zu werden. Doch heute Nacht hatte Xandria alle Kraft der Welt, und mit ihrem ganzen zarten Körper warf sie sich gegen das Holz, das ächzend den Weg freigab.

»Vater!«, rief die Prinzessin. »Wach auf! Es gibt so vieles zu besprechen! Ich ...«

Sie hielt inne, und es dauerte ein wenig, bis ihre Augen im flackernden Licht einer einzigen Kerze erkannten, was geschehen war.

Wulfgar lag auf dem Rücken, das Laken von seinem fetten Körper gezogen. Die Augen waren geschlossen, doch er schlief nicht. Satt und rot färbte das Blut unter dem Bart aus dem Schnitt von Ohr zu Ohr das Bett, und die tödliche Klinge steckte wie zur Sicherheit in seiner Brust, das kalte Herz durchbohrend.

Auf dem Stuhl neben dem Bett saß ein Mann von ebenso dunkler Kleidung wie Hautfarbe. Er hatte die Beine unter seinem Rumpf gefaltet, die Augen geschlossen und schien leise zu beten. Er benutzte dabei eine Sprache, die Xandria noch nie gehört hatte und die mehr wie ein Singsang war.

Der Prinzessin wurde schwindelig. Die Grausamkeit der Tat, die unvorstellbaren Konsequenzen, sie überluden ihren Kopf mit wirren Gedanken und trieben das Blut aus ihren Wangen. Sie griff nach dem schweren Holz der Tür, um sich abzustützen.

Die zwei Türwachen traten nun zu ihr, vom plötzlichen Verstummen Xandrias gelockt. Auch die Getreuen des Königs verharrten nun einige Sekunden sprachlos.

Schließlich schrie einer. »*Der König ist tot! Wulfgar wurde ermordet!*«

Es hallte durch die Gänge und fand die Ohren anderer Soldaten, die es weitergaben.

Als Xandria ausgesprochen hörte, was vor ihrem Auge

ausgebreitet war, knickten ihr die Knie ein, und in gnädiger Ohnmacht stürzte sie zu Boden.

Der Morgen begann still auf Siegfrieds Seite der Front. Er fand seine Generäle ausgeruht und bereit, die Marschbefehle für den Tag zu empfangen. Nebel lag noch auf dem Land, und das Gras war feucht.

»Wo ist Nazreh?«, wollte der Prinz wissen. Bisher hatte sein Freund noch keine Zusammenkunft verpasst. Doch niemand wusste eine Antwort.

Siegfried hatte nicht geschlafen, die ganze Nacht war sein Kopf angefüllt gewesen von Gedanken an Xandria und der Schlacht gegen das Heer ihres Vaters. Er war nun begierig, eine Lösung zu finden, so schnell es ging, und mit geringstem Leid für Volk und Soldaten. Dafür brauchte er seinen Freund und besten Ratgeber – immerhin hatte Nazreh ihn stets gedrängt, nicht nur auf das Schwert zu vertrauen.

Das Xantener Heer verhielt sich außergewöhnlich ruhig, es kam nicht einmal zu einzelnen Attacken an den üblichen, strategisch wichtigen Straßen. »Wulfgars müde Soldaten scheinen heute verschlafen zu haben«, scherzte einer der Generäle, als sie im großen Kommandozelt beieinanderstanden.

»Das hätten wir nutzen sollen«, scherzte Siegfried. »Doch erinnert es uns daran, dass die Xantener mit dem Rücken zur Wand kämpfen. Es bleibt ihnen wenig, als auf unsere Angriffe zu reagieren, und dabei zu hoffen, dass sie sich nicht aufreiben. Die Niederlage können sie allenfalls aufhalten, nicht aber verhindern.«

»Aushungern, das Pack«, knurrte Hederich, ein altes Schlachtross aus vielen Kriegen, das sicher auch ohne Sold an Siegfrieds Seite gestanden hätte – der Franke brauchte den Krieg als Lebenselixier. »Warum noch angreifen? Schneiden wir die Xantener noch zwei, drei Monate vom Rest der Welt ab, und sie werden nicht mal mehr die Schwerter heben können, wenn wir einmarschieren.«

»Das Leid des Volkes darf nicht gleich dem Leid der Soldaten sein«, mahnte Siegfried, in Gedanken beim Ausritt der letzten Nacht. »Xanten liegt am Boden, und wir kommen nicht, auf ihm herumzutrampeln.«

Seine Generäle warfen einander mürrische Blicke zu – was war der Sinn eines Krieges, wenn nicht die demütigende Unterwerfung des Gegners?

Die schnellen Hufe eines Pferdes waren zu hören – sicheres Anzeichen einer eintreffenden Botschaft.

Es war ein Kurier vom Hofe Xantens, außer Atem vom eiligen Ritt, der von zwei treuen Soldaten flankiert ins Zelt trat.

»Wer stört schon so früh den Morgen?«, fragte Siegfried.

Der Bote keuchte ein wenig und zog ein aufgerolltes Pergament aus seinem Umhang. »Mein ... mein Herr ... Ihr werdet an den Hof geladen.«

Sofort begannen die Generäle ablehnend zu murmeln. Keinesfalls konnte der Heerführer die Burg des Feindes aufsuchen, wo er leichtes Opfer war und sein Schutz kaum zu garantieren stand.

Auch in Siegfrieds Blick lag keine Begeisterung. »Mein letztes Treffen mit Wulfgar verlief nicht gerade einträchtig. Er kennt meine Ansprüche. Was hat er zu sagen, das meine persönliche Gegenwart erfordert?«

Siegfried nahm nun endlich das Pergament entgegen und bemerkte einen Unterschied zur Rolle, die das erste Treffen mit Wulfgar eingeleitet hatte.

Es fehlte das königliche Siegel.

»Wie kann es sein, dass Ihr vom König Kunde bringt, die nicht durch sein Siegel beglaubigt wurde?«

Immer noch ein wenig aufgeregt atmete der Bote tief durch. »Die Einladung ist vom Hofe, doch nicht von König Wulfgar.«

Nun raunten die Generäle so laut, dass sie auch offen hätten sprechen können. Was der Bote sagte, war unerhört – niemand außer dem König konnte sich anmaßen, direkten Kontakt mit dem Gegner aufzunehmen. Das war Verrat, Hochverrat. In keinem Land stand darauf weniger als der Tod.

Argwöhnisch rollte Siegfried das Pergament auseinander, die Einladung zum Hofe sorgfältig studierend. »Aber wenn die Offerte rechtens ist, muss er sein Siegel trotzdem daruntersetzen.«

Der Bote sah sich unsicher um, aber es war seine Aufgabe, Rede und Antwort zu stehen. »Das Siegel König Wulfgars von Xanten wurde in den frühen Morgenstunden gebrochen.«

Totenstille.

Siegfried sah den Boten an. Die Generäle standen wie vom Donner gerührt.

Das königliche Siegel zu brechen war nur in einem Fall erlaubt. Im Falle des Todes des Königs.

»Sattelt ein schnelles Pferd«, sagte Siegfried schließlich. »Sucht zehn gute Männer zu meinem Schutz. Und findet Nazreh. Ich will ihn an meiner Seite wissen.«

Für die Liebe zu Siegfried war in Xandrias Kopf kein Platz in diesem Moment. Kein Tag in ihrem Leben hatte je mit solcher Hektik begonnen, mit so vielen Stimmen, die ihr Ohr suchten, und so vielen Ohren, die auf ihre Entscheidung drangen.

Der König war tot.

Das Land war im Krieg.

Und alles schaute auf sie.

Den feigen Mörder hatte sie in den Kerker werfen lassen. Sein Tod war beschlossen, ohne verkündet werden zu müssen, und damit konnte sie sich später noch beschäftigen. Die Bedürfnisse des Tages ließen keine Zeit für Trauer, von der Xandria sowieso nicht wusste, ob sie sie aufbringen würde.

Der Krieg jedoch duldete keinen Aufschub. Ihre Generäle hatten sie bedrängt, das Wort vom Schicksal viel gebraucht und förmlich darum gebettelt, dem Feind keine Gelegenheit zu geben, in der Verwirrung bei Hofe den großen Angriff zu führen, der Xanten in die Knie zwingen konnte. Nur der engste Kreis wusste, was geschehen war, und mit Mühen war es gelungen, die Kunde innerhalb der Burg zu halten. Wie hatte Henk gesagt? »Erreicht die Nachricht vom Tod Wulfgars den Feind, fällt Xanten binnen Stunden.«

Für wen sollten die Soldaten nun auch noch kämpfen? Einige der Generäle schlugen die gegenteilige Strategie vor – ein unerwarteter Angriff gegen den Feind an allen Fronten, bevor Siegfried erfuhr, dass Wulfgar tot war. Vielleicht war in einem letzten verzweifelten Ausbruch der Krieg zu gewinnen. Herrisch hatten sie über den Kopf der Prinzessin hinweg verhandelt, bis Xandria wütend das Schwert ihres Vaters auf den Tisch geworfen hatte. »Mit dem Tode Wulfgars ist das Kommando auf mich übergegangen, und mir wäre neu, dass diese Tatsache von euch zu ignorieren ist.«

Sie befahl, die Truppen einstweilen in ihren Stellungen zu belassen und im kleinen Zirkel die Beisetzung des Königs vorzubereiten. Dazu war es nötig, dem Volk die

Wahrheit zu sagen – und den neuen Regenten zu präsentieren.

Regentin, in diesem Fall.

Das Siegel des Vaters hatten sie am Morgen gebrochen, wie es Pflicht war, und der Goldschmied bei Hofe arbeitete bereits an einem neuen Siegel für die Königin.

Normalerweise dauerte es zwischen einer Woche und einem Monat, bis der alte Monarch zu Grabe getragen war und ein neuer gesalbt wurde. Es hing zusammen mit Religion, mit Protokoll, mit Erbfolge. Im Falle von Sachsen zog sich die Prozedur bereits seit sechs Monaten hin.

»Es ist Krieg, und Xanten darf keine Stunde länger als nötig ohne Führung sein«, sagte General Alban.

»Xanten sollte keine Stunde länger als nötig im Krieg sein«, stellte Xandria klar. »Schickt eine Botschaft an den Führer des feindlichen Heers, den Siegfried. Er möge an den Hof kommen, am besten heute noch.«

Selbst altgediente Generäle verstummten angesichts der ungeheuerlichen Order. Dass Siegfried den Tod Wulfgars befohlen hatte, galt als ausgemacht. Als Befehlsgeber war er im Stand des Königsmörders. Und den Königsmörder wollte Xandria in ihrer Nähe wissen?

Henk bat ums Wort und um Bedacht. »Dahinter mag eine kluge Strategie stecken – Siegfried glaubt, der Tod Wulfgars lässt ihm Xanten in den Schoß fallen. Doch seine Anwesenheit erlaubt uns, Gleiches mit Gleichem zu vergelten und dafür zu sorgen, dass er den nächsten Sonnenaufgang nicht erlebt.«

Die Generäle begannen zu nicken, denn die Planungen bewegten sich damit wieder in vertrauten Bahnen.

»Nein!«, zischte Xandria wütend. »Kein Auge um Auge mehr, wenn es ein größeres Ziel zu verfolgen gibt. Die Leiche meines Vaters wird nicht weniger schnell kalt, wenn wir die Leiche seines Feindes danebenlegen.«

Einige der Generäle mochten glauben, die Prinzessin habe aus Trauer den Verstand verloren. Andere hatten von einer Frau nicht weniger Unvermögen erwartet, was Kriegsdinge anging. Doch Xandria ließ keinen Zweifel daran, dass sie ihren Willen durchzusetzen gedachte. »Ich befehle nicht noch einmal die Entsendung des Kuriers. Und tragt Sorge, dass es eine Einladung ist, keine Order.«

Es war nicht nur die Liebe zu Siegfried, die neues Leben in Xandrias Adern pumpte. Der Tod ihres Vaters war kein Anlass zur Trauer. Das Leben hatte endlich die Last von ihrer Seele genommen, die sie sechzehn Jahre mit sich geschleppt hatte. Ihre Stärke, solange unterdrückt und verlacht, konnte nun ihr Recht verlangen. Wer in diesen Stunden in ihre Augen schaute, der sah keinen Zweifel, fühlte kein Zögern.

Xandria hatte die Krone nicht auf dem Haupt, aber sie regierte bereits das Land.

Am Mittag läuteten die Glocken des Doms, und davon weiter ins Land hinein. Dreimal, mit Pausen. Es verkündete den Tod des Monarchen und rief das Volk zusammen. Wer konnte, packte ein Bündel und machte sich auf den Weg zur Burg. Ausgenommen waren die Soldaten. Xandria wollte die Grenzen des Landes nicht preisgeben, bevor sie mit Siegfried gesprochen hatte.

Siegfried.

Sie brauchte ihn an ihrer Seite.

Die Sonne stand hoch über dem Horizont, als Xandria auf den breiten Balkon trat, der zur Ansprache an das Volk gedacht war. Sie trug ein einfaches Kleid, doch der juwelenbesetzte Gürtel zeugte bereits von ihrem neuen Stand.

Der Burghof war von Mauer zu Mauer mit Menschen gefüllt, und sie pressten sich aneinander, als würde gleich und nur hier Gold vom Himmel regnen. Auch außerhalb der Burg wimmelte es von Xantener Bürgern, die gekommen waren, um aus erster Hand die Nachrichten zu hören.

Selbst aus der Nähe, kaum einige Meter über dem Volk, konnte Xandria kaum Trauer in den Blicken sehen, nur unsichere Neugier.

Die Menschen hatten Wulfgar gehasst, das war offensichtlich, und sie wollten nicht den alten König beweinen, sondern einen neuen bejubeln. Einen Moment lang fragte sie sich, ob ihr Vater recht gehabt hatte, als er meinte, dass das Volk ihr ebenso wenig Liebe entgegenbrachte wie ihm.

Sie stand noch etwas im Schatten der Tür, die auf den Balkon führte. Alban war hinausgetreten und verlas den Menschen, was diese schon wussten. »Hört, Bürger von Xanten! Heute Nacht ist der König in Gnade abberufen worden, und in schwerem Leid galt sein letzter Gedanke seinem geliebten Volk.«

Die Menschen tuschelten, doch offenen Hohn wagte niemand.

»Mit dem Feind an der Grenze, dem bisher mutig widerstanden wurde, gebietet es die Stunde, hier und jetzt den Thron würdig zu besetzen. Wie es Blutlinie und Gesetz befehlen, geht die Krone mit diesem Tage an … Xandria von Xanten!«

Nun trat Xandria vor, und ihr Herz wurde leichter, als die Menschen zu jubeln begannen. Erst verhalten, dann mit mehr Begeisterung. Arme reckten sich ihr winkend entgegen, hunderte von Kehlen riefen ihren Namen. Manche Menschen holten Tücher hervor und schwenkten sie.

Von hinten reichte Henk die Krone, in die man schnell einen Bogen eingenagelt hatte, damit sie Xandria nicht auf die Nase rutschte.

Alban nahm die Krone, und die Prinzessin senkte demütig ihr Haupt. Als das Gold ihre Stirn berührte und die Haare sanfte drückte, brandete noch mehr Jubel auf.

»So grüßt ab heute nicht mehr die Prinzessin, sondern die Königin Xandria!«, vollendete Alban das Ritual.

Königin Xandria.

Es war gekommen wie in der Prophezeiung.

Erst Waise.

Dann Königin.

Xandria winkte den Untertanen, die nun ihre Untertanen waren, und als sie ihren Blick über die Menge schweifen ließ, sah sie Siegfried, der mit einigen Getreuen zu Pferde durch das Burgtor geritten kam.

Sie winkte ihm zu.

Mit vielen Fragen im Herzen war Siegfried zur Xantener Burg geritten, das Dokument von Xandria als Passierschein in der Hand. Doch als er den Hof des Feindes erreicht hatte, fand er die meisten bereits beantwortet.

Er kam gerade recht, um die neue Königin Xantens auf dem Balkon zu sehen, wie sie die Huldigungen ihrer Untertanen entgegennahm, dabei so gnädig wie entschlossen lächelnd.

Xandria war Königin.

Und er, der ihr Herz erobert hatte, war nun in der Lage, den Krieg zu beenden. So hatte Brunhilde es nicht nur prophezeit – so hatte sie es versprochen. Die Liebe, der Krieg, der Thron, alles fand seinen geordneten Platz, und bald würde das Leid diesseits und jenseits der Grenzen vorbei sein. Vor seinem inneren Auge konnte Siegfried von der Freiheit Islands erstmals nicht nur träumen – er konnte sie sehen, wie ein Land am Horizont.

Mehr als eine Stunde musste er warten, während die

neue Königin dem Volk versprach, als Herrscherin auch Dienerin zu sein. Die schweren Mauern dröhnten förmlich von der Begeisterung der Xantener, und es erfrischte Siegfrieds Herz, das Land seiner Vorfahren wieder glücklich zu sehen, im strengen Kontrast zum mondbeleuchteten Ritt der letzten Nacht.

Schließlich kam Xandria zu ihm und befahl allen Ratgebern, den Thronsaal zu verlassen. Als angemessene Geste schickte Siegfried auch seine Begleiter davon.

So standen sie voreinander, Königin und Prinz – die Herrscherin von Xanten und sein rechtmäßiger Erbe.

Siegfried ging auf die Knie. »Meine Königin.«

Die Art, wie er das Wort »Königin« sprach, respektvoll und besitzergreifend zugleich, ließ Xandria wohlig erschauern, doch sie gab sich keine Blöße. »Siegfried, Sohn von Siegfried, Erbe von Island.«

Es war ein Misston, der Siegfried nicht gefallen konnte. Xandria nannte seinen Anspruch auf Island, Xanten jedoch blieb unerwähnt.

Er richtete sich auf. »Es gibt so vieles, zu dem es zu gratulieren gilt. Respekt verbietet mir, den Tod Wulfgars zu preisen, doch die neue Zeit für Xanten, unter einer gerechten und schönen Königin, macht mich glücklich. Nun kann Frieden sein.«

Alles zog Siegfried zu Xandria hin. Er wollte sie in die Arme schließen, ihr Herz an seinem pochen spüren, und von ihren Lippen das Versprechen küssen, dass die Königin so sehr sein war wie die Prinzessin der Nacht zuvor. Doch etwas riet ihm, Zurückhaltung zu wahren.

Xandria sah ihn an, und ihr Blick hatte etwas seltsam Entferntes, als müsse sie den Prinzen neu abschätzen. »Du magst den Tod meines Vaters nicht preisen wollen – doch meine Abwesenheit in der Burg letzte Nacht kam deinen Plänen sehr gelegen.«

Siegfried verstand nicht. »Was hat unsere letzte Nacht mit dem Tod des Königs zu tun?«

»Vielleicht nichts, vielleicht alles«, sagte Xandria. »Doch fragen werde ich dürfen, ob es Schicksal war, dass Euer Meuchelmörder in der Stunde kam, da Ihr mein Herz zu binden trachtet.«

Der Ton war jetzt formell geworden, und sie sprach ihn wieder an wie einen Fremden. Jede Freude entglitt Siegfried, jede Hoffnung auf ein Wiedersehen in reinem Glück. »Mein ... Meuchelmörder? Königin, wenn Ihr auch nur eine Sekunde glaubt, es wäre meine Niedertracht, die ...«

»Es braucht den Glauben nicht«, unterbrach Xandria, »wo es den Beweis gibt.«

Siegfrieds Magen zog sich schmerzhaft zusammen, und in seinem Kopf drängte ein Gedanke an die Oberfläche, der zu entsetzlich war, um ausgesprochen zu werden. »Zeigt mir den Beweis – und ich werde ihn Euch widerlegen.«

Steif und mit zwei Schritten Abstand geleitete Xandria Siegfried in den Kerker, wo an die zehn Mann die schwer verriegelte Tür sicherten, hinter der der Königsmörder ruhig und gefasst auf seine Bestrafung wartete.

Siegfried blickte durch die eisernen Stäbe. Nun war der entsetzliche Gedanke nicht mehr aus seinem Kopf zu verbannen – im Anblick seines Freundes Nazreh wurde der böse Traum Wirklichkeit.

»Könnt Ihr bestreiten, dass der Mörder des Königs aus Eurem Zirkel stammt?«, fragte Xandria scharf.

Es gelang Siegfried nicht, die Augen von seinem alten Begleiter zu nehmen. »Nazreh, sprich – was ist geschehen? Sag, dass sie dich in der Nacht überwältigten und hierherbrachten, um den Mord einer unschuldigen Seele anhängen zu können!«

Nazreh lächelte milde. »Es ehrt dich, dass du in deinem Herzen keinen Glauben an meine Schuld finden kannst. Doch ist es wichtig, dass die Wahrheit klar im Raume steht – ich schnitt Wulfgar die Kehle durch.«

Siegfried legte den Kopf an die Gitterstäbe, als könnte das kühle Eisen seine heißen Gedanken mildern. »Aber wie ist das möglich ... und warum?«

»Die Antwort darauf liegt zwischen dir und mir.«

Siegfried drehte sich zu Xandria. »Kann ich mit ihm allein sprechen?«

Es missfiel der Königin, doch sie winkte ihre Wachen von der Zelle weg. »Es wird Euer letztes Treffen sein.«

Als keine feindlichen Augen mehr zusahen, erlaubte sich Siegfried eine Träne der Enttäuschung. »Lass es mich verstehen, guter Nazreh. Bitte.«

Der Orientale stand auf und trat an das Gitter. »Ist es nicht offensichtlich? Der Krieg stand unter keinem guten Stern, und nur Verlierer gab es auf beiden Seiten. Doch nun ist der Weg frei für wahren Frieden, und keine Schuld liegt auf deinen Schultern. Wie gering ist das Opfer meines Lebens?«

»Zu hoch«, flüsterte Siegfried. »Zu hoch.«

»Und weil ich wusste, dass du so denken würdest, konnte ich dich nicht einweihen«, erklärte Nazreh. »Du durftest nicht von meinem Plan wissen. Nun steht es dir frei, als Ehrenmann mit der neuen Königin zu verhandeln.«

Siegfried schüttelte den Kopf. »Selbst wenn ich glauben möchte, dass dieser Wahnsinn seinen Zweck erfüllt, so hast du eines nicht bedacht – Xandria glaubt niemals, dass ich dich nicht schickte. Und ohne ihr Vertrauen kann kein Frieden sein.«

Nazreh nickte. »So ist es. Doch auch daran habe ich gedacht. Gibst du mir die Zeit, dir zu erzählen, was so lange ich verheimlicht habe?«

»Und wenn wir Tage und Nächte hier säßen.«

»So lange wird es nicht dauern«, lächelte Nazreh. »An manchen Abenden hast du mich gefragt, was mich in jungen Jahren durch die Welt getrieben hat. Meine Stärke, meine Sprachen, meine Aufzeichnungen. Es ist wichtig, dass du die Wahrheit kennst, um zu verstehen. Ich bin Fida'i.«

»Was ist das? Ein Volk, eine Religion?«

»Es ist ein Lebensweg, der – einmal eingeschlagen – keinen Schritt zurück erlaubt. Fida'i ist ein sehr altes Wort aus meiner Heimat und bezeichnet jene, die sich opfern. Wir glauben, dass mitunter das einzelne Opfer gegen jedes Gesetz gebracht werden muss, um das vielfache Opfer zu verhindern.«

»Und dazu gehört kalter Mord?«

Nazreh nickte. »Nichts ist kalt am Mord, wenn das eine genommene Leben mehr als zwei weitere Leben rettet. Wir geben nichts auf Stand und Reichtum, der Wert eines Menschen hängt weder an seiner Bestimmung noch an seinem Ziel – ich habe oft versucht, dir das zu erklären.«

»Dann hast du Wulfgar ermordet, weil …«

»… weil selbst das Leben zweier einfacher Soldaten des Hofes den Wert seines Lebens übersteigt. Ich rechne nicht mit Schicksal, ich rechne mit Zahlen. Ein Toter, tausende gerettet. Nenne es Meuchelmord – meinen Frieden habe ich damit gemacht.«

Der Gedanke war Siegfried zu fremd, um ihn zu verstehen, aber nicht zu fremd, um ihn nicht akzeptieren zu können. »Du schaffst es, Ehre in der Bluttat zu finden. Doch wie soll es nun den Krieg beenden? Xandria hält mich für den Anstifter der Tat – und denkbar schlecht ist damit die Grundlage aller Verhandlungen.«

»Wir Fida'i sind seit Jahrhunderten die Boten des Todes an schwarzen Höfen. Wir morden, wo der Gerechtigkeit sonst keine Luft zum Atmen bleibt. Doch enden kann die Tyrannei nur dann, wenn mit der Tat auch die Verantwortung übernommen wird. Ich übernehme die Verantwortung für den Tod Wulfgars – und deine Klinge wird mich richten. Dann ist dem Gesetz und dem Ruf nach Strafe Genüge getan.«

Siegfried machte einen Schritt vom Gitter zurück. »Nein! Niemals! Ich werde den Dolch nicht gegen dich erheben. Eher greife ich die Burg mit zwanzigtausend Mann an, um dich zu befreien! Die noble Tat an der Bestie wird nicht mit Mord am Edelmann gesühnt!«

Nazreh hob die Hand, um Siegfried zu beruhigen. »Du verstehst noch immer nicht – mein Tod durch deine Hand ist ein ebenso notwendiger Teil des Plans wie der Tod Wulfgars durch meine. Ich habe meine Pflicht zum Frieden erfüllt, nun musst du es mir gleichtun.«

Es war Siegfried unmöglich, den Mord an seinem besten Freund – seinem Retter! – in Betracht zu ziehen, und doch drängte sich der Gedanke in seinen Kopf, weil er so naheliegend war, so zwingend, so ... richtig? Hier war die Gelegenheit, mit einem Dolchstoß zu beenden, was sonst noch tausende von Leben kosten mochte. Nur die Freundschaft wehrte sich dagegen, und sie war stark.

»Bedenke deine Verantwortung«, sagte Nazreh eindringlich. »Die Verantwortung eines Königs. Nicht der persönlichen Neigung bist du verpflichtet, sondern dem Wohl des Ganzen!«

Siegfried zog seinen Dolch, als könnte die Klinge in der Hand die Entscheidung erleichtern.

Nazreh lächelte. »Glaub mir, es ist der Schritt zum König, den du heute tust. Das Richtige zu tun, auch wenn es dem Herzen widerspricht, macht einen großen Führer aus.«

Der Dolch zitterte in Siegfrieds Hand, als habe er ein eigenes Leben, als fürchte er das Kommende. »Was für ein König bin ich, der seinen besten Freund zu töten gedenkt?«

Durch die Gitterstäbe packte Nazreh Siegfrieds Hand und zog sie an sich heran, sodass die Dolchspitze auf sein Herz wies. »Ich bin Fida'i, Siegfried – mein Tod entlohnt meine Tat. Alles andere würde mich entehren.«

Sie standen nun schweigend da, gaben dem Augenblick Atem, fanden sich in die Unvermeidlichkeit der nächsten Stunden ein. Siegfried erlaubte sich den Gedanken, der ihm vor Minuten noch unerhört erschienen war.

Was Nazreh wollte ... war richtig.

Sein Herzschlag fand Ruhe, und Nazreh konnte es an seinem Gesicht sehen. »Du weißt, dass meine Worte Wahrheit sind.«

»Wird Wahrheit immer so schmerzen?«, wollte Siegfried wissen.

Nazreh lächelte. »Nicht immer. Aber wenn sie schmerzt, darfst du sie nicht verleugnen.«

»Du wirst in meinem Herzen bleiben.«

»Das würde ich mir wünschen. Und wenn es mir noch zusteht, einen Wunsch zu äußern ...«

»Jeden.«

»Kehre heim zu meiner Hütte, hol die Kiste mit den Büchern – und lies sie. Du wirst Antworten auf Fragen bekommen, die das Leben dir noch nicht gestellt hat.«

Siegfried nickte. »Mein Ehrenwort darauf.«

Seine Hand zitterte zu sehr und war zu kraftlos, den

Stoß auszuführen, um den Nazreh ihn gebeten hatte. Siegfried konnte nicht einmal den Stoff am Hemd seines Freundes durchdringen.

»Königin!«, rief Nazreh laut.

Es dauerte kaum zwei Sekunden, bis Xandria mit den Wachen an die Zelle trat. Sie erschrak, als sie den Dolch in Siegfrieds Hand sah – und die Hand des Orientalen fest darum geschlossen. »Was soll diese Posse bedeuten?«

Nazreh nickte ihr zu. »Majestät, meine Glückwünsche zur Krönung – bis hier herunter habe ich die Jubelschreie des Volkes gehört. Nutzt die Gelegenheit, dem Volk auch noch den Leichnam des Mörders Eures Vaters zu präsentieren. Es wird Eure Macht stärken und böswillige Verräter aus Eurem engeren Kreise scheuchen.«

Xandrias Körper war so steif, dass ihre Knie und Ellbogen schmerzten. »Ich brauche keinen Rat von den Mördern meines Vaters.«

»Es war meine Tat, und meine Tat allein«, versicherte Nazreh nun. »Prinz Siegfried wusste nichts davon und wird zum Beweis den Wulfgar sogar rächen.«

Der Araber sah Siegfried fest in die Augen. Es war Bitte wie Aufforderung. Was nun zu tun war, konnte nicht mehr erklärt werden, wenn es als richtig nicht erkannt war.

Siegfrieds Finger kneteten den weichen Schaft des Dolches, und Schweiß rann in seinen Kragen. Er suchte nach einem Ausweg, nach dem Fehler in Nazrehs Logik, nach der einen Sache, die nicht bedacht worden war.

Er fand sie nicht.

Und so stach er zu.

Die Klinge glitt leicht in das sie begrüßende Fleisch, und Nazrehs Augen bekamen einen leichten Glanz, wie eine Kerze, die noch einmal hell flackert, bevor sie erlischt.

Er starb lächelnd.

Kaum eine Stunde später warf Siegfried den Leichnam des Königsmörders vom Balkon der Burg in den Hof, damit die Xantener ihn schänden konnten. Dazu verkündete er: »Ich, Siegfried, bin gekommen, um Wulfgar im fairen Kampf zu stellen, mit Xanten als Preis. Dieser Mann nahm mir das Recht, und ich nahm ihm dafür das Leben. Da kein Hass in meinem Herzen ist für die neue Königin, ruhen die Kämpfe von diesem Tage an, bis Einigkeit gefunden wird – Einigkeit in Frieden für *alle* Reiche!«

Und die Xantener jubelten ihm zu.

Die Kunde vom Krieg an der Xantener Grenze war in kaum einer Woche nach Island gedrungen – ein Schiff brachte sie als unerwartete Fracht in den Hafen. Sten und die Männer Wulfgars mühten sich, die schlechte Nachricht vor den Isländern geheim zu halten. Nach einem harten Winter flossen endlich die Tribute wieder, Erze fanden den Weg zur Burg sowie ein wenig Ernte und hartes, schweres Holz, aus dem sich Gutes schnitzen ließ. Das klägliche Restvolk war nicht zufrieden, doch hatte es die dröge Niedergeschlagenheit aufgegeben, die in den ersten Monaten jeden Versuch zunichtegemacht hatte, ein funktionierendes Gemeinwesen unter Xantens Führung zu bilden.

Natürlich blieb nicht aus, dass Eolind und die anderen von dem Schattenheer erfuhren, das unter der Führung eines gewissen Siegfried König Wulfgar die Stirn bot. Fast jeder Diener, jeder Koch, jeder Stalljunge in der Burg war ein Spion im Dienste der Isländer Sache, und so machte die Neuigkeit schnell die Runde. Wo die meisten Isländer nur hofften, dass der Herausforderer Xantens Islands Königssohn war, da wusste Eolind es genau, denn er kannte das wahre Erbe dessen, den er Sigurd nannte.

Die Sicherheit, in der sich die Xantener Statthalter auf der Insel wähnten, war trügerisch vom ersten Tage – das einfache Volk, das sich scheinbar dem Joch der neuen Herren ergab, war vielfach von den Rebellen angewiesen, keinen Widerstand zu leisten. Solange man Wulfgar gab, was Wulfgar wollte, gab es weder Grund für Bestrafungen noch für weiträumige Patrouillen durch das aufgegebene Land. Und dort war es, wo junge Männer unter den erfahrenen Blicken von Gelen und Jon Woche um Woche trainierten und Boote aus Dänemark auf der Sturmseite der Insel anlegten, wo Xantener Augen nicht hinschauten. Sie brachten Waffen und Nahrung, als freundschaftliche Geste Dagfinns, der zwar nicht eingreifen konnte, das Haus Island aber unterstützte, wo es ging.

Nun war also eingetreten, was Eolind, wenn auch nicht vorausgesagt, so zumindest doch versprochen hatte. Der letzte Spross des Throns trat an, Rache für den feigen Überfall auf Island zu nehmen und sich das Haupt des grausamen Wulfgar zu holen. Zwei Tage lang sangen und soffen die Männer im Untergrund, und Eolind stieß immer wieder mit Gelen und Jon an. »Möge der gute Sigurd, auch wenn er nun Siegfried heißt, dem Wulfgar noch kräftig in den Hals pissen, nachdem er ihm den Schädel abgeschlagen hat!«

Die Stimmung in der Felsenburg hingegen war weniger euphorisch. Mit den jüngst einlaufenden Schiffen brach der Nachschub aus der Heimat ab, keine neuen Soldaten kamen an, um die Veteranen zu ersetzen. Im Gegenteil – was nicht täglich Dienst zu schieben hatte, wurde nach Xanten abberufen, um im Krieg gegen den Feind anzutreten. Nur noch die notwendigsten Verwalter und Wachen verblieben Sten, um das Stadtreich unter seiner Knute zu halten. Fälschlicherweise und um seine Leistungen über die Maßen zu würdigen, hatte Sten seinem König wieder und wieder versichert, dass die Insel befriedet und jeder Widerstand gebrochen sei. Er glaubte es so sehr, wie er es hoffte, auch wenn er manche Nacht aus dem Schlaf schreckte, weil er meinte, eine kalte Klinge am Hals zu spüren.

Eolind stand neben Sten, als das Schiff mit den »entbehrlichen« Soldaten zum Kontinent auslief. Er mühte sich sehr, nicht zu lächeln, als der Xantener Statthalter sagte: »Nun denn, in der Heimat mögen sie dringlicher gebraucht werden als hier.«

»Ich stimme zu«, murmelte der alte Ratgeber des Hauses Island. »Hier können wir die Soldaten Wulfgars gerade gar nicht brauchen.«

Sten sah ihn von der Seite an. »Vielleicht ist es leichtfertig, das zu sagen, Eolind – aber ich bin froh, dich an meiner Seite zu wissen. Du bist ein guter Mann, und jeder König kann stolz sein, dich unter seinem Befehl zu wissen.«

Eolind nickte, und in der Nacht darauf begann der Angriff der Rebellen. Die Bediensteten der Felsenburg öffneten ihnen die Tore, und einige von ihnen nutzten den Geheimgang, den schon Siegfried durchschritten hatte. Kein Mond stand am Himmel, und die Fackeln in den langen Gängen waren wohlweislich gelöscht worden.

Das Gemetzel war still und schnell, so brutal wie konsequent. Die meisten verbliebenen Xantener und ihre Söldner fanden ihre Kehlen durchschnitten oder die Rippen von Dolchen durchstoßen, bevor sie einen Schrei ausstoßen konnten. Manche erwischte es im Schlaf auf der Pritsche, andere bekamen einen Pfeil durch den Hals, als sie die große Freitreppe hinaufmarschierten. Ein ganzer Wachtrupp war der Stille und Einfachheit halber mit Suppe vergiftet worden, und die Posten am Meer warf man kurzerhand auf die Klippen.

Sten, den Statthalter Wulfgars, nahm sich Eolind selber vor. Er gönnte sich den Luxus, seinen Vorgesetzten aus dem Schlaf zu wecken, ihn die Kleidung anlegen zu lassen und dann im Thronsaal zum Kampf zu fordern. Das widersprach dem, was mit Gelen und Jon abgesprochen war, doch Eolind brauchte die Genugtuung, die mit dem fairen Duell kam. Sten war jünger als er und flink mit dem Schwert in beiden Händen, doch die Liebe zu Island und der Hass auf Xanten machte den alten Ratgeber zum starken Gegner. Der Kampf wogte hin und her, ging über Tische und Stühle und endete erst, als Eolind Sten mit dem Schwert an einen Isländer Schild nagelte.

»Ich suche mir den König selbst, der meine Treue verdient«, sagte Eolind verächtlich, als Stens Augen brachen.

Mit dem wenigen, was ihnen noch verblieben war, feierten die befreiten Isländer, und um Mitternacht entzündeten sie ein Freudenfeuer, in dem die Leichen der Xantener brannten und das gleichzeitig Gebet für ihren ungekrönten König Siegfried war. Auch auf der Insel nannte man ihn nun bei diesem Namen, nachdem Eolind in einer feierlichen Rede den Bewohnern die Wahrheit hinter der Legende erzählt hatte.

Es bestand kein Zweifel, dass Siegfried über Wulfgar triumphieren würde und dass er in ein befreites Reich heimkehren konnte. Nur noch wenige Wochen würde es dauern, und die Isländer waren entschlossen, dem heimkehrenden Sieger die Insel in bestmöglicher Verfassung zu schenken. Sie machten sich daran aufzubauen, was unter dem Joch Xantens liegen geblieben war.

Dass Wulfgar dem Dolch Nazrehs zum Opfer fiel und dass Xanten kein Feind mehr war, dessen Soldaten man abschlachten musste, erfuhren die Isländer nicht. Ihr blutiger Aufstand war ein Erfolg und kaum zwei Tage später schon Legende.

Was am Xantener und Isländer Hof Jubel war, das waren Wut und Empörung in den Schattenreichen. Es grollte von den Wäldern der Nibelungen bis Walhall, in Utgard spürte man den Unwillen der Götter genauso wie an den Rändern der Welt, wo die Bestien hausten.

Brunhilde hatte es vorausgesehen – doch nicht *so*. Für das Leben Siegfrieds waren Odin mehr Seelen versprochen worden, den Blutdurst des Göttervaters sollte der furchtbare Untergang zweier Reiche stillen. Es war das alte Spiel mit dem alten Ziel – ein edles Leben zu retten hieß, tausend namenlose Seelen zu holen.

Nazrehs Tat hatte das festgefügte Schicksal erschüttert, die Balance zwischen Asgard und Midgard stand auf dem Spiel. Und Brunhilde konnte die Schuld dafür nur bei sich selber suchen.

Sie hätte es sehen müssen. Die Herzen von Siegfried und Xandria gierten nicht nach Krieg, sondern nach einander. Fleischliche Lust schöpfte sich aus wahrer Liebe, und wo wahre Liebe war, konnte der Hass nicht Wurzeln schlagen.

Brunhilde war sich selbst so wütend wie Siegfrieds Heer. Sie stand auf einem Hügel weit entfernt, doch ihr Auge sah klar, dass die Front kein Leben hatte. Die Soldaten blieben in den Zelten oder pflegten ihre Pferde. Manche Wunde bekam Zeit zu heilen, und manch stilles Gebet dankte schon für das Ende der Gewalt.

Es war … falsch. Falsch und widerwärtig.

Es kicherte um Brunhilde. Erst leise, aus der Entfernung, dann immer näher, bis es aus dem Gras kroch und in den Tautropfen auf ihren Füßen hallte.

Kein Bluuut für Ooodin ... kein Siiieg für Siiiegfried ... kein Ende dem Fluuuch ...

Die Walküre trat auf das feuchte Gras, als könnte sie damit die Nibelungen selber treffen. »Es war nicht so geplant! Das Schicksal versprach ihm die Herrschaft über Xanten – nach einem langen, schweren Krieg!«

Kein Schicksal meeehr ... in deiner Haaand ... die Zukunft schwaaarz ...

Es hätte so einfach sein können. Blutig, aber einfach. Siegfried hätte erst Wulfgar getötet, dann Xandria genommen und am Ende die Reiche vereinigt. Als der Blick in kommende Jahre noch klar gewesen war, hatte sie ihn als König gesehen, der sogar dem Reich der Franken die Stirn bot. Mehr als ein Land zu führen war ihm vorbestimmt – den Kontinent hatte er in seiner Hand.

Nicht König Siegfried.

Kaiser Siegfried.

Doch Nazreh hatte es zunichtegemacht. Die Tat des Einzelnen hatte das Schicksal aller verändert und die Wasser des Weges in die Zukunft getrübt. Nicht die Nibelungen, nicht Brunhilde – vielleicht nicht einmal Odin konnte nun sagen, was sein würde.

Wieee das ... wieee das ... wiedaswiedaswiedas?

Es war Frage so sehr wie Anklage, und Brunhilde mühte sich mit der Antwort. »Der Araber trägt die Schuld. Bestimmen können die Götter nur über jene, die an sie glauben. Er hat sich eingemischt, das Herz ohne Bestimmung, die Seele ohne Schicksal. Am Götterwillen war ihm nichts gelegen, und so hat seine Klinge vernichtet, was in langen Jahren vorgesehen war.«

Odin wird wüüüten ... Odin wird fooordern ... Odin wird straaafen ...

Brunhilde schwieg, denn sie konnte nicht widersprechen. Mit der Aussicht auf viele andere Seelen hatte sie dem Göttervater Siegfried vorenthalten, hatte in eitler Nostalgie dem Sohn ihres Geliebten das Leben über seine Zeit hinaus verlängert. Nun hatte sie den vereinbarten Preis nicht bezahlt, aus welchem Grund auch immer. Ihre Pflichten als Walküre hatte sie vergessen, und selbst in der Anmaßung hatte sie versagt.

Sie ahnte, dass selbst der Tod Siegfrieds nun nicht mehr ausreichen würde, Odin zu besänftigen. Leichenberge am Rhein waren jetzt nicht mehr die Währung, die zur Begleichung der Schuld diente.

Odin würde Leid verlangen.

Leid ohne Vorbild.

Ohne Maß.

Ohne Ende.

»Es tut mir leid, Siegfried«, flüsterte Brunhilde in das geckernde Lachen der Nibelungen hinein.

Es war schon wunderlich, wie eine Nacht und zwei Tode die Welt verändern konnten. War es gestern noch Siegfrieds Traum gewesen, die Burg Xanten im Sturm zu erobern, so lag sie ihm nun bereitwillig zu Füßen, und kein Schwert war dafür mehr erhoben worden.

Er hielt sich sorgsam im Hintergrund, während Xandria die Geschäfte des Tages abwickelte. Offiziell herrschte kein Frieden, und wo Siegfried das Land nicht gewonnen hatte, da stand es ihm auch nicht zu. Er war zuversichtlich, dass die neue Königin an seiner Seite regieren würde, dass in der glorreichen Zukunft, die ihnen nun offenstand, Xanten und Island ein Reich waren, regiert von einem Königspaar in weiser Bestimmung.

Die Generäle beider Heere trafen sich ohne Groll, reichten einander die Hände und besprachen die Lage wie Männer, deren Feuer des Krieges keine Nahrung mehr fand. Siegfried hatte seinen Soldaten die Vollbürgerschaft Xantens versprochen, und das darbende Land gab sich den Fremden gerne, die Ackerbau, Viehzucht und Handel versprachen. Frauen warteten auf neue Männer, Kinder auf neue Väter, und die Soldaten – sie warteten auf Frieden am Ort, an dem es alt zu werden lohnte. Vielleicht war Xanten davon noch entfernt, doch war das unerhörte Ende des Krieges nicht Anlass zur Hoffnung, dass alles sein konnte?

Siegfried wünschte, dass Xandria ihm nun wieder vertraute, und wenn Nazrehs Tod schwer auf seinem Herzen lag, so war da auch die Freude, all das befürchtete Blutvergießen verhindert zu haben. Während die Königin die wichtigsten Posten bei Hofe neu besetzte, um die grausamen Günstlinge des Vaters in die Verbannung zu schicken, nahm Siegfried seine bevorzugte Stellung als Gelegenheit, mit der Erlaubnis der Königin die Burg zu sichten und ihre Lagerräume zu inspizieren. Er fand obszöne Mengen Nahrung, die teilweise kurz davor war, zu verrotten. Er fand die Ballen Tuch, ohne die Xantener im Winter erfroren waren, und manches Ackergerät rostete hier vor sich hin, statt auf der Scholle seinen Ertrag zu bringen. Schnell waren zehn Gruppen treuer Soldaten abgestellt, um den Überfluss des Hofes ins Land zu bringen. Für das angereiste Volk drehte sich manch großer Spieß, und viele Fässer aus den königlichen Kellern wurden angeschlagen. Die Regentschaft Xandrias I. sollte wohlwollend und gerecht beginnen.

So regierten, kommandierten und delegierten Siegfried und Xandria den Tag lang aneinander vorbei im Versuch, das Reich nicht gleich im Chaos versinken zu lassen. Wo Wulfgars harte Hand ihren eisernen Griff verloren hatte, musste kluge Planung treten.

Zur Nacht bat eine Hofdame, Siegfried möge der Königin in ihren Gemächern seine Aufwartung machen. Er sagte zu, und noch auf dem Weg durch die langen Hallen, die er durch des Tages Arbeit schon gut kannte, verteilte er Anweisungen für den nächsten Morgen und biss herzhaft in eine kalte Keule, um nicht zu verhungern.

Fürwahr, ein aufregender und fleißiger Tag war es gewesen.

Er öffnete die Tür zu Xandrias Gemach noch in Gedanken, wo die Pferde seiner Krieger unterzubringen waren und ob der Hof das Stroh dafür stellen konnte.

Ein warmer Wind wehte jeden Funken aus seinem Verstand, und es war, als fiele der Hof hinter seinem Rücken in ein schwarzes Loch, das für ihn nicht mehr von Belang war.

Xandria lag auf ihrem Bett, umgeben von hundert Kerzen, den weißen Körper auf einem weichen Fell, nackt und sanft, unschuldig und fordernd. Das Licht spielte mit dem roten Haar, und ihr Schoß glitzerte reicher als der goldene Schatz der Nibelungen. Trotz der Wärme standen die Spitzen ihrer Brüste fest und kühl, als suchten sie den Mund, der sie weich leckte. Von der Stirn bis zu den Fußspitzen war die Königin mit leichter Salbe eingerieben, und ihre Haut roch nach Rosen und Wein.

Und eine Königin war sie. Die Krone trug sie als einziges Schmuckstück.

Siegfried trat an das Bett, und in seiner Brust war Kampf: Die Liebe gebot ihm, diesen Anblick zu genießen, keinen Muskel zu bewegen, um das perfekte Bild nicht zu zerstören. Er wollte in Ewigkeit hier stehen, die sich langsam räkelnde Königin vor Augen, in unwidersprochener Erkenntnis, das Ideal der Schönheit gefunden zu haben. Gleichzeitig kochte ihr Körper die Geilheit in ihm auf, zog schmerzhaft an seinem Unterleib, forderte die Hände, mit gleicher Gier zu nehmen, woran der Blick bereits sich labte. Der Zwiespalt war süßes Leid von nie gekannter Tiefe, und Siegfried hatte keine Worte, Xandria den Drang zu beschreiben, der ihn zu ihr trieb.

Sie richtete den Oberkörper auf, und ihre zitternde Stimme verriet ebensolche lüsterne Erwartung. »Ich habe dich im Traum gesehen.«

»Mir wurde von dir im Traum erzählt«, antwortete Siegfried wie bei ihrer ersten Begegnung. Er ging um das Bett, bis er an der Seite neben ihr stand.

»Bin ich, was du dir erhofft hast? Ist mein Körper deiner Liebe würdig?«

Sie fragte es mit der ehrlichen Unsicherheit eines Mädchens, das seine Macht über den Mann noch nicht entdeckt hatte.

»Meine Liebe ist es, die im Tempel deines Körpers beten muss und deren Würdigkeit infrage steht«, antwortete Siegfried, und in diesem Moment war er sicher, niemals genug Mann für diese Frau zu sein.

»Lass mich dich sehen«, flüsterte Xandria.

Siegfried streifte seine Kleidung ab, bis er nackt vor ihr stand, den Körper in Lust versteift, pochend vor Gier, dass es ihm fast unangenehm war. Er wollte sich zu ihr legen, ihren Körper in die Kissen drängen, ihren Schoß mit seinem Becken vor sich treiben, doch ihr Bett war ein Schrein, den er mit Schweiß und Samen nicht beschmutzen wollte.

Xandria sah ihn an, ohne Scheu, und ihr Lächeln zeugte nicht von Spott. »Ein prachtvolles Geschenk bringst du mir.«

Siegfried, an hehren Worten niemals verlegen, gelang es nicht, ein Wort aus seiner Kehle zu pressen. Seine Augen wanderten von den Schenkeln der Königin – seiner Königin! – zu ihren Brüsten, folgten den Bewegungen ihrer Schultern, wie sie leicht die Position auf dem Bett wechselte, und hingen an ihren Fingern, die mit langen Nägeln sanfte Streifen auf ihre Haut malten wie ein Gemälde aus fröhlicher Lust.

Xandria genoss Siegfrieds begehrlichen Blick, und seine Männlichkeit war stärker noch und größer, als ihre Träume es versprochen hatten. Sie sah den feuchten Glanz auf der Kuppe, ähnlich der benetzten Wärme ihres Schoßes. Sie begann ihre Beine zu strecken und mit einer feinen Hand die Blüte ihres Geschlechts zu öffnen. Dabei durchlief sie schon der erste Schauer, der für das Liebesspiel gedacht war und den sie in der Übung immer wieder leise stöhnend genossen hatte.

»Willst du mir geben, was meine Finger mir versprechen?«, fragte sie und öffnete sich weiter. »Dann folge deinem Herzen zu mir.«

Der Anblick seiner Königin, die mit streichelnden Fingern sich ihm bot, brach Siegfrieds Starre, und er beugte sich zu ihr hinab. Sie öffnete ihre Lippen seinem Kuss, während ihre Hände nach seiner prallen Sinnlichkeit tasteten. Obgleich beide kaum erwarten konnten, ihre Körper einander zu ergeben, fanden Xandria und Siegfried den Genuss darin, sich mit Mund und Händen ausgiebig zu erforschen. So wie er den Schweiß zwischen ihren Schulterblättern schmeckte und seine Hand den weichen Hintern fand, so spielten ihre Finger zwischen seinen Schenkeln und bissen ihre Zähne frech in seine Brust.

Einmal, zweimal ergab sich Siegfried ihrer Hand und ihrem Mund, und das Geschenk fand frohe Aufnahme. Für jeden Ausbruch gab er ihr seine Zunge, spielte in der warmen Höhle ihres jungfräulichen Leibes, bis ihre Fäuste das Fell trommelten und der Kronreif vom hin und her geworfenen Kopf fiel. Sie schrie vor Lust und Dank, dass die Wirklichkeit den Traum bei weitem übertraf.

Es war nicht zu sagen, wann Siegfried sich erstmals in ihr fand, wann Xandria die Beine um seine Hüften schlang, um bis zur Wurzel sein Gemächt in sich zu spüren. Der Weg, in ausdauernder Zärtlichkeit bereitet, fand beide wild und hemmungslos. Sie rieben ihre Körper aneinander, von Stößen getrieben, und hielten nur inne, um im Schauer die Gemeinsamkeit zu erleben. Xandria drückte ihn an den Schultern nach oben, um sein von Leidenschaft verzerrtes Gesicht zu genießen, und lag sie bäuchlings auf dem Bett unter ihm, dann drehte er ihr sanft den Kopf zur Seite, um ihr Stöhnen besser hören zu können, das ihm Rhythmus gab. Sie leckte seinen Finger, als er zum ersten Mal den Saft in ihren Körper gab, und sie biss zu, bis der Schmerz von seinen schaudernden Lenden ablenkte.

Siegfried hatte gehört – und bei Liv erlebt –, dass jede Nacht ihr Recht forderte und den Mann irgendwann schlaff und ermüdet fand. Doch den Moment, da er von Xandria lassen wollte, suchte der Prinz vergebens. Kaum war er keuchend von ihr gerollt, suchten ihre Finger nach seinen Schenkeln, verstrichen sanft die Reste seiner Liebe, bis unter ihrer Hand die Lust erneut wuchs. Und wenn die Königin erschöpft die Augen schloss und das Beben in ihrem Leib verging, tastete Siegfried hungrig nach ihren Bauch, streichelte ihre Finger oder steckte seine Zunge spielerisch in ihren Nabel, bis sie seinen Kopf festhielt und schwer atmend in ihren Schoß drückte. Und immer wieder flüsterte Xandria leise, nicht für das Ohr des Geliebten: »Deine Hure. Endlich deine Hure.«

Ihre Leidenschaft hielt, was die Liebe versprochen hatte, und so wie ein Barde immer neue Worte für den Liebreiz der Frau fand, so erforschte Siegfried immer neue

Wege, in Xandria die Lust zu reizen, die kein Ende nehmen wollte. Als die Sonne schon am Rand des Horizonts lugte, standen sie am Fenster, und was ein verträumter Blick auf das Land werden sollte, fand sie in wilder Erregung an der Mauer, und mit den Hähnen schrie Xandria den Morgen herbei, während der kalte Stein an ihrem Rücken rieb.

Die Geilheit, die sie aneinander fanden, ebbte erst ab, als Siegfried eine Träne auf Xandrias Wange fand und ihr Blick erstmals nicht den seinen suchte.

»Was ist los, meine Königin?«, fragte er verwirrt. »Habe ich dir Schmerzen bereitet?«

»Nein«, flüsterte sie mehrmals und suchte seinen Mund mit ihrem zu verschließen. »Das Leben hast du mir geschenkt.«

Obgleich ihre Hände erneut versuchten, ihn zu reizen, rückte er ein wenig von ihr ab. »Was ist es dann, das eine Träne aus deinem Auge fordert?«

Xandria atmete tief ein und zog ein Laken vom Boden, um den nackten Körper zu bedecken, den keine Kerzen mehr wärmten. »Die Schönheit der Nacht, mein Prinz – wie kann der Tag ihr ebenbürtig sein?«

Siegfried stutzte und lachte dann. »Das ist deine Sorge? Xandria, unsere erste Nacht mag niemals wiederkehren, aber mein Bestreben wird es sein, jeden Tag und jede Nacht das gleiche Glück mit dir zu erleben.«

Sie lächelte, aber es war ein trauriges Lächeln. »Aber was soll werden? Du musst nach Island, und Xanten kann nicht ohne Königin sein. Auch wenn ich dich jetzt noch an mir spüre, so verzehrt mein Körper sich schon in der Verzweiflung, dich gehen zu lassen.«

Siegfried strich ihr über die Wange. »Du redest von Wochen, und nicht einmal vielen. Befiehl den Xantener Statthaltern auf Island, die Insel wieder an die Bewohner zu übergeben. Ich leite den Wiederaufbau, und sobald ich der Verwaltung Vertrauen schenke, komme ich zu dir zurück. Und dann regieren wir gemeinsam am Rhein.«

Der Ausdruck in Xandrias Augen änderte sich, aus Unsicherheit wurde Überraschung. »Wir regieren – gemeinsam?«

»Natürlich«, erklärte Siegfried. »Ist es vom Schicksal nicht wundervoll gedacht? Der rechtmäßige Erbe von Xanten und seine Königin. Statt eines der Häuser mit Gewalt zu halten, gehen wir den Bund aus Blut und Liebe ein.«

Xandria rutschte etwas von ihm weg, die Magie der letzten Stunden war augenblicklich verflogen. »Siegfried, du *kannst* nicht mein König sein!«

»Aber wieso denn nicht?«

Sie schlang das Laken etwas fester um ihren Leib, als müsste sie ihn vor dem Geliebten nun verstecken. »Du bist immer noch der Heerführer, der das Land mit seinen Truppen überfallen hat, und ich die Tochter des Königs, der ihm entgegentrat. Auch deine ehrenhafte Tat, den Mörder Wulfgars zu richten, ändert nichts daran, dass du für Xanten allemal ein Feind bist.«

»Ich bin der Erbe!«, hielt Siegfried ärgerlich dagegen. »Mein Großvater war der geliebte Siegmund, meine Mutter die nicht weniger geliebte Kriemhild.«

»Doch gekommen bist du als Eroberer«, widersprach Xandria. »Das Volk *weiß* noch nicht einmal von deinem Anspruch!«

»Dann werde ich es ändern«, sagte Siegfried entschlossen. »Morgen verkünden wir, von wessen Blut ich bin.«

»Verkünden kannst du, was immer dir beliebt«, gab Xandria zu. »Doch warum sollte auch nur eine Xantener Seele dir glauben? Den Namen Siegfried hast du selber dir gegeben, und für die Menschen hier bist du der Sohn des Isländer Königs, der auf Rache und Besetzung sinnt.«

Siegfried erkannte, dass Xandria recht hatte – das Land politisch zu erobern, die Herzen der Menschen durch das Erbe zu gewinnen, das war ihm nicht eingefallen. Doch es war geschehen, was geschehen war. Er konnte schlecht Haus um Haus aufsuchen, um im persönlichen Gespräch die Bürger zu überzeugen, dass er war, wer er vorgab zu sein.

»Was denkst du?«, flüsterte Xandria, in Sorge über den grübelnden Prinzen.

»Dass es gilt, meinen Anspruch auch zu beweisen«, sagte Siegfried düster. »Ich weiß noch nicht, wie das geschehen soll, aber ich werde einen Weg finden.«

Sie küsste ihn auf die Nasenspitze. »Darauf vertraue ich.«

Er sah in ihre Augen. »Glaubst *du* mir, dass ich Siegfried bin, der rechtmäßige Erbe von Xanten?«

Xandria lächelte. »Mich hast du längst überzeugt. Überzeuge noch das Volk – und Xanten wird dir ebenso gehören wie mein Herz.«

Siegfried gab sich redlich Mühe, die Enttäuschung der nächsten Tage zu verheimlichen. Er hatte alles erreicht, was es zu erträumen gab – und nun stand er vor dem Thron von Xanten und konnte ihn nicht besteigen. Xandria hatte recht. Wie dumm war er gewesen! Natürlich war ihm bewusst, dass sein Vater der sagenhafte Held Siegfried war, doch für jeden anderen im Reich mochte das allenfalls Wahn sein, ein Fiebertraum von Macht und Größe. Sicher, das Volk mochte ihm zugejubelt haben, als er Nazrehs Leichnam in den Hof warf, doch in den Tavernen machte schon die Runde, dass der Usurpator

Siegfried keinen Platz an der Seite der tapferen Königin verdiente.

Es tat weh zu sehen, dass die Dinge nun, da der Krieg beendet war, auch ohne ihn ihren Gang gingen. Das Heer der Invasoren wurde aufgelöst, und Xandria gab den Soldaten die von Siegfried versprochene Vollbürgerschaft. Die umliegenden Reiche sandten Boten mit Segenswünschen, und der Frankenherrscher Theudebald schenkte dem Hof einhundert seiner besten Pferde. So sehr Siegfried sich für Xanten freute, so sehr nagte in ihm, dass es keinen König Siegfried brauchte, dass sein Blut nicht der Lebenssaft war, der es antrieb.

Die Nächte mit Xandria, wenngleich immer noch voller Leidenschaft und heißem Verlangen, erfüllten ihn nicht mehr mit der gleichen Ekstase wie zuvor, als er noch meinte, mit der Vereinigung den letzten Schritt zum Thron zu gehen. Worüber Xandria geweint hatte in jener Nacht, dass Siegfried zurück nach Island müsse, das schien sich nun zu bewahrheiten, besonders als die Kunde kam, dass Island sich selbst befreit hatte. Siegfrieds Herz hatte vor Freude einen Sprung gemacht, als er davon erfuhr, und doch am Abend darauf viel Wein gebraucht, die Nachricht schönzutrinken.

Auch Island hatte keinen Retter Siegfried nötig!

Er war ein Held ohne Tat, ein Krieger ohne Kampf, eine Legende ohne Geschichte.

Wenigstens gab die Befreiung Islands ihm wieder eine Aufgabe. Dem Volk der Insel musste er seinen Anspruch nicht beweisen, und der Thron dort stand ihm frei. Jahre würde es dauern, das Land zu einstiger Blüte zurückzuführen, und in der langsamen Sorgfalt seiner Regentschaft konnte er noch allemal sich den Respekt verdienen, der ihm in Xanten vorenthalten wurde.

Doch damit war an ein Leben an Xandrias Seite nicht zu denken. Er würde Siegfried sein, König von Island, und sie Xandria, Königin von Xanten, weit im Süden. Vielleicht ihren Kindern würde man dereinst erlauben, die Reiche zu vereinen, doch das gegenwärtige Island hatte wenig echte Liebe für ihn übrig. Das schmerzte umso mehr, da kaum ein durchzechter Abend nicht mit Geschichten seines Großvaters endete, dem guten König Siegmund. Und Xandrias Schönheit wurde ein ums andere Mal mit der von Kriemhild verglichen, die im Lande unvermindert hohes Ansehen besaß.

Lustlos ließ Siegfried von den Männern, die noch in seinem Sold standen, das restliche Gold der Nibelungen herbeischaffen und ein paar Boote für die Reise auf dem Rhein herrichten. Deren hölzerne Bäuche füllte er mit Nahrung ebenso wie mit Kleidung und Saatgut. Vier Schiffe trugen ganze Schaf- und Rinderherden in sich, um die Landwirtschaft Islands eilends zu verstärken. Wenn er schon nicht als Retter kam, so wollte Siegfried wenigstens als Wohltäter seinem Volk willkommen sein.

Xandrias General Alban entpuppte sich als vertrauenswürdiger Ratgeber, was die Vorbereitungen für die lange Reise anging, und bei viel Bier und Schweinebraten saßen sie manchen Abend da, um Siegfrieds Heimfahrt zu planen. Es entging dem alten Veteranen nicht, dass der Prinz von Island trotz des guten Kriegsausgangs missgelaunt war. »Hoheit, grämt Euch nicht. Sicher ist Island nicht Xanten, aber es ist ein schönes Reich, das zu regieren hohe Ehre verspricht.«

»Gewiss«, knurrte Siegfried und trank seinen Kelch leer. »Doch kam ich, um einen anderen Thron zu gewinnen.«

Alban lächelte milde. »Glaubt einem alten Schlachtpferd – der Thron Xantens ist kein sicherer Ort, und seit

Generationen hat er den Regenten kein Glück gebracht. Als ich noch unter Siegmund diente ...«

»Du warst in Xantener Dienst, als König Siegmund herrschte?«, unterbrach Siegfried überrascht. Er hatte angenommen, dass die meisten Generäle unter Wulfgar eingesetzt worden waren.

Alban nickte. »Ich stand sogar an seiner Seite, als es auf dem Schlachtfeld gegen die Schlange Hjalmar ging.«

»Und Kriemhild – kanntest du die edle Königin?«

Der General strich seinen Bart, als müsse er überlegen. »Sie war nicht lange auf dem Thron, kam gerade von Burgund und reiste bald nach Xanten, wo sie ihr Ende fand. Man sagt, sie sei ob der verlorenen Liebe wahnsinnig geworden, doch als Regentin dieses Reiches war sie weise und gerecht. Ich hörte die ersten Schreie des Kindes, das sie gebar.«

Siegfried konnte seine Aufregung kaum verbergen. »Der Sohn? Was geschah mit ihm?«

»Er hieß wie Ihr, Hoheit – Siegfried. Wohl im Gedenken an den Vater. Die Königin nahm ihn mit nach Gran, wo Hochzeit mit Etzel sein sollte. Stattdessen gab es ein Massaker, und mit keinem Reich haben die Hunnen seit jeher wieder Verbindungen geknüpft.«

»Ist das Schicksal des Jungen verbürgt?«, hakte Siegfried nach.

Alban hob die Schultern. »Gemeuchelt wurde er wohl – wie Kriemhild, Gunther und die vielen anderen Toten der Nacht. Die Hunnen haben die Leichen am nächsten Morgen gleich verbrannt.«

Die näheren Umstände waren Siegfried nicht bekannt gewesen, und ihm schwindelte bei dem Gedanken, was Elsa und Gernot getan haben mussten, um sein junges Leben zu retten. Dann fasste er sich ein Herz. »Alban, was würdet Ihr entgegnen, wenn ich nicht nur den Namen Siegfried nannte – sondern behauptete, eben jener Sohn von Kriemhild zu sein?«

Der General runzelte die Stirn. Seine Verärgerung stand ihm ins Gesicht geschrieben, aber es stand ihm nicht zu, einen Eroberer zu schelten. »Ich würde zweifeln, aber wenn Ihr es sagt ...«

»Nicht bloß sagen«, winkte Siegfried ab. »Was, wenn ich das Erbe jenes Siegfried für mich beanspruchte?«

Alban senkte die Stimme, wurde eindringlich und ernst. »Guter Herr – Xanten hat nun eine Königin, die fruchtbare Jahre uns verheißt. Euer Anspruch würde den ihren fordern, und kaum ein Mann fände sich in Xanten, der das guthieße. Die Legende Siegfrieds zum eigenen Nutzen zu missbrauchen, kann kein Glück bringen.«

Siegfried nickte – und konnte nicht mehr anders. »Aber es ist die Wahrheit – ich bin Siegfried, Sohn von Siegfried und Kriemhild, gerettet von Gernot von Burgund, aufgezogen in Island als Sohn Gernots und Elsas. Ich stand gegen die Nibelungen wie mein Vater und blieb siegreich – und nun drängt es mich, das Reich meiner Vorväter zu regieren.«

Er sah Alban fest in die Augen, und keine Lüge war in seinem Blick. Der alte General trank aus, schob seinen Kelch beiseite und nickte gedankenschwer. »Es ist nicht in meiner Macht, Eure Behauptung wahr oder gelogen zu nennen. Doch wenn Ihr den Rat eines alten Narren sucht, dann sage ich – beweist es.«

»Genau das will ich«, zischte Siegfried, der von den anderen Männern im Festsaal nicht gehört werden wollte. »Aber wie? Meine Eltern – beide Paare – sind schon lange verschieden, und keine Chronik nennt meinen Namen. Wie du selber die Legende erzählst, bin ich seit siebzehn Jahren tot.«

Alban rieb sich die Stirn, als bereite es ihm Mühe, sich zu erinnern. »Man sagt, Siegfried habe auf dem Schlachtfeld ein Mal gezeigt, als es gegen Hjalmar ging. Es bewies die Blutlinie seines Vaters Siegmund.«

»Ein Mal? Wo?«, fragte Siegfried aufgeregt.

Vielleicht war das die Lösung!

»Zwischen Schulter und Schlüsselbein«, sagte Alban, »so ich mich recht erinnere.«

Ungeduldig zerrte Siegfried sein Hemd an der Schulter herunter. Doch beide Seiten zeigten glatte Haut ohne Makel.

»Manchmal erhält man das Erbe der Mutter«, kommentierte Alban die Enttäuschung des Prinzen. »Mag das Mal Euer Blut beweisen – seine Abwesenheit verleugnet es nicht.«

»Was dann?«, fragte Siegfried verzweifelt. »Was würde dem strengen Urteil Xantens genügen? Was muss ich tun, um meinen Vater meinen Vater nennen zu dürfen?«

Alban lachte leise. »Den Drachen töten fällt leider aus – da hat der alte Siegfried ganze Arbeit geleistet.«

Im Gedanken daran kam dem General eine Idee, die seine Miene deutlich aufhellte. »Doch halt! Den Drachen Fafnir erlegte Siegfried nicht allein – das Schwert Nothung hielt er in der Hand! Die Waffe der Könige von Xanten!«

Siegfried konnte sein Glück kaum fassen, und er drückte begeistert Albans Hände. »Dann höre, was ich dir jetzt sage – Nothung ist mein! Ich trage es im Beutel umher, seit ich die Nibelungen traf!«

»Ihr habt das Schwert des Königshauses?«, fragte Alban und rang sichtlich um Fassung. »In welchem Zustand ist es?«

»In zwei Teile zerbrochen«, gab Siegfried zu. »Warum, vermag ich nicht zu sagen.«

Mit einem Eifer, der sein Alter Lügen strafte, packte Alban den Prinzen bei den Schultern. »Dann ist es keine Heuchelei! Nothung bricht, wenn sein Herr dem Tod geweiht ist! Ich habe es bei Siegmund gesehen, und auch von Siegfried wurde es berichtet! Hättet Ihr mir von einer ganzen Klinge berichtet, ich hätte Euch vor allen Männern Lügner gerufen!«

»So kann ich mit dem Schwert beweisen, dass ich Erbe von Xanten bin?«, fragte Siegfried, und das Warten auf die Antwort war ihm unerträglich.

»So ist es«, sagte Alban würdevoll. »Und bei Gott, wenn ich es dann nicht selber glaube!«

Siegfried sprang auf. »Ich will keine Sekunde mehr zögern, es zu holen!«

Wer hatte ahnen können, dass der Schlüssel zum Thron seit Monaten schon in seinem Besitz war? Wie viel Dank schuldete er der einzelnen Stimme im Chor der Nibelungen, die ihm geraten hatte, das zerbrochene Schwert nicht achtlos liegen zu lassen?

Seine Füße trugen ihn schnell zu dem Gemach, das die Königin ihm zugewiesen hatte und in dem eine hölzerne Truhe seinen Besitz bewahrte. Seine hektischen Finger fanden das lederne Tuch, in dem das Schwert verborgen war, seit er es aus dem Wald in Burgund mitgebracht hatte. Was nicht mehr als ein Erinnerungsstück gewesen war, verhieß nun eine glorreiche Zukunft.

Das Schwert des Hauses Xanten!

Wie hatte er darauf nicht kommen können?

Die beiden Teile fühlten sich warm an in seiner Hand, als lebten sie von seiner Freude auf.

Er würde Nothung der geliebten Xandria zeigen!

Und dann dem ganzen Volk!

Man würde Siegfried feiern.

Siegfried von Xanten!

Er eilte mit dem Schwert zur Tür – und stieß hart dagegen, als er sie verschlossen fand. Seine Hand ging zum geschmiedeten Ring, um sie aufzuziehen, und fanden glühendes Eisen!

Mit einem Schrei trat Siegfried zurück, die Finger rot verbrannt, den Geruch kokelnder Haut in der Nase. Bevor ein Gedanke der Erklärung seinen Verstand erreichte, stand die ganze Tür in Flammen, und die Zungen leckten sich nach links und rechts über die Wände, als gelte es, sich schnellstens hinter dem Rücken des Prinzen wieder zu vereinen.

Nach zwei Herzschlägen brannte der Raum, selbst das, was nicht brennbar war – Stein, Metall, Glas. Im Zentrum hingegen, wo Siegfried nur den pochenden Schmerz der leidenden Hand spürte, wurde es kälter. So kalt, dass der Prinz sich an die Nächte isländischer Winter erinnerte, in denen die Hunde auf dem Hof erfroren. Atem stand so dicht vor seinem Mund, dass er wie eine weiße Fackel in die Flammen blies.

»Und *was* gedenkst du nun zu tun?«, hörte er die Stimme der Walküre, die er als Brunhilde kannte.

Siegfried spürte in der Kälte seine Muskeln erstarren, während gleichzeitig seine Haut brannte, als säße er auf Eis in einem Kreis von Fackeln. Der Beutel mit dem Schwert schien auf einmal bleiern und rutschte ihm aus den Fingern auf den Boden.

»Noch einmal frage ich dich – was ist dein Plan?«

»Zeig dich mir!«, schrie er als Antwort.

Brunhilde tat es – keinen Dingen oder Elementen untertan, trat sie aus der Wand in den Raum, wobei die Flammen nicht einmal die Spitzen ihrer Haare versengten.

»Ich bin hier, Siegfried, Sohn von Siegfried«, sagte die Walküre ohne Spott.

»Und ich beabsichtige, den Namen zu tragen, bei dem du mich nennst«, verkündete Siegfried trotzig. »Das Schwert Nothung kündet von meinem Geburtsrecht.«

»Es ist entzwei, und als solches kündet es allenfalls von vergangenen Niederlagen«, widersprach Brunhilde. »Glaubst du, das Xantener Volk lässt sich von einem Mann mit zerbrochenem Schwert regieren?«

Siegfrieds Wangen brannten, während seine Füße in der Kälte jedes Gefühl verloren. »Das Schwert ist die Klinge meiner Ahnen.«

»Und deinen Ahnen diente es zur Macht, als es die Waffe des Königs war«, höhnte die Walküre. »Glaubst du, Siegfried trat Hjalmar mit geborstenem Metall gegenüber? Das Schwert hat nur die Kraft, die mit seiner Klinge auch erkämpft werden kann. Dein Vater wusste das – und darum schmiedete er Tag und Nacht, bis Nothung sich ihm unterwarf. *Darin* liegt der Beweis des Blutes.«

»Dann werde ich Nothung eben schmieden«, verkündete Siegfried. »So wie mein Vater.«

Brunhilde lachte. »Dein Vater war Geliebter, Kämpfer, Prinz und König – aber er war auch ein Schmied, der an Regins Esse seine Lehrjahre verbrachte. Dir wird nicht nur das Schwert sich verweigern – Hammer und Amboss gehören kaum zu deinen Freunden.«

Es gefiel ihr, Siegfried zu verhöhnen. Darin lag das Gefühl der Macht, die Freude, dem Schicksal Richtung zu geben. Was in den letzten Tagen geschehen war, hatte allen ihren Plänen gespottet, und nun stand sie in Odins Schuld, das Rad der Geschichte weiterzudrehen.

»Wenn das Schwert geschmiedet werden will, wird es sich mir unterwerfen«, hielt Siegfried dagegen. »So will es mein Erbe.«

Die Walküre dachte nach. Wenn nicht bald etwas geschah, verlief sich alles, was angedacht war, in banalem Alltag. Der reißende Strom des Lebens war dabei, ein Bach zu werden, in den man die Füße stecken konnte, ohne dass es einen hinfortzog. Xandria in Xanten, Siegfried in Island, und irgendwelche langweiligen Kinder in ebenso langweiligen Reichen, deren Blut lauwarm war.

Doch in diesem Moment lag es an ihr, dass es nicht so kam, dass das Leben seine starke Strömung behielt.

»Es gibt einen Ort und ... eine Gestalt, an deren Blasebalg du lernen kannst, wie Nothung sich heilen lässt«, sagte Brunhilde nun. »Doch kann ich dir versprechen, dass der Preis höher sein wird, als du dir vorzustellen vermagst.«

»Wie heißt dieser Schmied, von dem du sprichst?«, wollte Siegfried wissen, den zweiten Teil ihrer Aussage überhörend. »Ich lasse ihn von meinen Leuten eilends herbeischaffen!«

Brunhilde lachte. »Niemand schafft den Wieland herbei. Er ist der Schmied der Götter, und sein Schmiedefeuer brennt auf der Insel Ballova.«

»Davon habe ich noch nie gehört«, sagte Siegfried. »Wo soll das sein?«

»Ballova liegt an der westlichen Kante Midgards, wo die ewigen Wasserfälle vom Rand der Welt nach Utgard stürzen. Es ist nahe dem Ort, an dem die Titanen hausen. Dort, auf der zeitlosen Felseninsel, findest du Wieland, der schon Mjölnir, den Hammer des Donnergottes, in der ewigen Glut härtete.«

»Und Wieland wird Nothung schmieden?«

Sie schüttelte den Kopf. »Das kannst nur du selbst. Doch wird er dir die rechte Weisung geben und deine Hand dir führen.«

»Dann ist es beschlossen«, erklärte Siegfried mit Nachdruck. »Mein Weg führt nach Ballova. Und mein Dank gilt dir für diesen Rat.«

Brunhilde hätte ihn nun ziehen lassen können, damit die Türen öffnend für das letzte schwarze Kapitel der Geschichte, doch wieder gewann die Erinnerung an die Liebe, die sie einst für den anderen Siegfried empfunden hatte. »Es gibt noch eins zu wissen.«

»Was ist es?«

»Das Schwert lässt sich nur schmieden, wenn es auch geführt werden will«, warnte Brunhilde. »Manche sagen, es schafft Leid, um ihm zu trotzen. Sowohl bei deinem Vater wie bei deinem Großvater begann die Legende mit dem Schwert – und endete auch mit ihm. Wer das Schwert schmiedet, schmiedet auch seinen eigenen Untergang.«

»Wie kann das sein?«

Brunhilde hob die Schultern. »Niemand weiß es. Nothung ist, wie auch der Ring der Nibelungen, ein Mittler. Es eröffnet der Absicht den Weg zur Tat. Heute kannst du dich noch begnügen, kannst Island wählen als dein Heim und Xandria den Thron von Xanten lassen. Doch wählst du das Schwert, wird es dein Herr.«

Siegfried nahm sich die Zeit, die Angelegenheit zu durchdenken. Doch er sah keinen Ausweg, denn er wollte Xanten ja nicht aus Eigennutz – sein Platz war an der Seite Xandrias, und dafür musste er König sein. Und nur Nothung versprach den Respekt des Volkes.

Schließlich nickte er. »Ich habe deine Worte wohl gehört – und nun wisse meine Entscheidung: Es geht nach Ballova.«

Auch Brunhilde nickte. »Dann läuten die Glocken zur nächsten Runde des Schicksals. Geh allein auf diesem Weg, und wenn dein Boot die Küste nicht mehr sieht, wird der Wind der Götter dich leiten.«

Die letzte Silbe hing noch in der Luft, als Siegfried blinzelte – und der Spuk vorbei war. Kein Feuer, kein Eis, keine Walküre. Nicht einmal die Luft, die er atmete, trug noch die Kälte der vorigen Sekunde.

So war sein Weg noch nicht am Ende, sein Schicksal also noch nicht erfüllt. Siegfried nahm den ledernen Beutel vom Boden und sah die beiden Teile Nothungs an. »Schmied Wieland, Siegfried von Xanten hat Arbeit für dich.«

5

Zur Macht noch das Recht

Xandria verstand es nicht, und kein Wort, das Siegfried sprechen konnte, änderte etwas daran.

Er wollte sie verlassen!

Nicht etwa, um sein geplagtes Volk von Island durch seine Gegenwart zu neuer Hoffnung zu führen, nicht um in den umliegenden Reichen für Frieden und Freundschaft zu werben – es trieb ihn in den schrecklichsten Winkel der Welt, auf der Suche nach einer Legende, die ihm verschaffen sollte, was zu wollen in ihren Augen unrein war.

Wie sollte sie das verstehen?

Was versprach sich Siegfried davon, wenn das Xantener Volk ihn als den erwählten Retter anerkannte? Welcher Gewinn lag in einem Reich, das sowieso schon zu seinen Füßen lag – einschließlich seiner Königin? Als König von Island konnte er sie offiziell freien, wenn er aus der Heimat wiederkehrte, und nichts mehr konnte sie sich wünschen, als seinem Werben zu entsprechen. Dann würde er sein, was er immer gewollt hatte – König von Xanten. Vielleicht nicht aus dem Recht seines Blutes, aber doch mit rechter Krone auf dem Kopf.

Aber bei den Bestien wollte er in die Lehre, ein Schwert

schmieden, dessen Gebrauch seit Wochen erstmals wieder unnötig war, um Vorfahren nachzueifern, die allesamt auf dem Schlachtfeld einen Tod in jungen Jahren fanden und die eigenen Söhne nie gesehen hatten.

Nein, sie verstand es nicht.

Und dennoch – sie spürte bald, dass sie ihn nicht halten konnte, und was noch mehr Pein gewesen wäre als seine Abreise, wäre seine Abreise mit harschen Worten gewesen. Und so fand sie es in ihrem Herzen, nicht zu weinen, wenn er mit seinen Ratgebern besprach, wo die Insel Ballova zu finden sein mochte, und sie widerstand dem Drang, sein Boot, das eigens für diesen Anlass gezimmert wurde, des Nachts mit der Axt klein zu hauen.

Vielleicht lag Wahrheit in dem Schicksal, von dem Siegfried immer sprach, vielleicht war der Weg des Lebens keiner, auf dem man nach der Hälfte stehen bleiben durfte.

Und so kam der Tag, an dem sich der Hofstaat versammelte, um den Mann, der als Eroberer einst gekommen war, als Freund Xantens in die Fremde zu verabschieden. Die Nacht zuvor hatten Siegfried und Xandria einander noch einmal in den Armen gehalten, süße Schwüre sprechend und die Möglichkeit des Untergangs verneinend.

»Gib mir dein Wort, dass du zurückkehrst«, sagte die Königin, und sie war froh, schon alle Tränen geweint zu haben, um vor dem Volke nicht zu schluchzen.

»Als König«, versprach Siegfried und prüfte ein letztes Mal den Vorrat, den seine Leute in den Nachen mit dem kleinen Segel gelegt hatten.

»Lebendig wäre mir genug«, flüsterte Xandria. »Der Heiland möge dich beschützen.«

Siegfried fragte sich für einen Moment, wie seine Geliebte diesen seltsamen Christengott um Schutz anflehen konnte, wo er doch an den Ort reiste, der genau diesen

Gott widerlegte. Der Rand der Welt war Hort der Asen, und der Allmächtige aus den Kirchen Burgunds hielt sich dort sicher nicht auf.

Ein letzter Blick auf die Xantener, die am Ufer des Rheins standen, um ihm zu winken, bestärkte Siegfried erneut in seinem Plan – es waren gute Menschen, die einen guten König verdient hatten. Einen König aus der Blutlinie, die seit Jahrhunderten das Reich regierte, das nur durch Verrat und Niedertracht ihnen zu nehmen war.

Drei Soldaten schoben den Bug, und Wasser unterspülte den Bauch des Bootes. Keiner der Anwesenden konnte ernsthaft glauben, dass Siegfried mit der Nussschale auch nur die Küste erreichen würde, doch der Prinz hatte versichert, das Versprechen der Götter auf seiner Seite zu haben.

Er sah sich nicht mehr um, denn seine Zukunft lag stromabwärts. Wie von unsichtbarer Hand geführt, trieb das Boot dem Meer entgegen.

Xandria stand länger da als alle anderen, und schließlich war sie allein am Ufer mit ihrer Leibgarde. Sie gab sich selber Teil der Schuld. Hätte sie Siegfried einst abgewiesen, sich ihm nicht hingegeben – vielleicht wäre sein Drang in die Heimat Island stark genug gewesen, nicht auf diesen irrsinnigen Plan zu verfallen. Vielleicht hätte er dann in sich Frieden genug gefunden, die Dinge sein zu lassen, wie sie sein sollten.

Nun segelte er zum Ende der Welt, um sich und den Xantenern etwas zu beweisen.

Sie fand doch noch ein paar Tränen.

Die Nibelungen akzeptierten kein Recht, das nicht auf ihrer Seite war, keinen Befehl, der ihren Interessen zuwiderlief. Darum hatte Odin sie einst verstoßen, verdammt zu einem Leben in ewigen Schatten, körperlos und unvergänglich. Sie waren Gestalten von niederem Charakter, bösartige Wesen, denen das Leid anderer Freude bereitete, bewies es doch ihre Fähigkeit, trotz der Geistexistenz die Räder des Schicksals zu drehen.

Gewöhnlich genügte es, ein wenig Gier in die Herzen der Menschen zu streuen. Der Hunger nach Besitz zog meist Hass und Zwietracht, Neid und Intrige nach sich. Noch einfacher war es, wenn zwei den Anspruch auf den gleichen Besitz teilten. Dann wurde aus bösen Gedanken schnell böse Tat, und die Nibelungen kicherten und kreischten, wenn das Blut als Ernte der Hinterlist floss, die sie gesät hatten. Ihre Missetaten reichten bis weit in die Jahrhunderte zurück, als die Menschen noch keinen Stein auf den anderen setzten, und Nahrung war, was man in den Wäldern fand oder erlegte. Doch erst seit die Menschen in Gemeinschaft sich versammelten und Besitz aus wertlosem Metall die Gemüter erhitzte, war es eine große Freude, goldenen Tand als Lockruf der Niedertracht zu nutzen.

Siegmund von Xanten war dem Hjalmar gefallen, der in der Krone seine Bestimmung sah. Hagen hatte seinen eigenen König hintergangen, um den Tod Siegfrieds zu rechtfertigen. Brunhilde hatte verraten, was sie liebte, weil sie dem Schoße Kriemhilds die Kraft ihres Schmieds nicht gönnte. Kriemhild selbst, in Trauer blind, opferte gleich alle Reiche unter ihrer Herrschaft der Rache für Hagens Speer.

Es hatte den Nibelungen Freude bereitet und die Jahre flink vertrieben, die sie sonst knurrend und einsam im Wald verbrachten.

Doch nun fühlten sie sich übergangen.

Es war das Gesetz Odins, dass die Nibelungen dem

Menschen selbst kein Haar krümmen durften. Daher hatte ihnen der Drache Fafnir so gute Dienste geleistet, denn für ihn galt das Wort des Göttervaters nicht. Ihre Macht war die der Trugbilder, das Spiel mit Wünschen, Träumen und falschen Versprechungen.

Ebenso war jedoch unumstößlich, dass die Einflüsterungen der Nibelungen nur vom Menschen selbst gebrochen werden konnten. Es war am alten Siegfried gewesen, den Fluch zu brechen – und nach seinem Tode mühten sich daran Gernot und Elsa.

Doch Brunhilde hatte sich nicht daran gehalten!

Vom ersten Tage an hatte sie Siegfried, dessen Seele sie eigentlich nach Walhall holen sollte, beschützt. Eigenmächtig hatte sie sein Leben verlängert, an den Gabelungen seines Schicksals den rechten Weg ihm aufgezeigt.

Dabei hatte Odin Brunhilde zu Siegfrieds Walküre gemacht, weil er meinte, sich auf ihren Dienst besonders verlassen zu können. Schließlich stellte der Junge alles dar, was ihr das irdische Leben unerträglich gemacht hatte und für das sie sich am Ende in Gernots Schwert geworfen hatte. Er war das Zeichen der Liebe des ersten Siegfried zu Kriemhild, und als solches hätte es Brunhildes Ansinnen sein sollen, ihn schnell vom Angesicht der Erde zu holen.

Warum sie das nicht tat, war ihr Geheimnis.

Aber es unterlief die Bemühungen der Nibelungen, die weder den Raub ihres Goldes noch das Ende des Fluches hinnehmen wollten. Die Walküre hatte nicht das Recht, sich einzumischen, wenn die Nibelungen Leid und Verderben für das Blut Siegfrieds ersannen!

Und so hatten sie Odin geflüstert, was geschehen war.

Natürlich war der Göttervater nicht erfreut gewesen, in die gierigen Gesichter der Zwerge zu schauen, die er einst verbannt hatte. Nach Walhall ließ er sie nicht ein, und im stinkenden Morast Utgards trafen sie sich, wo die Titanen stampften und die Schreie der Verdammten jedes Ohr bluten ließen.

Von dem eindringlichen Getuschel ließ sich Odin kaum beeindrucken, doch hatte er sich ebenfalls gewundert, wieso der junge Siegfried noch nicht an der Seite seines Vaters in Walhall speiste. Sein Name stand schon lange im Buch der Toten. Die knochigen Finger der Geistwesen zeigten auf Brunhilde, schwärzten sie an, klagten über den Schild, den sie über den Prinzen hielt.

Odin widersprach. Hatte Brunhilde Siegfried nicht nach Ballova gelockt? War im Schmieden Nothungs nicht die Saat für weiteres Unglück? Nicht weniger als Verderben hatte Siegfried zu erwarten, wenn er das Schwert der Väter sich untertan machte. Die Walküre wusste das – und hatte den Prinzen doch nicht davon abgehalten.

Die Nibelungen hielten dagegen. Götterhand hatte Brunhilde dem Siegfried versprochen, um sichere Reise zu gewährleisten – ein Versprechen, das nicht einmal Odin brechen konnte. Und es war kaum zu erwarten, dass der alte Narr Wieland Siegfried nicht zur Hand ging. Am Ende – woran sollte Siegfried dann noch scheitern? Die Gegner hatte er – nicht zuletzt mit Brunhildes Hilfe – schon aus der Welt gebracht, und Xanten harrte begierig seiner Rückkehr.

Odin verstand, und zürnte schwer. Seine Blitze setzten ganze Landstriche in Brand, und seine schweren Stiefel trampelten wütend auf tausend Seelen. Von seinen eigenen Söhnen war er Ungehorsam gewohnt, von Loki wie von Thor. Doch seine Walküren hatten zu gehorchen, denn nicht mehr waren sie als sein Fußvolk auf der Erde.

Er dachte daran, Brunhilde zu bestrafen. Doch die Nibelungen argumentierten schlau – wenn die Walküre Siegfried so verehrte, dann war es für sie deutlich schmerzhafter, seinen Weg ins Verderben mit ansehen zu müssen. Schließlich konnte Odin Brunhilde nicht einmal mehr das Leben nehmen. Siegfried aber hatte so viel Glück, das zu zerschmettern eine Freude sein würde ...

Odin, seiner Walküre überdrüssig, lieh den Nibelungen gerade lange genug sein Ohr, um sich auf deren Plan einzulassen.

Siegfried würde Nothung schmieden.

Und er würde das Schwert brauchen.

Denn Glück würde es ihm nicht bringen. Es würde nur sein Leben retten, damit er sehen konnte, wie der Horizont seines Schicksals sich schwarz färbte und blutiger Regen fiel.

Niemand trotzte Odin.

Und die Werkzeuge der Bestrafung fand der Göttervater gleich am Ort, in Utgard.

Brunhilde hatte Wort gehalten – obwohl Siegfried das Ruder hielt und der Wind das Segel blähte, schien das Boot seinem eigenen Willen zu folgen und den Weg geradewegs nach Ballova zu suchen. Sanft glitt es im Wasser des Rheins nach Norden, und auch in den Nächten ließ es nicht ab, wenn der Prinz die Augen schloss und in Gedanken an sein Reich und seine Königin selig schlief.

Irgendwann gabelte sich der Fluss, dann wieder, dann erneut, wie die Äste eines Baumes. Flacher wurde der Rhein und sanfter sein Strom, bevor er ins Nordmeer mündete, wo die Flut Siegfried schon erwartete. Auf einer Düne sah er zu seiner Überraschung den Wolf, der sich die letzten Wochen rar gemacht hatte und der doch als Begleiter Siegfrieds ewiger Schatten war.

»He!«, rief Siegfried freundlich, während der Wolf ihm

regungslos hinterhersah. »Ich würde dich auf dieser Reise gerne an meiner Seite wissen, doch wie man sagt, meiden Wölfe das Wasser.«

Der Wolf heulte kurz und trollte sich dann.

Siegfried war zuversichtlich, die Insel des Schmieds zu finden und dort Nothung schmieden zu können. Schließlich war es sein Schicksal, und nicht einmal die Götter verweigerten sich den Nornen. Der Gedanke freute ihn, mit dem zusammengefügten Schwert das Erbe der Väter zu erringen.

Die Küste verlor sich bald in der Ferne, während das Boot wie von unsichtbarer Hand gezogen durch die Wellen pflügte. Siegfried konnte keine Richtung geben, denn niemand auf Erden wusste, wo Ballova war, und so lag sein Vertrauen in den Göttern, die ihn leiteten. Er vertrieb sich die Zeit damit, Früchte zu essen und in den Büchern zu lesen, die er von Nazreh und Thelonius erhalten hatte.

Manchmal sah er Inseln, und Punkte am Horizont kündeten von Schiffen, Händler meist, manchmal auch mutige Abenteurer auf der Suche nach fernen Gestaden. Einmal war Land in Sicht, das seltsam vertraut ihm vorkam und in dem er Island zu erkennen glaubte. Sein Herz wurde schwer, und es drängte ihn, dort haltzumachen, um die Arme um die Brust alter Freunde zu schlingen. Doch das Boot unter ihm ließ keinen Umweg zu und hielt unbeirrt Kurs. Siegfried tröstete sich mit dem Gedanken, dass er sich getäuscht haben mochte und Island in Wirklichkeit weit weg war.

Irgendwann blieb der Horizont dann leer, und auch kein einzelner Vogel mehr kreuzte den Himmel. So sehr Siegfried ins Wasser starrte, er sah keinen Fisch dort schwimmen. Er schloss daraus, dass der Rand der Erdenscheibe näher kam, der Ort, an den die Menschen sich nicht wagten, weil hier herrschte, was vor langer Zeit die Welt erschuf.

Manchmal war ein Rauschen in der Luft, wie ferner Donnerhall, doch stetig und dunkel. Siegfried konnte nur vermuten, dass es die Wasserfälle am Ende der Welt waren, und er hoffte innig, dass sein Boot wirklich wusste, wie der Weg zu finden war. Die Route nicht selber zu bestimmen, erschien ihm nun wie ein Ärgernis, eine Gefahr, der er sich niemals hätte aussetzen dürfen. War er nicht immer stolz gewesen, seine eigenen Entscheidungen zu treffen? Wer hatte ihm je vorgeschrieben, wohin er zu gehen hatte? Nun war er gefangen auf dem weiten Meer in einem kruden Gebilde aus Holz, den Mächten ausgeliefert, deren wahre Ziele er nicht kannte.

Es fiel ihm auf, dass Tag und Nacht verschwanden, ineinander überflossen. Am Morgen wurde es nur wenig hell, und zum Abend ließ das spärliche Licht kaum nach. Dies verstärkte sich über die Tage, bis kein Unterschied mehr auszumachen war und trübe Dämmerung regierte. Siegfried verlor das Gefühl für Zeit, und es waren sein Magen und die schwindenden Rationen, die ihm das vage Gefühl gaben, dass aus Reisetagen Wochen wurden. Er fragte sich, wie groß die Weltenscheibe sein musste, um ihn so weit zu tragen, ohne dass er von den Rändern fiel.

Was aber, wenn die Götter sein Schiff aus schierer Bosheit im Kreis führten? Er konnte treiben, bis sein Proviant verbraucht war, bis der Hunger ihn in den Wahnsinn trieb und schließlich der tote Leib auf dem feuchten Holz verfaulte.

Unsinn!

Er verscheuchte die düsteren Gedanken, die er den schlimmen Erinnerungen an seine Flucht aus Island zurechnete. Furchtbar war es gewesen, aber auch damals hatten die Götter ihn nicht im Stich gelassen.

Seine Beine wurden müde ob der langen Sitzerei, und immer wieder musste er sich strecken und die zwei Schritte vom Bug zum Heck und zurück gehen, damit die Muskeln nicht das Wissen darum verloren, was ihre Aufgabe war.

Irgendwann kam Nebel auf. Nicht die Sorte Nebel, die den Blick versperrt und in breiten Schwaden jeden fernen Punkt verschluckt, sondern der flache, teppichgleiche Nebel, der kaum eine Handbreit über dem Wasser stand und in dem Siegfried rühren konnte wie in einer warmen Suppe.

Es wurde auch kälter. Kälter als die Isländer Winter, kälter noch als ein Grab aus Schnee. So kalt, wie Siegfried sich den Tod vorstellte. Er zog die Beine an und schlang die Arme darum. Seinen Kopf steckte er zwischen die Knie, und alle Felle und Decken, die er bei sich hatte, warf er über seine zusammengekauerte Gestalt. So hatte es ihn Eolind gelehrt. Der Kälte durfte man keine Fläche geben, sonst sog sie einem hungrig das Leben aus dem Körper.

Siegfried versuchte, Brunhilde anzurufen, die Götter, den Geist seines Vaters. Es gab keine Antwort, und jedes in die Düsternis gerufene Wort sog eisige Luft in seine Lungen, und er ließ es bald wieder sein.

Er dämmerte nun vor sich hin, mit dem Gedanken an Xandria als einzige kleine Flamme. Vom Schlaf zum Wachzustand ging es fließend, als müsse er die Tagundnachtgleiche imitieren. Manchmal schreckte er hoch, was kaum noch einem müden Kopfheben entsprach, und wusste dann nicht mehr, wie lange er gedöst oder was ihn geweckt hatte.

Irgendwann knirschte es, als stöhnte einer der Titanen, und das taube Fleisch von Siegfrieds Körper ruckte hin und her. Er zwang seine Augen auf, spähte durch den Schlitz, den er in seinen schützenden Fellen gelassen hatte.

Da war ... Dunkel vor dem Boot. Er konnte es nicht genauer beschreiben, es war nur einfach nicht die hellgraue Trübnis, die er in den letzten Tagen – Wochen? – gesehen hatte.

Er schälte sich aus dem wärmenden Haufen und stellte fest, dass die Kälte nachgelassen hatte. Zwar fror ein eisiger Wind immer noch die Härchen auf seinem Arm, doch war kein Frost mehr darauf aus, ihn sich zu holen.

Bei dem Versuch, sich aufzurichten, fiel Siegfried zweimal hin. Seine Beine schmerzten, und seine Knie kämpften gegen jeden Versuch, sich gerade hinzustellen.

Irgendwann stand er wankend da und rieb sich das Eis aus dem Gesicht, um besser sehen zu können.

Land.

Das Boot war auf Land gelaufen.

Kein Gras, keine Erde, kein Sand. Nur Fels. Grauer, unwirtlicher Fels, dem Boden an den Küsten Islands nicht unähnlich.

Siegfried packte Nothung in seinem Lederbeutel und ging von Bord.

Das feste Land unter den Füßen fühlte sich gut an, stark und vertrauenswürdig.

Es gab keine Frage, wo er war.

»Ballova«, flüsterte Siegfried.

Brunhilde hatte Wort gehalten.

Kaum Königin geworden, fand Xandria es schon beschwerlich, die Aufgaben des Tages zu erledigen. Nicht, weil es ihr an geistiger Regung oder ausreichender Zeit mangelte – sie vermisste Siegfried nur so sehr, dass kaum ein anderer Gedanke in ihrem Kopf Platz fand. Dabei war es in diesen Tagen doppelt dringlich, das Reich besonnen zu verwalten – die Freude über das Ende des Krieges war abgeklungen, und die aus den Kellern der Burg gekarrten Gaben waren vom hungrigen Volk aufgebraucht. Bei den Xanternern kehrte nun der Alltag ein – und der Alltag war noch immer geprägt von Armut und Krankheit. Zwar hatten etliche Söldner das Angebot angenommen, sich niederzulassen, aber die Höfe, die ihnen gegeben wurden, waren in schlechtem Zustand, und für die Herbsternte hatten sie die Aussaat versäumt. Damit war jetzt schon sicher, dass ein weiterer harter Winter auf das Land zukam und kein noch so schöner Sommer darüber hinwegtäuschen konnte.

Es hatte auch Zwietracht gegeben zwischen Söldnern und Alteingesessenen. Mancherorts stritten sich drei Männer um einen Hof, und die Verwalter der Regionen kamen kaum nach, die Händel zu schlichten. Viele der Dispute kamen vor die Königin, die feststellen musste, dass manchmal zwei Menschen gleiches Recht hatten und ihr Urteil nicht anders konnte, als dem einen Unrecht tun. Es schmerzte, war Xandria doch in der festen Überzeugung aufgewachsen, dass Gut und Böse trennbar waren und die Festlegung für jeden offensichtlich, der reinen Glaubens war.

Die Nächte waren noch schlimmer. Ihr Körper hatte sich an die Wärme Siegfrieds gewöhnt, an seine starke Hand in ihrer, wenn sie einschlief. Sie fand sich aus tiefem Schlummer hochschreckend, nach ihm tastend, den Namen des Geliebten auf den Lippen. Dann zog sie die Decken über die kalten Schultern, weinte in ihr Kissen und hoffte auf den Sonnenaufgang.

Niemand konnte ihr sagen, wie lang die Reise Siegfrieds an den Ort, den niemand kannte, dauern würde.

Er hatte ihr nur vage Andeutungen gemacht, von seinem Erbe, wieder einmal. Trunken vor Freude hatte er ihr vom Ende aller Sorgen erzählt, wenn es ihm nur gelänge, einen legendären Schmied zu finden. Es beunruhigte Xandria, dass Siegfried sich auf die alten Götter berief. Das war Ketzerei, so hatte sie es von ihrem Vater gelernt, und führte zu nichts als dem Untergang. Sie war überzeugt gewesen, Siegfried zur Hochzeit überreden zu können, in den christlichen Glauben zu treten. Nach dem, was sie wusste, war schon Gernot getauft worden, ebenso wie das Haus von Burgund, also auch seine wahre Mutter Kriemhild.

Dem Ruf der nordischen Asen zu folgen hieß, sich vom Teufel in die Hölle locken zu lassen!

Wie zur Bestätigung häuften sich bei Hof die schlechten Omen – eine Kuh brachte ein totes Kalb mit zwei Köpfen zur Welt, und an drei heiligen Sonntagen aufeinander regnete es. Der Blitz schlug in die Kirche von Xanten ein.

Xandria betete jeden Morgen, jeden Abend. Und jeder ihrer Träume war ein Gebet.

So gingen die Wochen ins Land, und der Druck auf den Thron nahm zu – Theudebald bat um ein Treffen, weil der Erbkrieg der Sachsen an seinen Grenzen zu Scharmützeln führte, die Xanten schlichten sollte. Und wenn der mächtige Theudebald um etwas bat, war es für jeden anderen Befehl. Der Familienzwist der Sachsenstämme führte außerdem dazu, dass Yor dringlich um Vermählung nachsuchte, um seine Position zu stärken. Er hatte zwar gehört, dass sich Xandria dem Eroberer Siegfried verpflichtet hatte, aber er ging davon aus, dass der Frieden in der Region Preis genug war, die Meinung der Königin zu ändern. Rom hingegen hoffte auf verstärkten Handel, nachdem man den Machtwechsel in Xanten von Burgund aus nach Kräften unterstützt hatte.

Ohne Siegfried fühlte sich Xandria überfordert, und die Reiche, die an Xanten zogen, fanden sie zögerlich und hinhaltend.

Aus dem Frühling wurde ein Sommer, als Alban das erste Mal die Frage stellte, die Xandria sich selbst seit Wochen verweigert hatte. »Was tun wir, wenn Siegfried nicht mehr wiederkehrt?«

Ballova war eine Insel, wie Siegfried noch keine gesehen hatte. Aus Fels wie Island, aber von einem helleren Grau in der Farbe, flach, gänzlich ohne Erhebungen, und selbst an der Wasserlinie leicht gerundet wie nach Plan. Es wuchs nichts, und kein Tier schrie in die ewige Dämmerung. Bewegte man sich kaum drei Schritte vom Wasser weg, verstummten die Geräusche des Meeres, und es war, als habe man sich die Ohren verstopft. Sogar die eigene Stimme wurde dumpf und tonlos.

Siegfried fand, dass er sich weniger auf einer Insel befand und mehr auf einer riesigen runden Steinplatte, die jemand ins Meer gelegt hatte. Wenn er die Rundung des Ufers schätzte, dann mochte die Platte zwei Tagesmärsche von einer Seite zur anderen fordern und bestimmt das Dreifache, wenn man sich am Wasser hielt.

Der Prinz entschied, den Weg zur Mitte zu suchen, denn dort war der wahrscheinlichste Platz für jeden, der sich hier niedergelassen hatte. Obwohl Hunger und Durst über die letzten Tage seinen Körper geschwächt hatten, war er zuversichtlich, und sein Schritt war fest. Die Götter hatten ihn kaum hergeschickt, damit er kläglich auf dem Fels verreckte. Dann hätte ihn schon vorher das Meer holen können.

Etwas schimmerte in der Düsternis am Rande der Welt. Es war von weißer Flamme wie helle Glut, dann wieder rötlich wie glimmendes Holz. Es tanzte weit entfernt, und wenn es besonders stark auffauchte, dann züngelte es fast bis zum Himmel. Doch erst, als Siegfried leise, dann immer lauter die Schläge eines Hammers auf Eisen hörte, war er sicher, am rechten Ort zu sein.

Die Schmiede Wielands!

Er fand die Kraft zu laufen, und bald dröhnte Metall auf Metall in seinen Ohren, dass er fürchtete, sie würden zu bluten beginnen. Die Wärme der Esse hauchte ihm schon aus der Ferne entgegen, und immer wieder wehte es durch seine Haare von einem Blasebalg, der groß wie drei Mann sein musste.

Natürlich hatte Siegfried in seiner Jugend viele Schmieden Islands besucht, und er kannte das Handwerk, auch wenn er es nicht beherrschte. Aber hier war eine Werkstatt, die keiner anderen glich.

Kein Haus, keine Hütte, keine Unterkunft. Das Schmiedefeuer nicht mit Kohle angeheizt, sondern aus glühendem Stein, der aus der Erde direkt in eine Felswanne brodelte. Der Amboss ein Stück Eisen, groß wie ein Langtisch, und zur Kühlung glühender Klinge eine Wasserader, die wie mit einem Messer gezogen die Insel kaum einen Fußbreit durchschnitt. Der Blasebalg so groß, dass man die obere Kelle an einer Kette zu sich ziehen musste. Der hellgraue Felsboden trug im Umkreis der Esse schwarze Flecken wie ein Tier sein Muster.

Und überall Waffen. Wie Buschwerk lagen sie herum, in Haufen, manchmal sauber gestapelt, dann wieder verkeilt, als könnten sie nie wieder entwirrt werden. Speere, Schwerter, Streitäxte, Hämmer, Schilde, Brustpanzer, Helme. Ausrüstung von Heerscharen, die kein irdisches Auge je geblickt hatte. Viele waren fleißig begonnen, aber nie beendet worden – Dolche ohne Griff,

Klingen ohne Schärfe, verzogene Visiere, gebrochenes oder geborstenes Metall. Was nicht dem Anspruch der Götter entsprach, war hier achtlos auf den Stein geschleudert worden.

Siegfried meinte auch, irgendwo das monotone Schnattern einiger Gänse zu hören, doch mochte er sich vertun in einer Welt, die seine Sinne vielfach narrte.

Und da war der Mann, in dem Siegfried den Schmied erkennen musste, zu dem er in die Lehre gehen sollte. Er sah ihn erst nur von hinten, wie er wütend mit dem Hammer auf glühendes Eisen eindrosch. Groß von Gestalt, größer als alle Krieger, die der Prinz je gesehen hatte. Er selbst mochte diesem Hünen allenfalls bis zur Brust reichen. Das Kreuz so breit wie mancher Mann groß war, und mit Muskeln bepackt, die unter ölig-schmutziger Narbenhaut pumpten wie ein Meer im Sturm. Haare, schwarz und wild, nur mühsam von einem Lederband gehalten, und jeder Schlag des Arms von einem Schrei begleitet, der das Metall vermutlich stärker bändigte als die schiere Kraft.

Für einen Moment beobachtete Siegfried die mächtige Gestalt des Schmieds, wie sie am Amboss auf eine Glut fauchende Klinge eindrosch. Doch bevor er sich ein Herz fassen konnte, hielt der Helfer der Götter inne, und sein Atem ging selber wie ein Blasebalg. »Man hat dich angekündigt.«

Er drehte sich um. Das Gesicht bestand aus wenig mehr als dunklen Augen und Bartwuchs, in dem der Schweiß glitzerte. Keine Lederschürze schützte die behaarte Brust vor den Funken, und manche alte Wunde zeugte vom Streit mit denen, die seine Dienste in Anspruch nahmen.

»Wieland«, sagte Siegfried, und er war so unsicher, dass es wie eine Frage klang.

»Man ruft mich bei vielen Namen«, sagte der Schmied. »Wieland, Wiolant, Velant – vom Anfang der Zeit her auch Völundr. Nur meine Arbeit ist geblieben.«

»Meine Name ist ... ich bin ...«, stotterte Siegfried, der noch nie bei wachem Geist in der Gegenwart eines Wesens aus dem Umfeld der Götter gestanden hatte.

»Siegfried«, vollendete Wieland. »Dein Kommen war mir vom Wind angekündigt.«

Der Hüne beugte sich vor, und das alte Leder seiner Hose knirschte vernehmlich. Er schnupperte an seinem Besucher. »Du riechst wie ein Mensch. Euch hängt schon der Geruch von Fäulnis an, auch wenn euer Herz noch schlägt.«

»Ich bin hier, um mein Schwert zu schmieden«, sagte Siegfried im Versuch, sich nicht einschüchtern zu lassen. Er hielt das Leder mit dem darin eingeschlagenen Nothung vor sich.

Wieland nahm die Waffe, und die beiden Teile sahen in seinen Händen aus wie Spielzeug. »Eine gute Klinge, wenn sie nicht gerade entzwei ist«, knurrte der Schmied. »Doch wie es scheint, ist Nothung seinen Besitzern nicht sehr treu.«

»Du kennst das Schwert meiner Väter?«, fragte Siegfried verblüfft.

Wieland lachte, und der Felsboden schien darüber zu erzittern. »Kennen? Tumber Schlachtenhansel, unter meinem Hammer ist es einst entstanden!«

Odin war nicht wütend gewesen, zumindest nicht offen. In den zwölf Palästen von Walhall hatte er Brunhilde empfangen und von ihr Rede und Antwort verlangt, was Siegfried und sein Reich anging. Im ewig rauschenden Fest der Götterburg drängte sich die Walküre zum Thron des

Gottvaters vor, an Einflüsterern und geilen Leibern vorbei, bis sie vor ihrem Herrn und Schöpfer stand.

Den Walküren stand es nicht zu, Odin anzulügen, und Brunhilde musste, ob ihre Seele wollte oder nicht, die Wahrheit sprechen. So erzählte sie Siegfrieds Verlegenheit, von seinem unbändigen Wunsch, im Namen seiner Väter König von Xanten zu werden. Und sie versicherte, den jungen Krieger nur zu Wieland geschickt zu haben, um in der Fertigung Nothungs dem Schicksal neue Nahrung zu geben.

Zur Ehre Odins.

Odin war nicht wütend gewesen. Im Gegenteil, er lachte, und jeder, der in Reichweite saß, stieß mit ihm auf Siegfried an, den jungen Recken, der seinem Blutruf folgte, egal wohin dieser ihn führte. Und Brunhilde wurde das Gefühl nicht los, dass der Göttervater davon schon gewusst hatte und dass ihr Bericht mehr Prüfung als Neuigkeit für ihn war.

Aber wenn Odin bereits wusste, warum Siegfried sich Nothung untertan machen wollte – wie konnte er dann freudig darauf hoffen, dessen Seele bald an seiner Seite zu wissen? Er hätte Wieland leicht anweisen können, den Wunsch des eifrigen Eroberers abzulehnen, ihn gar mit einem Schlag des Schmiedehammers zu zertrümmern. Doch der Ase winkte ab, lachte und trank seinen Met mit großer Zufriedenheit. »Soll er doch das Schwert der Väter schmieden. Wird er sehen, was es ihm bringt.«

In der scheinbar leichtfertigen Bemerkung lag eine finstere Drohung, denn Odin *wusste*, was Nothung brachte. In seinem Auftrag war es einst entstanden, und das Schicksal, das das Schwert herbeibeschwor, es hatte seinen Ursprung ganz allein in Odins Willen.

»Wie ist der Weg Siegfrieds zurück in die Welt?«, wollte Brunhilde wissen.

»Friedlich, wie du es ihm versprochen hast«, gab Odin zur Antwort. »Mit großem Stolz darf er Nothung führen, und Xanten soll ihn gern als König grüßen.«

»Aber das Ende allen Unglücks ist damit noch nicht gekommen«, vermutete Brunhilde, und ihr Herz wurde schwer.

Odin lachte wieder. »Siegfried bekommt alles, was er will – und verliert alles, was er hat.«

»Dann wird es niemals aufhören«, sagte die Walküre nun lauter, als es ihrem Stand entsprach. »Das Rad dreht sich weiter, immer weiter.«

Der Göttervater wurde ernst, und in seinem Ernst lag berechnende Grausamkeit. »Es ist keine Laune meinerseits, Brunhilde. Dein Siegfried hat gewählt zwischen dem, was ist, und dem, was sein kann. Ich achte nur darauf, dass er den angemessenen Preis zahlt. Und erinnere mich nicht daran, dass darin *deine* Aufgabe gelegen hätte.«

Odin war nicht wütend. Und das war ein schlimmes Zeichen.

Seit Siegfried den Fuß auf den Felsen Ballova gesetzt hatte, waren Müdigkeit und Hunger abgeklungen wie lästige Erinnerungen. Damit verschwand das letzte Gefühl für die Zeit, die hier nicht zu vergehen schien.

Wieland zeigte sich als guter Lehrer, auch wenn sein grober Körper oft die Schwäche des Menschen Siegfried unterschätzte. Der übergroße Hammer brach dem Prinzen glatt das Handgelenk, als er zum ersten Mal damit auf den Amboss schlug, und so mancher Spanfunken brannte heiß genug, um einen Schrei aus Siegfrieds Kehle zu locken. Das Schmiedefeuer, aus einem Vulkan unter der Insel gespeist, war zu heiß, und der erste Versuch, flüssiges Metall dort abzuzapfen, sengte Siegfried jedes Haar vom Körper, und keine Braue hielt nun mehr den Schweiß auf, der von seiner Stirn floss.

Weil kein Schlaf und kein Essen mehr Pausen erzwangen, hielten Siegfried und Wieland an der Esse nur inne, wenn die Eintönigkeit der Arbeit sie drängte, davon abzulassen.

»Wieso das Schwert Nothung für meine Väter?«, fragte Siegfried dann.

Wieland, der nicht geübt war, viel zu reden, kratzte sich am mächtigen Kopf. »Odin versprach dem tapferen Blut eine Belohnung. Doch das Gleichgewicht verlangt für jedes Licht einen Schatten.«

»Und dann bekamst du den göttlichen Auftrag?«

Wieland lächelte, und er war darin ebenso wenig geübt wie im Sprechen, und es ähnelte dem Ausdruck eines schweren Schmerzes. »In Idafeld, nahe bei Walhall, schwang ich damals noch den Hammer. Mein Vater Wade aus dem Meere, er wäre stolz auf meine Arbeit gewesen.«

»Was geschah mit Idafeld?«

Der Schmied hob seufzend die breiten Schultern, und ein Schatten fiel über Siegfried. »Die Liebe traf mein dummes Herz. Eine Schwanenjungfrau war's, ausgerechnet. Doch Odin wählte sie zur Walküre, und als ich in Wut ihm eine neue Lanze verweigerte, verbannte er mich hierher. Wenn Ragnarök kommt, das Ende der Welt, solle es mich mitreißen, sagte er.«

Es fiel Siegfried auf, wie hart und ungerecht die Götter oft mit anderen umsprangen, und wie wenig Herz ausgerechnet jene hatten, die alle anderen Herzen erschufen.

Bald standen sie wieder an der Esse, dann am Amboss, und wenn Wieland den Blasebalg zusammenzog, musste Siegfried sich ducken, damit der Wind ihn nicht von den

Beinen riss. Doch er lernte rasch und fleißig, und so manches Mal, wenn Wieland seine Arbeit mit dem Hammer lobte, war der Prinz selber unzufrieden und schmolz das Metall erneut, um abermals zu beginnen.

Klinge um Klinge faltete Siegfried heiß auf dem Amboss, kühlte sie und drosch dann wieder darauf ein, dass sie weißglühend sich ihm unterwarf. Doch Nothung ließ er unbehauen, in sicherer Entfernung. Mit nicht weniger als der Hand eines Meisters wollte er ans Schwert seiner Väter gehen. Er hatte nicht die Zeit des vorigen Siegfried, der seine gesamte Jugend der Kunst mit Hammer und Zange gewidmet hatte, doch dafür war sein Lehrmeister ein Kind der Götter und trotz seiner Gestalt weise und geduldig. So lernte Siegfried, welche Brösel dem Metall beizugeben waren, um es härter und leichter zu machen, was die Glutfarbe war, bei der es sich am besten formen ließ, und wann eine Klinge zu schmal war, um ihre Länge zu halten.

Bald gelangen Siegfried Klingen, die manchem König gut gestanden hätten, glatt und glänzend, scharf und von einem Gleichgewicht, dass sie zu führen eine Freude war. Wenn er nicht schmiedete, übte sich Siegfried im Kampf, mit niemandem als sich selbst zum Gegner.

Irgendwann, nach langer Zeit am Amboss, fand er Wielands Pranke auf seiner Schulter. »So angenehm die Gesellschaft ist – was Siegfried lernen kann, hat er gelernt. Das Schwert Nothung ist nun an der Reihe.«

Siegfried strich sich über die Stirn. »Wenn meine Gegenwart dir kaum zur Last fällt, wie kommt es dann, dass du keinen Lehrling hast?«

»Den hatte ich einst. Er zog dann unter die Menschen. Was aus ihm wurde, weiß ich nicht.«

Es war das erste Mal, dass Siegfried das Gefühl hatte,

dass Wieland nicht aufrichtig war. Aber das war sein Recht, und nun standen wichtigere Dinge an.

Ein Schicksal galt es zu schmieden!

Der Frühling war in Arbeit schnell vergangen, der Sommer hatte ihre helle Haut gewärmt, und als der Herbst die Blätter bräunte, gestattete sich Xandria zum ersten Mal, den Gedanken Albans selber zu denken. *Was, wenn Siegfried nicht wiederkommt?*

Große Trauer hatte sie übermannt, und kein freundliches Wort aus ihrem Kreis hatte das Herz ihr leichter machen können. Sie hatte Posten an allen Ecken des Reiches aufstellen lassen, um nach ihm auszuschauen, und Kundschafter zogen durch alle Lande, mit dem Versprechen auf Belohnung für die Entdeckung des Isländer Prinzen.

Die Königin hatte einen Herold nach Island gesandt, den dortigen Statthalter Eolind die Lage wissen lassen und beide Länder in Freundschaft verbunden. Doch was nutzte es, wenn ein Bettler die leere Börse mit einem anderen Bettler teilte? Um sie herum wurde die Lage heikler, und die Reiche, denen weder die Männer noch die Waffen zum Krieg fehlten, zogen ihre Heere zusammen und rasselten an den Grenzen von Franken und Sachsen mit Schild und Schwert. Xanten, dazwischengelegen wie eine Insel im Sturm, würde nur noch Durchmarschgebiet für Theudebalds Truppen sein, wenn nichts Wundersames geschah. Und vom Durchmarschgebiet zur Provinz Frankens war es dann ein kleiner Schritt.

Was für ein Hohn! Selbst wenn Siegfried zurückkehrte, würde er kein Reich mehr finden, das er erobern konnte!

Jeden Abend saß Xandria in ihrem Gemach, bürstete das Haar, bis es glänzte, rieb sich rosenduftende Paste auf die

Brust und trug ein Nachtkleid von reizender Schönheit, bevor sie in die kühlen Laken stieg. So wie sie jeden Abend auf Siegfrieds Rückkehr hoffte, so wollte sie jeden Abend dafür bereit sein, ihn in Liebe zu empfangen.

Und eines Abends hörte sie ein Geräusch, spürte sie eine Gegenwart in ihrem Zimmer, und horchte in die Dunkelheit, wo leises Leder knarzte.

»Siegfried?«

Sie hauchte seinen Namen nur.

Das Mondlicht warf nur einen einzigen Strahl durch das Fenster, und darin fand sich die Gestalt, die Xandria kannte, doch die sie nicht erwartet hatte.

Es war die Walküre, die ihr einst den Prinzen versprochen hatte!

Nicht mit Feuer kam sie diesmal, ohne großes Drama war ihr Auftritt, als wolle sie sich heimlich anschleichen, als sei zu großes Aufsehen von Gefahr.

»Erst Waise, dann Königin«, sagte die Walküre leise, und in ihrer Stimme klang etwas Unterwartetes – Bedauern?

»Was ist mit Siegfried?«, flüsterte Xandria, zu keinem anderen Gedanken fähig.

»Es kam, wie ich es prophezeite – und doch so anders, als ich hoffte«, sprach die Kriegerin, als habe sie die junge Königin nicht gehört.

»Was ist mit Siegfried?«, wiederholte Xandria, und ihr Herz konnte sich nicht entscheiden, ob es doppelt schnell schlagen oder den Dienst ganz versagen sollte.

»Um Siegfried braucht Ihr Euch nicht zu sorgen«, kam die Antwort, doch im Ton lag keine Beruhigung.

Ein Schluchzen, aus Glück wie Erleichterung geboren, schüttelte Xandria. »Zu wissen, dass er lebt, ist genug freudige Botschaft.«

Die Walküre trat einen Schritt näher, und alle Kraft, die

sie einst ausgestrahlt hatte, schien den starken Körper verlassen zu haben. »Es tut mir leid, Königin Xandria.«

»Was tut euch leid, Walküre?«, fragte Xandria. »Sagtet Ihr nicht gerade, Siegfried ginge es gut? Was darüber hinaus könnte mich sorgen?«

Odins Kriegerin strich der Königin fast liebevoll über die Wange. »Den Preis für Siegfrieds Trotz – zahlt Ihr.«

Xandria wollte die Hand an ihrem Gesicht halten, um der Walküre zu versichern, dass sie für ihren Geliebten jeden Schmerz zu erdulden bereit war, aber sie griff ins Leere, denn sie war bereits wieder allein.

Und es war in der Mitte dieser Nacht, dass die Horde Utgards kam, um Xanten zu strafen und Xandria zu holen …

Es lag Schmerz darin, dem Schwert Nothung einen fremden Willen aufzwingen zu wollen. Jedes Mal, wenn Siegfried den Hammer auf die glühenden Bruchstellen schlug, spaltete die Wut der Waffe die Haut seiner Hand, fraß sie sich gierig in seinen Arm und riss an seiner Schulter. Es war, als wollte man einem Bären ein Stück Fleisch aus dem Maul zerren, ohne dass er mit kräftigen Kiefern zubiss.

Nothung wollte sich nicht unterwerfen – es musste unterworfen werden.

Wieland stand daneben und sah, wie Siegfried sich mühte. Er bewunderte den Starrsinn des Schwertes ebenso wie die Entschlossenheit seines Lehrlings, es zu brechen, bevor er es wieder zusammenschmiedete.

Dutzende, hunderte Male scheiterte der Prinz von Island an der Aufgabe. Die Bruchstelle der Klinge kühlte zu schnell ab, statt der Vereinigung brachen immer mehr Metallstücke heraus. Manchmal schien es, als schoben sich die Hälften auf dem Amboss auseinander, gerade bevor Siegfried sie mit dem Hammer einen wollte.

Hätte er Tage zu zählen gehabt, Siegfried wäre schier verzweifelt. Doch auf der Felsenplatte Ballova war alles gleich, und ein Versuch war so gegenwärtig wie der nächste.

Mit einem Mal verkündete Wieland: »So geht es nicht.«

Siegfried unterbrach die Arbeit und sah den Lehrmeister an, wofür er den Kopf weit in den Nacken legen musste. »Was meinst du?«

Wieland besah sich die Teile Nothungs. »Das Schwert zusammenzufügen ergäbe nicht mehr als ein vormals gebrochenes Schwert. Die jungfräuliche Klinge allein wird dein Freund sein.«

»Was heißt das?«

»Es braucht eine neue Klinge für Nothung, geschmiedet aus dem Metall der alten, die dafür eingeschmolzen wird.«

Siegfried dachte kurz darüber nach, nickte schließlich und warf die Klinge in den Tiegel. »Ein Neuanfang. Das klingt recht in meinen Ohren.«

Der Hüne lächelte wieder krumm. »Dann wird es auch Zeit für die Gänse.«

Wie sich herausstellte, hielt der Schmied der Götter, irgendwo außer Sichtweite, in der Tat einen Käfig mit Gänsen bereit, die aufgeregt schnatterten, als er ihn herbeischleifte.

»Was braucht es das Federvieh?«, wollte Siegfried wissen. »Hunger habe ich keinen.«

»Die Tiere essen wäre Verschwendung. Eines der großen Geheimnisse der Schmiedekunst ist das«, verriet Wieland. »Wenn dein Schwert härter sein soll als das Metall, aus dem es geschmiedet wird, dann lass die Gänse erst die Späne fressen.«

»Wieso?«, fragte Siegfried. »Wie ich es sehe, scheißen sie es aus, wie es oben hereingekommen ist.«

Wieland schüttelte den Kopf. »Und da liegt der Irrtum, guter Siegfried. In den Gedärmen der dummen Viecher braut sich mehr zusammen als bei den Alchemisten. Trennst du das Metall hinterher wieder aus ihren Knütteln, wird es härter sein und geschmeidiger, als du dir wünschen kannst.«

Siegfried hatte keinen Grund, an den Worten Wielands zu zweifeln, so seltsam sie auch waren, und neugierig besah er sich die Gänse im Käfig. Als er nach ihnen tastete, bissen sie kräftig zu.

So feilten sie Nothungs Metall herunter zu Spänen, verfütterten sie zwischen Weizen und Hafer dem Federvieh und warteten die Stunden, bis die Vögel hergaben, was sie nicht mehr brauchen konnten. Es stank scheußlich, aber die Glut des Schmiedefeuers brannte den Kot der Tiere rasch hinfort und ließ nur das Eisen zurück, das nun seltsam blass glänzte, als sei es schon ungeschmiedet poliert.

Siegfried goss das Eisen neu geschmolzen in die Form und hob den Hammer, um Nothung neu zu schmieden. Es dauerte gut zehnmal so lange wie jede Klinge, die er davor von seinem Amboss gelassen hatte. Die Funken sprühten in den Himmel, und schrill schrie das Metall, als gelte es, sich der Formung zu widersetzen.

»Gut so, mein Freund«, lobte Wieland. »Nicht nachlassen. Nothung wird immer unter Schmerzen geboren.«

Irgendwann fühlte Siegfried die Muskeln in den Armen nicht mehr, der Kopf dröhnte vom Lärm, und die Augen sahen nur noch Schlieren aus Glut und Tränen. Der Schmied Wieland musste ihn von hinten packen und vom Amboss wegziehen, als die Arbeit getan war.

»So, gut ist's«, sagte er, und eher widerwillig ließ Siegfried den Hammer fallen und warf die Zange beiseite.

»Nothung …«, keuchte er.

»… hast du dir vor hundert Schlägen schon untertan gemacht«, vollendete Wieland. Er nahm die noch glühend heiße Klinge und steckte sie in den kleinen Bach, der neben der Esse lief. Es zischte, und eine Dampffontäne spritzte auf wie bei den Geysiren, die Siegfried von Island kannte. Es war das erste Mal seit Ewigkeiten, dass er wieder an etwas anderes dachte als an seine Aufgabe.

Xandria.

Er hatte nicht einmal mehr an Xandria gedacht.

»Und nun der Test der Väter«, unterbrach Wieland seinen Gedanken. Der Hüne zog sich ein dickes schwarzes Haar vom Kopf und warf es ins Wasser, wo es träge davonzuschwimmen begann.

Der Schmied steckte die Spitze Nothungs in den Bach, direkt in den Weg des Haares. Der Strom trieb es nicht um die Klinge, sondern direkt darauf hinzu.

Und die Klinge teilte das Haar der Länge nach.

»*Ha!*«, schrie Wieland begeistert und warf dem immer noch benommenen Siegfried sein Schwert zu. »Gutes Handwerk zahlt sich eben immer noch aus!«

Der Prinz fing das Schwert und wog es in den Händen. Es fühlte sich gut an, warm und versichernd. Die Balance war so perfekt, dass Siegfrieds Arm förmlich nach vorne gezogen wurde, während Nothung in der Luft tänzelte. Es gab ihm das Gefühl von Kraft, Gerechtigkeit.

Und Macht.

»Nun habe ich, was nötig ist, um mir das Erbe meiner Väter zu sichern«, sagte Siegfried, und sein Blick hing an dem Schwert wie vormals am Körper seiner Königin. Er streckte es zum Himmel empor.

»Nothung wartet so wenig wie dein Schicksal«, sagte Wieland. »Doch denk daran – nicht immer lässt die Entscheidung sich zwingen. Dem Unvermeidlichen sich hinzugeben, darin liegt Weisheit.«

Siegfried sah ihn an. »Selbstlos hast du mir geholfen, wo ich keinen Weg mehr sah. Was mehr als meinen Dank kann ich dir bieten?«

Der Hüne winkte bescheiden ab. »Es war eine Lust, eine so stolze Waffe auf dem Amboss entstehen zu sehen. Die Götter wissen solche Kunst schon lange nicht mehr zu schätzen. Wenn dereinst deine Söhne Nothung erneut schmieden müssen, schicke sie zum alten Wieland. So Ragnarök uns Zeit lässt, will ich sie in die Lehre nehmen.«

Siegfried reichte ihm die Hand. »Wenn es nach meinem Willen geht, wird das Schwert nie mehr entzweigehen.«

Es gab nichts mehr zu sagen, und der neu entflammte Gedanke an Xandria trieb ihn an, darum machte Siegfried sich auf den Weg zurück zum Wasser, wo sein Boot hoffentlich noch auf ihn wartete.

Wieland sah ihm noch lange nach, plötzlich betrübt von der Erkenntnis der Jahrtausende. »Das Schwert geht immer entzwei. Es ist der Lauf der Dinge.«

Er hörte eine säuselnde Stimme, die still gewesen war, seit Siegfried seinen Fuß auf Ballova gesetzt hatte. Eine Stimme, die all das schon erlebt hatte.

»Ach, Regin«, murmelte Wieland. »Was hätte ich denn tun sollen? Mich Siegfried verweigern? Sein Vater hat sich deinem Verbot auch nicht gebeugt.«

Er hörte noch ein wenig auf die Stimme und nickte. »Natürlich wird es böse enden. Tut es das nicht immer?«

Sie kamen aus der Zwischenwelt, die auf Odins Befehl keine Tore brauchte und keine Grenzen kannte. Den Weltenbaum Yggdrasil kletterten sie von den Wurzeln empor, krochen durch das Erdreich, fanden den Weg zwischen Mauerritzen und Bodenplatten. Ihre schwarzen nackten Körper, kaum größer als die von Kindern, spuckten den Odem Utgards aus faulen Mündern durch gelbe Zähne, und ihre zu Klauen gewachsenen Hände überwanden jede Palisade, jede Festung. Sie sprachen nicht, denn das Wenige, das sie wollten, kannten sie alle. Und Waffen hatten sie keine, denn in ihrer Masse waren sie Waffe genug.

Eintausend der lichtscheuen Kreaturen hätten gereicht, den Hof von Xanten zu überrennen, zweitausend hätten jede Hoffnung auf Widerstand im Keim erstickt – und doch schickte Odin fünftausend, weil es ihm gefiel, die Horde im Reich der Menschen wimmeln zu sehen, wie sie das hochmütige Geschlecht umhertrieb, links und rechts beißend, Fleischstücke aus den Körpern reißend. Frauen, Männer, Kinder, Kühe, Pferde – was immer lebend sich fand, wurde mit Genuss gejagt, bis es den letzten Atem tat.

Die Horden hatten keinen Zweck, nicht einmal in Utgard. Sie waren das, was zwischen den Dingen lebte, ein Rest der dunklen Zeiten, mehr geduldet als gebraucht. Nicht einmal Odin vermochte zu sagen, ob die Unterwelt ein paar Stämme oder Heerscharen aus Millionen der kratzigen Gnome beherbergte. Wertloses Leben, vielleicht nicht einmal Leben.

Der Befehl, von Utgard nach Midgard zu gehen und das Reich Xanten zu vernichten, hatte der Horde, die kaum zu eigenem Denken fähig war, Gefühle großer Lust bereitet. Er versprach Fleisch und kreischende Leiber, Angst, in der man sich suhlen konnte. Hatte in der Unterwelt kaum noch jemand Furcht beim Anblick der garstigen Geschöpfe, so fanden sie Panik, als sie den Menschen in die Fersen bissen und das Blut aus den Adern tranken. Jeder Mann, der einen Horden-Dämon mit Fackel oder Schwert zu bannen vermochte, fand sich von hinten überwältigt von zehn weiteren. Sie warfen Kinder aus den Fenstern, um zu sehen, was geschah, wenn sie auf das Pflaster des Hofes schlugen. Tieren durchbissen sie gerne die Muskeln, um zu sehen, wie sich die gequälten Wesen zuckend voranschleppten.

Tod war für die Horde große Freude, größer war nur das Labsal Leid. Und sie genossen es in vollen Zügen, als wäre es ein nie enden wollendes Bankett.

Es war nicht Odins Sache, sich allzu herrisch in das Leben der Menschen einzumischen, aber Xanten war christlichen Glaubens, und es gefiel ihm der Gedanke, die Horde auf jenen reiten zu lassen, die mit Stoßgebeten ihren dummen Gott um Hilfe anflehten. Und der Überfall war nicht weniger als die gerechte Strafe für die Anmaßung sowohl von Brunhilde als auch Siegfried. Geschickt hatten sie versucht, sich ihrem Schicksal zu entwinden, bis ewiger Friede in Reichweite war. Sogar das Gold der Nibelungen hatte der junge Siegfried weise für sich eingesetzt, ohne dass die Geistwesen ihm beikommen konnten. Doch dann, als das Licht der Zukunft ihm offenstand, hatte Siegfried nach der Macht der Vergangenheit gegriffen, hatte mit Nothung und dem Blut der Väter wieder alles infrage gestellt.

Odin sah nicht ein, warum er den armseligen Menschen damit davonkommen lassen sollte.

Xanten brannte binnen Stunden, und die Schreie der Gequälten hallten über das Land, bis sogar Theudebalds Truppen an den Grenzen eilig flohen.

Nur Xanten, das hatte Odin den Horden befohlen. Den Rest der Erdenscheibe zu säubern, das war Aufgabe für einen anderen Tag.

Wichtiger noch als die Zerstörung des Reiches war jedoch das Schicksal seiner Herrscherin. Xandria war der Schlüssel – der Schlüssel zu Siegfried. Was Odin ihr antat, das schmerzte den Prinzen doppelt. Und so war es auch gedacht.

Aus diesem Grund kletterten an die hundert Horden-Zwerge an der Burgmauer hinauf, die Krallen in den Stein schlagend, und lugten in die Fenster, bis sie hinter einem den Schrei Xandrias fanden. Sie verstanden wenig, aber der Wert der Würde für die Menschen war ihnen vertraut, weil sie ihn wohl zu nehmen wussten. So schlugen sie die Königin nicht nur, sondern rissen ihr mit den Zähnen das Kleid vom Leib, verbogen ihre Krone und tatschten jene Stellen, die Xandria am meisten zu schützen suchte. Je mehr sie schrie, je mehr sie flehte, desto mehr feuerte es die Horde an.

Fünf, sechs Dämonen packten die junge Frau und trugen sie wie Kriegsbeute davon. Was noch am Hofe Xanten lebte, sah mit Grausen, wie die Königin nackt und besudelt mit den Eindringlingen im Erdreich versank, zuletzt ihre verzweifelte Hand nach oben gestreckt, als bitte sie um jemanden, der sie festhalten möge.

Sechs Nächte lang wütete die Horde, denn bei Tage mieden sie das Sonnenlicht, und am Ende war kein Reich mehr, wo einst Xanten war. Und was kein Reich war, das hatte auch keine Königin mehr.

Odin war zufrieden. Was Siegfried wollte, hatte er ihm genommen. Doch war der Göttervater nicht so voreilig, das erbarmungslose Spiel hier schon zu beenden. Zum Schicksal gehörte es, dass es zu wenden war. Siegfried hatte Nothung – und Odin ihm etwas gegeben, um das er kämpfen konnte.

Darum durfte Xandria nicht sterben. In Utgard bei der Horde leben, das war ihr nun bestimmt, und was die Horde mit ihr tat, das scherte Odin wenig. Nur leben musste sie.

Was sonst würde Siegfried zur Rache treiben?

Es war, als habe der Wolf auf ihn gewartet – er grüßte Siegfried von der Düne, auf der der Prinz ihn zuletzt gesehen hatte. Doch der Ruf des Tieres war mehr ein verzweifeltes, fast anklagendes Jaulen, wie der Prinz es noch nie gehört hatte. Als der Wolf sich sicher war, dass Siegfried ihn gesehen hatte, rannte er eilends in den Wald, Richtung Süden den Rhein hinauf.

Es war ein dunkler Vorbote dessen, was Siegfried erwartete, aber davon ahnte er nichts. Die Rückreise von Ballova war unbeschwert und ruhig gewesen, und in jugendlicher Freude hatte er auf dem Boot tagelang Nothung geschwungen und unsichtbare Feinde zu Dutzenden niedergestreckt.

Wahrlich, dem Siegfried war das Leben gut. Die Liebe einer Königin, gleich zwei Reiche mit Ehre und Respekt und die glorreiche Geschichte der Häuser von Xanten und Burgund im Blut. Das Schwert Nothung in seiner Hand war Zeichen dessen, was ihm zustand.

Er sehnte sich nach Xanten, nach Xandria, nach einer großen Feier für den gewonnenen Frieden.

Bis er den Rauch aufsteigen sah.

Zuerst dachte er an einen Waldbrand. Dann daran, dass Räuber vielleicht ein Gehöft angesteckt hatten.

Doch der Rauch war dicht, und wie ein schwarzer Vorhang zog er sich über den Horizont, dort, wo Siegfried

Xanten wähnte. Als sein Boot einige weitere Biegungen des Rheins genommen hatte, ahnte Siegfried, dass etwas geschehen war, mit dem niemand mehr gerechnet hatte.

Xanten stand in Flammen!

Es hielt ihn nicht mehr im Boot. Er packte Nothung, sprang über Bord und schwamm zum Ufer. Die gute Strecke, die noch zwischen ihm und dem Reich lag, überwand er laufend, abwechselnd den Namen Xantens und Xandrias rufend. In seinem Kopf wirbelten die Gedanken, und es mischten sich Schuldgefühle darunter. Das faulende Herbstlaub deutete darauf hin, dass er das Land viele Monate im Stich gelassen hatte, und es war nicht leichtfertig anzunehmen, dass das Geschehen mit seiner Abwesenheit zusammenhing.

Die Wälder um ihn herum waren niedergebrannt, seine Füße traten in Asche. Manches Haus schwelte noch vor sich hin, kein Karren stand mehr auf seinen Rädern. Vieh wie Mensch war verstümmelt worden und achtlos auf den Weg geworfen. So sehr es ihn traf – Siegfried nahm sich keine Sekunde, um stehen zu bleiben.

Er erreichte den Hof von Xanten außer Atem, doch nichts konnte ihn dazu bringen auszuruhen. Zwischen verbrannten und geschändeten Leibern bahnte er sich den Weg durch die Hallen, wo nur noch selten ein letztes Stöhnen zu hören war.

Er fand das Gemach seiner Königin, und er fand es leer.

Der Wahn griff nach seinem Geist, und mit aufgerissenen Augen sah er sich um. Wo war sie? Er schwang Nothung, als könnte es ihm gegen einen Gegner helfen, der das Schlachtfeld längst schon verlassen hatte.

Auf dem Boden entdeckte er das blutverschmierte Kleid, mit Rissen, die von Klauen zeugten. Er tauchte sein Gesicht hinein, und für einen letzten beruhigenden Augenblick konnte er sie riechen. Xandria. Der Duft von Rosen und Wein.

Dann brach er zusammen.

Für Stunden tränkten seine Tränen den Stoff, und Nothung, so mächtig wie hilflos, lag an seiner Seite. Während die Sonne unterging, rief der Wolf vom Wald her, und nun verstand Siegfried sein Klagelied.

Es war nicht schwer zu ahnen, dass die Götter ihn bestraften, auch wenn Siegfried nicht verstand, warum.

Irgendwann röchelte es vor der Tür, und ein gebrochener Körper schob sich nah genug an Siegfried heran, dass er ihn bemerkte.

Es war Alban. Oder ein grausam verzerrtes Abbild von ihm. Ein Bein fehlte, die Arme waren grotesk verdreht, und wo weise Augen einst in die Welt geblickt hatten, da waren nur noch blutige Löcher.

»Chhhe ... Chhhönigchin?«, röchelte er, und Siegfried erkannte, dass seine Zunge faserig gespalten war.

Der Prinz fand die Kraft, den alten Mann auf die Arme zu nehmen und den geschundenen Körper auf das Lager der Königin zu betten. »Alban, es ist Siegfried. Sag mir, was geschehen ist.«

Jedes Wort schmerzte, doch der Ratgeber kannte seine Pflicht. »Die ... Chhorden ... Ho... Horden. Uhhgard. Tausende. Dämonen. Tausende.«

Alban war Christ, das wusste Siegfried. Trotzdem sprach der alte Mann von Utgard, der Unterwelt. Was er gesehen hatte, musste unzweifelhaft gewesen sein. »So haben Heerscharen aus Utgard das Reich überfallen?«

Der Ratgeber nickte, soweit es ohne Schmerzen möglich war. »Aus dem Feuer ... ohne Gnade. Alle ... tot.«

In diesem Moment entschloss sich Siegfried, die Götter selbst für dieses Massaker zur Rede zu stellen. »Verzeih mir, dass ich nicht bei Euch war, Alban. Mein Leben hätte ich gegeben, um das Eure zu retten – und das von Xandria.«

»Die Chhönigin«, krächzte Alban mühsam. »Rettet sie!«

Der Sinn der Worte brauchte einige Momente, um zu Siegfried durchzudringen. »Xandria retten? Dann ist sie nicht verloren?«

Alban wollte wohl Siegfrieds Arm greifen, aber seine gebrochenen Knochen ließen es nicht zu. »Nach Uhgard«, flüsterte er, und das Leben schwand aus seinem Körper. »Die Chhönigin.«

Dann erlöste ihn der Tod von Schmerzen, die ihn am Leben gehalten hatten, um Siegfried diese Nachricht zu überbringen. Seine Pflicht hatte er getan, und weit mehr. Siegfried nahm ein Seidentuch, um das Gesicht des tapferen Mannes zu bedecken.

Dann trat er auf den Balkon, hielt Nothung in die Abendsonne und brüllte: »UTGAAARD!!!«

Durch Meilen Erdreich zerrte die Horde Xandria, bis alles an ihr Dreck war. Sie hustete fauligen Humus aus, der ihre Ohren verschloss, unter den Fingernägeln kratzte und an ihrem Geschlecht trocknete. Wurzeln rissen Wunden in ihre Haut, doch Blut kam wenig, weil sofort Schmutz in das Fleisch drängte. Atmen war kaum möglich, doch die Königin war viel zu benommen, um die Lungen zu füllen.

Irgendwann durchstießen sie die Scheibe von Midgard nach unten, und ewig noch wäre Xandria gefallen, bevor sie in Utgard auf dem düsteren Boden ihr Ende gefunden hätte. Aber die Dämonen krallten sich in ihr Fleisch und hangelten sich an den Wurzeln Yggdrasils nach unten. Besondere Vorsicht legten sie nicht an den Tag, und immer wieder schlug der Kopf der Königin gegen armdicke Äste, und abgebrochenes Holz bohrte sich in ihren Körper.

Dort, wo die Wurzeln Yggdrasils den Boden Utgards hielten, nahmen die Kreaturen der Horde Xandria wieder auf die Schultern und schleppten sie zu dem stinkenden Berg, der ihr Zuhause war und in dem sie in hunderten von klammen Höhlen vegetierten. Aus den Götterkriegen von tausenden von Jahren hatten sie genug Abfälle und Überreste gesammelt, um die Königin mit schwerem Eisen an den Füßen an die Felswand zu ketten.

Es dauerte drei Tage, die hier unten bedeutungslos waren, bis Xandria wieder bei klarem Verstand war. Und ihre Gedanken kreisten nur um Nahrung und Flucht. Dann und wann warfen ihr Dämonen der Horde Reste hin, die an Widerlichkeit kaum zu überbieten waren. Doch schließlich war ihr Magen so verzweifelt, dass er dem Mund befahl, nicht auszuspucken, was irgendwie verdaubar war.

Die Kreaturen anzusprechen war vergeblich. Jede Bitte, jedes Flehen der Königin ignorierten sie, während sie in die Höhlen hinein- und wieder herausliefen, und wenn doch mal zwei von ihnen einen Blick zu Xandria warfen, dann kicherten sie kehlig, als wäre der Anblick eine reine Freude.

Und das war er für die Horde auch. Feines weißes Fleisch war hier unten selten, menschliche Furcht ebenso, deren Geruch für die Dämonen kaum schöner sein konnte. Hier gab es Edelmut zu brechen, und das war eine seltene Währung in der Unterwelt. Nach einigen Tagen der vergleichsweisen Ruhe, die Xandria schluchzend und hungernd verbracht hatte, begannen die Mitglieder der Horde, sie mit spitzen Stöcken zu stechen, weil sie der Klang ihrer Schreie begeisterte. Als Xandrias Körper zu schwach war, um darauf noch mit Hysterie zu reagieren, kamen sie näher und kratzten mit den Klauen an allen schwärenden Wunden, die sie finden konnten.

Die Königin tat ihnen den Gefallen. Sie weinte und wimmerte um Gnade. Oder wenigstens einen schnellen Tod. Die Horde war entzückt.

Irgendwann bemerkten die Kreaturen, dass die Menschenfrau besonders markerschütternd schrie und strampelte, wenn man ihr Geschlecht eroberte ...

Jeden Morgen, jeden Abend schrie Siegfried den Namen seiner Geliebten von den Mauern der ausgebrannten Burg. Dann rief er Odin an, und Utgard. Er brüllte voller Wut, dass Brunhilde sich ihm stellen solle, und verhöhnte die Nibelungen in der Hoffnung, sie würden sich ihm zeigen.

Es war vergebens. Die Tage blieben so still wie die Nächte und leblos wie das tote Reich Xanten. Die Leichen begannen zu verwesen, und Tiere aus dem Wald schlichen sich heran, um von den Kadavern das Fleisch zu zerren.

Siegfried erkannte die bösartige Ironie, die im Gelächter der Götter lag – hatte er jetzt nicht Xanten? Regierte er das Reich nicht allein, und noch dazu mit Nothung in der Hand? Wahrlich, seine Wünsche hatten sie ihm erfüllt, einen wie den anderen. Die Gefahr, im Wunsch nach dem, was man will, das zu verlieren, was man hat, war leicht zu übersehen gewesen.

Irgendwann sah er dünne Rauchfahnen im Westen aufsteigen, und er ahnte, dass es die Lager der Franken waren, die sich nun sicher genug fühlten, die leere Hülle, die Xanten war, endgültig dem großen Frankenreich einzuverleiben. Es gab ja keinen König mehr, den man besiegen musste, kein Heer, das an den Grenzen stand. In seiner Zerstörung war Xanten wieder jungfräulich geworden und Besitz für jeden, der den ersten Fuß daraufsetzte. Siegfried verspürte keinen Drang, den neuen Herren mit dem Schwert in der Hand entgegenzutreten. Was sein Herzenswunsch gewesen war, seit er von seiner Blutlinie erfuhr, das hatte nun keinen Wert mehr. Das Reich war so wenig wie das Erbe, wenn es mit Leben und Liebe nicht zu füllen war.

In seiner Verzweiflung des vierten Tages kam ihm die Idee, wie er Brunhilde zu sich zwingen konnte. War sie als Walküre nicht von Odin selbst beauftragt, ihn nach Walhall zu bringen, wenn der Tod seine Seele forderte? Er beschloss, es herauszufinden. Im besten Falle konnte er sie locken – im schlimmsten Falle war er tot, was ihn momentan genauso wenig schreckte. Der Gedanke, doch noch ein wenig Freiheit im Handeln zu haben, gab ihm Kraft, und er suchte aus seinem einstigen Gemach ein sauberes Hemd, wusch sich im unverdorbenen Brunnen und briet das Fleisch einer Kuh, um sich zu stärken.

Dann, zum Abend hin, setzte er sich in der Mitte des königlichen Hofes auf die Steine, drückte das Heft Nothungs in den Boden und legte die Spitze an seine Brust. Die Hände legte er entspannt auf die Knie, und seine Augen hielt er geschlossen.

Ein Ruck des Oberkörpers nach vorn, und alles würde vorbei sein. Das Schwert, einst Retter seiner Väter, half ihm dann, das Elend zu beenden. Es war nicht der Tod, den ein Krieger sich wünschen durfte, aber in diesem Augenblick war für Siegfried ein Tod zu gut wie jeder andere.

Er spürte die von ihm geschmiedete Spitze, wie sie auf der Haut kratzte, als suchte sie Einlass in seinen Körper. Sie war einladend warm, und in der Schärfe des Eisens lag das Versprechen, schnell zu töten.

Siegfried fragte sich, ob er noch beten sollte, aber er hatte keine Götter mehr, die er respektieren konnte. Die

Asen waren grausam und gemein, und der Gott der Christen hatte seine Hand nicht über Xandria gehalten.

Nein, diese letzte Reise machte er allein.

Ein letzter Atemzug, den Brustkorb aufgebläht, spannte Siegfried seine Muskeln.

»Nie hätte dein Vater den feigen Weg gewählt«, hörte er die Stimme der Walküre.

Er öffnete die Augen. Keine Fackeln brannten mehr im Hof, seit die Horden Xanten überfallen hatten, und im Mondlicht war Brunhilde kaum mehr als ein Schatten.

Sein Plan hatte funktioniert!

»Kommst du meiner Seele wegen, oder um mich zu verhöhnen?«, fragte er.

Es wurde nun etwas heller, denn aus dem Boden kam das Pferd der Walküre, mit Feuer an den acht Hufen.

»Keins von beidem treibt mich sonderlich zur Eile«, sagte Brunhilde nun, und in ihrer Stimme war fast so etwas wie Bedauern zu hören. »Was geschehen ist, das war so nicht vorgesehen.«

Siegfried stand auf, Nothung in der Hand. »Du sagtest, mit dem Schwert in der Hand könnte ich beweisen, dass ich der rechtmäßige Herrscher Xantens bin.«

»Und das kannst du«, bestätigte Brunhilde. »Ich habe nie gesagt, dass es dir etwas nützen würde. Darin liegt der Spott der Götter – wenn die Menschen nur nach dem Lohn gieren, missachten sie den Preis, den es zu zahlen gilt.«

»Du hättest mich warnen können«, sagte Siegfried bitter. »Ein Wort zur Vorsicht hätte …«

»Hätte nichts genutzt«, unterbrach die Walküre. »Dein Herz war stolz und dein Charakter eitel. Du hast nicht das Schicksal gewollt, das dir bestimmt war. Doch verlässt niemand den Weg der Götter, ohne ihren Zorn zu spüren.«

»Dann wusstest du, was geschehen würde? Du hast mein Leid vorausgesehen?«

Brunhilde schüttelte den Kopf. »Die Lebenslinien sind gegeben, und im Buch des Todes lesen wir, wann sie ihr Ende erreichen. Doch als du die Überfahrt nach Britannien überlebt hast, als die Nibelungen dich nicht aufhalten konnten, als dein Freund Nazreh den Wulfgar meuchelte – da brach zusammen, was als Schicksal für dich geplant war. Mir blieb nur, die Fäden mühsam zu entwirren, ohne den Zorn Odins hervorzurufen. Vergebens.«

Jeder Muskel in Siegfrieds Körper spannte sich schmerzhaft. »Dann hat der Göttervater selbst dieses Massaker befohlen?«

Brunhilde nickte, und es schmerzte sie, dass sie im Halbdunkel des Hofes einander wie Feinde gegenüberstanden. »Die Horde aus Utgard hat er geschickt, um dich zu brechen.«

Wütend hieb Siegfried Nothung in den Boden, wo es zitternd in einem Stein stecken blieb. »Odin! Wie kann er mich für meine Tapferkeit auf diese Weise entlohnen? Habe ich nicht ihm zum Ruhm gehandelt? Schmiedete ich nicht das Schwert, das *er* einst meinem Blut gegeben?«

Brunhilde trat nahe zu ihm, doch unterdrückte sie das Bedürfnis, tröstend seinen Arm zu greifen. »Ruhm und Ehre gebären im selben Maße Neid und Missgunst, so ist das Gleichgewicht der Welt.«

Selbst ihre Augen, die den menschlichen so weit überlegen waren, nahmen kaum die schnelle Bewegung war, mit der Siegfried sein Schwert aus dem Boden zog und in einer eleganten Drehung zu ihrem Hals führte. Hungrig sirrend erstarrte Nothung um Haaresbreite vor dem Fleisch der Walküre.

»Ich weiß nicht, ob mein Schwert eine Walküre richten

kann«, sagte der Prinz ruhig. »Doch bin ich nun bereit, es herauszufinden.«

»Was versprichst du dir davon?«, fragte Brunhilde, und ihre Stimme verriet keine Angst, nur Neugier.

»Ich will dein Pferd, das durch die Welten reiten kann. Und dann werde ich gen Utgard ziehen und Xandria befreien.«

Zeit war in Utgard so wenig von Bedeutung wie in Asgard – sie war ein Taktgeber nur auf der Erdenscheibe Midgard. Wo Menschen wanderten, langsam verfielen, wo eine Sonne Tag und Nacht unterschied und der Boden Jahreszeiten hatte, da spürte man den Fortgang aller Dinge. In Utgard jedoch, wo kein Glück zu finden war und Titanen im endlosen Kampf stampften, maß niemand die Ewigkeit. Was auf der Mittelscheibe geschah, fand hier unten keine Entsprechung, und die vier Tage, die Siegfried in Xanten auf Brunhilde gewartet hatte, waren in Utgard nicht mehr als ein Herzschlag und nicht weniger als ein ganzes Leben.

Nur Xandria, die von Midgard war, spürte in der Unterwelt ihr Leben langsam verlöschen. Und es machte ihr keine Furcht – im Gegenteil: Sie hatte lange aufgehört, ihren Gott anzubeten oder Siegfrieds Namen zu flüstern, wenn zwei oder drei Horden-Dämonen ihren Leib schändeten. Das Einzige, worum sie noch flehte, war der Tod. Sie hoffte, wenigstens die bescheidenste aller Bitten erfüllt zu bekommen.

Doch es war nicht Odins Wille, und auch wenn der Körper der Königin schwach und brüchig wurde, ließ er den Funken des Lebens nicht aus ihr herausgleiten. Sie war nun weniger als ein Mensch, weniger als ein Stück Fleisch.

Sie war ein Pfand.

Ihr Körper hatte irgendwann zu bluten aufgehört, aus Wunden wie im Rhythmus aller Frauen. Manchmal, wenn ein Arm oder ein Bein taub waren, kratzte sie mit zerbrochenen Fingernägeln daran, um zu sehen, ob es faulte. Ihre Zunge spielte an Zähnen, die freudlos wackelten, weil manche Horden-Männchen es genossen, sie zu schlagen, während sie in sie eindrangen.

Ja, es gab Männchen wie Weibchen auch in der Horde, und wenn man den Unterschied äußerlich kaum zu sehen vermochte, so lernte Xandria ihn sehr schnell: Die Männer hatten kaum andere Gier, als sich schnell in ihr zu ergießen, manchmal zu zweit oder zu dritt, und dann feixend davonzutrotten. Sie lernten rasch, wo ihrem Samen Unterschlupf gewährt wurde, und es war ihnen egal, ob es Blut brauchte, um den Weg zu bereiten.

Die Weibchen hatten kein Interesse, die Königin zu besteigen. Im Gegenteil – in Eifersucht kamen sie angekrochen, wenn Xandria halb ohnmächtig dahindämmerte. Dann bissen sie in ihre Brüste, rissen ihr das Haar büschelweise aus, spuckten ihr in die Augen.

Es gab so viele, und sie waren einander so ähnlich, dass Xandria es irgendwann aufgegeben hatte, ihre Zahl zu schätzen. Manchmal schien es, als kämen sie von weither, als sei die Königin auf Midgard eine Attraktion, der jeder sich nach Belieben bedienen konnte.

Was tat eine Seele, der das Sterben nicht vergönnt war, die das Leben aber nicht mehr zu ertragen wusste? Sie trennte sich vom Körper, langsam, leise, wie von einer Familie, die man bei Nacht und Nebel zurücklässt, um in der Ferne neues Glück zu suchen.

Xandrias Verstand packte die Seele und das Herz in ein Bündel, schnürte es gut zu, und oft, wenn ihr Körper schlief, machte der Verstand kleine Reisen, sah sich um, ob anderswo ein besseres Heim zu finden war. Dann fand sich die Königin beim Erwachen wirr und verzweifelt, und es dauerte immer ein wenig länger, bis der Verstand eilig seinen Dienst aufnahm und nicht verriet, wie sehr es ihn drängte, den erbärmlichen Körper endgültig aufzugeben.

Es schmerzte Xandria nicht, wenn sie merkte, dass ihr Geist auf Reisen ging. Im Gegenteil. Der Schmerz kam bei seiner Rückkehr, wenn sie wieder die Schwänze der Horde spürte und ihre Krallen unvernarbtes Fleisch suchten, dem sie Leid zufügen konnten.

Manchmal sprach sie mit sich selbst, oft in Gedanken nur, um keine Aufmerksamkeit zu erregen. »Hure« war das Wort, das oft einsam in ihrem Kopf tanzte. Hure. Wie prophezeit.

Dann löste sie ihren Geist von seinem Versprechen, bei ihr bleiben zu müssen. Er sollte keine Schuld spüren, denn was er hinterließ, war kaum mehr als faulender Unrat. Der Geist wehrte sich dagegen, hatte er seinen Körper doch lieb gewonnen über die Jahre, aber Xandria hatte nichts mehr zu geben, und wollte sie wenigstens die Seele retten, dann musste der Geist einsehen, dass der Körper nicht zu halten war.

Er sah es ein.

Und er ging.

Natürlich konnte Siegfried Brunhilde nicht töten. Zuerst einmal sprach dagegen, dass sie schon tot war. Als Walküre schlug ihr Herz nicht mehr, und selbst das, was der Prinz als Körper vor sich sah, war wenig mehr als Projektion. Und diese Projektion war nur so wahr und fleischlich, wie Brunhilde es ihr gestattete. Bevor der Gedanke, Nothung den Kopf holen zu lassen, auch nur gedacht werden konnte, würde ihre Gestalt verblassen und die Klinge nur leere Nachtluft finden.

Doch der verzweifelte Mut Siegfrieds beeindruckte Brunhilde. »Wenige Männer würden es wagen, einer Walküre zu drohen.«

»Dich zu fürchten würde bedeuten, etwas zu haben, das ich noch verlieren könnte«, hielt Siegfried dagegen, und im Geiste schalt er sich, dass seine Hand zitterte. »Doch ihr habt mir schon alles genommen.«

»Dein Leben, unversehrt«, erinnerte ihn Brunhilde. »Es ist ein größerer Schatz, als dir bewusst sein mag.«

»Es ist kein Leben ohne Xandria«, widersprach Siegfried.

Brunhilde lächelte kalt. »Als sie dein war, war es dir nicht genug.«

Ein Schauer durchlief Siegfried, und gänzlich unmännliche Tränen rannen seine Wange hinab. »Erinnere mich nicht! Was zählt, ist jetzt. Und wenn sie lebt …«

»… sie lebt …«

»… dann werde ich sie finden! Und dann wird diese Posse ein Ende haben.«

Die Stärke des Kriegers, die ihn getrieben hatte, der Walküre das Schwert an den Hals zu setzen, war schnell wieder verebbt. Er tat Brunhilde leid, und vielleicht war das von Anfang an der Fehler gewesen – Mitleid war nicht die Aufgabe einer Walküre. »Sie finden zu wollen ist die Posse – hast du auch nur einen Moment gedacht, ihr Überleben ist Zufall? Es ist Odins Wille, sein Köder für Siegfried, der nach ihm schnappen wird, weil seine Dummheit es ihm gebietet.«

»Nicht Dummheit, nur meine Liebe«, flüsterte Siegfried. »Und wenn beides eins ist, soll es mir egal sein.«

»Dann nimm mein Pferd Hjordan, gezeugt von Sleipnir, dem Hengst Odins«, sagte Brunhilde, denn nichts sonst drang mehr zum Prinzen durch. »Er wird dich zu den Wurzeln Yggdrasils in Utgard bringen. Die schwarze Horde wirst du erkennen, wenn du sie siehst.«

»Werde ich Xandria finden?«, wollte Siegfried wissen.

Die Walküre seufzte. »Wenn du die Ratschläge deines Lebens zu befolgen in der Lage bist, dann besteht die Möglichkeit.«

»Werde ich sie retten?«, hakte er nach.

»Du *kannst* sie retten«, sagte Brunhilde vorsichtig. »Doch was du zu retten trachtest, mag nicht mehr zu retten sein. Mehr kann ich nicht sagen.«

Siegfried schwang sich auf das achtbeinige Pferd Hjordan, das sich ihm nicht widersetzte. »Was gibt es mehr zu sagen? Wenn ich sie retten kann, werde ich es tun. Kein Preis ist ab heute mehr zu hoch.«

»Und genau darauf setzen die Nibelungen«, warnte Brunhilde. »Sie vertrauen, dass alles, was du bist und hast, in der Waagschale landet, solange Xandria dein Ziel ist.«

»Was haben die Nibelungen damit zu tun?«, fragte Siegfried. »Ist, was geschehen ist, nicht Tat des Göttervaters selbst?«

Brunhilde nickte. »Aber wer, glaubst du, flüsterte ihm ein von deiner und meiner Weigerung, dem Schicksalspfad zu folgen? Wer nannte ihm die Königin als Mittel größten Leides, das dir anzutun wäre?«

Siegfried steckte Nothung in die lederne Scheide auf seinem Rücken. »Dann werden nach meiner Rückkehr die Nibelungen selbst sich zu verantworten haben. Und es wird keine Debatte sein – ich werde jeden Einzelnen von ihnen vernichten, bis das Ende des Fluches nicht mehr in ihrer Entscheidung liegt, sondern in ihrem Tod. Das sei mein Schwur.«

Brunhilde legte Hjordan die Hand auf die Nüstern und sprach leise zu ihrem Hengst. »Sei willens, den Menschen auf deinem Rücken zu tragen. Bring ihn nach Utgard, und warte bei Yggdrasil, bis er zurückkehrt oder ich dich rufe.«

Hjordan schnaufte leicht, und Brunhilde wusste, dass ihr Pferd besser Folge leisten würde als jeder Mensch, mit dem sie in dieser Tragödie zu tun gehabt hatte.

Sie sah Siegfried an und trank ein letztes Mal den Anblick des Gesichts, das sie an seinem Vater so geliebt hatte. »Mehr kann ich für dich nicht tun.«

Siegfried nickte. »Und weil die Gelegenheit sich vielleicht nicht ergibt, möchte ich dir an dieser Stelle Dank sagen. Mag im Ergebnis auch nur Leid liegen, so erkenne ich im Bemühen deine Absicht. Ich weiß um die Gefahren, die du meinetwegen eingegangen bist. Könnte ich es dir vergelten – ich würde es tun.«

»Vielleicht geben uns die Götter eines Tages Zeit und Gelegenheit«, flüsterte die Walküre und ließ die Nüstern von Hjordan los, dessen acht Beine funkensprühend auf die Steine traten. »Viele Prüfungen warten auf dich. Kämpfe mit Würde.«

Siegfried nickte, und das Pferd, auf dem er saß, drehte sich, um in den Boden zu reiten, als sei er ein Hügel, der sich bergab neigte. Als Letztes sah Brunhilde die erhobene Spitze Nothungs, die von der Erde verschluckt wurde.

So stand sie in der verbrannten Burg, inmitten eines toten Volkes, und konnte nur warten. Ohne den treuen Hjordan war ihr nicht gegeben, aus den Höhen das Geschehen zu überschauen.

Vielleicht war es besser so.

Der Wolf, Siegfrieds meist stiller Begleiter, trottete auf

den Hof, die Leichen ignorierend. Er labte sich nicht am Fleisch der Ermordeten, sondern kam auf die Walküre zu, den Blick fragend, fast anklagend.

»Sieh mich nicht so an«, sagte Brunhilde. »Sieh mich nicht an, als sei es alles meine Schuld.«

Sie dachte es selber schon oft genug.

6

Siegfrieds Abstieg
nach Utgard

Auf Hjordans Rücken war der Ritt durch die Midgardscheibe verführerisch leicht. Zwar kratzte die Erde an Siegfrieds Haut, und dann und wann spürte er Steine und Zweige im Gesicht, doch war er selbst kaum von fester Gestalt. Das Pferd der Walküre war sein Schild, so wie es einen Seemann kaum zu scheren braucht, welche Temperatur das Wasser unter dem Schiff hat.

Natürlich kannte Siegfried die Geschichte der Welt, wie sie in den Göttersagen seiner Vorfahren erzählt wurde. Dass die Erde eine Scheibe war, überspannt von Asgard jenseits des Himmelszelts, und Utgard überragend, verbunden alle drei durch den mächtigen Lebensbaum Yggdrasil, das lernte man von Kindesbeinen an. Doch stand es auch geschrieben, dass es den Menschen verboten wie unmöglich war, Utgard zu betreten, oder Asgard. Midgard galt als die schwächste aller Scheiben, mit Wesen, die nach dem Willen der Götter tanzten und in Furcht vor der Unterwelt den Rand der Erde mieden. Weder Göttern noch Titanen waren die Menschen gewachsen, und so konnten sie nur hoffen, ihr Leben zu vollenden, ohne zwischen beiden zerrieben zu werden. Am Ende wartete auf alle Ragnarök, wenn der Wolf Skalli die Sonne fressen und Wolf Hati den Mond schlucken würde.

Doch bis dahin blieb Siegfried ausreichend Zeit für Rache.

Der Durchbruch durch die Midgardscheibe in die Unterwelt war einem Auftauchen aus dem Wasser ähnlich, auch wenn er nach unten geschah. Druck wich von Siegfried, Wind blies ihm hart den Dreck aus den Haaren, und er spürte, wie seine Kleidung an ihm flatterte. Er riss die Augen auf, und wahrlich – es war eine düstere Welt, über die er seinen Blick schweifen ließ. So hoch wie die Wolken über Midgard, so hoch schwebte er auf dem Rücken des Walkürenpferds dahin. Obwohl nichts unter Hjordans Hufen war, fielen sie nicht in die Tiefe dem sicheren Tod entgegen. Stattdessen glitt das Tier mit ruhigem Schwung, die acht Beine leicht nach hinten angewinkelt, dem Boden entgegen.

Keine Sekunde vergaß Siegfried, warum er hier war. Dennoch gönnte er sich Minuten des Erstaunens, während er noch sicher auf Hjordan saß. Wer konnte sagen, ob je ein Mensch zuvor die Größe und düstere Pracht Utgards gesehen hatte? Da waren Berge, die Feuer spien, und schwarze Flüsse, die grüne Dämpfe schwitzten. In der Ferne bebte es, und mühsam machte Siegfried eine Gestalt aus, die kaum kleiner als die Felseninsel von Island sein konnte und sich knirschend aus der Erde wühlte. Da waren ... Dinge, anders konnte er sie nicht benennen, die in der Luft ihre Kreise zogen. Keine Vögel – unförmige Kreaturen mit unzähligen Gliedern und brennenden Augen.

Es roch nach Schwefel und verbranntem Fleisch. Abgestanden und muffig war die Luft, und sie stach in den Lungen. Es war auch nicht still – Schreie aus so vielen Gegenden und in verschiedenen Lautstärken mischten sich zu einem seltsam schrillen Ton, der weder Anfang noch Ende kannte. Ob Wut oder Verzweiflung die Kehlen trieb, war nicht zu sagen.

Und in der Mitte – Yggdrasil.

Der Weltenbaum.

Irgendwie hatte Siegfried nicht gedacht, dass es im wortwörtlichen Sinne ein Baum sein würde, doch er wurde eines Besseren belehrt.

Yggdrasil war ein Baum. Hier in Utgard sah man nur die knotigen Wurzeln, die ihn hielten, und den unteren Teil des Stammes bis hinauf zur Midgardscheibe, der vom Umfang her die Größe Xantens sicherlich überbot. Siegfried zweifelte nicht, dass es Wochen dauern würde, den Baum nur einmal zu umrunden. Die Wurzeln selbst waren breit wie der Rhein, und so lang und gewunden waren sie auch. Wie ein Fluss schienen sie in Bewegung, als wäre Yggdrasil ein lebendes Wesen, das unter der Last der Weltenscheiben stöhnte.

Fast bedauerte es Siegfried, als Hjordan sich dem Boden näherte und ihn nahe der dünnsten Wurzeln absetzte, die noch dick wie ein Steinturm der Burg Burgund waren. Das Pferd war vom schrecklichen Anblick Utgards unbeeindruckt, denn sein Leben konnten die Dämonen, die hier hausten, ihm nicht nehmen. Wahrscheinlich hatte man den Feuerstreifen, den seine acht Hufe hinterließen, längst gesehen und respektvoll einer Walküre Platz gemacht.

Siegfried stieg vom Pferd, und der feuchte Boden unter seinen Füßen schmatzte vernehmlich. Es fühlte sich weniger wie Erde an, mehr wie schleimiges Fleisch. So mochte man auf einer Zunge laufen, dachte der Prinz.

Kaum stand er sicher, trabte Hjordan davon. Was Siegfried nun bevorstand, daran wollte der Walkürenhengst keinen Anteil haben. Er war Träger nur, nicht Kampfgefährte.

Siegfried fiel auf, dass er nicht wusste, wohin er sich wenden sollte. Von oben hatte er gesehen, dass Utgard sich kaum weniger weit erstreckte als Midgard. Brunhilde hatte gesagt, dass er die Horde, die seine Königin entführte, erkennen würde, wenn er sie träfe. Demnach blieb ihm nichts, als loszugehen und zu vertrauen, dass die Götter, die ihn hergelockt hatten, auch seine Schritte führen würden.

Schon als er das rechte Bein hob, um den Fuß nach vorn zu setzen, spürte Siegfried den Schmerz. Er war stechend und durchzog den ganzen Körper. Sofort nahm er das Bein zurück. Der Schmerz ließ nach. Er versuchte es nach links.

Schmerz. Unsichtbare Riesenhände, die seinen Kopf quetschten. Er presste die Kiefer so stark aufeinander, dass fast die Zähne brachen.

Nach rechts.

Besser. Nur ein dumpfes Pochen im Schädel. In diese Richtung konnte er gehen, ohne dass sein Kopf zersprang. Ein, zwei Schritte, vorsichtig tastend. Es ging.

Es war, als würde der Schmerz ihn leiten. Der Weg war, wo er nicht aufstöhnen musste, wo die Welt vor seinen Augen nicht verschwamm. Einfach. Siegfried nahm einen Berg als Landmarke und nannte ihn »Norden«. Demnach leitete ihn der Schmerz nach Südwesten.

Kaum hatte er sich daran gewöhnt, nicht seine Sinne, sondern seine Schmerzen als Führung zu nehmen, konnte er langsam, aber stetig vorangehen. Manchmal reichte es, den Kopf zu drehen und von einem Blitz hinter der Stirn erinnert zu werden, dass es ein Irrweg war.

Und doch – Siegfried hielt auf einmal inne. Ein unangenehmes Brennen kroch sogleich seinen Rücken hinauf, als wollte eine unsichtbare brennende Hand ihn nach vorne stoßen.

Was hatte Brunhilde gesagt? »*Wenn du die Ratschläge deines Lebens zu befolgen in der Lage bist.*«

Er hatte in dem Moment, aufgeregt und in Wut, kaum darüber nachgedacht. Doch nun, da Utgard selbst den Weg wies, drängte es sich ihm in den Kopf, als Warnung und Erinnerung.

Der Schmerz im Rücken wurde stärker, und es kostete Mühe, nicht weiterzugehen, dem Schmerz nicht auszuweichen. Das Wort »Schmerz« klang in seinem Schädel, als suche es ein Echo. Und es fand ein Echo.

Du musst gehen, wohin der Schmerz dich zieht. Daran wächst ein Mann.

Nazreh hatte das gesagt, damals in Britannien. Als er gegen jede Vernunft zum Nibelungenwald wollte.

Wohin der Schmerz dich zieht.

Der Satz war mehr als Wahrheit – er spottete dem, was Siegfried gerade tat. Er wich dem Schmerz aus, statt ihm zu folgen. Wo er einen Weg finden musste, da ließ er sich von Utgard leiten, ausgerechnet! Als ob das Land der Titanen und Dämonen ein Interesse hatte, ihm zu helfen!

Siegfried nahm eins der Lederbänder, die um die Scheide seines Schwerts gewickelt waren, und rollte es zusammen. Dann steckte er es zwischen seine Zähne – und drehte um.

In den Schmerz hinein.

Ein Schritt. Zwei Schritte. Drei.

Ein Höllenfeuer zündete in seinem Kopf, seine Arme brannten, und er hatte das Gefühl, den Hammer Thors an die Schienbeine geschlagen zu bekommen. Wie andere

Männer gegen einen Schneesturm kämpften, so zwang er sich in einen Schmerzsturm.

Wohin der Schmerz dich zieht.

Die Arme kreuzte er vor der Brust, die Fäuste fest geballt, jeder Schritt ein Stöhnen zwischen den auf Leder beißenden Zähnen.

Weiter. Immer weiter. Wo es den Körper hindrängte, wo Linderung winkte, gerade da durfte er nicht sein. Es war ein Kampf mit sich selbst, den Schmerz zu suchen, immer mehr, immer tiefer, bis er meinte, dass sogar seine Seele sich in Krämpfen wandte.

So ging er vielleicht hundert, vielleicht zweihundert Schritte. Manchmal knickten ihm die Beine ein, und seine Arme zuckten in Qualen, sodass er sich kaum aufzurichten vermochte. Worauf er weiterkroch, so gut es ging, bis ein Stein ihm half.

Und dann – versiegte der Schmerz.

War Utgard der Hass auf ihn ausgegangen? Oder hatte sein Körper aus Überlastung entschieden, keine Pein mehr zu empfinden? Siegfried nahm das Leder aus dem Mund und wischte sich die Tränen aus den Augen. Er besah sich seine Arme, seine Hände, die vorher noch in Flammen gestanden hatten.

Sie waren unversehrt.

Er erinnerte sich daran, dass Brunhilde von Prüfungen gesprochen hatte, und er konnte nur vermuten, dass er die erste gerade bestanden hatte. Knapp war es gewesen – Siegfried war nicht sicher, wie lange er dem Schmerz noch hätte widerstehen können. Der Mensch war nicht dafür gemacht zu leiden, und irgendwann gab auch der stärkste Körper auf.

Xandria.

Der Gedanke an seine Geliebte ließ ihn nicht lange ausruhen, sondern trieb ihn weiter. Er blieb in etwa auf dem Weg, den der Schmerz ihm aufgezeigt hatte. Einen besseren Fingerzeig hatte er noch nicht bekommen.

Es fiel ihm auf, dass von den Wesen, die er aus der Luft gesehen hatte, keines seinen Weg kreuzte. Man erzählte sich, dass die Dämonen von Utgard feige waren, ohne Tapferkeit. Doch irgendetwas sagte Siegfried, dass sie schauten, aus den Büschen, den Baumkronen, hinter den Felsen und Sträuchern hervor. Neugierde trieb sie, und wie in einer Arena wollten sie sehen, was der Gladiator Siegfried zu bieten hatte.

Zuerst freute er sich, als der Boden unter seinen Stiefeln nicht mehr schleimig-weich war, sondern trocken und bröcklig. Es knirschte vertraut, und darauf lief es sich wie einst am Strand von Island, wenn die Ebbe das Wasser vom Sand gesogen hatte.

Doch was zuerst warme Gedanken an die Heimat weckte, irritierte Siegfried in dem Moment, als der Sand nach seinen Knöcheln griff. Er hob den Fuß, schüttelte ihn frei und setzte ihn zurück – nur um noch weiter einzusinken. Er verlagerte das Gewicht auf das andere Bein, und wie zum Hohn steckte er damit bis zum Knie in fahlbrauner Erde.

Der Boden – er fraß ihn auf wie mit einem hungrigen Maul!

Siegfried hatte Geschichten von dieser Erscheinung gehört. Die Männer in den Tavernen nannten es Schlucksand, und die Legende ging, dass ihm nicht zu entkommen war. Wer einmal in ihm steckte, den gab der Sand nur als blank gelutschte Knochen wieder frei.

Der Prinz sah sich um, suchte nach der Stelle, an der der Boden noch fest und sicher gewesen war. Vielleicht konnte er sich dort festhalten, womöglich an einem Ast zur Rettung zerren. Doch jede Bewegung ließ ihn weiter absacken, zog mehr von seinem Körper in das Erdreich. Selbst der Gedanke an Flucht wurde bestraft, und Siegfried sah die Schnalle seines Gürtels eintauchen.

Um Hilfe zu rufen, mochte in Utgard sicher sinnlos sein. Kein Seil trug er bei sich, keinen Speer, dessen Spitze er als Widerhaken einsetzen konnte. Er nahm Nothung in der Hoffnung, vielleicht im Schlucksand den Boden zu ertasten und sich darauf abzustützen. Die Belohnung war, dass er bis zu den Schultern einsackte und nicht einmal mehr die Arme hochheben konnte.

Es erschien ihm so fremdartig wie absurd, dass kein Gegner ihn bisher hatte bezwingen können, aber eine Grube Schlucksand sein Ende sein sollte. Wie war ein Gegner zu bezwingen, der nicht kämpfte?

Siegfried versuchte es mit ganz langsamen Schwimmbewegungen. Vielleicht konnte er in Ruhe und Bedacht ...

Schon reichte der Sand bis an sein Kinn, und nun gönnte sich der Verstand doch ein wenig Panik. Soweit er sich recht erinnerte, hatte keiner seiner Lehrmeister jemals einen Rat gehabt, wie eine tückische Sandgrube zu besiegen war, aus der es kein Entrinnen gab.

Das träge schwappende Erdreich leckte an seinen Lippen und trug Knirschen zwischen seine Zähne, als Siegfried das dröhnende Lachen Wielands in seinem Kopf hörte.

Wieland der Schmied?

Siegfried atmete zum letzten Mal, bevor der Sand seinen Mund endgültig verschloss, und er versprach sich selbst, den Atemzug bis zur Bewusstlosigkeit zu nutzen, um sich an die langen Gespräche mit Wieland an der Esse zu erinnern.

Da war etwas gewesen ... etwas über das, was nicht zu verhindern war ...

Dem Unvermeidlichen sich hinzugeben, darin liegt Weisheit.

Siegfried hörte auf zu kämpfen. Er hatte keine Ahnung, wie ihm das helfen sollte, doch unvermeidlich war sein Versinken wohl, und Wieland hatte geraten, sich dem hinzugeben. An allen Stellen seines Körpers zog der Schlucksand nun mit gleicher Kraft, die Körner reinigten, was der Prinz an Schmutz mit sich brachte. In seinem Kopf begann es zu rauschen, weil die Luft dem Hirn zum Denken fehlte, und seine Lungen drückten verzweifelt in seinem Brustkorb. Es drängte Siegfried, den Mund aufzureißen, einzuatmen, was immer sich davor fand, auch wenn dann nur Sand in seinen Körper floss. War der Schmerz der ersten Prüfung stechend und grausam gewesen, so fühlte er hier dumpfe Pein und mehr die Seele als den Leib um Hilfe strampeln.

Wie tief war er wohl gesunken? Drei Ellen, vier? Konnte er mit der Hand die Oberfläche noch erreichen? Wozu? Niemand würde sie packen und ihn in Sicherheit zerren.

Dem Unvermeidlichen sich hinzugeben ...

Es war nicht nur die Entscheidung, dem Schlucksand keinen Widerstand zu leisten – es war, das Schicksal des Todes zu akzeptieren. Das Ende seines Lebens war hier, in völliger Stille, und geradezu gnädig zugedeckt, wo keiner es sehen konnte. Nicht nur der Körper musste aufhören zu zappeln – auch der Geist musste ruhen.

Hatten bisher noch bunte Flecken hinter Siegfrieds Lidern getanzt, so wichen sie nun einer völligen Schwärze. Jeder Gedanke, den er versuchte, entwand sich seinem Griff, verschwand trudelnd im Nichts.

Sich hinzugeben ...

Wille und Stolz verließen ihn zuletzt, pieksten ihn ein

letztes Mal, um dann schulterzuckend die Unendlichkeit zu suchen.

Der Tod war nun Siegfrieds Freund, den es nicht zu fürchten galt ...

... und als er erwachte, schien es ihm nicht wie eine Rückkehr ins Leben, sondern als die Wiedergeburt im Tod. Von Dunkelheit umgeben, fühlte er nach seinen Augen, die offen waren. Es war ihm unmöglich zu sagen, ob kein Licht ihn traf oder ob er blind war.

Er tastete vorsichtig umher. Der Boden war kalt, kalkig wie eine Eierschale, die seine Finger trocknete. Leicht gebogen, als säße er in einer flachen Grube.

War das der Tod?

Es widersprach allem, was seine Götter verhießen, und die Götter anderer Religionen sowieso. Wo war der Platz an Odins Seite, falls dieser ihn für einen ehrenvollen Krieger hielt? Wo waren die Dämonen, die an ihm rissen und zerrten, falls Utgard sein Platz für die Ewigkeit war? Die Hölle, von der die Christen sprachen – so sah sie sicher nicht aus.

Er fühlte sich eingesperrt, auch wenn er nicht wusste, wo er sich befand. Vielleicht waren um ihn weites Land und ein prächtiger Himmel, den er nur nicht sehen konnte. Und doch sagte sein Gefühl, dass freier Lauf nicht möglich war.

Er richtete sich auf, vorsichtig, wankend, weil die Augen ihm keine Hilfe waren. Es roch faul, abgestandener noch als in Utgard selbst, und als er die Arme nach links und rechts ausstreckte, fühlte er leicht gewölbte Wände vom gleichen Material wie der Boden. Über seinem Kopf war knapp eine Handbreit Platz.

Eine kleine Hütte vielleicht, mit weiß getünchten Mauern?

»Wo bin ich?«, murmelte er, ohne eine Antwort zu erwarten.

»Am Ort deiner letzten Ruhe«, kam eine dröhnende Stimme, und der Boden zitterte so wie die Wände. Es schmerzte, und Siegfried musste sich die Ohren zuhalten. Zumindest sein Gehör war also noch in Ordnung.

»Wer spricht da?«

»Deine Gesellschaft für die Ewigkeit«, hallte es durch den kleinen Raum, den er lediglich abtasten konnte.

Siegfried legte die Hand auf seine Brust und fand den vertrauten Schlag darunter. »Wenn ich Schmerz empfinden kann und mein Herz noch pocht, dann bin ich auch nicht tot!«

»Tot nicht – nur auf ewig eingekerkert«, antwortete die Stimme. »Kein Hunger wird dich quälen, und kein Schmerz mehr. Nimm Platz, und keine Antwort will ich dir verweigern.«

»Kein Kerker ist auf ewig«, hielt Siegfried dagegen. »Und solange mein Blut noch fließt, werde ich den Ausweg suchen. Ich habe eine Königin zu retten – eine Liebe.«

»Xandria ist tot, und nicht mal ihren Leib könntest du mehr bergen«, klang die Stimme dumpf und ohne Mitleid.

Siegfried wollte es nicht glauben, doch machte es ihm Sorge, dass sein unsichtbarer Gesprächspartner ihren Namen kannte. »Das kann nicht sein! Mir wurde versprochen, dass ich sie finden werde.«

»Von Brunhilde, der Walküre«, sagte die Stimme. »Auch sie hat Odin grausam bestraft. Was in Utgard einen Tag ausmacht, das kann in Midgard viele Jahre dauern. Während du schliefst, wurde die Seele Brunhildes ins ewige Feuer geworfen, und der Leib Xandrias verfaulte in den Ketten, in denen sie auf deine Rettung wartete.«

»Nein!«, schrie Siegfried. »Niemals will ich das glauben!«

»Mir liegt nichts daran, dich zu belügen«, sagte die Stimme. »Mein Wort ist Wahrheit.«

Mit einem Mal sah Siegfried wieder – doch nicht die Welt um sich herum. Bilder flackerten auf wie in einem Traum, doch tanzten sie im Raum vor seinem Auge, als hätten die Götter sie auf flackernde Flammen geworfen. Nicht realer als die Nibelungen selbst, doch greifbar wie in einer guten Erzählung.

Da war Brunhilde, das sonst so kalte Gesicht im Schmerz verzerrt, die Hände sehnsüchtig ausstreckend, während Millionen von Händen an ihr zerrten und eine endlose Grube sie verschlang.

Da war Xandria, im Gegensatz zu Brunhilde reglos. Ihr flammendrotes Haar war fahl geworden, der helle Teint grünlich und glänzend. Gebrochen die Augen, grau die Lippen, eingefallen die Wangen. Abgemagerte Gliedmaßen, die aus den Ketten, die sie hielten, leicht zu schlüpfen vermocht hätten.

Und dann Theudebald, den Siegfried am Wappen auf der Brust leicht erkannte. Hinter sich Thelonius mit zufriedenem Gesicht. Und die Schande war nicht ihre Freundschaft – die Schande war der Ort, an dem sie sie feierten. Beide Männer standen auf dem großen Balkon der Burg Xanten und blickten über das einstige Reich, in dem nun die Flagge der Franken wehte.

Die Bilder erloschen.

»Was dir zu erkämpfen du versuchtest, ist verloren«, ertönte die Stimme. »Ich will dich nicht täuschen, noch kann ich dich trösten. Doch wenn du Frieden machst mit dem, was ist, dann kann ich dich begleiten, und nie mehr alleine wirst du sein.«

Siegfried setzte sich, der Schädel pochend im Schmerz, der Körper taub, der Mut angeschlagen. »Dann gibt es nichts, wofür es sich zu kämpfen lohnt?«

»Nicht kämpfen zu müssen ist Lohn in sich selbst«, sagte die Stimme. »Mit der Zeit wirst du Frieden finden. Vertraue mir.«

Der Prinz tastete nach seinem Rücken, fand das Schwert Nothung noch an seinem Platz. Doch in der Tat – wofür sollte er noch kämpfen? Dieser dunkle Ort, er versprach Erholung. Wo es nichts zu sehen gab, da gab es auch nichts zu wollen. Und war das Wollen, war die Gier nicht der Ausgangspunkt von allem gewesen? Hatte das Wollen jemals mehr gebracht als Leid? War das Ergebnis des Wollens jemals wirklich das Haben gewesen?

»Du wirst verstehen«, sagte die Stimme ruhig. »Und mit dem Verständnis kommt die Ruhe.«

Siegfrieds Atem ging nun langsamer, sein Herz schlug im gleichmäßigen Rhythmus. Zum ersten Mal seit Monaten floss das Blut in seinen Adern ohne Antrieb, zog es seine Beine nirgendwo mehr hin.

»Dein Wohl ist im Hier und Jetzt, nicht im Dort und Dann«, flüsterte die Stimme. »Was du kanntest, gibt es nicht mehr. Was du wolltest, wird es nicht mehr geben.«

Ohne Wehmut gedachte Siegfried nun seiner Freunde, und er hoffte, dass sie in Frieden aus dem Leben gegangen waren. Thelonius, Jon, Gelen, Eolind. Bei der Erinnerung an seinen alten Ratgeber wurde ihm das Herz warm, und er spürte die strafende Hand auf seinem Hinterkopf.

Denkt mit Eurem Verstand, nicht dem des Gegners.

Das war einer der Ratschläge Eolinds gewesen.

»Du kannst mir glauben«, hallte es durch den kleinen lichtlosen Raum. »In meinem Wort ist Wahrheit.«

Doch das Gesäusel verfing von einem Moment zum anderen nicht mehr. Die Worte Eolinds waren wie der Anker, den Siegfried brauchte, um sich in der Unendlichkeit dieses Dunkels nicht zu verlieren. Er stand auf und zog das Schwert Nothung. »Welchen Grund habe ich, zu glauben, was du mir erzählst?«

»Mein Wort ist Wahrheit.«

»Und was mehr habe ich als Versicherung, außer eben jenem Wort?«

»Du hast gesehen, was es zu sehen gab«, antwortete die Stimme.

»Deine Bilder sind genauso Trug wie deine Worte«, höhnte der Prinz. »Sie sollen mich einlullen, mir den Kampfgeist schwächen.«

»Meine Worte sind Wahrheit. Je eher du es akzeptierst, desto eher wirst du dich hier in Frieden begnügen.«

»Du bist der Wärter, der dem Gefangenen den Kerker schmackhaft machen will«, rief Siegfried. »Doch ich denke mit meinem eigenen Verstand. Und ich will frei sein!«

»Es gibt keine Freiheit, wo es keinen Ausweg gibt«, sagte die Stimme, und sie schien ein wenig zu zittern. »Kein Ausweg.«

»Ich glaube das gerne – wenn ich mich davon überzeugt habe.«

Er begann, jeden Fleck in der seltsam gewölbten Zelle abzutasten. Manchmal war der Boden rissig, aber nie genug, um Nothung hineinzuzwingen. Als er zwei Schritte vorwärts machte, rutschten seine Beine weg und fanden erst einen Schritt tiefer wieder Halt. Es war, als habe er die ganze Zeit auf der Pritsche seines Kerkers gestanden und nun den Boden entdeckt. Doch da war kaum noch Raum, und die vierte Wand, die größte, verhinderte ein Fortkommen.

Siegfried wünschte sich nichts mehr als die flammenden Hufe Hjordans, um zu sehen, in welch seltsamem Gewölbe er sich befand.

»Mein Wort ist Wahrheit«, drängte die Stimme. »Kein Ausweg.«

Schon die Forderung, sich zu ergeben, machte Siegfried wütend, und er tastete weiter an den Wänden entlang. Schließlich bemerkte er, dass zwei vielleicht schildgroße Stellen an der Vorderseite wärmer waren als der kalte Rest der Wände.

»Es ist keine Schande darin, in Frieden das Schwert niederzulegen«, mahnte die Stimme. »Es gibt nichts mehr zu erkämpfen.«

Als Antwort zog Siegfried Nothung. In der völligen Dunkelheit war seine Hand auf der linken warmen Stelle die einzige Orientierung.

»Leg das Schwert beiseite, Siegfried«, sagte die Stimme, und die Angst, die deutlich in ihr zu hören war, stärkte Siegfrieds Glauben, auf dem rechten Weg zu sein.

»Ich denke mit meinem eigenen Kopf«, knurrte er und stieß Nothung so stark in die warme Fläche, wie es ihm möglich war.

Die Spitze des Schwerts drang ein, weich und glibberig. Die Stimme schrie wie ein Schwein, das zum Fest abgestochen wird. Ein erstes Licht erschien, wo Siegfried die Klinge wieder zu sich zerrte. Ein weiterer Hieb, und der düstere Boden von Utgard kam in Sicht. Die Stimme schrie weiter, doch der Prinz schnitt wütend die warme Fläche wie ein Loch aus der Wand und kroch durch Schleim und faseriges Fleisch nach draußen.

Der grobe Boden der Unterwelt fing seinen Körper auf, und trotz der ewigen Dämmerung brauchten Siegfrieds Augen einen Moment, um das Licht zu ertragen. Er warf sich auf den Rücken und hob Nothung vor sich, um einem Angriff seines unsichtbaren Kerkermeisters zu entgehen.

Als er wieder klar erfasste, was er vor sich sah, wurden seine Augen groß, und ein Keuchen entrang sich seiner Kehle.

Keine Zelle hatte ihn gefangen, kein Bau aus Stein oder Eisen.

Es war ein Kopf gewesen!

Ein Kopf, sicher im Erdreich verwurzelt, groß wie ein Haus, mit struppigen Haaren und so dreckiger Haut, dass sie dem Boden unter ihr ähnelte. Und dennoch – ein Kopf.

Mit nur noch einem Auge. Und einer blutigen Höhle, wo Siegfried sich den Weg gebahnt hatte.

»Was ist das für ein Spuk?«, rief er. »Was für eine Gestalt bist du?«

Der Kopf verzog stöhnend die Miene, das zerstörte Auge schmerzte sehr. Luft, durch die Nasenlöcher ausgestoßen, wirbelte Laub vom Boden auf. »Man nennt mich ... Mimir.«

Siegfried rappelte sich auf, nun wieder zuversichtlich, die Oberhand zu haben. Er blickte auf die Stelle, an der das Haupt in den Boden überging. »Ist dein Körper eingegraben?«

Mimir stöhnte. »Nein, nur noch Kopf bin ich. Odin verweigert mir den Tod, damit ich ihm täglich weissage.«

»Und in deinen Schädel hatte man mich gesperrt?«

»Es war der Gedanke, dass genügend Leid dich empfänglich gemacht hätte«, grummelte der Kopf, und faustgroße Speicheltropfen von seinen fleischigen Lippen tropften auf den Boden. »Ich sollte dir gut zureden, die Dinge hinzunehmen.«

Siegfried trat an Mimir heran und setzte die Spitze Nothungs direkt vor das verbliebene gesunde Auge. »Möchtest du gänzlich erblinden, Riese?«

In dem verbliebenen Auge war Panik zu erkennen. »Nicht! Das Wenige, was mir noch bleibt, ist der Ausblick in die Welt. Wenn ich nicht einmal mehr sehen kann, ist mein Leben grausame Ödnis!«

»Dann sprich die Wahrheit nun, wo du sie vorher nur behauptet hast – was ist mit Xandria, Brunhilde, dem Reich?«

»Odin wird mich strafen!«

»Odin wird dich strafen, weil du mich hast entkommen lassen – nun entscheide dich, ob er einen blinden Kopf straft oder einen einäugigen!«

Mimirs Kiefer mahlten ein wenig, dann fügte er sich ins Unvermeidliche. »Deine Königin lebt, und Brunhilde ist auch unversehrt. Wie lange das für Xanten gilt – das vermag ich nicht zu sagen.«

»Dann mache ich mich besser auf den Weg«, sagte Siegfried und steckte das Schwert in seine Scheide.

Von allen Reisen, die er unternommen hatte, war jene nach Utgard zweifellos die wunderlichste. Siegfried wünschte sich Nazreh an die Seite – der Araber hätte sicherlich ganze Bibliotheken gefüllt mit seinen Aufzeichnungen und Bildern. Die Prüfungen, denen der Prinz sich stellen musste, waren weniger mit dem scharfen Schwert zu bestehen, als mit scharfem Geist. Er konnte nur still den Menschen danken, die ihn auf seinem Weg begleitet hatten und von deren Erfahrungen er nun profitierte.

Eine Anhöhe kam vor Siegfried in Sicht. Dort fühlte sich der Boden wieder an wie bei Yggdrasil, weich und beweglich. Doch umgehen wollte er sie nicht, hoffte der Prinz doch auf einen guten Blick über die Utgardscheibe, um sich erneut zu orientieren. Die Erlebnisse im Schlucksand wie im Schädel Mimirs hatten ihm jede Ahnung genommen, wie weit er bereits gekommen war.

Er erreichte den höchsten Punkt nicht.

Als er Nothung in den Boden drückte, um ihm beim Aufstieg zu helfen, da zitterte die Erde, zuckte wie im Krampf und bäumte sich Siegfried entgegen. Er suchte etwas, an dem er sich festhalten konnte, fand es nicht und rollte schmerzhaft zurück, ohne dabei die Hand vom Schwert zu nehmen. Ein Strauch Beeren, die mit tausend kleinen Mündern nach ihm schnappten, bremste seinen Fall, und mühsam rollte er sich zur Seite, um vielen winzigen Wunden zu entgehen.

Siegfried rappelte sich auf, das Schwert bereit, um sich gegen alles zu verteidigen, was ihm entgegentrat. Und was ihm entgegentrat, war der Hügel selbst, den er vor wenigen Augenblicken noch besteigen wollte.

Ein Zischeln lag in der Luft, ein vielstimmiges Grummeln, brechendes Holz und wühlende Erde. Der Hügel wuchs weiter und weiter, bis er sich entfaltete wie zwei Arme, die zuvor verschränkt waren. Schlanke Leiber drehten sich in den Himmel, die Köpfe pendelnd, und gespaltene Zungen, so lang wie eine ausgewachsene Eiche hoch, lugten aus geschuppten Mündern.

Einen Regenschauer aus Dreck schüttelten die gigantischen Schlangen ab, der auf Siegfried niederprasselte. Die Kraft der beiden Leiber drückte so stark in den Boden, dass sich die Erde zwischen den Beinen des Prinzen spaltete und er sich mühsam zur Seite warf.

Siegfried kam sich vor wie ein Fischer, der mit blanker Faust versucht, einen Sturm zur Umkehr zu bewegen. Manche Schuppen an den Schlangenleibern waren größer als er selbst, und wenn die Kreaturen sich streckten, mochten sie an der Midgardscheibe lecken.

Goin und Moin.
Die Götterschlangen Utgards.
Geboren vom Wolfswesen Grafwitnir.
Eine bräunlich rot, die andere gräulich grün.

Siegfried wusste nicht viel darüber, nur dass sie der Legende nach sich von den Wurzeln Yggdrasils nährten, um dem Weltenbaum den allzu starken Wuchs zu verweigern. Ihre schlanken Köpfe hatten die Größe von römischen Schiffen, und ihre schwarz glänzenden Augen waren wie dunkle Teiche.

Beide Schlangen beugten sich zu Siegfried, und ihre fleischigen Zungen peitschten den Boden links und rechts von ihm auf. Je näher sie kamen, desto genauer konnte der Prinz ihre Eckzähne sehen, die wie jene angespitzten Stämme aussahen, aus denen man in Dänemark die Hütten baute. Ihr Atem war kalt und klar.

Sie musterten ihn.

Sie ... schnupperten.

In ihre Nasenlöcher hätte Siegfried klettern können, und er bekam ein Gefühl dafür, was sein Vater empfunden haben mochte, als er einst dem Drachen Fafnir gegenüberstand.

Vielleicht war es gut so. Vielleicht war hier die Prüfung, als Schlangentöter Ehre zu erlangen, dem Erbe des ersten Siegfrieds angemessen. Die Utgardschlangen zu erschlagen, das würde den Göttern selbst Respekt abverlangen.

Mit beiden Händen packte Siegfried das Schwert Nothung und versuchte sich an einer Strategie. Den peitschenden Zungen auszuweichen war sicher ein guter Rat zum Anfang. Wenn es ihm gelang, die Schlangen dort zu treffen, würde es ihnen schwerfallen, ihn in ihre Mäuler zu zerren.

Oder waren die Leiber, lang und weich, der rechte Ort für eine Attacke? Eine Ritze in der Haut, und er konnte in die Kreaturen kriechen, sie von ihnen heraus schlitzen, wo sie ihm kaum begegnen konnten.

Siegfried überlegte so lange, dass ihm erst spät auffiel, dass Moin und Goin fast reglos über ihm aufragten. Er suchte einen sicheren Stand und pendelte die Spitze des Schwertes zwischen den Schlangen hin und her. »Ich bin Siegfried, Sohn von Siegfried, dem Drachentöter.«

Moin und Goin zischelten nur, eher aus Gewohnheit denn Boshaftigkeit, wie es schien.

Der Kampfschrei, mit dem er sich auf die Bestien stürzen wollte, sammelte sich schon in seiner Kehle, als Siegfried sich der Worte Brunhildes entsann.

Ein kluger Anführer wählt seine Kämpfe mit Bedacht.

Sein Herz raste, sein Blut kochte, und das Schwert in Siegfrieds Hand verlangte nach seinem Recht. Es wollte geführt werden gegen die Ungeheuer und glorreich in ihrem kalten Fleisch versinken. Trotzdem zwang sich der Prinz zur Ruhe und seine Gedanken zur Klarheit.

Den Kampf mit Bedacht wählen – was hatte das zu bedeuten? Wo war die Wahl, was war die Alternative? Er war ein Krieger mit einem heiligen Schwert, und vor ihm schwangen zwei Höllenkreaturen im faulen Wind. War es nicht seine Pflicht …?

Nur langsam ging ihm auf, dass weder Goin noch Moin Anstalten machten, ihn anzugreifen. Gut, die Schlangen waren groß und grässlich im Anblick – doch was genau zwang ihn, sich einzulassen auf einen Kampf? Sicher würden beide Bestien nach ihm schnappen, wenn er Nothung gegen sie führte. Schließlich hatten sie sich auch erst aufgebäumt, als dessen Spitze sie stach.

Langsam, sehr langsam senkte Siegfried die Klinge.

Er atmete tief ein, um sich Gehör zu verschaffen. »Mein Kampf ist nicht mit euch!«

Goin und Moin reagierten so wenig, wie sie zuvor auf seinen Namen reagiert hatten.

Das Blut in Siegfrieds Adern beruhigte sich, und sein Herzschlag war nun so, dass er ihn nicht mehr in den Ohren hörte. »Wenn es euch nicht nach Blut giert, wird auch meine Klinge keines suchen!«

Er steckte Nothung vorsichtig in die Scheide auf seinem Rücken und hob beide Hände. Es war eine krude Geste, als wollte er den Schlangen huldigen.

Weitere zehn, zwanzig Sekunden vergingen, bis Goin und Moin sich erneut aufbäumten und die gewaltigen Leiber in den Boden rammten. Die Wucht ihres Aufpralls warf Siegfried gute drei Schritte nach oben, und er landete hart, was die Luft aus seinen Lungen trieb. Wie ein Donnerschlag grollte es durch Utgard, und in rhythmischen Bewegungen gruben sich die Schlangen zurück in die Erde, wo sie vor Minuten erst geweckt worden waren.

Siegfried blieb noch ein wenig liegen.

Immer wenn er glaubte, dass ihm nichts mehr Furcht einjagen konnte, fand Utgard einen Weg, genau das zu tun. Jeder klare Gedanke sagte ihm, dass auch sein Schwert Nothung gegen Moin und Goin zwecklos gewesen wäre. Fast hätte ihn die Eitelkeit des Kriegers in einen Kampf geführt, der nicht zu gewinnen war.

Ein kluger Anführer wählt seine Kämpfe mit Bedacht.

»Danke, Brunhilde«, keuchte er leise. »Das war guter Rat.«

Siegfried hatte das Gefühl, Utgard langsam zu verstehen. Es war ein Ort, der nicht nur aus Dämonen bestand, aus Ungeheuern, die heulend nach Menschenfleisch gierten.

Utgard war ein Ort der Versuchung. Hier galt die Bestie im Herzen eines Mannes, und sie zu bezwingen war nicht weniger gefährlich. Die Kunst, das Schwert zu führen, hatte kaum Bedeutung. Utgard suchte jeden Krieger nach seinen Schwächen ab, wälzte seine Seele um, als sei sie ein Stein, unter dem sich eine fette Assel versteckte. Der Schild aus Rechtschaffenheit und Dünkel, den jeder mit sich trug, galt hier nichts, und keine Rüstung wehrte die bösen Gedanken ab, mit denen Utgard sich in die Köpfe schlich. Genauso gut konnte Siegfried nackt durch die Unterwelt marschieren.

Eine Weile lang blieb es verdächtig ruhig, und der Prinz mutmaßte, die Wesen von Utgard würden schlafen wie die Menschen auf der Erdenscheibe, doch dann machte er sich klar, dass dort, wo keine Nacht war, auch kein Schlaf war. Er merkte es an sich selbst – weder Hunger noch Durst zehrten ihn aus, und keine Müdigkeit lockte ihn, sich auf weichem Gras auszuruhen.

Manchmal blickte er zurück zu Yggdrasil, um abzuschätzen, wie gut er vorankam, doch das war hoffnungslos – der Weltenbaum schien nicht kleiner zu werden, und Siegfried wurde das Gefühl nicht los, auf der Stelle zu treten. Nur die wechselnden Büsche und Krüppelbäume versicherten ihm, dass dem nicht so war.

Er sah die Kreatur nicht, die von einem Felsen auf ihn gelauert hatte, listig in seinen Rücken sprang und sich dort mit scharfen Klauen festkrallte. Siegfried torkelte im Kreis, versuchte das kehlig kichernde Vieh abzuschütteln, aber er konnte nicht einmal Nothung ziehen. Scharfe Zähne in einem speichelnden Maul schnappten nach seinem Hals, wollten die Muskeln seines Genicks durchbeißen, um ihn schnell zu töten.

In Ermangelung einer anderen Idee ließ sich Siegfried

auf den Rücken fallen, sodass sein ganzes Gewicht die Bestie erwischte. Dann langte er über seine Schultern hinweg, fand strähnige Haare zwischen seinen Fingern und zog den Horden-Dämon ruckartig hervor.

Der Übeltäter war klein, schwarz von oben bis unten, mit brennenden Augen und einem widerlich breiten Maul. Er zappelte und kreischte, doch an Kraft konnte er es mit Siegfried nicht aufnehmen. Der Prinz rappelte sich auf, schlug den stinkenden Körper gegen einen Felsen und trennte ihm mit Nothung den Kopf vom Rumpf, bevor die Kreatur zu einer Reaktion fähig war.

Siegfried musste nicht lange überlegen. Das war ein Wesen jener Horde, die Xanten überfallen hatte! Er hatte sie gefunden!

Die nächsten Schritte bestätigten seine Vermutung. Immer mehr Horden-Dämonen sprangen aus den Büschen, warfen sich ihm kreischend entgegen und fanden ihre Leiber durchtrennt von der Klinge Nothungs. Manchen spaltete Siegfried die Schädel, anderen durchbohrte er den kleinen Brustkorb. Wenn eine Kreatur ihm zu nahe kam, packte er sie, warf sie zu Boden und trat ihr mit seinem schweren Stiefel das Leben aus dem Körper. So starben die Bestien im Dutzend.

Das eitrig gelbe Blut der Horden-Dämonen tränkte Siegfrieds Weg bis zu ihrem Versteck, einer losen Ansammlung von Höhlen in einer Bergkette, die stank, als sei sie aus dem Kot der Titanen geformt worden.

Nun war die Zeit nicht mehr für frühere Weisheiten – nun fand Nothung seine Bestimmung! Fast mühelos tanzte es in Siegfrieds Hand, und seine Musik war der Tod der Monster, die Xandria geraubt hatten. Manchmal erwischte es drei Horden-Dämonen auf einen Streich, anderen hackte es die Beine ab, sodass sie wimmernd davonkrochen.

Und dann war es vorbei.

Siegfried vermochte nicht zu sagen, ob er allen Kreaturen den Garaus gemacht hatte, oder ob einige wenige sich ängstlich versteckt hielten, um seiner Klinge nicht zu begegnen. Es war ihm auch egal, denn was er suchte, fand er nun.

Xandria.

Sie war an eine Felswand vor den Höhlen gekettet. Schmutzig und müde, aber lebendig, drängte sich ihr feiner Körper ihm entgegen, als sie ihn erblickte. »Siegfried!«

Beide weinten sie Tränen des Glücks, als der Prinz ihre Fesseln mit Nothung brach und seine starken Arme sie auffingen, als sie ihm schwach entgegentaumelte. Er hob sie hoch und zog sie nahe an sich. »Es ist vorbei. Nun bringe ich dich zum Yggdrasil, und Brunhildes Pferd wird uns von dort nach Xanten tragen.«

»Oh, Siegfried«, schluchzte Xandria, und ihre Hände streichelten seinen Nacken. »Keine Sekunde habe ich gezweifelt, dass du kommen würdest.«

»Keine Sekunde habe ich gezögert«, sagte er und verschloss ihre Lippen mit einem Kuss. Sie schmeckte weich, und er roch Rosen und Wein.

Folge deinem Herzen zu mir.

Siegfried hatte es getan. Er war seinem Herzen zu ihr gefolgt, so wie sie es von ihm erbeten hatte. Er küsste sie noch einmal, und es war nicht anders als in der Nacht, in der sie sich zum ersten Mal geliebt hatten.

Und darin fand er den Makel.

Sie war länger in Utgard gefangen gewesen als er. Sah man sich die Horden-Dämonen an, dann mochte man sich nicht ausmalen, was sie mit ihren Gefangenen taten.

Doch Xandria schien nicht nur unverletzt, sondern auch

guter Dinge. Ihr warmer Körper zitterte nicht, und ihre Hände hielten sich an ihm fest. Nicht mal ein Nagel an ihren Fingern war gesplittert.

Siegfrieds Verstand bettelte, den Sieg nicht zu verspielen, zu nehmen, was ihm gegeben worden war. Seine Beine rannten mit der Königin in den Armen gen Yggdrasil, als wollten sie jeden ruhigen Gedanken vereiteln.

Folge deinem Herzen zu mir.

Siegfried blieb stehen. Er hob den federleichten Körper seiner Geliebten, und sie sah ihn fragend an. »Was ist, mein Prinz – mein König?«

Noch einmal küsste er sie, und mit den Lippen forschte sein Herz, suchte den Klang ihrer Liebe, tastete nach dem unsichtbaren Band, das sie verknüpfte.

Und das Herz fand nichts.

Kaum etwas verwirrte Siegfried mehr als das. War seine Liebe schon erloschen? Oder die ihre? War nicht das, was er vor sich sah, so untrüglich Xandria wie einst in seinem Zelt? Kannte er nicht jede Sommersprosse auf ihrer hellen Haut?

Er wollte sie loslassen, sie fragen, von seinen seltsamen Gedanken erzählen. Doch Xandria klammerte sich an seinen Hals und ließ nicht los. »Bitte nicht.«

Und je mehr er sie von sich drückte, desto stärker wurde ihr Griff, und als die Muskeln seiner Arme schon kräftig spielten, da wuchsen der Königin die Nägel, und schmerzhaft schnitten sie in seinen Hals. Vor seinen Augen dunkelte ihre Haut, sog der Kopf die feuerrote Haarpracht auf und schrumpelte der schlanke Körper zu zwergenhafter Gestalt zusammen. Die schnurrende Stimme von eben ging über in ein hysterisches Kichern.

Ein Wechselbalg!

Die Wut verlieh Siegfried die Kraft, das Biest, das eben

noch die Königin gewesen war, von seinem Nacken zu reißen und zu Boden zu werfen. Sofort wollte es bäuchlings davonkriechen, aber Siegfried stellte seinen Fuß auf den Hals des Dämons. »Du konntest meine Augen täuschen – doch nicht mein Herz.«

Ein letztes Mal wehrte sich das Vieh, indem es die Stimme der Königin benutzte. »Bitte, Siegfried, ich weiß nicht, was sie mit mir gemacht haben. Du musst mir glauben!«

Es knirschte, als der Prinz dem Dämon das Genick an vielen Stellen brach.

Mit dem Tod des Wechselbalgs begann die Umgebung um Siegfried zu verschwimmen, wurde zu einer Realität, an der er sich nicht mehr festhalten konnte. Vor seinen Augen flackerte es, Farben liefen ineinander, und auf Nothung gestützt ging er in die Knie, um nicht schwindelnd zur Seite zu fallen. Er schüttelte energisch seinen Kopf, wollte die falschen Bilder bannen, den ewigen Gaukeleien ein Ende bereiten.

Schließlich fand er sich auf sicherem Boden wieder, und als er hinter sich sah, erkannte er Mimirs Kopf kaum hundert Schritte entfernt. Alles, was er in den letzten Stunden erlebt hatte – wenn es denn Stunden gewesen waren –, das war Trug gewesen. Weder hatte er die Horde besiegt noch hatte er Xandria befreit.

Siegfrieds Seele wurde schwer, und er fragte sich, wie oft die Götter ihn noch prüfen wollten. Mochten seine Beine in Utgard auch nicht müde werden, so konnte er das nicht für seine Geduld sagen. Es schien Odin zu gefallen, dass er sich im Kreis drehte, keinen Weg fand, mit geradezu kindischem Trotz nach jedem Köder schnappte, den man ihm hinhielt. Diese Welt spielte nicht nach den Regeln, die er kannte.

Doch er kannte den Preis dessen, was er suchte, und wusste um die Liebe, die auf ihn wartete. Siegfried entschied, dass es gleich war, wie oft der Göttervater ihn forderte. Bis ans Ende aller Tage würde er sich jeder Aufgabe stellen, um Xandria zu finden. So stemmte er sich wieder hoch und ging festen Schrittes weiter in die Richtung, die so beliebig sein mochte wie jede andere.

Diesmal blieb er von Erscheinungen unbehelligt, und keine seltsamen Kreaturen kreuzten seinen Weg. Den Yggdrasil im Rücken hatte er tatsächlich das Gefühl voranzukommen, und irgendwann erschien in seinem Blickfeld der stinkende Berg, der auch Bestandteil seines letzten Wachtraums gewesen war.

War er nun auf der rechten Fährte? Hielt sich die Horde hier versteckt, war Xandria hier in Ketten? Er duckte seine Gestalt und achtete darauf, möglichst wenig Geräusche zu verursachen.

Der Berg war durchlöchert wie ein Käse, und die schwarzen Wesen, die eifrig darin und darauf herumkrochen, wirkten wie übergroße Ameisen. Manche hatten Fleischstücke zwischen den Zähnen, andere pissten und kackten, wo sie gerade standen. Ein einiger Stamm waren sie nicht, das merkte man an der Feindseligkeit, mit der sie einander mitunter begegneten. So verteidigten viele Horden-Dämonen eifersüchtig den Eingang ihrer Höhle, und kam eine andere Kreatur zu nahe, zischten sie böse und warfen mit Dreck. Sie waren von primitiver Ekelhaftigkeit, wie fehlgeschlagene Versuche Odins, die achtlos beiseitegeworfen worden waren.

Siegfried nahm all das auf, während seine Augen angestrengt nach Xandria suchten. Er hatte nun kein Interesse mehr an der großen Schlacht – wenn er seine Königin retten konnte, war das Lohn genug.

Doch die Schlacht, die er nicht suchte, fand ihn schneller, als ihm lieb war.

Es kreischte von irgendwo her, als einer der Dämonen den Prinzen entdeckte, und bevor Siegfried sich wappnen konnte, fand er sich von Horden-Bestien umzingelt. Sie waren größer und ihre Muskeln fester als die Kreaturen, die er im Wahn vor kaum ein paar Stunden bekämpft hatte. Kein Wunder, war in seiner Fantasie der glorreiche Sieg doch ausgemachte Sache gewesen.

Die Wirklichkeit würde es ihm nicht so einfach machen.

Siegfried entschloss sich, so nah am Ziel den geraden Weg zum Erfolg zu suchen und überließ Nothung die Führung. Und das Schwert seiner Väter nahm die Aufgabe dankend an. Es wurde ein silberner Klingenwirbel, der fraß, was er finden konnte, eine Sense, die manches Monstrum vom Boden mähte, und manches Mal der letzte Anblick der Dämonen, bevor ihr Lebenslicht verlosch.

Es war der Stoff für Legenden – der aufrechte Kampf, der Weg für die Rache, das Duell mit den Göttern selbst. Er stand als ein Mann gegen viele, als eine Wahrheit gegen tausend Lügen. Doch so wie kein Sturm einen einzigen Fels im Meer zu brechen vermochte, so stand Siegfried fest im feuchten Boden Utgards, den Rücken nicht gebeugt, das Schwert niemals gesenkt.

Die Horden-Dämonen kannten keine Fairness, suchten ihren Gegner nicht im Zweikampf zu bezwingen. Sie sprangen aus Bäumen, tauchten aus dem Boden auf, taten sich zusammen, um in der Menge Siegfried zu verwirren. Doch welchen Winkel sie auch probierten, welche ungeschützte Stelle sie erspähten – immer war die Klinge schneller, und keine Kreatur bekam die Zeit, ihren Fehler zu bereuen. Was an seine Arme sich klammerte, das streifte Siegfried wie lästige Fliegen ab, und mancher Bestie zerdrückte er mit bloßer Hand den Hals, damit sie tot auf die Erde fiel. Als er eine volle Runde mit ausgestrecktem Nothung sich drehte, tropfte nachher das Blut von gleich vier Dämonen von der Klinge. Wenn er einen Schopf Haare zu fassen bekam, rammte er den anhängenden Schädel auf einen Felsen am Boden. Als ein Vieh sich in seine Faust verbiss, brach er ihm das Kreuz über seinem Knie und ließ es wimmernd liegen. Die Horde starb nicht nur für Xandria, sie starb für alles, was Siegfried in kaum einem Jahr durchgemacht hatte. Sie starb für die Rache der Nibelungen, sie starb für Gernot und Elsa, für Nazreh und für die Leiden Xantens.

Stunde um Stunde dauerte das Massaker, und manchmal meinte Siegfried, sich nicht mehr von der Stelle rühren zu können, so sehr stapelten sich die Leiber um ihn herum. Die Horden-Dämonen, in ihrer Torheit furchtlos, ließen nicht ab, suchten ihr Heil nicht in der Flucht. Odin hatte ihnen befohlen, Siegfried aufzuhalten, und kein Quäntchen Verstand riet ihnen davon ab.

Der Prinz warf einen weiteren Dämon zu Boden, stellte den Fuß auf dessen linke Hand und zerrte an der anderen so stark, dass es den Arm aus der Schulter riss.

Nothung bewies nicht nur, dass es das Schwert der Sieger war – es kündete auch von Siegfrieds Schmiedekunst, die es schneller und tödlicher gemacht hatte, als es jemals zuvor gewesen war. Wenn ein Dämon sich zu seinem Körper vorgedrängt hatte und die lange Klinge ihn nicht treffen konnte, rammte Siegfried dem Gegner ein ums andere Mal den Knauf am Heft so heftig ins Maul, dass mit den Zähnen auch die Schädeldecke brach.

Auf Midgard wäre die Nacht angebrochen, als die Kadaver der Dämonen in die Hunderte gingen, doch Siegfried spürte keine Müdigkeit und empfing jeden neuen Angriff mit der Wucht seiner Wut. Das Wenige, was die Horde an Taktik besaß, verbrauchte sich schnell, und wo eine massive Attacke nicht fruchtete, da verloren sie rasch die Geduld und bald darauf das Leben.

Irgendwann, Siegfried zählte weder Stunden noch Leichen, ebbte die Gewalt des Kampfes ab, doch nicht weil Siegfried oder die Horde es an Entschlossenheit fehlen ließen. Es ging der Horde nur die Zahl der Leiber aus, die sich dem Prinzen stellen konnten. Mittlerweile waren sie aus allen Höhlen gekrochen gekommen, die Jungen wie die Alten, und hatten geopfert, was es zu opfern gab.

Und dann war es vorbei.

Ein letzter Schrei, ein letztes Gurgeln mit Blut.

Hektisch drehte sich Siegfried im Kreis, in jeder Sekunde weitere Gegner erwartend.

Doch nichts geschah.

Er machte ein paar Schritte, spähte in das Zwielicht Utgards, auf der Suche nach verdächtigen Bewegungen, nach gelben Augen mit neidischem Blick.

Aber da war nichts mehr.

Siegfried hatte ... gewonnen? Er steckte Nothung in die Scheide, und beim Anblick der gemetzelten Horde gönnte er sich grimmigen Hohn. »Ich bin Siegfried, Sohn von Siegfried – und nun kennt ihr mein Schwert.«

Er glaubte kaum, dass er alle Dämonen der Horde vernichtet hatte – sicher gab es in den Weiten von Utgard mehr. Die Menge, die Xanten überfallen hatte, musste ungleich größer gewesen sein. Aber was es hier und jetzt an Kreaturen gab, das hatte er gerichtet, und nun war es Zeit, sich wieder seiner eigentlichen Aufgabe zu widmen.

Und was er suchte, fand er auch, mit groben Ketten an eine Felswand vor den Höhlen gekettet.

»Xandria?«

Siegfried stand vor Xandria, und was eitel Freude über das Wiedersehen hätte sein sollen, war blankes Entsetzen.

Die Königin, ein Bündel nur noch aus Fleisch, Haaren und Dreck, sah ihn an, und doch an ihm vorbei. Die grünen Augen, matt nun und nicht mehr leuchtend, irrten hin und her, suchten etwas, das nicht mehr zu finden war. Das einstmals rote Haar hatte allen Glanz verloren, und graue Strähnen deuteten wie Falten in der geschundenen Haut darauf, dass die Tage bis zu Siegfrieds Rettung in Utgard Jahre gewesen waren. Vieles, was Siegfried erst für getrockneten Schmutz gehalten hatte, entpuppte sich als dunkel verkrustetes Blut, das mühsam sich an ihren Leib krallte, um die vielen Wunden zu schließen, die von fettig gelben Klauen gekratzt worden waren. Böse stachen die Rippen hervor, die Wangenknochen, und die Haut spannte sich, wo kein Fleisch mehr darunter war. Die Fingernägel waren Xandria herausgerissen worden, um ihre Möglichkeit zur Gegenwehr zu mindern. In den eigenen Ausscheidungen, in denen sie saß, tummelten sich Würmer, balgten sich förmlich um das freie Mahl.

Sie zitterte, nicht aus Kälte oder Angst, sondern aus teilnahmsloser Gewohnheit, und ihr Oberkörper, dessen kleine Brüste eiterten, schwang sanft hin und her, als folge er einem Lied, das ihr Geist leise sang, um sie zu beruhigen.

Siegfried wusste nicht, was er tun sollte. Was Liebe gewesen war, wurde nun Mitleid, und im Hass auf die Horde fand er kein geeignetes Wort, die Königin anzusprechen. Das Schwert Nothung in seiner Hand wurde heiß, und es teilte seine Wut, die keinen Weg fand, keinen Gegner. Hatte er vor Minuten noch nur daran gedacht, mit Xandria aus Utgard zu entfliehen, so spielte sein Verstand nun mit dem Gedanken, in der Unterwelt zu bleiben, bis jede

Kreatur geschlachtet war, bis er im Blut waten konnte als Rache für das, was man seiner Liebe angetan hatte.

Brunhilde hatte ihm gesagt, dass das, was er zu retten trachtete, vielleicht nicht mehr zu retten sein würde. In aller Grausamkeit begriff er nun.

Noch einmal kroch ein Horden-Dämon heran, ein letzter Versuch, den Auftrag Odins zu erfüllen. Siegfried trieb Nothung durch seinen Mund ins Gehirn und hinten aus dem Schädel. Dann nahm er sich die Zeit, so lange auf die Bestie einzustechen, bis sie in Stücken lag.

Es gab ihm keinen Frieden.

Von Xandrias schmalen Lippen tropfte Speichel, und gedankenlos kratzte sie mit weichen Fingerkuppen an offenem Fleisch, das kürzlich erst geschändet wurde. Wie oft, mochte er sich nicht vorstellen. Siegfried nahm das Schwert und presste es in die Ketten seiner Geliebten, die knirschend die Königin freigaben. Er zog sein Hemd aus, um ihr das kleinste bisschen Würde zu geben, das er für sie noch hatte.

Er sah den Stein mit der Spitze nicht, nach dem Xandria griff, ohne hinzusehen. Aus dem Augenwinkel nahm er die Bewegung ihres Armes wahr, doch er maß ihr keine Gefahr bei. Erst als der Stein hart an seine Schläfe schlug und ihn hintüber warf, kam es ihm in den Sinn, dass Xandria im Wahn ihn nicht erkannte.

Und so war es. Die Königin, erstmals frei seit ihrer Entführung, stürzte sich mit dem Letzten, was ihr Körper an Leben hatte, auf ihn, den Stein als Waffe in der knochigen Hand. Mehr als ein Grunzen kam nicht aus ihrer Kehle, und Siegfried wollte nicht wissen, was die Horde mit ihrer Zunge getan hatte.

Körperlich fiel es dem Prinzen leicht, Xandria zu packen und den Stein aus ihrer Faust zu drehen, doch im

Herzen war es ein Kampf, den er nicht gewinnen konnte. Sie zappelte in seinen Armen, zu keinem zielgerichteten Angriff mehr fähig, und er presste sie an sich, als gäbe die Nähe seines Körpers ihr Geborgenheit. Und fast war es so, auch wenn Xandria sich in der Attacke verausgabt haben mochte – sie erschlaffte, und umschlungen lagen sie am Boden, im grotesken Zerrbild einer liebenden Umarmung.

Zu bekommen, was man will – alles zu verlieren, was man hat.

Der Rückweg zu Yggdrasil, wo Hjordan auf ihn wartete, war für Siegfried so ereignislos wie beschwerlich. Wog Xandrias Leib auch kaum mehr als ein Sack Mehl, so war die Last ihres Wahnsinns nicht zu ertragen. Manchmal kicherte sie, dann zuckte ihr Unterleib, und immer wieder weinte die Königin ohne Tränen.

Siegfried bestieg das Walkürenpferd, hielt Xandria behutsam vor sich fest, und als sie in die Luft aufstiegen, warf er keinen Blick mehr auf die Unterwelt, deren Prüfungen er allesamt bestanden hatte, nur um dann doch von ihr verhöhnt zu werden.

Es gab nun nicht mehr viel zu tun.

Epilog
Es wird aus kommenden Zeiten
viel zu erzählen sein

An derselben Stelle, an der sie ins Erdreich getaucht waren, brachte der treue Hengst Hjordan den Prinzen wieder nach Midgard – in den Hof der Burg von Xanten. Es war Nacht, und Siegfried konnte nicht sicher sein, ob hier in der Welt der Menschen überhaupt Zeit vergangen war. Der Ausspruch Nazrehs, dass Zeit bedeutungslos sei, fand immer neue Wahrheiten.

Brunhilde trat zu ihrem Pferd, und ein Blick auf Xandria bestätigte, was sie befürchtet hatte – der Zorn Odins kannte keine Grenzen, und wahrlich hatte er den Prinzen von Island mit aller Sorgfalt gequält, die er aufbringen konnte.

Siegfried stieg von Hjordan, die angebotene Hand ausschlagend. Er setzte den Rest dessen, was einmal Xandria gewesen war, auf den Boden. Dann ging er zu einem Trog und tauchte den Kopf hinein, als müsse er sich durch das kalte Wasser versichern, wieder daheim zu sein.

»Siegfried …«, begann Brunhilde vorsichtig.

»Du solltest gehen«, sagte er. »In meinem Dunstkreis regiert der Tod, und in der Zukunft wird er mein ständiger Begleiter sein.«

Es war nicht mehr die Stimme eines Mannes, nicht die eines Kriegers – Siegfried sprach im Ton des gerechten Zorns, der nichts Menschliches mehr hatte. Nothung auf seinem Rücken war nun ein Richtschwert und jedes seiner Worte ein Urteil.

»Die Entscheidung, nach Utgard zu gehen, trafst du selbst«, erinnerte ihn Brunhilde sanft. »Ebenso die Reise nach Ballova, der Angriff auf Xanten, der Kampf um Islands Thron.«

»An Schnüren geführt wurde ich«, knurrte Siegfried. »Du, die Götter, die Nibelungen – mit dem Wort Schicksal habt ihr mich gelockt. Und wie ein Kind bin ich gefolgt.«

»So ist das Leben nicht gemacht«, widersprach Brunhilde.

»Lass mich für einen Tag allein«, bat Siegfried, unfähig, jetzt das Wesen der Welt zu diskutieren. »Gib mir den Tag mit meiner Liebsten in der Heimat.«

Skeptisch sah Brunhilde auf das Spottbild dessen, was einst eine Frau und Herrscherin gewesen war, aber sie nickte. »Ich komme wieder. Und nicht, um mich an deinem Leid zu laben.«

Sie bestieg Hjordan, tätschelte ihm dankbar den Hals und löste sich in der dünnen Nachtluft auf.

Siegfried hingegen wusch sich weiter, fand in einer Kammer der Burg frische Kleider und zog sie Xandria über, die sich in ihrer Lethargie nicht wehrte. Aus einer Schatulle barg er einen schlichten Ring, den er mit dem Versprechen ehelicher Treue bis in den Tod ihr an den dürren Finger steckte.

So verbrachten sie eine letzte Nacht ohne Schlaf – als König und Königin von Xanten. Er mit gebrochenem Herzen, sie mit gebrochenem Geist, das Land mit gebrochener Seele.

Und als der Morgen kam und die Sonne frühe Strahlen über den Rand der Midgardscheibe schickte, nahm Siegfried seine Xandria mit auf den großen Balkon. Er zeigte ihr den Horizont, ließ sie den frischen Duft des Waldes riechen, und als eine letzte Träne ihr erstes Lächeln fand, da nahm er sie in seine starken Arme, wo sie aufhörte zu zittern.

Er drückte so lange, bis kein Atem mehr aus ihren Lungen kam und die Beine der Königin erschlafften.

Als Brunhilde nach Xanten zurückkehrte, brannte der Leib Xandrias auf dem Hof bereits, wie es alte nordische Sitte war. Er hätte sie gerne nach christlichem Brauch begraben, doch kannte er die Riten nicht genau.

Die Walküre stand ohne Worte die Stunden neben Siegfried, bis die Asche kalt war. »Ich habe mit Odin gesprochen. Nie hätte er gedacht, dass es dir gelingt, die Königin zu finden. Er hat dich unterschätzt – und deine Liebe.«

»Ich hoffe, sein grausames Spiel hat ihn wenigstens amüsiert«, murmelte Siegfried.

»Er bietet dir den Platz an seiner Seite«, fuhr Brunhilde fort. »Du hast dich mehr als aufrechter Krieger gezeigt als alles, was in den letzten Jahren die Regenbogenbrücke überquert hat. Selbst dein Vater hat nicht solchen Edelmut bewiesen.«

»Muss ich nicht sterben für den Sitz in Walhall?«, fragte der Prinz, und Wut lag in seiner Stimme.

Brunhilde schüttelte den Kopf. »Ich nehme dich mit. Gleich jetzt. Kein Leid mehr für den, der mehr gelitten hat als alle anderen.«

Siegfried sagte nichts.

Brunhilde sah auf die verbrannten Reste der Königin inmitten des verwüsteten Reiches. »Was hält dich noch?

Die Franken werden Xanten bald nehmen, und wenn sie großzügig sind, überlebt es gerade mal als Name einer Stadt.«

»Das Reich schert mich nicht mehr«, gab Siegfried zur Antwort. »So wenig wie mein Erbe. Doch ich trage Nothung, und den Fluch der Nibelungen. Das ist eine Rechnung, die noch beglichen werden muss.«

Die Walküre verzweifelte am Sohn des Mannes, den sie einst geliebt hatte. »Aber verstehst du nicht? Genau das ist es, was sie wollen. Das Rad weiterdrehen, den Ring des Schicksals niemals enden lassen. Odin bietet dir an seiner Seite das Ende aller Not. Nicht nur für dich – für alle Reiche, die darin gebunden sind.«

Im Wind meinte Siegfried, die Geistwesen zu hören, wie sie ihn verhöhnten, ihn zum Kampf bis in die Ewigkeit forderten. »Solange die Nibelungen sind, ist kein Frieden in der Welt. Sie säen nichts als Niedertracht, die ihnen reiche Ernte bringt. Da sind sie wie die Götter, deren Langeweile böse Spiele gebiert. Nur die Menschen können in Liebe und Frieden leben.«

»Was soll dann werden?«, fragte Brunhilde.

»Ich dachte erst daran, nicht zu ruhen, bis ich die Nibelungen vernichtet habe.«

»Die Nibelungen kann man nicht vernichten, denn kein Leben wohnt in ihnen.«

»Und ich war bereit zu suchen, bis ich einen Weg finde, das zu ändern«, fuhr Siegfried fort. »Ich malte mir den Genuss aus, ihre kreischenden Stimmen um Vergebung flehen zu hören. Wie sie mir mehr und mehr Reichtum bieten würden als Preis für ihre armselige Existenz. Und wie, wenn sie dann alle ausgerottet sind, ich die Welt vielleicht nicht als gerechter König, aber als Siegfried, der Nibelungentöter, verlassen kann.«

»Welch brutales, einsames Leben«, flüsterte Brunhilde, die in der Gegenwart Siegfrieds immer mehr Mensch geworden war und nun kaum noch an die Walküre erinnerte, die einst seine Träume gesucht hatte.

»Ein Leben, aufgezwungen zwischen dem Zorn der Götter und der List der Nibelungen«, bestätigte Siegfried. »Und genau darum wird es nicht mein Leben sein. Wer dieses Spiel gewinnen will, muss dem Spiel selber sich verweigern. Nicht Odin bestimmt mein Schicksal, nicht der Geist vom Walde – hier und heute tue ich es selbst.«

»Wenn dir das gelänge«, sagte Brunhilde, »wärst du ein größerer Mann als alle vor dir. Größer als dein Vater, als Gunther, als Gernot.«

»Ich strebe nicht mehr nach Größe«, widersprach Siegfried.

»Und darin mag der Schlüssel liegen«, versicherte Brunhilde, und ihre Hand fand seine Schulter. »Ein weiser Gedanke, Siegfried.«

»Nenn mich Sigurd.«

Mit wenig außer Nothung und etwas getrocknetem Fleisch in einem Beutel war Sigurd gen Norden gezogen, und es erinnerte Brunhilde an Gernot und Elsa, wie sie einst versucht hatten, sich dem Griff der Götter zu entziehen. Doch war sie zuversichtlich, dass Sigurd gelang, was den Generationen vor ihm versagt geblieben war.

Sie verbrachte noch einige Tage in der Burg Xanten. Das tote, ausgebrannte Gemäuer entsprach ihren trüben Gedanken, und so schritt sie durch die verfallenen Gänge wie die Königin, die sie einst hatte sein wollen. Einmal lachte sie, als ihr zum ersten Mal seit Jahren einfiel, dass sie sogar Königin von Xanten geworden wäre, wenn Siegfried damals ihre Hand zur Ehe nicht ausgeschlagen hätte. Es hatte so viel Leid gebracht und war rückblickend doch so unwichtig gewesen.

Der Wolf hatte Sigurd nicht begleitet. Er genoss die Einsamkeit des Hofes Xanten und die Gesellschaft der Walküre. So manchen Abend sahen sie die Sonne gemeinsam untergehen. Brunhilde streichelte sein Fell, und der Wolf leckte ihre Hand.

»Er hat dir Ehre gemacht«, sagte sie dann. »Vielleicht ist er nicht König geworden, wie der Ruf seines Blutes verlangte, aber keinen Mann von größerer Weisheit habe ich je gesehen.«

Der Wolf knurrte, und Brunhilde hielt ihm die Schnauze fest. »Du hättest mich in größerer Weisheit erwählt, und nicht das blonde Prinzesschen. Also schweig still.«

Und der Wolf schwieg.

Irgendwann, als die fränkischen Truppen Xanten nahmen, gingen Brunhilde und der Wolf zum Tor hinaus und geradewegs zur Regenbogenbrücke. Sie hatten sich ein Festmahl verdient, und in allen zwölf Palästen Walhalls würde man ihre Geschichte noch lange hören wollen.

Es ging Sigurd auf, dass es kaum ein Jahr her war, seit er das erste Mal Fjällhaven gesehen – und das erste Mal seinen Namen verleugnet hatte. Nun ging ein weiterer Sommer zu Ende, und er sah die Stadt mit den Augen eines Mannes, der keinen Hunger mehr auf Abenteuer hatte, sondern den die Heimat rief. Wie viel der Lauf der Jahreszeiten doch zu ändern vermochte.

Mit dem wenigen, was er vom Gold der Nibelungen in seine Taschen gesteckt hatte, war die Reise vom Rhein nach Dänemark kurz und kaum beschwerlich gewesen. Er verschwendete keinen Gedanken mehr daran, ob es die Geistwesen zürnte, dass er noch mit ihrem Schatz die Rechnungen beglich. Er hatte nachts manchmal ihre Stimmen gehört, beleidigt und herrisch. Sie wollten neuen Zwist, die nächste Runde im ewigen Spiel. Manchmal gelang es ihnen, sich in seine Träume zu schleichen, doch selbst dort war er ihnen nun überlegen und ließ ihren Hass an seinem Gleichmut abprallen. Irgendwann blieben sie dann still.

Ein Schiff zu finden, das ihn zur Felsenburg brachte, würde nicht schwer sein. Seit die Isländer die Besatzer überwältigt hatten, galt das kleine Reich als mutig und wieder jeden Handel wert. Viele Schiffe richteten sich darauf ein, die Insel mit Waren zu beliefern, und besonders Dänemark mühte sich in Freundschaft, beim Wiederaufbau zu helfen.

Sigurd kehrte in dem Gasthaus ein, das ihm und Gelen an ihrem ersten Abend auf dem Festland Speis, Trank und Prügelei geboten hatte, doch auf Rauferei war er nicht aus, ebenso wenig wie die meisten anderen Reisenden an diesem Tag. Sie alle hatten gehört, wie die Reiche sich aufgerieben hatten, wie Heerscharen dunkler Horden gefallen waren, und es verband die Männer des Schwertes in Ehrfurcht.

Irgendwann, als der Wirt ihm den dritten Krug brachte und das Fleisch eines Ochsen wohlig seinen Magen füllte, fragte Sigurd: »Hier gab es eine Schankmagd, deren Namen ich vergessen habe. Klein und blond war sie, und im letzten Herbst habe ich sie getroffen.«

Der Wirt nickte. »Liv. Doch sie arbeitet nicht mehr hier. Hat nicht einmal den Winter lang bedient, als es wahrlich genug Arbeit gab. Sie lebt bei einem Bauern am Rande der Stadt, habe ich gehört. Wollt Ihr eine Nachricht für sie hinterlassen?«

Sigurd winkte ab. »So wichtig ist es nicht. Ich hatte ihr nur einst leichtfertig prophezeit, nie wieder einen Fuß nach

Fjällhaven zu setzen, und nun – das Leben ging nicht, wie ich es erwartet hatte.«

»Bei wem tut es das schon?«, fragte der Wirt, und die freundliche Floskel beschäftigte Sigurd so lange, wie der Krug reichte.

Zwei Tage blieb er in Fjällhaven, und niemand erkannte in ihm den jungen Mann, der Erbe des Xantener Throns war. Einen Bart trug er nun, und der einstmals geschmeidige junge Körper war von vernarbten Muskeln geprägt. Selbst seine Augen, die einst offen und klar gewesen waren, trugen einen Ausdruck permanenten Misstrauens, die Brauen tief herabgezogen.

Schließlich hatte Sigurd keinen Grund mehr, die Heimreise weiter hinauszuzögern, als ein Weizenschiff zur Fahrt nach Island sich bereitmachte. Wie es Brauch war, half er mit, die Säcke an Bord zu bringen, und die Mühe ohne Kampf war ihm eine willkommene Abwechslung. Mit den Männern, die von seiner Geschichte nichts wussten, wagte er manchen vorsichtigen Scherz, auch wenn noch lange kein Abend sein Herz anders als gebrochen fand.

Weil die Wellen ruhig waren und der Vollmond hell am Himmel stand, entschied der Kapitän des Schiffes, zur Nacht hinauszusegeln. Sigurd hatte seinen Beutel schon an Bord geworfen und nur noch einen Fuß auf dänischer Erde, als er hinter sich eine zittrige Stimme hörte. »Ein junger Mann sagte mir vor einem Jahr, dass er nicht wiederkäme.«

Er drehte sich um, und im Mondlicht stand Liv vor ihm. Sigurd konnte das Erstaunen in ihren Augen sehen, denn er hatte sich wahrlich genug verändert. Er lächelte und war froh, dass der Wirt ihm ihren Namen genannt hatte. »Ein dummer junger Mann, der nicht einmal den nächsten Morgen hätte voraussagen können, Liv.«

Er konnte sehen, dass ihr Herz einen Sprung machte. »Sig.«

»Sigurd«, korrigierte er, denn der alte Name barg für ihn Frieden. »Mein Name ist Sigurd.«

»Ich würde gerne fragen, wie es dir ergangen ist«, sagte Liv, »doch wie ich dich jetzt sehe, macht es mich bang.«

Er ging einen Schritt auf sie zu – und sie trat einen Schritt zurück in die Dunkelheit.

»Was ist mit dir? Schreckt dich mein geschundenes Gesicht dermaßen, dass du Abstand halten möchtest?«

Sie schüttelte den Kopf. »Es ist nur ... ich kam nicht, weil ...«

Erst jetzt sah Sigurd, dass Liv den linken Arm unter der Brust hielt, als müsse sie etwas an sich pressen. Ein Bündel, nicht größer als ein Weinschlauch.

»Was hast du da?«

Er konnte in ihren Augen sehen, dass sie fortlaufen wollte, und er hätte sie auch ziehen lassen – wenn das Bündel in diesem Moment nicht zu strampeln begonnen hätte. Liv hob es ein wenig, und eine Träne glänzte silbrig im Mondlicht auf ihrer Wange. »Ich wollte ... es sollte nicht so sein ...«

Sigurd ging energisch zu ihr, und seine Hand strich ein Deckchen beiseite, um ein kleines Kind zu finden. Noch nicht lange auf der Welt – nicht lange genug, um der Kälte des Herbstes ausgesetzt zu werden.

»Ein Kind?«, fragte er verwirrt.

»Ein Sohn«, sagte Liv, und in dem Wort lag Liebe.

Sigurd sah die junge Frau an, dann das kleine Leben auf ihrem Arm. Immer wenn er dachte, das Dasein könne ihn nicht mehr überraschen, sprang es ihn von hinten an und goss ihm kaltes Wasser in das Hemd. »Ist der Junge ... bin ich sein ...?«

»Kein anderer, das will ich bei meinem Leben schwören«, sagte Liv mit hoffnungsvollem Ernst.

Sigurd drehte sich von ihr weg, der Anblick war zu viel für den Moment.

»Ich komme nicht, um Geld zu fordern«, sprach die junge Schankmagd schnell. »Bitte, das musst du mir glauben. Ich kam, weil du es wissen sollst. Weil er doch dein ist, wie er mein ist.«

Der Ton in ihrer Stimme ließ keinen Zweifel daran, dass sie aufrichtig war. Was immer Sigurd in der ersten Nacht im Stall gedacht haben mochte – ihre Worte beschämten ihn. An das reine Herz als Hure gedacht zu haben in der Zeit ...

»Mein Sohn«, sagte er leise. »Wie ist sein Name?«

Liv war sichtlich froh, dass er ohne Groll zu ihr sprach. »Hättest du deine Rückkehr versprochen, ich hätte gewartet mit der Taufe. Doch so blieb mir nichts, als ihm den Namen seines Vaters zu geben – Sig.«

Sigurd nahm ihr das Kind aus dem Arm, und im Mondlicht strichen seine Finger über das Gesicht des Jungen, der friedlich schlief, als würde sich nicht gerade seine Zukunft entscheiden. »Was hast du mit ihm vor?«

Liv hob die Schultern. »Ein alter Bauer hat mich aufgenommen, denn in der Taverne konnte ich nicht bleiben. Es ist harte Arbeit, doch abends kann ich mich um das Kind kümmern. Wer weiß, in ein paar Jahren ...«

»Geh mit mir nach Island«, unterbrach Sigurd die junge Frau. »Das Schiff legt gleich ab, und wenn dich hier nichts hält, soll der Junge seinen Vater haben.«

Liv schlug die Augen nieder. »Du brauchst keine Wohltat tun an mir oder meinem Kind.«

Sigurd hob sachte ihr Kinn. »Keine Wohltat, aber was recht ist. Ich schäme mich, dir vor einem Jahr kein Ohr gegeben zu haben. Mein Schicksal lockte mich fort. Doch heute sind wir wieder hier, und zweimal will ich nicht den gleichen Fehler machen.«

»Auch wenn ich nicht dein Schicksal bin?«, fragte Liv vorsichtig.

»Gerade weil du nicht mein Schicksal bist«, sagte Sigurd. »Ich kann dir weder Liebe noch den Mann versprechen, den du suchst ...«

»... doch ein Heim und ein Vater für das Kind wäre mehr, als ich mir erhoffen dürfte«, vollendete Liv und nahm ihm das leise schmatzende Kind ab. »Er will gefüttert werden.«

Sigurd nahm das Horn des Dryk von seinem Hals und legte es dem Jungen zwischen die kleinen Finger. »Dann komm«, sagte er und bot Liv die Hand. »Island wartet.«

Sie nahm mit seiner Hand das neue Leben.

»Was treibt dich eigentlich zur Insel?«, fragte sie noch, denn sie wusste so wenig über ihn. »Was ist dein Beruf?«

»Das werden wir sehen, wenn wir anlegen«, antwortete Sigurd. »Zuerst einmal gilt es, alte Freunde zu finden.«

Seinen Blick hatte er schon auf dem silbernen Fluss, den das Mondlicht auf das Meer strahlte und der den Weg nach Island wies.

Gisbert Haefs

»*Gisbert Haefs bietet eine rechte Labsal auf der Wanderung durch die Berge historischer Romane.*«
Die Zeit

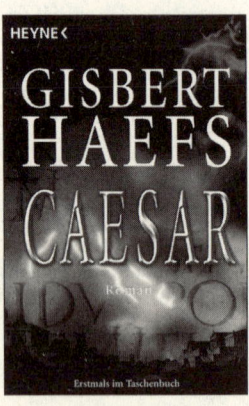

978-3-453-47086-6

Hannibal
978-3-453-06132-3

Das Gold von Karthago
978-3-453-43131-7

Das Schwert von Karthago
978-3-453-47070-5

Alexander
978-3-453-47014-9

Troja
978-3-453-87963-8

Der erste Tod des Marc Aurel
978-3-453-47078-1

HEYNE

Robert Harris
Pompeji

»Ein historischer Thriller, der die Supermacht der Antike zum Leben erweckt.« **Stern**

»Harris versteht, gut und spannend zu schreiben.« **Die Zeit**

»Eindrucksvoll und packend.« **Der Spiegel**

»Ein ungeheuer spannendes Porträt der römischen Zeit.« **Focus**

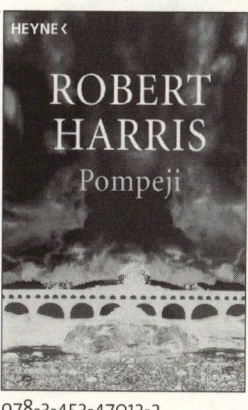

Vaterland
978-3-453-07205-3

Enigma
978-3-453-11593-4

Aurora
978-3-453-43209-3

978-3-453-47013-2

HEYNE

Romain Sardou

»Sardou ist ein enorm begabter Geschichtenerzähler. Er versteht es meisterhaft, atmosphärisch dichte Bilder zu schaffen. Die Charaktere seiner Romane sind unvergesslich.«
Sächsische Zeitung

»Geheimnisvoll, mystisch, spannend.« **Bild am Sonntag**

978-3-453-01427-5

978-3-453-47017-0

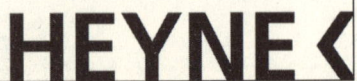